茶道

上

李志良

著

暨南大学出版社
JINAN UNIVERSITY PRESS

中国·广州

图书在版编目（CIP）数据

青莲. 上册/李志良著. —广州：暨南大学出版社，2023.4
（2023.7 重印）
ISBN 978 - 7 - 5668 - 3586 - 4

Ⅰ.①青… Ⅱ.①李… Ⅲ.①长篇小说—中国—当代
Ⅳ.①I247.5

中国国家版本馆 CIP 数据核字（2023）第 019671 号

青　莲（上册）
QINGLIAN（SHANG CE）
著　者：李志良

出　版　人：张晋升
项目统筹：张仲玲
责任编辑：武艳飞　王辰月
责任校对：刘舜怡　林玉翠
责任印制：周一丹　郑玉婷

出版发行：暨南大学出版社（511443）
电　　话：总编室（8620）37332601
　　　　　营销部（8620）37332680　37332681　37332682　37332683
传　　真：（8620）37332660（办公室）　37332684（营销部）
网　　址：http：//www. jnupress. com
排　　版：广州良弓广告有限公司
印　　刷：深圳市新联美术印刷有限公司
开　　本：890mm×1240mm　1/32
印　　张：28.625
字　　数：736 千
版　　次：2023 年 4 月第 1 版
印　　次：2023 年 7 月第 2 次
定　　价：158.00 元（全二册）

谨以此书献给毕生劬劳的父亲母亲，献给逾百年间浸润粤剧春雨的生我育我的青莲那片土地

东莞文学艺术院重点签约创作项目

《青莲》气势恢宏地呈现粤剧历史发展长河，并以此折射与之依存共生的中国现实社会的沧桑变化。它充溢着浓郁的岭南风韵，读者不知不觉沉湎于这雾气氤氲、翠竹掩映的粤北青绿山水画里。小说意境营造极具镜头感、画面感，可观其形、辨其色、嗅其香、品其味。这得益于作者逾三十年记者生涯涸染所形成的职业审美和价值取向。

——蒋述卓（广东省作家协会主席、暨南大学文学院教授）

以长篇小说的样式，诗史般再现粤剧发展的时空流变，《青莲》开创了先河。它巧用粤剧作纽带，横跨百载时空，把此间人物和事件连结起来。锣鼓震天，丝弦缕缕，音韵悠扬，景色幽幽。现实中的生旦净末丑，栩栩如生的文学形象跃然于纸上，绘就成一幅绚丽多彩的人间百态图，令人慨叹不已。

——何车（广府文化学者、《粤剧大辞典》表演和舞美主笔）

《青莲》是一部充满岭南本土特色、讴歌世间浩然正气的优秀原创作品。它展示了南粤小镇的浓郁风情、朴素亲情与真挚爱情，尤其不同时代人物的命运浮沉与悲欢离合、对粤剧艺术的精彩演绎与世代传承，令人读来肃然起敬、同怀共鸣。

——晏礼庆（暨南大学出版社原总编辑）

作者简介

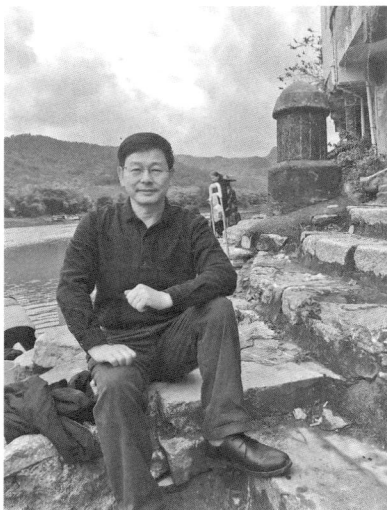

李志良，广东阳山青莲人。先后修学广东教育学院汉语言文学本科和暨南大学新闻与传播研究生课程。

现为东莞广播电视台总编辑、新闻高级编辑，暨南大学新闻与传播学院硕士研究生导师，中国高等院校影视学会广播专业委员会首席专家，东莞文学艺术院签约作家。

从事新闻采访和媒体管理逾三十载。荣获"全国广播电视十佳百优理论人才""广东省新世纪电视理论贡献奖""广东新闻金梭奖"和"东莞市专业技术拔尖人才"等荣誉。

在国家级和省级各类新闻、文艺评奖中获奖三十余项。广播剧《追梦的人》获中国广播剧研究会专家奖金奖和广东省精神文明建设"五个一工程"奖。

担任二十集电视连续剧《电视台的故事》执行制片人。

出版三部著作共一百五十多万字。包括：新闻和论文集《行思》，传媒理论专著《势：中国城市广电的哲学观照——珠三角和长三角城市广电发展比较研究》（获全国广播影视学术著作评选二等奖），长篇小说《青莲》。

刘小毅题字

（刘小毅：广东省广播电视局党组书记、局长，广东书法院原院长）

李志良先生雅正

壬寅孟夏蔡成桂书

蔡成桂题字

（蔡成桂：新型国画创始人、广东书画家）

青蓮

志良同学雅属

壬寅佛年春應魁

廖应魁题字

（廖应魁：广东文化学者）

序一　红豆嫣红　南国青绿

一个视频在手机移动端被反复转载：一个十七岁的女孩在海外某次雅集上推介中国古老民族乐器——二胡，吸引现场各种肤色人士的除高超的二胡演奏技术外，还有女孩一番令人深思的肺腑之言：二胡会笑，也会哭，可以表达出演奏者的喜怒哀乐。它是传递和合之美和大爱之美的乐器，可是它逐渐远离我们的生活。希望二胡能与时代再度结合，让有价值的文化给人带来快乐并得以复兴。

民族文化是国之魂魄、民族脊梁。郭沫若热情赞颂"中国文化之传统精神"，冰心强调"对本国的特长要保守"。中国新文化运动的先驱们无不以赓续民族文化作为自己的神圣使命和毕生追求。

二胡和粤剧同属中华民族文化。南国红豆嫣红，寄托人们的情思；"梨园歌舞赛繁华，一带红船泊晚沙。但到年年天贶节，万人围住看琼花。"清代的竹枝词描绘了珠三角粤剧表演的盛况。源远流长的粤剧被联合国教科文组织批准列入《人类非物质文化

青莲

遗产代表作名录》。

　　也许是粤剧本身的专业性、复杂性和难驾驭性，它多见诸戏剧、影视和学术著作中，以文学形式呈现的并不多见，而以长篇小说形式反映其发展流变的，至今仍无人涉足。非粤剧行内人士的李志良，有见识、学识、胆识，以七十余万字的《青莲》，荷锄迈进了这片尚未开垦的文学"处女地"。小说不仅让读者知晓李文茂举义、吉庆公所买戏、"薛马争雄"、粤剧"申遗"等历史典故，而且巧妙地融入了粤剧生旦净末丑、唱念做打、手眼身法步等专业知识。它史诗般展现了粤剧天地的风云变幻和历史变迁，为广东当代文学创作增添了一抹绮丽之色。

　　人民性早已在中国文学创作的历史画卷中萌芽、开花、结果。回眸新中国七十年来的文学创作进程，人民性无疑是贯穿其中最显著的特征。作家们自觉地把创作与人民之根紧密联系起来，为人民生存奔走呼喊，反映人民从个体走向集体、从感性走向理性、从自发走向自觉、从自然走向社会、从自卑走向自尊、从贫困走向富裕、从野蛮走向文明的心路历程。

　　《青莲》向读者展现的是不平凡的粤剧人生。小说中出现的众多人物，包括靓少德、何念祖、张三、何浩深、何浩刚、温葱莲、柳依依、柳宗亮、赵笑媚、癫仔海、张广发、张水养等，他们的人生际遇和喜怒哀乐都与粤剧构成了千丝万缕的联系。戏棚地就是他们的生存场所，唱粤剧就是他们的生存方式，谈粤剧、品粤剧就是他们的生活时尚。靓少德原是梨园伶人，为逃避战乱在青莲安家扎根。为让粤剧在青莲延绵不绝，他拖着一条残腿，以"系威系势，五郎救弟"的伶人气概，成立八和剧社，奔赴四乡演出。即使他后来遭到了冲击，始终对粤剧不离不弃，再度高擎剧社大旗，并创办粤剧童子班。在靓少德和原红船船主张三、尚书祠守祠人何念祖等人身上，透着青莲人对传统文化的执着和坚守。粤剧融入了青莲人的血液和灵魂，浸润和铸就了他们的审美观和价值观。唱粤剧要一唱一和，邻里关系要和睦友好，面对逆境要和衷共济。数百年积淀的八和理念所张扬的和合之美，正是中国儒道文化的精髓，它与当今倡导的社会主义核心价值观是高度吻合的。

　　生活在自然环境构成的物质世界中的人类，必须以统一和谐法则与大自然相存、相依、相顾。"日出而作，日落而息"，中国文学史上最早的诗歌《击壤歌》凝练而精确地勾勒出古人的农耕场景。优秀的文学作品都注重对人类生存环境的刻画和再现。可是，一段时期以来，这种接地气的现实主义创作手法被一些浮躁的创作者有意无意地忽略了。《青莲》则在一种特别的自然环境中展示人物的生存生活，表现他们的酸甜苦辣、爱恨情仇。

　　青莲是战国时期广东三个古国之一阳禺国的所在地，莲花蔽日，山青水碧，船舟如梭。李志良显然十分迷恋这生于斯、长于斯的故土，小说浓墨重彩地展示了具有粤北风貌、如仙境般的"风俗画"。做蚊香，制豆豉，刨竹青，祭先祖，这些广东人熟悉的生活场景得到一一展现。作者信手拈来的粤剧派生的大量行话俚语，令《青莲》充溢着浓郁的岭南风韵，读者不知不觉便沉湎于这雾气氤氲、翠竹掩映的粤北山水画里。小说里出现的各类人物，既具有广东人特有的思维模式和行为方式，又拥有切合各自身份和性格的话语特色，使他们在小说里富有立体感、辨识度和可信度。

　　李志良是一名颇有成就的资深媒体人，在新闻采访的一线摸爬滚打和静心研究媒体理论多年，其丰富的阅历和敏锐的思维对他从事小说创作无疑是大有裨益的。作者用提高信息饱和度的要求去努力拓展小说创作的内涵和容量。因此，《青莲》的视野并没停留在粤剧发展某阶段的横截面上，而是气势恢宏

地呈现粤剧历史发展长河，并以此折射与之依存共生的中国现实社会的沧桑变化。人物的活动场所也没囿于青莲，而是延伸至广州、东莞、佛山和周边乡村。作者在突出粤剧传承这条主线的基础上，别出心裁地设置了与西安鼓乐（也被列入《人类非物质文化遗产代表作名录》）有关联的"尚书祠守祠人更迭"这条副线。主线与副线乍一看各行其道，但仔细琢磨，会发现它们在"文化传承"这一主旨上殊途同归，两者相互牵引，相互弥补，相得益彰，使小说的主题得以拓展和深化。

小说非常重视意境营造的具象性、可视化和联想性。《青莲》字里行间，无论是写景状物还是刻画人物，镜头感、画面感都极强，可观其形、辨其色、嗅其香、品其味，这是尊重生活、深入生活和艺术地再现生活的、严谨的现实主义创作态度。而这也得益于作者逾三十年记者生涯洇染所形成的职业审美和价值取向。

东莞这几年的文学创作风生水起。创作长篇小说的作者越来越多，而且质量都相当不错。我很欣喜地看到东莞文学界又一部新作问世，并祝愿作者在未来的文学道路上取得更为丰硕的成绩。

是为序。

（蒋述卓：广东省作家协会主席、暨南大学文学院教授）

二〇二二年十月

序二 勇敢地在艺海翱翔吧 猫头鹰

　　寅夜挑灯，终于把一本厚厚的长篇小说《青莲》看完了。掩卷静思，意犹未了，乃提笔胡涂几句，以抒胸臆。

　　说它厚，真的很厚。七十余万字，其形厚。书中情节交织，恩爱情仇贯穿着人们关切的人性，此情厚也。透过纵横交错的捭阖，叠出厚重的沧桑感，此历史厚也。

　　《青莲》紧扣"乡愁"二字，横跨百载时空，巧用粤剧作纽带，把此间人物和事件联结起来。锣鼓震天，丝弦缕缕，音韵悠扬，景色幽幽。现实中的生旦净末丑，栩栩如生的文学形象跃然纸上，绘出一幅绚丽多彩的人间百态图，令人慨叹不已。

　　忽然想起作者有个趣怪的网名："猫头鹰"，即勾起一段陈年逸事，兹录如下：

　　"在二十世纪初，一班女士喜欢到剧场看大戏消遣。她们都梳一种当时时兴的外形似猫头鹰的头髻，因而被媒体戏谑为：'猫头鹰'……她们追随着喜欢的老倌到每一间戏院，把戏院正中前面的两三行贵妃床全包下来……正因为如此，当时有所谓'大老

倌担得起（负责得起）几多张贵妃床（即拥有多少上等座位的观众）'的说法，并以此衡量老倌的知名程度和票房价值。"

两种猫头鹰，相隔近百年，他（她）们性别不同，身份各异，却因共同的喜好——粤剧联系在一起，这是他（她）们超越时空的连线。

李志良在媒体担任重要职务，日常公务烦冗，俗语说："轻枷重责，干系匪浅。"回到家中，上有老、下有少，赡养抚养，皆仰于彼。他凭什么样的精神去啃下《青莲》这块大部头呢？讲句老实话，此书对他来说，既无名又无利可图，为何？余私忖无他——"情怀"二字而已。情怀，这是驱动我们做文化、干实事的动力！

粤剧，岭南文化的瑰宝。在"中国粤剧"申报联合国教科文组织《人类非物质文化遗产代表作名录》之时，有两个字特别刺眼："濒危"！它戳痛了粤剧人的心，触动了岭南文化人的灵魂！令人庆幸的是，粤剧在社会的关怀、政府的扶持下，正沿着文化复兴的道路前行。我们有如《青莲》作者般锲而不舍的精神，我们高呼，我们呐喊：粤剧不会"危"，也不可能在我们这一代衰亡，因为我们有《青莲》，我们有猫头鹰！

在当代文学创作中，以不平凡的粤剧人生为故事框架，以原创长篇小说的样式，史诗般再现粤剧时空流变，《青莲》开创了先河。

勇敢地在艺海翱翔吧，猫头鹰！

李志良嘱余为《青莲》写序，奈何余胸无点墨，勉强涂鸦。非为序，仅是读后杂感而已。谨此谢过。

（何车：广府文化学者、《粤剧大辞典》表演和舞美主笔）

二〇二二年十月

目录

01 广州买戏

"咣——咣——咣——"

浑厚的五更锣声飘荡在狭长而逼仄的青莲整香街里,与随之而起的鸡鸣声和狗吠声混在一起,越过街巷低矮的瓦檐和黑黢黢的烟囱,漫向悬挂着一轮淡月的天穹。

打更人胜伯扶起整香坊门前一个被北风吹倒的晒香木架,随后嘴里哼着"燕不双,心愁怆。偷渡银河来呀来相会……"缓缓走向街口。他身边的大黄狗瞅着伏在远处古戏台前青石板上的黑影,亢奋得左蹿右跳,汪汪直叫。当胜伯"吱嘎"一声推开用十九根坚硬圆木架起的趟栊门时,那整夜与他寸步不离的家伙就将它的职责忘得一干二净,温顺地摇着尾巴,迫不及待地与那守候多时,同样焦灼不安的雌性黑犬幽会去了。

胜伯肩抵墙隅,用铜锣挡风,点燃了一根烟,抬头望着挂在古戏台前方一块刻着榜眼才子朱汝珍题写的"乐韵青莲"四个烫金阴体大字的方形匾额,自言自语道:"过

年就有大戏①睇喽!"

　　这座被青莲人称为"戏棚"的古戏台,与县城城隍庙戏台和太平三圣戏台一起,皆始建于清宣统年间。它坐东朝西,呈"凸"字形,分成唱戏的主台和可容数百人看戏的子台,四周垫台矮墙由青麻石砌成,主台的前后台由四根粗大杉木支撑,天面以绿光闪闪的琉璃瓦封檐,瓦脊镶砌了栩栩如生的陶瓷人像、花卉、动物等。"以古为鉴"四个阳体大字镌刻在出将门与入相门之间的一块楠木匾上。前面两根圆柱刻录了一副对联,上书"做戏做得真,做到歌思泣怀鬼神亦为之感动;睇戏睇成套,睇到收场结局祸福从此自分明"。

　　此时,戏棚前方那株逾百年树龄的黄檀树的树梢颤动起来,五六只大雁带着阵阵脆鸣飞向大江墟莲塘。胜伯捏着指头数日子,心想:小寒冷,惊蛰暖。他将双手插进棉袄的衣袖里,在原地不停跺脚。

　　位于整香街街口的温家大宅传来沉重的开门声。温松柏身穿长袍、头戴礼帽、手拎旧皮箱出了门。他的女儿温葱莲从三楼的雕花门窗探出头来,秀目闪着光:"爸,路上小心!记得买回薛觉先的戏!"温松柏向女儿扬了扬手,说:"你这话说了好多次啦,比阿婆还长气。快回被窦②去,别着凉啦!"

　　葱莲关上窗户,视线落在画了伶人薛觉先头像的演出海报上——这张她十三岁时过山班"铁君乐"的班主送给她的海报一直贴在她闺房的墙壁上。她每天醒来都定睛看着那清秀斯文又刚毅倔强的脸。日久天长,这副面孔就不可动摇地成了她少女怀春和灵魂依归的唯一参照。

　　温松柏从皮袄的口袋里掏出怀表看了看,侧面望向与整香街数步之遥的客家围屋——莫屋堂。他的生意合伙人莫森礼正

---

　　①　指粤剧。
　　②　指被窝。

迈出两旁镶砌了两个石鼓的门槛，拾级而上。"柏哥，去广州买戏么？"胜伯向温松柏咧嘴笑，又转过身上下打量满面油光、只穿一件单薄西装的莫森礼，说："阿礼，天冷到有金都不想捡，你穿那么少？别抵冷贪潇湘①啦。哎哟，油头粉脸的，白鼻哥②一样，你就不怕阿薇怀疑你去广州偷会戏子？小心她拧断你的耳朵！"莫森礼有意挺直羸弱的腰板，向右侧猛甩了一下乌亮的头发，说："去省城买戏，与那些清高的经纪人打交道，不穿整齐些行吗？人靠衣装，佛靠金装嘛。出去就得讲排场，免得被人瞧不起！你不知道，那些白鸽眼③知道你从山旮旯来，就会对你吹须瞪眼、拉山踢甲④的。"

数十年来，随着广府商人越来越多，青莲的宽街窄巷都是讲一口流利广州话的异乡人。他们茶余饭后聚在祖辈筹款建起的广州会馆里，吹拉弹奏，咿咿呀呀，其乐融融。耳濡目染，广府人嗜戏如命的雅兴慢慢移植到青莲人的身上。于是，青莲的码头边、茶楼里、井灶旁，甚至田畴上和山坳中，到处充溢着广府人带来的用以怡情解闷的低吟浅唱。

这些年，"统太平""全球乐""铁君乐""镜花彩""琼山玉""汉丰年""大富华""汉荣华"等戏班接踵而至，看到市场、酒楼、码头贴满演出海报，人们就会欣喜若狂，奔走相告。当绮丽的夕晖铺满连江和青莲水时，人们就像潮水般从各个路口涌向古戏台。个别殷实之家甚至在婚嫁寿诞等盛大日子以"睇大戏"来酬谢宾客。于是，青莲戏棚地笙箫齐鸣，好戏不绝。通常戏班台柱夜间刚演罢"正本戏"，"二步针"⑤

---

① 指忍着严寒也要扮潇洒。
② 指舞台中扮演游手好闲、拈花惹草的花花公子的典型扮相。
③ 指势利眼。
④ 原指粤剧表演技巧，此处引申为不尊重。
⑤ 指次要演员。

就紧接着登台演"天光戏"了。不少戏迷刚看完"正本戏"，又接着看"天光戏"，在如痴似醉中过足戏瘾。

一年中，来青莲演出的戏班少则三四个，多则七八个。基于住宿靠近戏棚地和主人好客豪爽，戏班都毫不例外地租住楼高五层的温家大宅。由此，温松柏的独女葱莲常以骄傲的口吻向玩伴们炫耀："我家又来戏班啦！"消息传开，青莲男女老少无不欢欣雀跃。有些戏迷一有空就到河边静坐，期望载着戏班的帆船在一片鼓乐声中突然出现在青莲湾。

温松柏祖籍广州，十岁时随父来青莲经商，开酒楼，办盐行，"走船"做买卖，为人正直忠信，乐善好施。这些经历和个性令他在青莲街树立了不容置疑的威望。五年前，精明又见多识广的温松柏突发奇想：既然街坊中意粤剧，不如发动大家集资买戏？这样青莲就不愁没戏看啦。他的"桥段"在广府商人圈子里一呼百应，一些乡绅富豪也积极参与其中。这几年，温松柏作为主会①，常代表青莲去广州买戏。戏班来演出时，戏票一部分外卖，一部分按每人出资数量分配。

昨晚，二十多个集资买戏的人聚集在广州会馆，商定今年秋冬和明年一年的粤剧剧目和演出日期，推荐主会。众人为拟定剧目各执一词，有的甚至相互拍起了桌子。

"我想看薛五哥②的首本戏《胡不归》，《慰妻》那段'长句二流'听到耳油都出啦！"

"买《醉打蒋门神》吧，'挞烂台'③'打真军'④'呕真血'⑤，看这些硬桥硬马的戏够过瘾！"

---

① 指雇请戏班演出的主事人。
② 指薛觉先。
③ 指传统粤剧武戏的表演技巧动作。"挞"指人平躺在桌子上。
④ 指传统粤剧武戏演出时，演员用真的兵器对打，以显示南派武戏的真功夫。
⑤ 指传统粤剧武戏的表演技巧动作。小武行当演员事先喝下带红色的中药材汤液，演出时用气功将"血"喷出，使观众以为是"呕真血"。

"我要听马腔①!"

"我选下四府的戏②!"

悬空明月投下洁净而萧索的寒光,把广州会馆里宽敞的天井、通透的走廊和耸立在大门前的两只石狮照得发亮。温松柏揭开怀表盖子看了看,说:"时间不早,快要打更啦。萝卜青菜各有所爱,有人中意绿豆沙,有人中意鸡藤糊,人之常情嘛。这样好不好,我综合诸位的意见,定几个买戏原则:一是文戏和武戏兼顾;二是薛腔、马腔、白腔、桂腔、廖腔③兼顾;三是大戏班和小戏班兼顾。"众人一致赞许。老祖宗留下的中庸之道所描绘的和合境界,成了诸多矛盾迎刃而解的良方。于是,温松柏列出了包括《胡不归》《醉打蒋门神》《黄花山》等在内的三十多个剧目,并吩咐私塾先生王文斌把剧目抄在纸上。

温松柏将抄好的剧目念了一遍,不无忧虑地说:"其实呀,我家的葱莲也想看薛觉先的戏,但不知这大老倌有没有档期,也不知人家嫌不嫌我们的荷包扁。"众人推举了三人做主会,除日月楼老板温松柏外,还有广源豆豉行老板莫森礼和青莲尚书祠守祠人何念祖。

尽管仅靠一担酸萝卜维持生计的何念祖没闲钱参与集资买戏,但众人一致推荐他出任主会,这得益于他能闭眼敲出逾百套粤剧锣鼓,也得益于他作为唐朝将军何昌期④的后代,可胜任保镖的高大英武的身躯——即使悍兵土匪、流氓地痞也惧他

三分，更得益于他尚书祠守祠人的特殊身份。有人说，说不定有很多伶人听说尚书祠供奉何昌期和李玉珪这两名叱咤风云的古代名将，都想借演戏之机前来拜祭一番，以求神灵庇佑、诸事平安。

这时，温松柏问莫森礼："戏单带上了么？"莫森礼答："带啦、带啦。"说完便从手提箱里翻出两张白纸，纸上用毛笔密密麻麻地列出三十多个粤剧剧目。

何念祖天未亮就将尚书祠内外清扫完毕，对着何昌期和李玉珪约两米高的塑像燃香叩拜后，走下祠前的斜坡。

温松柏和莫森礼来到日月楼门口时，就听到一阵如擂鼓一样沉实有力的脚步声，高大魁梧的何念祖大步流星地走来。"念祖叔，你是踏着锣鼓点来的吧？分秒不差，时间刚好。"莫森礼打趣说。但当他看见何念祖穿一件旧棉袄、腰上扎一条锣绳的装束时便不禁皱起了眉头，"你这行头……"

温松柏一直做酒楼和"走船"的生意。日月楼的伙计此时已卸下门店的门板，生起了炉火，并从仓库里搬出二十多个装着鸡、鸭、鹅等家禽和斑鸠、雉鸡等山物的大竹笼。这些家禽和山物是温松柏从山民手里收购来的，准备用船运到广州出售。"你们赶快把竹笼搬下船，"温松柏对伙计说，"哦，最近日月楼的菜和汤都太咸啦。客人问我，温老板，是不是你们恒生盐行的盐降价了？"

何念祖两手各提一个竹笼，一阵风似的，直奔豆腐社码头。船老大举着汽灯在岸边等候。一切准备停当，船老大扯起风帆，木船顺流而下。

尽管船舱门关得严严实实，但船舱里冷如冰窟。可是，这无损温松柏等人去广州买戏的兴致。船老大抱来两张棉被，盖在他们身上，还拿出一大壶白酒和一包花生。何念祖边喝酒，边嚼着特意从家里带来的酸萝卜——他一天也离不开这祖传的食物，否则食不下饭、睡不着觉。昨天半夜从广州会馆出来后，莫森礼就与几个朋友到豆豉行打麻将去了，直到五更才结束，身上还带着一股淡淡的豆豉味。几杯酒下肚，加上赢了钱，原本倦怠不堪的莫森礼就变得异常兴奋了。

"青莲街讲功夫，我最服你这个龙虎武师啦！"莫森礼用肘碰了碰何念祖，将一粒花生塞进嘴里，"我亲眼看到你把尚书祠的铁香炉举过头顶，那香炉足有两千斤啊！十多年前你不是打死一只老虎吗？说说你的威水史吧！"

何念祖淡然笑了笑。他年轻时确实打死了一只老虎，但他是一个沉默寡言的人，甚少与人谈论过往。但因酒助兴，他话语也多了。"你不嫌我嘴笨，我就说。"何念祖喝下一杯酒说。

那年夏至刚过，何念祖随街坊挑盐到英阳①，回到观音山山脚时已夜幕降临。众人慌慌张张地穿过码子塘村后那片茂密的樟树林。这一带虎豹豺狼伤害人畜的事件屡见不鲜。落在队伍后面的何念祖又饿又困，脚步飘浮，眼皮几乎抬不起来，只好掏出几个指天椒往嘴里塞。正当他走过一段茅草遮蔽的小路时，乱坟岗后突然传来"嗷嗷"几声吼叫，一只庞然大物向他扑来。"见鬼，遇到野兽了！"何念祖心想，便迅即扔下箩筐，抽出扁担，顺势把野兽的利爪架到自己头顶上。

"那家伙有五六尺长，比胜伯的大黄狗大两倍，足有一百多斤，两眼又圆又大，牙齿又尖又长，呼出的口水都喷到我脸上了！"何念祖说。莫森礼惊恐地睁大眼，挨近何念祖，生怕听漏一个细节。他轻声问："后来怎样？"

何念祖瞥见那家伙全身土黄且带黑色斑纹，额头毛依稀"绣"出一个"王"字，就知道这是一只老虎。眼看自己就要

---

① 青莲人称之为"担英阳"。即商家雇人挑食盐、衣物等山区紧缺商品到英阳墟售卖，又从那里挑回桐油、野味等物品。

被老虎压倒在地，何念祖灵机一动，忽然松开双手，跟着转身挥起右拳，用尽吃奶的力狠狠砸向老虎的鼻梁。随后从箩筐里拿起粉枪，冲上前，顶住老虎的天灵盖就扣动扳机。"我想，我的命就交给这一枪了。如果枪不响或射偏，我的小命就被老虎要去了。"何念祖感慨地说，"真是谢天谢地！枪'嘣'的一声响，老虎就倒下了。"走在前面的街坊听到枪响，都手拿扁担、镰刀、粉枪跑了回来。当他们看到地上躺着一只大老虎，周边流了一摊血时，都吓得说不出话来。

听完何念祖的叙述，莫森礼拭去额角渗出的汗，说："祖叔临危不乱，武艺超群，我佩服得五体投地！"温松柏说："阿祖，你福大命大，除了有一身真功夫外，我看是托何李两将军的洪福啊！行善者，天亦善之！"说罢，蒙头便睡。

温松柏用棉被紧紧捂住头，却毫无睡意。此刻他陷入痛苦的回忆中，因极度哀伤而泣不成声："我修善积德还不够啊，所以老天不保佑我……"原来，何念祖的打虎日与温松柏亡妻的忌日恰好是同一天。

温松柏亡妻蔡氏是青莲盐田村人。那天，身怀六甲且接近产期的蔡氏在与邻居张爱彩到大江墟莲塘观赏莲花时早产了。婴儿性命虽保住了，蔡氏却因难产大出血去世了。闻讯赶来的温松柏悲恸欲绝。他摘下几片莲叶，以自己的衣服做垫，裹着婴儿抱回家中。当时正是莲叶蔽日、莲香四溢的季节，温松柏为女儿取名时毫不犹豫地选用了"葱莲"二字。自此，温家神龛里专门供奉了一尊持莲观音。也从那时起，无论是温松柏还是温葱莲，都对位于温家大宅东北面的大江墟莲塘有了一种依恋之感，并对青莲的标志性风物——莲花产生了虔敬之情。

一直没续弦的温松柏惦记起家中的独女，尽管女儿已是一个十六岁的大姑娘，他仍放心不下。这时候，他从皮箱里拿出女儿的画作——这些采莲图和粤剧脸谱，是葱莲让他带给广州的三姑妈和三姑丈点评的。

葱莲自小喜欢画画。她五岁时画了一幅采莲图，让父亲吃惊不小。那天温松柏担英阳并收购山货刚回到整香街，坐在戏棚地石阶上等候父亲的葱莲就像一只小羚羊似的跑过来："爸，你看我今天画了什么？"葱莲倚在父亲怀里展示了一幅采莲图：太阳悬空，彩蝶纷飞，莲叶摇曳，三三两两的男女在采摘莲子……妻子在莲塘边气绝身亡和莲叶包裹中的女儿两腿乱蹬的那一幕又浮现在温松柏眼前。他摊开画纸，心里一阵战栗，泪水滴在女儿手臂上。葱莲歪着脑袋充满稚气地说："爸，今天你一早去担英阳，我睡不着，就起来画画了。这幅画好么么？"温松柏边擦泪边说："好看，好看！阿莲，你那么喜欢画画，我就让三姑丈教你。好吗？"葱莲高高跃起："真的？那太好了！"葱莲是三姑妈带大的。葱莲四岁那年，三姑妈嫁到广州一个富裕人家。三姑丈是一名大学教授，爱好古诗词，长于画画。温松柏利用到广州"走船"或买戏的机会，每年都将女儿送到三姑妈家小住，让她跟三姑丈学绘画。

葱莲长得漂亮，又懂事乖巧，甚得膝下无子的三姑妈和三姑丈怜爱。三姑丈有空就教葱莲学习国画、水彩、油画、速写、素描等，并常带她到附近学校、公园、江边写生。短短几年，葱莲的绘画技法大有长进。三姑丈发现，葱莲对粤剧情有独钟。因为每逢外出写生路过戏院，她都禁不住停下脚步。同样酷爱粤剧的三姑妈抚摸着葱莲的俏脸说："在青莲戏棚地长大的孩子，没有不喜欢粤剧的。阿莲，有空我带你去戏院睇大戏，好吗？粤剧戏班分省港班和落乡班，落乡班又分为红船班、过山班和八仙班。在青莲戏棚地演出的多是过山班。省港班在城市演出，担纲的都是大老倌啊……"葱莲笑成一朵娇艳的莲花，甜甜地说："谢谢三姑妈！"

三姑妈说："今晚带你去海珠大戏院睇大戏，让你开开眼

界。"晚饭后，三姑妈挽着身穿碎花短裙的葱莲，往位于珠江北岸的海珠大戏院走去。戏院顶部那倒锅形的钢筋混凝土建筑和正门闪烁着"海珠大舞台"字样的霓虹灯招牌，在西天晚霞和珠江河水的映衬下闪耀着梦幻迷离的光芒，显示出作为广州戏院之王的卓尔气派。来自山区小镇的葱莲为豪华都市的绮丽风情所迷醉。她怯生生地跟在一群穿戴整齐、涂脂抹粉的摩登女人身后步入海珠大戏院：镶嵌在舞台正上方，绣着"二龙戏珠"字样的彩色图案映入眼帘，明亮宽敞的舞台，三层楼高、可容纳两千人的偌大观众席，舒适的可移动座位，这些都令她感到无比新奇。

葱莲与三姑妈在二楼侧面的座位坐下。三姑妈指着一楼正对舞台的座位说："那些座位都是当官的和有钱人坐的。你知道一张戏票要多少钱么？三元！顶得上姑妈半个月的伙食费啦。"葱莲瞪大眼"哦"了一声。她知道青莲戏棚地的戏票只需两毛钱。

当晚演出的是家庭伦理剧《舍子奉姑》，讲述女主角钱氏含辛茹苦、蒙受冤屈的悲惨际遇。扮演钱氏的演员将剧中人物的哀怨表现得淋漓尽致、丝丝入扣，惹得戏院楼上楼下哭声四起，就连台上的乐师和后台人员也泪沾衣裳。深夜时分，演出结束。葱莲看见走出戏院的人群里仍有人泪流不止，便问三姑妈扮演钱氏的演员叫什么名字。三姑妈用手帕擦了擦红肿的眼眶说："他叫千里驹，大家都叫他'悲剧圣手'。"

几年间，三姑妈带着葱莲走遍了海珠大戏院、新华戏院、太平戏院、乐善戏院等，葱莲于是有机会现场观赏千里驹、白驹荣、薛觉先、马师曾、靓少佳、上海妹、半日安、何非凡等粤剧名伶的精彩演出。每次看完大戏走出戏院，葱莲都伫立在戏院门前的海报前，一对水灵灵的眼睛盯着墙上的海报左瞅右看，端详伶人的表情、举止、服饰。待三姑妈和三姑丈睡下，她便轻手轻脚地下床，借高脚油灯的光，通宵达旦，凭记忆将伶人的头像和各行当的脸谱画出来。那年，即将离开广州的一个早晨，她将十多幅画作摆在餐桌上，忐忑不安地瞅着三姑丈和三姑妈。

面对一幅幅栩栩如生的画作，三姑丈惊讶得端起饭碗又放下："阿莲，都是你画的？了不起啊！"

"薛五哥斯文又靓仔，画得最像！"三姑妈说，"哎呀，靓少佳的眼珠快要掉出眼窝啦。"

葱莲闪着黑白分明的眼睛，怯生生地说："靓少佳的眼比谁都要大、都要鼓、都要有神。"

"呵呵，没错，阿莲观察得很细致。戏迷都叫靓哥①'凸眼佬'。他的眼功没人能比，一出台，戏迷就被他的眼睛吸引住啦，他双眼好像会说话一样啊。"三姑丈来了兴致，拿起一双筷子，不停在眼前上下挥动，"靓哥随身带一双竹筷，有空就对着眼睛画，眼珠就盯着筷子转，直到手麻眼痛为止。所以，他的双眼特别醒神。台上一分钟，台下十年功啊！"

"这个长得像貂蝉的是'群芳艳影'的正印花旦李雪芳吧？也画得很像。"三姑妈手拿一幅画作在光亮处细看，"她在《士林祭塔》中演白素贞，与儿子重逢的那场戏演得很感人，台下的人眼都湿啦。"

"李雪芳独创了'祭塔腔'，上海戏迷可喜欢她啦，称'北梅南雪'②。"三姑丈摇头晃脑，一副陶醉相，"上海文人是这样写她的，'蘸语夜潮，回烛风廊，凌波步'。确实是，她的歌声就像夜色里的潮水，又像走廊中的烛光。"

葱莲听得很入神。三姑妈望着侄女如莲花一样清亮的眼

---

① 指靓少佳。
② "北梅"指北方的梅兰芳；"南雪"指南方的李雪芳。两人均为旦角。

眸，心疼地说："阿莲，你昨晚熬夜了吧？你看，眼睛都起血
丝啦。快吃，吃完睡去！"

六天后的一个灰蒙蒙的早晨，帆船抵达广州沙面码头。温
松柏等人将随船运来的特产送到一德路一家经营杂货的店铺
后，就到东山找葱莲的三姑妈。穿过一条古树夹道的幽静小
巷，他们来到一座红砖外墙、柱式门廊的洋房前。温松柏摇动
以青铜为底座的金漆兽面锡质门环，里面却悄无声息。一个在
顶拱石门楼下焚香叩拜的老者对温松柏说，邻居已于半年前携
家眷搬到香港。那人感叹说："而今隔几天就炸弹响，接着就
停水停电，不知日本仔几时打入城里来。唉，还是走得快，好
世界啊！"说完，老者"咣当"一声关上了铁门。

三人分别将一沓沓银圆用长米袋包裹好，扎在腰间，用外
衣盖住，然后直奔戏班"卖戏"的机构——吉庆公所。"吉庆
公所最初在黄沙同吉大街办公，后来搬到珠江南岸的同德大街
了。"见惯大场面的莫森礼边走边甩着他垂至眉头、油光可鉴
的头发，颇有几分踌躇自负的神气，"吉庆公所的历史比八和
会馆还长呢，行话说'未有八和，先有吉庆'。"

街上行人如鲫，人们脚步匆匆。报童抱着一叠报纸穿梭在
人流中："最新战报，徐州告急！"偶有人力车裹挟着脂粉浓
香从身边疾驰而过，抛下一串串呢喃软语和恣意浪笑。

温松柏和莫森礼穿戴整齐，优雅大方，与城里人无异。何
念祖的穿着却显得土里土气。莫森礼停下脚步，皱了皱眉头，
二话不说就将局局促促、左瞧右瞄的何念祖拽进路边的服装
店。过了半刻钟，何念祖身穿整洁的长袍，拘谨地走出服装
店，但手里还拿着他刚换下的破旧棉袄。莫森礼一手抢过何念
祖的棉袄，扔进垃圾箱，说："还留着干吗呢？"随后扯着他
往前走。何念祖没走几步，又执意返回来，捡起棉袄，说：

"还能穿几年呢。"

三人从一座悬挂着"海珠桥"巨幅匾额的开启式钢架大桥下来，穿过几条小巷后拐进同德大街。与珠江北岸的高楼林立相比，这一带显得简陋而凋敝。温松柏不由得想起广州坊间流行的"宁要河北一张床，不要河南一套房"的俗语。

前面一座稍显眼的砖木屋前有几个男人，或倚在墙角，或蹲在地上，脸庞和手臂泛着古铜色。"吉庆公所"的牌匾醒目地挂在门楣上方。三人走上前，就被那几个男人围住。

"要租戏船么？价钱可以商量的。"

"我们有走珠三角的红船，也有走粤北和下四府的帆船。"

"我们大船小船都有，大船可以坐一百六十人的大型班，中船可以坐一百人的中型班，小船坐十几人的圆笋班①。要租么？"

这些男人带着东莞、佛山、南海、顺德、三水、清远等地口音，是来吉庆公所寻找租客的戏船船主。"我们买了戏再说。"温松柏说。一名刚签完演出合约的主会从屋内出来，一个温文尔雅的中年男子紧随其后，温松柏认出那人是吉庆公所的李经理。主会得意志满地整理了一下西装领带，回头道："李经理，请留步。"李经理提起长袍连连点头哈腰，说："承蒙关照，祝一路顺风。"主会刚走出门口，等候多时的戏船船主就把他围住了。

李经理侧过脸，上下打量着眼前几个衣着光鲜而神色略微紧张的男人，问："你们是来买戏的吗？""是呀，"温松柏摘下礼帽，说："李经理，您把我忘了？"李经理惊呼："哎哟，原来是温老板！"随即恭敬地做了一个邀请的手势："里面请！"并接连甩了两下响指，喊："万主理，客人到。"一个留大背头的男人快步走来，连忙向客人鞠躬作揖，之后向展厅挥

① 指用圆笋装戏服的、行头简陋的小戏班。

了一下大手:"各位,请!"

展厅屏风上贴着"志和音雅,声色俱佳"的横额。展厅中央摆放着一台山花牌柜式留声机。立柜是用檀木做的,典雅精致,古色古香,唱针在黑色的唱片凹槽上缓缓旋转,表面刻了花卉图案的黄铜大喇叭里流出粤剧名伶新华用戏棚官话灌录的《甘露寺诉情》:"老国太,坐锦墩,请听我言禀……"在洽谈室里,吉庆公所职员与主会初步交流后,就抓住桌上的铜铃叮叮当当地摇起来,并高声吆喝:

"万年青——"

"曼丽剧社——"

戏班代表听到呼唤,就一路小跑着过来,买卖双方就坐在洽谈室详谈。

尽管十多岁时随父亲来过广州看戏,但何念祖对眼前的景况仍感到新奇。由于过于入迷,东张西望的他脚被绊了一下,打了一个趔趄。

因日本军机轰炸影响电力供应,唯有借助挂在墙角上的四盏马灯采光,展厅里光线模糊。十多家戏班的展区按抽签的先后次序排列。每个展区都挂着一个标示了班名、演员、剧目的黑底金字的"水牌"①,水牌下方张贴了该戏班台柱的头像和重点剧目的海报。虽然挂水牌的有万年青、胜中华、新擎天等省港全男班,也有曼丽剧社、菱花艳影女剧团等全女班,但展厅里显得较为冷清,已不复前些年人头攒动的情景。

"好像今年挂水牌的戏班明显少了,"温松柏对李经理说,"前几年三十六个戏班全来了,'六国大封相——尽地出齐'。"

"是呀,日本仔天天投炸弹,戏迷大多不敢上戏院了。有的戏班到了香港和澳门,有的干脆去了东南亚。没法子,揾食

———————
① 指戏班班牌。

014

艰难啊！"经年在戏行摔打的李经理不无忧虑地说。

　　莫森礼和大背头走在后面。花脸行当出身的大背头语调高昂且语速极快，如在戏台上"数白榄"："你看到的全是省港猛班，都有大老倌坐镇……你们仔细看，慢慢挑。挑中了哪家戏班，我就让戏班代表详细跟你们谈，谈妥了双方就签约。"手端一杯茶的莫森礼小声地问："一个省港班演九套戏①，平均一套戏要多少戏金呢？"大背头从西装口袋里取出笔，在手掌上画了两横，递到莫森礼眼前，说："每年的戏金都不同，但没这个数，下不了台。"

　　"一千元?"莫森礼问。

　　"大哥，你看少一横啦。是二千元啊！"大背头冷冷地说。

　　莫森礼倒吸了一口冷气，惊愕得"噗"的一声，把含在嘴里的茶水喷到大背头的衣袖上："二千元？食埋人地只车咩②！"

　　大背头有点嗔怒地掏出手帕，擦拭衣袖："一分钱一分货嘛！戏班也要养大老倌啊，薛觉先、马师曾、白驹荣、靓荣、白玉堂，谁的年薪不是超一万元的？马师曾的年薪要一万八千元，别吓坏你！"大背头说罢做了一个"十八"的手势。

　　"而今盐贵、油贵、米贵，如果票价过高，青莲戏迷怎看得起戏呢？"莫森礼自言自语道。

　　"省港猛班的架势就明摆在那里啦，你以为大老倌是来乞食的么，你想入场就入场？单睇'千里驹哭尸''靓荣不挂须''水蛇容跳加官'这些桥段，就值回票价啦！"大背头斜睨着莫森礼，阴阳怪气地说，"哥仔呀，你来省城买戏，先照照镜子，拍拍荷包，睇菜吃饭嘛，别打肿脸充胖子！"

　　———————————

　　①　指四日五夜。

　　②　指太离谱。

莫森礼顿觉芒刺在背，浑身不自在。大背头问："你刚才说是从青莲来的？是不是坐船过了连江口，再往西北走那个青莲？"莫森礼昂起头问："是呀，怎么样？"大背头鼻孔嗯哼响着，将沾了茶水的手帕扔到一边，鄙夷地说："我听说过青莲，是个山旮旯。番薯屎都未屙清，口袋只有几分钱就想学有钱佬来省城请戏班，到头来在人面前丢架，唱戏佬脚抽筋——下不了台！"

人要脸皮，树怕剥皮。莫森礼听完大背头的话，有如当众蒙受胯下之辱。他骤然感觉一股血流直冲天灵盖，便猛然甩了一下头发，用手指着大背头的鼻尖说："你说什么？你这个白鸽眼！"说罢他把手里的茶杯"哐"的一声砸在地上，迅捷解开西装马甲的纽扣，露出绑在腰间胀鼓鼓的长条布袋。他将布袋绳子用力一扯，随着"哗啦"一阵脆响，白花花的银圆滚得满地都是。

在场的人见此情景都惊呆了，个个哑然无声，面面相觑。李经理走过来，问完事情起因后便怒斥大背头："你怎么一点礼节也不懂？温老板是有头有脸的人，是吉庆的老熟客！你这人说话没大没小、没遮没拦，净给我倒米①！"大背头灰溜溜地离开了。温松柏示意何念祖将银圆捡起来。

李经理转身向温松柏赔礼道歉："那小子说话很没分寸。仗着他爸是坐舱②就目中无人。失礼、失礼！"温松柏说："一个巴掌打不响嘛。我的拍档脾气也臭，二花面颈——当堂火爆③。"

待气氛缓和后，李经理话锋一转，说："不过话又说回

---

① 指败坏事情。
② 指戏班流动演出时的负责人。
③ 指脾气、性格急躁暴烈。

来，温老板也晓得，而今省港班多跑大城市和佛山、顺德、东莞一带，下乡班、过山班主要跑粤东、粤西、粤北。由于山高路远，省港班很少到山区演出，除非主会愿出两三倍的戏金。"温松柏问："能请到薛五哥吗？青莲戏迷都喜欢他，特别是我女儿。"李经理说："我跟薛五哥是二十多年的朋友，他的觉先声剧团现在香港和澳门演出，估计没档期到粤北演出。"

温松柏与莫森礼、何念祖商量，决定买省港班胜中华的戏。工作人员便摇响铜铃，高喊："胜中华——"于是，三人与胜中华的高级代表走进了洽谈室，定下了包括《胡不归》《苦凤莺怜》《狸猫换太子》等在内的九台戏。

由于过山班还没纳入八和会馆管理，他们的水牌就上不了吉庆公所，请过山班只能直接与戏班班主对接。"您替我引荐几个过山班吧。"温松柏恳请李经理。后者说："我与他们熟，晚上我带你们去见戏班班主。"

当海珠桥的巨幅匾额和停泊在珠江沿岸码头的轮船花艇披上一层血色薄纱时，李经理带着温松柏等人穿街过巷，来到珠江北岸长堤附近的一家餐馆。李经理甩着响指走进一间包房，昏暗的灯光下坐着六个男人，他们全是过山班的班主。见到李经理带了陌生人进来，班主们很客气地站了起来，抢着向客人递烟，之后李经理有事先离开了。

双方寒暄过后，便直奔主题。一个皓首苍颜的班主站起来说："我是'梨园彩'的靓彪。我们六个戏班手里都有很多戏，剧目有'江湖十八本'①的，有'大排场十八本'②的，

---

① 指粤剧早期由外来剧种引入的传统剧目，有些已失传，有些改编后仍继续演出。

② 指粤剧出现的新剧目，有些是整戏中的折子戏，凸显演员的唱念做打功夫，有些明确由专门的行当演出。

有'新江湖十八本'①的，也有这几年新编的。内容五花八门，既有忠臣良将、奇事冤案、沙场传奇的，也有寡妇抚儿、错配鸳鸯、烈女沉冤的。文戏武戏都有，随你们选。"

靓彪说完，六位班主就将列着本戏班剧目的册子摆在桌子上，然后集体退到外面，由客人自由挑戏。约半小时过后，六位班主又回到房间来。靓彪问："考虑得怎样？"温松柏笑着说："有眉目啦。"于是，买卖双方就剧目、戏金、日期等达成了共识，并参照吉庆公所契约文本签订了演出合同。温松柏等人在六个戏班各买了四五台戏，演出时间分布在今年下半年到明年各大节日。双方约定，开杠银、开箱利是、演出税金等由主会另行支付，并规定在演出期间主会须提供一定数量的米、鱼、肉、油、菜、柴等，同时列明道具、衣箱、杂箱搬运和戏班住宿等事项。

演出合同的内容工工整整地抄在两张淡黄色纸上，温松柏与六位班主分别签名和盖指印，莫森礼当即预付了三成的戏金。"唱戏前一晚我再交三成的戏金，剩余四成等到唱完戏全交齐。"温松柏向靓彪等人拱手，"各位大哥请放心，我不会拖欠一分一毫的！"

"一下就订了几十场戏，青莲戏棚地不愁没戏唱喽！"莫森礼甩着头发说，"真开心，今晚喝几杯贺一贺！"于是，他叫来餐馆老板，点了十几个菜，要了五瓶白玫瑰酒和五瓶五加皮酒。

这时珠江南岸赤岗方向传来一声巨响，饭桌上的碗筷也因之微微震动。温松柏推窗向外张望。街上拉响了警报，行人乱作一团。有人喊："日本仔又投弹啦！"餐馆的电灯灭了，漆黑一团，莫森礼点燃一根火柴，众人都露出惊恐之色。餐馆老

---

① 指粤剧为适应观赏市场而由广府文人编写的新剧目，有些是作为青年演员的练功戏，有些是传统艺术的示范戏。

板手持蜡烛进来了，镇定自若地说："这半年，日本仔投弹是常有的事。"说罢点亮挂在墙角上的两盏马灯。李经理从外面回来。莫森礼将菜单递给李经理过目。后者拿起笔，划去八个菜，说："酒一瓶就够啦。"

此时，一个满脸污秽、衣服褴褛的老妪手牵一个瘦骨嶙峋的三四岁男孩进了包房。小男孩软弱无力地跪下，老妪把一个破碗伸上前去，操一口河北话说："老板，可怜可怜小孩吧，两天没吃没喝了……"靓彪把小男孩拉起来，吩咐餐馆老板端来饭菜，倒进老妪的碗里，还把两枚银圆塞给了老妪。

"感谢李大哥！"靓彪说着站起来，将一沓银圆垒在李经理身旁的桌子上，其他五位班主也照做了。这是过山班的规矩，凡卖戏成功，班主必须向中介人缴纳戏金总额的2%作为佣金。六沓银圆在马灯下闪着光，但李经理根本没瞄一眼，垂着头抽烟。

酒菜端了上来。但李经理依然郁郁寡欢，饭菜没吃一口。靓彪也神情恍惚，似有心事。有人说："今年秋冬和明年一年的戏都有着落了，手足们也就有米落锅了，不如唱几首曲乐一乐吧。"温松柏猛拍了一下大腿说："合晒合尺①！这次请不到薛五哥，实在有些遗憾。那就唱一段觉先声剧团的《貂蝉》，好么？"众人齐声说好。于是，一个班主把碗碟当锣鼓敲起来，四个班主依次唱开了：

何进无才掌国政。
宦官险恶乱宫廷。
苍天刚夺元凶命。
皇都又驻董家兵。

---

① 指符合自己心意。"合尺"广府话读"何车"。

（合）社稷飘摇，风前烛影。

（合）朝官惧祸，日夕担忧。

"钩住，钩住！"李经理突然站立，挺起胸膛，右手食指做了一个钩形手影，"薛五哥是我老友，戏行人都敬重他是有缘由的。他与马师曾一样，有情怀，重气节，讲骨气！日寇刚发动'九一八'事变，薛五哥在演出时把一块大白布挂在舞台前，白布上写着'当娱乐中勿忘沈案①耻辱'几个大字。他在演出过程中还穿插演讲，发动戏迷捐款支持东北抗日联军。"

李经理苍白的脸庞因情绪激昂开始泛红。"前天薛五哥带着觉先声剧团去澳门演'四大美人'戏中的《貂蝉》。他为何要选这部戏呢？他当场做了说明。"李经理说着从口袋里掏出一张澳门报纸，声情并茂地朗声念道："欲国不亡，先振人心，戏剧更负社会教育之重责，系哀乐盛衰之机枢，欲使吾民兴爱国之热忱，挽狂澜之既倒，不有斯作，何以治衷，观者取其正义而扩其精神，抗战兴邦，赖此多矣！"李经理补充说："日寇对薛五哥恨之入骨。听说派特务潜入香港和澳门，想尽办法要拿薛五哥的人头呢！"

现场鸦雀无声。众人都搁下了碗筷，表情肃穆，若有所思。靓彪悄然离座，暗里用衣袖拭泪。

此时餐馆外响起一阵脚步声和说话声，五位身穿戏服的年轻貌美的女子提着三篮鲜花和两个捐款箱走进包房来，她们身后还站着几位武生打扮的健硕男子。"阿倩，你们来得正是时候。"李经理对领头的女子说。随即从她手里要过捐款箱，哗啦一阵脆响，将桌子上的六沓银圆全都拨进捐款箱里。阿倩感

---

① 指日军在沈阳发动的"九一八"事变。

动万分，从花篮里挑出三束鲜花献给李经理，并拱手作揖说：
"李先生深明大义，高风亮节，实为我红船弟子楷模！小女子
代表八和会馆工会，向您致敬！"

李经理转过身，环视在场的人，说："他们是来筹集善
款、支援前线的。现在日寇大举进攻中国内陆，如果徐州失
守，武汉等腹部重镇也就旦夕难保了！"靓彪悲愤交集，掏出
一把银圆交到阿倩手里。他哽咽着说："十天前，我老母亲去
市场买菜，被日本仔的飞机炸死了……"温松柏等人肃立着，
默默无语，都掏出钱币投进捐款箱。旦角和武生恭敬地列成一
排，向同行和主会致谢，并逐一献上了鲜花。

众人丝毫没有动筷的欲望，都为战事演变和演出的不确定
性担忧。看见温松柏一声不吭地抽烟，李经理便拍了拍他的肩
膀说："温大哥，您放心，如果因战事导致戏演不成，我负责
把预付的戏金如数奉还。"温松柏说："我倒不愁这事。我只
是想，要是日本仔来了，青莲戏迷睇戏的愿望也就落空喽！"

靓彪把温松柏、莫森礼和何念祖拉到一边。"十年前我带
梨园彩去英德大湾唱了七八台戏。本想顺路去青莲唱几场的，
但文武生和正印花旦都生病了，就没去成。"靓彪遗憾地摇摇
头，"听说青莲有一个供奉何昌期和李玉珪的祠庙，我很想去
那儿烧几炷香。何昌期一人抵挡叛军十万人马，戏行人听过他
大名的也不少，有的过山班还供奉何将军，把他当作戏班的保
护神呢！"

何念祖说："靓班主说得没错。凡来青莲唱戏的戏班，下
船第一件事就是到尚书祠斩鸡头、烧黄纸。"

温松柏翻开演出合约，说："靓班主不是今年农历八月下
旬来青莲唱戏么？那就可以了却心愿啦。"

靓彪显得无可奈何，说："我今年还是去不了青莲。因为
我老母亲刚过世，按家族规矩，我不能出远门的，要在家守孝

三年啊。"

温松柏愕然,问:"您不带梨园彩,谁带呢?"

"我把戏班交给一位后生仔,"靓彪说,"他叫靓少德。嗯,他长得很像薛五哥,好像同一个饼印印出来的一样。"

戏里经常有意料之外的桥段,人生也由诸多意外组成。"似薛五哥?"温松柏揣摩起将现身青莲戏棚地的那个年轻伶人的容貌来。

02 兵船与戏船

雕花窗户的缝隙透进了几缕晨曦，温葱莲睁开眼时依稀看见海报上薛觉先的高挺鼻梁和深邃眼眸。"去了快二十天了，我爸去广州买戏也该回来了。"葱莲暗忖着，视线一直停留在贴在她闺房墙壁的海报上。

这张演出海报已泛黄。葱莲十三岁时，家里住进了过山班"铁君乐"。那身高体壮、满脸胡子的班主上下打量葱莲，说："你样子很标致，眼睛又大又圆，声音很甜美，适合演花旦。你这张小长脸生得特别靓，不像短节脸戴上头套就没脸了。阿莲，你不学戏就可惜喽！"葱莲娇羞地倚在父亲身边，笑成一朵莲花。班主又说："靓妹，你爸说你中意粤剧，平时也爱唱上几句。你来唱唱，如果唱得好听，我就送你一张有大老倌头像的街招。"葱莲兴奋得跳起来："好啊，我唱。但你说话要算数的！"葱莲向前迈出一步，张口就唱：

王春娥，似孤鸿，我心无嗟怨，但只望我的孩儿勤学，他日力迈圣贤……

葱莲唱完，班主立马竖起大拇指，惊叹道："哎呀，哎呀，大排场十八本中的《三娘教子》，唱得像模像样！难得，难得，难得啊！"班主弯下腰问："你知道什么叫华光师傅饭吗？"葱莲摇头。班主笑着说："就是戏行饭。你以后想吃这碗饭么？"葱莲不假思索地说："想呀！"父亲和班主听完都开怀大笑。班主拿出一张演出海报递给葱莲，指着上面的伶人头像说："你以后成了正印花旦，就有机会跟这个大老倌同台唱戏啦！"后来她才知道，这个清雅斯文又刚毅倔强的伶人，就是大名鼎鼎的薛觉先。自此，她睡前和醒来都要望一眼这张海报。天长日久，这副脸孔和花花绿绿的戏台就慢慢镌刻在他脑海里了。

温葱莲的芳名在粤西北小镇青莲可谓街知巷闻、如雷贯耳，就连来青莲做生意的广府商人，他们都知晓青莲街有一个择偶眼光甚为奇特刁钻的怪异女子叫温葱莲。

皇帝女不愁嫁。葱莲是温家独女，自身优越的条件令她有足够的资本傲视那些仰慕者。芳龄十六的她人如其名，宛如大江墟莲塘里一朵含苞待放的青莲，美眸流转，光润玉颜，一条乌黑的发辫挂在她修长纤弱的腰身上。她家境殷实，祖籍广州的父亲温柏松是一名灵醒勤劳的水客①，利用连江水道贩卖药材、鸡鸭、食盐等，经半生打拼，成了青莲赫赫有名的有钱人家，创办了青莲唯一的酒楼——日月楼，并与人合伙经营当地唯一的盐行——恒生盐行，建起了五层高的豪华屋宅。

如此貌美富足的名门闺秀，拜倒在其石榴裙下的男子自然

① 旧指贩运货物的行商。

不少，但她对他们嗤之以鼻，结果上门攀亲者换了一拨又一拨，媒婆也像走马灯似的不停更迭，可始终没有哪个人能令她芳心摇曳。起初，她相亲是凭眼缘、靠感觉的，后来经无数次相亲后，她的择偶标准才有了参照。

有一次，在整香街街口补鞋的街坊张爱彩领来一位富家子弟。那男子脸若桃花，肤如凝脂，乍一看像极了待字闺中的女子，坐在葱莲跟前，竟羞涩得连头也不敢抬。

葱莲问："你中意睇大戏吗？"男子瞅了一眼母亲，双手夹在两腿间不停揉搓，红着脸说："我中意。"

葱莲又问："你睇戏辑狗窿①，爬光窗吗？"

男子又瞅了一眼母亲，脚尖无意识地轻擦着地面，嗫嚅道："我睇戏不用辑狗窿，也不用爬光窗，我家里有钱买票。"男子再一次瞅了一眼母亲，声音小得像蚊子叫："我怕高的，不敢爬光窗。"

葱莲听后像吞下了一只苍蝇。她向张爱彩丢了一个眼神就借故走出客厅，向尾随而至的张爱彩摆了摆手，犹如泄了气的皮球，说："彩姐，你赶快领他走吧。这人虽然中意睇大戏，但我嫌他是个娇滴滴的柔姿仔。连光窗都不敢爬，还像个男子汉么？他每说一句话都看他老妈一眼，真像一个吃老妈奶水的细蚊仔②。"

还有一次，张爱彩领着一个风度翩翩的富家少爷来相亲。看着眼前这位斯文俊朗的男子，葱莲心头一阵颤抖，暗想：这人很像薛觉先！她毫不掩饰心中的波澜涌动，直勾勾地盯着那男子："你敢爬树吗？"男子嘭地拍了一下胸膛，说："敢呀！戏棚地对面的那棵黄檀树，榕树码头的那棵老榕树，还有倒流洞路口那棵老榕树，我都爬过。还掏了不少雀仔窝，抓了不少

---

① 指透过狗洞或门缝看台上的演出。
② 指小孩子。

鸣吱喳①哩。"

葱莲听后眼睛笑成弯月。她心情愉悦地将男子带进她的闺房——一间弥漫着脂粉幽香，地面铺金边瓷砖，墙壁贴着一幅薛觉先的海报，东面和南面各有一个雕花窗户的房间。她指着摆放在梳妆桌上的一台精美的箱式手摇留声机说："这是十三岁时我爸送给我的生日礼物。"

这台美国产的狗仔唛牌留声机装在一个油光锃亮的柚木箱子里，是温松柏花了四十个大洋从广州买回来的，温葱莲视之为心中至爱。她常沉醉于这样的场景：在春雨淅沥的早晨或红霞满天的傍晚，她独倚窗前，凝望古戏台，思绪恍如断线的风筝，在留声机播放的时而缠绵、时而高亢的粤剧声中，飘向天际……

那男子有点迷惘地环顾葱莲闺房里的陈设后，就十分好奇地看着葱莲摆弄她的宝贝。只见葱莲将千里驹灌录的七十八转黑胶唱片《危城鹣鲽》放在留声机的转盘上，顺时针扳动摇把，给留声机上足发条，然后把唱针轻放在唱片上，抑扬有致、跌宕起伏、咬字清晰的"白腔"便从喇叭里徐徐淌出。

古戏台上那刻着"乐韵青莲"字样的匾额在阳光里泛着金光。葱莲静默凝思，完全沉浸在岭北梆子、二黄、弋阳腔、昆腔与岭南木鱼、南音、咸水歌混合的粤韵世界里。她柔情似水地盯着眼前那心神恍惚的男子，问："你知道《危城鹣鲽》是谁唱的吗？"男子摇头。她又指着薛觉先的头像问："你听过薛觉先的大名吗？"男子又摇头。她凝视男子的眼睛："你中意睇大戏吗？"男子再次摇头。

葱莲心窝里那熊熊火焰顷刻间被一瓢冷水浇灭了，两行清泪滚落到她的腮帮子。

---

① 指蝉。

经过这两次相亲，温葱莲这位嗜好粤剧又讨厌毫无主见之人的女子显露出青莲妹特立独行、干练泼辣的个性，而令她魂牵梦萦的白马王子的标准此时也愈加明晰了。她双手叉腰，将长辫往脑后一抛，不容置疑地向张爱彩申明："彩姐，我不求门当户对，只求他中意睇大戏。"她指着墙上的海报："至于相貌嘛，要长得像薛觉先，既儒雅又英武。"

为青莲无数男女牵线搭桥的媒婆张爱彩此时瞪圆双眼，半天才说出话来："小姐，你是不是存心砸我的招牌呀？你叫我到哪找这样的人呢？青莲街中意睇大戏的男仔倒是不少，但既中意睇大戏，相貌又像薛觉先的，我就算敲锣打鼓，提着灯笼去找，也找不到啊。"

父亲温柏松也哭丧着脸苦苦相劝："我的老祖宗，你降低条件好不好？这几年来相亲的男仔数也数不清，如果要他们排队，可以从整香街排到豆腐社码头了。你眼光这样苛刻，注定一世做老姑婆①的。你知道街坊背后怎样说吗？说我水客松在选驸马爷！唉，我的老脸都让你丢光喽。你是不是想激死老窦揾山拜②呀？"

"合我心意的，就算他是乞丐，我也肯嫁他；不合我心意的，哪怕他家有十座金山，我也不稀罕。"葱莲用手掌捂住双耳，将嘴巴噘得老高，毫不退让，最后指着薛觉先的画像说，"如果等不到这个人，我宁愿一世做老姑婆！"

温家大宅的一侧与戏棚地相对。这座由青砖和沙石拌上红糖垒砌而成的高大屋宅屹立在以低矮泥砖屋为主的整香街街口，显得格外富丽堂皇和威严挺拔。这时候，听到窗外有响动，温葱莲便下了床，推开窗户。对她而言，最惬意的事情，就是倚着窗户看风景、闻花香、哼粤剧。

---

①　指老处女。
②　即"气死了父亲，你就有机会去扫墓了"。广府人称父亲为"老窦"。

戏棚地东侧就是青莲墟镇的东面边界城基脚。一条铺着青石板的弯曲小路直抵河边。小路右边有一排青砖石墙结构的房屋和一段用鹅卵石砌成的旧城墙，城墙边矗立着一座高四层、同样以青砖和鹅卵石做墙体的方形碉楼。这座碉楼与沙市街街口的碉楼是姊妹楼。青莲古城以青莲水和连江为天然屏障，沙市街碉楼、大江墟匣口和城基脚碉楼连接成一个弧形关隘，构筑成一个能守可攻、固若金汤的小山城。

葱莲小时候顽皮如男孩，常缠着打更人胜伯，要他讲戏班的故事，讲"一更人，二更锣，三更鬼，四更贼，五更鸡"的典故。她还骑在胜伯那只守更的大黄狗的背上，让它驮着自己来回奔跑。尽管她看戏从不用买票，但她喜欢与玩伴们爬上胜伯住的碉楼，从射击孔往戏台上窥看。胜伯告诉她，未有戏台前，生旦净末丑是在用竹木树皮搭成的棚子里唱戏的。从那时起，青莲人就把这一带称为戏棚地了。

挨近戏棚地北面的莫屋堂掩映于一片开阔平坦，长满香蕉、石榴、蝴蝶花的田园菜畦里，这座占地约八亩的古典雅致的客家屋院，坐西向东，外观呈"日"字形，是莫氏远祖于清朝光绪年间兴建的。葱莲小时常与伙伴到那儿玩耍，屋院里成行成列的雕梁画栋，大瓷缸里成群结队、上蹿下潜的彩色锦鲤，还有从天井沟渠里忽然探出头来的乌龟，这些都令她感到既惊奇又迷恋。

最令葱莲心驰神往的是与莫屋堂相邻的大江墟莲塘。青莲地势低洼，土壤肥沃，水源丰沛，盛产莲藕。江河两岸，莲塘连片，一簇簇花瓣长而广的青色莲花争奇斗艳，青莲因此得名。大江墟莲塘是墟镇里唯一的莲塘，由于它是葱莲的诞生地，无论她喜悦或悲哀，都会隔三岔五往那里去。有时坐在如亭盖般的莲叶下，看着蝴蝶、蜻蜓纷飞，一待就是好半天。

温葱莲从窗户探出头来时，刚好看见胜伯手执铜锣和木槌，推开那道防御土匪和野兽的趟栊门，打着哈欠，回碉楼睡觉去。过了一会儿，香品老手艺人吴天仁嘴里哼着粤剧《武松打虎》中的唱段，肩扛着半箩筐的佛香，到戏棚地空坪晾晒来了。一股混杂了桂花、丁香花、百合花、茉莉花等味道的气流灌入葱莲闺房。整香街因住了数户从梅县桃尧镇珠玉村迁徙而来的以制作香品为生的工匠而得名。

"天仁叔，今天太阳猛烈，晒香正好啊。"葱莲向吴天仁招手。

"阿莲，一大早就起来，睡不着，想你爸是吧？"吴天仁干咳两下，清了清喉咙说。

"他们去了快二十天了，也该回来了。"葱莲用手背托住下巴说。

"街坊都伸长颈等你爸回来。好啊，青莲戏棚地好戏连台！我上水虾的亲戚跟我说，打算来整香街住上十天八天，过足大戏瘾！'俺武二乘兴步上山岗。好酒，好酒……'"吴天仁唱着，放下箩筐，"阿莲，你年纪不小啦，看中哪个如意郎君呢？唱文戏的，还是唱武戏的？别千挑万拣，最终拣个烂灯盏啊！"

葱莲说："天仁叔，其实我要求不高的……"

吴天仁将佛香铺在竹架上，说："你爸是很疼你的。为了你，他宁愿不娶。话又说回来，男人也想找个伴儿说话的。按你爸的条件，谁都愿嫁他。我私下介绍了几个样子长得好看的女子给他，但你爸总摇头，说阿莲一天不嫁，我就一天不娶！阿莲，你别怪我啰唆，你既要考虑自己，也要考虑你爸啊！"

连日来，温葱莲每天都去青莲湾岸边守候，坐在青石台阶上，向江水茫茫的峡头方向眺望。她身旁是一个蘑菇状的、用以拴帆船缆绳的麻石大圆柱——青莲人称之为镇江柱。岸边的几艘帆船被河水冲撞得左右摇晃。她无法让自己的心平静下

来，越是向晚，越是心神不定——峡头河道滩多水急，匪患无穷。冷飕飕的河风粗暴地揭开她的衣领，钻进她的脊背。她缩着双肩，身体像淘米的筛子一样颤动不止。

北面的青莲水与西面的连江沿途集纳万千涓流，奔涌而下，两江在青莲湾交汇后再往东流去。青莲开埠设墟始于两千多年前的汉代，汉高祖置阳山县时就以青莲为县邑。战国时期广东三小国之一的阳禺国离青莲墟仅三公里。青莲墟坐落在一个群山簇拥、碧水环绕的小盆地里，依江而建，望山而筑，呈半扇形。

江面上船来船往，疍家人豪迈的歌声不时从船舱里传出：

凤凰齐飞过青霜，烧水劏鸡来榨油。
大洲尾前鱼公迎，屙屎洲下好休整。
青莲开头把关陂，白鹤飞埋浪伞步。

葱莲到码头守候父亲买戏归来的第五天傍晚，夕阳敛起最后一圈光晕，从高峰山飘来的雾岚越聚越密、越拢越厚，氤氤氲氲、昏昏沉沉，青莲湾恍如被裹进一个巨大的纱布囊里。

此时，一艘单桅帆船满帆逆水而上。船行至屙屎洲侧河道时，葱莲认出倚着桅杆抽烟的人就是尚书祠守祠人何念祖，便扬手大声喊叫："念祖叔——"帆船靠岸后，船老大将缆绳系在镇江柱上，随之返身回到船舱，与何念祖一起，扶着温松柏走下踏板。何念祖对迎上来的葱莲说："回到连江口，你爸就病了，又屙又呕的，几天没吃一粒饭了。"温松柏硬是将撑在他腋下的手推开，对满脸疑惑的女儿说："爸没事。只是，请不到薛五哥……"

莫森礼也踉踉跄跄下了船。帆船到达英德大湾歇息时，他独自上了岸，循着锣鼓声来到文英书院。一众当地人正围在榕树下敲锣击鼓，舞火麒麟，唱广东大戏。莫森礼买来几瓶白酒和几块酿青菜，边喝边看，乐不可支。何念祖下船去找他时，竟发现他靠着书院门前的石狮酣然沉睡，鼾声比锣鼓还响。

"我家又来戏班啦！"多年来，葱莲以炫耀的口吻向玩伴们透露消息。通常她会刻意把话打住，留心观察他们的表情。看见小伙伴们露出既羡慕又妒忌的神色，葱莲感到比咽下八姊腌制的又脆又辣的酸萝卜还要畅快淋漓。这时玩伴们就像一群叽叽喳喳的麻雀，跟随葱莲来到温家大宅，躲进一楼的房间里，揭开门帘，兴趣盎然地偷窥穿着花花绿绿戏服的生旦净末丑裹挟着浓浓的脂粉味，唱着粤曲小调，插科打诨，走上楼梯。等戏班安顿完毕，葱莲就像往常一样，跟着父亲，领着戏班班主和文武生、正印花旦、龙虎武师等，到尚书祠和观音庙烧香，并带着戏班厨师到大江墟买油买米。

一九三八年的下半年，来青莲演出的戏班刚走了一拨，转眼又来了一拨。戏棚地几乎从未平静过，粤剧浪潮席卷大街小巷，青莲男女老少无不为之癫狂。

可是，自从过山班"华彩乐"因战事趋紧，被迫取消中秋节来青莲演出的档期后，温松柏就隐约感觉到时局发生了变化。

青莲虽远离战区，但流经墟镇的连江和青莲水已不见商船、民船、戏船穿梭往来的太平景象，鼎盛时期曾同时停泊上百艘船只的青莲湾，现在只稀稀拉拉地停靠了三四十艘船只，宽阔的河道变得空空荡荡、冷冷清清。位于青莲水右岸的沙市街尽管商铺林立，可是也变得沉寂萧条了，昔日熙熙攘攘、热热闹闹的景况已不复存在。

青莲唯一的餐馆——日月楼地处担水巷与中山路相接的十字街头，这里人流稠密，项背相望，车水马龙，商客们在豆腐社码头这个最繁华的货运码头上岸后，大多经日月楼再转往别

处。这是一幢两层高、带骑楼的典型的岭南砖木结构建筑，底层以青砖做墙体，二楼用上等杉木筑成。二楼与跨街店铺搭成一条十多米长的骑楼式拱巷，担水巷从拱巷穿过，直抵豆腐社码头。每逢炎热季节，日月楼的食客特别多，他们或挤在小方桌上把盏言欢，或坐在拱巷下的长板凳上谈论时事，或蹲在路边泛着凉意的青石板上追忆城南旧事。当一阵阵清爽湿润的江风沿着担水巷和打铁街徐徐吹来时，他们感到一种说不出的惬意和畅快。

因时局不稳，这些天日月楼的生意已大不如从前，场面冷清，偌大的食肆仅有两三个食客坐在角落，边翻阅从广州、香港捎来的《中山日报》《大公报》，边小声议论战事：

"听说武汉被日本仔攻下了。"

"如果连'九省通衢'的武汉都保不住，广州和香港就险过剃头①喽。"

"是呀，省政府已搬到韶关，吴铁城主席躲到粤北的大山去啦。"

"你真系满肚蟛蜞甲由②，不愧是青莲街的消息灵通人士。"

其时，中国战局进一步恶化。日军华中派遣军司令官畑俊六率领二十五万精锐部队，在海、陆、空三军的强援下，攻占了华南重镇武汉。趁中国军队北上参加武汉会战，广东后方仅留六万守军之机，日军司令官古庄干郎指挥由日第二十一军和海军陆战队组成的七万南支派遣军，分三路在广东惠州大亚湾登陆。东部大门洞开，广州危在旦夕。

有客人念着《中山日报》上的"吴铁城主席率省府要员撤至韶关翁源"的标题，忧心忡忡地问私塾先生王文斌："你

---

① 指情况很危险。

② 指知道很多小道消息。"甲由"即蟑螂。

认为日本仔会打到青莲吗?"

王文斌曾师从被康有为誉为清末民初"岭表大儒"的简朝亮,此时他用大板车拖着满满一车毛竹从日月楼经过。他慢悠悠地摘下老花镜,用衣角拭去镜面上的汗滴,说:"青莲墟有一个古国,两条大河,三座古庙,四万人口,五座碉楼,六棵古榕,七口古井,八条古街,九个码头,十个莲塘。它有山有水,有文有武,动静相融,南北通透,阴阳平衡,五行互生。"

王文斌捋着长须继续说:"青莲西面有连江,北面有青莲水,两河构成一个'人'字,青莲墟就处在'人'字之下。即是说,青莲既得到天地的荫庇,又得到百姓的垂青,不愧是一块神奇宝地啊!"

茶客将王文斌拉进日月楼,给他倒了一杯茶,催促他往下说。王文斌不紧不慢地说:"青莲是有四方神灵护卫的。东青龙是盐田钓鱼翁,西白虎是水口将军山,南玄武是大洞蓝山,北朱雀是码子塘观音山。一年四季,四方神灵各司其职,恪尽职守:冬春交接,青龙翱翔;春夏轮换,朱雀飞舞;夏秋更替,白虎腾跃;秋冬对接,玄武探头。"

王文斌喝完茶,把杯子倒扣在桌子上,提高声调说:"青莲这地方,水泼不进,针插不入。日本仔就算给他一个水缸做胆,也不敢来!要是敢来,也会粉身碎骨的!"

这时王文斌的老婆张爱彩在门口喊他:"口水佬,说完没?快回家刨竹青去!你就会煲有米粥①,青莲街你认第二,就没人敢认第一!"王文斌赶紧将汗巾往肩上一搭,站起来调侃说:"我得走啦,家里的老虎乸叫喽,迟半步回去就要粉身碎骨啦!"众人捂嘴哂笑。

————————————

　　① 指做无谓的空想。

这些天，温松柏急得像一条被按在炙热青石板上暴晒的土狗①。这天一早，他手拿演出合约，走进莫屋堂，把合约扔到莫森礼面前，说："今晚就要敲锣登台了，梨园彩现在还不见影！"莫森礼说："靓彪不是说，由一个后生仔带班么？"温松柏沉吟片刻，说："估计路上又遇上麻烦了。""石屎楼——冇板冇钉②，后生仔办事不牢！"莫森礼说："戏票早就卖完了，要是今晚戏唱不成，难保没人挞烂戏台啊！"

这时，青莲歌艺馆——柳翠馆的老板孙胜标来找温松柏。"温老板，我提着灯笼到处找你啊。"这名经营歌艺生意的广州商人穿过围屋天井的走廊走来，将嘴巴紧贴温松柏的耳根，悄声说了一番话。然后他晃着一脸横肉叮嘱温松柏道："你马上回家收拾一下行头，别错过机会！我在码头等你。"温松柏显然没有心理准备，问："葱莲也去吗？"孙胜标有点不耐烦，说："这还要问吗？"

温松柏回到家，对女儿说："你等会跟我一起去码头接客人。记住呀，穿上今年我托人到广州为你定做的旗袍！"

葱莲对父亲诡异的神情感到疑惑："老窦今天怎么啦？神神秘秘的。"看到父亲因日夜奔波而日渐深陷的眼窝，她感到一阵心酸。

温松柏比他去广州买戏时穿得更加考究：身穿一件灰白色短袖绸缎袍服，头戴藏青色礼帽，手持一支用酸枝木做杖身、手柄套上玉镯的拐杖，显得稳重大方又雍容富贵。温葱莲则是一幅青春淑女装扮：一件绸缎质地的青色露臂旗袍将她的身段勾勒得婀娜多姿，旗袍上胸脯与肋骨之间的位置绣了两朵青白分明的莲花，显得她秀雅娴静。她脚穿高跟鞋，风姿绰约地跟在父亲身后，宛若炎夏大江堘莲塘波光水影间的一朵青莲。高

---

① 即蟛蜞。
② 指演唱没有节拍，此处寓意做事不靠谱。

跟鞋碰击青石板发出的"笃笃笃"的脆响在狭长幽静的古巷中回荡，让人联想到清晨莲塘菜畦间传来的蛙鸣声。

两人沿着担水巷走向豆腐社码头。看见温松柏父女穿戴整齐地踏着麻石条走来，豆腐社王老板问："来戏班么？"温松柏装作没听见，径直走下码头。王老板知晓，凡有戏班来，主会温松柏必毫无例外地到码头迎接。于是，他用铲豆腐的铲子敲响了豆腐木架子，喊道："啊呵——来戏班啦，戏棚地又有大戏唱喽——"

四周的人都兴奋得手舞足蹈。于是，挑水的放下水桶，洗衣的搁下竹篮，购物的把物品寄放到店铺，都争先恐后地聚集到豆腐社码头和榕树码头，或蹲在石阶上、或坐在扁担上，翘首望向江面，等候戏船出现。一些住在河边吊脚楼的人家也涌向窗口，居高临下地观望江面。

温葱莲发现，青莲区府的几名官员带着三名穿黑色制服的保安队队员来到豆腐社码头，柳翠馆老板孙胜标也跟在后面，人们慌忙为这大队人马腾出一条通道。葱莲感到愕然，便问父亲："区府的人也来接戏班？这是什么猛戏班呀，兴师动众的。"温松柏狡黠而诡秘地笑了，说："等会你就知道啦。"

"哎——哟！哎——哟！"大约过了半小时，南塘过渡码头方向传来一阵整齐而深沉的吆喝声，十多个上身裸露、皮肤黝黑的纤夫腰间套着蓝色帆布，艰难地走在河边的石堆烂泥间，一艘大帆船在纤夫的拖拽下逆流而上。

"戏班来啦——"河岸的围观者欢呼雀跃起来。

"奇怪，怎么听不到锣鼓响？"有人提出疑问。因为平常戏船抵岸时，总是敲锣打鼓的。

等到帆船即将靠近码头时，人们才看清船头两侧分列四个身穿黄色军服的荷枪实弹的士兵。"怎么是一只兵船？"有人惊讶地问。

　　站在士兵中间的是一位身着挺括军服、腰间别着一支手枪的年轻军官。只见他双手叉腰，双腿呈"八"字状，威严而傲慢地环视四周。孙胜标隔了老远就不停地向那位军官点头作揖。船未停稳，他就一个箭步跳上船，毕恭毕敬地向那军官鞠躬："洞槐兄一路车舟劳顿，真过意不去。您终于亲临鄙地，小弟万分荣幸啊！"年轻军官温和大度地说："胜标兄，你不必客气。想不到我们哥俩在此相聚，有缘，有缘啊！"这名英俊潇洒的军官叫黄洞槐，从广州调往连县，任中校副团长。孙胜标在广州经商时与他相识。

　　黄洞槐下了船，孙胜标把在场的人一一做了介绍后，牵着黄洞槐的手，转向温葱莲，意味深长地说："这位是温老板的千金——葱莲小姐，知书识礼，能画能唱。洞槐兄，你看葱莲小姐像不像一朵郁郁葱葱的青莲呢？"黄洞槐优雅地向葱莲点了点头，目光却被她一双长睫毛覆盖的眼眸吸引住。葱莲大方得体地朝对方抿嘴浅笑，算是回礼。

　　孙胜标微笑着说："黄团座祖籍江西弋阳，戎马倥偬，至今未娶。葱莲小姐也风华正茂，待字闺中。希望你们一见如故，有缘千里来相会。"当黄洞槐再次将目光投向葱莲时，葱莲隐约感到这目光已变得灼热和迷离了。她有意避开他的视线。这时，葱莲才领悟父亲让她盛装打扮的用意。码头相亲，不得不说，父亲费尽了心思。看着父亲忙不迭地向客人点头哈腰、递烟赔笑脸，葱莲反倒觉得心里难受。

　　主客双方正在说话间，突然一艘撑起白帆的帆船沿连江顺流直下，朝青莲湾驶来。正在江口咀玉米地上劳作的几个农民齐声吆喝："戏船来喽！戏船来喽！"

　　温松柏拨开人群，踮起脚尖朝帆船察看，兴奋地对孙胜标说："是戏船，真是戏船啊！"

　　帆船顺着水势驶向水流平缓的青莲湾，在码头停了下来。

这时船舱传出激越的锣鼓声和悠扬的奏乐声，有人点燃几串鞭炮，扔向码头上的镇江柱。一队穿着五颜六色戏服的伶人走出船舱，先是朝新街尾方向跪拜——下庙有几尊专供疍家人祭拜的天妃娘娘的泥像，完了又朝与码头正对、供奉阳山籍何昌期和李玉珪两位将军泥像的尚书祠跪拜。

　　见黄洞槐露出疑惑不解的神情，温松柏忙解释说："这是戏班的规矩，逢寺必拜，见庙必跪。离寺庙近的就上岸烧香磕头，远的就将船停在码头隔远奏乐跪拜。等会我还要带他们去观音古庙烧香哩。"温松柏边说边找女儿，发现她不知何时爬上一个土墩，向戏船挥手，不由得在心里责怪：这妹仔，真不解风情！

　　豆腐社码头与青莲湾之间的河道水流较急。纤夫们将手臂般粗的缆绳绑在戏船船头的木桩，另一端套着自己的腰板，弯着腰，手攀岸边的石块，"哎——哟！哎——哟！"地喊着，吃力地往前走。河岸上的人顺着布满茅草和乱石的泥泞小路，争先恐后地往狭窄的河边集结。豆腐社码头顿时人头攒动，乱成一只马蜂窝。

　　黄洞槐皱着眉向士兵扬扬手，士兵就手持长枪将人群往四周驱赶，为黄洞槐腾出一大块空地。但黄洞槐仍面露不悦，大概因为众人的注意力都被一班戏子吸引过去了。最让他感到懊恼的，是那位青莲般纯洁的女子此时也似乎彻底忘记了他的存在。

　　一位身穿灰白色粗布练功服、腰扎红色腰带的男子站在一群穿戏服的伶人中间，向岸上穿戴整齐的人作揖致敬。温松柏摘下礼帽，向慢慢驶近码头的戏船喊叫："嗨哟——是梨园彩的靓班主吗？"

　　那男子双手附在嘴边做喇叭状："我是靓少德——您是温老板吗？"喊声如万钧雷霆，在辽阔的青莲湾上空和方圆三四里

的码头街巷中久久回荡。

温松柏对黄洞槐说:"他就是梨园彩戏班班主兼文武生靓少德,花名叫'大声德'。声如洪钟,隔山可闻,真是名不虚传啊!"

戏船甫靠岸,未待船夫抛下铁锚、架起跳板,身材颀长的靓少德就从两米多高的船头如飞燕一样纵身跳下,纹丝不动地落在码头的台阶上。见此情景,人们无不齐声喝彩。

当靓少德像在戏台亮相那样昂起头时,温葱莲不由"哇"的一声惊叫:这身手不凡的男子好像在哪儿见过!对葱莲而言,这张面孔一点也不陌生,甚至早已融入她的血液和灵魂里——一双乌黑深邃的眼眸镶嵌在棱角分明的俊脸上,红润丰厚的嘴唇上方是如山脊般高挺的鼻梁,举手投足既有《胡不归》里文萍生的温雅姿态,又有《群英会》里周瑜的洒脱风采,还有《狮子楼》里武松的轩昂气度。

葱莲倏尔想起贴在自己房间的那张海报:薛觉先身着海青,头戴文生巾,手摇纸扇,神采奕奕,风流倜傥。哎呀,这人与薛五哥竟长得一模一样!葱莲对自己的发现感到无比震惊,以致胸脯起伏,双手颤抖,脸颊绯红。在年轻班主与父亲寒暄的片刻,她的视线一刻也没离开过那张陌生又熟悉的脸孔。即使她后来意识到自己的目光过于直白,企图用拨弄刘海的动作加以掩饰时,视线仍不受控制地从指缝间悄悄溜了过去。

温松柏把靓少德带到黄洞槐跟前,用"军队栋梁"和"梨园才俊"分别将两人做了介绍。靓少德不卑不亢地说:"今晚梨园彩献演《杨贵妃》,恭候黄团座大驾光临,不吝赐教!"黄洞槐说:"一定去开眼界!"

围观的人让出一条通道。梨园彩的三十余人走上码头。靓少德正想告辞,温葱莲说:"爸,我给他们带路吧,顺便带他们去观音庙、尚书祠和下庙烧烧香。"未等父亲应允，葱莲就对靓少德说："你跟我来！"

温松柏原想让女儿陪黄洞槐去参观广州会馆的，现在女儿提出为戏班带路，仓促间他一时想不出拒绝的理由。

葱莲清新脱俗，不扭捏作态，又带着一股书卷味，黄洞槐自见她的那一刻起就心神不定了。现在眼睁睁看着葱莲随一个英俊男子离去，他心里不禁涌起了醋意。沸腾的油锅是容不下一滴水的。

梨园彩的伶优在温家大宅安顿下来。温葱莲换上青色布料短袄和白色宽松裤子，领着靓少德和厨子往大江墟走去。厨子在打铁街买了一把菜刀，在中山路买了油盐米醋，并到当地人称"猪仔堂"的肉摊档割了几斤猪肉就先行回去了。

沙市街是青莲最悠久的街巷和集市，先祖们沿江而居，随街买卖。后来，墟镇向东和南延拓，便有了大江墟。于是，青莲古镇以大江墟为头颅，以广州会馆为心脏，向四周开辟了五大街、十小巷。宽敞的中山路似脊梁，延绵四五里后与下庙相接，东面有专造香烛的整香街，西面有专造镰刀、犁钯的打铁街。顺着中山路往南走，东侧的当铺巷聚集了数家以收取动产和不动产做抵押放贷的典当铺，西侧的故衣街经营从广州运来的布匹和衣服。

靓少德随葱莲来到大江墟侧的观音堂。写着"观音古庙"四个朱红阴体大字的牌匾悬挂在庙门正中，门框两侧有一副对联，上书"瑞蔼青莲花荫大江甘露，恩濡杨柳叶垂满地慈云"。

庙前葱茏茂密的古榕枝叶掉落在灰色的院墙和青色的屋脊上，天井地面铺满了铜钱似的古榕落叶，从香炉冒出的烟雾萦绕于古庙的雕梁画栋间，又沿天井往大江墟莲塘袅袅飘去。靓少德和葱莲对着庙里供奉的持莲观音焚香叩拜。

　　两人经大江墟莲塘边的小路返回温家大宅。此时中秋刚过，重阳将至，正是莲藕开挖的季节。重重叠叠、青青绿绿的莲叶相互依偎，在和风的吹拂下摇摇摆摆，像戏棚地舞台上旦角飞旋的裙裾。在莲叶上滚来荡去的水珠泛着阳光，宛如晶莹的珍珠。葱莲深情地凝望着莲塘，说："中秋前后上市的莲藕是最鲜甜、最爽口的。莲塘开花时，我就开着窗睡。闻着满屋的莲花香，我会睡得特别沉。"

　　靓少德发现葱莲的神情突然变得沉郁而悲怆，联想到她刚才面对持莲观音时的虔诚神态，靓少德感到有点蹊跷，便轻声问："你叫葱莲，是不是跟莲花有关？"葱莲默默点了点头，说："我是在这个莲塘边出生的，母亲生下我就去世了，那时正是莲花开得最盛的时候……"她说完就泪水潸潸了。靓少德抱歉地说："葱莲，不好意思，引出你的伤心事了。""怨我自己多愁善感，"葱莲擦干眼泪说，"我家供奉了一尊持莲观音。每次路过大江墟莲塘和观音庙，我都会想起我母亲。"靓少德说："我家供奉杨柳观音。我母亲常生病，父亲就请来了杨柳观音，希望为她消灾除病。我很感激母亲，家里只有她支持我学唱戏。"

　　温松柏在日月楼设宴款待黄洞槐和靓少德。黄洞槐的人马和区治安队在周边路口持枪戒备。靓少德仰起头，仔细打量悬挂在门口上方的刻着"日月楼"三个红色阳体字的牌匾，似乎对这古色古香的餐馆产生了浓厚兴趣。

　　黄洞槐在众人陪同下从广州会馆缓缓走来。盛装打扮的温葱莲站在日月楼门口。孙胜标向葱莲努努嘴，扯了扯黄洞槐的衣角说："我们青莲一枝花秀外慧中，老兄印象如何？"黄洞槐有点不好意思地笑了笑，说："不瞒老兄，这女子清纯而不老土，时尚而不做作，很合我眼缘。但愿不枉青莲此行，也了却老母亲一桩心事。可是，不知温老板和葱莲的意思如何，劳烦老兄私下打听。"孙胜标说:"温老板笑容满脸,看得出他对你是十分满意的。一个有钱有势的女婿,上哪儿找呀?他能不满意?至于葱莲小姐嘛,我没十足把握,青莲妹是很难捉摸的。但七八成的把握还是有的,能嫁你这样出类拔萃的夫君,算她三生有幸啊!"

孙胜标随即把温松柏叫到一边,悄声说:"黄团座看中葱莲了,恭喜啊!你本人对黄团座满意吧?"温松柏像鸡啄米似的连连点头:"满意、当然满意!"孙胜标说:"关键是葱莲满意。你千金是什么心思?"温松柏说:"她刚才陪靓班主去烧香,我还没空问呢。按理说,她会满意的!"孙胜标急了,埋怨道:"你还不问?要等到猴年马月?黄团座明天一早就要到连县了。唉,真是皇帝唔急太监急①。"温松柏说:"我现在就去问她。"

于是,温松柏走到女儿身边,小声说:"葱莲,这次黄团座在青莲停留,目的是见你。刚才胜标叔跟我说了,黄团座很喜欢你。他是江西人,老家有三个兄弟、两个妹妹和一个老母亲,还有两幢大屋和六块水田。他年轻有为,仪表堂堂,又未结过婚。听说追他的女子不少呢,有富家闺秀,有政府官员的千金,也有大学生,但他都没看上。黄团座各方面条件都不错,我看挺适合你的。你意见怎样呢?"葱莲不耐烦地说:"爸,结婚不是买衣服,你要给我点时间考虑呀。"温松柏说:"他明天一早就离开青莲了,你今晚就得给人家一个明确的答复。"

此时日月楼有两个食客正在小声说话,突然瞥见老板温松柏带着一队陌生人进来,门外还有数名荷枪实弹的士兵,便慌里慌张结账离去了。

---

① 比喻当事者不急,而旁人着急。

　　众人在一楼的大方桌落座，店员苏妈立即上前为客人倒茶。温松柏原想让女儿坐在黄洞槐一侧，但当他指着黄洞槐左侧的座位，"葱莲陪黄团座坐"的话只说了一半，葱莲却在靓少德右侧坐下了。黄洞槐见状，内心极为不悦：戏子，还不是媒婆、娼妓之类的下三流货色？当把情场视为战场时，军人那强烈的征服欲望就愈加显露无遗。黄洞槐对与自己年龄相仿的靓少德心存敌意，想当众问一些刁钻话题，让靓少德仓促间颜面扫地。因为他坚信，戏子读书少，会唱不会说，能演不能编。

　　黄洞槐想着，便跷起二郎腿，趾高气扬地睨视坐在正对面的靓少德，说："我虽是江西人，但也很喜欢看广东大戏。广州丰宁路西瓜园有一家剧院叫太平剧院，我在那儿看了《白蟒占龙宫》和《苦凤莺怜》。这几年薛觉先和马师曾红透半边天，觉先声剧团与太平剧团擂台比武，人称'薛马争雄'。你是行内人，对薛马之争怎样看呢？"

　　靓少德暗自惊诧：一个兵佬对粤剧有雅兴，还对戏行的一举一动了如指掌，看来这个抓枪的并非草莽之人。他挺直腰板说："这几年粤剧风生水起，逐渐有了敢向京剧、越剧、黄梅戏、豫剧叫板的底气，这与粤剧先驱的贡献和眼下薛马争雄是分不开的。有竞争才有动力，没有竞争就是一潭死水。所以说，薛马之争是粤剧之幸、戏迷之幸啊。"黄洞槐惊诧于靓少德从容不迫的应对。

　　黄洞槐又问："薛觉先与马师曾，谁优谁劣？你更喜欢谁呢？"

　　靓少德清了清喉咙，镇定自若地说："我既敬重薛五哥，又崇拜马先生。薛五哥是万能老倌，生旦净末丑诸行俱佳；而马先生也是个多面手，丑生、小生、小武、花脸、须生无所不能。薛五哥擅长斯文戏，温文尔雅；而马先生擅长粗鲁戏，活泼滑稽。我觉得，薛五哥与马先生是现今粤剧界的两座高峰，双峰并峙，难分伯仲。再说，真正的艺术是不分尊卑、不论贵贱、不排优劣的。薛五哥演《貂蝉》《西施》《王昭君》《杨贵妃》四大美人戏时，戏迷大气不敢喘，眼也不敢眨；而马先生演《苦凤莺怜》《贼王子》《佳偶兵戎》时，戏迷也同样拍烂手掌，踏穿地板。薛腔和马腔，不是各有各的拥趸么？"

在场的人看见靓少德说话思路清晰、有分有寸、滴水不漏，都不由得鼓起掌来，而黄洞槐也发现眼前这个戏子绝非等闲之辈，于是，咄咄逼人的目光黯淡下来。葱莲暗里观察靓少德和黄洞槐的神情，黄洞槐的尖酸苛刻令她感到不快，而靓少德的从容淡定令她感到畅快淋漓。

大江墟方向传来一阵锣鼓声和吆喝声："四大美人，沉鱼落雁，闭月羞花……梨园彩班主靓少德，文武兼备，唱得打得！各位街坊，担凳仔，霸头位，青莲戏棚地等着你……"几个伶人抬着锣鼓柜，边敲边喊，沿中山路往广州会馆走去。很多人端着饭碗走出家门围观，小孩子则跟在锣鼓柜后，又叫又跳。

"苏妈，为客人添茶啦。"温松柏催促正看得津津有味的苏妈。"老板，我就来、我就来啦。"苏妈用围裙擦了擦手就提着茶壶跑过来。她是家住整香街的中年寡妇，与八岁的盲眼独子阿苏相依为命。

苏妈为客人添完茶后，绕到靓少德身旁，弯下腰吞吞吐吐地说："先生，我求您一件事，行不？"靓少德侧过脸问："阿姨，你有什么事？"苏妈露出一副十分为难的神情，说："我家的阿苏出世就盲了眼。他好中意听粤剧，听说青莲来了戏班，就缠着我，要我带他入戏棚地听。但我没钱买票，你能让我们母子入场么？"苏妈边说边慈爱地瞅了一眼坐在门口石板凳上的儿子。靓少德说："没问题，开场前你跟阿苏在侧门

等我，我带你们进场就是了。"苏妈激动万分地鞠了一躬，说："太感谢了，阿苏会好高兴的！"

由于过度兴奋，苏妈转身时手中的茶壶倾斜了，茶水倒至黄洞槐的衣袖上。黄洞槐霍地站起来，狠狠地瞪了苏妈一眼："你干活怎么不带眼的？"苏妈大惊失色："哎呀，长官，我不是有意的！"众人都吃了一惊。温松柏走过来，示意苏妈赶快离开。黄洞槐意识到自己失态了，便掸了掸衣袖，若无其事地重新落座。

孙胜标试图打破眼前的尴尬，于是嘿嘿干笑两声说："洞槐兄，青莲除了山多、水多、古街多、码头多之外，就是莲藕多了。青莲古代叫青龙，后来改成青莲，原因是这里地势低，盛产莲藕。今晚温老板用心良苦，用全藕宴招待各位贵宾。"

温松柏向厨房喊道："上菜。"全藕宴九菜一汤——莲藕煲龙骨、清炒藕片、牛肉炒藕丁、莲藕焖排骨、香煎莲藕饼、冰糖莲藕鸡翅、酥香莲藕南瓜夹、麻辣凉拌藕片、吊烧莲藕鸡块、蜜汁桂花藕，逐一从厨房端了上来，摆了满满一桌。

温松柏看见靓少德除了喝完莲藕汤和吃了几块莲藕外，便停筷不吃了，便问："靓班主，你怎么不吃菜？菜不好吃吗？"靓少德说："今晚菜色很丰盛，各种莲藕的食法都有了。只是我等会儿要演出，唱戏佬习惯饱吹饿唱。"

孙胜标等频频向黄洞槐敬酒，黄洞槐却一一以茶答谢，说："时下战局紧张，原谅我不能贪一时之快，就以茶代酒吧。自从日本仔炮轰宛平城后，我有一年多没喝一滴酒了。"

温松柏向女儿使眼色，暗示她上前向黄洞槐敬酒，葱莲却不予理会。过了一会儿，温松柏又三番五次举杯向女儿示意，催促她敬酒。葱莲仍默然不应。温松柏和孙胜标见状，都心急如焚。

眼看酒宴即将结束，已有几分酒意且向来性急的孙胜标站起来，向众人拱拱手，说："各位，温老板安排的全藕宴是颇有深意的。俗话说藕发莲生，必定有根。我的好友黄团座千里迢迢来到青莲，这不是冥冥之中的缘分么？"孙胜标扭头看着靓少德，说："冒昧问靓班主，您结婚了吗？"靓少德摇摇头。孙胜标笑了，意味深长地看看轩昂挺拔的黄洞槐，又瞧瞧亭亭袅袅的温葱莲，继续说："除了靓班主外，在座的只有洞槐兄未娶，葱莲小姐未嫁了。洞槐兄一表人才，前途无量，葱莲小姐貌若青莲，聪颖贤淑，两人真是天设地造的一对啊。祝愿他们两位因荷得藕①，一见钟情，藕丝相连！"

孙胜标举起酒杯，提高声调："在座各位，也包括洞槐兄和葱莲小姐，如果同意我这个祝愿的，就站起来干杯！"温松柏愣了一下，接着眉开眼笑地手端酒杯第一个站起来。靓少德和区府官员也跟着起身。人们将目光投向男主角——黄洞槐。只见他束了束军服，手握酒杯站立，腰板挺得如战戟，眉宇间隐约流露出缕缕柔情。这时，人们又将目光转向女主角——温葱莲。此刻，她的脸色由赤红变为灰白，眼神惶恐而迷离，像在毫无防备下被人突然推进一个漆黑冷寂的枯井一样。她手把酒杯，犹犹豫豫、颤颤巍巍地起身。

孙胜标的视线在每人脸上来回巡视，清了清嗓音，说："现在请这段美好姻缘的男女主角洞槐兄和葱莲小姐干杯！也请在座各位为见证这段美好姻缘干杯！"众人附和着高喊："干杯！"黄洞槐挺起胸膛，高擎酒杯一饮而尽。当众人将视线移至温葱莲时，眼前的一幕却令他们大惊失色：手握着酒杯的葱莲犹如一座冰雕，表情僵硬。突然，她握杯的手指松开了。随着"咣当"一声脆响，酒杯掉了，酒水洒落桌子……

---

① 取"因合得偶"的谐音。

03　散班悲声

　　当一群群的鸟雀啁啾叫着，从古戏台前那枝叶茂密的黄檀树飞向大江墟莲塘，城基脚旁的碉楼被夕照拽成一个巨大斜影时，提示演出时间的第二遍发报鼓从古戏台上传来。

　　画着伶人头像，标示"今晚正本戏《杨贵妃》，天光戏《芦花荡》，好戏连台"字样的演出海报贴满青莲街头巷尾。戏棚地此时已人山人海。戏迷们肩扛长凳短椅，扶老携幼，从大江墟、整香街、当铺巷和城基脚等各个路口蜂拥而至。观音山古驿道上也有大批山民正脚步匆匆地往墟镇赶。戏棚地空坪上卷起了一团团尘土。精明的商贩在戏棚地四周见缝插针地摆设了香烟、酸萝卜、炒花生、炒瓜子、芝麻糊、鸡藤糊、薄荷糖、姜糖等大小摊档。叫卖声、嬉笑声、寻人声、叫骂声混成一片。

　　"咚咚咚——锵锵锵——"一阵激越紧凑的锣鼓响过后，戏台上的帷幕徐徐拉

开了。靓少德扮演的唐明皇在万众期待中登台亮相。只见他身穿一件绣着行龙、祥云和松柏的黄色龙袍，头戴一顶饰以珠宝和大红球缨、左右各挂一束黄丝穗的平天冠，风流儒雅，潇洒俊逸。台下一片静默后，便爆发出雷鸣般的喝彩声。当靓少德用精练优美、高低强弱有致的薛腔演唱时，台下便鸦雀无声。

缥缈雾里银河在眼前，
云彩因风万千变，
寄身在云间，
如梦更飘然。
月中有仙娥，
向玉女求会见。
舒眼望琼楼和玉宇起于仙山上，
隐隐约约似有天仙，
更喜见嫦娥素知绝代容貌美，
倾国世间传。
拜访仙姬，
相识一见也是有缘。

演出前，温葱莲毫不理会父亲近乎哀求的目光，没随他一道陪年轻军官黄洞槐进场看戏，而是把自己深锁在闺房里。

温松柏和孙胜标在日月楼别出心裁设下的全藕宴无疑是一席定情宴。葱莲在众目睽睽下松开握酒杯的手，让酒洒落于桌，这不啻在平静的江面上扔下了一枚炸弹，令一桩看上去珠联璧合的婚姻顷刻间化为了泡影。

葱莲松手的那一刹，已明白这是对一段姻缘的放弃和摧毁。因此，当她重新落座时，神情自若，心静如水，并无后悔

之意。众人开始以为她是因过于激动而摔落酒杯的，后来看见她镇定自若地端坐着，并没添酒的打算，也就明白她松开手是故意的。至于她为何要做出这一举动，众人就不得而知了。孙胜标张皇失措地走过来，抱着扭转眼前难堪局面的一线希望说："葱莲，你今晚陪黄团座睇戏吧。"葱莲心怀愧疚但又矢志不移地摇摇头："没必要！"

古戏台四周的围墙用砖块支起一排排用以通风透气的小孔，葱莲倚在窗前可隐约看见戏台的景况。靓少德洪钟般的嗓音撞击着葱莲的心鼓，令她感到一阵昏眩。她躺在床上，凝视着薛觉先的画像。迷离间，薛觉先慢慢幻化成靓少德了。葱莲心头一震，猛然从床上弹起，揉揉眼睛，画像又变回薛觉先的肖像。哎呀，薛觉先与靓少德，两人的轮廓神情是何等相似啊！特别是那深邃的眼眸和直挺的鼻梁，简直是用同一个模板复制出来一样。她又躺下，闭上眼，心怦怦地跳着，像要蹿出体外一样。靓少德的演唱，似空谷鸟鸣又如山涧水流。葱莲蓦然觉得，这天籁就是她怀春以来所要寻觅的情人间的絮絮细语。

温松柏陪黄洞槐坐在戏台前首排座位的中间位置。女儿葱莲在日月楼洒酒于桌，让温松柏始料未及，让他经历了人生最尴尬、最难堪的一幕，也让他感到颜面损毁殆尽。惊骇、愧疚、羞辱、愤懑一齐袭来，令他喘不过气也抬不起头。他真想躲到一个无人的地方痛痛快快地哭一场。在陪黄洞槐走向戏棚地的路上，这个可怜的男人显得疲惫不堪，脚步踉跄，刚发生的一幕显然消耗了他极多的能量。他软绵绵地斜靠在座位上，汗流不止。

也许是经历过刀光剑影的血腥场面或见惯了男欢女爱的风月场所，尽管事情的发展出人意料，场面令人十分难堪，但黄洞槐应对变故显然从容淡定多了。当酒杯从葱莲手里滑落并砸在餐桌上的那一刻，他脸上的肌肉在快速抽搐一下后就马上恢复原状了。他没说一句话，只惊讶地瞥了葱莲一眼，随之束了束皮带，颇有风度地整理一下风纪扣，缓缓落座。走出日月楼，他默然不语，步伐矫健，看不出内心的波澜。当孙胜标坚持在他左侧为葱莲预留空位时，他不置可否，正襟危坐，目不斜视，只是偶尔借与温松柏和孙胜标说话之机，暗里向四周张望，似乎仍在期待美人出现。

懂戏的黄洞槐慢慢被戏台上的表演吸引。当唐明皇在众将求情下决定赦免违反军规的安禄山，并同意杨贵妃的提议收安禄山为义子，留其在宫中时，黄洞槐猛拍了一下膝盖，轻蔑地说："放虎归山，引狼入室！"

温松柏小心陪着黄洞槐，暗中揣摩他的情绪变化，生怕又出纰漏得罪了他。此时温松柏插话说："平定安史之乱，郭子仪的部将何昌期和李玉珪立了大功。何、李两位将军都是我们阳山人，青莲尚书祠就是供奉他们两位的。"

黄洞槐点头道："这事有史书记载，确有其事！"

此时台上旌旗招展，鼓乐齐鸣，演出从文戏转入武戏。安禄山手握长戟，气势汹汹地说："兵变范阳鼙鼓动，千军万马踏长安。自号燕王登帝基，锦绣江山归掌上。"郭子仪、陈玄礼率领的唐军与安禄山带领的叛军打得惊天动地。

正当人多将广的安禄山劝郭、陈投降时，唐军里一个手持长刀的年轻将领策马奔来。此人用霸腔唱道："我呸，岂能背主事狼狈，莫道唐朝无勇将！"唱罢跃身下马，大喝一声："安贼，吃我何昌期一刀！"即举长刀劈向安禄山。后者机警地躲开，挥舞长戟刺向对方。何昌期迅即以一连串的级翻、大翻与对手周旋。戏台上一时刀光剑影，杀声起伏。

　　何昌期站在虎度门①，迎着猛扑而来的安禄山连跳六个大翻，落地后接着又转身跳了五个级翻，身体弹至半空后，来了一个"后趴虎"②，身体重重地压在安禄山的脊背上。之后他跳到一块大石上观望，瞅见安禄山已经筋疲力尽，便一个鹰翻越过安禄山头顶，随之接过士卒抛来的长矛，刺向安禄山，后者"哎呀"一声惨叫，落荒而逃……

　　当何昌期挺胸做了一个威武的亮相动作时，台下的戏迷有节奏地高声呼喊："何十万——何十万——何十万——"

　　黄洞槐惊愕地问温松柏："演何昌期的人好像是靓少德？"后者笑着说："是呀，是靓班主！何昌期勇斗安禄山的桥段是临时爆肚的。演得真好啊！"

　　此时戏台上的靓少德连做三个"车身"动作，色彩斑斓的蟒袍和背旗、雉鸡尾随着身体旋转而翻飞舞动，呼呼作响。他走到一边，随即踏七星步返回戏台中央，豪气干云地发出"哈哈哈"三声大笑，然后又走至戏台一侧勒马眺望，左手抓住缰绳拨了三下马头，右手高擎马鞭抽了三下马身，昂首挺胸，踌躇满志，催马回到己方战阵。郭子仪、陈玄礼率部列队相迎，连喊："何将军好本领！"将士齐唱："平定安史之乱，恭请圣驾返长安！"

　　温葱莲倚在窗前远眺戏台上的靓少德，视线一刻都没离开过他。靓少德的台步、云手和唱念，都令她如痴似醉。而他客串武生，跟斗翻得又高又稳，让她目瞪口呆。一个身披海青、头戴文生巾的伶人形象浮现在她脑海里，她忽然产生将它描绘出来的冲动。于是，她迅速从柜子里拿出纸和笔，靓少德的肖像便一气呵成。

---

　　①　指粤剧戏台供演员出入的台口。
　　②　京剧叫"倒扎虎"，指身体向后翻转后，胸部、腹部和双脚着地。

人生如戏

二零二年
九月
為當代青蓮
演員靚少德造
蔡成桂寫于廣州

靓少德

（蔡成桂绘）

　　靓少德刚完成武戏胜者下场的传统表演程式后走进虎度门，戏台下此时炸开了锅，一直屏息静气观看演出的戏迷已难以自持了，有的尖叫喝彩，有的拍额跺脚，有的吹哨甩指。一个女戏迷说："今晚开眼界了！两毫钱的戏票抵到烂啦！"一个男戏迷说："靓班主文戏武戏都十分了得。他的嗓喉就好似胜伯的守更铜锣，震天动地，'大声德'这个花名起得真贴切啊！"另一个男戏迷说："靓少德翻跟斗真是湿水棉花——冇得弹①，就算是省港大班的跟斗王'乌嘴九'②和七吊大翻'跟斗松'③，功夫也不过如此！"

　　戏迷的情绪慢慢平稳下来。此时，戏棚入口传来一片嘈杂声，一名手执短枪的军官和两名手持长枪的士兵被守门的勤杂拦在门外，士兵气急败坏地拉动枪栓，破口骂道："他妈的，快闪开，让老子进去，我们有重要情报向长官报告！误了军机老子就毙了你！"坐在入口附近的戏迷听到争吵就围上来看热闹，继而引发全场的观众站起来往入口处看，刚静下来的戏棚顿时变得嗡嗡哄哄，秩序大乱。戏台上的演员以为发生了意外，都愣在原处，而棚面乐师也放下鼓槌或弓弦，跑到台前踮起脚尖往门口看个究竟。

　　军官带着两名士兵好不容易突出重围，来到黄洞槐跟前，附在他耳边说了几句话。也许是现场太过嘈杂，尽管军官脸红脖子粗接连说了几遍，黄洞槐仍未听清军官说什么。他皱眉眨眼，不耐烦地大声吼道："扫兴！有什么事？你说大声点！"

　　军官只好双手合成喇叭状，冲着黄洞槐的耳朵高声说："日本仔攻入广州啦。师部命令我部，要在明天中午十二点前赶到连县，否则军法处置！"

---

①　指非常好。
②　指粤剧武生李天祥。
③　指粤剧武师梁少松。

黄洞槐脸色发青，倒吸一口气，说："哦!"

站在黄洞槐身边的几名戏迷听了军官的话，都不由得惊恐万状，发疯似的惊呼："日本仔打入广州啦——"

日军攻占广州的消息在惶恐不安的气氛中迅速传播开来。一些人对消息添油加醋，于是，更骇人听闻的谣言诸如"日本仔已打到浛洸大湾啦""日本仔快要打到青莲啦"等也传出来了。人们像惊弓之鸟，拼命向出口拥去，戏棚地响彻了呼爹喊娘的哭叫声。

黄洞槐意识到如果不及时控制眼前的混乱局面，极有可能引发踩踏事故。于是他纵身跃上戏台，高声喊道："大家安静! 大家安静!"但声音如石沉大海，完全被现场巨大的声浪所吞噬。他便从腰间拔出手枪，"砰、砰、砰"连开三枪。黄洞槐大喊："大家别慌，别信那些鬼话! 日军打进了省城，但省城离青莲还有几百公里哩。青莲山高路远的，有阳山关、天井山做屏障，政府军又在清远、韶关、连县重兵把守，日军那么容易打进来吗? 你们别慌，别挤，一个接一个离场!"

黄洞槐对走过来的靓少德说："人都走光了，戏还唱么?"

"杀了大花脸①，眼看戏就要唱完的……"靓少德叹了一口气，"日寇拿下广州，香港、澳门和韶关也危在旦夕。完啦，全完啦! 唱戏这碗饭砸烂啦! 兵荒马乱的，以后谁还敢提着小命去省城买戏呢?"黄洞槐说："你能文能武，能唱能打，本来可大展拳脚的，可惜啊! 连县地势偏远，相对比较安全，省政府有可能迁到那里。如果梨园彩在别的地方待不下去，就来连县吧。"靓少德苦笑道："如果真的走投无路，我就到连县投靠你了。"黄洞槐跳下戏台，带着人马抄山路连夜赶往连县。

---

① 指粤剧结束时常设置恶有恶报、惩办奸人的场面。

刚才还人头攒动、热闹喧嚣的戏棚地此刻变得稀稀落落、冷冷清清，到处可见戏迷们丢弃的烂鞋、破衣、烟头、果皮等杂物。戏台上，生龙活虎、群情激昂的景象已无踪影，演员乐师们像菜园里被洪水泡浸了几天几夜的菜叶一样，耷拉着脑袋，六神无主地你看我、我瞅你，又不约而同地将目光移向他们的主心骨——年仅二十岁的班主靓少德。

按照演出合约，梨园彩要在青莲连演九台戏。现在时局急转直下，戏班人心浮动。是继续完成演出合约还是中止合约提前"散班"，对此靓少德还来不及细想。看见众人失魂落魄，靓少德连拍三下手掌，朗声道："大家不要惊慌失措，都打起十二分精神来。系威系势，五郎救弟！五军虎，唱戏的威势架步哪去了？大家有什么打算，不妨说说。"

"靓班主，我想带着依依留在青莲，"五十多岁的扬琴师傅范阳推了推架在鼻梁上的老花眼镜说，"反正我无亲无故，四海为家。"这位八和会馆的老艺人整天穿一件干净浅蓝色马褂，撩起半截袖口，说话总是柔声细气。此时他四岁多的女儿柳依依惊悚地抱着父亲的大腿，范阳则不停地用手抚着女儿的脸。

掌板师傅从戏台左侧的锣鼓楼上跳下来，哭丧着脸说："我上有老、下有小，不知他们如今情况怎样。我想早点返南海老家！"说完，这名中年男人就呜呜地哭起来了。"我也想赶回三水！"一个二帮花旦抱着一个老旦的肩头痛哭流涕。现场哭声不绝，人们边抽噎边嚷着要尽早回老家去。

粤剧戏班，无论是省港班、红船班抑或是过山班等，其伶人大多来自广州、佛山、东莞、南海、顺德、番禺、三水等地，梨园彩也不例外。因此，立即乘船返回佛山大基尾成了压倒性意见。

掌板师傅哭着说："靓班主，我们想明天一早就离开青莲。但也明白梨园彩跟主会签了九台戏的合约，违约是要赔违约金的。这违约金嘛，平摊在我们身上好了，我们也不想让班主一个人付。"靓少德想，众人归家心切，强迫他们完成演出合约是不仁不义的。至于违约金，他宁愿自己一人付也不肯让大家分摊。

靓少德环视众人，沉静地说："既然各位兄弟姐妹归心似箭，我就成全大家。等会大家到账房那里领取剩余的薪金，然后收拾好行李，明天六点起程回佛山大基尾。"

衣箱伯、杂箱叔将戏服、刀剑等收拾完毕抬回温家大宅。演员乐师们满怀心事，过往杀了大花脸回驻地吃宵夜的喜悦心情荡然无存。戏棚外也不见戏迷夹道相送的情景，巡更的大黄狗领着一群狗犬守在街口，不停地向一班陌生人吠叫。温松柏、莫森礼和何念祖走过来，把那群狗喝退了。

账房先生上楼取来一包钱。靓少德将钱往温松柏怀里一塞，拱手说："三位主会，实在对不起！听到日本仔攻入广州，手足们都没心唱戏了，想明天一早就赶回佛山，各自回家。我们单方面违约，这是违约金，请清点一下数目吧。"

温松柏把钱交回账房先生手里，连连摆手说："靓班主，你别误会，我们不是来收违约金的，我们是来赔礼道歉的。戏迷被广州沦陷的消息吓坏了，场内秩序乱哄哄的，致使戏演不下去……"莫森礼说："戏班兄弟姐妹的心情我们理解，他们大多有老有小的。唉，广州沦陷也算是天灾人祸啊！我们就别提违约金的事啦。"靓少德动情地说："青莲人的情义我靓少德一生难忘！日后如有机缘，梨园彩为青莲街坊演三场大戏，一分钱都不收！"

"呜——呜——"温家大宅传出几声女人的凄厉哭声，接着又传来一阵噼里啪啦的物品砸碎的脆响和几声男人的号叫。靓少德愕然，便撒腿冲回温家大宅。温松柏和温葱莲也紧跟其

后。屋子里弥漫着浓烈的烧酒气味，掌板师傅与五六个男演员挤在楼梯过道上，他们每人都手端酒瓶或瓦碗，有几个人横七竖八地醉倒在楼梯口，到处都是酒瓶和瓦碗的碎片。四五个未来得及卸装的女演员抱成一团放声恸哭，脸上是一道道红红绿绿的泪痕。

"广州被日本仔占了，我有家也回不去啊！"

"不知我老母亲是生还是死，我有五年没回家了！"

"我这副老骨头挨不了几年了，要死也要死在顺德大良。"

"青莲一别，以后就难见面喽！呜呜呜……"

梨园彩在演出期间是禁酒的。可是，想到明日就要散班了，今后生死两茫茫，有人就上街敲开店铺的门，买回了几瓶烧酒。

靓少德抱歉地对温松柏说："温老板，给您添乱啦。"后者却说："就让他们喝个痛快吧，这样他们心里好受些。这年月，今日不知明日事啊……"

温松柏、莫森礼和何念祖费了很大的劲，才将几个醉倒的男乐师逐一扶回房间。葱莲上前安慰哭成泪人的女演员，但未开口，自己就忍不住"哇"的一声哭了起来。靓少德在人群中缓缓走过，动情地拍拍这人的肩膀，摸摸那人的脑袋。一个皮肤黝黑的二花脸手端半碗酒，跟跟跄跄地走到靓少德跟前，"扑通"一声跪下，哽咽着说："靓班主，感谢您当年收留我这个没爹没娘的！您的大恩大德，我一生也忘不了！"说罢，这个孤儿就想将酒喝下。靓少德却倏地抢过碗，一饮而尽，随之泪珠也流了下来。

把演员乐师安顿好后，靓少德下了楼，坐在街口趟栊门旁的石板凳上。月亮钻进云层里去了，四周漆黑而寂寥。葱莲也下楼来了，坐在街口的另一侧。靓少德知道葱莲没去戏台看演出。葱莲在日月楼当众洒酒的举动令他感到震惊，他看到了这个外表柔弱的女子的另一面：青莲妹敢想敢为，爽直泼辣！

葱莲首先打破沉默："我家供奉持莲观音，你家供奉杨柳观音，我们都与观音有缘啊。"

"我爸请来杨柳观音，是因为我妈常生病。华光大帝是我们戏行的保护神，我们每到一个地方唱戏，都要入屋叫人、入庙拜神。"

"你说过，家里只有你妈支持你学唱戏？"

"是呀。我原姓何，叫何少德。小时我爱打架，从街头打到街尾，又从街尾打到街头。街坊都叫我牛精仔、百厌仔。我妈对我爸说，他喜欢学唱戏就让他学吧，他学了戏就不再顽皮了。"

"你爸开始不准你学唱戏？"

"我爸发现我偷偷去练功练声，就用柳条抽我。"

"你后来怎样成了文武生，还当上了班主？"葱莲兴致勃勃地看着靓少德，一双美丽的眼睛闪烁着光芒。

靓少德看了一眼葱莲明亮的眼眸又迅速移开："说起来一匹布咁长啊。如果你不嫌我口水多过茶，我就说给你听。"

那年秋天的一个晚上，番禺沙湾鼓乐喧天，粤韵悠扬。红船班梨园彩正在一个用蚬壳墙围起来的戏棚里演出粤剧"江湖十八本"之一的《十三岁童子封王》。七八个小孩搬来竹梯和凳子，贴着戏棚大门的缝隙观看台上演出。正当他们看得津津有味、大呼过瘾时，班主靓彪焦急万分地从戏棚里跑出来，对着小孩们喊道："细蚊仔，你们谁想上台演戏？我给他三毛钱。"小孩子转过身，还未反应过来，靓彪就将其中一个虎头虎脑、精灵敏捷的小孩从竹梯上抱下来，说："你够醒目，跟我来！"说完便不管小孩是否愿意，连推带拖地将他拽进了戏棚里。

原来，当晚的演出急需一个临时跑龙套的小孩。靓彪匆忙为那小孩穿上黑布鞋，系上红腰带，并在他脸上涂了一层脂粉，叮嘱道："你跟在师兄身后，在戏台来回走两圈，不要说话。记住了吗？"小孩毫不怯场地点了点头："我记住啦。"靓彪使劲拍了拍小孩的屁股，然后推了一下他的背脊，说："快上！"小孩就这样懵懵懂懂而又大大方方地登上了戏台。

小孩从戏台下来回到杂边，靓彪摸着他的脑袋满意地笑了，说："你真够淡定。你叫什么名？哪里人？今年几岁呀？"这时小孩反倒有点腼腆了，小声地说："我叫何少德，家就在沙湾，今年六岁。"靓彪皱着眉头，带着责怪的语气说："你说话的音量太小了，像蚊仔叫一样。女仔说话要小声点，男仔说话就要大声点，懂吗？系威系势，五郎救弟，男人就要有这样的架步！"

靓彪把三毛钱塞进小孩的口袋里，又使劲拍了一下他的屁股，说："快回家吧。夜深了，你爸妈要到处找你了。"小孩却嘟着嘴，昂起头，用脚咚咚跺着台板："我不走！我要睇完戏才回家！"靓彪呵呵笑了："随你吧。我就中意你这副牛精相！"

少德对这次阴差阳错的跑龙套永生不忘。"系威系势，五郎救弟"这句最能体现粤剧伶人气质、气度、气概的行话从此融在他的血脉和灵魂里，成为他一生中的言行准则和待人处事的尺度。

少德把"天光戏"也看完了。当天空泛起鱼肚白时，他用手捂着装钱的口袋，一路飞奔，高嚷："阿爸阿妈，我挣了三毛钱，给妈买药。"他刚踏入家门，父亲何苟一手揪住他的衣领，一手挥动柳条，对他照头照脑一顿猛打："谁叫你偷偷去睇戏的？还上台跑龙套，你真是吃了豹子胆啊！你说，你快说，以后还敢不敢？"何苟将儿子打得皮开肉绽、鲜血直流才停手。

少德趴在地上，不哭也不说话，任由父亲手里的柳条一下又一下落在他的脸上、身上。体弱多病的母亲徐氏在一旁掩面痛哭。"没见过像你那么牛精的，打死都不怕！牛都教变了，何况是人呢？"何苟将柳条往地上一扔，"以后你还去睇戏，我就打断你的腿！"

待丈夫走后，徐氏为儿子擦拭伤口，说："德仔啊，原谅你爸啦！你爸打你，是不想你走你爷爷的老路啊！"少德委屈地问："为什么不准我去戏棚睇戏？我挣钱回来给阿妈买药，为什么还要打我？"

徐氏哭着说："傻仔，家家都有一本难念的经啊。家里过去的一些事，你爸不想让你们兄弟姐妹知道，更不想让外人知道。等你长大了，我就告诉你……"少德挥舞着小拳头说："我有本事挣钱为妈买药了，还不算长大吗？"徐氏一时语塞。过了很久，徐氏擦干眼泪，向儿子讲述隐瞒多年的往事。

少德的爷爷叫何麒麟，是一名武艺高强的粤剧武生，练就一身轻功，既能飞檐走壁，又能站在沙煲上起单脚①，或手撑沙煲起虎尾②。

清咸丰四年（一八五四年），伶人李文茂率领一众梨园弟子响应太平天国起义。三军统帅李文茂身穿蟒袍甲胄，其他文官武将也按职位高低分别穿蟒袍、圆领、袍甲、箭衣等明朝戏服跟随。何麒麟与其他小武、武生一道被编入文虎军，随军攻占了广州府、肇庆府和惠州府。在攻打惠州府时，何麒麟翻跟斗跃上城墙，单枪匹马杀死一队清兵，随后将城门打开，一时威震敌胆。但起义军攻打桂林惨败，被迫撤到怀远山。身负重伤的何麒麟为免遭清兵生擒，便连人带马跃下悬崖。

后来，清政府禁止广东本地班演出，烧毁佛山和广州的琼

①　即金鸡独立。
②　即倒立。

花会馆，并到处通缉参与起义的粤剧伶人，何家先后共有十五人因牵连其中而被杀害。何苟被迫离开祖籍顺德大良，到处流浪，隐姓埋名，最后在番禺沙湾落脚……从此，何苟就禁止子女练武，也不准他们到戏棚玩耍，对父亲参与反清起义的事和与粤剧有关的话题均绝口不提。

徐氏搂着伤痕累累的儿子说："你爸不让你们兄弟姐妹练武唱戏，都是为你们好，他不想何家将来断子绝孙啊！听妈的话，以后别去戏棚睇戏了，记住了吗？"何少德发呆地看着母亲，没点头也没摇头。

生性倔强的何少德不但没听从母亲苦口婆心的劝解，反而激发了他立志成为一名武艺高强的"五军虎"① 的雄心壮志。他仍然瞒着父母到戏棚看戏，回家后就独自偷偷练习武功。

一天深夜，听到父母睡房里传出呼噜声，他便悄悄爬起床，蹑手蹑脚地来到厨房，捧着母亲熬药用的沙煲来到后屋的空地。他将沙煲放在石板上，尝试像爷爷一样站在沙煲上打功夫。他小心翼翼地将左脚踩在沙煲上，正试图抬起右脚时，随着"啪"的一声响，沙煲裂开了，碎片散落一地。何少德抱着血肉模糊的左脚，倒在地上。

何苟和徐氏被惊醒了，从睡房跑出来，看到眼前一幕都愣住了。徐氏吓得双手直颤，哭着说："哎哟哟，你真系前世唔修②喽！"她赶紧找来布条给儿子包扎伤口。泪珠滚出她的眼眶，又滴到儿子的脸颊和脖子上。徐氏抽泣着说："傻仔，踩在沙煲上打功夫，不是人人都能做到的，要有轻功才行啊。"何少德忍着剧痛，一声不吭。何苟把高举柳条的手垂下了，背过身去擦眼泪。看到儿子意志如此坚定，何苟再也不忍心打他了。

---

① 又称"龙虎武师"，指粤剧戏行的武打演员。
② 指前世不积修善行，今世便遭报应。

　　何少德拖着受伤的脚，将沙煲碎片一一捡起来，然后跪在父母面前，说："阿爸阿妈，你们就让我练武功吧，我想像爷爷一样，在戏台上演一名武生。等我挣了钱，就买药治好阿妈的病。"徐氏啜泣着望向丈夫。何苟说："仔啊，练功和唱戏好辛苦的，你以为华光师傅这碗饭那么好吃么？一年四季穿同样的戏服，热死花脸、冷死花旦①，再说啊，唱戏是很难大富大贵的，俗语说'唔穷唔做戏''上台唱《六国大封相》，落台无钱买豆酱'，你见过几个唱戏佬有钱买田地建高楼？还有啊，唱戏佬不知哪天会招来杀身之祸！"少德说："阿爸阿妈，我不管那么多，我就是喜欢练武，就是喜欢唱戏！"看到儿子如此矢志不渝，何苟和徐氏也就不再阻挠了。

　　第二天，何苟带着儿子何少德来到佛山拜靓彪为师。拜师仪式在一家祠堂举行。师傅靓彪穿一套宽松的白色练功服，面容肃穆冷峻，与师母端坐在华光祖师塑像前。一阵激越的锣鼓响过后，何少德跪在师傅和师母面前，宣读拜师帖："一日为师，终身为师，恳请师傅收我为徒！"念完就将拜师帖举至头顶，呈给师傅。接着向师傅和师母叩了三个响头。然后斟茶，行拜师礼："师傅师母，请饮茶！"随后向师傅奉送束脩六礼——肉干、芹菜、龙眼干、莲子、红枣、红豆，最后来到华光祖师神像前，连叩三个响头。

　　靓彪喝着茶，仪容依然庄重威严。他放下茶杯，解下自己的练功带回赠何少德，说："这练功带我勒了五年，你扎上吧。"少德接过练功带，系到自己腰上。锣鼓响过后，靓彪开始师训："从今天起，我靓彪收何少德为第二十九个徒弟。德仔，你千万记住戏行三句话。第一句话是'未曾学戏，先学行头'。第二句话是'执输行头，惨过败家'。入了师门，就

————————

　　① 小武演员常穿大靠或蟒袍，花旦则戏服单薄。此语用行当的穿着特点反映粤剧戏班艺人的舞台生活。

要遵守祖规，清白做人，明白么？我们唱戏佬处处无家、处处为家，身家财产全在床上，放下蚊帐就算是关了门。属于你的物品就是你的，不属于你的物品你一眼也别看。我这人最恨小偷小摸了！"靓彪抢起拳头大力捶了一下桌子，又狠狠吐了一口唾沫。停了一会儿，他继续说："戏行还有一句话，就是'学戏唔练功，到老一场空'。你既然来了，就要刻苦练功。凡是当天布置的功课，你都得认真完成。我要求练功带不离腰，就算是吃饭睡觉都不能解开！技艺无它，只是功多艺熟，熟能生巧。"

从此，每天清早起床，何少德不漱口、不刷牙、不上茅厕，光着膀子扎着腰带完成各项功课。首先练习"鞠鱼"① 和翻跟斗，一练就是几十分钟。为了练习腹力臂力，他特意在腹下点燃一炷香，目的是使腰板挺得笔直，提醒自己不要偷懒"堕腰"，否则肚皮就会被香火灼痛。

靓彪十分喜爱何少德，练功时常站在他身边，将自己的心得毫无保留地传授给他："小武运手不过眉，这是要领。手掌要放在肚脐对开一市尺的位置，披、掩、挑、滚要不断变化，身体要有飘起来的感觉。"

无论是冬冷夏热、放晴飘雨，少德练功从不间断。他将踩破的沙煲用泥浆粘好，放在枕边，每天睡前和醒来都看一眼沙煲。当练功辛苦想打退堂鼓时，他就会把沙煲贴在脸上，这让他感到自己正贴着母亲爬满皱纹的脸。

其时粤剧行内已盛行"六柱制"，整台戏由文武生、小生、正印花旦、二帮花旦、正印丑生和正印武生六位主要演员担当，才子佳人、男欢女爱的生旦戏更受观众特别是女戏迷青睐，而一些古老行当越来越边缘化。靓彪审时度势，鼓励何少德往文武生行当转型。他说："一个演员只会拉山踢甲是不够

---

① 即俯卧撑。

的，还要唱得响，念得准，做得活，只有唱念做打样样精通，才能在戏台上站得稳！薛觉先能文能武，大家都叫他万能老倌。德仔，你以后要向薛五哥学，向薛五哥靠拢！"

何少德铭记师傅的忠告，加强了唱念基本功的锤炼。每天到郊外"嗌声"①，放开喉咙大声喊，直到声音沙哑为止。他的大嗓门就是通过"嗌声"练出来的。由于声如洪钟，隔山可闻，遂被称为"大声德"。

何少德十岁那年加入了靓彪任班主的红船班梨园彩，乘坐红船沿珠三角水道走镇访村，开始演"出就出先，死就死先，企②就企两边"的虾兵蟹将或书童丫鬟，慢慢从跑龙套进入二步针，最后成为独当一面的文武生。他的音色高亢明亮，唱腔婉转悠扬，念白铿锵细腻，扮相儒雅俊逸，甚得戏迷喜爱。

当何少德在珠三角名气日隆时，一天，靓彪对他说："粤剧伶人大多有艺名，我原名张彪，靓彪是我的艺名。德仔，你想雁过留声、大红大紫，就得取一个叫得响的艺名。你干脆跟我姓靓吧，也沾沾靓荣、靓仙、靓少华、靓元亨、靓少佳、靓少凤等大老倌的光，就叫靓少德！"

后来，靓少德才知晓，伶人艺名就是一个招牌。虽然艺名五花八门，但大多有规律可循，多与其擅长的行当有关。小武和文武生外表俊朗潇洒，其艺名多冠以金山、靓仔、周瑜等；至于形象粗犷的武生，其艺名常与公爷、声价、架子等搭配；为突出花旦闭月羞花之貌，常以俏丽、美人、仙花等做艺名；如果是俊逸倜傥的小生，用风流、太子等做艺名就可谓量身定做了；大牛、牛精、张飞、霸王等艺名，一看便知是忠直暴躁的花脸行当；而男丑以精灵古怪的形象示人，则常用生鬼、鬼马、蛇公、蛇仔等做艺名。

---

① 即通过大声喊来练习气息。
② 即"站"。

青莲大江墟莲塘

（蔡成桂绘）

"哦,你原名叫何少德,靓少德是你的艺名。"葱莲笑了,又疑惑不解地问:"梨园彩本来是红船班,怎么后来变成过山班的?"靓少德说:"我师傅看到红船班多,揾食艰难,于是三年前把梨园彩改为过山班,主要跑广东和广西的偏远山区。"

葱莲用敬慕的目光看着近在咫尺的英俊男子,说:"你真有本事,咁后生就当上了班主!"

靓少德脸上发烫,说:"师傅因守孝不能出远门,就让我当班主。开始我以为师傅跟我开玩笑。我说,师傅,你给我一个水缸做胆,我也不敢做班主啊!师傅一听就发火了。他说,你真没出息,枉跟我十几年。当年我带你上戏棚跑龙套,说过一句话,你还记得吗?系威系势,五郎救弟!敢于担当,这才是真正的男人!永远扯住别人的衫尾走,是成不了大器的!"

葱莲点了点头。"范阳叔和依依留在青莲,"她侧过俊俏的脸,凝视着靓少德,黑白分明的眼眸闪烁着动人的光辉,问道,"他们留下,你不留下来么?"靓少德沉默了一会儿,抬头望向温家大宅门楼下一只燕巢窝,坚定不移地摇了摇头。葱莲的心倏忽凉了一截。

夜深人静,万籁俱寂。此刻彼此似乎能听到对方的心在跳动。靓少德在慌乱中清醒过来,说:"回去睡觉吧。"当两人跨过街口的趟栊门时,胜伯敲响了三更铜锣。深沉的铜锣声从狭长的整香街传出,越过空荡的戏棚地,向莲香满溢的大江墟莲塘飘去。

一场滂沱秋雨过后,大江墟莲塘愈发青绿丰盈。成群结队的蜻蜓在莲叶与莲花间穿梭起舞。下雨时不知躲到哪儿去的秋蝉也重新低吟高唱。一簇簇如仙女般娇媚的青莲挺立在重重叠叠的绿叶上,散发着醉人的清香。

葱莲在一条通往莲塘深处的木桥上走走停停,不时俯身去

嗅青莲的花瓣。正当她陶醉于眼前美景时，一阵清越悠扬的粤曲由远而近："采莲南塘秋，莲花过人头。低头弄莲子，莲子清如水。"一位优雅俊朗的男子踏着歌声向她走来。葱莲回头看时一脚踏空，"哎呀——"一声惊叫。在她身体失去重心，眼看就要掉进莲塘时，那男子一个跟斗翻至半空，再稳稳落在她身边，随即伸出粗壮的手臂将她紧紧搂进怀里……

葱莲睁开双眼，发现自己躺在闺房里。月光透过窗户的缝隙照进来，房间里飘荡着柔和而温馨的气息。葱莲的目光在薛觉先和靓少德两人的肖像上来回巡视。梦境将一个春心萌动的少女带进了五彩缤纷的奇异世界里。可是，梦境中的男子形象很模糊，葱莲试图将他的容貌复原，却是徒劳。但当她的目光再次落在靓少德那高挺的鼻梁和坚毅的脸庞上时，她不由得心头一阵战栗——她坚信梦境里出现的那个男子，就是与她萍水相逢又即将远别的伶人靓少德。

"咣——咣——咣——"五更铜锣刚刚响过，街巷里的公鸡就叫了起来。知道戏班六点起程，葱莲此刻已毫无睡意，便下了床，轻轻推开窗户。"哦!"她不由一声惊叫，迅速把窗户掩上，感觉心快要跳出喉咙了——靓少德仍坐在街口趟栊门旁的石板凳上!

"他难道一夜没睡?"葱莲战战兢兢地推开窗户，从罅隙中偷窥梦境里的那个男子。

靓少德三更时分与葱莲一道回到了温家大宅，这时演员和乐师们都睡着了，他却躺在床上辗转反侧，难以入寐。在葱莲含情脉脉地问他是否留在青莲那一刻，他是动过留下来的念头的，但他明白手足归家心切，况且他心里也十分惦记父母和师傅，于是马上打消留在青莲的想法。

靓少德和葱莲的房间刚好处于上下楼的同一个方位。他双眼盯着头顶上的木板，屏住气息，竖起耳朵，捕捉楼上传出的任何细微的声响，并据此推测那眼眸黑白分明的女子此时在干什么。楼上却安静得如一口深井。这让靓少德怅然若失，那感受如同一名寂寞的远行者走进一个幽谷，忽然身边有一只燕雀啾啾叫着飞过。当他惊喜回头张望时，那燕雀却迎着绚丽的阳光飞走了，瞬间消失得无影无踪。

靓少德沮丧极了，便起床下了楼，在整香街和戏棚地来回走，最后站在街口的石板凳旁，葱莲刚才就是坐在那儿跟他说话的。因年代久远，石板凳已磨出一个小窝，在月下泛着青光。此时，靓少德痴情地伸出手去轻抚那小窝，似乎感觉到那女子的体温尚存。他在小窝上坐下，一坐就是两三个小时。

"那么好看的戏，可惜只唱一场。"蹲在地上抽烟的胜伯将烟袋扔给靓少德，问，"靓班主，什么时候再来青莲唱戏？"靓少德把烟点燃，说："眼下这世道，谁能说得准明日的事呢？"大黄狗趴在地上，用爪子垫着下巴，眯缝着眼睛，好奇地瞄着跟前那落寞的陌生人。

靓少德正对戏棚地，楼上的葱莲只能看到他的侧脸。她发现，文武生这张脸更立体精致，脸部轮廓如同粤北大山里的岩石一样凹凸分明，那高挺的鼻梁凝聚了成熟男子的清朗之美和阳刚之气。她发觉靓少德每隔几分钟就扭头往窗户望，这让她十分惶恐，生怕对方知道自己也在偷窥，便将窗框掩上。

头顶上那用樟木制成的花窗对靓少德而言是致命的诱惑。在柔柔的月光下，那雕刻了三朵莲花浮雕的窗户流泻出古香古色的神韵。靓少德从坐在石板凳的那一刻起就开始关注这花窗了，以致它在各个时辰的光影流变他都能觉察出来。

胜伯敲响五更铜锣后，他蓦然发现花窗发生了细微的变化，原本与墙壁在同一水平面的窗框稍微外凸，窗框间的线缝下端有一个影子若隐若现。他暗想：莫非她躲在窗后……花窗此刻"嘎吱"一声掩上了。靓少德像一名被当场逮住的盗贼

一样，慌张而飞快地将目光移开，狼狈不堪的神情难以名状，其在戏台上从容潇洒的气度消弭无存。

晨光熹微，温家大宅就骚动起来。归心似箭的伶人们一早就起床收拾行李了。靓少德特意领着乐师范阳和掌板到尚书祠，为师傅靓彪匆匆烧了几炷香，也无暇与守祠人何念祖交谈，就返回自己房间收拾个人物品了。他走到窗前，依依不舍地眺望昨晚演出的古戏台，又探出头往温葱莲闺房的花窗瞅了瞅，拿了行李正要出门，忽然响起"咚咚"两下敲门声。"是谁啊？"靓少德问。"吱嘎——"房门打开了，一位身穿白色衣衫和青色长裙、手拎黄色皮箱的漂亮女子赫然站在他面前。

"噢——原来是葱莲啊！"靓少德冲口而出，惊慌中现出惊喜之色，但很快就沉静下来，"温小姐，你去哪呀？"

"我跟你走！你去哪，我就跟到哪！"葱莲说话语气坚硬如铁。

靓少德疑惑不解："你跟着我干吗？去唱戏？梨园彩散班了！"

"我中意你，我赖上你了！"葱莲的语气不容置疑。

"哎呀，哎呀，你千万别说这样的话！"靓少德急忙往后退，摊开双手，"我没钱、没面、没地位，我只是一个唱戏佬啊……"

葱莲的回答如同戏台上一连串令人眼花缭乱的跟斗："我就是看上你这个唱戏佬！我就是赖上你这个唱戏佬！我就是要嫁你这个唱戏佬！"

靓少德顿时惊愕万状、手足无措，嗫嚅道："你，你敲的是单面鼓！"

葱莲黑白分明的眼眸透出自信的光芒，说道："不，我敲的是双面鼓！"

房间里的空气凝固得令人窒息。靓少德垂下眼帘，脸颊上的肌肉不停地抽搐。他说："葱莲，我不瞒你，小时我爸妈就替我指腹为婚了。他们正等着我回家与那女子结婚呢……"原来，何苟新婚后到广州学厨艺，与一名来自新会的也是新婚的师弟结拜为兄弟。为延续情谊，两人商定，师兄的第一个男孩与师弟的第一个女孩将来结为夫妇。师弟夫人在连生三个男孩后才生下一个女孩。这个比靓少德年少六岁的名叫小梅的女孩也就成了靓少德未来的妻子了。因长年在外，靓少德一直无暇与小梅谋面。两个月前，父亲专程到新会拜会师弟，并将小梅接来沙湾，等靓少德秋班结束回家后就举行婚礼。"葱莲，对不起啊！"靓少德诚恳地说。葱莲沉默，拎在手里的皮箱"哐当"一声摔在楼板上。

梨园彩三十多位伶人拎着行李走向豆腐社码头。温松柏、莫森礼带领整香街的戏迷帮忙挑衣箱杂箱。范阳抱着女儿依依到码头相送。一路上，除物品的碰撞声外，几乎听不到说话声。也许，离别的话语昨晚已说尽了，眼泪也流完了。

江雾笼罩着青莲水。豆腐社码头边零零星星停了七八艘帆船，往日帆影连缀、渔歌互答的景象已没了踪迹。江面上空荡孤寂、雾气沉沉的景况令人心悸。

坐满伶人的帆船升起了风帆，徐徐驶离豆腐社码头，显得形单影只。

乐师敲响了锣鼓。伶人们全都穿上了戏服，集体跪倒在船头和船舱上。靓少德抱拳向岸上送行的人拜谢，随后双膝跪下。此时，船上传来一片哭号声。

船上的伶人哭了，岸上送行的人也跟着哭了，连在河边挑水洗衣的街民也陪着垂泪。哭声在秋风萧瑟、草木摇落的江岸上回荡。

范阳怀里抱着女儿，走下河边的泥泞小路，跑过一个又一个码头。他边慢跑，边向朝夕相处的手足招手。依依哭得声音

都嘶哑了。

　　靓少德长跪不起。他发现温松柏身边有一个穿白色衣衫和青色长裙的女子不停地向戏船招手。秋风吹起女子的衣角和裙裾，靓少德不禁又想起大江墟莲塘上那些婷婷袅袅的青莲。

04 青莲逃难

　　尽管靓少德在戏台上演过不少如梁山伯、文萍生等痴情男子，但在现实生活中他从未涉足男女私情。十多年来，他随红船班和过山班到珠三角、下四府和粤北、粤东闯荡，戏台上下，在那些钿头银篦击节碎的疯狂场面，他遇到过不少富家女子或寒舍丽人的深情倾诉，但他一概不为所动。但在青莲，书卷味甚浓的温葱莲的华丽现身和她直接而纯挚的表白，让他这个感情履历一片空白的男子一时方寸大乱。

　　戏船刚进入峡头水道，靓少德百无聊赖地在船舷站立良久后回到船舱整理个人物品，忽然在戏服里翻出了一方手帕，这让他差点惊呼出来。手帕上除绣了一朵青莲和两只蝴蝶外，还绣了一句古诗："红衣落尽渚莲愁。"他坚信，这手帕是葱莲趁他不备时塞进戏服里的。

　　对靓少德而言，他在青莲一天所遇到的，比他十多年梨园生涯所遇到的还要多。无论是因广州失守而中止演出，还是葱莲的

真情流露，都令他措手不及。面对那芬芳四溢的手帕，他五味杂陈。作为戏班班主，他要义不容辞地陪手足回到开班的聚集地——佛山大基尾；作为有婚约在身的人，他也要返回沙湾履行婚约；而作为血气方刚、情窦初开的男子，他的心却驻留在葱莲那弥散着女子幽香的闺房里。他想，自己若是赤条条无牵无挂，会毫不迟疑地留下来与那心仪的女子双宿双飞的。

戏船日夜兼程，于三天后的中午抵达英德连江口。扼连江和北江两江之咽喉的连江口，山峭狭险，为历代兵家必争之要地。汉代赵佗在南越称王后，曾在连江口浈阳峡下游的江口咀筑起万人城，据险屯兵，阻遏汉兵南下。眼下的连江口，鸡飞狗跳，难民簇拥，人心惶惶。来往的商船、民船、兵船行色匆匆，上游不时漂来浮肿腐烂的尸体和烧焦炭化的树木，惨不忍睹。

靓少德让船老大将戏船停在连江口码头，并吩咐几名"五军虎"带着伙夫上岸补充米盐。两小时后，"五军虎"挑着空箩回来了，说米铺盐铺都关了门，老板卷席逃命去了。一名"五军虎"将捡到的报纸递给靓少德，报纸上一张照片和一段文字赫然刺目：一队日本士兵趾高气扬地摇动太阳旗，高唱《南支派遣军军歌》，在位于广州越华路的广东省政府门前留影。

日军主力机械化部队三千多人在连破国民党军队东部数道防线后，于一九三八年十月二十一日下午攻陷广州城。当天凌晨四点，受蒋介石之命，负责广（州）惠（阳）守防的国民党军第四战区司令官兼十二集团军总司令余汉谋下令总司令部沿广花公路向清远撤退。为了不让日军得到可利用的城市资源，国民党军队在撤离广州前采取了"焦土""封锁""破坏"的措施，不少房屋被烧，公共设施被毁，百姓流离失所，唯有四处逃难。靠近广州的佛山、南海、顺德、三水等地的老百姓也如惊弓之鸟，纷纷向清远、韶关、肇庆和湛江等粤北、粤西山区避难，坊间称为"走日本仔"。在逃难路上，不时有日军战机俯冲轰炸。死者暴尸，伤者呼救，惨状难言。

靓少德上了岸，对坐在大石头上抽烟的船老大说："老大，我们抓紧起程吧。"船老大将烟斗在石头上磕了磕，又撮了一把烟丝塞入烟锅点燃，忧心忡忡地看着江面。靓少德敦促道："我们要起程啦。"船老大说："班主，你睁眼看看，现在哪有船敢往下开呀？都往北、往西开了！这个钱我宁愿不挣了，免得将一家五口的命也搭上。"靓少德急了："你在青莲说好的，说要送我们回佛山，怎么反悔了？老大，我也明白你的难处，但人得讲信用呀。我做班主的，能丢下手足不管么？你做船老板的，遇到台风火灾什么的，也不会狠心丢下船客，只顾自己逃命吧？"

靓少德回到船舱，拿出一包钱，往船老大怀里一扔，说："我们体谅各自的难处吧。"船老大把钱抛回给靓少德，说："班主，你别误会，我不是存心敲你的竹杠。我也是上有老，下有小啊……"

船老大的话还没说完，天空传来一阵轰鸣声，一枚炸弹落在河面上。随着"轰隆"一声响，江面掀起巨浪。"日本仔的飞机，大家快进船舱！"船老大高喊，跟着跳上戏船，与其他船工一道合力将船撑到附近一片芦苇荡中藏起来。又有一枚炸弹在一条正在漂流的木排旁爆炸，数十米长的木排顿时散了架，江面尽是横七竖八的松木条和杉木条。

天黑下来了，戏船重新扯起被弹片穿了几个窟窿的风帆，顺着茫茫的北江，往佛山漂去。

戏船进入北江河道后，为躲开日本军机，被迫昼伏夜行。由于连日来风吹浪打，伶人们无不疲惫不堪、悬心吊胆，有的甚至出现虚脱状态。当千疮百孔的戏船在驶离青莲的第十三

天，踉踉跄跄驶入佛山汾江河水域，并终于在傍晚时分抵达专供戏船停泊的大基尾琼花水埗时，其景况就像一个身染重疾的老者使尽最后一丝力气才得以爬进家门一样。戏船上的伶人就如同戏台上的散兵败卒，一个个有气无力、东倒西歪地瘫倒在船舱上。

靓少德走出船舱，眼前凋敝凄凉的景象让他触目惊心。过去停泊在这里的上百艘红船现在只剩下七八艘，且全都人去船空，昔日"梨园歌舞赛繁华，一带红船泊晚沙"的盛况荡然无存。几只小渔艇在匆匆收网，随后躲到附近的芦苇丛里。伶人们病态怏怏，相互搀扶步出船舱时，都不禁胆战心惊，瞠目而视，几名旦角失声痛哭起来。靓少德满脸悲戚又依依不舍地环视每一个人，说："大家收拾好私伙，分头回家吧。请大家保重，我们有缘再聚。"说完就垂下了头。

天空响起了轰鸣声，三架日本军机俯冲而来。"快跑，快跑！"靓少德呼喊。伶人们纷纷扔下行李，跳下戏船，四散逃命去了。"轰——"一颗炸弹落在戏船船尾，船老大一家五口和两个没来得及离开的伶人顷刻被卷进火球里，邻近的几只红船也被巨浪掀翻……

靓少德独坐在江边一株朽木上。此刻即将下坠的太阳变成一只破碎的鸡蛋黄，溢出的汁液将西天染成血红色，看上去似一个魔鬼，面目狰狞。汾江河上尸骸漂浮，墙倾楫摧。天边红光与江面血影相映衬，靓少德的脑海里忽地想起某年在郁南演出遭遇火烧戏棚，伶人魂飞魄散的那一幕。靓少德逐一与手足话别，直至他们的背影远去不见，才站起身背上行囊，在秋风卷起的滚滚泥尘里，走上了通往番禺沙湾的官道……

靓少德蓬头垢面、风尘仆仆地出现在沙湾人称十字街的车陂街时已是次日清晨。映入眼帘的颓败景象令他惊悸不已：大户人家此时已人去楼空，朱门锁闭。可能走得太匆忙了，衫鞋、碗碟等物品被遗弃在青石板铺就的街巷上。建在里巷的何、韩、陈、李、黎等姓氏的祠堂有的大门洞开。这些多建于明清年间的以硬山顶、卷耳山墙、灰塑瓦脊为特色的古建筑，只剩下空荡荡的神龛了，祖先的神牌及各色神像已被主人迁移走了。眼前这凄凉落索的景象，让靓少德想起祖辈口口相传的关于车陂街的往事——清光绪二十年（一八九四年），一伙江湖大盗潜入车陂街，数十富户被绑架勒索，财物也被洗劫一空，空前鼎盛的车陂街由此走向没落。

靓少德走到一间不起眼的屋子前，敲响了门。屋内有人警觉地问："谁呀？"靓少德答："爸，是我啊。"屋门"吱"的一声打开了，门缝里闪着一双惊骇的眼睛："噢，是德仔呀！"父亲开了屋门，又拉开那道用于透气采光且能起到防盗护卫功能的趟栊门。母亲也从屋里出来了。靓少德踏进家门，竟有一种出生入死、久别重逢的感觉。母亲朝屋里喊了一声："小梅，你德哥回来啦。"

从屋里走出一位俊俏女子。小梅容貌标致，孝顺勤快，颇得方圆十里的青年爱慕，前来说媒的不计其数，但都被其父一一婉拒。小梅十五岁那年，父亲郑重其事地将指腹为婚的事对她说了。知道自己未来的丈夫是一名伶人，她感到既新奇又兴奋。由于靓少德长年在外，小梅还不知他长啥模样。

镇上来了戏班，小梅的兴致比谁都大。太阳还没下山就和伙伴们扛着凳子去离村子五六里路的戏棚了。坐在台下，她总是不由自主地想起她的未婚夫：他跟戏台上的文武生长得一模一样吧？看到小梅的沉醉神情，伙伴们免不了揶揄她一番：

"看你魂不守舍的，还不早点嫁他？"

"你以后不用进戏棚了，家里有个文武生，就不愁没戏看啦！"

"那些花旦又靓又娇，像一群蜜蜂天天围着你老公，你会

变成一个大醋缸的!"

小梅总是红着脸,装出很不在乎的神态,说:"文武生,有什么了不起?若不是我老窦指腹为婚,我才不稀罕嫁他哩。"

随父亲来沙湾那天,首次远离家门的小梅想到即将远嫁异乡便依依不舍,在村口的大道上抱着母亲哭得死去活来。自到了沙湾何家后,小梅每天起床第一件事就是去神龛烧香叩拜,除了保佑父母外,就是为未来丈夫祈福了。

这时,徐氏说:"小梅,这就是你德哥。"小梅与靓少德的眼神碰了一下就害羞地移开了。为了掩饰内心慌乱,她抓起客厅墙角的扫帚扫起地来。她看见靓少德的布鞋积了一层黄土,便说:"你把鞋脱了吧。"说罢便从房间拿来一双鞋让靓少德换上。然后她走进厨房挑起木桶,往河边走去。

看着小梅远去的身影,靓少德猛然意识到此次回家就是要履行婚约。想起昨天船老大一家五口和两位伶人惨死的一幕,他忽然产生了恻隐之心,便说:"阿爸阿妈,还是叫小梅嫁一个安稳的有钱人吧。像我这个唱戏佬,整天风里来、雨里去,不知哪天葬身火海或淹死在河里。阿爸阿妈,我想……干脆把这门婚事……退了吧!"

徐氏听罢一下子慌了手脚,说:"哎呀呀,你怎么有这样的念头呢?多不厚道呀!小梅死心塌地地跟你,就算还没拜天地,但事实上已是何家媳妇了。小梅没行差踏错,你却无缘无故说要退婚,我们怎样向她阿爸阿妈解释呢?小梅还有什么脸面再嫁人?小梅样子靓,又勤快,打着灯笼也找不到,你难道想打一世光棍么?"

父亲也火冒三丈,猛然拍了一下桌子,说:"退婚?你是不是想丢尽何家的脸?想激死老窦揾山拜?当初,你师傅怎样教你的?未曾学戏、先学行头!这样缺德的话也说得出口,亏你是个堂堂的男子汉！我告诉你，在外你是班主，你说了算。在家我是你爸，你得听我的！"靓少德支吾着辩解："我不是嫌弃小梅……"但立即被父亲厉声打断："你别再说了，等小梅回来，你们就拜天地！"

小梅挑水回来了。"阿梅，你真闲不住，小心碰上日本仔啊！"徐氏从厨房出来，手里拿一束香烛，说，"时辰到了，你就跟德仔拜天地。"小梅把水倒进水缸，将靓少德换下洗净的布鞋摆在门前台阶上晾晒，随后抓起扫帚打扫门前的树叶。靓少德后悔刚才说出退婚的话来。

徐氏将神龛挪到宽敞明亮的院子中央，摆上香烛、酒肉、瓜果等祭品，喊道："时辰到啦，德仔、阿梅快来拜天地！"靓少德出了门，对背着他低头扫地的小梅说："阿妈叫我们拜天地啦。"小梅却没应答，仍低头扫地。靓少德以为她没听见，便提高了声调："小梅，我们到时辰拜天地啦！"

靓少德发觉小梅单薄的双肩不停抖动，还听到她低声哽咽，便快步绕到她面前，不禁大吃一惊——小梅的脸颊挂满了泪水。靓少德慌了："你怎么啦?"小梅"哇"的一声哭起来，断断续续地说："你要是……嫌弃我，我就回家！"靓少德恍然大悟，猜想小梅是听到他与父母的对话了。于是连忙说："我不是嫌弃你，是怕自己连累你。我是唱戏佬，居无定所，四海为家，生死听天由命……你别哭，我们这就去拜天地！"但小梅仍啜泣不止。

此时，邻近的元善街骤然传来一阵叫喊声和锣鼓声。在战争环境下，人们的神经既敏感又脆弱。当车陂街也响起急促的脚步声时，左邻右舍都开门走出街巷，神情仓皇地相互探询发生了何事。三五个壮汉手持粉枪、渔叉、棍棒、锄头等快步奔向街头。有人边跑边喊："日本仔的舰艇，开上沙湾河大涌口浅水滩啦——"靓少德将站在门口擦泪的小梅拉回家，随后

抓起长矛就冲出门。何苟也操起一把渔叉紧随其后。徐氏跑出门口喊："他们去哪？要拜天地啦！"

靓少德和父亲冲到街头时，看见那里已集结了五六十人。一位老渔夫边大口喘气，边向人们绘声绘色地讲述事情经过："我刚在大涌口撒下网，就听到'哒哒哒'的声音，好像是舰艇的马达声。我走过去一看，妈呀，原来是日本仔的舰艇开上浅水滩了。舰艇进难进，退难退，二十几个日本兵乱成一锅粥！"有人说："大涌口的河水特别浅，平时退了潮，河泥都露出来的。看来这次日本仔的舰艇，黄鳝上沙滩——唔死一身残①喽！"有人说："日本仔送上门来了，别让他们跑掉！"经此鼓动，个个摩拳擦掌，高嚷着向沙湾河大涌口方向拥去。

靓少德却把队伍拦停。他大声说："大家别冲动，别去送死！渔叉、棍棒、锄头怎打得过日本仔的步枪、机关枪呢？"老渔夫问："你有什么好桥②？"靓少德说："三国时代的官渡之战，势单力薄的曹操打败强大的袁绍，靠的是火攻；赤壁之战，孙权联合刘备阻击曹操二十万大军，靠的也是火攻。桥唔怕旧，最紧要受③。对付日本仔的舰艇，我们同样用火攻！"人们幡然醒悟，于是纷纷跑回家，找来酒瓶、布条、煤油和柴草等，随后浩浩荡荡地向大涌口走去。

担任指挥的靓少德让众人埋伏在离大涌口芦苇丛不远的一片树林里，自己带上两个壮实小伙偷偷潜至前面一个土墩侦察敌情。

日军舰艇被困在五十余米开外的滩涂上动弹不得。日本兵分成两队，一队负责拖舰艇，一队负责警戒。腰挂军刀、手持短枪的日军舰长站在舰艇上，叽里呱啦地指挥拖舰，又举起望

---

① 指遇到大麻烦，就算不至于死也弄一身麻烦。
② 指计谋。
③ 方法不怕老套，最重要的是行得通。

远镜观察周围动静。机关枪手匍匐在他脚下，随时准备扫射。日本兵已在舰艇前用铁铲扒出了一条七八米长的水道，十几名日本兵手握绳索，试图将舰艇拖出浅水区。

三十多名街民手持粉枪和装满煤油的酒瓶悄悄摸到土墩来。靓少德忽然举起长矛，向日军舰长掷去。长矛像长了眼睛似的穿过日军舰长的喉咙。村民同时向日兵开火，并点燃煤油瓶上用作引子的布条，投向日军舰艇。煤油瓶有的落在芦苇丛里，有的落在舰艇上。干枯的芦苇燃烧起来了，熊熊火焰裹挟着浓烟冲天而起。日军被突如其来的袭击打懵了，嗷嗷乱叫，仓促还击，子弹像密集的雨点从街民的头顶和耳边呼啸而过。这时大坳、西樵等邻近的村民也闻讯赶来了，数百名民众对日军舰艇形成合围之势。

不久，日军派出八艘小舰和两架飞机前来增援，日军浅水舰也趁潮涨之机驶出了滩涂，带着数具尸体和多名伤兵，向广州方向狼狈逃窜。就在沙湾、大坳、西樵的民众撤离不久后，六架日本军机前来报复，对沙湾展开了疯狂的轮番轰炸……

当靓少德和父亲在日机离去后越过田畴菜畦间一个个深浅不一的炮弹坑返回时，只见车陂街和邻近的元善街及新街变得疮痍凋敝、面目全非。弥漫着浓浓硝烟的街巷挤满了惊恐万分的街民，人们围着死伤者号哭，整个沙湾笼罩在愁云惨雾中。

车陂街街口那棵百年古榕被炸弹拦腰折断，有几截碗口粗的树枝被抛落到数十米开外的莲塘里。一些房屋被炸弹掀翻屋顶，人体的断肢残臂和碎砖破瓦散落于街巷上。镶嵌在街头的刻着"升平人瑞"字样的石额——那是清朝乾隆皇帝赐给本坊百岁乡民何复旦的一件圣物，也被划出一道道弹痕。

靓少德和父亲一口气跑回家，即被眼前的一幕惊呆了：一枚炸弹在院子里爆炸，临街一侧留下一个大窟窿，用蚝壳砌成的院墙被夷为平地，原本摆放在院子中央用作拜天地的神龛不

见了，小梅和三弟倒在血泊中……

靓少德与父亲埋葬完小梅和三弟后返回家中。何苟悲伤地说："小梅还来不及拜天地就被炸死了，我怎样向师弟交代啊……"徐氏说了句"可怜老三"就泣不成声了。靓少德咬着嘴唇，泪水在眼眶里打转。过了一会儿，他说："沙湾离广州近，日本仔随时来报复。我们得躲一躲，左邻右舍都走得七七八八了。"何苟说："城里和沿海是不能去的，只能躲到山区去。前几天有两个堂兄起程到粤北，说是到阳山。德仔，你到处去唱戏，知道阳山这个地方吗？"靓少德说："我怎么不知道？我刚从阳山青莲唱戏回来。"何苟也感到很意外，说："哎呀，这么巧啊！"

何苟从木箱里翻出一本发黄的族谱，说："这本何氏族谱一直是你大伯公保管的，我也是第一次见。听他说，我们沙湾何姓是汉代从湖北荆州迁来广东的，先在英德落脚，后来一部分迁到阳山、曲江和南雄，一部分迁来沙湾。"

何苟问："青莲有一座尚书祠，你去了吗？"靓少德说："去了呀，我还为师傅上了香。"何苟说："听你大伯公说，尚书祠供奉两位赫赫有名的唐朝将军，其中一个叫何昌期，他是我们何家的老祖宗！这些，何氏族谱都有记载。"靓少德很惊讶："原来是这样！"何苟说："你带上你老妈和细妹阿英先去青莲，我和老二留下。你们到青莲安顿好就捎信过来。德仔，你们先收拾东西，明天一早就出发！"

深夜，沙湾万籁俱寂，恐惧的氛围令人不寒而栗。何苟将一些鲫鱼干、番薯干和沙湾大饼用一块布包好，又将二十多斤大米与一个小铁锅捆在一起。然后他靠在屋角，愁眉苦脸地抽着烟。

徐氏坐在床前油灯下，将老三穿过的粗布裤子的裤脚折了线，将裤子往熟睡的现年五岁多的小女儿阿英的腿上度量，然后将裤脚缝上线，喃喃道："这裤子老三穿了几年了……"说罢泪光闪烁。阿英说梦话："妈，我要做色仔①。"徐氏手擦眼泪，轻声说："明天我们就要离开沙湾了，等你回来，妈就让你做色仔。"

靓少德想起某年参加飘色②巡游的盛况。三月初三北帝诞的早晨，沙湾北帝庙熙熙攘攘，摩肩接踵，吆喝声、鼓乐声、鞭炮声连成一片。大锣引道，沙湾守护神——以明永乐皇帝真容为原型铸成的北帝神像居中，醒狮紧随，色柜③和色仔殿后，顺着沙湾东南西北方位次第巡游。首尾长达两三里的巡游队伍，像一条逶迤长龙盘绕在沙湾的古街老巷里。

那天，靓少德舞动一只身形魁伟、黑须红脸的"关公狮"，踏着锣鼓点，左腾右蹦，上跃下跳，前探后视。家中老二做色仔，他扮成降魔伏妖的哪吒，脚踩风火轮，凌空倚在一条长达十多米的金龙旁，不停地向沿路观众挥手……每逢北帝诞，徐氏都会翻出子女穿过的衫裤缝缝补补。子女穿上这天缝补的衣服，会得到北帝保佑而平平安安，徐氏对沙湾坊间流传上千年的这一说法深信不疑。

第一遍鸡鸣后，靓少德就领着母亲和小妹阿英起程了，父亲带着老二相送。他们绕过村前的一座石板桥和一口莲塘，穿过一片紫竹林，来到市桥河边。何苟将行囊搭在靓少德肩上，说："你们顺着市桥河一直往北走。德仔，照顾好你妈和你妹！"靓少德点头。何苟走到女儿跟前，摸了一下女儿的脸，然后目光移到妻子噙满泪水的眼睛上，停留了好一会。徐氏说："我给你买了一双新鞋，放在枕头下。"说完心头一阵酸楚，眼泪忍不住唰唰地流下来。她赶紧用手紧捂着嘴，把哭声

---

① 指由儿童扮演的古装角色。
② 一项具有本土特色的民间艺术活动。
③ 飘色巡游中的展示舞台。

强咽下肚。自从嫁给这个老实巴交的农民，徐氏就从未出过远门。这次相别，不知是吉是凶，也不知何时返回家乡，回到丈夫身边……

西江水在浓雾裹罩中汨汨而流，像从远处走来一支披麻戴孝、泣声阵阵的送丧队伍。在西江东岸，难民络绎不绝，扬起的泥尘漫天遍野，遮天蔽日。黑压压的官道蜿蜒绵亘，就像有万千蝼蚁在蠕动爬行。人们扶老携幼，或相互搀扶，或推着独轮车，或骑着骡，艰难地向西北方向走去。

靓少德一家三口随着大批难民，起初沿西江东岸往西北步行，到三水西南后改走北江东岸，沿着古代广东官府用以进贡岭南荔枝的古栈道来到英德连江口。延绵数百里，他们足足走了半个多月，沿途艰辛、惊恐、饥饿，难以言表。翻越一个长坡，走过一段磨得油亮的青石板窄道，他们走进一个毛竹做柱、树皮做顶、四面通透的寮棚坐下来。"妈，我们歇歇吧。"靓少德对母亲说，并叫醒伏在自己背脊上熟睡的妹妹阿英。

阿英患上痢疾，连日腹泻不止，浑身乏力。徐氏在路边挖了几条杨梅根，配上桉树叶等草药，熬水让她服下。一路上，阿英总是昏睡，喊她、拍她、摇她才睁开眼，但很快又合上。

这时，几个难民赶着一头驮着家什细软的瘦骡从寮棚走过。正在喝草药的阿英瞪大眼瞧着那匹骡子，问母亲："干吗给马尾巴绑块石头呀？它不累吗？"看着女儿瘦削的三指脸，徐氏笑了，说："傻女，这是骡，不是马。骡尾巴绑了块石头，压着它拉屎的地方，它走路时就会听话了，就不会乱跑，也不会乱叫啦。""妈，我听你话，不乱叫。"阿英天真地说。徐氏脸上露出了一丝笑容，说："我家阿英真乖！"靓少德发现这是母亲逃难以来的第一次笑。

在寮棚一侧，来自三水的刘满龙和汤秀英带着一老一少围着一口铁锅就餐。他们用树枝做筷子，夹起铁锅里的野菜往嘴里送。汤秀英对丈夫说："米袋没几粒米了，向人买点吧。没米下肚，老妈和儿子都走不动啦。"

刘满龙手拿干瘪的米袋走到靓少德跟前，说："大哥，求你卖点米给我，老的少的好几天都没饭吃了。""跑了半个月，我的米也不多啦。"靓少德解下绑在腰间的米袋，说："卖些米给你吧，你妈和你儿子都瘦得只剩一把骨头啦。"说完对着刘满龙递过来的米袋倒出两三斤米。刘满龙问："付你多少钱？"靓少德说："你随便给吧。"

刘满龙搜遍口袋，只摸出一个铜圆。他犹豫了一下，便从包袱里拿出一束油布卷交给靓少德。后者打开油布，一支刻着"道光二十三年制"字样的金光闪闪的铜箫赫然映入眼帘。靓少德不由得睁大双眼，抓起铜箫端详起来，惊叹道："哇！箫中珍品啊！"他把嘴唇贴着箫口，箫管里即飘出几声清丽之音。"好箫，难得一见的好箫！"靓少德赞叹道。

"铜箫是我家的传家宝，"刘满龙说，"我拿它来换米了。"

靓少德将铜箫往刘满龙怀里一塞，说："米你收下吧，铜箫我就不要啦。贤者不炫己之长，君子不夺人所好。你吹一首曲给我听，就当给我钱了。"刘满龙很为难，靓少德却说："你吹吧，我很久没听曲了。"

刘满龙即鼓起腮帮子，吹了沙湾人士何与年创作的广东音乐《晚霞织锦》。靓少德听着这首常用于粤剧过场音乐的曲子，不禁悲伤惆怅，马上回想起与梨园彩手足一起过山坳、上码头、踏台板的片段，而沐浴在夕阳里的家乡景物如蚬壳墙、青石板、鱼塘、蕉林等也一一在他脑海中浮现。他摆手让刘满龙停下来，说："别吹了。"这时他看见母亲也在流泪——这曲子对她来说也是耳熟能详。

"大哥，你们打算走连江还是走北江？"靓少德问。刘满

龙说："去哪我还没想好。出门时我爸说，往清远、韶关走，越偏僻越好，只要远离广州就行。"靓少德告诉刘满龙，自己将选择走连江。刘满龙用石块尖角刺破脚底的血泡，然后找来一块破布包扎好，说："我跟你一起走连江！"

寮棚里坐着一位测字先生。他插话说："选择走连江是对的。连江入口窄，是支流；北江入口宽，是主流。支流散布乡村，肯定安全些。"

测字先生透过沾满污迹的眼镜看着刘满龙，问："连江沿岸打算选择哪里落脚呢？"刘满龙说："至于选择哪里落脚，我真的没想好。先生，您有何高见呢？"

"听口音你是三水人。不愧是喝西江水长大的，近水知水性。每个地方都有它的灵性，人选地，地择人，所谓一方水土养一方人。"测字先生捉起树枝，在地上写了一个"人"字，继续说，"我是南海丹灶的，也算半个老乡了。我帮你度桥，不收你一分钱，你给我一根烟就行。"刘满龙连忙卷了一根烟递给测字先生，并为他点燃了烟卷。测字先生深深吸了两口。

"你老婆叫什么，今年贵庚？"

"她叫汤秀英，一九一八年生的。"

"'汤'姓属水，指大水急流；'秀'属木，指植物吐穗开花；'英'属木，指植物花朵。陶渊明的《桃花源记》你读过吧？'忽逢桃花林，夹岸数百步，中无杂树，芳草鲜美，落英缤纷。渔人甚异之'，落英就是指落花。依我看，你太太适宜在水丰树茂的地方居住。再来说说你，你叫什么，今年贵庚？"

"我叫刘满龙，一九一六年生的。"

"'刘'属金，是一种兵器；'满'属水，意为水涨；至于龙嘛，它有鳞有须，能飞天能游水，能兴云能作雨。说到龙啊，就大有学问啦，我讲三天三夜也讲不完。"

测字先生看见不少路人围了上来，便兴致勃勃，滔滔不绝地说了起来："你们知道吗？按照属相，龙可分为五大类，即戊辰龙、庚辰龙、壬辰龙、甲辰龙和丙辰龙，分别代表木、金、水、火、土，与之对应的龙分别是清温之龙、怒性之龙、行雨之龙、伏潭之龙和天上之龙。你是一条丙辰龙，即天上之龙。你既然属龙，就要选择一个藏龙之地作为居所。"

"先生，哪里最适合我们落脚呢？"刘满龙迫不及待地问。

"别急嘛，心急吃不了热豆腐啊。"测字先生向刘满龙摆了摆手，突然提高了声调："瞻前顾后，权衡利弊，综合推断，最适合你一家人落脚的地方是——"刘满龙张开大嘴，瞪圆双眼。站在前排的人竖起双耳，围在后排的人也踮起脚尖。测字先生扫了扫跟前一双双带着彷徨、焦虑而又满含期待的眼睛，像戏台上的文武生一样，用清脆洪亮的嗓音吐出两个字："青莲！"测字先生停了一会说："青莲古称青龙，是一块藏龙之地。你选择青莲落脚，最合适不过了。"刘满龙觉得测字先生的分析虽玄乎但也有理有据，便向他递了两根烟。当他知道靓少德一家也准备前往青莲时，更坚定了选择青莲的信心："我老家是三水青歧，青莲与青歧一字之差，看来我与青莲有缘！"

靓少德和刘满龙两家人在棚寮稍作停留，便背起行囊，拐向西北，沿着连江东岸的小道逆流而上，向测字先生描述的世外桃源——青莲走去。此时连江除了一两艘向连县撤退的兵船外，再也没有别的船只，往西北走只能靠双腿了。

连江是珠江水系中北江的最大支流，因其源头位于盛产黄连的连县三姐妹峰而得名。它像一匹桀骜不驯、奔腾不息的野马，跨越粤西北一百八十余公里的石灰岩地带，翻过沿途近一百四十个大小险滩，经连县、穿阳山、过英德，最后在连江口与北江相拥。英德盆地像一个向东南倾斜的大铁锅，连江岸边

的山路越往西北，越崎岖凹凸。有的路段两边长满高且密的茅草，被笼罩在浓密的山岚江雾里。人走在其中，转眼间便被岚雾吞没了。有的路段一边是险峻的峭壁，一边是汹涌的江水，行人经过要猫身弓体，攀缘石岩，小心翼翼，如履薄冰。由于大多路段属深山野地，人迹罕至，往往走半天路才遇上一两户人家。

他们从江口咀起步，经水边、石灰铺、西牛、洽洸和大湾五镇，近一百公里的江边小道走了整整三天。过了西牛镇，阿英病得更重了，手脚冰凉，气若游丝，徐氏一脸愁云。

第三天傍晚，他们穿过英德大湾，来到阳山青莲边界。他们正继续往前走，忽然，刘满龙背着四岁的儿子慌慌张张地往回跑。靓少德问发生何事，刘满龙说："前面山坳有土匪抢劫！"

连阳一带历史上匪患连连。曾到阳山讲学的清末大儒简朝亮在其诗作《登贤令山》中用"行旅苦盗贼，是疾皆必攻"的诗句予以描述。青莲峡头一带山峻路险，峡窄滩急，土匪活动尤为猖獗，不管白天还是夜间，抢劫过往船只和行人财物及劫掠良家妇女的事常有发生。一九一二年，阳山县民政长（后称县长）罗澄波离任回广州，在青莲峡头遭土匪杀害肢解。人们路经峡头时无不噤若寒蝉。通常夜不行船，黑不走路，即使白天结伴而行也是提心吊胆。

靓少德愣了片刻，很快缓过神来。他背起阿英，一手抓住行囊，一手拉着母亲就往回跑。他们狂奔了半个多小时，才在一块大石头旁停下喘息。夜已深，四周漆黑一片，前不挨村、后不靠店，沿路不见行人。粤北山野的风雨来得快捷而猛烈，山风裹挟着雨滴，发出猿啼狼嗥般的恐怖巨响，噼里啪啦地打在路旁高密的茅草上。

靓少德拉着母亲，跳下大石旁一个半米高的坑穴，顺手用坑穴旁几块烂木板盖在头顶。"阿女，妈不该带你出来。妈对不起你！"徐氏自责说。

三人在坑穴里过了一夜。这时天已放亮，借着从木板缝隙透进的微光，靓少德看到母亲正用衣袖轻轻擦去妹妹脸上的泥巴。妹妹手脚僵硬，面如土色，已没了气息。

靓少德掀开头顶上的木板，爬出坑穴，又把母亲从坑穴中拉上来。这时他们才发现，眼前的坑穴是一个刚收了尸骨、两旁堆满新土的墓穴。"阿女，妈抱着你，你听妈的话，继续睡！"徐氏像平日哄女儿一样。

她眼里已没一滴泪，泪水已在逃难的路上哭干了。她将北帝诞那晚为女儿裁剪的裤子拉直，盖严女儿裸露的脚趾，自言自语道："妈前世作孽，连北帝也不保佑我的女儿了。"

徐氏抱着女儿坐在墓穴边发呆。"妈，就让妹妹躺在坑里睡吧。"靓少德哽咽道。他从母亲怀里接过阿英，轻放在墓穴底。这时，有一条头部紫黑、身体绿黄的蛇盘伏在墓穴的一角。靓少德正想驱赶，却被母亲制止了："别惊动它！这是一条阴阳蛇，是你妹的灵魂。"母子俩用手将土推进墓穴，筑起一个新坟。徐氏将女儿穿过的衣服折叠成人状，用布带驮到脊背上，柔声说："阿女，跟妈一起走。明年阿妈带你回沙湾，北帝诞时让你当一回色仔。"

刘满龙一家昨晚躲在村庄的牛栏里。次日一早，他们见面后就一起来到大湾大庙山，走进与佛山祖庙、三水芦苞祖庙、肇庆祖庙并称为"广东四大祖庙"的金山祖庙，向北帝塑像叩拜后走到山脚下的一个码头。

连江流经青莲峡头险滩后在大湾大庙山脚盘旋，形成一个水面宽阔的半月形河湾，大湾由此得名。眼下江湾雾气萦绕，水流轻缓，码头边停了六艘帆船。江岸石阶和榕树下坐了六七十名衣衫褴褛、面黄肌瘦的难民，他们都想坐船继续往北去，但都被船主一一拒绝而滞留这里。

　　靓少德怀揣一叠钱，逐一登上帆船，恳求船主送他们到青莲，但同样遭到断然拒绝。船主们告诉靓少德，广州沦陷以来，日本军机常来轰炸清远、英德的重要设施和连江水道上的船只，加上连阳一带匪患无穷，因此他们白天害怕日本军机轰炸，晚上害怕土匪抢劫，于是把船停在靠近墟镇的水域，以捕鱼捉虾维持生计。船主们不约而同地重复这句话："哪都不去，小心驶得万年船！"

　　靓少德坐在码头台阶上，盯着一艘双帆双桨的帆船出神。这艘船船头低，船尾稍高，轮廓如扇子。船身用料是遇水不腐的上等红铁木，船舱板是刷了桐油的色泽暗红的香杉木，船舱顶盖了一张拱形的竹篾船篷。船头和船尾各高高竖起一条由桅支索连接的桅杆，帆布落在桅杆底端。船舷两侧各有两根一尺多高的桨桩，四支船桨分别用风干猪皮做的绳套系在桨桩上。

　　靓少德站起身，一个箭步跃上这艘似曾相识的帆船。一个皮肤黝黑的中年男人坐在矮凳上补渔网，看见靓少德跳上船，便不耐烦地说："我不是跟你说过么？你给多少钱，我都不会出船的。"靓少德说："能给我妈一碗开水吗？我觉得你的船跟别的船不一样。""笑媚，给阿姨倒碗水。"中年男子语气平淡地说："怎么不一样？还不是有舱有篷、有帆有桨？"他是东莞疍民，名叫张三。

　　当一个瘦弱的小女孩小心翼翼地捧着一碗热水走下船时，徐氏眼前跃出一个熟悉的身影，喃喃道："这不是我家的阿英么？"徐氏搂住小女孩，看看她的大眼，瞧瞧她的小酒窝，摸摸她的脸颊，抚抚她的肩膀，心头充盈着怜爱与悲伤，泪水抑制不住地汩汩涌出。她转过身问张三："我家阿英五岁了，你女儿多大了？"张三说："她不是我女儿，是我上周在连江口捡来的。她是广州人，叫赵笑媚，刚过三岁。"

　　那天，张三的帆船在江口咀停靠，一个三十出头的女人带着女儿在堤岸徘徊。中午时分，女人对张三说："大哥，麻烦你看着我女儿，我上街买点吃的就回来。"女人用脸颊贴了一下女儿，留下一个黑色皮手袋就离开了。过了半晌，突然有人惊呼："有人跳水啦！"张三循声望去，只见那女人走到堤岸高处，跳到河里，顷刻就被混浊而湍急的江水卷走了。张三打开皮手袋，看见里面装着一支唇膏，一块绸缎手帕，一张写着女儿姓名、出生年月、籍贯的小纸条。听完张三的讲述，徐氏泪流满脸地摇了摇头，说："这个当妈的，怎么忍心丢下亲生骨肉呢？"

这时，靓少德忽然发现船尾有两根练功用的木人桩，并看见船舱安放刻着"定风稳流，保佑安祥"字样的神龛。神龛上除供奉水神北帝泥像外，还供奉"戏神"华光大帝和两个仙童的泥像。他想：这两个仙童不是粤剧武行祖师田、窦二师吗？

相传一位粤剧伶人曾在树下练功，两小童伫立观望，指出他如此练功中看不中用，并当场表演了踢腿、擒拿、飞镖、翻跟斗等武艺。伶人如梦初醒，便问小童姓名。小童指着稻田和旁边的小洞说："我们姓这个。"说完化为一缕青烟腾空而去。伶人惊呼遇上仙童，便塑像供奉，把田、窦二师视为粤剧武行祖师。

靓少德纳闷：疍家人供奉北帝理所当然，但供奉华光祖师和田、窦二师就奇怪了。他在船上来回走动，看见船舷两侧各有一个半月形的缺口，便想起红船戏班的禁忌：严禁男艺人站着向河里尿尿，否则会惹鬼上身并祸害整个戏班。他想：这两个缺口是专为艺人小便用的吧？他弯下腰，发觉这艘约三米宽、十多米长的帆船有明显的改装痕迹，油了一层深色桐油的船身隐约露出红色斑块。这时，他更坚信自己的猜测了。于是，他问张三："老大，你这船以前是送戏班的红船吧？"张

三愣住了，缓缓站起身，惊讶地从头到脚打量靓少德："你的眼好犀利啊！"靓少德激动地说："我是唱戏佬，跑过红船班！"张三如遇见亲人一样，兴奋得半天说不出话来。

靓少德问："三叔，你干吗把船油成黑色呢？"张三说："日本仔的飞机天天来，见船就炸。红船容易被发现，大部分都被炸沉了，剩下的都油成黑色了。很多船躲到山区，我也是前些天从连江口来大湾的。"

靓少德笑着说："想不到在这遇到红船老大！"张三也笑了："是呀，真想不到！阿发，倒茶给大哥喝！"张三的儿子张广发手提茶壶从船舱出来，比画着手指，冲着靓少德笑。靓少德发现广发是个哑巴。

待靓少德喝完茶，张三瞅了一眼挂在桅杆上晾晒的衣服，便勒紧腰带，大手一挥，说："趁现在吹西北风，赶快起程。阿德，快叫你的人上船，我送你们到青莲。广发，准备开新①。"靓少德迟疑地说："三叔，您就不怕土匪和日本仔的飞机？"张三说："水帮船，船帮水。我们既然是同一条船的，就不要见外了。今天就算遇上土匪和日本仔的飞机，我张三也认了！"

广发干练地拉起抛锚，又跳下码头解开缆绳，再一个箭步跃上船舷，抽起踏板，将竹篙铁尖插到河岸麻石的凹陷处，正想发力将船撑离码头。此时江岸骚动起来，难民像潮水般聚拢而来，高喊："等等，我也去青莲——"广发手里的竹篙被难民攥住了，动弹不得。他们争先恐后爬上帆船来，有几个难民掉进河里去了。靓少德见状大惊失色，边吩咐刘满龙救人，边张开大嗓门喊道："你们听我的，别上来啦，船要沉的。我给你们想办法！"难民们才安静下来。

---

① 即开船。疍家人忌讳说"开船"。因为"开船"有"破船"之意。

靓少德对张三说："你把其他船主都叫来，我有话跟他们说。"靓少德环视围上来的船主，动情地说："各位船老大，码头上的老老少少，远离家乡，到处逃命，鞋走烂了，脚也走破了，有的半路死了。我的妹妹就是病死在路边的……"

靓少德眼眶湿润了，从身上摸出一把银圆，垒成五沓，推到五位船主跟前，说："我身上就这些钱，请你们收下，求你们送他们到青莲……"靓少德说完，双膝着地，对着五位船主不停叩头。船主们沉默不语。张三说："大难当头，不能见死不救啊！"

五沓银圆原封不动地搁在原处，始终没人伸手去拿。张三建议，为躲避日军飞机，天黑后船再出发。他吩咐妇女用布条束紧胸脯，并用泥浆柴灰将脸抹黑。商定完毕，五位船主各自回到船上去。看到船主们改变了主意，靓少德落下心头大石。"各位兄弟姐妹，船老大都同意开新，天黑就出发……"靓少德洪钟般的声音在江湾上空回荡。

天空刚垂下黑色帷幕，停泊在大湾大庙山下码头的六艘帆船就拉起了风帆，依次逆流而上。两小时后，船队进入青莲峡头水域。

朦胧的月色下，外形呈太师椅状的峡头地带山突峰兀，重峦叠嶂。两三公里长的峡头水道像一条巨蟒盘绕在崇山峻岭中。它一时惊涛骇浪，水流湍急；一时平静如镜，波澜不惊。据《吕氏春秋》记载，战国时期广东境内存有三个无君小国，即北部的阳禺国、东部的缚娄国和中部的驩兜国。阳禺国的治所就在青莲峡头一带。因地势险要，易守难攻，青莲峡头成为历代兵家必争之地。秦末朝廷在阳山设阳山关，陆路关址设在阳城西北四十里的茂溪口，而水路关址就设在青莲峡头。汉元鼎五年（前一一二年），为讨伐南越，伏波将军路博德引兵出桂阳，下湟水，过峡头，抵清远。一直以来，峡头流域匪患无

穷，各路土匪在此挡路设卡，拦截船只，剪径绑票，谋财劫色。

张三的帆船走在船队的最前面。靓少德和刘满龙一左一右摇着船桨，帆船缓缓前行。众人屏声静息，船舱一片沉寂，只听到船桨划水的哗啦声和两岸猿猴啼叫的嗷嗷声。靓少德带领梨园彩的手足乘船从青莲返回佛山时曾经过峡头，那时船上人多势众，且帆船顺流而下，就没把土匪放在眼里。但眼下逆流经过，虽有六艘帆船，但船上多是老弱病残的难民，一旦遇到土匪，是无力抗争的。

当船队驶出峡谷，进入一片开阔水域时，忽然岸边传来几声吼叫："打单①！船靠岸，快点！快点！"七八名土匪手执长短枪和大刀，守候在岸边，另外还在十多名土匪埋伏在竹林背后的田垄上。

靓少德果断地对张三和刘满龙说："遇上土匪了，大家要镇定。三叔留在船上，龙哥跟我来！"靓少德有意将布衫的衣纽解开，露出结实的胸肌，并将左脚的裤脚卷到膝盖上。领头的土匪是一名肩宽膀圆的麻子。老百姓平常遇到土匪无不胆战心惊，有的甚至吓得瘫软在地。看见两个彪形大汉此时大摇大摆走过来，麻子土匪反倒吃了一惊：这是何方神圣？"站住，别过来。"麻子土匪先发制人，厉声喊道。土匪们如临大敌，端着刀枪，慢慢上前，将靓少德和刘满龙团团围住。看到对方赤手空拳，土匪们都松了一口气。麻子土匪用手枪指着靓少德：

"你是干什么的？"

"唱戏的。"

"唱戏的？船上运什么货？"

---

① 土匪行话，即打劫。

"没运货，全是人。"

"都是唱戏的？"

"不，全是'走日本仔'的难民。"

"你别骗我，骗我就送你两粒花生米！"

麻子土匪让两个土匪上船看个究竟。土匪上船搜查后回来报告说："船上确实没有什么油水，全是'走日本仔'的。"麻子土匪仍不死心："有靓女吗？"土匪嘻嘻笑道："有两个样子还行。"土匪说完就心领神会，又上船去了。过了一会儿，刘满龙的妻子汤秀英和清远上廓街德国教堂的修女莫安娜被强行带下船。刘满龙急了，想冲上前，却被两个土匪牢牢按倒在地。"别动，再动就给你放血！"一名土匪拿匕首抵住刘满龙的喉咙。

靓少德走到麻子土匪身边，将一把银圆悄悄塞进他的口袋，哀求道："大哥，求你放了她们！"麻子土匪用手按了按鼓胀的口袋，示意土匪放开刘满龙，转身打量靓少德：

"你说你是唱戏的？"

"是呀。"

"演什么行当？"

"文武生。"

"你听过李文茂这人吗？"

"那还用说呀？他是二花脸，是我们的行尊，当年我爷爷就是他手下的文虎军呢！"

"是吗？平靖王①是我们鹤山桃源人，我们家家户户都把他当保护神！这人很讲义气，又是武林高手，龙、蛇、虎、豹、鹤、狮、象、马、猴九种拳术样样精通，我最崇拜的人就是他啦！"

---

① 即李文茂。

麻子土匪将靓少德身边的土匪喝退，点燃一根烟，说："听说平靖王的嗓子比铜锣还要响。我外公看过他演《芦花荡》里的张飞后，有空就唱个不停，但唱来唱去都是张飞上场亮相时的那两句词，听到我外婆的耳朵都起茧啦。那两句怎样唱的？他妈的，我一下忘了！"

"大哥，是这两句吧？'蛇矛丈八枪，横挑马上将。'"

"对对对，就是这两句！还是你们唱戏佬记性好！"

"吃戏行饭逼出来的。你要是在戏台上食泥①，师傅就用皮鞭抽你的屁股啊。"

这时，一名肩挎短枪的高瘦土匪走到麻子土匪跟前，说："二哥，这里没什么油水，我们转场吧。"麻子土匪将短枪插入腰带，威严地吼道："兄弟们，转场！"靓少德拦住麻子土匪："大哥，你就放了我两个表妹吧！"麻子土匪向高瘦土匪扬了扬手："把她们放了！"高瘦土匪迟疑地说："来时家里老大不是说带几个靓妹回三山过过瘾吗？"麻子土匪板起面孔："他妈的，在这儿老子说话算数！"随后转身对靓少德说："唱戏佬，算你走运，遇上平靖王的老乡，"接着从口袋掏出靓少德塞给他的银圆，掂了掂，又高高抛了两下，说，"对不起啊，老弟，钱我得收下，要不我和兄弟们都要扎炮②喽。"

待土匪走远，早已吓破胆的修女莫安娜软绵绵地坐在地上。她在胸前画了一个十字，口中念念有词。

躲过一劫的船队终于在三更前抵达了青莲豆腐社码头。

---

① 指忘记台词。
② 土匪行话，指挨饿。

05　箫鼓寄情

胜伯刚敲响三更铜锣时，他身后的大黄狗突然从整香街冲向戏棚地，狂吠不止。相邻的观音街和莫屋堂的大小犬只也很快驰援而至。众犬龇牙咧嘴，对着大路上移动的几个黑影一阵紧接一阵地咆哮。

胜伯警觉地把别在腰间的牛角刀握在手上，对着黑影厉声吼道："谁呀？"对方响亮地应答："胜伯，我是靓少德啊。"待黑影走到跟前，胜伯才认出走在前面的是一个多月前在戏棚地演出的那位文武生。于是喝退众犬，将他们引入街口的趟栊门，并摇响了温家大宅厚实大门上的一对铜环。温松柏开了门，借着朦胧的月色对眼前几个蓬头垢面、失魂落魄的男女打量良久，半天才迸出一句话来："哎呀，是靓班主呀！"

温松柏即把靓少德和刘满龙一家安顿在五楼，第二天就腾出整香街的两间旧屋，让他们住下。

将屋子拾掇完毕已是下午，徐氏就催促儿子到观音庙和尚书祠上香。靓少德携母迈

出门槛，一股浓烈的香粉味从数间制香坊飘来。一百多米长的狭窄街巷显得寂寥冷清，几名老人坐在巷头的麻石条上闲聊。晚秋的阳光投落在他们身上，并在小巷黑色瓦檐与青砖地面的偌大空间里构成一幅朦朦胧胧、香粉纷飞的金色幕帘。

靓少德和母亲从观音庙出来，就听到书声琅琅。私塾教师王文斌正在吴氏宗祠为一群孩子授课。屋子墙壁上挂一块小黑板，过道上摆了几张桌凳，便成了一间简陋教室。王文斌用粉笔把曾在阳山当过县令的韩愈的名篇《送区册序》抄在黑板上，摇头晃脑，一字一顿地念道："阳山，天下之穷处也。陆有丘陵之险，虎豹之虞……"

瞥见靓少德从窗口望进来，王文斌便问："靓班主，你有何事呀？"

靓少德说："带我妈去尚书祠烧香。"

"你们人生地不熟，我带你们去吧。"王文斌把手里的竹子挂在墙壁上，回头对小孩子说，"今天的课就上到这儿啦。"

这时有一个学生问："先生，'穷处'是啥意思？"

王文斌透过厚厚的镜片瞅着那学生，捋着下巴的胡须说："'穷处'有两层意思，一是贫穷之地，二是偏僻之地。山上有老虎，你们别乱跑啊！"

王文斌治学严谨，博古通今，是青莲公认的大才子。清末大儒简朝亮到阳山讲学著书，在汉朝伏波将军路博德曾屯兵的水口将军山创办了广东四大书院之一的"读书山堂"。时年十岁的王文斌被送到简朝亮的门下，接受了先生五年的谆谆教诲。

王文斌领着靓少德和徐氏走出戏棚地。王文斌说："通往尚书祠的路不止一条，所谓水流千里归大海，殊途同归。走当铺巷，路最近。"

戏棚地的空坪上摆了几个半人高的铁架，一排排长蚊香悬挂在铁架上，微风吹过，左右晃动，像一条条冻僵的死蛇。

王文斌的妻子张爱彩坐在补鞋摊旁打瞌睡，听到脚步声就睁开眼。"彩姐，生意好吗？"靓少德问。张爱彩擦去流到嘴角的口水说："戏棚没戏唱了，这边就静了，没人气，哪来的生意呀？"

靓少德迅速望了一眼温葱莲闺房紧闭的花窗，说："整香街也变淡了，人都去哪了呢？"靓少德昨晚和今早经过葱莲的闺房时，发现房门都是开的，里面空无一人，心里纳闷：她去哪了？张爱彩观察到靓少德的眼神，便说："葱莲上礼拜回黄屋落外婆家了。"

他们穿过当铺巷，来到青莲水与连江交汇的岸边山岗，只见一座古色古香的祠堂坐北朝南矗立在坡顶上，恍如一只张开大口、竖起双耳，凛然不可侵犯的老虎，扼守青莲南来北往的水路要塞。靓少德与母亲各点燃三根粗长的蜡烛，插进尚书祠门前一个铁铸的大香鼎里，然后走进肃穆安静的尚书祠。祠内从左至右耸立着何昌期和李玉珪的高大塑像。他们身披铠甲，手握利剑，面孔威严，目光如炬。

王文斌把靓少德引到与尚书祠正对的大斜坡，指着三块镶嵌在一户人家墙壁上的石碑说："这三块碑分别是明朝嘉靖、清朝康熙和乾隆年间刻的，记载尚书祠先后九次重修的事。这座祠堂五百年前就有啦，一直香火不衰。种田的，做买卖的，唱戏的，撑船的，当兵的，读书的，都来烧几炷香。"

靓少德蹲在石碑前，逐行逐句大声朗读碑文，当读到"阳邑青莲司主署右有一庙宇，旧名'兰花祠'。内奉祀李尚书讳玉珪，何尚书讳昌期"时，竟兴奋得手舞足蹈："妈，祠里供奉的就是我们何家先祖！"

他转身握住王文斌的手，自豪地说："王老师，你知道不？何昌期是我们何家先祖！我家有一本族谱，里面写得一清

二楚!"

王文斌也显得很激动:"是吗?何昌期和李玉珪都是阳山七拱人,阳山历史上最威水的人物就数何、李两人了。他们在平定唐代安史之乱时立了大功!"他从头到脚瞅着靓少德,又说:"你魁梧健硕,武功超群,原来是有何将军的遗传呀!"靓少德露出惭愧之色,说:"我对何将军的威水史一点不知。那晚在戏棚地演《杨贵妃》,我临时爆肚,加了何将军与安禄山的对打戏。台下拍烂手掌,我却不知何将军是我们何家先祖。"

王文斌说:"关于何将军的事史书记载少,但民间流传却很多。"王文斌便绘声绘色地向靓少德讲述何昌期的坊间传闻。

何昌期祖父何言和父亲何徽,均为唐朝广东云浮的镇将。何昌期少时魁梧健壮,力大无比,射术精湛,胆识过人。一年春社驯牛,一只大水牛受惊狂奔,村民被撞得人仰马翻。时年十六岁的何昌期手攥牛绳,将牛拉住,随后飞身骑上牛背,双手钳住牛角,将疯牛制服。有一天,他随父到深山围猎,忽然有一猛虎迎面扑来,众人吓得人仰马翻。何昌期却临危不惧,拉弓搭箭,将猛虎射杀。

唐朝经贞观之治、永徽之治和开元之治后,国力达至鼎盛。但唐玄宗纵情声色,杨贵妃之兄杨国忠继任宰相骄纵跋扈。天宝十四年(七五五年),节度使安禄山与同乡史思明以"忧国之危"为名起兵反唐,东都洛阳很快失守。各地州郡纷纷募兵平叛勤王。

此时何昌期往连州应募。在比武考试中,他以拉开二石(二百四十斤)硬弓和"超距①加人一等"的罕见武功被录用并派往河北,编入郭子仪的朔方军,深得倚重。在与安禄山的

① 相当于现代的跳高、跳远。

干将高秀岩统领的叛军在大同相遇时，身为郭子仪裨将的何昌期趁叛军阵脚未稳，高喊一声"跟我来！"即策马率先杀入敌阵，如入无人之境，叛军四处溃逃。何昌期一人抵挡十万敌军，战后被誉为"何十万"。此战是叛军起兵以来首次遭受重创，因此成了安史之乱的转折点。何昌期因战功卓著，迁千牛卫上将军。李玉珪在收复东西两京战役中浴血奋战，建立奇功，被封为右卫将军。何、李去世后，均埋葬于故里。

王文斌手捋胡子，感慨道："三国时张翼德横刀勒马于长坂桥，孤身喝退百万曹兵。而何昌期勇闯敌阵，所向披靡，气吞山河，真是张翼德再世！以前很多将领不把广东人放在眼里，说'南蛮仔①矮小孱弱，不堪一击'。但自从何、李杀出了名堂，他们都改变了世人对广东人的偏见，对阳山仔更是另眼看待。我看过明代修编的《连州志》，里面有段文字说：'今时以勇力应募能冲锋陷阵者，必称阳山人，犹有何（昌期）、李（玉珪）之风。'靓班主，你们何家先祖为阳山人争了一口气啊！"

阳山向来是武盛之地。这里峰高路险，虎豹出没，虫蛇遍野，匪患连年，为了应对恶劣的生存环境，当地百姓习武之风已历数千年。自秦朝设阳山关、汉朝伏波将军路博德屯兵水口将军山起，阳山历代实行"战时为兵，闲时为民"的屯田制，致使阳山民风剽悍，崇武习气代代相传。

王文斌意犹未尽，说："总体而言，阳山七拱盛武，这与七拱周边虎豹成患不无关系；黎埠盛文，原因是黎埠聚居了尊师重教的客家人；青莲盛商，这得益于青莲水路四通八达。"

靓少德说："听说孙中山有七名贴身卫士都是七拱人，是吗？"

---

① 即广东人。

王文斌说："你说得没错！他们都姓邱，名字叫邱堪、邱炳权、邱士发、邱时、邱玉亭、邱习轩、邱有，都来自七拱石角塘村的邱氏家族，个个武艺高强，忠心耿耿。当年陈炯明叛变炮轰越秀山总统府，邱堪、邱炳权等六十多名卫士与叛兵激战两天两夜，将大总统护送到永丰舰。总统夫人宋庆龄差点没命，幸好有一名身高体壮的卫士冒着枪弹背她上军舰。你猜那卫士是谁？就是邱炳权！大总统逝世后，邱时和邱有奉命去南京给他守灵……"

靓少德说："一个家族有七名总统卫士，这在中国乃至全世界都是极为罕见的！"

王文斌忽然想起了什么事，连向靓少德招手："靓班主，你跟我来，我带你去见一个人。"靓少德问："是什么人呀，这么神秘？"王文斌笑了笑说："他也是你们何氏家族的人，叫何念祖，是尚书祠的守祠人。"靓少德想起那个身材高大的主会。

三人走上斜坡顶，来到离尚书祠三十余米的一间低矮瓦屋门前。"念祖叔，您家来亲戚啦，您的族人登门拜访啦！"王文斌往屋内喊。一名中年妇女从厨房出来，将手里装满萝卜的竹篮放下，不停用蓝色围裙搓揉双手，问道："谁找念祖呀？"

王文斌说："靓班主和他妈，昨天从番禺沙湾来。""你不是上月在青莲戏棚地唱戏那人么？念祖说，你的喉咙就像一面何家鼓。"靓少德点了点头。中年妇女叫八婶，是何念祖的妻子。"哎呀呀，来亲戚啦！快坐快坐，喝杯茶。"八婶边忙着让座倒茶，边说："真不凑巧啊，念祖昨天回七拱老家帮亲戚收割去了，半个月后才回来。"

屋子弥漫着一股浓浓的酸辣味。靠近客厅墙边的长桌上摆满腌制食品的玻璃缸。"八婶，腌了什么好吃的呀？"王文斌问。"这个季节只有酸黄瓜、酸豆角。"个子矮小的八婶端了一碗酸黄瓜和酸豆角放在桌上，招呼道，"来，大家尝尝，山佬黄瓜，好吃。"王文斌用袍裾擦了一下手，用手指夹了一块酸黄瓜放进嘴里，咧开嘴巴直喘气，说："哎，味道不错。难怪听到街坊唱，'矮婆嘅酸萝卜，又甜又辣'。哎哟，八婶，你的酸黄瓜辣死我了！"

何念祖与八婶膝下没有子女，靠一个酸品档维生。八婶的酸制品在青莲有口皆碑，它用料精，品种多，工艺讲究。一年四季都有不同的酸制品，最出名的有酸萝卜、酸黄瓜、酸椰菜、酸沙梨、酸李果、酸豆角、酸刀板豆等。何家从七拱老家迁来青莲守祠，至今已近两百年。祖祖辈辈没有固定的职业和稳定的收入。每天凌晨五时起床，为尚书祠神像烧香、添油、清扫。对祖辈的虔敬膜拜，支撑他们世代义无反顾地在清贫孤寂的守祠路上走下去。

徐氏拉着八婶的手聊起家常。伶人出身的靓少德从不吃酸辣食品。他踱到桌子前，揭开酸缸盖子，倒吸鼻子嗅了嗅。这时，摆放在墙角柜子上的几样物品吸引了他的目光。这些物品全是粤剧乐队的打击乐器：卜鱼、文锣、高边锣、广镲、双皮鼓和沙的鼓。靓少德惊奇地问："念祖兄喜欢打锣鼓？"八婶嗔怪道："他每天晚饭前必打一轮锣鼓。"王文斌插话说："念祖兄可是青莲街首屈一指的掌板师傅啊，能一口气背出上百篇锣鼓谱。"靓少德赞叹不已："哎哟，那不简单啊，比得上梨园彩的棚面师傅了。"

八婶打开柜子，拿出一只古朴而精致的双面鼓，说："他最爱这宝贝！"靓少德捧起双面鼓左瞧右看。这是一只直径一尺多的古色古香的鳄鱼皮双面鼓，尽管鼓腔的牛皮已褪色泛白，但鼓边的鳄鱼皮仍透出幽幽油光，槐木制成的鼓身绘画九条形态各异、栩栩如生的龙。一只黄铜铸成的金龟垫托住鼓身，金龟昂头鼓眼闭嘴，四脚着地，趴在一块雕有花纹的麻石板上。八婶说："它叫何家鼓，是老祖宗从七拱老家带来青莲的。"

"这双面鼓跟粤剧锣鼓不同，原来是何家鼓呀！"靓少德边惊诧地说，边伸出手掌，沿着鼓身、鼓边、鼓膛轻柔地爱抚，之后抢起鼓槌重重地敲了三下。激越而深沉的鼓声流出简陋的屋子，灌入空旷静谧的尚书祠，久久回荡。靓少德眼眶湿润，坐红船、涉大江、挑衣箱、踏台板、跑圆台，过往的一幕幕浮现在眼前……

当晚，靓少德与温松柏坐在古戏台前的黄檀树下聊天。深秋时节，天气渐凉。面对空荡荡的戏棚地，靓少德情绪沉郁，怅然若失。

"靓班主，今后你有何打算呢？"

"梨园彩散了，想唱戏也唱不成了。但除了唱戏，我什么都不会。唉！"

"我今年快六十岁了，很多事都力不从心。我请人担盐到英阳墟卖，顺便收购鸡、鸭、鹅运到连江口转卖。前几年雇工挑百斤，我同样挑百斤。观音山那条石路又长、又陡、又弯，牛羊爬上去也要歇脚。但我挑货上上落落，连大气也不喘。挑担的女人急得在背后直喊：'柏叔，别跑那么快啊。把我们甩了，是不是去见你的美婆娘？'哈哈……唉，人上了五十岁就一日不如一日喽，体力不行，记性也差多了。想唱首粤曲，问字挪腔要停下来想一想，爬上五楼要中途歇一歇，半夜起来屙尿半天也屙不出一滴尿来……"

温松柏说不下去了。靓少德想不到温松柏竟如此动情，又不知该如何安慰他。温松柏侧过面看着靓少德，用恳求的语调说："我和莫森礼合股经营恒生盐行，还要照顾日月楼。这几年我一直想找个人帮手，但我只有葱莲一个独女，几个侄子又不成器。你为人厚道，见多识广，眼下又没戏唱，不如过来帮我?"

靓少德显然没有任何心理准备，木然地看着温松柏，说："做生意与唱大戏，大花脸抹眼泪——离行离捺①。我这个唱戏佬，陈显南卖告白——得把口②，怎么帮忙呀？别一不小心将您的生意赔光赔净啊。"

温松柏摇头摆手，说："做生意没什么奥秘的，为人诚实，头脑灵活，甘于吃苦，你记住这十二个字就行了。我与森礼商量过了，把恒生盐行的三成股份让给你。另外，日月楼的股份你我各占一半。你如果本钱不够，可每月从薪水中扣减。"靓少德看到温松柏态度诚恳，就不好意思推辞了。于是，他成为温松柏和莫森礼的生意合伙人。

靓少德请人为"日月楼"的牌匾翻新，填了红漆、刷过桐油的牌匾在阳光下熠熠生辉。靓少德托王文斌为日月楼写一幅字。写什么好呢？王文斌冥思苦想。"随你写，相信青莲大才子的墨宝件件都有斤两的!"靓少德说。次日傍晚，王文斌将"鸢飞鱼跃"的字幅送到日月楼，并帮忙将它悬挂在一楼厅堂正中。温松柏仰头望着字幅来回走，说："柳骨颜筋，遒美健秀，形神兼备。合晒合尺!"

王文斌说："韩愈曾说阳山'江鱼不池活，野鸟难笼驯'，于是就有'鸢飞鱼跃'的题词。韩文公的手迹而今刻在县城贤令山岩壁上，看过后你才知什么叫笔力劲挺，气势磅礴，形肖神似!"靓少德朗笑着说："日月楼主营河鲜野味，'鸢飞鱼跃'最贴切不过啦。"王文斌也望了一眼日月楼的新牌匾，说："看来靓班主铁了心脱下戏服，改行做生意佬了。靓班主，你别小看生意佬，桃园结义三汉子，刘备是卖草鞋的，关

① 指两者互不相干。
② 指一个人没有真本事。

云长是卖枣的，张翼德是卖肉的。有谁想到这三名生意佬日后叱咤风云、雄霸一方呢？"

日月楼装饰一新后，生意越来越好。一天傍晚，当地四个无赖来到日月楼二楼，点了一桌子河鲜和野味，边狼吞虎咽边猜拳摇骰。酒足饭饱后，一个长得像黑铁塔的家伙从口袋里摸出一个死蟑螂，偷偷丢进只吃剩几块骨头的盘子里，然后将双脚架在桌子上，猛拍了一下大腿，气势汹汹地咆哮道："喂，你过来。这碟姜葱炆野鸭有一只死甲由！"苏妈跑过去，瞅着盘中的死蟑螂直哆嗦："我……端菜上来时……是没见到甲由的。"黑铁塔拎着蟑螂的须在苏妈眼前扬了扬："你还嘴硬？这不是甲由，难道是河虾？"

靓少德听到吵闹声即跑上二楼，看见黑铁塔手中的蟑螂，便说："对不起啊，小兄弟。这碟姜葱炆野鸭不收钱。"黑铁塔得寸进尺，一拳砸在桌子上，不容争辩地说："看到这只死甲由，我胃口也没了。这餐饭你得半价收费！"靓少德大度地说："好好好，就半价收费。"黑铁塔瞄了一眼苏妈递过来的菜单，丢下几个钱币便扬长而去。

苏妈委屈地嘀咕："野鸭肉是我切的，姜葱也是我洗的，师傅下锅煮时我就站在旁边看。从头到尾都没见有甲由。"靓少德问："他们是什么人？"苏妈说："那黑黑的是念祖叔的侄仔何养，花名叫'牛精养'。这几个人仗着他们的拳头硬，到处惹是生非，骗饮骗吃，谁都怕他们三分。"

旁边一名食客走过来小声说："这死甲由是牛精养丢入菜盘里的，我亲眼看见的。他口袋里还有几只死甲由呢。"

靓少德一听火冒三丈，冲下楼去，向正站在十字街口勾肩搭背、嬉笑打闹的无赖怒吼："给我站住！你们骗饮骗吃，欺人太甚！"牛精养瞪眼竖眉，喊道："谁骗饮骗吃？有谁做证？"众人驻足看热闹。靓少德说："有人看见你将死甲由丢入菜盘里了，你口袋还藏有死甲由！""谁看到我丢死甲由到菜盘里了？给我站出来！"牛精养拍了一下口袋，又撩起衣角，露出掖在腰间的梭镖，"我口袋藏了死甲由？谁过来搜我口袋？搜出一只我吃一只，搜出一对我吃一对！"路人越聚越多，但个个噤若寒蝉，冷眼旁观。牛精养打着响嗝跶着木屐，趾高气扬地在路人面前来回踱步，鹅卵石铺设的街巷响起一串刺耳的咔咔声。

正当牛精养想转身离去时，一个虎背熊腰的汉子厉声嚷道："我来搜！"人们回过头，看见刚从七拱老家回来的何念祖扔下担子，拨开人群，快步上前，愤怒的脸上现出不容亵玩的凛然气概。牛精养惊呼一声"妈呀"，便如夏日里枯萎的荷叶缩成一团了，那跋扈暴戾的神情瞬间消失得无影无踪。

何念祖提着侄子的衣领，像甩陀螺似的旋着他的身体，在他的衣袋里搜出三只死蟑螂。"你在街坊面前吞下这三只死甲由，并向靓班主赔礼道歉！"牛精养无奈，果真裂眦歪鼻地将三只死蟑螂吞下肚，完了手提木屐，光着脚丫，耷拉着脑袋，带着另外三个同伙走到靓少德跟前，说："死甲由是我丢进菜盘的……饭钱我补齐……"何念祖怒气未消，斥责侄子："趁我不在家你就到处惹事，吃了豹子胆是不是？以后还敢惹是生非，我就扭断你的颈！"

牛精养等人灰溜溜走后，何念祖对靓少德说："对不起啊，我管教不严。唉，别再说那衰仔啦。听你八婶说，你那天专程来我家了。想不到我们是同族人，祖宗同食一支水！好啊，今晚到我家来，我们兄弟俩喝两杯！"靓少德应允。

疾恶如仇的守祠人何念祖不爱与人交往，沉默寡言，表情僵钝，心志孤傲。他不愿向外人提及过往，甚至对自己的打虎经历也极少说起。平日除了挑着酸品档穿街走巷叫卖外，闲余时就坐在尚书祠的入口处，读红楼，品三国，静心琢磨锣

鼓谱。

日月楼打烊后，靓少德即提着两斤叉烧和两瓶烧酒，与母亲一起，向尚书祠走去。两人刚走到与青莲湾正对的大斜坡时，突然狂风大作，电闪雷鸣，暴雨倾盆。停泊在河岸的几只小渔艇被扯断了缆绳，被卷至青莲水与连江交汇的屙屎洲上。靓少德与母亲紧贴在斜坡下面的墙角，双手攥牢一根木桩才不至于被大风吹走。

风减弱了，雨却越下越大。伴随着轰隆隆的巨响，在尚书祠上空，一道闪电如狂龙舞动。借着电光，靓少德看见尚书祠门前架起一道竹梯，有人一手提簸箕，一手扶竹梯，往屋顶上爬去，一名妇女站在下面双手撑护着竹梯。

"那不是念祖兄和八婶么？"靓少德跑上前，问："八婶，你们在干吗？"

八婶扭转头，抹去脸上的雨水，说："风吹断了树，祠堂顶被砸了一个大洞，雨水流进祠里啦。你念祖哥正爬上去补那个洞呢！"

蹲在祠堂顶上的何念祖焦急地大声喊："瓦不够，快传些瓦上来！"

靓少德说了声"我来"，就捧起一叠瓦片往屋顶上抛，何念祖娴熟地接过瓦片，转身去封堵铁锅般大的窟窿。

"阿德，你守在这儿，我和你妈去扫祠堂里的水！"八婶说完就抓起扫帚和木桶冲进祠堂里。徐氏也紧随其后。

当八婶和徐氏将祠堂里的积水排掉，把系在何昌期和李玉珪塑像上被雨水冲刷得歪歪斜斜的黄色披篷整理完毕时，何念祖也封好屋顶上的窟窿爬下竹梯。

风停雨止，供桌上的两盏粗捻油灯重新点亮，发出啪啪的幽响。何念祖这时才看清同样湿透衣衫、靠在祠堂里红色圆柱上憨笑的靓少德，他忙说："阿德，快到家里坐，我拿衣服给你换上!"

　　两个同族男人，一个是梨园中人，一个是买戏主会和掌板师傅，相聚在一起自然有说不尽的话语。两人从粤剧说起，最后话题集中在祖传的何家鼓上。唐贞元元年（七八五年），何昌期告老还乡，在七拱修宗谱、定家训之余授后辈以乐理，令何家营奏乐的良风美俗在家乡得以延续，村民们在农暇之余击鼓吹笙，陶冶性情，其乐融融。

　　"听老祖宗说，何公从西安告老还乡，带回几个何家营鼓，有空就教乡亲打鼓奏乐。"何念祖边说边捧出家里那只双面鼓，"这只鼓是爷爷仿照何家营鼓做的，别小看它，这是一只威力无穷的神鼓啊!"

　　这珍藏在何念祖家中数代相传的双面鼓，是在祭祀、婚娶、庆典等重要场合才敲打的。有一年，两只猛虎窜进何念祖七拱老家的村子，咬死数只水牛后趴在村前的晒谷场上长啸，吓得村民关门闭窗，胆战心惊。何念祖的爷爷身挎何家鼓，手执弓箭，孤身一人来到晒谷场，站在离猛虎约三十米远的矮墙后，毫不畏惧地与猛虎对视。他左脚踏着矮墙，连放两支箭后抓起鼓槌，"咚咚咚"地敲响了何家鼓，一阵比一阵急促的鼓声响彻云霄，在山谷溪涧回荡，两只猛虎像突然中了邪似的浑身颤抖地趴在地上，晃过神后惊惶地往后山逃去……从此，这只何家鼓就被村里人称为神鼓了。

　　靓少德说："念祖兄，你露一手吧，让我见识一下何家鼓!"

　　"阿德，你是粤剧行家，我可是班门弄斧啊。何家鼓我只知道一些皮毛，但它与粤剧锣鼓是不同的。"何念祖说罢，整理衣领，挽起衣袖，表情凝重，沉静片刻后，像玩杂耍似的挥动着鼓槌，配合着身体晃动，单打、双打、滚击、闷击、脆击、轻重击、轻重滚、连滚带击，各种技法交错使用，鼓槌一会儿从鼓腔向鼓边敲去，一会儿又从鼓边向鼓腔回敲，一会儿

在鼓膛、鼓边、鼓框之间跳跃敲击。鼓声或激越高昂似万马奔腾，或低沉浑厚像洪流漫坡，或清脆爽朗若渔歌互答，或滞阻凝涩如破锣鸣响……鼓槌收拢，鼓音缭绕。

靓少德从沉醉中回过神来，赞道："鼓声古朴，技法超卓，乐韵悠长……开眼界啦！"

何念祖说："据说，真正的何家营鼓乐是笛、笙、锣、鼓、木梆、木鱼等二十多种乐器一起演奏的，鼓只是其中一种乐器。"

受家庭环境熏陶，何念祖对粤剧锣鼓产生了浓厚兴趣，凡有戏班来青莲戏棚地演出，他必定到场。他家里的文锣、高边锣、广镲、卜鱼等，是十多年前某戏班来尚书祠上香时，他硬是从乐师手上买过来的。

靓少德清了一下嗓子，搓了搓手掌说："念祖兄，你回七拱老家那么久都没摸锣鼓了吧？手痒是不是？我也很久没唱了，快要憋死啦。我们来一段吧，你打锣鼓，我唱几段！"何念祖霍地站起来："好好好，我们兄弟来几手！"

于是，八婶和徐氏将客厅的桌凳搬走，腾出空间。何念祖把各种乐器摆成半月形。准备停当，何念祖向靓少德亮出瓦楞掌，说了一声"武戏"，即打响清亮雄壮的高边锣。靓少德心领神会，踩着锣鼓点行至客厅中央，随后左脚独立，右腿提至腰间，脚掌心向着裆部，身体纹丝不动，做了一个起单脚的亮相招式，《芦花荡》里周瑜的雄浑唱段便冲口而出：

这一阵杀得俺魂飞魄荡，猩红点点口中藏。以为灭貔假途谋高广，更以为玄虚弄假计周详……

何念祖向靓少德投去赞叹的目光，随即又亮出兰花掌，喊："文戏！"即手执鼓槌敲响吊在木架上的文锣。随着低回而沉实的声响，靓少德反串旦角，翘兰花指，甩水袖，走撇步，唱出一曲温婉缠绵的《燕子楼》：

> 乌衣巷口斜阳晚，朱雀桥边野草寒。逝水年华徒望返，落花无主暗摧残。睹物思人情暗淡，忍不住飘飘红泪湿罗衫……

何念祖向靓少德竖起了大拇指，说："念白！"

靓少德则在锣鼓声中来了一段张飞在《芦花荡》里的"锣鼓白"。嗓音洪亮，抑扬顿挫：

> 草笠芒鞋渔夫装，豹头环眼气轩昂。胯下千里乌骓马，这丈八蛇矛世无双。俺汉将张飞奉了军师之命，带领三千人马，把守在芦花荡口……

何念祖搁下鼓槌，猛拍大腿，又使劲跺足，说："好好好！阿德，你文戏儒雅飘逸，书卷味十足；武戏威猛矫健，南派功夫了得，不愧是戏班的班主和台柱，食过夜粥，见过世面！上月在戏棚地看了你演《杨贵妃》，我就天天在你嫂子面前夸你。刚才那段张飞的锣鼓白，气势如虹，徐疾得当。当年我爸带我到广州乐善戏院看《金叶菊》，千里驹在戏里'读家书'，听得我眼泪直流。我爸走出戏院也说，'只听千里驹读家书，票价再贵也值！'阿德，你刚才那段锣鼓白，与千里驹读家书不相上下！"

靓少德拱手说："念祖兄，你过奖啦，我哪敢跟大老倌相提并论呀！其实，你这个掌板经验老到，粤剧七锣八鼓样样精通，'太监骑马——无得顶'①！日后如有机会重组戏班，我就

---

① 形容技艺高超。

请你坐镇，做我的棚面掌板！"

八婶炒了几个菜端上来，说："你们何家兄弟脸红不红呀？互相戴高帽，我听了全身都起鸡皮啦！"徐氏也笑了。

何念祖说："今晚特别开心。我们兄弟喝两杯，一醉方休！"说完拿来两个酒杯，斟满了酒，端起其中一杯仰颈饮下。靓少德拿起酒杯又放下，走进厨房舀了一瓢水倒入碗里，说："你喝一杯酒，我喝一碗水，行不行？"善解人意的何念祖大笑，说："行！我喝酒，你喝水！"

天空仍未放亮，大江墟莲塘显得格外宁静。叫唤了一整夜的蟋蟀青蛙此时都偃旗息鼓了，隔了好久才有气无力地呻唤一声。

"土尺工反六五乙生……"靓少德站在伸向莲塘中央的木桥上，按粤剧工尺谱由低到高，又由高到低反复大声喊叫，完了又用真嗓、假嗓和子母嗓交替演唱粤剧里的名段。在田地里劳作的人们像着了魔似的，都停下手里的活儿，静心聆听飘荡在旷野里的天籁。

打更人胜伯坐在古戏台旁的黄檀树下抽烟，他手里的烟头在黑暗中闪着幽光。他脚下一片灰黄，枯叶在秋风中发出簌簌的声响。趴在他身旁打瞌睡的大黄狗这时睁开眼，警觉地瞅着从莫屋堂侧的小路走来的人影，汪汪叫了两声。"去去去！"胜伯伸手拍了拍大黄狗的头，对来人喊道，"靓班主，你真闲不住啊，又去嗌声啦！"

身穿麻布练功服的靓少德走到跟前，笑着说："镰刀久不用会生锈，嗓子久不喊也会像破锣的。"说完就回家更衣去了。

就在胜伯丢下烟头带着大黄狗走进城基脚旁的碉楼时，戏棚地在晨曦中苏醒了。温松柏、莫森礼、靓少德各自走出家门，结伴往位于沙市街的恒生盐行走去。

今天是离青莲四五十里的英阳赶集日。温松柏等人要在镇上雇请挑夫，将煤油、火柴、食盐和其他洋杂百货挑到英阳，交给当地商贩，再把商贩预先收购的鸡鸭、药材、柴炭、桐油等特产挑回青莲。"担英阳"这行在青莲已延续了近百年，并催生了下游产业——"走船"，即把收购的特产用帆船运往大湾、连江口和广州等地售卖。

日军接连对韶关和清远的侵扰令时局扑朔迷离，青莲深陷在广州失守以来出现的惶恐、疑虑的迷雾中。码头和街巷明显少了广府客商的身影，往昔的繁华和生机一扫而光，衣不蔽体、拖儿带女沿街乞讨的难民到处可见。一些无处落脚的难民用破旧的被子缠着身体，挤在街巷的墙角里过夜。

温松柏等人穿过日月楼的长拱道，踏着担水巷湿润的鹅卵石路面拐入沙市街。

数百年前，青莲人的先祖沿青莲水东岸垒墙建屋，修建了青莲首条集居住、贸易于一体的古朴街道——沙市街。泛着油光的青石板路从北往南延绵两三里，街道两旁全是两三层高的砖木混合的房子，楼上住人，楼下经商。三大古码头——渡船码头、榕树码头和豆腐社码头分布在沙市街各路段。街头横亘一块古牌坊，牌坊旁那座五层高，外墙用青砖、鹅卵石和黄糖拌沙砌成的碉楼，像一只威武的雄狮，扼守在青莲北面的水陆要道上。站在地势高峻的碉楼上，挺拔的高峰山，清澈的青莲水，陡峭的护城沟，古雅的石拱桥，尽收眼底。

恒生盐行与榕树码头为邻，古榕葱郁的枝叶将那座平时堆满食盐的老式房子覆盖得严严实实。温松柏打开笨重的铁锁，推开表面加了一层铁皮的大门，一股混杂着海盐咸味和砖墙霉味的气流从屋子里溢出。莫森礼点亮挂在墙壁灯座上的油灯，屋子一下变得明亮了。屋内墙根放了几个半人高的盛满食盐的

大瓷缸，一把大杆秤搁在瓷缸的盖板上。一张酸枝木柜台摆在铺面右侧，锃亮的柜面上放了几本账簿和一个算盘。用作盐仓的三间房子放了几个盛盐的大瓷缸，沾满了白色盐粉的墙壁闪着银光。

温松柏手持油灯进入盐仓，逐个揭开瓷缸上的铁皮盖，发现除了两个瓷缸盛满食盐外，其余的都是空缸。他走出盐仓，忧心忡忡地对莫森礼说："盐快没了，估计撑不到两个礼拜。过几天要到连州进货了。""唉，眼下食盐比黄金还贵，有钱不一定能买到。这世道，做生意难啊！"莫森礼露出一副苦瓜相，在柜台旁的神龛上点燃了三炷香，又走到码头一侧的榕树下点燃了香烛，插到被榕树树洞包裹着的石碑前。靓少德蹲在形体巨大、古时用于官盐销售的石磅前，细读上面的铭文。

碉楼上灰黑色的射击孔，码头闸口麻石条上的粗糙柱孔，古石磅上的模糊铭文，被榕树拥裹的古石碑，沙市街这些人文和自然景象，在晨曦中透出古朴深沉的神韵，似乎向靓少德这个外乡人述说着青莲两千多年的商贸流变的沧桑历史。

远处传来细密的脚步声，刘满龙带着汤秀英、徐氏、张爱彩等十多人来到恒生盐行门口。半小时后，人们挑着满箩筐的食盐，途经码子塘，往观音山走去。

地处阳山、英德和乳源三县交界的英阳位于青莲东北面的层峦叠嶂中，是粤西北闻名遐迩的贸易集市。被青莲人视为圣山的观音山，是青莲挑夫"担英阳"的必经之地。那盘旋在观音山山脊上的陡峭山路，自古以来就是一条兵道、商道和民道，从早到晚，赶集、探亲、殡葬、放牛、砍柴的人络绎不绝。每逢青莲戏棚地有戏班演出，来自大风磅、山猪冲、狗毑落①等深山野岭的戏迷，成群结队，举着火把赶往青莲。从山

① 均是青莲地名。

脚往山上望，恍如一条火龙舞动在观音山上。

观音山古道偶有土匪和虎豹出没，挑夫们都备有刀剑、粉枪等以防不测。此时，刘满龙居前，靓少德殿后，挑夫们喘着大气走在崎岖迂回的古道上。当他们在半山腰的凉亭歇息时，太阳从峡头的山水相连处冉冉升起。人们走过一段茅草没头的慢坡，经过板塘村和上水虾村，再翻过一条盘山石径，便到了英阳。

太阳跃上山巅，将聚拢在英阳上空的浓雾驱散殆尽。低矮破旧的石头屋或树皮屋散落在峻岭环绕的山窝上，狭长的街道两旁摆满了鸡鸭猪羊和草药、木炭、桐油等山岭物品，穿着粗布衣衫的汉民与头缠红布巾、身着白布坎肩的瑶民穿梭往来，卷起的黄土遮天蔽日。人们操着当地土话、客家话、瑶族土语或广州话，相互比画着手势，高声与对方讨价还价。

首次带队担英阳的靓少德领着挑担队伍来到一间用石头垒砌的店铺前，一个老年男人身穿一件旧棉袄，坐在店铺门口烤火，愁眉苦脸地看着过往的人流。

"您是马老板吧？我是青莲恒生盐行的。您要的一千斤食盐挑来啦。"靓少德对那男人说。

"您是新来的何老板吧？"马老板指着柜台边的几个盐缸笑逐颜开，露出一只大金牙，"盐缸都见底啦，你们来得正是时候啊！"

靓少德让人将食盐倒进盐缸里。马老板挑了一颗盐塞进嘴里又吐出来，大金牙闪着光："这批盐不错，又细粒、又白净、又干爽。何老板，你们要的山货我也准备好了，价钱比上次更便宜。"

吃完早餐，挑夫们挑着五十多只鸡鸭、一只野猪、两只羊和三十多斤桐油返回青莲。挑担队伍回程经过观音山凉亭时，靓少德让众人停下歇息。建在三岔路口的凉亭南北通透、古色

古香，东西两侧垒起一堵青砖墙，亭内设有光滑可鉴的石凳供路人休憩。北面山坡上耸立着两棵千年古松，东南面是一口开阔的山塘，青莲人称之为木水码。溪流哗啦啦翻着浪花汇入山塘里，然后从缺口溢出，漫过山坡，汇成急流，流向山脚下的稻田麦地。两只大黄牛伸出长舌，将油亮的嫩草卷进口腔里，边"吧嗒吧嗒"嚼着，边将长尾巴甩得噼啪响，享受着晚秋温暖的夕阳。

汤秀英来到溪边，接连喝了几口甘甜清润的溪水，顿觉心旷神怡。她坐在草地上往山下望去，青莲全貌在透亮的阳光下一览无余。青莲水和连江像两条丰腴的玉臂将精致古朴的青莲紧搂在怀里。观音山顶蓝湛湛的天空，码子塘边黄澄澄的稻田，青莲水沿岸绿油油的翠竹，构成了一幅绮丽温馨的画卷。"青莲太像老家青歧啦！"汤秀英自言自语道。

汤秀英的家乡三水青歧是一个三面环水的狭长半岛，东濒北江，西临西江，因地处偏僻，与肇庆四会相接，像一只飞往异地的黄莺，被当地人称为三水的一块"飞地"。初来青莲的那段日子，当汤秀英到豆腐社码头挑水洗衣时，听到皮肤黝黑的纤夫赤脚走在江岸，喊着"嘿——呀——呵——"的深沉号子，或目睹身强力壮的渔民向江中抛撒渔网展现的美丽弧线，她真弄不清此刻自己是身在青莲还是身在青歧。

汤秀英觉得，青莲河边的景致是精巧婉约的，而青歧河边的景致却是粗犷豪放的。在青歧，无论是西江岸堤还是北江河岸，都是成片的迎风摇曳的芦苇。秋冬相接，芦苇扬花，两江沿岸一片苍茫。这时候，朱雀、黄胸鹀、黄眉鹀、红喉歌鸲和鹭鸟、东方角鸮等大小候鸟，排成"一"字形或"人"字形，从一万多公里外的西伯利亚长途跋涉飞抵青歧。而到了春夏交替之时，候鸟又成群结队翻山涉水，从青歧飞回北方去了。候鸟是无根的，没有固定的窝，任何一处芦苇荡都是它们临时的栖息地。也许是自小耳濡目染，每次看见雅名为"蒹葭"的芦苇和各色各样的候鸟，她都抑制不住地对生她养她的青歧产生无尽的思念。

这时，汤秀英忽然想起了什么事，便转身向坐在古松下抽闷烟的丈夫说："满龙，你不是带了铜箫来吗？吹一曲给大家听吧！"

刘满龙向来话语不多，是一个情感钝涩、不善言辞的男人。闲时吹箫是他唯一的嗜好。小时为练习气息，他睡觉前常把油灯搁到半尺远的地方，然后将嘴唇贴在箫孔上发"夫"音，直到把油灯吹灭才躺下。老人嫌他夜里吹箫会引蛇入屋，他就偷偷躲到村里的山洞里吹。逢出远门他都不忘捎上铜箫，在田头山间、码头树林，都能看到他吹箫的身影。

此时众人都望向刘满龙，齐声说："来一曲吧！"

"既然大家想听，我就献丑啦！"刘满龙说完就从箩筐里拿出铜箫，挺直腰板，双唇贴着铜箫上端的凹形吹口处，指腹按着音孔，圆润典雅又清亮轻柔的音乐便从箫管里流出来了。

乐曲初起时口风柔软、气息徐缓，紧密流畅、优美亮丽的旋律向众人展现了一幅风和日丽、稻穗飘香、芭蕉掩映的岭南风光。刘满龙此时双目微闭，面容舒展，沉醉于与小伙伴在田畴蕉林穿行嬉闹的回忆之中……接下来他的表情变得顽皮而任性，乐曲口风转为急而硬，气息也急促起来。随着手指在音孔上轻按、紧压、急抹，吐音、颤音、滑音、叠音、打音等各种音符飞快转换，错落有致，一连串分裂短促的音乐次第排列，节奏顿挫，互相催递，将听者从天朗气清的秋天缓缓带进雾霭弥漫的冬天里……

众人凝神聆听，沉浸在曲子营造的绮丽温馨的音乐世界里。徐氏若有所思，说："这曲子好熟悉啊，我在沙湾三稔厅常听到！"

"妈，这曲子叫《雨打芭蕉》，是我们沙湾老前辈何博众的得意之作！"靓少德越说越兴奋，"何老先生创作这首曲子时是有古仔①的。一天夜里，琵琶高手何老先生到芭蕉园的茅厕拉屎，忽然刮风下雨，雨点滴滴答答落在芭蕉叶上。何老先生静静听着，突然触动了灵感，便匆匆跑回家，一口气谱出了这首曲子。这曲与他的《饿马摇铃》《赛龙夺锦》一样出名，九如、大三元、怡香等广州响当当的大茶楼歌坛都把它列为保留曲目！"

靓少德捶了一下刘满龙的胸脯，说："满龙，五架头②演奏的《雨打芭蕉》我在大三元听过，铜箫独奏却是第一次听。你的吹奏水准可与广州茶楼的棚面师傅一比高下啊！三水人能弹、能吹、能唱，大老倌凤凰女就是你们三水人……"

听到戏班班主的溢美之词，刘满龙腼腆地笑了，说："哪里呀，其实我不懂什么乐理，也没拜过师。镇上有大戏唱，我就蹲在戏台下听，听完了就回家吹。时间长了，也就慢慢摸到一点门道了……"

刘满龙再次将嘴唇贴近箫孔。此时，他面容瞬间挂满了忧伤，曲调也急转直下，由欢愉轻快变为凄怆凝重，宛如夕阳下一名孤独的远行者伫立于空旷寂寥的荒野，仰望着高远的苍穹恸哭不止。

人们对音乐的理解和因之构建的生活场景是不一样的。听着从铜箫流出的悱恻沉郁的曲子，汤秀英仿佛看见一群候鸟从家乡青歧琴沙岛的芦苇丛里腾空而起，啁啾着飞往遥远的北方。徐氏恍如站在市桥河边与丈夫挥手告别，并在一个凄风苦雨的早晨，亲手将渴望当一回色仔的女儿阿英掩埋在黄土下。

---

① 即故事。
② 指早期粤剧乐队组合方式，由二弦、月琴、三弦、竹提琴和箫五种乐器组成。

靓少德则好像看见梨园彩散班时手足们依依不舍的场面，似乎听到日军飞机在佛山大基尾俯冲下来时发出的恐怖声响……

泪珠像决堤的江水冲开刘满龙紧闭的眼帘，滚落到他的手臂和箫管上。徐氏低头不语，暗暗用衣袖拭泪。汤秀英初始低声抽泣，最后忍不住伏在徐氏肩膀上痛哭起来……

靓少德试图将人们从凄凉沉重的氛围中挣脱出来，便清了清嗓门，大声喊道："起程回青莲啦！"

06 琴瑟和鸣

担英阳的工钱通常在挑担回来的当晚派发。吃完饭，整香街的挑夫们就会聚集在戏棚地，从恒生盐行老板温松柏的手里接过工钱。领工钱那晚概不例外是一个欢乐夜，喜气洋洋的场面与古戏台上演大戏时无异。

这晚，整香街里还充溢着饭菜浓香，靓少德手握一沓钱币出了门，走向戏棚地。温松柏向早在此等候的挑夫们喊："今天靓班主第一次领班担英阳，工钱由他发！"人们笑着涌向靓少德。当后者将工钱逐一分发到他们手上时，正在空坪上玩捉迷藏、跳格子、抛石子、丢手绢等游戏的孩子都一哄而上，缠着自家大人讨零钱。心情愉悦的大人也不吝啬，满足了心愿的孩子们呼啦叫着，一阵风似的冲向大街，高高兴兴地去买酸萝卜、瓜子、糖果等零食。

大人们围在黄檀树下海阔天空地闲聊。他们除了谈论时局外，就是谈论青莲的历史和风情了。

靓少德却显得心猿意马，瞧瞧温家大宅

三楼的雕花窗户，又瞅瞅古戏台上那"乐韵青莲"的匾额。沉默了许久，他喃喃自语道："青莲，青色莲花——一个靓花旦。"

王文斌边捏着两个铜币拔下巴上的胡须，边转动眼珠想了想，好一会儿才醒悟过来："靓班主说的是青莲的名字吧？其实呀，青莲的古名是阳气十足的，是个二花脸。"

靓少德侧过脸望着王文斌，问："青莲还有一个古名？"

王文斌慢条斯理地说："是呀，青莲以前叫青龙。"

靓少德疑惑不解："青莲为何从一个二花脸变成靓花旦了？"

王文斌慢悠悠地说："这个古仔讲起来一匹布咁长啊。"

这个关于青莲名字的凄婉而浪漫的传奇故事一直为青莲人津津乐道。

远古时期，青莲四周高山延绵，湖泊映日，古木参天。某天深夜，青莲墟下面的地壳忽然出现断裂，一时间地动山摇，岩浆喷发，江河断流，湖水干涸，尸骨遍野。

东海龙宫里专管江海湖泊的青龙在一次巡察中目睹青莲惨状，悲痛欲绝，怆然涕下。青龙的泪水化为甘露，青莲一带连续下了九十九天豪雨。青莲河流恢复了流淌，但千万顷良田却被一个深不可测的巨大湖泊所淹没，百姓一时无以为生。于是，青龙与心仪的龙女商量对策，决定瞒着龙王，带着九万虾兵蟹将，从长江三角洲运来肥土沃壤，将青莲湖填平，筑成一个山围江绕、土腴水丰、草长莺飞的小盆地。

龙王暗地里赞许青龙和龙女的义举，但仍责怪他们自作主张。为维护宫中规矩，惩戒左右，以儆效尤，龙王降旨将青龙和龙女贬为凡人，并责令其永留青莲。青龙与龙女成了亲，繁衍后代，并率领子孙疏通河道，开挖莲塘，种桑养蚕。三百年

后两人于同一天死去，青龙之魂化为青莲水，龙女之魂化为青莲。青莲水碧蓝清澈，青莲则幽雅淡香。为追缅润泽万世、造福千秋的祖先，子孙们约定：以青龙和青莲命名这个粤西北古镇，初始称为青龙，三千年后改称青莲，六千年一个轮回，循环往复，周而复始……

靓少德的思绪随着王文斌的叙述进入一个遥远而神奇的世界。他慨叹道："原来青莲水是青龙变的，青莲是龙女变的，难怪它们都充满灵性啊！"

这些天，他在大江墟莲塘嗌声后，就坐在莲塘边的土墩上，嗅着莲花清香，聆听蛙鸟鸣叫，脑海里浮现出穿白衣衫和青色长裙，有一双黑白分明眼眸的美丽女子。他总是想，葱莲降生于大江墟莲塘，她的灵魂就时刻依附在这个莲塘上。于是，他陶醉于莲塘泛起的涟漪，因为他坚信那是葱莲天真无邪的笑靥；他沉迷于莲塘上的蛙鸣，因为他坚信那是葱莲的朗笑和低语。

"听说她最近病了。"这时，靓少德突然冒出一句让人摸不着头脑的话。王文斌再次掏出铜币拔胡须，揣测了半天才说："你说葱莲吗？"看着靓少德有点慌乱的眼神，王文斌扑哧笑了，说："她得了相思病！"

首个说温葱莲患了相思病的人是莫森礼的父亲——青莲博爱医社老中医莫鉴均。

前些日子，温葱莲茶饭不思，心如飞絮，气若游丝，深居简出。

有一天，莫森礼问温松柏："一个礼拜不见葱莲了，她去哪了？""没去哪，人在家呢，生病了。"温松柏心事重重地望了一眼三楼紧闭的花窗，提起手中的竹篮，叹了口气，说道："她说没胃口，我就让苏妈煲点鱼粥给她吃。"莫森礼说："叫我爸开几味中药给她调理一下吧。"温松柏听从莫森礼的建议，费了一番口舌，将女儿拽下楼，往莫屋堂走去。

七十有余的莫鉴均生性诙谐，不拘小节。他酷爱粤剧，凡戏棚地演大戏，从不遗漏。闲暇时曲不离口，有时还当着众人手舞足蹈，七情上面①，自唱自乐。他喜欢唱正印丑生马师曾在《苦凤莺怜》中的唱段，将半唱半白、顿挫分明的"乞儿腔"模仿得惟妙惟肖，逗得众人捧腹大笑。他嗓音虽高亢，但略微沙哑，街坊于是称他为"豆沙莫"。

那天吃过晚饭，温松柏父女刚跨进莫屋堂天井走廊，就听到豆沙莫破锣般的嗓音：

> 我姓余，我个老窦又系姓余，侠魂就系我个名字。我家中内，粮无隔宿，几乎要做乞儿……

"均哥，您中气十足，很多后生仔都望尘莫及啊！"温松柏向豆沙莫鞠躬作揖。豆沙莫正靠在客厅的太师椅上，瞅着手中的《苦凤莺怜》石印线装剧本，摇头晃脑，潜心琢磨马师曾的唱段。

豆沙莫对这本书页脱落的剧本爱不释手，把它与《黄帝内经》等几本中医古籍叠放在自己床头。剧本由来也是豆沙莫医术精湛的明证。某年除夕，琼玉光过山班在青莲戏棚地演出粤剧四大年夜例戏之一的《玉皇登殿》，戏票早在一周前就售罄。大戏开演前发生意外，演玉皇的文武生于登台前一小时在后台化妆试声时嗓子突然失声，刚好替补也因水土不服患上了痢疾。此时已响过第二遍发报鼓，班主撩起台口布幕，望见戏台下人头攒动，逾千戏迷正翘首以待。班主一时六神无主，急得在后台跺脚捶胸、抓耳挠腮。

---

① 指表演卖力、表情丰富。

青莲

　　有人指着坐在戏台下的豆沙莫，说："这个老中医有办法！"班主即带着两个五军虎走下戏台，不由分说就将豆沙莫架出戏棚。后者问明情况，便回家取来一包药粉和一支银针。经一番喷洒针灸按摩，文武生慢慢恢复了嗓音。演出谢幕后，班主即带着文武生、正印花旦、小生、二帮花旦、武生、丑生等演员和掌板师傅来到豆沙莫跟前，齐齐跪谢。班主说："要不是你妙手回春，我可能就被人扔到河里喂鱼喽！"班主说完从上手乐师手里接过镇南月琴，连同《玉皇登殿》《苦凤莺怜》两本石印线装剧本赠予豆沙莫。

　　此时，豆沙莫看见温松柏父女走来，便问："阿柏，有事么？"温松柏说："葱莲吃不下，睡不好，想请您把把脉。"对葱莲一番望闻问切后，豆沙莫放下听诊器，说："气血畅顺，脉搏正常，阴阳平衡，没什么事呀。"温松柏仍不放心，问："要吃点什么药呢？"豆沙莫反问："人好好的，吃什么药呀？"

　　豆沙莫拿起剧本，说："葱莲，别老是关在房里，多到外面呼吸新鲜空气，有空就唱几句，唱粤剧能治百病的！"说完，他张口就唱："哼哼唱唱真系开心，你莫谓我轻狂……"接着又模仿剧中人崔莺娘，翘起兰花指："蒙过奖，不敢当，涂鸦初学难登大雅之堂。闺中自觉消闲，不供他人鉴赏……"温松柏如释重负，说："没事我就放心喽！大哥，您那么喜欢《苦凤莺怜》，下次我就专程请戏班唱这戏，让您过足戏瘾！"

　　看见葱莲在一旁抚弄那把琴身装饰了龙凤、琴头雕成龙头的镇南月琴，豆沙莫便偷偷把温松柏叫到门口，轻声说："阿柏，我不瞒你，葱莲是病啦，而且病得不轻！"

　　温松柏愕然："她得了什么病？"

　　豆沙莫一字一顿地说："相、思、病！"

　　温松柏瞪大眼："什么相思病呀？"

"你真系牛皮灯笼——点极都唔明①!"豆沙莫说,"就是赵颦娘、白素贞这些多情女子得的病!"

温松柏的眼珠快迸出眼眶了:"文武生是谁呢?"

"你这人怎样当爸的?!"豆沙莫责怪说,"你看葱莲房里挂了谁的画像?要画公仔画出肠②么?"

原来,女儿恋上了伶人靓少德!温松柏如梦初醒。

春江水暖鸭先知。葱莲自知身体没任何毛病,她也明白自己患了相思病。靓少德悄然出现,令她产生"众里寻他千百度,蓦然回首,那人却在灯火阑珊处"的惊喜;而靓少德断然谢绝她的爱意并离她而去,让她一下跌入冰窟和沉郁的思念中。她天天愁眉深锁,以泪洗面。而闺房墙壁上那两幅画像,她再也不敢抬头凝望了。

从莫屋堂回家后,葱莲对父亲说:"爸,我想去姨妈家住一段时间。"尽管知晓姨妈家在盐田靠近峡头,偶有土匪入村抢劫,但温松柏也勉强同意了,只是反复叮嘱女儿夜间不要外出。

温葱莲患相思病的议论在整香街人尽皆知,但当事人靓少德一直蒙在鼓里,温松柏也不好意思向靓少德说清道明。但他欣赏靓少德是不容置疑的,不仅动员他成为自己的生意合伙人,还有将生意交给未来女婿的打算。

周围的人也有意无意地想把事情向靓少德挑明。那天靓少德首次率队担英阳刚回到日月楼,坐在"鸢飞鱼跃"字幅下喝茶的莫森礼站起来,给靓少德倒了一杯茶,说:"辛苦啦,靓班主!"接着他甩了一下长头发,话中有话地对温松柏说:"靓班主人勤快,脑子灵,又没架子。松柏叔有眼光,真会选人!"

---

① 指怎么说都不明白。
② 指说话说得太明显、太露骨。

此时，苏妈也示意靓少德，说："陪温老板说说话吧，他想葱莲了。葱莲去姨妈家有一个月了，难怪温老板想她。靓班主，你干脆去盐田把葱莲接回家吧，免得温老板整天孤孤单单的！"

三天后，靓少德担英阳回到观音山脚，就绕路直奔盐田。

盐田坐落在离青莲墟十余里的群峰下，与连江遥相对望。村后成片的翠竹，村前平坦的田畴，村里古朴的屋舍，将盐田映衬得既静谧安逸又灵动秀雅。相传远古时代，盐田四周原是一片汪洋，先民在岸边修建了许多像稻田一样的池子用来晒盐，盐田村由此得名。温松柏自小跟着父亲来盐田一带收购特产，对周边人事风情了如指掌。英俊勤快的温松柏也颇受村里人赏识，登门说媒者不计其数。温松柏后来与该村一个姓蔡的漂亮女子成婚。

靓少德手搭凉棚往前眺望，但见青莲水与连江在青莲墟交汇后缓缓向东流淌，像一条闪着幽幽绿光的玉带盘绕在山野田畴竹林间。在盐田村对岸，耸立着一座外形酷似垂钓老翁的孤峰。孤峰背后有一座小山，恍若一只张开嘴巴等待喂食的神猫。靓少德心想：这是青莲八景之一"渔翁独钓"吧？便想起民间流传的仙翁与神猫的典故：

相传一天玉皇大帝在天庭举行百年寿宴，一只好吃懒做的神猫偷偷吃光了厨房里的鱼，令宴席上独缺鱼这道菜，被玉皇大帝贬到青莲盐田守护盐仓。后来，盐仓里的盐也被神猫吃光了。玉皇大帝派管理牲畜的仙翁到盐田了解此事。心地善良的仙翁为保神猫性命，隐瞒了实情。他禀奏玉皇大帝说："盐仓没盐，只剩盐田。"玉皇大帝朱笔一批："盐田没盐，年年有鱼"，并委派仙翁下凡安顿众生。为惩戒神猫，仙翁把它赶到连江对岸。看见神猫天天蹲着河边等鱼上岸，饿得奄奄一息，仙翁不忍心，就亲自来到河边钓鱼喂它。仙翁与神猫相依相伴，日复一日、年复一年。仙翁留恋青莲美景良俗，决意不再返回天庭，便变成一座山峰屹立在连江边，保佑四乡风调雨顺，守护青莲一方水土。

盐田的绮丽风光吸引了靓少德的目光，他不知不觉走到村前一个晒谷场。正午的阳光灼热刺眼，铺满稻谷、豆子、笋干的晒谷场腾起一股热浪，几个农妇正在劳作。伏在竹林和菜地上的八哥、斑鸠、麻雀觊觎已久，趁人不备，就呼地飞过来，啄着爆开的谷豆，又呼地飞走了。农妇们扬起双手，哟嗬叫着，驱赶鸟雀。

这时村里走来一个戴竹帽的高挑女子。她一手提竹箕，一手拿着用于谷豆脱壳的连枷。靓少德心跳骤然加快——这肤色白里透红的女子就是温葱莲！他慌忙躲进附近的牛栏里，贴着门缝往晒谷场窥觑。

姨妈将葱莲视为己出。葱莲与表哥表妹也相处得很融洽，总有说不完的话。来姨妈家后，葱莲每天都抢着担水、砍柴、淋菜，姨妈却于心不忍。这时，姨妈捡起数粒稻谷，用掌心搓了搓，随后挑了一颗放入嘴里，"咔嚓"一声咬破，笑着说："谷子晒干啦，很饱满。"她回头瞥见葱莲走来，便亮着大嗓门说："快回去，太阳那么猛，别晒黑啦！你皮光肉滑，哪像是干活的？累坏了，我怎向你爸交代呀？"葱莲笑着说："姨妈，你就让我学吧。啥都不会干，以后嫁了人，会被人戳背脊的。"说完就抢起手里的连枷，噼里啪啦地甩打晒谷场上的豆秆。姨妈也乐开了怀："你终于肯嫁人了呀？哪个男仔那么好运呀？竟被你看中啦！"葱莲收起笑容，噘着嘴说："这个男仔呀，还在娘胎里呢！"

葱莲甩着手里的连枷，心里却想着靓少德。几天前，她从表姐嘴里知道靓少德回到青莲了。那天吃完午饭，葱莲随着姨妈等十多个村民来到连江边。姨妈和村民砍竹子去了。葱莲坐

在草地上，入神地眺望对岸的仙翁和神猫。艳阳驱散了江岸上的雾气，连江变得清朗而辽阔。一艘帆船逆流而上，江面出现了一道碧绿的水痕。纤夫们腋下套着缆绳，蜷曲腰身，艰难地走在江边小道上，整齐而深沉的呐喊回荡于江河两岸。这景象让葱莲联想起靓少德在舞台上扬鞭策马、英勇杀敌的情景。从镇上赶集回来的表姐走到葱莲身边。

"我今天在日月楼见到那个唱戏佬了。"

"哪个唱戏佬呀？"

"就是上月来你家的梨园彩班主！"

"靓少德？你没看错人吧？"

"就是这人！你爸还叫他靓班主呢。听苏妈说，靓少德本来是回番禺结婚的，但童养媳被日本仔的飞机炸死了，他就带上老妈来青莲避难了。你爸看他没戏唱，就拉他入伙做生意。"

葱莲轻轻"哦"了一声，脸色倏地红了，身体像触电似的剧烈晃了晃。自靓少德离开青莲那天起，葱莲以为他们两人的缘分就此结束了，然而她做梦也想不到，靓少德这个她唯一主动追求过的男子又回到青莲来了。"我回去找他？不，要他来找我！"葱莲想。

这时候，靓少德从牛栏里出来，走到葱莲跟前，说："你爸让我接你回家。"葱莲愣住了，举起连枷的手悬在半空。姨妈也认出了靓少德，因为葱莲带来的那个画像上的男子就是眼前这人。姨妈曾问画上的人是谁，葱莲羞赧地笑了笑，说："随便画的。"

姨妈说："葱莲，你带客人回家。"她说完有意慢腾腾地收拾农具。葱莲领着靓少德往村里走，两人一时都不知说什么好。看见几个村民在村前一口莲塘上挖莲藕，沾满泥巴的莲藕摆满了莲塘边，靓少德便找到了话题：

"听你爸说，青莲最好吃的莲藕，就是大江墟和盐田挖的。"

"是呀，青莲人都抢着买这两个地方的莲藕。"

"有一部戏用'青莲'做戏名，叫《苦狱两青莲》，是鬼马歌王张月儿演的。说起张月儿呀，你不得不服！平喉、子喉、大喉、子母喉、老生喉她都能唱。在一首曲里，她常演几个行当。"

"我家里有两张唱片——《蝶迷》《花月留痕》，都是张月儿录制的。"

两人说着话，不再那么拘谨了。他们走进用泥砖屋围成"回"字形的村子，来到一间门前挂着牛轭、蓑衣、渔网的房屋。这时葱莲忽然想起什么事，急忙跑进客厅，跳上凳子，把那幅从家里带来、挂在墙壁上的文武生画像取下，卷起来掖进一旁的箱子里。回过头时极力避开靓少德的视线，窘态毕露，像说了谎话被人当场戳穿一样。

葱莲的另一幅画作《渔翁独钓》仍挂在墙上，这是她来盐田后画的：一条长龙般的河流泛着白浪穿行于崇山峻岭中，东面山坳处露出半个红彤彤的圆盘，仙翁和神猫耸立于江边。英俊挺拔的男子垂钓江边，娇俏女子手提木桶倚在男子身旁，木桶里装着一条大鲤鱼……靓少德端详这幅画时，发现葱莲绯红的脸颊抹上了一道羞涩的云霓……

靓少德说："听你爸说，盐田有一个大岩洞，叫出气岩。那岩洞远吗？我想去看看！""出气岩不远，"姨妈向葱莲使眼色，"岩洞里可漂亮啦，深不见底，直通到英阳和大湾。葱莲带靓班主去看看吧。"葱莲应允。

青莲一带属典型的喀斯特地形，石林和溶洞比比皆是。靓少德和温葱莲穿过一片茂密的竹林，走到村子背后山麓的一块巨石旁时，便感到丝丝凉意。葱莲说："这就是出气岩的入口。"洞口狭小而隐蔽，一团团雾气源源不绝地从茅草掩盖的洞里涌出。靓少德拨开半人高的茅草，攥住葱莲的手，小心翼翼地走入岩洞。两人走下了一个斜坡，顿觉岩洞豁然开朗。借着洞外透进来的光线，看见洞里有塘，塘内有洞，塘塘互通，洞洞相连。岩洞四周怪石嶙峋，有像顽猴倒挂的，有似仙女散花的，有如骏马奔腾的，奇形怪状，不一而足。岩壁上的水滴掉下来，发出"叮咚、叮咚"的声响。

靓少德挽着葱莲的手摸索前行，受到惊吓的燕子、蝙蝠从头顶倏忽飞过。正行进间，葱莲突然踩空，打了一个趔趄，"哎呀"一声惊叫。靓少德伸手将她抱住。两人坐在一块大石上，彼此都能听到对方急促的呼吸声。靓少德"啊——"一声长吼，回荡于岩洞里的声响如裂帛般透亮。

"葱莲，我们合唱一曲吧！"

"好呀！"

"就唱白驹荣和张月儿的《失恋》吧，我演相公，你演书童。"

"嗯。"

靓少德忽然黯然神伤，张口便唱：

生花：我闻听得佳人已杳呀，都令我三魂……三魂都飘荡！

子喉白：相公呀，我来了，你别这么伤心啦！

生白：哦，小姐你来了。

子喉白：是呀！

生白：而今我头晕眼花，请你坐在我身边，拉住我啦！

子喉白：唉，你别这么伤心啊！

两人肩并肩坐着，双手紧握在一起。

靓少德将嘴唇紧贴在葱莲烫热的耳根，呼出一股温润的气流："葱莲，你画的《渔翁独钓》那幅画，钓鱼那男仔，是我吗？"葱莲闭着眼点点头。

靓少德将嘴唇移到葱莲的额角，又轻柔地问："提木桶那女仔，是你吗？"

葱莲两颊炙灼，朱唇微张："嗯。"

靓少德将葱莲搂在怀里，说："以后我们朝夕相伴，不离不弃。好么？"

葱莲边点头，边将朱唇迎上去。两人的嘴唇终于贴合在一起。

靓少德和温葱莲笑语盈盈地从盐田姨妈家返回青莲整香街时，已是彩霞满天的落日时分。两人肩并肩经过城基脚旁的碉楼，就要踏进戏棚地空坪时，葱莲敛起了笑容，向靓少德递了一个眼色，便垂着头，快速拐入整香街。靓少德则从另一条小路走回日月楼。

这一幕都被正在整香街街口补鞋的张爱彩看到了。张爱彩取出含在嘴里的鞋钉，边用铁锤子将鞋钉钉入扣在铁拐顶上的木屐上，边斜着眼叫了一声"葱莲"。葱莲却神色紧张地绕过补鞋档径直走入自家大门，连张爱彩跟她打招呼也没留意到。张爱彩停下手中的活，满腹狐疑地想：一个月不见，葱莲变聋子、哑巴了？想起刚才葱莲和靓少德同时出现，张爱彩随即恍然大悟。

这时刚好温松柏心事重重地从大江墟走来，张爱彩便冲着他拍掌大叫：

"准备唱大戏喽，担凳仔霸头位！"

"阿彩，哪里唱大戏呀？戏棚地吗？"

"是你家准备唱大戏呀！哎哟，发报鼓都敲响啦，你这个主会还没听到？"

"阿彩，你净说些没头没脑的话，我越听越懵。"

"柏叔，你家不是有一个正印花旦么？而今文武生出现了，这戏也就要开锣啦！"

"谁是正印花旦？谁是文武生？"

"你呀，画公仔偏要画出肠！正印花旦就是你家千金葱莲嘛，文武生是谁还用猜么？就是梨园彩的靓——少——德！柏叔，你快些在日月楼预备十围八围酒席，让街坊乐一乐！"

温松柏幡然醒悟，紧张地问："你是说葱莲和靓班主？"张爱彩将手里的木屐扔到一边，两只大拇指紧按在一起，压低嗓门神秘地说："他们已经出双入对啦，我刚才亲眼看到的！"温松柏眉毛紧凑："靓班主今日去担英阳，他怎么跟葱莲一起？"张爱彩咧开嘴大笑道："他是去担英阳了，你担保他不改道去盐田？这叫作明修栈道，暗度陈仓。嘿嘿，靓班主收回了鸡鸭，也把葱莲收回来啦！"温松柏抬起头，望见女儿闺房的花窗已经推开，于是三步并作两步走回家，直奔三楼。

葱莲正将《渔翁独钓》的画作贴到墙上。看到父亲推门进来，嫣然一笑，忸怩地歪着头："爸，这幅画画得好看吗？"温松柏打量画中的一对男女，不禁喜上心头："好看，好看啊！"随后严肃地问："你真的与靓班主在一起？"葱莲转过身去，羞红了脸，轻轻"嗯"了一声。

温松柏没再言语，默默步出女儿房间走下楼去。走到二楼，他软绵绵地坐在梯级上，双手托着腮帮，任由两行热泪从指缝滚落。他不明白自己为何顷刻间变得如此脆弱，也理不清这泪水究竟代表喜悦还是恐惧抑或兼而有之。他坚信俊秀聪颖的女儿终会有一个如意归宿的，但女儿在择偶上的任性苛求也着实令他伤透了脑筋。现在女儿终于觅得心上人，未来女婿诚实勤勉，可告慰九泉之下的亡妻了。

温松柏是温家独子，父母双亡后，三个妹妹也先后出嫁，温家大宅只有温松柏与女儿居住。这些年温松柏既当爸又当妈，女儿成了他的心头肉。想到女儿嫁人就意味着离开家庭，温松柏即陷入依依不舍和惶恐不安中。"阿德也住整香街，女儿还可以朝见口晚见面；一旦他们返回番禺了，女儿不就成了泼出去的水？那时真是思断肠也难见一面啊……"想到这里，温松柏的眼泪又溢出了眼眶。

深秋时节，天气渐凉。坐在门前冰冷的石凳上，温松柏战栗着缩起双肩。张爱彩将铁拐顶、锤子、钳子和破胶鞋、破轮胎等杂物放进木箱里，随后一手提木箱，一手提补鞋机往家里走，经过温松柏跟前时不忘留给他一个神秘的微笑。

胜伯的大黄狗摇着尾巴走到温松柏身边，不停地用身子摩擦他的腿脚。温松柏伸手抚摸大黄狗的头，心里还想着女儿出嫁后自己如何打发孤单日子。婚后让阿德母子搬来温家住？这想法很快被否定：让阿德做赘婿？这样做太自私了！别人会背后叫他'倒插门'的！阿德毕竟是一个有头有脸的男人啊！

"爸，晚饭煮好啦。"屋里传来葱莲欢愉的喊声。葱莲把父亲扶到饭桌前，说："好久没陪老爸吃饭了。今晚我煲了一锅莲藕汤，炒了一碟腊肉萝卜丝和一盘花生，煎了几个鸡蛋，都是老爸爱吃的。老爸，给你倒杯酒好么？"

"好呀，好呀。"温松柏抓起酒壶往杯子倒了酒，端起酒杯又放下，"葱莲，你看阿德吃过饭没有，把他叫过来一起吃。"葱莲愣了一下，就红着脸出了门。靓少德刚好从日月楼回到家门口。"我爸叫你过来吃饭，"葱莲神情有点紧张，"他知道我们的事啦！"靓少德也有些紧张，默不作声地跟在葱莲身后。两人进了屋，看见温松柏的眼神泛着慈爱的光芒，才放下悬着的心。

"柏叔，今天我收了十笼鸡鸭，还有一些山货……"靓少德说。"现在不谈这事。"温松柏摆摆手，指了指饭桌对面的

座位，"你们都坐下。"两人正襟危坐，双手拘谨地垂下，像犯了事等候裁决一样。"你们的事我不反对，"温松柏端起酒杯一饮而尽望向葱莲说，"我对你妈也有个交代了……"说着就哽咽不语了。

靓少德说："我会对葱莲好的！"说完给温松柏添酒。后者用衣袖揩了一下眼眶，掐着手指说："我想在年底选个日子，把你们的婚事办了。阿德，你问你妈，选哪个日子好？"

儿子与富家女好上了，徐氏喜上眉梢，连说儿子有福分。问了葱莲的生辰八字后，她便捏着指头推算日子，说："小寒是个好日子！你现在就给葱莲的爸回话，就选小寒这天。"靓少德出去后，徐氏想：得提前定做一张新棉胎，还要准备五十斤靓米做糍粑……

青莲制香人吴天仁因患慢性气管炎，说话前习惯先咳嗽几下。每年立冬过后，吴天仁的气管炎就愈发严重了。这天傍晚，他到博爱医社找豆沙莫把脉开药。后者直言不讳地对他说："天仁兄，我说话直来直去，你别介意啊。你的气管炎跟你做香行当有关，就是天天吸入香粉引起的。你们整香街的吴姓佬，谁没这毛病？香粉含有砒霜和硫黄，吸入肺，会致命的！我说过很多次了，你们做香时，记得戴口罩啊……"豆沙莫怕吴天仁受刺激，就把"你今年五十五岁，算你命硬啦。你们吴姓整香佬，有几个能活到五十岁的"几句话咽回去了，改口说："豆生火，肉生痰。冬季来了，就少吃鱼和肉，多吃萝卜白菜……"吴天仁手提药包走出博爱医社时，心情十分沉重，因为他清楚，吴氏制香家族大多未老先亡。

青莲的五街十巷，如担水巷、当铺巷、卖鸡巷、会馆巷、故衣街、打铁街、观音街等，当地人都是以它的历史或现状来称呼的。吴天仁居住的小巷百余米，却住了近两百户人家。吴氏是大姓，落脚时间最长。这条以青砖、青瓦两层木砖房屋为主的小巷，因分布了五六家兼作居住的制香作坊而被坊间称为"整香街"。

　　低沉的五更铜锣与此起彼伏的咳嗽声几乎同时在街巷里响起，这是整香街的人所熟知的。这天夜里，吴天仁服药后便下床了。但睡到四更铜锣响时，就咳嗽不止了，他咳得面红耳赤、气喘吁吁。"男怕咳嗽，女怕屙肚。"他喃喃道，披了件厚衣下了床。在踉跄走过狭窄的制香作坊时，绊了一下，撞向搓香桌。

　　吴天仁来到与大江墟莲塘正对的吴氏宗祠上了香，就经观音堂回家。夜里下了一场小雨，观音堂里昏暗的烛光映在天井的雨水上。吴天仁依稀看见一个男子跪在持莲观音像前叩拜低语。"是谁三更半夜来上香?"吴天仁感到蹊跷，便迈入观音堂的麻石门槛。

　　"柏哥?"

　　"仁哥?"

　　温松柏和吴天仁同时惊呼起来。两个男人在天井旁的石墩上坐下。他们年龄相仿，在街坊里地位颇高，说话一言九鼎，共同主持整香街的红白大事。他们彼此尊重，感情甚笃。温松柏去担英阳，就把年少的女儿交给吴天仁照料。吴天仁修建宗祠缺资金，温松柏也予以帮助。

　　"我一夜拉风箱①，快喘不过气来啦，就干脆起来。柏哥，你也睡不着?"

　　"葱莲和阿德的婚事定了，我放下心头大石啦，就来跟她妈说一声。"

　　"这大喜事，我来操办。你就放心饮阿德那杯女婿茶吧!"

————————

　　①　指咳嗽。

"多谢仁哥操心啊！"

"两兄弟还用说客气话么？"

"广明还没谈对象吗？他今年二十三岁，年纪不小啦！"

"这是我的心病啊！但他老是说，宁愿打光棍，也不讨老婆。"

"他干吗说这话？"

"他说，整香佬，有几个是长命的？别把人家给害了！唉，整香佬命短是事实，但这只是他的借口。他一门心思要离家，做一个唱戏佬。其实，他哪有唱戏的天分呢？！"

整香街的孩子个个喜爱粤剧，吴天仁那身材矮小、其貌不扬的儿子吴广明也如此。每逢青莲来戏班，他天未亮就去码头守候了。戏船一靠岸，他就抢着帮忙挑衣箱杂箱上码头，并主动带班主去观音堂、尚书祠烧香拜神，演出时还帮忙拉布幕。戏班要离开青莲时，他就缠着班主不放，先一板一眼唱几段粤剧，接着一丝不苟地做方步出台、剑指亮相、策马挥鞭、车身下蹲等动作，完了就央求班主："我做梦都想唱戏，你就带我走吧，我就算餐餐捱麦羹①也不怕的！"说着，眼泪就快流下来了。班主们见状，就安慰道："唱念做打都过得去嘛，就是还没长高，等你吃多几年饭再说吧……"

"明仔对唱戏太入迷啦！"温松柏说，"仁哥，回去告诉明仔，日本仔来了，连阿德也唱不成戏啦。还是一心一意做香养家吧，看上哪个女仔，就赶快结婚生仔！"

太阳升起，驱散寒气。几名老人坐在门前晒太阳。整香街传出物品碰撞和咳嗽的声音，街巷里尘粒纷飞，弥漫着刺鼻的香粉味。

吴天仁的屋子狭窄而幽深，可作制香、居住两用。进入屋

---

① 指玉米羹。

门便是制香作坊。一侧放一张搓香台和香骨、箩筐、石磨等制香工具，另一侧放艾蒿粉、松果粉、竹木粉、烟叶粉、谷壳粉和砒霜、硫黄等香用用料，还有少量芬芳四溢的桂花粉和丁香花粉等，制成的佛香和蚊香堆放在墙角的桌子上。

吴广明和十三岁的弟弟吴广哲去戏棚地晒香回来，搁下竹箩就拿碗去舀母亲江氏刚从厨房端出来的麦羹。咳嗽多时的吴天仁蹲在一旁，表情痛苦地抱着头。

阳光从屋顶上的四面明瓦透下来，仅靠门窗采光的制香作坊变得明亮多了。靠近门口的炉灶正生着火，火烟和大铁锅冒出的水汽漫上屋顶，从布满香粉的瓦缝里钻出屋外。

广哲放下碗，用衣袖拭了拭嘴巴，拿起一根竹竿就想到莫屋堂侧的菜地钓青蛙，被父亲揪着衣领扯了回来。"你既然没心思读书，就跟我学整香。以前我跟你一样大的时候，就跟阿爷挑蚊香去市场卖啦。"吴天仁抢过儿子手里的竹竿扔到地上，"过来，我教你配香料。"广哲嘟着嘴站着，兄长广明暗里对着他做鬼脸。

吴天仁把锅里的热水倒进一个大木桶里，然后伸出两根手指，插进热水里探测温度，说："水温要四十五度。"跟着他把称过重量的香料倒进木桶，手拿一根圆木棒顺时针搅拌。"一百斤香粉，艾蒿粉、松果粉、竹木粉各占三成。"他说，"豆沙莫常说，凡药制造，贵在适中。不及则功效难求，太过则性味反失。其实，配香料也是一个道理。"

"水和香粉的比例是一比一，"他敲了敲木桶，提高声调，"记住，最好一次加足水。中途补水，香的韧性和光泽就差多啦！"

广哲漫不经心地点头，眼睛却总是往屋外张望。

吴天仁咳了两声，将一口痰吐在地上，用鞋底擦了擦，说："我的话你记住了吗？别左耳入右耳出！千万记住，做佛

香要先洗手！佛香是用来敬祖敬神的，无论是磨粉、筛粉、配料、晾晒，每一个工序都要恭恭敬敬，不要人在做香，心就想着钓青蛙、打泥仗、摸鱼虾！"

吴广明将香粉团抱到搓香台上搓揉。吴天仁点燃一根烟在旁边观望。他丢掉烟头，想向小儿子讲解搓香粉的动作要领，回过头时却发现他不知何时没了踪影。

吴天仁是吴氏制香世家的第七代传人。其先祖辗转几百里，铭记"逢塘逢井逢源而居"的祖传叮嘱，于清嘉庆五年（一八〇〇年）从梅县桃尧珠玉村迁徙到山清水秀的青莲。初始以砍柴、烧炭、农耕为生，后发现青莲寺庙众多，香火鼎盛，且水丰草深，蚊蝇滋长，便改以制香为主业，生产的"飞鼠"牌佛香和蚊香誉满连阳一带。

这时，门外进来几个广府女人。"老板，有蚊香卖吗?"一个女人说，"青莲蚊仔太犀利啦，比苍蝇还大！"吴天仁用沾满香粉的手指了指门口，说："门口的竹箩里放着长香、短香、塔香，全标了价。你拿了香，放下钱就行啦。"广府女人说："你们家的蚊香价格便宜，香味不浓不淡，燃烧不快不慢。"

吴氏香品问世近百年来，一直保持良好信誉：不缺斤短两、不以劣充优、不以假乱真。为方便顾客，他们在门口放一个竹箩，摆上各种香品，顾客取香后自行付款。吴天仁常对后辈说："诚心烧香的人都是讲信誉的！"每逢初一和十五，他都吩咐人送些香到观音庙和尚书祠。这一传统从吴氏香品诞生的那天起，一直延续至今。

吴天仁与妻子江氏除了有两个儿子外，还有两个女儿。吴氏香艺向来传男不传女。他家教甚严，吃饭时定下诸多规矩，如夹菜不准"飞象过河"，咀嚼饭菜不准弄出"吧唧"的声响。另外，吃饭从不等人。他说："有功者，留饭不留菜；无功者，饭菜不留。"

　　作为在世的吴氏制香的领头人，吴天仁自小跟着父亲到青莲乡村收购艾蒿粉、松果粉等，或到大风磅、高峰山、老鼠夹岭等偏远山岭采摘野生的桂花、丁香花、百合花等，用石磨、米舂研磨成香粉。常年在制香行摔打，他练就了真本事，不仅对香料性能了如指掌，而且嗅觉特别敏锐，百米内能分辨出各种气味，人称"神鼻"。去年，他患病卧床不起。同住整香街的外号叫"癫仔海"的孤儿手提一袋香粉上门兜售，说是用百合花瓣磨出来的。吴广明不辨真假，正待付钱。忽然，躺在床上的吴天仁咳嗽两声，说："阿海，你的香粉掺入不少松壳粉吧？"癫仔海嗫嚅道："没有呀，全是百合花粉！我向天发誓！"吴天仁猛拍了一下床板，厉声道："你还嘴硬！你刚从家里出来，我就闻到松壳粉味啦！你别走，我拉你去下庙坐监！"癫仔海听罢，吓得扔了香粉袋，撒腿就跑。

07   连州购盐

位于中山路与担水巷十字路口的日月楼无疑是青莲街的信息集散场所。广府商人或当地殷实人家爱上这里来，举盏抚杯，洽谈生意。消息灵通人士也热衷在此露脸，谈古论今，以示见多识广。一些普通百姓和过路客也常在此聚集，谈家长里短，说风花雪月。

日月楼离广州会馆不足百米。这天中午，柳翠馆老板孙胜标领着一个广府商人走出以青砖和花岗岩做墙体的广州会馆，在会馆巷旁的常兴杂货铺买了一瓶白酒和两包"红金龙"牌香烟，向日月楼走来。"孙老板、卢老板，想吃野味么？刚宰了一只野猪。"靓少德迎上前，让他们坐在窗口位置。"好，来一斤炆野猪吧。"孙胜标说道。两人倒了酒喝着，话题就引到了时局。孙胜标捉住筷子敲着桌面说："想不到日本仔来势凶猛，从登陆大亚湾到攻入广州，只用了短短十天。我好多亲戚都从广州跑出来啦！"

"国民政府成了无头苍蝇，军队一打就垮，日本仔来了，只有一个'跑'字。广州不是流行这样的民谣吗？'莫希唔得（德），余汉无谋，吴铁失城，曾养冇谱（甫），张君一松（嵩）。'我看这民谣编得太妙啦！"①

"唉，广州一下就没了，省政府搬到了韶关，没过几天又迁到连州来了。前两天我去了连州，哎呀，满街都是大兵和难民啊，像一个马蜂窝！"

"他妈的，日本仔也够狠毒的，专挑墟日或人多船密的地方投炸弹。上月日本仔在连州投了几十枚炸弹，炸死炸伤近两百人。隔了几天，又在阳山县城投了四枚炸弹，听说当场就炸死了两个人。"

"想起这事我双腿还在抖呢！你知道么，当时我到县城办事，炸弹就落在离我十多米的地方，要不是有一面墙挡住，我早就去见阎王爷啦！真是险过剃头！"

"孙老板，你说日本仔会炸青莲么？"

"难说啊，卢老板。青莲离县城几步脚，飞机不用踩油门就到啦！"

靓少德过来为两位商人添茶，忧心忡忡地问："孙老板，听说连州的食盐好紧张，盐价又升了，是吗？"孙胜标瞪大眼，说："连州盐铺街快没盐卖啦，盐价最高涨到七十元一斤，想不到吧？"靓少德吃惊地"啊"了一声，心想：恒生盐行也快断盐啦，现只剩三千多斤！

这时，梨园彩的扬琴师傅范阳一手拉着女儿柳依依，一手拎一个空布袋走来。他快步走到靓少德跟前，"啪啪"两下用布袋抽打柜台，说："阿德，你太过分啦！"

---

① 广州沦陷前，负责守卫广州的国民党军队一五一师师长莫希德、第四战区司令官兼十二集团军总司令余汉谋、广东省政府主席吴铁城、广州市市长曾养甫、广东省税警总团团长张君嵩等纷纷逃离广州。当时百姓以此民谣予以讽刺。

靓少德从没见过温文尔雅的范阳发火，便惊诧地问："阳叔，啥事呀？"

"啥事？唱什么戏，你心知肚明！我问你，恒生盐行今天的盐价是多少？这样的屎坑计，亏你想得出！"范阳两道粗长的眉毛在剧烈抖动，"我跟你到处踏台板，就是相信你公道正派，想不到你是一个卑鄙小人！我眼盲啦！"

柳依依吓得缩成一团，苏妈上前把她抱在怀里。范阳在孙胜标的柳翠馆做扬琴师傅，收入微薄。靓少德曾劝他来日月楼帮忙，范阳却说："我不会炒菜，嘴又笨，除了会弹两首曲，就是一个废人。白领薪水，我宁愿饿死！"

孙胜标此时走过来，说："范师傅，什么事？你说嘛！"

说话间，门外响起一阵急促的鞋跟碰击鹅卵石的"哐哐哐"的声响，莫森礼的妻子张薇踩着高跟鞋，神色慌张地从广源豆豉行跑来，人们不约而同地将目光投向这身材高挑、行事泼辣的女人身上。靓少德站起来，诧异地问："薇姐，有啥事？"张薇手指向沙市街，胸脯急速起伏，嘴巴一张一合就是说不出话。靓少德说："别急，慢慢说。"张薇双手叉腰，上气不接下气："你快去恒生盐行，森礼快跟人打起来啦……"靓少德大惊，撒腿向沙市街跑去。

范阳冷冷地"嗯"了一声，幸灾乐祸地说："这种见钱眼开的人，打死也没人可怜的！"

靓少德跑到沙市街街口，看到家家户户门口都站满了人，人们好奇地望向人声鼎沸的恒生盐行。一些好事者甚至端着饭碗，极力往前挤去。一个挑水回家的妇女被堵在路中央，进退不得，水泼湿了她的衣裤。妇女气得脸红脖子粗，用土话破口谩骂。

"闪开！快闪开！"少德高嚷着拨开人堆，艰难地挤到恒生盐行门口。只见十多个油盐铺的店主满脸激愤，将恒生盐行围得水泄不通。莫森礼嘴叼烟卷，表情冷峻，斜靠在柜台前。年纪稍大的远昌店铺老板向莫森礼摊开双手，低声下气地哀求着什么。一个年轻体壮的老板则手执"今日盐价"的木牌，"呼呼"地敲击柜台，又怒不可遏地指着莫森礼的鼻尖大声斥责。莫森礼不为所动，依旧侧着脸，翻着白眼，像铁铸一样站着，偶尔甩甩蓬乱的头发，辩解几句。恒生盐行的两个伙计则胆怯地躲在莫森礼身后。

看见靓少德出现，人们纷纷让出一条窄道。"靓班主，相信你是明事理的，请你当着大家的面评评理。"远昌店铺老板转过身，扯住靓少德的衣袖，指着"今日盐价"的木牌说，"昨日盐价是十元一斤，今日就变为五十元一斤。改价的痕迹看得一清二楚。十元变五十元，足足打了五个大空翻！"

莫森礼见来了援兵，苍白的脸孔有了一缕血色，说话也比刚才洪亮了："老兄，你知道连州而今的盐价多少？七十元一斤！吓你一跳吧？恒生才卖五十元，不过分吧？"

莫森礼的话被远昌店铺老板打断："还说不过分？莫老板，当初我们签了合约，你忘了吗？你们承诺，盐价不随便涨，即使因特殊情况涨价，涨幅也不能超过进货价的两倍。合约人人都签了的，你还代表恒生按手指模呢。正因为签了约，我们才在恒生进货。这事你忘了？"

莫森礼一时理屈词穷。靓少德把莫森礼拉入店里的盐仓，狐疑地问："森礼哥，盐升价这么大的事，你怎么不预先跟我和柏叔商量呢？"莫森礼慌忙低下头，躲避靓少德质疑的目光。

靓少德的问话一下戳中了他的难言之隐。除靓少德因初来乍到不知晓外，莫森礼嗜赌是青莲街人尽皆知的。昨晚他在赌馆与孙胜标等人玩了一个通宵的麻将，欠下一万多元赌债。今天清晨，他疲惫不堪又心灰意冷地走出赌馆，没有回家，直接

到恒生盐行来了。他和衣躺在柜台上，感到又冷又饿，就一骨碌滚下柜台，在屋子里来回走，心里琢磨如何偿还赌债。当他瞥见写着"今日盐价：十元一斤"的木牌时，心中便一阵狂喜：连州的盐价已涨到七十元一斤了，我为何不跟着涨价呢？

于是他拿起毛笔，将"十"改为"五十"，然后将木牌挂到盐行大门显眼处。想到盐仓剩下的三千余斤食盐可赚回一笔，他咧开嘴嘿嘿笑了，寒冷和饥饿也烟消云散了。他坚信温松柏和靓少德会同意食盐涨价的。

靓少德的态度却令他感到出乎意料。靓少德诚恳地说："森礼哥，假如双方有约在先，你又不按合约办，就会投石落屎坑——激起公粪（愤）的。"莫森礼颇为不悦，束了束衣领说："你不知手指拗入唔拗出①吗？你怎么替外人说话呢？恒生盐行有你的一份呀！"靓少德平静地说："昧着良心赚的钱，花起来也不心安啊！"

闻讯抄河边小路赶到恒生盐行的温松柏目睹眼前嘈杂混乱的场面，不由得大吃一惊，对围聚在门槛外激愤难平的老板们劝慰几句后即推开盐仓紧闭的木门。没等铁青着脸的莫森礼开口，他就忍不住劈头盖脸地说："森礼，你真是个撞死马②，做事太鲁莽了，盐涨价你怎能一人说了算呢？王老师不是常说吗，圣人千言万语，只是教人明天理、灭人欲。今天这个事是伤天害理的，眼下的烂摊子你怎样收拾？"莫森礼昂起头想争辩，但感到底气不足，想想又打住了。

门外越来越嘈杂，有人捶打盐仓的木门。靓少德打开一道缝，看见人们像盛夏炙热太阳下干枯的玉米秆被人点燃一样，咒骂声和起哄声连成一片：

"五十元一斤盐，恒生盐行存心不让我们吃盐嘛！"

---

① 指行为偏帮己方，而不偏帮外方。
② 指行事鲁莽的人。

"他们背信弃义，把钱看成铜锣那么大，翻转猪肚就系屎①！"

"既然他们不把我们当人看，我们干吗把他们当大爷？把恒生的招牌拆下砸碎！以后不在恒生进货啦！"

街民在一个身高体壮的无赖的煽动下摩拳擦掌，一拥而上。一个小个子骑在那个无赖的肩膀上，想摘下挂在门楣上的恒生盐行的牌匾。

温松柏气得肺都炸了，便冲出盐仓，想上前制止，被人推倒在地。靓少德纵身跳上牌匾下的石阶，如大鹏展翅似的张开双臂，大叫："别冲动，别乱来！"那名无赖歪着脖子，捋高衣袖，说："怕他个鸟啊！唱戏佬尽是些花拳绣腿！"无赖领着几个壮汉同时发力，撞向靓少德，却像撞上一堵墙一样，弹了回去。

温松柏、靓少德和莫森礼又回到盐仓。靓少德焦急地问："现在我们怎么办？"温松柏斩钉截铁地说："恢复原价！"莫森礼俊俏的脸一下就变形了："恢复原价？最起码也要卖三十元一斤吧？"温松柏态度强硬地做了一个否决的手势，问靓少德："阿德，你什么意见？"靓少德沉静地说："眼下大家怨声载道，盐价即使涨一毫半角大家都难以接受。我同意恢复原价！"温松柏大手一挥，不容置疑地说："就这样定！阿德，你立即把盐价改过来！"

靓少德走出盐仓，对众人说："我们商量过啦，盐仓剩下三千多斤盐，一分也不加价，按原价卖！"说完拿来价格木牌，用抹布将"五十"擦掉，用毛笔改成"十"。当恢复原价的木牌重新挂在门楣下时，油盐店铺老板的情绪才逐渐平缓下来，围观的街民看见冲突得以平息，便索然无味地逐一散去。

---

① 指翻脸不认人。

那些老板抱着多存点现货的心理，纷纷返回店铺取来箩筐、麻袋等排队购盐，恒生盐行的伙计则严格按照温松柏的叮嘱行事，每间店铺只能买一百斤盐，恒生盐行仅留三百斤盐做备用。老板们无不称赞温松柏和靓少德厚道仗义，而对莫森礼的奸狡刻薄嗤之以鼻。

青莲食盐不到三天就被抢购一空，油盐店铺老板和街民都诚惶诚恐地聚集在恒生盐行门前，呼吁恒生盐行尽到青莲唯一的食盐批发商的责任，帮助全镇百姓度过盐荒难关。温松柏、靓少德、莫森礼商定：到连州购盐！想到时下连州食盐紧缺和盐价居高不下，温松柏和靓少德都皱起了眉头，对连州之行不存任何奢望。

温松柏懊丧地说："阳山县城也闹盐荒，我们唯有去连州碰碰运气了。"

一直低头抽闷烟的莫森礼似乎寻得救命稻草，猛然拍了拍大腿，说："孙胜标的同学黄洞槐不是驻扎在连县吗？听说这家伙最近升团长啦，上头很器重他。估计找他能买到便宜的食盐！"

其时，广东省政府机关已从韶关翁源迁至连县。原设在广州的国立中山大学、省立教育学院、省立广州女子师范学校、国立第三华侨中学、粤秀中学等十二所学校的部分师生，先后随省府机关迁移至连县。

一天，几艘运载学生和教师到连县的帆船在青莲通津码头稍作停留，一个军官带着几个士兵随船护卫。莫森礼对那军官软磨硬泡："老总，我们三人想到连县买盐，老百姓快断盐了，能把我们捎上吗？"军官坚决拒绝，说上头有令，船不准搭载外人。莫森礼将军官拽到一旁，暗中把两块银圆和三包香烟塞入军官口袋里。军官假意再三推却，后来下意识按了按鼓起来的口袋，才点头准许三人上船。

　　帆船拉起风帆时，传来呼喊声。"等等——"王文斌腋下夹着包袱，双手提起长袍，跑下码头，"我也想去连县探亲戚。"靓少德伸手将王文斌拽上船。

　　船舱里的空气混浊不堪。帆船上搭载了二十多名青年男女，他们全是省立教育学院最后一批转移的师生。尽管因长途跋涉而疲惫不堪，但学生们稚嫩苍白而文质彬彬的脸上都洋溢着激奋昂扬的青春气息。师生有的屈膝盘坐，手捧书本，有的眺望两岸景色，有的聚拢在一起，探讨时局演变。

　　脸色煞白、哈欠连连的莫森礼上船后就周身疲软地蜷缩在船舱的过道上，未几便如雷鸣般地打起了呼噜。他昨晚打了一通宵麻将，赢了钱。靓少德感觉师生们对如猪一样沉睡的粗陋男人投来厌恶的目光，便三番四次推莫森礼的胳膊，后者睁开眼皮支吾几句又继续睡去。靓少德只好把他扛到船尾的一个角落。

　　温松柏自踏上船舱，看见一张张跳动着蓬勃生机的面孔的那一刻起，心绪瞬间沉郁起来。帆船借着风势逆行至青莲庵罗角水域，宽阔的江面覆盖了一团团神秘诡异的白纱似的雾气。这时候，温松柏恍惚看见雾气中闪着血光，血光中叠化出八张沾满血迹的青葱益然的面孔。随着一道道血柱从江面腾空而起，碧绿的江水被染成赤红色，一股浓烈刺鼻的血腥味直钻鼻孔，他不禁浑身颤抖。那不堪回首的阳山留省学生被害的血淋淋往事浮现在他眼前。

　　这件震动粤西北的屠杀事件发生在一九二八年一月。在广州法政学校、陆军测量学校等就读的六名阳山籍学生回乡探亲。他们乘车从广州抵达连江口后改坐船返乡，送货到连江口的温松柏恰好与这些学生同船返回。当时，阳山黑势力梁某和黄某在地方竞选中失利，迁怒于不愿为其利用的阳山留省学生，在学生来函要求沿途派员保卫时萌发暗杀学生的动机。温

松柏在青莲下了船，帆船继续往县城方向行驶。当帆船驶到庵罗角河段时，六名阳山籍学生和另外两名学生被梁某和黄某派出的卫队劫掳并枪杀。温松柏惊闻噩耗，三天三夜都没法入眠，在庆幸自己提前下船免于劫难的同时，对八名学生惨遭屠戮感到凄怆。这时候，温松柏靠在船舱一个角落里，闭上眼，努力让自己从惊悚的情绪中平静下来。

靓少德走入船舱，即被一个二十出头、戴宽边眼镜的男子吸引住了。这男子看着油印粤剧剧本《岳飞》，晃着脑袋，用带着浓厚河南口音的广州话唱着剧中片段。他叫马国立，是带队教师。大概过于专注，马国立浑然不知靓少德坐在他身边。"同学们，过来排练啦。"马国立边喊，边侧过脸疑惑地看着靓少德，惊诧地问，"你什么时候上船的？"靓少德笑着说："我是在青莲上船的。你唱得太入迷啦。"十多个学生围了上来，手里拿着锣鼓、二弦、月琴、箫笛、小提琴、萨克斯等乐器。马国立向每人发了一本剧本。

眼前这一幕，让靓少德感到既熟悉又陌生。他不动声色地问马国立："广州的戏院而今还演戏么？"后者苦笑道："戏院全关门喽，大老倌全都跑到香港、澳门和广西避难去了。沙面码头平时停一两百只红船的，现在一只红船都见不到啦。"

靓少德问："你们排练粤剧？"马国立说："是呀。"他告诉靓少德，省政府定于近日在连县举行抗日募捐演出，随迁的各机关和大专院校要表演节目。马国立所在的省立教育学院将表演粤剧折子戏《岳飞》。马国立演岳飞，一个顺德籍的女学生演岳飞的妻子李娃。"我是河南人，广州话不标准。我真担心把粤剧唱成豫剧。"马国立显得无可奈何，"节目是校长钦定的，说演《岳飞》很有现实意义。班里大多是外省人，没几人会说广州话。学生说，岳飞是河南人，就该由你这个河南老乡来演。唉，我是赶鸭子上架啊！"

这时，演李娃的女学生说："马老师，我们来一段吧。"马国立应允。学生们便敲锣奏乐。

岳飞：夫人呀！离离春草烧不尽！
李娃：泰岱鸿毛知重轻。
岳飞：风雪残年难终岁！
李娃：恨无一语表衷情。
狱卒：送岳元帅风波亭归天！
李娃：老爷——老爷呀！

马国立一开口，学生们就忍俊不禁了。女学生掩嘴笑，男学生肆无忌惮地笑得前仰后合，就连演李娃的女学生也捧腹冲出船舱，直笑得喘不过气来。马国立尴尬而大度地说："你们笑吧，放开肚皮笑。等你们笑够了，也就不笑啦。"一个男学生笑着说："马老师，观众听你唱河南话的粤剧，会被活活笑死的！"一个女老师忧虑地说："那么严肃的场合，如果观众大笑，影响多不好啊！"马国立听后，也慌了："那可怎么办呢？"

靓少德一直用指头敲击舱板打节拍。他沉吟了一会儿说："马老师嗓音洪亮，但念白很拗口，用戏行话说，会笑甩（掉）戏迷大牙。广州话说不准不用怕的，多说几次就行啦。广州话和河南安阳官话音韵有很大区别，剧本上的念唱我逐字教你，反正我在船上也没事做。"

师生们都不约而同地瞅着眼前这个仪表堂堂、声如洪钟的生意人，心想：这是何方神圣？竟如此大言不惭！马国立起初瞧不起这个中途上船的人，料他充其量是一个口袋多几块银圆的粗俗商人。听了靓少德一番话，便扭转头来上下打量。

"请问，先生是做哪行的？"马国立问。

靓少德沉稳而平淡地说："我以前是个唱戏佬。"

马国立"哦"了一声，说："难怪听你说话像戏行人。"

靓少德说："以前粤剧唱念道白用的是戏棚官话，后来千里驹等老倌提议，才用广府白话。戏棚官话就是河南一带的中州音，你的家乡话就有点戏棚官话的味道……"马国立不好意思地挠挠头，用蹩脚的广州话说："戏棚官话——唔咸唔淡①。"

靓少德安慰他说："无他，熟能生巧罢了。马老师，你当一回学生，我现在教你念。"说完，靓少德便一字一句矫正马国立念白的读音。

"文化人就是聪明，一学就会。马老师，你这几句念白说得标准多啦！"得到靓少德的鼓励，马国立笑了，说："我们合唱一段。"遂与学生演唱起来。

岳飞：怒发冲冠，凭栏处、潇潇雨歇。抬望眼、仰天长啸，壮怀激烈。

李娃：三十功名尘与土，八千里路云和月。

岳飞：莫等闲、白了少年头，空悲切。

（岳飞白）：靖康耻，犹未雪。臣子恨，何时灭。驾长车，踏破贺兰山缺。

李娃：壮志饥餐胡虏肉，笑谈渴饮匈奴血。

岳飞：待从头、收拾旧山河，朝天阙！

（李娃白）：老爷——

岳飞、李娃：未朝天阙痛冤沉，未饮黄龙先夺命。

（岳飞白）：夫人——

岳飞：风波碧血标千古，斯人一去剩豪情。

---

① 戏棚官话既不是普通话，也不是广州话。此语后来泛指生活中不伦不类的事物。

（李娃白）：老爷——
（岳飞白）：夫人保重！

"钩住！"靓少德用食指做了一个鱼钩的手影，打断了排练。"字正腔稳还做得不够。另外，岳飞和李娃是夫妻，你们之间缺少情感交流，各唱各的。"靓少德拍了拍小提琴手的肩膀说，"你拉得很好啊！薛五哥和马大哥有胆识，有眼光，敢用小提琴当头架！其实呀，小提琴音色靓，和粤剧锣鼓、扬琴、月琴配起来，听觉就不一样！"

帆船进入阳山水口流域。沿岸由奇山、秀水、翠竹、美池、良田构成的绮丽风光引起师生们阵阵惊呼。王文斌走到船头，指着右岸几座山峰说："这一带山峭路陡，风景绝佳。这几座山叫将军山，当年伏波将军路博德带兵讨伐南越，就在这儿驻军练兵，阳山的习武风气就是从那时开始的。"

师生们围了上来。王文斌说："岭表大儒简朝亮先生在将军山办了'读书山堂'，本人曾有幸聆听先生教诲。先生曾写了一首诗《新嫁娘》，在课堂上念给我们听，'将军山下新嫁娘，将行哭别心惶惶……'"王文斌进入忘我境界。

马国立说："唐宋八大家之一的韩愈三十五岁时贬到阳山当县令，阳山得以进化，该感谢他！"王文斌说："是呀。当时阳山人'鸟语夷面'，言语不通，画地作字。韩愈在任一年多，兴利除弊，宣德传礼，治恶惩奸。韩愈造福一方，深受当地百姓喜爱，有的民众甚至让后代改姓韩。"

王文斌越说越兴奋："韩公有空就游山历水，作文吟诗，交友钓鱼，与民同乐。县城东面江边有一块大石，韩愈当年坐在这块大石上钓鱼。'坐石矶，投竿而渔，陶然以乐。'"

帆船日夜兼程，终于抵达与湖南毗邻的连县连州镇。"马老师，你而今字正腔稳，上台演出时，就不怕台下朝你丢鞋子

掷石头啦！"临分别时，靓少德对马国立说。后者对靓少德等
人连连作揖鞠躬，并邀请他们后天到省立连州中学观看演出。

温松柏、靓少德等人下了船，不禁大吃一惊：连州这个昔
日繁华兴旺、有"小广州"之称的山城，现今变得满目疮痍、
千疮百孔。他们经过城内常平学社和城外老人桥，看见烧焦了
的门窗和梁柱横七竖八地倒在断壁残垣上，几个难民正扒开废
墟中的瓦砾，寻找可用的物品。两个老人带着三个小孩在路边
点燃香烛冥纸，祭奠死难的亲人。北风将地上的灰烬和黄土卷
起，张牙舞爪地扑向路人。原来，十多天前日军派出十八架飞
机首次轰炸连州，投下数十枚炸弹，炸死炸伤民众近两百人。

大街小巷一下出现了一批批蓬头垢面、衣衫褴褛的难民和
神色惶恐、步履匆匆的职员。随着省政府机关和大专院校人员
陆续疏散转移以及广东沦陷区商人、难民不断涌入，连州人口
数月间激增至十二万人，连路边岩洞也挤满了人。

"快闪开，别挡路！"身后不时传来吆喝声。几十个挑着
食盐、纱布、火柴、煤油、洋杂的挑夫喘着粗气从他们身边快
步走过。连州历来是粤北和粤湘桂边境的商品集散地，现在每
天进出连州的挑夫超过两千人。

温松柏等人于中午时分饥肠辘辘地来到盐铺街街口，走进
一家面店，每人点了一碗汤面。

莫森礼低头喝了一口汤，就"啪"的一声将筷子搁在桌
上，厉声质问面店老板："喂，汤面忘了放盐吗？像喝白开水
一样！"

"大哥，不是我忘了放盐，而是店里没盐啦。"面店老板
从厨房拿出一个空盐罐在莫森礼眼前晃了晃，一脸沮丧地说，
"而今盐比黄金还贵，有钱也不一定能买到。"

莫森礼问："现在一斤盐卖多少钱？"

面店老板有气无力地说："出门就是盐铺街，盐价多少，

你自己睁大眼看吧。"

　　四人匆匆吃完汤面，走进盐铺街，发现这里有大小盐铺逾百家，但大多关了门，门外挂一个"歇业"的木牌。街上人客稀少，店铺职员把脑袋缩进衣领里，懒洋洋地蹲在门前的台阶上晒太阳。

　　他们继续往前走去，看见几间实力雄厚的盐铺门口人头攒动，三五个来自粤湘边界的盐老板和几十名挑夫聚在店铺前。挑夫们有的靠在扁担上抽烟，有的疲惫不堪地将身子陷入箩筐里打瞌睡。盐老板则聚在一起说着话，神色茫然。

　　莫森礼上前，问一名盐老板："大哥，现在盐价多少钱？"对方伸出手，先做了个"八"的手势，然后又做了个"十"的手势。莫森礼惊愕地瞪大双眼："八十元一斤？又升啦?!"对方苦笑道："又升啦！打死都不信吧？盐价好像坐了直升机！"

　　"他妈的，一斤盐八十元，比油贵四十倍！"莫森礼甩了甩头发，瞧见这几间开业的盐铺门前都挂着一块木牌，上书"今日盐价：八十元一斤"，他转身破口大叫，"贵得太离谱了！"

　　旁人说，自从日军轰炸连州后，当地盐价就居高不下。加上日军在空中封锁了北江和连江，白天看见江上有船行走就投弹，沿海的食盐一时难以运至连州。为了安抚民众，当时政府以十斤食盐置换一百斤稻谷的价格给各乡分配了数千斤盐。

　　说话间，十多名扛着锄头、箩筐、铁锅等工具的民工从远处走来，原本关门歇业的几间盐铺此时都打开了门，老板把民工引入屋内。未几，这些盐铺都传出咣咣咣的锄头掘地的声响。这时，几个民工走出盐铺，找来砖头垒起简易炉灶，架起一个铁锅。温松柏等人感到蹊跷，便上前看个究竟。

　　只见民工在挥动锄头挖掘盐铺地下渗透了盐分的泥土，泥土装进箩筐后用清水浸泡，随后将盐水倒入铁锅里熬煮。随着盐水蒸发，铁锅里现出一层白中带黄的盐粉。盐铺老板敲响铜

锣，从街头行到街尾，一路高喊："四十元一斤盐粉！想买的趁早！"

别的盐铺老板发现此举有利可图，也可解燃眉之急，于是如法炮制，纷纷效仿。滞留在盐铺街的挑夫被临时雇来煮盐。于是，大小盐铺的门口几乎都生起了炉火。一时浓烟四起，锄头掘土的哐啷声和铁铲碰击锅头的咔嚓声混杂在一起，百米长的盐铺街俨然成了打铁街。

温松柏等人回到街口那间面食店旁，坐在石凳上怅然地望着黄昏中惨淡冷寂的天空，默不作声。此时，远处传来一阵清脆的马蹄声，他们抬头望见一队骑兵穿街而过。忽然马队中有人高喊一声"停下"。一名军官翻身下马，将缰绳递给身边的士兵，移正别在腰间的短枪皮套，随后威风凛凛地大步向温松柏等人走来。四人下意识地缓缓直起身，胆怯地挤到墙角。

军官走到温松柏跟前，双手扣在皮带上，问："温老板，你把我忘了？我是孙胜标的同学黄洞槐啊。"温松柏揉搓了一下眼睛，惊喜道："哎哟，是黄团座呀，差点认不出啊！听说你又高升了，祝贺，祝贺啊！"黄洞槐笑了笑，说："想不到在连州遇到。你们来连州干吗呢？"温松柏简单说了来连州的目的和困境，最后无奈道："盐价太贵了，哪买得起呢？我们也只好空手打道回府啦。"

莫森礼靠前一步，迫切地问："黄团座，有办法弄点低价盐么？"黄洞槐用余光迅速扫了扫左右，"嘿嘿嘿"笑了几声就闭上嘴。他转移话题说："诸位，明天中午要在连州中学举行抗日义演，我现在得去检查场地安保。对不起，我失陪啦！"知道他们明天也观看演出，黄洞槐说："我负责现场安保，明天见。"说完从士兵手里接过缰绳，飞身上马，在策马离开前望了一眼莫森礼。当晚，四人找了一家客栈住下。莫森礼说去见一个朋友，凌晨时分才带着一身酒气返回客栈。

抗日义演如期在省立连州中学隆重举行。是日上午,通往连州城北燕喜山的道路人流如潮,泥土翻滚,来自机关院校部队的职员、学生、军人和其他社会各界的代表高喊抗日口号,浩浩荡荡地往山上进发。温松柏等人一早就离开客栈,随着人流往燕喜山赶去。

他们刚走到学校门口,率领马队巡查会场安保的黄洞槐从身边经过。黄洞槐没有停留,只是坐在马鞍上向他们点头示意。他们进入会场,远远看见操场北侧用竹木搭起一个大舞台,"广东省抗日会演"的横幅悬挂在舞台上方。工作人员正将"团结起来,把日本强盗赶出中国""抵御倭寇,抗战到底""宁做沙场鬼,勿做亡国奴"等标语挂到操场四周的墙壁和树干上。

一小时后,省立连州中学这所坐落于茂林修竹深处,曾留下韩愈、刘禹锡、周敦颐等历代文人骚客足迹的古老学堂的操场上汇集了三万多人。十多个单位表演了独唱、相声、短话剧、折子戏、大合唱、叠罗汉等节目。省立教育学院师生表演的粤剧折子戏《岳飞》被安排在最后。"壮志饥餐胡虏肉,笑谈渴饮匈奴血。待从头、收拾旧山河,朝天阙。"岳飞名篇《满江红》的吟唱,将现场气氛到推向高潮。人们同仇敌忾,众志成城,纷纷向流动捐款箱投下钱币。他们高喊"国家至上,民族至上""要种族不灭,唯抗战到底""打倒日本帝国主义",喊声似山呼海啸,席卷清幽雅致的燕喜山。

四人在演出结束后打算乘船返回青莲。他们来到城外行人如鲫的中山南路,穿过几条青石板铺设的古巷,走到济川门这个连州城最繁忙的码头。河边长了几棵古榕,二十多艘帆船藏在繁茂如盖的树枝下。

一名皮肤粗糙的船主扶着桅杆向他们招手:"莫老板,往这边走——"船主跳下船,边用衣角揩去额角的汗珠,边兴

奋地对走到跟前的莫森礼说："莫老板，送货的人刚走。船上共两万斤盐，两百斤一包，共一百包，数量我点过啦。这是送货单，我替你签了名。"莫森礼接过送货单瞅了一眼就上了船，清点堆放在船舱里的盐包。完了抡起拳头，笑着捶了一下胀鼓鼓的麻包说："数量没错！"船主向莫森礼递烟，谄谀地说："你朋友真有本事……"莫森礼赶紧向他使眼色，示意他把话打住，并随即将话题岔开："郭老大，晚上我请你喝酒，我在连州街买了几壶好酒！"在连州东陂长大的船主奉承说："好呀，我有东陂腊味，正好下酒！"

温松柏等人直挺挺地站在码头的石阶上，看着满载食盐而略微下沉的帆船发愣，莫森礼便喊："你们快上船呀。这船是我租的，船上的两万斤盐是我们的货！"

"我们买的盐？你什么时候买的呀？"温松柏走上船，不解地盯着莫森礼的眼睛，"八十元一斤的盐你也舍得买？"

莫森礼连连摆手，诡异地笑着说："柏叔，我们一起搭档那么多年，你还不了解我的脾性？蚀本生意我会做吗？"他将温松柏和靓少德拉到一侧，把声音压得很低，说："昨晚我去见一个朋友，他在城东开盐行，欠我一大笔赌债。这小子脑袋灵光得很，精过冇尾蛇，两年前低价囤了十万斤盐。而今盐价升啦，他才拿出来卖，结果赚了，猪笼入水，盆满钵满。真应了'人无横财不富，马无夜草不肥'这句古话！"

莫森礼艳羡又妒忌地向河里吐了一口痰，眉飞色舞地说："这家伙是豪爽之人。见我进门，二话不说，拿出两壶酒，一人一壶举起就喝。喝完就喷着酒气说，老兄是来连州买盐的吧？这个时光，就算你有满屋黄金，也未必能买到盐啊！我一听，感到没戏啦。他给我倒了一杯茶，哈哈笑了两声说，老兄今天走运走到脚趾头了，碰到难事懂得寻我来。刚好我还剩几万斤盐，就给你两万斤应急吧。你别跟我瞪眼啊，价钱嘛我不会亏待你的。老兄帮了我很多忙，借钱给我做生意，还不收一分一厘利息。老兄的大恩大德我一辈子都忘不了的。这两万斤盐，我四十元一斤给你，老兄，我够义气吧？说完这话，这小子又拿出两壶酒，我们又喝个精光！"

"阿礼，听你这么说，这批盐来路正当，不是偷骗来的，这我就放心啦！"一直绷着脸的温松柏舒了一口气。

这时船主走过来，说："各位老板，我们早点吃晚饭，等天黑了就开新。好么？"眉开眼笑的莫森礼向船主甩了一个响指，连说三声"好"，嚷道："今晚我要喝酒！"

船主把温松柏、靓少德、莫森礼、王文斌叫至船尾，让他们围坐在一张小方桌旁，随后将香味四溢的东陂出产的腊肉、腊肠、腊鸭、腊狗逐一端上。船主不无炫耀地说："东陂腊味是出了名的！大户人家都在楼顶搭凉棚晾晒腊味，五更天将腊味拿到外面吹冷风，太阳出来了，就将腊味收回凉棚。东陂腊味都是用山风吹干的，你们尝尝，口感怎样？"莫森礼抓了一块腊肉放入嘴，嚅动嘴巴，说："味道真不错，咸香爽口！"

除靓少德外，其余人都喝了不少酒。温松柏说："阿礼，这次来连州买盐没白跑，青莲街坊也不至于断了盐。可是，青莲穷人多，很多人餐餐捱麦羹，用番薯、芋头填肚。我的想法是，这批盐，我们只收回成本。阿礼，阿德，你们说好不好？"靓少德当即表示同意。莫森礼想了好一会儿才勉强答应。

不胜酒力的温松柏和王文斌都回船舱躺下了。莫森礼喝下一杯酒，瞅了一眼船舱，附在靓少德耳根说："靓班主，实话说，这两万斤盐不是朋友让给我们的。"靓少德愣了一下，问："哪来的？""是他弄的。"莫森礼用手指蘸了酒液，在桌上写了"黄洞槐"三个字，随后将手指搁到唇边发出"嘘"的一声。

靓少德看着莫森礼得意扬扬的表情，惊诧地张开嘴。莫森

礼有意不忙于解释，似乎事情充满神秘色彩，会为自己带来无穷乐趣。他慢悠悠喝下一杯酒，说："驻军后勤全归黄洞槐管，他有办法弄到低价的军需盐……这批盐只需五六元一斤，他托我们卖出去。即使四十元一斤卖，他也赚不少啊。他说了，盐卖出去了，他会付我们回扣……这事只有天知地知、我知你知，对柏叔也不要吭声……一旦走漏风声，我和你都要这个的！"莫森礼在桌子上画了一个大叉，又用手掌在脖子上快速抹了一下。

靓少德回想起昨天黄洞槐策马离开时那意味深长的眼神，推测莫森礼当晚外出是去找黄洞槐，两人的秘密交易无疑就是昨晚达成的。他意识到这桩肮脏交易于法不容，感觉莫森礼那张脸变得异常丑陋猥琐，而黄洞槐留给他的英武魁伟的形象也瞬间坍塌了。"表面堂堂正正，实际是一丘之貉！"靓少德猛地把筷子扔在桌子上，转身揪住斜靠在船篷上酣睡的莫森礼的衣领，吼道："你们昧着良心在发国难财！真是狼心狗肺，丧心病狂！"

帆船于当晚起程，顺着湍急的河水顺流而下。大约过了七八个小时，忽然一阵凛冽的北风带着尖细的呼啸闯入船舱，和衣躺在盐包上的温松柏睁开双眼，发现此时山水相融处已泛起亮色，帆船正驶入一个群峰簇拥的水道。"这里是黎埠同冠峡吧？"他揉搓双眼向手抡竹篙站在船头的船主问道。船主回答："是呀，这里是同冠峡入口。同冠口的风，城隍庙的钟。温老板，小心着凉啊。"

温松柏坐起来点燃一根烟，看着狮形山、白鹅山和象形山在连江中的清晰倒影，想起他十多年前一个夏天到连州跑生意，帆船返程途中在同冠峡触礁得到当地百姓相助的情景，分

156

手前一位姓文的农户还送他一只六斤多重的朝廷供品——同冠梨①。他走出船舱，挺着有点佝偻的腰板，如同一棵傲然屹立于山坳的苍道老松站立在船舷边，任由利爪般的江风掀起他的衣襟，揪扯他花白的鬓发。这些年随着年龄增大，温松柏感到力不从心，早有隐退的决心。未来女婿靓少德加盟，更坚定了他告退的决心。他计划回到青莲，就把生意的担子交给靓少德："也好啊，听曲睇戏，含饴弄孙，颐养天年！"即将告别起早摸黑、风来雨去的艰辛岁月，他心里感到既兴奋愉悦又怅然若失。

午后时分，帆船在绕过一段翠竹夹岸的水道后进入江宽水深的青莲潮水坑水域。兀立于左岸岩石上的潮水古庙清净肃穆，通往古庙的弯弯曲曲的幽径上铺了一层金黄色的落叶，供奉在香桌上的十尊大慈大悲的观音神佛为过往的船只保佑祈福，缕缕香烟绕过茂密的竹林弥漫在墨绿的江面上。

温松柏从船头走至船尾，边走边轻轻拍打堆积如山的盐包，向载满货物、紧随其后的帆船挥手，又缓缓走回船头，柔情满怀地眺望艳阳下越来越明朗的青莲人视之为吉祥之山的观音山，心里感觉异常宁静和安详。

靓少德、莫森礼和王文斌也走出船舱，看着船主与其他船工合力将帆船驶入平静的青莲湾再往左驶向青莲水。温松柏远远望见女儿温葱莲和靓少德的母亲徐氏站在豆腐社码头的平台高处，向驶近的帆船招手，不禁涌出一行热泪："到家喽——"

帆船刚靠岸，温松柏等人就迫不及待地上了岸。正当葱莲穿过挑水洗衣的人群，欢呼雀跃地从码头平台跑下河岸时，忽然，潮水坑方向传来一阵"隆隆"的轰鸣声，天空中六个灰

---

① 属珍稀水果，传说汉初樊哙将军将它进贡给皇帝，故有"皇帝梨"之美称。

白色物体闪着光，沿着连江河道由远及近，向停泊在青莲水的十多艘帆船俯冲而来。当人们惊恐万分地抬头仰望天空时，灰白色物体同时发出"飕飕飕"的刺耳声响，并喷出一连串的火焰。靓少德惊呼："飞机！日本仔的飞机！快跑啊——"

伴随着"轰！轰！"两声巨响，盐船和另一艘货船被炸弹击中，青莲水激起了滔天巨浪，人体残骸和船体碎片四处飞散，江岸上惊叫声、哭泣声混成一片。

倒伏在码头石阶上的葱莲睁开双眼，感觉脑袋发麻，想挣扎着站起来，但双腿总不听使唤。江面被浓烟笼罩，不时有人尖叫，从她身边跑过。她努力让自己镇定下来，扶着身边的矮墙直起身，踉踉跄跄地走下河边。她看见，方才停靠在岸边的盐船已拦腰折断，江河上漂浮着支离破碎的船板和船篷，岸边的草丛和石缝除散落了帆船的残迹外，还撒满了食盐的颗粒和麻袋的碎块。

靓少德咬着牙爬起来，拖着被弹片穿透仍血流不止的左腿，向相隔数米、卧伏在血泊中的温松柏走去。葱莲也来到跟前，两人将温松柏的身体翻转过来，只见他胸膛穿了一个大窟窿，脸上血肉模糊。葱莲惊呼一声"阿爸"后就晕死过去……

莫森礼和王文斌用一辆大板车将靓少德送到博爱医社包扎伤口。豆沙莫为靓少德清创敷药。靓少德脸色苍白地躺在病床上，额头冒出黄豆般大的汗珠。他强忍剧痛，焦虑地问："我伤势严重么？"豆沙莫看了看左右，说："伤得挺重的。"这时温葱莲从医社侧门进来，听到两个护士在小声说话：

"哎呀，弹片削去文武生腿上一大块肉，骨头都能看见啦！"

"唉，说不定以后成了跛佬。"

"一瘸一拐的，还能打跟斗吗？看来演不成戏喽！"

葱莲听了，心不停地颤抖。

靓少德坐在整香街街口的石凳上，左脚缠了厚厚一层绷带。吴天仁、何念祖、王文斌等人在戏棚地空坪用竹篾搭起一个四面通透的临时灵堂。温松柏的遗体用白布包裹着安放在一块木板上。仵作①为温松柏擦净遗体上的血污并穿上寿衣，两名专司哭丧的妇女随即手扯白毛巾，呼天抢地，号哭不停。

当天六架日本军机在商铺林立的连州南门街投了数枚炸弹后就顺着连江飞往广州，沿途遇见船只就投弹扫射。飞机在青莲投下两枚炸弹，炸死七人，炸伤十多人。

那两名妇女哭得死去活来，但哭了不到三分钟，仵作就催促她们立即转到沙市街另一人家去哭丧。临行时他将一封利是塞到刘满龙手里，叮嘱道："我今日要去四户人家办丧事，实在抽不开身了。你帮我跑一趟，去河边砍两根大竹回来，削去枝叶后扎上红布，撑住温家大宅客厅的梁柱。砍了大竹你就把这封利是埋到地下，当作买竹钱。"刘满龙应允。按照青莲习俗，凡一家之主过世，要连续七天用竹枝或木条顶住房屋客厅的梁柱，以防止家庭因主心骨过世而"栋梁折断，大厦倾覆"。

头披白纱布的温葱莲在莫森礼胞妹莫安娜的陪同下来到灵堂。葱莲点燃香烛就跪在地上哭个不停。莫安娜扶起葱莲，在胸前画了一个"十"字，安慰葱莲："按着定命，人人都有一死。死是灵魂的解脱，是灵魂的返乡。愿主保佑你爸在天堂复活！"葱莲依然哭泣不止。

众人烧完香烛纸钱，坐在灵堂边的一堆木头上抽烟。莫森礼将受伤的右手臂搁在膝盖上，心有余悸地说："日本仔的飞

---

① 旧指从事殡葬事宜的人。

机来得很突然，一眨眼就飞到头顶。要不是我立刻趴到一块大石下，就没命啦。唉，两万斤盐全没啦……"吴天仁咳嗽了一下，劝慰道："森礼，能保住命就算你命硬运好啦，钱再多也买不了一条命！江佐的猪肉陈死得好惨啊。他刚好挑着猪肉下船，打算到市场卖，结果挨了炸弹，尸体四分五裂，有一只脚挂在河边的树顶上。他家人把他的尸体东一块、西一块捡起来，用箩筐挑回家埋葬。本想担肉赶墟卖的，想不到担肉回家埋。真是前世唔修！"

王文斌面容悲戚地说："柏叔也很惨，在连州买盐时他对我说，跑完这趟就不跑了，想过抱孙的晚年生活。柏叔这人心肠多好啊，热心为街坊张罗大戏，送甜的辣的给街坊吃，可是……"

靓少德拄着拐杖，和葱莲的亲戚一道到大江墟的木材店买棺材来了。看见店员正吃力地抬起厚实的门板往门槽上装，靓少德便疑惑地问站在门口的一名男人："王老板，太阳没下山就打烊了？我要一副棺木。"男人两手一摊，说："店里放着的五副棺木全卖完了。今天死了七个人啊，这你比我更清楚的。"靓少德急了，问："明天有货吗？"男人答："那就难说了，这几天谁还敢走船呀？我的货大多是从七拱或黄圣用船运来的。"靓少德回到戏棚地。吴天仁问："靓班主，你们不是去买棺木吗？"靓少德沉着脸答："棺木全卖完了，王老板也不确定这两天有没有货！"

半晌，吴天仁霍地站起来，在布鞋底敲了敲烟斗，"喀喀"咳嗽两声，向正在灵堂烧香的妻子江氏喊道："老太婆，你过来。"江氏快步走到丈夫跟前："老太公，什么事？"吴天仁沉静地说："你叫广明带上几个人，把放在祠堂的那副'梗天地'① 搬下来。"江氏问："搬来干啥？"吴天仁不容置疑地说："给松柏用！""哦？这——"江氏张大嘴愣住了，半天才说出一句话，"老太公，这梗天地是留给你的！"

原来，看到丈夫健康状况一年不如一年，江氏于五年前托人订购一棵两人方能合抱的松树，为丈夫和自己各开凿了一副棺材。这两副结实沉重的棺材是八名大汉先用木板车好不容易运到青莲，再由两名木工师傅花了三天三夜、用钝了几把钢凿打造成的，大功告成时，吴天仁仰头朗笑起来。他"呼呼"拍打着棺木，又掀开棺盖嗅了嗅棺木的香味，说："好结实，松香味好浓。我做了一辈子香，闻了一辈子松香味，死后躺进松树做的棺材，闻着熟悉的气味，也没什么遗憾喽！"说完，他深情地望了一眼妻子，本想说"将来我们死了，就同葬在一棵树上"，却不好意思说出口。

此时，吴天仁看见儿子踌躇不前，就大声训斥道："快去，别那么啰唆。我而今鼻子还灵，骨头还硬，还用不上那东西！"

江氏眼眶里闪着泪花，说："我不是舍不得棺材钱，只是……"吴天仁明白妻子的心思，便暗里扯了一下她的衣袖，鼻腔一阵发酸："松柏是我们的老街坊，也是我的好兄弟。我想他早日入土为安。明年夏天来了，我再让人找一棵大松树，凿两副梗天地，你一副，我一副。好吗？"江氏沉默不语，领着儿子和几个年轻人到祠堂搬棺材去了。人们把棺材抬来时，吴天仁依依不舍地上前摸了摸棺盖，又低头闻了闻棺木的香味，随后独坐一边，垂头抽烟。

亲属为死者买水洗脸是青莲流传经年的风俗。徐氏陪同葱莲到河里买水。两人来到豆腐社码头，葱莲将两个铜币扔进河

---

① 指大树掏空而成的棺材。

里，说："爸，女儿葱莲给您买水来了。"说完，用瓦钵盛了一碗清水。回到戏棚地，葱莲蘸了清水为父亲擦脸，随后又用木梳为父亲梳头。完了将木梳掰断，丢进烧纸钱的盆子里……当晚，灵堂里生了两盆火，靓少德与街坊一道陪同葱莲彻夜守灵。

翌日九时，棺木出山。靓少德捧着温松柏的遗像居前，棺材居中，葱莲和亲戚及整香街的众街坊殿后。仵作一声呐喊："回家喽！起棺——"六名壮汉同时挺直胸膛，但感觉大山压顶，灵柩纹丝不动，有人说："好重啊，抬不动。"仵作把葱莲叫到跟前，说："你爸放心不下，不愿走。你过去安慰他几句吧。"于是，葱莲把脸贴在棺盖上，哽咽道："爸，您放心走吧。"仵作再次高喊："回家喽！起棺——"六名壮汉一齐发力，但灵柩依旧沉如磐石。仵作纳闷道："松柏叔还有什么放心不下的呢？"

知父莫若女。此时，温葱莲和靓少德都转过头来凝望对方，彼此的心都瞬间融化了。在葱莲眼里，靓少德就是青莲神话里挑土填湖的青龙，而在靓少德眼里，葱莲则是大江墟莲塘里绽放的青莲。"你跟阿爸说两句话吧！"葱莲的眼神含着期待、信任与托付。靓少德拄着拐杖走上前，脸颊贴在灵柩上，轻轻地说："爸，我会照顾好葱莲的，我们常来看您！"

仵作高喊："放心走吧！起棺——"众人齐喊："回家喽——"挺腰，迈步。天空中细雨飘洒，送葬队伍在料峭寒春的雨雾中宛如一条灰色长龙，沿着大江墟、码子塘，往观音山蜿蜒直上。

162

08 戏棚仔

日本军机在青莲豆腐社码头投弹的惊悚万分的那一幕，深深烙在青莲人的脑海里。人们每谈及这场噩梦，无不捶胸扼腕，浑身颤抖。灾难留给温葱莲的创伤是巨大的——父亲身亡，丈夫伤残，生意也一落千丈。

靓少德左腿肌肉严重萎缩，比右腿短了几公分，走路时两腿一高一低。由于要赔偿黄洞槐的部分损失，他和莫森礼只好把恒生盐行转让给别人。

靓少德除经营日月楼外，还继续雇请挑夫担食盐、煤油、布匹等到英阳墟售卖。但他已难复当年挑百斤货物登崎岖之路的神勇了。"屎艇追唔上龙船啦！"被远远抛在挑担队伍后面的靓少德自嘲说。后来，他把挑担队伍送到观音山山脚后就独自返回了，货物交接之事就交由刘满龙去处理。

这天天未亮，靓少德又带队去担英阳了。葱莲挺着八个月的身孕站在日月楼门口等候丈夫回来。这时天空下了一场大雨，靓少德一瘸一拐地冲回来。看着湿漉漉的裤子

把丈夫萎缩的残腿勾勒得一清二楚，葱莲鼻腔发酸，她怜爱地说："你腿不便，就别去担英阳啦！让我代你去吧。"靓少德却笑了，说："你粗身大势的，还不如我这只屎艇撑得快呢。"说完把妻子扶到柜台坐下。

苏妈为靓少德倒了一杯茶，对在门口玩耍的儿子阿苏说："阿苏，你猜猜葱莲姐生男还是生女？"

阿苏尽管出世时就双目失明，但自从五年前一个路过的僧人说他前世是一个料事如神的高人后，来找阿苏占卜预测的人就络绎不绝。此时阿苏"笃笃"挂着拐杖，围着葱莲悠悠转了一圈，随后歪着脑袋，眨了眨布满白丝的眼球说："葱莲姐肚里的是男仔，而且是孖仔①。"

靓少德眉开眼笑："阿苏，要是葱莲姐真的生了一对孖仔，我就封一个大利是给你，有机会还带你入戏棚地听大戏！"

进入酷暑季节，被当地小孩称为"呜吱喳"的蝉儿鼓起腹部的发音器"吱——吱——"叫得正欢，让人联想到悠扬悦耳、抑扬顿挫的南音粤讴。徐氏手提满竹篮的玉米粒从大江墟市场回到整香街，抓起一把对坐在街口补鞋的张爱彩说：

"彩姐，我买的江英大暑麦饱满黄亮，准备磨成粉，你教我煮麦羹吧。"

"徐婶，青莲这地方穷，餐餐麦羹无餐饭的，你要学会煮麦羹呀。"

"彩姐，我不正在学煮麦羹么。可是我煮的麦羹总不像你家煮的好吃。"

"用江英大暑麦煮的麦羹是最香的。麦羹煮好后，倒入柴灰水，麦羹才滑。"

---

① 指双胞胎兄弟。

"原来煮麦羹有那么多学问，你等会教我煮吧。"

"好呀！"

阳山人称玉米为"包麦"。当地高温炎热的天气和铁质丰富的土壤很适合玉米生长。自清朝乾隆年间玉米引进阳山后，当地人将它脱粒、磨粉、煮成米糊状，称之为"麦羹"。除米饭、番薯和芋头外，麦羹就是当地的主粮了。青莲东北部的江英海拔高、日照强，所产的大暑麦颗粒饱满、色泽鲜艳，用它磨粉煮麦羹，特别润滑香甜。

徐氏向吴天仁借来磨香粉的石磨，打算将玉米粒磨成麦粉。她在磨盘出口放了一个木桶，抓起一把玉米粒放进磨眼里，随后一只手攥住石磨把手，顺时针转动磨扇。随着玉米粒滚入磨膛，石磨磨齿将它碾得噼啪响，香喷喷的麦粉便从磨扇间的缝隙漏入磨盘。麦粉快溢满出磨盘时，徐氏就用小棕帚将其扫进磨盘出口的木桶里。葱莲坐在一旁看，想帮忙，却被徐氏制止了："你别惊动苏虾仔①。"

徐氏磨完麦粉，就返回自家厨房，按张爱彩讲授的方法学煮柴灰水。

她生着炉火，将一捆木质坚硬、木纹扭曲，被青莲人称为"箩裂柴"的木柴烧成灰，待冷却后用簸箕盛着，随后把开水浇到柴灰上。开水变成金黄色的"灰水"，沿着簸箕小孔汩汩流到木盆里。

这时，张爱彩进来了，闻到一股浓郁的带碱性的香味，便用手指蘸了灰水伸进嘴里咂了咂，惊喜地说："徐婶，你会煮柴灰水啦，又香又滑的！来，我教你煮麦羹。"

铁锅冒出雾气。"锅里的水唱歌啦。"徐氏说着，揭开锅盖。张爱彩挽起衣袖，左手抓一把玉米粉，均匀地撒进锅里，

①　指婴儿。

右手拿一只木勺，轻轻搅拌，说："麦粉量要适中。量多，麦羹就稠，就变成粥了。量少，麦羹就像镜子，撒泡尿，肚子就饿了。"锅里沸腾起来，泡沫往上涌。"要控制好火势，"张爱彩弯腰从炉灶抽出一根柴，插入柴灰里熄灭，"火太猛了，麦羹就会满出来。"她舀了一点柴灰水倒进锅里，用木勺搅拌。"好了，麦羹煮熟啦。"张爱彩抓起木勺，将粘在锅边的麦皮连同麦羹表层的泡沫一起舀到碗里，放了少量盐粒，端给徐氏，说："这碗麦羹泡是最好吃的，你趁热尝尝。""嗯，香喷喷的！"徐氏尝了一口，笑道："彩姐，沙湾鸡藤糊也很好吃的，有空我教你煮。"

徐氏继续磨玉米粒，张爱彩也回街口补鞋去了。葱莲在收拾厨房时顿觉下腹疼痛，胎儿在剧烈蠕动，裤裆流出了热乎乎的液体。她意识到要分娩了，便惊惶地向屋外喊："妈——快来呀！"葱莲连喊几声，但徐氏都没听到。

葱莲反倒变得冷静了。她忍痛扶墙回到房间，脱下衣裤，躺在床上。随着小腹越来越频繁的阵痛，两个沾满血迹的肉团相继从她下体娩出。葱莲使劲支起身，伸手取过剪刀，剪断脐带。两个婴儿"哇哇——"哭了起来。葱莲的眼泪夺眶而出："是两个男仔！"

徐氏走进房间，看见媳妇全身赤裸跪在床上，用床单擦拭婴儿身上的血迹，便大吃一惊。"哎呀，葱莲，生下来啦？好啊，大人小孩都没事就好！"徐氏瞧瞧媳妇，又瞅瞅孙儿："我去烧水为苏虾仔洗洗。"

徐氏出了房间，将事先准备好的柚枝插到屋子门板左边的铁环上。张爱彩告诉徐氏，青莲有一个习俗，凡家里女人生了小孩，都在门口插一根柚枝①，生男插左，生女插右，以告知

---

① "柚"与"有"谐音。

亲人和街坊。

中午，靓少德担英阳回到整香街街口，远远看见自家门上的柚枝，便快步走入家门，听到母亲和妻子在说话。

"葱莲，两个家伙眼睛大大的，鼻子高高的，好似他爸小时候！"

"仔仔的腿又长又直，特别似我。"

"两兄弟的哭声像收买佬的铃铛，家里多了两只大声公！"

"何家又要开戏班喽！"

靓少德和葱莲商量，大儿取名浩深，小儿取名浩刚。兄弟俩长得太相似，为易于辨别，葱莲在浩深左脚系了一根红绳。

葱莲自己接生双胞胎的传奇经历使她对接生这门古老的民间技艺产生了浓厚兴趣。她后来借阅豆沙莫珍藏的清代专著《达生篇》，并走访许多行家，领悟到"睡，忍痛，慢临盆"的六字要诀的精髓。经数年的实践摸索，她成了青莲著名的"接生婆"。

浩深文静，浩刚爱玩。从三岁开始，兄弟俩的性情差异就初露端倪。夏天的一个傍晚，葱莲肩挑水桶出了门，向正在戏棚地玩耍的儿子招手："妈带你们去河里冲凉。"

"啊——去游水喽！"兄弟俩欢呼着跑过来。浩刚钻进木桶里，浩深却迟疑地站着，说："阿刚，下来，别让妈累着！"葱莲笑了："阿深心疼妈是么？没事，你也上来。"得到母亲允许，浩深才爬进木桶。在走往码头的路上，浩深一动不动，好奇地望着四周。浩刚则左摇右晃，高声叫嚷。下了河，他们脱得赤条条。一会儿扑到河里潜水，打水仗，抓鱼虾；一会儿在沙洲上翻滚，挖洞穴，捉迷藏。太阳下山了，刮起了风，气温渐凉。葱莲催促儿子回家。浩深乖乖回到母亲身边，浩刚却不愿走，在沙洲上跑来跑去。浩深劝弟弟说："妈说了，我们要是不听话，下次就不带我们落河冲凉啦。"

当晚，兄弟俩异常兴奋，缠着母亲唱儿歌。葱莲就给儿子唱了一首儿歌：

> 阿娇娇，萝卜苗。
> 吹嘀嗒，唔上桥。
> 上到桥头乞饭焦，
> 嫌冇菜，落坑摸条鱼仔苦叨叨。
> 哥食头，妹食尾，
> 留返中间阿嫂归，
> 阿嫂水大唔归得。

浩深问："妈，阿娇娇是谁?"葱莲答："就是有钱人家的娇小姐呀。"浩深又问："娇小姐要煮饭挑水吗?"葱莲扑哧笑了："你真是打烂砂盆问到笃①。娇小姐什么事都不做的，衣来伸手、饭来张口。"浩深似懂非懂地点了点头。浩刚双手叉腰，一本正经地说："我以后不娶娇小姐，不帮我妈煮饭挑水的，我全不要!"葱莲听完，咯咯笑个不停。

这天深夜，刚传来第二遍鸡鸣，葱莲就被痛苦的呻吟声惊醒了。她点亮油灯，看见浩刚脸色苍白，缩成一团，全身抽搐，便失声呼叫："刚仔，你不舒服吗?"靓少德伸手去摸儿子的额头和手脚，惊叫："哎呀，好烫啊!"夫妻俩坐在床沿，一时手足无措。

"找豆沙莫开点药吧!"葱莲说。

靓少德说："豆沙莫到县城去了!"

徐氏也进房间来，急得团团转。突然，她像找到救命稻草："听说苏妈会'爆灯火②'! 我去找她。"不等儿子和媳妇

---

① 指刨根问底。
② 民间流传的治病土方。

同意，她就推门出去了。

　　葱莲知道青莲一些小孩遇到疑难杂症或急病重病，常请苏妈来家里"爆灯火"。"试试吧，只能马死落地行①啊！"葱莲说。

　　徐氏把苏妈领进了房间。苏妈摸了摸浩刚的额头和背脊，又看了看他的舌面，问："白天小孩干啥去啦？"葱莲答："我带他们去河里游水啦。"苏妈责怪道："你以为小孩是铁打的么？傍晚的风多猛啊！小孩得风寒啦！"说完就叫徐氏拿来油灯，又从随身带来的布包里取出一根细长的白色灯芯草，蘸了油就想点燃。她停了手，转过身，说："靓班主和葱莲出去，徐婶留下就行啦。"苏妈担心他们受不了接下来的场面。

　　苏妈把房门掩上，点燃灯芯草，往浩刚的嘴角、脑门、下腹、手心、脚底等穴位贴去。随着一阵清脆的噼啪声，房里弥漫着一股油爆的气味。葱莲在房外听到儿子一声接一声惨叫，便哭成了泪人。苏妈嘴里说着"完啦"，但手却没停下。帮忙按住孙儿手脚的徐氏也看不下去了，把眼闭上。"爆灯火"结束了，苏妈说："小孩好好睡一觉，明天就可以下床玩啦！"浩刚经络通畅、气血流通，不一会儿就安然入睡了。第二天，他真的如苏妈说的那样，又蹦蹦跳跳地满街跑了。

　　浩深和浩刚爱听父亲讲戏班的故事。一天吃完晚饭，兄弟俩围着父亲。"又想听戏班的古仔么？"靓少德爽朗地说，"我讲一个神龟的古仔。"

　　一个下四府戏班到湛江演出。傍晚，二花脸等几个演员花重金从市场买回一个大海龟，想杀了煮来吃。当二花脸拿刀走到大海龟跟前时，大海龟流泪了，露出哀求的目光。正印花旦动了恻隐之心，说："把它煮了吃，大家只是过了口瘾。它那

---

①　指在没有其他办法的情况下，只能退而求其次了。

么可怜，你忍心杀它么？把它放生吧。"于是，众人将大海龟抬到海边放了。大海龟一步一回头，向救命恩人磕头致谢。

戏班在湛江演出完乘船到海南演出。小船驶向大海不久，即风起云涌，海浪滔天，戏船左摇右摆。"船要沉啦！"众人呼天抢地，手足无措。正当大家陷入绝望时，奇迹发生了：即使风浪越来越大，正印花旦和二花脸的衣箱都没被打湿，戏船始终浮在海面上，有惊无险。这时有人呼叫："船下有只大海龟，海龟救我们来啦！"大家惊讶地看见，那只被放生的大海龟正昂起头，拨动四肢，用圆盘似的龟壳托起小船，向岸边游去。大家死里逃生，破涕为笑，纷纷跪下向大海龟叩拜。大海龟也频频点头还礼，依依不舍地游回大海。正印花旦感慨说："这是一只神龟啊！幸好没杀它。它知恩图报，救了我们的命！上天保佑善人！"

"这个古仔告诉人们做人的道理，"看见儿子茫然眨着眼，靓少德说，"就是傻人有傻福，好人有好报。你们长大了，要做一个好人！"

浩深嘴里含着指头，一副思考状。突然，他怯生生又一本正经地说："爸，我以后把这古仔编成粤剧，就叫《神龟救戏班》。爸演神龟，妈演正印花旦，刚仔演二花脸。好不？"

儿子语出惊人，令靓少德倍感意外。他兴奋地说："浩深，你想做开戏师爷①？有远大志向，爸支持你！"

浩深感到不好意思，红着脸问："做开戏师爷能挣饭吃么？"

"当然能挣饭吃啦！南海十三郎②二十岁时为薛五哥写了首本戏《寒江钓雪》，后来就成了大编剧家，而今很多戏班都抢着请他写戏啊！"靓少德怜爱地抚摸儿子的脑袋，"开戏师

---

① 指粤剧编剧。
② 指著名粤剧编剧江誉镠。

爷这口饭不易吃的，既要懂得'度桥'，也要懂得写曲。你要背熟唐诗宋词元曲，还要熟记江湖十八本中的曲牌。仔啊，记得多下苦功！"浩深看着父亲的眼睛连连点头。

浩刚意犹未尽，央求父亲继续讲故事。"好吧，我再讲关德兴拉弓筹款的古仔。"靓少德说。

关德兴十六岁拜正印小武靓元亨为师，练得一手过硬的南派武功。他每逢演出都是打真军，硬桥硬马，从不欺台。有一次他演武松与西门庆对打，只见他手执飞刀向戏台旁边的木柱大力掷去。"砰"的一声响，飞刀不偏不倚，插入木柱正中。台下掌声雷动。日军攻占广州后，关德兴与一班伶人被迫撤到香港。他站在街头，手持硬弓，为前线将士筹款。凡有路人经过，他就拱手作揖，说："国家兴亡，匹夫有责。谁拉得动硬弓，我就向筹款箱投两元港币。如果你拉不动，也同样捐两元港币。试试你的臂力，如何？"路人排队拉硬弓，但没一人能拉动，都笑着解囊捐款。有人问："师傅，你能拉动硬弓么？"关德兴卷起衣袖，一手拎硬弓，一手拉弓弦，竟不费吹灰之力。路人纷纷鼓掌，大声叫好。

浩刚听完很兴奋，大喊大叫，挥拳踢脚。"爸，我想练武功。你教我翻跟斗，教我打飞铊！"浩刚摇着父亲臂膀说。靓少德笑着用手指刮了一下儿子的高鼻梁，说："只要你愿学，爸什么都教你。明日就给你做一张练功凳！"

葱莲走进来，嗔怨地拍了拍儿子的屁股，说："调皮鬼，你爸小时练功踩烂你阿嬷的药煲，你小心打烂你妈的碗碟啊！"浩刚搂着母亲的脖子说："妈，你也多给我们讲古仔，唱儿歌。"葱莲承诺道："好，妈答应你们！"

靓少德没有食言，当即从柜里找出自己穿过的布满汗渍黄斑的练功服送给两个儿子，次日还为他们各做了一张练功凳，并特意在练功凳上钻了一个圆孔，方便在练功时借助绳子固定

inline header image

青莲

儿子的身体。自此，不管炎夏酷冬、晴天雨天，靓少德都督促儿子天明即起，到大江墟莲塘晨读、练功、吊嗓子。为规范儿子的动作，靓少德在他们练俯卧撑时，沿用自己少时的办法，在肚子下点燃一根香。"肚皮快要碰到香了，要挺胸收腹啊。"靓少德不时提醒儿子。

练完嗓子，靓少德就指导儿子练习平喉和大喉。他一会儿用平喉唱"情惆怅，意凄凉"，一会儿用大喉唱"孤胆豪气盖山河，千秋功业匹者罕"。靓少德说："戏台上的生角和武角一眼就能分辨的，如梁山伯、董永、方萍生等这些生角，多戴文生巾，穿官衣，亮兰花指，唱平喉。而张飞、吕布、赵云等这些武角，戴太子盔，穿开氅，亮剑指，唱大喉……"兄弟俩听得津津有味。

徐氏逢人就说："眼下我家可热闹啦，开了一个童子班。一个马骝王带两只马骝仔，真系有咁嘅芋头就有咁嘅种①。"靓少德说："武生'新华'，花旦'姣婆梅'，小武'崩牙启'，丑生'生鬼保'，这些大老倌都是庆上元童子班出来的。上了童子班就不能偷懒，师傅会拿着皮鞭来宿舍，催你起床练功。班主还跟你签投师约，申明'不得中途退班'。"徐氏忧心忡忡地说："阿刚顽皮捣蛋，这百厌鬼②将来少不了挨皮鞭的！"

时光荏苒，白驹过隙。转眼间，浩深、浩刚兄弟俩已五岁了。一天，温葱莲与张爱彩坐在门口聊天。

"葱莲，看着儿子长大，你这个做妈的也乐坏了吧。"

"人是长高了，但也越来越顽皮啦。特别是阿刚，犟得很。你叫他往东，他偏要往西，崩牙佬叫狗——越叫越走。我想送他们上王老师的万卷学堂，让王老师管教管教。"

---

① 指有什么样的父亲就有什么样的儿子。
② 指调皮鬼。

"孩子生来是被人教的。多认几个字，总比在外疯疯癫癫好呀。我家那个教书匠有两句话老挂在嘴，什么'劳心者治人，劳力者治于人'，还有'书中自有黄金屋，书中自有颜如玉'。"

"他爸读书少，自少就去练武唱戏了。他说，即使砸锅卖铁，也要送小孩读书！"

王文斌于十多年前租用吴氏宗祠的一间房子开办私塾。吴氏宗祠正对大江墟莲塘，与观音庙仅数步之遥。这是一座青砖绿瓦、轮廓呈"八"字状的清末民初建筑，门前"吴氏宗祠"的石刻匾额和"祖泽传百世，宗德衍千秋"的石雕楹联透出庄重而深远的意蕴。宗祠两扇厚实的大门分别张贴着披甲执刀、气宇轩昂的关羽和张飞的画像。入门正中有一个用以通风采光的天井，往内是宽敞的享堂，在写着"于一堂"字样的红底金字木刻匾额下，安放了摆设吴家历代祖宗牌位的神龛。宗祠屋脊顶梁垂下一条绳子，绑着一个包裹着镜子、剪刀、窝箕、佛香等杂物的红布包；两根红色柱枋分立于宗祠享堂两侧，柱枋上龙虎狮豹、莲花杨柳的彩雕与廊庑墙壁上峰峦河川、人物鸟兽的彩绘相映成趣，流光溢彩。吴氏宗祠的布局糅合了广府风格与客家风味，既华丽又朴实，既繁杂又简约，既张扬又内敛，阴阳相济，刚柔共生，方圆通胜。

王文斌的万卷学堂位于吴氏宗祠的东侧。六张破旧的书桌，一块黑板，便是学堂的全部设施。学堂仅有十二个学生，全是当地殷实人家和广府商贾的小孩。王文斌除讲授《三字经》《百家姓》《千字文》和"四书""五经"外，还介绍本地的历史地理和风土人情。

那天吃完早餐，靓少德将浩深、浩刚送到吴氏宗祠。王文斌站在门口等候多时了。王文斌把浩深、浩刚带入教室后，走到靓少德跟前，表情严肃地说："靓班主，我把丑话说在前。

既然你送浩深和浩刚入学堂，那么奖罚就由我做主啦。如果他们违犯教规我惩罚重了，你可莫怪啊！"靓少德诚恳地说："师者仁心嘛，如何管教，都由你！犯了纪律，罚站罚跪，甚至抽鞭子，你说了算！"王文斌听完就转身走上讲台。靓少德则站在窗前，偷偷观察儿子的一举一动。

王文斌扶正近视眼镜，对学生说："阳山向来武盛文弱。武将出了不少，如何昌期、李玉珪、李廷珙、冯国宝、缪胜、李及兰等，但科举考试以来，全县仅两人考取进士，悲哀啊！武弱被人欺负，文弱则被人愚弄！你们要拿出悬梁刺股、凿壁偷光的劲头，把书念好，记住了吗？"学生们大声回答："记住啦！"站在窗外的靓少德觉得王文斌说得有理，庆幸自己将两个儿子送来万卷学堂。

王文斌沉着脸，指着墙上悬挂的竹子说："你们进了课室，就得听我的！我不容忍懒惰和调皮，谁不背书写字，违犯教规，我就用竹子抽他屁忽①。"他说完就停顿不语，眼神在每个学生的脸上扫来扫去，给学生以震慑。之后他话锋一转，说："说起竹子呀，真的三天三夜也说不完。青莲有两样东西是随处可见的，一是莲花，二是竹子。你们别小看这'不刚不柔、非草非木、小异空实、大同节目'的竹子啊，它与梅、兰、菊并称为'四君子'，古代的文人墨客大多以竹为尊。东坡先生说，'宁可食无肉，不可居无竹'，我的恩师朝亮老先生也自称'简竹居'，后人赞他'学问宏深，志行高洁'……"

即使同住整香街，王文斌望着浩深和浩刚，想辨出谁是兄、谁是弟也常颇费周折。妻子张爱彩便提示他，右嘴角有一个模糊的圆圆疤痕的是浩刚，那是他为了治病"爆灯火"留下的印记。每收一名学子，王文斌都毫不例外地出一道题目让

---

① 指屁股。

其回答，从中推定这学子的习性，以便因材施教。他对自己这别开生面的识人方式深信不疑："你一开口，我就知道你日后是龙还是虫，是做牛还是做马。"

此时，王文斌拿起粉笔，在黑板上写了三个刚劲有力的"人"字，说："这三个字都是'人'字，分别是甲骨文、金文和篆文。浩深、浩刚，你们第一眼看到这个'人'字，联想到什么?"浩深回答："我想到我妈在写毛笔字。"浩刚则回答："我想到我爸在练武功。"王文斌含笑道："看来你们兄弟俩想象力都很丰富啊! 人者，天地之德，阴阳之交，鬼神之会，五行之秀气也……"

王文斌后来对靓少德说："靓班主，浩深与浩刚虽是孪生兄弟，但脾性爱好不一样。浩深文静，浩刚好动。我推测，日后浩深性格偏内向，循规蹈矩，嗜书如命;浩刚性格偏外向，落拓不羁，喜爱舞枪弄棍。俗话说，'三岁看八十，七岁定终身。'"靓少德点头称是。

浩深喜爱诗词歌赋，且过目不忘，倒背如流。一天，王文斌讲解《诗经》里的《泽陂》，他刚在黑板上写了"泽陂"两字，就听到浩深在台下大声朗读起来：

彼泽之陂，有蒲与荷。
有美一人，伤如之何?
寤寐无为，涕泗滂沱。
彼泽之陂，有蒲与蕳。
有美一人，硕大且卷。
寤寐无为，中心悁悁。
彼泽之陂，有蒲菡萏。
有美一人，硕大且俨。
寤寐无为，辗转伏枕。

王文斌十分惊讶，问浩深："这诗你能背？谁教你的？"浩深说："我妈教的。"王文斌又问："喜欢这诗么？"浩深点点头，说："每次念起这诗，我就想到我妈。""这是咏莲之作，"王文斌说，"你妈是在莲塘出生的，难怪她也喜欢这诗。"

浩深的写作才华也渐渐显露出来。冬天来了，孩子们在教室外晒太阳。此时，大江墟莲塘笼罩在薄雾里，附在草尖上的霜粒在阳光中闪着银光。目睹这景象，浩深随口而出："晨曦初露，白霜蒙地，朔风侵肌……"王文斌大为赞叹，说："孺子可教！古诗词背多了，能出口成章啦！这叫'熟读唐诗三百首，不会作诗也会吟'。深仔，再下苦功，立志做一个开戏师爷！"

浩深刨根问底、文静好思的眼神与浩刚闪烁的目光不同，后者显得有点漫不经心、桀骜不驯。浩刚接二连三的恶作剧令王文斌伤透了脑筋。

一天下午，夏蝉喧嚷，烈日炙人，大江墟莲塘上空的热浪灌入万卷学堂的门窗。王文斌站在讲台前滔滔不绝：

"韩文公给阳山留下'鸢飞鱼跃'的墨宝，落款似一条蛇。那是他的字，'退之'。韩文公为何取'退之'为字呢？原来，他自幼聪慧，三岁识文，六岁读完诸子之著，但恃才自傲，屡试不中，一度自暴自弃。夫人卢氏开解他说，你学识渊博，终将有为，而科场屡挫，必有缘由。韩文公问有何赐教？夫人即在纸上写了一行字：'人求言实，火求心虚，欲成大器，必先退之。'韩文公幡然醒悟，明白自己屡试不中乃骄情所致，于是将赠言中的'退之'作为字，以自我警醒……"

王文斌正讲得起劲，突然手捂下腹，汗水涔涔，露出痛苦状："我可能饮了太多苦斋婆①汤，寒凉过度拉肚子了。我要上屎坑，大家在课室温习，等我回来。"看到老师弓着腰提着裤子，狼狈不堪地冲向与宗祠斜对的厕所，学生们哄堂大笑。

浩刚嚷道："先生退之了，我们也退之吧。"即带领五个孩子冲出教室，跳下天井，接连翻了几个跟斗，又绕着回廊追逐喊叫。浩刚坐在门前石阶上，向小伙伴招手，说："先生上屎坑，没半小时出不来。我们到外面玩耍好不？"小伙伴欢呼雀跃。于是，他们蹑手蹑脚绕过厕所门口，撒腿狂奔，一眨眼就消失得无影无踪了。

当王文斌用衣袖抹去额角的汗迹，轻轻松松返回教室时，却惊得半天说不出话：教室里竟只剩三四个学生！他手扶眼镜在宗祠回廊和房子寻找，又捂着鼻子走入厕所，逐一察看每个角落，并站上莫屋堂西侧的菜地，朝莲叶遮掩的莲塘呼唤学生的名字。王文斌心急如焚又气恼万分地返回教室，用指头敲着桌子说："他们去哪了？谁知道？"小孩子吓得缩成一团，都不敢吭声。王文斌愈加恼怒，抡起拳头砸向黑板："谁知道？快说！"教室依然寂无声息。这时，浩深说："阿刚带他们出去玩了。"王文斌说："你们分头去沙市街、广州会馆、尚书祠和下庙，快把他们找回来。"

整香街街口响起"叮叮咣咣"的敲击声。张爱彩举起小铁锤，边低头轻轻锤打套在铁拐顶的皮鞋，边侧目瞅着行人的脚。"彩姨，你见到浩刚了吗？"浩深问。"他带着几个人跑向当铺巷啦。"张爱彩说，"你的脚趾钻出来找吃啦。别跑，脱下鞋，我帮你补。""我去找阿刚，"浩深说，"他们肯定跑到河里游水去啦。"说完便直奔通津码头。

当一群孩子脱光衣服站在石阶上时，一个生得矮小的孩子

---

① 一种生长在南方的野菜，有清热祛湿解毒的功效。

却死活不肯脱。浩刚指着那孩子大声呵斥："说好人人都下河去的，你干吗突然反悔？是不是想当汉奸，向先生告密领赏？"说完做出掌掴的手势。

那小孩是整香街藕农胡仁新的儿子，因常流鼻涕，说话时鼻涕像虫子一样前伸后缩，被伙伴们称为"鼻涕虫"。此刻，鼻涕虫胆怯地缩着头，连连摆手："我才不当汉奸呢。我只是……不会游水……"浩刚嘲笑说："不会游水，不会爬树，不敢打架，你还算青莲仔么？"伙伴们一阵起哄。鼻涕虫犹犹豫豫，磨磨蹭蹭，最终还是把衣裤全脱了。看到众人都羞涩地用双手捂住下体，浩刚鄙夷道："你们把手挪开！全挪开！我爸常说，男子汉要坦坦荡荡！遮遮掩掩的，哪算是男子汉呀?！"说完晃着膀子走上码头平台，猴子似的轻轻一跃，站在蘑菇状的镇海柱上。"水底有铜钱。谁先捞到铜钱，我们就叫他叔父①，轮流向他叩头！"说完一声呼号，纵身跳入河里。

孩子们相继跃入水中，河边浪花四溅。鼻涕虫怯懦地抓住岸边的石阶，捏着鼻子，潜入水里。浩刚率先浮出水面。他脚踩水梯，一手抹去脸上的水珠，一手攥着几个铜币，大喊："我捞到铜钱啦，我就是你们的叔父啦！"浩刚上了岸，张开湿漉漉的大腿，威风凛凛又傲气满盈地坐在石阶上。一把铜币整齐地摆在他跟前的青石板上。

同伴们陆续浮出水面。浩刚向他们扬手："过来呀，快叫我叔父！"不管摸到铜币的还是两手空空的，同伴们都心悦诚服地轮流向浩刚叩头，恭敬地叫"叔父"。浩刚得意扬扬地大笑不止。

以上一幕让刚好来到码头的浩深看在眼里。他说："你们胆子真大，敢偷偷到河里游水，先生现在到处找你们！"众人

---

① 指粤剧界的老行尊。

听了，个个如惊弓之鸟。鼻涕虫面如土色，哭起来了。浩刚厌恶地瞪了鼻涕虫一眼，回头扯着兄长的衣袖，哀求道："哥，回去千万别跟先生说，求你啦！"其他伙伴也纷纷上前求情。有个孩子还收齐大家捞到的铜币，硬塞入浩深的口袋。浩深说："你们快穿衣服，跟我回去！"

于是，孩子们抓起一把灰土往全身涂抹，伪装完毕即提着鞋，随浩深跑上码头，沿行人稀少的当铺巷返回万卷书院。

此时吴氏宗祠门口聚集了不少人。王文斌背抄着手站着，在家长们面前极力装出处乱不惊的模样。当到沙市街、码子塘、广州会馆寻找的学生陆续回来，都众口一词说"没找到"时，家长们开始慌乱了，像在炙热的沙石上行走一样上蹿下跳。

天色渐暗，牵牛的，荷担的，抱儿或带孙的，都在吴氏宗祠门前停下脚步。人愈聚愈多，人们的情绪越加激动。一些家长捂住胸，哭丧着脸，快要支撑不住了。他们已不再责怪小孩了，都暗暗为孩子的安吉祈祷。一些妇女还特意到数步之遥的观音庙焚香叩拜。

"大吉利是。孩子会不会被土匪绑架去呢？那年在水口牛迳村不是有八个学生被撕票么？听说英阳三山的土匪又下山抢人了！"

"他们肯定跑到山上玩去了。码子塘后山那只大老虎还藏在山里呢，当年我舅的一头牛、三头猪就是让那大虫①吃的！"

"唔使问阿贵，孩子十有八九去河边偷洗冷水啦。别嫌我口臭，而今的水马骝②饿得慌，白天也出来找吃的了。"

这些耸人听闻的猜测增添了现场的紧张气氛，一些妇女相拥而泣。从日月楼赶来的靓少德拨开人群，问王文斌："怎么

---

① 指老虎。
② 指传说中的水鬼。

还不见浩深回来?"王文斌说:"我也感到奇怪,按理他找不到人,也会回来报告的。"忽然,苏妈惊叫起来:"找到啦,找到啦,他们都回来啦!"人们转过身,看见孩子们缩着膀子,目光躲闪,畏怯地站着。葱莲冲上前,一手抱浩深,一手搂浩刚,号啕痛哭:"急死我啦,你们跑去哪呀?"

"你们过来,都过来!"王文斌沉着脸喊道,"给我站好,逐个说去哪玩了?"孩子们低下头,斜着眼,瞄瞄家长,又瞧瞧同伴,始终没人敢开口。"浩深,我派你去找他们的,你来说!"王文斌厉声道。浩深偷看了一眼父亲,随后垂下头,用脚尖轻踢地上的石子。

王文斌围着孩子们转了一圈,看见他们的手脚都涂了灰尘,不禁冷笑两声,揶揄道:"这叫作欲盖弥彰、掩耳盗铃、此地无银三百两。人小鬼大,你们这些雕虫小技能瞒天过海?"他不容置疑地说:"你们把手伸直,快点!"孩子们迟疑地交换眼色,然后乖乖捋起衣袖子,伸直双手。王文斌来到浩刚跟前,用指甲在他的手臂上轻轻一刮,即露出一条白痕,那是皮肤长时间在水中泡浸的印记。"到河边偷洗冷水了,是吧?"王文斌盯着浩刚问。王文斌又用指甲刮鼻涕虫的手臂,同样现出一条白痕。王文斌说:"你也下水了?你爸说你是个大秤砣、旱鸭仔,你就不怕跳进河里上不来吗?"鼻涕虫委屈地哭了,说是浩刚逼他下水的。王文斌说:"牛唔饮水唔撳得牛头低①。你也心痒痒想去冲冷水吧?"这时,浩深将一把铜币交到王文斌手里。孩子们在证据面前不得不如实招供。

吴氏宗祠门口被围得水泄不通,一些住在附近街巷的好事者也端着饭碗拥上前观看。王文斌的眼神掺杂了犹豫与顾虑。靓少德语气严厉地对王文斌说:"我们唱戏佬有句话,'学艺

① 指牛不饮水就难以把牛头按下去。指做事要自觉自愿,不可能靠强迫。

先学德，做戏先做人'。既然我们放心把小孩送给你教，是奖是罚，你说了算！"王文斌说："班主，我知你是明事理的人！"说罢，转身回到万卷书院，取来挂在墙上的竹子。他快步走到孩子们面前，怒吼道："脱下裤子，弯下腰，快点！"孩子们照做了，翘起白花花的屁股。

王文斌捋起衣袖，挥动竹子，狠狠地朝孩子们的屁股抽去。随着噼里啪啦的声响，孩子们发出一阵阵的哀号。看见自家孩子的屁股现出一道道血印，家长看不下去了，都想上前阻拦。但看到靓少德威严地昂起头，就不敢上前劝阻了。由于用力过猛，王文斌的眼镜掉到地上，他捡起眼镜又继续打，直到每个孩子的屁股都挨了五棍，他才停下来喘气。

当晚，当徐氏让孙儿卧伏在床上，小心地往他泛着血丝的屁股涂抹药油时，不由泪水满面。想起王文斌涨红着脸，咬牙切齿地抽打孩子屁股的狰狞相，徐氏就把牙齿磨得咯咯响："打小孩眼都不眨，真是铁石心肠！"

梨园彩棚面乐师范阳有一个不为人知的秘密——女儿柳依依不是他的亲生骨肉。他原是省港大班的乐师，专司扬琴。一天深夜，他在海珠大戏院演出结束后与几个乐师沿珠江长堤返回八和会馆。当走在最后的范阳疲惫不堪地回到会馆门口时，黑暗中见到一个女人将一个大包袱放在街边的青砖佛塔下就匆匆离去了。范阳上前打开包袱，发现里面裹着一个一岁多的女婴。他蹲在佛塔下守到天亮，但不见那女人回来。于是，这个五十多岁的单身汉收留了女婴，对外称是乡下的老婆生的。

从此，范阳与女婴相依为命，形影不离。他既当爸又当妈，常常抱着瘦成猫一样的女儿站在街头，看见有哺乳女人路过，就厚着脸皮拦住人家，哀求道："我女儿快饿死啦，施舍几口奶水吧！"哺乳女人接过婴儿，躲在偏僻的角落，边流

泪，边喂婴儿。范阳一直对女儿说："依依，你是吃百家奶长大的啊！"看见女儿长相俏丽，生性酷爱音乐，一听到鼓乐声就咿咿呀呀叫个不停，他便给她起了一个梨园味十足的名字——柳依依。不久，范阳参加了靓少德任班主的梨园彩。依依从此随父亲翻山越岭，走村过乡，过着颠沛流离的戏子生活。

梨园彩解散后，范阳和女儿留在青莲，在整香街租了一间狭长屋子住了下来。最初两三年，只要能挣钱，范阳什么活都做，开始与刘满龙一道为别人办丧事，吹拉弹唱，替丧家守灵。后来做挑夫担英阳，但他羸弱的体格承受不了挑百斤爬陡坡。最后，他进了柳翠馆当一名乐师。柳依依七岁时，靓少德让她到日月楼做小工，以帮补家计。

尽管依依只做一些烧水、端菜、洗碗的轻活，但靓少德看在眼里却于心不忍。他想：她这个年纪，应坐在课室里。特别是当浩深和浩刚从万卷学堂出来，嘴里朗读刚学来的诗词回家时，靓少德就萌生出资助依依上小学的念头。

小学快开学了。一天，靓少德去柳翠馆找范阳，说："我们戏班佬都吃读书少的亏，除了懂合士乙上尺工反六外，其他都不太懂。你就送依依读几年书吧，别让她走我们的老路。"范阳摊开两手，苦笑说："我也想让她念书的，只是我这点收入……"靓少德不容他说下去，说："报名费我出！等会让葱莲带依依去学校报名。"

开学那天，范阳送女儿上学。小学校舍是一座由当地乡贤捐资兴建的，客家围屋布局、砖木结构的高大建筑物，庄重清雅，古色古香。父女俩进入门前矗立两根圆柱的校门，走到一个明亮宽敞的天井，只见三层高的木楼用连廊围成一个"口"字，十多间教室分设在木楼的上下三层。从未进过学堂的范阳显得十分激动，反复叮嘱女儿把书念好。

依依天资聪颖，成绩优异，加上相貌标致，声音甜美，能歌善舞，深得老师喜爱。上二年级时，她作为学生代表，站在全校百余名师生面前，领读孙中山先生遗嘱："余致力国民革命凡四十年，其目的在求中国之自由平等。积四十年之经验，深知欲达到此目的，必须唤起民众及联合世界上以平等待我之民族，共同奋斗。现在革命尚未成功，凡我同志……"

目睹全校师生跟着女儿逐句朗读的情景，范阳流下了热泪，感到女儿为自己争了光。

可是，当依依即将升上五年级时，她却做出令人不可思议的决定：辍学！

女老师睁大眼问："依依，你干吗不读书呀？"

依依沉静地说："我要去柳翠馆唱歌！"

"难道你家连供你读书的钱都没有？"女老师拉着依依的手，"走，我和你去找你爸！"

范阳体弱，常两手发抖，已有好几个月没去柳翠馆做事了。当女老师领着依依来到他跟前，告知他女儿辍学去当歌女的决定时，范阳惊讶得目瞪口呆，本无血色的面孔顿时变成一张白纸，问："依依，这是真的？"

"是真的！"依依神情坚定，从口袋里掏出一份合同，"我和孙老板签了三年合约！"

靓少德知道此事后，对范阳说："你手头紧，我先借钱给你！还是让依依读多几年书。"当晚，靓少德登门拜访孙胜标，恳求他解约。后者却不容置疑地拒绝了。"来柳翠馆干事，是依依自愿的。"他拿出合同在靓少德眼前晃了晃，"这是她本人盖的指模。"依依不改初衷。她说："感谢德叔操心，这事我自己做主！"

这些年柳翠馆的生意有所好转，来听歌娱乐的客人多了起来。为招揽生意，孙胜标放出风声：高薪聘请歌女。那天，当

穿草绿色衣裳的依依出现在柳翠馆的小花园时，孙胜标和几个客人都为之惊艳：只见迎面走来的女子腰肢纤细，步态轻盈，弱柳扶风。两道柳叶眉像精心裁剪过似的，一双丹凤眼顾盼生辉。

依依说明来意。孙胜标让她当众表演一曲。依依落落大方，气定神闲，翘起兰花指，开口便唱："今日遭人奚落，真系错作缠绵。君你凯奏荣归，宁识雕梁旧燕……"

依依唱罢，孙胜标大力拍了拍大腿说："哎呀，依依不但人长得标致，曲子也唱得很好听。一字一腔，一板一眼，一招一式，都颇有童星的味道，不愧是梨园后代啊！"

一个客人说："依依的滚花和反线中板唱得特别柔和甜润，嗓音有七八分像上海妹。"

"自古英雄出少年。徐柳仙五岁坐在母亲膝盖上唱《五郎救弟》，香港报刊称'一曲惊四座'，十一岁灌录《难中缘》。"另一个客人上下打量依依，"这个女仔天生丽质，一看就知吃华光师傅饭的，前途无量啊！"

孙胜标当即与柳依依签了三年的合约。

柳依依崭露头角有赖于靓少德的悉心指点。依依在日月楼做小工的那些年，温葱莲把留声机带到日月楼，闲时播放千里驹、薛觉先、马师曾、上海妹、张月儿、徐柳仙等名伶灌录的唱片。依依边干活，边跟着哼唱。

有一天，留声机的大喇叭播出薛觉先与上海妹灌录的《嫣然一笑》，依依手捧一盆汤，站在厨房门口一动不动，汤水溢出也没发觉。靓少德隔远喊："依依，听入迷了吗？"依依才晃过神来。

闲时，靓少德把依依叫到眼前，说："你特别喜欢上海妹是不是？"依依点了点头。靓少德说："上海妹原名颜思庄。她三岁就坐在戏台下睇戏，模仿各种角色。无奈长得单薄矮小，嗓音也较柔弱，走上戏台很不起眼，师傅就给她起了一个艺名叫上海妹。后来，她潜心向叔父请教。薛五哥引荐她加入觉先声剧团，让她演《西施》《王昭君》《胡不归》。上海妹也不负众望，唱出了名堂，居四大花旦王[①]之首。她每字每腔情真意切、圆润流畅，行内话说'用水磨磨出来的'。从此，很多人都模仿她的'妹腔'。"

靓少德用手指敲着桌沿，仿照上海妹的行腔唱道："'问哥曾否念从前，共对月华谈爱愿，共祝人天月共圆……'上海妹最擅长唱反线中板，刚才那几句听到耳油都流出来了。依依，我发觉你的嗓音与上海妹接近，就一心一意学唱'妹腔'吧！"依依笑了，连连点头。后来，靓少德找来上海妹灌录的其他唱片，如《胡不归》《蓝袍惹桂香》等给依依听，并让她模仿上海妹的手眼身法步。他说："依依，你下苦功练！等我有一天重组梨园彩，就让你当正印花旦！"

靓少德视范阳和柳依依为家人，浩深和浩刚也将依依当作姐姐，有什么好吃的都留给她一份。因为依依长得俊秀，常遭小混混欺负，身高体壮的浩刚常陪依依外出，充当她的保护神。依依也常将刚学会的曲子唱给浩深和浩刚听。

听到依依辍学，浩刚很难过。自去柳翠馆做歌女后，依依常天黑后才回家，浩刚就坐在街口等她。有一次，夜深了仍不见依依回来，浩刚忧心忡忡，于是到柳翠馆找依依，看见她躲在角落，满脸泪痕，就问发生何事。依依说客人逼她喝酒，她不从，客人就将酒杯摔到地上。浩刚听完很气愤，嚷着要找那客人算账，却被依依劝住了。

第二天晚上，浩刚带上弹弓，悄悄潜入柳翠馆，躲在花槽下观察歌厅里的动静。偌大的歌厅人声鼎沸，从附近旅馆、酒

---

① 指上海妹、谭兰卿、关影怜、陈艳侬。

馆、赌馆出来的男男女女，都涌进这里了，乐师们的锣鼓声、箫笛声，歌女们的低吟浅唱声，客人的喝彩声，轻薄男女的打情骂俏声，混成一片。老板孙胜标迎来送往，忙得团团转。

这时，有四五个喝得酩酊大醉的外地男人闯入歌厅，强硬抢占别人的座位。一个长得五大三粗的家伙走到棚面席，各塞了一个银圆进掌板师傅和范阳的口袋，粗声粗气说："等一会老子唱龙舟歌《倒卷珠帘》，你们帮我伴奏。"说完，那家伙就扭着屁股唱起来：

> 颠颠倒倒，倒倒颠颠。
> 鲸鲨上岸行行远，狮虎佢深潭海底去眠。
> 黄鳝有鳞，虾公有翼，老鼠佢拉猫在灶边。
> 蛤蟆咬蛇随田走，由甲飞天斗凤鸾。
> 乌鸦佢卖弄歌喉艳，咽只出谷黄莺佢走直边。
> 旗杆顶上有人开酒店，白云山顶赛龙船。
> …………

那家伙唱完，就醉倒在同伴怀里了。一个长一双三角眼的男人手端一杯酒走到众人中央，喷着酒气，大声地说："刚才唱曲的是我的老板，他今晚赢了很多钱，说各位的酒水他全包啦！"说罢，三角眼转向柳依依，色眯眯地说："靓妹仔，大哥请你喝杯酒！"

"我不会喝酒！"依依且说且退。

三角眼说："干你们这行当的，谁不会喝酒？你喝了，我给你五个大洋！"说着就伸手摸依依的脸。

依依柳眉倒竖，说："你给我多少线，我也不喝！"她推开三角眼的手，往角落里挤。

三角眼勃然大怒，揪住依依的长辫，想把杯里的酒倒进依依的头发。此时，一颗石子"嗖"的一声从花园飞过来，不偏不倚，击中他的后脑勺。三角眼"哎哟"一声惨叫，捂住鲜血喷涌的伤口，瘫倒在地……

"是谁胆生毛，敢砸老子的场?"孙胜标捋起香云纱布料的衣袖，叫嚷着跑出歌厅门口。他让人去看是谁在捣乱，但调查了几天后仍无果。为息事宁人，他只好向三角眼赔了一些钱。

孙胜标意识到柳依依成了柳翠馆的摇钱树，便以安全为由，让她和范阳住进了柳翠馆，旨在加强对她的控制。

09　同坐一条船

　　这天清晨，靓少德打开日月楼大门，即把昨晚准备好的上书"庆祝日本投降，一律五折酬宾"的木牌挂在"日月楼"的牌匾下。此举一传十、十传百，没过多久，街知巷闻。顾客们纷纷涌向日月楼，致使这墟镇唯一的食馆座无虚席。一些挑水洗衣的男女也被吸引了，坐在日月楼门前的石阶上，伸长脖子，倾听食客描述这几天在广州的所见所闻。

　　靓少德从一个广府客人手里要来前几天出版的《大公报》，兴奋地向众人摇了摇，指着报头五个特大号黑体字大声念道："日本投降矣！"接着，他用在戏台演出的圆润腔调高声朗读《大公报》的社论："'剑外忽传收蓟北，初闻涕泪满衣裳'……日本投降了，抗战结束了，八年苦战之后，得见这胜利的伟大日子到来，我们真是欢欣，真是感激，在笑脸上淌下泪来……"

　　日月楼沸腾了，众人情不自禁地喊叫和欢笑，自豪、喜悦、悲屈、苦楚等各种情感

交织在一起。有人用拳头捶击桌子，有人拿筷子敲响碗碟，也有人忍不住哽咽涕零。

一个刚从广州坐船来的商人显得十分亢奋。他说："日本裕仁天皇宣布投降那天夜里，广州成了不夜城。深夜十二点到一点，城里不管是车灯、电灯、煤油灯，还是蜡烛、灯笼，能点亮的都亮起来啦，这象征着光复啊！男男女女提着灯笼上街游行，和平路、中山四路、中山五路都挤满了人，大家又唱又跳，别提有多高兴啦！"

为庆祝光复，这天青莲的学校放假，柳翠馆也歇业一天。整香街的孩子们相约去盐坑岭砍柴。青莲东面峡头四周的山峰刚露出微亮时，何浩深、何浩刚、柳依依等十多个孩子带上充饥的番薯、芋头起程了。他们每人手执扁担，腰间扎一条布带，将镰刀和麻绳别在腰背。经过菜园寮和塘寮的一片田畴后，沿着盐坑岭陡峭而狭窄的石板路，艰难地往上攀爬。

没走多远，柳依依就气喘吁吁了，落在后面。浩刚跟在她身后。

"阿刚，感谢你啊！那天帮我解了围。"

"你怎么知道帮你解围的人是我？"

"青莲街射弹弓谁有这样的准头？还有啊，只有你对我这么好！"

"那些人就该收拾，以为口袋有几个臭钱，就可以胡作非为！当时我很想射他的眼睛，让他变成独眼龙！"

"你的石头真解恨！后来就没人敢欺负我啦！"

"以后还有谁敢欺负你，就告诉我，我去教训他！"

"你真是我的好弟弟！"

"今后你就是我的姐！"

盐坑岭周边山峦拥簇，树木葱茏，沟壑纵横，雾岚缭绕。清道光三年编修的《阳山县志》载录了"青莲八景"，其中

"盐坑瀑布""倒流清韵""仙人对弈"和"渔翁独钓"四个景点就集中在盐坑岭一带。源自英阳、板塘、上水虾四周深山野岭的清泉源源不断地涌出，聚拢至沟壑间汇成溪流，宛如脱缰的野马往山脚下奔腾而去。

盐坑岭半山腰悬崖相峙，树木掩映，巨石挡流。溪流在离山麓近百米高的洼地形成一个大水潭。潭水如翡翠般碧绿，恍如娴静的处子蛰伏静养，待积蓄足够的能量后，即以雷霆万钧之势奔泻而下。山崖上水珠飞溅，雾气蒸腾，犹如悬挂了一幅平滑雪亮的巨幅珠帘。湍急的溪流绕过山脚的一片田畔再顺势往西拐去，似一条游龙沿着高耸山麓蜿蜒爬行，流到地势陡然升高的倒流洞村才收起它奔涌的脚步，后缓缓回流，呈现出"倒流清韵"的别致景观。

水潭和溪流挡住了去路。浩刚走下山沟，观察地形和水势，指着水流缓慢的地方说："这里水浅，能过去。"孩子们踏着露出水面的石头，相互拉着手，小心翼翼地过了溪流，攀上半山腰，在两块巨石间停下歇息。

有人惊喜地说："这里就是青莲一景'仙人对弈'。"孩子们饶有兴致地绕着两块巨石左瞧右看，有的还跑上高处观望。发现点缀着耀眼石英的两块巨石坚硬无比，经千万年风化水蚀，乍看像两个身披霓裳、长发飘飘、托腮沉思的神仙。巨石间有一块形似棋盘的石头相连，远远望去，活像两个仙人于崇山峻岭上，在下一盘永世也下不完的棋。

孩子们啃几口番薯、芋头就各自砍柴去了。甚少上山砍柴的依依显得笨手笨脚，也不敢独自走到草深树密的地方，那些关于砍柴遇到老虎、山猪、蟒蛇的传闻早令她毛骨悚然。浩刚看到依依寸步不离地跟着自己，显出一副窘迫尴尬的神情，就安慰她说："姐，不用你动手的，在旁边看着就行啦。"有人开玩笑说："依依姐，你人长得靓，声音也甜，天生是唱戏的。就算拿着柴刀，扛着扁担，也不像砍柴妹啊!"

青莲盐坑岭

（蔡成桂绘）

孩子们都把柴分给依依。浩刚把长短不一的柴叠在一起，用麻绳把首尾两端结结实实捆绑好，插上扁担后扛到依依肩上，问："重么？"依依摇摇头，冲着浩刚笑。

孩子们挑着柴往回走，发现溪水已上涨，过溪时露出水面的石头都被淹没了。二十多米宽的溪流浊浪翻滚，女孩子们都被吓得六神无主："水太急，过不去了啦，怎么办呢？"浩刚安慰说："别着急，我们想办法。"浩刚等几个男孩子先过去，然后把绳子绑在两岸的大石上。在男孩子的搀扶下，女孩子手把绳子，有惊无险地趟了过去。

溪水继续上涨，有的地方已齐腰深。柳依依最后一个过溪。尽管有浩刚扶着她，她仍战战兢兢，伸出腿又缩了回来。浩刚急了："快过呀，等会水涨了，就过不了啦！"依依快要哭出来了："我不会游水的，万一掉下去……"话音未落，浩刚就弯下腰说："我背你过去！"依依瞬间脸红耳烫，"快来呀！"浩刚扭过头来催促。

依依只好趴在浩刚宽厚的背脊上，双手箍紧他的脖子，双脚钳住他的腰身。浩刚背着依依在急流中摸索前行，他喘着气说："哎呀，你的手松开一点，你把我箍得喘不过气啦！"但依依置之不理，到了水深处反而箍得更紧了。

待浩刚和依依上了岸，溪水又上涨不少。这时大家的衣衫全湿透了，便坐在阳光下晾晒。浩深说："大家都饿了吧？女的去找野果，男的煨番薯芋头，好不好？"众人一致响应。

于是，男孩子找来泥块垒起土窑，并向放牛的农民借来火柴，将干枯的柴草点燃。当泥块烧到透出红光时，便把带来的番薯芋头扔到土窑里煨烤，然后推倒土窑，埋住番薯芋头，上面覆盖一层土。待泥土里溢出一股香味时，孩子们扒开土窑，高呼："煨熟喽！"这时，女孩子们也用手帕包着五颜六色的野果回来了。

孩子们围成圈，品尝番薯、芋头和野果。浩刚从枯萎的树柴里寻得指头般粗的柴虫，烤熟就放进嘴里嚼起来，说："好香啊！依依姐敢吃吗？"依依做呕吐状，直摇头。

山下风光旖旎，碧绿清澈的连江如一条玉带缠绕在崇山峻岭中。帆船穿梭往来，纤夫的呐喊在山水间回荡。浩深指着江边一座小山说："那就是钓鱼翁。真像一个老人在钓鱼！"接着他朗读他曾在学校获奖的诗《题钓鱼翁》："看似渔翁却是峰，山光水色映姿容。春花秋月堪垂钓，美景长留画意浓。"

女孩们将采摘的野果铺在草地上，色泽鲜艳，晶莹剔透，形状各异，口味酸甜。浩刚将一串形似肚脐的野果递给依依，说："这叫肚脐果。"依依摘下几粒放进嘴里，吧嗒着嘴巴，脸上露出两个小酒窝，说："好甜！"浩刚忍不住说："你笑着像肚脐果！"看见依依吃过野果后嘴唇染成红色，浩深便起哄："依依姐涂了口红，要给大伙唱一曲呢！"

依依落落大方地站起来，张口便唱："彻耳声声骊歌奏，是否红颜知己吕雁秋……"

这一天，靓少德一个鲤鱼打挺从床上弹起来，推开正对戏棚地的窗户。古戏台上镌刻着"以古为鉴"和"乐韵青莲"字样的匾额，在晨曦中若隐若现。清凉的秋风裹挟着莲叶幽香，越过莫屋堂燕尾似的屋檐徐徐吹来。

温葱莲、张爱彩、汤秀英等几个妇女光着脚，说笑着，挑着水桶往家走，青石板铺成的街道上留下一串串黑色的水印。

靓少德身穿练功服下了楼，看见儿子的房门还紧闭着，便敲了敲，喊道："起床喽，练功去！"他出了客厅，穿过狭长的屋巷走入厨房，看见母亲正腰系围裙站在炉灶前，边往锅里铺撒金黄色的麦粉，边用木勺缓缓搅拌，锅里腾起的热气模糊了母亲的身影。葱莲挑水进来，靓少德提起木桶，将水哗啦啦往水缸里倒。葱莲用瓦钵舀了满满一盘麦羹端出客厅。

"睡不够？昨晚太迟睡啦。我敲了两次门都没声没息的。"看见两个儿子揉着眼打着哈欠走下楼梯，葱莲说，"以前外公常说，大食懒，起身晏，无水洗脸又训返①。"葱莲点燃三根香，插到客厅正中的神龛里，然后双手合十，对着持莲观音和华光祖师的塑像叩拜三下。

即将进入莲藕开挖季节。大江墟莲塘笼罩在乳白色的薄雾中。近处的蛙声与远处的蝉鸣此起彼伏，像在为争夺各自的戏台相互鼓噪。蜻蜓也不甘寂寞，展开粉红色的翅膀，在密密匝匝的莲叶间起降穿行。

"啊——"浩深挺起胸膛，张开嘴巴，面对莲塘吊嗓子，完了又手捧《苦凤莺怜》的剧本吟唱起来："有一日，系三月清明，乃系拜山嘅日子，我就去冯家揾我大姐来借钱……"站在一旁的靓少德向儿子做了一个停止的手势，说："你唱'借钱'时要做一个伸手要钱的动作，并露出哀求的表情。"

靓少德说完就来到莲塘西侧观看浩刚练习"扫堂腿"。只见浩刚以左脚为轴心，双手撑地，伸出右脚不停旋转。"胸要挺，脚要直！"靓少德背着手，绕着儿子走圈，"你这扫堂腿难度不算高。颂太平的龙头武师'声架罗'的扫堂腿好有架势。他双手不着地，又在腰上，身体旋转起来比打陀螺还快，周围人都看得眼花缭乱。"

看着浩刚结实的胸脯和棱角分明的面孔，靓少德为儿子日渐成长感到欣慰，也为他桀骜不驯的性情暗里担忧。因为他听到不少传言，说那个在柳翠馆滋事的家伙是被弹弓射中的："当时人头攒动，很容易误伤人的。但石头像长了眼睛一样，击中那家伙的脑瓜。射弹弓的人真是艺高人胆大啊！"靓少德

---

① 即睡回去。

心知这是浩刚所为，因为他常看见儿子在戏棚地练习射弹弓，能轻易射中绑在数十米外的老鼠。这时，他对儿子说："阿刚，练功是为了强身和自卫，不是为了撩事打架。练武人除了学会韧，还要学会忍。小时师傅叮嘱我们，在遇到不平，迫不得已与人交手时，要做到'三打三不打'。'三打'即打强横，打恶霸，打盗贼；'三不打'就是不打空弱，不打逃跑，不打倒地。我说的话你要记住，不要水过鸭背，今日听了，明日就忘了。"

"爸，我记住啦。"浩刚闪着狡黠的目光问，"欺负依依姐的那个家伙属恶霸吗？"靓少德毫不迟疑地说："属恶霸，该打！"

浩刚掩嘴窃笑，接连做了五十几个俯卧撑后软瘫在草地上，望着泛出鱼肚白的天空喘气。浩深走过来，想起每天清晨母亲虔诚地对着华光神像烧香叩拜的情形，便不解地问，"戏行的人为什么都叫华光祖师爷呢？"

靓少德望了一眼辽阔的天空说："华光原是一个火神。相传玉皇大帝认为粤剧专唱男盗女娼的戏，败坏了民间风气，于是派华光下凡烧戏棚。华光发觉粤剧宣传忠孝节义，观众爆棚，就不忍心烧戏棚了。他回宫后向玉皇大帝如实禀告，使戏棚逃过了灾劫。从此，戏行人就将华光奉为祖师。"浩深说："难怪我妈天天给华光神像烧香。"靓少德愈说愈兴奋："每年农历九月二十八是华光诞辰日。这天可热闹啦，戏行人都抬着华光祖师的神像巡游。大街小巷人山人海，像过年一样，棚面乐师敲锣打鼓，龙虎武师沿途翻跟斗，生旦净末丑都穿上戏服又唱又跳的……华光祖师是戏行的保护神，大家都感恩他。"

浩深歪着脑袋说："听我妈说，除了丑角，大衣箱谁都不准坐。是吗？"靓少德说："是的，这是戏班的老规矩。唐明皇既懂音律，又会作曲，每年元宵佳节与文武百官宴会时，就

青莲

会召来宫廷优伶助兴。优伶们扮成各式仙人，唱着唐明皇作的曲子，翩翩起舞。文武百官也戴上面具，载歌载舞。有一次，唐明皇兴致勃勃，往自己的鼻子上抹了白粉，变成了'白鼻哥'，又唱又跳。从此，梨园弟子就把唐明皇作为戏行的'鼻祖'，丑生行当也就拥有至高无上的地位。由于戏班大多把唐明皇的神像放在大衣箱里，于是规定，除了丑生可以坐大衣箱外，其他人一律不准坐。谁违反了，班主就会拿棍棒打他的屁股。"

浩刚听完，若有所思地说："我明白了，华光和唐明皇都是戏班的贵人。戏班的规矩真多啊。"靓少德说："是呀，戏行有一句话说，'未曾学戏，先学行头'，进了戏班，就要遵守规矩。"

住整香街的胡道权是青莲赫赫有名的殷实人家。胡家数代种植莲藕，出产的莲藕遐迩闻名。胡家在青莲墟镇及周边乡村拥有大小莲塘二十多个，后因被阳山绿林首领梁秀清以各种借口强占，莲塘数量减至六个。胡家祖宗原是一个小农户，仅靠大江墟莲塘糊口，日子过得不松不紧。自从胡道权当家后，胡家一夜暴富，几年间竟添置了二十多个莲塘。

胡家暴富的版本甚多，但流传最广、最令街坊信服的版本与何仙姑有关。有一年，当地一名豪绅邀请过山班来青莲戏棚地演出粤剧《碧天贺寿》。当晚，民间传说中的八仙次第登场。何仙姑身穿小姑装，袅娜娉婷，扮相俏丽，尤得男戏迷追捧。当她唱出"东阁寿筵开，西方庆贺来，南山春不老，北斗上天台"时，台下掌声雷动。

坐戏台前排的胡道权被饰演何仙姑的演员杨翠香迷住了，整晚乐不可支。演出结束后，血气方刚的胡道权悄悄混进后台，从门缝偷窥杨翠香卸妆。只见美人唇红齿白，冰肌玉骨，

196

苗条中见丰腴，顿时看呆了眼。当晚，胡道权夜不能寐，连续三晚在鸡鸣第二遍后梦见何仙姑手执莲花从天而降，来到卧榻附在他耳边说："须向莲花深处去，莲花深处有鸳鸯。"他反复琢磨："干吗何仙姑连续三晚托梦叫我去莲塘呢？鸳鸯代表什么呀？"

在一个皎月当空的深夜，胡道权来到大江墟莲塘，光着身子，在莲塘四个角落踩踏摸索，折腾到天色渐明时，终于在莲塘中央莲花最盛的地方，踩到一个光滑坚实的硬物。胡道权屏住呼吸潜到水里，用手扒开硬物表面的泥土，挖出一个沉甸甸的密封铜箱。他在莲塘边慌手慌脚地打开铜箱，随即惊呆了——铜箱里除有一堆金条、玉镯、银链外，还有一把价值连城、刀柄刻着阳文篆书"汉元年铸"字样的宝剑。胡家发迹后，将安置在观音山的祖坟修葺一新，在整香街修建豪宅，家里专辟一室供奉何仙姑铜像。胡道权每天早晚烧香跪拜，从不间断。

胡道权十年前得了失忆症，几乎足不出户，周围发生的任何事他都一概不知。王文斌感慨说："道权叔生活在世外桃源，问今是何世，乃不知有汉，无论魏晋。"待胡道权在今年秋天逐渐恢复记忆时，已是老态龙钟，身体孱弱，走路都要人搀扶了。

胡家大宅离温家大宅不远。这天上午，胡道权的儿子胡仁新推开贴着两个老虎门饰的厚实大门，迈过雕有龙凤狮豹图案的麻石门槛，向正在街口补鞋的张爱彩喊道："彩姐，帮我扶我爸到戏棚地晒晒太阳。"

张爱彩扔下手里的锤子，跑过来。"这人是谁呀，是你爸么？"张爱彩惊诧得语无伦次，"你爸不是死……不好意思，我说错话啦！"十年不见，张爱彩以为胡道权早已死去。"我爸这些年第一次出门，说要晒太阳。"胡仁新说。此时，胡道

权将瘦削的脑袋缩进厚厚的棉袄领子里，整个身子窝陷在垫了棉被的金丝楠木靠椅上。他瞧瞧天空，又望望街道，随后对着张爱彩笑。他想伸手摸张爱彩搭在靠椅上的手，但手动了动，却没力气抬起来。

当胡仁新和张爱彩把年近八十的胡道权抬到古戏台前的黄檀树下时，一群男女围了上来。"你还记得我吗？""我帮你挖过莲藕，你能记起么？"除了对几个风韵犹存的女人有模糊印象外，面对连珠炮似的发问，胡道权大多摇头。八婶在一旁摆卖酸品，他向她要来一块酸莲藕含在嘴里，定睛望着古戏台"乐韵青莲"的匾额发呆。

胡道权嗜戏如命在青莲尽人皆知。自六十大寿起，每逢生日他必请过山班来戏棚地演出浓缩版的吉庆戏《碧天贺寿》，免费请来亲友和街坊热闹一番。尽管剧目年年一样，已无新意，有些人甚至看腻了，但当他听到国泰民安、招财进宝、长寿不老、百子千孙等祝寿话语，看到"插花""降龙架""观音八变""洒金钱"等喜庆场面时，就精神抖擞，兴奋万分。特别是扮演何仙姑的花旦在一片祝寿声中挟带着香气四溢的脂粉味一扭一颠地来到他身边时，原本半躺在金丝楠木靠椅上看戏的胡道权就会直起身子，放下手中的大葵扇，咧开镶了六颗金牙的大嘴嘻嘻地傻笑，直勾勾地盯着花旦，缓缓地从她的玉手中接过莲花，示意旁人打赏，直到花旦款款离去才依依不舍地将暗睨花旦婀娜背影的目光收回。

胡道权在生病前就养成到戏棚地乘凉或晒太阳的习惯。他每天清晨起床后，先为何仙姑铜像上香，然后斜躺在棕床上抽足鸦片烟，完了只要天气好，就雷打不动地扛着金丝楠木靠椅走出门，对着古戏台躺下歇息，一躺就是大半天。尽管他而今神志不太清醒，但十年前形成的歇息程序却没丝毫改变：

躺下后，他先闭目养神十分钟，随后睁开眼，瞅着"乐韵青莲"的匾额，两手轻轻拍着椅子扶手，嘴巴一张一合，反复哼唱"东阁寿筵开，西方庆贺来，南山春不老，北斗上天台"，哼唱五遍后就嘴角挂着唾沫，打起了呼噜。他四十分钟后醒来，又机械地重复上述程序。就这样，胡道权完全进入自己的精神王国里。此一刻，从祖宗听来的或自己亲历的胡家那跌宕起伏、气吞山河的创业史就像倒流洞山脚那清冽的溪水往山上逆流一样在他脑海里重现。这时候，即使成群结队的小孩子在他身边追逐打闹，或者有人家操办红白事燃放鞭炮，他也不受干扰，甚至就算突然天翻地覆，屋倒房倾，也置之度外。

胡道权成了整香街的"活时钟"。街坊一看见胡仁新搀扶着老父亲走往戏棚地，就知道该去干活了，看到他们父子俩返家，就知道要煮午饭了。有时正在戏棚地闲聊的人问现在几点了，人们就自然地往胡道权晒太阳的方向望去，从老人哼唱第几轮曲，就能估算出时间。有人特意去对时钟，时间竟相差无几。

虽然胡道权与靓少德素昧平生，但那天靓少德两腿一高一低地向他走来，恭敬地叫他一声"权叔"时，他睁开眼皮瞄了靓少德一眼，就以不容置疑的口吻说："跛脚佬，你以前是唱戏的。"

靓少德愕然，问："你怎知我是跛脚佬？"胡道权淡淡地说："你脚步一轻一重的。"靓少德又问："你又怎知我是唱戏的？"胡道权说："你双眼很有神，声音像铜锣。"靓少德乐得呵呵笑，说："权叔，您很有眼光，确实人人都叫我'大声德'。有人开玩笑说，德叔喊一声，可以震晕墙上的乌蝇①。"

胡道权直起身子，吩咐孙儿回家拿来一个玻璃瓶。"唱戏

---

① 指苍蝇。

佬揾食靠把口，你想嗓子清亮，我有一个妙招。"他把玻璃瓶递给靓少德，"开戏前你嘴里含一粒润润喉，开口唱时声音特别响亮，在江佐码头担水洗衣的人都能听得一清二楚！"

"真的？"靓少德接过玻璃瓶摇了摇，打开瓶盖，说："啊，莲藕节！权叔，莲藕节和青榄一样，能生津润喉的。我师傅靓彪几十年来养成的习惯，就是开唱前含一粒青榄，然后坐在一个角落，也不哼声。不知情的人，看见他嘴巴鼓鼓的，还以为他发脾气呢。"

胡道权笑了，说："戏班佬唱完戏，都问我要莲藕节的，说宁愿用白银换莲藕节。这事松柏老弟是最清楚的，你若不信，可以问他。"

这时有人提醒他，温松柏已于几年前去世。胡道权转着灰蒙蒙的眼珠想了好半天，喃喃自语："阿柏死了好几年了？不可能呀！他昨晚还对我说，他家来了戏班，叫我腌几瓶莲藕节，准备送给戏班佬呢。"

每年农历八月过后，青莲便进入莲藕开挖季节。这期间，胡家上下忙得不可开交，到处雇人抢挖莲藕。大江墟莲塘是胡家最大的莲塘，开挖那天胡家必举行隆重的开挖仪式。胡道权患失忆症前，都会亲自主持这象征胡家枝繁叶茂、继往开来的活动。那天，他让家人将供奉何仙姑的神龛从家里搬到莲塘，穿戴整齐的胡家男女老幼按辈分顺序向何仙姑塑像叩头跪拜。完了，胡道权嘴里念念有词，在莲塘四周点燃香烛，向天地敬酒，并点燃鞭炮扔到莲塘中央。场面浩浩荡荡，气氛热烈而肃穆，吸引了众多旁观者。仪式结束后，雇来的挖藕人就忙开了。一些亲朋好友和街坊邻居也乐意来帮忙，胡家会送几斤新鲜莲藕给他们带回家品尝。

这天是大江墟莲塘开挖日，年事已高的胡道权仍执意去主持开挖仪式，儿子胡仁新劝阻不了，只能满足他的意愿。胡道权头戴竹帽坐在一边监视仪式的全过程，呵斥孙儿们哄笑打闹的不敬行为，并向在场的所有人派发一封利是后才心满意足地离开。

与几个月前莲花摇曳、莲叶叠翠的青葱景象相比，眼前的莲塘变成另一番景况：原本碧绿圆润的莲叶像老妪的乳房似的枯萎卷皱，原本撑起莲叶的莲秆也如去势的老太监弯下了腰，倒伏在泥淖上，全无往昔挺拔的风采。手指般粗的泥鳅从露出水面的泥洞里探出头来，一会儿又缩回洞里去。零零星星的水蚌微微张开黑褐色的外壳，挣扎着向水洼地缓缓蠕动……

整香街的街坊靓少德、温葱莲、王文斌、张爱彩、刘满龙、吴广明等陆续来到莲塘，住莫屋堂的莫安娜也裹着一件黑袍来了。胡仁新举起酒瓶对众人说："大家喝几口白酒吧，虽出太阳，但泡在水里时间长了，还是挺冷的。"

莫安娜将鼻子贴在酒瓶上嗅了嗅，连连摆手说："我最怕闻酒味啦。"喝了几杯酒的王文斌扶起一根莲秆，对莫安娜说："请教莫小姐，中国道教和印度佛教都赞美莲花清净不染、品行高洁。何仙姑手执莲花，佛祖也是坐在莲花上的。耶稣对莲花是怎样看的呢？"莫安娜虔诚地说："虽然我们子民的福音书《圣经》没有提到莲花，但仁慈的救世主耶稣将恩典赐予世间所有的圣洁公义良善。"王文斌的妻子张爱彩醋意十足地瞟了丈夫和莫安娜一眼，冷冷地说："快干活去，别老是佛祖长、耶稣短的，卖剩鸭，呱呱叫，担心别人不知你喝过几瓶墨水！"王文斌就悻悻地把话打住了。青莲街无人不知：张爱彩这个泼辣女人招惹不得——眼睛会刮人，嘴巴会噎人。

男人们光着膀子、穿着短裤走向莲塘水深的一边，妇女们则卷起衣袖和裤腿选择水浅的地方。胡仁新站在齐膝深的水里，攥住东倒西歪的莲秆往上提，以估测莲藕的大小和走向，然后右脚掌挨着莲秆往水下踩去，将莲藕周边的淤泥拨开，弯

下腰，贴着水面，手握藕身，动作轻柔地将一条完好无损的莲藕拔出水面。

胡仁新看见王文斌动作笨拙，挖出来的莲藕分成几节，便说："王老师，挖莲藕是要讲技巧的，"他走过去做示范，"拔莲藕不要太用力，莲藕断节了，渗进泥巴就容易变黑，是卖不到好价钱的。"

靓少德也曾为亲戚挖莲藕，挖藕动作比其他人娴熟利索。胡仁新竖起大拇指，说："靓班主虽是唱大戏的文武生，但挖起莲藕还是有板有眼的。"王文斌擦去额角的汗珠问："是不是有莲叶就必有莲藕呢？"胡仁新说："莲叶大的，多数没莲藕。莲叶小的，反而多莲藕。如果莲叶青绿，莲藕就小。莲叶变枯黄了，莲藕就大。"

王文斌问："是不是莲藕又大又粗就好呢？"胡仁新眯缝着细眼说："也不全是。记得有一年我跟老爸到花县京塘探亲戚，那里有一口莲塘，产藕上百年了，但挖出来的莲藕又细又长。最粗的比大拇指粗一点，最长的却有两米多。京塘莲藕是很出名的，生吃爽口清甜，熟食松化香滑，价格是普通莲藕的五六倍。京塘莲藕女人吃最好，养气补血，后来还成了朝廷贡品呢。"王文斌追问："你为啥不把京塘莲藕移植到青莲种呢？"胡仁新苦笑道："我带了藕种回来试种，挖出来的莲藕也是又细又长，但成熟期推迟了，口感味道也变了，后来我家就没种京塘莲藕啦。"王文斌说："这叫作'橘生淮南则为橘，生于淮北则为枳'。想不到种莲藕有那么多学问。"

胡仁新向众人呼唤道："大家累了，歇一歇吧。"人们坐在塘边土墩上闲聊。胡仁新忙着向男人递烟送水，又用清水洗净莲藕，用镰刀削皮后让女人品尝。空气在秋蝉歇斯底里的啼鸣声中像凝固了似的，莲塘四周的气流仿佛被凶神恶煞的太阳驱赶得无影无踪。

　　看着女人们津津有味地咀嚼生莲藕，毫无顾忌地发出"咔嚓"的声响，刘满龙问："有人说'男不吃韭，女不吃藕'，但又有人说'男不离韭，女不离藕'，究竟哪种说法有理呢？"对这民间相互矛盾的说法众人一时理不清头绪，就连生于种藕世家的胡仁新也被问得瞠目结舌，便将目光投向头脑敏捷、知识渊博的王文斌。

　　"我看两种说法都有道理。"王文斌将滑落鼻尖的眼镜往上推了推，手执莲秆在泥地上边画边慢条斯理地说，"先说韭菜吧。韭菜是剪而复生、久而不乏、生而不衰的长生草和壮阳草，男人吃多了会在外面招惹是非，所以'男不吃韭'；但韭菜确有壮肾益阳的功效，故曰'男不离韭'。莲藕嘛，有七孔的也有九孔的，女人吃多了心眼多，难与人相处，因此'女不吃藕'；而莲藕号称植物中的鹿茸，能滋阴补血，故曰'女不离藕'。"王文斌扬起手中的莲秆，对问题做归纳，"'男不吃韭，女不吃藕'，或者'男不离韭，女不离藕'，都说得通，看你从哪个角度去理解。"

　　众人对王文斌的条分缕析无不心悦诚服，唯有他的妻子张爱彩不以为然。她双手叉腰，面向丈夫露出一副河东狮吼的凶悍相："你说我们女人小心眼，爱搬弄是非？男人真没良心，吃饱撑胀了，就架起二郎腿，对我们女人吹毛求疵，说三道四……韭菜壮肾益阳是吧？怪不得你隔三岔五叫我到市场买韭菜回来煎蛋给你吃！原来让你在外面龙精虎猛是不是？"张爱彩边大声呵斥，边举起手装作要掌掴丈夫的样子。在哄笑声中，王文斌闭着眼，可怜巴巴地用双手抱着脑袋，像穿山甲一样缩成一团。

　　等众人的笑声停下来，靓少德说："说到莲藕呀，我想起广州话有两个词，就是'大碌藕'和'孤寒种'。你们都晓得的，洗莲藕时藕孔藏了许多水，有些人就习惯手抓莲藕甩个没

完。广州话'大碌藕'就是专指那些大手大脚乱花钱的人。'孤寒种'与'大碌藕'意思相反，就是指吝啬鬼。昨天有几个广州客来日月楼吃饭，他们说了这样一件事：日本仔投降那几天，广州城里的官员都忙着收缴日本兵侵占的财物，一些官员趁机将财物占为己有。有人就写了一首白话诗讽刺这些贪官。诗写得很形象，入木三分。前四句是这样写的：'全城几十万捞家，唔够官来夹手扒。大碌藕真抬惯色①，生虫蔗亦啜埋渣。'"靓少德语气带着轻蔑和嘲讽："这些贪官平时铺张浪费，热衷讲排场、比阔气，又想尽办法搜刮财物，即使是生了虫的甘蔗也抢来吃，连蔗渣水都吸干了，真是十足的孤寒种！"

人们在听得津津有味之余也愤慨不已。靓少德不想冲淡欢乐的气氛，便转移话题说："马大哥演过独角戏《孤寒种食鸡》，讽刺孤寒财主。他演得很生鬼，台下拍烂手掌。我给你们表演一下。"

靓少德站起来，扎紧裤带，抹了抹脸，缩头缩脑地出场了。他将十指含在嘴里，吮了好几遍，又伸出舌头将手掌和手背舔了又舔，然后挤眉弄眼露出回味无穷的贪婪相。完了开腔唱道："亲戚请我食鸡……余香滴水不漏……"他模仿马师曾浑厚而底气十足的独特唱腔，声韵偏重于喉音，特别是马师曾偶尔夹带卷舌颤音的"吔吔吔"拖腔，他竟模仿得惟妙惟肖。最后他念出一段"口白"："想起我当初，孤寒到已极。饮又唔舍得饮，食又唔舍得食。人地请饮茶，我食完兼夹拎。叫我请番餐，情愿脚伸直。不论系远亲，抑或系近戚，讲到借钱个一层，完全冇交易。"靓少德表演完，众人捧腹大笑。

在场的人都笑逐颜开，唯独温葱莲强作笑颜。下莲塘挖藕

---

① 即飘色，指沙湾民间艺术活动。

前，看见丈夫卷起裤子，露出干瘪的左腿，葱莲心里极难受。刚才丈夫表演时残腿被绊了一下，差点跌倒。葱莲看在眼里，心像针刺般疼痛，便躲到一旁擦泪。

葱莲回来时靓少德发觉她眼眶有泪痕，便问："你怎么了?"葱莲谎称眼睛藏了尘。靓少德说："我帮你吹。"葱莲转过身去，连说不用。当靓少德挨近葱莲时，察觉到她紧抿的嘴唇微微颤动，泪水从闭合的眼眶里急涌而出。靓少德慌了，握住妻子的手……

这天傍晚，忙了一天的靓少德疲惫不堪地回到整香街。前面大道围着一群玩耍的孩子，靓少德无心理会，正要沿墙根绕行，忽然听到一个男孩在叫嚷："闪开，都闪开，打瞎眼不关我事啊!"靓少德停下脚步，发现喊话的男孩是刘满龙的儿子阿阳。

小孩们正在玩"凿柴"——当地小孩的赌博游戏。参与者轮流用木柴撞击对方的木柴，一旦将对方的木柴砸出界外，就算获胜，木柴也归己所有。此时，除一个当地农户的小孩阿富外，其他孩子都成了阿阳的手下败将，带来的几十斤木柴都被阿阳一一收入囊中。

阿阳与阿富站在人群中央。阿阳一手叉腰，一手拎着外形似鸡腿的松树头，眼睛盯着一根离边界有四五米远的实心柴。小孩子们全退至阿阳身后，在预测战果："你说阿阳的'鸡腿'能赢阿富的'实心公'么?""'鸡腿'赢不了'实心公'的，要是赢了，我砍头给你坐。"只见阿阳不慌不忙，抡起手臂，瞄准实心柴猛然发力，随着"啪"一声脆响，实心柴被松树头击中，飞出边界外。孩子们鼓掌欢呼。阿富哭丧着脸说："又输啦!"

阿阳将战利品扔进箩筐里，昂起头，翻翻眼，得意扬扬地

说："回家吃饭喽。"正当他扛起箩筐转过身时，阿富趁他不备，从箩筐里抢回实心柴撒腿就跑。阿阳见状，机敏地伸出右脚将他绊倒，随后飞起左脚，朝阿富的脸上踢去，骂道："去你的，输了敢不认账！"

阿富捂着脸哇地哭了。阿阳还不罢休，举拳正要砸向阿富，靓少德冲上前挡住他的拳头，怒吼："你敢动手打人?!"阿阳抬头一看，瞅见靓少德怒不可遏的样子就愣住了，直挺挺站在原地。

"伤了没有？"靓少德拉着阿富察看伤情，并安慰道，"要是伤了你，我就把他送到老鼠夹岭①，不准他回家！"阿富捂着红肿的脸跑回家去。靓少德向小孩们喊道："打柴属赌博，你们把自己的柴拿回去！"孩子们一哄而上，从箩筐里取回自己木柴后就慌忙散去。

刘满龙从家里出来，不由分说就给儿子一记耳光，咆哮道："你这个牛魔王！快跟我上门道歉！"阿阳手提箩筐灰溜溜紧随父亲身后。刚才散去的孩子都站在自家门口，带着嘲笑讥讽和幸灾乐祸的心态，向垂头丧气却心有不甘的阿阳挤眉弄眼。阿阳向父亲背脊撇撇嘴，又暗地里向小伙伴们晃着拳头，但始终不敢发作。

刘满龙领着儿子来到那户人家门口，听到屋内传出一阵骂声。未几，阿富的祖母一手拄着拐杖，一手拉着孙儿，从屋里出来。老人用拐杖指着阿阳，厉声问孙儿："就是这个狗杂种踢伤你，是吗？"阿富退到祖母身后，胆怯地点点头。老人即向阿阳抡起拐杖，但被紧随其后的靓少德挡住了。也许用力过猛，老人失去平衡，头撞向门旁的石凳，幸好被反应敏捷的靓少德扶住。

① 青莲的偏僻山岭。

老人坐在石凳上，干瘪的躯体剧烈颤动，像拉风箱似的喘着气。她边用拐杖敲打门阶，边断断续续地怒斥："你这个野仔、狗杂种，有娷生，有娷教的！"站在一旁孩子的母亲捧着儿子肿成番薯的脸颊愤慨地说："你们看嘛，他打人也够狠的！仗着他个子高就随意打人！我仔要是有什么冬瓜豆腐①，我就跟他没完没了！"

街坊们纷纷围拢上来。他们分成两大阵营：一拨是土生土长的本地人，一拨是因经商或战乱从珠三角迁徙至青莲的广府人。

人数多的本地人都不约而同地站在一起。有人大声喊："要他赔汤药②！"另一人呼应："马善被人骑，人善被人欺。你踢了我的左脸，我就要踢你的右脸！"

这时，吴天仁挤出人群，说："小孩打架跟被蚊仔咬了一样，很平常的事嘛，值得大惊小怪么？我在整香街住了几十年，没见过谁跟谁红过脸的。大家有什么事都互相帮忙，今天我帮你挖莲藕，明天你帮我收蚊香，大家和和睦睦的。大人要宽宏大量，别因为小孩那些芝麻绿豆的事，伤了街坊感情！"

这时，一个怀抱婴儿的妇女走过来，说："阿富，我给你擦点奶水，很快就没事啦。"说完，那女人走进一户人的屋里，看看四周没人，就撩起衣襟，露出滚圆的乳房，往掌心挤出一团淡黄色的奶水。然后走出门，手蘸奶水，轻柔地涂到阿富脸颊的红肿处，说："晚上我再来，擦多一次就消肿啦。"

靓少德轻抚阿富的脑袋，又弯下腰安慰老人。随后他走到人群中央，清了清嗓子，诚恳地说："远亲不如近邻，我作为外地人是深有体会的。广东人最看重一个字，就是'和'字。做生意的求和气生财，左邻右舍求和睦相处，一家人求和和气

---

① 指三长两短。
② 指医药费。

气。我们戏行也很看重'和'字，演员与演员，演员与乐师，如果不一唱一和，这场戏就唱不下去。八和会馆的前身是'八和公寓'，不同的行当住不同的地方，如'吉'是丑角住的，'庆'是二花面、六分住的，'福'是花旦、打武旦、小旦住的，'德'是五军虎、手下、堂旦、拉扯住的。行中长辈说，虽然大家分开居住，但大家都是'八和子弟''红船弟子'，共饮一江水，同坐一条船。"

人们目不转睛地瞅着靓少德，不停点头。靓少德说："我在整香街来回走了几遍，丈量步数，共有八十六步。'八'就是发，'六'就是六六大顺嘛。八十六，多吉利的数字啊！整条街近两百户人，四十多个姓氏，来自四面八方，有本地的，有外地的，还有山岭的，干的活也五花八门。不管怎样，既然是街坊，就要像一家人一样，和和气气，团结一心，不分你我！"

靓少德话音刚落，众人就报以热烈的掌声："靓班主，你说得好！街坊嘛，就要和和气气！"

吴天仁拍了拍肩膀上的香尘，对坐在门口的胡道权说："权大哥，整香街年纪最大的就数你和我啦。今后对后生仔要和蔼可亲，不要整天板起脸孔，倚老卖老啊。"胡道权有点不好意思地笑了。

这时，人群中突然有人"哎哟"一声尖叫，刚才为阿富涂奶水的女人揪住丈夫的耳朵说："死酒鬼，靓班主的话你记住了吗？你以后要是喝醉回家摔台凳，我就拧掉你的耳朵喂狗！"众人一阵哄笑。

10 月琴声碎

这天中午，烈日当空。近两百艘大小商船停靠在青莲湾与豆腐社码头两百多米的河面上。这些船首尾相接，船舷互靠，帆樯相错，在阳光照耀下闪烁着炫目的光芒。

这些商船，有的满载柴炭、茶叶、大豆、桐油、花生、药材、竹篾等土特产，准备往南转运。有的刚从连江口、广州等地远道而来，船上装满了食盐、火柴、布匹、煤油等山区稀缺的日用品。商船有的靠岸等候货主，有的歇息后继续北上，有的在船上交易，以货易货。

张三的帆船刚在豆腐社码头停下，船舱里就走出一个汉子，边揭起衣角扇风，边扯开喉咙向码头喊叫："张老板，货到啦!"那个手拿本子、肩挎算盘的张老板坐在码头石阶上等候多时，听到喊叫即扔掉烟头，带着几个搬运工快步上了船。

船舱里装了几十口阳山白莲产的铁镬。汉子提起一个有耳铁镬走到张老板跟前，在阳光下晃了晃，又附在他耳际"呼呼呼"

地敲了几下，说："这些白莲镬做工一流，细滑白净，广州人有眼光，宁用白莲镬也不用佛山镬！"张老板脸挂笑容，蹲下身子，细心察看每一口铁镬，清点数量后把算盘打得噼啪响。

温葱莲和苏妈刚好来码头挑水。葱莲卷起裤腿下了河，抓着木桶横柄，"哗哗哗"地拨走水面上的杂物，随之将木桶倾斜，猛然使劲下按，即盛满了两桶清水。

苏妈认出了张三的帆船："葱莲，那不是三叔的船么？"张三的帆船由红船改装而成，船尾稍高的设计有别于其他帆船，令它充盈着一种高雅之气。"是呀，那是三叔的船。"葱莲说。

张三这时从船舱探出头来："哎呀，葱莲在这呢。上个礼拜靓班主说，日月楼要换两个镬。刚好我到白莲运镬，就为靓班主挑了两个，是和生制镬厂的靓货。"阳山白莲铁矿含铁量甚高，鼎盛时当地拥有七家制镬厂，史料曾有"白莲产铁，邑人采以铸镬，岁计出镬甚多"的记载。

张广发和赵笑媚走出船舱，张三即吩咐两人将铁镬送到日月楼。广发将两个铁镬叠在一起，扣在头上。看着高大结实的广发和亭亭玉立的笑媚，葱莲笑着说："三叔，一眨眼笑媚也快成大人啦。再过几年，把广发和笑媚的事办了，早日抱孙，早日享福啊！"张三呵呵直笑，双眼眯成一条线。广发的脸霎时红了，笑媚则害羞地别过脸去。

"葱莲姐，我来挑。"笑媚从葱莲手中抢过扁担，未待葱莲反应过来就迈开长腿"噔噔噔"拾级而上。葱莲手挽装满干净衣服的竹篮跟在后面，被健步如飞的笑媚和广发远远甩在身后。葱莲笑问："阿媚，日后嫁给发哥好吗？"笑媚停下，回过头来，露出俏皮的笑靥，带着羞涩，江风裹着笑媚如黄莺般的笑声灌入幽深的街巷。

葱莲刚走上码头入口，发觉有两个陌生男人紧随身后并指着自己的背脊低声嘀咕着什么，葱莲不予理会。未几，听到陌生男人叫喊："大姐，请等等。"葱莲回过头，只见一名身材壮实、头发油光可鉴的男人已走到跟前。男人火辣辣的目光在葱莲饱满的胸脯上停留片刻后才移到她俊俏的脸上："我想打听一个人。"葱莲厌恶这淫秽的目光，感觉像吞下一只刚从臭味熏天的茅厕飞出来的苍蝇一样。男人凸出的喉结急剧滑动了一下，说："我想找靓少德，他住哪儿呀？"葱莲淡淡地说："跟我来吧。"

在日月楼门前，靓少德正与几个厨工师傅兴趣盎然地围着广发送来的铁镬左瞧右瞄，又轻轻敲打铁镬，聆听其发出的清脆声响，喜悦之情溢于言表。葱莲对丈夫说了句"后面有个男人找你"就入了厨房。靓少德侧过面望向来人，双方都愣住了。靓少德拖着残腿一瘸一拐地走上前："你是'生鬼开'吧？""是呀是呀，你是靓班主吗？"对方也惊愕不已。

那陌生人是靓少德的同乡，名叫郭衬开，原是梨园彩的男丑。因戏行里习惯以某人姓名和饰演的行当为其起外号，戏班的人都叫他生鬼开。这人功底扎实、表演谐趣，但好赌好色、好抽鸦片，并屡犯班规，最后被靓少德逐出戏班。生鬼开咬牙切齿，扔下"此处不留人，自有留人处"的恶语后就连夜转投过山班粤丰年了。过档后他不仅恶习不改，还与恶霸流氓沆瀣一气，欺凌同行，调戏民女，班主也只能对其忍气吞声、听之任之了。

连月来，生鬼开受班主委托，带着戏班经理到粤北卖戏。在连江口，生鬼开从同行嘴里听闻靓少德被迫弃艺从商和遭日机轰炸造成终身残疾的经过。酒酣饭饱后，生鬼开冷笑两声，对随行的戏班经理大手一挥："走连江，去青莲！"戏班经理感到莫名其妙，问："不是说好走北江，到韶关、乐昌吗？"生鬼开仰天狂笑，嘴巴下豆子般大的黑痣上的长毛抖个不停。

他说："大声德当过我的班主，我就当他是我的叔父啦。我要去瞻仰我的靓班主，还准备几场好戏孝敬他呢！"

这时，靓少德爽快地说："阿开，想不到我们在青莲见面，快进来喝茶！"生鬼开鼻腔里哼了一声，说："感谢靓班主还记得我。"看着靓少德歪斜着身子在前面引路，生鬼开幸灾乐祸，如喝下一盅美酒一样畅快淋漓。当靓少德撑着膝盖正要抬脚跨上门前的石阶时，生鬼开特意趋前几步，伸手搀扶靓少德的右臂，语气夸张而尖刻："慢走，别把右腿也摔坏啊！"靓少德沉浸在他乡遇故人的喜悦之中，并无意揣摩生鬼开的弦外之音。

靓少德知道对方是来青莲卖戏时，感慨万千地说："好啊好啊，青莲有好几年没大戏唱啦……以前都是主会进省城买戏的，现在倒过来，变成戏班下乡卖戏了。唉，风水轮流转。八和会馆被日本仔炸成平地，吉庆公所的人都各奔东西了，你叫主会去哪儿买戏呢？行行都有一部难念的经呀！"说完即让人找来莫森礼和何念祖商议，结合青莲戏迷的偏好和个别大户人家的需求，最后敲定了演出时间和剧目。

生鬼开一只腿踩在椅子上，手指大力敲了敲搁在饭桌上的演出合同，纹在腕背上的利剑刺青图案十分显眼。他说："除夕到年初七，这日子选得好啊！过大年、睇大戏，够过瘾！剧目也选得不错呀，喜庆的，诙谐的，风情的，团圆的，武打的，全有了，你不愧是吃华光师傅饭出来的人。"过了一会儿，生鬼开捋着黑痣上的长毛，拍了拍靓少德的肩膀说："靓班主，我把新排的《武松打虎》推荐给你，粤丰年的正印花旦人靓歌甜，简直就是翻版陈艳侬，推车和跳罗伞架做得特别到家。还有啊，她演潘金莲风骚入骨，保证迷死青莲街的男人！"

生鬼开有意提高声调，扬起头望向靓少德，阴阳怪气地说："靓班主很久没踏台板啦，爸妈给了你大嗓门，就是用来唱戏的。憋久啦，是不是心里痒痒的？还想登台为你的戏迷痛痛快快演一场么？要是你想演，我就叫班主让你演武松！我还记得那年梨园彩在柳州演《武松打虎》，你站在五米高的梯子上，一个大空翻跳下来，揪住老虎头就一阵猛打。那动作多潇洒、多威武啊，戏迷的掌声快把戏棚震塌啦。"

生鬼开忽然接连拍着自己的额角，将握在手中的茶杯往饭桌上猛然一放，装出醒悟的样子。"哎哟，我真糊涂啊，竟忘了打虎英雄靓班主而今是一个跛脚佬！"他说着弯下腰，把靓少德左腿的裤子往上扯，捏着萎缩干瘪的小腿说，"你们看，你们看，好端端一双脚变成了合尺脚①！一个跛脚佬，走路都成问题，还要他演武松跳大空翻？还是算了吧，别让你在大庭广众面前甩须献丑啦，砸了粤丰年的招牌不算，还惹到那些痴情的女戏迷为你上吊跳河，那我担当不起啊！哈哈哈……"

莫森礼和何念祖从生鬼开忽高忽低、似褒实贬的话语中听出了冷嘲热讽，都气鼓鼓地向靓少德使眼色。葱莲在厨房边切肉，边听丈夫和生鬼开说话。此刻她气得快窒息了，用磨刀石将切肉刀磨得咔嚓响。

岂料靓少德依然心平气和，他说："唉，天有不测风云，人有旦夕祸福……我这个跛脚佬，别说打虎了，上戏台也要人扶啊……"莫森礼暗里把靓少德拉入杂物房，说："你没听出这小人在侮辱你吗？堂堂男子汉容得下这胯下之辱？他妈的，欺人太甚，这合同不签也罢！"说完捋起衣袖，就想冲出门。靓少德紧攥莫森礼的手，说："别冲动，别把唱戏的事搞砸了！戏棚地好几年没戏唱了，戏迷盼星星盼月亮，好不容易等来了戏班。这家伙是个刺头，从不把班规放在眼里，被我赶走

---

① 指走路姿势高一脚低一脚。

了。他而今无非想出口气嘛,那就让他发泄吧,与卑鄙小人较真,值得吗?"靓少德走出杂物房,为生鬼开添了茶,笑了笑说:"如果合同没问题,双方就签名按指模吧。"莫森礼看着靓少德捉起毛笔签了名,又伸出食指蘸了印泥按在合同上,不解地想:这口恶气也咽得下?!

生鬼开收起演出合同,与戏班经理到大街闲逛去了。到了傍晚时分,生鬼开带着浑身酒气跌跌撞撞地走地进日月楼,连叫两声"大声德"后就坐在门前石阶上,搂着陪他的柳翠馆的妓女小美调笑。靓少德从二楼下来,说:"你去哪儿了?我让人到处找你,今晚为你接风洗尘啊。"

"小心肝,你真会撩人!"生鬼开用黑痣上的长毛扎小美的脸蛋,又捏了捏她的丰臀,随后侧过脸对靓少德说:"免了,免了。世界真小啊,想不到在青莲遇到广州永胜庵的老板孙胜标。他可是我的老熟人啊,见到我二话不说,就拉我进去喝酒了。"生鬼开眉飞色舞地浪笑着,从胀鼓鼓的口袋里掏出一沓银圆,解开小美前襟的两颗纽扣,将银圆逐一塞了进去。银圆滑过小美饱满的乳房和光洁的肚脐,"咣当咣当"滚落到石阶上。

"百乐馆真旺我啊,连和了八把牌,发达是一件轻而易举的事啊。来来来,这是阿哥赏你的。快收起来,别让阿芳、阿倩见到了,她们会吃醋的……"失去理智的生鬼开沉湎在温柔乡中,只顾与小美调笑而将靓少德晾在一旁。靓少德气得脸色发青,心里骂道:"恬不知耻,狗改不了吃屎!"便拂袖离去。

"几盅酒能放倒你哥么?在戏行谁不知我生鬼开的酒量?武松三碗不过冈,老子三碗不上台。哈哈哈……走,回去找孙老板再喝!"生鬼开高嚷着,搂着小美向柳翠馆走去,一路狂笑。孙胜标请求生鬼开,让粤丰年来青莲演出时住在柳翠馆和百乐馆。后者满口答应，说："这也好，杀完大花脸，就回去搓几盘，过下手瘾……"

青莲古戏台自清宣统年间竣工以来粤剧锣鼓声从未间断过。但自从靓少德的梨园彩演完《杨贵妃》并在青莲就地散班后，战乱的风雨迫使粤剧锣鼓声在粤西北这座古老的戏院里销声匿迹了。八年后，人们望眼欲穿地守候在河岸，在欢呼雀跃中目睹粤丰年的优伶们敲锣鼓，挑衣箱、杂箱上码头，青莲戏迷再度迎来粤韵嘹亮、万人空巷的欢乐之夜。

这年春节，随着粤剧锣鼓于傍晚时分蓦地响起，人们肩扛凳子，争先恐后地走在通往戏棚地的大街小巷上。直至次日清晨锣鼓声平息下来，度过不眠之夜的戏迷神采奕奕地走出戏棚地，男男女女无不露出意犹未尽的快乐神情。这期间，青莲家家户户几乎都有亲戚来，他们是冲着戏班来的。停靠在青莲湾的外地帆船也骤然多了起来，青莲街巷因之出现了不少陌生面孔。

孙胜标无疑是这场粤剧狂潮引发的轰动效应的最大受惠者，他经营的柳翠馆和百乐馆连日来摩肩接踵，门庭若市，他为自己当初塞了一包钱给生鬼开，让粤丰年的优伶住在柳翠馆和百乐馆附设客栈的高瞻远瞩而扬扬得意。

可是，戏班下榻之地因通宵达旦响起一片淫声浪语和搓麻打牌甩骰的嘈杂声，优伶们得不到充分休息而苦不堪言，班主也哑巴吃黄连、有苦说不出。年初七演出结束那晚，一名老旦因忍无可忍顶撞了生鬼开而招来一顿痛打。优伶们扶着被打得鼻青脸肿的老旦跪在班主面前哭诉，声言如果不开除生鬼开就不参加接下来在大湾和连江口的演出。班主迫于无奈，又不敢公开辞退生鬼开，只好向生鬼开补偿了一些钱，让他很体面地主动离开戏班。后来，生鬼开要孙胜标让出柳翠馆和百乐馆的部分股份，娶小美为妾，继续在青莲寻花问柳，昼夜笙歌。

这一日是青莲集市日，中山路熙熙攘攘，行人如潮。

"白鳝黄骨鱼，新鲜上市——"

"单酒一荤二毫开二黄精酒二两——"

从日月楼传来的如铜锣般的男性吆喝声刚刚落下，与之相距百余米的广源豆豉行又飘出夜莺似的女性叫嚷："广源豆豉，三合酱油——唔忧卖——"男性吆喝与女性叫嚷阴阳对接，声浪绵延，青莲大街恍如一个乐韵弥漫的大戏台。

青莲的土壤和气候极适宜种植大豆，出产的红豆、黄豆和黑豆，颗粒饱满，皮薄肉厚。自数百年前一名阳江籍商人利用青莲这块沃土出产的豆类建起首家豆豉作坊后，豆豉生产和销售便成了青莲历久不衰的行业。作为莫森礼祖业的广源豆豉行在青莲二十多家豆豉作坊中牌子最响亮，收到一包青莲广源豆豉行生产的咸淡可口、香味浓郁、油润光亮的红豆豉，是人们公认的无与伦比的礼遇，而莫家持续数代在青莲富甲一方，也无疑得益于这百年老店的荫庇。

刻着"广源豆豉行"的阳体金字的牌匾在秋阳下璀璨生辉，悬挂在牌匾上方的绣着"百年广源"的店旗漫卷秋风，向宾客诉说着翘楚行业栉风沐雨、春华秋实的光辉历程。宽敞的店铺散发着浓郁的豆豉鲜香，铺面入门右侧摆放一张光滑如镜的厚实柜台。一个两层高的货架与柜台正对，上面井然有序地摆了装满豆豉和酱油的透明玻璃盅。一条幽长的窄巷将店铺与偌大的豆豉制作工场连成一体，大豆倒进铁镬的闷响和木棒搅拌豆子的沙沙声从工场里传出。

莫森礼穿一套黑色云纱衫裤，斜靠在柜台后一张宽大的木椅上，不时甩一甩光亮润泽的西洋头。他边悠然自得地品着香茗，边踌躇满志地看着进出的客人和忙碌的店员。此刻对他而言，是最惬意的美好时光，愉悦的心境与搓麻赢钱后笑容满面地跨出百乐馆门槛时的心情无异。

　　通往工场过道的墙壁上挂着一个大鸟笼。一只浑身乌黑、嘴巴和爪子深黄的鹩哥①在笼子里欢快地扑腾着翅膀。这只鹩哥是日军投降那年莫森礼专程托人从广州花鸟市场买回的。鲜艳光滑的羽毛，活泼乖巧的性情，清脆悦耳的叫声，十分可爱，无可挑剔。最讨莫森礼欢心的是鹩哥的"学舌"本领。它不仅学得快，说得准，叫得亮，而且懂得察言观色。在主人心情好时会说出一些诸如"百年广源，财源广进"的吉利话。莫森礼与鹩哥几乎形影不离，白天到日月楼聊天喝茶或到百乐馆搓麻打牌，就把鸟笼挂在显眼处。即使到三四里远的大江墟如厕，也手提鸟笼穿街过巷。夜里睡前，把鸟笼搁在床前，跟鹩哥逗玩一番才躺下。

　　这时店铺外响起一串女人的嬉笑声。"莫老板，有客到啦！"生鬼开晃着膀子，喊着进门来，他身后跟着六七个衣着光鲜的广府女人。生鬼开说："今天富太们吉星高照，男人都输得剩一条底裤啦。她们赢了钱，都喊着买点青莲特产带回广州送朋友。我说，唔怕唔识货，就怕货比货。买特产就买广源豆豉和三合酱油！"

　　女人们一哄而上，揭开玻璃盅的木盖，弯下腰嗅着豆豉和酱油的香气。"是郭老板的熟人，买多买少，我都给优惠价！"一道婉转娇媚的嗓音从里间传来。生鬼开回过头，只见莫森礼的妻子张薇身穿素白旗袍，踏着轻盈的步子从工场出来。看着她夭桃秾李的面容和娇柔妩媚的步态，生鬼开旋即想起戏台上那些春风拂面、身轻如燕的女花旦。"用广源豆豉蒸排骨、炆青头鸭，味道香到隔几间屋都能闻到。"张薇说。妇女们拎着大包小包，叽叽喳喳说笑着离开了店铺。

　　莫森礼平日与生鬼开搓麻玩牌喝酒，对短时间内与青莲的

_____

①　一种鸣禽，能模仿和发出多种有旋律的音调。

黑白势力交往甚密的生鬼开也忌惮几分，于是邀请他入豆豉制作工场里喝茶。穿过狭长幽暗的屋巷，进入宽敞透亮的工场，生鬼开便有豁然开朗之感，想不到店铺与比戏棚地还要大的工场相连。瞅见生鬼开的眼珠不停转动并啧啧称赞地露出惊愕而羡慕的神色，莫森礼嘴里虽谦虚地说"也就是几个破炉灶、几个烂瓦缸"，心里却为广源豆豉行凭借前店后厂的产销链条百年来屹立不倒而感到无比自豪。

晒场和作坊泾渭分明地分布在工场的东面和西面。晒场设在西面，并铺了进口水泥，显然是出于延长日晒时间和增加地面温度的考虑。六个煮豆用的大炉灶，八个高大的豆豉发酵池，以及三个堆放食盐、豆豉的大仓库统一建在工场的东面。

莫森礼把生鬼开引到一棵高大的玉兰树下坐下，其妻张薇正与几个雇工忙着晒豆豉。莫森礼喊："阿薇，过来泡壶茶。"张薇"来啦"一声应答，向雇工吩咐几句就往这边走来。晒场铺满了湿漉漉的红豆豉，几乎不留任何间隙，像一块刚开垦的阳坡地，烈日下泛着油光。张薇踮起脚尖，扭着细腰，像戏台上的花旦走台步似的，东绕西转，左跳右跃。待她颠着硕大的胸脯跑到跟前时，已是汗水涔涔了。

"阿薇，你陪郭老板，我去看看豆豉煮得怎样。"莫森礼说，"这几天太阳够猛的，豆豉再晒一天就可以收起来啦。"

炉子上的铜煲冒出了热气，张薇为生鬼开泡茶。素白的旗袍将她曼妙的身姿勾勒得凹凸有致，丰腴的臀部随着轻盈的步态扭动。生鬼开看在眼里，眼神都凝固了，不停咽着唾沫，以致已燃尽的香烟把手指烫着了才猝然发觉。

张薇把一杯茶放在生鬼开前面的桌子上，掏出手帕擦汗，扇着风。生鬼开则暗地里倒吸着鼻子，嗅着张薇身上溢出的香味。"我们做豆豉的，就靠这几个月啦。"张薇嫣然而笑，说道，"郭老板，你喝口茶，我去铺面看看。"她已隐约感到那个被坊间称作"咸湿佬"的淫秽目光在自己身上瞄来瞄去。

莫森礼在工场来回奔忙，不时过来为生鬼开添了茶又走开。他来到炉灶前，察看铁镬里豆子的色泽，对雇工说："将火调小些，再煮三分钟就行啦。"完了，又蹬上发酵池台阶，掀开盖在上面的厚麻布，拨开铺在上面一层厚厚的盐粒，用手指勾起几粒红亮带黏丝的豆豉，捏成泥状，附在鼻孔下嗅了嗅后送进嘴里咂咂地细嚼，满意地点点头，对雇工说："这批豆豉发酵得不错，下午就可以拌入陈皮、八角、香樟叶、米酒，明天就可以摊出来晒啦。"

莫森礼带着歉意跑过来。"郭老板，不好意思，没空陪你。"莫森礼说着，向店铺喊，"阿薇，送些豆豉给郭老板拿回家尝尝。"张薇拿来了两包豆豉。莫森礼说："青莲街二十多家豆豉行，有做黄豆豉的，有做黑豆豉的，唯独我们广源是做红豆豉的。红豆豉做工更细，味道更香！"

生鬼开心猿意马，假装在听莫森礼说话，眼睛却频频睥向张薇。莫森礼觉察生鬼开心不在焉，就顺着他的兴味换了话题：

"郭老板最近打麻将手气不错吧？"

"好个屁呀！连输十几场，倒霉透啦！"

"输赢乃兵家常事嘛。不过百乐馆越做越旺，老兄打理有方啊！"

"都是大家给脸子嘛，最近很少见莫老板来百乐馆呀。"

"等我忙完这段时间吧。"

鸟笼挂在玉兰树的树丫上。鹩哥用如鱼钩似的长喙喝了一口清水，扑腾着黑色的翅膀，引吭欢叫："百年广源，财源广进。"玉兰树缀满白色的花苞，空气中弥漫着玉兰花的清雅幽香和豆豉鲜美的浓香。两名雇工抬着一箩筐已充分发酵的豆豉从两人跟前走过，张薇跟在雇工身后。走到晒场后雇工将豆豉

铺落在圆簸箕上。袅袅娜娜的张薇蹲下身，一手执手帕扇风，一手细心地抹平隆起的豆豉粒。生鬼开看着阳光下这幅诱人景象，感到浑身一阵燥热。他抬起纹了利剑刺青图案的右手，解开衣衫纽扣，说："莫老板，你生意顺风顺水，蒸蒸日上，老婆贤惠能干，貌美如花，真羡慕你啊！"

　　莫屋堂东侧那片绿油油的菜地在今年首次铺了一层白霜的那天清晨，青莲刮起了猛烈的北风。已有七个月身孕的张薇用毛巾裹着头，撑着腰喘着粗气走上南大门的石阶，经戏棚地和整香街，往广源豆豉行走去。每逢青莲墟日，广源豆豉行都循例提早一小时开门迎客。这一惯例自一百年前广源豆豉行开业那天起就一直延续下来了，即使当天遇到暴风骤雨也未曾中断过。

　　从豆腐社码头和四方码头吹来的江风像一把锋利的刀子。广源豆豉行的店员把脑袋缩进衣领里，将店铺的门板逐一卸下，完了就赶紧将冻僵的双手搁到嘴边哈几口热气，随后把稍稍暖和的双手交叉伸入衣袖里，跺着双脚等候老板吩咐。张薇的目光掠过牌匾上方的那面绣着"百年广源"字样的绸缎店旗，仰望湛蓝辽阔的天空，喃喃自语："连续一个月晴天，老天也算开恩啊。"她接着问："阿喜，莫老板还没起床么？"结婚以来，莫森礼常睡在豆豉行。店员阿喜眼望脚尖不作答。张薇再问："你是聋了还是哑了？我问莫老板起床没？"

　　此时，与广源豆豉行一墙之隔的百乐馆"吱嘎"一声开了门，一连串"呱呱呱"的鸣叫响过后，随之响起"百年广源，财源广进"的鹩哥欢叫。脸色煞白的莫森礼一手提鸟笼一手插在裤袋里，像被厚霜压倒的菜叶一样，垂头丧气、无精打采地走出百乐馆。他没跟妻子打招呼，拨了一下凌乱的头发就闪入自家店门，将鸟笼往玉兰树上一挂便回到睡房，像被人打断了脊梁似的，顾不上脱鞋解衣，一下就瘫倒在床上了。

莫森礼通宵达旦待在百乐馆打麻将不是一朝一夕的事了，近一年来更是变本加厉，即使靓少德对他反复规劝，父亲豆沙莫对他痛骂无数也于事无补。"阿喜，赶紧打扫门店，把仓库里两箩新鲜豆豉扛出店铺来。"张薇向店员交代完就走入工场，推开与仓库并排的睡房的木门。莫森礼的鼾声比破高胡拉出来的声音还要粗重。看着床上丈夫失魂落魄的颓废相，张薇顿觉一阵心酸。

莫森礼打了一个寒战，朦胧中感到妻子将自己的皮鞋和外衣脱掉，身体被移至床中央，被子严严实实地盖在身上，他全身渐渐变得暖和了。

莫森礼甚为欣赏妻子的花旦碎步，常称她是戏台上的红娘和春草。他朦胧间感到妻子此时上了床，摘下别在旗袍胸襟上的玉兰花递到他鼻下，妩媚地扑哧一笑："香不香？"莫森礼昂起头抵着妻子的酥胸："香也香不过我老婆啊！"他三两下就剥落妻子身上的旗袍，迫不及待地将她柔软的躯体搂入怀里。当他呼哧喘着气，伸手沿着妻子的粉颈正欲往下摸时，突然自己的手被另一只毛茸茸的、纹了利剑刺青图案的大手粗暴地拨开了。一个赤身裸体的男人把妻子压在身下："我的靓花旦，你让我茶饭不思……别害羞嘛，赌债肉还，本来就是天经地义的……"

莫森礼惊醒时发现自己直挺挺地躺着，被子被踢落床下。他万念俱灰，沮丧至极。他昨晚输得一败涂地，欠下生鬼开、孙胜标、王太等人好大一笔债款。此刻他想：当年日本仔的炸弹干吗不把自己炸个粉身碎骨呢？这样就可免遭债台高筑带来的煎熬了。他仿佛感觉到，生鬼开手背上的利剑闪着明晃晃的寒光直抵自己的心窝，便哆嗦着身子往墙边挤靠。

莫森礼恍如病入膏肓的人，萎靡不振地斜靠在玉兰树下的

竹椅上。阳光透过宽边的树叶在他暮气沉沉的脸颊上投下斑驳的暗影，朔风吹起他的头发，俊脸也被拉长了，显得清癯而黯然无神。他百无聊赖，试图挣脱那将自己勒得将近窒息的无形绳索，便回房间取来镇南月琴，坐回原处。他鼓起嘴巴吹去沾在琴身上的尘埃，拧了拧琴轴，轻拨琴弦，调试音阶，然后挺直腰板，将月琴斜抱于胸前，手持拨片，酝酿情绪，弹奏起来。

这把镇南月琴是当年过山班班主为答谢救治之恩送给他父亲豆沙莫的，它音色清亮柔和，琴头雕刻了龙狮图形，琴身用质地坚硬细密的紫檀木精制而成。莫森礼对它爱不释手，在沙市街一名乐师的点拨下很快学会了弹、拨、撮、长轮、扫弦、滚弦等技法，无论是柔和抒情的曲子还是高亢激昂的音乐，都弹奏得有板有眼、得心应手。有一天，他穿行于沙市街古巷时与情窦初开的富家女子张薇偶遇，后者被这身背月琴、外表腼腆的英俊少年吸引了。

《春江花月夜》的乐曲此时从莫森礼的指间流泻而出。这首曲他弹了无数遍。每次弹奏，身心都沉浸在如此景象里：碧空如洗，月色如练，奇卉萋萋，江水汩汩。可是，此刻他却感到双手像被一个恶魔牢牢钳住而动弹不得，那恶魔将他五花大绑后推落至一口漆黑深井里。他双手扒着布满青苔的砖缝，奋力往上攀爬，但爬了几步就筋疲力尽了……他试图从烦恼中解脱出来，全身心投入弹奏中，但乐曲里那碧绿的江水此刻幻化为百乐馆藏青色的门帘，弥漫在河岸上的花香也幻化成王太身上的脂粉味。

昨晚莫森礼的赌运实在太差了，和牌的次数屈指可数。生鬼开正是把莫森礼推入漆黑深井的恶魔，整夜伸出刺了利剑图案的大手，将莫森礼的筹码放进自己的口袋里。孙胜标总是深藏不露，永远摆出一副输赢都不露声色的面孔。他拿过莫森礼的筹码，喝一口茶，淡淡地说："莫老板，打牌前你的手没摸什么吧？"那打扮妖娆、丰乳肥臀的王太则从不顾及输家的感受，每次接过莫森礼递来的筹码，都搁在手掌里摆弄半天，完了就"哗啦"一声撒入抽屉里，咧开朱唇嘻嘻笑。

"莫老板，你欠我们三家的数目太大啦！"生鬼开语气不紧不慢却不容置疑，"王太，你拿本子来，把莫老板欠的数目记下！"

麻将房里空气混杂，乌烟瘴气。街巷传来第一遍鸡鸣。王太亮起嗓门又一声尖叫："哎，我又和啦！"莫森礼连王太的牌也没看一眼就懊丧地把牌一推，随后抬手朝自己的脸狠狠抽了一巴掌，骂道："那么好的牌也糊不了，该倒霉！"王太将莫森礼的欠数记在本子上，完了将本子递给莫森礼过目。莫森礼眼皮也不抬，向王太扬了扬手，表示认可。

生鬼开把自己的牌移给莫森礼看，用真诚而同情的口吻说："莫老板，你看我的牌多整齐呀。我有十次八次有意不和牌了，就是想让老兄和几回。唉，可是你总不争气！你而今共欠我们三家九千多元啦，数目不少啊。薛五哥也算是我们丑行的师傅，当年靓少华组建梨园乐大班，出八千元请他做正印丑生。也就是说，你今晚输了薛五哥一年的薪水啦。唉，你今晚实在太不走运！"

生鬼开向孙胜标和王太递了一个眼色，说："俗话说赢钱怕吃饭，输钱怕天光。莫老板，麻将再打下去你会输得更惨的。我看今晚就打到这吧，明晚还可以继续嘛。"孙胜标和王太连连称好，莫森礼把伸出去垒牌的手又缩了回来。生鬼开说："人情归人情，数目要分明。莫老板，今晚欠下的数目，你确认一下吧。"孙胜标从柜台拿来印泥，王太将写满五页数目的本子铺在麻将桌上。莫森礼也没细看，就签了姓名，按了指模。孙胜标拍了拍他的肩膀说："兄弟，有赌未为输啊。"

王太临出门时也说:"是呀,有赌未为输。明晚祝你好运!"

莫森礼浑身无力地靠在椅背上,发梢覆住他浮肿的双眼。他拨了拨长发,瞧着沾了红色印泥的食指发呆,感觉手脚一阵哆嗦。摘下挂在墙角的鸟笼后,他双脚沉重、步态蹒跚地走出麻将房。在途经百乐馆与柳翠馆之间的鱼池时,他绊倒了,便骂道:"真见鬼,人倒霉时喝凉水都塞牙。"瞅见一群色彩斑驳的锦鲤摇着细长的尾巴,休闲自在地上蹿下潜,他不由得蹲下身子,心生羡慕:做人有啥好呢?做鱼好,无忧无虑!

这时,阿喜与另一女工抬着晒干的豆豉,边向仓库走去,边窃窃私语。女工说:"今天老板怎样了?曲子跑调啦,好像弹哀乐一样。"阿喜道:"老板天亮才从百乐馆回来,可能又输钱了吧。"女工问:"薇姐知道老板常赌到通宵吗?"阿喜说:"哪有不知的?只是不敢说他。"两人说话间,忽见张薇面向隔角,双肩微抖,掏出手帕擦拭眼泪。两人不由得伸了伸舌头,蹑手蹑脚地从老板娘身后走过。

莫森礼缓缓放下月琴,颓丧地将拨片随意一扔。拨片滚到玉兰树下,他也懒得弯腰去捡了,像痴呆一样歪着头对着挂在树丫上的鸟笼出神。"百年广源,财源广进",鹩哥引吭鸣叫。他突然对鹩哥的啼叫感到厌烦,破口大骂:"去你妈的,整天唠唠嘈嘈,闭上你的臭嘴行不行?"他转身向正从仓库出来的阿喜吼道:"阿喜,你把鸟笼拿走!吵得人心都烦啦!"阿喜跑过来,将鸟笼取走。"拿柴刀来!"他又向阿喜高嚷。阿喜找来柴刀。"你把这树砍了!"莫森礼手指玉兰树。阿喜木桩似的站着不动,以为听错了。"我的话你不听吗?我叫你把树砍啦!"莫森礼向阿喜翻了翻白眼。"可是……这树是薇姐亲手种的……"阿喜畏怯地望着老板。

张薇从店铺走来,问:"阿喜,你拿刀干吗?"阿喜手指玉兰树,又瞅了一眼莫森礼,低头不语。

这棵玉兰树尽管仅有三米多高，却枝繁叶茂。春夏时节，翠绿的叶子间缀满了白色的花蕾，令店铺和工场弥散阵阵幽香。可是，莫森礼看不惯妻子将像子弹似的玉兰花蕾嵌入上衣纽扣的喜好，曾三番四次埋怨说："你不要天天戴白花好不好？像办丧事似的。"他甚至将一年多来麻将桌上的霉运归罪于妻子种的这棵玉兰树。

"白玉兰阴气重、不吉利，招惹妖精，是妖树。"

"北方人却称白玉兰是吉祥富贵树！听说当年慈禧太后在颐和园亲手种了不少呢。"

"那是北方。况且颐和园种什么树都行，皇家贵族命硬，还怕什么阴气煞气？广东的玉兰树都种在屋外的，博爱医社门口就有两棵玉兰树，所以阴气重……"

"你这是屙屎唔出怨地硬①……"

这时候，莫森礼看见阿喜站着不动、左右为难的样子，他即上前夺过柴刀，嚓嚓两下就将玉兰树砍倒，扔下柴刀走回睡房。

张薇掩面哭泣。其实，她对丈夫沉溺赌海是心知肚明的，只是念及莫森礼的母亲身体每况愈下才守口如瓶，也没挑明。

傍晚，赶集的人流已散去，沉寂的街巷里混杂着淡淡的酒肉香和汗臭味。张薇挺着大肚子，回莫屋堂做饭去了。

莫森礼让阿喜端来洗脚水，洗了脸，泡了脚，但仍觉脚步沉沉。他走到大街上，瞅见隔壁的百乐馆亮起了灯，不断有人出出进进，精神便亢奋起来。他快步回到工场，走到神龛前点燃了三炷香，跪下祈祷，神情极为虔诚。然后他拿起神龛里的一个小神像塞入内衣胸前的口袋，手提鸟笼，脚迈大步，精神抖擞地走入人影绰绰的百乐馆。

---

① 指为自己做错事找借口。

"莫老板好！"迎客女子向莫森礼鞠躬，"郭老板、孙老板、王太正在等您呢！"

莫森礼将鸟笼递给女子，意气风发地甩了一下头发，说："就来，我就来！"

莫森礼在百乐馆接连赌了三个昼夜，直至生鬼开板着脸说要回家宰鸡杀鸭拜神，坚持不再打下去了才罢休。连日来，莫森礼欠下的赌债不仅没减少，反而越积越多，具体数目连他自己都记不清了，对在欠数本上签名按指印也早已麻木了。这天，当他神情落寞地在厚厚的本子上按完最后一次指印，然后提着空鸟笼——鹩哥因主人忘记喂食而死去，步态踉跄地迈出百乐馆大门时，已是除夕的晌午。脸色苍白的莫森礼倦怠地瞥了一眼几天不见的太阳，差点晕倒。

街巷上鞭炮声震耳欲聋，此起彼伏，红彤彤的炮仗纸铺了满地。柳翠馆的几个脂粉女子在悬挂灯笼的门前嬉戏嚷闹。几名妇女手挽装着已放血的鸡鸭的竹篮走向码头，一群小孩蹦蹦跳跳紧随其后。

莫森礼绕过戏棚地侧的一条长满香蕉和蝴蝶花的菜畦小径，从正门走进莫屋堂这座外观呈"日"字状的客家围屋，即闻到一股炸油糍的浓香。十多个穿着新衣裳的本族孩子哇哇地欢叫着，在宽敞光滑的晒谷场上跳方格、踢毽子、打陀螺。在晒谷场东侧的舂米坊前，二十多个来自邻近街巷的外族男女在交谈说笑，装着糙米的簸箕或木桶在他们脚下排成长龙。在舂米坊，一个妇女将糙米倒进深埋在地坑里的盆子似的石臼里，两个壮年男子则用力踩踏木梁尾部，装了铁杵的木梁像鸡啄米似的，不停砸击石臼，发出咚咚闷响。每逢过年过节，静谧的莫屋堂就会变得热闹起来，来舂米的人一拨接一拨，舂米声响常从白天延续至深夜。

此刻，新年的喜庆并没消解莫森礼沉郁沮丧的心绪，他如一个外来人，冷漠地看着眼前的景象。欢乐属于别人，与自己无关。几名本族老人围在一起聊天，当一个手捧御寒火缸，蜷缩成干虾的老妇拉着他的手说了一番话时，他冰冷的面孔才有了笑颜："阿礼，阿薇前年怀孕时肚子圆得像个大西瓜，我猜怀的是女仔，果真生了个大肥妹。今年她肚子又尖又凸，像个大番薯，我猜怀了男仔，干塘捉鱼——冇走鸡①。相信二婆，我从没看错眼的。你就准备抱个大肥仔吧！你爸不是日夜都盼有个男孙么？"莫森礼笑着向老妇点头道谢。

这时候，莫森礼听到一个老人叹了一口气说："阿薇就要生了，阎王爷又来催命喽，这次不知谁跟阎王爷走……"莫森礼听罢，不由打了一个寒战：老人说的是本族人最忌讳之事——玄妙诡谲、不可思议的阴阳替换的现象。

这些年，莫屋堂凡有一个新生命诞生，就会有一位老人辞世，两者相隔半年。族老说，这是上天对莫氏家族积福行善不足的惩戒。眼下，一个生命即将降临，意味着另一个生命即将逝去。谁将到阴间向阎王爷报到呢？处于人口阴阳更替关口的莫氏族人，无不对此讳莫如深和惊惶不安。

莫森礼走进典雅精致的殿堂式客家四合院时，夕阳从天井洒下一片橘黄之光，将回廊四周画有龙凤图案的赤红梁柱映得光彩夺目。屋脊上装饰着画了仙人虎豹图案的陶瓷，左右对称的屋檐翘成牛角状，几只乌鸦在此间跳来跳去，未几就掠过庭院飞向大江墟莲塘，留下一串"哇——哇——"的粗劣嘶哑的叫声。莫森礼顺着乌鸦消失的方向望去，瞅见门楼上明晃晃地摆放着两副深红色、预留给族人仙逝用的厚实棺材，心里不禁一阵寒战。

他走进四合院东侧的屋院，看见父亲站在客厅里。豆沙莫

①　指对一件事有极大的把握。

手拿《六郎罪子》剧本，摇头晃脑，用独特的嗓音大声念出剧中独白："曾经百战保中州，银枪不敌小丫头。纵然掬尽长江水，难洗今朝满面羞。"莫森礼叫了一声"爸"。看到儿子出现在客厅，豆沙莫放下剧本，关切地说："你刚从县城回来？阿薇说你谈生意去了。你脸色不好看，多休息啊。"张薇从房间出来，莫森礼既感激又内疚地看了她一眼。

莫森礼返回房间，掩上房门，像被雷电击中的枯木，直挺挺地倒在床上。他看着用黄花梨木料制作的饰以雕花和绘画的床榻，想起了族老不厌其烦、绘声绘色地向同族后辈讲述的莫氏先祖"木勺分银"的辉煌历史：凭着勤劳、坚韧和睿智，莫氏先祖不仅短短几年就在青莲扎根，而且宗族繁茂，良田无数，钱粮丰盈，人丁兴旺，家仆成群。由于田产遍布青莲偏远乡野，先祖下乡收缴田租需坐船或骑马前往，来回要一整天。

除夕是莫氏家族年终"分银"的狂欢夜。当晚，莫屋堂鼓乐齐鸣，喜气洋洋，男女老少穿上新衣新鞋，在那雕梁画栋的族屋里欢聚一堂。八盏马灯将晒谷场照得明如白昼。"啪啪啪"，数十米长的鞭炮被点燃了。未待硝烟散尽，两名壮汉就踏着红地毯似的炮仗纸，将一个用红布覆盖的大箩筐抬至晒谷场中央，莫氏十兄弟将各自带来的竹篮或木桶在箩筐前排成"一"字。此时，一名德高望重的族老神采奕奕地站在古井旁的高台上，慷慨激昂地向族人送去新年祝福。然后，他跳下高台，走到箩筐跟前。围在四周的族人踮起脚尖，伸长脖子，屏息凝神地盯着箩筐。族老捋了捋银须，撩起长袍，变魔法似的呼地揭开覆在箩筐上的红布，满满一箩筐银圆闪着白光映入族人眼帘，引来一阵惊讶声和赞叹声。族老手执舀米用的圆形木勺，盛满一勺银圆后，就"哗啦哗啦"地倒进前面的竹篮或木桶里……

"木勺分银"历史虽来自先祖们的口述，莫森礼却有身临其境之感。这段历史肇始于清乾隆年间，终结于咸丰年间，莫氏家族逾百年的显赫历史一直成为青莲人茶余饭后的美谈。莫森礼常慷慨激昂地向旁人讲述这段梦幻般的历史。眼下他独自追忆时，却感到极度愧疚。因为族老们曾醍醐灌顶地告诫后辈：导致"木勺分银"历史式微并走向终结的最大根源是族人嗜赌成瘾！

正当莫森礼躺在床上心烦意乱地咀嚼这段历史时，客厅传来一阵杂乱的脚步声，广源豆豉行的阿喜带着几个伙计走进门。阿喜对豆沙莫说：

"我们都是广源豆豉行的，来找莫老板。他在吗？"

"他刚从县城回来，在房间休息呢。你们有事找他？"

"他说好今天发工钱的，可是几天都不见他了……我们连过年的钱也没有啊！"

"有这样的事？我们广源从来都不拖欠工钱的呀！"

"广源要转让了，转让前得付清我们的工钱嘛。"

"你胡说啥？谁说广源要转让的？"

"是百乐馆的伙计阿新刚才亲口说的，还说广源豆豉行准备改名，叫永兴豆豉行。您叫莫老板把我们的工钱结了吧。我们跪下求您了！"

"你们别这样！都站起来！我先把事情搞清楚。老太婆，你快叫森礼和阿薇出来，我问清是咋回事儿！"

"森礼，快出来，你爸有事问你！"母亲推门喊道。莫森礼耷拉着脑袋走出客厅，看见阿喜等六七个伙计齐刷刷地跪在父亲面前。妻子也挺着大肚子，茫然地站在一边。父亲背抄着手，怒气冲冲地来回踱步。

这时候，靓少德拐着腿，急匆匆走进来，大声问："森礼，听街坊说你把广源转让给生鬼开和孙胜标了？究竟发生了什么事？"

　　豆沙莫愕然，举起微微颤抖的右手，指着儿子和儿媳，怒不可遏地斥问："究竟咋回事儿?!"张薇转过身去，掩脸啜泣。莫森礼垂下头，紧闭着眼，直挺挺地站着。离开麻将房前生鬼开说的那番话又在耳畔响起："莫老板，实在对不起啦。你欠我和孙老板、王太的赌债，不能长拖不还的。这样吧，你用广源豆豉行顶债。这是欠债单，豆豉行的转让协议我也拟好了，你签名按指模吧……"

　　此时，豆沙莫再次喝问："究竟咋回事儿?"莫森礼艰难地撑开沉重的眼皮，怯懦道："我确实欠了他们不少赌债，把豆豉行顶出去了……"话音刚落，只听到"咚"一声闷响，豆沙莫应声倒地，不省人事……

　　豆沙莫的房间传出一阵凄厉的哭喊声，六神无主地坐在客厅椅子上的莫森礼顿感不妙。张薇手提豆沙莫换下的沾满屎尿的衣裤从房间出来，哽咽着说不出话。跟在她身后的靓少德神色沉重地拍了拍莫森礼的肩膀，说："你爸过世了……"莫森礼"哇"的一声号哭，冲入父亲的房间。

　　围拢在走廊上的几个雇工见此情形都一一散去。他们刚走到屋院的天井，靓少德就追了上来，说："莫老板他爸刚走，他也没钱给你们发薪水了。你们现在去日月楼等我，我把莫老板欠你们的工钱先垫上。过年了，知道你们等钱用。"靓少德让阿喜顺路到沙市街找仵工来莫屋堂处理后事。

　　靓少德返回客厅，看见靠在墙角太师椅上的张薇双手抱着大肚子，大汗淋漓，呻吟不止："哎哟——哎哟——"便关切地问："阿薇，你没事吧?"最后离开的女雇工阿勤听到老板娘痛苦的呻吟也立即折返，大惊失色："靓班主，薇姐要生啦!"靓少德当机立断："阿勤，你马上叫葱莲姐来接生!"

　　温葱莲是在家门口捏着鸡脖子正要宰杀放血时听到阿勤呼叫的，她将手里的鸡往地上一扔，上楼取了装有剪刀、绷带、蜡烛、酒精、纱布等物品的小木箱就出了门。

葱莲来到张薇的床前，将耳朵贴在她隆起的肚子上仔细听，随后吩咐莫森礼的母亲生起一盆炭火，烧一壶热水，再点燃蜡烛，把剪刀放到蜡烛上烧炙。她握住张薇的手，安慰道："你别怕，忍住痛。"

一小时过后，房间传出几声微弱的婴儿哭啼声。莫森礼推门进去，看见妻子疲惫不堪、气若游丝地躺在床上，葱莲挨近火盆，用温水小心翼翼地清洗婴儿身上的血污。葱莲对莫森礼说："是个男仔。"

莫森礼脸上没现出丝毫欣喜，甚至没看儿子一眼就出来了。他走进父亲房间，将嘴巴贴在父亲的耳际，哽咽着说："爸，阿薇为您添了一个男孙，莫家有香火啦。"说罢伏在父亲尸首上痛哭……

按葱莲的叮嘱，莫森礼将妻子的胎盘缠上稻草，打算挂在屋院后的石榴树上让它自然风化。他手提胎盘走出屋院，看见靓少德正指挥族人从门楼上卸下棺材，并抬到晒谷场中央。莫森礼在棺材前停下脚步，少顷茫然离去。族人们皆用冷眼斜乜他的背影，一位族老吐了一口唾沫，骂道："十足败家仔，激死老豆揾山拜！"

到了深夜，莫森礼在屋院墙外的路边点燃一堆玉米秆，然后坐在土墩上，等候母亲前来焚烧父亲的遗物。母亲挑着两个大麻布袋走来。她放下担子，解开麻布袋，莫森礼瞥见里面除了装着父亲生前一些衣帽鞋袜外，竟还有数十本封面泛黄的霉烂本子。母亲抱起一叠本子就往火堆里扔。

"妈，你烧的是啥呀？"莫森礼疑惑不解地问。

"你爸的账簿。"母亲淡淡地说。

"账簿？！"莫森礼惊讶地跳起来。他常听母亲说，一些穷人实在没钱看病，父亲就将他们欠下的医药费记在账簿上。相

当一部分人至今仍未还，但豆沙莫也没去催讨。他一辈子行医，留下了数十本账簿。

莫森礼醒悟过来，便迅速扑向火堆，不顾被灼伤的危险，伸手到火堆里捡账簿，摔到地上，用脚将火踩灭，好不狼狈。他气得七窍生烟，怒斥母亲："哎呀呀，妈你真糊涂！干吗把它烧掉呢？这是钱，我得挨家挨户把它讨回来！"

"你爸亲口跟我说的，没钱看病的都是穷人。我死了，你就把账簿全烧掉！"母亲挺起腰，一副理直气壮、不容置疑的神情。

莫森礼愕然伫立。

母亲弯腰揪起麻布袋的一角，将两袋账簿全倒进火堆里。然后从门楼下的杂物房抱来几捆禾秆，抛进火堆。火越烧越旺，火苗裹着黑烟，蹿起数米高，很快被夜空吞噬。

此时已到大年初一的凌晨。莫屋堂里舂米的闷响仍没停歇，不时有人手拎盛满米粉的盆和桶，说笑着回家去。莫森礼伸直双腿，背靠墙角，瘫坐在地上，茫然看着被烈焰吞没的账簿。尽管莫家添丁，但家父新亡，豆豉行被顶债，深陷痛苦深渊的莫森礼不禁顾影自怜。他觉得自己在物质和精神上都一贫如洗，甚至连住在青莲和尚堂里的乞丐都不如。他曾听族老们谈起莫屋堂那诡异而恐怖的阴阳替换现象，感觉匪夷所思。而今，他不但亲眼看见，而且生者与死者恰好都出自他家里，这令他感到无比惊诧。

11 老倌开金口

　　傍晚，天色灰蒙蒙。靓少德离开日月楼往家里走。来到戏棚地路口时，北风裹挟着一股烧酒味扑面而来。莫森礼和张薇蹲在莫屋堂东侧的小路旁，火苗卷着冥纸在他们面前跳跃着。这天是豆沙莫过世的第七天，当地人称为"头七"。

　　靓少德上前点燃三支香烛，插在泥地上。莫森礼将旧报纸糊成的"梯子"扔进火堆，说："爸，这纸天梯是我妈专门做给你的，你吃饱喝足就登上天梯，回天上去吧。"泪迹斑斑的张薇拧开酒瓶盖，将酒浇到火堆四周，然后低头抽泣。莫森礼拿起戏班班主送给父亲的两本石印线装剧本《苦凤莺怜》《玉皇登殿》随手翻了翻，想往火堆里扔，被靓少德拦住了："剧本多珍贵啊，留给我吧。"三人默默地蜷缩在一堵破墙下，等到火堆里的火苗全部熄灭，冥纸的灰烬被寒风刮走后才离去。

　　为公公办完"头七"祭奠仪式后，张薇带着三岁的女儿和刚出世的儿子回到娘

家。莫森礼这些天足不出户，把自己锁在房间里，用酗酒和抽鸦片麻醉自己。

莫森礼抽鸦片成瘾，与父亲脱不了干系。老中医豆沙莫行医以来，每年九月九日或中秋节夜必做一件事，即在天井回廊用瓦缸种几株罂粟——他深信古书记载，这两天种下的罂粟"花必大，子必满"——为的是把罂粟子和罂粟壳炒熟磨成粉末，与别的中药混合使用，以考察其治疗痢疾、腹痛、咳嗽等疾病的功效。

莫森礼听瘾君子说，鸦片成分是从罂粟果提取的。于是他瞒着家人，摘下未熟的果实，用针刺穿它的表皮，将流出的乳白色汁液阴干后享用。后来，他在偏僻山野偷偷种下一片罂粟。入秋时节，看着火焰般的花海，他喜不自禁。他与鸦片馆做起了生意。鸦片馆老板送他一支工巧的烟枪和一盏精美的烟灯，还说："莫老板，你人瘦，估计胃吸收不好。吸几口鸦片吧，能调肺养胃的。"

这些天，靓少德几乎天天去敲莫森礼的房门，但后者就是闭门不出。这天，温葱莲回来对丈夫说："我刚才在莫屋堂菜园见到阿礼啦。他拿着酒瓶和烟枪，到处逛，喊他也不应，人像傻了一样。"靓少德即叫上何念祖，直奔莫屋堂菜园。他们边走边喊，找遍菜园附近的牛栏、瓜棚、茅坑、草坡，甚至连存放先人骨头坛子的洞穴也搜过了，仍没找到莫森礼。

在菜农的指引下，他们终于在隐藏于蕉林里的一个竹寮寻到莫森礼。当他们靠近竹寮时，隐约闻到一股酒味。两人推开竹木门，眼前的情形让他们惊愕不已：一根绳子拴在竹架正中，莫森礼站在矮凳上，正伸着脑袋往绳套里钻。

"阿礼，你干吗？"靓少德冲上去，抱住莫森礼，"你别干傻事！"莫森礼哀求道："班主，你就让我去死吧……"靓少德大声说："去死？你忍心去死么？你想一死了之是不是？你死了，阿薇和两个小孩怎么办？"莫森礼缄口不言。

过了一会儿，莫森礼突然像蚯蚓似的蜷缩着身子，脸色发紫，涕泪纵横，又扯头发，又捶胸脯，呻吟不迭，奄奄一息，喃喃自语道："冷，好冷！"何念祖说："他毒瘾来啦。"果真如此。莫森礼迅即从腰间取出用黄绸布裹缠的杆子，迫不及待扯开裹布——那是一支用青铜白银和犀牛角、鹤顶骨等材料制成，雕刻了龙凤图案的烟枪。他又解下拴在裤带上的小布袋，取出雕了一个"寿"字的烟灯和几粒黑色小丸，跪在地上，熟练地点燃烟灯，用小钳夹住黑色小丸搁到火苗上烤了烤塞进烟锅里，嘴含烟嘴，贪婪地吮吸起来。

"阿礼，你现在是朝火坑里跳啊！"靓少德夺过烟枪，"咔嚓"一声将烟枪折断，接着又"哐当"一下把烟灯踩碎，"你这是自暴自弃，破罐子破摔！"莫森礼抱着头，号啕大哭。

此后这些天，靓少德和何念祖有空就找莫森礼聊天，轮流开导他。靓少德还叫莫森礼到日月楼帮忙，让他慢慢从精神困境和毒瘾中解脱出来。有两次，莫森礼躲在仓库里抽鸦片，靓少德发现后对他斥责一番。后来，他彻底戒掉了毒瘾，呆滞的目光开始灵动了，瘦瘦的脸颊也渐渐有了血色。

一天夜里，靓少德和莫森礼在戏棚地聊了很久。靓少德说："我觉得，奸淫、赌博、吸毒、偷盗是戏行的'四大恶魔'！在梨园彩我是容不了这些的，一经发现，我就立刻让他卷铺盖走人！"他说起了与梨园彩优伶约法三章的往事。

靓彪当众宣布让出梨园彩班主之位的场景在靓少德脑海里鲜活起来。那天傍晚，来自佛山、东莞、顺德、三水、湛江、柳州、梧州等地的三十多个优伶和乐师风尘仆仆地赶到琼花会馆附近的寺庙，准备次日起程经西江到肇庆演出。待众人高高兴兴吃过"开班饭"后，靓彪示意众人安静，说："各位手足，因为我要为母亲守孝，三年内不能出远门，只能让出梨园

彩班主之位。"靓彪巡视众人惊愕的表情，继续说："我决定让靓少德接替我！现在请靓班主讲几句！"众人面面相觑，过了一会儿才鼓掌。"找个老青①当班主？我呸！"此时，自认是戏班里的"叔父"的生鬼发愤然吐了一口痰，昂头离去——他心里嘀咕，论资历和能力，接替班主的人应是他，而不是毛头小子靓少德！

靓少德向众人鞠躬作揖，神情肃穆，用洪钟般的声音说："各位叔父，各位手足，感谢靓彪班主的信任！有两句话靓班主常挂在嘴边，'未曾学戏，先学行头''执输行头，惨过败家'。什么叫行头？就是行规！俗话说，无规矩不成方圆。我们知晓，靓班主恨透了奸淫、赌博、吸毒和偷盗。其实呀，戏行许多前辈对这'四大恶魔'也是深恶痛绝的。李文茂当年在柳州称平靖王，曾颁布了一条禁令：'睇戏不准开赌，如违罪责非轻。'大老倌千里驹从不沾嫖赌、不饮荡吹②，有空就琢磨如何演好戏。他四十八岁过世，省港各大优伶都含泪相送，就是敬重他的人品啊……"

靓少德把几沓银圆摆在桌子上，斩钉截铁地说："我接任班主，也定几条规矩。梨园彩不管是谁，也包括我，一定做到'四不'——不淫、不赌、不抽、不偷！能做到的，明天跟我坐船到肇庆演戏；如果做不到，你就立即卷铺盖走人，我会送三块银圆给他当路费。留下的人凡违反规矩的，就扣罚薪水；如果再犯，我就请你食无情鸡③，让你滚蛋！"说罢，靓少德抢起拳头，狠狠砸在桌子上。

这一幕让在场的人看愣了。开始一些人不把靓少德放在眼里，个别放荡不羁者还暗里骂道：老子过桥比你行路还多，在

---

① 指新人。
② 指抽鸦片。
③ 指被解雇。

我面前耍什么威风呀,老子抽口大烟、摸摸女人的屁股你也要管?后来仔细观察这位正气凛然、不苟言笑的年轻班主洁身自好,身体力行,说话做事毫不含糊,才渐渐对他肃然起敬。特别是他力排众议,将资历深却向来目空一切,因吸毒而延误演出并调戏村妇引致村民围攻的生鬼开赶出戏班,众人无不拍手叫好。当时面对跪在地上一把眼泪一把鼻涕的男丑,靓少德义正词严、掷地有声地说:"我不会因为你是我的同乡就一只眼开,一只眼闭!有令必行,有禁必止,要不然梨园彩怎么在江湖上立足呢?心慈手软就会助长歪风邪气,我绝不容忍一粒老鼠屎搞坏一锅粥!"

此时,莫森礼听完靓少德的叙述,转过身去哽咽起来。靓少德感到愧疚:当初如及时制止莫森礼豪赌和抽鸦片的恶习,他也不至于落到今天财空父亡的田地。

"广源豆豉行"的阳体金字木质牌匾被生鬼开和孙胜标拆了下来,替代它的是"永兴豆豉行"的阴体石质牌匾。

那天是元宵节,柳翠馆和百乐馆门前行人如鲫,鼓乐声起。当分立在门侧左右的生鬼开和孙胜标在众目睽睽下扯开覆盖新牌匾的红绸时,从柳翠馆顶楼垂至地面的二十多米长的鞭炮被点燃了。硝烟散尽,冬阳下用花岗岩石雕刻而成的填上朱红油漆的新牌匾,流光溢彩,富贵逼人。"广源豆豉行"的木质牌匾已裂纹斑斑、油彩剥落,取下后被弃置在豆豉行旁的小巷过道,很快就被行人拿回家当柴烧了。

此前,生鬼开坚持抹掉广源老牌子的所有痕迹,以给顾客耳目一新之感,孙胜标却认为他的做法未免有些矫枉过正。当生鬼开爬上店铺柜台,想取下"百年老店"的横额时,孙胜标立马阻止了:"别摘别摘!你真是龙驹当瘦马、沉香当烂柴,有眼唔识货。这块招牌比一百两黄金还要值钱啊!"这位在广州永胜庵"开师姑厅"① 而风生水起的精明生意人嘴叼一根雪茄，透出不屑一顾的傲气："说起做生意，你这唱戏佬还得叫我做叔父呢。扯科反，撻烂台，吞生蛇，这些戏台上的名堂我做不来，但生意门道我比你懂得多。你知道么？当年谭杰南②把'葡萄居'买来，改为'陶陶居'。店名是改了，但'百年老字号'的横额仍保留下来。很多老顾客都是冲'百年老字号'这几个字来的。兄弟，姜还是老的辣，八角还是老的香啊！"

略懂书法的孙胜标倒是赞同生鬼开提出的用五块银圆请王文斌题写牌匾的主意。他说："王先生毕竟是青莲街的文化人，又是清末大儒简朝亮的高徒。他的书法于古朴中见华茂，于雄放中见温雅，在连阳一带还是挺有名气的。"但他嫌生鬼开出手过于阔绰："用得上五个大洋？看他那副穷酸相，你就算给他几个铜币，他也会不睡觉，连夜把字写好送来的。这也难怪，你们唱戏佬是最讲排场的，五个大洋'咣当'一下往桌上一掷，多气派啊！"

那天午饭后，生鬼开怀揣五块银圆，哼着粤曲出了门，去整香街找王文斌题写牌匾。过年的气氛仍未消退，不时有穿着新衣的小孩兴高采烈地从身边呼啸而过。生鬼开踏着鲜红的鞭炮纸屑，神气活现地来到观音街街口，正好浩刚、鼻涕虫等孩子在戏棚地空坪上燃放鞭炮。

看到生鬼开大摇大摆地走来，浩刚便将鞭炮插在过道的牛粪上，点燃后迅速躲到墙角，探出脑袋窥探。"轰"的一声鞭炮响了，生鬼开被冷不防的轰响吓得愣了一下。看到衣裤和皮鞋都沾满了牛粪，他黑痣上的长毛气得直抖。他边破口大骂，边横眉怒目地四处寻找作恶者。那群顽皮的孩子挤眉弄眼，捂

---

① 即开设风月场所。广州人称尼姑为师姑。
② 广东巨商。

238

着嘴巴偷笑。就在生鬼开快要寻到跟前时，孩子们撒腿跑入胡仁新屋宅的后门，跳过猪栏进入屋内庭院，穿过屋内一条黑暗狭长的屋巷跑回整香街，随后跑下莫屋堂，消失在大江墟莲塘边的茅林深处。

生鬼开被观音街和整香街四通八达的巷道搞得晕头转向。当他追到整香街街口时，孩子们早已杳如黄鹤了。生鬼开感到既羞辱又气恼，双手叉腰，骂骂咧咧，先骂"野仔""屲家铲"，再诅咒别人祖宗十八代。旁人站着看热闹，却没人同情他。发泄完毕，他从地上捡起一根棍子，弯腰刮走衣裤上的牛粪。

生鬼开已失去找王文斌题写牌匾的兴致，但又怕空手而回被孙胜标奚落。犹豫间，听到有人大力扑甩衣物的声响。他看见张爱彩正在拾掇摊档，便走上前。张爱彩瞥见一双沾了污迹的皮鞋，便放下手中的铁拐顶。当她抬头看清来人是臭名昭著的百乐馆老板生鬼开时，提起铁拐顶，扭头便走。

"大姐，请慢走。"生鬼开本想问王文斌住哪里的，看见眼前是一位脸色红润、胸脯饱满的青年妇女时，就霎时改变了主意，"有生意做你也不做？"

张爱彩绷紧脸，"咚"的一声将铁拐顶重重地掼落在地上，又把矮凳往生鬼开跟前一扔，说："擦鞋也要看时间嘛！"

生鬼开深知，青莲女子率直泼辣是远近闻名的。也许见惯了风月场或戏台上的女子身上的婉约含蓄之美，他觉得眼前这位身高体壮、丰腴饱满的女人的粗犷健硕之美，散发出难以抗拒的魔力。他火辣辣的眼神久久停驻在女人银盘似的脸面和柚子般的胸脯上。

"要擦鞋，就把鞋脱了！"张爱彩似乎意识到什么，便下意识地摸了一下衣襟的纽扣，不耐烦地催促道。"我脱，我脱。"生鬼开咽下一口唾沫说。张爱彩把生鬼开脱下的皮鞋抹

净、上油、擦亮，摆到生鬼开脚前，随后起身匆匆收拾摊档。生鬼开掏出几个铜板，握在掌心抛了抛，再伸向前去，色眯眯地瞅着女人，试图趁机触摸女人的手。岂料张爱彩撇开脸，厉声道："把钱放凳上！"生鬼开只好悻悻地把铜板搁在矮凳上。

张爱彩一手拎竹篮，一手提铁拐顶正欲离去，生鬼开盯着女人丰硕滚圆的屁股问："哎，王文斌住哪儿?"张爱彩装作没听见，径直回家。

此时，王文斌肩上扛着一捆麻竹从大江墟路口走来。生鬼开看见眼前这位外表斯文羸弱的中年男子身穿粗布长袍，脚蹬旧布鞋。也许是不堪麻竹的沉重压力，男子歪着嘴，喘着粗气，近视眼镜滑落到鼻尖，泥地上被竹梢划出弯弯曲曲的痕迹。

"王先生，我有事找你。"生鬼开说。

王文斌收住脚步，将麻竹靠在墙壁上，用衣袖抹了抹蒙了一层雾气的眼镜，重新戴上，惊诧地问："郭老板，你找我?"

"是呀，我想找你写几个字。"生鬼开从口袋里掏出包着银圆的小布袋，在王文斌眼前"哐当哐当"地抖动，"这可是一笔大生意啊！一个字给一个大洋，五个字就是五个大洋啦。你刨竹青要刨几个月才刨到五个大洋吧?"

王文斌无意闲聊下去，问："你想要我写什么字?"

生鬼开将钱袋在手里抛了两下，神气十足地说："就写'永兴豆豉行'五个字！"王文斌向来厌恶贼头鬼脑、心术不正的生鬼开，想拒绝又一时想不出充足的理由，便不说话，扛起麻竹就走。生鬼开慌忙后退几步，避开差点划到脸上的竹梢。

王文斌已走进整香街，生鬼开快步追上来，将钱袋往竹梢上一挂，说："王先生，你得赶快把字写好啊，我急着做牌匾的。我明天中午来拿！"王文斌没有停留。钱袋剧烈地摇抖着，发出"咣当咣当"的脆响……

竹子与莲花，无疑是青莲两大标志性风物。河道边，田畴旁，村庄侧，庭院里，无不见麻竹、单竹、斑竹、篁竹、楠竹、文竹、罗汉竹、凤尾竹等各式各样的竹子。青莲水两岸是一片茂密翠绿的竹林，夏秋之交，翠竹飘落细长的黄叶，有的铺满草地，像撒了一层柔软的黄金片；有的洒落江面，如随波逐浪的小纸船。

靠山吃山，近海吃海。刨竹青、织竹器、晒竹笋、搭竹棚、扎竹排、围竹篱等靠竹子谋生的手艺，经两千多年沉淀便成了青莲鲜明的人文印记。这些印记在青莲的大街小巷和乡村僻野随处可见。对那些既没土地又没钱的居民来说，刨竹青就是他们养家糊口的生存之道。麻竹头青可入药，也可补船缝。青莲一些人家买来皮囊丰厚的麻竹，用竹刀刮下头青，晒干后出售，以帮补家计。

第二天吃过早饭，王文斌一口气将买来的麻竹全部锯成节。做完后，他边大声朗读古文"隔篁竹，闻水声，如鸣珮环，心乐之"①，边把潮湿的、散发着甜味的竹屑铺在阳光下晾晒，以作煮麦羹或冬天烤火用的燃料。

张爱彩将刨竹青的凳子搬到街口，摆在补鞋摊档的一旁。没客人时，她就刨竹青。对音乐颇为敏感的刘满龙曾停下脚步，看张爱彩刨竹青，说："彩姐一会儿呼呼呼敲铁锤，一会儿又吱吱吱刨竹青，听声响还以为戏棚地在演大戏呢。"后来，他就让妻子汤秀英学刨竹青，并去打铁街找师傅打了一张专门用于刨竹青的弧形钢刀。

这天，汤秀英手拿竹刀来找张爱彩，说："彩姐，你教我刨竹青吧。"张爱彩说："刨竹青比吃豆腐还容易，我教你！"

---

① 出自柳宗元的《小石潭记》。

说完，张爱彩坐在长凳上，用木块将麻竹垫高，并用铁线圈固定在长凳的另一端。接着她双手握住竹刀，身体前倾后仰，轻重有致、缓急有度地运着竹刀。随着一阵清脆的声响，薄如蝉翼的青竹丝在利刃下翻卷而出，卷成麻花团滚落到凳子下的竹箩里。汤秀英看着竹箩里堆成尖塔似的竹丝团，疑惑不解地说："彩姐，为啥我刮竹青总是起茧起节呢？"张爱彩嘻嘻笑了："刨竹青和刨木板差不多，用力要均匀，不能像顶蛮牛似的硬推硬拉。"

汤秀英问："这批竹是哪里买的？""是深塘的竹。竹身粗，竹皮脆，竹囊厚。"张爱彩回答。接着她扯开喉咙，向正蹲在戏棚地空坪的石阶上打竹青的丈夫王文斌喊道："哎，我说你呀，这批竹不错。上次你就被饭甑寨的卖竹佬骗了，价钱贵不说，皮囊薄过纸，竹皮比铁皮还硬，累得我腰板疼了一个礼拜。"王文斌停下手中的竹棍，推了推架在鼻尖上的眼镜，侧面望了望数十米外的妻子，又继续埋头抽打竹青。

张爱彩余气未消："我家这男人只懂'之乎者也'，其他的屁也不懂。像块木头，踢一下动一下，抬棺材唔晓转膊①，有时让他活活气死！自上次买竹的事被我骂得狗血淋头后，才慢慢醒目起来。"汤秀英宽容地说："针冇两头利嘛，我看文斌哥人挺老实的。再说，多识几个字有什么不好呢？不是说'书中自有黄金屋'吗？""秀英，你也信这骗人的鬼话？"张爱彩用手捶打几下腰背，又拍拍沾满竹丝粉的双膝说道："要是像古人说的'书中自有黄金屋'，我这辈子就不用补鞋刨竹青喽！"

在补鞋档对面，王文斌双膝着地，挥动手指般粗的竹棍，不停地抽打冬阳下曝晒的竹青。竹棍落处，留下一道道又直又

---

① 指脑筋死板。

深的印迹，扬起的竹粉四处飞散。这时，王文斌五岁多的儿子开顺从莲塘玩耍回来，看见干爽脱粉的竹青像一张暖烘烘的棉被，便兴奋得一个猛扎扑上去，四肢摊开仰躺在竹青上，然后像一只调皮的小猫弓着腰来回打滚，汗渍渍的脸颊沾了一层黄色的粉粒。"哎呀，你真是调皮捣蛋啊！看我打爆你的头！"王文斌举起竹棍，做抽打状。瞧见儿子一个打滚闪开，跟着一溜烟跑向莫屋堂，便吆喝道："你回来！"开顺胆怯又极不愿意地返回父亲跟前。"站住，转过身去。"王文斌扳着儿子的肩膀转了一圈，用毛巾拂去他身上的粉粒，随后指着挂在墙上的竹篮说："等会爸去卖竹青，你在这坐着。如果有叔叔来取字幅，你就告诉他放在竹篮里。听明白了吗？"开顺点点头，那如小刷子似的长睫毛不停地扇动。王文斌将竹青卷起来捆绑好，扛在肩上就拐向当铺巷，往收购店走去。他临行时对妻子叮嘱："钱和字都在竹篮里了，生鬼开来取，就交给他。"

王文斌刚离开，生鬼开就哼着小曲出现在整香街路口。汤秀英说了句"咸湿佬来了"，就三步并作两步回家去了。生鬼开知晓那健硕性感的补鞋匠是王文斌的女人。由于昨天碰了一鼻子灰，今天又一次遇这泼辣的女人，生鬼开不敢再贸然做出轻佻的举动了。"你男人在吗？我是来取字幅的。"生鬼开有点怯生生地问。张爱彩眼皮也不抬，只是向戏棚地正门努努嘴。

"叔叔，您是来取字的吧？字就在这儿呢。"开顺向生鬼开招手，又指了指墙上挂着的竹篮。待生鬼开笑嘻嘻行至跟前，开顺歪着脖子补充说："我爸卖竹青去了。"随后冲至墙边，举起小手连跳几下，试图将竹篮取下，但手尖始终够不着竹篮，只好气馁地望着生鬼开。"还要多吃几年饭啊，细蚊仔。"

生鬼开边说边上前取下竹篮，发现竹篮里放着昨天自己带

来的钱袋和折叠起来的宣纸。他拎起钱袋捏了捏又抖了抖，听到一阵吮当声。把银子倒到手心数了数，五个银圆一个不少。"咦，他没收钱么？"生鬼开疑惑地打开宣纸，不由"啊"的一声惊叫起来。宣纸赫然写着四个字：另请高明。捧着这笔醮墨饱、力透纸背的字幅，强烈的耻辱感令他双手颤抖不止。他感到胸腔憋着一股强大气流，像被人按在水底里动弹不得，将近窒息一样。他气急败坏地从牙缝里挤出几个字："他妈的，真不识抬举！"随后将字幅揉成一团，扔到台阶上。

　　昨晚王文斌一家大小围在一起吃饭。席间，不胜酒力的王文斌喝了几杯妻子特意让儿子从常兴杂铺店买来的白酒，脸颊红得像猴子的屁股。他向来不苟言笑，但几杯酒下肚后话语就多了，不时用筷子敲着桌子上的碗碟，从青莲的远古传说一直讲到韩愈、何昌期、简朝亮、李及兰的传闻逸事，口若悬河，滔滔不绝。作为清末鸿儒简朝亮的弟子，王文斌对恩师佩服得五体投地。他对苦斋婆煲猪骨这一阳山独特的菜式情有独钟，无疑是受在水口将军山纳徒讲学长达九年的简朝亮的影响。

　　此刻王文斌捧起粗碗，美美地喝下一口闪着油星的苦斋婆汤，然后拿起筷子插进猪脚骨的内孔里搅了搅，张嘴含住骨头一端，噗的一声吮出一口稠黏的骨髓，晃晃头、扬扬眉，悠悠地咽下肚里，完了用手背擦了擦嘴角的油渍，赞叹道："啊，苦中带甘，人间美味也不过如此呀！"随后仰头喝了一杯酒，半眯眼，朗诵简朝亮的诗句："龙舌呼名菜若何，古来茶苦有诗歌。倘教夜读求熊胆，试问山中苦子婆①。"张爱彩看见丈夫眉飞色舞的神态也来了兴致，端起丈夫的酒杯连喝了几杯，也变得脸红耳热了。她双肘支在饭桌上，边细啃慢嚼盘子里的碎肉残骨，边兴致勃勃地听丈夫讲述陈年旧事，有时也无所顾

———————————

　　① 即苦斋婆。

忌地开怀大笑。

这时隔壁响起震耳欲聋的鞭炮声，一股刺鼻的硝烟漫入屋里来，接着街巷传来纷乱的脚步声，一群孩子吆喝着呼啸而至，在相互推搡中踩踏地上的鞭炮纸，弯下身搜寻未燃响的炮仗。开顺一听到街巷的声响就迅速丢下饭碗冲出屋门，却被父亲高声喊停："别去，回来！"开顺嘟着嘴巴站在原地，伸头望向屋外。"快回来！父母说话，小孩要用心听。就算突然天崩地裂，也要专心致志地听。这是规矩！懂不懂？"王文斌厉声训斥儿子。妻子在一旁嘀咕："小孩嘛，谁不贪玩？"王文斌看见儿子一副委屈的可怜相，也有点不忍心了，说："我给钱你去买炮仗烧。"当他从内衣口袋摸出一个胀鼓鼓的钱袋时，才突然想起生鬼开出五个大洋让他写字幅的事。他打开钱袋，将钱倒在掌心上，数了三回后取出一个大洋，"啪"的一声按在桌子上，豪爽地说："你去买几包炮仗回来，爸陪你一起烧！"开顺取了钱就连蹦带跳地出门买炮仗去了。

王文斌素来反对孩子乱花钱，给孩子的过年利是也只有两三个铜板。丈夫一反常态的阔绰举动让张爱彩感到蹊跷。"你哪来那么多钱？你藏私房钱？"张爱彩嚼着骨头瞪圆双眼问。王文斌没有回答，起身走到书桌前，边磨墨边愤然地说："'十有九人堪白眼，百无一用是书生'，这话真他妈的荒谬至极！书生若是百无一用，生鬼开会主动找上门么？"他铺开宣纸，手执毛笔蘸了墨汁，"永兴豆豉行"几个草书大字一气呵成。他晃着脑袋，对着大字左瞄右瞧地自我陶醉一番后，模仿戏台上小生的口吻，不无炫耀地说："爱卿呀，请过目。你爱郎书法是否有王羲之遗风？飘若浮云，矫若惊龙！"张爱彩走到书桌前，看着那几个遒劲的大字，惊呼起来："生鬼开今天找你，就是让你写这几个字？"王文斌白了妻子一眼，说："这有什么大惊小怪？生鬼开低声下气求我，还心甘情愿付我

五个大洋呢！简朝亮的弟子可不是浪得虚名的！"

"哎呀，你还不明白我的意思？"张爱彩急得连连跺脚摆手，把嘴里的骨头吐到地上，"你怎么这样糊涂呀？"

"我糊涂？我糊涂啥？"王文斌摘下眼镜，两只大眼球快要从眼窝里滚出来了。

"你就是糊涂！见钱眼开！"张爱彩气得一屁股坐在竹椅上，大声说，"你知道永兴豆豉行是怎么回事吗？"

王文斌看了一眼门口的行人，示意妻子降低嗓门："怎么回事？"

张爱彩把屋门掩上，说："豆沙莫是被豆豉行的事气死的！我以为你知道这事，就没跟你说，青莲都街知巷闻了。"张爱彩用手指戳了一下丈夫的额头："你真是两耳不闻窗外事，一心只读圣贤书！"

王文斌拨开妻子的手，急切地问："豆沙莫的死跟豆豉行有关？"

张爱彩便将莫森礼因赌博输掉豆豉行和生鬼开等人打算把广源豆豉行改为永兴豆豉行的事说了。"生鬼开、孙胜标、王太三个老千相互扯猫尾打龙通①，森礼还蒙在鼓里！"她气得两眼冒火，"森礼真是累人累物，输了祖业不算，还搞到家破人亡。'男人靠得住，猪乸会上树'，这话一点没错！"张爱彩狠狠地瞪了丈夫一眼，似乎站在自己眼前的男人就是令她咬牙切齿的莫森礼。

王文斌的酒气已消散殆尽，眼前逐一浮现生鬼开等人的丑恶脸孔："一丘之貉，蛇鼠一窝！这样巧取强夺，手段实在卑鄙！我就算饿死也绝不做这为虎作伥的事！"说罢，他大步走到书桌前，抓起字幅撕成碎片，怒气冲冲地扔到搁在客厅中央

---

① 指相互串通，演双簧。

的火盆里烧了。夜里他很迟才睡，睡前写了"另请高明"几个字，连同字幅塞进钱袋里，说："明天交给生鬼开！"

生鬼开取了钱袋，又从地上捡起揉成一团的字幅，懊丧地从戏棚地返回百乐馆。路上有不少他熟悉或不熟悉的人暗地里对他指指点点，他感觉他们都在悄悄议论他被王文斌奚落的事，感到被人扒光了衣裤捆绑在一棵大树下，正惊骇万状、狼狈不堪地躲闪围观者向他投来的石块。生鬼开缩着脖子灰溜溜地走到大街时，他的两个同谋孙胜标和王太正踌躇满怀地站在百乐馆门前，商议永兴豆豉行开业的事。

看见生鬼开黑口黑脸空手而回，孙胜标感到奇怪，问："你不是说今天去取字幅吗？"生鬼开没回答，将揉成团的字幅扔到孙胜标怀里，说："你低估人家啦，这个酸文人清高得很！"孙胜标拆开字幅，也惊愕得目瞪口呆。沉默了一会儿，孙胜标有气无力地说："我们另想办法吧。"后来，生鬼开先后找了三个读书人写了字幅，但大股东孙胜标都不满意，但迫于无奈，还是从中选了一幅做牌匾。

他们选定一个日子，举行永兴豆豉行开业仪式。一向讲究大排场的生鬼开提议开业那天要搞"大阵仗"，请三个狮队前来助兴，还说让柳翠馆的歌女当街演唱。

生鬼开的想法与孙胜标不谋而合。后者还专门托人送了请柬给在连州驻防的老朋友黄洞槐，恳请他拨冗出席开业庆典。孙胜标对自己这一谋划自鸣得意。他的眼神在柳翠馆、百乐馆和永兴豆豉行之间来回扫视，完了才解释此举的意图："要是黄洞槐带领兵马前呼后拥地出席庆典，县里镇上的大小官员谁敢不给面子作陪？既然有头有脸的人都来祝贺了，永兴豆豉行来路不明的传言也就不攻自破了嘛！"

生鬼开向孙胜标拱手，连说"好桥"。显然受孙胜标借势谋略的启发，生鬼开猛然拍了一下大腿，兴奋地说："开业那

天请靓少德当街唱几首怎样？我愿付他十个大洋！"

孙胜标也向生鬼开拱手，点头道："高招！"但他吸取了低估王文斌而被生鬼开嘲讽的教训，对靓少德应允前来唱曲助兴几乎不抱任何希望："这人比王文斌还要清高！"不过他还是期盼奇迹出现。"梨园彩的文武生靓少德现场献技，这等同于大戏里的包尾大翻①嘛！"他对生鬼开说，"你登门拜访大声德。他要是肯来，多给他十个大洋也值得！"

次日吃过早餐，生鬼开裤袋装着一包钱就出门去找靓少德了。他深知靓少德是莫森礼的生意合伙人，且对赌博深恶痛绝，明白请他为永兴豆豉行开业助兴比登月还难。因此他对自己一时口快提出请靓少德而后悔莫及："这不是自找没趣吗？"但当他路过广州会馆，一些相熟的人恭敬地向他点头哈腰打招呼时，就突然觉得有必要专程造访昔日的班主了。他想：他要是答应来，则善莫大焉；他要是回绝了，也不要紧，起码让他知道我郭某离开梨园彩，同样过得风生水起呀。

生鬼开春风满面地走进日月楼，向围坐在茶桌旁聊天的几个广府商人傲慢地扬扬手，问正在为客人倒茶的苏妈："靓班主在吗？"苏妈停下手中的活，上下打量油头粉脸、和颜悦色的生鬼开："他刚回家，你到他家找吧。"生鬼开迈出日月楼的门槛，低头走了几步又转回来，说："苏妈，给我倒杯茶，我在这里等他。"回想起昨日骑虎难下的窘迫情景，他如芒刺在背。

生鬼开喝过第二道茶，靓少德步上日月楼的石阶。

"靓班主，我等您很久啦。"生鬼开站起身，环视人来人往、熙熙攘攘的饭馆，故意提高声调，"后天我们永兴豆豉行正式开业，请靓班主大驾光临！"

---

① 指压轴好戏。

248

"哦?"靓少德愕然,继而大度地说,"恭喜啊,郭老板!"

生鬼开迎上前,说:"除了请您光临指导外,我还想请您开金口,为来宾唱一曲。至于酬金嘛,我郭某人不会亏待靓班主的。您毕竟是响当当的过山班班主兼文武生,我给您二十个大洋!"生鬼开用力拍了拍胀鼓鼓的裤袋,接着竖起两根手指。

茶客们骤然肃静,个个停杯投箸,像木偶似的一动不动,目光全倾注在靓少德身上。靓少德一拐一瘸地走到生鬼开的对面,习惯性地用手搬动伤残的左腿,坐了下来,说:"年纪大,回糖①啦。又变成跛脚佬,还敢提当年勇么?"他话锋一转,嗓音变得格外洪亮高亢,"不过,既然郭老板盛情相邀,我不看僧面看佛面,也要鼎力相助的。更何况有二十个大洋,我身水身汗担十次英阳也挣不到这么多钱啊!郭老板,我答应你!"

生鬼开大喜过望,愣了一会才从裤袋摸出钱袋,抛给靓少德:"靓班主,爽快!"靓少德伸手接住钱袋说:"郭老板放心,我会交足功课的!"

当生鬼开回到百乐馆,用鄙夷的口吻将靓少德毫不犹豫就接受邀请之事告诉孙胜标时,后者也倍感意外。他嘿嘿冷笑两声说:"跪地喂猪嬷——睇钱份上。凡夫俗子,有多少人能真正做到视金钱如粪土呢?"

永兴豆豉行在这天开业。尽管初春的凛冽寒风像刀子似的划向人们的脸颊,但并没冲淡人们对这一天的期盼。人们吃过早餐就兴高采烈地涌向大街中心,广州会馆至柳翠馆、百乐馆一带被围得水泄不通。南塘、江佐的村民如赶集或探亲坐船而来,峡头、潮水坑、深塘等地的村民也大清早就怀揣番薯、芋

---

① 指艺人久未排演或年老技艺退步。

头往镇上赶。他们都有一个共同的愿望，就是目睹靓少德偃旗息鼓数年后重开"金口"的盛大场面。

街民反响之热烈令孙胜标和生鬼开始料未及，两人便临时决定将柳翠馆的小戏台搬到永兴豆豉行正对的大街中央。街民知晓此变动后即回家扛来长凳短椅，抢占最佳位置。住在街边的人则爬上自家阁楼，撑开窗户往下观望。两串长鞭炮呈"八"字状从永兴豆豉行的楼顶垂落到地面。豆豉行门楣上方的新牌匾被红绸布覆盖，冬阳在红绸布上铺了一层黄澄澄的光环。

其时，刘伯承和邓小平率领的大军放弃后方，破釜沉舟，强渡黄河，千里挺进大别山，直接威胁国民党的统治核心——南京和武汉两大重镇。黄洞槐以"前线战事吃紧"为由没有出席开业庆典，但他也给足老朋友孙胜标面子，派一个副官带上他的亲笔信及几个士兵前来祝贺。当地政府也不敢怠慢，派出数名官员作陪。孙胜标、生鬼开和王太忙于迎接各方来宾。负责统筹的孙胜标显然经历过大场面，仪式中的各个细节考虑得十分周详，几乎滴水不漏。

宾客们在戏台前落座后，三个醒狮队轮番上场，人们激昂的情绪刹那间被调动起来了。靓少德在戏迷的千呼万唤中拖着残疾的左腿登上戏台时，现场掌声和呼叫声如潮水般响起，靓少德几度扬手让人们安静却无济于事。他双手叠放在腹前，微笑着用洪亮的嗓音说道："戏行有句话——'做戏甘蔗命，中间一节甜'。行内人虽然都叫我大声德，但自己感觉这几年已力不从心了。所以，我拜托各位静一静！"说罢向观众深深鞠躬。

靓少德重新挺直腰板时，观众席又躁动起来，都指着他的衣着哄笑不已。戏迷们原本猜测靓少德今天会穿上华丽的戏服，以俊朗洒脱、赏心悦目的形象示人的，料想不到他竟将自已装扮成衣衫褴褛、穷困潦倒的乞丐。蓬头垢面的靓少德掸了掸皱巴巴的有几个破洞的衣裤，又伸出脚，看了看露出脚趾的布鞋，说：“你们看我像不像《苦凤莺怜》里的余侠魂？不过，我今天不是演乞丐，而是演赌仔。”他的视线在观众席来回巡视，继续说：“俗话说，日赌夜赌，衫都无件好。赌易学，书难读，赌仔何曾买大屋？相信大家对《马丕尧禁赌杀子》和《赌仔回头》两出大戏有印象吧。我不想炒冷饭，给大家唱一道新曲《赌仔自叹》，献丑啦！”

靓少德用洪钟般的嗓子唱道：

我叫张运保，人人叫我大碌藕，冬天戴顶粒拎帽。

祖宗辛苦又节俭，留下一间盐行兼三间米铺，街坊都话张家风水好。

我冇其他嗜好，唯独大瘾赌，麻雀、色仔、牌九都想玩几铺，真系陈村码头——逢渡（赌）必啱哟。

自从中意赌，就冇觉训得好，捧住饭碗都心郁郁。

趁老婆返娘家探阿嫂，拎起袋银纸就往赌馆走，日赌夜赌确系离晒谱。

开始运仔好，杀到高佬晚豆皮二叔眼碌碌，觉得钱银好易捞。

自从旧年香左个老母，赌十铺就输我九铺，半月未到就输光三间米铺。

我手气越糟糕，越系想去赌，落起注来够晒豪。

我听信风水佬，重葬我老母，拍拍心口又去赌。

输钱有条路，盐行输埋我眼木木，返到屋企老婆要掟煲。

人生真懊恼，后悔当初走上歧途。

我张运保奉劝各位千万冇去赌，否则学我人又老、钱又冇，老婆又走佬。

　　靓少德唱完，表情肃穆。围观的人悄无声息。他凝神环视四周，慷慨激昂地说："赌博何尝不是十赌九输，赢粒糖、输间厂的呢？如果你逢赌必赢，你就是神灵啦！"说罢，他将视线停在孙胜标、生鬼开和王太三人身上。这三人竭力显出一副安然自若的神态，但都不约而同地转过脸或垂下头，躲避靓少德如梭镖一样锋利的目光。靓少德从裤袋里掏出钱袋，往生鬼开的怀里抛去，意味深长地说："郭老板，我今天免费演出。这包钱，你收回去吧！"

　　现场骚动起来，人群中突然传来如旱雷般的喊叫："我有话要说！"只见莫森礼的堂兄身披广源豆豉行的店旗，奋力拨开人群，一个箭步跳上戏台，声嘶力竭地说："赌博猛于虎！我的堂弟莫森礼就是一个反面教材。他不但将莫家百年祖业广源豆豉行输清败光，还将自己的老窦活活气死！可怜青莲德高望重的老中医尸骨未寒啊！"这个身高体壮的汉子话音刚落，就号啕痛哭起来。

　　人们此时也发现了莫森礼，只见他可怜巴巴地畏缩在街边的墙角里，头发遮盖住他的眼睛，只露出被泪水沾湿的脸颊和瘦削的下巴。

　　莫森礼堂兄于大庭广众的哭诉，令广源豆豉行易主的真相大白于天下。人们叽叽喳喳地议论此事：有的吃惊地瞪圆双眼，有的感叹地摇着脑袋，有的愤慨地紧握拳头，有的鄙夷地撇起嘴角。孙胜标、生鬼开和王太感到现场数百双眼睛恍若千万支利箭一齐射向他们的心窝，他们坐也不是，站也不是，一时狼狈不堪，丑态毕现，恨不得立即钻进地缝中。此时喊声四起：

　　"三个老千踢脚打眼色，森礼肯定渣都冇啦！"

　　"他妈的，这分明是强抢明夺嘛！"

　　"以后大家都别买永兴的豆豉！"

现场瞬时秩序大乱，人们叫着骂着，像潮水一样涌向戏台背后的永兴豆豉行。有人捡起地上的砖头泥团掷向遮盖牌匾的红绸布，有人将高悬在牌匾上方的崭新店旗扯下撕成碎片，丢弃在街道上，有人提着半桶尿水浇在门板上。永兴豆豉行门前一片狼藉，围观的街民纷纷拂袖离去……

后来，莫森礼无不感激地对靓少德说："靓班主，你为我出了一口恶气！"靓少德气愤地说："我就要让青莲街的人都知道，永兴豆豉行是他们设局得来的！"其实，当生鬼开出钱请靓少德出山助兴时，靓少德已胸有成竹：我要唱一出好戏！

鲜为人知的是，靓少德演唱的《赌仔自叹》出自他的儿子浩深之手。那晚，靓少德看见儿子在房间大声朗读《苦凤莺怜》的剧本，还用毛笔将剧本抄到本子上，便说："阿深，你不是说长大后想当开戏师爷么？我想唱一首曲，叫《赌仔自叹》，你写唱词。"浩深答应下来，并连夜构思创作。次日一早，他把唱词交到父亲手上。靓少德看后，开心地笑了，说："孺子可教也！"

12 宁做老姑婆

永兴豆豉行开业一年多来门可罗雀，一直处于亏本状态。而在永兴豆豉行斜对面的青莲另一家百年老店南兴豆豉行却门庭若市，生意蒸蒸日上。

这天，生鬼开正躺在工场的屋檐下睡午觉，隐约听到店铺传来杂乱的脚步声，一个妇女用标准的广州话说："伙计，我要五十斤新鲜的一级豆豉。"生鬼开兴奋地从竹椅上爬起来，快步走出店铺，看见几名打扮洋气的广府女人围着货架指指点点。生鬼开立即吩咐看管店铺的伙计："阿全，你去仓库称五十斤一级豆豉。"

一个极标致的女人说："老板，我们要五十斤豆豉，你要给个优惠价啊。"生鬼开笑了："没问题，欢迎以后多光顾永兴。"那女人愣住了，问："你这店铺不是南兴？"生鬼开收起了笑容，淡淡地说："你眼睛瞪大点，店铺的牌匾和旗子明明写着'永兴豆豉'！"女人脸露尴尬之色："我们进来时只看店旗，没看牌匾。你们店旗的字也太

小，我们看成南兴啦。"此时大街斜对面响起"南兴豆豉，百
年老店"的吆喝，这几个广府女人于是走出店铺，说笑着，
往南兴豆豉行走去。

生鬼开气鼓鼓地随手抓起货架上的价格牌，"啪"的一声
掷向柜台。正在冰凉光滑的柜台上歪着头酣睡的小花狗被价格
牌掷中，惨叫数声跳下柜台，惊恐地往工场里奔窜，差点将肩
扛豆豉正从工场出来的伙计阿全绊倒。阿全扭头狠狠骂道：
"不长眼呀，赶着去投胎吗？"阿全把豆豉放在柜面，说："老
板，这是客人要的五十斤一级豆豉。"生鬼开拉长了脸，瓮声
瓮气地说："豆豉扛回去吧。阿全，明日你去锦旗店订一面新
店旗，旗要大，字要醒目！"阿全昏懵地瞅着老板阴郁的脸
庞，又看了看空荡荡的店铺，似乎明白了老板暴怒的原因。他
怯懦地问："新店旗还是绣'永兴豆豉'几个字吗？"生鬼开
翻着白眼说："你真蠢，画公仔要画出肠吗？不绣'永兴豆
豉'，难道要绣'南兴豆豉'？"

生鬼开和孙胜标对靓少德恨之入骨，缘由不言而喻。靓少
德在永兴豆豉行开业庆典上演唱《赌仔自叹》，无疑在各界来
宾和青莲百姓面前扯下了两人的遮羞布，而莫森礼堂兄现场的
一番话也坐实了永兴豆豉行由来的传言。人们对生鬼开与孙胜
标狼狈为奸、强抢暗夺的可耻行径嗤之以鼻。自此，被人们暗
地里称为老虎口和绞肉机的百乐馆生意一落千丈，而永兴豆豉
行也经营惨淡。人们私下说，永兴的豆豉不干净，小孩吃多了
皮肤会变黑，年轻妇女吃多了会患不孕症。

生鬼开早有请戏班来青莲唱几场大戏以冲走霉气的念头。
这一年适逢孙胜标老母亲七十大寿，孙胜标也有庆贺一番的打
算。于是，在青莲莲藕刚开挖的秋季，生鬼开请了一个四十多
人的过山班，双方定下四天五夜的演出周期。生鬼开仍让戏班
住在柳翠馆，并在宣传造势上费尽心思，除要求戏班在戏棚地

张贴街招和抬着锣鼓柜沿街吆喝外，还别出心裁地在永兴豆豉行与百乐馆之间的门楣上挂了一条二十多米长的演出广告横幅。演出期间，生鬼开还让伙计在戏棚地四周摆设了十多个豆豉摊，一律九折酬宾。另外，还开了几个推牌九和掷骰子的赌摊。

戏棚地鼓乐喧天，赌博的吆喝声一浪接一浪，场内外飘荡着浓郁的豆豉香。为讨主人欢心，不少被邀请来看戏的生意人出手阔绰，十斤八斤地购买永兴豆豉行的豆豉，这引发了其他戏迷的购买欲望。孙胜标对生鬼开"以戏促销"的举措赞不绝口："你这条'桥'不错！看来唱戏佬闯荡江湖不仅仅靠一把口和几套功夫，有时头脑还是挺活的嘛。"生鬼开也洋洋自得："做生意即是做人气嘛。青莲人不论男女老少，对睇大戏哪个不是火麒麟——周身瘾①的？只要戏棚地开戏锣鼓一响，他们就会丢下碗筷赶来的。有了人气，生意就自然好啦。"

生鬼开和孙胜标高兴得太早了。他们万万没有想到，正是在这次精心策划的演出中发生的意外将他们推入了万劫不复的破产深渊。

首晚演出的是正本戏《薛仁贵》。正式演出前，生旦净末丑各行当一一登台亮相，为孙胜标的老母亲贺寿祈福。演员们身穿华丽服饰，带上各式道具，表演个人功架。文角秀演技，武角展身手。场面浩大，鼓乐铿锵，色彩缤纷。观众目不暇接，乐不可支，大呼过瘾。

浩深和浩刚安静地坐在戏台前，演员们唱念做打、乐师们吹拉弹奏、杂勤人员来回忙碌，以及演员们站在虎度门前神色凝重等候出场等场景，都引起兄弟俩浓厚的兴趣。

大人们只顾看戏，再没心思去看管孩子了。孩子们像山岭

---

① 指过分地喜欢。

上放养的牛羊一样，恣意妄为。他们相互追逐，舞棍弄棒，推搡打闹。开戏锣鼓响起后，他们就呼啸着涌到古戏台前，指指点点，手舞足蹈，大声说笑。坐在前排的生鬼开忍不住上前驱赶："你们这些调皮鬼别围在台前吵吵闹闹，都走开！"孩子们"呼"的一声退下，又转到别的地方喧闹去了。

演出不久天气骤变，狂风大作。风越来越猛烈，席卷着泥尘，劈头盖脸地吹向戏台下的人群。用砖木搭建起来的古戏台在疾风中摇摇欲坠，戏台四周悬挂的用以照明的汽灯，有两盏被风吹倒了，砸在地上。戏班勤杂人员连忙找来新的汽灯，手忙脚乱地爬到高处安装好，演出才得以继续。

古戏台底部是用木板围蔽起来的密封空间，孩子们常钻进去玩捉迷藏。就在更换汽灯导致演出被迫中止时，胡仁新的儿子鼻涕虫带着几个小伙伴来找浩刚。鼻涕虫用手腕揩了揩流到嘴边的鼻涕，附在浩刚耳旁说："我们去戏台下面玩吧？"浩刚摇头拒绝了。鼻涕虫不罢休，带着孙胜标的小儿子孙继林悄悄摸入戏台，推开通往衣箱过道的简陋台阶旁的一块烂木板，侧着身子钻进戏台底下。

戏台底低矮而漆黑，散发出一股屎尿臊味与物品霉变的混合气味。鼻涕虫和孙继林弯着腰，捏着鼻，借着从台板之间的缝隙透下来的微光，在横七竖八的木架中匍匐前行。戏台底四个角落特意放置了四个增强共鸣效果的大瓷缸，此时发出嗡嗡嗡的巨响。演员们在戏台上用力踩脚、走圆台急跑或接连空翻，所到之处台板砰砰作响，尘埃从缝隙间飘下来，两个孩子东逃西窜，感到既刺激又害怕。

两人撞撞跌跌，最后来到戏台通往后台荒地的出口处，坐在木板台阶上喘大气，嬉笑着你看我、我瞅你。看见对方全身布满了尘埃和蜘蛛网的狼狈相，都忍不住捧腹大笑。他们头顶的正前方安放了一个神龛，身披铠甲、手持利斧的华光祖师端

坐在香炉前，他左中右三只眼在烟雾缭绕中闪着肃穆而仁爱的光辉。两人坐了一会，就想走上台阶，这时左侧男厕所位置突然响起急促的脚步声，不久后两人头顶上传来淅淅沥沥的类似下雨的声响。两人抬头望去，看见一个年轻演员慌慌张张地站在神龛旁小解。原来即将上场的小武跑到厕所小解时看见里面有人，但他实在憋不住了，看见四周没人，就偷偷跑到后台出口处解决。

尿液劈头盖脸地喷射下来，鼻涕虫和孙继林边惊叫边慌忙躲避。小武瞅见出口处突然闪出两个人影，顾不上提裤子，就大声疾呼："小偷，有小偷啊！"两人听到喊叫先是一愣，继而就夺路奔窜了。鼻涕虫钻入戏台底躲起来。孙继林则神差鬼使地跑上后台，不小心撞倒了神龛上的香炉，最后跑到虎度门时被小武揪住了后衣领。

大火是在孙继林涨红着脸，向围上来的人支支吾吾极力辩解时燃烧起来的。后来人们推测，香炉被孙继林撞倒后碰到煤油罐从而引发了大火。搁在衣箱上的一堆戏服顷刻被点燃，台上的帷幕也跟着燃烧起来。一道道火焰借着风力，张牙舞爪，来势汹汹。古戏台很快就被大火和浓烟吞噬了。台上台下顿时秩序大乱，呼救声、碰撞声、坍塌声等各种声响混杂在一起。

长年走南闯北的演戏生涯令靓少德素来警觉。当开戏锣鼓响起不久，戏台上的汽灯频频被大风吹倒时，坐在戏台下的靓少德就产生了不祥之感。大火燃烧的那一刹，他就站起来喊道："台上起火啦，大家赶快离开！"将母亲和妻子送到安全的地方后，他又折回来寻找儿子浩深和浩刚。

整香街的一群孩子爬上黄檀树，惊悚地望向被大火包围的戏台。胡道权拄着拐杖寻找孙儿鼻涕虫来了。他边走边喊孙儿："阿灶——"没听到应答，胡道权就慌了，问道："你们见到阿灶了吗？""没看到，我记起来了，他钻进戏台底玩去啦!"浩刚从树上跳下来说,"后来就不见他啦!"胡道权急得团团转,喉咙像被什么堵住似的,说不出话来。

"我现在就去找他!"浩刚说完,一个箭步冲到被烈火和浓烟笼罩的戏台通道,用力掰开木板,爬入戏台底去了。靓少德被儿子的举动惊呆了,清醒过来后便指挥人们取水灭火。于是,住在邻近的人纷纷跑回家,用桶和盆盛着水,跑到戏棚地,将水泼向古戏台。

浩刚钻进戏台底后就被浓烟呛得几乎喘不过气来。他借着台板透进的微弱光亮,贴着地面匍匐前行,大声呼叫"鼻涕虫"。大概爬到戏台中央时看见前方有人蜷缩着身体在哭泣,他断定那人就是鼻涕虫!"快,跟我来!"浩刚爬上前,拽着鼻涕虫的胳膊就往出口处爬去。整香街的人都在戏台外忧心忡忡地等待。当浩刚和鼻涕虫刚从烟火封堵的戏台底的缺口探出头来时,靓少德、胡仁新等人就不顾一切冲上前,立即将两人从缺口拖出来。

浩刚和鼻涕虫全身湿透,头发被烧焦,手脚挂了彩。鼻涕虫伏在父亲怀里,放声哭喊。"阿灶,你没事吧?你算命硬喽!"胡道权走上前,擦去孙儿脸上的污迹,上下打量着孙儿,不禁老泪纵横。"你要是有个三长两短,我……"胡道权将孙儿拉到靓少德和浩刚跟前说,"你快感谢阿刚!要是没有刚仔,你就……"胡道权哽咽着,说不下去了。浩刚没说话,咧开嘴,冲着鼻涕虫笑。

戏棚地这场大火足足烧了一个多小时,直到后来下了一场暴雨,才彻底把火浇灭。靓少德彻夜不眠,次日天未亮就起了床,独自来到古戏台前。眼前的景象令他触目惊心:精致典雅、古色古香的古戏台已面目全非,空气中弥漫着木板烧焦的气味。由琉璃瓦封檐的棚顶已完全坍塌,四根光秃秃的被烟火熏得乌黑发亮的圆柱兀立着,像四根被摘去莲叶的孤零零的莲

秆。戏台台面的木板被烧了两个大窟窿，烧焦的木块和戏服到处可见，污水顺着断裂的木板在往下滴。"以古为鉴"的牌匾被烧成木炭；"乐韵青莲"的牌匾断成两段，刻着"乐韵"的那一段没了踪迹，刻着"青莲"的那一段掉到戏台入口的通道上。

数年前，梨园彩曾在怀集和梧州遭遇过火烧戏棚的事故，但都有惊无险。作为梨园中人，靓少德难免动了恻隐之心，心情十分沉重。他步履蹒跚地沿着戏台四周走着，身后突然传来"咚咚咚"的拐杖声和杂乱的脚步声。他转过身，瞅见胡道权向戏棚走来，何念祖、吴天仁、莫森礼、王文斌、胡仁新、温葱莲、张爱彩、范阳、柳依依、刘满龙等也陆续出现在整香街街口。众人聚拢过来，围着戏台走走停停。他们个个表情凝重，沉默不语，像在送别远行的亲人。四周万籁俱寂，青蛙和鸟雀此时也停止了鸣叫，陪同胜伯打更的那只大黄狗也一改凶悍的脾性，垂着头，乖顺地跟在主人身后。断断续续的拐杖声在冷寂的清晨叩击着人们内心的柔软处。

葱莲最终抑制不住哀伤，哇地哭出声来，其他女人也跟着开始哭泣。葱莲闺房东面的窗户正对着古戏台，每天清晨推开窗户，每天夜里关上窗户，她都会深情地望一眼古戏台。牌匾上的"以古为鉴"和"乐韵青莲"的题词已深深镌刻在脑海里，并融化到血液中。戏台上的悠扬粤韵和婆娑身影牵动了她的少女情思。而今古戏台遭遇一场大火，怎不令她心如刀剐呢？

胡道权是整香街最年长者，他对古戏台的情谊比任何人都要深厚。胡道权的母亲对粤剧情有独钟。即使在哺乳期间，她也不顾家人的劝告，每晚都坐在戏台前，边给小孩喂奶，边看台上演戏。胡道权长大后，对粤剧的痴迷甚于母亲。在胡家最风光的三十多年里，他几乎每年都请戏班来戏棚演戏。到了晚年，只要不刮风下雨，胡道权都习惯性地躺在戏棚地旁边的黄檀树下哼唱粤曲，闭目养神。而今目睹作为胡家荣耀见证并成为自己精神寄托之所的青莲古戏台毁于一旦，胡道权禁不住仰天悲嗟。

始建于清宣统年间，与阳山城隍庙戏台和太平三圣戏台齐名的青莲古戏台化为灰烬，胡道权将事故归咎于小武躲在华光神像旁小解。他气得银须翘起，手持拐杖将青石板敲得咚咚响："对神不敬，大逆不道，报应啊！"

尽管这场大火没造成重大伤亡，但戏班和主会生鬼开、孙胜标各负一半责任。生鬼开、孙胜标抵押了永兴豆豉行作为赔偿。生鬼开在仓促逃离火场时被硬物划伤了左脸颊，留下一道长疤痕，以致伤愈后说话时左脸肌肉紧绷，嘴角一边高一边低。对此，人们幸灾乐祸："恶人有恶报。不是不报，时辰未到。他干吗不掉进火海里？烧为灰烬才解恨呢！"有人打趣说："这个歪嘴鸡，唔使化妆就可以上台做戏啦！"

柳依依打算向街坊学刨竹青，挣几个小钱。这是一个隆冬季节的清早，依依随张爱彩、汤秀英等几个妇女到豆腐社码头买竹来了。

码头的石阶上铺了一层白霜，滑滑的。菜园里的芥菜、芹菜、萝卜积满了厚霜，不堪重负，东歪西斜。凛冽的寒风带着怪叫呼啸而至，冷得人耳朵和鼻子都失去了知觉。码头上站着一队买竹的人，他们缩着脑袋，将双手插在衣袖里，不停地跺着脚，缓慢向前移动脚步。江边停靠一条长竹排，几个竹农正吃力地抬起竹排上的竹把，"啪啪啪"地往岸上扔。一个穿旧棉袄、戴破棉帽的高个儿竹农站在一旁清点数量。高个儿竹农身材魁梧，脾气暴烈，世代以种竹、卖竹为生。他原名叫周舍，外人取"舍"的谐音，称他"青竹蛇"。

　　张爱彩看见依依的脸颊被寒风吹得又红又紫，便爱怜地把她拉到自己身边，说："天寒地冻的，你也来受这个罪。"说完就从口袋里掏出一个番薯，说："你趁热吃下，身子暖和些。"张爱彩从头到脚瞅着依依，感慨地说："依依也长成大姑娘啦，越来越靓，过几年就嫁人喽！"依依害羞地笑了，用拳头捶打张爱彩的肩膀。瞥见依依的布鞋鞋头将要破了，张爱彩说："人长高了，脚趾也出来找吃的啦。你今晚来我家，我帮你把鞋缝几针。"张爱彩想了想又说："依依，还是花点钱买双新鞋吧。柳翠馆来的都是体面的有钱人，你穿一双破鞋，会被人瞧不起的。"

　　王文斌和范阳这时也来到码头，此时的天空仍未完全放亮。轮到依依买竹了。两个竹农用一根粗大的竹篙穿过大秤上的铁环，将竹把抬起。青竹蛇嘴里叼着烟卷，移动秤砣绳子，报重："两百二十斤。"

　　站在一旁的王文斌发现青竹蛇有诈，便向范阳递了一个眼色，上前对青竹蛇说："大哥，这把竹真是两百二十斤？买卖公平，古今公理。'言忠信，行笃敬'，你听过这句古话吧？"

　　青竹蛇大手一扬，吼道："穷秀才，你说话干净点！"

　　王文斌不退让，说："我看得一清二楚，竹子肯定没两百二十斤重，你敢再称一次么？"

　　青竹蛇欺负对方外表瘦弱，便黑着脸厉声说："他妈的，你信不过我的眼力？我摸黑也能走路呢。要称你自己称去！"说罢将秤杆一扔，蹲下抽烟。

　　张爱彩气在心头，冲上去，指着青竹蛇："你骂谁？我就不信你的眼力！你摸黑能走路？我摸黑能穿针呢！你要当着大家的面再称！"

　　青竹蛇昂起头，置之不理。

　　想不到张爱彩一步跨到竹把前，右手抓秤钩，一下钩住捆绑竹把的竹篾，霍地把竹把高高提了起来。她左手前后移动秤砣绳子，调准竹把重量，随后拇指与食指捏住秤砣绳子，递到青竹蛇眼前，说："你睁开眼，看看究竟有几斤！"

青竹蛇看见这个健硕的女人力大无比，吓得直哆嗦。他斜眼歪嘴地看了一眼秤杆，嗫嚅道："我——我看不清——"张爱彩咆哮道："你不是摸黑能走路么？点亮火柴，照照秤杆！"青竹蛇颤抖着手，连续折断三根火柴也没把火点亮。张爱珍对矮个儿竹农说："你点着火柴，告诉大家竹把有多重！"矮个儿竹农把火柴点燃，瞄了一下秤杆，像泄了气的皮球，说："一百七十斤。"人群里像滚烫的油锅掺了水，一下炸开了：

"多报了五十斤，也太离谱了！"

"真无良，简直像土匪！"

"白鸽眼，专欺负外地人！"

张爱彩说："你的眼睛长脓包了吧，要不要我'补鞋彩'用鞋锥给你挑破？做买卖就要秤平斗满嘛！"依依拉着父亲的手，吓得不敢吭声。张爱彩说："有理就不要怕他们，人争一口气，佛争一炷香！"

这时，一个竹农叫来了六七个男人。一直耷拉着脑袋蹲在地上抽烟的青竹蛇看到同伙来了，变得嚣张起来，叫嚷着将整香街的人团团围住。双方怒目相对，剑拔弩张。就在青竹蛇将范阳推倒在地时，人群后响起一声呐喊："住手！"

人们都转过头来看，无不惊愕：眼前站着一个年轻军官和十个荷枪实弹的士兵！在码头边，不知何时停靠了一艘兵船。这艘满载军用物资，船舱用帆布覆盖的帆船吃水很深，一队头戴钢盔、手持美式卡宾枪的士兵威风凛凛地站在船头上。

围观的人见此情形都慌忙散去。那个蹬着一双乌黑锃亮的长筒皮靴，军服领子上缀着校级徽章的军官大步走来，手指青竹蛇，喊道："来人，把这个动手打人的家伙绑起来，押到乡

公所！"青竹蛇还没弄清怎么回事，就被几个士兵捆绑押走了。

军官束了束挺括的军服，移正别在皮带上的手枪，回过头时与正从日月楼赶来的靓少德和莫森礼打个了照面。双方都感到十分愕然。

那军官是黄洞槐，他从广州押送军用物资回连州，路经青莲。双方一时语塞。

黄洞槐首先开腔："靓班主，你把我忘记啦？"靓少德冷着脸，完全把对方当作陌生人。黄洞槐略显尴尬地说："靓班主，我是黄洞槐呀，你忘啦？"靓少德想起黄洞槐与莫森礼在连州那桩黑暗交易，顿时觉得这位身穿黄色军服、英朗威武的男子瞬间变得格外矮小和丑陋，于是不卑不亢、不紧不慢地说："我怎会把你忘了呢？当年黄团座把盐低价卖给恒生盐行，青莲人却没有福分享受黄团座的一番美意，可惜啊！"黄洞槐以为靓少德说的是盐船被炸和温松柏被炸死之事，便咬牙切齿地说："日本仔无恶不作，千刀万剐也不解恨！"靓少德嘿嘿冷笑两声："日本仔固然十恶不赦，但那些贪官污吏与不法商人狼狈为奸，瞒着良心大发国难财，难道不是助纣为虐吗？"黄洞槐佯装没听清靓少德说话，静默了一会儿，背脊却渗出了冷汗。

黄洞槐说："因这事我被军法处审了三天三夜。要不是有贵人暗中保护，我早就食花生米①啦……"靓少德别过脸去，没搭话。

此时孙胜标闻讯赶来，把黄洞槐接走了。

孙胜标原是广州"七大名庵"之一的都府街永胜庵的其中一名老板。永胜庵其实是"阳假修道为名，阴行卖淫其实"

---

① 指被枪毙。

的淫乐场所，广州一些军政达官、富商名士常来找妙尼饮宴嫖宿，广州人称之为"开师姑厅"。广州沦陷前一年，这名腰缠万贯的浪荡公子见局势不稳，便携与其姘居的永胜庵的貌美妙尼远遁至青莲，在广州会馆旁买下两幢小洋楼，除开了赌馆"百乐馆"外，还开了歌艺馆"柳翠馆"，找来几个有几分姿色的女子，授之以棋琴书画歌舞，陪过往的商贾达官寻欢作乐。

自与生鬼开等人设赌局霸占广源豆豉行的丑闻传开后，孙胜标在青莲身败名裂，各界人士对他爱理不理，有的唯恐避之不及。此时，孙胜标有意带着黄洞槐和他的卫兵，在青莲中山路最繁华的路段走走停停，并步入了广府商贾于道光二年集资兴建的楼高三层的广州会馆，穿行于错落有致的庭院和宽敞明亮的连廊，仰头望着那块以广东探花罗文俊的手迹刻凿的古朴清雅的青石牌匾，并做了一番点评。一些正在洽谈生意的商人对他们点头哈腰，笑面相迎，但对孙胜标狐假虎威的举止心知肚明，以鼻嗤之。

黄洞槐似乎对这座兼容了岭南格调和欧洲风韵的建筑物颇感兴趣，刚才被靓少德嘲讽而萦绕于心的郁闷之气也消解殆尽，连赞广州会馆典雅大气。孙胜标介绍说，广州会馆是青莲的中心，青莲的大小古街巷如沙市街、故衣街、整香街、观音街、打铁街、担水巷和当铺巷等，还有青莲的米店、油店、柴炭店、钟表店、当铺、银铺、鞋铺、杂货铺、缝衣铺、理发铺、赌馆、妓馆、餐饮馆、歌艺馆、鸦片烟馆等，都是围绕广州会馆布局的。

黄洞槐赞叹说："听人说，青莲是粤北小佛山，看来名不虚传啊。"孙胜标忙连声附和，引着黄洞槐绕过广州会馆门前的两个石狮子，往柳翠馆那座精巧别致的小洋楼走去。孙胜标的姘妇容姑与三四个娇俏女子正搔首弄姿地站在门前恭候。黄

青莲

洞槐嗅到一阵勾魂摄魄的脂粉幽香，即想起早些年陪长官出入
广州各大名庵时，那些点绛唇、画蛾眉、穿玄色绸缎的女子，
或那些俗装穿戴的妙尼，侍立在屏风一侧迎候的情景。

孙胜标和黄洞槐在茶室坐着。孙胜标问："听说国共在东
北争地盘，两军打得好激烈，是么？"黄洞槐满脸愁容，说：
"是呀。我们在辽西被毛的军队一下就吃了十多万人，兵团司
令廖耀湘还当了林彪的俘虏呢。天下将来姓毛还是姓蒋，都很
难说啊！"孙胜标听完，手抚茶杯思虑良久。

"天下怎样演变谁都预料不到的，还是今朝有酒今朝醉
吧。"黄洞槐看着进进出出的妖冶女子，转移话题，"听说柳
翠馆有一个小姑娘，嗓音和长相都很像上海妹？"

"是呀，她叫柳依依！很多当官的、做生意的坐船经过青
莲，都专门留下来，听她唱几曲。"孙胜标说着，带着黄洞槐
走向歌厅，喊道，"快叫柳依依！"

一脸堆笑侍立一旁的容姑忙吩咐一个女子："你去叫依依
来。"那女子向楼上呼叫："依依，快下来呀，来贵宾啦！"楼
上没人应答。容姑脸色一沉，嘟哝道："要用花轿抬你才下楼
是吗？别当自己是药师庵的大虾细虾①！"

"我来啦，我来啦！"柳依依跑进来，向容姑道歉，"我一
早就去买竹，迟来啦。"容姑拽着依依走进歌厅，对跷着二郎
腿喝茶的黄洞槐说："她就是青莲的上海妹！"黄洞槐抬起头，
认出了眼前这位头发凌乱，穿一件粗布蓝衣，脚蹬一双旧布鞋
的女子，便是刚才在码头买竹时被人欺负的姑娘。

孙胜标趋前几步，满脸不悦地向容姑递眼色，小声说：
"她这穿着打扮，太失礼啦！"容姑才醒悟过来，拉着柳依依
走出歌厅，推了一下她的背，说："你快上楼去化妆，换一件

_____

① 指当时名噪一时的广州妙尼。

266

鲜艳的衣服！"

　　容姑在楼梯下面的花径焦躁不安地徘徊了好一会儿，柳依依才风姿翩翩地从楼上下来。细心打量了一番，又让身边一个女子脱下一双黑色高跟鞋让依依穿上，容姑这才满意地把依依领进了歌厅。

　　当柳依依落落大方地站在黄洞槐面前时，后者暗暗为之惊艳：脸上薄施粉黛，柳叶眉下镶嵌一双水灵灵的大眼，一件草绿色的旗袍裹着她娉婷纤巧的腰肢。摇曳生姿的步态，清雅脱俗的气质，感觉迎面吹来了一缕清风。尽管神色举止仍显稚嫩，高跟鞋也不太合脚，黄洞槐还是一下子就喜欢上了这个清纯的姑娘。

　　范阳和几个乐师也进来了，准备为柳依依伴奏。柳依依和范阳此时也认出与孙胜标并排坐着的男子就是上午买竹时相助的军官。柳依依向黄洞槐点头微笑，先翻唱几首上海妹的名曲，最后唱出了名伶徐柳仙的代表曲目《再折长亭柳》。

　　　　别离人对奈何天，
　　　　离堪怨，别堪怜。
　　　　离心牵柳线，
　　　　别泪洒花前。
　　　　甫相逢，才见面，
　　　　唉！不久又东去伯劳西飞燕。
　　　　忽离忽别负华年，
　　　　愁无限恨无边，
　　　　惯说别离言。
　　　　不曾偿素愿，
　　　　春心死咯化杜鹃。
　　　　今复长亭折柳，

别矣婵娟。

唉！我福薄缘悭，

失此如花眷。

　　柳依依的唱腔时而平稳低沉、如泣如诉，时而细腻圆润似
涓涓细流。当她唱完"红豆相思，深感碧玉多情，不幸分袂，
任使我梦随雁断"这几句，伸出如葱般嫩白的兰花指，轻扭
纤腰，眉目流转，做出一个举头望月的结束动作时，歌厅里悄
无声息，现场的人意犹未尽地品味着余韵。而一直轻拍椅子扶
手，视线停留在依依脸上的黄洞槐，此时也感动得差点流下泪
来。他不由得起立鼓掌，说："婉约缠绵，高远绝俗，韵味隽
永，如听仙乐啊！"

　　从那天起，黄洞槐便对柳依依动了感情。他每月向柳依依
写一封信，由贴身卫兵从连州坐船来青莲转送。每封信都以南
音《客途秋恨》的唱词开篇："凉风有信，秋月无边，亏我思
娇情结，好比度日如年……"信里黄洞槐均表达思念之苦。
可是，每当黄洞槐的贴身卫兵挺着胸膛，双脚并拢，将一封写
着"柳小姐亲启"字样的书信毕恭毕敬地递过来时，柳依依
总是昂起清冷的脸，往桌子上努了一下嘴，示意其将信放下。
士兵走后，她就漫不经心地拆开信，瞄几眼就扔到火堆里去
了，有时甚至连信封也懒得打开就烧掉。

　　半年后的一天，黄洞槐专程来青莲探望柳依依，但柳依依
以生病为由不出现，容姑赔着笑脸对黄洞槐说："黄团座，真
对不起啊，这几天依依咳得好厉害，又腹泻不止，所以不敢在
您面前献丑啦……"容姑担心黄洞槐会心生不悦拂袖而去，
想不到他却宽宏大量地笑了笑："遗憾！只怨我没这福分啊。"
孙胜标埋怨道："她不是在楼上吗？唱不了曲，下来见见黄团
座也行嘛。""姑娘也爱面子啊。"黄洞槐说着，示意容姑，

"你带我上二楼,我在门口问候一下。"

黄洞槐随容姑走上二楼。"依依,黄团座亲自来问候你啦,你开门吧。"容姑说完,就识趣地退至楼梯的拐角。黄洞槐挨近房间花窗,一股年轻女子身上特有的幽香与脂粉浓香混杂的气息从房里溢出,他不由得倒吸了两下鼻子又咽了一口唾沫,随后柔情万分地说:"依依小姐,听说你身体欠佳,你多保重!"房间里没声响。黄洞槐只好恋恋不舍地下楼来。

此后,黄洞槐给柳依依的来信变得更频繁了,有时三五天就送来一封信。此时正是国共军队正面对垒,国内战局急转直下之时,解放军百万雄师突破长江天险,并一举占领了蒋介石的老巢南京。春日暴雨连连,混浊而湍急的连江水漫上河岸。随着战局演化,南来北往的兵船变得稠密起来了。国民党士兵们迷茫又惊慌的表情和挫败颓丧的灰暗氛围与沿江两岸春回大地、草长莺飞的鲜亮景致形成强烈反差。

这天傍晚,卫兵在暮色苍茫中跳下装满军用物资返回广州的兵船,直奔柳翠馆,给柳依依送信来了。柳依依正在厨房生火做饭,她只瞥了一眼信封,发现字迹有点潦草,不像以往那么工整清秀。她没拆封,就想扔进灶膛里,却被父亲范阳拦住了。

范阳说:"别烧,让我看看。"范阳看完信,沉默良久后把信递给女儿。信的内容是这样的:黄洞槐将于近期随部队撤回广州。他打算转至香港,弃戎从商,希望柳依依和范阳与他同行。柳依依把信看完,即毫不犹豫地扔进灶膛。范阳伸手入灶膛,取出烧了一半的信纸,不解地问:"哎呀,你干吗要烧呢?"柳依依默然不答。

范阳沉默良久,说:"依依,客人爱听你唱《再折长亭柳》,你唱完'红豆相思,深感碧玉多情,不幸分衿,任使我梦随雁断',客人就鼓掌。其实,我却最怕听你唱这首曲。因

为我想到你有一天会嫁人的。你出嫁了，爸见你的机会就少啦，爸舍不了你啊……"

范阳用衣袖擦泪水，说："虽然心里不舍，但想到你日后能嫁个好人家，我就觉得完成一件大事，心里就感到对得起你的亲生父母啦……"范阳忽然意识到自己失言，便慌忙用手捂住嘴巴。

依依猛然转过身，惊诧地瞅着父亲："爸，你说什么？你不是我亲爸?!"

范阳极力躲开女儿惊疑的目光，缄口不语。

父亲的反应证实了她的猜疑。恍如晴天霹雳，柳依依感到头脑一片空白。"难怪没人说我像你……前天遇见爱彩姨，她开玩笑说，你哪像你爸呀，你是街上捡来的吧?"

"你要嫁人了，这事也不能再瞒你了。你确实是我从街上捡来的……"范阳说完，将过往的事说了一遍。

父女俩很久都没说话。春雨下个不停，雨水滴在后院的芭蕉叶上，发出滴答声响。范阳说："依依呀，我看那拿枪的对你是真心的。虽说你而今年纪还少，也没关系嘛，过几年再结婚也不迟。更难得的是，他愿意把你爸也带上……"

"爸，你别说啦。"依依打断父亲的话，把那烧了一半的信再次丢入灶膛，"我即使没人要，当一辈子老姑婆，也不嫁这种人!"

范阳睁大眼望着女儿。柳依依说："葱莲姨告诉我，说当年这个拿枪的贪污了两万斤食盐，差点被拉去枪毙。昧着良心发国难财的人，你放心我嫁给他吗？我担心他日后也把我卖掉！我将来要嫁人，就嫁人品好的，我不计较他家富还是家穷，只要饿不死，有番薯芋头和白粥麦羹下肚子就行!"

范阳听完女儿一席话，就没再说话。

刚踏入七月，大地在酷热中呻吟。青莲上空仿佛悬挂了一个大火炉，空气在燃烧，热浪在翻滚。豆腐社码头停靠了十多艘帆船，张三那艘外形独特的由红船改装的帆船显出卓尔不群的气派。张三手攥水烟筒站在船头，眯着眼望了望天空，又蹲下瞧着船板上一片片的血迹，蹙着眉向船舱喊道："广发、笑媚，把船板擦干净。"

这些血迹是昨天运送国民党阳山警队和连州保安团的十多名伤亡士兵留下的。共产党领导的连江支队在小江罗汉塘与国民党阳山县县长李谨彪率领的四百多人展开激战。年仅二十九岁的连江支队司令员冯光用机关枪扫射来犯之敌，最后身亡。阳山警队和连州保安团也伤亡三十多人。张三的帆船刚好在小江河段经过，被李谨彪的部属截停，强令张三运送伤员到县城救治。

张广发和赵笑媚这时手拿拖把和木桶从船舱出来。广发只穿一条宽松的短裤，裸露的胸膛和粗壮的手臂在阳光下闪着耀眼的油光。笑媚光着脚，贴在腰肢上的长辫抖动着。

靓少德和莫森礼从草屋坪和饭甑寨收购鸡鸭坐船回到豆腐社码头。靓少德望见张三，隔远便打招呼。

"三叔，很久不见啦。干吗要洗船板？"

"昨天在小江被拉去运伤员，船弄脏了，洗一洗。"

"听说这一仗打得好激烈啊。"

"是呀。天刚亮就开始打啦，一直打到太阳落山。"

就在靓少德指挥雇工将装满鸡鸭的大竹笼挑下码头时，一艘大吨位的满载军需物资的帆船从连江顺流而下，经江口咀后拐入青莲水，徐徐驶向豆腐社码头。

兵船的到来令码头周围的气氛骤然紧张起来。"闪开，快闪开！"一个手持美式卡宾枪的士兵跨步上前，把一名正挑着竹笼站在桥板上的雇工用力一推，"他妈的，你是聋子还是哑

巴?"雇工身体左右摇晃着,竹笼里的鸡鸭扑腾着翅膀,一通乱叫。靓少德赶紧将雇工扶住,回头瞪了一眼那凶相毕露的士兵。"瞪什么?死跛佬!"士兵抡起枪托,额角和脖子青筋尽显,"你信不信我将你另一只脚砸断?他妈的!"

带兵的是黄洞槐。他喝退士兵,带着歉意向靓少德和莫森礼点点头。士兵红着脸弓着腰退缩到一边去了。黄洞槐脚步匆匆上了码头,直奔柳翠馆。

黄洞槐和孙胜标坐在柳翠馆小花院里古井旁的石凳上。夏蝉接连不绝的鸣叫让黄洞槐心烦意乱,他干脆解开军服衣领上的纽扣,孙胜标手执葵扇为他扇风。

黄洞槐长叹了一口气,说:"南京没保住,广州说不定哪天就要落在解放军手里。"

孙胜标惊惶不安地说:"美国佬眼下不能袖手旁观呀!"

黄洞槐用力拍了拍雕刻着梅兰竹菊图案的花瓶柱的栏杆,说:"解放军而今势如破竹,几百万国军被打得喊爹叫娘的,美国佬的飞机大炮也保不住老蒋的命喽!"

孙胜标怯懦地问:"国共能搞南北分治么?"

黄洞槐冷笑道:"各占半壁江山?你这个生意佬想得倒美。毛泽东会同意么?他提出口号——要解放全中国呢!"

孙胜标吓得往后退了一步,又问:"听说老蒋要死守台湾?"

黄洞槐说:"无可奈何花落去,没退路啦,只能跑到台湾。"

"兄弟,你有何打算?"孙胜标挨近黄洞槐问。

黄洞槐环顾左右,压低声音说:"不瞒兄弟,上头要我去台湾,但我对那孤岛是没信心的。可是,军令如山啊……"

"兄弟,你也把我捎回广州吧。青莲这鬼地方我实在待不下去啦!"孙胜标一把攥住黄洞槐的手说。

黄洞槐说："你叫容姑赶快收拾一下，我们明天一早就起程。"

其实，料到会有今天这个结果的孙胜标早在几个月前就变卖了房产。孙胜标对黄洞槐追求柳依依的事一直心照不宣，此时他用开玩笑的口吻说："每月一封信，你的爱情攻势火力真猛啊。青莲的上海妹被你攻下了吧?"

"我不知她的心思，她从不回信的。"黄洞槐茫然笑了笑，有点自嘲地说，"也许是我自作多情吧。不过，我真的希望她随我回广州，我已托人在爱群大厦附近买了一座小洋楼。"

孙胜标感到不可思议，便笑着说："依依只是一个歌女，离成亲尚早呢。你为何对她如此痴迷呀?"

黄洞槐有点不好意思，说："我就直说吧，我老母亲很喜欢弋阳腔和粤剧。我就对母亲说，我将来找一个懂唱弋阳腔或粤剧的媳妇陪您。"

柳依依拥有卓尔不群的美貌，而且她婉约的嗓音与粤剧名伶上海妹的嗓音如出一辙，于是引起了黄洞槐的关注和迷恋。黄洞槐祖籍江西弋阳，其母亲曾是弋阳腔演员。黄洞槐自小模仿母亲的动作和唱腔表演《三国传》《目连传》《青梅会》《古城会》里的片段，记住了母亲传授的"一身之戏在于脸，一脸之戏在于眼；神在两目，情在面容；手要能语，目要能言"的要领。后来，黄洞槐从军来到广州，也把母亲带在身边。军务繁忙之余领着母亲上戏院解闷，母亲竟迷上保留了弋阳腔部分曲牌且运腔与弋阳腔类似的广东大戏。

这时黄洞槐对孙胜标说："到了台湾，人生地不熟，母亲会很不习惯。如果依依答应去台湾，母亲肯定很高兴的!"

孙胜标说："兄弟，想不到你是一个大孝子啊。依依在楼上，你不如当面问她?"

黄洞槐便独自上楼去。他心里惴惴不安，僵硬地迈着脚

步，因为他不知那令他魂牵梦绕的女子将摆出怎样的脸孔。他提醒自己保持冷静，但他扶楼梯的手在微微颤抖。当他走上二楼转角时，看见范阳手执木棍，把过道堵得严严实实。这个瘦弱的老男人昂起苍白的脸，怒目而视。黄洞槐竟被对方凛然不可侵犯的气势震慑住，惊恐地解释道："我是来……问她意思的……"

范阳用木棍使劲顿了一下楼板，斩钉截铁地说："无须多问，别枉费心机！"

黄洞槐只好怏怏地走下楼来。

夜幕降临，柳翠馆亮起了汽灯。柳依依身着盛装下了楼。当她刚绕过长满青苔的六角古井，走到藤蔓攀缘的小花院时，门外突然拥入了十多个广府商客。他们大多是柳依依的歌迷，是专门前来与她道别的，因为街巷里正在疯传：柳依依将随黄洞槐到台湾去。好些人都信以为真，不知内情的还为这段男才女貌的美好姻缘送去美好祝愿。

柳依依此时面无表情地站在歌厅中央。她婷婷袅袅的腰肢紧裹在草绿色的旗袍里，似岸堤上随风摇曳的柳枝，过肩的秀发被一条粉红色的绸带缩束在白嫩的脖子后。在暗淡的灯光下，她精巧的鼻子和适中的朱唇显得更加妩媚动人。

黄洞槐则安坐在小花院一侧的蓝色圆拱木窗下。夏日透过花院里蝴蝶花的绿色叶子和白色花瓣，在黄洞槐的脸庞上留下斑驳的光影。孙胜标瞅见黄洞槐一言不发，忧戚盈脸，愁绪满怀，似一个温文尔雅的柔弱书生，就猜测他未能说服柳依依。他端来两杯酒，与黄洞槐一饮而尽。

柳依依唱起了《再折长亭柳》：

别离人对奈何天，
离堪怨，别堪怜。

离心牵柳线，

别泪洒花前。

甫相逢，才见面，

唉！不久又东去伯劳西飞燕。

再次听柳依依唱这首曲，黄洞槐百感交集。他坚信明天离开青莲后就永远不会踏足此地了，而柳依依的吟唱也只能留存在记忆深处。他厚实的胸膛上下起伏，眼眸里散发出悲哀缱绻的暗光，灵魂在寂寥无垠的天空中游荡。他喝得酩酊大醉。次日清晨，士兵扶着他，摇摇晃晃地登上南下的兵船。

黄洞槐去台湾一个月后的某个傍晚，广州城笼罩在昏暗的夕阳余晖中。船来船往的珠江突然传来几声巨响，钢架搭建的海珠桥被近百箱黄色炸药炸成三段。爆炸造成逾百人死伤，江上沉船和浮尸无数，血色江水与斜阳相映照，令人触目惊心、不寒而栗。此次遵循国民党"总撤退、总罢工、总破坏"指导方针而实施的爆炸事件，发生在解放军进入广州城前夕。

13 戏棚地唱新戏

　　青莲古戏台毁于大火后，当地豪绅商贾便资助建起了新"戏棚"。这座青砖黛瓦、飞檐翘角的全封闭建筑宽敞豁亮，三十多排大板凳能坐千余人，外表高大华丽，气势恢宏。它保留了旧戏台坐东朝西的坐向：东接菜园寮，西望整香街，南临城基脚，北靠莫屋堂。西面正门设两个入口和一个售票间，南面有一条笔直的林荫大道，飘溢着清雅的黄檀树花香。有人称这座时尚豪华的建筑物为戏院，有人称作礼堂，但更多人沿用过去的称谓——戏棚。

　　已近耄耋之年的胡道权对眼前这座新戏棚不屑一顾，却对那座经历了悠久岁月、古色古香的戏台仍念念不忘。家里长期供奉何仙姑的胡道权对新戏棚后台不砌神台这一做法感到不可思议，这也许是设计者吸取了火烧戏棚教训而有意为之。但胡道权不止一次地边用拐杖敲着地面，边气鼓鼓地对比他年少的吴天仁说："真是斩脚趾避沙虫！没神保佑，戏唱得成吗？"胡道权的气话自然得

到世代做香的吴天仁的呼应："是呀，神佛保安宁嘛！"胡道权几乎未正眼看过新戏棚，即使晒太阳时在新戏棚门口走过，他都有意垂着头或侧着脸。他闭目时，脑海里浮现的依然是见证了胡家荣耀的旧戏棚。

最令胡道权感到气愤和惶恐的是，新戏棚落成超过两个月，竟没举行过"祭白虎"破台仪式①。他每次走到整香街街口，便顿时感到心里发慌，幻想有一只猛狮向他张开血盆大口。夜里躺在床上，他就感觉胸膛上压着一只魔鬼，手脚被缚，动弹不得。他把这些怪异现象归咎于新戏棚妖气旺、煞气重，于是三番五次让儿子搀扶着来到广州会馆，与那些豪绅商贾理论：新戏棚如不"打猫"②挡煞驱邪，不但住在戏棚地附近的人会遭殃，全青莲街的人也将永无宁日。胡道权一气之下，用拐杖打碎了广州会馆临街窗户的几块彩色玻璃。靓少德也说，新戏台启用，必先"破台"，否则戏班在演出时会遇到诸多不测。

豪绅商贾们无奈，便出面请靓少德和何念祖主持破台仪式，两人合演"祭白虎"神功戏，靓少德扮演打虎的武财神玄坛，何念祖扮演凶猛的老虎。那天，戏台四角点亮了油灯和香烛，并撒了一把米和几滴酒。身穿黑四色裤的玄坛气宇轩昂地来到戏台中央，做了一个起单脚的亮相动作后，即提笔在贴了一张红纸的梁柱上写了"大吉"两个大字，随后"开脸"——将脸涂成黑白色的玄坛状。在激昂和紧促的锣鼓声中，玄坛手执神鞭，腰缠铁链，打跟斗，跳大架，上高台，到处寻找虎迹。"饿虎"从虎度门出来，发现路上的肥肉，便风卷残云般吃起来。玄坛从高台上跳下，揪住"虎头"，挥拳猛

---

① 粤剧戏班每到一个新落成的戏棚，必演出《祭白虎》的例牌戏，以驱妖祛邪祈福。

② 指祭白虎。

击，又用神鞭抽打，最后用铁链缠住"虎口"，将"猛虎"制服。台下掌声雷动，叫好连连。玄坛用衣纸擦脸卸妆，祭白虎仪式便告结束。

整个过程，玄坛和"老虎"都缄口不语。靓少德吩咐人将祭白虎用的肥肉埋在戏棚地下。整香街的孤儿癫仔海想拿回家享用，却被靓少德喝止："吃了会歪嘴巴的！"

三个月后，大寒刚过，北风在肆虐，大地在战栗。靓少德躺在床上，几乎彻夜不眠。被褥像被水泼过一样，坚实而潮湿，透出丝丝凉意。温葱莲将冰冷的双脚伸进丈夫的腹中取暖，脑海里浮现小时熟悉的弹棉被工匠肩挎弹弓穿街过巷的情景，那生涩难懂的河南话"弹棉被喽——"的吆喝仿佛在耳际响起。

葱莲起了床，为婆婆徐氏添了一张被子。回到房间，她对被冻醒的丈夫说："如果棉胎佬来了，我叫他们帮忙打几张新棉被。"

凛冽的北风像一个伏在荒野坟冢嗷嗷悲鸣的老妇，一阵比一阵猛烈凄厉。北风翻过青莲观音山后的大风磅山巅，便如入无人之境般越过码子塘村背的一片树林，以摧枯拉朽之势卷过大江墟莲塘，窜入整香街和观音街，将街巷里的蓑衣、扫把、簸箩等杂物吹得七零八落。

"唉，阎王爷催人上路喽。"靓少德志忑不安地瞧着微微透光的窗户想。此时，街巷隐约传来一阵撕心裂肺般的哭喊，接着胜伯的守更大黄狗狂吠不止。葱莲惊悚地睁开眼，心头冒出不祥之感。她披衣下床，从花窗的缝隙往街巷上察看。此时，斜对的胡家大宅的那两扇彩漆脱落的厚实大门"吱"的一声打开了，满脸悲戚的胡仁新探出头来，将一只白色瓷碗"哐当"一声砸在麻石门槛旁的墙根下。葱莲倒吸了一口凉气，回头向撑着双手坐起来的丈夫惊叫："阿德，道权叔可能过世了！"靓少德慌忙下了床，推窗看着那堆报丧的瓷碗碎片。"难怪这几天没见他出来晒太阳啦，"他转身对妻子说，"你下去问问仁新，看我们能帮他什么忙。"

胡道权的风烛残年是在心力交瘁中耗尽的。半个月前，胡道权头戴棉帽、身穿棉袄、手拄拐杖，由儿子胡仁新和孙儿鼻涕虫搀扶，走到戏棚地的空坪晒太阳。他躺在金丝楠木椅上，闭着眼，跷着二郎腿，手指打着节拍，哼着粤剧《碧天贺寿》里的唱段，很快就进入瞌睡状态。他那张布满灰暗斑点的脸侧向左边，枯瘪的嘴唇微张着，唾沫从稀疏泛黄的牙齿间溢出，吊在嘴角，像几缕藕丝。"灶仔，今晚唱大戏，快去担凳霸位啦！"胡道权徐缓地将身体转向另一侧，嘴巴蠕动着，喃喃自语，"睇戏睇成套，食野食味道。"孙儿知道爷爷常常颠三倒四，便只顾玩耍，很少搭理他。有时还顽皮地用狗尾草轻挠爷爷的耳朵，看着爷爷四处寻人，骂骂咧咧，就躲在椅子下偷笑。

一周后，天色晦暗，整香街突然人声嘈杂。正在为何仙姑神像上香的胡道权慌忙扔下香烛，拄着拐杖出门察看。七八名女人被街坊团团围住，个个似惊弓之鸟。有人问："你们天没亮就去担英阳了，怎么那么晚才回来？"有人结结巴巴地说："能回来就算走运了，刚走下观音山，就遇上一大队土匪。幸好靓班主去说情，才把我们放了。"靓少德笑着解释："那不是土匪，是解放军。"胡道权皱起眉头，若有所思："解放军？"

次日胡道权出门晒太阳时，正在晾晒蚊香的吴天仁对他说："常备队缴枪投降啦，青莲解放啦。"国民党青莲常备队队长陈子模昨晚向解放军上缴了"十三米"轻机枪一挺和弹药一批。

胡道权疑惑不解："什么叫解放?"

"解放军来了就叫解放嘛。"吴天仁脱下围裙用力扑甩说,"就是唱新戏啦!"

从那天起,胡道权明显精神萎靡不振。他像夏日里茎秆折断后倒伏在莲塘的莲叶一样,躯干佝偻成一只干虾,脸容日益枯萎,浑浊的双眼流露出哀伤落寞的神情。除了到戏棚地晒太阳外,他几乎不跨出门槛半步。每天早、中、晚准时向何仙姑塑像烧香叩拜,完了就静静躺在金丝楠木靠椅上,闭上双眼。他对任何人都不理不睬,即使连"嗯""哦"之类的简单应对也不愿说。有时老伴走到他身边扯破喉咙地问他一些吃喝拉撒的事,他也只是缓缓睁开眼,面无表情,直勾勾地盯着前方,老伴只能通过他的日常习惯去揣摩他的心思。

胡道权表面虽形同朽木,内心却异常清醒。他放下的仅是鸡毛蒜皮的小事、杂事、庸事,关乎胡家前途命运的大事却一直牵萦于心。他整天都在琢磨吴天仁嘴里说的"唱新戏"三个字的含义,推测新戏演的是悲剧还是喜剧,将给胡家带来的是祸还是福。当得知青莲几个恶霸被没收了财产,并在公审大会后被押到倒流洞古榕旁的水塘边枪毙的消息时,他立即将此事与"唱新戏"联系起来:唱新戏即是变世道啊!他靠在椅背,面无表情地望着明瓦照下来的光柱,意识到时势演化难以逆转,胡家名下的六口莲塘朝不保夕了。

这几天,胡道权躺在戏棚门前晒太阳的心绪已彻底改变,再也没有神游于自我精神王国的惬意和满足,坐以待毙的绝望和无法力挽狂澜的恐惧,都令他如坐针毡、叫苦不迭。

也许心里早有强烈的不祥预兆,那天他刚躺在金丝楠木靠椅上,心里还没念完"东阁寿筵开,西方庆贺来,南山春不老,北斗上天台",儿子胡仁新跌跌撞撞地奔过来,扑通一下跪倒在他脚下,用哭丧的声调说:"爸,您快睁开眼!"胡道权眼皮也不抬就斥责道:"慌张什么?我还没死呢!"过了一会儿才微微睁开眼皮,怔怔地望着儿子。他发现不知何时四周聚集了很多人,正对着墙上刚张贴的标语指指点点,一名肩挎长枪的士兵从他身边走过。士兵一手抱着一卷标语,一手提着一小桶糨糊。

"墙上贴什么?"胡道权抬头想看个究竟,但被围观者挡住了视线。"贫雇中农团结紧,消灭地主阶级做主人!"胡仁新凑近父亲,一字一顿地念道,完了双手做喇叭状,紧贴父亲耳朵,"青莲'土改'啦!我们家被划为地主,莲塘全被没收啦!"说完就"呜呜呜"地哭出声来。

胡道权慢慢合上眼,若无其事地静躺着。直到老伴上前摇着他的肩膀哭号"老太公,你快拿个主意吧"时,他才缓缓睁开眼缝,看上去像刚从沉睡中醒来。他环视四周,有气无力地说:"唱新戏喽!"

胡道权猛地坐起身,胡仁新赶紧双手趋前撑住父亲的腋窝。胡道权抬手将儿子推开,拄着拐杖走向戏棚北面的小路。他穿过以蝴蝶花做篱笆的菜畦泥径,远远望向大江墟莲塘,便扔下拐杖,挺起胸膛,大步流星地往前奔去。看见胡道权倏忽变成一个精壮汉子,不再是奄奄一息的耄耋老者,老伴和儿子都惊愕得六神无主,只好一路小跑跟在其身后。

莲塘四周原是平整划一的水田、旱地或菜园,现被分成若干独立的小块,每一块地都钉上写着面积和姓名的竹签。一些人家正忙着用竹树篾席等做篱栅,将属于自家的地围起来。刚才在戏棚地贴标语的那个士兵正带着几个人在莲塘边走走停停,有人手拿皮尺,似乎在丈量莲塘的面积。

此时正值隆冬季节,春夏时节莲叶如盖、暗香浮动的葱绿景象早已荡然无存,裸露的塘泥经风吹日晒变得干涩龟裂,干瘪折断的莲秆和凋萎蜷曲的莲叶横七竖八地倒伏在莲塘上。胡

道权站在莲塘边的土墩上，猛烈的朔风卷起他的满头银发，并顺着袖口、裤脚钻入他羸弱枯瘦的躯干。他炯炯有神的目光在眼前这口将胡家送上荣耀之路的莲塘来回扫视，胡家风光荣耀的过去在他脑海里逐一浮现。此刻他想起老人曾说过的一段话：青莲不是聚财地。莲叶积水过多，就会向一侧倾斜。胡道权仰起头，高举青筋毕露、如枯藤一样的双手，叹喟道："老天是公平的，三十年河东，三十年河西……"话音刚落就昏厥过去了。三天后气断身亡。

　　整香街的街坊清早起床看见胡家门前的瓷碗碎片，就猜到是怎么回事了，纷纷来到胡家问候。吴天仁进了胡家客厅，对满脸泪痕、六神无主的胡仁新说："阿新，节哀顺变啊。需要帮忙的尽管说。"说完转身出了门，抬头望了一眼灰蒙阴沉的天空，感叹道："阳寿尽，落阴谷，生老病死乃定局。"

　　吴天仁回家取来竹篮，挨家挨户去收取香烛钱。这是整香街保留逾百年的传统：左邻右里凡有人办红事或白事，都由最年长者牵头，向每户人家收取利是或香烛钱，然后统一交给主家，以示祝贺或表达哀思。

　　胡仁新匆匆吃过早餐，就臂缠黑纱出了门，向远近的亲戚报丧去了。天色向晚时他才疲惫不堪地回到家。母亲问他："你爸打算后天出山，亲戚都来送山吗？"胡仁新抹了一下沾满尘土的脸，悲哀而愤懑地说："没有一个说有空的！"胡仁新的媳妇气愤地说："老爸在时，个个甜口滑舌的，隔三岔五就来串门，跟趁墟似的。戏棚地唱大戏，我们家哪次不是住得满满的？老爸现在进棺材了，个个都说没空来送葬了。真系翻转猪肚就系屎！"胡仁新心里明白：那些三姑六婶八婆转脸不认人，无非因为胡家被评为地主！唉，人情薄过纸！

　　这时靓少德和温葱莲走进屋来，靓少德说："阿新，把后事办妥。明天我送老人一程。"

胡道权出殡那天，送葬的人几乎全是整香街的街坊。看着送葬沿途雾气氤氲的冷清景象，想到家境一夜之间从兴盛到衰落，亲戚也以各种缘由不来送葬，胡仁新禁不住泪如泉涌，两条腿如深陷莲塘泥淖里一样不听使唤。在众人搀扶下，他才脚步虚浮地爬上布满荆棘和乱石的观音山的陡峭长坡。

柳翠馆、百乐馆和青莲其他赌馆、烟馆、妓馆都被政府工作人员贴上了封条。范阳父女接到通知，要限期搬离柳翠馆。吴天仁看见范阳和柳依依父女无处栖身，便对愁眉苦脸的范阳说："如果不嫌弃，就搬来我家住吧，我把放香粉的房间腾空。"范阳感动得热泪盈眶，说："我怕依依住不惯。"依依却噘着嘴说："哪有住不惯的？香粉味我闻惯啦。"

那天，范阳父女俩将简陋的家什搬到了吴天仁狭长的屋子里。放下行李，范阳连日来因无处安身而积压在心底的郁闷之气一扫而光。但随着柳翠馆关闭，他和柳依依成了无业游民，想到日后不知如何糊口，范阳又皱起了眉头。之前靓少德让他到日月楼帮忙，他怕自己手脚慢怠慢客人，就婉拒了。这时，他将扬琴安放在旧皮箱上，然后推开贴着旧报纸的木板门，来到制香工场。冬阳透过屋顶上的两块明瓦投下明晃晃的光柱，粉尘在他穿了一件藏青色棉袄却仍显单薄羸弱的肩膀上起舞。

系着围裙站在香桌前低头搓香泥的吴天仁嘴里哼着粤曲，看见范阳从房间出来，便放下手中的搓香板。"范师傅，以后有空就敲几首曲，让我过过瘾！"瞅见范阳拘谨地抿了抿嘴，吴天仁就把插在腰间的烟袋抛到范阳怀里，"两家人别分得太清楚。炉灶、饭桌、水缸两家共用。没米下锅了，就到我家的米缸里舀。住在一起，就是一家人。搓板一搓，就成了一炷香啦！"

范阳卷着烟，露出笑脸："是呀，住进普和堂^①，不管你是拉二弦的、敲扬琴的，还是弹琵琶的，都是一家人了！感谢天仁兄收留啊！"

吴天仁说："范师傅，说多谢就见外喽。日后有何打算呀？"

"还没跟依依商量呢。靓班主叫我去日月楼帮忙，但我这双手，笨笨的。"范阳苦笑着举起瘦削的十指晃了晃，自嘲道。

"哎呀，谁敢说范师傅的手笨啊？春花秋月、金戈铁马都出自你这双妙手呢！"吴天仁快步走到香桌前，一手捏住竹签做的香骨，一手执搓香板，"其实呀，拉二弦、敲扬琴跟搓香泥一样，都是技术活，都靠一双柔和的手。"他用竹刀割了一坨黄亮亮的香泥，"啪"的一声掷在撒了一层薄香粉的香桌上，随后将香骨放在香泥上面，娴熟地用搓香板一压，再搓，又一拉，香骨均匀地粘上香泥。他再用搓香板截断香泥，一支滚圆光滑的佛香就成形了。整个过程如行云流水，一气呵成。

范阳向吴天仁拱手道："今日算开眼界啦，见识了什么叫'一搓定香'！"

"做香是没什么巧妙的，要想一支香粗细均匀，关键是掌握好搓香的力度。同样，一支曲拉得好不好听，关键是拿捏好运弓的力度。"吴天仁呵呵笑着，得意扬扬地伸出粘满香泥的双手说，"一搓定香也好，一弦定音也罢，还是靠这对五爪金龙嘛。棚面头架师傅，你说是不是呀？"

范阳将烟点燃，吸了一口，再塞入吴天仁的嘴里。然后又为自己卷了一根烟。

---

① 棚面乐师统一住在八和会馆的普和堂。

284

"天仁兄说我这双手不笨?"

"我看你这双手是搓米粉、整油角、做尖堆的手,比女人的手还要灵巧。"

"也就是说我这双手也能做佛香喽?"

"你要是改行做香,绝对是个行家里手!"

范阳收起笑脸,一本正经地说:"你既然这样说,那我就求你一件事。"吴天仁迟疑地问:"什么事?"范阳表情痛苦地叹了一口气,说:"我想跟你做香,我只想挣一口饭吃!"吴天仁恍然大悟,笑着说:"原来你说那么多,就是想跟我做香。你很狡猾啊,晓得打蛇随棍上①!"

吴天仁说完态度坚决地摆了摆手,说:"我不收你这个学徒!"范阳问:"为什么呢?你怕教会徒弟饿死师傅?"吴天仁露出悲戚的神色,慨叹地说:"你宁可做仵作佬、做打铁佬,也不要做整香佬……阎王爷还没叫我去,算是开恩啦!"

范阳哀求道:"我今年也快六十了,只要能填饱肚,还计较什么仵作佬、打铁佬、整香佬呢?天仁兄,让我跟你整香吧,我保证两天学会搓香泥!"吴天仁无可奈何地说:"唉,你要是不嫌弃,就跟着我吧。我吃麦羹,你也吃麦羹,我杀鸡,你也杀鸡,我们兄弟同捞同煲!"范阳吧嗒吧嗒猛吸了两口烟,呼的一声喷出一圈圈淡黄色的烟雾,咧开嘴笑了,露出几颗积了一层烟渍的疏落黄牙:"好啊,临老学吹笛,我这个老青就跟你这个叔父揾两餐啦!"

柳依依在房间整理自己的物品。她与父亲同住一间房,中间用一张布帘隔开。她打开装了半箱演出服的藤箧,摊开一件淡粉色、裙摆处绣着蜻蜓和花卉的戏服凝视了好一会儿,又拿起一条搭配了蝴蝶结和串珠的绣花腰带放到鼻下嗅了嗅,不由

① 指瞅准机会,顺势而为。

得黯然神伤地掉下泪来。

她不知自己接下来该做什么。浩深和浩刚兄弟曾劝她回学校念书，但她想到现今的经济状况，就否决了："肚子都填不饱，还念啥书呢？"她想起拒绝黄洞槐的事，事后柳翠馆的姐妹还说她傻："嫁个军官多好啊，有钱有势的！"但她对那人没一点感觉，把他看成轻浮浪荡的白鼻哥。

制香屋里弥漫着艾叶、松木粉、榆树皮、硫黄等的混杂气味，令人感到呼吸不畅。吴天仁夜间常咳嗽不止，不适应新环境的范阳也咳嗽连连。两人的住房只隔一面薄墙。搬进来的前几晚，柳依依听着此起彼伏的咳嗽声，睁眼瞅着屋顶，鸡鸣三遍后才昏昏入睡。

这天清晨，柳依依打着哈欠走出房间。吴天仁站在香桌前，边捶打着前胸，边大声咳嗽。制香工场靠近门口的屋角也断断续续响起低沉的咳嗽声，范阳喘着粗气坐在矮凳上，手拿一把锋利的竹刀制作香骨。

"你们两个大老倌一唱一和，在演什么戏呀？"柳依依一手夺过父亲手里的竹刀说，"天仁叔，你教我做香骨吧。"吴天仁咳嗽着走过来，驱赶柳依依："走开，快走开，这个行当不适合你。你去翘兰花指、跑圆台吧。"柳依依噘着嘴闪到一旁，心想：我也该找点事做啦。

冬阳从青莲东面阳禺古国治地一带的山水连接处放射出几缕光芒，青莲水沿岸的篁竹、毛竹染上了一层金闪闪、轻柔柔、暖融融的橙黄色。豆腐社码头从漆黑和静谧中醒来，停泊在码头边的几只小渔艇熄灭了灯火，几个早起的渔翁将渔艇撑至水雾缭绕的江河中央，蹲下身子布下第一道网。三五个健壮的妇女肩挑着水，聊着趣事，说笑着走上码头，嫩白的赤脚走在湿漉漉的青石台阶上，发出一串噼啪脆响，将刚从梦乡醒来的人又带进春霖滂沱、雨打荷叶的遐思里。

　　柳依依在屋顶上的几片明瓦向幽暗的屋子漏下几缕微光时就起了床。她挑上木桶，扁担一头挂一只竹篮，悄悄出了大门，经观音街拐向担水巷。在跨过豆腐社码头入口那破旧的牌坊时，单薄的身子被强劲的北风吹得摇摇晃晃。柳翠馆有一口古井，柳依依从不用到码头挑水洗衣，她也因此平添些微养尊处优之感。此时寒风像一把锋利的刀子，柳依依感到脸上隐隐作痛。她腾出一只手捂住脸，缩着哆嗦的身子，牙齿上下磕碰，走下码头。

　　连日暴雨，河水骤涨，伸向河里用以踩踏的长麻石条已被淹没，一坨坨的败草菜叶混杂着黄泥涌上河岸。人们被迫光着脚，卷起裤管，蹚到水深处取水。柳依依洗完衣服，甩了甩冻僵的双手，茫然地望着湍急的水流，正想脱鞋走下河时，突然"哗啦"一声水响，离她不远的水面腾起一串浪花，水底探出了一个男孩的脑袋。"哇——"柳依依惊恐地叫了起来。

　　男孩一手揩去脸上的水帘，一手捏着一枚硬币，咧开大嘴，冲着她嘿嘿傻笑。还没等她反应过来，只穿裤衩的男孩便上了岸，手提柳依依搁在石阶上的空木桶，返身走到水深处。他用桶底拨去水面上的杂物后，就用力地把倾斜的水桶往水里一按，河水"咕噜"一声便涌进木桶里。男孩平展粗壮的双臂，提着盛满水的木桶回到岸边，将木桶上的棕绳套子缠到扁担上，又冲着依依傻笑，随后跃上岸边用来拴船缆的麻石柱，一个猛子跳入江中。

　　这个十三四岁的男孩叫癫仔海，住在戏棚地一侧，与苏妈是邻居。他原是一名弃婴，一岁多时被一个以捡废品为生的鳏夫在垃圾堆发现并收养。六岁时养父死去后，他搬离淹没于郊野茅草中的专门收留孤寡老人的和尚堂，在整香街附近一间破败废弃的房子住下。从此，他浪迹街头，靠沿街乞食、邻居施舍和捡破烂度日，常常有上顿、没下顿，饱一餐、饿一餐。关

于癫仔海的身世众说纷纭，谁都不知道他姓什么，只知道他名字中有个"海"字，也没人能说出他父母是谁。有人说他是广府商人与村妇风流后的弃儿，也有人说他是饭甑寨的村妇被土匪强暴后留下的遗孤。

癫仔海终日蓬头垢面，衣衫褴褛，孩子们遇见他就叫他"傻仔"，并远远躲避他。其实他不但不疯癫，反而精明得很。平日一旦打听到哪条街巷有人死去，在出殡那天他就把预先准备好的黑纱缠在手臂上，装模作样地混进送葬的人群中，完事后就按当地风俗，堂而皇之地领取主人派发的利是。

不管是炎夏还是严冬，他送葬回来就直奔丧家去"买水"的码头，潜入水底，搜寻主人扔下的硬币。他水性好，眼力佳，常不费吹灰之力就把掉到草丛或石缝里的硬币捞上来。他有小偷小摸的恶习，常在夜深人静时溜进别人的菜园偷番薯、玉米、青菜，甚至在光天化日下趁人不备，逮住鸡鸭，拧断脖子，塞入麻袋，扛回家去。

这时，柳依依本想向癫仔海道谢的，见他迟迟不浮出水面也就作罢。她肩挑着水，踏着两端长满青苔、中间凹下去的台阶，一晃一摇、一深一浅地步上码头牌坊时，已气喘吁吁了。她搁下扁担，从竹篮里拿出一只瓦钵，走到位于码头入口的青砖黑瓦的豆腐社，向弥漫着大豆清香的豆腐作坊轻柔地喊道："有人吗？我买豆腐？"

青莲最古老的码头因入口处依江筑起一间豆腐工坊而被称为豆腐社码头。上下码头的客人络绎不绝，又与沙市街、故衣街和担水巷相接，这个陈设简陋的豆腐作坊生意一直红红火火。豆腐社的主人姓王，人称"豆腐王"。顾客常跟这个现年五十多岁的高瘦男人调侃说："你家的豆腐不愁卖啊！一是豆腐嫩滑清甜，二是摊档四通八达。你祖宗选这里做生意真有眼光。所谓'一命二运三风水，四积阴德五读书'，这话有理！"

每当听到这些恭维话，豆腐王总是笑呵呵，睁开因长年睡眠不足而驮着两个黑眼袋的眼睛，乖巧地说："都是靠街坊给面子嘛！"

戏班来青莲演戏大多从豆腐社码头上岸。每当河岸响起激越的锣鼓声，豆腐王就知道有戏班来了。这时，他就会向排队买豆腐的顾客抱歉地笑了笑，扔下豆腐铲子，挤到人群里等候穿了戏服、画了脸谱的演员从身边走过。有时，他会用行家的口吻指着优伶绘声绘色地向旁人介绍："这个人鼻眼之间画了一块三角形的豆腐润①，肯定是个演丑角的。那个人整张脸画得五颜六色，唔使问阿贵，是个大花脸。他在台上擦眼泪就只能装模作样了，所谓'大花脸抹眼泪——离行离捺'。"

豆腐作坊幽深而宽敞，在作坊里忙碌的人没听到柳依依轻柔的叫喊。柳依依探头望进去，只见晨曦透过临江的窗子，照在窗下一扇用麻石凿成的石磨上。豆腐王的妻子郑婶正弓着腰，双手握住被屋梁垂下来的麻绳绑住的光滑油亮的磨把，时而前倾，时而后仰，吃力地顺时针转动着磨盘。乳白色的豆浆源源不断地从磨盘的间隙溢出，又汩汩流入摆在石磨出口下的木桶里。豆腐王走过来，将快要满出木桶的豆浆倒进一个纱布袋中，扎上袋口后扛到另一扇石磨上，然后转身捧起一扇沉重的磨盘，压在纱布袋上，滤去了杂质的豆浆水像喷泉似的从纱布袋的微孔涌泻而出。豆腐王背抄着手，看着经磨盘道槽涌进木桶里的豆浆，愉悦地哼着粤剧《豆腐西施》里的唱段："豆腐西施十八娘，轻盈体态非寻常。看她不高又不矮，玉骨冰肌确优良……"

柳依依敲了敲木门，喊道："买豆腐啊！"

"来啦，来啦——"豆腐王边应答边用围裙擦着手，从作

---

① 粤剧行话专指丑角脸谱。

坊跑出来。

"对不起，人手不够啊！咦，你不是上海妹柳依依么？要几块豆腐啊？"

"要六块。"

"这板豆腐新鲜出炉。你看，还冒热气呢！你家吃豆腐都是你爸来买的，今天你爸没空？"

"我爸帮天仁叔做香。"

豆腐王轻轻掀开盖在豆腐板上的一层泛黄的纱布，一手拿薄木板，一手拿铲刀，娴熟地将水豆腐切成三指宽的方块。然后扯住纱布，用铲刀将热气升腾的豆腐块挑到柳依依递过来的瓦钵上。

豆腐王说："依依，你回去告诉天仁叔，今晚我到他家'打斗四'，把你爸和靓班主也喊上，我们几个老友聚一聚。"依依爽朗地说："嗯，我回去告诉天仁叔。"

豆腐王和吴天仁都是前几代从粤东迁徙至青莲的客家人，交往甚密，彼此关照。空闲时由两家男主人轮流牵头，唤上三五知己，在某家相聚，炒几碟菜，饮几杯酒，唱几支曲，插科打诨，叙旧怀乡。客家人把这种自带菜肴的临时凑合的聚餐称作"打斗四"，又称"打吊聚""打堆叙"。

当天傍晚，豆腐王手提两壶自酿的客家娘酒和五斤石膏豆腐，哼着小曲，兴致勃勃地向戏棚地方向走去。他走进香粉飞散的制香工坊，朝狭长幽暗的屋子敞开嗓门："天仁兄，我来啦！"吴天仁在屋后回应："快进来吧，大家都在等你呢。"

一碟豆腐焖鱼，一碟腊肉炒荷兰豆，一碟笋干焖腩肉，一碟清炒辣椒，次第端上了饭桌。三杯两盏过后，围绕粤剧的话题就热烈展开了。除寡言少语的范阳外，其他人娓娓道来，绘声绘色，兴致盎然。

吴天仁猛然咳嗽了一声，又大力拍了拍膝盖，对靓少德说："靓班主，你花名叫大声德，吊在青莲小学榕树上那口铜钟也比不上你嗓门大。但我见过一个二花脸，他的嗓门跟你不相上下。那年他们在戏棚地演《芦花荡》，那个演张飞的二花脸一手拿长矛，一手拿马鞭，左踢腿，右飞脚，又甩黑须，念了一段英雄白后，刚唱出'燕人张，埋伏在芦花荡，等候周郎'，戏棚旁边的黄檀树就传来咕咕两声惊叫，两只斑鸠吓得呼呼从窝里飞出来，飞到我们吴氏宗祠躲了起来，第二天中午才飞走。后来就没见过那两只斑鸠啦。"

豆腐王夹了一块酸水豆腐，添了几条葱白，用生菜包着送进口里，美滋滋地吃着。他吃完用手背擦去沾在嘴角的油渍，把一只脚踩在凳子上说："我们王家豆腐闻名十里八乡，有很多戏班来青莲唱戏，都指名要吃我家的豆腐。有一次，一个文武生因上台前没吃到我家豆腐就大发脾气，向伙房兴师问罪。伙房急了，不敢得罪那个文武生，只好找上门来，求我连夜磨两板豆腐送过去，好让那个文武生杀完大花脸回来吃宵夜。"

靓少德放下筷子，还没说话就哈哈大笑起来："以前演戏，唱词和念白都用唔咸唔淡的戏棚官话。有一次，我们在柳州一个小县城演《武松》，我刚唱完'好酒，好酒呀'，台下就突然秩序大乱，观众一下跑个精光，我一下就傻啦！原来，戏棚官话混杂了各地方言，有时容易听错，加上那时看戏遭土匪抢劫是常有的事。大家神经过敏，把'好酒'听成'好走'，都以为土匪来了，吓破了胆，就各自逃命啦。哈哈哈……"

大家边吃边聊，无拘无束。说到趣事，就忍不住开怀大笑；聊到悲伤事，也不由掬一把伤心泪。

范阳不胜酒力，性情内敛。他自饮自嚼，不一会儿就变得面红耳赤了。他偶尔插一两句简短的话语，不像其他人侃侃而谈。即使事情很有趣，他也只是温文尔雅地淡然一笑。在人多的大场合，他永远是一个忠诚的听者。

温葱莲和柳依依进进出出，忙着为男人们倒茶添酒。柳依依最近收养了一只猫，全身乌黑，四脚雪白，机警可爱，在与守更的大黄狗争抢饭桌下的骨头时，猫咪丝毫不处下风。它从大黄狗嘴里抢来鱼头，便跳上搓香桌美美享用去了。大黄狗蹲在地下，瞪着猫咪，嗅着鼻子，狂吠几声，露出艳羡而无奈的眼神。

夜深了，男人们仍意犹未尽。豆腐王的女儿阿美背着八个月的儿子找上门来了。阿美的丈夫是随部队南下的河北籍的解放军战士。在解放军进驻青莲那天，小伙子到博爱医社治疗旧伤，与在医社当护士的阿美相识。当天下午，小伙子随部队围攻重兵把守的国民党广州卫戍司令李及兰的家乡阳山大岽。解放军用六〇炮轰击李家屋宅门楼，开炮的战士正是那小伙子。三天后，小伙子回青莲与阿美结了婚，随后就跟部队到广西剿匪去了。不久他参加了志愿军，奔赴朝鲜战场。阿美写信告诉丈夫儿子出生的消息。丈夫回信说，儿子就叫援朝，并说退伍后申请回青莲帮岳父卖豆腐。

这时阿美说："阿爸，你没喝醉吧？阿妈怕你喝醉，叫我过来看看。""哎呀，天寒地冻的，你怎么把援朝也带来呀！"豆腐王站起来，揭开裹着被祅的外孙，"咦，小援朝睁眼了，快跟公公笑一笑！"小援朝是葱莲接生的。听到阿美的声音，葱莲就连忙脱了围裙从厨房出来，说："哟，几个月不见援朝啦！阿美，援朝的眼睛又圆又大，好似你！"

豆腐王对女儿说："放心，我喝酒是有分寸的。今天高兴，喝多了两杯。你妈酿的娘酒好喝！"说完回头拍了拍靓少德的肩膀，说："做豆腐，起三更，我回去闭闭眼，你们继续喝。做了一辈子的豆腐，每天只能睡四五个钟头。唉，一世劳碌命，花旦叫小生——夫（苦）①啊！"

柳依依知道豆腐社正缺人手，就说："王伯，反正我在家没事做，我替你卖豆腐吧。"豆腐王睁大双眼惊诧地看看依依，又转身瞧瞧同样惊诧的范阳，说："娇娇女，你能吃这个苦吗？"柳依依抢白道："我们唱戏的也不自在啊。豆腐我不会做，看档口总会吧？"

"卖——豆——腐——哩——"柳依依那跌宕错落、悠扬娇媚的吆喝声在豆腐社邻近的街巷里飘荡，又在江风的吹送下，在帆影闪烁的青莲水两岸回响。每每听到柳依依的吆喝声，人们都会屏声敛息，体味其中韵味，不少人继而产生购买的欲望。买豆腐的人明显比以前多了，豆腐王只好加磨豆腐，以应对每天络绎不绝的客人。

癫仔海每天有事没事都到豆腐社斜对面的一块青石板上坐下来，毫不掩饰地傻笑着往豆腐档张望。他迷恋柳依依挺起胸脯引吭叫喊的神情，幻想自己此时坐在戏棚台下，看着心仪的花旦在吟唱。他觉得到柳依依"哩"的尾音拖得尤其温婉软润，宛如一根羽毛飘浮在街巷上，在坠地瞬间又被轻风托起，掠过房屋瓦顶，在半空若隐若现，最后销匿得无影无踪。留在他心头的感觉，就像在炎热夏日口渴难忍时趴在青草萋萋的小溪边喝下几口清爽甜润的山泉水一样。

进入夏天，阿美的儿子援朝开始学说话了。这天，阿美抱着儿子来到豆腐社。"援朝，阿姨带你去河边看帆船。"柳依依向援朝伸出双臂，"你爸坐帆船回来啦，我们去码头等你爸。好不好？"援朝爬到柳依依怀里，手指码头，嘴里喊着"爸爸"。去河里洗衣的温葱莲手提竹篮经过豆腐社，她从竹篮里掏出一块用纸包着的白糖糕，在援朝眼前晃了晃说："想

---

① 粤语发音同"夫"。

不想吃?"援朝向葱莲侧身,伸手想取白糖糕,葱莲有意走开。援朝就猛蹬脚,撒娇地嗷嗷叫。葱莲走上前,援朝就顺势钻进葱莲怀里,抓住白糖糕往嘴里送。柳依依轻打着援朝的屁股,嗔骂道:"你这个反骨仔,有奶便是娘!"葱莲搂住援朝,笑着说:"是我帮你从你妈肚里钻出来的。援朝,你认出我啦,是不是?"豆腐王从作坊里出来,凑近外孙,说:"葱莲姨疼你,你长大了要记住葱莲姨啊!"豆腐王说完系上围裙,走到灰沙脱落露出青砖的炉灶前,为最后一批豆腐点浆。

此时从故衣街走来一男一女。柳依依抓起豆腐铲,向走到跟前的戴宽边眼镜的高个子男人问道:"买豆腐吗?"

"我找做豆腐的王伯。"

"他在屋里呢。"

"谁是王伯的女儿阿美?"

"我就是,您有什么事?"阿美上下打量高个男人。剪短发的女人说:"我们是区政府的,找你们说一件事。"阿美往作坊瞅了一眼:"我爸在点浆呢。"男人走进作坊,但走了几步又退回来,找了一张凳子坐下,边抽烟边心平气和地看着豆腐王忙碌。阿美瞥见剪短发的女人和善地逗儿子说话,忐忑不安的心就平静下来了。

点浆是豆腐行当最关键的工序。王家豆腐饮誉青莲及邻近十乡八里的奥秘全在此工序。为凸显自己在豆腐世家的权威地位,也确保王家豆腐百年老店的良好声誉,豆腐王从不让别人插手点浆,总是亲自操刀才放心。只见他将煮沸后的豆浆倒进木桶里稍作冷却,跟着一边用木勺舀了适量的用以凝固的石膏水,逐次倒进豆浆里,一边用木棒缓缓搅动豆浆。当豆浆粘住木棒时,他就减少加石膏水的次数和放缓搅动木棒的速度。看到豆浆出现玉米大小的颗粒并变成豆腐花时便停止了搅动。随后,他将豆腐花平铺到三个垫了白纱布的木架里,拿来一块木板压住木架，再压上几斤重的物品。

看见豆腐王脱下围裙挂到门背的钩子上，高个子男人便站起来走进作坊，剪短发的女人也拉着阿美进来了。"王伯，阿美，我们是区政府的，找你们说一件事。"高个子男人说着，从公文包里取出三封信和一只心形玉坠，"这是阿美丈夫的遗物。"阿美起初就疑心重重，瞥见高个子男人手握自己送给丈夫的心形玉坠，并听到"遗物"两字，便"哇"的一声哭了。剪短发的女人连忙抱住阿美的肩膀，将她搀扶到石磨旁的一张矮凳上。高个男子说，阿美的丈夫是一名副班长，他是在志愿军攻占三八线附近一个战略要地时被敌军的子弹击中胸部而当场牺牲的。

豆腐王凸出的喉结剧烈地滑动了几下，但始终没让眼泪流出来。豆腐王的妻子郑婶从河里挑水回来，看见女儿倚在一个陌生女人怀里哭成泪人便一下惊呆了。她扔下扁担，急问葱莲发生何事。后者泪水盈盈地将事情向郑婶说了。郑婶双手颤抖着，突然一声哀号："哎哟，真是前世唔修啊！"她从葱莲怀里抱过外孙，哭着说："孙仔，可怜你连阿爸的脸都未见过啊！"豆腐王步履蹒跚地走近女儿，俯下身安慰说："别哭啦，别把自己哭病了。豆腐烂唔比架倒①！"随后又走近妻子，扯了扯妻子的衣袖："你看，援朝都被你吓哭了。"他向妻子重复那句话："豆腐烂唔比架倒！"

十多天后，戴宽边眼镜的高个子男人和剪短发的女人走进日月楼。"苏妈，有客人到。"靓少德往炉灶添了几根柴，又往冒着热气的铁锅加了几瓢水，用围裙擦着双手迎出门来，"你们请坐。咦，您不是马老师吗？"靓少德惊奇地端详眼前这位穿旧军服、温雅中透出一股硬气的男人。高个子男人双手

---

① 指即使豆腐烂了，但木架不能散掉。比喻做人要有骨气。

叉腰，朗笑道："靓班主记性真好，十几年不见还能把我认出来！"说着大步跨过用麻石条砌筑的门槛，在正对韩愈"鸢飞鱼跃"字幅的饭桌坐下。靓少德笑着说："我这个唱戏佬有个习惯，很留意别人说话，琢磨人家说话的口音、音质、节奏，听到你说一口带河南口音的广州话，我就一下想起你来啦。"剪短发的女人介绍说："马老师刚转业，分配到县委办工作。"

高个子男人就是当年靓少德等人到连州购盐时在船上遇见的大学教师马国立。他到连州不久就参加了共产党领导的地方武装，在广袤的粤北山区与日军和国民党反动武装周旋，在游击战中负伤十二次，全身伤痕累累。转业时他坚持留在粤西北山区工作，他诚恳地对上级领导说，"我在这片土地上浴血奋战，粤西北贫瘠的泥土饱浸了战友的鲜血，我的灵魂早已与这里的一草一木融在一起了。"促使他决意留在粤西北山区工作的另一个原因是出于对韩愈的敬仰。他对韩愈的诗文倒背如流，欣赏韩愈描绘贞女峡的"悬流轰轰射水府，一泻百里翻云涛"的磅礴气势，更推崇韩县令"所乐非吾独，人人共此情。往来三伏里，试酌一泓清"的广博襟怀。他曾私下对好友说，退休后要研究韩愈的诗文，有空就要像韩愈一样，"坐石矶，投竿而渔，陶然以乐"。

马国立的目光在韩愈"鸢飞鱼跃"的字幅上停留了许久，对正在倒茶的靓少德说：

"靓班主，你还记得当年我们在连州中学举行的抗日义演吗？"

"记得，记得啊！就像刚刚发生似的。"

"感谢靓班主的悉心指导呀，让我这个河南佬上台表演不至于出丑。"

"全靠你自己用功嘛。'壮志饥餐胡虏肉，笑谈渴饮匈奴血。待从头、收拾旧山河，朝天阙'。你唱完这几句，台下的人全都站起来喊口号啦。当时的场面，真叫人热血沸腾啊！"

马国立让靓少德坐下，说："靓班主，县委打算下周在青莲搞一场抗美援朝义演，我找你就是跟你商量这事的。"看见靓少德一脸狐疑地眨着眼，马国立低声说："志愿军在朝鲜战场很艰苦。志愿军有一个阵地遭到美国佬一百多架飞机轰炸，一个连的战士全牺牲了，这条新闻是广播发的。美国佬有三千多架飞机，我们只有两百多架，实力对比太悬殊啦！"抗美援朝总会号召全国各地积极为志愿军捐飞机捐大炮，北江抗美援朝分会指定阳山捐助七亿五千万元①购买一架战斗机。马国立说："我们青莲是一个大区，人口多，特别是生意人多，要发动大家踊跃捐助，我们不能落后于其他区啊！"

靓少德为马国立添了茶，说："马老师，只要我能做到，您尽管吩咐！"马国立拍了两下靓少德的手背："我想在戏棚地搞一场义演。你对青莲熟，又有号召力，我们一起策划。"两人于是商量义演的方案和细节。

靓少德皱起眉头，手指头无意识地轻敲着桌面，眼望着屋檐下的燕子窝，说："义演嘛，粤剧是少不了的，青莲人特别喜欢睇大戏。在这个场合，缠绵、搞怪的剧是不适合演的，要选一些激昂的戏来演。马老师，我跟你演《岳飞》！"

马国立用河南话连说了三个"中"，又用蹩脚的广州话说："合晒合尺！"马国立说他刚从广州出差回来，在广州乐善大戏院看了香玉剧社演的豫剧《花木兰》。常香玉计划组织行程万里的义演，用筹得的款项为志愿军捐献一架飞机。"梨园弟子真有爱国心！"马国立在离开日月楼时感慨地说。靓少德心想，如果梨园彩还在，他就带着梨园彩到阳山各区乡甚至

---

①　指旧币，折合人民币七万五千元。

整个粤北义演，捐不成一架飞机，就捐一门大炮！此刻，他蓦地萌发了重组粤剧戏班的强烈冲动。

靓少德送马国立出门时，后者才发现靓少德走路一瘸一拐的，便惊奇地问："你的腿怎么回事？"靓少德淡淡地说："拜日本仔的福啊！"

青莲的大街小巷笼罩在激昂振奋的气氛中。学校、市场、店铺、码头、路口等场所贴满了各式各样的标语口号，将人们的情绪一下提振起来，个个摩拳擦掌，同仇敌忾，义愤填膺。广州会馆已改为区政府，"抗美援朝，保家卫国"和"万众一心，保卫和平"两面白底红字的巨幅标语悬挂在区政府大楼两侧，引起路人伫立凝望。许多人默默走上前，从口袋里摸出钱币，投入安放在大楼门口石狮旁的两个捐助箱里。

连日来，豆腐社聚拢了不少人，走了一拨，又来一拨。人们借买豆腐之机看一眼为国战死沙场的志愿军的家属。有些人纯粹是为探望阿美和援朝来的，安慰阿美几句，留下一封利是后就离开了。阿美终日以泪洗面，悲痛欲绝。豆腐王怕女儿忍受不了刺激，就让她和外孙待在家里。

青莲区抗美援朝义演选在墟日下午举行，一千多个座位的戏棚座无虚席。靓少德、马国立、温葱莲参演的粤剧折子戏《岳飞》获得最多掌声。

"雄赳赳、气昂昂，跨过鸭绿江，保和平、卫祖国就是保家乡。中国好儿女齐心团结紧，抗美援朝打败美帝野心狼！"已是青莲中心小学教师的王文斌领着十多名教师合唱了《中国人民志愿军战歌》，将义演推向高潮。当阿美在两名妇女干部的陪同下抱着儿子站在舞台前时，现场的人全都站了起来，振臂高呼："抗美援朝，保家卫国！""全力支持抗美援朝志愿军部队！""把美帝赶出朝鲜去！"

胡仁新躲躲闪闪地挤在募捐的人流中。他在戏棚地侧的黄檀树下徘徊了很久，害怕工作人员不接受地主家庭捐款。最后他还是大吼一声，猛然跺了一下地，壮着胆走进了戏棚地。

县政府几天后宣布，全县共捐献十五多亿元。喷着"阳山号"字样的苏制米格战机不久后飞往朝鲜半岛的上空。

14 剧社立规矩

"咔嚓——咔嚓",从日月楼厨房里传出的钝响冲击着食客的耳膜。身系蓝色围裙的靓少德正抡起手臂斩断一块猪骨头。"咣当"一声响,骨头撞向三四米外的水缸上。靓少德拾起骨头,舀水冲干净后丢进瓦煲里。"砧板唔平刀唔利,砍块骨头比杀头猪还费力!"靓少德扔下手里的刀,走出厨房,埋怨道。

手执抹布的苏妈从餐桌上捡起一粒米饭塞入嘴里,说:"'打铁卢'还没给我们打好砍骨刀么?一个礼拜前就落单了,飞机也造出来啦。"靓少德说:"苏妈,你去催催他。"

青莲推行公私合营的这一年,酒楼由一家增至三家。位于通津码头侧与尚书祠斜对的新酒楼是一座临江而建的青砖高楼,水陆兼顾的地理位置和宽敞明亮的环境胜于空间狭窄、砖木结构的日月楼。这间被青莲人称为"小组"①的酒楼开业后即引来众多食

---

① "食品生产与经营合作小组"的简称。

客。"小组"这个打上鲜明时代烙印、富有浓郁地方风韵的词在青莲也就成了"酒楼"的代名词。作为日月楼领班的靓少德，经营压力骤然增加不少。

胡仁新光着脚丫，挑着一担莲藕从日月楼门口经过："靓班主，要莲藕么？刚挖的。"正在为几个做桐油生意的客人写菜单的靓少德向胡仁新招手："阿新，你的莲藕来得及时，刚好客人想吃青莲的蓝乳炒藕片和蒸莲藕饼。苏妈，你快手快脚给莲藕过称，然后洗几条莲藕，一半切片，一半磨饼。"靓少德从箩筐里拿起一根去了泥巴的莲藕说："今年的莲藕又粗又白，看着口水都流出来了。是你家的莲藕？"胡仁新苦笑道："这担莲藕是我从盐田贩来的，我家早没莲塘啦……"

靓少德反倒有点尴尬了，他马上转移话题："阿新，你知道'拗莲藕寸丝难断'这句唱词是哪出大戏的么？"胡仁新眯眼想了想："我爸常唱的。对了，是《英台哭坟》里的。""还是你记性好。"靓少德笑了，于是边写菜单边哼唱："拗莲藕寸丝难断，骨纵成灰恨未消，我亦不再薄情将妹怨，唯有怨哥福薄枉缠绵。"靓少德为客人写完菜单，就出门买砧板去了。

经过常兴杂货店，靓少德即瞥见区政府门口摆了六七张桌子，桌前围了不少人，政府工作人员正比画着向人们解释着什么。靓少德正纳闷，想上前看个究竟。这时，一个留长辫的妇女手持喇叭，向众人广播："青莲搬运队、机缝社、铁器社、竹棕厂和木器厂面向当地居民招工，人数有限，快来报名啦！"

青莲向来是连江流域的商贸重镇，商铺林立，帆影蔽日，行人如鲫。日军攻陷广州后，珠三角的不少难民为"走日本仔"，扶老携幼，溯江而上，涌至偏远的粤北避难。不少人选在山清水秀且广府人众多的青莲栖居，繁衍后代，导致青莲出现从事工商的外来人口远超务农的本土人口的状况。为解决外

来居民的就业问题，县区政府除成立供销社、水运社和食品服务社外，又成立了搬运队、铁器社、竹棕厂和木器厂等。

靓少德踮起脚尖往前望。铁匠打铁卢赤裸膀子，汗水涔涔地从人堆里挤了出来。他指着指痕斑斑、黝黑结实的胸膛对靓少德说："人山人海的，我的衣服都被抓破啦！幸好我早来，要不排半天队也报不上名。"他走了几步，又转过身来："靓班主，你要的砍骨刀还要等多几天。最近订货多，新仔又扎唔起①。打铁的要自己把钳，种地的要自己下田。日月楼的砍骨刀嘛，我自己打才放心。"靓少德笑着向他扬了扬手，表示理解。

靓少德继续向卖砧板的木料店走去，忽然想起刘满龙和汤秀英夫妇："他们知道招工这事吗？"十多年间，汤秀英在家里刨竹青挣点钱，刘满龙则到处找工做，放木排，担英阳，挖莲藕，甚至抬棺材，凡是能挣钱的活几乎都干过。

靓少德心急火燎地跑回整香街，看见刘满龙和汤秀英各挑着一担柴头出现在路口，便喊道："我敲锣打鼓到处找你！招工啦，快去报名吧！"刘满龙急问："在哪报名？"靓少德说："在区政府。"刘满龙和汤秀英把担子一扔，就往大街跑去。

区政府门口还围着许多报名的男女。顺利在竹棕厂报了名的汤秀英站在石狮旁，焦急地等待仍挤在人群中的丈夫。区政府一名负责报名工作的肥胖妇女手里举着报名册子喊破了喉咙："所有招工名额全报满了，大家别挤啦！"可是，人们还是心存侥幸地高嚷着拼命往前挤。一名负责登记的男人用双手和膝盖顶住将要倾倒的桌子，连声呼叫："别挤啦，别挤啦，再挤就要出人命了！"

肥胖妇女从潮水般涌来的人群中突围，一手整理凌乱的头

---

① 指年轻人成不了才。

发，一手捂着被扯掉一颗纽扣的灰色衣衫的领口，匆匆躲进区政府办公室。刘满龙从地上捡起一块写着"搬运队招15人"的黑板紧随其后，伸出粗茧浮凸的手掌，又撩起衣袖露出青筋缠绕的臂膀，对坐在木椅上喘气的肥胖妇女说："我担过英阳，放过木排，有的是力气！"肥胖妇女摇摇头："人满啦！"刘满龙仍不死心，哀求道："招多一个人吧，凑足十六人，广东人不是说六六大顺么？我挑两百斤的盐，从观音山脚挑上半山凉亭，从不歇脚！"

　　区委副书记马国立走进办公室，瞄了一眼刘满龙，又翻开笔记本看了看，用生硬的广州话对刘满龙说："好吧，就招多你一个人。兄弟，不瞒你呀，搬运队眼下只有十八条竹升①、二十三担竹箩、十六担藤筐和十八个铁钩，这就是搬运队的全部家产啦！俗话说，子不嫌母丑，母不嫌家贫。青莲是阳山的贸易中转站，许多货物都在青莲上落码头。条件艰苦，使命光荣，你们十六条枪要勒紧裤带啊！"

　　门外响起一阵嘈杂声，一个身材矮瘦的女人被挡在门口。这女人叫阿珍，是职业哭丧人。她扯着一名女干部，一把鼻涕一把泪。

　　"我报搬运队，你干吗不让我报？"

　　"你瘦得像片树叶，刮一阵风都把你吹走，担担抬抬你顶得住么？扛大木不是烧纸钱呀，做搬运靠汗水，不靠泪水！再说搬运队人也满啦。"

　　"让我报机缝社吧。"

　　"如果你家有衣车②就可以特殊照顾。"

　　"我哪来衣车呀？擦泪的手巾就有好几条！"

　　"机缝社人满啦，其他几个工种都报满了人。你等到下一

---

①　即竹杠。
②　即缝纫机。

批吧!"

"唉,就算等到猴年马月也报不上名啊。你们欺负我,嫌我不吉利是不是?唉,天注定一世帮人抬棺材、哭坟头哟!"阿珍哭得死去活来。她的哭不是以往拿腔拿调的说哭就哭、说收就收的干号假哭,而是发自内心的撕心裂肺的号啕大哭。身边的几名妇女也被她的哭声感染了,也陪她流下了泪。

马国立走出办公室,安慰阿珍,并说下次招工优先考虑她。阿珍依旧眼泪涟涟。这时一个矮壮的年轻妇女胆怯地走到马国立跟前,神情紧张地用衣角缠着自己的手指,嗫嚅道:"马书记,竹棕厂有我的名字了,我把名额让给阿珍吧。"马国立感到蹊跷:"你不喜欢竹棕厂?"矮壮妇女吞吞吐吐:"我——我想耕地。"马国立疑惑不解:"你干吗喜欢当农民?"矮壮妇女扬起头,直言不讳:"天天有番薯、芋头吃,不会饿死!"周围的人哄地笑弯了腰。马国立忍住笑,说:"以前饿怕了吧?我第一次遇到有人主动申请当农民的。没问题,我满足你,把你的名额让给阿珍!"

"阉鸡喽——谁家有生鸡①,快拿来阉喽——"午后,外号叫"阉鸡六"的青莲阉鸡匠头戴破草帽,身穿皱巴巴、血斑点点的汗衫,敞开胸,光着脚,扯着铜锣般的嗓门,向整香街缓缓走来。范阳揉着惺忪的双眼,走出房间。靠在制香作坊水池边一张"懒佬椅"上打瞌睡的吴天仁也睁开了眼,擦去挂在嘴角的唾沫,干咳两声。两人一前一后,用扁担抬着装满潮湿佛香的箩筐,默默跟在阉鸡六身后,走向戏棚地。

阉鸡六坐在戏棚地黄檀树下的一块大麻石上,将吊在腰间包着阉鸡刀、套钩、钢勺等工具的布袋平摊在脚下。他刚抽完

---

① 即公鸡。

一根烟，就有人提着鸡笼来了。一群小孩叫嚷着蜂拥而至，几个蹲在街口闲聊的老人也围拢上来，一个挑水回家的妇女搁下水桶，隔着人头往里张望，露出一副兴趣盎然的神态。

　　阉鸡六扔下烟头，嘴里哼着粤曲，伸手将一只奋力扑腾着翅膀的公鸡从笼子里拉出来，拿出一块布条熟练地缠住鸡爪，踩在脚下，另一只脚踩住鸡翅膀。然后"唰唰"两下拔掉鸡腿上的几根毛，抓起一把带圆勺的阉鸡刀在鸡身擦拭两下，对准去了毛的鸡身轻轻划开一道口子，继之将阉鸡刀咬在嘴里，用一个铜片制的扩张器将口子撑开。他俯下身，小心翼翼地将一个棕线套探进公鸡腹腔里，套住鸡睾丸拉扯两下，跟着从嘴里取下阉鸡刀，把一颗黄豆般大小的鲜血淋漓的睾丸从公鸡腹腔里取了出来，"咚"的一声弹入盛了半碗清水的瓦碗里。阉鸡六如法炮制取出第二颗鸡睾丸后，即掰开公鸡嘴巴灌下几滴消炎水，将公鸡放回笼子。"年底就有大骟鸡①吃啦。"阉鸡六对鸡主人说。

　　一名老妇手提着鸡笼挤开人群，对阉鸡六说："你把我家鸡公阉了吧。我本想留到过年奉神的，但天没亮它就叫啦，老头说想睡个天光觉也睡不成。这还不算，它还天天追着隔壁的鸡乸②骑，那只鸡乸躲到床底都不敢出来啦。真搞不清它哪来那么好的精力。"公鸡昂起头，桀骜不驯地抖着红鸡冠，在笼子里左冲右撞。"生鸡嘛，肯定是龙精虎猛的啦，你家老头后生时还不是一样么?"阉鸡六色眯眯地瞟了一眼身旁几个抿嘴偷笑的男人，用阉鸡刀敲打鸡笼说："这么恶的鸡公还真少见！狗最怕夏至，鸡公最怕年初二。你还敢恶？你怕不怕我这把刀?"

　　阉鸡六话音刚落，那只色泽鲜艳、身壮腿粗的公鸡忽然冲出没关牢的鸡笼，张开墨绿色的翅膀，"呼"的一声跃过阉鸡

---

①　指阉割了的鸡。
②　指母鸡。

六的头顶，稳稳落在晒香架上。老妇惊愣了，扑上前去想逮住公鸡，但人未到公鸡又"咯——"一声长啸腾空而起，踩着老妇的肩膀，飞到一面矮墙上站住，气势汹汹地翘起粉红色的尾巴，"咯咯"叫个不停。老妇在众人的哄笑中来回奔跑，但连公鸡的皮毛都摸不着，只好放弃追逐，一手叉腰一手抹汗，瘫坐在地上喘息。周围的人或蹲或站，津津有味地看着老妇狼狈不堪地追赶公鸡，像在看一场滑稽戏。

刘满龙此时肩扛一根碗口粗的竹杠来到街口，看见那只公鸡站在墙头挑衅地瞪着眼，他示意大家安静，然后蹑手蹑脚地接近公鸡，并拢五指，悠悠地对着鸡头顺时针画圈。他离公鸡愈近，画圈的速度就愈快，公鸡的眼球也随之飞快转动。当刘满龙的大手带起一阵急剧的风挨近公鸡时，被旋得晕头晕脑的公鸡竟像灌下迷魂汤似的，呆呆地挺立不动了，循规蹈矩、老老实实地束手就擒。老妇从刘满龙手里接过公鸡，怒气未消地戳了一下鸡冠："刚才扎扎跳的，而今变成一个木头啦！被人点了脉门是不是？"说完将公鸡交予阉鸡六："你帮我阉了它！"

吴天仁放下满箩佛香，笑着对刘满龙说："真是一物治一物，糯米治木虱。空手捉公鸡，你真有本事！"刘满龙说："小时在青歧老家就是这样捉蜻蜓的，想不到这招也能捉公鸡。"他说完，扛起地上的佛香往街里走，吴天仁不好意思地跟在后面。

"阿龙，出来抽根烟吧。"吴天仁蹲在门口，眯眼看着快要下山的夕阳，用手敲了敲隔壁的门板喊道。过了许久，刘满龙才一脸煞白、慌里慌张地从屋里跑出来，摊开颤抖的双手，舌头像被绳子绑住一样："我家里的钱——不见啦，铜箫——也不见啦！"

吴天仁一怔，汗衣从肩上抖落："真的？"

"柜子锁被人撬啦，工钱和铜箫都是放在柜子里的。连柜子旁的一篮番薯也没啦。"刘满龙一脸惊慌。

"那就奇怪了，街上又不见陌生人。难道工钱、铜箫、番薯都像那只鸡公一样长了翅膀？"吴天仁站起来，"你的柜子放哪？带我去看看。"

刘满龙指着房间里一个油彩脱落的木柜说："就是这个柜子。"吴天仁挨近木柜，用鼻子嗅了嗅，又像猎狗一样在房间转了两圈，在床底找到一个报纸包裹。两人在明亮处打开报纸，不禁"哦"了一声——报纸包着一叠钱币。刘满龙清点数目，长长舒了一口气："幸好钱一分没少，这是第一个月的工钱啊。"

吴天仁斩钉截铁地说："唔使问阿贵，八九不离十，铜箫和番薯是阿海偷的！你捉鸡公时我是看到他的，后来一转眼就不见他了。"

"你说谁？"

"癫仔海！"

"癫仔海？有什么证据说是他偷的？"

吴天仁指了指自己的鼻子，不容置疑地说："我在房间里闻到一股药酒味和汗酸味，这是癫仔海留下的。他常年上山挖草药回家泡药酒，拿到市场上卖，平时三四天才到河里冲凉，身上臭臭的。"

刘满龙脑海里呈现出一个皮肤黝黑、颧骨突出、肩膀宽阔、蓬头垢面的男孩形象，恨不得立刻将他捏成泥浆："癫仔海胆生毛啦！竟敢入屋偷东西，真是有乜生、冇乜教！"他立即气冲冲地奔往癫仔海的家——整香街转角处一间破烂废弃的屋子。

刘满龙把虚掩着的屋门推开，没看见癫仔海。昏暗潮湿的小屋里弥漫着浓浓的霉味、汗味、药酒味掺杂一起的恶臭味。屋内狭窄而简陋，左侧是一张用两块门板拼凑而成的小木床，

床上没挂蚊帐，污渍和血迹斑斑的被单及几件破衣衫随意扔在床角里。床底凌乱不堪，堆放了药材药酒和破鞋烂铁等杂物。屋右侧是一个用几块砖头垒砌的歪歪斜斜的简易炉灶，一口缺抓手的铁锅架在炉灶上。由于没有烟囱，炉灶后的墙壁被火苗熏得油黑发亮，表层的沙土也剥落了。炉灶旁的柴堆上放着半篮番薯，刘满龙认出这把手上缠了红布的竹篮正是妻子买菜时常用的。

苏妈母子住在癫仔海隔壁。"苏妈，在家吗？"刘满龙喊道。阿苏正在门前光着膀子打竹青，他停下手中的竹棍，擦了擦布满黄色竹青粉粒的脖子，朝屋内喊："妈，有人找你呢。"苏妈从屋内出来。

"满龙，你找我？"

"苏妈，你见到阿海吗？"

"他刚从市场卖药酒回来，用卖药酒的钱买了一篮番薯，给了我几斤。"

"他现在去哪儿了？"

"我看见他去大江墟莲塘了——你找阿海干吗？是不是他又惹是生非啦？"

刘满龙没有回答，转身沿着大江墟厕所旁一条由青石板铺砌的小路走下莲塘。

盛夏的莲塘已满目葱绿，半人高的莲叶将莲塘簇拥得严实而丰满。莲塘一侧是一块宽阔的芋头旱地，一群孩子分成两拨，头戴锅盖大小的芋头叶匍匐在地上，起劲地喊打喊杀、互掷泥团"打泥仗"，芋茎被踩得东倒西歪、一片狼藉。一位肩挑粪水路经此地的老农放下担子，抢起扁担怒骂："你们这班野仔，踩死我家的芋头，我找你们的大人赔！"孩子呼啦一声四处逃散。刘满龙逮住一个年少的孩子："你见过癫仔海么？"孩子惊恐万状地望着凶相毕露、快步赶来的老农，指着莲塘的东北角，拖着哭腔说："在那儿煨番薯呢。"刘满龙松开手，那孩子就像一只野兔窜入厕所旁的一块菜地。

莲塘东北角远离屋舍，茅草丛生，藤蔓缠绕，幽闭阴暗。刘满龙弯腰穿过一个悬挂着丝瓜和豆角的棚架时，忽然听到前方传来一阵铜箫的吹奏声。他翻过几个土丘，眼前豁然开朗。一个用泥团垒成的小土窑正冒着黑烟和火苗，土窑旁放了六七个番薯。癫仔海赤裸上身，跷起一只腿，坐在伸向莲塘的用废弃棺材板架起的木桥上，歪着脑袋学吹铜箫。

刘满龙一个箭步冲上前，捡起一根木棍狠狠地向土窑劈去，接着狂吼："癫仔海，你找死是不是？"他一手夺过癫仔海手中的铜箫，并高高举起了拳头。就在刘满龙的拳头正要砸向眼前这个双手紧抱着头颅、吓得魂飞魄散的男孩时，他瞬间产生了怜悯之心，癫仔海在霜雪天潜入江里搜寻丧家投下的钱币和为讨一封利是而为陌生人送葬的情景又浮现在眼前。看着癫仔海坐在桥上吹箫的投入神情，他回想起自己少时瞒着父亲躲到山洞里吹箫的情形。刘满龙垂下了手。

"阿海，你干吗要偷我家的铜箫？"

"我想学吹。"

"学吹箫也不能入屋偷东西呀？那篮番薯也是从我家偷来的？"

"嗯。"

"神台猫屎——神憎鬼厌！入屋偷东西被人打死也没人同情你！"

"那叠钱干吗没偷？"

"我不敢拿。"

"你要是偷了我的钱，我就打断你的腿！"

日落时分，整香街街口聚满了男男女女，众人在议论癫仔海入屋盗窃的事。当癫仔海肩搭麻布袋，畏怯地走到自家门前

青莲

时，苏妈顿觉一股怒气从胸膛涌上来，她返身冲入家中，端起盛着番薯的瓦钵，"砰"的一声掷向门前的石凳上，接连吐了三口唾沫，怒不可遏地说："偷来的东西，别弄脏我的嘴！我母子俩就算吃别人吃剩的骨头，就算吃垃圾堆里的瘟鸡死鸭，就算大年三十去乞食，就算饿死在大街，也不吃偷来的东西！"

中秋之夜，青莲辽阔的天空像抹了一层靛青颜料，如碧玉般剔透纯净。镶嵌在天边的银盘似的圆月，从老鼠夹岭山坳缓缓爬升，柔和的月色透过像巨伞般高擎的黄檀树，洒落到戏棚地正门偌大的空坪上。空气里流淌着莲叶的幽香，忽浓忽淡。秋蝉、青蛙、蟋蟀竞相鸣唱，给中秋夜合演了一首温馨婉约的月下协奏曲。

大街小巷充盈着孩子们的欢声笑语。何浩刚从学校回家即用毛竹做了几副四五尺长的高跷，分给整香街和观音街的孩子。他们统一用布条将自己的脚绑在竹节的疙瘩上，倚着墙角站了起来。浩刚高喊一声"跟我来！"即迈开长腿。他们喊着"嗨——呀——嘿——"的号子，穿街过巷，步履如风。

何浩深领着另一群小孩，提着柚子灯笼，唱着《耍禄歌》："耍禄仔，耍禄儿，点明灯。识斯文者重斯文，天下读书为第一，莫谓文章无用处，古云一字值千金，自有书中出贵人……"他们不知疲倦地在戏棚地和莫屋堂的小路上来回穿梭。

温葱莲将一张八仙桌搬到戏棚地空坪上，又将几个柚子和芋头摆在桌子上的香炉前，然后点燃一张由船客从广州捎回来的"月光姨"画像，对着圆月作揖许愿。靓少德走出家门，抬头望着皎洁的月亮，不由得想起小时在家乡沙湾"竖中秋"①的情景，心里默念着滚瓜烂熟的歌谣："八月十五竖中

---

① 珠三角一带欢度中秋的习俗。

秋，有人快活有人愁。有人楼上吹箫管，有人地下皱眉头。"他扯开铜锣般的嗓门呼唤街坊："今晚的月亮好圆啊，快出来赏月喽——"吴天仁、范阳、柳依依、王文斌、张爱彩、胡仁新、刘满龙、苏妈等一众街坊带着自家的食品陆续往戏棚地涌来，八仙桌上摆满了柚子、芋头、番薯、花生、瓜子、栗子等食物。莫森礼、莫安娜也端着一盘紫苏炒石螺来了。众人围着八仙桌，边品尝食品，边闲谈趣事，缅怀故乡，追忆故人。

刘满龙剥了一颗栗子放进嘴里，说："中秋节我们三水很多人家里做'猪仔饼'。等到月亮升上天，爷爷就给我们几兄妹每人送一个猪仔饼，说'猪仔饼食得又玩得'。猪仔饼的笼子是用竹篾织成的，猪仔肚里放了些砂糖，又香又甜。"

正在嗑瓜子的张爱彩说："我们佛山人中秋爱吃'掟死狗'。其实掟死狗就是月饼，用黄糖拌米粉做的，没一点油，比石头还硬，但特别香。"

苏妈晃动手里的芋头说："我家里很穷，吃不上月饼，中秋夜一家大小围在月光下吃芋头。我妈指着锅里的芋头说，大的叫芋头嬷，小的叫芋头仔，今晚仔嬷团圆啦①。嘴馋了，大哥和二哥就到河边田头摸些田螺、石螺回家炒来吃。"

靓少德说："在我们沙湾，中秋夜少不了唱几首粤曲助兴的。"他清了清嗓音，唱道："中秋佳节近如何，饼饵家家馈送多。拜罢嫦娥斟月下，香芋啖遍更炒螺。"靓少德唱完，夹了一只石螺放在嘴里吮了一下，说："森礼，紫苏炒石螺，神仙闻到也会流口水啊！"

范阳坐在晒香架下，一言不发，一根接一根地抽烟。在靓少德引吭高唱那一刻，他蜷缩着身子，手指在膝盖上打着拍子，脚尖也轻点着地面，和着乐曲的节奏。明月在他神态凝重

---

① 指母子团聚。

青莲

的清癯长脸上抹了一层柔和的光，他没觉察到坐在身边的吴天仁剥了一片柚子递给他，直到吴天仁用手肘碰他，他才从遐思中回过神来。

"靓班主，你还记得么？当年梨园彩在青莲戏棚地唱完《杨贵妃》就散班了，那时刚过完中秋不久啊。"范阳接过吴天仁递来的柚子，放在桌子上，长叹一声，"唉，不知不觉十年就过去喽。"

靓少德说："范阳叔，我当然记得啦！中秋节，梨园彩散班，还有华光诞，这几个重要日子都挨在一起。每年到这时候，我心里都是空空的。"

范阳掰断柚子放入嘴里嚼着，说："很挂念那些同食华光饭的手足啊！想当年，我们一起踏台板，出入虎度门……"这个沉默寡言而感情细腻的男人此时眼眶湿润了。

靓少德慨叹道："前几年抗美援朝捐献，当时我就想，要是梨园彩还在就好了。常香玉义演筹款捐了一架飞机，梨园彩也有能力捐一门大炮呀！不瞒你们，从那以后，我就一直有个梦想：在青莲成立粤剧社！"

一语激起千层浪，众人纷纷聚拢上来。吴天仁咳了两声，站在人群中说："靓班主，我支持你的想法！解放前黎埠街就有'群英剧社'和'精武剧社'了，七拱街也有'尚武剧社'。我们青莲街说白话的人是最多的，大家都中意睇大戏，茶余饭后也中意唱几句。青莲也要有自己的粤剧社！"

莫森礼甩了一下油亮的头发，说："靓班主，成立粤剧社我也赞成！你本身就是梨园彩的文武鹤①，依依是青莲的上海妹。在我们青莲，要找齐生旦净末丑外小夫贴杂十大行当易过借火！葱莲也能演花旦、青衣嘛，浩深、浩刚可扮书童什

---

① 即文武生。

312

么的。"

王文斌拍着胸口笑着说:"我能演花匠、老农、财主! 只要能上台过戏瘾,就算让我演'出先死先企两边'的二打六^①的角色,或者'场场不离我,落场无凳坐'的虾兵蟹将也没所谓的。"

张爱彩搂着柳依依的脖子,一本正经地说:"靓班主,人有自知之明,我们这些半老徐娘是不会跟依依和葱莲争演正印花旦、二梆花旦的,能演个老旦什么的我就心满意足啦。"王文斌白了妻子一眼:"你也敢上台? 甩水袖、抖扇子可不是穿鞋针、缝鞋帮啊!"张爱彩来气了。她一手叉腰,一手揪着丈夫的耳朵说:"哎呀呀,你以为在学生面前'之乎者也'就很有本事啦? 你能演花匠、老农、财主,我就不能演巫婆、奴婢、接生婆? 老娘年轻几岁还能演正印花旦呢!"王文斌捂着耳朵躲到吴天仁身后去了。看见夫妻俩相互揶揄,众人都忍不住大笑起来。

这时人群中有人大声说:"看来剧社各个行当的人都不缺啊! 靓班主,剧社要不要棚面乐师?"靓少德循声看去,只见尚书祠守祠人何念祖站在树下,手里举着两瓶白酒向他笑。"念祖兄,您来得正是时候啊!"靓少德给何念祖倒了一杯茶,"戏行有句话,'七分棚面、三分老倌'。棚面就是戏班的门面,乐师都统一坐在戏棚左面的。一个戏班有多少斤两,有经验的戏迷看一眼棚面的阵势就心里有数啦。"

靓少德看看何念祖和范阳,又瞅瞅莫森礼和刘满龙,然后仰头哈哈大笑:"哎哟,棚面乐师全都在这里啦! 范阳叔敲扬琴,森礼弹月琴,满龙吹铜箫。念祖兄精通何家营鼓乐,可一口气打出上百篇锣鼓谱,掌板就是念祖兄啦! 我知道裕昌木材

---

① 指戏班里技艺水平较低的群众演员。

店的郭老板会拉二弦、沙市街的'高佬灿'会拉三弦，把他们都找来，棚面的五架头就配齐啦！"

吴天仁吩咐儿子吴广明回家拿来几个酒杯。何念祖倒了一杯酒举到头顶，凝望明月，念念有词，随后将酒洒在地上，再把桌上的杯子倒满酒，说："靓班主，大家把这杯酒喝了吧！"靓少德摆了摆手说："且慢。青莲有新戏棚，演出场地不成问题。现在我最发愁的是排练场地，到哪儿找一个既宽敞又遮风挡雨的地方呢？"众人面面相觑，一时无语。

吴天仁卷起烟袋，插在腰间，干咳两声说："吴氏宗祠有一间侧房。前几天有人找我，提出租那个房子。我想收点租金帮补一下也好，就答应他了。现在剧社没有排练场地，那房子我就不出租了，把内墙也拆了，房子跟大厅连在一起，排练场地不是解决了么？"

"那就太好了！"靓少德开心地笑着说。但当他瞥见吴天仁的妻子江氏隔远向丈夫使眼色，又挤上前拉扯丈夫的衣角时，就收起了笑容。看见众人都在看她，江氏连连摆手，显然害怕别人误解她，急忙解释道："我不是舍不了那几个钱，我是担心宗祠放了祖宗的神位，整天吵吵闹闹的，祖宗会不会嫌弃呢？"吴天仁释怀地笑了，说："这你不用担心。吴家列祖列宗个个都是戏迷，他们巴不得你天天唱大戏给他们看呢！"

"梨园歌舞赛繁华，一带红船泊晚沙。但到年年天贶节，万人围住看琼花。"范阳抹了一下瘦削的脸庞，眯眼看着蓝天里的朗月，感慨万千，"日后埋在荒山野岭，要是真的天天有粤剧睇，做个孤魂野鬼也心甘啊！"

何念祖说："靓班主，剧社得有个名，你打算取什么名呢？"靓少德胸有成竹地说："取名'八和剧社'好么？大家聚在一起，你弹我唱，和和气气，和睦相处嘛！"众人一致称好。

八和剧社于农历九月二十八华光诞那天在吴氏宗祠成立的消息不胫而走，青莲人近百年来痴迷粤剧的火炬顷刻间被点燃。

惠风和畅，吴氏宗祠沐浴在晚霞的金光中。一条绑着青菜和利是的绳子垂落在吴氏宗祠门口正中，两面锈着"八和剧社"字样的三角彩旗分别插在宗祠大门两侧的石鼓上。

锣鼓声起，男女老少从各个路口涌向吴氏宗祠。"舞狮喽""叠罗汉喽""八和剧社成立喽"，欢呼声不绝于耳。靓少德、吴天仁、范阳等人从宗祠出来。早在此等候的十多名汉子光着膀子，叠成两层高的人塔。在手执葵扇的大头佛的引领下，一只黑须红脸的"关公狮"踏着锣鼓点大摇大摆地走出整香街，在戏棚地前的黄檀树下绕了一圈后向吴氏宗祠走来。

"关公狮"似乎刚从酣睡中醒来，一副慵懒相，伏在人塔下搔首舐毛，频频咧嘴打哈欠。忽然，它仰头瞥见人塔上悬挂的青菜和利是，于是瞬间变得精神抖擞。在激越明快的锣鼓声中，一跃而起，纵身跳上了人塔。此时的"关公狮"威风凛凛，气吞山河。它睁眼凝视目标，琢磨攻击要领。人塔和着轻缓的锣鼓声慢慢移动旋转，"关公狮"晃着脑袋，前探后视，默默蓄势。骤然间，锣鼓声变得急促而激昂，"关公狮"倏尔腾空跃起，一口咬住青菜和利是，嚼碎咽下，再把菜渣高高抛向空中。

围观的人报以热烈的掌声，靓少德、吴天仁等八和剧社的骨干带头向捐款箱投下钱币。

"关公狮"从人塔上一跃而下，在地上打了几个滚儿，然后露出一副憨厚谦恭的神态，弯腰向捐助者施礼。当束红绸带、穿灯笼裤的舞狮人掀开狮头向人们亮相时，人们才看清舞狮头的人就是尚书祠的守祠人何念祖。

"精彩，真精彩！"靓少德赞不绝口，"念祖兄腰板硬，手

力足，马步稳，无愧是青莲舞狮第一人！"何念祖却谦虚地说："人老啦，体力跟不上喽。"

夜色降临时，吴氏宗祠门前空地点燃了两堆柴火，通往宗祠的大道小径变得透亮。宗祠天井里的四个角落各悬挂一盏汽灯，吴氏宗祠里外被照得如同白昼。秋风掠过空旷的大江墟莲塘，将宗祠正厅的几条彩幅吹得沙沙作响，宗祠门前腾空而起的烈焰也在疾风中东倒西歪。人们络绎不绝地赶来，鱼贯而入走进吴氏宗祠，火光和灯光映在一张张兴奋的脸庞上。在宗祠里，说话声、欢笑声和琴弦调试声、鼓钹敲击声连成一片，人们不由得产生错觉，仿佛自己走进大戏即将开锣的戏棚了。

靓少德、何念祖、吴天仁站在宗祠门前不停地与熟人打招呼，温葱莲、张爱彩、柳依依把来人带进宗祠里。

"老徐，你也来了？剧社不能少了你这个大花脸啊。"

"贵哥，专门从南塘坐船过来么？你的跟斗跳得又高又稳，武打戏要你来撑场啊！"

"哎呀，阿娣，还是你想得周到，带上戏服来啦。"

"祥叔，你带来的剧本好珍贵啊，值三斤猪肉啊！"

"有了青莲本地班，以后就不愁没戏睇喽！"

"希望靓班主收留我，让我上台威一威，过足演戏瘾！"

吴氏宗祠一下涌进了七八十人，人们或坐、或蹲、或站、或靠，将宗祠天井和四周的通道围得水泄不通。这些来自墟镇和邻近乡里的男男女女，有口若悬河、见多识广的广府商贩，有粗臂宽膀、汗渍斑斑的搬运工，有文质彬彬、不苟言笑的教师，有衣着讲究、眼光锐利的裁缝师傅，有穿着宽大短裤、手提水烟筒的渔民，有两腿沾满泥巴、操一口本地方言的农民……他们身份各异，神态不一，有的兴高采烈地围坐在一起，描述当年过山班来青莲演出时的盛况和趣闻；有的神气活现地炫耀自家带来的乐器和戏服；有的手托下巴，木讷拘谨地坐在角落……

　　腰扎练功带的靓少德走到天井中央，举手示意众人安静。他环视全场，拱手致谢："多谢各位乡亲捧场！来了这么多人，真想不到啊！凡是喜欢粤剧的，有吹拉弹唱本领的，我们都欢迎加入剧社。在座的有些人我不熟，我想让你们当场露一手，也好让大家相互了解嘛。谁先来？"全场躁动起来，很多人跃跃欲试，但始终没人敢站出来。

　　靓少德对文武生的人选一直心中无数。"谁能演文武生？干脆来个赛场找马。"他的视线在全场扫了一遍，"《长生殿之密誓》谁能唱唐皇？请站起来。"天井一角响起一道清亮的男音："我能唱！"靓少德举目望去，一张浓眉大眼、脸颊饱满的面孔映入眼帘。嗯，标准的文武生脸，靓少德暗喜。"后生仔，你叫什么名？住哪里呀？"靓少德隔着人群，用手指着这位二十多岁、身材挺拔的英俊男子喊道。

　　男子回答："我叫陈士全，住码子塘。"

　　吴天仁问："你爸是不是叫陈标，花名叫'大只标'？"

　　"是呀，天仁叔认识我爸？"男子问。

　　吴天仁说："你爸算是青莲有名的戏迷啦。凡青莲唱大戏，他都扛着凳子，提着一袋番薯、芋头，提早一两个钟头到戏棚地霸位的。"

　　靓少德说："小生王白驹荣是我们的老行尊，粤剧从戏棚官话改用白话，小生从子喉改唱平喉，都是从白驹荣开始的。《长生殿之密誓》是他的首本名曲。士全和依依，你们就合唱这首曲。"靓少德的眼神在陈士全和柳依依脸上滑过，随后用舌头顶住上颚，发出一串类似敲击锣钹的脆响，再哼唱几句南音作为过门，扬手示意两人开始演唱。

　　唐皇：（南音）秋空夜永，碧汉无边。今晚牛郎与织女正

在庆团圆。

杨贵妃：（接唱）天上佳期真堪美。

唐皇：（接唱）地相逢一夕，就隔断了情牵。你话怎比我地人间，多温暖。试看唐王与妃子，我地夕夕都有缘。

杨贵妃：（接唱"二黄"）主上论双星，惹我思此言客。纵使此情在人间，也不免终成恨怨。

…………

杨贵妃：（滚花）主上，温情虽是似海深，无奈人间福寿短。怎比双星情不尽，银河相会年复年。又怕他朝迟暮叹白头，眼底恩情难久远。

唐皇：（接唱）想我位及至尊为人上，何能共你得成仙。

柳依依和陈士全演唱完，落落大方地走回原座。吴氏宗祠响起一阵暴风雨般的掌声和吆喝声，有人双手合拢吹响螺角，有人将蒜叶刮去表层的青衣，放在舌面吹出一道清越的哨音。几只受到惊吓的燕子"呼"地从宗祠屋梁下的燕巢窜出来，吱吱叫着朝大江墟莲塘飞去了，几片羽毛从高处悠悠飘下。

靓少德与何念祖频频点头，两人交换着认可的眼神。靓少德喜不自禁，高声对众人说："依依不愧是食过夜粥①的，相貌俏丽，歌韵清妙。她用鼻颚发出的腔音圆润雅淡，难怪连阳一带的拥趸都称她是上海妹啦。士全是一块文武生的好料，身材健硕，脸庞饱满，嗓音也洪亮浑厚，只是说话带些本地口音。你们要多学多练，我的师傅靓彪常叮嘱后辈，学戏是永无止境的。想要出人头地，唱功要学'蛇公荣'，口白须学'新珠'，做工就需模仿末脚梁贯②。"

这时，几个年轻男子指着身靠天井梁柱的一名长辫女子叽

---

① 指练功习武。
② "蛇公荣""新珠""梁贯"均是粤剧行尊。

叽喳喳："快看那船家妹，水灵鲜嫩的。"靓少德向那女子招手："笑媚，你也想参加剧社？你唱首曲给大家听听。"赵笑媚大方地走到天井中央，木屐踩在宗祠麻石地板上发出的清响撞击着人们耳膜。她攥住长辫甩至腰后，说了一段念白：

> 卖生果喽这里逐个数齐，
> 正月金橘兼卖瓜子，
> 二三月卖蔗还有天津雪梨。
> 四五月鹰嘴桃黑叶荔枝，
> 增城挂绿糯米糍。
> …………
> 十月卖来四会柑与共新会橙真好蜜味，
> 仓头柳橙味更清奇。
> 十一月香蕉嫌其过气，
> 倒不转卖这风干马蹄。

"日子过得真快啊，一瞬眼就变成大妹仔啦。"靓少德回忆起十多年前在英德连江口遇到赵笑媚时的情形，眼前高挑健美的大姑娘幻化成扎着羊角辫、稚气未脱的小姑娘。"笑媚，从哪儿学的关影怜的首本戏《疍家妹卖马蹄》呀？肯定是你爸教的。嗓音、咬字和节奏都不错嘛。"靓少德在赞叹赵笑媚清晰标准的广州话和嘹亮的嗓音之余，对她在大庭广众面前表露出来的大方从容感到惊诧，心想：青莲妹就是与众不同，秀气聪明，大气淡定，麻利爽直！

赵笑媚在一阵吆喝声中退场后，人群中几个手持长枪短棍的壮实男子已按捺不住了。"靓班主，轮到我们五军虎露几手了吧？"其中一名男子举起手中的长枪，粗声粗气地喊道。

靓少德对何念祖说："广东大戏少不了五军虎。念祖兄武

术高强，远近闻名，八和剧社的龙虎武师非你坐镇不可。五军虎人选你来点将吧。"何念祖的眼神在人堆中来回搜寻。他指着刚才喊话的男子："城基脚的刘蛇仔，看上去你功架了得。你同南塘的黄钦来一场枪棒对打，是真有料还是花拳绣腿，是龙还是虫，大家一看就知啦！"

刘蛇仔和黄钦分别手执长枪和扁担，嘻嘻哈哈、缩头缩脑地走到天井中央。两人自报家门后准备对打时，靓少德大喊一声："钩住！"只见他一个箭步冲至刘蛇仔跟前，以迅雷不及掩耳之势从他手里抢过长枪，跟着手攥长枪往地板猛力顿了一下，做了个挺胸并腿、扬眉张目的扎架动作。"五军虎就该有武生的架步，系威系势，五郎救弟！要有关羽、张飞、鲁智深、李逵的杀气。你们吊儿郎当、拖泥带水的，哪像一个五军虎呀？"靓少德将长枪抛给刘蛇仔，"要用力握住手里的枪，好似用手捏住蛇头一样，怎能让对手轻易就抢走你的家伙呢？"

两人只打了三四个来回又被靓少德一声"钩住"喊停了。"广东大戏的武打都是硬桥硬马、拳拳到肉的，行话叫打真军。由于场面火爆，桌椅被打烂，所以'五军虎'又叫'挞烂台'。'天井大翻'你们没见过吧？场面够刺激的。两个武生在台上连打十几个大翻，打到舞台边再腾空飞向观众席。这时观众吓得纷纷躲避，空出一个好似天井的空坪。两个武生翻落空坪后又一个大翻跳回舞台，来个起单脚。观众看得气都喘不过来。这就是广东大戏武打的真功夫、硬本领！"靓少德说完，拍了拍刘蛇仔和黄钦的肩膀，继续说："观众在台下看见你们软绵绵、松垮垮的，骂娘还不算，有时还会向台上扔烂鞋、掷砖头的！拿出你们的真本事，懂吗？继续打！"两人经提点后就各不相让了，一招一式都有了真刀实枪的味道，场上气氛也随之紧张起来。

刘蛇仔和黄钦大汗淋漓地退下场，何念祖向人堆里喊道："猪肉均，你上！"屠夫猪肉均向众人抱拳作揖，勒紧裤带，又用稻秆绑扎裤脚，临时找来一把鸡毛扫当作马鞭，表演粤剧武生王靓次伯在《沙陀国借兵》中驰马归家中的片段：

> 断肠书催我，
> 披星戴月归。
> 归家会我妻，
> 她说道病垂危。
> 早回三日能相见，
> 迟回三日满家啼。
> 马铃儿不住响，
> 马鞭儿不停挥。
> 宝马穿林去，
> 轻尘印马蹄。

猪肉均边唱边"噼噼啪啪"地挥舞鸡毛扫，一会儿走"丁"字步和弓箭步，一会儿跑圆场和翻身跳，"跨蹬上马""调转马头""甩鞭打马""握鞭勒马""催马奔驰"等动作令人眼花缭乱。何念祖兴奋地说："猪肉均的趟马功架真是太监骑马——无得顶。"靓少德也频频点头："听说他天天在家练木人桩，难怪身板结实、手脚敏捷啦，只是唱功稍弱了些。"

此时吴氏宗祠门外人声鼎沸，阉鸡六带着五六个搬运工、泥水匠和打铁匠进来了。阉鸡六用衣角擦去脸上的汗水，说："靓班主，我们这些粤剧迷个个是大老粗，只有一身牛力，屎坑关刀——文（闻）又唔得，武（舞）又唔得①。像我们这帮

---

① 指各方面都很平庸。

门外汉，剧社要不要？"

靓少德看着这群彪形大汉爽朗地笑了："要要要！多多益善啊！六叔，演大戏不只是吹拉弹唱，还有许多重活要干的，比如布景、拉幕、抬凳、扛椅之类。如果到外面演出，还要挑担上岭、搬运落船、买菜做饭，这些重力活，就要你们这些大力士和阿姨阿婶帮忙啊。在梨园彩，负责搬运戏服道具的，我们叫衣箱叔、杂箱叔，负责厨房的，叫大盘脚、刀头叔、煲头叔。只要不怕累，我们都欢迎加入八和剧社！"

阉鸡六呵呵直笑："有靓班主这番话，我们就吃了定心丸啦。你一百个放心，只要有大戏睇，我们是不怕累的！"

浩深和浩刚抬着供奉华光祖师泥塑的神龛走进吴氏宗祠，摆放在天井正中间。靓少德点燃三炷香举至头顶，对着华光祖师神像叩拜三下，完了神情严肃地说："今日是华光诞，又是八和剧社成立的良辰吉日。祈求三眼灵光①保佑八和剧社趋福避灾、平安畅顺！"靓少德转过身，面向众人："在座各位街坊乡亲，有耕田、种莲藕的，有开酒楼、修钟表的，有教书、行船的，有抬石、补鞋、刨竹青的。不管你是食米饭的、吃麦羹的还是喝稀粥的，只要你加入了八和剧社，我们就不分你我，就要和睦相处、和衷共济、和气致祥，这就是我们成立剧社的宗旨！"

靓少德回头凝视着华光神像，继续慷慨激昂地说："入行学戏，先学规矩。八和会馆华光祖师像旁放着四根红棍，谁违反了行规，就罚他跪在华光祖师面前挨棍子。八和剧社是业余性质的，不可能像旧戏班有诸多规矩。但既然是剧社，就该有剧社的规矩，无规矩不成方圆嘛。你过去是什么身份，做过何事，剧社一概不管，但你今天入了剧社，就得保证做到'六

---

① 即华光祖师。

不'，就是不偷不抢、不赌不淫、不嫖不吹！我把丑话说在前，谁违反了'六不'，剧社就一律除名！用戏班的话说，就是'烧炮'①，叫你卷被席滚蛋！"

靓少德目光炯炯地环视全场，胸膛剧烈地上下起伏。他稍作停顿后高声问道："能做到'六不'吗？"众人窃窃私语，纷纷点头。靓少德提高声调："'六不'能做到吗？"众人振臂高喊："能——做——到——"吴氏宗祠淹没在山呼海啸般的呐喊中。

"那就好！一言既出，驷马难追。你说能做到'六不'，那就上来签名，按指模！"靓少德向儿子浩深和浩刚示意，兄弟俩立即将一张八仙桌放在神龛前，桌上摆了一本簿子，并备了毛笔、砚台和印泥。靓少德跨步上前，磨墨提笔，在簿子上端端正正地写下了"靓少德"三个字，随后用手指蘸了印泥，按在名字上。

何念祖、吴天仁、范阳、莫森礼、刘满龙、温葱莲、张爱彩、柳依依、何浩深、何浩刚等列队签名和按指模。其余人都一哄而上，唯恐落在别人后面。

一名赤裸上身的大男孩悄悄走到葱莲身旁，胆怯地说："葱莲姨，我想入剧社，行么？"一股浓浓的臭味熏得葱莲直想吐。她回头望去，诧异地瞪大眼："阿海，是你呀？"

癫仔海素来爱凑热闹。他刚从盐坑岭挖药材回来，听到吴氏宗祠锣鼓响个不停，就扔下药材，撒腿直奔吴氏宗祠来了。他趴在宗祠门窗看了很久，又在门外徘徊了好一会，才壮着胆走进宗祠。他倚在屏风后面，看得津津有味，时而咧开大嘴傻笑，时而用脚跺着地板，时而将屏风捶得呼呼响。看见别人排队签名按指模，他也变得亢奋起来。他尝试挪腿靠近八仙桌，

---

①　即被戏班解雇。

但走了几步又怯懦地退了回来，直到报名的人所剩无几时，他才低着头，畏缩地跟在队伍的后面。

"癫仔海，你滚出去！"刘满龙用力推了一下癫仔海。

"我也想入剧社！"癫仔海歪着脖子说。

刘满龙冷笑道："你会唱戏么？你会打功夫么？你只会入屋偷东西！神台猫屎——神憎鬼厌！"

众人围了上来。"我会唱歌呀！"癫仔海抹了一下带着泥污的脸颊，开口就唱，"门前流水曲弯弯，环绕千里万重山。下河遇见妹担水，上山又遇妹砍柴，认识容易开口难。"

靓少德笑着问："想不到阿海也能唱几句啊！从哪学来的？"癫仔海不好意思地说："从放牛仔那儿学来的。"靓少德心想：这孩子没爸没妈够可怜的。在外面游游荡荡，容易行差踏错，让他入剧社，也方便街坊管教他。靓少德把何念祖和吴天仁叫到跟前，将自己的想法跟两人说了，两人均同意。

癫仔海走近靓少德，哀求道："靓班主，你就让我入剧社啦。爬高爬低，担担抬抬的重活我全包啦！"他从裤袋掏出一瓶药酒，摇了摇，"这药酒对跌打刀伤很有效的，以后有人练武弄伤手脚可以来找我！"

靓少德厉言正声："阿海，如果我答应你入剧社，你敢保证今后不偷别人东西吗？"

癫仔海先是嘻嘻笑了，继而猛然跺了一下脚："要是我再偷东西，就让雷公把我劈成十八段！"

靓少德朗声说："我同意你入剧社，希望你从此改邪归正！"

癫仔海露出两排黄牙，嘻嘻笑个不停。他伏在八仙桌上，捉住毛笔，却急得满脸通红，十分尴尬地望着靓少德："我不会写名字……"

靓少德取过毛笔，皱眉想了一下，却弄不清癫仔海的姓氏，便在簿子上写了一个"海"字。癫仔海垂下头，好奇地端详那个代表他姓名的字，回过头来憨态可掬地瞅着靓少德说："这就是我的名字呀？原来我的名字是这样写的！"随后他用食指蘸了印泥，按在"海"字上，说："我从没按过指模呢！"

靓少德听完，顿觉一阵心酸。

15 红船往事

　　八和剧社在青莲刮起了猛烈的粤剧旋风。翌年初夏，阳禺剧社和熠通剧社也相继竖起了大旗。三个业余粤剧社团三足鼎立，好戏连台，各领风骚。自不久前三个剧社在戏棚地联袂上演了粤剧折子戏后，青莲人对粤剧的追捧到了登峰造极的境地。

　　清越的鼓钹声和悠扬的粤韵吟唱伴随着蝉鸣蛙叫，此起彼伏、一唱一和地在空气中远扬。在晨曦初露、炊烟缭绕的清早，或残阳西坠、百鸟归巢的傍晚，或星光闪烁、和风轻拂的夜晚，人们时刻感觉到粤剧、粤曲的存在。无论是走在摩肩接踵、人声鼎沸的中山路，还是走在帆影重叠、笛声充盈的青莲水两岸，抑或是走在蜻蜓展翅、莲花绽放的大江墟莲塘，令人神采飞扬、血脉偾张的粤韵常在不经意中传来。谈粤剧、唱粤剧、品粤剧，成了青莲人茶余饭后的重要谈资和生活时尚。每一个青莲人，不管是从事贸易或"走日本仔"逃难至此的广府人，还是世代扎根于此的本地居民，哪怕是远道来赶

集的山岭乡民，都无不以能哼两三句粤曲、聊一些与粤剧有关的趣闻为乐事。

盛夏之夜，月亮爬上了屋檐。悬挂在吴氏宗祠天井东西两侧的汽灯透出炫目的白光。孩子们绕着宗祠回廊上绘画了花草鸟兽的大圆柱嬉戏追逐。数只燕子从屋梁下的窝巢伸出头来探望，在天井盘旋数圈，吱吱叫着飞往大江墟莲塘觅食去了。

夏季伊始，通津码头旁边的小组增设了夜市，营业额因之大增。四方码头斜对的饮食服务社也推出了炸芋头糕、蒸白糖糕等粤式点心，招来不少食客。老食店日月楼的客人则流失不少，靓少德压力陡增，于是向主管部门建议，对简陋的日月楼做一次全面装修。

靓少德白天为日月楼操心，下班后就把心思放在八和剧社上。自从在戏棚地联合推出粤剧折子戏后，八和、阳禺、熠通三个剧社都一炮而红。但戏迷对有靓少德、柳依依、何念祖、范阳等坐镇的八和剧社情有独钟，对它的期望也就远超阳禺和熠通两剧社。

八和剧社每周排练三晚。每到排练夜，作为社长的靓少德，无不是第一个到排练场地等候的。这一晚，他匆匆扒了几口饭，就腋下夹着剧本，一副沉思状，快步往吴氏宗祠走去。

他路经莫屋堂时被一个赶着牛、肩扛犁耙的老农拦住了。老农扯着靓少德的手臂不肯放手，抱怨道："靓班主，折子戏总是觉得到喉唔到肺的。食嘢食味道，睇戏睇全套嘛，你们八和能不能唱整部戏，让街坊过足戏瘾呀？"老农的话让靓少德面有愧色。

八和剧社的演员和乐师手拎乐器和剧本，嘴里哼哼唱唱，陆续走进了吴氏宗祠。"念祖兄、天仁叔，我们商量一下排本戏的事。而今街坊胃口可大了，说要看整部戏才过瘾。"靓少德对何念祖和吴天仁说，三人便商量排练本戏的事。

这时，范阳跌跌撞撞地从戏棚地跑来："不好啦，二弦师

傅郭老板跌断手啦!"三人愣住了,慌忙跟着范阳跑到当铺巷的一个小斜坡,只见身材瘦弱的二弦乐师老郭气若游丝地坐在地上,瘦长的脸孔没半丝血色,表情痛苦不堪。"骨头跌断了……唉,琴拉不了啦……"老郭看着肿得像鸡蛋的左手手腕,懊丧地叹息道。众人你一言、我一语地安慰他,靓少德吩咐旁人扶他回家,并叫癫仔海上门为他敷药。

"老郭是棚面头架,他的伤最起码要养几个月。而今青莲会弹会拉的人,单眼佬睇老婆——一眼睇晒①,就连那些二打六都出来顶档了。去哪找人代替他呢?"在回吴氏宗祠的路上,何念祖不无忧虑地对靓少德说。

靓少德陷入沉思,说:"是呀,二弦是领奏乐器,棚面是少不了它的。铜箫长音气息弱,得靠二弦来补,所谓'箫咬弦,弦入箫'。没了二弦,棚面气势就弱多喽。"

两人走到吴氏宗祠门口时,看见赵笑媚风风火火地跑来。"哎呀,差点迟到。"赵笑媚用手背擦着额头的汗水说。

靓少德突然眼前一亮,惊叫起来:"我记起啦,他有一把高胡。难道他也会拉?"

"你说谁?"何念祖问。

靓少德答:"笑媚的爸,三叔!"

"三叔会不会拉高胡,问笑媚就知道啦。"何念祖说。

靓少德把正与旁人说笑的赵笑媚喊出门口。

"笑媚,你见过你爸拉高胡吗?"

"我长那么大,从没见我爸拉过。但我知道家里有一把高胡。"

"他那把高胡肯定有段古仔。你爸是个怪人,深藏不露的。笑媚,你回去跟你爸说,明晚我和念祖叔去看他。"靓少德说完,转身吩咐何念祖,"三叔爱喝酒,明天你带瓶酒去吧。"

---

① 比喻某些事情很简单,看一眼就明白了。

青莲通津码头

（蔡成桂绘）

靓少德每次"走船",都租用张三的船。五六年前的一次"走船",他无意中发现张三有一把精美的高胡。那天清晨,靓少德刚关上日月楼的店门回到厨房生火,张三就"咚咚"地拍响门板高喊:"靓班主,我是张三呀。我准备运铁锅到连江口,万老板在豆腐社码头等着啦。你不是也有一批货要送到连江口么?"靓少德往铁锅倒了水就急匆匆跑出来:"是呀是呀,连江口的唐老板托人催我好多次啦。"

靓少德带着张三来到日月楼后一间存放货物的小屋。张广发和赵笑媚坐在屋前的石凳上等候多时了。他们将一批用笼子装着的鸡鸭、鹧鸪、桐油、茶叶等挑下码头。

张三刚从太平乡运铁锅回来。长年做铁锅生意的万老板打着哈欠走出船舱,看见张三挑着笼子上船来,即用脚踢了踢蜷缩在船舱里酣睡的小青年:"阿周,快起来,将铁锅搬到一边,腾出个地方来。"阿周睡眼惺忪地爬起身,慌忙把放在船舱中央的铁锅挪到一侧。万老板回头看到铁锅的锅底朝天叠在一起,即怒不可遏地抽了阿周一记耳光:"我跟你说过多少遍了,锅底要朝下放!"说完尴尬地向张三笑了笑:"初哥不懂规矩,三叔你别见怪啊!"

万老板侧过身瞄了一眼船身的吃水线。靓少德放下笼子,调侃说:"放心啦万老板,我十个鸡笼都重不过你五个铁锅。"万老板嘿嘿笑了:"小心驶得万年船啊!"

广发收起铁锚和踏板,取下拴在岸边麻石柱上的缆绳往船上一抛,随即跳上船。帆船驶离河岸,张三表情凝重地望着笼罩在江面上的雾气。首次"走船"的阿周兴奋得跳起来:"开船喽,开船喽!"张三拉长脸瞪了阿周一眼。万老板扬手又给阿周一巴掌:"用屎堵住你张乌鸦嘴!叫'开新',懂么?"

水里来、浪里去的疍家人有许多与水有关的忌讳,涉世未深的阿周挨耳光就在所难免了。张三是一个特别讲忌讳的人,加上性格孤僻，整天冷着脸，连靓少德也难捉摸他的脾性，跟他说话不敢造次，反复掂量后才敢开口。

接近中午，帆船徐徐驶入英德大湾镇大庙山山脚的江湾，停靠在一个与一排青砖绿瓦楼房相接的古码头。笑媚抱着一捆香烛冥纸，沿着崎岖的石径，爬到位于山顶的金山祖庙拜祭北帝去了。广发一手提铁锅，一手抱一捆水流柴走上码头，在一面断墙下用石块砌起一个简易炉灶，生火做饭。

靓少德到墟里的杂货铺买了一瓶酒，又买了一大包用糯米浆油炸的当地人称为铜壳仔的糍粑。铜壳仔用蕉叶包裹着摊在石板上，外形似金碗，香气四溢。靓少德对坐在船头抽水烟筒的张三说："三叔，来来来，趁热吃。"张三下了船，抓起一个铜壳仔塞进嘴里："嗯，外酥里软，我每次经过大湾都上街买来吃。"他用手背擦去嘴角上的油渍，又伸出舌头将手背舔了舔，随后蹲下身，捡起两根水流柴扔进炉膛里。

靓少德问："三叔，你们平时煮饭烧水都用水流柴？"张三点燃一根烟，感慨地说："是呀，靠山吃山，靠水吃水。再说吧，水上人天生命贱，出河三分命，上岸低头行。岸上人不准我们上山砍柴，我们只能烧水流柴啦。"

"听说前几年你和广发上山砍柴被人打了？"

"说起这事，我就来气！"张三撸起短裤，指着大腿上的一道疤痕，"这是被菜园寮的人用木棍打的！"

有一天，刚来青莲对当地风俗一无所知的张三与儿子广发到盐坑岭砍柴，回到菜园寮时就被一群村民团团围住了。领头的叉腰瞪眼，说山上的柴都是岸上人的，船家佬不准上山砍柴！张三气愤地问，我们水上人烧什么？领头的恶狠狠地说，你们烧什么我不管，没柴烧就烧自己的脚筒骨吧！说完抢起棍子重重地打在张三大腿上，并叫村民将他们砍的柴抢走。

张三说，水上人别说不准上山砍柴，人死了也不准埋在山

上的，只好在岸边挖个沙坑随便埋了。有时大雨冲开了新坟，尸体就露出地面，很快就被野狗吃个精光。张三长叹道："我们东莞老家有一首咸水歌是这样唱的，'沙田疍家水流柴，赤脚唔准行上街。苦水咸潮浮烂艇，茫茫大海葬尸骸'。疍家鸡，见水有得饮①。疍家人走到哪儿，都是贱民啊！"张三的眼眶闪着泪花。

连江帆影闪烁，浮光跃金。江湾碧水凝止，温婉妩媚。大庙山古木葱茏，香火缭绕。"靓班主的眼比针还利啊。"张三举起一杯酒，咕噜喝下，晃着头，略带醉意地看着靓少德说。

张三平时沉默寡言，有时一天也说不上十句八句话。他说话突兀而不做铺垫，冷不丁冒出的话语常令旁人措手不及，得思量半天才能揣摩出他话语的含义。靓少德瞅见张三目光迷离地看着江湾上停泊的船只，猜想此情此景让他回忆起了旧事。"你说我的眼比针还利，是不是说我当年看出你的船是红船改装的？"靓少德扭过头来，端详着张三的船，"你这只船确实与众不同。"

张三抚摸着船舷说："我们东莞沙田有十几只大小红船，我爸是大红船的艄公，负责掌舵，我是负责撑船的'督水鬼'，就是你们常叫的'船尾叔'。几年后，我就做了小红船的艄公。"

"靓班主，你跟我来。"张三把靓少德引上船，音调提高了八度，"虽说我这船只接十八人以下的小戏班，但麻雀虽小，五脏俱全。船侧留了屙尿窿，船尾安了木人桩，船舱隔了铺位。"张三钻进船舱，上下比画着："你们唱戏佬真有趣，给每个铺位起了名。什么'十字舱''太子位''青龙位''白虎位''托衫位''屙尿位''大箱头''蚊窦位''垃圾

① 指可望而不可及。

岗'，五花八门的。"

靓少德挺起胸，摇头晃脑地唱道："好位分明十字舱，四周通气万分光。最衰执到大箱头，托衫都无个处愁。蚊数同埋厕尿位，睇来亦系得人嬲①。"

张三哈哈大笑："是呀是呀，他们是这样唱的。看他们执筹认位比看戏还要精彩，每次都有人笑，也有人哭。"

靓少德走到供奉北帝、华光祖师和田、窦二师泥像的神龛前，点燃三支香插到香炉里。转身时瞥见神龛下放着一个牛皮做的细长的精美箱子。他知道这是一个琴箱，便好奇地问："三叔，箱子里装的什么琴？"但此时身后传来沉重的呼噜声。靓少德回头，看见张三已摊开四肢，躺在舱板上睡着了。

"听我爸说，是高胡。"笑媚找来一个竹片枕，垫在父亲脑袋下。笑媚打开蒙了一层灰尘的琴箱，取出一把琴筒和琴杆均由上等印度小叶紫檀制成的高胡。靓少德抚摸着雕刻了龙头的琴杆，拧了一下旋把，用手指轻抹琴弦，感觉声音清丽嘹亮。靓少德赞叹说："是一把好琴啊！"

夕阳西坠，天空抹了一层金黄色。何念祖提着两瓶酒蹲在日月楼门前的石阶上抽烟。靓少德脱下沾满肉粒和油渍的围裙，"哗啦"扑甩两下，挂在门背的钉子上，向苏妈交代几句就出了门。"走，我们去听三叔讲古仔。"靓少德对何念祖说。

向晚时分，担水巷走着不少到河边挑水洗衣的男女。孩子们像冲出围栏的羊群，不顾大人的吆喝和恐吓，欢叫着疾驰而过。靓少德和何念祖踏着湿漉漉的青石板和麻石条，向豆腐社码头走去。两人刚走到码头入口，强劲的江风挟带着炸豆腐的浓香迎面吹来。靓少德站在用青砖和鹅卵石垒起来的陡峭的码

---

① 指生气。

头平台上，眺望夕阳下翠竹夹岸、帆影闪烁的青莲水。

季节轮换，从冬春进入夏秋，青莲水悄悄更换了妆容，河床收窄，水位变浅，水色转蓝，让人感觉像是一个丰腴壮实的妇人渐行渐远，一个窈窕清丽的少女翩翩而至。近两百艘大小船只密密匝匝地从沙市街街头的渡船码头一直停泊到新街尾的撑渡码头，青莲湾在夕阳掩映中幻化为油光闪闪、浩瀚壮观的黑森林。

青莲水河岸隆起一个狭长的大沙洲，从高处望去，犹如一只小提琴。一群赤脚光臀的渔家孩子踩着经夏阳暴晒而炽热滚烫的沙粒，欢快雀跃地追逐嬉戏。有的孩子跳进大沙坑里，将细软白净的沙粒堆至齐脖高。有的孩子直挺挺地躺在浅水处，昂起头，口含着水，噗噗地对着黄澄澄的夕阳喷洒。有的孩子摆动臂膀，将石片甩向江中，江面跃起一串水花，像一条银鱼贴着水面飞翔。一个辫长及腰的渔家妇女一只手抱着在沙洲上晾晒的棉被，另一只手牵着背脊绑着一个葫芦的男孩，往自家帆船走去。

炊烟从船里飘出，缭绕不绝，江面上响起锅碗瓢盆碰撞的声响。纤夫深沉粗犷的吆喝沉寂下来了，这些辛劳了一整天的汉子坐在岸边的乱石上，人人捧着一个水烟筒吧嗒吧嗒地抽着，不时侧脸望向逆流而上的船只，都想着在夜幕降临前再拉一趟船，然后到街上的杂货铺买瓶酒，回家犒劳自己。

"嘟嘟嘟"的汽笛鸣响回荡在宽阔的江面上，一只渡船从对面的江佐码头驶来。前年张三带着自家帆船加入了水上运输社，社领导让他负责江佐码头到豆腐社码头的过渡，并为帆船安装了柴油机："这两个码头水流急，客人又多，渡船交给你这个红船老大，我就吃了定心丸啦。俗话说，把舵的不慌，坐船的稳当嘛。"

"三叔——三叔——"靓少德朝渡船喊叫。张三走出船舱，双手拢成喇叭状，对着码头回应："哎——靓班主——下船来呀——"

靓少德和何念祖登上渡船。张三身穿宽大的褐色短裤，光着上身，露出厚实的胸膛，乐呵呵地站在船头迎候。两人走到船尾，便坐在一张低矮的方桌旁。靓少德喝着笑媚递过来的茶，开门见山地说："三叔，我跟念祖兄来找您，是专程听您讲古仔的。""什么古仔呀？"张三瞪大眼问。笑媚从船舱取来琴箱，搁在方桌上，打开箱盖，说："靓班主和念祖叔想听这把高胡的古仔。"

"哦？"张三的表情瞬间变得凝重了。他嘴巴贴着水烟筒，用力吸了两口，沉思片刻后说："这事说起来，话就长喽……"那段年长日久的凄怨悱恻的往事，像眼下汩汩东逝的江水，从张三记忆深处流出……

"阿三，起床啦。"东莞沙田的红船艄公张木推开房门，摇醒酣睡中的儿子张三。父亲披着蓑衣出了门，儿子把装着夏服冬衣的包袱挎在肩上，跟在父亲身后。倚在门口相送的母亲早已泪水婆娑，她将几包鱼干和几个熟鸡蛋往儿子的包袱里塞，千叮咛、万嘱咐。红船戏班于农历六月十九观音诞那天①开班，父子俩要提前一天赶到广州西堤码头等候。红船戏班班期漫长，一家人一别就是一年。

江边一个竹寮里透出火光，二十多名红船艄公和船尾叔围着一堆火，边闲聊，边从竹寮窗户探出头，密切观测珠江水位的变化。太平洋的猛烈海风将乌云往珠江口驱赶，月亮瞬间被乌云遮蔽，河滩淹没在黑暗中。一直站在窗前观望的张木看见海浪将停泊在江岸的三艘红船冲得左右摇晃，拴船缆的木桩也

---

① 红船戏班通常在每年观音诞开班，至次年五月三十日散班。

将被海水淹没，便回头对众人喊道："涨潮啦，开新！"

三艘红船同时升起风帆。张木掌舵的一艘三十多米长、三米宽的大红船走在前面，张三与另一人掌舵的小红船紧随其后。三艘红船借助涨潮和风力，溯江而上，向广州西堤码头进发。清政府解禁粤剧后，八和会馆在广州黄沙海傍街成立。粤剧发展重心从佛山东移到省城广州，于清末民初迎来最繁盛的年代。

晨光熹微，风平浪静。广州西堤码头对出的江面上停泊了逾百艘各式各样的红船。天空上的红霞与江面上的帆影相互映衬，金碧辉煌，蔚为壮观。十多艘小食艇在红船间穿梭往返，容貌标致的疍家女子站在船头，竞相吆喝：

"好靓艇仔粥——有鱼有虾又有肉！"

"豆腐花——芝麻糊！"

"新炸油炸鬼——香夹脆！"

看着一艘艘红船在小火轮的拖带下靠近码头，首次当艄公的张三显得异常兴奋，站在船舷上左顾右盼。父亲隔远向他招手："阿三，戏班大概十点到，你抓紧睡一会儿吧，戏班来了你就没时间睡啦。"

张木走红船已超过二十年，对珠三角的水陆状况了如指掌，哪条河道有暗礁，哪条河涌有桥，何时潮水涨退等，他都心中有数，加上诚实守信，说一不二，很多红船戏班或中介机构都乐意租他的红船。

两个月前，张木带着儿子张三到广州吉庆公所落实今年的租船订单。他们于黎明时分赶到吉庆公所时，只见门前石阶上黑压压的一片，来自佛山、东莞、肇庆、江门、惠州等邻近四乡八府的逾百名红船主将吉庆公所围得水泄不通，他们用凳子、草帽、包袱、石块、烟盒等在门前排了一条弯弯曲曲的长队。

张木懊丧地对儿子说："我们来迟了，已经有上百人排队了。僧多粥少，看来今年的订单泡汤啦。"过了一会儿，张木突然扯了一下儿子的衣袖，低声说："我们去青云巷找叶经理，看有没有别的门路。"他们穿街过巷来到青云巷，在一间小旅馆前等候。一小时后，一名头戴礼帽、身穿西装、梳大背头的男子打着哈欠，从小旅馆斜对面的一幢小洋楼出来。

张木趋步上前，对男子点头哈腰："叶经理，早啊！"随后从包袱里拿出一大包海味，塞到男子手里："大哥，这些瑶柱、螺片、咸鱼都是新鲜的。"

"张老大，是你呀！"叶经理露出惊讶之色，继而半推半就地收下了海味，"老熟人了，还用这么客气？"

张木依然弓着腰："一点手信，不成敬意。感谢大哥多年关照！"他向叶经理递烟，擦亮一根红头火柴将烟点燃，说："今年还得拜托大哥啊！"

叶经理感叹道："今年走红船的人特别多。这两个月吉庆公所每天都人山人海，挤得头破血流的，一天的订单一下子就抢光了。"看见张木愁眉苦脸，叶经理安慰说："你放心，我给你预留了一个大戏班啦。挂靠人寿年①的，有一百五十多人、十六个大衣箱，还不算大老倌的私伙呢。你得准备一只天艇、一只地艇和一只画艇。"叶经理未待张木插话，就倒起了苦水："张老大，为了保住你这张单，我差点跟那个缩骨佬'大头龙'打起来啦。大头龙想敲竹杠，不称称自己有几斤几两，也不看看老子是谁！"

张木喜出望外，连忙说："多谢多谢，多谢啦！"说完从包袱里摸出一包钱塞入叶经理的口袋。叶经理按了按口袋里的那包钱，嘻嘻笑了。

---

① 指粤剧大型戏班，有"省港第一班"之称，人才济济，名戏迭出。

"大哥，小弟还有一事相求。"

"你说！"

张木把儿子拉到跟前，说："我仔跟我做督水鬼好几年了。今年我东借西凑叫人做了一条新船，想让他独自闯闯。大哥神通广大，能帮忙推荐一个戏班么？"

叶经理上下打量张三："嗯，后生仔生得不错嘛，人高马大，精灵醒目的。船能坐几人？"

张木说："有十八个舱位。船侧板和船底板都用三重柏木，船身是很结实的。"

叶经理屈指数了数，说："你这只船只能坐一个小班。我手头刚好有一个十六人的圆箩班，叫'莲花香'，就交给你仔吧。"

张三父子连声道谢。

这时，太阳冉冉升起了，珠江两岸的马路人来人往。过了不久，远处隐约响起锣鼓声，报童奔走相告："戏班快来啦！"

八和会馆于农历六月十九观音诞这天举行的开班庆典历来是广州城的一大盛事。当朝阳刚刚在城市的大街小巷洒下一片玫瑰色时，名扬海内外的粤剧大街——广州黄沙海傍街人头攒动。近万名来自城内和城外的戏迷蜂拥而至，将八和会馆这座中西合璧、典雅时尚的大厦围得水泄不通。

建于光绪八年的八和会馆此刻装扮一新。一副写着"顷刻驰驱千里外，古今事业一宵中"的楹联悬挂在会馆大厦两侧，格外引人注目。会馆门楣上方装饰了一条红绸，将八和会馆的石刻牌匾映衬得光芒四射。

八和会馆里烟雾缭绕，优伶们进进出出。九时整，一阵激越的锣鼓响过后，逾千名优伶化了戏妆，穿上戏服，在红船戏班班主率领下，神情肃穆地列队向华光祖师、田窦二师、张骞师父神像叩拜。完毕后，各戏班排成统一的队列：大老倌居前，捧着班牌的正印武生和捧着红公鸡的五军虎居中，其他行当和棚面乐师居后。优伶们神采飞扬，浩浩荡荡地向珠江北岸的西堤码头走去。

广州城的人无不以目睹优伶的风采为快。游行队伍的必经之路此时聚满了男女老少。街巷上不少店铺临时关门，老板和店员都涌到街边来了。骑楼上的住户也从窗户伸出头来，翘首以盼，迎候心仪的优伶。

西堤码头附近的街巷也黑压压一片，数万名身穿黑色、蓝色衣衫的人挨肩并足，密密麻麻，像涌动的蚂蚁一样。许多人力车和小汽车被堵在马路上，动弹不得，延绵数公里。那些衣着光鲜的达官贵人竟不急不恼，坐在车上张望，饶有兴致地等候优伶们经过。

停泊在西堤码头的逾百艘大小红船此刻披红挂绿，整装待发。每艘红船的踏板都特意铺了一张红地毯。从高处俯瞰，艳阳高照下，红船方阵像一条舞动的巨幅红绸缎。珠江上满载物资的大轮船，雕栏画栋、装饰华丽的花尾渡，简陋狭小的疍家木船，这时几乎都靠岸了，船上的人都想目睹优伶们登上红船的那一刻。

锣鼓声越来越近，游行队伍开过来了。张三和两名船尾叔站在船头向河堤眺望。厨工预先将两桶茶水抬到前舱。一名浓妆重彩、身材略胖的女人领着十多个伶人向张三的红船走来，女人身后跟着一名英姿飒爽、捧着班牌的正印武生。张三仔细观察这些伶人的容貌举止，才知道莲花香是一个全女班。

"你是船老大吧。我叫芳姐，是莲花香的班主。"女人边说边抬手擦去脸上的汗水，瞄了一眼身板硬朗的张三，"你这艄公还是个后生哥呢。哥仔，以后我们就同一条船食住啦，多关照我们这班姐妹啊！"

"我叫张三，请芳姐多关照！"张三笑着恭敬地说。

正印武生从五军虎手里接过红公鸡，用牙咬破鸡冠，将血滴在班牌上，以避邪挡煞。然后将血迹斑斑的班牌挂在前舱的柜台上，洗碗仔即把红公鸡宰杀奉神。张三点燃了悬挂在桅杆顶的一串鞭炮，一声长啸："开新喽——"两名船尾叔合力升起了风帆。"呜呜……呜……呜呜……"两长一短的雄浑的汽笛声响起，小火轮将红船徐徐拖离码头。

几乎在同时，其他红船也响起噼里啪啦的鞭炮声和艄公"开新喽"的呐喊。一百多艘红船在万众瞩目下有条不紊地驶离码头，声势浩大地驶往预定的演出地点。两岸的戏迷亦鼓噪起来，不停高呼老倌名伶的昵称，停在马路上的小汽车也"嘟嘟嘟"地按响喇叭。鼓乐声、鞭炮声、喊叫声、喇叭声、汽笛声汇聚一起，如山呼海啸，连绵不绝，响彻珠江两岸，缭绕于广州城上空。

张三的红船行驶在碧波荡漾的珠江上，染成朱红色的船身在艳阳映照下放射出一圈圈炫目的红光。黢黑的燃煤小火轮用约十米长的缆绳拖着红船向演出地点——顺德勒流疾进，蒸汽机"哧咕哧咕"喷着团团白雾。红船船头像一把巨大的犁铧，将河面劈成两半，激起一堆白浪。

张三的红船仅十多米长，船体稍小，便于穿行在珠三角的狭窄河涌和低矮桥梁。船舱共两层，有上下两个铺位，舱内有一条头尾纵向的"沙街"，另有一条左右横向的通道。

"快来啊，吃海带豆沙粥喽！"两名洗碗仔把一个大木桶抬到船头。演员乐师们围了上来，端着瓦碗，吃得津津有味。坐舱姐①吃完舔了舔嘴唇，拿着铜锣走到沙街上，"呼呼"敲了两下，喊道："姐妹们，开始执筹认床位喽。"众人纷纷丢下瓦碗，围拢上来。坐舱姐当众将写着铺位名称的小纸片揉成

---

① 负责日常事务的戏班经理。

团扔进铜锣里，又捉住一双筷子将纸团搅了搅，说："船舱十八个铺位全在铜锣里啦。除了正印丑生和二花脸外，其他人都要执筹。不管你是大老倌还是拉扯下手跑龙套的，一律通过执筹来定床位。你睡哪个床位就看自己的手气啦。谁第一个执筹？台山妹先举手。"

二步针台山妹紧张地站起身，在衣服上擦了擦双手，用筷子从铜锣里夹起一个小纸团递给坐舱姐。后者拆开纸团，拖长嗓音喊道："蚊窦位。"台山妹噘着嘴，哭丧着脸说："唉，真倒霉！要整夜喂蚊仔喽！"有人起哄："蚊仔中意你啊，贪你皮光肉嫩嘛！"蚊窦位处于船舱角落，那里密不通风，容易滋生蚊虫。

第二个执筹的是高胡乐师林秀芝。这位长着一双丹凤眼的秀美女子放下手中的高胡，随意挑了一个小纸团。坐舱姐"哎呀"一声惊叫："十字舱——秀芝，你手气真好啊！歌仔有唱，'好位分明十字舱，四周通气万分光'。"姐妹们向林秀芝投来艳羡的目光。林秀芝却显得心平气和，默不作声地摆弄手中的高胡。十字舱靠近两条通道，通风透气，宽敞明亮，无疑是最好的铺位了。

轮到正印花旦小琼执筹。坐舱姐打开小琼递过来的小纸团时愣住了。她犹豫片刻，将纸团递给班主："芳姐，还是你来念吧。"芳姐接过纸团倏地变了脸色："屙尿位——"位于舱尾的屙尿位与小便间只隔一块舱板，是伶人们最忌讳的铺位。小琼扔下手里的手帕，捂着脸，"哇"的一声哭了，泪水沿着指缝流了下来。"撞鬼喽，旧年执到垃圾岗，今年执到屙尿位。我是不是得罪了神明，罚我听小夜曲、闻夜来香?！芳姐，我真是年年行衰运啊！"小琼说完就扑到班主怀里，伤心地哭了起来。

小琼是莲花香的台柱，甚得班主偏爱。"乖乖，别哭，下

次芳姐替你执个靓位。"芳姐掏出手帕替小琼擦泪，打开脂粉盒，"别哭了，哭肿了眼，人就唔靓喽。你看，都快成大花脸啦。乖乖，芳姐给你补补妆。"

小琼仍在呜咽。林秀芝过来搂着她的双肩说："琼姐，我的十字舱跟你换吧。我睡觉像头猪，躺下就打呼噜，耳边敲锣打鼓也吵不醒。"小琼惊诧地瞅着秀芝："你真的肯跟我换床位?"秀芝瞪大秀眼，真诚地点点头。小琼兴奋得跳起来，捧着秀芝的脸"啵"地亲了一下："秀芝，你真是我的好姐妹！我送你一件靓衫！"小琼拉着秀芝的手到后舱去了。芳姐看着两人的背影，舒心地笑了："秀芝这女仔，真懂事！"

张三手把船舵，两眼注视着前方。红船驶入顺德水域一条长满芦苇的河涌，减缓速度穿过一座低矮的木桥。芳姐走入驾驶室。

"艄公哥，太阳落山前能赶到勒流么？夜戏晚上八点开锣，误点了要赔戏金的。"

"芳姐放心，能赶到的。算我们运气好啊，涨潮前过了刚才那条桥。如果迟半小时，涨潮了，船就过不了桥啦，得绕路走，能不能在太阳落山前赶到勒流我就没把握了。"

"你们东莞出了不少大老倌啊，靓荣、靓全、何非凡、楚岫云、卢启光都是东莞人。靓荣能演白须，又能演黑须。靓全的单脚武功够威风，扁鼻佬戴眼镜——冇得顶！卢启光小武、武丑、二花面样样都拿得出手。对了，秀芝也是你们东莞人啊，也是一个疍家妹。秀芝，你过来。"

秀芝从后舱走来："芳姐，您找我?"芳姐说："这位艄公靓哥是你东莞同乡，同饮一江水嘛，以后要相互关照啊。"张三侧过脸向秀芝点头，视线掠过秀芝的丹凤眼时就马上移开了。秀芝瞥了一眼敞开胸脯的张三，马上联想起家乡祠堂门楼下那厚实的石墙。她有点慌乱地扯了扯敞开的衣领，俊脸泛起了红晕。秀芝今年十九岁，住东莞麻涌珠江边的一个渔村。她母亲早逝，为偿还继父欠下的赌债和养活三个弟妹，她三年前就跟随芳姐闯荡江湖了。

红船已进入勒流水域。张三对芳姐说："岸边有一座关帝庙。"红船赴四乡演出，所经河道有如关帝庙、观音庙、龙母庙、正果庙、何仙姑庙等神坛庙宇，班主必循例率领艺人上岸祭拜或将船停在江中隔远奏乐膜拜。芳姐问："船能靠岸吗？"张三答："现正退潮，船很难靠岸。"芳姐于是朝船舱高喊："奏乐祭拜！"秀芝即召集乐师奏响乐曲，小琼也率一众伶人面朝关帝庙跪下，口中念念有词："望神明保佑莲花香姐妹，出入平安，事事顺利！"

红船于黄昏时分抵达码头。"戏班来啦，今晚有大戏睇喽！"在码头久等的村民看见红船徐徐靠岸，无不兴高采烈，欢呼雀跃。珠三角广府各乡几乎都有各自的守护神，神诞节庆五花八门，不胜枚举，延续一年四季。仅农历二月，就有土地诞、文昌诞、东岳诞、洪圣诞等。每逢神诞节庆，广府各乡都纷纷派主会到广州买戏，借此热闹一番。一个地方大多演四日五夜，取"九九归一"之意。

莲花香在勒流的第一场夜戏演至凌晨两点才结束。除留下一部分人演到天亮外，主要演员和乐师都回红船休息了。秀芝走进与小琼换来的小铺间，发现靠近厕所的舱板新加了一块用来隔音的厚木板，床边的小桌上放着一碗粥、一碟腌菜和两个鸡蛋，她发觉别人是没有鸡蛋的。连续三晚演出回来，秀芝都发现自己比别人多了两个鸡蛋，她百思不得其解：是谁暗里给自己多放了两个鸡蛋？

次日早上，洗碗仔将饭菜抬到船头，边走边喊："老倌师傅起身食饭喽！"秀芝悄悄开了门，扯住洗碗仔的衣袖低声问："鸡蛋是你放进来的么？"洗碗仔做了个鬼脸，指指坐在

船舷抽烟的张三，掩嘴而笑。秀芝看着小老乡厚实的背脊，心里暖融融的，羞赧得不知所措。

　　勒流首次迎来全女班，戏迷反响尤为热烈，无论是夜场或日场，临时搭建的戏棚被围得里三层、外三层，水泄不通。第四晚演出的剧目是《佳偶兵戎》，三五七发报鼓敲响后，台上的帷幕缓缓拉开。这时，意外事故发生了——正印花旦小琼突然痛经，全身抽搐。她几次挣扎着想站起来，但都软绵绵地躺了下去。

　　见惯大场面的芳姐此刻也惊慌失措。她一边叫人照料小琼，一边向方寸大乱的艺人们高喊："谁顶小琼？我出两倍工钱！"大家面面相觑，无人敢应答。芳姐提高声调："谁顶小琼？我出五倍工钱！"众人仍低头无语。锣鼓声沉寂无息，而台下戏迷的掌声响了一遍又一遍，个别戏迷开始躁动起来。芳姐呆若木鸡，双手颤抖不止。后台乱成一团，人人惊恐万状。

　　此时，棚面席跃出一个女子。只见她迅速冲入后台，背起脸色苍白的小琼横穿戏台，频频向台下鞠躬致歉。此举在戏班里叫"视①过场"，旨在向主会和戏迷申明演员生病了，无法继续演出下去，以求得谅解。那女子把小琼背回后台，旋即在圆箩里挑了一件黑色绣金边的疍家裙系在腰间，抓起一顶状似铜锣的竹帽扣在头上，卷起裤腿，光着脚丫，肩挑箩筐走出虎度门。女子轻巧地扭着腰肢，晃动箩筐，从容淡定地跑圆场，踮起脚尖环顾四周，随之高声吆喝："马蹄干，甘甜兼爽脆——"

　　"啊，秀芝——"芳姐认出那女子是林秀芝，连忙示意奏乐。秀芝放下担子，将扁担架在两个箩筐之间，挺着胸脯坐在扁担上，轻摇着铜锣帽，像一朵翠绿剔透的莲花摇曳在莲塘

---

　　① 广府俗语中指背着东西。

里。她开口唱了名伶关影怜的首本名曲《疍家妹卖马蹄》：

> 我卖呀马蹄干，
> 这马蹄呀在风口下吹干。
> 老窦老母呀叫我担到市场卖，
> 换钱买个鸡呀煲啖靓汤。

秀芝唱完一节中板，即说了一段念白：

> 卖生果喽这里逐个数齐，
> 正月金橘兼卖瓜子，
> 二三月卖蔗还有天津雪梨。
> 四五月鹰嘴桃黑叶荔枝，
> 增城挂绿糯米糍。
> 六七月石峡龙眼人人帮衬来烧衣，
> …………
> 十一月香蕉嫌其过气，
> 倒不转卖这风干马蹄。

懂戏又眼尖的戏迷都知晓秀芝是来救场的。看到绮龄玉貌的秀芝临危不惧、处乱不惊，尤其是她那姿貌、关目、表情、唱腔都与名伶关影怜有几分相似，于是报以雷鸣般的掌声。

秀芝回到后台时，惊魂未定的班主芳姐拉住秀芝的手问："你能演《佳偶兵戎》的皇姑吗？"秀芝坚定地点头说："我能演！"接着，秀芝果真把戏演得天衣无缝。

演出结束后，芳姐如释重负，搂住秀芝说："多亏秀芝救了莲花香！如果你不救场，莲花香就大祸临头啦，姐妹们白演戏不算，说不定人还要被扣留呢。"芳姐心里明白，有几个流

氓恶霸坐在台下首排，他们与顺德著名土匪廖流过从甚密，专门从事抢劫艺人、勒索戏班的卑劣勾当，而当地保安所对此睁一只眼、闭一只眼。

芳姐疑惑不解："你是乐师呀，又从没见过你开口唱戏，你哪来的胆救场啊？"秀芝舒了一口气说："其实，上台时我头脑也是一片空白的，手抖个不停。心想，不管三七二十一啦，演到哪儿算哪儿吧。"原来，尽管是棚面乐师，排练时记性甚好的秀芝却把角色的台步、唱词、念白等烂熟于心。

芳姐摸出一沓银圆，往秀芝手里塞："这是你今晚救场的酬金。"秀芝连忙摆手，说："我不要酬金！芳姐收留我，这大恩大德我一辈子也难以报答的！"

这时，前台通道传来嘈杂的说话声，几名彪形汉子挑开帘布闯进后台。芳姐迎上去，问："我是班主，你们找谁呀？"脸上有一道疤痕的汉子嬉笑着打量秀芝，说："班主听着，明晚让这靓妹仔加唱关影怜的《软语慰痴鞾》。记住，要唱出关影怜的风情味啊！哈哈，这靓妹仔够鲜嫩的！"疤痕汉子说完即带着手下扬长而去。看着芳姐愁眉紧锁，秀芝反倒安慰道："芳姐，关影怜的曲我熟，我明晚唱就是啦。"

秀芝凌晨回到红船，想起疤痕汉子淫秽的脸孔，感到惶恐不安，便坐在床沿轻声啜泣。门外沙沙响，一张纸条从门缝塞了进来。秀芝警觉地轻问："谁呀？"门外没应答。她贴着门缝往外看，没看见人。她捡起纸条，借着漏入船舱的残月碎影，看见纸上歪歪斜斜写着一行字："别怕，明晚我保护你！"秀芝心头一热，泪水顺着腮帮滚了下来。

第二晚演出时，张三带着数名船尾叔守护在戏棚后台。关影怜是全女班"冠群芳"的正印花旦，婀娜多姿，声色俱佳。秀芝模仿关影怜的穿着装扮，子喉与平喉交替，演唱《软语慰痴鞾》："风萧萧兮雨绵绵，美人千里兮返魂天。望家乡兮何处，倚栏杆兮泪涟涟……"她将万种风情悉数寄予在举手投足、抚鬓甩袖、高唱低吟上，把一名貌美纤弱女子的柔情、深情和痴情演绎得淋漓尽致。近万名戏迷站立高呼："关影怜，关影怜！"

演出刚结束，芳姐从主会手里接过最后一期戏金，即吩咐众人迅速撤离。伶人们拎着大包小包，沿着泥泞的乡间小路，狼狈不堪地跑回红船。就在张三正要抽起踏板时，疤痕汉子领着手下赶来了。

疤痕汉子将秀芝拉下船，凶相毕露："别走，别走嘛！关妹妹，今晚赏脸，陪哥仔食宵夜，好么？"芳姐走下船，苦苦哀求："大哥，她累了，我来陪你。"疤痕汉子一把推开芳姐，呵斥道："谁稀罕你这个老鸡婆呀？帮我抹脚，我还嫌你手粗呢。"说完伸手去摸秀芝的下巴："你爸不是欠'大耳窿'一屁股债吗？只要你陪我一个礼拜，你爸的债我就帮你一笔勾销。好么，关妹妹？"

张三从后舱冲下来，拨开疤痕汉子的手，高喊："放开手，别欺人太甚！"疤痕汉子转身从腰间拔出匕首顶住张三的喉咙："你是不是寿星公吊颈——嫌命长？再多管闲事，我就放你的血！"看见张三的脖子被划了一条血痕，秀芝情急中挥起拳头，打掉疤痕汉子手中的匕首。疤痕汉子的右眼被匕首插中，鲜血喷涌而出。张三与几个船尾叔趁机将秀芝和芳姐扶上船。小火轮一声长啸，拖着红船迅速驶离岸边。

张三的红船在寂寥漆黑的西江支流上行驶。伶人们惊悚地挤在船舱里，没人敢说话。秀芝浑身战栗，突然失声痛哭："芳姐，我闯大祸啦！"芳姐搂着秀芝："我们是同一条船的姐妹，有什么事我们一起扛！""那人的眼是我弄伤的，一人犯事一人当！"秀芝咬了咬牙，不容置疑地说，"芳姐，我不想连累莲花香，天亮了我就上岸。"芳姐问："你去哪？"秀芝哽

咽着说："我回家！"芳姐扳住秀芝双肩摇了摇："是他们强抢民女，要告官府，我们也不怕！"秀芝冷静地说："他们势力大，又有官府护着。你就让我走吧，我走了，事情也就了结啦。"

众人听说秀芝要离开戏班，都依依不舍地围拢上来。正印花旦小琼与秀芝抱头痛哭。伶人们纷纷掏出钱币塞入秀芝手里，芳姐脱下一只雕着龙凤的银镯套进秀芝的手腕，说："路上没钱用，就把它卖了。"

秀芝回睡房收拾行装。张三也走了进来。睡房很逼仄，两人近在咫尺，能清晰听到对方的呼吸声。张三将一沓银圆和一袋熟鸡蛋悄悄放入秀芝的包袱里。秀芝取出装在牛皮箱里的高胡递给张三，丹凤眼闪着泪花："三哥，我这辈子再也没机会拉琴啦。这琴送给你，请你记住我这个东莞老乡吧！"说完掩面而泣。张三的眼眶也湿润了，他摘下胸前佩戴的用桃木雕制的貔貅，挂到秀芝的脖子上，说："这桃木貔貅是避邪的！"秀芝深情地看着张三，泪流不止。

红船驶了约两个小时后在番禺一个偏僻渔村靠了岸。张三打算到渔村找一个亲戚，拜托他护送秀芝过珠江，回东莞麻涌。张三和秀芝下了船，此时天还没亮。两人默默无语，沿着一条鹅卵石小路往村里走去。四周空旷而冷寂，偶尔传来一两声鸡鸣和狗吠。

"三哥，你干吗给钱我呀？我不要！"秀芝从包袱里摸出一沓银圆往张三怀里塞。

"这是我在勒流挣的工钱，你拿回家还继父的债吧，就算哥的一点心意。"张三紧紧握住秀芝的手。

"我明白你的心意……"

秀芝的纤手被张三粗糙的大手久久地握着，她感觉有一股暖流传遍了全身。她的肩膀已触碰到张三那宽厚的胸膛，发梢

轻抚那张刚毅淳朴的脸孔，浓烈的异性气息令她产生莫名其妙
的、平生未曾经历过的昏眩和慌乱。此刻，家乡门前那片葱绿
错落的蕉林，匍匐着跳跳鱼和螃蟹的滩涂，即将坠入江河、将
竹棚染成橙红色的落日，这些熟悉的影像交错涌现在秀芝的脑
海里，而隐约出现在梦境中的异性模糊身影也正向她伸出强有
力的臂膀……她的胸脯剧烈起伏，意识恍恍惚惚，感受到被堵
住了口鼻般的窒息。

"三哥，我求你一件事！"

"你说。"

"我求你把我要了！"

"啊？你说什么呀？"

"我爸说过，为了还大耳窿的钱，我要么做伶人，要么到
花艇①当老举②，两条路由我选。如今我中途回家了，我爸肯
定要把我卖到花艇的。三哥，我既然要当老举，你就先把妹的
处女身要了吧！让妹记住你，记住人生中的第一个男人！"

张三像一尊木雕茫然站着。

眼前是一片开阔地，一座破陋的用蚬壳做墙体的妈祖庙掩
映在芦苇丛里。秀芝不由分说地攥住张三的手，快步走进门前
蹲踞着一对精美石狮的庙门，看见庙里的楹柱上刻了一副对
联："圣德参天，庇万民吉庆；母仪配后，佑四海安澜。"油
漆剥落的供桌上摆放了糕饼和虾蟹螺贝等供品，降伏东海水
怪、庇佑亿万疍民的妈祖头戴金冠，手托玉如意，端坐在供
桌前。

两人跪倒在妈祖塑像前，双手合十，连叩三个响头。秀芝
一脸虔诚地说："大慈大悲的天下圣母，小女子跟您一样姓
林。求您原谅林家女子的不敬吧。"秀芝说完牵着张三，来到

---

① 指养有艺妓以娱乐宾客的船艇。
② 指娼妓。

妈祖塑像后的一个角落。

两人羞涩而慌乱地松衣解带。当两具赤裸的炽热身子黏合在一起时，他们感觉意识倏忽变得模糊了，恍惚间身陷一望无垠又波浪汹涌的大海里。波浪劈头盖脸涌来，将他们的衣衫撕得粉碎。自控力被完全褫夺，任由巨澜托至半空，旋即又被摔到巨大的旋涡里。他们在濒临窒息中挣扎奔逃，又在愉悦无比的精神穿越中恣意呻唤。不知过了多久，随着一声畅快淋漓的吼叫，他们终于被巨浪冲上了岸，两人筋疲力尽地躺在软绵绵的沙洲上。睁眼环顾，发现这是一个芦苇飘絮、彩霞满天的夏日黄昏……

对张三而言，日子十分漫长，他每天都在煎熬中度过。莲花香于翌年五月三十在南海里水散班后，张三即迫不及待地驾着红船，前往东莞麻涌去寻找秀芝。

张三下了船，穿过一条滩涂石径，走进一个蕉林环绕、牌坊上写着"漳澎"的村庄。一个肩扛渔网、满腿泥浆的渔夫，指着一间长着齐腰杂草的废弃房子对张三说："这是秀芝的家。房子被洪水冲倒，全家人就搬到别处啦。"这是发生在半年前的事。至于秀芝的下落，村里流传诸多版本：有人说她被卖到花艇，常在广州天字码头和康乐码头一带接客，成了公子哥儿追逐和闲聊的名妓；有人说她改名换姓，带着小戏班穿州过县；有人说她嫁给广州一个有钱人家，整天出入茶楼戏院；也有人说她自缢于邻近乡村的一间观音庙，被发现时尸首已爬满了蝇蛆……每一版本虽都有眼有鼻、言之凿凿，但均是道听途说，经不起推敲。

一个星月辉映、秋风轻拂的深夜，一位面容俏丽、身披霓裳的仙女从明净如洗的天穹飘落到红船。她贴着张三宽厚的胸膛说："三哥，我们去一个遥远的地方吧。那里有一条河，比珠江更长更宽。你撒网捕鱼，我拉琴唱歌。"未等张三应答，仙女就驾雾离去了。"秀芝，你等我呀——"张三高喊，从梦中醒来。张三常常在梦里与秀芝相见。

张三曾假扮成纨绔子弟，光临停泊在广州各大码头的花艇，希望能遇见日思夜想的秀芝。也曾到名扬省港的海珠大戏院观看关影怜演出，凌晨时独自走在珠江堤岸上，仰望悬挂在高楼上的印着关影怜头像的巨幅海报，喝得酩酊大醉。每逢红船戏班开班，他都伫立在船头，眺望往西堤码头走来的伶人队伍，希望人群中突然出现令他魂牵梦萦的身影。

但是，十年过去了，秀芝始终没有出现。

张三一直走红船，秀芝留下的高胡也跟着他走南闯北，他将自己对秀芝的思念全都寄托在这把粤式乐器上。每天饭后拉几首粤曲成了他十多年间风雨不改的习惯。经棚面乐师指点，他的演奏已接近戏班乐师水准了。

那年冬天，张三的红船随戏班在台山演出。一天清晨，伶人们还在沉睡，码头上隐约传来"啊——啊——"的号叫。张三走出船舱，看见岸边有一位八九岁、满脸污垢、骨瘦嶙峋的男孩向他招手。

"细路，你在叫什么呀？"张三问。穿着薄衣衫、光着脚板的男孩缩成一团，支支吾吾地向张三比画。狂吼的北风卷起沙尘打在他的脸上，张三真担心北风会将他卷入江中。"上船来吧。"张三把踏板伸向码头。男孩走上踏板时打了一个趔趄，挽在臂上的包袱散开了，一只乞食用的瓦碗掉到江里，在水面打了一个旋儿就沉落江底了。

张三让男孩进到船舱，递给他一个番薯，问："你是要饭的？你刚才喊什么呀？"男孩狼吞虎咽地将番薯吃完，向张三憨笑。"你是哑巴？"男孩点头。待喝下一碗粥，脸上渐渐有了血色后，男孩揭开衣角，指着缝在薄衣里的一块小布条。张三低头细看，不由"啊"一声惊叫，半天说不出话来——布

条上赫然绣着五个字："你爸叫张三。"

张三借着晨光反复端详布条上的字，又捧着男孩的脸颊左看右看，终于在男孩的脖子上发现一个物品：当年他送给秀芝的信物——桃木貔貅。张三猛然把儿子抱在怀里，眼泪夺眶而出。

男孩叫张广发，两岁时得了一场重病，留下聋哑的后患症。秀芝生下儿子后，到广州一户富贵人家做奶妈，五年后患病死去。张广发自此浪迹广州街头。

从一九三八年下半年起，日军飞机频频飞抵珠三角上空，对行走在珠江流域的船只实施狂轰滥炸，笼罩在珠江水域上空的硝烟遮天蔽日、终日不散。红船目标大，成了日机空袭的主要目标。张三父亲的红船藏匿于佛山大基尾的一片芦苇里，被一枚炸弹击中，张三父亲和其余六个船尾叔当场丧命，河里和码头到处可见血淋淋的残肢断臂和冒着烟火的红船残骸。

广州沦陷后，日军四处搜寻和羁押红船、商船、民船，用以运送军用物资。幸存的红船只好油上一层深色桐油，船身由红色变黑色，躲避到偏远水域。随着珠三角流域红船的彻底销声匿迹，肇始于明朝嘉靖年间的延绵了四百多年的"一带红船泊晚沙"的壮观场景，也因这场野蛮杀戮被迫永远定格在历史长河中。张三也因战乱被撵进了人生的拐点，在连江开启了他的水上流浪生涯。

听完张三的叙述，靓少德产生了同是天涯沦落人的感慨："要不是'走日本仔'，我也不会从番禺沙湾来到青莲啊！"他拿起高胡，轻抚泛着油光的琴筒和琴杆，说："三叔，想不到你是个高胡大师。八和剧社正缺头架，您得亲自出马呀。三叔，拉一首吧！"靓少德将高胡递给张三。

"好久没摸它了。手硬了，食唔住线喽！"张三坐在一张竹椅上，边旋转琴轴，边拨划琴弦，调好音后即将琴筒夹在两腿间。他挺起赤裸而略微佝偻的腰身，神情肃穆而沉郁，往事在他脑海里一幕幕重现。他边拉高胡，边轻轻吟唱《疍家妹卖马蹄》，那糅合了南音、龙舟、木鱼、粤讴、咸水歌等民间乐韵的曲调，于欢快亮丽中蕴含着辛酸与无奈。张三的手指随着弓弦的内拉外推而上下滑行，脑袋也和着音乐旋律前倾后仰。他的眼泪溢出眼眶，滚落在琴筒上……靓少德的视线不敢在张三的脸上停留。广发借故走开。笑媚跑回船舱，哭成泪人。

月亮在张三那厚实的背脊和健硕的肩膀上投下柔和的光影，让人联想起屹立在通津码头上那根年月久远、圆润光滑的镇海柱。

16 换角风波

当屋顶上那些形状各异的烟囱在黝黑的瓦面上投下朦胧的斜影时，微风将莲花幽香吹送到狭长的整香街里。在这仲夏黄昏，弥漫着浓郁芬芳的整香街透出令人心旷神怡的温馨与祥和。

柳依依手拎装着豆腐和瓜菜的竹篮往家里走，街巷上摇曳着她羸弱而修长的身影。挑水回家的阿苏拄着拐杖，斜昂起头，摇摇晃晃地走在整香街的青石板上。刘满龙肩扛碗口粗的竹杠回到戏棚地，边用衣袖擦汗边与孩子们大声说笑。范阳与吴天仁一前一后，抬着一箩筐佛香走回制香工场。张爱彩将锥子、铁钳、螺丝刀等补鞋工具捡进木箱里，捶打肥胖僵硬的腰身，随之将沾满灰尘的围裙甩得噼啪响。

居住在整香街的人，不管是祖祖辈辈生息于此的本地人，还是初来乍到、人生地不熟的广府移民，他们都按既定的生活节奏和轨迹，以一种平和欢愉而又心满意足的心境期待着夜幕降临。他们的眼神似乎都在传递

着一种默契：饭后到吴氏宗祠排练去。

排练的人陆续走进吴氏宗祠，他们三三两两围在天井走廊闲聊。靓少德与何念祖边说话边跨入宗祠门槛，两人脸上都露出无比兴奋的神情。

靓少德站在天井中央，拍了两下手掌示意众人安静，用洪亮的嗓音说道："我们八和剧社成立已有些日子啦，大家都说老是排折子戏①唔过瘾。我和念祖兄理解大家的心情，食嘢食味道，睇戏睇全套嘛。但山是一步一步登上来的，船是一桨一桨划过去的，心急吃不下热豆腐啊。"靓少德下意识瞥了一眼靠在麻石柱上抽烟的张三，停顿片刻后提高了音量："而今八和剧社人强马壮，大家热情高涨，我们决定排本戏②!"靓少德从口袋里掏出一本剧本不停晃动，环视全场："我们排《胡不归》，计划今年大年初一至初三，在戏棚地上演!"

四周一片欢声笑语，众人摩拳擦掌，都伸长脖子，像观看一件稀罕物，兴致盎然地盯着靓少德手中的剧本。这本民国时期由广州醉经书局出版的泥印剧本是靓少德从一名广府客人手上买来的，纸张已泛黄，字迹也有点模糊，粉红色的封面缺了一只角，但封面上恋人月下倾诉的插图仍完好，插图下标示的"薛觉先和上海妹首本戏《胡不归》"的字样也清晰可见。

吴天仁拿过剧本，瞄瞄封面又翻开内页仔细阅读，随后大声念着剧中人物文萍生的独白："我心又喜，我心又安，问娇你曾否复安康，复安康。"完了问道："靓班主，你打算怎样分派角色?"

靓少德将想法向众人和盘托出：柳依依演赵颦娘；温葱莲演婆婆文方氏；赵笑媚演表妹方可卿；王文斌演表哥方三郎；豆腐王演生华佗；何浩深反串丫鬟春桃。靓少德把陈士全叫到

①　指整部戏中的一折或一出。
②　指整部戏。

身边，重重地拍了一下他的肩膀，说："我想让士全演文萍生！士全天生一副文武生的样貌和身架……"

未等靓少德说完，吴天仁就摆摆手，喉咙发出两声沉闷的干咳。街坊们都晓得，天仁叔要说话了。"做香骨要挑直竹子。我做了一辈子香，说话直来直去，不懂拐弯。"吴天仁带点歉意地瞅了一眼喜形于色的陈士全，说，"没错，士全底子好，但毕竟还是新仔嘛，做文武生未够班①，在台上是压不住阵脚的。文萍生这个角色，非梨园彩的文武鹤亲自挂帅不可！"

靓少德扯起左脚裤子，露出干瘪萎缩的肌肉，跟着单脚着地，旋转了一周，自嘲道："文武鹤变成独脚鸡了，想飞也飞不起来喽。"全场鸦雀无声。

何念祖说："天仁叔说得有理。八和剧社的第一场本戏要唱出名堂，一鸣惊人！靓班主，文萍生还是你来演合适。反正《胡不归》以文戏为主，武戏尽量少做高难动作就行了。"

吴氏宗祠骤然响起热烈的掌声。靓少德向众人拱手，说："既然大家推举我，我就从命啦。系威系势，五郎救弟！"

靓少德心里清楚，演武戏对他这个残疾人来说，是一个巨大的考验。他在《征战》那场武戏为文萍生设计了一个亮相动作：文萍生身披大靠跑圆台，随即提起左腿，双眼环视四周后猛然挥腿将大靠前裙踢起。他不想降低动作难度，更不想用替身。他素来鄙视瞒天过海、糊弄观众的做派。为保持腿部力量，他早晚都要练一会儿踢大靠和起单脚。

这天清晨，吴天仁与儿子广明到宗祠上香，看见靓少德像铁铸似的站立在天井上。只见他穿一件宽松的练功服，正练习起单脚：头上放一只盛满清水的瓷碗，双手向两边伸直，呈大

---

① 指资历浅，不能胜任。

356

鹏展翅状。右脚稳稳站立，左脚抬起，脚底贴在右脚大腿内侧。

十多分钟过去，靓少德依然纹丝不动地站着。这时，他向广明招手："你过来撞我！"广明放下竹篮，双手叉腰，咬着牙，迅疾向靓少德撞去。随着"砰"的一声闷响，广明像撞向一面厚墙，立时反弹回来，狼狈不堪地摔在地上。靓少德却稳如泰山。

靓少德呵呵朗笑道："后生仔，没摔着吧？以前老倌常说，唱戏佬不能'练功唔演戏，做戏唔练功'。我这个文武生也不能倚老卖老啊，否则大家就会指着我的背脊骂，'陈显南卖告白——得把口'，那就什么颜面都丢光喽。"靓少德说完取下头上的瓷碗，随即脑袋朝下，双腿腾空而起，来了个"起虎尾"。他以手代足行走，纵身跃上天井，绕环廊一圈后又轻捷地跳落天井里。

柳依依扮演赵颦娘可谓众望所归，人们对她演好这个角色寄予厚望。在她看来，赵颦娘这个角色非她莫属。在柳翠馆做歌女多年，她积累了丰富的演唱经验。特别是这些年，她愈加擅长演温柔贤淑的悲剧人物，不仅台步堪称一绝，而且对上海妹在《胡不归》中的唱段和念白滚瓜烂熟，还在发声运腔、换气偷气上刻意模仿，将"妹腔"琢磨得透透彻彻。

那天中午，当何浩刚把熬了两个通宵誊抄的《胡不归》剧本送到柳依依手上时，后者放下手里的豆腐铲，竟当着几个客人的面，兴奋地捧着浩刚的脸颊，蹦跳起来，旋即张嘴便唱："唯有香衾强就，以慰夫呀你情长。"而浩刚此刻却羞赧难当——手舞足蹈的柳依依胸前起起伏伏，彰示她已长成大姑娘。

在这些日子里，豆腐社交替响起柳依依的叫卖声和演唱声。没客人时，她就扭摆纤腰，高唱低吟，豆腐王为她打节

拍、对剧本。柳依依脑海里净是赵颦娘的影子，有时收了客人的钱却忘记给豆腐，有时冷不丁冒出一两句台词，有时忽然怅然若失，泪流满脸。豆腐王说："依依，你走火入魔啦！"

癫仔海无疑是柳依依最忠实的拥趸。在豆腐社对面冰冷的石凳上，他有时一天会坐上三四个小时。能近距离看着柳依依吆喝和吟唱，对他来说，是无比快乐的时光。他会跟着柳依依演唱的节奏，嚷着跳着，简直将自己想象成戏台上的优伶了。初始柳依依嫌他干扰了自己，板起面孔驱赶他。但他总是嬉皮笑脸的，赶也赶不跑，柳依依也只好作罢。但癫仔海显然十分害怕个头比他高大的何浩刚，远远看见他走来，就慌忙撒腿远遁，如同老鼠遇见猫一样，跑得比冷天里呼啸而来的江风还快。

靓少德排戏时总是神情凝重，一丝不苟，有时为一个细节，往往喊上十次八次"钩住"。柳依依每听到他带着不满意的吼叫，心里就直打哆嗦。

这一晚，柳依依脚步匆匆地走到烟雾弥漫的观音堂的转角处，就远远瞥见吴氏宗祠的天井上透出了汽灯的白光。她绕过宗祠朱红色的屏风时，几只燕子从天井回廊上的巢窝里呼地窜出来，飞到吊在神龛前的绑着镜子、剪刀、窝箕、佛香等物的红布包上，继而又叽叽喳喳惊叫着飞向被夜色吞噬的大江墟莲塘去了。

"依依，你来得真早呀！"

"靓班主，你不是来得更早么？我想提前走走台步。"

八和剧社的演员乐师陆续来了。他们各就各位，各司其职，换戏服、调乐器、试嗓子、搬道具，有条不紊。住在邻近的人端着饭碗进来观看，路过的农民放下粪桶、拴好牛，也涌进吴氏宗祠。

靓少德向坐在天井左侧走廊的掌板何念祖示意，高喊："开始，《胡不归》第四场戏《慰妻》！"

静默须臾，吴氏宗祠响起一阵咚咚咚、锵锵锵、嚓嚓嚓、
咣咣咣的锣鼓声，紧接着，范阳的扬琴、莫森礼的月琴、张三
的高胡、刘满龙的铜箫、高佬灿的三弦——棚面五架头合奏出
一段凄婉缠绵的曲调。

当靓少德身穿黄色文袖服，头戴紫金冠，一副儒雅俊逸的
装扮登场亮相时，吴氏宗祠霎时变得满堂生辉。他那洪亮厚实
的嗓音飘向大江墟莲塘上辽阔深邃的夜空：

情惆怅意凄凉，
枕冷鸳鸯怜锦帐，
巫云锁断翡翠衾寒。
燕不双心愁怆，
偷渡银河我来呀来探望，
强违慈命倍惊惶，
为问玉人嘅病况。

何念祖暗里赞叹：靓班主这段长句二流唱得太好啦，字正
腔圆，韵味深长，节奏感强，真有几分‘薛腔’的味道！

随着一阵急促的卜鱼声和锣鼓声，天井传来“妻啊”和
“夫啊”的深情呼唤。柳依依身穿一件绣着梅兰竹菊图案的粉
红色海青和带宽松水袖的淡黄色披风，款款走到天井中央。她
紧握靓少德的手上下打量，情浓意笃、望穿秋水的神情倾泻在
她那缱绻悱恻的泪眼上。

靓少德此时抬起右手，做了一个钩子的手影，大喊一声：
“钩住！”他走到柳依依跟前说：“演好赵鸾娘，关键要拿捏准
她的身份，她是个新婚妇人，身份介于青衣和闺门之间。赵鸾
娘这时又喜又惊、半信半疑的，你想想用什么动作表现人物的
复杂心情呢？”

柳依依

（蔡成桂绘）

柳依依伫立沉思，不停地用披风水袖卷着手指又松开。她接连设计了两个动作，但靓少德都不满意。"回头望，按胸口。"靓少德耐心启发她。柳依依心领神会。于是，"扑灯蛾"锣鼓响起后，柳依依先是惊喜万状地趋前迎接丈夫，接着机警地探头观察周围是否有婆婆的身影，证明平安无事时，才用手轻按狂跳不止的胸口，表示放下了忐忑不安的心。随后"数白榄"："我心又喜，心又慌，何幸今宵会我郎，会我郎！"看见柳依依表演得情深意切、丝丝入扣，靓少德颔首赞许。

> 断不敢怨郎情薄，
> 我亦知你母命难忘。
> 只怨恶病相缠，
> 我都未能无恙。

柳依依在唱这几句"二黄"时，配以衣袖拭泪、茫然眺望等动作，表现了赵颦娘茫然哀伤又万般无奈、欲说还休的复杂情愫，而"情薄"与"难忘"的吐字行腔，将婉转幽怨、情浓韵厚的"妹腔"精髓表现得淋漓尽致。"好一个青莲上海妹，将赵颦娘演活啦！"靓少德暗中叫好。

在吴氏宗祠天井观看排练的男男女女，或靠在走廊的梁柱上，或坐在冰凉的台阶上，或站在自带的凳子上。这些来自前街后巷的戏迷，爱看戏，又懂评戏。他们边摇头晃脑、津津有味地观赏，边在膝盖上打着节拍，有的还跟着旋律哼唱起来。

王文斌说："靓班主与柳依依真是青莲的一对龙凤，一个玉树临风，一个娇俏如柳；一个唱腔洪亮高亢，一个唱腔柔媚婉约。青莲街再也找不到第二对如此天衣无缝的戏棚搭档啦。"

有一位外号"戏瘾大"的老戏迷是大江墟的农民，凡八和剧社排练，都可见到他的身影。有一晚，戏瘾大牵着一头水牛从高崩山脚回家，看见吴氏宗祠灯火通明，就匆匆将牛绳拴在莲塘边的木桩上，迫不及待走进宗祠去了。夜深了，戏瘾大才意犹未尽地回家。第二天醒来，才猛然记起昨晚把水牛丢在莲塘了。

《胡不归》已排练了一段日子。这天傍晚，日月楼门外有一名年轻男子高喊："靓班主，黎迈副区长叫你现在到他办公室。""知道啦，我就来。"正在厨房炒菜的靓少德扭头应答。靓少德边脱围裙边想：他找我有什么事呢？他只知道黎迈分管文化教育。

靓少德随年轻男子往大街走去。自广州会馆用作区政府办公大楼后，这幢用麻石垒砌的高大楼房，平添了庄重肃穆的气氛，门楼下那对瞪眼獠牙的石狮透出凛然不可冒犯的威严气势。宽敞通透的走廊人来人往，大楼的墙壁、花窗、天井、方柱都映出夕阳的斑驳碎影。年轻男子指着二楼南面一个单间，说了句"黎区长就在那办公"后就忙别的事去了。

靓少德一瘸一拐上了二楼，走到黎迈办公室门口就立即收住了脚步。只见临街的花窗前站着一个高大灰暗的身影，把零零星星的夕阳光影都挡隔在窗外了。"靓班主，你来啦。区府旁的这幢小洋楼就是以前的柳翠馆和百乐馆吧？现在还好气派啊！青莲当年船来船往，店铺林立，公子哥儿、摩登女人随街可见，鼓乐喧天，歌舞升平，难怪广府人都说青莲是个'小佛山'喽！"黎迈转过身来，逆光令他的脸孔蒙了一层黑影，"蒋介石丢了大陆肯定心有不甘的，他做梦都想反攻大陆啊，说什么'一年准备，两年反攻；三年扫荡，五年成功'。我们时刻都要提高警惕，决不能让蒋光头的野心得逞！"

靓少德边点头附和，边思忖黎迈这番话的弦外之音。

黎迈忽然沉着脸问："听说柳依依是国民党军官黄洞槐的相好，是么？"

靓少德愣住了，过了半晌才说："黄洞槐确实追求过柳依依，但柳依依拒绝了他。"

黎迈走到办公桌，靓少德才看清他铁青的脸。黎迈说："不管怎样，两人关系不一般，这是铁的事实嘛！"

靓少德解释说："那是黄洞槐一厢情愿的事。"

黎迈说："八和剧社让柳依依演赵颦娘是么？靓班主呀，你也太糊涂啦，怎能让一个国民党军官追求过的人演正印花旦呢？你要明白，黄洞槐是跟蒋介石逃到台湾去的。再说，柳依依是什么货色？柳翠馆的歌女，旧社会的残渣余孽！"

靓少德说："柳依依根本没搭理黄洞槐……"

"两人有没有往来，你敢保证吗？说不定两人暗度陈仓、里应外合呢！"黎迈打断靓少德的话，不容置疑地说，"总之，赵颦娘一角必须换人，柳依依不准踏上戏台半步，否则，《胡不归》就别想搬到戏棚地去演！"黎迈忽然"砰"的一声捶了一下桌子，语气坚定而不容辩驳。

靓少德也来气了："你说柳依依与黄洞槐里应外合，有证据吗？你怎能平白无故剥夺一个人的演出权呢？要是这样，我也不演了，干脆将八和剧社解散算啦！"

黎迈一下陷入骑虎难下的境地，靓少德突然发火让他始料未及。他知晓靓少德在青莲街有一呼百应的号召力，一旦靓少德退出，八和剧社就会土崩瓦解，并牵一发动全身，导致青莲粤剧界人心浮动。他作为区分管领导也会因此遭到唾骂，甚至连个人的政治前途也要搭上。

黎迈的语气变软了："无论如何，柳依依不能演正印花旦，要演就只能演没台词的角色！"

靓少德感觉心里有一团火在燃烧。他走出区政府大楼后，

径直走向尚书祠。"诬陷好人！不准柳依依演赵鸞娘，岂有此理！"他心里盘算着如何应对这突如其来的棘手局面。在翻过通津码头正对的那道慢坡后，他隔着老远就喊："念祖兄——"何念祖正手提簸箕，蹲在香鼎旁清理香灰，看见靓少德上气不接下气地走来，便奇怪地问："谁惹你生气啦？"

靓少德鼻腔里重重"嗯"了一声，接着瓮声瓮气地说："水冲城隍庙啦！我们找天仁叔商量对策吧。"靓少德没停半步，依旧低着头"噔噔噔"地往前走。何念祖扔下手里的簸箕，小跑着跟在他身后，说："有什么天大的事呀？你说嘛！"

两人拐进整香街，走入吴天仁的制香屋。吴天仁和范阳两家人正共用一张饭桌吃晚饭。看见两个黑影带着一阵风急急走来，两人都惊诧地停筷张望。靓少德瞥了一眼厨房，问："依依不在？"范阳说："她说迟点才回，让我先吃。"

靓少德将刚才黎迈约谈的事一五一十地说了。

何念祖猛然从座椅上站起来，气冲冲地说："他妈的，说依依与国民党军官里应外合，简直是血口喷人，我去找黎迈评理！"

吴天仁摆了摆手，说："念祖，你就别白废气力啦，官字两个口，上说有理，下说也有理。大石压死蟹啊！"

"唉，谁叫你扯上这个衰神呢？自认倒霉吧！"范阳用手抹了一下皱纹纵横的长脸感慨道，"班主，你就把依依换了吧，别因为她一个人拖累了整个剧社。"他一手托住弯成曲尺似的腮帮，垂着头抽烟。

"唉，也没别的办法啦。"靓少德用力跺着脚，"可是，这事怎么向依依解释呢，她对排练多上心呀……"

制香工场响起轻盈的脚步声，接着传来温婉妩媚的叫喊："爸，我回来啦。"柳依依走进屋来，阳光透过明瓦照在她如沐春风的笑脸上。"我刚去布匹店买了一块布，用来做戏服的，打算在《哭坟》那场戏上穿。靓班主说，宁穿破，莫穿错啊！"柳依依展开手里的灰白色粗布，裹在纤弱的腰肢上，随后旋转着身子，又做了个抛长袖的动作，嫣然笑道："靓班主，你看我似村姑么？"

靓少德强装笑脸连说三个"似"字，但语气是冷冰冰的，眼睛一直望着屋梁上的明瓦，脸孔也僵硬得像块铁。柳依依看着父亲，只见他将头垂到两腿间，似乎在刻意回避她的目光。吴天仁和何念祖露出忧心忡忡、欲言又止的神情。

现场鸦雀无声，死一般寂静。

"发生了什么事？"柳依依低声问。

靓少德吞吞吐吐地说："依依，赵蘩娘要换另一个人来演……这是上头的意思……原因你就别问啦……"

柳依依顿觉天崩地裂，五雷轰顶。她目瞪口呆，布料"唰"地一下从肩上滑落，半晌才晃过神来："靓班主，你说什么呀？"

靓少德的喉结滑动了两下，声音也变得哆嗦："依依，我对不起你啊……"

柳依依"哇"的一声尖叫，接着号啕大哭，发疯似的转身冲出屋子……

她躲在莲塘边的一个草窝里抽噎。此刻，她大概明白上头不准她演赵蘩娘的缘由了，感到自己瞬间变为一个小矮人，匍匐在一群恶魔脚下。那些人用鄙夷的目光看着她，不停嘲笑和起哄。她仿佛看到领头的突然举起一桶尿水倒向她的头和身，一阵浓烈的臊臭味熏得她快要窒息了。她感到五脏六腑都被那些人掏空了，只剩下干瘪的四肢，像一片枯萎轻薄的莲叶，随时会被大风卷至半空。

靓少德决定让赵笑媚顶替柳依依演赵蘩娘。他无可奈何地对何念祖说："走这步棋也是马死落地行啊。我们八和剧社旦

角本来就少，单眼佬睇老婆——一眼睇晒。幸好笑媚年轻，相貌身材也接近赵鹭娘。"

"蜀中无大将，廖化当先锋。"何念祖不无忧虑地说，"笑媚是嫩了些，一下子挑重担怕她承受不了，真担心她上去了，下不来啊。"

靓少德说："离演出只剩三个月了，我们就只能见步行步啦，我们一齐扶笑媚上马吧。"

更换主演后的第二天晚上，靓少德因要处理日月楼的事务，比平常迟去排练。他刚走到戏棚地时就吃了一惊，吴氏宗祠漆黑而寂静，看不见灯光，也听不到乐器的声响，往日灯火通明、鼓乐齐鸣的景象销声匿迹了。"宗祠里的灯怎么还没亮？人影也不见，难道都忘了今晚要排练？"靓少德满腹狐疑。但当他绕过宗祠屏风时，就被一股浓烟熏得几乎睁不开眼，数十个烟头在漆黑中忽明忽暗。借着烟头的亮光，他看见八和剧社的演员和乐师或懒懒散散地坐在天井石阶上，或垂头丧气地倚在走廊的梁柱上，吴氏宗祠笼罩在迷茫颓丧的气息中。靓少德猜想更换主演的事情已在剧社中传开了。

靓少德不由得气上心头。他铁青着脸，扯开大嗓门厉声吼道："干吗不点亮汽灯？念祖兄，敲发报鼓！"何念祖将手中的烟头扔到地上，再用鞋底用力踩了一下，抢起鼓槌就"咚咚咚"敲起来了。

四盏汽灯同时点亮，吴氏宗祠里外如同白昼。靓少德在激越的锣鼓声中走到天井中央，用坚毅凛然的目光环视全场，说："天要塌，船要沉了？临时换将是戏班常有的事，这样的风浪也承受不了？只要我靓少德在，青莲八和剧社的大旗就屹立不倒！系威系势，五郎救弟！越是遇到挫折，越要挺直腰杆，越要拿出五郎救弟的架势来！"

靓少德走到赵笑媚跟前，说："笑媚，我与天仁叔和念祖叔商量过了，由你来演赵鞶娘！"

全场几十双眼睛齐刷刷集中在她身上，赵笑媚一脸愕然。

"救场如救火！笑媚，八和剧社需要你！"靓少德举起一件粉红色海青，洪钟般的嗓音在宗祠里回荡，"笑媚，这是赵鞶娘的戏服，你有信心演赵鞶娘，就上来接过这件海青！"

靓少德突如其来的决定，让毫无心理准备的赵笑媚惊恐得一时说不出话。

"行船唔怕风大。笑媚，阿爸撑你！"张三拉了一个响亮的空弦说。

豆腐王向赵笑媚举起拳头："笑媚，大胆上！豆腐烂唔比架倒！"

众人屏声静气，吴氏宗祠万籁俱寂。

赵笑媚神情庄重地瞅瞅靓少德，又瞧瞧父亲张三，眼前浮现出张广发的母亲林秀芝当年挺身救场的场景。于是，她沉静下来，惶恐和顾虑也渐渐消解了。当她挺起胸脯，脚步铿锵地上前接过靓少德手中的海青时，宗祠里骤然爆发出热烈的掌声、吆喝声和锣鼓声。

赵笑媚把海青裹在身上，感觉比肩扛千斤重的铁锚还要沉重。想到正印花旦的表现将直接影响演出成败，她禁不住双肩颤抖。赵笑媚的细腻表情自然逃不过靓少德锐利的目光，他颇欣赏笑媚的聪明伶俐和初生牛犊不怕虎的脾性，但他也明白，赵笑媚虽容貌出众，嗓音妩媚，但欠缺柳依依所拥有的表演经历。他甚至觉得让笑媚演正印花旦是一场赌博——一场没有选择余地的赌博，他也做好了赌输的心理准备。他诚恳地对笑媚说："做戏嘛，就要有锣鼓一响顶硬上的架步。只要你落力练，用心演，就算演砸了，我们大家都不会埋怨你的！"赵笑媚咬着嘴唇，倔强地点了点头。

靓少德大手一挥，用洪钟般的嗓门高喊："开始排戏！"

青莲

　　太阳升至半空，到了吃午饭的时间。张三将渡船停靠在豆腐社码头边，张广发把铁锚抛下河，将缆绳拴在码头的石墩上。"广发，你去煮饭，我跟笑媚练一练。"张三拎着高胡和剧本，弯腰钻出后舱，对拿瓢舀水准备做饭的女儿说，"我们到船头练一会。"张三坐在竹椅上，端直身板，左手扶琴杆，右手拉弓弦，舌面抵住口腔上腭，发出哒哒哒的类似敲击木鱼的脆响。他娴熟地来回运弓，奏出一段哀怨的曲调。赵笑媚走完台步就唱：

　　　　病态沉沉怨句天，
　　　　叹命舛愁病缠，
　　　　残生命怕难延。
　　　　叹病魔百劫绕人，
　　　　更苦家姑愤怨。
　　　　…………

　　赵笑媚只唱了几句，就被张三喊停了："赵鬟娘这时生病了，你的步态和关目哪像一个病人呀？倒像带着丫鬟去游花园一样。重来！"笑媚重复了几次才勉强过了关。
　　张三说："接下来我唱文萍生，你接下唱。"张三拉了一段明朗清澈的曲调后唱道：

　　　　娘亲啊，
　　　　这位赵鬟娘乃名门闺秀，
　　　　德淑才高。
　　　　孩儿与她相爱情深，
　　　　带她回家见母。

　　张三唱完，即用眼神示意女儿跟唱。笑媚有些心不在焉，仓促间翘起兰花指，做了一个娇羞的表情，唱道：

　　小女子遭逢不幸，
　　如在苦海波涛。
　　今日不速客来，
　　请伯母怜奴末路。

　　张三摇了摇头，停止运弓，说："笑媚，你调唱跑啦。要集中精神，听清乐师奏什么板腔和调子。重来！"笑媚闷闷不乐地噘起嘴巴。

　　"哈哈哈……"码头传来靓少德爽朗的笑声，"冇牙婆穿针——唔咬线①。笑媚，后生女怎变成冇牙婆了？我在老远就听出你唱跑调啦。这也情有可原，毕竟笑媚还是个老青仔嘛。"

　　靓少德一瘸一拐地走下码头，上了渡船。看见笑媚郁闷地站着，一副茫然无措的样子，便说："唱跑调没关系，唱多几遍就顺了。唱戏与撑船一样，无非功多艺熟。"张三说："对呀，气可鼓，不可泄。船拉起锚，就要想办法撑到对岸去！敢过大江，唔怕船小，年轻人就得有这志气！"

　　靓少德此刻想起了柳依依。他真希望依依能忍辱负重，挺身而出，助笑媚一臂之力。

　　柳依依有几天没去豆腐社了。她茶饭不思，以泪洗面。靓少德、何念祖、温葱莲、豆腐王等人三番四次来家里探望，她都拒而不见。范阳也不敢在女儿面前谈论排练的事，以免碰触

----

　　①　原指老太婆穿针时因没牙齿而咬不断线，后引申为唱曲跑调。

她心里的伤疤。看着女儿日渐消瘦，范阳心如刀割，但又无计可施，唯有整日唉声叹气。

这天傍晚，温葱莲用竹篮盛着一盅汤走进制香工场，刚好范阳挑着水桶从屋里出来，准备去码头挑水。

"范阳叔，这盅鲈鱼豆腐汤是靓班主叫我煲的，说给依依补身子。"葱莲把汤放在搓香桌上，转身抢过范阳肩膀上的扁担，"你去挑水？你这副老骨头也能挑水？别把自己摔坏啦！"

"没水用啦，老是让广明去挑水我过意不去……"范阳边说边挣脱葱莲的手。吴天仁与范阳两家人共用一个水缸，平时总是吴广明和柳依依轮流去挑水。吴天仁从屋里出来，生气地对范阳说："你客气什么呢？在我屋住了这么多年还分什么你我，你究竟认不认我这个大哥呀？没水用就让年轻人去挑，挑水能把人挑死吗？"

浩刚正好放学回来。葱莲对儿子说："阿刚，这段时间你留意范阳伯家里的水缸有没有水，没了就去码头挑，挑满为止。"浩刚爽快地答应了。他从母亲手里接过扁担，往码头走去。

葱莲敲响了柳依依的房门，说："依依，靓班主叫我煲汤给你喝，很补的，你起来趁热喝吧。虽说唱戏的是铁脚马眼神仙肚，但不吃不喝，那就变成盲眼鸡、软脚蟹啦。"尽管葱莲苦口婆心地劝说，但房门依然紧锁，里面没一丝声响。

靓少德进屋来了。他在依依房门前来回踱步，说："依依，黎迈不让你演正印花旦，你感到羞辱和气愤，这我理解。但你不应把自己关在房里，不吃不喝。"靓少德越说越激动，"你这样做，就等于躲避他，等于承认心里有鬼。人没做亏心事，就不怕走坟场。做人堂堂正正，走到哪都把腰板挺得直直的！"靓少德举起拳头，猛力捶击房门："依依，你要振作起来啊！"

　　柳依依仍在低声抽泣。这些天，她一想到自己蒙受了奇耻大辱就忍不住哭。她记忆中从没如此伤心地哭过，连续几晚在梦里哭醒，于是用被子盖住头，咬着枕头，竭力不让哭声传至布帘另一边的父亲耳里。她常在三更半夜听到父亲长吁短叹，常发现眼窝愈加凹陷的父亲背着她偷偷拭泪。

　　吴氏宗祠的排练开始了，屋后瓦顶上隐约传来断断续续的鼓乐声和演唱声。柳依依擦着红肿的眼睛起了床，披头散发、步履踉跄地走出房间，听到厨房里有响动。"姐，你起来啦?"刚挑水回来的浩刚放下水桶，"汤还热呢，你快喝吧!"

　　柳依依只喝了一口汤，泪水就抑制不住流了下来。"姐，你别伤心!"浩刚忽然怒不可遏，"黎迈真坏，我要用弹弓射盲他的眼!"依依赶忙制止："你千万别这样干，要坐牢的!"两个沉默了好一会儿。浩刚说："这两天我爸老是为排练的事发火，他心里比谁都急。"依依说："阿刚，你陪姐去看排练吧。"

　　吴氏宗祠的围墙有一个装饰着仙鹤和花卉的窗户，宗祠里的灯光透过窗户映射到莫屋堂西侧的泥路上。柳依依和浩刚趴在窗户前，踮起脚尖，往宗祠天井里窥看。这时宗祠里安静下来，靓少德比画着手势，用浑厚的嗓音向众人讲戏："《哭坟》是全剧的高潮戏，又是压轴戏，大家落足功夫!"鼓乐声响起，接着传出赵笑媚又尖又飘的嗓音：

　　念：夫郎，醒来! 你要醒来呀!
　　唱：唉呀呀，心痛何如!

　　"钩住! 钩住!"靓少德沉着脸，猛击手掌，转身对跪倒在天井做痛哭状的赵笑媚说，"阿媚，你说念白前先做一个惊袖动作，说念白时眼睛不要看观众，要看文萍生，明白吗? 说

完念白再做一个拭袖动作，然后起身唱滚花'唉呀呀，心痛何如'。重来！"

赵笑媚翘起嘴巴，从地上爬起来，懊恼地将长辫甩到脑头，颓唐地坐在天井的台阶上，表情像一只被挖去囊肉、用作洗碗擦锅的丝瓜干。鼓乐声停下来了。张三急得直跺脚。莫森礼无精打采地点燃一根烟，扭头与刘满龙窃窃私语。何念祖见此情形，便对靓少德说："这场戏排不下去了，干脆先排《征战》吧。"靓少德想了想，说："好吧。"然后拍了两下手掌，喊道："《哭坟》暂不排，先排《征战》。五军虎准备！"

笑媚在吴氏宗祠和戏棚地之间徘徊，任由寒风吹拂她凌乱的鬓发和炽热的脸颊。听着高亢而急促的锣鼓声，她愈加感到心烦意乱。忽然，黑暗中有人攥住她的胳膊。

"依依？"

"笑媚，你跟我来！"

柳依依拉住赵笑媚的手往家里走。笑媚扑倒在依依怀里，啜泣道："这戏太难演了，我不想演啦！"

"我的小姐啊，你以为唱戏是食生菜那么容易吗？台上一分钟，台下十年功啊。"依依让笑媚坐下，摘下挂在墙上的油灯，放在搓香桌上，"别泄气，我教你！"

依依说："我觉得你气息控制得不好，有时强，有时弱，声音上下飘。你要记住，'大换气，小偷气。不乱喊，留余地'。"笑媚恍然大悟："难怪我有时唱了几句就脸红脖子粗啦。"依依继续说："气粗音就浮，气弱音就薄，气衰音就沙，气盛音就亮。靓班主常说，嗓粗欠高练梆子，声窄狭细练二黄。平时练声，梆子和二黄都要练的。"笑媚若有所悟，连连点头。

依依拿起笑媚带来的淡黄色披风，迈着小碎步走到笑媚跟前，伸缩自如、敏捷利落地做着甩、掸、拨、勾、挑、抖、打、扬、撑、冲等水袖功的一系列动作，再以一个俏媚含羞的亮相结尾，说："笑媚，水袖功是花旦行当不可缺少的，台下的戏迷判断一个花旦功架怎样，单看她几个水袖姿势就猜出七八分了。"依依双手不停滚动，露出一副愤慨冤屈的神情，说："这叫翻袖。"随后她抬起手，用水袖轻轻地在衣襟上拂了一下，霎时换上一副刁蛮刻薄的脸孔，说："这叫掸袖。"随着绸缎翻动的沙沙声响，五尺长的淡黄色水袖似行云流水、如彩练飞舞、像柳条摇曳，依依迅捷而娴熟地变换着各种脸部表情，令赵笑媚目不暇接，气也喘不过来。"水袖的姿势有好多，名称多得我也说不全呢。"依依兴奋地拉着笑媚的手，"来来来，我先教你几个水袖动作，然后我们一起排《哭坟》。"

依依轻捏着笑媚的下巴，真诚地说，"其实你的嗓音既能唱高亢的梆子腔，又能唱舒缓的二黄腔。我气弱，梆子腔拉不长，我都有点妒忌你了。笑媚，你要有信心，你能演好赵颦娘的！"笑媚搂着依依的脖子，笑个不停，说："真的吗？有你撑腰，我的心就安定多啦！"

豆腐社面江的石墙上开了一个菱形的窗户，和煦的冬阳透过窗户照在石磨上，幽暗而阴冷的豆腐工场也变得明亮且暖意融融了。柳依依跨步弓腰，双手把住"丁"字状的磨把，顺时针推着磨盘。磨盘旋转的吱吱闷响与豆浆经磨槽流进木桶的叮咚脆响交融在一起，好像净角与旦角在戏棚上合唱一台大戏。

江风裹挟着粤剧演唱声吹入了豆腐工场。"哎呀，笑媚唱得越来越有味了！"正在磨浆的柳依依停下手里的磨把，侧耳聆听，随后快步走到窗户前，手搭凉棚，往江面远眺。辽阔的青莲水泛着清波，冬阳在江面上铺了一层轻柔的彩纱。张三的

渡船从对岸徐徐驶向豆腐社码头，笑媚站在船舱中央，被一群过渡的男女团团围住。

"不错嘛，笑媚唱得有模有样啊！"豆腐王吃力地扛起一扇磨石压在装着豆浆的纱布袋上，转身对依依说，"这段时间笑媚唱念做都大变样了。依依，还是你调教得好啊！"

"笑媚悟性好，道头知尾。人又肯吃苦，晚上排练回来还背唱词，白天撑渡还曲不离口，过江的人都说她快走火入魔了。"依依取了挂在墙上的包袱，"她的嗓音还有点飘，我下去提醒她。"

依依走下码头，这时刚好渡船靠了岸。"嗯，这个撑船妹唱得有板有眼的！"坐船的人对着赵笑媚指指点点。直到张三大声提醒到岸了，他们才意犹未尽地挑着箩筐簸箕下了船。完全沉浸在演出状态的笑媚竟没发现依依上了船，她垂着头，心事重重地在船舱来回走，寻寻觅觅。突然她收住脚步，用衣袖遮脸，做了一个惊诧的表情：

> 唱：唉呀呀心痛何如。
> 念白：心又悲心又喜，
> 莫道情场无知己。
> 不若借此诉衷情，
> 表白奴苦志奴苦志。
> 唱：郎你醒来呀！

过江的客人连声叫好。笑媚此时才看见依依："哎哟，依依，想不到你也在这呀！"依依拍着手掌站起来说："笑媚，你的台步、关目、唱腔、念白都不错呀！只是唱曲时声音还不够稳，要控制音量和节奏。"依依打量笑媚穿在身上的粉红色绸缎戏服，皱起了眉头：

"这是富家小姐服，不适合《哭坟》这场戏穿。赵翚娘带着丫鬟春桃到乡下避世了，她扮成村姑，穿的都是粗布衫，而不是绫罗绸缎之类的服装。你说对不对？"

"嗯，赵翚娘身份变了，穿衣打扮也得变。"

"对呀！靓班主说：'宁穿破，莫穿错。'"

笑媚愁容满脸，说："还有几天就演出了，我上哪找戏服呀？"依依将手里的包袱塞入笑媚怀里："我买了一块布，做了一件村姑戏服，你拿去穿吧。"笑媚惊喜万分，忙回后舱换戏服去了。

刚才笑媚俨然像个高贵明艳的富家小姐，换上白色粗布衣衫后，却有脱胎换骨之感，与船上纯朴的村姑无异。

依依惊诧得不相信自己的眼睛："笑媚，你会变魔法么？一会儿似富家女，一会儿像村姑。"笑媚抖着水袖，旋转着身子，左顾右盼，完了拉住依依的胳膊笑成一朵花："依依，你对我太好啦！我不知怎样报答你才好！"依依用手指刮了一下笑媚小巧的鼻梁，说："谁要你报答呀？把戏演好，别丢了八和剧社的脸！"

年味越来越浓，离八和剧社演出的日子越来越近。笑媚在依依的悉心点拨下，唱、念、做渐入佳境，靓少德、何念祖等人都不禁喜上眉梢，悬着的心也渐渐放了下来。吴氏宗祠一扫颓败低落的气息，人们排练的热情愈加高涨，个个龙精虎猛、摩拳擦掌。

对住在整香街的街坊而言，今年除夕比任何一年都热闹和喜庆。八和剧社的演员和乐师大多住在整香街，想到明晚就要在戏棚地首次公开演出本戏，他们既惴惴不安，又兴奋不已。他们在准备年货、筹办年事之余，把精力都投到背诵台词、熟习台步、准备戏服、整理乐谱去了。

青莲

除夕的黄昏，整香街各家各户的烟囱都冒出了袅袅黑烟，狭长的街巷弥漫着鸡、鸭、猪、羊的鲜味和炸煎堆、炸糍粑的香味，断断续续传来鞭炮爆响和粤剧哼唱。换上新衣的孩子们肆意欢笑，大声嘶喊，纵情蹦跳，绕着街道，呼啸而过。

刚吃过团年饭，葱莲就将一幅即将完工的跟八仙桌一样大小的海报铺在大厅的地面上。这张《胡不归》的演出海报，从构思到绘制，她花费了近一周时间。海报的背景是莲叶田田、彩蝶纷飞的莲塘，右侧画了一座石桥，一名面容娟秀的女子手执纸扇，回眸凝望身后英朗的男子。

葱莲拿起毛笔，在砚台上蘸了墨，蹲下身，在海报空白处写了两行字："过大年睇大戏""八和剧社倾情奉献：粤剧《胡不归》"，又将剧中人物唱词"但愿留得青春，再续情丝千丈"分别题在海报两侧。

葱莲站起身，对着海报审视一番，抬头朝楼上喊道："阿德，街招画好啦。"正在房间试头套的靓少德下了楼，对着海报左瞧右瞄，沉吟道："画得不错呀！"浩刚从外面跑回家，看了一眼海报，说："文萍生画得像我爸，是对着我爸的模样画的吧？咦，赵颦娘怎么一点都不像笑媚姐的？反而像我妈，脸型和眼睛跟我妈一模一样。啊，我明白啦，妈是按自己的样子画的！妈要跟我爸白头偕老，在天愿作比翼鸟，在地愿为连理枝。妈，我说得对不对？""去去去，没大没小的。"葱莲在儿子头上戳了一下，又伸手拉住想往外跑的儿子，"你把街招贴到戏棚地大门右边的墙壁上。"浩刚小心翼翼地卷起海报，扛着竹椅就出门去了。

大年初一天还未亮，靓少德就起床下了楼。他点燃三炷香，对着大厅里的华光祖师神像叩拜，口中默诵道："乞求祖师保佑八和剧社今晚演出成功！"随后他出了门，踏着地上鲜红的炮仗纸屑去观音庙上香。良时吉日前往观音庙烧香祈福的

376

人比往日都多，人流将观音庙门口堵得密不透风。

靓少德带着一身的香灰返回整香街时，发现沿街的石凳上坐着许多陌生人。他们穿着简朴，神情拘谨，操着杂七杂八的方言。这些人都是左邻右舍的远亲，他们远道而来是为了过把大戏瘾。但逢戏棚地演大戏，青莲许多人家都住满了专程来看戏的亲朋好友。

戏棚地刚传出小鼓大锣的混合声响，就有戏迷挤在入口处等候检票入场了，大江墟、城基脚、整香街等各个路口响起了密集的脚步声，黑压压的人群像潮水般涌向戏棚地。不少人在入场时被扯破了衣服、踩掉了鞋子，吆喝声、起哄声、咒骂声不绝于耳。

戏票五分钱一张，近千张戏票于一个礼拜前已告售罄，没票的戏迷就只能坐在戏棚台阶或蹲在墙下听戏了。青莲街的孩子胆大调皮是远近闻名的，他们进不了场又想看戏，手段层出不穷。有的孩子混进人群里，拉着陌生人的衫尾，或躲到大人腋下，趁乱挤入场内。有的小孩趴在地上，将头伸进对着戏台的狗洞里，如果此时场内没人遮挡，也可窥见台上的光景，孩子们称之为"辑狗窿"。戏台衣边离地面两三米处有一个能容纳三四人的大木窗，抱着碗口粗的木栏杆，可无遮无挡地观看演出，孩子们早就霸占这个绝佳位置了。个别胆大的孩子就爬上戏棚地的黄檀树，俯瞰戏台，也可过足戏瘾。

穿上戏服的赵笑媚端坐在后台的镜子前，柳依依为她画眉盘发，并将一个点缀了五彩宝石花的七星头饰戴在她头上。也许是演出前心情紧张的缘故，笑媚表情拘谨，腰板僵硬。依依把笑媚扶起，说："跟我来，走走台步。"笑媚走出虎度门，只见悬挂在墙壁和金字桁架上的汽灯将四周照得如同白昼，台下密密麻麻坐满了戏迷。

在戏台另一侧，靓少德正右脚直立，左脚抬起，练习晒靴底①。他闭嘴鼓腮，向相隔几步远的笑媚竖起了大拇指，随后又将手放在胸口上往下压，示意笑媚消除紧张情绪。靓少德演戏时有一个习惯，即在登台前嘴含能生津润喉的青榄或藕节，不再与他人说话，酝酿演出情绪。

三五七发报鼓响过后，癫仔海和浩刚徐徐拉开戏台上那紧闭的蓝色帷幕……

笑媚的演出可谓惊艳，素来懂戏且眼光颇为挑剔的青莲戏迷真心实意地将雷鸣般的掌声送给她，人们简直不相信她是首登大雅之台的老青，就连因沉迷于柳依依排练而丢失黄牛的老戏迷戏瘾大也对笑媚赞不绝口："想不到，真想不到，这个撑船妹人靓声靓，在台上又淡定，好似食过几年夜粥一样！"

笑媚在演高潮戏《哭坟》时是最出彩的。当她跪倒在文萍生身边，声泪俱下地唱着"夫啊！哎呀呀，心痛何如"时，台下传来一片啜泣声……

靓少德无疑是演出中最受关注的。他的文戏功力让戏迷如痴似醉，他问字拗腔、一招一式，都体现了作为戏班文武生的风采。但到武戏即将上演时，戏迷开始提心吊胆了——伤残的靓少德会不会丢人现眼，威名尽毁呢？

一身戏装的靓少德在虎度门等候。"得得得——咚咚咚——锵锵锵——"在三五七锣鼓声中，靓少德那豪气干云的霸腔掠过戏台：

跃马挥戈临阵上——

观众席上顿时掌声四起。

---

① 粤剧台步。

378

靓少德饰演的文萍生做骑马状，一瘸一拐登场了。只见他仪表堂堂，威风凛凛：手执长矛，身披点缀了鱼鳞花纹、绣了虎头图的大靠，头戴饰以大红球缨、冠顶有云龙吞珠图案的头盔。明晃晃的汽灯下，他胸前的圆形护心镜闪着寒光。随着一连串娴熟的策马动作，插在他背后的四支令旗上下翻飞，发出如疾风骤雨般噼里啪啦的声响。他"跨蹬下马"，旋即用残疾的左腿"啪"的一声将大靠前裙踢起，然后一手握长矛，一手攥住插在靠背后的雉鸡尾，起单脚，环视全场，开口便唱：

唱：拼将一腔情泪，
　　洒向疆场。
　　不望奏凯歌旋，
　　但愿死在沙场上。
念：且看我单枪闯阵，杀敌擒王。

文萍生孤身冲入敌阵，奋力与众敌厮杀，直杀得敌军落荒而逃。当文萍生手里飞出的长矛不偏不倚地插入敌军将领胸膛的时候，十多年前发生在青莲古戏台的那一幕又重现了——台下的戏迷都站起来了，一遍又一遍地高呼："何将军，何十万——"当年驰骋疆场、气吞山河、扭转乾坤的何昌期在青莲戏棚地复活了！

在戏台棚面席后的灯火幽暗处，温葱莲手扶杂箱，背靠墙角，惶恐不安地看着丈夫演这场武戏。她感觉此刻掌板何念祖的鼓槌不是落在鼓膛上，而是落在她的心坎上。她不敢看丈夫挥腿踢大靠和起单脚，怕他因站立不稳而跌倒。自排练以来，为练习踢大靠，靓少德特意在客厅挂起母亲用过的旧棉被，回到家就吼叫着挥起左腿对棉被猛踢一通，直到脸颊挂满了汗滴才停下来。看到棉被被踢破了，露出了棉絮，母亲徐氏心疼儿

子："你呀，小时踩烂我的药煲，而今又踢烂我的棉被……你干吗要练踢腿呢？也不可怜一下自己的腿！你和你爸一样，总是死牛一边颈①！"葱莲则强忍着不让泪水涌出眼眶，为丈夫红肿的脚背涂抹药油，并找来布块，把棉被的几个破洞缝补好又挂回客厅。可是，她从没劝丈夫放弃踢腿的亮相动作，因为丈夫曾对她说："唱戏佬就要有威势，八和剧社就要有架步。我不想走在街上被人指着背脊，说大声德'跛脚画眉——唱得唔打得！'"对葱莲而言，她日夜盼望着伤残的丈夫能在戏棚地"站"起来——她坚信这个以"系威系势，五郎救弟"为座右铭的男人有着钢铁般的意志！眼下，当靓少德踏着得胜锣鼓点，在"何将军！何十万！"的连片呐喊声里，一瘸一拐走入虎度门时，葱莲像迎候从战场上凯旋的将军一样，眼睛闪烁着泪光，向走到跟前的丈夫张开双臂。

---

① 形容一个人极端固执。

17　渔家婚事

"哎喽——三叔——要过渡喽——"

"哎——来啦——"

当水天交融处刚泛起一抹橘红色亮光时，帆影闪烁、碧波荡漾的青莲水面上就响起几声粗犷雄浑的吆喝声。

悠悠夏风夹杂着吆喝声掠过辽阔的江面，送至古榕掩映下的用麻石和青石板砌垒的古码头，唤醒了安宁静谧的古街巷。千年古镇开始涌动蓬勃昂扬的生机和阳气，人们在一片此起彼伏的鸡鸣狗吠声里开启新一天的劳作：沙市街的豆腐王扛出了第一板雪白嫩滑的水豆腐，整香街的吴天仁和范阳在戏棚地空坪晾出第一架长蚊香，打铁街的打铁卢呼呼地拉响风箱生起了炉火，大江墟的戏瘾大牵着黄牛向青草萋芊的盐坑岭走去……

张三的渡船驶离豆腐社码头，先逆水而上，驶至江中后再掉头顺流而下，斜行穿过急流处后抵达江佐码头。张三上身赤裸，穿一条露出腿肚子的宽松黑裤，手攥水烟筒站在船头。张广发和赵笑媚手握顶端有一个牛

角弧形肩垫的竹篙，守候在船舷两侧。船尾拴了一艘带篷盖的小渔艇，两只鸬鹚站在篷顶上不时扭动脖子扑打翅膀，发出"嘎嘎——嘎嘎——"的尖叫。

渡船靠了岸，广发往河里抛下铁锚，铺好踏板，将缆绳麻利地缠在岸边的石柱上。来自江佐、潮水坑、庵罗角、深塘、单竹塘等地的村民挑着瓜菜和柴炭、药材、桐油、木薯片等土特产陆续上了船。"今天人多，大家坐稳啊。"张三掐着指头，嘀咕道，"今日是十五，青莲墟日，难怪一大早那么多人赶着过江呢。"他瞄了一眼渡船载重的吃水线，对试图往船上挤的二十多个村民扬了扬手："老乡，船装满了，你们等下趟吧。"说完收起铁锚和跳板。广发和笑媚用胳膊顶住竹篙的弧形端，弓着腰，憋着气，吃力地将渡船撑离岸。

旭日爬上峡头山顶，青莲湾跳跃着五彩斑斓的光波。趁过渡的客人少，张三把渡船停在豆腐社码头旁的水流缓和处，生火做饭。码头石阶通向河边，像狮子伸出长舌一样。豆腐社的豆腐渣经水渠排到河里，吸引了不少鱼虾。广发和笑媚带上一对鸬鹚，摇着小渔艇来到这片水域。

这对鸬鹚是张三最近从一个老渔民那里买来的。它们长着长钩般的尖嘴，身形似鸭，覆盖在腹背四周的绿蓝色羽毛透出翡翠般的光泽。翅膀坚硬有力，配以船桨似的尾巴和宽大脚蹼，可在空中飞翔、在水下潜泳。攻击型的生理构造和水陆两栖的生活习性，令鸬鹚成为鱼类的天敌。

广发用麻绳绑住鸬鹚脖子下端，以防止它吞食稍大一点的鱼，随后将拇指和食指并拢塞入嘴里，"哔——"的一声吹响指哨。两只鸬鹚张开翅膀，"嘎嘎——嘎嘎——"叫着跃入水中。它们十分默契地分左右两路向既定水域包抄而去，有节奏地拨动脚蹼，不停转动翠绿色的眼珠，机敏地环伺江面。广发抢起竹篙"啪啪"地猛力击打江面，将鱼群赶至鸬鹚的控制水域。鲫鱼、唇鱼、桂花鱼等慌不择路、上下游动，有的像小孩向河里投掷瓦片一样，贴着水面连续游动了三四米远。两只鸬鹚伸直颈项，从容不迫，待时机成熟时一个猛子扎入水中，在满是沙石的水底穿梭往来，对鱼儿穷追不舍。少顷，一只鸬鹚用长嘴钳住一条一斤多重的鱼浮出水面，向渔艇游去。张广发捏住鸬鹚的脖子，将鸬鹚嘴中的鱼拔下丢进渔艇的格箱里，鸬鹚"嘎嘎"叫着又潜入水中。两只鸬鹚合力抓了不少鱼，笑媚丢给它们几条小鱼作为犒赏。鸬鹚吃完小鱼，在阳光下晒了一会翅膀，又跃入水里去了。

两只鸬鹚又抓了一会儿鱼，后来钻出水面，跳上篷盖，纹丝不动，露出一副偃旗息鼓的神情。"想偷懒么？鱼还没抓完呀，快下去。"笑媚吆喝道，操起竹篙想赶鸬鹚下水，但鸬鹚依旧瞪着眼，岿然不动。正当河岸围观的人齐声起哄时，两只鸬鹚同时跳入江中，一前一后咬住一个露出黄色背鳍的庞然大物跃出水面。笑媚惊呼："大鱼——"广发嗷嗷叫着，想伸手逮住这条长约一米的鱼。但大鱼一个翻腾，越过渔艇篷顶后潜入水里，溅起的水花打湿了笑媚的衫裤和头发。渔艇剧烈摇晃，笑媚双手扶住船栅，吓得哇哇尖叫。

张三手执渔叉，撑艇过来。他让广发用竹篙击打江面，将那条大鱼赶至浅水处，自己则轻轻摇着桨，悄悄接近它。就在大鱼游到岸边被一片杂草缠住，欲游回深处时，站在船头的张三大吼一声，举起渔叉猛力掷去。渔叉像出膛的炮弹在空中迅疾飞行了十多米，正中鱼的头部。张三跳下江，将它拖上岸。这条重约五十斤的鱼背鳍淡黄，腹部银白，体形细长。张三兴奋地说："这是鳡鱼。这鱼很凶的，爱吃肉，常追鱼来吃，我们叫它'水老虎'。"

张三砍下三块鱼肉，自家留一块，另外两块让广发送往靓少德和柳依依的家，剩下的鱼肉打算卖掉。他取来菜刀、砧板

和秤，在码头石阶上摆了一个鱼档。笑媚挺起胸脯，用唱粤剧的嗓音高喊："快来买啊，新鲜的鳡鱼！"广发坐在石墩上，一边用葵扇驱赶着苍蝇，一边比画着手，咿咿呀呀说着他自己才明白的哑语。到河里挑水洗衣的人都没见过这么大的鱼，纷纷围拢上来。有人打趣地说："哎哟，疍家妹不卖马蹄了，改卖鳡鱼啦。"

此时围上来的人越来越多，有人嚷道："船家妹，唱几句嘛！你唱了，我们就买你的鳡鱼！""好呀，我就唱一段给大家听。"笑媚束了束衣角，将额前的刘海拨到耳后，张口就唱："唉呀呀，心痛何如。（念白）心又悲心又喜，莫道情场无知己……"笑媚唱完，众人鼓起了掌，然后纷纷掏钱买鱼肉，用水草绑着拎回家去。

不到一小时，鳡鱼肉就卖完了。张三接过笑媚递过来的钱袋，捏了捏回到船上。他用身体挡着，将半袋子的纸币和硬币全倒在船板上，先把硬币归成堆，随后把纸币叠好，用长了厚茧的脚板踩住，手指蘸了唾沫，微笑着一张一张数了起来，心里盘算着为广发和笑媚各添置一件新衣裳。

自从赵笑媚在戏棚地演赵罄娘一夜成名后，坐张三渡船过江的客人多了起来。很多过江客显然是奔笑媚来的。为目睹笑媚的风采，有些人干脆放弃捷径而特意绕道走，哪怕多走十里八里也在所不辞。他们兴致十足地瞅着笑媚，人多势众时就一齐起哄让笑媚清唱一两段。笑媚总是忸怩而笑，然后一一满足他们的要求。

这时，三个干部模样的男女上了渡船，在船舱的长板凳上坐下。女干部翻开笔记本，神情严肃地向穿中山装的中年干部汇报工作。中年干部挺直腰，装出一副认真聆听的神态，眼神却飘忽不定，似乎在船舱里搜寻什么。另一名年轻干部用草帽扇着风，走到广发身旁，有点不耐烦地拉扯广发的衣角，说：

"哎，还不开船？别误了我们的工作。"广发回过头呀呀地应答着，赶忙解了缆绳收起踏板，抽起插在船头上的长竹篙。

年轻干部挨着女干部坐下，轻蔑地说："我忘了他是哑佬。哎，有个靓花旦做童养媳，真是傻人有傻福啊！"这话被正从后舱出来的张三听得一清二楚。儿子聋哑是张三心头的痛处，他平时最忌讳、最敏感的就是"哑佬"两字，要是有人敢以儿子的生理缺陷嘲讽他，他就会火冒三丈。此刻，张三收住脚步，怒火满腔地盯着年轻干部，脸上的肌肉也扭曲变形了。年轻干部惊恐得哆嗦了一下。看到女干部偷偷地踢了一脚年轻干部，又用抱歉的眼神瞧着自己，张三才忍住了火气。张三转身离去后，中年干部狠狠地瞪了一眼他的手下。

傍晚，那三名干部回程时仍坐张三的渡船。年轻干部大概害怕张三认出自己，竟用草帽遮住自己的脸躲在女干部身后，早上过江时那颐指气使的傲慢神情已没了踪影。笑媚光着脚，眼望江面，手握竹篙在船舷上来回走动，夕阳在她健美的腰肢和白里透红的脸颊上留下朦胧的迷人光芒。她虽穿一件蓬松的白色粗布襟衣和一条裤脚稍宽的褐色裤子，但饱满的胸脯和高挑的身材一览无遗。

中年干部上船后就一直没有说话。他抽着烟，假装欣赏大江两岸的美景，视线却一直追随着笑媚青春灵动的身影。渡船未停稳，年轻干部就像乌龟似的缩着脑袋，慌不择路地直接从船上跳下码头。中年干部掸去衣襟上的烟灰，他走到笑媚身边时下意识地停下，侧面瞥了一眼笑媚，嘴巴嚅动着想说什么，但最终还是矜持地挺起宽厚的胸膛，抬脚步上踏板。在船上打了一个盹儿的女干部显得精神饱满，利索地紧跟在中年干部身后。她用埋怨的口吻对笑媚说："笑媚，你怎么一点礼貌也没有呀？黎区长走到你跟前也不打个招呼。要不是黎区长呀，轮到你演赵辇娘吗?!"

青莲

笑媚愕然，愧疚地眨着眼，张圆嘴，一时说不出话来。当她懊恼而笨拙地说着"哎呀，是吗？我不认识黎区长啊"时，黎迈已走上码头，笑媚只瞧见他魁伟的背脊。赵笑媚顶替柳依依出演赵鞏娘的具体原因此前只有极少数人知晓，连笑媚本人也一直蒙在鼓里。

当笑媚将一碟鲜味扑鼻的鳡鱼肉和一支五加皮白酒摆放在船舱里一张矮方桌时，密密匝匝停泊了近两百艘船只的青莲湾已暮色苍茫，渔灯闪烁。

张三整天悒悒闷闷，即便面对美酒佳肴也丝毫提不起兴致。广发和笑媚夹到他碗里的鱼肉他只吃了半块，就谎称牙疼搁下了筷子。笑媚一手举汽灯，一手托住父亲胡须拉碴的下巴，问："爸，您哪只牙痛？"张三张开萎缩而塌陷的口腔，露出两排积满黑黄色牙垢的稀疏得如掉齿木梳的牙齿，摇摇头又合上嘴，说："没事的，过两天就不疼啦。"说完就慌忙将视线移向正伸长脖子向这边张望的鸬鹚身上。笑媚噘着嘴说："怎会没事呢？听葱莲姐说，牙疼不是病，疼起来捞你命。改天我带您上医院看看。"广发狐疑地看着父亲，心想哪天老爸说过自己牙疼呀？

张三郁闷寡欢的缘由是年轻干部白天对儿子广发的嘲讽。这无疑撕开了张三这些年心头上难以痊愈的伤口，并往上撒了一把盐。其实，年轻干部只是道出了铁一般的事实，因此，引发张三此刻心绪波澜的推力不再是激愤，而是愧疚。他时而"咕"的一声酒下愁肠，时而端起水烟筒，埋头猛吸。

张三一直感到自己有愧于儿子，常后悔当初为何不把秀芝强留在自己身边。他常想，如果当年秀芝继续与他走红船或逃到别处藏匿，她就不会病死，广发也不会得聋哑症。

张三在连江口收留笑媚是一门心思让她当童养媳的，寄望笑媚与广发生儿育女，为张家延续香火。笑媚四五岁时常趴在张三膝前，摸着他布满胡须的下巴撒娇，或背绑一个空心葫芦站在船头，一本正经地跟着张三学唱粤曲，这时张三就会用开玩笑的语调问她：

"阿女，你长大后离开阿爸么？"

"不离开！"

"嫁给你发哥好不好？"

"好！爸，嫁给发哥是什么意思呢？"

"……嗯，就是和发哥同吃同睡嘛。"

"我现在不是和发哥同吃同睡吗？"

笑媚嘟着嘴一脸稚气地追问，惹得张三笑弯了腰。

看着养女从懵懵懂懂的小女孩长成光彩照人的大姑娘，张三的心态逐渐产生了难以名状的变化。当年笑媚的母亲在连江口让张三暂时看管笑媚时，操一口纯正的广州话，身穿高领斜襟的粉红色绸缎棉袄，脚穿一双崭新油亮的搭扣皮鞋。她留下的蛇皮面料黑色小皮袋，是当时广州街头时髦女性的随身物品，袋里装着眉笔、口红、乳液和绸缎手帕等物品。张三由此判断，笑媚长在广州一个富贵人家里。他梦里常出现这样的场景：一位婉婉有仪的大家闺秀穿着绫罗绸缎，轻摇纸扇，怀抱小猫，优雅地坐在广州丰宁路西瓜园的太平戏院里，正津津有味地看着广东大戏。他醒来回忆那女子的轮廓神情，发现那人就是笑媚。他常想，笑媚与儿子厮守一辈子实在太委屈她了。她应徜徉深深庭院，过着殷实安逸的生活，而不应像现在这样，起早贪黑，风里来雨里去，过不了几年就变成一个仪容粗鄙的渔家妇。

笑媚长大后，张三再也不敢在她面前提日后嫁给发哥的话了。自从经历了生命中唯一的女人骤然出现又怆然离去，父亲猝然间葬身火海，自己被迫携子远走他乡等不可预测又难以回避的人生际遇，张三似乎领悟了世间许多事理，感到江河上的

船通常可掌控，让其顺流而下或逆流而上都能如愿，但生命之船就难以驾驭了。许多事情在肇始时就难以推断其吉凶福祸，难以揣测其何时发生又何时结束，难以忖度其发展走向及将引发何种相互牵绊的诸多变故。他将自己归结的人生哲理作为看待和处置事情的圭臬："天意不可违，顺其自然，随遇而安。"后来，他又把这处世哲学延伸为一句口头禅："船到桥头自然直。"

因演了赵矕娘，笑媚一夜间声名鹊起。张三觉得笑媚为自己争了光。这些日子，张三渐渐少了"江上三分命，上岸低头行"的惶窘和自卑，在众人面前话语也多了，平时佝偻的腰杆似乎直了不少。一些与他不熟的人对他也很客气。有时他去市场买点葱蒜，菜农就会爽快地说："几条葱蒜，值几个钱呢？你拿去算啦。"他心知肚明，人们这样待他，很大程度是看在笑媚的面子上。人们都笃信：笑媚这个貌美歌甜的女子已到了婚嫁的年纪，快要嫁给张三的儿子广发了。

张三虽盼望广发为张家传宗接代，期待含饴弄孙的日子早些到来，但愈发感觉广发配不上笑媚。这不是潘金莲嫁武大郎吗？当他深陷烦恼旋涡而不可自拔时，就常如此开解自己："广发如娶笑媚，那是张家的福分；笑媚如嫁富贵人家，那是笑媚积的德。"有次张爱彩问张三："什么时候把广发睡的船舱与笑媚睡的船舱打通呀？到时我送他们一对新木屐。"葱莲也笑着说："有朝一日笑媚要生孩子了，我就来帮她接生。"听到这些话，张三总是似笑非笑地呵呵几声应对了事。

笑媚至今仍珍藏着母亲留给她的黑色小皮袋。她对儿时的事没多少记忆，只模糊地记得她和母亲住在城市一座带花园的小洋楼里，一楼客厅转角处摆放一台留声机，常播放一些粤剧和广东音乐。二楼走廊挂了不少字画，她对一幅画着一个红衣女孩逗小白兔的油画印象尤深。她竟记不起父亲的模样，或许父亲根本就没出现过。母亲长得很漂亮，常教她认字唱歌。"落雨大，水浸街，阿哥担柴上街卖，阿嫂出街着花鞋，花鞋花袜花腰带……"笑媚哼唱母亲教她的这首儿歌，有时唱着唱着就流泪了。

她保持了广府人的天然习性：柔婉软绵的说话腔调和大方优雅的举止神态。她的广州话标准地道，柔声细气，尾音稍长，声调略低，带"咩""咦""嘅"等丰富的语气助词，如一条小鱼儿跃起江面后留下的涟漪。而本地人说广州话，音节急促，尾音骤高，像铁锚抛落河里激起一道水柱。

疍家女人穿衣宽松，夏天常露出肚脐和酥胸。她感觉她们撩起衣角擦汗露出一片白花花的肚子的举止俗不可耐，因此，她口袋里常揣一块洁白的、香气扑鼻的小方帕，擦汗时掏出方帕随手一拂，然后往粉脸嫩颈轻轻抹去。这高雅而妩媚的举止，让人联想到戏台上的花旦。也许是受幼时的熏陶，她对粤剧十分钟爱。张三教她唱《疍家妹卖马蹄》，她听一遍就会唱了。

十多年来，广发始终视笑媚为亲妹妹而不是未来的媳妇。故此他在笑媚面前从没半点羞涩和拘束，夏天时常在笑媚面前光膀露肩，即使彼此挤在狭窄的船舱里常有身体触碰也毫不在意。有次广发到吴氏宗祠看排练，笑媚正与陈士全执手相望，情深款款地唱出"在天愿作比翼鸟，在地愿为连理枝"，广发竟没半点妒意，内心反而感叹说："两人真是天造一对，地设一双啊！"

而在笑媚眼里，广发就是她的亲哥哥。目睹广发健硕的胸膛和丰实的背脊，笑媚的脑海里涌现的不是具有勾魂摄魄魔力的青春异性的形象，而是码子塘村旁那座巍峨雄伟的观音山。笑媚对广发的亲近，不是源于异性间的吸引和爱慕，而是源于弱者寻求庇护的天性。她感觉到广发能给她带来安全感始于六

岁夏天的一次溺水。那天胡仁新请张三、广发和整香街的街坊帮忙挖莲藕。笑媚在莲塘玩得很开心，钻进稻秆堆里捉迷藏，在铺着莲叶的草地上来回打滚，手执莲秆呱呱叫嚷，把小狗追得到处跑。太阳下山了，笑媚的衫裤沾满了泥块，小粉脸也描上了一道道泥痕，活像戏台上的二花脸。到了河边，她嚷着要独自到河里洗脸，于是挣脱广发的手，卷起腿脚蹚进河里，才走了几步就在长满青苔的鹅卵石上打了一个趔趄，"哎呀"一声惊叫就被湍急的河水冲走。本来笑媚平日像别的渔家孩子一样佩挂遇水时产生浮力的空心葫芦的，但到了莲塘玩耍后就把空心葫芦解下了。笑媚拍打小手，时浮时沉，眼看就要沉到一条竹排底时，广发一个箭步冲到河岸，从高处跳落竹排，伸手抓住笑媚的衣领将她提了上来，笑媚伏在广发胸膛哭个不停。

当晚，张三边向北帝等神像上香，边含泪向伏在广发怀里啜泣不止的笑媚说："阿媚啊，要不是你广发哥，你就去见海龙王啦……"从此，笑媚凡受到惊吓，广发那温暖结实的胸膛就会在她眼前显现。对她而言，那胸膛，是挡风遮雨、可以安然入睡的船舱，是宽阔宁静、可以躲风避浪的江湾，是树木葱茏、可以遮阳纳凉的大山。

此时，张三只顾低头喝酒吸烟，间或怅惘地看着笑媚和广发。笑媚看到父亲眼神躲躲闪闪，便轻声问："爸，你有心事？"张三默然。笑媚又说："爸，有心事就说出来嘛，窝在心里多难受呀！"

张三犹豫了好一会儿，连喝三杯酒后指着广发胸前佩戴的桃木貔貅说："这貔貅不值钱，却是广发爷爷与奶奶结婚时的礼物。那年我送给了广发的妈，后来又传给了广发……"张三停顿下来，似乎后悔挑起了话题，想戛然中断，但又感到不吐不快，便继续往下说：

"阿媚，这桃木貔貅送给你戴，你戴么？"张三的神情紧张而肃穆。

"我戴呀，听说戴了桃木貔貅能平平安安的。"笑媚粲然笑道。她大概没悟出父亲话语蕴含的要义。

张三从广发胸前解下桃木貔貅，吞吞吐吐地说："阿媚，貔貅——戴上了，就不能——随便解下的。你懂么？"

"我懂的，解下了，就不灵啦。"笑媚说话时有点大大咧咧。

张三突然挺直腰板，一字一顿地说："戴上了，你就是广发的老婆啦！"

笑媚猛一愣怔，"哦"了一声，迅捷看了一眼父亲，又瞧了一眼广发，羞得满脸绯红。她垂下眼帘，抚弄着发辫，慌乱而又坚定地点了点头。

张三眼眶一热，潸然泪下。他将桃木貔貅递给广发，背过身去，哽咽着说："阿发，你给阿媚戴上吧！"

广发对今天的场面毫无心理准备。此时他惊愕地张大嘴巴，咿咿哦哦地嚷着。张三转过身，瞪圆双眼望着儿子，吼道："阿发，还不快点替阿媚戴上貔貅？"广发看见父亲的眼神掺杂着埋怨、命令、哀求的复杂情绪，于是抬起僵硬而微抖的双手，将饱浸汗渍、泛着黄斑点的桃木貔貅挂到笑媚的脖子上。"爸，别着凉了，我找件衣服给您披上。"笑媚说完起身找衣服去了。广发头脑一片空白地看着笑媚的背影，仿佛从梦里突然醒来一样。他坐在船头一根接一根地抽烟。这时他听到父亲长吁一口气说："后天是七夕了，你们就把事情办了吧。"

青莲人都崇拜七姐，认为她是勤劳智慧和忠贞不渝的象征。农历七月初七这天清早，当青莲水和连江两岸的竹林和江上的帆船被轻纱似的晨雾笼罩而显得影影绰绰时，从沙市街到新街尾，两三公里的河岸上就变得喧闹起来，脚步声、喊叫声、碰撞声等各种声响打破了黎明的静谧。

几乎每家每户一大早就下河挑水去了，直至将家里的盆盆罐罐盛满七夕水为止。他们认为七夕水经年不腐，圣洁而神奇。一些爱漂亮的年轻女人端着桶盆，到豆腐社排队讨来酸卤水，然后走下河里精心梳洗。她们坚信祖辈留下的秘籍——发辫经酸卤水和七夕水清洗后将会更茂密亮丽。男孩子们光着屁股，跳进河里，高喊着"七月七，落坑洗屎忽①"。姑娘们则在码头边搓洗衣服，边高声齐唱《乞巧歌》："天皇皇，地皇皇，我请七姐下天堂。不图你的针，不图你的线，光学你的七十二样好手段。"

张三掰着指头等来了七夕这一天。他在第三遍鸡鸣时就亢奋得睡不着了，独自坐在船头泡茶抽烟，直至天大亮。他载了第一批过渡客后就走上码头，到市场买了一些肉菜，之后拐进一间杂货铺，对着一批栩栩如生、神态各异的观音泥像出神，最后视线落在其中一座彩陶像上：观音化身为年轻美丽的渔家女子，脚踏鳌鱼背，手提盛着两条活鱼的竹篮。一直跟在张三身后的杂货铺店员说："三叔，这叫鱼篮观音，最适合你们船家人啦。"

其实，关于鱼篮观音的故事在张三居住的渔村广为流传：相传东海之滨的渔民野蛮粗鲁，不懂礼仪，观音菩萨便化身为一名年轻貌美的渔家女子前来点化。有一天，渔家女子手提装着两条鱼的竹篮到集市叫卖。当地光棍们见渔家女子美若天仙，都争先恐后抢着买她的鱼。渔家女子申明："你买我的鱼，不能吃，只能放生。"后来，光棍们都被渔家女子迷得神魂颠倒，争着要娶她为妻。渔家女子为难地笑着说："你们这么多人，叫我嫁给谁好呢？这样吧，我教你们念经，谁先在一天内学会，我就嫁给谁。"光棍们答应了。渔家女子便教他们

---

① 指屁股。

念了三部经书，一个叫马郎的男子倒背如流，渔家女子便答应嫁给他。就在马郎想着如何与新娘享受洞房花烛夜时，新娘却无缘无故地死去，尸体也瞬间腐烂。马郎十分难过。埋葬新娘后，马郎拿出渔家女子给他的三部经书念颂，渐渐悟出了很多道理。几天后，观音菩萨又化身为一个老和尚，与马郎谈经论道，并透露一个秘密：他当年娶的渔家女子是观音菩萨的化身。马郎将自己的三间草屋改建成庵堂，仿照渔家女子的模样塑了一尊观音菩萨的神像，天天烧香拜祭，念颂经书，传承佛法。从此，人们便称这座神像为"鱼篮观音"。

　　张三向杂货铺店员讲述了这个故事。后者感喟："这个观音真是用心良苦啊，而这个马郎也够痴迷长情的。可惜啊，一个是神仙，一个是俗人，一个在天上，一个在凡间。"手挽竹篮、叫卖鲜鱼的观音此时在张三脑海里幻化为肩挑竹箩、叫卖马蹄的林秀芝，而在庵堂烧香跪拜的马郎也变为在红船拉琴遐思的渔家汉。张三付了钱，小心翼翼地将观音包好放进口袋里，两行眼泪便抑制不住了。杂货铺店员看此情形一脸惊愕，发愣地看着张三的背影消失在通往故衣街的转角处。

　　张三返回渡船，用葫芦瓢舀了一勺七夕水，将鱼篮观音清洗得一尘不染，随后将这尊光亮照人的彩陶像摆上了神龛，转身对围上来的广发和笑媚说："这鱼篮观音是你们的妈。今天你们办喜事，我特意把她请来啦。她会保佑你们白头偕老、儿孙满堂的。"笑媚凝视着鱼篮观音慈祥而俊秀的脸容，害羞地低下了头。广发烧了三炷香后走到船头抽烟去了。

　　张三突然拍了拍脑袋，弯腰钻入船舱，将广发和笑媚睡觉的舱间的隔板和布帘拆了下来，使原本两个独立的小舱间变成一个大舱间。这时，夜幕降临，碧空如洗，星光灿烂。泛着粼粼波光的青莲水汩汩东流，像在吟咏古老而温馨的歌谣，缕缕幽香从张三渡船上的神龛溢出，被南来柔风吹散至江面上。

笑媚将莲藕焖腩肉、芋头扣肉、清蒸河鱼等菜式端上饭桌，又为三个空酒杯添满了酒。张三手把酒杯，遥望银河东北侧那颗织女星，秀芝的影像在他脑海里交替出现：她一会儿头戴竹帽、身穿短袖布衫向他走来；一会儿又在妈祖泥像前倚在他怀里泪水涟涟；一会儿在木鱼敲击声中与他共诵经书；一会儿又身披霓裳隔着银河唱起《疍家妹卖马蹄》……"秀芝，我要告诉你一个好消息，广发今天结婚啦……"张三端起酒杯一饮而尽，感觉畅快淋漓，如完成了一项惊天动地的丰功伟业一样。可以告慰天上的秀芝了，即使老天此刻让他死去，他也感到无怨无悔。

在船舱睡了两三个小时，张三扶着船篷站起来，对笑媚和广发说："我去找靓班主聊天，今晚就不回来睡啦。"话毕就手执半瓶酒，嘴里哼着"两夫妻相亲相爱到万年"，跌跌撞撞下了船。

张三离开后，笑媚点亮船舱里的油灯，瞄了一眼坐在舱外抽烟的广发，迅捷地换了一套轻薄的衫裤，然后用被子将白嫩的手臂和修长的大腿包裹得严严密密。她睁大眼打量突然变得陌生的船舱，将烫热的脸颊贴在广发的枕头上，用力嗅了嗅，一股浓郁的异性体味令她感到一阵战栗。她盯着舱篷，努力不再胡思乱想，但无济于事，从未有过的体验和期待让她心跳不止。"老爸是有意走开的吧？"她想着，突然像做贼被人当场抓获一样惊讶地"啊"了一声，双手掩面，钻进被窝里喘大气。

夜渐深，渔火在静谧的江面晃动。放在船舱木架上的油灯被江风吹得东闪西躲，仿如新婚之夜头盖纱布坐在床沿，羞答答又急不可耐地等候新郎的新娘。笑媚"噗"的一声吹灭了油灯，钻回被窝后向舱外柔声喊道："发哥，明天一早要开渡呀，早点歇吧。"

　　广发磨磨蹭蹭地进船舱来，将自己的枕头挪到另一头，和衣躺下。船舱静得令人窒息，彼此都能清晰地听到对方急促的呼吸声。笑媚伸出一只脚，试探性地移向广发的身体。当她光滑的小腿触碰到广发结实的臂膀时，广发像触电似的马上将身体弹开。笑媚羞怯地说："发哥，听说用七夕水冲凉皮肤又白又嫩的。我想冲凉，你帮我打水吧。"说完就起了床，走进用竹篱围起来的冲凉间里，回头向船舱轻声喊道："发哥，你快来呀。"当广发从河里舀了一桶水隔着竹篱递给笑媚时，后者探出粉脸，瞅着广发妖媚地说："你替我倒水呀。"广发举起一桶水，将目光缓缓移向笑媚，眼前的一幕令他差点晕眩过去：在轻纱般的月色笼罩下，笑媚全身赤裸地站着，隆起的胸脯和饱满的圆臀，经弧线极美的腰肢连成一体，凹凸有致而嫩白剔透，宛如从莲塘新挖的经清水洗濯的莲藕。油亮的发辫绕到胸前垂至腰际，被几缕发丝遮掩的明净如镜的眼眸透出勾魂摄魄的光芒……水哗哗地倒了下来，沿着笑媚乌黑的发辫，流经她俊秀的脸颊、丰盈的乳房和修长的大腿……

　　笑媚一丝不挂地在广发身边经过，回到船舱里等候。可是，船尾响过一阵哗啦啦的泼水声和窸窣的穿衣声后就安静下来了。直至天亮，她都没听到舱门被推开的声音。她在静默和焦灼的煎熬中度过了一个不眠之夜。

　　已有七八分醉意的张三根本没打算找靓少德聊天。他跟跟跄跄地走到豆腐社码头的转角处，坐在一块光滑凹陷的青石板上，肩膀靠在长出一层苔藓的石墙，迷迷糊糊地睡去。不知过了多久，他被江风吹醒，发现泪水沾湿了衣衫，一时竟不知自己身在何处。他眺望皓月照耀下的渔火隐约的青莲水，在漆黑中分辨出自家渡船所在的方位，边喝酒边耐心等待着。当他发现渡船透出的那抹暗光终于消匿时，便长叹一声，感觉心坎上的千斤大石变成了一根轻盈的鸿毛。将酒瓶里剩余的酒喝下

后，他嘴里不停呼唤着秀芝的名字，瘫软在石阶上呼呼睡去了。

这段日子，向来缄默寡语，脸孔僵硬得如同一块铁板的张三好像突然间变了一个人，见到熟人就隔远露出憨笑，八字眉往两边舒展，让人想起戏台上拉开的两道布幕。他刻意改变早睡的习惯，晚上排练结束就留在吴氏宗祠与人聊天，尽管哈欠连连也等到夜深后才回到渡船。不排练时他就上码头找豆腐王闲聊，或独自摇着渔艇到周边水域撒网捕鱼，回来时江面上已渔火阑珊，船舱里传出的沉睡的呼噜声与岸边的蛙鸣虫叫一样响亮。张三千方百计为新婚的儿子和儿媳创造更多私密空间，其意图不言而喻。他想："鸡蛋孵出鸡仔也要些时日嘛！"

也许受此语启发，张三以十多斤鲜鱼和一张渔网与沙市街的农民作交易，把换来的一只大母鸡关进垫了一层稻秆和旧衣服的竹笼里，挑了六七枚鸡蛋让母鸡孵化小鸡。若一切如他所愿，待来年四五月青莲河水涨满时，笑媚要生小孩了，那时鸡也长大了，可宰杀给儿媳补身子了。

眨眼半年过去，青莲水沿岸的竹林披上了新绿，母鸡孵出的鸡也有三四斤重了。张三那八字眉却蹙拢起来，鸡群咯咯欢叫也令他烦躁不安，因为儿媳的肚子依旧平坦，丝毫看不到有怀孕的迹象。"会不会阿发和阿媚身子有毛病呢？"张三手里捧着盛满蚯蚓的竹筒——他几乎每天清晨肩扛锄头，在河边掘土寻找喂鸡的蚯蚓，痴呆似的看着拴在船舷的鸡笼，"要是他们没生养，我还指望抱孙么？这真应了老祖宗一句话：'疍家婆摸蚬——望第二世'！①"想到张家极有可能香火中断，张三顿时手脚颤抖，一不留神，手里的竹筒掉落江水里。尽管此时暖阳当空，他却感到裸露在如刀刃般锋利的寒风里。

---

① "世"与"筛"谐音，意思指对现状不寄予希望。

张三在煎熬中等待着，但依旧每天清早荷锄去寻找蚯蚓，依旧夜深了才回到渡船。当张三鼓起腮帮推开码头侧豆腐社那厚实的木门时，豆腐王就隐约觉察到了张三恢复了沉默少语的脾性，因为张三进屋后任何有趣的事都难以引起他一丝兴致，即便豆腐王有意谈及让张三引以为豪的笑媚在戏棚地一唱成名的往事，张三的鼻腔只轻轻"嗯"了一声。帮忙磨豆浆时张三显然心不在焉。他手握悬吊在屋顶上的木把，只顾埋头推动石磨，几次因豆浆流尽而没及时补充豆粒，以致磨盘因滞涩而发出咔咔的刺耳声响他也浑然不觉，直到豆腐王特意跑过来向他递烟或忍不住心疼地高喊"老伙计，我这石磨贵过一只牛啊"时，他才迷迷糊糊停了下来。他总是边磨豆浆边往石窗外的江面张望，发现自己的渡船变得黑幽幽时，便咕噜一口喝完带来的酒，然后将酒壶拴在腰带上，晃着笨重的躯体，一声不吭地走下码头。

豆腐王似乎揣摩出张三的心事。一天，张广发上码头买豆腐来了。当广发手指着油炸豆腐伸出六个指头时，豆腐王抬头瞥了一眼广发，随之拉开抽屉，拿出一个用豆腐渣捏成的小人像，放在广发面前的粗瓦盆上，又将两个大拇指紧按在一起，意味深长地朝广发笑。广发的视线在豆腐王那黑眼袋上眯成一条线的眼睛上驻留良久，黝黑的脸膛像阳光下新涂了桐油的船篷，泛着红光——他知晓眼前这位常抱着外孙下渡船来逗鸬鹚的豆腐匠的心思。

笑媚终于怀上了广发的骨肉。当笑媚有六个月身孕时，水运社安排张三的渡船到船厂维修。这天清晨，太阳跃上山顶，河面金光闪烁。张三、广发和笑媚撑着渡船来到船厂。船厂建在河岸的慢坡顶，在一个树皮遮盖、四面通透的竹棚里，摆放了五六艘正在维修的帆船，二十多名工人光着膀子，围着船底朝天的帆船忙个不停，远远就闻到一股浓烈的桐油味。

笑媚将点燃的香烛从坡底一直插至坡顶，剩下的香烛全插到船厂的神龛上。广发点着几串炮仗扔上渡船，随着清脆的声响，一股硝烟在江面弥漫开去。船厂领班向张三招手，并朝工人大喊："大家都过来，将三叔的渡船拖上岸。"工人将七八根粗大的圆木横摆在渡船底部，并把两根手臂般粗的外面缠了布条的缆绳套在船头的木桩上。工人们分成两队，手握缆绳，身体向后倾斜，在一片震耳欲聋的"哎——唷——哎——"的号子声中，合力将渡船拖出水面。渡船慢慢向坡顶移动，工人不停地在船头底部垫放圆木，以避免船底着地和便于船身滑行。半小时后，渡船被拖上了坡顶。

工人们坐在地上喘气。张三把一包黄灿灿的烟丝递给汗水涔涔的领班，说："辛苦你啦，这南雄烟丝味很醇，不刺喉，让大家尝尝。"领班接过烟丝，卷了一根点燃，吸了一口说："烟味不错。"然后将烟丝递给身边的工人。领班叼着烟，呼呼拍打船身，说："船侧和船底都是三重柏木，船身结实，手工一流。"领班抬头望了一眼烈日，说："渡船得先晒两天，油漆和维修也要两天，完工后还要再晒两天，前后需要一个礼拜。"张三说："这也好，可以趁机喘一口气。你不知撑渡的有多累啊，墟日常常刚端起饭碗，码头就有人喊着要过渡了，有时真的忙得连找条绳子吊颈的时间都没呀。"

张三一家人吃住都在船厂。他们在码头砌了一个简易炉灶烧菜做饭，夜晚挨着自家的渡船，用木架支起船板当床，和衣而睡。船厂四周低洼潮湿，杂草丛生，蚊子尤多，吴天仁为此专门送来一捆蚊香。白天，广发和笑媚撑着渔艇带上鸬鹚到附近河道捕鱼，张三则守在船厂为工人打下手。领班对张三说："三叔，渡船已涂了六轮桐油，船身有几处裂缝，补上就完工了。"

领班手执尖刀挑去船身裂缝中的杂质，然后将饱蘸桐油的竹青嵌入裂缝里，再把桐油与干石灰混在一起，搅拌成膏状，用木片挑起桐油石灰膏，细心填进裂缝。太阳下山了，船身的裂缝也补好了。领班伸直腰，擦擦额上的汗，说："三叔，完事了，船再晒两天就可以下水啦。"

张三上街买回彩纸，剪成十多面三角小旗，随后取来笔，以膝盖做垫，在小旗上歪歪斜斜地写上北帝、妈祖、华光等众神的名字，跟着虔诚地将小旗贴在船头、船尾、船身。他绕着五彩缤纷的渡船来回走着，仔细检查每一面小旗，看看是否漏写了某个神明。忽然，张三对笑媚说：

"漏了一个人！"

"谁？"

"你妈！"

笑媚发现父亲的目光闪烁着一道不易觉察的光亮。张三把写了"林秀芝"三个字的小旗贴在船头正中。他点燃一捆稻秆，将船身熏了一遍。完了双膝跪地，向北面叩拜，祈求天枢、天璇、天玑、天权、玉衡、开阳、摇光、七星为渡船指引航向，逢凶化吉。最后，张三在船头点燃了三炷香，往地里洒了酒，抬头瞅着写了"林秀芝"字样的小旗发呆。

第二年夏天，在挨近豆腐社码头的江面上现出一个状如月琴的沙洲时，赵笑媚为张三生下了宝贝孙儿黑仔。那天，渡船刚驶离豆腐社码头，坐在船舱打毛线的笑媚顿觉腹痛，便喊道："爸，我要生啦，快去请葱莲姐！"张三急得额头直冒汗，慌忙扔下竹篙纵身跳下河里，三步并作两步赶到日月楼，请温葱莲为笑媚接生。葱莲看见浑身湿透的张三神色慌张地走来，就意识到笑媚临产了。

把葱莲引上渡船后，张三就坐下抽烟，寸步不离，侧耳留意船舱里的动静。"哇——哇——"里面传出两声婴儿的哭啼声。"笑媚生啦！"葱莲抱着沾满血迹的婴儿出来，掰开婴儿

的双腿让张三看，欢快地说，"裤裆有只鸡仔①！"张三放下水烟筒，激动得双手直哆嗦，喉咙像打了个结，半晌才说出话来："哎呀，像阿发，太像啦——黑炭头一样——就叫他黑仔吧！"说罢，他走到神龛前叩拜，对着那座鱼篮观音说："秀芝，笑媚生了个男孙，叫黑仔！"

黑仔一岁多就能清晰地叫"爷爷"了，这令张三颇为开心。张三到市场买菜，到吴氏宗祠排练，到整香街串门，都将黑仔带上。他让黑仔骑在自己的肩膀上，模仿飞机盘旋，逗得孙儿嘎嘎大笑。自黑仔懂得爬行起，张三就在他的背梁上绑了一个空心葫芦和一条绳子，绳子一头拴在桅杆上。船家人的小孩都是用这种方式"圈养"的。黑仔两岁多时，张三就教他游泳了。他有意解下孙儿背着的空心葫芦，将他抛入水里，让他在水里扑腾，以熟习水性。黑仔最爱伏在爷爷膝盖上，听他讲鱼篮观音的故事，一遍又一遍地唱"青莲开头把关陂，白鹤飞埋浪伞步……"看着孙儿歪着小脑瓜牙牙学唱，张三笑着说："你妈是个花旦，很会唱戏的。你长大了也要学唱戏，当文武生！"

又到了一个炎热的夏季。这天中午，笑媚和广发在做饭，张三在沙滩上捡水流柴，黑仔背着一个小竹篓跟在爷爷身后。这时飞来一只青绿色的蚱蜢，落在张三的肩膀上一动不动。张三逮住蚱蜢，用线绑着给孙儿玩。黑仔把线缠在手里，让蚱蜢在天空中飞。他开心地叫着，追着蚱蜢在沙滩上跳来蹦去。

"这叫禾虾蜢，是不是长得像一只虾？"张三抱着孙儿说，"以前爷爷家里很穷。我小时就去稻田抓禾虾蜢，卖给有钱人喂鸟。用得来的钱买米，家里人才吃上米饭……"黑仔搂住张三的脖子说："我把这个禾虾蜢卖了，换了钱买酒给爷爷

———————
① 即生了个男孩。

400

喝!"张三听罢乐开了怀,用下巴蹭蹭孙儿的脸蛋:"真乖!我的孙仔真乖!"黑仔被钢针似的胡须扎得呱呱叫,绳子脱了手,蚱蜢飞走了。看着蚱蜢一下子飞得无影无踪,黑仔伤心地哭了:"禾虾蜢飞走啦,我没钱买酒给爷爷喝啦。呜呜呜……"张三忙安慰孙儿:"别哭,爷爷就到田里抓禾虾蜢,你在这等爷爷回来。"

于是,张三把黑仔留在沙滩上。为保险起见,他让孙儿背上空心葫芦,绳子一头绑在船头上,然后撑着渔艇到河对岸抓蚱蜢。

正值禾苗抽穗季节,青莲水西岸的稻田像铺上了巨幅的绿地毯。青蛙有节奏地呱呱呱集体鸣叫,那清亮的声响恍如戏台上敲响了无数面鼓。稻田四周竖了几个形状逼真、用以驱赶虫鸟的稻草人。张三缓行于田畴阡陌间,不时惊起蛰伏在禾苗和青草上觅食的蚱蜢,他就用带长柄的网兜捕捉。一小时过去,收获颇丰。他把逮到的蚱蜢翼子夹在竹帽的篾条下,看着竹帽上下两面都挂满了青绿色或黄褐色的蚱蜢,张三开心地笑了:"抓了这么多禾虾蜢,黑仔肯定会乐坏的!"

"我要用禾虾蜢换酒给爷爷喝!"正当张三脑海里出现孙儿那天真烂漫的笑脸时,忽然一个渔民慌慌张张跑上码头,朝张三挥手惊呼:"三叔,不好啦,你家黑仔出事啦!"

"出了什么事?"张三愣住了。

"黑仔误吃了桐油籽,广发和笑媚送他到医院啦!"渔民说。

张三听完惊呆了,匆忙划船过了河,直奔医院。

原来,就在张三刚去对岸抓蚱蜢时,一艘载满桐油籽的帆船停在张三的渡船旁。搬运工将装在麻布袋里的桐油籽挑上岸,沙滩上零零星星掉下了一些。黑仔捡起这些包了一层黑皮的果实,高兴地直喊"大花生",连吃了七八颗。当笑媚煮好

饭站在船头连喊几声"黑仔"时，却听不到应答。笑媚慌忙下船来，发现儿子面如土色，侧卧在沙坑里呕吐不止，嘴角和胸前沾满一层白色的渣沫。她脑里轰的一声像引爆了一枚炸弹，身体僵硬得不听使唤。

"黑仔，你怎么啦?!"笑媚抱起儿子不停呼叫。围观的人说小孩是桐油籽中毒了。笑媚立即把儿子抱上船，将白糖水和米汤往他嘴里灌。靓少德和温葱莲闻讯赶来，看到黑仔瞳孔扩散、四肢抽搐地躺着，葱莲便对手足无措的笑媚和广发说："马上送黑仔去医院!"张广发抱起儿子就往医院狂奔。

黑仔被送进一间简陋的治疗室抢救。大家围在门口焦急地等候。笑媚坐在木凳上，疲惫地靠着葱莲，治疗室里的动静牵动着她的神经。一旦有医生护士从治疗室出来，她就起身询问。张三一根接一根地抽烟，望着身边挂满蚱蜢的竹帽出神，他看上去十分憔悴和苍老。

一名医生走出治疗室，摘下口罩，说："我们尽力了，但没办法。细路送来时就没呼吸了，呕吐物堵塞了气管造成窒息……"医生把笑媚带进治疗室。看到儿子被一张白布盖着，一只小手伸出白布外，笑媚号啕大哭，当即昏倒在地……张三哽咽着自言自语："黑仔，你怎么说走就走呢……也不跟爷爷说一声……爷爷想喝你买的酒啊……"

这时，一位仵作模样的老年男人提着一个畚箕走来，嘴巴动了动想说什么。张三无力地摇摇头，说："不要畚箕，你去买个木箱，我给钱。"仵作买来木箱，把黑仔装殓完毕。张三、笑媚、广发神情呆滞地看着仵作扛着木箱从身边走过，直到他穿过一片荒地，消失在通往观音山的小路上。

张三步履沉重地走回家，孙子的笑声在他耳际萦绕。他逐一取下夹在竹帽上的蚱蜢，扔到空中，说："飞吧，跟黑仔一起飞吧……"

在此后的半年里，张三的渡船紧裹在黑仔死去引发的愁云惨雾里。虽然广发照常相隔两百余米回应过渡客的呼叫，但声音已不再嘹亮，他的嘴巴像被隆冬时节猛烈江风封堵了似的。张三常常搁下水烟筒，解下拴在船舷的渔艇绳索，试图以捕鱼消磨百无聊赖的时光。可是，他都毫不例外地呆愣一会儿后又把绳索系上了。因为此刻孙儿黑仔模仿鸬鹚，张开双臂嘎嘎高叫的模样浮现在他眼前，让他霎时感觉孙儿仿佛还活着。这剜心般难受的幻觉一直如影随形地缠绕他，啃噬他，摧毁他，令他一度动了卖掉鸬鹚的念想。黑仔生前背的空心葫芦是张三在笑媚怀孕时托人在广州买的。当时张三说："葫芦就是福禄，背着它就会大富大贵的。"黑仔死后，尽管这个系着红绸带的防溺水物品就悬挂在船舱通道的显眼处，但一家人的目光都刻意避开它。一天吃晚饭，张三喝下几杯酒就流泪了。此时，笑媚取下积了一层煤尘的空心葫芦，用湿毛巾擦干净后摆在饭桌上，随后沉静地对父亲说："爸，迟些我为张家再生一个。黑仔会很快回到您身边的……"

18　救场如救火

　　胜伯那只老态龙钟的守更狗龇牙咧嘴、凶相毕露地领着整香街的大狗小狗在狂吠……吴广明一脚踢开趋前摇尾乞怜的小花狗，弯着腰捂着肚，拖着那串如鞭炮燃放似的响屁，绕过戏棚地，火烧眉毛似的爬上吴氏宗祠旁那间有九级台阶的厕所，心里斥骂建厕所的人不通人性，将厕所建在高处……狗吠夹杂着鸡鸣，让人心烦意乱。吴广明真想抡起搓香板砸碎守更狗那毛发疏落的脑壳：你真不醒目呀，枉我平日总把骨头往你脚下丢，你怎么不识趣地领着小狗大狗挡住我上厕所的路呢？吴广明实在憋不住了，就在搓香桌旁，即父亲吴天仁睡房的斜对面，迫不及待地抹下了裤子。正在此刻，传来父亲的嘶吼："明仔，你干吗呀？"

　　梦中的广明倏地睁开眼，发觉自己如暴毙于太阳下的青蛙，四肢伸开躺在床上。父亲还在门外吼叫："你怎么啦？一早就咿咿呀呀的！""我闹肚子啦。"广明一骨碌从床上爬起来，怨嗔道："爸，昨晚你不该逼我

吃下那碗麦羹，那麦羹是馊的！"广明说完就光着脚下床来，扯住裤头就不管三七二十一直往厕所跑，那只梦中被他狠踹了一脚的小花狗也一溜烟紧随在他身后。

在青莲墟郊外的池塘边、臭沟旁或三角地，用泥砖或木板筑起一间间公厕。清晨或傍晚，住在大街小巷的居民成群结队地匆匆走一两里路上厕所，成了当地颇具特色的不雅之景。人们若是在这特定时间和特定路段遇见，即使相熟，也仅是心照不宣地相互"嗯"一声后擦肩而过。

大江墟莲塘边集中了十多间公厕，延绵近百米，但广明有一难言之隐——只有到靠近本族宗祠的有九级台阶的那间公厕解决才行，其他的蹲半天也解决不了问题。现在，小花狗一路蹦跳把他引上九级台阶。当他蹬上第五级台阶时，小花狗一声惨叫折身返回。他抬起头，看见厕所门口坐着一个外号叫"恶生蛇"的年轻铁匠。

"你干吗打我的狗？"

"我正要上屎坑，你的狗从我身上跳过，我不打断它的腿算给你面子啦。要是在夏至，我非把它宰来吃不可！"

"你打铁街的，干吗来整香街上屎坑？"

"哎哟，你真是担竹篙入屋——打横来①！屎坑是国家的，不是你整香街的。我到哪上屎坑，你管得着么？"

"你们打铁街的人全都是掘尾龙，只会搞风搞雨！"

"你啊，大姑娘做媒——说人不说己！难道你们整香街的人全都是善男信女？"

两人你一言我一语，脸红脖子粗地争吵起来。

打铁街与整香街相隔几条横巷，两条街的积怨跨越了数代。这积怨由个别住户之间的"牙齿印"②，逐渐演变成街巷

---

① 指蛮横不讲理。

② 比喻彼此的怨仇和过节。

群体之间的矛盾。归纳起来，两条街的积怨主要源自三件事。

第一件事发生在清咸丰年间秋季的某个清早。一只几十斤重的金钱豹溜进打铁街觅食，被几个铁匠打断了一条腿。金钱豹拖着伤腿逃到整香街，被街口趄桄的两根木柱夹住而一时动弹不得。整香街的人听到报警锣鼓响即手持锄头扁担冲门而出，将金钱豹团团围住。打铁街的铁匠们也觅着地上的血迹，拿着铁锤钢叉赶来了。两大阵营汉河楚界分列一处，围绕金钱豹的归属各执一词，互不相让。被晾在一边的金钱豹趁着两方争执，缓了一口气后远遁而去，结果两方均竹篮子打水一场空。

第二件事发生在民国初期。整香街有户人家打算在楼顶建一个小阁楼，于是到打铁街买了几斤普通铁钉，回到家时发现里面混进了几根棺材钉。那户人家气得火冒三丈，带着族人到打铁街讨说法。此事过了十多天，也就是除夕，打铁街有个铁匠从整香街买回几扎佛香。当晚那个铁匠用嘴咬破大公鸡的鸡冠，将鸡血滴入炼铁炉。当他把宰杀后的大公鸡摆在祖师爷太上老君泥像前并毕恭毕敬地点燃佛香后，整个屋子瞬间腾起一股浓浓的辣椒味，呛得前来吃团圆饭的族人泪流不止。原来为了报复，吴氏的雇工偷偷特制了几扎加了辣椒粉的佛香，专门卖给打铁街的铁匠。

第三件事发生在广州沦陷前，当时粤剧界"薛马争雄"正如火如荼。青莲的摊档老板和广府商贾推举温葱莲的父亲温松柏作为主会到广州买戏，温松柏向众人探询购买哪些剧目时，整香街与打铁街烽火又起。制香师傅们青睐字正腔圆、抑扬顿挫的"薛腔"，起哄要买薛觉先的首本剧目。而打铁匠们却钟情半唱半白、诙谐逗乐的"乞儿喉"，也高嚷着要买马师曾的成名剧目。双方就"薛腔"与"马喉"的高低优劣吵得不可开交，还差点撸起衣袖打起来。

现在，整香街与打铁街之间的积怨沉渣泛起。恶生蛇和吴广明先后在相邻的厕格蹲下后又燃起战火。

恶生蛇摇着脑袋拍着膝盖，模仿"乞儿喉"，用沙哑的喉咙高唱马师曾的代表作《我为卿狂》："你成日都系冷言冷语呀呀呀，我宁愿比你砍我一刀呀呀呀。就算我点样贱格呀呀呀，点样下流呀呀呀，我都唔会咁做呀呀呀……"恶生蛇唱完，坏笑着取来一块竹片，从厕格隔板的缝隙弹向广明。

"你牙疼么？咿咿呀呀的，要不要送你一副棺材？"广明说完清了清嗓子，用"薛腔"有板有眼地唱出了薛觉先首唱的《陌路萧郎》："春风暖，日当头，一路垂垂疏杨柳，红花片片，零落无由。绿草茵，绵缕缕，声声鸟噪在枝头，烟树蒙蒙，罩遍寥寥红豆。叶青青，枫林瘦，青衫此去觅封侯，若送行人须折柳……"广明唱罢，拾起竹片，如法炮制地射向恶生蛇，并得意扬扬地说："打铁佬，我的'垂垂杨柳'是不是比你的'砍我一刀'要斯文千倍百倍，好听千倍百倍？你说嘛！"

恶生蛇一时语塞。

隔了一块薄板的女厕所也蹲着几个妇女，她们嬉笑着捶击隔板鼓噪道："'垂垂杨柳'好听！'垂垂杨柳'好听！""广明，我们还想听，你唱下去呀！"隔板被捶得呼呼响，用泥砖和木板搭建的简陋公厕快要坍塌了……

恶生蛇和吴广明拉上裤子走出公厕，坐在台阶上继续互相揶揄和攻击。上厕所的人也围拢过来看热闹。

恶生蛇手指夹着烟卷，昂起头喷着烟圈，说："你说你整香街斯文？斯文个鸟！以前整香街的人搓麻打天九就爱扯猫尾。"说完他又腰数了《十五贯》娄阿鼠的一段白榄："你走江湖够老辣，我混赌场捞到滑。大家都系江湖客，江湖手段我明白。人家做咗贼，你又点能测？你我都系自己人，咪用江湖

口吻将人吓!"恶生蛇意犹未尽,站起身说:"三只手癫仔海不是你们整香佬的左邻右舍么?这个野仔是十足的神台猫屎——神憎鬼厌!张家李家丢了鸡鸭,还不是全进了癫仔海的肚里?"

恶生蛇说毕丢掉烟头,来回走着矮仔步①,又模仿猴子爬树和狗跳墙的动作,用马喉唱起了《时迁盗甲》中的片段:"若问我时迁的本领,真系连我自己都未明。想我时迁只会偷鸡摸狗,快手快脚,手爬脚拨,脚拨手爬,真系神不知鬼不觉醒。因为我熟晒行,偷风莫偷雪,偷雨莫偷月,穿墙凿壁,能够半点都无声。"他唱完仰头大笑,说:"不过说句公道话,你们的癫仔海比时迁聪明得多,不是吗?时迁偷了别人的鸡,吃完后又把鸡骨头放回去,这不是不打自招么?而癫仔海就没那么傻了,他把鸡骨头都吞到肚里,又把鸡毛烧个精光!整香街的人真是聪明透顶!佩服,佩服啊!"

吴广明也不是省油的灯,嘲讽捉弄对手的本领有过之而无不及。他鄙夷地瞟了一眼恶生蛇,说:"没错,阿海有时多手多脚,小偷小摸。不过他也是守行规的,就是你刚才唱的'偷风莫偷雪,偷雨莫偷月'。比方说,钱和人这两样他是绝对不碰的。"广明边说边站起来,煞有介事地说:"不像你们打铁街的姣婆,密实女人假正经,家里有男人还要出去勾佬,唔饮河水饮井水!"说着他表演《武松》中的片段。先是扮作潘金莲,用衣袖擦了擦眼角,随后用子喉唱道:"热泪祭夫郎。你病逝辞阳去,痛在我心上。哭一声唤几声,㘐哭武大郎。奴我似万箭穿心愁断肠……"唱完他旋即敛起愁容,怒目圆瞪,做拔刀状,对着恶生蛇大吼一声:"潘金莲,你休要装模作样!"随后引吭高歌,大喉掷地有声:"你有哭无声假

———————
① 指粤剧步法的行当功,演员蹲下在舞台行走。

伤怆，你有声无泪假悲凉。休欺武松人鲁莽，冷眼看透黑心肝……"

　　厕所门口像炸开了锅，人们乐得捶胸顿足，哄笑不止。恶生蛇看见围观的大多是整香街的人，便心虚了，将脱下的外衣搭在肩头上，如斗败的狗，气鼓鼓又灰溜溜地走下台阶，拐进观音庙旁的一条窄道。"哎，别走，别急着走嘛，离杀大花脸还早着呢，接住就是包尾大翻啊！"广明朝恶生蛇的背影吐了一口浓痰："打铁佬，以后还敢不敢来整香街厮屎撒尿呀？"恶生蛇头也不回，假装没听到。

　　这天夜幕降临，整香街弥漫着灰白色的炊烟。

　　胡仁新扛着犁耙刚踏入家门，就与从屋里冲出的八岁的小儿子阿朋撞个满怀。胡仁新一把揪住儿子的衣领，呵斥道："你急什么？往哪跑？赶着去投胎是不是？"儿子用手捂着裤袋，挣脱父亲的手，跑向戏棚地，给父亲丢下两句话："我去霸位！今晚唱《武松打虎》！"胡仁新这才明白下午社员们为何围着生产队队长嚷着要提早收工了。

　　青莲三个粤剧社各有其吸引戏迷的砝码和招牌。八和剧社擅长生旦戏，唱功、念功、做功俱佳，风流倜傥的文武生与庄重贤淑的花旦青衣阴阳互补，相得益彰；阳禺剧社最拿手的是花脸戏，红脸角色忠义耿直让人扼腕长叹，白脸角色阴鸷奸诈叫人咬牙切齿，而粗犷雄浑的霸腔直唱得山摇地动；熠通剧社长于小武戏，演员在台上扎大靠、披蟒袍、戴头盔，执矛、持斧、握戟，起单脚、后趴虎、跳大翻，广东大戏有别于北方戏种的"打真军"令台下男女老少眼花缭乱，直呼过瘾。

　　熠通剧社的招牌演员就是祖籍南海西樵，与岭南武术宗师黄飞鸿同一宗族的黄火贵。他生得熊腰虎背，身手敏捷，功夫了得。每天清晨，他都在中山路大码头旁的一块空坪上练习翻跟斗和打飞铊两大绝技，一年四季雷打不动。他通常先练翻跟

斗，接着打飞铊。他抛出的飞铊又远、又准、又飘，如彩练翻飞，似蝴蝶起舞。开练时，他先一脚踢飞绑在十多米长绳子上的八两重的飞铊，然后挥动绳子舞动起来。随着绳子在他头顶、腰间、裆下、脚面交替飞舞，飞铊在他手中收放自如，忽儿蹿上半空，忽儿坠落地面；忽儿呈扇状飞翔，忽儿呈蛇形盘突。在结束打飞铊前，他总是安排一个撞铜币的环节。他将十个铜币叠在墙脚前的一块石头上，然后站在十米开外挥动飞铊，竟按顺序将铜币逐一撞飞，其毫厘不差的精确度令围观者目瞪口呆、叹为观止。

熠通剧社今晚在戏棚演出《武松打虎》。听说扮演武松的黄火贵将在台上穿插打飞铊硬功夫，并用级翻、屎瓯、大翻和焱老鼠①等技艺与老虎周旋，戏迷们无不兴趣倍增，戏票早于一周前就销售一空了。

刘满龙的儿子阿强和另外几个孩子坐在整香街街口的石凳上等得不耐烦了，看见阿朋气喘吁吁地跑来，都向他瞪眼睛。"我在家炒黄豆呢，差点给我爸发现啦。"阿朋讨好地说，从裤袋里掏出烫热的黄豆，逐一分给小伙伴们。闻着香喷喷的味道，小伙伴们垂涎欲滴。他们接过黄豆，乐呵呵地捡起一粒抛向半空，随后斜着身子，张开嘴巴去接往下掉的黄豆。为了相互卖弄张嘴接黄豆的功夫，有的从背后抛黄豆，有的从胯下抛黄豆，有的翻了一个跟斗后再抛黄豆，各施其技，不一而足。孩子们边玩乐，边晃晃悠悠地走向戏棚地。

这时来了七八个光着脚板、穿粗布黑衣的山民，他们怯生生地围在戏棚左侧的售票处。负责售票的老王伸出他尖细的猴脸，抱歉地说："别挤啦，别挤啦，票早就卖光了。你们辑狗窿吧！"这时，有不少戏迷正脚步匆匆地往这边涌来。"孩子

---

① 均指粤剧武戏跟斗动作。

王"阿强于是吹响了口哨，顿了顿脚对伙伴们说："今晚看戏的人多，别淡淡定定啦，赶快去霸位，迟了就看不成戏啦！"

阿强手指戏棚左右两扇大门对两个小伙伴说，"你，还有你，守在这。"戏棚大门正对戏台，站在凳上可望见台上演出。他们来到戏台杂边通道侧的砖墙下，阿强把一个个子矮小的孩子叫到跟前："你在这辑狗窿。"墙根下有一个方形狗洞，人趴在地上可隐约窥见演员出入虎度门和在舞台上表演的情景。阿强将一根竹子交给那孩子，叮嘱说："场内要是有人挡住你，你就用竹子挑他的裤腿。"阿强又转身瞄了一眼路边那棵高大的黄檀树，推了推两个孩子的脊背，说："'马骝祥'，'瘦鸭林'，你们上树。"坐在黄檀树的树杈上，能透过戏棚围墙一排砖窗居高临下地望见戏台。

场外看戏的最佳位置无疑是西墙外离地面约两米的大窗子了。这窗口靠近戏台的衣箱边通道，不仅能近距离观望演员从虎度门进进出出，还能从侧面无遮无挡地看到演员在台上唱念做打，并能一目了然地看见坐在对面的乐师们的吹拉弹奏。近水楼台先得月，这个以数根圆木柱做栏杆、能容纳三四个人的窗口就几乎成了整香街孩子的专属位置了。两个小孩像顽猴似的轻松爬上窗台，双手抱住圆木柱，往戏台张望，看见有的演员在后台化妆，有的坐在衣箱上背台词，有的结伴走台步。阿强对那两个孩子说了句"你们守在这"，又向阿朋递去狡黠的目光，两人就往西门入口去了。

戏棚西门入口处早已集结了几十名戏迷，他们大多光膀赤脚，嘴里吃着充饥的番薯、芋头、玉米，脸上挂着无比喜悦的神情。这时，两个五大三粗的汉子打开了戏棚的西门，吆喝道："大家排好队，凭票入场！"黑压压的身影宛如蚁群涌往入口处，呼叫声、斥骂声、碰撞声汇成一片。夹在拥挤的人流中，简直像被人抬着走，容不得转身和停步，挤破衣、踩掉鞋

是常有的事。

　　这是混进戏棚的最好时机。阿强向阿朋使了一个眼色，两人便像泥鳅似的挤向人群，扯住陌生人的衣角或裤头，随着人流向入口处缓缓挪行。在这之前他们有意剥下汗衫，身上汗渍渍、滑溜溜的，一来便于逃脱，二来避免弄破衣服回家难以交代。检票的两个壮汉一个叫胡仁仔，一个叫癞疮平，前者是荷锄耕田的农人，后者是虎背熊腰的屠夫，两人都是力大过人且铁面无私的家伙。他们如两座铁塔屹立于入口两侧，各伸出一条腿形成铁钳状堵住门口，颇有万夫莫开之气势。

　　门前水泄不通，几乎针插不入。"拿出票，都拿出票！""后面的别挤，别挤！"胡仁仔和癞疮平怒吼着，咆哮着。人们举步维艰，如混叠在一起的蚯蚓一样向入口处蠕动。阿强和阿朋嘴里不休止地嚷着"他是我爸，他是我爸"，又龇牙咧嘴"哎哟哎哟"叫苦不迭，装出一副被挤得将近窒息的惨状，以博取大人们的同情。快到门口时，两人蜷缩着身子，脑袋躲到大人腋下，企图避开严密的拦截，从人肉夹缝中滑溜过去，岂料两人仍被火眼金睛、经验老到的钢铁卫士如旱地拔葱般揪了出来："又是你们两个？快滚快滚！想浑水摸鱼?!"两人被扔出人堆，鼻青脸肿地站在一边，向着入口处横眉瞪目，骂骂咧咧了一通后才垂头丧气地回到西墙外的大窗子下。

　　令阿强和阿朋感到愤懑的是，就在他们离开大窗子的半小时里，素来被整香街孩子视为不容侵占的领地——大窗子却沦陷了。两个小伙伴蹲在窗下哭丧着脸等候大哥回来。阿强惊诧地问："你们怎么啦？"一个兄弟眨着泪眼，委屈而畏怯地向窗台上努嘴：上面赫然站着三个体形强壮的小孩。阿强爬上去怒喝：

　　"哪条街的?"

　　"打铁街的！"

"凭啥抢我们的位?"

"谁抢你们的位啊? 我们先来的!"

阿强问那两小伙伴刚才去哪了,回答说上屎坑了。阿强就各抽了两人一记耳光,跟着又向窗台上叫嚷:

"我们先来的,他们上屎坑啦!"

"狗仔走开人仔坐!"

"这窗子一直是我们整香街的!"

"呵呵,笑崩大牙! 这窗子是整香街买下的么?"

"够胆落来!"

"落来又怎样?"

打铁街的三个小孩跳下窗台。双方摆开阵势,摩拳擦掌。阿强与对方一个皮肤黝黑的小孩单挑。两人弓步而立,瞋目相视,握拳互撞。碰撞拳头是青莲街的孩子打架进入肉搏战前的一种习惯程序,通过较量彼此拳头的硬度、力度、速度,以达到试探对方实力和激怒对方的目的。阿强与"黑炭头"碰撞了一会拳头后就掐颈抱腰、挥臂踢腿地打起来了。整香街的孩子普遍长得单薄,即使辑狗窦、爬树权的孩子都纷纷赶来助战,也被打铁街高大结实的孩子打得落荒而逃,最后连窗口位置也被对方霸占了。

打架打输了,戏也看不成,阿强、阿朋等人沮丧地坐在大江墟莲塘的草地上,在埋怨上厕所的孩子丢失阵地的同时,又痛恨打铁街的孩子野蛮刁悍,个个义愤填膺,情绪激昂。"他妈的,风吹鸡蛋壳,你唔惹我我唔恶。趁未杀大花脸,我们去砸他们家的瓦顶!"阿强的提议甫提出,孩子们便一呼百应。于是,他们带着棍棒和石块就直奔打铁街,先在街口用棍棒打退一群恶狗,随后往屋顶投掷石头。此时打铁街的人几乎全看戏去了,只留下几个老人看家。他们听到屋顶传来"咣当咣当"的声响,无不心惊肉跳,边呼叫"落冰雹喽! 落冰雹

喽!"边往床底、桌底钻。阿强、阿朋等人捂嘴偷笑,又神不知鬼不觉地跑回戏棚地,待演出结束便跟在大人的屁股后,若无其事地返回各自家里。

整香街与打铁街的孩子因看戏"霸位"而引致的冲突仍未结束。次日,冲突上升为本已结怨的两条街之间的群体性斗殴事件。

早上起床,整香街七八户人家惊讶地发现自家孩子的手脚伤痕累累,便追问缘由。开始孩子们守口如瓶,后来就如实说了,但都隐瞒了用石块砸人家屋顶的事。面对孩子一把眼泪、一把鼻涕的号啕大哭,家长们都愤慨不已,拖着自家孩子走出家门,在戏棚地空坪集结。刘满龙指着儿子阿强耳根下一道瘀痕,气得脸色发青:"你们看,打铁街那些野仔下手多狠啊!"正在晒蚊香的吴广明起哄:"一齐去找他们的大人赔汤药钱!"于是,刘满龙和吴广明领头,大人们拖着各自的孩子,一齐涌向打铁街。

打铁街的男女老少也正在气头上。早起的住户惊诧地发现街巷满地狼藉,瓦砾、石块到处皆是。人们顿生疑窦:昨晚没风没雨,静到蚊子飞过都能听到,何来冰雹呀?一名长得又黑又壮的铁匠爬上竹梯,不禁大惊失色:整条街的瓦面上零零星星看见拳头般大小的砖头石块和一个个的窟窿。"屌他祖宗十八代,肯定是人砸的!"那铁匠站在梯子上,侧面望着围拢一起议论纷纷的邻居怒吼道。

这男子叫刘仕岳,外号"花脸岳",是阳禹剧社的"领班"兼大花脸。他生于青莲铁匠世家,父亲是当地首屈一指的铁匠,也是一名响当当的粤剧迷。每逢戏棚地上演大戏,他父亲总是在太阳未下山时就扛着凳子到戏棚地霸占头位去了。刘仕岳继承了父辈的衣钵和嗜好,不仅精通打铁技艺,对粤剧的酷爱更是有过之而无不及。刘仕岳尤其痴迷花脸戏,对

《王彦章撑渡》《水淹七军》等花脸戏经典剧目中的唱段可谓
滚瓜烂熟、信手拈来。他一把霸腔唱得震天动地、鸟雀惊散，
加上天生一副花脸相：头秃如镜似鲁智深，脸如生铁似包拯，
豹头环眼似张飞，于是，街坊送他一个绰号——"花脸岳"。
"你哪用开脸花妆呀，随便穿件戏服就可上台唱戏啦！"街坊
常这样调侃道。

　　"屋顶是谁砸的，你们知道吗？"铁匠恶生蛇怒气冲冲地
问道。"是整香街的小孩砸的，我亲眼见了！"昨晚去看戏的
那些孩子众口一词，咬定瓦顶是整香街的孩子砸的，但都统一
口径，隐瞒了殴打对方的事实。"那些狗杂种吃了豹子胆啦，
找他妈的算账去！"花脸岳大声疾呼，从竹梯一跃而下。恶生
蛇取来一个箩筐，将散落在地面的瓦片石头作为罪证装进箩筐
里。众人愤愤不平，抬着箩筐，沿路嚷骂，杀气腾腾地直奔整
香街。

　　两支旗鼓相当的队伍在大江墟十字路口不期而遇了，像汛
期分别从连江和青莲水浩浩荡荡涌来的两支河流汇聚于青莲湾
一样，泾渭分明地分立两边。双方群情鼎沸，箭在弦上，一触
即发。当天适逢墟日，来自偏远乡村或山旮旯的民众挑着瓜
果、柴炭、鸡鸭等路经大江墟。他们大概感到时间尚早，都不
急着往市场赶，就干脆搁下担子，点燃烟卷悠悠然地等着看热
闹。戏瘾大正牵着几头牛到观音山上放养，被堵在路中央进退
两难，这名浑身晒成古铜色的老者气得边用绳子抽打水牛的屁
股，边操着本地粗话对阻拦去路的人群咒骂不休。

　　打铁街的铁匠们觉得自家瓦顶被砸，人证物证俱在，更显
得理直气壮，叫喊的声浪似山呼海啸。恶生蛇扛起箩筐，"哗
啦"一声将瓦砾、砖块倾倒在地上，跟着转身将那几个吓得
手脚颤抖的孩子从人堆里拉出来："你们说，是谁拿石头砸我
们的屋顶？"那个外号叫"黑炭头"的孩子耷拉着脑袋，吞吞

吐吐地说:"是他们砸的。"说完用余光扫了扫整香街的孩子。恶生蛇忽地跳起来,吼道:"你们干吗平白无故砸我们的屋顶?"

刘满龙愣了一下,厉声问身旁的儿子:"是不是你们砸的?"阿强畏缩地低着头:"是他们先动手打我们的,我们才……"刘满龙喊道:"你们把衣服脱了,都站出来!"孩子们惶恐地往前挪步,脱下衣衫,露出斑斑伤痕,然后歪歪斜斜地靠在一起。"大家过来看,睁大眼看,哪有这样打人的?"刘满龙指着孩子们的臂膀胸膛:"把人打成这样,也太心狠手毒啦!"

围观的人原本责骂整香街的孩子捣蛋惹事,而今反倒同情他们了。大江墟一名老太婆拄着拐杖走上前来,揉了揉潮湿的眼眶说:"唉,真系前世唔修啊……"她叫媳妇从家里取来了药油,把油液倒在掌心,涂在孩子们的伤痕上。此刻,整香街的几名妇女都抽抽搭搭地啜泣起来。

两条街的人马在僵持中,双方都愤懑不已,互相质问指责。此时,靓少德闻讯从日月楼赶来,呼吁双方冷静下来,但两队人马仍起劲地叫骂。戏瘾大翻身坐在牛背上,手执牛绳在头顶上啪啪甩打了两下,待处于剑拔弩张中的两队人马稍微安静时,才心平气和地说:"大家都静下来,有话摊开说嘛。我住大江墟,离打铁街和整香街都一样远近。我把手指伸直,既唔拗出又唔拗入,只想说句公道话。我有碗讲碗,有碟话碟,说错了大家莫见怪。昨晚的事,两条街的小孩都有错。打铁街的小孩打人在先,出手很重。整香街的小孩砸人家的瓦顶在后,出手也很重。谁犯事谁担当,两条街的小孩各打五十大板。打铁街赔整香街汤药费,整香街赔打铁街瓦片费。"靓少德和花脸岳都表示同意。

靓少德把花脸岳、恶生蛇和刘满龙、吴广明拉到身边,说:"我们是大人,就该有大人的气量。我知道打铁街和整香街以前有牙齿印，那是咸丰年代的事嘛，就算是深仇大恨也当被一场大水冲走了。两条街的人都是走担水巷、到豆腐社码头担水洗衣的，低头不见抬头见。而今八和剧社和阳禺剧社都在戏棚地演大戏，有什么理由不和和睦睦呢？"靓少德拍了拍花脸岳的肩膀，接着说："说到唱戏，我知道整香街的人中意文戏，喜欢薛腔；打铁街的人中意花脸戏，喜欢马喉。萝卜青菜，各有所爱，这很正常嘛。但你硬着把薛腔和马喉分出斤两，那就说明你不懂戏了。薛腔和马喉是粤剧两大唱腔，彼此不分伯仲，不论高下。我的师傅是薛五哥的徒弟，但我本人也崇拜马先生。前阵子我们八和剧社在戏棚地演《胡不归》，岳大哥也来捧场了呀。接下来轮到你们阳禺剧社演《水淹七军》，我们同样去捧场！"

花脸岳一时羞愧难当，他向靓少德拱手说："靓班主说得对，两条街过去的恩怨都是些鸡毛蒜皮的小事，别记在心里！"

两条街的人都冷静下来了，不久就各自散去。

整香街与打铁街的小孩发生冲突之事平息一个月后，吴氏宗祠灯火通明，箫鼓喧天，粤韵悠扬。八和剧社的演员和乐师正忙着排练本戏《西施》。"靓班主！靓班主！"宗祠入口的屏风后突然传来两声呼叫，花脸岳火急火燎地跑进吴氏宗祠，三两下拨开席地而坐的人群，在密密麻麻的腿脚间觅得落脚的地方，蹦蹦跳跳、晃晃荡荡地挤进了天井，径直奔向正手持剧本督导排练的靓少德。

"靓班主，你救救我啦！"花脸岳惊慌失措地攥住靓少德的手臂大力摇晃。"岳哥，有咩事？"靓少德一脸愕然地打量花脸岳。此时鼓乐声已消停下来，人们面面相觑，蹙眉搔首，显然对这个不速之客的忽然造访感到蹊跷。有人小声说："无

事不登三宝殿，打铁街终于有事来求整香街了。所以嘛，山水有相逢，万事留一线，日后好相见。"

阳禺剧社比八和剧社晚成立了三个月。那天，有人将八和剧社成立的消息告诉在青莲铁器社做工匠的花脸岳，急性子的花脸岳听后心里痒痒的，当即丢下铁锤、脱掉围裙，召集几个平时喜爱吹拉弹唱的铁匠商量了一番，决定到日月楼找靓少德，要求加入八和剧社。当他带着七八个人大步流星地走到大江墟路口时，却突然收住了脚步，踯躅不前了。

"回去，我们都回去！"花脸岳的脸盘像刚从炉灶里夹出来的铁块，一双环眼透出灼人的光亮。他逐一看着跟前的铁匠，掐着手指说："大牛仔唱文武生，我唱大花脸，豆皮二叔做掌板，打铁卢做八手。你们看，这个阵势不是很整齐吗？你们说是不是？整香街成立八和剧社，我们打铁街不认输，也要成立剧社——就叫阳禺剧社！"花脸岳的话把众人鼓动得热血沸腾。当晚，花脸岳到沙市街找俏丽蓉，让她演正印花旦。于是，以打铁街工匠为主要班底的阳禺剧社在三个月后横空出世，花脸岳被推举为领班。

这时花脸岳一只手紧握靓少德的手腕，另一只手不停地比画，喉咙却像被烂布堵住似的支支吾吾说不出话来，脸上露出一副天将倾塌的慌张神色。

靓少德将向来直爽幽默的花脸岳拽到一边，使劲挣脱他铁钳似的大手，抖了抖有点酸痛的手臂，故作生气地说：

"岳哥，你以为打铁么？我的手都快被你掐断啦！"

"靓班主，这次我……死定了。你……要帮我啊！"

"发生什么事？红船漏水？火烧戏棚？别急嘛，慢慢说。"

"俏丽蓉今日生病入院了，没人演金兰啦！"

原来，阳禺剧社十天后将到英德大湾演出《水淹七军》和《二女争夫》，俏丽蓉演《二女争夫》中的主角金兰。俏丽蓉原名李金蓉，生得娇俏玲珑，平喉、子喉、大喉俱佳，人称"三喉花旦"。她本来患有心脏病，因最近排练疲劳过度，今早起床晕倒在灶台边，被紧急送往县城医院。医生嘱咐她必须静养一段时间。

花脸岳将事情经过描述一遍后两手一摊，快要哭出声来了："俏丽蓉病了，你说是不是急死我呢？大湾早在一个礼拜前贴出街招，票都卖光啦！"靓少德关切地说："没人代替她吗？没女花旦，让男花旦反串也行嘛。"花脸岳唉声叹气地说："我们剧社演员本来就少，偏偏《二女争夫》的角色又特别多，我们连二打六跑龙套的都用上了。"靓少德说："你找过友强兄了吗？他们熠通剧社有没有多余的演员？"花脸岳懊丧地说："我刚才到新街尾找友强兄了，他们正在排正本戏，也缺旦角。哎，泥菩萨过江——自身难保啊。友强兄自己反串潘金莲，原本唱二花脸的大口龙也反串老旦王婆了。现在唯有向靓班主搬救兵啦！"

"救兵？我哪来的救兵啊？"靓少德自嘲地苦笑道。

花脸岳踮起脚尖往人群中望了望，指着坐在墙角低头嗑瓜子的柳依依，像挣扎在洪水里的溺水者蓦然瞥见远处漂来一块浮木一样，愁云密布的脸颊现出万道霞光。他附在靓少德耳侧，嗫嚅道："能借……柳依依给我用么？"

靓少德不由愣了一下，爱莫能助地说："黎区长有指示，依依不能演正印花旦，只能演没唱词、没念白的角色……"

花脸岳愤愤不平："依依和俏丽蓉人称青莲粤剧的并蒂莲，而今把依依晾在一边，有戏不能演，真不公道！"

"我也为这事气得几天吃不下饭啊。岳哥，我也想帮你一把。可是，胳膊怎拧得过大腿呢？"靓少德抬头望了一眼天井，无奈地说。

青莲

花脸岳的希望之火霎时被浇灭，这一刻，他心情无比郁悒。"火烧石灰船——冇得救，阳禺剧社这次死定了。"他心灰意冷地想。

花脸岳住在青莲的老街——大江墟西侧的打铁街。这条长百余米、路面用青砖铺砌的古街，因清雍正以来打铁铺成行成市而得名。

花脸岳的祖辈都从事打铁这一行，他们从阳禺古国的所在地青莲峡头迁到墟里时，这一带还是坟冢连片、豺狼出没的荒山野岭，旧称大坟堂。他们建起了青莲第一间打铁铺，后来才陆续有别的人家迁来。为养家糊口，那些迟来的外姓人借躲在门后、爬上屋顶或串门之机暗中偷师，然后依瓢画葫芦，慢慢也掌握了打铁手艺。打铁街逐渐兴旺起来，出产的犁耙、镐镰、菜刀、锅铲、门环、墙钉、门插等铁制品得到远近用户的垂青。解放后，打铁街的铁匠统一加入了铁器社，自此告别了家庭作坊式的生产模式。

也许受花脸岳影响，打铁街的工匠们都有一个共同爱好，就是喜欢粤剧。空闲之余，他们除了抽烟喝酒和天马行空地胡侃外，就是咿咿呀呀地唱几段粤剧了。他们蹲在炉灶前，不紧不慢地拉动风箱的拉杆，看着炉膛里的火苗呼呼上蹿；或者将铁器半成品"哧啦"一声插进身旁的水桶里快速冷却，完成淬火工序后又扔回炉膛里；又或者对着经反复锤淬的铁器成品左瞧右瞄，随后意得志满地将它挂在墙壁的钉子上等候客人来领取。这时，往往是他们最放松、最惬意之时。他们将烟头一吐，便仰颈嘶吼："关羽在营房自想，曾记当年，当年在阵上，偃月龙刀诛敌将……"也许是受工作环境的熏陶，打铁匠们的审美情趣竟与花脸岳高度趋同，偏好粗犷雄浑的霸腔。

阳禺剧社的排练场地设在花脸岳的祖屋——一间简陋灰暗

420

的狭长屋子。这间以前用作打铁工场的屋子，地面和墙壁还残留煤炭尘埃和铁器粉屑，散发着一股浓浓的烧焦味。把残旧的风箱、铁墩、货架搬到一边，屋里可勉强可以容纳二三十人。排练时，为尽量腾出空间让演员走台步，乐师只好挤到阁楼下的一个角落里。

俏丽蓉在剧社即将赴大湾演出前突发重病令花脸岳措手不及，向八和剧社和熠通剧社借将的希望破灭后，他唯有无可奈何地吞下中断演出的苦果。他打算当晚排练时宣布取消到大湾演出的决定，并派人专程到大湾向有关部门当面解释，以求得对方谅解。

这晚，排练时间快到了，被夜幕吞噬的打铁街变得热闹起来，人们手持乐器、剧本有说有笑地挤进了花脸岳的祖屋。

铁匠们坐在铁墩上抽烟，粗声大气地说着青莲的一些趣闻逸事，间或插上一两句让女人听后面红耳赤的荤话，充斥着烟草味、汗渍味、煤灰味的屋子里浮荡着肆无忌惮的嬉笑怒骂。当花脸岳有气无力地向众人宣布中止到大湾演出的决定时，像捅破了马蜂窝一样，现场乱成一团。花脸岳费了一番唇舌做了解释，人们才索然无味地陆续离去。

排练的人全走了，花脸岳坐在废弃的风箱上，望着贴墙修筑的歪歪斜斜伸出屋顶的烟囱发呆。此刻他心乱如麻，嘴叼一根烟半天也不点燃。剧社下一步该如何走，他还未理清思路。

"阿岳，你发昏么？是不是被鬼迷了？"一名身高体壮的男人风风火火地走入屋来，将手里的一把镰刀"哐当"一声扔到花脸岳身旁的炉灶上，一脸不悦地说，"人家千交代万吩咐，叫你打一把竹青刀，你却打成镰刀，你搞什么名堂呀？"来人是铁器社的廖社长。

花脸岳感到莫名其妙："谁叫我打竹青刀了？"

　　"谁？就是这位阿叔。刚才他上门拿货才知道你搞错啦！"廖社长向站在门口的一名高瘦男人努了一下嘴。高瘦男人进了门，向花脸岳微微一笑，用蹩脚的广州话说："今早我叫你打一把竹青刀，你却打成镰刀。"

　　花脸岳记起来了。今早他刚踏入铁器社大门，眼前这名高瘦男人就尾随而至，说："刘师傅，麻烦你帮我打一把竹青刀。"当时花脸岳正为俏丽蓉生病而没人接替的事犯愁，便没好气地"嗯"了一声，继续低头抽烟。高瘦男人说，听人说刘师傅手艺好，刀铲落了订，可当面提货。我到外面走走，回头提货行不行？要是平时，花脸岳听到类似的恭维话肯定乐滋滋的。但眼下听了这番话，却理解为客人催他干活，便"噗"的一声吐掉烟头，踩在脚下用力旋了旋，瓮声瓮气地说："你不见我刚坐下抽烟么？你急着去投胎呀？扛棺材也让我喘口气嘛！"高瘦男子无缘无故受此训斥却不气恼，走到货架前，弯着腰，东瞅西瞧，又拎起一根墙钉轻轻碰击犁耙，像行家里手一样从铁制品的颜色和声响去甄别铁匠的手艺。"不错，手艺确实不错！"高瘦男子望了一眼被煤烟熏得黑漆漆的梁柱，和颜悦色地说："那好，我晚上来提货。"说完走出铁器社。花脸岳显然心不在焉，把客人要的竹青刀误听成镰刀了。

　　"听错了有什么大不了的？谁没有听错的时候呢？"花脸岳此时头也不抬，沉着脸说。廖社长板起脸孔，说："既然错了，就该向客人道个歉嘛！"花脸岳呼地站起身，气冲冲地说："道什么歉，难道要我向他下跪？明天一早给他补打不就行了么？"廖社长本想教育一番花脸岳的，但碍于有外人在场，也就忍住了。"你呀，真是二花面颈，明知错了，就不肯认错！"廖社长瞪了花脸岳一眼，转身向高瘦男子赔礼，"同志，对不起啊，你明天再来一趟吧。这两天阳禺剧社遇到了麻烦事，刘师傅被弄得焦头烂额的，他做剧社领班压力不小啊！"

"没关系，刀迟几天打也可以的。只是我老婆闲不住，也想跟隔壁的阿婶学刨竹青，挣几块钱帮补一下。"高瘦男人脸挂笑容，根本没因花脸岳无理抢白他而心存芥蒂，反而对剧社的事产生了兴趣，便问，"遇到什么麻烦事呀？我听说阳禺剧社办得红红火火啊。"

廖社长说："确实是红红火火。大家热情挺高的，排练从没人迟到早退，也从没听到谁说累，很多人匆匆扒几口饭就来排练了。眼下剧社最大的问题是演员人手不足，凡是能唱几句的都上台了。"廖社长手指着花脸岳继续说："为排《二女争夫》，他这个领班兼大花脸也要改行演表哥啊。你看他凶神恶煞的样子，哪像斯文儒雅的白鼻少爷呢？真是花脸戴花——笑死大家。唉，而今正印花旦病了，本来过几天去大湾演出的，也只好取消啦。今日的事希望你能谅解，他就是因这事心神不定的，他这个领班不好当啊！"

高瘦男子若有所思地点了点头。

花脸岳当晚几乎彻夜不眠，清晨时分才迷迷糊糊睡了半小时。他混混沌沌地从床上爬起来，穿上一件灰色的旧棉袄，打开锅盖，抓起烫热的番薯芋头往棉袄口袋里塞，直到塞满了两个口袋才推门走出了小巷。

暖融融的旭日从晨雾缭绕的峡头山水相连处冉冉升起，一缕缕瑰丽的金光洒落在灰蒙蒙的凹凸不平的街巷上。昨晚像野狗一样狂吠不停的朔风变得驯服乖巧了，肆虐了一整夜让人感到透心凉的寒气也被驱逐得没了踪影。

花脸岳穿过打铁街，往大江墟路口走去，他上班的铁器社位于大江墟莲塘与码子塘之间的大路边。这一带属墟镇郊野，

在通往码子塘的泥泞小道旁，有几间破旧低矮的泥砖屋围成一个"口"字，这个突兀孤寂、被当地人称作和尚堂的屋院，是用青莲三大庙堂——观音堂、尚书祠和下庙收取的善款建起来的，屋院里住了七八个孤寡老人和麻风病患者。花脸岳走下一个大斜坡，走进被一片茂密的茅草遮蔽的和尚堂，掏出口袋里还冒着热气的番薯芋头，交给一名佝偻着腰蹲在门口晒太阳的患麻风病的老人，让他分给其他人，完了转身返回离和尚堂不远的铁器社。

铁器社是一间两层高的砖木结构的宽敞屋子，楼上住人，楼下做工场。花脸岳生着了炉火，从堆在墙角的毛料中挑了一根坚硬的钢板扔进炉膛里。他左手握紧铁钳，将烧得通红透亮的钢板夹住放到铁墩上，右手抡起铁锤有节奏地反复敲打，随着"叮当叮当"的脆响，火星如仙女散花似的四处飞溅。

这时，门外进来一个人，站在花脸岳身后。那人站了很久，也不说话，直到花脸岳停下手中的铁锤时才大喊一声"岳哥"。花脸岳回过头，只见靓少德笑容可掬地站在他身后。

"靓班主，是你呀！今日吹什么风啊？有急事么？难道你也火烧戏棚？"

"我一早找你，是来告诉你一个好消息的！"

"什么好消息？"

"听人说，马国立调到青莲当副书记啦！"

"马国立是谁？"

"就是前几年在戏棚地跟我一起演《岳飞》那个男的。他当时化了妆，你对他没印象吧。"

"我记不清他长什么样了，他调回青莲当副书记跟我有什么关系呢？"

"怎么没关系？《二女争夫》有救啦！马国立管文化教育，

官比黎迈还大，黎迈得听他的。"

"你的意思是找马副书记说情，求他批准柳依依演金兰？"

"我就是这样想的。我陪你去找马副书记！"

"好！我们现在就去找他！"花脸岳将衣袖捋高，一副豁出去的架势，"只要大戏能顺利演出，就算叫我上刀山、下油锅，我也二话不说！"两人出了铁器社，信心满怀地向区政府走去。

靓少德在区政府大门口的石狮旁拦住一个相熟的干部，问马副书记在哪个办公室办公，那人指了指楼上说，马副书记前天才来报到，暂时和黎副区长共用一间办公室。两人走到黎迈办公室门前，只见黎迈正与一名高瘦男人隔着一张办公桌说话。

"马副书记在吗？我有急事找他！"花脸岳跨前一步，迫不及待地将木门捶得咚咚响，黎迈和那高瘦男人都投来惊讶的目光。

黎迈沉着脸，英俊的面孔泛出鄙夷愤懑的神色。他显然对花脸岳的粗莽举动感到不悦，训斥道："这是办公室，不是打铁铺。进门要轻手轻脚嘛，莽莽撞撞的，一点规矩都不懂！"花脸岳愣住了，窘迫地往门外退了几步。

"咦，这不是刘师傅么？"高瘦男子站起来，走到门口，"哎哟，想不到靓班主也在啊！"靓少德一眼就认出握住他双手的人："马书记，你调到青莲了，太好啦！"花脸岳则目瞪口呆，古铜色的脸庞红得发烫，心里叫苦不迭：哎呀呀，马国立就是找他打竹青刀的那个人！花脸岳下意识地躲到靓少德身后，为自己昨日对初来乍到的区领导怠慢不恭、恶言相向感到愧疚不安，恨不得当即钻进地缝里。

"靓班主，你还是那么硬朗啊！"马国立爽朗地笑着，上

下打量靓少德，跟着转过身来捶了一下花脸岳的左肩，用带着河南口音的广州话开玩笑说，"刘师傅，我要的是竹青刀，不是镰刀，记住啊。"花脸岳狼狈不堪地挠了挠没几根头发的脑袋，笨拙地点点头："记住啦，记住啦！"

马国立让靓少德和花脸岳在一张长板凳上坐下："你们两位剧社的领班一早来找我，有什么事？说来听听吧。"花脸岳搓着双手傻笑，没吭声。靓少德瞥了一眼始终冷漠而倨傲的黎迈，不自然地捏了捏自己高挺的鼻梁，显出一副极为难的神色。

马国立在游击队做了多年的侦察员，靓少德和花脸岳的细微表情在他敏锐的目光里无所遁形。他说："这里没外人呀，黎副区长也是分管这一块的。有事就不要躲躲闪闪嘛，你们只管说好了，我们一起研究。"花脸岳便将俏丽蓉生病住院的事和让柳依依救场的想法一五一十地说了。靓少德补充说："大湾早把戏票卖出去了，如果戏演不成，人家会说青莲人不讲信用的。依依对金兰的戏熟，让她跟着剧社排练几天，演好金兰这个角色是没问题的……"

黎迈早已听得不耐烦了，翻开笔记本旋即又"啪"的一声合上，手指捏着钢笔像玩杂要似的颠来倒去。他素来将个人威信等同于他那张漂亮的脸，一个唱戏佬和一个打铁佬在上级领导面前一唱一和地挑战他的权威，他是万万没有想到，也是难以容忍的。他没等靓少德把话说完，就忍不住站起来，趾高气扬、咄咄逼人地说："花脸岳，你当初知道我为什么不准柳依依演赵鞶娘么？她是旧社会风月场的头牌，以前又与国民党军官谈情说爱，这号人能让她堂堂皇皇演正印花旦吗？让她演一个丫鬟已算是对她网开一面啦。你们做领班的，头脑要保持清醒啊，唱戏不是打铁，也不是炒菜。一块铁，你想打成菜刀或者想打成锅铲，由你们打铁佬说了算。炒一盘菜放盐还是放醋，由你们厨房佬拿主意。但唱戏就不同啦，唱什么戏，谁演什么角色，严格来说都要请示组织的。现在是新社会，不是旧社会，懂不懂?!"黎迈理直气壮地把话一口气说完，随后坐下跷起二郎腿，气呼呼地用指头咚咚咚地敲着桌面，又斜着眼瞄了一下马国立，似乎在静观这个刚上任的领导的反应。

马国立对青莲并不陌生。早些年他在青莲组织抗美援朝义演时，对当地浓郁的粤剧文化赞赏不已。三个粤剧社不可思议地在总人口不足三万的小城镇里并驾齐驱，这在粤剧发源地佛山或邻近的顺德、南海也是很罕见的。昨晚廖社长无意透露了阳禺剧社的现状，马国立立即向有关部门了解阳禺剧社取消大湾演出的缘由和八和剧社换角风波的经过。他心里明白，两个剧社的事都牵涉到敏感人物柳依依，对问题的处置须百般谨慎。他觉得自己正在雷区上行走，随时都有被炸得血肉横飞的可能。阳禺剧社取消演出，不仅令剧社几十人数月来的心血付诸东流，而且有损青莲的声誉，这也是他不愿看到的。

靓少德和花脸岳捧着工作人员递过来的开水，一口也没喝。马国立打破了沉默，他平静地说："国民党陆军中将杜聿明在东北战场跟解放军打了几场硬仗，算是血债累累了吧。杜聿明当了俘虏，共产党对他尚且不杀，还让他劳动改造，重新做人。说到柳依依，她还是个姑娘家嘛，就算在柳翠馆唱过几年歌，那还不是生活所迫？说她跟国民党军官暗中来往，那纯粹是捕风捉影。黎区长，我同意让柳依依救场!"

黎迈十分惊愕地盯着马国立，以为自己听错了。

马国立扯了扯旧军衣的衣领，说："我为这个决定负责，

将来有什么冬瓜豆腐①我个人承担！"他提高了声调，望着花脸岳说："如果我日后因为这个决定犯了错误丢了公职，拜托你再为我打一把竹青刀，我抬不动大石，就回家刨竹青！"

马国立瘦削而刚毅的脸绷得紧紧的，近视眼镜背后那双深邃的眼眸透出一股凛然不可冒犯的寒光。黎迈本想再辩解几句的，看见马国立不容置疑的神情，就把溜到嘴边的话咽了回去。他当时想说的话是："马书记，我提醒你，这可是大是大非的政治问题啊！"

靓少德和花脸岳走出办公室。回想起刚才马国立与黎迈短兵相接的情景，两人还感到不寒而栗。花脸岳扯住靓少德的衣袖说："既然马书记同意让柳依依救场，我们就趁水和泥，趁热打铁，现在就去找柳依依。""好吧，我们就去豆腐社一趟，免得夜长梦多。"靓少德说。

两人来故衣街的拐角处时，就听到柳依依那娇媚错落、令人心旌摇曳的叫卖声："卖豆腐哩——"豆腐档前有六七个人排队买豆腐。腰系围裙的柳依依一手拉紧木板上的白纱布，一手拿薄铝铲，小心翼翼地铲起豆腐块，搁在客人的碗碟上。

看见前来买豆腐的人源源不断，一向性急的花脸岳按捺不住了。他透过人头空隙向柳依依招手，高声问："依依，你停一停。我问你，《二女争夫》的金兰，你演不演？"这没头没脑的问话令柳依依一时懵懵懂懂。买豆腐的顾客也转过身来，莫名其妙地看着花脸岳。靓少德碰了一下花脸岳的肘部，让他迟些才说这事。

这时花脸岳发现柳依依的父亲范阳也在排队买豆腐，便上前拽住他的手，把他拉到路边的屋檐下，把事情经过说了一

---

① 指意外的灾祸。

遍，希望范阳帮忙说服柳依依。范阳的反应却令他颇感意外。
"不行，千万别让依依演。"范阳使劲挣脱花脸岳的手，惊恐
地往后退了两步，"依依被害得还不够惨吗？我打死也不会让
她演正印花旦的！""这次是马书记批准的！"花脸岳说。范阳
连连摆手："不管是马书记批准的还是牛书记批准的，我就是
不准依依演。我求你了，求求你放过依依啦！"范阳说完向
花脸岳深深鞠了一个躬。

　　依依对俏丽蓉生病的事略知一二。听完花脸岳与父亲的对
话，便知晓他和靓少德一起找她的意图。此时她表面上显得若
无其事，依旧埋头为客人铲豆腐，内心却掀起了波澜。这些年
八和剧社的换角风波在青莲大街小巷传得沸沸扬扬，版本众
多，有人添油加醋，以致以讹传讹。有的说她做了黄洞槐多年
的地下情人，黄洞槐临走前给她留下了一笔足以供她花一世的
巨款；有的说黄洞槐处心积虑，把她留在青莲是让她搜集情
报，配合美蒋特务反攻大陆。有时候她走在街上，一些小孩跟
在她身后起哄，高嚷"臭老举"和"特务婆"。她对传言从不
做解释，对辱骂也从不反击。无奈屈辱像恶魔一样时刻缠着
她，使她喘不过气来。她常感到被人按在地上，那些人用放进
油锅饱浸的皮鞭将她抽得皮开肉绽。她常做噩梦，惊醒时发现
泪流满脸，枕头也湿透了。

　　依依是个不轻易屈服的人。这个外表羸弱的女子，内心却
比钢铁还要坚强。有一次，她刚从作坊里扛着一木架热气腾腾
的水豆腐出来，搁在石桌上，就看见黎迈卷起裤腿、肩挎挂包
走上码头，直奔豆腐社来了。她猜想黎迈刚下乡回来，想顺便
买几块豆腐回家。她怒目圆睁，盯着越走越近的黎迈，两人的
目光在相隔四五米时连接上了。黎迈感到柳依依的目光恍如两
把利箭，正插向他的心窝，便猝然收住脚步，摸摸衣袋又拍拍

裤袋，装出一副没带钱的神情，然后慌乱转身，灰溜溜地走掉了。

此时，买豆腐的人全走了，只剩下靓少德、花脸岳和范阳。

靓少德轻声问依依："金兰的戏，你演么？"

依依目光犹如暴雨来临前夜空中乍现的两道闪电，她将豆腐铲"啪"的一声撂在石桌上，斩钉截铁地说："我演！"随后，她望着父亲："爸，您放心好啦。这事我心里有数！"

靓少德颔首道："系威系势，五郎救弟！"

花脸岳兴奋得纵身跃上石桌，忘形地振臂高呼："阳禺剧社有救啦！阳禺剧社有救啦！"

书道

下

李志良 著

暨南大学出版社
JINAN UNIVERSITY PRESS

中国·广州

图书在版编目（CIP）数据

青莲. 下册/李志良著 . —广州：暨南大学出版社，2023.4
（2023.7 重印）
ISBN 978－7－5668－3586－4

Ⅰ.①青…　Ⅱ.①李…　　Ⅲ.①长篇小说—中国—当代
Ⅳ.①I247.5

中国国家版本馆 CIP 数据核字（2023）第 019672 号

青　莲（下册）
QINGLIAN（XIA CE）
著　者：李志良

出 版 人：张晋升
项目统筹：张仲玲
责任编辑：武艳飞　王辰月
责任校对：刘舜怡　林玉翠
责任印制：周一丹　郑玉婷

出版发行：暨南大学出版社（511443）
电　　话：总编室（8620）37332601
　　　　　营销部（8620）37332680　37332681　37332682　37332683
传　　真：（8620）37332660（办公室）　37332684（营销部）
网　　址：http：//www. jnupress. com
排　　版：广州良弓广告有限公司
印　　刷：深圳市新联美术印刷有限公司
开　　本：890mm×1240mm　1/32
印　　张：28.625
字　　数：736 千
版　　次：2023 年 4 月第 1 版
印　　次：2023 年 7 月第 2 次
定　　价：158.00 元（全二册）

（暨大版图书如有印装质量问题，请与出版社总编室联系调换）

谨以此书献给毕生劬劳的父亲母亲，献给逾百年间浸润粤剧春雨的生我育我的青莲那片土地

东莞文学艺术院重点签约创作项目

《青莲》气势恢宏地呈现粤剧历史发展长河，并以此折射与之依存共生的中国现实社会的沧桑变化。它充溢着浓郁的岭南风韵，读者不知不觉沉湎于这雾气氤氲、翠竹掩映的粤北青绿山水画里。小说意境营造极具镜头感、画面感，可观其形、辨其色、嗅其香、品其味。这得益于作者逾三十年记者生涯浸染所形成的职业审美和价值取向。

——蒋述卓（广东省作家协会主席、暨南大学文学院教授）

以长篇小说的样式，诗史般再现粤剧发展的时空流变，《青莲》开创了先河。它巧用粤剧作纽带，横跨百载时空，把此间人物和事件连结起来。锣鼓震天，丝弦缕缕，音韵悠扬，景色幽幽。现实中的生旦净末丑，栩栩如生的文学形象跃然于纸上，绘就成一幅绚丽多彩的人间百态图，令人慨叹不已。

——何车（广府文化学者、《粤剧大辞典》表演和舞美主笔）

《青莲》是一部充满岭南本土特色、讴歌世间浩然正气的优秀原创作品。它展示了南粤小镇的浓郁风情、朴素亲情与真挚爱情，尤其不同时代人物的命运浮沉与悲欢离合、对粤剧艺术的精彩演绎与世代传承，令人读来肃然起敬、同怀共鸣。

——晏礼庆（暨南大学出版社原总编辑）

作者简介

李志良，广东阳山青莲人。先后修学广东教育学院汉语言文学本科和暨南大学新闻与传播研究生课程。

现为东莞广播电视台总编辑、新闻高级编辑，暨南大学新闻与传播学院硕士研究生导师，中国高等院校影视学会广播专业委员会首席专家，东莞文学艺术院签约作家。

从事新闻采访和媒体管理逾三十载。荣获"全国广播电视十佳百优理论人才""广东省新世纪电视理论贡献奖""广东新闻金梭奖"和"东莞市专业技术拔尖人才"等荣誉。

在国家级和省级各类新闻、文艺评奖中获奖三十余项。广播剧《追梦的人》获中国广播剧研究会专家奖金奖和广东省精神文明建设"五个一工程"奖。

担任二十集电视连续剧《电视台的故事》执行制片人。

出版三部著作共一百五十多万字。包括：新闻和论文集《行思》，传媒理论专著《势：中国城市广电的哲学观照——珠三角和长三角城市广电发展比较研究》（获全国广播影视学术著作评选二等奖），长篇小说《青莲》。

目录

19 黄坌木排

吃过早餐，何浩深就换上与中山装酷似的，衣领为封口立领、衣身有三只挖袋的青年装，并在左胸前的小袋里端端正正地插了一支钢笔，抹平后脑勺竖起来的几根头发，忐忑不安地跟在父亲靓少德身后出了门，往大街走去。

今年十七岁的何浩深从青莲初中毕业了。有一天，靓少德坐在戏棚地石阶上摇着葵扇问大儿子："你打算毕业后做什么呀？"浩深不假思索地说："我想跟东全叔学裁缝。"知子莫若父。靓少德停下摇扇的动作，点点头："也好。而今裁缝吃香，不用雨淋日晒，不用担、不用抬，适合你这个文弱书生。我找东全叔说说这事。"在一旁纳凉的祖母徐氏也露出笑意："做裁缝好，俗话说，荒年也饿不死裁缝佬。"其实，浩深毫不犹豫地选择做裁缝，很大程度是因为他喜欢机缝社相对安静的环境。

青莲政府大楼正门一年前挂上了"青莲人民公社革命委员会"的白底红字木质

牌匾。靓少德从牌匾下的一对石狮前经过，来到矗立在大街中央、用木板搭建起来的搬运装卸台的一侧，指着与缸瓦铺相邻的一间狭长青砖屋说："东全叔在机缝社等你啦，你去找他吧。"说完，他就拍了拍儿子的肩膀，转身返回日月楼。靓少德想，这一刻，与他六岁时随父亲到佛山拜师学艺时的情形何等相似。当时父亲把他送到佛山大基尾附近一条老街的牌坊前，往他的口袋里塞了两只鸡蛋后指着前面一间祠堂说："靓彪师傅在那儿等你啦，你去找他吧。"说完父亲就推了一下他的背，头也不回地登上来时乘坐的停靠在汾江边的一条帆船。靓少德心想，仔大仔世界①，从今以后无须为他大包大揽了，路由他独自去闯。

年近六旬的东全叔姓卢，青莲街的人都称他为长衫师傅。这绰号的由来大概与他的经历和穿着有关。长衫师傅原籍顺德杏坛镇逢简古村。他十多岁时跟着做裁缝的父亲到香港谋生，在弥敦道租了一个小铺位，开了一间专门裁制"长衫"②的小店铺。他悟性极高，记性又好，且做事不墨守成规，于是不久后便声名鹊起，青出于蓝而胜于蓝，小小年纪就被人叫作长衫师傅。十年后他一次性购买了三台美国产的"胜家牌"缝纫机，在大街对面开了一间分店。看到儿子的店铺门庭若市，连自己的客源几乎全被他"抢"了过去，长衫师傅的父亲调侃着说："'宁送十亩地，唔教一招绝技'这话千真万确啊。你看，这不是教会徒弟饿死师傅么？"父亲的调侃略带不平。

广州沦陷前夕，长衫师傅回了一趟老家，与邻村的一个姑娘成了亲。此时香港遭到日机轰炸，长衫师傅意识到香港危在旦夕，就领着新婚的妻子，随着惶恐奔涌的人流，夜以继日地向粤北逃亡。妻子在路上死于日机轰炸，这令他悲痛欲绝。他

---

① 指孩子长大了就有了自己的世界。
② 香港人称旗袍为长衫。

则乘船与步行交替，辗转三个多月后来到人生地不熟的青莲。他在豆腐社码头旁的故衣街住下，并在一间十多平方米的逼仄屋子里重操旧业，为广府商客和当地殷实人家裁制长衫和袍服，长衫师傅的名号也在青莲叫响了。他几乎一年四季都穿圆领直袖、侧面开襟的袍服，即使现时大多男人穿上了中山装，他也不屑与其为伍。他的袍服衣袖比手指长几寸，走起路来将长长的袖子甩得呼呼响，让人想起戏台上的演员，惹得孩子们在他身后哄笑："长衫袖，打老窦！""长衫师傅"经人们口耳相传，愈加如雷贯耳。

何浩深今天穿的灰色长裤是一年多前请长衫师傅裁制的。那天温葱莲带着浩深走入机缝社里的一个独立小间，说："东全叔，麻烦您帮深仔做条裤。"当时长衫师傅正歪着头伏在油光可鉴的裁床上打粉线，只见他指尖捏住一条沾满了色粉的棉线的两端，把棉线按压在一块轻薄的白绸布上，嘟着嘴，用嘴唇夹住粉线轻弹了一下，等到布料留下清晰的线痕时才抬起头来。他用手背推了推滑到鼻尖的老花眼镜，瞥了一眼有点局促不安的浩深，捉住饱浸汗渍的十进制竹尺，挑起浩深的衣衫往腰间瞧了瞧，顺手用竹尺打了一下浩深的屁股，说："这孩子生得眉精眼企、斯斯文文的。"随后他接过葱莲递过来的布料说："嗯，三天后来取吧。"

葱莲迟疑片刻，问："东全叔，您不用尺量他的裤长腰围吗？""裤长三尺五寸，裤头二十九寸半。不信，你自己量吧。"长衫师傅淡淡地说。葱莲拿起软尺一量，竟毫厘不差。

眼下浩深走下一个慢坡，向门侧砖墙上挂着"青莲机缝社"方形牌匾的屋子走去，脑海在快速拢聚昔日的记忆碎片，竭力编织长衫师傅的模糊形象。

机缝社是一间直抵河边的幽暗狭长的屋子，屋后能俯瞰辽阔碧绿的青莲水和南来北往的帆船。阳光透过屋顶一排明瓦，

在屋里立起一道道亮晃晃的光柱，人能清晰地看见衣布上弹起的尘埃在欢快地舞动。浩深听着缝纫机发出的嘀嘀嗒嗒的声响，踏着地上五颜六色的布屑往屋里走，红着脸躲避女工们投来的好奇目光，怯生生地走进了裁缝室，对着一个身穿袍服、面壁而立的瘦削老头说："东全叔，我来啦。"

长衫师傅正弯着腰，一只手扶住裁床，另一只手捉着竹尺，从袍服后领伸进长衫，给自己挠背。他咧着嘴转过身，视线落在去年他为浩深裁制的现已露出脚踝的灰色裤子的裤脚上，沉吟道："嗯，戏棚仔——好快大①。"

机缝社那三扇樟木门板厚实而笨重，上班要将它们卸下，下班再将它们装上，以前这力气活是由两个年轻女工合作的，现在成了浩深一人的分内事。在浩深早晨和傍晚吃力地拆装门板时，长衫师傅总是说，"整个机缝社就数你最年轻啦，这力气活你不干谁干呀？后生仔不要怕吃苦，除了笨还有精。用你爸的话来说，就是未曾学戏，先学做人。"浩深长得斯文清秀，体形虽不算魁伟，但单独装卸门板还是不在话下的，而且他也很乐意去做。

长衫师傅似乎在暗中考察浩深的耐性和毅力。初来一个月，他老是吩咐浩深去做诸如开扣眼、上纽扣等细微活，却对度身、打样、剪裁等关键工序绝口不提，更不用说让浩深插手了。浩深有些不耐烦了，有好几次假装去屋后小解，经过裁缝室时瞅着那张齐腰高的摆着剪刀、熨斗、尺子、粉线袋等工具的裁床出神，这时长衫师傅捉着竹尺在那张垫了几层棉布的靠椅上敲了又敲，头也不抬地说："懒人屎尿多，松戏锣鼓多。"每当浩深吓得想拔腿走开时，长衫师傅就叫住他，说："这礼拜开扣眼、上纽扣做得怎样啊，拿来给我看看。"

---

① 指小孩长得快。

大约过了三四个月，长衫师傅走出裁缝室，背抄着手远远瞧着正靠在一个角落里专心致志上纽扣的浩深，过了好一阵他才走到浩深身边。浩深抬头瞥见一双沉郁凝重而又锋利如矢的眼睛，心里想：这双眼能剐伤人。他怯于与这双深不见底的眼睛对视。长衫师傅抽出斜插在袍服掩襟口袋里的竹尺，撬开浩深紧紧捏着五六层布料的左手，瞄了瞄，随后又伸手捏了捏浩深左右手的拇指和食指，舒心地点了点头："嗯，手心不见汗啦，手指骨头也变软啦，说明你这几个月没偷懒！"

浩深经过半年多上机车布和锁裤边的练习，直到缝纫机的针头像鸡啄米似的在布料上飞快地走出一条直线，而双手随着脚踏的节奏淡定自如地推着布料时，长衫师傅终于在一个阳光明媚的清晨，将刚卸下门板的浩深叫进了裁缝室。

"以后你就帮我做下手！"长衫师傅淡淡地说。

浩深蓦然感觉长衫师傅仿佛变成了另一个人，眼睛比湛蓝色的天空还要清澈明亮，脸上的笑容如同江上缓缓吹来的掺着翠竹雅香的秋风，轻柔而清爽。这时，长衫师傅忽然像孩子一样扬起手转着圈，先是吹起了口哨，跟着又撩起长衫袖，翘着兰花指，扮作《胡不归》中的赵颦娘，模仿名伶上海妹的唱腔："断不敢怨郎情薄，我亦知你母命难忘……"

浩深知道长衫师傅是熠通剧社的老旦，便问："东全叔，您这个老旦也喜欢唱妹腔？"

长衫师傅用竹尺敲着掌心，得意扬扬地问："深仔，你知不知我为啥特别中意上海妹呀？"

"为啥呢？"浩深好奇地问。

"我中意上海妹是有缘由的，说出来你会以为我在车大

炮①呢！我和上海妹有一段缘，你信不信？"长衫师傅捋起衣袖，兴奋得眉飞色舞，"上海妹演了《胡不归》后就红遍了港澳，大街小巷谁都知道有个上海妹。我没看过她的戏，不知她长什么模样。后来香港报纸登了她和一个男人的合照，我一看照片吓得眼都直啦！咦？这两个唱戏的不是上礼拜来过我的店铺么？女人穿的粉红色绸缎长衫就是我裁剪的嘛！"据长衫师傅讲述，照片中的女人就是上海妹，男人是她的丈夫丑生半日安。那天中午上海妹由半日安作陪，带着两个穿黑衣、戴礼帽的保镖，上门找他量身定做旗袍。三天后他将一件崭新的旗袍送到觉先声剧团的住所，回店铺路上在几家剧院门口见到不少《胡不归》的街招。有一句广告词令他至今还记忆犹新："薛觉先、上海妹、半日安联袂上演原装《胡不归》。"自此，他迷上了上海妹，香港的大小戏院全跑遍了，上海妹的首本戏如《胡不归》《前程万里》《玉梨魂》《嫣然一笑》等，他几乎一部不漏地看完了，上海妹的一些名唱段和念白能随口而出。

　　长衫师傅的身心完全沉浸在对往事的回忆中，双眼闪现着一道道欢乐的亮光。他不时用竹尺敲敲倚在裁床边聆听的浩深，以提醒一脸惊讶的浩深留意他讲述的精彩细节，并由衷感谢眼前这位年轻人感同身受地与他分享往日的快乐回忆。

　　"您现在还保留那张报纸吗？"浩深饶有兴趣地问。长衫师傅却倏地缄口不语。"就是登了上海妹和半日安照片的那张香港报纸。"浩深瞥见长衫师傅愣住了，便补充说。只见长衫师傅脸上缀满黑斑的肌肉骤然收紧了，翘着几根白须的下巴往上提缩，眼眸里的火焰也顷刻熄灭了，眼神变得黯淡无光。他软绵绵地瘫倒在靠椅上，像废墟里的颓墙断垣。少年不识愁滋味，浩深完全没觉察到他这不经意的提问戳中了老人隐藏在内

---

　　① 即说假话。

心深处的痛楚。

事后浩深才知道，长衫师傅对那张报纸爱不释手，百看不厌。那年他从香港回顺德老家娶媳妇时特意带上那张报纸，用意是向村里的伙伴炫耀。逃亡路上他把报纸放在媳妇的包袱里。有一天，他们在北江一个渡口下了船，正跑往岸边一片芦苇隐蔽时，日军飞机投下的炸弹在十多天前与他一起拜过天地的女人身旁爆炸了……

一天下午，屋外下着雨。浩深把点燃的油灯放到钉在墙上的小木板上，转过身趴在裁床上，为一块蓝布刮浆。他抹平布料，蘸了少许糨糊，沿蓝布的粉线涂抹以增强面料的硬度，然后手执大剪刀，咔嚓咔嚓地运着。在裁床的另一侧，长衫师傅口含清水，"噗"的一声将水均匀地喷在一件缝制好的灰色中山装上，随即取来搁在炭火上的烙铁，在新衣上滋滋地熨烫起来。当他将冒着热气的挺括新衣挂上衣架时，浩深也完成了一块布料的裁剪工序。

"浩深，街头短剧写得怎样啦？"

"快写完了。我爸说，写完要给东全叔您看看。"

"你爸是行家，我什么也不懂。"

"我爸说，东全叔在香港看了不少大戏，也是行家。"

这些年，青莲三家剧社常配合政策宣传，联合组建戏台班子，在大街中央组织街头演出。数月前，浩深首部独立创作的反映修建水利的街头短剧好评如潮，这个年轻的"开戏师爷"在青莲崭露头角。浩深正在创作一部名为《生产队的一天》的短剧，讽刺只顾家庭利益而罔顾集体利益的行为。三家剧社商定，八和剧社的何浩深除担任编剧外，还出演落后社员"工分迷"，熠通剧社的长衫师傅演生产队队长，女社员阿娣由阳禺剧社的花旦扮演。

两人说话间，门外响起一道清脆的声音："不好意思，打

扰一下。"两人抬起头，看见昏暗的灯光下站着一名容颜娟秀的年轻女子。这名女子年纪与浩深相仿，剪齐耳短发，上身穿一件蓝色布衣。

"我想做一件夏天的衣服。"蓝衣女子边说边落落大方地走入裁缝室，弯腰将一顶桐油竹帽靠在门角，随后将一块蓝色带白花的布料铺在裁床上，完了微笑地望着长衫师傅。浩深感到蓝衣女子说话的声音像一粒小圆石从高处掉落潭水般温润清亮。

长衫师傅用竹尺轻打着布料，向浩深努了努嘴说："让这个师傅仔帮你量身吧。"

"我姨丈说千万别叫那个教飞雀①……"蓝衣女子发觉自己失言了，慌忙把话打住，尴尬地笑了笑。浩深听完这话感到极不舒服，感觉这个女子的声音不再像小圆石落入水潭里那么温润清亮了，倒像带棱角的石块掷进泥淖里，粗涩而尖锐的听感让他不悦。"白鸽眼，小看人。"浩深在心里骂道。

"谁都有教飞的时候嘛，薛觉先、马师曾、上海妹、红线女第一次登台就能演文武生、正印花旦么？还不是从出先死先企两边的龙套演起的？后生妹，把第一次机会交给这个师傅仔吧，要是你的布料给弄坏了，我赔你就是啦。好不好？"长衫师傅诚恳地对蓝衣女子说道。

蓝衣女子犹豫了一下，忽地转过身，仰着头、挺起胸，向着浩深伸开修长的双臂。这一刻，浩深恍如正走在戏棚地通往大江墟莲塘的花径上——在姹紫嫣红的春夏时节，他常看见一只只蓝蝴蝶停留在沿竹篱攀缘的藤蔓上。他感觉眼前这个亭亭玉立的美丽女子宛如一只展翅欲飞的蓝蝴蝶！

"过来量身啊。"蓝衣女子盯着浩深催促道，那婉约迷人

---

① 指初学者。

的嗓音将神志恍惚的浩深从遐想中拽了回来。

"嗯。"浩深应答着，便仓促从裁床拿起大剪刀走向蓝衣女子。此时他仍处于精神混沌的状态，以致走了两步才发觉自己原想拿软尺的，却拿错了大剪刀，于是慌忙转过身去。这细节让蓝衣女子捕捉到了，她"扑哧"一声抿嘴而笑，银铃般的笑声让浩深满脸通红。

浩深没抑制住窘迫与慌乱。当他挨近蓝衣女子的身子，用软尺绕住她纤细的腰肢丈量时，一股从年轻异性体内散发出来的醉人馨香竟使他战栗不已。他捏着软尺瞄了瞄，提笔想在本子上做标记时却感觉脑里空荡荡的——他居然忘记刚才丈量的尺寸了。由于他这时背向蓝衣女子，他拿笔时那失魂落魄的狼狈相才没被她瞅见。他掩饰着内心的惊惶，硬着头皮再量了一次。

尽管蓝衣女子在配合浩深丈量尺寸的过程中表现得淡定大方，但当浩深说出"你三天后来取吧"，并将收据递向她的那一刻，她莫名其妙地感到怅然若失。她迅速偷望了一眼与她近在咫尺的英俊少年，发觉他的鼻梁又直又挺，鼻尖微勾。

这令她想起在山民家看到的关在大铁笼里的山鹰，又想起贴在教室讲台上方的恩格斯的肖像。后来，她才知道师傅仔有一个"钩鼻深"的花名，而他也毫不遮掩对这个外号的钟爱。他的故乡番禺沙湾有一个绰号叫"钩鼻章"的粤剧名伶，因为粤剧解禁立下殊功而名垂青史。或许在师傅仔的潜意识中，"钩鼻深"与"钩鼻章"有某种逻辑联系吧，她想。

此刻蓝衣女子收起了联想的风筝，转身走出了裁剪室，却忘记拿搁在门角里的桐油竹帽。

蓝衣女子的桐油竹帽在门角里放了好些日子。这些天，浩深在精神高度集中的状态下度过。每当裁缝室外响起脚步声，他都抑制不住地回头张望。他几乎一刻也没离开过裁剪室，好

几次膀胱憋得难受，就匆匆跑到屋后的小便间，又急如星火地往回跑。可是，桐油竹帽的主人——让他牵挂的蓝衣女子却一直没出现。

浩深与长衫师傅在相处中形成了一些默契。长衫师傅吹起口哨或哼起粤曲时往往是他心情最愉悦的时候，此刻浩深也很适时、很乖巧地停下手里的活，往师傅那只写着"鼓足干劲，力争上游，多快好省地建设社会主义"标语的口盅里倒些开水，继而问起师傅当年在香港裁缝界的"威水史"。而师傅也揣摩出徒弟在完成一道关键工序后，在裁缝室来回踱步时的心情是最欢畅的，此时他也会主动找一些话题与徒弟交流。

浩深在蓝衣女子约定来取新衣的当天特意换上平日最爱穿的白色衣服，并提前来到了机缝社。当长衫师傅雷打不动地到大江墟上完公厕，然后甩着长袖、吹着口哨走入裁缝室时，浩深已将自己的处女作——那件轻薄的点缀了白花的蓝色夏衣熨烫后挂在了衣架上。长衫师傅拎起衣架端详着蓝色夏衣，又翻开衣服向内瞧了瞧。"款式不错，接驳也密实，特别是衣领做得好骨子①。孺子可教，孺子可教啊！"他转身晃着手指，像在戏台上说念白，"晓得裁剪衣服，又懂开戏度桥，兼埋生得斯文靓仔，你以后大把女仔追啦！真系沙湾何②，有仔唔忧无老婆！"他直把浩深说得心花怒放。

长衫师傅发现徒弟今日话语出奇地少，整日魂不守舍，下午上班后更显得烦躁不安。有两次他哼着粤曲端起空口盅时，瞥见浩深托着腮帮，恍惚迷离地在一旁呆坐。他有意用指头弹响口盅，浩深才忽然回过神，带着歉意过来为他倒开水。

当天蓝衣女子终没出现，甚至连过了数日也没出现。

这天临近下班时，沉默了一些日子的浩深瞥了一眼挂在裁

---

① 指精巧、细腻。
② 沙湾何氏，大多是富庶家庭。

床侧的蓝色夏衣，自言自语道："这人是刚来青莲的吧？从没见过。"

长衫师傅已琢磨透徒弟的心思，明白他在说谁，便头也不抬地说："可能是吧。"

"没空来拿衣服，是不是住很远？"

"青莲街只有芝麻大，就算住得远呀，也远不过大江墟和新街尾啦。"

浩深"嗯"的一声附和师傅，暗地里却谋划着一个大胆的寻人行动。

浩深想，既然蓝衣女子可能是青莲街人，她必有机会到码头洗衣或挑水。于是一个以到码头挑水为掩护的搜寻蓝衣女子踪迹的计划于当晚就予以实施了。青莲水和连江流经墟镇七八里，沿岸有大小码头近十个，到哪个码头找呢？只能逐一碰运气了。他明知这一寻人行动近乎大海捞针，但当他鬼使神差地挑起水桶时，冥冥之中就感到有一股强劲的磁力在吸引着他，在牵引着他，令他完全丧失了自控力。

这些天，浩深清晨起床或中午、傍晚下班回家的首件事，就是挑起水桶往码头去。他偷偷变换挑水的线路和码头，忽东行忽西走，今日取捷径，明日绕远道。后来有人觉察出异常："靓班主的大仔是不是精神失常呀？怎么担水不走近路，偏要走远路呀？"

浩深寻了七八个码头，蓝衣女子依旧杳无踪影。

这天中午，浩深匆匆扒了几口饭就到沙市街榕树码头挑水去了。接踵而至的几场豪雨将夏日的天穹洗濯得寥廓而清透，青莲水两岸修竹泻翠，古榕叠青。几艘帆船逆流而上，纤夫那粗犷雄浑的吆喝，把人们拽回了混沌未凿的远古时代。浩深踩着经千年踏磨已现凹状的青石板台阶，不时避让着光膀露臀、呼啸而过的顽童，挑着水桶走下了码头。寻遍整个码头，无论

是站着的、蹲着的，还是挑水的、洗衣的，全都不是他要寻找的身影。他感到很郁悒，不禁埋怨起自己来："人家来没来取新衣与你有何相干呢？自作多情，真没出息！"

浩深挑着水往码头走去。在一棵三人手拉手方可合抱的连体古榕前停下了脚步。古榕与一座香火氤氲的土地庙相依，苍劲翁郁，丰茂如盖，纵横交错的根茎深扎在河岸的岩石里，须条垂落至清澈见底的江面上。两棵阴阳树经数百年的缠绕，现已血脉相连、合二为一了。一块古碑见证了它们经年风吹雨打中的痴恋。为感激这一见证物，古榕将原本孤寂地立在洞外的古碑荫蔽在自己根部的洞穴里。

浩深凝视着眼前这树洞抱碑的奇异景观，不禁浮想联翩，幻想着自己就是那百年古榕，而洞穴里的古碑却变成一具活生生的柔软身躯。此时，他耳畔忽然传来女子的说话声："咦，你也来担水呀？"这嗓音是那么圆润，那么空灵，那么清亮，宛如上山砍柴时听到的石子或水滴落入深潭时的幽幽回响。他抬起头，觑见那日思夜想的女子挑着水桶，站在码头的台阶上向他微笑。她依然穿那件蓝色衣衫，修长的臂膀自然伸直，嫩白的手指牵着水桶上方的绳子。一只娇媚妖娆的蓝蝴蝶振翅在悠悠的天空上——这是他平生目睹的最绮丽奇妙、最勾魂摄魄的景致！

浩深感觉骤然加速的心快从胸腔里跳出来了，他不由得打了一个趔趄，扁担从肩膀上滑落，盛满清水的水桶倾覆于石阶上。

当晚，浩深在煎熬中度过了漫长的一夜。次日清晨，他卸下机缝社的门板后，就心神不定地坐在裁缝室里一张斜对门口的椅子上。随着一阵叽叽喳喳的说话声，女工们鱼贯而入。之后说话声就被滴滴答答的声响覆盖了，浩深清晰地感觉到自己的心跳与机针走动一样频密。

　　长衫师傅一反常态，没像往常那样跟在浩深身后回到裁缝室。浩深感到奇怪，便贴着门缝往大门外窥探。只见长衫师傅正与机缝社的江主任——一个白胖女人站在机缝社的牌匾下说着话，两人不时朝大街方向张望，像在等候什么人。过了一会，江主任那泛着油光的圆脸上堆起笑意，她旋即快步迎上前去，估计等候的人出现了。江主任领头，长衫师傅殿后，将一男一女夹在中间，一齐走了进来。待跟在江主任身后的年轻女子在挨近裁缝室的一台缝纫机前站定时，浩深惊诧地"噢"了一声——这女子就是这些天让他魂牵梦绕的蓝蝴蝶！他如惊弓之鸟般迅速返回原位，侧耳倾听他们说话。

　　"阿兰，你就坐这个位置吧。这里光线足，缝纫机也是新买的。"江主任的声音一如既往地甜润，嘴巴像抹了一层蜂蜜。

　　"谢谢江阿姨！"女子的声音洁净如露、清亮如镜，温婉中掺和着羞涩。

　　"江主任考虑很周到嘛！"这道平淡的男音似乎在鼻腔里回旋，一副居高临下的姿态。

　　"哦，阿兰，你的新衣服还没拿呢。"长衫师傅在公开场合说话时向来不卑不亢、不徐不疾。

　　蓝衣女子叫方卓兰，陪她一起来的是她的姨丈，即青莲公社革委会副主任黎迈。前段日子，方卓兰因急事回了一趟她父母住的公社。

　　因打压柳依依之事，整香街的人几乎没人不讨厌黎迈的。浩深感到黎迈那张俊脸隐藏着一股傲气和邪念。此刻，他的内心蒙上了一层阴影。

　　这天清晨，浩深刚把机缝社那两扇厚实笨重的门板卸下，还没将它扛到墙角叠放起来，一个蓝色的影子就像精灵似的从他背后悄然掠过，随后穿越屋顶上的明瓦透下的一道道光柱，

在离裁缝室不远的位置停下。浩深怀疑那蓝精灵——新来的漂亮女工方卓兰不是走在青砖地板上的，而是从晨曦洒下的五彩斑斓的光影中飘过去的。

眼前的景象已持续发生了数天，虚幻缥缈，扑朔迷离。长夜未央时这一幕如萤火虫似的浮现在他眼帘，抛下一道如诗似梦的由浅淡的黄蓝光波构成的轨迹。他试图伸出手去触摸那忽明忽暗的光点，却总是遥不可及。

机帆船的汽笛声从吊脚楼下的江面上传来，女工陆续走进机缝社。四辆大板车满载着木条木板从大江墟方向驶来，在经过日月楼门口那道长陡坡时，搬运工都格外谨慎，让绑在车尾、用以制动的木条贴着地面缓缓通过，砖石裸露的坡道上留下弯弯曲曲的辙痕。大板车停在机缝社正对的大街中心，有几个木匠师傅在此等候。青莲三家剧社将在这天中午合演一场配合政策宣传的街头短剧《生产队的一天》，木匠师傅正抓紧在凹凸不平的街道上搭建一个简易戏台。

这部街头短剧出自浩深之手。那天冬夜，批改完学生作文后睡意阑珊的王文斌接到浩深送来的手抄剧本，便窝在床里仔细翻阅起来。当这位一直担任浩深语文老师，现为中学教员的文化人一口气将剧本读完时，竟喜不自禁地掀开被子跳下床，光着双脚在睡床与书桌间踱步，手指不停地弹击着剧本，露出一副扬扬得意的神情："嗯，出师啦，青莲的南海十三郎终于出师啦！""死鬼，你发癫呀？想冷死人咩！"妻子张爱彩缩着身子向丈夫嗔喝。"念白和唱词辞藻典雅，文气流畅，意境深远，不枉跟我读了十几年的四书五经！"王文斌摇着脑袋说。张爱彩翻身扯过被子盖住冰冷的身子，奚落道："别吹捧了，我全身都起鸡皮啦。你有真本事，不用鞋油也能把皮鞋擦得亮亮的。你捧浩深不就是捧自己么？王婆卖瓜——自卖自夸！"

　　王文斌仍自我陶醉，滔滔不绝："你看人家浩深，一回家就拿本书来啃，两耳不闻窗外事，外面就算闹得天翻地覆也心如止水。这就是真正的读书人！钢铁是怎样炼成的？就是这样炼成的！"这位私塾先生出身、以过目能诵著称的文化人随即摇头晃脑，朗诵起苏联大文豪尼古拉·奥斯特洛夫斯基那句被万千青年学生竞相抄读的话："一个人的生命应当这样度过，当他回首往事的时候，不会因虚度年华而悔恨，也不会因碌碌无为而羞愧！"

　　张爱彩的两个儿子读书成绩一般，为此她常拿两个儿子与浩深比较。这时她背向丈夫，有点酸溜溜地埋怨道："我们家的两个化骨龙①成天只顾捉鱼摸虾，白鼻哥考试——听丢架②，现在该感到悔恨和羞愧了吧？"王文斌缄口不语，过了好一会才喟叹道："我早就说过，那两个化骨龙捡浩深的屎来吃都捡不到。你说，为啥人家的孩子能成龙，而自家的孩子却成虫呢？我教了几十年书都弄不明白。唉！"

　　靓少德也看过儿子创作的剧本，尽管内心充满喜悦，但他没表露出来，反而不忘挑刺："板腔的句格平仄有些生硬。桥段嘛，也有点老土。"看见儿子露出沮丧的神色，靓少德笑着说："不过，行话说，桥唔怕旧，最紧要受。写戏与翻跟斗和炒菜一个道理，功多艺熟。戏写多了，就自然摸熟门道啦。"

　　此时刘满龙指挥搬运工将大板车上的木条和木板全搬了下来。他边拖着车子往搬运社走去，边向站在机缝社门口朝这边眺望的浩深呼喊："深仔，中午就看你表演啦！"浩深微笑着向刘满龙点头，随后转身走进机缝社那灌入了因江风而寒气逼人的狭窄屋子，身后传来锯子拉动的吱嘎声和铁锤敲打钉子的钝响。

———

① 指自己的儿女。
② 指不学无术。

在方卓兰到机缝社上班的两个多礼拜里，每天清晨都不可思议地重复着这样的场景：浩深甫卸下门板，方卓兰就在他背后一闪而入。浩深思疑自己冥冥中与方卓兰达成了某种默契，否则两人不会配合得如此天衣无缝，如钟摆摇动那样准确无误。浩深至今仍弄不清他开门前那蓝蝴蝶匿身何处。有几次他打开机缝社的大铁锁，转身将门板从门轴的凹穴抬起来时，那蓝蝴蝶就从天而降，飘然现身了。

卓兰的头顶斜对着两块明瓦，明灿灿的冬阳经筛滤后变得更加柔和，在她的脸颈和腰肢上缀上一串斑驳陆离的光圈。她双臂平摊在缝纫机光滑的面板上，像一尊观音塑像似的端坐着。浩深走过她身边时会有意将脚步弄出些声响，但她依旧没吭声，也没侧脸。"这是一个怪人。"浩深暗忖。他用余光看过去，发现她脸色有些苍白，面前摆了一只盛着半碗米饭和几块萝卜干、榄角的粗瓷碗。

浩深在街头短剧中扮演落后分子。他回到裁缝室，清了清嗓子，念起剧中的人物独白：

高楼干爽地底湿，一高一低分等级。
为人在世该享福，吃喝穿戴我居第一。
今天派我去锄地，我一口气就锄咗一亩七，一亩七！
十五个工分我随手得！
嗯，你叫我工分迷呀，我当你生啖咳！

浩深念完独白，透过门缝察看方卓兰的反应。只见她手握筷子，昂首侧目，一副凝神聆听的神态。浩深暗喜：她在认真听！

此时，入门处传来脚步声。方卓兰回过神来，假装专心吃饭的样子。长衫师傅甩着长袖子走进来了，边走边唱自己所扮演的生产队队长的唱段：

> 你——你——你没有一出好戏，专爱贪小便宜。
> 集体生产你马虎，自留地就搏命来，
> 几番规劝你仍然这样自私，任得人叫工分迷！

"东全叔，您对唱段也记得滚瓜烂熟啊。"浩深对走入裁缝室的长衫师傅说。"快上台演出啦，还记不住唱词行吗？话又说回来，我这人唯一的长处就是记性好。不瞒你呀，在香港那些年，我上门替有钱人量尺寸，从来都不带本子的，数据全记在脑袋里。"长衫师傅得意地敲了一下自己的脑门，跟着丧气地摊开双手，"唉，好汉不提当年勇啊。这几年记性差多喽。"他手执竹尺，有节奏地击打自己的掌心，侧过脸对徒弟说："今天青莲三家剧社首次同场竞技，你要落足功夫啊！"
"知道啦，东全叔。"浩深应答道。

"师傅仔，祝你演出成功！"门外响起圆润温婉的声音。浩深和长衫师傅回头，惊愕地看见方卓兰微笑着站在门口。浩深顿觉一阵慌乱，一时想不出用什么话语来答谢"怪人"的美好祝愿，只是傻傻地蠕动嘴巴，红着脸目送她转身离去。

长衫师傅告诉浩深，卓兰的姨妈死了好几年了，黎迈带着一个儿子和一个女儿生活。卓兰每天一大早就要起来做早餐给姨丈和读小学的表弟表妹吃，等他们都吃饱喝足了她才带着剩饭剩菜回到机缝社。姨丈待她不好，常因一些鸡毛蒜皮的小事大声吼她、骂她。表弟和表妹对她也极不友善，家里有好吃的东西就偷偷藏起来。浩深听后心里很难过。长衫师傅犹豫了好一会儿才说："黎迈叫江主任传话，不准卓兰与你有太多接触……"浩深听完，垂下了头。

大街中心成了人流汇聚之处。到了中午时分，本镇的街民

和走墟的山民都争先恐后地涌往简易戏台。《生产队的一天》被安排在最后演出。从锣鼓响起的那一刻起，在后台候场的浩深就显得心不在焉了。他不时察看环绕简易戏台里三层、外三层人群中的每一张脸孔，又不时踮起脚尖，仔细辨认挤在阳台上的人群或探进窗户的每一只脑袋。他在搜寻那女子——那被蓝色霓裳包裹的、令他魂不守舍的身影。就在浩深肩荷锄头，踏着锣鼓点绕戏台一周后做了一个亮相姿势时，卓兰才千呼万唤始出来。她正矗立在公社大楼门前的石狮旁，手搭凉棚往这边眺望。即使彼此相隔三四十米，浩深却感觉到从卓兰洁净的眼眸里透出的炽热之光一直聚焦在他身上，一刻也没移开过。

　　围观的戏迷在演出结束后余兴未尽，不愿散去。"师傅仔，你真有两下子！"卓兰拨开人群挤到后台，对刚走下戏台的浩深说。浩深盯着卓兰的眼睛报以微笑，涂了脂粉的脸颊比公鸡的鸡冠还要红。"我刚才回家给姨丈和表弟表妹做午饭去了，跑回来时刚好轮到你上台，差点错过你的演出！"卓兰带着庆幸的口吻解释道。说完她快速瞥了浩深一眼，跟着又小心翼翼环顾四周，完了才怯懦地问道，"我想加入八和剧社，你把我介绍给你爸好吗？"浩深欣喜地跳起来，连说三个"好"字，随后一把拉住卓兰的手："阿兰，你长得好看，说话声音又好听，我爸会同意的。我们剧社打算排练《宝莲灯》，正打着灯笼到处找演员呢。你跟我来！"两人来到棚面席。浩深对弯腰收拾道具的父亲说："爸，阿兰想加入我们剧社！"靓少德直起身，从上到下打量与儿子并排而立的标致女子：

　　"你叫什么名字？"

　　"我叫方卓兰。"

　　"你喜欢唱粤剧吗？"

　　"喜欢呀！我还是学校宣传队队长呢。"

　　"好吧。明晚你来吴氏宗祠，唱首曲给大家听听。我看

《宝莲灯》秋儿这个角色适不适合你。"

"多谢靓班主!"

"阿兰,你的嗓音很清脆,很有乐感。"靓少德赞赏道。正在整理衣箱的柳依依扭转头,好奇地端详着卓兰。忽然,柳依依掩嘴而笑。她用肘部暗里碰了碰身边的张爱彩,努嘴示意她望向浩深。张爱彩伸长脖子,看见浩深的右手竟紧握着卓兰的左手腕,便吐了一下舌头,伏在柳依依的肩头窃笑。浩深和卓兰大概此刻都意识到什么,便慌忙松开手,两人的身子像触电似的弹开了。

在青莲水西岸那一大片延绵数里的茂密竹林落下片片黄叶的萧瑟秋季,八和剧社应邀到本县岭背和黄坌演出。剧社今天起程前往演出地。天还没完全亮,浩深已在榕树码头的石阶上坐了半小时。此时碧空寥廓,皓月千里。青莲水西岸的村落隐约传来阵阵犬吠声,与东岸河堤的虫鸣鸡啼组成一首温馨浪漫的协奏曲。秋风乍起,树叶簌簌低吟。正当浩深回想起去年卓兰在榕树码头突然现身而令他狼狈不堪的那一幕时,正对着码头入口的那间屋子的木门推开了,卓兰从屋内探出头来向两侧望了望。浩深跑过去,从卓兰手里接过包袱。

"多带些衣服,中秋快到了,一早一晚天气会变凉的。"

"我的衣服够多的啦。"

两只小狗在卓兰裤脚处亲昵地蹭来蹭去,卓兰俯下身摸了摸小狗的脑袋,小狗才欢快地跑开了。两人并肩向豆腐社码头走去,但到了码头入口,浩深却有意放缓脚步,与卓兰拉开十多米的距离。

张三的渡船被临时抽调来负责运送八和剧社的演员和乐师,渡船已停泊在沙洲东岸等候。张广发穿着短裤站在船头,对着浩深和卓兰咿咿呀呀地喊叫,桅杆上的汽灯将广发黝黑的

脸庞照得发亮。船舱里已坐了十多个人，烟头的幽光在人堆里忽明忽暗。

夏秋季节，青莲水河道变窄。浩深先上了船，跟在他身后的卓兰刚在踏板上迈出两步，又蹑手蹑脚地退了回去，随后瞪大眼，可怜巴巴地瞧着浩深。浩深迟疑片刻，快速地瞥了一眼坐在船舱里抽烟的人群，鼓足勇气向卓兰伸出手。当两人挽着手、喘着气畏怯地走上船时，人堆里爆发出一阵笑声。有人模仿靓少德的腔调说："深仔呀，做戏不能装模作样的！兄弟泪别，两人就要真真实实地抱在一起嘛。你离阿兰几尺远，两人冷冷漠漠的，哪像兄弟呢？重来！"人堆里又传出哄笑声。

靓少德这几句话是昨晚排练对儿子不满时说的。这次八和剧社应邀到岭背和黄垄各演出三晚，剧目有《胡不归》《三娘教子》和《宝莲灯》。浩深和卓兰在每部剧中都有演出任务，其中在《宝莲灯》中两人分别扮演哥哥沉香和弟弟秋儿。昨晚在吴氏宗祠排练《宝莲灯》第六场戏《放子》时，浩深表演兄弟泪别，却因害羞不敢拥抱卓兰，遭到父亲当众斥责。

靓少德抓住儿子的手臂说："戏无情不感人，戏无技不动人。对待每场戏，演员都要把握好角色的感情，要体验角色的喜怒哀乐，做到情动于衷。明白吗？"靓少德指着相隔数步远的卓兰说："弟弟替哥哥投案，哥哥应感激不尽。哥弟告别，不知日后能否相见。这时候，你要冲上前结结实实抱住卓兰，两人脸贴脸痛哭流涕。"靓少德说罢推了一下儿子的背："开始演。"浩深犹犹豫豫地冲向卓兰，但在离卓兰两步远时就收住了脚步，始终不敢靠近卓兰。靓少德火冒三丈，对儿子大声斥责。浩深只好硬着头皮重来，直到父亲满意为止。旁观的人都知道浩深心里有"鬼"，看着他踟蹰不前、呆若木鸡的笨拙模样，都忍不住捂嘴笑，说："阿深，这叫作此地无银三百两！"

"阿兰，别理会那些臭男人，来我这边坐。"柳依依此时拉着卓兰的手坐在船舱的挡风处。

码头上响起密集的脚步声，大队人马逐级而下。刘满龙、癫仔海等汉子提着棕榈箱、藤箱、皮箱、木箱等五花八门的箱子，或背着锅碗瓢盆，走在队伍后面。八和剧社首次赴外演出，装戏服、幕布、道具的箱子都是私人的，而煮饭、煲粥、烧水的大铁锅则是向生产大队借的。

四十多人陆续上了船。张三穿一件没纽扣的汗衫站在船舷上，任凭秋风吹拂自己古铜色的脸颊和胸膛。他从容地吸着水烟筒，喷出烟圈以识别风向，并不时低头察看船身的吃水线。待殿后的靓少德上船后，他便表情凝重地望了一眼儿子广发，发出"开新"的指令。

风劲帆满，船逆水而上，黛绿的竹林缓缓往船后挪移，江面像一块巨大的翡翠被行进中的船体迅疾切割，溅起的水沫和雾气飘向船篷。靓少德站在船头，对水雾沾湿了头发和衣衫竟毫不在意。他凝望着船舱，只见女人们交头接耳、家长里短地说着悄悄话，男人们则边抽烟，边海阔天空地闲聊。调侃时的插科打诨，激起男人阵阵笑浪，也招致女人的一阵嗔骂。靓少德脑海里涌现出当年带着梨园彩走南闯北、过山涉水的情景，而近二十年来客居青莲、弃艺从商的每个昼夜也在他脑海里重现。他的思绪像脱缰的野马，无边无界地驰骋，以致他一时弄不清自己身处何方。

船舱里的欢声笑语同样让张三浮想联翩。大约在第二次鸡鸣过后，他就从床上爬起来，坐在船尾喝茶抽烟。看着繁星皓月在平静的江面和涂了桐油的船板上泛起的朦胧光影，他心头抑制不住地产生了一种不可名状的寂寥和惆怅。起床至今，他一直缄默不言。他忘不了当年在珠江边等候红船班莲花香时红霞满天、鼓乐齐鸣的喜庆场面，而秀芝那双含情脉脉的丹凤眼

也总在他眼前挥之不去。"秀芝如果还活着，也有五十岁了，可能满头白发喽。"孙儿黑仔因误吃桐油籽死了，两年来，笑媚一直没怀孕的迹象。张三为此感到十分愧疚，他常独自面向鱼篮观音忏悔："秀芝，都是我的错。如果我不去捉禾虾蝱，黑仔就不会误吃桐油籽了……"手把竹篙的张三思绪万千，两滴黄豆般大的泪珠夺眶而出，顺着他脸颊上沟壑似的皮囊，滚落在他裸露的胸膛上。

帆船途经青莲深塘村，往犁头马落桥村驶去。两岸峰丛相峙，峭壁千仞，飞鸟难渡。喀斯特山体亿万年间被外源水冲刷溶蚀，造成山岩坍塌，巨石挡道，形成蔚为壮观的大峡谷。青莲水流经此地段时，河床收窄，流水迅疾，激石有声。为减轻负重，张三果断让船上的人全部下船，徒步前行，自己则掌舵继续前往。

青莲水西岸有一条用青石板铺砌的古驿道。这条开凿于秦汉时期的连接中原与南粤的兵商两用的官道，沿河岸蜿蜒通往湖南宜章。队伍穿过一片竹林后爬上一个陡坡，人们手牵手走过两座狭窄的石板桥，随后屏住呼吸，弯下腰，背贴着石壁，步履轻缓地穿过悬崖峭壁下的一条崎岖石径。当卓兰跟在浩深身后从长陡坡下来，瘫倒在一片栗树林下边喘息边回头张望时，她吓得汗毛直竖。原来方才途经的石径离湍急的河流足有五十米，恍如通往苍穹的天梯。青莲水在此拐了一个急弯，江水冲击岩石而形成一个大漩涡，一团团的雾气直往上涌。人稍有不慎，就会坠入汹涌的江水中。卓兰脸色发青，鼻尖渗出了汗珠。她侧过脸时，发现浩深正用怜爱的目光注视着自己。

过了马落桥村，演员和乐师重新上了船。在薄雾笼罩、炊烟缭绕的傍晚，帆船终于抵达岭背湾，停靠在一个古榕掩映、古寺相傍的码头边。

八和剧社在结束岭背公社演出的次日凌晨，就启程前往相隔十公里的黄坌公社。黄坌本来有一条小河流往岭背，但夏秋枯水季节不通船，演出队伍只好挑着衣箱杂箱，沿着坑坑洼洼、七转八拐的简陋公路蹒跚前行。他们在秋阳高悬时走下慢坡，行至黄坌老鸦山下的一座木桥，远远望见桥头聚集了一群手拿竹杠或肩挑箩筐的人。人群里骤然响起锣鼓声，一只俗称大头狗的醒狮跳跃着迎了上来。靓少德估算是当地派人来迎接了，便对身边的何念祖说："狮子快上！"于是，莫森礼等人敲响了锣鼓，何念祖高擎狮头，刘满龙身披狮被，趋前迎候。

主客两只狮子在木桥中央会合。两狮频频相互跪拜，交颈磨腮。主狮恭敬地把表示尊贵的左侧位置谦让给客狮。主狮持帖盒者跨步上前，拱手低眉，用客家话说道："锣鼓打来闹咚咚，中秋两狮来相逢。小弟请师交换帖，有如刘备会关公！"原籍梅州的吴天仁拱手还礼，也用客家话应答："日出东边一片红，今日小弟来拜宗。唱念做打艺不精，还望老乡多宽容！"

礼毕，主方领头者王叔吩咐搬运队接过客人的担子，并叫人把当地特产分给客人品尝。相传黄坌以前叫"皇坟"，明朝建文帝朱允炆曾归隐于此。王叔自称皇族后裔，这名满脸胡须的汉子提起一个粗瓷大茶壶，往摆在路边石墩上的几个粗瓷碗倒满了茶，随后逐一捧给靓少德、吴天仁、何念祖和莫森礼。"这是黄坌古树茶，茶味香中带甘。来呀来呀，多喝两碗！黄坌满山都长了茶树，是当年建文帝让臣子种下的。"王叔用衣角擦去额上的汗渍，拍了拍道具箱，笑得合不拢嘴："黄坌街贴满了街招，就等你们来啦！"

一名高挑俊秀的年轻妇女挑着一担箩筐走到吴天仁身边。她一把抢过吴天仁斜挎在肩头上的包袱，放进箩筐里，又将一只黄澄澄、硬邦邦的炒米饼塞到他手中："阿叔，今日是中秋节，尝尝黄坌秋饼吧！"吴天仁歪着头咬了一口炒米饼，但几

经努力也没能把它咬碎。他用手背抹去沾在嘴角的唾液和米粒，不好意思地对着年轻妇女摇摇头："人老喽，牙齿也不中用啦。"此时，吴天仁和年轻妇女都不约而同地惊呼起来："咦——"

"你是天仁哥么？"

"是呀是呀。你是惠屏吧？"

"嗯嗯！"

惠屏用一条破旧的暗花背带驮着一个熟睡的男婴，蓬头垢面地站着。吴天仁发现，那条暗花背带是妻子江氏当年用碎布缝制送给惠屏作结婚纪念品的。惠屏放下担子，扯下垫在肩上的蓝布擦汗，苍白而清秀的脸孔露出欢快的神色。生于青莲沙市街一户殷实人家的惠屏自小好文识礼，爱临摹字帖和吟唱粤曲。就在街坊认定这个秀外慧中的女子日后会过着饭来张口、衣来伸手的富贵日子时，她却"好拣唔拣，拣个烂灯盏"①，出人意料地嫁给整香街的竹门弟子阿昌。

惠屏婚后与丈夫租住吴天仁的整香屋。从她把齐腰秀发剪短，将丝绸旗袍换成粗布缁衣的那一刻起，这位青莲街的大家闺秀就彻底成了一个粗俗妇人了。翻山越岭担英阳，到河边扛木头，为有钱人挑水割草，只要能挣钱，重活、累活、脏活惠屏都抢着干。"惠屏，做嘢喽！"一听到屋外呼叫，她就边扯着大嗓门回应"来啦"，边习惯性地将温开水倒进冷饭里，用筷子搅搅，匆匆扒上几口，便肩搭蓝色垫布出门去了。此刻，阿昌的脑海里就幻化出当年与妻子偶遇的场景：被日薄西山的云彩笼罩的沙市街闪烁着千年古街特有的神韵，一位浑身散发着浓郁书卷味的富家小姐，与一位卷起裤腿赶着牛群的英俊男子在窄巷擦肩而过。当高跟鞋的噔噔声与牛蹄的嗒嗒声不约而

---

① 指千选万选，最后选到不好的结果。

同地在街巷转角处戛然而止时，富家小姐与英俊男子两对陌生的目光就经千年寻觅后珠联璧合地连成一线了。

对养尊处优且秀气文静的惠屏嫁给家徒四壁的阿昌这件事，街坊总是觉得不可思议。有一次惠屏汗水涔涔地回到家，坐在饭桌前喘息，然后端起一碗麦羹一口气喝下。吴天仁忍不住叹了一口气，颇有感触地说："惠屏，整香街数你最贵气，也数你最劳碌……"惠屏缄口不语。吴天仁又说："阿昌穷死烂命，字也没识几个，你却偏要嫁他。你究竟贪他什么呢？是不是贪他靓仔？"惠屏扑哧笑了，过了许久才淡淡地说："我贪他人老实！"

惠屏曾先后生下四个子女，但这四个孩子都在两三岁牙牙学语时因痢疾等疾病一一夭折了。即使骨肉已奄奄一息，甚至失去救治的希望，但只要小孩还有一口气，她都不肯放弃。每一次，她都用这条暗花背带驮着小孩，走两三小时的泥路上县城寻医，但每次都毫不例外地挽着空背带泪水涟涟地返回。儿子阿良出世后不久，惠屏便随丈夫到了黄坌。丈夫在木材站工作，而她因娘家是地主成分进不了单位，唯有做些装卸煤、抬大木的力气活。一些人动辄骂她"地主女"，她都忍气吞声，极少还口。

他乡遇故知，惠屏和吴天仁内心都充满了喜悦。"惠屏，你还做搬运么？"吴天仁问完这话就后悔不迭了，暗骂自己不该当众戳惠屏心里的痛处。惠屏装作没听清，仍旧在微笑，但眼角里的几条鱼尾纹隐藏着缕缕哀伤。此时她想起母亲的喟叹："阿屏，你真是一世劳碌命啊！"

"良仔是在整香屋出世的。哎呀，长得跟他爸一个样，像同一个饼印出来的！"吴天仁有意转移话题，便上前摸了一下惠屏背上酣睡的婴儿，又转头四处张望，"大仔阿来呢？怎不见他呢？"惠屏操着大嗓门叫："阿来！"此时，一名身体羸

弱的男孩从大人的胯间挤出来，光着脚一瘸一拐地跑来。他纵身跳进箩筐，昂起头，神气活现地高嚷："哎喽，今晚睇大戏喽！"惠屏攥住儿子的手臂，将他重重地摔在沙石上，高声斥责道："百厌鬼，你弄脏天仁伯的行李啦！"阿来委屈地哭了，双脚蹬着地上的沙土，哭得很伤心。"惠屏，你就由他吧！"吴天仁俯身抱起阿来，眼前出现阿来追着胜伯的大黄狗，在戏棚地的晒香架下蹦蹦跳跳的情形。他抹去阿来脸上的尘土，又捏了捏他的左脚，心"怦"地猛跳了一下。他赶忙将起阿来的裤腿，不禁大惊失色：小孩的左腿肌肉已萎缩变形，宛如烈日下曝晒的水流柴！吴天仁的眼眶倏地湿润了，他急忙问惠屏："阿来怎么回事儿？"此刻惠屏背对着吴天仁抬手拭泪，啜泣着说："去年他得了感冒，送到医院打针，就成这样了……"吴天仁醒悟过来，这几年到处流行小儿麻痹，想来阿来也……他后来才知晓，为了让儿子如别的孩子一样能正常行走，惠屏和丈夫欠下一身债，连铺在青莲老屋门槛的那块青石条也变卖了。

队伍沿着河岸继续前行。惠屏挑着箩筐走在前面，张爱彩抱着阿来跟在其后。"惠屏，你还记得我们一起辑狗窿、睇大戏吗？"张爱彩问。"记得呀，有次睇《六国大封相》，我们还被雨淋湿身呢。"惠屏说。

队伍途经一个小河湾再往前走，黄垄那座年岁久远的木桥和那棵繁茂如伞的古榕便映入人们眼帘。一深一浅、一冷一暖的两条小河在古榕下交汇，沿着修竹夹岸、茅草摇曳的河道缓缓流入小河湾。此时秋阳已升至半空，清澈见底的江水泛着耀眼的金光。铜币似的古榕叶和黄豆般的古榕果被秋风吹到江面上，未几被高高跃起的鱼儿衔在嘴里，拽到布满水草的江底去了。

河堤上长满了茂密的苦楝树、柑橘树、李树和桃树，簇拥着一个面积颇大的木材场。滚圆的樟木、细长的杉木、方形的松木堆积如山。惠屏手指木材场里由几间低矮的树皮屋围成的小院子，对靓少德、吴天仁和葱莲等人说："我家就在那儿。"这是一个按客家围屋布局的简陋静谧的居所。一条蜿蜒绵长、两旁点缀着狗尾草和野菊花的小径，将木材场与小院子连接起来。此刻，嗅着从木材场吹来的清淡的木屑味，瞅着盘绕于树皮屋顶的缕缕炊烟，离家数天的男男女女心底便油然涌起温馨祥和的感觉。

一队山民肩扛树木走下对岸的山坳，沿着田垄来到河岸，向着木材场"啊——啊——"吆喝几声后即涉水过河。他们将树木堆在河岸后坐下抽烟，等候木材站派人来验收。一个穿短裤、头发稀疏的男人手持铁烙印和皮尺走过来，一个女人手拿记录本跟在他身后。男子瞄了一眼树木，用尺子度量，继而用粉笔做了标记，跟着操起铁烙印，"咚"的一声敲在树木顶端，随后向身边的女人报告："八分。"

待男人验收完毕，惠屏喊道："阿昌，八和剧社的人来啦。"阿昌直起身，望见大队人马坐在十多米外的草地上歇息，便扔下铁烙印，兴奋地跑过来。他拉住靓少德和吴天仁的手，笔挺的鼻子微微动了动，说话也断断续续："等你们啊——颈——都等长喽！"阿昌向男人们一一递烟，说："你们要全力演啊，拿出我们青莲街的架步来！我在家劏羊，你们杀了大花脸，就回来吃羊肉！"山民送了一只羊羔给阿昌，他本打算养到过年才宰的。

八和剧社的演职人员被安排在木材站的仓库住下。空旷的仓库里堆起一层层崭新的禾桶、水桶等木器，散发出浓郁的树木清香。柳依依、赵笑媚和方卓兰好奇地走进仓库，脚下忽地窜出一只老鼠，吓得她们失声尖叫。她们惊魂未定，又瞥见角落赫然摆放着几副崭新的棺木，无不噤若寒蝉，慌忙躲在惠屏

身后。"把你们吓坏了吧?"惠屏拉住卓兰的手,"来,你们这几个胆小鬼都跟我来,晚上你们睡在这儿。"她把自己的两间睡房腾了出来。

月上树梢头。从黄垒公社门前空坪飘出的鼓乐声在街巷里回荡,人们扶老携幼,搬凳扛椅,走出用泥砖和木板搭建的狭小屋子,通往公社的那条河边小路人头攒动。

月色柔和妩媚,偌大的木材场如披上素白缥缈的轻纱。"心又喜,心又安,问娇你曾否复安康,复安康?"靓少德那洪亮的嗓音荡漾在与苍穹相融的空蒙广袤的原野上。

惠屏在院子中央垒起了一个简易炉灶。炉火正旺,火苗沿锅边呼呼地往外喷散,盛着半锅开水的大铁锅正"吱吱"地冒出热气。阿昌系着围裙,手持牛角刀,打开了枇杷树下的羊圈栅栏。他回头望见捧着木盆的妻子略显不舍地抿着嘴,便扯住她的衣角安慰说:"等我们挣了钱,再养一只羊。"此时阿来背着弟弟,与小伙伴们绕着用门板架起的长饭桌追逐嬉戏,大声唱着母亲教的儿歌:"人客来,捉鸡劏,鸡骨瘦,不如劏只鸭;鸭脖长,不如劏只羊……"

八和剧社结束了在黄垒的演出,计划于次日清晨步行回岭背,然后坐张三的帆船返回青莲。当晚吃完宵夜,众人无不如释重负,睡意全无,三三两两围在一起说话。

凌晨两三点,仓库里才静下来。靓少德刚闭上眼,柳依依便心急如焚地跑到他的睡床前,惊恐地说:"不好了,靓班主,卓兰生病啦!"

阿昌闻讯即蹚水过河,把家住古榕旁的老中医请来。老中医对盖了两张被子仍颤抖不止的卓兰做了一番望闻问切,摘下老花镜后不紧不慢地说:"她得了风寒。"

卓兰生病与昨晚演出《三娘教子》时遭遇的一场风雨有

关。当晚，用竹篱、树皮搭建的粗陋戏棚下面坐满了戏迷。在戏台上，卓兰饰演的儿子倚哥被柳依依扮演的三娘王春娥怒斥："你在学堂攻书，荒废学业，如此放肆！你给娘跪下！"就在卓兰跪在戏台中央时，风雨乍起，顷刻间卓兰的戏服全湿透了。卓兰穿着湿漉漉的戏服纹丝不动地跪到双腿发麻。由于没别的戏服更换，她只好趁换场的间隙躲到后场一个角落，将戏服拧干再穿上，直至演出结束。

浩深跟着老中医回家取来了中草药。卓兰连夜服下一碗浓稠的药汤，又喝了一碗生姜葱白红糖水，但两三个小时过后病情仍不见好转。看着卓兰眼帘紧闭、脸色苍白、软绵绵地躺在床上，彻夜未眠的靓少德发愁了："她站都站不稳，明天怎么走路呢？"同样整夜没睡的阿昌没吭声，看了一眼漆黑的天空就出门去了。

过了不久，阿昌回来了，身后跟着几个赤臂裸背、腰别长刀、手拿铁锤和尖嘴铁钩的民工。阿昌把提在手里的犁耙似的钉子摇得咣当响："刚好我们有一批木材要放排到岭背。我刚才跟站长说了，木排提早在明天出发。女人坐木排，男人走路，到时在岭背集合。你看，扎木排的师傅都来啦。"

靓少德狐疑不解："河水那么浅，能放木排吗？"

阿昌擦了擦鼻梁上滚下的汗珠，胸有成竹地点点头："能！"

靓少德大手一挥，高喊道："男人都起床，扛木头去！"

于是，几十个男人都爬起来，光脚袒胸，仅穿一条裤衩，在小院集结后浩浩荡荡向木材场走去。

天空积聚了一股闷热气流，平常万籁俱寂的木材场此刻却变得出奇的喧闹。从木堆里探出头的雨蛙聒噪不息，一种俗称天吊水的鸟在竹林间烦躁地上蹿下跳，发出骇人的"嘿嘿嘿"的诡异尖叫。这异常的天象变化让阿昌坚信：一场滂沱大雨即将降临。

两盏汽灯高悬在苦楝树杈上，将木材场通向河边的沙石慢坡照得如白昼。八和剧社的男人们肩扛树木，步履如风，喊出的号子震耳欲聋，偌大的木材场霎时涌起排山倒海、义薄云天的阳刚之气，这种无可名状的强大气流令在场的每一个人热血沸腾。此刻，何念祖脑海里浮现出远祖何昌期在连州东教场比武应试的情景。

慢坡上垫了一排圆木，一直延伸至河边。人们扛着木头搁在圆木上。木头顺势滚到河里，溅起一串串浪花。阿昌、刘满龙和几个膀大腰圆的放排师傅用尖嘴钩啄住木头，树头和树尾交错排列，然后用泡浸多日的竹篾把树木绑扎起来，再用孖钉固定。木排扎起来后，他们又在上面铺了一层松木或杉木。

就在木排成形，惠屏和葱莲等妇女也卷起裤腿加入扛木头队伍时，雷声爆响，俄顷暴雨如注。流经黄坌境内的两条小河集纳了四周山涧的溪水奔泻而下，来势凶猛的河水卷着黄土在古榕树下相汇后迅速淹没了鹅卵石毕露的河滩。靓少德将手臂搭在阿昌胳膊上，两人如小孩般相视而笑。

这时，靓少德用霸喉唱起了《五郎救弟》里的唱段："天波府杨家将，可称得义胆忠肝。"男人们被感染了，一齐引吭高唱："他妻子余太君，是个节烈红装。生下七男二女，个个勇武非凡。力保江山，心志壮。气概凌云汉，人人立志昂。真威风，姓杨亦有光……"靓少德站在高坡上，振臂高呼："系威系势，五郎救弟！系威系势，五郎救弟！"其他人也如长风呼啸般喊叫："系威系势，五郎救弟！系威系势，五郎救弟！"整齐划一的呐喊竟硬生生地将雷鸣和雨声碾碎在旷野里。

骤雨停歇，碧空如洗，河流与远天相融处泛起了一片彩霞。一条长五十余米的木排停泊在河上，宛如一条金色巨龙横亘在苍茫的山野间。木排中央摆了一张竹制躺椅，惠屏从木柜里抱来一张棉被铺在上面。

八和剧社的男男女女站在河堤上，默默注视着正在泄水的河流。阿昌蹲在木排上一根接一根地抽烟，双眼紧盯着逐渐缩窄的河岸。他知晓黄垒的河流河床窄小，弯多水急，河水易涨也易退。而放木排时水小易搁浅，水大易倾覆。河水漫至河边水草时是放木排的最佳时机。当混浊的河水刚退至河边的一片野草时，阿昌扔下烟头，霍地站起来："出发！"话音刚落，堤岸上立即响起雷鸣般的锣鼓声。

柳依依和赵笑媚搀扶着方卓兰走下木排，浩深手拎她的包袱跟在后面。当卓兰躺到竹椅上时，浩深暗地里将手伸入被子里握住她的手，满脸疲态的卓兰抬起头，盯着浩深羞涩地笑了。柳依依看在眼里，便轻唱"燕不双，心愁怆"，拍了拍浩深的肩膀说，"既然你不舍得阿兰，就留下陪她吧。"浩深羞红了脸，走下木排。

站在木排前面的阿昌将竹篙插入水底，随之仰天长啸："嗨——唷——"分站在木排中央和末端的放排师傅也跟着吆喝。岸上锣鼓震天动地。

木排冲落缓滩，流至清幽的小河湾，经一番蓄势后再穿越氤氲山雾，冲向旭日初升的远天……

20 留声机与铜脸盆

　　青莲于汉代开埠时以青莲水东岸的沙洲为集市地，在此建起的第一条古街就命名为沙市街。大约在明清时期，集市地迁至人口稠密的大江墟。民国末期，随着中山路延长和通津码头扩建，大江墟的集市地位就被那建在青莲湾正对的慢坡顶上的新市场代替了。对此，当地一些上了年纪的人在闲聊时常慨叹：风水轮流转，三十年河东，三十年河西。

　　新市场与供奉唐代将军何昌期和李玉珪泥像的尚书祠为邻。尚书祠这座建于明隆庆三年的古祠青烟袅袅，守祠人何念祖正手执扫帚，气鼓鼓地扫除祠前空坪上残留的菜叶棍棒，又用清水冲刷积存在砖缝中的一坨坨污泥。随着尚书祠前的土墩被推平并在上面建成新市场，每天市场人头攒动，喧哗不止，古祠的幽静也就不复存在了。血气旺盛的何念祖由此天天怨气满腹，骂骂咧咧。他说，青莲以前不是叫青龙么？青莲湾原本是一个龙潭，深不见底，住着三条治河妖、保

平安的青龙。尚书祠人称圣祠，底下有一个大溶洞，与龙潭相通，是青龙的歇息安顿之所，他常在夜间听到龙的咆哮声。而今在山坡上建市场又在河边修码头，既亵渎了将军英魂，还截断了龙脉，这行为实在是大逆不道！想到这里，何念祖吐了一口唾沫说："青莲人都睁大眼看吧，善有善报，恶有恶报。青莲终有一天水淹街巷，墙倒屋塌，浮尸满河。"何念祖骂完，提着一桶水走到慢坡侧的石基上，用布条蘸了水，将镶嵌在石墙上的刻于明清时期、记载尚书祠修葺经过的三块古碑仔细擦了一遍，跟着挑起从祠前香炉里挖出来的两箩筐香灰，走到与尚书祠正对的通津码头。

始建于汉代的通津码头在青莲众多码头中历史最悠久。何念祖虔诚地将香灰倒进江河里，口中念念有词。他点燃一根烟，坐在吊脚楼下那一排因年代久远而变得粗粝凹凸的麻石条上，望着被江水环绕的屙屎洲上那片葱翠的树木发呆。

这时熠通剧社几个身体强壮的男人挑着七八个大衣箱走下码头，一群小孩手操木棒，边打斗边喊杀，跟在大人身后。男人们在吊脚楼的石柱间拉起了几条麻绳，又在码头平台用木杈子撑起竹篙，随后打开泛着桐油光亮、弥漫着薄酒香的杉木箱盖。衣箱里散发出一阵浓郁的樟脑丸味，蟒、帔、靠、褶、衣归类安放，井然有序。他们用木衣架将各类戏服挂在麻绳或竹篙上，让阳光和清风驱除戏服上的霉臭味。

熠通剧社的演员和乐师大多来自青莲工商界，家境相对富裕，有钱购买戏服、道具等各类行头。他们从标示了"熠通·蟒袍"字样的衣箱里取出一件紫色蟒袍，这件熠通剧社的宝贝是一名祖籍佛山的老演员从戏班那里花重金买来的，胸前用彩色绒线绣了九蟒四爪的图案，两袖则用金丝绣了鲜艳的花卉和栩栩如生的凤凰。熠通剧社的演员每次穿着这件蟒袍登上戏台，就贵气逼人、满堂生辉。台下不少戏迷在一片尖叫声

中拥上台口，指指点点，一睹为快。有戏迷说："入场只望一眼这件蟒袍，也值回票价啦！"

眼下，孩子们喧闹着躲在晾晒的戏服后捉迷藏，又跳上蟒袍衣箱模仿演员起单脚，立即遭到了大人们的呵斥和驱逐："你们这群调皮鬼敢站在箱子上？旧时见到王侯将相要下跪回避的，一点规矩也不懂！"

何念祖背抄着手走上前，十分好奇地对着蟒袍上那饱满传神的图案和针法多变的广绣左瞅右瞄，继而用手摸了摸大靠肩腹上绣着的虎头，又低下头对着大靠胸前的护心镜照了照，左手叉腰，右手食指和中指并拢伸直，做了个剑指动作，扮作《战冀州》中的马超道："且住，为何光天化日城门紧闭？守将何在？快快开城！"

何念祖从烟袋里撮出几根烟丝，跟着将烟袋随手抛给一个晒戏服的男人，艳羡地说："你们熠通舍得花大本钱啊，样样行头都齐备。单这件蟒袍就赚足街坊的眼光啦。"那男人说，这些戏服是派专人坐船到广州和佛山买的，广州状元坊和佛山朝观里满街都是戏服。那男人还挨近何念祖耳际，神秘地说："街坊不是说我们熠通擅长武戏么？我们班主打算过年前到广州再买几件新大靠。听说这些大靠钉了许多彩色珠片，密密麻麻的，灯光一照，闪闪发亮，够气派吧！"

何念祖感到浑身不自在，像穿了一件破衣裳首次拜会未来的丈母娘，羞愧得只想往地缝里钻。在青莲三个剧社中，论唱念做打，八和剧社是无出其右的，但论戏服道具，八和剧社就自惭形秽了。除靓少德和柳依依有几件破旧的蟒靠、褶子、帔风外，其他生衣旦服大多是演员本人从家里衣箱找来一些旧衣服，经缝缝补补凑合而成的。"八和没一个像样的衣箱杂箱，哪像吃过夜粥走过江湖的戏班啊？简直连草台戏班也不如。"熠通剧社的一些人常得意扬扬地窃窃私语。

　　何念祖挑着空箩筐悻悻走上码头，来到码头入口的一个鱼档旁，他搁下箩筐，走入青莲的新酒楼——小组。

　　靓少德于两年前从日月楼调往小组做领班。小组濒临两河交汇的青莲湾，墙体结实，空间宽敞，非木砖搭建且陈旧逼仄的日月楼可比，加上与通津码头和新市场仅咫尺之遥，行人如鲫，熙熙攘攘，南来北往的人在此品茗喝羹，平添了许多豪气和阔气。

　　靓少德此时手拿一个网兜从厨房里出来，嘴里哼着曲子："有一个牧羊龙女，托我柳毅把书传，令到她骨肉团圆回宫殿……那个龙女三娘，还向我含情将酒献。"看见何念祖迎面而来，靓少德晃了晃身子说："念祖兄，我裤袋里有一本新剧本，桥段和唱词都不错，你先看看吧。"何念祖取了插在靓少德裤袋里的剧本，只瞄了一眼封面，就索然无味地扔到桌子上去了。靓少德从门外的鱼档提回半兜子活鱼，交给了厨工，然后用围裙擦干手里的水，笑着说："剧本看了吗？《柳毅传书》，曲正词正，故事精彩。既然青莲人都说我们八和剧社唱文戏顶呱呱，我们就继续排文戏，食住这条水，让戏迷食过返寻味！"

　　看见何念祖不吱声，老是闷着头抽烟，靓少德感到蹊跷，便问："谁欠你的债不还？"何念祖说："我有钱借给人就好喽，就不用背后被人说是要饭的啦！阿德，你听到街坊是怎样说的吗？说八和剧社的生旦唱起来好骨子，每个音符都好似捻过一样，还说大声德和柳依依连手指和脚趾都有戏。但说到戏服就不敢恭维啦，个个似乞丐一样！"靓少德叹了一口气，说："唱戏佬都明白，执输行头惨过败家。以前我们坐船到各地唱戏，挑着衣箱上码头时，就看见戏迷站在一旁数你有多少个大红戏箱。看到衣箱超过十六个，就竖起大拇指，看到戏服是用箩筐装的，就说你是圆箩班，扭头就走。一些老板想捧红

某演员，往往送那人几件戏服或一箱戏服……唉，八和剧社也想多买几套戏服啊，但八和的人没几个是有钱的，大多是穷光蛋，有的穷到一个礼拜都吃不上一块肉，要大家凑钱买戏服，我开不了口啊！"梨园彩鼎盛时有十多个衣箱，想起二十多年前梨园彩坐的戏船在佛山大基尾被日机炸沉了，几名手足和全部衣箱杂箱都毁于火海，靓少德的眼眶湿润了。

这天温葱莲吃罢午饭，说了句"城基脚的阿娣要生了"就进入房间取了棕榈箱，匆匆出门去了。走出戏棚地，葱莲没往城基脚去，而是往左拐弯走进了当铺巷。

毗邻广州会馆的当铺巷是一条狭长的小巷，直抵中山路。早在明清时代，典当木雕招牌幌子就悬挂在小巷里几间青砖小洋楼的门楣上方。这些典当铺的柜台两侧，或吊了几个钱币模样的木制饰物，或吊着两个醒目的红灯笼，一块上书"神袍戏衣不当，旗锣伞扇不当，低潮首饰不当"的木牌挂在柜台的显眼处。

当日军从海陆空侵犯华南地区时，珠三角大批商人和难民纷纷涌至粤西北航道四通八达的青莲。其时，正是青莲典当业最兴旺之时。几乎每天都有一张张忧戚的面孔在当铺巷出现，这些人在典当铺门前犹豫徘徊，随后缩着脖子走上前去，踮起脚尖，将手中的金银珠宝或其他值钱的物品，从一个小窗递到比普通人高、装了铁栏的柜台上，接过钱币和写着"加息三分算""如有过期不赎，任从发落。倘有虫伤、鼠咬、霉烂、意外等情况各安天命。来历不明与本押无涉，认票不认人"等字样的当票离去。作为剥削象征的典当铺在新中国成立后就没了踪影，小巷里曾显赫一时的义昌豆豉行的晒场也成了青莲糖饼厂的生产工场，一股混杂了蔗糖甜味和水浮莲清香的气味扑面而来。

葱莲踏着麻石台阶走进一个院子里长着两棵无花果树的屋子。一只乖巧的小黄狗从一个昏暗的房子里窜出来，憨拙而机警地绕着葱莲的裤腿嗅了嗅，又挠住葱莲的衣角蹦跃两下，随即摇着尾巴离开了。

屋子的主人是已逾耄耋之年的苏万年，苏家祖宗大约在清嘉庆年间就在青莲当铺巷开了首家典当铺——"德厚典当"。饱满的面庞两侧吊着两只丰润耳垂的苏万年是青莲出了名的"铁算盘"。他整天不苟言笑，脸孔僵硬得像一块铁板，说起话来比石头还硬，常把"见物唔见人""认票唔认人"两句口头禅挂在嘴边。只有当他将客人送来的押品锁进仓库的大铁柜里，然后坐在无花果树下的躺椅上乘凉或晒太阳，一只手轻捏着脸侧那硕大的耳垂，另一只手爱抚膝下那形影不离的小花狗的脑袋时，他那整天绷得将要裂开的脸颊才隐约露出些许笑意。

苏万年除敬奉财神、火神和号神（老鼠）外，还将狗视作苏家的保护神。在青莲大街为纪念孙中山就任中华民国临时大总统而被改名为中山路的那年夏天，一个晚上，当铺巷一些街民因闷热难以入眠，便将床板搬至门口睡觉。有人因点蚊香引起大火，火势迅速蔓延，殃及数家当铺。苏万年不顾当时只穿着一条内裤，就领着司理、朝奉等职员用天井水缸里的备用水灭火，将仓库里的典当品全都转移到了安全的地方，但装着全部当票的木匣还留在仓库里。此时火势更凶猛，火苗蹿上了楼顶。苏万年身披浸湿水的被单，又冲入火海。当他摸到墙边推开几块烧焦的木板时，发现家中的大花狗用身体紧紧护住了木匣。大花狗被烧成了黑炭，但木匣却丝毫无损……自此，苏家从没间断过养狗，家人也戒掉了吃狗肉的嗜好。

"哎呀，是葱莲呀，快进来喝杯茶！"苏万年听到声响便拄着拐杖从屋内出来，看见葱莲提着棕榈箱站着，便热情地将

她引至客厅坐下。

"葱莲，去给哪家的孩子接生啊？"

"不是去接生，刚好路过你家。听说当年德厚典当有三件旧戏服'断当'了，想见识一下。戏服还在么？"

"在呀，在呀！"

"能让我开开眼界么？"

"哦，当然没问题。"

苏万年家里珍藏了三件精美绝伦的戏服。广州沦陷前几个月，某过山班来青莲演《燕归人未归》等剧。戏班在温家大宅卸下衣箱杂箱不久，两个一高一矮的陌生男人就脚步匆匆地走进了当铺巷。高个子男人将一个包袱举上德厚典当的柜台。苏万年打开包袱一看，当即脸色一沉，将包袱推出窗口外，跟着用手里的折扇敲响身后的木牌，冷冷地说："大哥，'神袍戏衣不当'的行规你不懂么？"两个男人红着脸，吞吞吐吐解释了好半天，说他们是戏班的人，急着用钱。"老板，我们确实是唱戏佬。那三件衣服也真是戏服，一件蟒袍，一件霸王靠，一件箭衣，都是我们上台时穿的。请您相信，绝不是冥衣！我们如有半句假话，就算遭雷公劈成十八段也没一句怨言！"两个男人指着天，拍着胸，信誓旦旦地说。

苏万年是懂戏之人，当年温葱莲的父亲温松柏到广州买戏，征求剧目时还专程去请教过他。此刻他捏着自己硕大的耳垂说："既然你们口口声声说自己是唱戏的，那就当着我面唱几句，干脆就唱《燕归人未归》。我起个头，你们接着唱下去。"说完，他将起衣袖，拱手作揖，唱道："你保重啊，剑魂哥。"两个陌生男人很快反应过来。矮个子男人随即扮作女子，显出忸怩娇羞的神态，嘴里流出尖俏之音："燕归巢郎别去。"高个子男人也趋前搂抱矮个子男人的腰，神情悱恻缠绵："若问归期，当在燕归时。"矮个子男人装作掩面哭泣：

"又怕燕重归人未归，我胎含豆蔻惜分离。"

"不用唱啦，看来你们真是唱戏佬。"苏万年摆了摆手，又轻抚蟒袍上的刺绣图案，"嗯，是余茂隆的牌子货。"矮个子男人附和说："是啊，您看蟒袍胸前的顾绣好靓呀，比粤绣还密实鲜艳，是佛山的绣娘一针一线绣出来的。"苏万年噼啪拨了几下算盘，将三沓银圆码在柜台上。高个子男人刚伸手去拿银圆，苏万年却用折扇挡住他的手，说："慢！你说实话，这几件戏服是戏班的还是你自己的？""全是私伙服装。"高个子男人昂起头说。"你们当戏服是不是拿钱去赌？如果拿去赌，我就不做这个买卖！"苏万年素来对赌博深恶痛绝。那两个男人忙指天发誓，予以否定。

后来的事实印证了苏万年的疑心。过山班离开青莲时，不见那两个男人来赎当。一年当期过了后，那两个男人依然杳无音信，三件戏服自然就成了断当。苏万年事后才知晓，那两个陌生男人是来青莲演戏的过山班的二步针，戏服是从平时颐指气使的文武生的私伙衣箱里偷来的。那个可怜的文武生当晚化装时才发现戏服不翼而飞，急得团团转，只好穿别的戏服匆匆上台。有戏迷看出了破绽，就气愤地朝那文武生扔鞋子、投石块。那两个二步针没等演出结束就偷偷溜到广州会馆对面的赌馆搓麻投骰去了，天亮时才灰头土脸、无精打采地回来，他们把从当铺换来的钱输了个精光。

"那三件戏服放在楼上箱子里呢。"苏万年手肘撑住方桌，拄着拐杖站起来，"你跟我来。"他将葱莲引至一个木门上布满蜘蛛网的旧房子前，从腰间摸出一条带长钩的老式钥匙，将房门打开，说："葱莲，你把阁楼上的那只木箱搬下来。"葱莲手攀梯子爬上小阁楼，挪开"德厚典当"和"南北客商来南北，东西当铺当东西"几块牌匾，将一只积满厚尘的檀木箱子搬下来搁到客厅的方桌上。苏万年用鸡毛掸子除去箱面上

的灰土，当他想动手打开箱盖时，那兴奋不已的小花狗缠在他的裤腿边，边汪汪叫着边胡蹦乱跳。嗜狗如命的苏万年不烦不恼，边嘴里嗔骂"你呀，倒泄屎都有你份"，边俯身抱起小花狗，好让这个好奇心盎然的小家伙能居高临下地瞅个究竟。

葱莲帮忙打开用铜片做锁扣的檀木箱盖，一阵清淡的樟脑丸味渗入鼻孔。葱莲嗅着气味，掀开顶层的一块黄绸布，不由得发出一声尖叫：三件戏服被整齐摆放在箱子里。苏万年将小花狗搁在桌子上，铺开那件胸前绣着五爪独龙、两肩绣上虎豹的交领黄色蟒袍，说："这件五爪龙袍，是皇帝穿的。五爪为龙，四爪为蟒。熠通剧社那件蟒袍绣了九蟒四爪，是郡王将军穿的。"苏万年将龙袍裹在身上，绕着桌子趾高气扬地迈着八字步："葱莲，你看见我穿上龙袍，是不是威风凛凛呀？""万年叔印堂饱满，红光满脸，穿了龙袍，十足似皇帝啊！"葱莲待苏万年哼着曲子在桌子旁站定，即把自己带来的棕榈箱放在方桌上，打开了箱盖，箱里装着一个油光锃亮的柚木箱。箱盖缓缓开启，一个金光闪烁、精致玲珑的青铜喇叭像挺立于莲塘里的鲜妍娉婷的莲叶一样映现在苏万年眼里。

"这是什么？"苏万年惊诧地张开嘴。

"留声机！"葱莲说。

"哎呀，好精美啊！我记起来啦，这狗仔唛牌留声机是我当年跟你爸坐船到广州办事时买的。"苏万年兴奋得又蹦又跳，弯下腰来仔细审视那画在箱盖侧的小狗标识，"葱莲，你爸当时花了四十个大洋买来这台留声机，四十个大洋在青莲可买一间大屋喽。"

"这是我十三岁时我爸送给我的生日礼物。"葱莲边说，边为留声机上发条，将一张南音瞽师①钟德②灌录的黑胶唱片

①　盲眼乐师。
②　清末南音大师。

《今梦曲》放到留声机的转盘上。

"至五鼓始已，不知凉露之满身也。"屋子里弥漫着钟德那仿佛接通天际的清越缠绵的嗓音，一幅冷月昏鸦败柳的画面在苏万年的脑海里呈现："这个盲德，一开口就把人镇住了，听到耳油都流出来啦！"坐在椅子上的苏万年双手抱住膝盖，眼瞧着脚尖，身子有节奏地前仰后合。他揩去溢出眼角的老泪，回忆起旧时挚友，喃喃自语："松柏老伙计，你的骨头都能打鼓喽。"

对当年购买这台留声机的每个细节，苏万年至今还历历在目。那年冬天，苏万年与温松柏、胡道权一起乘船到广州办事。

那天，当帆船在广州黄沙附近的码头靠岸时，西天已泛起一片鱼鳞似的绚丽彩霞。走在华灯初上、北风拂面的珠江北堤，三人都意气风发，数天来的舟车劳顿也一扫而光。海珠大戏院顶上的建筑物似一轮凹陷的半月，温松柏指着镶嵌在戏院正门那忽明忽暗的霓虹灯说："今晚演廖侠怀的首本戏《花王之女》，我们去看吧。看完就接着看天光戏，这样住客栈的钱也省啦。"这主意得到另外两人的响应。

苏万年和胡道权在穿梭不息的人流中绕戏院遛了一圈，忽然发觉温松柏没了踪影。两人连忙分头寻找。但他们在戏院售票处旁聚合时，仍没找到温松柏，只好坐在戏院门前的台阶上等他出现。两人刚抽了一根烟，温松柏就满脸通红地从一条窄巷跑来，甩下一句没头没脑的话："磨到牙血都出了，那个孤寒种还是不肯便宜一些，真系冷水烫鸡——一毛不拔！万年，道权，你们跟我来！"温松柏说罢就折身往回走。

苏万年和胡道权不明就里地跟在温松柏身后，走入小巷深处一家经营音响的店铺。这家装饰得古色古香的铺子，正面的玻璃架里摆放一列美国、德国和日本产的留声机，两侧尽是早

期粤剧名伶和音乐人如新华、公爷创、白玉堂、钟德、千里驹、白驹荣等灌录的黑胶唱片。插在精巧小香炉里的两根莞香点燃了半截，丝丝幽香把人牵进一个古典雅致而浪漫温馨的迷幻境地里。此时头发斑白的男店主正背着店门，手执鸡毛掸拂去玻璃架上的灰尘。听到脚步声，店主头也不回地说："这台留声机只卖四十个大洋，是绝对超值的。"店主将一批新录制的贴了伶人头像的唱片整齐斜靠在玻璃架里，随后退后几步左右瞄了瞄，才慢悠悠地转过身来，摘下老花眼镜，附在嘴前呼了一口气。

"老板，把那台留声机再拿来。"温松柏说。店主斜着眼，用绸布擦着镜片，努嘴示意站在一旁的伙计。温松柏扯了扯苏万年的衣角说："你在行，帮忙看看。"苏万年上前，把那台贴着一只小狗商标的留声机端详了半天，竟也说不出个所以然："上面印的全是鸡肠鸭肠①，我也懵懵懂懂。"店主此时才直起身来，指着那只蹲在留声机前竖起双耳聆听的小狗说："这牌子叫狗仔唛。之前是美国佬产的，后来日本仔收购了。这台是正宗的美国货，全广州城就只剩这一台了。另外呀，这唱针是钻石的，很耐磨。"说毕，他上了发条，将八和会馆创始人新华灌录的唱片《甘露寺诉情》放入了唱盘。"老国太，坐锦墩，请听我言禀……"留声机里传出的情深意切的古韵一下子就把他们的魂都勾去了。

温松柏犹豫良久，从牙缝间挤出一句话："这狗仔唛，我买啦！"他呼地撩起长袍，迅速解下绑在腰间装钱的长布袋，捉住布袋的一角，哗啦一声将袋里的银圆全倒在柜台上。"我只剩十八个大洋了。"温松柏伸出两个指头在一堆银圆中拨来拨去，完了用求助的目光望着苏万年和胡道权，"我钱不够，

---

① 指外文。

你们能借我么?"两人不由分说，也解下钱袋，凑足了余款。

温松柏手提装着留声机和十多张唱片的棕榈箱走出店铺。走在通往海珠大戏院的那条小巷上，温松柏的脸上并没流露出丝毫愉悦，他垂着头一声不吭，步态踉跄，好像走在禾秆堆上一样。走到窄巷拐角处时，他忽然蹲下身，抱住棕榈箱号啕大哭。苏万年以为他舍不得买留声机的钱，便说："趁人家没关门，回去把留声机退了吧。"温松柏依旧伏在棕榈箱上啜泣不止。苏万年从温松柏怀里一把抢过箱子："好了，我帮你退掉!"岂料温松柏立即站起来抢回棕榈箱，坐在地上，肩靠墙角继续哭。苏万年与胡道权面面相觑，如坠五里云雾，不知如何是好。

"松柏，你有什么心事，就说出来嘛。"胡道权说。温松柏边哽咽，边用衣袖拭泪，话语断断续续："我想起葱莲的妈……我原本答应她……葱莲出世就买一台留声机送她的……想不到她……唉!"温松柏揩了一串鼻涕接着说："葱莲十岁生日时，我也应承送她留声机的……但几年过去还没买成……这次来广州前，我跟葱莲说，爸这回一定买广州城最好的留声机送你……你们说，葱莲的双眼是不是长得很像她妈……呜呜呜……"原来，此情此景令温松柏想起了死去多年的妻子。

待温松柏心情平缓后，苏万年将他从地上扶起来。三人向海珠大戏院走去。温松柏没有购票进场，而是在戏院台阶上怀抱装着留声机的棕榈箱一直坐至天亮。演出散场时，面如白蜡的温松柏正蜷缩在售票窗口一侧的墙壁上打瞌睡，垂至地上的粘满泥尘的袍裾在北风中呼呼抖动。他头顶的墙壁上贴着千面笑匠廖侠怀的首本戏《花王之女》的巨幅街招。苏万年目睹此情景，便不由得想起剧中与命运多舛的女儿陶霜月相依为命的陶花痴，又把陶花痴和温松柏联系在一起。"唉，慈祥老父，爱女情长……"苏万年想着，竟忍不住涕泪沾襟。

"花魂渺渺归何处，月魄茫茫梦不通……"唱针在唱片上移动。此时苏万年的小花狗正侧着脑袋趴在方桌上，对着留声机的喇叭伸长脖子，让钟德的天籁之音徐徐流入自己的耳朵。其神貌，与留声机商标上的白狗一模一样。小花狗的主人苏万年此刻也完全被牵入乐曲描绘的悲切意境里。"点得我死去共你并头缘不息，断肠甘愿化作芙蓉。春色飘零同一恨，免使落花无主怨狂风。"听完钟德这几句唱词，苏万年也老泪纵横了。他抹去挂在白须上的泪珠喟叹道："日后阎王爷要我跟他走，我就不用请和尚念经了，听几句盲德的《今梦曲》就可以超度喽。"

"哎呀，我说到哪里了，葱莲，我太失礼啦！"苏万年如梦初醒。他瞥见葱莲也低头拭泪，顿时慌了手脚，尴尬地笑着说："葱莲，我给你说一件盲德的笑话。有一晚，一群有钱的文人从广州一家酒楼出来，个个饮到醉醺醺，相约去富商孔继勋家里吟诗作对。孔某叫来家班盲人歌手钟德，让他为客人唱南音助兴。盲德放下拐杖，手扶花窗栏杆，对着月光，唱起了《叹五更》。他只唱了一半，就听到有人呜呜哭了。他唱完后，一个穿西装的人让他坐下，说：'阿德，你唱的南音简直是天籁，没有谁听了不流泪的。我找人用录音机把你唱的南音全录下来吧，刻在唱碟上，好吗？这样，听的人就更多啦，整个广州城都知道有钟德这个人，你的声音可保存上百年、上千年啦。'葱莲，你猜盲德怎样反应？他当时吓得脸都白了，两个灰眼珠转个不停，半天说不出一句话。过了很久才连连摆手，说这个东西太可怕了，会'收走'人的声音。歌录完了，我也唱不出歌啦。说完，他拿起拐杖就走。后来，盲德听到师妹录了唱片却平安无事，才答应将他唱的《今梦曲》录下来。"

葱莲听完，不禁破涕为笑。苏万年将松动的假牙移正，抹去嘴角边的唾沫，说："笑归笑，说起唱南音呀，广州城就数盲德唱得最好听。盲德的南音最适合在夜深人静时听，听着听着，灵魂就飞出身体啦！"

"万年叔，我想跟你商量一件事。"葱莲一本正经地说，"既然您这么喜欢这台狗仔唛，又这么中意听钟德的南音，我就把这两样东西给您，您把那三件戏服给我。我们做交换，好不好？"

苏万年望着葱莲哑了口，显然对葱莲的提议感到十分意外。"什么？你拿狗仔唛和唱片换我的戏服？"

葱莲毋庸置疑地点了点头："嗯！"

"这台狗仔唛是松柏兄的心血，是温家的宝贝呀，我哪敢要呢？夺人之爱非君子啊！"苏万年把头摇得像拨浪鼓，露出不可理喻的表情，"葱莲，你今天来我家就是为了说这事？"

葱莲坦诚地说："万年叔，我对您说心里话，我们八和剧社没几件能撑得起台面的戏服，外面有人叫我们乞丐剧社。唉……"苏万年点了点头说："人靠衣装马靠鞍，台上台下一个道理。以前华公①、千里驹、薛五哥、马先生、上海妹这些大老倌，谁没有十个八个私家衣箱的呢？一个戏班没有像样的戏服，戏迷是瞧不起的。"

苏万年把戏服整理好，放回箱子里，语气坚定地说："葱莲，戏服你拿走，狗仔唛你也拿回去！"

葱莲直摇头，说："万年叔，这几件戏服也是你的宝贝呀，我怎敢白拿呢……"

苏万年打断葱莲的话："葱莲，就凭我和你爸几十年的交情，你把戏服拿回去，也算我对八和剧社的一点心意。这些戏服我也不可能带入棺材的。过几年我走了，你就给我放几首盲德的南音吧。"

---

① 指名伶新华。

葱莲满噙泪水，说："万年叔，我代阿德，也代我爸，多谢您啦！"

当夕照将停泊在青莲湾的上百艘大小船只镀上一层金光时，靓少德闷着头走出小组大门，沿大街一拐一瘸地往家里走。他在戏棚地空坪遇到正在收拾香品的吴天仁和范阳也没打招呼，径直走入自己家里。进了房间，他和衣横躺在床上，双手交叠垫在后脑勺下，双眼望着墙角里一只奋力攀爬的蜘蛛发呆。这些天，关于八和剧社戏服过于残旧的议论他听到不少，特别是一名公社干部当着众人说那句"八和开口顶呱呱，企埋一边烂残渣"特别刺耳。每每想到这些，他不由得感到自卑和愧疚。

梳妆台上的镜子被一只大箱子挡住了，饭厅里的灯光反射不进来，房间里显得很昏暗。靓少德嗅了嗅鼻子，一股檀香味和樟脑丸味钻入鼻孔。他一骨碌爬起来，揭开放在梳妆台上的木箱盖子，不禁大吃一惊："咦，哪儿来的戏服？！"他手捧戏服逐一察看，双手不断地颤抖着，便张大嗓门朝厨房喊："葱莲！"温葱莲走进房间。靓少德急问："这些戏服哪儿来的？"葱莲于是把事情的经过说了一遍。"阿德，万年叔可帮了我们大忙啊。"葱莲掩饰不住内心的喜悦。"嗯，这几件戏服有钱也买不到。尤其是这件龙袍，比熠通剧社的那件还要珍贵。改天我专程去感谢万年叔。"靓少德说着，嗔怪地看了妻子一眼，"你呀，换戏服的事也不跟我商量！要换，也不能拿狗仔唛来换嘛！你爸留下的物件，你怎么舍得拿去换呢？"

"阿德，我跟你商量一件事。"

"你说呀。"

"而今剧社的戏服缺口还是很大的，要发动大家凑钱买戏服。一些做工复杂的戏服还得去广州、佛山买，简单的戏服可以买布自己做，叫东全叔裁剪就行了。咱家存的那笔钱，本打算留给阿深和阿刚结婚用的。现在剧社急着用钱，我想先拿一部分出来用。"

"这事我也想过的，但怕你想不通，我就一直没开口，你能理解就更好啦。捐钱买戏服的事我跟大家说，捐多捐少都行。我这个当领班的要带个头！"

何念祖一天的生活刻板而有序。无论春夏秋冬、冷暖阴晴，他总是在早上五时准时被生物钟唤醒。他习惯爬起来倚在床背点燃一根烟，望着低矮的屋梁发一会呆。随后鞋也不穿，蹑手蹑脚下床走入厨房，挑着木桶，顺着慢坡走到通津码头。待家里的瓷缸盛满了清水，他才取下挂在客厅墙壁上的钥匙，边用拳头捶打酸痛的肩背，边走向相隔三十多米的尚书祠。当他打开有点锈蚀的硕大铁锁，再"吱嘎"一声闷响推开尚书祠那两面油漆剥落的朱红色的厚实木门时，天已放亮，停泊在青莲湾里的帆船上的桅杆和篷盖也依稀可辨了。

过了秋分，昼短夜长，阳气渐敛，阴气始旺。这天清晨，何念祖开门走入尚书祠，循例上香叩拜、添油清扫。之后他站在高台上，手执鸡毛掸，小心拂去何昌期和李玉珪两尊神像上的尘粒。走下高台，他自言自语着"秋分到，一候雷始收声，二候蛰虫坏户，三候水始涸"，背抄手弯下腰，沿着古祠的墙脚缓缓走了一圈，细心巡察是否有虫蚁蛇鼠在祠里挖洞冬眠。接着他站在祠前的香鼎旁，用手背抹了一下有点干涩的脸颊，眼望凸现于青莲湾正对的两河交汇处的屙屎洲，卷了一根烟点燃。

数年前，何念祖在清晨打扫完尚书祠后，就会来到祠右侧的自家菜地劳作一番。这块何家祖辈于坡顶乱石中开垦的瘦地，一年四季瓜菜满园。他将绿油油的菜地浇足水，坐在长着厚厚一层铁线草的地埂上用竹片刮净脚趾间的泥巴，随后手提

着满满一篮瓜菜哼着粤曲回家，完成这一系列动作后，这个守祠人心里总有一种说不出的惬意和满足。自新市场建起后，不仅打破了尚书祠的清幽，而且何家的菜地也被推平并铺上了砖块。少了一份生活帮补，何念祖与妻子八婶唯有依靠酸品档来维持生计了。平常一些善长仁翁上香时，也会往功德箱里投些钱币，但何念祖将这些善款全用于尚书祠的日常开支和修缮。

市场人来人往，变得喧闹起来。何念祖坐在自家门侧的石凳上，拉长着脸抽烟，冷眼瞧着那些正大声讨价还价的交易双方，似乎这些卖者与买者都与自己结下了世代怨仇。"哎，你看见家里的铜脸盆放哪了吗？"八婶从厨房端出一个盛着清水的木盆，撂在丈夫脚下后问道。何念祖愣了一下，没有回答妻子的问话。他丢掉烟头，俯身拧干泡在木盆里泛黄的毛巾，抹了脸又擦了肩，随后把毛巾扔回木盆里。

八婶要找的铜脸盆原本是她母亲的嫁妆，八婶嫁给何念祖时母亲把它作为唯一的嫁妆让女儿带到何家。尽管这只已变黑且褪色的铜脸盆摔断了一个提手，四周也磕得凹凸不平，但八婶舍不得将它变卖。四十多年来，她每天清晨都用这只铜脸盆盛水给丈夫洗脸，冬天时也用它盛水给丈夫洗脚。即使生病了，她也从不中断这一为人之妇的贴心侍候。

八婶此时蹲下身，搓了搓毛巾，拧干后塞入嘴里用牙咬着，捧起木盆将水泼掉。转身回到厨房，将一碗冒着热气的麦羹、一碟辣椒豆豉和几块酸萝卜酸姜摆在丈夫面前的一个石墩上。她把筷子递给丈夫时又问："你看见铜脸盆了吗？"何念祖板着脸摇摇头，眼睛望向别处。"那就怪了，怎么也找不到那个铜脸盆，不会被人偷走了吧？"八婶疑惑不解地说着，同时将两个装满了酸萝卜、酸黄瓜、酸豆角、酸沙梨的酸缸放进箩筐里，挑起担子，迈着三寸金莲，走下慢坡。

一人留家守档，一人挑担售卖，这是几十年来何家酸品经营的惯用模式。八婶身材矮小，人称"矮婆"。她挑担穿街过巷时从不吆喝叫卖，因为"矮婆嘅酸萝卜又甜又辣"的美言在青莲坊间尽人皆知。她通常在通津码头、日月楼、大江墟和戏棚地等地停留，这些地方向来行人如鲫。她也常把酸缸挑到小学大门旁过道的转角处，坐在台阶上打瞌睡，一边闻着从药材公司飘来的桂枝、菊花、甘草等中草药的味道，一边等候那些嘴馋的小学生。吊在校园里一棵老树上的大钟被敲响后，那些兜里有几分钱的孩子们就按捺不住冲出了教室，像一群麻雀叽叽喳喳叫着聚拢上来了。这时，八婶就会揭开盖在酸缸上的玻璃盖，把插满竹签的竹筒搁到显眼处，然后双手抱着膝盖，看着学生们手扶酸缸、咧嘴抚腮、垂涎欲滴的狼狈吃相，心里默记他们吃下的数量。

　　八婶偶尔也会碰到一些专门骗吃的刁顽孩子。他们三五成群，趁人多时作乱，有的狼吞虎咽地吃下酸萝卜和酸黄瓜后谎报数目，有的趁八婶低头从内衣袋里找零钱时，将攥着酸萝卜和酸黄瓜的手缩进衣袖里悄然溜走。遇上这种情形，八婶就会一手叉腰，一手指着作鸟兽散的调皮学生大声呵斥："欺负老太婆要遭雷公劈的！你们是哪级哪班的？我要找校长，要你们站在全校师生面前示众！"有时她会怒不可遏地操起扁担追几步："叫派出所的民警把你们统统抓起来，拉到下庙坐监仓！"民国时城基脚附近建了一排羁囚犯人的监牢，监狱长陈子模心狠手毒，杀人如麻，常把犯人的头颅挂在南塘过渡码头等其亲属认领。八婶常以此事吓唬那些顽皮狡诈的孩子。

　　接近中午时，八婶就会挑着酸缸往家里走，途中把担子搁到中山路收购组那间木砖屋的屋檐下歇息，与一名坐在自家门前的矮凳上搓麻线和纳鞋底的寡妇东一句、西一句地闲聊。八婶从不提起寡妇的男人和孩子。寡妇的男人因为爱打抱不平，当年被陈子模关进了监牢，没过几天就被杀害了，她把丈夫的

头颅埋在挨近尚书祠的荒地里。一年后，她近十岁的独子也在河里淹死了。两人都忌讳聊起这些伤心事，有时不经意提及，寡妇就会泣不成声，泪水将垫在她膝盖上的麻线也沾湿了。

收购组的两个男店员都上了年纪。那个因肥头大耳、体态健硕而被人称作"大旧广"的男人，常挺着皮球似的大肚子躺在竹椅上打呼噜，"呼呼呼"的声响让人误以为走进了屠宰场。另一个长得尖嘴猴腮、绰号叫"尖下巴"的男人则瘦得活像一根竹篙。这人闲暇时常坐在柜台后，在硬板凳上搭着一条瘦骨嶙峋的长腿。他一只手似一把利刃，如同刨竹青，将长了疙瘩的脚背挠得吱吱响；另一只手把弄着一块磁铁，把铁钉什么的吸来吸去，那欢快神情与在街边玩耍的顽童并无二致。他间或将双腿架在光滑如镜的樟木柜台上，旁若无人、摇头晃脑地哼着粤曲。有时他也会踱至门口蹲下身子，嘴叼一根烟，耸着双肩，漫无边际地与八婶和老寡妇说一会儿闲话。

"八婶，昨晚你家煲鸡汤啦？我在屋尾都闻到你身上的鸡肉味呢。"尖下巴把烟丝卷成喇叭状，伸出舌头沾了唾沫，夹在蜡黄的指头上说。

"煲鸡汤？我家还是七月十四那天杀了鸡。鸡肉什么味道都忘喽！"八婶说。

"哎哟，你看你呀，吃了鸡肉也不认。怕人家说你家有钱，要分你家的财产，是不是？昨天念祖兄扛着半箩烂铜烂铁来卖，说要买只鸡给八婶补身子……"尖下巴还没说完，睡在躺椅上的大旧广就仰起身大声干咳了一下。尖下巴转过头来，瞥见拍档在向他使眼色，便把话打住。

"我家有什么财产可分的？一只破鼓，两张旧桌，三个烂缸……"八婶提高嗓门说着，忽然警觉地侧过脸，瞧着因失言而后悔不迭的尖下巴，"你说昨天我家的来卖烂铜烂铁啦？"

尖下巴装作没听清八婶的话，擦着火柴把叼在嘴里的烟卷点燃。八婶直起身，绕过尖下巴，满脸狐疑地走到堆放烂铜烂铁的墙角。尖下巴还没转过头，就听到一阵金属碰撞的声响，接着传来八婶的惊叫："这不是我家的铜脸盆吗?!"八婶手捧那只被砸得卷成一团的铜脸盆："没错呀，这就是我的铜脸盆，缺了一只耳，盆底有一条龙的。"八婶说完就号啕大哭："哪个遭雷劈的那么狠心，把它砸成这样？这是我的嫁妆啊！"大旧广翻身下了躺椅，脚趿木屐走到八婶跟前，嗫嚅道："不是我们砸的……是你家……念祖兄砸的……"

原来，靓少德让大家捐钱买戏服的主意得到八和剧社所有成员的热烈响应，众人无不省吃俭用支持这一行动。有人甚至搜集家里的鸡鸭毛、鸡肾衣、橘果皮、桃果仁等卖给收购组，把换来的钱交到指定人员手里。没有固定收入的癫仔海也不甘人后，他连续几天挑着竹篓上山挖药材，把变卖后得来的几块钱全捐了。

这几天何念祖如坐针毡，他翻箱倒柜也找不出几件能变卖的值钱玩意。他家里积攒了一笔香客善款，打算明年春后将尚书祠的供案从木料换成石料，并将慢坡侧镶嵌石碑的平台修葺一新。动用这笔款项的念头曾在他的脑海里一闪而过，但他旋即抬手往自己的脸上狠狠抽去，直把自己揍得眼冒金星。他在逼仄的饭厅里低头踯躅，瞥见厨房水缸旁的木架上泛着一道耀眼的金光，午后的斜阳透过窗户照在妻子每天用来盛水给他洗脸的铜脸盆上。他缓步走入厨房，拿起铜脸盆左右端详，手指轻抚铸在盆底里的一条阳体独龙，又并拢指头弹击盆身聆听清越的声响，其神态像平生首次观赏到这件稀罕之物似的。他把铜脸盆反扣在木墩上，靠着炉灶坐下抽烟。第二根烟刚抽了一半，他就遽然丢掉烟头，抡起搁在柴堆里的斧头，朝铜脸盆猛然砸去。当他在咣当一声脆响中清醒过来时，铜脸盆像泄气的皮球一样凹陷下去了。他迟疑了一下，再次举起斧头砸向铜脸

盆……咣咣咣的声音响过后，屋子里静得连掉下一根针都能听见。此刻何念祖松开紧握斧头的手，伏在膝盖上痛哭起来，斜阳在他抽搐的肩膀和塌陷的铜脸盆上留下惨淡的光影。

何念祖将铜脸盆和一把锈蚀的锄头摆在柜台上："看有多重。"尖下巴放下抱在怀里的瘦腿，拿起磁铁慢悠悠地在铜脸盆上扫来扫去，又托在手里抛了抛，说："纯黄铜的，好重啊。"大旧广用秤钩勾住铜脸盆，左手提起秤杆，右手把吊着秤砣的麻绳在镶着金属星标的秤杆上缓缓移动，随后捏住秤砣绳子，往何念祖眼底递去："老友，看清喽，三斤九两。"称完锄头，大旧广噼啪拨了几下算盘，从抽屉里取出一叠纸币，用沾了唾沫的指头数了两遍后推向何念祖，说："好端端的铜脸盆，你也舍得砸了当烂铜卖，是不是换钱买酒喝啊？"何念祖挤出一丝笑容："哪是买酒啊？等会去买一只鸡给老婆补身子呢。"何念祖没走几步又折回来，向大旧广和尖下巴各递了一根烟，满脸堆笑地说："我卖铜脸盆的事别跟八婶说！"

这时，大旧广让人把何念祖叫到收购组。八婶看见丈夫缩着脖子走进来，便不由分说地拿起铜脸盆掷向丈夫，又转身抽出扁担朝丈夫打去："你这个没心没肺的……把我的嫁妆当破烂……枉我跟你几十年……你快说，你昨天煲鸡汤送给哪个狐狸精了？我告诉陈子模，叫他把这个狐狸精装入猪笼，扔到河里！"何念祖不解释，也不躲避，任由扁担像雨点一样落在自己身上。看热闹的人越来越多，把门口围得水泄不通。老寡妇从人堆里钻进来，夺下八婶手里的扁担，说："八婶，阿祖在外面有狐狸精？这我不信！我看阿祖不是那种没心没肺的人！"

何念祖没说话。他从老寡妇手中要过扁担，挑起酸缸就走，回头望见妻子还站在原地拭泪，便说："回家去吧，我有话跟你说。"八婶觉得不该让丈夫在众人面前丢尽颜面，于是顺从地尾随丈夫回家。

何念祖愧疚地说："我后悔啊，没跟你商量就把铜脸盆砸了。这铜脸盆跟了我们几十年，是你妈的嫁妆，也是你的嫁妆……唉，我应该想别的办法……"

"卖铜脸盆的钱呢？给谁了？"

"没给谁，捐到剧社买戏服去了。"

八婶停下脚步，瞪眼看着丈夫，未几，伸手接过丈夫肩上的担子，独自走在前面。

何念祖追了上来，说："等有钱了我给你买一个新的铜脸盆。"

八婶嗔骂道："你这个死穷鬼，要骗我多少年？你这话我先听着！"

21 招考广播员

入夜，挂在吴氏宗祠楹柱上的两盏汽灯将天井和回廊照得雪亮。何念祖弯着腰，抡起鼓槌，把牛皮大鼓敲得震天动地。

吴天仁和范阳在傍晚时分即把两个晒香架抬至吴氏宗祠的天井，又将苏万年捐献的三件精美戏服和各人筹款购置的二十多件褶子、开氅、官衣等悉数挂上了晒香架。前来排练的人鱼贯而入，像墟日看耍猴似的围着戏服，东瞧西瞄，笑逐颜开。"穿上新戏服多醒神啊！""哼，而今还有人把我们八和剧社叫成乞丐剧社么？"众人嗡嗡地议论开来。

八和剧社即将排演新戏《柳毅传书》，按惯例于晚间排演前由靓少德宣布角色和演员名单。自夕阳余光从青莲水西岸的修竹间隐没的那一刻起，赵笑媚就莫名其妙地变得魂不守舍了。她生起炉火煮饭后便盘坐在船舱里发呆，直至闻到一股烧焦味才慌忙从灶膛里抽出柴火。吃饭时笑媚依然露出一副心不在焉的神态，筷子伸向菜盘，眼睛却望向

别处。张三嘴里嚼着黑炭似的锅巴，瞥了一眼笑媚，用筷子敲了一下碗沿，淡淡地说："生旦净末丑，小姐丫鬟书童，还不是一个角色？靓班主叫你演什么你就演什么，千万不要嫌弃。大鲤鱼是鱼，鲫鱼仔也是鱼，同样可以下饭。"笑媚先是愣了一下，接着就脸红了：父亲的话语像他手中的渔叉，总能击中要害。笑媚假装起身盛饭，以掩饰内心的烦躁。广发含着一口饭，看了一眼父亲，又瞟了一眼妻子，暗地里揣摩父亲的话中话。父亲突然迸出嘴的没头没脑的话常让他思量好半天。

吴氏宗祠天井展示的戏服丝毫激发不起笑媚的兴致，此时她手缠着发辫，心神不定地站在宗祠门口，不时侧面望向通往戏棚地的大道。她冀望靓少德远远地就笑着向她扬手："笑媚呀，你来演龙女三娘一角！"这时，靓少德满脸春风地走来了，手里拿着剧本。他迈入吴氏宗祠门槛时眼神没有在笑媚的脸上过多停留，笑媚感到这是不祥之兆。

"你们都过来，排练时间到啦。"靓少德扯着大嗓门，把剧本卷在一起，在手里敲了敲，"静一静，静一静。从今晚开始，我们排新剧《柳毅传书》，现在我宣读角色和演员名单。"笑媚往人群里挤，站在葱莲与依依中间。"何浩深，演柳毅。柳依依，演三娘。温葱莲，演柳母。刘满龙，演福叔。方卓兰，演丫鬟。张爱彩，演媒婆……"靓少德宣读完，人群就像炸开了锅一样。依依拉住葱莲的胳膊兴奋得跳起来，两只手托住下巴，笑成了一朵花。笑媚也勉强挤出些许笑容，但她感觉像掉进了冰窟里。

靓少德离开日月楼到小组任领班后，上头考虑日月楼新领班时同事们都众口一词，极力推荐温葱莲。当手持笔记本的组织干部把苏妈叫上日月楼二楼僻静处问她心目中的领班人选时，未经历过如此庄重场面的苏妈有点胆怯地用围裙搓了搓

手，说："葱莲合适，挑水切菜麻利，不会跟人争吵，也不会白鸽眼——瞧不起人。"炒菜师傅也说："葱莲读过私塾，会写字会打算盘又会说话，她最合适啦。"组织干部胸有成竹地征询葱莲的意见，料想不到她竟满口拒绝："我这人太过心慈手软。俗话说，慈不掌兵，义不掌财，这个领班我干不了。"组织干部合上写得密密麻麻的笔记本，疑惑不解地望着葱莲下楼的背影，心想：有人漏夜赶科场，有人辞官归故里。领班虽是小官，手下也有七八个人嘛。不想管人，却想被人管，还有这样的人！

这天是青莲墟日，葱莲提前半小时打开日月楼的木门，然后劈柴生火，抹桌洗菜，准备迎接从水陆两路涌来赶集的客人。苏妈挑着水桶正要出门，葱莲上前将扁担从她孱弱的肩膀上卸下，说："你去烧水煲汤吧，我来挑水。"葱莲随即脱了鞋，肩挑木桶走进担水巷入口的拱道，被一阵北方吹得摇摇晃晃。赤脚走在湿漉漉的散落了沙粒的石板路上，脚底似针扎般刺痛。

"看毅儿有心事，归来之后少言语。常在湖边站，低头自吟诗。又独上书楼，推窗望远处。"葱莲一板一眼地数着《柳毅传书》中的"白榄"往码头走去，到了打铁街街口，就听到柳依依"卖豆腐哩——"的吆喝。依依那像鸿毛将近着地又被柔风托起的清丽之音，成了青莲街民起居梳洗的时间参照。她在《柳毅传书》里扮演龙女三娘，凸显了她在八和剧社正印花旦的显赫地位。这也令她那素来纤弱如柳的腰肢宛若嵌入了钢梁木椽，即便肩荷近百斤的豆腐，也步履生风。

静静流淌的青莲水渔火绰约，晨雾萦绕。葱莲避让着三三两两挑着担子走下渡船踏板的人。赵笑媚穿着藏青色的宽松衣衫站在船头，手里握着插进水里的竹篙，江雾绕着她微微隆起的腹部往上升腾。此时笑媚已有两个多月的身孕，靓少德于是让她在家里歇着，由方卓兰代替她演丫鬟。这时葱莲连喊了几声"笑媚"。当笑媚拨开遮住双眼的零乱刘海扭过头来时，葱莲看到了一张僵硬的笑脸。笑媚在八和剧社已被边缘化，排练时可有可无。为此，她产生强烈的失落感，整天睡眠不足一般，萎靡不振，无精打采。

挨年近晚，十里八乡赶集的人比平常都多。上午八时整，生粉厂响起短促的汽笛声，进入青莲墟的大小路口此时已尘土飞扬了。身穿黑蓝两色粗布衣服的山民，挑着鸡鸭活禽和柴炭油豆，风尘仆仆地往市场赶去。一些住在大洞、老鼠夹岭、毛屋坪、草屋坪、上水虾等地的山民，凌晨四五点就得动身赶路。葱莲提着一口有窟窿的铁锅走出日月楼，往市场走去。

数百米长的大街两侧摆满了各种货物，人们在拥挤不堪的街道上穿梭往来。四方码头入处搁了两个铁笼，笼里有一只雉鸡和一只野鸭。货主是一个瑶族汉子，蓄发盘髻，头缠红布，无领对襟长衣上斜挎白布坎肩。他正向一名蹲在铁笼前的广府客人竖起三根手指，嘴里说着生涩难懂的土话。客人亲昵地拍了拍他的肩膀，微笑着晃动两根手指。瑶族汉子笑着直摇头，再次竖起三根手指，一副毫不退让的神态。客人转身假意离去，但没走几步又折回了，继续与瑶族汉子讨价还价。

葱莲走上慢坡，来到尚书祠旁边的补锅摊。耳背上夹着一根烟的补锅匠显然刚来，他先把小炉灶和风箱摆在一边，再将三根铁钎钉在泥地上，构成三角状，完了昂起头，用纯正的广州话吆喝："补锅嘞——"跟着他又用尖且硬的土话喊了一遍。

葱莲走到补锅匠跟前，说："祥叔，我这铁锅有个破洞，你给我补补吧。"补锅匠祥叔是葱莲娘家的远房亲戚。

"咦，是葱莲呀，你等一等。"祥叔把一张矮凳递给葱莲。"哎呀，祥叔，我发觉你说白话说得越来越流利啦！"葱莲说。

祥叔笑着说:"还不是睇你唱戏睇得多嘛。我去补锅,人人都夸我白话说得好,问我是不是佛山仔,爸妈是不是'走日本仔'时来青莲的。我说,我哪是佛山仔呀,我是地地道道的盐田乡下佬。"

家住盐田的祥叔挑着补锅担来往于青莲、江英、大湾等地的集市,遇到当地演大戏,就把担子撂在戏棚门口,入场过足戏瘾后才哼着粤曲连夜赶回家。眼下祥叔把灶膛里的松枝点燃,往里填满了煤块和焦炭,又将几块铁片扔进嵌在灶膛中的杯子状的坩埚里。葱莲帮忙拉起了风箱。

"葱莲,最近排什么戏呀?"

"排《柳毅传书》,到时你要来捧场啊!"

"呵呵,过年又有新戏睇喽!"

祥叔把葱莲带来的铁锅举到头顶仔细察看,拿出铁锤和铁钉,将破洞边的碎片敲掉,随后把铁锅搁在三脚架上。风箱呼呼响,炉火闪着蓝光。待坩埚里的铁片熔成铁水,祥叔就用铁钳夹住一个小铁勺,小心翼翼地将通红的铁水舀到厚厚铺了一层柴灰的湿布上,左手移到锅底后迅速堵住铁锅破洞,右手则执着卷成笔状的布条将溢出破洞的铁水猛力抹匀,再用稻草蘸了泥浆涂在上面。随着"吱"的一声响,锅里冒起一股白烟。他拿出砂纸将修补处打磨一番,又舀了一瓢水倒进锅里,擦干手伸向锅底摸了摸,爽朗地对葱莲说:"锅补好啦。"

葱莲说:"谢谢祥叔。记得过年到戏棚地睇大戏啊。我腾出一个房间,把被子洗干净,等着你们。"他兴奋地说:"好啊,过大年睇大戏!"葱莲付钱走了,祥叔向旁人喋喋不休:"我这亲戚是唱大戏的。你知道她老公是谁吗?就是八和剧社的班主大声德。按辈分,大声德该喊我'叔'。我上他家吃饭,大声德抢着给我添饭……"镇里有个会唱粤剧的亲戚这件事,让他感到脸上有光。

葱莲提着铁锅刚走下慢坡，就被一个山民打扮的老妇拦住了。"我知道你是日月楼的，我有一捆柴和一缸花生油，你买么？"老妇身穿单薄的黑布衣，系一条蓝腰带，穿膝盖打了补丁的黑裤，脚蹬露出脚趾的草鞋，鞋帮上沾满了泥巴。"我便宜卖给你了。"老妇站在寒风里颤抖着身子，可怜巴巴地祈求说。

葱莲弯腰把柴提起，掂了掂重量，又蹲下身，揭开油缸盖，伸手进油缸蘸了一点油涂在掌心里嗅了嗅，说："油好香啊，柴也够干爽的。"老妇露出笑容："花生油是刚榨的，自家地里种的花生。这是笋裂柴，做煮麦羹的灰水是最好的。"葱莲皱起眉头，抱歉地摇摇头："可是……"老妇扯住葱莲衣袖："你还嫌贵么？你还一个价嘛。"葱莲说："我不是嫌贵，只是日月楼的油和柴都不缺。"老妇懊丧地嗫着嘴，嘟哝着什么。葱莲问："你干吗不等到人多时，卖个好价钱呢？"老妇用袖口擦眼眶，说："我老伴得了重病，两个月没起床了，我得赶着抓药回去……我家住老鼠夹岭……"

葱莲抬头望了一眼对岸遥远的山脊，心里一沉，自言自语道："得走半天的山路啊。"老鼠夹岭位于崇山峻岭中，是青莲偏远贫瘠的旮旯之地，青莲的大人们常用"再不听话就把你卖到老鼠夹岭"的话语吓唬那些调皮捣蛋的孩子。看着老妇近乎哀求的神情，葱莲动了恻隐之心："油和柴，我都买啦。"葱莲打算把油和柴买回家，尽管家里同样不缺。在付钱时葱莲特意多付了几毛钱。"你抓紧去抓药吧。"葱莲说完挑起担子就走。老妇不好意思地把她喊住。葱莲反应过来，回过头说："你等会去日月楼，取回油缸和扁担吧。"

葱莲挑着担子穿过一条窄巷再拐入大街，看见百货公司门口黑压压地聚拢了几十人。人们仰起头，目光全聚焦在墙壁的一则公告上。一个读过几年私塾的人逮住在众人面前炫耀的时

机，得意扬扬地大声念着公告的内容："……青莲广播站即将成立，现向全公社招考一名广播员，要求：女性，会认字，能说流利的粤语……"

有个上了年纪的人问："广播员是干啥的？"念公告的人一脸不屑，斜瞥那人一眼，说："你真是个大山佬，未见过大蛇屙屎①。广播员嘛，就是对着大喇叭喊话的人。"另一个人随即予以反驳："按你这样说，生产队队长也是广播员？我说呀，对着话筒念报纸的人，才是广播员。"念公告的人感到自己遭到轻视，就抢白对方："你懂个屁！公社开大会，书记也对着话筒念报纸呀，那么书记也是广播员么？哼！"两人叉腰昂首，脸红脖子粗，你一言我一语，互不相让，活像两只在一群母鸡面前为了显威而争斗不止的公鸡。

葱莲向来厌恶此类街头舌战的场面。"阿伯，请让一下。"葱莲挑着担子绕过人群，回到日月楼。她刚进入厨房撂下担子，蹲在大木盆前洗碗的苏妈就站起来，附在她耳根小声说："坐柜台旁的那女人真怪，一碗粥吃了大半天，两只眼溜来溜去的，好像在找谁。"葱莲望向那女人。那剪齐肩短发、相貌端庄的女人恰好望过来，那是一张陌生的脸孔。

在夕阳透过交叠的风帆向湛蓝的青莲水撒下一片橙色光晕时，码头上趔趔趄趄走下一群脸红耳赤、酒气盈身的山民。他们上了踏板，跳下渡船。有的搁下担子就像一堆烂泥倒在船舱里，俄顷鼾声如雷。有的盘腿而坐，吐着烟圈闲聊，女广播员成了闲扯的焦点。他们纷纷发挥想象，给这个神秘的新词增添了不少桃色意味，把船上的人全笑歪了。笑媚十分留意山民的胡扯海侃，也躲在船篷后抿嘴偷笑，对女广播员这一新事物的

---

① 指未见过大世面。

兴致愈加浓了。

　　吃晚饭时笑媚夹着一块咸鱼咬了一口又吐回碗里,想问埋头扒饭的父亲"女广播员是真的整天涂脂抹粉,穿得光鲜靓丽,在街上逛来逛去的么?"她愣了一下堵住了嘴,把问话连同半块咸鱼嚼碎咽进肚里,完了才沉静地说:"爸,今晚我想去看排练。"自从因怀孕让出了丫鬟一角,笑媚就没踏入过吴氏宗祠一步。以前,她一听到锣鼓响就抑制不住地亢奋起来,而今反倒害怕听到锣鼓声了,怅然若失的滋味将她煎熬得直掉泪。"去吧去吧,别老是憋在船里,对胎儿不好!"张三说。在孙儿黑仔夭亡的两三年间,张三做梦也盼着儿媳再度怀孕。此时他将碗沿的饭粒扒到一块,瞧了一眼儿媳的腹部,又侧过脸望着闷头闷脑吞咽的儿子广发:"阿发,你陪阿媚去。"

　　吴氏宗祠是青莲信息的散发场所,各类真伪难辨、道听途说的逸事趣闻都在此汇集和传播。笑媚突然冒出到吴氏宗祠看排练的念头,是出自某种心照不宣的意图。她一走到吴氏宗祠外侧那片以断垣做围栏的菜地,就听到靓少德那比铜锣还要洪亮的嗓音:"今后青莲每条街道统一装上有线喇叭,广播员坐在公社广播站给全公社的人读通告、念文章。广播员的声音就像插上了翅膀,传遍青莲每个角落。在大城市呀,那不叫广播站,叫无线电台。大门有解放军把守的,进进出出得凭通行证。"这时有人说:"广播员都有一副好嗓喉,单听声音以为她是上海妹、凤凰女、红线女呢。依我看呀,我们八和剧社的葱莲姐、依依,还有卓兰,都可以当播音员。"

　　那人没把笑媚的名字捎带上,这令笑媚颇为恚愤:这个遭雷劈的,偏偏把我的名字说漏了!你总有一天被洪水淹死的!那人补充道:"本来笑媚也可以当播音员的。可是,而今她肚子大了,人也变丑了,可惜啊!"笑媚听完这话,心里咯噔一紧,搭在断垣上的左手猛地往前一挥,手背被攀缘在断垣上的

荆棘刺得生疼。笑媚倏地泪如泉涌，她吮吸着冒出表皮的血滴，掩脸往回跑。刚行至吴氏宗祠门口的张三见此情形，便用力推了一把广发，紧张地说："你快追上笑媚，看咋回事。"

广播员招考于一周后在青莲公社大楼后的屋院举行。这个青砖黑瓦的独立院子在建筑风格上与骑楼式的公社大楼迥异，宽敞豁亮的屋宇里矗立起四根做工考究的圆石柱。这里曾是客居他乡的广府商人敲锣唱曲、寄托乡思的地方。每逢重大节庆日，来自广州、佛山、南海、顺德等地的广府商人就会云集于此。他们抬来数只烧猪，然后面向南方，上香敬酒，列队叩拜。祭祀毕，主事者便将烧猪切成一块块，太公分猪肉——人人有份。孩子们双手捧住盛着烧肉的瓦钵往家里跑，嘴里不断嚷着"有烧肉食喽"，这是他们无比开心的时刻。

温葱莲、柳依依和方卓兰结伴穿过公社大楼走廊时，就远远望见应考大厅——大楼尽头的屋院大门紧闭。屋院外的一间办公室坐着三十多个应考者。一个年轻姑娘迎上前对葱莲说："你们也是来应考的吧？别紧张，在办公室歇一歇，很快就轮到你们啦。"她说完就推门走进应考大厅。葱莲往屋院张望，只见一名应考者正接受评委们的询问。评委席上共坐着五名评委，葱莲只认出青莲公社副书记马国立和副主任黎迈，其余三名女评委都是县里派来的。葱莲觉得坐在马国立左侧的那名女评委有点眼熟：这女的不是前些天来日月楼喝粥的那人么？没错，就是她！这女评委叫唐华，是县广播站的副站长。

"八和剧社的三个女同志，轮到你们啦。你们谁先上呀？"年轻姑娘推开门喊叫。"我先上吧。"柳依依拢了拢乌黑的秀发，挺胸站起来，步入屋院大厅。还没待柳依依开口自我介绍，黎迈就现出厌恶的表情。他走近柳依依，阴阳怪气地说："你这种人也有脸来应考？你以为公社播音室任何人都能进吗？到河里挑两桶清水照照脸吧，看看自己是仙女还是妖怪。

去去去！下一位！"柳依依惊愕地站在原地，随后羞辱地转过身，推门跑出公社大楼。

　　唐华和县里派来的另外两个评委交换了一下眼色，不知发生了何事。马国立来不及制止黎迈，气得直跺脚："人家既然来了，你就让她试试嘛！"黎迈扯了扯泛黄军服的衣领，鄙夷地说："政审都不合格，试也是白试！我跟公社派出所伍所长说了，要深挖这个戏子的老底，看她跟美蒋特务生鬼开有没有暗中勾搭，说不定青莲又挖出一枚定时炸弹呢！"马国立瞧着振振有词且带几分自负的黎迈，嘴唇嚅动了几下，但最终还是闭口不语。

　　黎迈一番话，让马国立想起最近青莲发生的一个案件。原来，梨园彩原男丑郭衬开在解放后变得穷困潦倒，住在打铁街一间小屋，姘妇早弃他远去。他凭三寸不烂之舌说服了花脸岳，在阳禹剧社扮演老本行。两个月前，阳禹剧社在大街中心演出粤剧《滩险灯红》——一部反映渔民夫妇擒获企图破坏航标灯的暗藏美蒋特务的小戏，生鬼开在戏中饰演美蒋特务。令人感到不可思议的是，生鬼开在戏外就是一名彻头彻尾的美蒋特务！公安干警根据线索在演出当天搜查他家，在炉灶下挖出一个瓦缸，里面藏着一面青天白日旗、一张写着"任命郭衬开为阳山谍报组上尉组长"的委任状和一支驳壳枪。生鬼开是在演出结束后被干警锁上手铐押走的。这一幕令围观的人震惊不已：哎呀，做梦也想不到啊，美蒋特务就在我们身边！

　　"下一位！"随着黎迈一声高嚷，方卓兰走进屋院大厅。唐华手执一张报纸向卓兰走来："你就念报上的文章——毛主席写的《为人民服务》。"卓兰接过报纸，清了清嗓门，就朗读起来：

　　……人总是要死的，但死的意义有不同。中国古时候有个

文学家叫作司马迁的说过：'人固有一死，或重于泰山，或轻于鸿毛。'为人民利益而死，就比泰山还重；替法西斯卖力，替剥削人民和压迫人民的人去死，就比鸿毛还轻。张思德同志是为人民利益而死的，他的死是比泰山还要重的……

尽管卓兰嗓音清甜，仪容也落落大方，但难以掩饰语音上的硬伤：不少字词糅合了浓厚的本地音。看见身边的一名女评委忍俊不禁地捂住嘴，作为姨丈的黎迈也如坐针毡，憋出了一身汗。

卓兰退场后，葱莲便推门进去。葱莲甫一出现，即把屋院里的灰败气流荡涤净尽。疲惫不堪的评委们纷纷挺直腰杆，霎时变得精神抖擞，偌大的屋院鸦雀无声。葱莲穿一件淡蓝色棉袄，将齐肩短发随意挽到耳后，显得端庄干练。特别是当她从容淡定地用标准清脆的广州话做自我介绍时，评委们马上联想起电影《地道战》里的高家庄妇救会主任林霞。

……我们大家要学习他毫无自私自利之心的精神。从这点出发，就可以变为大有利于人民的人。一个人能力有大小，但只要有这点精神，就是一个高尚的人，一个纯粹的人，一个有道德的人，一个脱离了低级趣味的人，一个有益于人民的人。

葱莲抑扬顿挫地念完毛泽东另一篇著名文章《纪念白求恩》后，评委们忍不住赞赏地点点头。葱莲退场后，唐华便兴奋地对马国立说："马书记，前些天就有人向我推荐温葱莲啦。墟日时我假装去日月楼喝粥，目的就是想看看哪个是温葱莲。我只听她说了三句话，就认定她了。她朗诵的音准、音色、节奏都是无可挑剔的，虽然年纪大了些，但她稳重大方的气质是那些毛躁小女孩所缺少的。马书记，如果你们青莲广播站不要温葱莲，就让给我们县广播站吧。怎么样？"马国立连连摆手，说："青莲是大公社，广府居民特别多，来往的船只也不少，要优先发展广播站啊。唐站长，你就别打葱莲的主意啦！我不是广东人，但我觉得葱莲的广州话说得最地道。大家议一议，三十二个应考者中，选谁做青莲广播站的首位广播员合适？"县里派来的三个评委都一致推荐温葱莲。

"黎主任，我想听听你的意见。"马国立扭头望向黎迈。

"嗯，葱莲确实不错……"一直将手中的铅笔颠来倒去的黎迈显得心神不定。他抹去鼻尖上的汗丝，昂首朝门外喊道："阿琦，外面还有人应考吗？"年轻姑娘应答："没有啦，葱莲姐是最后一个。""我出去看有没有遗漏的，别把人才埋没了。"黎迈说完走出屋院，站在隔壁办公室门口，将里面的三十多张脸孔认真看了一遍。当他颓丧地皱着眉头返回屋院正要落座时，忽然门外走廊响起一串如战马疾驰的脚步声，接着屋院大门被推开了，闪出一张红彤彤、挂着汗珠的青春笑脸。

马国立和黎迈不约而同地惊呼："赵笑媚？"

"今天过渡的人特别多，所以我来迟了，不好意思。"笑媚微笑着向评委们深深鞠躬。

她将两根长辫拂向背后，随后把双手叠扣在腹前，优雅地笑望着评委。看着笑媚高挑健美的身材裹了一件粉红色的衣衫，一条乳白色的围巾交叉系在脖子上，评委们恍惚中仿佛嗅到了春天的气息，置身于披红挂绿、生机勃勃的江岸上。

"你念一遍毛主席写的《纪念白求恩》吧。"黎迈将报纸递给笑媚。待笑媚朗读完，黎迈又说："你是船家妹，会唱咸水歌么？""我会唱呀！"笑媚左手轻抚白围巾，右手举至眉间，开口唱道："疍家阿妹真正秀，竹帽遮颜半带羞。俏鼻傍住樱桃嘴，白颊透红衬明眸。"唱完咸水歌，笑媚又唱了一段《青莲水路歌》："凤凰齐飞过青霜，烧水劏鸡来榨油。大洲尾

前鱼公迎，屙屎洲下好休整。青莲开头把关陂，白鹤飞埋浪伞步……"

笑媚退场后，唐华将双手抱在胸前，感慨地说："我跑完了全县每个公社，发现青莲人说白话和朗诵很有天赋。以后县广播站选播音员就不用操心了，来青莲往人堆里随便一抓，就可以抓出几株好苗来！"笑媚出人意料的优异表现，扭转了原本一边倒的局面。马国立与黎迈商量后决定，将葱莲作为第一候选人、笑媚作为第二候选人上报公社党委研究。

马国立和黎迈参加公社别的会议去了。县里的三个女评委留在屋院里收拾东西。"听我亲戚说，赵笑媚是有两个多月身孕的。奇怪呀，今天竟一点都看不出来。""你说唱咸水歌那个女的怀孕了？我才不信呢。我专门留意了她的腹部，扁平得很，哪像是有身孕的人呀？华姐，你说赵笑媚像怀孕的人么？"唐华说了句"你们真八卦"就没下文了。她只是想，如果赵笑媚真的怀孕了，温葱莲成为青莲首位播音员是板上钉钉的事。

葱莲到码头挑水来了。青莲水暴涨，迅猛而来的江水拍打着船舷，将一堆堆垃圾冲上河岸又卷回江中。张三的渡船刚好离岸，广发和笑媚手持竹篙，站在船舷两侧。笑媚两岁的儿子从驾驶室冲出来，双手捧着用报纸糊成的大纸船。小家伙解下系在背上的空葫芦，在船头左蹦右跳。他走到舷侧，企图将手里的纸船抛入江中。"咚！"由于用力过猛，小家伙坠入河里。葱莲惊呼："阿媚，你的仔掉入河里啦！救人啊！快来救人啊！"葱莲感到喉咙被一把干稻草堵住了，声音喊不出来。她扔下水桶，想扑入江里，但发觉腰上拴了一条碗口粗的缆绳，动弹不得……

"葱莲，你醒醒！"靓少德推了推妻子的肩膀。葱莲睁开眼，瞧着明瓦透下的微光，长长舒了一口气。"吓死我了，我梦到笑媚的仔被洪水冲走啦！"葱莲心有余悸地说。靓少德说："笑媚还没生呢，你这个梦也太离谱了吧。"葱莲披了件棉袄下床来，说："三叔连续两晚没来排练了，是不是有什么事？我向来做梦都是很准的，莫非真的有事？"

葱莲忙完日月楼的事就走到豆腐社码头。张三正蹲在船尾的竹围下生火做早饭。葱莲还没踏上渡船踏板，就远远闻到一股专为产妇补身子的甜酒煮鸡的味道。她站在船舱朝船尾连喊了两声"三叔"。"哪位啊？"张三边应答边直起身，不停地用手驱散涌上脸的柴火烟，"嗯，是葱莲呀。有事么？"

"三叔，您有两晚没来排练了。您身体没事吧？"

"没事，我哪有事呢？我身体硬朗得很啊！"

"您没事就好。冬天青莲的江风比刀子还利，要多穿几件衣服啊。咦，怎么不见广发和笑媚两公婆呢？"

"广发上街买东西去了。笑媚……她在床上躺着呢。"

"笑媚生病了？"

"她没病，只是……"张三垂着双手站在葱莲面前，欲言又止，似乎在极力掩饰什么。

葱莲感到事态不妙，便推开船舱趟门，弯腰走了进去。船舱被封得严严实实，黑暗中隐约看见一张隆起的棉被。"笑媚，笑媚。"她轻声呼唤着，一只手往枕头探去。未几，她触摸到一只湿漉漉的枕头，跟着触摸到一张湿漉漉的脸颊。葱莲透过趟门流入的微光，瞧见笑媚正咬着嘴唇流泪。葱莲立刻慌了神："笑媚，你怎样啦？"笑媚哽咽不语。张三端来一碗甜酒鸡。葱莲感到一颗心悬在半空，她不敢相信自己的推测："三叔，笑媚的胎儿……"张三表情痛苦地点了点头："胎儿没了……"葱莲惊惶地张开嘴："哦——"她接过张三手里的碗，又拍了拍他的手背，说："三叔，让我陪笑媚说一会

儿话。"

葱莲将笑媚扶起来，用汤匙把甜酒鸡送到她嘴里："趁热吃吧。"笑媚摇了摇头，依然泪流不止。葱莲轻声问："是哪天没的?""三天前。"笑媚有气无力地说完，将脸别向一边。葱莲暗想：三天前，不就是到公社参加播音员招考的前一天吗?葱莲回想起那天笑媚神情紧张地走出屋院，在走廊遇见葱莲和卓兰也不打招呼，像一阵过堂风似的，一刻也不停留地远遁而去。"笑媚，别胡思乱想了，养好身子再说。听话，吃下这碗甜酒鸡。"葱莲劝慰笑媚。

冬阳隐去后的街巷显得昏暗而寒冷。苏妈佝偻着腰，提着半竹篮番薯往家里走。看见家里那两扇被烟熏得又黄又黑的木门敞开着，一张竹青凳和两只水桶搁在门前，苏妈便知道儿子在家等她下班了。但当她放下竹篮望向屋里时，发现屋里除了一张垫了干稻草的床铺、一个矮木柜、一个炉灶和一些杂物外，空无一人。"阿苏呢?"她把番薯倒进锅里，"可能去戏棚地收棕丝了吧。"苏妈想着，往戏棚地走去。

快二十岁的阿苏很勤快，白天几乎没有歇息的时候。虽然双目失明，但他除了挑水和做饭外，还学会了刨竹青和砸棕树皮，挣些小钱帮补家计。苏妈走到戏棚地拐角时，就远远看见儿子挑着卷成棉被状的竹青和装满棕丝的箩筐，挂着拐杖，摇摇晃晃地走下戏棚地的台阶。苏妈迎上前，阿苏听出是母亲的脚步声，便停下不走了，沾满了竹青粉和棕丝粉的双颊露出了无比欢快的微笑："妈，您下班啦?"

苏妈想抢过儿子肩上的扁担。阿苏退了一步，挺起结实的胸膛说："妈，我比你力大!"他说完就迈着大步往前走。苏妈只好跟在儿子身后："走慢些，别摔倒啊!"

阿苏卸下担子，坐在门侧的石凳上喘息。苏妈取下挂在墙上的毛巾，拂去儿子头上和身上的粉末，随后将毛巾泡了温水，搂住儿子的头颅。阿苏不好意思地挣开母亲的手，笑着说："妈，我不是小孩啦，我自己擦。"苏妈装出生气的样子："你岁数再大，也是妈的仔！再说，你擦不干净的。"阿苏不说话了，静静躺在母亲怀里，任由母亲细心地揩去自己脸颊和脖子上的粉尘。

阿苏轻抚母亲手背上的皱纹，随后抬起手摸向母亲的额头和颈项，喃喃自语："妈，您也变老啦！"说着，两行热泪从他紧闭的眼眶里涌出。"妈，您亲我好吗？我想要妈亲亲我！"阿苏攥住母亲的手，轻声哀求道。苏妈愣了一下，便拨了拨垂下的白发，将干涸的双唇贴向儿子凹陷的眼窝，直至把两行泪水吻干。完后，苏妈像欣赏艺术品一样瞧着儿子的脸，柔情满腔地说："苏仔，你其实样子好靓的……"苏妈本想接着说"可惜你盲了眼"的，因为害怕自己和儿子听后伤心，她就赶紧把这一句堵住了。可是儿子仍然说出了她心里那句话："妈，如果我不盲眼，会有女仔嫁我吗？""呵呵，那是肯定的事！我想呀，愿意嫁给我阿苏的女仔，从戏棚地到新街尾，排起长龙，数也数不完啊！"苏妈说着，笑弯了腰。阿苏扔掉拐杖，在狭窄的屋里来回迈着方步，若有其事地说："妈，您挑一个最靓、最勤快的女仔做儿媳，我要她天天为您端洗脸水，让您享清福！"苏妈眼眶满噙泪水，说："要是真有那一天就好喽！"说罢，母子俩抱在一起忘情大笑。

"苏仔，今天你让妈开心得流泪……"苏妈说着用衣角拭泪。阿苏还沉浸在欢乐的幻想里："妈，您今天那么开心，是因为我结婚吗？""是的，今天我苏仔讨老婆啦……"苏妈说完就快步冲出屋外，她害怕儿子听到她悲凄的哽咽声。待情绪平复下来，苏妈才回到屋里。"苏仔，你饿了吧？妈煮红心番薯给你吃。"她蹲在灶前生火，鼓起腮帮，嘴巴贴着火吹筒，

往炉灶里吹气，"红心番薯是山佬种的，又甜又香，吃下十个八个还想吃。苏仔，今晚妈让你吃个够！"阿苏说："好啊！昨天阿海带回一个红心番薯，分给我一半，好香甜！阿海说，这种红心番薯叫'乌骨麒龙'。"

阿苏话音刚落，屋外传来癫仔海的声音："苏哥，我不单请你吃乌骨麒龙，今晚还请你吃江英鸡呢！"苏妈和阿苏还没反应过来，癫仔海就手提一只五六斤重的大骟鸡走进屋，"苏哥，今晚就别吃番薯啦，放开肚皮吃江英鸡吧！"

"阿海，哪来的鸡呀？"苏妈惊奇地问。

"苏妈，我向您保证，我没骗没偷没抢。这只鸡是我挣钱买来的！"癫仔海扬扬得意地说，将绑住双脚的鸡扔到柴火堆上，"苏妈，劏鸡煮鸡您在行，我和苏哥就伸长颈等着吃鸡肉啦。"癫仔海说完就脱下外衣，卷起衣袖，坐在门前的矮凳上，手握木槌，朝水煮后变得软绵绵的棕树皮砸去。呈"八"字状的棕树皮经几番锤打后，现出一条条红褐色的棕丝。癫仔海放下木槌，点燃一根烟，瞥了一眼正埋头刨竹青的阿苏，颇为自豪地说："苏哥，你刨竹青也好，砸棕八头也好，都比不上我挖山草药来钱快。你看嘛，我爬一次盐坑岭，就轻轻松松挣到两只鸡的钱啦。你呢？一个月累死累活，也没我爬一次盐坑岭挣的钱多！"

阿苏没理会癫仔海，卸下已露出肉囊的竹节，换上一节新竹，继续前倾后仰运着笨重而锋利的竹青刀。倒是苏妈对癫仔海的话题来了兴趣，她边为鸡放血去毛，边问癫仔海："能一次挣那么多钱，你挖的山草药难道是长生不老药？"癫仔海默然不应，嗅了嗅套在手腕上的发筋，嘴角挂着狡黠而神秘的笑意。

"阿海，不肯说呀？是不是怕我俩仔嫲抢了你的饭碗？"苏妈嗔怪道。

"苏妈，您别多心！只是人家要我保守秘密。"癫仔海扔掉烟头，举起木槌砸向棕树皮，"是呀，我也想不通，她干吗瞒着家人要我找这些山草药呢？"

"什么山草药？"

"益母草、夹竹桃、五行草。"

"哎呀，听说这些药全是打胎用的！"

"是呀……好不容易怀上了，干吗要打掉它呢？还瞒着家人！"

"阿海，你可不要为了几个钱，做伤天害理的事啊！"

"……"

"谁瞒着家人向你要这些打胎药？你快说！"

"是……是笑媚！"

"啊！"正在切鸡肉的苏妈听到熟悉的名字，惊诧地尖叫起来，手里的菜刀"咣当"一声掉到脚下的石墩上，"笑媚吃打胎药？"今天中午葱莲把笑媚流产的事告诉了苏妈，但苏妈想不到笑媚竟吃山草药引产，她猜想葱莲也蒙在鼓里。此刻癫仔海茫然地张大嘴，后悔地翻着眼皮，素来大大咧咧的他也意识到事态的严重性了。

面对满盘子黄澄澄、香喷喷的鸡肉，苏妈食欲全无，吃了半块鸡胸肉后就搁下筷子，心神恍惚地坐在床沿。阿苏却胃口大好，吃完盘里的鸡胸肉就捡桌上的鸡骨来嚼。他擦着嘴边的油渍，不停地说："阿海，江英鸡真好吃！"癫仔海专挑鸡头、鸡爪、鸡翅来吃，几杯白酒下肚后就海阔天空地独自胡侃，之后倒在灶台边的柴草堆上呼呼入睡了。苏妈抱来棉被盖在癫仔海身上。"三叔天天盼着抱孙子，笑媚干吗要瞒着他打胎呢？"她百思不得其解，"这事得告诉葱莲！"

苏妈在街口截停了正要去吴氏宗祠排练的温葱莲，她把葱莲扯到晒香架下。

"葱莲,你知道笑媚吃了打胎山草药么?"

"真有这事?谁说的呀?"

"阿海亲口跟我说的!打胎药是阿海到盐坑岭挖的,笑媚付给阿海两只鸡的钱,还要阿海保守秘密呢!"

葱莲愣住了,手扶晒香架瞪大眼:"笑媚啊,好端端的干吗要吃打胎药呢?你难道想把三叔活活气死吗?"她用力攥紧苏妈的手,叮嘱道:"苏妈,这事别说出去!"

涉过青莲水与连江交汇的湍急水域后,颠簸不定的渔艇平稳下来,在平静如镜的青莲湾犁出了一缕缕涟漪。几日前的一个下午,张广发将沾满水珠的竹篙插入船头的圆孔里,又随手将缆绳往岸边一扔,缆绳稳稳套在石柱上。广发一手提装着半桶河鱼的木桶,一手提着秤杆,站在河岸的青石板上,回过头爱意满盈地瞅着蹲在一对鸬鹚前的妻子。赵笑媚把装在网兜里的鱼虾倒在舱板上,看着鸬鹚在冬阳下拍打着潮湿的翅膀,伸长嘴巴去咬左蹦右跳的鱼虾,才舒心地直起身,挺着身孕,扶住船篷走下船来。

广发在通津码头入口刚放下木桶,即有几个顾客说笑着围了上来。鸬鹚捕获的河鱼特别新鲜美味,"发哥卖鱼——有声(腥)气"也就成了顾客们的口头禅。随着笑媚有了身孕,顾客们的这句调侃语有了特指的新义。每听到这句话,广发就会张开嘴巴傻笑,而笑媚也羞红了脸。

不到半小时工夫,半桶河鱼就卖完了。广发要到市场买肉去,爱逛市场的笑媚原想到八婶的酸萝卜档买酸品解馋的,但犹豫片刻后就兴致顿消了。"我想吃酸萝卜,你替我买几块回来吧,我懒得走了。"她对广发说,说完就拎起空桶走进了一间偏僻的店铺。自再次怀孕后,笑媚似乎变了一个人,愈发畏惧人多热闹的场合了,这与她当初因演赵鳌娘而声名鹊起时爱抛头露脸的性子大相径庭。

正当笑媚孤零零地坐在柜台前的凳子上，茫然望着街上的行人时，一个穿褪色军服的挺拔身影赫然出现在离店铺几步远的鱼档前。当此人缓缓转过身，露出方形脸和两道浓眉时，笑媚内心不禁一阵慌张。她赶紧低下头，又慌忙收起腹部，扯了扯花格子棉衣，遮住凸起的肚子。

一对崭新的解放鞋停在笑媚穿的灯芯绒布鞋前方，随后一道温柔的男中音在她头顶上响起："你的发哥河鲜这么快就卖光啦？"

"是呀，卖光啦……"笑媚伸手将脚下的空木桶移向身边，暗骂自己笨口拙舌。

"改天替我留条白鳝好吗？我喜欢吃。"解放鞋微微挪动。

"知道啦，黎主任。但白鳝不是每次都能抓到的。"笑媚仰起头，与黎迈温雅的目光碰在一起。她立即别开脸，下意识地嘟嘴吹了吹额前的刘海，掩饰心里的惊惶。

"公社播音员过几天就招考了，你不打算报名么？你就甘心一辈子撑船卖鱼？"

"黎主任，我能当播音员吗？"

"我觉得能！你各方面条件都不错！"

"考些什么内容啊？"

"熟读'老三篇'就行啦。"

"可是我怀孕了……"

"唉，你干吗选这个时候怀孕呢？！因为有时要到生产大会战现场广播的，大着肚子不太方便。你如果不怀孕，肯定能当上播音员！"

店员从屋内走出来："黎主任，您要买什么呀？""嗯，给我一盒连县火柴和一包丰收牌香烟吧。"黎迈付了钱，就温情脉脉地瞅了笑媚一眼，抖了抖肩膀，走出店铺。

笑媚没等广发回来就黯然离开了店铺，回到了渡船。广发在市场买了肉和酸萝卜返回店铺时不见笑媚，急得四处寻找。他在百货店、布匹店、杂货店寻了一遍，才心急如焚地返回渡船，看见船舱趟门紧闭，而灯芯绒布鞋搁在一旁，才如释重负地长吁了一口气。他悄悄推开趟门，把盛在小碟里的酸萝卜放在床头后又默默退了出来。

"你不打算报名么？你就甘心一辈子撑船卖鱼？""你如果不怀孕，肯定能当上播音员！"笑媚躺在床上反复咀嚼黎迈在店铺里跟她说的话。她此时已没了吃酸萝卜的半点心思，不仅如此，还莫名其妙地对弥漫在船舱里的那股酸辣味产生了强烈的厌恶感，尽管这股充斥青莲街巷的味道一向令她垂涎欲滴。她打开了一条门缝，让呼呼吹进来的朔风驱逐这令她恶心的味道。在天色向晚时，她将丈夫端进来的那碟酸萝卜悄悄倒进江水里。

入夜后的北风愈加张狂。在一阵阵如婴孩哭啼般撕心裂肺的呼啸声里，青莲冷寂的街巷在瑟瑟颤抖。当全身包得严严实实，且脸孔裹着乳白色围巾的赵笑媚有如天降地闪入癫仔海那间小屋时，蜷缩在床角抽烟的癫仔海倏忽紧抱盖着腿脚的棉被，吓得眉直眼愣。笑媚将灶台上的煤油灯拧亮，端到床侧，缓缓揭开脸上的围巾后，才镇定自若地把来意言简意赅地说清道明。完后她将卷成圆筒的用发筋勒紧的厚厚一叠纸币扔到癫仔海跟前的被面上，趋前一步，伸手轻柔地摸了摸他尖长的下巴，接着又发狠地掐了掐他隆凸的腮帮，说："这事只有天知地知，我知你知！"说完她把围巾往脸上裹去，半推开门探视街巷两头后，就像幽灵一样消失了。

癫仔海急不可耐地打开滚到床边的那卷纸币，用指头捏了捏厚度，掂量纸币的数量，又把指头伸进嘴里蘸了唾沫，将纸币连数了三遍。之后他把缠了几缕乌亮发丝的发筋贴住鼻孔，使劲地嗅了嗅。当一股渗透了年轻女性体香的芬芳沁入他心脾时，他不禁神魂颠倒，下体也蓦地刚硬起来了。

何念祖擂响第三遍发报鼓后，人声嘈杂的吴氏宗祠才安静下来。靓少德腰间掖着《柳毅传书》的剧本，大步走向天井中央，两手高扬，朗声喊道："开始排戏啦！柳母、媒婆、福叔各就各位，棚面准备！"手执鼓槌的何念祖站起身，慢悠悠地点燃一根烟，懊丧地说："人不齐，怎么排戏呀？"

靓少德对排练迟到素来是十分生气的。凡遇到有人迟到，他就会火冒三丈："在旧戏班有谁敢迟到呀？你来迟一步师傅的藤条就照头盖脑打下来啦！大小戏班都有这规矩，无论是新仔还是老倌，一年内迟到三次你就不用捞了，老板会请你吃无情鸡——叫你立马卷被席滚蛋！"此时靓少德气得在天井来回踱步，抽出掖在腰间的剧本不耐烦地猛击手掌："今晚谁迟到啦？是谁？"扮演福叔的刘满龙望了望左右，悄声说："是柳母——葱莲。"

扮演媒婆的张爱彩抹了一下发髻，扭着壮硕的腰肢走到靓少德跟前，噘着嘴说："靓班主啊，你想不想让葱莲尝无情鸡呢？我这个大葵扇给你找一个更靓、更后生、更勤快的。"身后有人哄笑道："靓班主，葱莲要去公社当播音员啦，她反过来要请你吃无情鸡啊！"看见靓少德窘态毕现，张爱彩才一本正经地说："葱莲每次排练都是最早来的，按理……"说话间，温葱莲气喘吁吁地出现在屏风侧的走廊上："对不起啊，忘了拿剧本，回家找了半天才找到……"靓少德颇为不悦地瞅了一眼妻子涨红的脸。

靓少德仰头大喊："各就各位！"棚面席鼓乐声乍起。靓少德靠在天井走廊的木柱上，一手抱着胸，一手托住下巴，聚精会神地看着温葱莲、张爱彩和刘满龙排练。

张爱彩左手拿着手帕，在葱莲面前轻盈地走着碎步，露出逢迎讨好的神色："夫人，这个渔家女既聪明勤劳，又有才情，写得一手好诗。你找遍湘江两岸，也找不到第二个啊！"葱莲反应笨拙，停顿一会才说："真的？我正要一个有才学又勤劳的媳妇助我持家，照你说来正合我意。"说完就站着等候张爱彩往下演。张爱彩暗地里扯了一下葱莲的衣袖，说："你漏了一句词啦。"葱莲尴尬地吐了一下舌头，慌忙把漏掉的台词补上："不过媒婆多大话，我怕你会把人欺！"张爱彩从怀里掏出一张纸笺上下瞄了瞄，唱道："是她的老叔到处放风，我才赶来告知你。我七手八脚，才弄来她的亲笔诗词。我不识字也说她写得一手好字。"张爱彩唱完就把纸笺递予葱莲。葱莲向刘满龙和张爱彩扬扬手，唱道："生花妙笔，绝妙好词，渔家有此多才女。福叔，你快拿此诗笺给公子看。媒婆，你带我去看看那位渔家女儿。"

早已憋了一股怒气的靓少德这时气冲冲地连喊三声："钩住！"他扶着残疾的左腿从走廊跃下天井时撞到刘满龙怀里。"葱莲，你既忘词，又漏了一个表情。"靓少德做了一个接过纸笺阅读的动作，喜上眉梢道："哎呀，真是写得一手好字啊！"示范完，他悄然捏了捏妻子的手腕，埋怨道："你今晚被鬼迷了心窍吗？老是走神……"葱莲连忙向众人躬身道歉："对不起啊，重来一遍！"靓少德百思不得其解地望着妻子，暗忖：她可是从来不迟到、不忘词的呀！她肯定有心事！

知妻莫若夫。夜里，看着妻子全无睡意地将头垫在手臂上冥思苦想，靓少德披衣起床，把烤火炉重新点燃，捧进睡房。靓少德说："街坊都在说，葱莲整天想着离开日月楼，去公社当播音员啦。哎，我怕你想到走火入魔啊！"他用铁铲盛了一些炭灰，盖在冒着火苗的柴炭上："其实呀，你喜欢安静，播音员更适合你。"他清了一下嗓音，挺起胸脯，惟妙惟肖地模仿道："青莲公社广播站，现在由我向全公社广播……大街小巷都听到老婆的声音，我做老公的也脸上有光啊！"靓少德得意地笑了。

葱莲突然支起身："除了我，估计还有谁能选上播音员呢？"

靓少德说："听说笑媚也给评委留下好印象，但你稳重大方，有学识。笑媚的优势是年轻，但怀孕了，知识面也欠缺。用街坊的话说，葱莲当播音员啊，是三只手指夹田螺——十拿九稳的事！"

"笑媚即使打胎也去应考，她很看重这次招考啊！"

"打胎？笑媚打胎？"

"不不不，我说错，是怀胎。"葱莲意识到说漏嘴了，赶紧改口，她不想在丈夫面前揭穿笑媚的秘密，"不说了，快睡吧。明天我轮休，但整香街的姐妹都嚷着要我给她们绞脸①呢。"

靓少德躺下不久就打起了呼噜，他的鼾声与嗓音一样洪亮。

葱莲依旧辗转反侧，夜不能寐。经过一天多的思索，葱莲终于明白了笑媚不可告人的心思：为了当上公社播音员，笑媚就算自我糟蹋，把胎儿打掉也在所不惜，她也算是破釜沉舟了。这人不仅心气高，而且心肠也够狠的。葱莲想着，不禁浑身抖动。她情绪渐趋平和后，又涌起了怜悯之心：笑媚，你又何必逼自己走这一步呢？要知道，那可是你的亲生骨肉啊！

葱莲次日清晨睁开眼，瞥见门窗的缝隙透入丝缕暗光。即便只是迷迷糊糊睡了三四个小时，她也感到轻松惬意。

----

①　指用细线除去脸上的汗毛，是过去民间流传的妇女美容手段。

青莲大江墟莲塘

（蔡成桂绘）

　　葱莲约好今天为街坊邻居绞脸。她穿衣下床，挑起水桶出了门。待家里的水缸盛满了清水，她又提着装了脏衣裤的竹篮走向豆腐社码头。做完家务，她就在戏棚地空坪上摆了两张竹椅和一盆清水，接着一手挽白毛巾，一手拿裹着麻线、小钳、石膏粉的小布包走到整香街街口。此时和煦的冬阳穿过黄檀树的枝叶，向戏棚地投下了斑驳的光圈。

　　几个年轻女子和中年妇人走出家门，喜气洋洋地走向戏棚地。葱莲拿毛巾擦了擦镜子，斜靠在前面的竹椅上，随后回头噼啪两下甩响了毛巾，对鸟雀似的叽叽喳喳围拢上来的街坊说："你们不用急，轮着来，我让你们脸上光光滑滑、漂漂亮亮的。"葱莲心灵手巧，是整香街公认的绞脸高手。街坊们都说："葱莲绞脸出手快，不觉疼。那感觉就像夏天在树下乘凉一样，风吹过，脸就变得干干爽爽啦。"于是，农历新年前，街坊们都爱找她绞脸。

　　首先坐在竹椅上的是一个新婚妇人。葱莲双手绷紧麻线，在妇人额头、鼻梁和下巴依次弹了弹，嘴里念念有词："上弹敬天地父母爹娘，中弹祝夫妻和顺，下弹愿子孙满堂。"完后，她往新妇脸上涂了一些石膏粉，将绕成剪刀状的麻线紧贴新妇的脸颊，用牙咬住麻线的一端，快速而细心地绞起脸来，其神态如农民俯身收割稻禾一样。"绞完啦，变靓啦，快回家见老公吧！"葱莲笑着说。新妇轻抚光洁的脸孔，羞赧地照照镜子，含笑致谢："感谢葱莲姐！"

　　戏棚地聚了不少老年男女，他们三三两两蹲在冬阳下，边远望葱莲为街坊绞脸，边漫无边际地说着话。"爱彩姐，轮到你啦。"葱莲喊道。"来啦来啦。"坐在街口补鞋的张爱彩高嚷着，把正待缝线的胶鞋往补鞋机上一挂，就扯开垫在膝上的围裙跑过来了。"爱彩姐，你的眉毛有点散，我帮你把眉边的拔掉。"葱莲说。"夫人，眉毛去留你定夺。"张爱彩谐趣地用唱

腔回答。葱莲便手沾石膏粉，抹向张爱彩的双眉，接着持筷子般粗、灰白相间的箭猪棘刺为她修眉。完毕，葱莲退后两步，审视闭目端坐的张爱彩，满意地笑了："你快睁开眼照镜子，青莲街最靓的媒婆，这名称谁敢跟你争？"说完，葱莲哼起了粤曲小调："荷花香，新月上，荷花爱着素衣裳。花香引得情蝶浪，怎禁她芬芳吐艳满银塘……"

张爱彩瞟了一眼葱莲，说："看你开心成这样，是不是接到通知去公社广播站报到啦？葱莲，我不管你以后是当播音员还是什么员，以后过年还得找你为整香街的姐妹修眉拔脸毛。"葱莲假装生气地说："我又不是白鸽眼，看上不看下。再说，公社播音员有什么了不起的？还不是一个人嘛！"

正说话间，公社女干部王姨出现在街口。"葱莲，恭喜你啊！我口头通知你，公社党委会定了你当播音员啦，明天去公社报到！"王姨笑呵呵地说着，走到葱莲跟前。

等候绞脸的姐妹都欢呼雀跃地围了上来，纷纷向葱莲道贺。葱莲嫣然一笑，但笑容只停留了一瞬间。她蹲下身，用盆里的清水洗干净箭猪棘刺，回身沉静地对王姨说："感谢公社领导。我想过了，我不适合当播音员，更适合在日月楼担担抬抬，就当我没参加应考吧。"

现场空气瞬间凝固了。众人十分惊愕，面面相觑，都以为自己的耳朵出了毛病……

22　爆肚掷飞镖

　　素来生性顽劣、如脱缰野马的何浩刚并不像孪生兄长何浩深那样，初中毕业就找到了工作，而是与几个同道至交下河摸鱼、上山捕鸟，苟且厮混了大半年，直到有一天被父亲靓少德当众怒斥才改变了这种浑浑噩噩的日子。

　　靓少德和温葱莲对次子浩刚昼夜颠倒、颓废混沌的状态早已看不惯了。那天中午，靓少德下班回家后发现家里悄无声息。"这个烂大鼓，肯定还躺在床上做梦呢！"靓少德有时骂浩刚为"二世祖"，有时用板眼名曲《两老契嗌交》中的主角烂大鼓——一个坐吃山空的纨绔子弟指代不成器的儿子。气上心头的靓少德此时拖着残腿上了楼，看见浩刚住的房间门掩得严严实实，便猛地飞起一脚。房门被踢开了，里面却空空荡荡，一股浓烈的旱烟味熏得他直想吐。"烂大鼓去哪儿啦？"靓少德正在纳闷，忽然窗外传来浩刚的说话声："这些雀仔我们就别分啦，拿去莲塘煨来吃吧。我家的大声公知道

我们又去捉雀仔了，非把我碎尸万段！"有人附和说："阿刚，听说你爸发起火来，那凶神恶煞的样子会把人吓得魂飞魄散的。"靓少德蹑手蹑脚地走到窗前，从窗缝里窥见浩刚和四个伙伴正半卧半躺地挤在戏棚地过道的木堆上。他们嘴里都叼着一根烟，显出一副吊儿郎当、玩世不恭的老成相。

靓少德按捺住火气走下楼来，背抄着手走到木堆前，振声吼啸："烂大鼓，你是不是想激死老窦揾山拜呀！"忽闻如雷声响的咆哮，浩刚等人惶恐得如木鸡一般。"整日无所事事，东游西逛，你以为你老窦开金山么？这样浪荡下来，你日后不变成孤头公才怪呢！"靓少德骂声不绝，"要是让我再遇见你们这样胡混，我就一一敲断你们的腿！都听见了吗？还不快给我滚！"于是那四个同伙丢下装在网兜里的几只斑鸠就各自奔逃了。浩刚惊魂未定地耷拉着脑袋，惘然望着咕咕惊叫、企图冲破网兜的斑鸠。

靓少德拎起网兜，走近正在戏棚地正门台阶上晒竹青的阿苏。阿苏解开棉袄的纽扣，双膝跪在松软的竹青被上。他一手挥动手中的竹棍，一手四处摸索，捡出混在竹青里的皮梗放入口袋里。"阿苏，这几只斑鸠你拿回家煮来吃吧。"靓少德拍拍阿苏的肩膀说。阿苏转过身，接过网兜，嘿嘿直笑："您是靓班主吧？您真是个大好人啊！"

靓少德板着面孔向呆立不动的儿子喝道："你跟我来！"说罢就拐向当铺巷。浩刚虽倔强不羁，但在严父眼皮底下也不敢恣意造次。他疑惑地蹙着眉头，乖顺地跟在父亲身后。父子俩走上一道慢坡后来到与尚书祠相隔约百米的一座房屋前，靓少德瞅了一眼门前停放的几辆手推车，随即走进屋角堆满了竹杠、箩筐、绳索等搬运工具的宽敞屋子里。

充溢着一股浓烈酸辣味的屋子里挤满了男男女女，调笑声、打骂声、咀嚼声混成一片。何念祖埋头数着几张钱币走出屋子。一个长得肩宽腿长、人称"大旧柱"的四十岁左右的汉子口里咬着一块酸萝卜，站在标示了出勤登记的黑板前，用粉笔歪歪斜斜地写着姓名和数字。

"阿柱，我把家里的化骨龙带给你啦！"靓少德朝大旧柱喊。大旧柱转过身，取下嘴里的酸萝卜，扔了粉笔就对着嘴巴不停扇风。"哎呀哎呀，念祖叔，你这缸酸萝卜放了太多指天辣啦！"他咧开唾沫横流的嘴巴连续深呼吸，脸上的麻斑熠熠放亮，"人呢？你家的化骨龙在哪？"靓少德回头指着坐在手推车上发呆的儿子："在门口等呢。"大旧柱喘着粗气说："人生得牛高马大的，是块做搬运的料。"靓少德摇摇头，喟叹道："只有一身牛力，成不了大器。纸扎冬瓜——里面无囊。孩子顽皮得很，骂得多脸皮也变厚啦，打又打不过他，我只好学古人易子而教了。阿柱，拜托啦！"

"刚仔，你爸打算让你做搬运是不是？"何念祖挑起担子问。浩刚侧脸看了看何念祖，又扭头睥睨屋门一侧悬挂的"青莲搬运队"的木牌子，这时才明白了父亲的真实意图，便满心不悦地嘎吱一声折断手中的竹棍："让我当搬运佬？还不如让我去当兵！"

浩刚毕业时曾吵着去参军，但一向宠溺孙儿的祖母徐氏就死活阻拦："我这副老骨头没几年命啦……浩刚一走，隔山隔水的，雷公都打不到，肠仔思断都难见一面……"看见母亲涕泪横流的样子，本来支持儿子当兵的靓少德和温葱莲就心软了，便反过来劝说儿子打消从军的念头。这时何念祖劝慰道："刚仔，还是骑牛找马吧，担担抬抬是累些，但做长嘴大耳、好吃懒做的猪八戒有意思么？你不可能一世在街上游游荡荡混日子吧？"

大旧柱出了门，伸出手拉起茫然不语、手抱脑袋的浩刚："年轻人不要垂头耷脑的，要有朝气才行。毛主席说，你们是早上八九点钟的太阳呀，希望都寄托在你们身上啊。起来吧，我带你到新码头看看风景。"

青莲通津码头

（蔡成桂绘）

　　大旧柱把浩刚领到墙壁镶嵌着记录尚书祠修缮经过的三块古石碑的高台上，凭栏瞰望阳光照耀下桅杆林立、笛声弥漫的青莲湾。开始步入历史上最繁忙时期的青莲湾，从青莲水下游的江佐船厂到连江岸边的阳山生粉厂码头，四五里长的水域此时停泊了三百多艘大小船只，当中有不少是满载物资，从广州、韶关、连州远水而来的货船。

　　大旧柱浓眉一扬，兴奋地对靓少德父子说："而今青莲大变样啦，成了全县百货、糖烟酒、药材和土产的中转站。你们看，又有两艘货船要泊岸了。天天都有装卸不完的货物，县搬运站几十条枪就算不吃不睡也忙不过来啊，所以公社急着要成立搬运队。"这个刚任命为公社搬运队负责人的汉子解开衣扣，露出有几道紫红色绳索勒痕的右肩："这两天货船特别多，我的膊头都瘀了。"看着浩刚惊讶而畏惧地眨着眼，大旧柱便以长者的口吻说："后生仔，还没踏上戏台就心惊啦？天天雨淋日晒怕辛苦？其实，搬运队也急需有文化的年轻人。接下来我们打算在新码头建装卸台，配几台起重机，以后机器的使用和维修就靠你们这些中学生啦。"

　　此时在县搬运站担任副队长的刘满龙拖着装满布匹的木板车吃力地爬上慢坡。浩刚见此情形，便从高台一跃而下，费了些劲才把木板车帮忙推上坡顶。刘满龙转过通红的脸，瞅着浩刚感激地笑了。大旧柱打趣地向刘满龙喊道："吹口佬①，游击队配合正规军打仗，是天经地义的嘛。"靓少德也笑着说："阿龙，俗话说'独食难肥'。你今后有饭吃、有粥喝，要分一口给阿刚啊。"

　　身高近一米八的大旧柱是公社篮球队队长兼主力中锋。他瞄了一眼浩刚健硕而颀长的身材，说："听说你是青莲中学短

---

　　①　指粤剧乐队中负责吹箫或吹笛的乐师。

跑和跳高的双料冠军，那好，你有空跟我学打篮球，我们公社篮球队正在招兵买马呢。"一直愁眉苦脸的浩刚听罢即笑逐颜开。靓少德此刻心境也开朗了，却装出责备的神色："打篮球有玩有耍，对他来说，合晒合尺啦！"

得益于跟父亲习武，浩刚自小身手敏捷，加上比普遍矮小羸弱的同伴高出半个头的身高，这令他在伙伴中拥有极高的威信。伙伴们对浩刚投掷之精准无不心服口服。浩刚捕鸟，常常自信地舍弃弹弓、渔网、铁夹、箩筐等工具，好几次他只凭一块瓦砾，就不可思议地把树上的鸟击落。浩刚能跑善跳也令伙伴们顶礼膜拜。有一回他与伙伴们捕鸟回到戏棚地，一只受伤的鹌鹑钻出袋口，在巷子里飞来飞去，惹得一群狗上蹿下跳，穷追不舍。鹌鹑最终被一只样子丑陋的生癞狗擒获，生癞狗叼住鹌鹑就向城基脚方向狂奔。浩刚见状，骂了一句"看我收拾你这个癞渣狗"，便风驰电掣般追去，在戏棚地转角处就追上了生癞狗。只见他飞起一脚将狗踢翻，生癞狗汪汪惨叫，丢下嘴里的鹌鹑落荒而逃。当浩刚手拎鹌鹑得意扬扬地往回走时，同伴们都觉得眼前的一幕神乎其神。

青莲广府人多，篮球氛围向来十分浓厚，由政府、学校、企业人员组成的公社篮球队有极高的水准，包括县城许多单位在内的篮球队都以打败青莲篮球队为荣。原来广源豆豉行的晒场被政府改造成灯光篮球场后，那里就成了当地人空闲时的主要聚集地。每逢举行篮球比赛，那座四周垒砌了十多级石阶、形似罗马斗兽场的篮球场常拥挤得下不去脚。

篮球场离公社搬运队仅咫尺之遥，浩刚一有空就跟着大旧柱去篮球场练球。看见浩刚投出的篮球总是掷到篮筐之上，经验丰富的大旧柱说："你用力过猛啦，别急躁，手腕放柔软些。"但浩刚屡投不中。大旧柱就故意轻蔑地说："听说你能用石头砸雀仔，但砸雀仔跟投篮是两回事啊。"大旧柱用食指尖顶住篮球，使劲一拨，篮球在指尖上旋转。他说："我们罚球打赌，你输给我一次，你就跑篮球场十圈；赢我一次，我就让你进公社篮球队。你敢不敢跟我赌？"年轻气盛的浩刚猛地跃起，一把夺下大旧柱指尖上的篮球，伸出食指与大旧柱拉钩："赌就赌，我怕你不成？崩牙成卖药———一口齐晒①！"

　　大旧柱的激将法收到奇效。浩刚经一年苦练并绕篮球场跑了逾千圈后，球技果然突飞猛进，终于有一天在众目睽睽下赢了罚球命中率甚高的大旧柱。后者也不食言，将他招入了公社篮球队，担任摧城拔寨的前锋。浩刚机敏似猿猴，投篮精准有如他平时投石砸鸟，且有初生牛犊不怕虎的劲头，这令他与众强队较量时屡立奇功，成了青莲街知巷闻的球星。

　　这晚，青莲男子篮球队在灯光篮球场迎战从未战胜过的英德洺洸男子篮球队。炽热的夏日释放它的淫威，不少球迷光着膀子摇着葵扇，在夕阳西坠时就走进热浪翻滚的球场，翘首以待。靓少德和何念祖入场落座后，就在人群中搜寻浩刚的身影。"怎么不见刚仔的？"何念祖用肘弯碰了一下靓少德后问道。后者站起来向场内望了望："是啊，我也见不到他。"坐在前排的一名观众回过头焦虑地说："我刚才坐船过江，看到他在江口咀码头卸煤呢，估计赶不回来喽。"

　　"离比赛还有三分钟。"裁判吹响了哨子，并向主客双方示意。"发报鼓都敲响了，还不见刚仔人影。大旧柱搞什么鬼呀！明知要比赛，还安排他去卸煤！"何念祖怨愤地说着，用扇子敲了敲裸露的膝盖。

　　何念祖忍不住走到球队席指责大旧柱："你这个队长怎么当的？人马不齐怎么比赛？要是再丢了青莲的面子，你怎么向球迷交代？"急得焦头烂额的大旧柱两手一摊："念祖叔，我

---

① 即一言为定。

也没办法，排工排不过来啊……那条煤船在码头停了一天啦……"

缺兵少将的青莲篮球队苦苦支撑，下半场落后对手近二十分。观众于是鼓噪起来。陪同客队领导观战的黎迈也不再矜持了，假装起身去小便，经过本队教练面前时狠狠瞪了他一眼："快上刚仔！快快快！"教练无言以对，绷着脸。记录台上的大钟显示离比赛结束只剩五分钟，客队还领先十多分。"唉，快杀大花脸喽。青莲想赢球？简直是跑马射蚊须——有眼睇①！"何念祖怒气满腔，拂袖离席，到门口抽烟去了。

就在何念祖心灰意冷地走到球场门口妻子的酸品档前，捧起八婶递过来的竹筒咕咚咕咚往喉咙灌水时，浩刚仓促跑来："念祖叔，比赛打完了吗？""还在打，还在打呢！你赶快上场！"何念祖扔下竹筒，边大喊"前面的人快闪开"，边推着浩刚的背，挤进了球场。

蓬头垢面的浩刚换上球衣就匆匆上阵，像一股黑旋风似的在场上来回飞奔。看着浩刚时而觅得空位远距离频频得手，时而迅如疾风地切入篮下得分，本以为胜券在握的客队教练顿时乱了方寸，急得在场边直跺脚，暂停时他对队员狮吼："不要给那个乌脸猫出手，宁愿犯规！"但这一招正中主队下怀。接连获得罚球机会的浩刚弹无虚发，令主队得分扶摇直上，最后青莲代表队难以置信地反败为胜了。

比赛结束的哨声吹响了，在容纳近千人的球场上，"何浩刚！乌脸猫！"的呐喊如狂澜骤起。现场气吞山河，连平常甚少在众人面前褒扬儿子的靓少德此刻也情不自禁地振臂狂呼。自此，浩刚"乌脸猫"这个似贬实褒的绰号便不胫而走了。

---

① 指希望十分渺茫。

浩刚还有一个基于其相貌气质的雅号：王心刚。因这雅号获得四邻八舍的一致认同，其发明者柳依依每每谈及都自鸣得意。

在那星疏月朗的仲夏夜，柳依依看完阳山电影大机队放映的电影《野火春风斗古城》，随着拥挤的人流走出戏棚地时，脑海里浮现出电影结尾杨晓冬与银环在夕阳下难舍难分的那一幕。柳依依回味着，突然拽住同行的张爱彩的手臂，紧贴她的耳际悄声说：

"你说银环也爱杨政委吗？"

"那是肯定的！"

"银环没说'我爱你'呀。"

"哎呀，你没留意银环看杨政委的那双大眼么？水汪汪的，含情脉脉，这时还用说出那句酸溜溜的话么？"

"嗯，这也是，画公仔唔使画出肠。"柳依依若有所悟，跟着喃喃自语道，"如果我们八和剧社把这电影改成粤剧，我就演银环，谁也不准跟我抢！"

张爱彩扑哧笑了，捅了一下柳依依的腰肢："你不是真心喜爱银环，而是想跟杨政委拖手仔，是不是？老姑娘，你羞不羞呀？"

"呵呵，你这补鞋婆，一眼就能看出行人穿几码的鞋。难怪街坊都说，在补鞋彩面前，藏不住秘密的。"柳依依对心底里的欲望被别人一语道破既不羞也不恼，反倒谈兴更浓了，"我演银环，八和剧社谁适合演杨政委呢？"忽然，她眼睛放射出两道奇异的亮光，似乎在一个幽闭的洞穴里寻得一块宝石："噢，他最合适！他好似王心刚啊！"

"你说谁？"张爱彩追问。

"这人呀，就是乌脸猫何浩刚！"柳依依为自己的新发现兴奋得手舞足蹈，"浩刚的身架脸型，还有他的鼻梁嘴巴，跟

王心刚一模一样！"

"嗯，你这样一说，我也觉得两人确实好似！"张爱彩点头道。

第二天晚上排练间隙，柳依依特意将何浩刚扯到吴氏宗祠的天井中央，将自己的新发现公之于众。她扳住浩刚挺拔宽厚的身子使劲摇了摇，又按住他棱角分明的脸庞左旋右摆，然后退后两步，神情像在鉴赏一尊稀世雕像："我们整香街的何浩刚，像不像昨晚电影里演杨政委的王心刚呀？""杨政委一出场我就觉得他很眼熟！浩刚的国字脸跟王心刚最似！"昨晚看过电影的人莫不颔首认可柳依依的独到眼光。

浩刚即使听惯了篮球场上因他而起的尖叫，可是此刻木桩似的站着被众人评头品足也难免让他有点羞怯。他红着脸，心里却是甜滋滋的。

多了一个与电影明星关联的熠熠生辉的新雅号，浩刚在青莲十里八乡愈加美名远播了。他也把王心刚当作自己的偶像，把这个红得发紫的明星主演的《寂静的山林》《勐垅沙》《红色娘子军》等电影看了个遍，还特地向同学借来小说《野火春风斗古城》，反复琢磨描述杨晓冬的片段，在公众场合也刻意模仿王心刚挺胸阔步的走路姿势和字正腔圆的说话神情。当年轻异性向他投来倾慕的目光时，他更是意得志满地把自己幻想成王心刚了。

这时张爱彩看见柳依依喜不自禁地笑着，就对她揶揄一番："依依，看你的高兴样。要是《野火春风斗古城》真的改编成粤剧，刚仔演杨政委，你演银环。我想呀，戏还没演完，你就爱上刚仔啦！"柳依依听罢，双颊不由得飞上了一抹红晕。她推了推张爱彩，假装生气说："你说哪儿去啦？阿刚是我爸的契仔，就是我的契弟，怎会发生这样的事呀？"

浩刚把范阳认作契爸是他未满两岁时的事。浩深和浩刚这对孪生兄弟出生后均体弱多病，夜间常哭啼不止。祖母徐氏于是提了酒肉暗地里去找住在和尚堂的一个神婆。问了两个小孩的生辰八字后，神婆便在香火缭绕的屋子里绕了三圈，随后拿一把米撒在徐氏带来的小孩平常穿的衣裳上，闭上眼，嘴里嘟嘟哝哝。完了她从木柜里抽出一张红色符帖，附在嘴边接连吹了三口气，吩咐当夜鸡鸣第二遍后将符帖贴到戏棚地侧门旁的墙壁上。不认字的徐氏问符帖上写了什么，神婆鸡啄米似的念道："天皇皇，地皇皇，我家有个大哭王。过路君子念三遍，一觉睡到大天光！"神婆念完就转着眼珠缄口不语了。徐氏马上醒悟过来，连忙从内衣口袋掏出两个利是塞到她手里。神婆十分利索地将利是塞入枕头下，才拖着长腔说："孩子的爸不是唱大戏的吗？他嗓门大，脚步急，煞气重，戏台上杀了不少人，所以他的小孩不好养。"徐氏虔诚地问怎么办。神婆说，兄弟俩要分别认一个契爸。哥哥的契爸是下一个墟日来你家借灶头煮午饭的姓李的江英佬，而弟弟的契爸就是你们整香街姓范的男人。

"姓范的男人？是范阳吗？"徐氏疑惑地问。神婆不容置疑地说："没错，就是那个弹拨佬。你别看他身子弱，他可是个铁骨人啊。这人前世是个和尚，心地很善良。"神婆边说边站起来，做出送客状。徐氏双脚还没跨出门槛，神婆便扬了扬手，对七八个表情凝重地围坐在门外守候多时的妇人高喊："下一位！"

徐氏对神婆言听计从，分别为两个孙子找了契爸。浩刚就叫范阳为"爸"，称柳依依为"姐"。范阳和柳依依几年前搬出了吴天仁的整香屋，租住隔壁的一间独立屋子。这间狭长屋子的后院长了一棵香芽蕉，并有两畦菜地，鸟雀蝴蝶、蜜蜂蜻蜓之类的常翩翩而来，夏秋季节时范阳便将饭桌从客厅搬到后院。

有天傍晚，范阳对依依说："刚仔下班了吗？你把他叫过来，陪我喝两杯！"契爸与契子三杯下肚，两人话语就多起来了。一向举止文雅的范阳兴奋得解开汗衣纽扣，露出皱巴巴的皮囊。他爽朗地喊："刚仔，你去扛我的扬琴来！"依依站在蕉树下，与手握酒杯的浩刚和着弦乐，引吭高唱。歌罢，依依抢过浩刚手里的酒杯一饮而尽，随后扭着柳腰翩翩起舞。

专攻小武行当的浩刚唱功与兄长浩深相差甚远，范阳就不客气地说："戏行有句话，'十个小武，九个不会唱'。你要做一个既唱得又打得的文武生，非练好唱功不可！"依依却护着浩刚："针没两头利，阿刚而今唱腔也不失礼街坊呀。"浩刚感激地冲着依依笑："还是姐疼我！"他说完就大声吼了几句，随后练起了鲤鱼、起单脚等武艺。兴致浓时，他用脚尖勾起一颗石子，握在手里抛了抛，瞥了一眼伏在屋顶的麻雀，歪着头向契爸炫耀说："爸，你信不信我一石掷中那只雀仔？"范阳顿时收起笑容，声色俱厉地呵斥道："佛门首戒，不可杀生！"浩刚赶忙扔了石子，惊愕地瞅着契爸刀锋一样尖锐的眼眸，才记起祖母曾说过的话："你契爸前世是个出家人。"

范阳过世时，浩刚作为儿子扶棺送葬。养父离世，柳依依失去了主心骨，感觉天塌下来了。她害怕听到后院传来的鸟唱风吟，便把后院的木门上了锁，屋子里变得幽暗而冷寂。在香芽蕉叶子枯黄的这年秋天，她忽然萌生了一个念头：离开青莲！

这天浩刚用手推车拖着两大捆药材运往通津码头，路经打铁街街口时听到依依气若游丝的叫卖声。浩刚便停下来，瞥见依依肩挑两板水豆腐蹒跚走着，担子压弯了她的纤腰，裹在湿透了的衣衫里的肩胛骨明显隆起。浩刚快步冲上前，喊了一声"姐"，就抢过担子往豆腐社走去。

浩刚下班后就到市场割了一斤猪肉，直奔柳依依的家。看到天色向晚大门仍紧闭，他便走进依依邻居张爱彩的屋子，从屋后的菜地翻墙跳入依依屋子的后院。当双脚轻巧地落在一堆瓦砾上时，他不禁大吃一惊：院子里土块龟裂，杂草蔓生，两畦青菜全枯死了。浩刚不由得心头一震。他想办法打开后院的门锁，取来锄头水桶，为菜地松土、除草、浇水，煮好饭等依依回来。

依依扛着一个刷了油漆的木箱推开屋门，看到昏暗的灯光下人影晃动，惊恐得叫了起来。"姐，是我呀！"浩刚说着站了起来，卸下她肩上的木箱，随后把小方桌搬到后院，"你饿了吧？快吃饭，我把饭煮好啦！"依依看着菜地上湿润的泥土，端起饭碗默默扒了几口，两行眼泪便滴在手背上了。

"菜地很久没淋水了吧，菜都旱死啦。"

"就让它旱死吧，反正我明天要坐船离开青莲了。"

"姐，你说什么？你要离开青莲？去哪儿呀？"

"回广州！你契爸走后，我就没牵挂了，也没依靠了。我要找我亲爸亲妈！"

"人海茫茫，你上哪儿去找啊？"

"我就天天拿着这枚戒指在八和会馆门口等。找不到爸妈，我就到寺庙当尼姑去……"

依依从口袋里掏出当年母亲留下作为信物的戒指放到唇边亲吻着，哽咽不止。她回到房间，把要带走的物品放进木箱里。她早已下定决心要离开青莲，因此近日托人做了一个木箱装行李。"你孤身一人，我怎放心你回广州呢！"浩刚用身体挡住木箱，"姐，你听我说，你不要走！我也不让你走！青莲还有你弟何浩刚呢！以后我帮你担水劈柴，陪你说话，陪你唱戏，好不好？"依依沉默了许久，"嗯"的一声点点头，就伏在浩刚的肩膀上恸哭起来。

依依情绪稳定下来，坐在梳妆台前发呆。"姐，赶快找个

人家吧，趁而今还年轻。"浩刚说。依依长长叹了一口气，心灰意冷地瞅着镜子中泪迹斑驳的脸颊，说："箩底橙，倒到街边也没人捡啊！""我姐是青莲响当当的靓女，又是八和剧社的当家花旦，回头一笑百媚生，六宫粉黛无颜色。想娶你的人多着呢！"浩刚真诚地说，脸上也变得灼热起来，"你如果不是我姐呀，我肯定会追求你的！"依依抿嘴偷笑，用手指刮了一下浩刚高挺的鼻梁，说："你呀，跟哪个白鼻哥学的呀？嘴巴像涂了一层蜜似的……"

这年夏天，柳依依、刘满龙、何浩刚和癫仔海坐船到广州和佛山买戏服。四人舟车劳顿，整天奔忙于广佛间。他们扛着八大麻布袋的蟒、靠、褶、开氅、官衣、帔和三大麻布袋的盔头、凤冠、令旗、高靴，入住珠江天字码头附近脏兮兮、乱哄哄的客栈后，散架似的瘫倒在蚊蝇纷飞的简陋房间的木架床上，一躺就是大半天。

窗外传来的汽车喇叭声、船舶汽笛声和人流喧哗声唤醒了癫仔海，他一骨碌爬起来，趿上布鞋就离开客栈闲逛去了，直到深夜才醉醺醺地回来。

早生华发的刘满龙借机回了一趟三水青岐。他近乡情怯、风尘仆仆地走到村口那棵古榕时，竟被村口的儿童笑问客从何处来。返回客栈，他回想起亲戚向他讲述当年日军进入村子实行"三光"扫荡后，双亲倒在血泊中的往事，他悲戚地哭了一夜。

柳依依借来针线，为浩刚缀补磨断的鞋帮，又让他跷起脚，用针挑破他脚掌上的血泡，挤出一摊血水。依依为浩刚磨破的脚板缠上纱布后，浩刚说："姐，你不是想到八和会馆走走么？我陪你去！"说罢他拿起汗衫往肩上一搭："姐，我们走。"

　　两人沿着长堤向西走去。位于沙面附近黄沙地段的八和会馆已于当年被日本战机夷为平地。几位老人在回忆那座可容千人居住的中西合璧的大厦顷刻灰飞烟灭的情景时，都不由得胆战心惊。伫立于人来人往的街头，脑海想起那年冬夜养父将她抱回八和会馆的那一幕以及养父抱着她向路过的妇女乞讨奶水的情景，依依忍不住泪水涟涟。"姐，过去的事就别去想了。我陪你去海珠大戏院看粤剧《花木兰》吧。"浩刚拉起依依的手就走。

　　海珠大戏院人头攒动，入口处挂着郎筠玉的巨幅海报。"哎呀，是仔姐①的戏呀！"依依脸上有了喜色。进入戏院，依依屏息敛气地观摩郎筠玉在舞台上的功架招式，惊艳于这位大红大紫的女文武生披蟒裹靠、气宇轩昂的英武形象，对她可与男文武生媲美的浑厚清亮的大喉佩服得五体投地。演出结束后，依依像小戏迷一样在戏台衣边入口等候郎筠玉出现，可惜郎筠玉因害怕戏迷围堵而从后台侧门离开了。在返回客栈的路上，依依蹦蹦跳跳，大声吼着花木兰的念白："众将官，听宿鸦惊叫，定是敌寇偷袭。准备强弓锐箭，等候狼群。"她饶有兴致地讲述郎筠玉艺名"新俏仔"的由来："那时她还是全女班唱天光戏的三步针。有天女班主在公司门口挂了她的大头像，并配了'新扎老倌，俏妙非常，仔细杀食②'几个大字，'新俏仔'的艺名就传开了。"

　　大约过了半个月光景，逆流而上的机帆船载着柳依依等人抵达青莲湾通津码头时，已是彩霞满天、凉风习习的傍晚时分。数天来老是走到小组厨房临江窗户举目眺望的靓少德，朝正靠岸的机帆船长啸一声："哟噢——"然后他就呵呵笑着一瘸一拐地走下了码头。上了船，靓少德就刻不容缓地解开麻布

① 粤剧名伶郎筠玉的昵称。
② 威武之意。

袋，仔细察看从广州买回的各种行头，并拿起一件崭新的盔甲频频点头："还是那句老行话，人靠衣装马靠鞍。薛仁贵穿上这件盔甲更加威风凛凛喽！"

经连日颠簸，脸色发青的柳依依已疲惫不堪。她晃着瘦弱的身子站起来，整理凌乱的头发，说："靓班主，我想在戏台上穿这件盔甲做武角！"靓少德笑了笑说："你呀，弱不禁风的，还是穿绣花帔风当旦角吧。"依依柳眉一挑，英姿飒爽地做出倚天屠龙的姿势："靓班主，你别门缝里看人！难道我只能演大家闺秀、名门淑女？不能像仔姐一样反串小武？"靓少德看见依依神情严肃，不似开玩笑，便说："你想怎样？"

依依胸脯一挺："我想演花木兰！"

"你不要纸扎下巴——口轻轻①啊，说大话会甩大牙的！"

"军中无戏言，小女子保证说到做到！"

依依说完就从包袱取出一部油印本子："这本《花木兰》的剧本是我向剧团的人讨的。靓班主，我们八和剧社不要一本通书读到老，只唱文戏，不唱武戏啊！"

"这也是，戏迷的口味是刁得很，看腻了谈情说爱就想看打真军，听厌了星腔就想听红腔，真是人心不足蛇吞象啊。"靓少德眨着眼自言自语，"难怪食客都说，大声德你老啦，在日月楼时上莲藕煲猪骨，到了小组也上莲藕煲猪骨，你能不能变换一下口味，来盅玉米胡萝卜煲鸡呢？唱完子喉唱平喉嘛！"

"你真的答应排《花木兰》？"依依高兴得跳起来。她按住靓少德的脑袋，猛地拔下一根白发："以发为证，不能反悔啊！我既要唱平喉子喉，还要唱大喉！"

"我的手又没装弹簧。"靓少德接过皱巴巴的剧本，用蘸

---

① 指轻易作承诺，却难做到。

了唾沫的手指翻了翻，"咦，从哪弄来的剧本？"依依得意地说："是向剧团的老旦要来的。"

依依和浩刚那晚在戏台衣边入口等不到郎筠玉，便壮着胆走上戏台碰运气。一名正在卸妆的老旦说："仔姐从侧门走啦。"依依望见老旦身旁的衣箱上放了一本封面写着"五场经典粤剧花木兰"的剧本，就胆怯地问："能把这剧本送我么？我们是粤北山区公社粤剧团的。"老旦正小心地揭下粘在两鬓的贴片，她用余光瞅了一眼身边的漂亮女子，感到不可思议："公社粤剧团也演正本戏？"依依的声调中透出自豪："演呀！这些年，我们演的正本戏不下十台啦！"老旦微笑着点头说："你们真有本事！剧本就送给你吧。"

这年农历九月初九的清晨，秋阳刚染红峡头一带的远水和山峦，白发苍苍的吴天仁就佝偻着腰，一路咳嗽不止，手捧盛着酒肉的木盘到宗祠祭祀吴氏列祖列宗和香烛业祖师九天玄女了。到了中午时分，整香街的一群孩子光着上身，在祠堂的天井和走廊追逐嬉戏，恣意喧哗。一群细腰尖尾的黄蜂盘旋于布满虫鱼鸟兽、雷云如意等木雕的梁柱上。孩子们把脱下的衣裳抛上梁柱，逮住压在衣裳底的黄蜂，用细线绑着，让它们竞逐飞翔。入夜，吴氏宗祠再度喧闹起来。添置了一批新行头，又赶上首次排武戏，八和剧社的演员和乐师愈加神气活现了。

《花木兰》首场戏《军书十二卷》在群情激昂的氛围中拉开了序幕。一阵急促激越的鼓乐声响过后，吴氏宗祠天井漫出了柳依依的子喉唱腔：

女儿晨起弄雕弓，

仰望天边红日影。

天边日日燃烽火，

昨宵军帖有爷名。

见军帖，木兰愁，我木兰愁。

静静机房心不静。

…………

　　靓少德双手交叉抱在胸前，双眼巡察宗祠四周，汽灯的白光映在他因过度严肃而变得有点僵硬的脸孔上。此时他内心总是快活不起来，甚至有点焦虑和惆怅，缘由是他至今仍没找到扮演帐前参军刘忠的最佳人选。刘忠在《花木兰》中戏份很重，且有一系列骑马、射箭、打斗等武戏，他担心文戏强而武戏弱的大儿子何浩深应付不了。他曾萌发向熠通剧社借一名武生的念头，但当他踏进熠通剧社领班王友强的门槛时，就被对方一句恭维话"而今八和剧社可是鸟枪换炮——越来越神气喽"冲昏了头脑，昂起头就把溜到嘴边的话咽下肚了。靓少德爱面子的脾性一直没改。

　　排练间歇，吴天仁把靓少德和何念祖叫进宗祠一侧的厢房喝茶。吴氏宗祠是三进式的客家祠堂，第一进居中，第二进偏东，第三进偏西。在柔和的月光映衬下，这座打破传统方正布局的祠堂显得小巧玲珑而又错落有致。靓少德手握茶杯，仰头望着绘在走廊墙壁上描述吴氏制香世家筚路蓝缕、繁衍生息故事的壁画出神。吴天仁喝了一口茶，咳嗽两声后说："你们看到壁画左边往船上装香那幅画了吗？叉腰站在船头的那个头大身粗的后生仔是老祖宗庆安公的孙子，叫祥木公，花名叫'大碌木'。别看他呆头呆脑像块木头，他可是我们吴氏制香世家名留青史的革新派啊！吴氏宗祠的布局设计，就出自这个后生仔之手。"

　　吴天仁常在门槛上晒太阳或坐在戏棚地的石板凳上乘凉时讲起"祥木革新"的典故，以致家人和街坊都听到耳朵起茧了。嘉庆年间，吴氏老祖宗庆安公携带吴氏男丁，从嘉应州取道梅岭，辗转至青莲盐坑岭，以岩为屋，以棚为窝。安顿后他们利用水车做动力，土法制作长棒蚊香，卖给农户驱赶蚊虫。幼子祥木自小桀骜不驯，常因招惹是非而遭到父亲训斥。长大后他也不动手制香，倒是嗜书如命，常假装生病躲到仙人石下面的山岩读书。十八岁那年某天深夜，他偷了家里的一沓铜板就只身上路，先步行到连江口，后坐船上连州，沿途考察连江两岸的大小墟村。他此去长达一年，家人都断定他被虎豹吃掉了。

当蓝绿色星星点点的磷火在盐坑岭旷野那片冢茔间忽明忽灭时，一个蓬头垢面、衣不蔽体的男子踏着月色出现在拱桥边一个简陋的制香棚前，正在乱石堆上拾掇蚊香的吴氏族人都以为来了一个乞丐。但男子用山泉水洗净脸上的污垢后，竟把他们吓得惊呼着夺路而逃："鬼来啦！鬼来啦！"男子大声疾呼："你们别怕，我是祥木！"男子好不容易才将作鸟兽散的族人召集到一个用以居住的岩洞口，站在一块大石上将他一年来的游历见闻娓娓道来：

"俗话说，行千里路胜读万卷书。我这次出去走了不少地方，大开眼界。我发现连江两岸的墟村有'一多'，就是寺庙多。"于是他将连江沿岸的大小寺庙如清远飞来寺、连江口江口庙、大湾金山祖庙、阳山北山寺、连州灵山古庙、连南盘古庙等数十个大小寺庙，如数家珍地列举了一遍。完了他晃着硕大的脑袋朗声道："连江两岸不仅寺庙林立，而且香火旺盛，用古诗'宝月香云万烛红'来形容一点不夸张。"他往山下望去，指着碧水环绕、莲塘连片的青莲墟，说："我不说远的，就说我们青莲这个莲花地，就有观音堂、尚书祠和下庙三个庙堂，每天都香客如云，烟火蔽日。"祥木走到高坡溪流上的水车旁，抚摸散落在草丛中的用来捣碎香粉的石臼，流下两行热

泪。他放缓了语速："我们吴氏家族在盐坑岭山脚整香也有三四代了。族人每天起早贪黑仍食不果腹，是啥原因呢？我们不怨天也不怨地，只怨自己脑袋不开窍。"他拾起一根用艾草制成的蚊香，说："独沽一味，只做蚊香，最后还是死路一条！只有转做佛香，兼做蚊香才有生路！我建议，迁离盐坑岭，搬到青莲街，拆棚建坊，主制佛香！"祥木那铿锵激昂的话语在盐坑岭山腰那深邃幽闭的老鼠岩中萦绕不散。

　　族人们像蜜蜂一样嗡嗡地议论祥木的主张，反对者有之，赞同者有之。一位向来瞧不起祥木的老者冷笑两声，说："大碌木，平时只见你捧本书，从没见过你整过一根香。你懂个屁，三斤猪头——得把嘴！我问你，搬到青莲街住，水车是不是当柴烧？"祥木耐心地说："以后我们有了制香机，水车就用不上啦。"正当两派人马争执不下时，一直沉默不语的老祖宗庆安公在旁人搀扶下站起来，颤颤巍巍地说："祥仔，你没白读书，也没白走路！还是后仔生有眼光，宁欺白须公，莫欺鼻涕虫啊！祥仔，我支持你！"于是，吴氏三十多户族人从盐坑岭老鼠岩迁移到倒流洞，不久后又搬到青莲戏棚地附近，建起了几间屋前为工坊、屋后为住房的"猪笼屋"，主产佛香，兼做蚊香。各地香贩接踵而至，吴氏出产的蝙蝠牌塔香畅销连江流域，整日香气弥漫的青莲"整香街"也就愈加遐迩闻名了。

　　已近耄耋之年的吴天仁虽腰弯如虾，但仍耳聪目明、思维敏捷。此时他咳嗽着将视线投向走廊上的壁画，无限感慨地说："老祖宗庆安公是我们青莲吴氏族人的泰伯，是他把我们吴氏族人从嘉应州带到青莲的。而让吴氏制香业走向兴旺的却是祥木公，要是没这个高瞻远瞩的后生哥，我们吴姓佬住岩洞的日子不知几时才结束啊！"

　　吴天仁突然话题一转，瞅着靓少德，表情严肃地说："听说《花木兰》这出戏帐前参军刘忠还没定谁来演，我不明白，你为啥不给浩刚一次机会呢？刚仔小武功架扎实，只是唱功差些。让他试试，促促他的唱功，也许日后能成大器的。"吴天仁在鞋底磕掉烟斗里的积垢，卷起烟袋，将烟斗插入裤带里，说："选香骨要选直的，我们整香佬心直。我有碟说碟、有碗说碗，靓班主千万别介意。我觉得这几年你变保守了，不敢起用新仔，八和剧社唱来唱去还是那几张老脸孔。唉，晚晚都是马师曾，夜夜都是红线女，戏迷也会打瞌睡的，你说是不是？"他俯身摸了摸伏在脚下闭眼养神的老黄狗的脊背，现出悠然自乐的神态："我昨日对明仔说了，我过了八十大寿就啥事都不管啦。以后就由后生的做主，你煮番薯我就吃番薯，你煲麦羹我就吃麦羹。我想过几年'沐浴更衣，净手焐香'的休闲日子。泰伯三以天下让，民无得而称焉！"

《花木兰》的演员阵容最终尘埃落定，靓少德接纳了吴天仁的建议，让浩刚扮演刘忠。浩刚担纲主演的消息传开，人们都倍感意外。就连浩刚本人也感到不可思议，这位常被父亲骂为"烂大鼓"和"二世祖"的美少年于是铆足了劲，发誓要在戏台上唱出名堂，打出声架。

浩刚整天想着演出的事，端着饭碗想，拉着大板车也想，到了废寝忘食的境地。有一回，他与几名女工在通津码头卸下满满一船的李子，坐在台阶上闲聊。忽然，一直低头不语的浩刚猛然攥住一名年轻女工的手臂，唱道："我欲与你结为兄弟，有话说话，有恨诉恨，苦乐同关，不知可高攀？"那女工呆愣了，红着脸推开浩刚。旁人醒悟过来，知道浩刚在说台词，便忍不住捧腹大笑："王心刚，你对花木兰这样入迷，我们会嫉妒死的！"

这天傍晚，浩刚与工友把满船的白糖和饼干运到县糖烟酒

公司的仓库后回到公社搬运队，喝了一杯水，看了看黑板上的分工，就去灯光篮球场练球去了。当他在赤裸的肩膀上搭着印着"青莲"字样的球衣，一路走回家时，刚好在当铺巷遇到下班返家的柳依依。"今晚剧社不排练，我们练练好吗？"浩刚问。"好呀，下礼拜就要到浛洸演出啦。"依依举起手里的青菜，"今晚来我家吃吧，吃完我们就练。"

浩刚用葫芦勺子舀了清水，洗了洗脸颊、脖子就走到后院。月色溶溶，婆娑于微风中的香芽蕉散发出诱人的清香。浩刚开口便唱：

> 边关号角两铿锵，
> 刀山火海吾敢上。
> 赤血沸腾铁甲寒，
> 犯我者十死九伤。
> 一声叱咤，
> 胡人尽胆丧。
> ……………

唱罢，浩刚捡起一颗石子，瞄准二十多米外瓜棚上一根手指粗的竹子就随手扔去，只听到"噼"的一声脆响，击中竹子的石头弹回脚下的青石板上。此时，身后厨房传来依依妩媚悠长的一声叫唤："小女子这厢有礼了，恭请刘将军用膳。"

依依左手用粗瓷碗端着满满一碗汤，高擎的右手摇着筷子，迈着小武步伐从厨房出来，前倾后仰地摆出一副扬鞭策马的架势。她先绕客厅一周，随后折向后院，且行且唱：

> 戎装一整征人劲，
> 有志应教天下宁，

有剑应诛穷寇命，
黄河声是壮行声。
千里胡尘一朝净。
…………

　　浩刚转过头来，由衷地赞叹："姐，你的小武功架系威系势，霸腔也唱得震天动地，快比得上仔姐啦！"他接过依依手里的瓷碗，摸了摸瓷碗的四周，不禁惊诧不已，"噢哟，一滴汤水也没洒出碗，真难得！看来，你戏台上的骑马功夫十分了得啊！"依依却谦逊地向浩刚拱手道："过奖，过奖！小女子岂敢在刘将军面前逞能呀？"

　　两人在说话间，隔墙响起女人母狮般的嚎吼："你们排戏，趁隔壁二叔婆未吹灯上床就唱足念够啊，别等人家刚躺下就吵吵闹闹，鬼杀一样！"张爱彩从断墙另一侧探出头来，怒目圆睁，凶悍的脸上却挂着调侃的意味，"'身为将帅者，行兵调将，高山有水可扎兵，平地无水不安营。'花木兰的英雄白我都听得滚瓜烂熟啦。"

　　这段日子，依依深夜睡不着就起来走台步、说念白、背唱词，难免磕磕碰碰弄出些声响，滋扰了左邻右舍。依依走上前，撷下一把青黄的香芽蕉抛向张爱彩："哎呀，爱彩姐与王老师，黑白天鹅——日哦夜哦，我一时忘记了。惊人春梦，实在抱歉！"

　　一个风和日丽的清晨，青莲湾停泊了逾百艘船。一艘崭新的机帆船拖着长长的黑烟徐徐驶到通津码头，蓝色船身上标示的"阳机003"几个红字在阳光照耀下流光溢彩。船刚停稳，在岸边的镇江柱等候多时的何浩刚就跃上船去，回身在船舷上架起三块踏板，向陆续走下码头的八和剧社和青莲男子篮球队

的男女高呼："上船喽——"

机帆船的目的地是邻县英德县浛洸公社。青莲与浛洸地缘相接、习俗相近、人缘相亲。八和剧社携《花木兰》一剧首次到县外演出，且有青莲男子篮球队和两支醒狮队同行，大家心里说不出的兴奋。对大多数第一次乘坐机帆船的人来说，船尾冒出的黑烟和"嘟嘟嘟"的汽笛声都让他们感到新鲜。载着近百人的机帆船沿连江顺流而下，于中午抵达浛洸河边街码头。

在机帆船离岸边还有百余米时，八和剧社的乐师就擂响了锣鼓，两只醒狮也舞动起来了。当穿着大红大绿戏服或后背印有"青莲"字样背心的队伍挑着衣箱杂箱，浩浩荡荡地走在骑楼夹道的河边街时，人们纷纷涌出青砖黑瓦配木趟栊的百年老宅或新颖别致的小洋楼，打铁的、镶牙的、磨豆腐的、卖油糍的也都停下手里的活儿，驻足欢迎同饮一江水的客人。

走在铺砌了麻石条和青石板的街道上，沿途听到当地百姓地道的广州话，特别是看见一座糅合了广府与西洋建筑特色、悬挂着"广州会馆"牌匾的屋宇，队伍中首次来浛洸的人心中无不涌起亲切感。浛洸的风土人情与青莲酷似，这里保留了丰富多彩、原汁原味的广府文化风貌。唐玄宗年间此地曾隶属广州和南海郡。四通八达的河道，穿梭不绝的舟楫，使它成为连江流域的"总商埠"。建于清同治二年的广州会馆墙柱上的对联"寄身天地谁非客，得意江湖便是家"，反映了商贾们归家的心态。抗战时浛洸与青莲一样成了广府商人和难民的庇护之所。

柳依依对靓少德说："靓班主，我感觉像回到青莲一样。""是呀，这里的码头和街道与青莲是很相似的。"靓少德应和着。二十年前他曾三次随船贩货到浛洸，投宿于一间临江小旅店，隔壁小赌馆传出的杀猪般的吆喝使他彻夜难眠。走在队伍后面的莫森礼此时也左顾右盼，当他的视线掠过镶嵌在广州会馆大门侧砖墙上的一块清代禁赌告示碑时，他马上联想起当年自己被生鬼开和孙胜标设下的赌局害得抵押豆豉厂的往事，心里悔恨万分。

男子篮球赛安排在下午举行，誓报两年前落败之仇的浛洸队在逾千名乡亲面前再度败北。主队教练摊开双手，垂头丧气地说："青莲那个乌脸猫跑起来比猫还快，投篮得分还易过马骝仔爬树，两个人都防不住他。"

何浩刚离开球场时已夕阳西下。他一路小跑奔向演出地——姑婆湾岸边的柚子林，但在大街上被一群扛着长凳短椅去"霸位"的男女戏迷挡住了去路。幸好得到了当地人指点，他从一条小路来到演出地。心急如焚的靓少德预备了两桶清水在临时搭建的戏台后等候儿子："快去洗身，换戏服！还有半小时就要敲发报鼓啦！"看着儿子手提水桶走进一个简陋冲凉间，靓少德嘴里还在不停唠叨："皇帝唔急太监急。以前梨园彩出外唱戏，这个时候早已化好妆，三三两两对剧本啦。"

"篮球输了还是赢了？"靓少德问。浩刚从冲凉间伸出涂满肥皂的脑袋："当然是青莲队赢啦！这次浛洸队输得心服口服。他们的教练急得快要跳河啦，老是大声喊'睇住乌脸猫！睇住乌脸猫！'"看着儿子露出两排洁白的牙齿得意忘形地笑，靓少德便严肃地告诫道："刚仔，球要打好，戏更要唱好。浛洸戏迷的眼比老鹰还利，一点瑕疵都看得出来的！"

两人说话间，一个穿着整齐的中年男人背着一把萨克斯来到靓少德跟前，说："靓班主，你还记得我吗？我是'番鬼鸭'啊！"这个外号叫番鬼鸭的男人原是当地小旅店的老板。靓少德当年来浛洸走船做买卖，爱在店铺密集、行人如鲫的河边街上溜达，对混杂在各种叫卖声中正宗地道的粤韵南音感到十分惊讶。番鬼鸭萨克斯吹得有板有眼，空闲时就背靠柜台、

面向大街，放开喉咙来几段名伶新马师曾的首本曲《万恶淫为首》《啼笑姻缘》，完后就抱起那把萨克斯，如痴如醉地吹了起来。因他酷爱西洋乐器，加上嘴巴偏长且外突，街坊就称他番鬼鸭了。有一次，他得知靓少德曾是过山班班主，他就用衣角擦了擦萨克斯的吹嘴，说："这大烟斗①是我死缠硬磨从一个广州生意佬那里要来的。我免他一年租金，又送他二百斤炭，他就把这宝贝让给我啦。靓班主，你以后要是再带过山班，我就投奔你，做你的吹口佬！薪水嘛，随你给！"

眼下遇见老朋友，靓少德十分高兴，便说："咦，你睇戏也带上宝贝'大烟斗'？"说话从不拐弯的番鬼鸭说："我来找你，是想临时参加你们的棚面。说实话，粤剧'五架头'还是显得势单力薄。《花木兰》有许多骑马的对打戏，单靠几声锣鼓，气势上不来。如果加入萨克斯，感觉就不一样啦！"说罢，番鬼鸭把萨克斯的圆口贴近靓少德的耳朵，吹出两声高八度。靓少德想了想，说："好吧。以前不少大戏班的棚面也配几把鬼佬乐器的。"于是他叫来何念祖吩咐一番。番鬼鸭便屁颠屁颠地跟随何念祖走上戏台。

临时搭建的戏台四周密密麻麻坐了数千人。靓少德大手一扬，鼓乐骤起，第一场戏《军书十二卷》的帷幕徐徐开启了。木兰坐在织布机前，忧心忡忡地唱道：

> 女儿晨起弄雕弓，
> 仰望天边红日影。
> 天边日日燃烽火，
> 昨宵军帖有爷名。
> …………

---

① 指萨克斯。

　　柳依依从虎度门返回后台，眼神有些慌乱和茫然。她气馁地对迎上来的靓少德说："靓班主，台下掌声稀稀拉拉的，是不是因为我演得不好呢？"靓少德镇定自若地说："你别胡思乱想，快跟彩姐去换戏服！"

　　张爱彩便把柳依依引入换衣间，脱下她身上的粉红色海青，然后在内衣外套上一件带小孔的竹衣，再把白靠领系在她脖子上，接着给她穿上前后左右都高开衩的黄色箭衣，外穿一件全身绣满白色鱼鳞纹的红色软靠。张爱彩最后为依依戴上银盔，拿起马鞭往她手里一塞，说："穿好啦！"站在虎度门旁的靓少德看见依依英姿勃发地走出换衣间，立即竖起大拇指："好一个气宇轩昂的武将，安能辨我是雄雌！依依，看你的包尾大空翻啦！快上！"

　　柳依依昂首挺胸，踏着锣鼓点重新上场。这时番鬼鸭的萨克斯也呱呱几声响起来了。依依扬鞭催马走圆台，在做完一个收缰勒马的亮相动作后即用霸腔唱道：

　　　　戴了银盔弃荆钗，
　　　　不穿红裙穿铁铠。
　　　　威风凛凛上堂来，
　　　　走上前深深拜。
　　　　…………

　　第一场戏结束了，台下响起暴风骤雨般的掌声。一直坐在棚面席后观察台上台下动静的靓少德长吁了一口气。

　　掌板师傅何念祖敲响了第二场戏《君莫笑女儿》的锣鼓。何浩刚与三名小武一身戏装、精神抖擞地等候在虎度门。靓少德上前打气："五军虎，要打起十二分精神啊。系威系势，五郎救弟！"话未说完，浩刚忽地一下率先出场了。他先拗腰甩

脚做了一连串的级翻，跟着身体腾空来了几个"屎瓯"，最后抱紧双脚，接连做了五六个大翻。浩刚一会儿高高弹起，一会儿又稳稳着地，动作眼花缭乱，一气呵成，台下掌声和吆喝声连成一片。靓少德愣住了：刚仔应是骑马出场的，什么时候改成打跟斗出场了？不过，他还是对儿子临时更改的出场程式大加赞赏："这组跟斗又高又稳，台下戏迷看到眼都直啦！"

浩刚在第三场戏《飞箭见丹心》中擅自加戏更是让靓少德吓出了一身冷汗。戏台上，元帅让刘忠和花木兰在众将面前较量箭法，刘忠以一箭之差落败而心有不甘。这时浩刚看见戏台搭在一棵柚子树旁，近十米高的戏棚顶上赫然垂下三只拳头大小的柚子。于是他灵机一动，抬手揉了一下眼睛，向元帅叩拜："刚才有只蚊仔钻入了我的眼睛，所以箭射偏啦……树上有三只柚子，恳请元帅准许我用飞镖将它们一一打下，以证明我刘忠的武艺一点也不弱于花将军！"扮演元帅的王文斌愣住了，知道这是浩刚临时增加桥段，但一时不知如何应对。浩刚却不慌不忙地从腰间取下三把飞镖，接连打了两个大翻，跟着"嗖嗖嗖"划出三道银光，三只柚子应声落在他的脚面，随后又被他逐一踢到元帅旁边的椅子上。

台下的戏迷在此间大气也不敢喘，木木愣愣地看着戏台上的何浩刚打真军。反应过来的王文斌从元帅座椅上站起来，拿起插着飞镖的三个柚子，瞪着眼说："刘将军好手艺啊！"这时，戏迷才晃过神来。台下掌声雷动……

演出结束后，戏迷们将后台围得水泄不通。番鬼鸭从棚面席走来，摇着靓少德的肩膀连说三个"犀利"。他从头到脚望着身旁的柳依依，说："想不到你们的正印花旦身子这么单薄，文戏武戏都拿得出手，大锅蒸送——样样都熟，拗腰、晒靴底、单脚绕枪这些武生动作都做得相当老到，真难得啊。还有啊，她的霸腔高亢嘹亮，像打铜锣一样。她唱'夜深深，夜沉沉。绕营行，行行复行行，一更复一更'时，我的耳朵震得嗡嗡响啊！"

浩刚低头走过来，擦着额上的汗滴怯怯地向父亲说："爸，我事前没跟您说，就私下加了飞镖砸柚子的桥段……我怕您不同意……"番鬼鸭十分惊讶："飞镖砸柚子是你临时加的？我一点痕迹都没看出啊。你这个后生仔真是艺高胆大！"靓少德面带笑意地说："以前师傅也教徒弟晓得临场爆肚执生。飞镖砸柚子和三及弟跟斗出场，效果都不错嘛。粤剧武打就是要真枪真刀打真军，花拳绣腿戏迷是不收货的！"靓少德手按胸口呼了一口气："说实在的，你掷飞镖时我被吓出了一身冷汗，怕你有闪失，有辱师名。"

说完，靓少德把番鬼鸭拉到一边，拍了拍他挎在胸前的萨克斯的黄铜管身，说："你这个'大烟斗'系威系势，为棚面增色不少啊！"番鬼鸭一脸憨笑。靓少德问："你'大烟斗'吹得出神入化，向谁学的？"

番鬼鸭环顾四周后悄声说："不瞒你说，我是从香港电台学来的。"番鬼鸭原本对萨克斯知之甚少，这些年他回到邻近香港的老家东莞时，就偷偷收听香港电台的音乐节目，并把节目录下来，结合黑胶唱片，仔细揣摩，反复吹奏。"精诚所至，金石为开。"靓少德用力掐了掐番鬼鸭的手臂，压低声调说，"老友，偷听香港电台，你可真是胆大包天啊……"

23 梦断香消

马国立随人流缓缓走下戏棚地正门的台阶。尽管此时双颊被利刃似的寒风刮得生疼，但他心里仍感到热烘烘的，电视机里冲天而起的蘑菇云仍浮现在他脑海里："原子弹美国佬有，我们中国也有！"

马国立感觉有人在扯他的衣袖，便回过头来："嗯，是靓班主呀。"靓少德把马国立引到墙角一个卖瓜子花生的摊档前，嘴巴蠕动了几下想说什么，但又紧闭不语了。

"哎呀，靓班主，你向来是个爽快人，黄豆快要倒出竹筒了，干吗又装回去呢？"

"哦，是这样的……有件事想向书记请示。我跟阳禺和熠通商量过了，三家剧社想搞一个粤剧会演，每个剧社唱两部戏，时间定在今年中秋。"

"这是大好事嘛！你方唱罢我登台，连唱六台大戏，中秋节青莲戏迷就不愁没戏看喽。"

靓少德警觉地望了周围一眼，贴着马国立的耳根，声音模糊得像往喉咙里塞了一把

稻秆："只是……现在报纸不是天天批京剧《海瑞罢官》吗？我们搞粤剧会演合适不合适呢？"马国立思忖片刻，说："我看没什么，不要成了惊弓之鸟。周总理说了嘛，昆曲是江南兰花，粤剧是南国红豆呀。"

靓少德胸腔里涌出了一股热浪，他随即找到正在黄檀树下卖酸萝卜的何念祖，说："马书记同意搞粤剧会演啦。念祖兄，这事我们得跟天仁叔商量一下，你跟我来。"

靓少德和何念祖走进吴天仁的制香工场，就闻到一股榆树皮、丁香和薄荷的混合味道，听到吴天仁在屋内大声说话："什么叫香？就是不燥不焦、不腥不腐。昨日那批香有种燥味，唔使问阿贵，肯定是冰片放多啦。"靓少德看见吴天仁围着一个破锅烤火，儿子吴广明在搓香桌前配制香料。早几年实行公私合营，广明担任公社制香组组长。

吴天仁看见靓少德和何念祖在门口站着，就说："外面冷，快进来炙火。"说着，他拿起铁铲扒开铺在火炭上的薄灰，加了一些新炭，铁锅即冒出炽热的火苗。靓少德和何念祖按制香人的规矩，在门口用清水洗了手才进入制香工场。

三人说起了粤剧会演的事，吴天仁主张选《胡不归》和《花木兰》作为八和剧社的会演剧目。何念祖说："一部是文戏，一部是武戏，文武兼备，我赞成！"靓少德手握木棍在铁锅边沿划来划去，沉默了好一会儿才说："还是让笑媚演赵鞑娘？她自从当了播音员，从早到晚都要广播，哪有空演呀？"何念祖说："笑媚没空就让依依演，赵鞑娘原本是由依依演的嘛。"吴天仁有点伤感地说："我也想上戏台过把戏瘾啊，哪怕演一个出先死先企两边的虾兵蟹将也好。我老啦，上台唱戏，要等到下一世喽。"说罢干咳不止。

身边香桌上的香已燃烧了近两小时，依然香气缭绕。靓少德嗅了一下，打破静默："这香味够醇的。"吴广明走过来说：

"这是原来吴氏的蝙蝠牌盘香。我爸又改良了配方，用的艾草粉放在仓库里也有十年啦。"

温葱莲对赵笑媚暗里服用山草药打胎的秘密一直守口如瓶，她三番五次告诫苏妈："笑媚的事谁人都不能说！""葱莲你放心好啦，我又不是卖剩鸭、多嘴婆。"苏妈撇了撇嘴又摇了摇头说，"不过，鸡蛋咁密实都哺出鸡仔来①，这事迟早会有人知道的。唉，好人好姐去打胎，也不知她撞了什么邪！"

由于葱莲临时退出，笑媚如愿以偿进了公社广播站。一天早、中、晚三次广播，笑媚拖着虚弱的身子硬撑。张三看着笑媚苍白的脸，眼眶湿润了："阿媚，跟上头请几天假吧。你以为你的身子是铁打的么？天天早起晚睡，你终有一天累得人不像人、鬼不像鬼的。我等会儿就去找你的领导，替你请几天假……"笑媚赶忙打断父亲的话："爸，你千万别去！一旦你去找领导，我这份工作就没啦……"张三低头想了想，说："我在街上给你租间屋吧，方便你上下班……"于是，张三在离公社不远的整香街为笑媚租了一间小屋。

半年过去了，笑媚的脸色红润起来，身段愈加迷人。在公社那幢通透明亮的办公大楼里，人们常听到她清脆悦耳的笑声，而她温婉地道的广州话和抑扬顿挫的语音播报，也早已通过悬挂在街头巷尾的小喇叭传到青莲的千家百户。

这年春季，青莲公社组织了农田水利建设大会战，三个月内要在观音山山脚至青莲水河岸开挖一条用于农田灌溉的水渠，领导层下达了死令：不获全胜，决不收兵！

这天清晨，东面的山脊泛出了鱼肚白，翠绿的青莲水和长满金黄色油菜花的田野裹在氤氤氲氲的雾气里。两千多名干部

---

① 鸡蛋能孵出小鸡，指秘密终被人所知。

职工荷锄担箕，浩浩荡荡地向观音山山脚涌去。下了一个通宵的春雨仍未停歇，呼呼作响的寒风夹带着雨点灌入人们的衣袖和衣领。待队伍集结完毕，总指挥黎迈对着话筒做了一番慷慨激昂的动员讲话后绕着遍布"农业学大寨""水利是农业的命脉"标语牌的山坡和田垄，到各个工地巡视去了。

赵笑媚坐在竹寮里，通过高音喇叭向人们讲述愚公移山的动人故事："子子孙孙无穷无尽，可是山却不会增高加大，还怕山挖不平吗？"笑媚娓娓动听地讲完故事，就把一张灌录了《胡不归》唱段的唱片放入唱机里，她手捧画着工农兵威武形象的茶杯走出竹寮，看着一队队男女肩挑泥土，摇摇摆摆地爬上陡坡，走过竹寮前的一条泥泞小径。"我不敢怨郎情薄，亦知你母命难忘……"上海妹哀怨悱恻的嗓音弥漫于辽阔的田原山野。

笑媚透过茶杯腾起的雾气隐约瞥见一个身影急匆匆向她走来。黎迈大步跳过一条水沟，心急火燎地冲入竹寮。笑媚被黎迈重重地撞向一侧，打了一个趔趄。当她回过身来时，她听到"哐啷"一声脆响，音乐戛然而止，唱片被扔到角落，黎迈英俊的脸孔变了形。他气急败坏地呵斥道："你怎么一点政治觉悟也没有呀？大会战这种战天斗地的场合，你怎么可以放那些卿卿我我的粤剧呢？你不是在瓦解干部群众的斗志吧?！"笑媚看着黎迈青筋暴起的面孔，吓得掩脸哭了。也许不想让路过的人看见眼前的情景，黎迈伸手将笑媚拉入竹寮里。"阿媚，你别整日记着文萍生、赵蘩娘好不好？这话我跟你说过多少遍了？你总是水过鸭背，当耳边风！"黎迈捡起已破裂的唱片，瞄了一眼丢到门口的草丛里，"现在形势变啦。粤剧会演靓少德不是叫柳依依出演赵蘩娘么？你就顺水推舟呀，从此就跟八和剧社一刀两断！"竹寮里的气氛缓和下来，黎迈往木盆里倒了热水，挨近笑媚，语气也变温和了："把你撞了，你没事

吧？快把手洗洗。阿媚，我是真心为你好，不想你将来吃亏。你听我的话准没错的，我吃盐比你吃米还多。是不是？"笑媚扇着潮湿的长睫毛，"嗯"了一声。

夏季的一天清晨，宽阔的青莲水雾气迷漫，停泊在码头边的船只现出朦朦胧胧的轮廓。身穿蓑衣、头戴尖角帽的张广发收起昨晚在豆腐社水渠出口附近水域布下的渔网，提着半桶鱼虾登上渡船，父亲张三手提装着饭菜的竹篮在船头等候："你给阿媚送去吧，她没空回来吃的。"广发接过竹篮，上了岸。街巷黑漆漆的，零星走着几个晨起挑水洗衣的人。

赵笑媚的播音工作十分繁忙，必须每天早起。经常遇到一些须在规定时间向全公社广播的稿子，为此她连回家吃饭也顾不上了。与张三相熟的人都说笑媚不用日晒雨淋，风风光光的，张三却不以为然地噘噘嘴，说："别看她表面风光，其实她连找根吊颈绳的时间也没有。"对笑媚而言，即便她每天高度紧张地念稿子，但她觉得自己重拾了前些年演赵聱娘后声名鹊起的美好时光，特别是当街上无数行人向她投来仰慕的目光时，她心里便油然生出公主般的感觉，步履生风的同时胸脯也挺得格外高耸了。

笑媚走出整香街的屋子时，天空正飘着蒙蒙细雨。她双手护着头，在街巷屋檐下一路小跑，但没跑多远雨点就变得密集了。她只好跑到与日月楼斜对的百货仓库的骑楼下躲避，抬头望着越下越大的雨水发愁，害怕错过了播音时间。党委副书记马国立的话语此刻在她耳畔响起："播音员就好比部队里的炮兵。首长一声令下，炮弹就要立刻发射出去。播音室就是没有硝烟的战场，播音时间一到，播音员就要向全公社发出党的声音……"军人出身的马国立强调广播站要实行军事化管理。

在笑媚心急如焚时，一个高大的身影突然穿过雨幕向她奔来。来人将她裹进雨衣里，拉扯着把她护送到公社大楼门口。笑媚揭开雨衣，才看清那人是黎迈。"我怕你耽误啦……"黎迈从怀里掏出一张报纸，指着一篇题为《横扫一切牛鬼蛇神》的社论说："这篇文章，上头再三强调要今早把全文播出去，不得延误！"黎迈神情肃穆，笑媚顿时意识到这篇社论重若千钧，非比寻常。

她接过报纸，把社论通读了一遍，问了几个生僻字的读音后就快步走上二楼的播音室。黎迈追上来，把两个熟鸡蛋塞给她："你没吃吧？饿了吃。"笑媚回头莞尔一笑。"记住啊，念这稿子不能有丝毫差错，语调高昂些！"黎迈叮嘱说。

笑媚刚才在百货仓库骑楼下避雨时，张广发也走到了公社大楼附近，她与黎迈同披一件雨衣走进大楼以及黎迈往笑媚口袋里塞鸡蛋的场面，广发看得真真切切。他十分震惊，伫立在雨中发呆，一气之下转身将手里盛着饭菜的竹篮猛地砸向大街中央装卸台的木柱上。

也许是一直下雨的缘故，今天赶早市的菜农比往日少了许多，市场行人稀稀落落，显得有点冷清。

何念祖将尚书祠里里外外清扫一遍后就坐在自家门槛上抽烟，等候喇叭里传出赵笑媚向全公社广播的声音。自新市场入口的横梁上安装了喇叭后，他就喜欢上这新鲜玩意了。他经常一边用鸡毛掸拂去将军泥塑上的尘埃，一边竖起双耳聆听喇叭里播放的粤剧、京剧、昆曲、黄梅戏，听多了，这名司职掌板的乐师也就渐渐悟出一些新门道来，有时也与靓少德分享他的心得："粤剧高胡像电光炮，声音又脆又亮。京剧京胡嘛，就像满地红，声音没那么脆亮，但很结实。"

这段日子，他觉得喇叭板起了面孔，弹弹唱唱的曲艺少了，老是播出报纸上一些充满火药味的文章。笑媚播音的语速明显加快，腔调也愈加坚硬了。他即使不完全明白文章里一些字句的确切含义，但也隐约感到了一种剑拔弩张的紧张气氛。他心想：写文章的人是不是吃辣椒吃多啦？快煲几剂金银花、菊花降降火吧！

八婶从厨房出来，将一碗麦羹、一碟酸萝卜和一小壶米酒摆在丈夫面前的矮凳上，顺手扯起丈夫的裤脚："伤口还肿么？你怎么这么不小心呀！人人都说蜈蚣嘴——太毒。"尚书祠向来蛇虫鼠蚁多。昨晚何念祖为将军塑像前的油灯添油时，一条粗大的红头蜈蚣从屋顶掉下来，他正想抬脚踩去，脚背却被蜈蚣咬了一口，立即红肿起来。他不敢大意，用锄头砸死蜈蚣后立即去找癫仔海，取回了药酒。

"阿海的药酒真有两下子，搽两次就消肿啦。真是一物治一物，糯米治木虱。"何念祖说完拿了一块酸萝卜放进嘴里嚼着。喇叭传来一段熟悉的乐曲，随后响起赵笑媚高亢的声音："青莲人民公社广播站，现在向全公社广播。以下是一篇社论……"

"牛鬼蛇神？"何念祖揣摩文章里这个新词的含义。他感到赵笑媚的播音腔调比往常更加铿锵有力，仿佛每一个字词都是从牙缝里强行挤出来一样，听来比打铁铺传出的声响还要刺耳。

要彻底破除几千年来一切剥削阶级所造成的毒害人民的旧思想、旧文化、旧风俗、旧习惯，……对于封建阶级和资产阶级的一切遗产、风俗、习惯，都必须用无产阶级的世界观加以透彻地批判……

"什么是旧思想、旧文化、旧风俗、旧习惯？"何念祖越听越迷茫，心里也虚怯起来了。他喝完酒，把酒壶猛地蹾在矮凳上，转身挑起两缸子酸萝卜就跨出门槛。

何念祖通常都是吃罢午饭才挑担出去的。八婶发觉丈夫行为怪异，便在背后喊："你撞邪了么？大清早的，街上没几个人，谁买你的酸萝卜呀？"何念祖头也不回，径直走下慢坡，心想：文章是笑媚念的，她应该晓得什么叫牛鬼蛇神。他沿大街走到公社大楼旁边的小巷，放下了担子。

生粉厂已拉响八点的汽笛，一些穿着蓝灰服装的干部模样的人在公社大楼进进出出。他们一律行色匆匆，表情沉郁，不苟言笑，彼此似不相识，又好像街上正流行着一场瘟疫。

喇叭里的广播停下来了，赵笑媚剥着鸡蛋走下二楼，面容还是硬邦邦的，像一块铁。何念祖把她喊住，笑媚把何念祖引至小巷转角处。

"念祖叔，您有事找我吗？"

"你今早念的文章我听了，但越听越糊涂。我问你，什么叫牛鬼蛇神？尚书祠属不属封建阶级留下的遗产？"

笑媚听了便慌了神，显然对何念祖专程找她的意图感到惊讶。她神色紧张地环顾左右，暗地里竖起食指，声音小得如蚊子飞过："你的问题我也答不出啊……念祖叔，以后别再问这些问题啦。"话毕，她就快步离开了。何念祖突然想起数年前调到青莲中学的王文斌："是呀，去听听王老师的高见。"

何念祖向来对王文斌推崇备至，认为他的文化层次在青莲无人能及："上知天文，下通地理，中晓人和，明阴阳，懂八卦，王老师不愧是简大儒的高徒，通台老倌①——样样都掂！"王文斌关于青莲的一些独到见解在坊间流传甚广，何念祖也觉得他颇有见地。王文斌说，青莲是三丧地，即墟里要么不死人，一死就死三人以上。他说青莲的冥官脾性古怪，每次在冥簿上打钩，都打三个以上。他还说青莲是个不聚财的莲花地，

---

① 指胜任戏台上各个表演行当的名演员。

虽然满街都是生意人，但只做些小生意，永远发不了大财。他解释说，青莲盛产莲藕，但莲叶是盛不住多少水的，水一多，莲叶就倾向一侧了。

当何念祖挑着酸萝卜担子经过一片刚犁过的田地，走进青莲中学操场前那道拱门时，下课的钟声敲响了。几个男学生光着上身呼喊着冲出教室，手里挥动着脱下的衣衫，从他身边疾驰而过，差点将他撞倒。何念祖想追上去骂一通时，就看见王文斌腋下夹着书本从教室里走了出来。

"王老师，我请教您一个问题。"何念祖拦住了王文斌，"什么叫牛鬼蛇神？"

王文斌警觉地望了望前后，用指头推了推滑到鼻尖的眼镜，说："今早的广播您也听了？牛鬼就是牛头的鬼，蛇神就是蛇身的神。牛鬼蛇神嘛，就是妖魔鬼怪！"

"那么妖魔鬼怪都藏在哪儿呀？"何念祖眨着眼问。

"阳界有，阴界也有……念祖叔，近些日子您最好少出门。"王文斌说完把食指搁在嘴唇上，"嘘"了一声就快步离开了。

王文斌神色诡异，话语玄虚而不可捉摸，这令何念祖如坠五里云雾，一时不得要领。他挑着担子往家里走，低头咀嚼王文斌的话。"近些日子您最好少出门"一语似乎让他有所领悟，隐约有大祸降临的预感。突然，他挑起担子，撒脚狂奔，恍如一个疯汉。装满酸萝卜的瓷缸剧烈晃动起来，盖在瓷缸上的玻璃片被掀翻砸碎了，沿途酸辣水泄流不止，呛得路人连连打喷嚏。在田地里松土的农民都停下手里的活，望着癫癫狂狂、呼啸而过的何念祖。

何念祖回到家门口就瘫倒在地。他鞋子也没了，脚底板血迹斑斑。正在厨房切萝卜的八婶听到响动就冲了出来，看见丈夫脸色发暗、眼神木讷、全身发抖，就断定他真的撞邪了。她跑进尚书祠，从香炉里撮了一把香灰放入嘴，跟着含了一口水，又在何昌期塑像下取了一把大刀。她将口里的水"噗"的一声喷在丈夫脸上，随后往四周挥动大刀，大吼："哪来的鬼？报上名来！看我用何十万的大刀，把你劈断一段段！"几个菜农合力把何念祖抬入房间，八婶安顿好丈夫后就转身到尚书祠烧香跪拜去了。

何念祖睁开眼时，发觉自己浑身大汗淋漓，便一脚踢开盖在身上的两张棉被，望着窗外的一轮淡月发呆。八婶从另一个房间走进来，说："你鬼上身啦！在床上躺了一日一夜，像死猪一样！"何念祖感到脑袋一片空白。他下了床，从柜里取出一个铜盒子，拿了酒壶出了门，坐在尚书祠门前的台阶上，把一尊拳头大的用绸布包裹的寿山石印章放在手心，借着月色边端详，边大口喝酒。

何念祖在家里兄弟中年纪最小。他十五岁那年父亲得了重病，奄奄一息。一天，卧床数月的父亲硬撑着下了床，由三个儿子搀扶着走进尚书祠。老人在香炉上插了三炷香，跪倒在何昌期的塑像前，刚说完"老祖宗，我为您烧香拂尘的日子不多喽"的话，就伏地恸哭。

过了许久，老人从怀里摸出一尊刻着篆体"思本敦族"的寿山石印章，又从腰间取下尚书祠大门的铜制钥匙，一并放在香桌上，断断续续地说："太公把祠堂交给阿爷，阿爷又交给我，今日我要交给你们了……你们当中谁愿意守祠堂？"

三兄弟同时喊着"我守祠堂"，都向香桌伸出手，三只手叠压在一起，互不相让。

"你们都别争啦，祠堂我来守！"何念祖将两位兄长的手一一掰开，晃了晃粗壮的手臂说，"三兄弟中我个子最高，手臂最粗！"他说完就把印章和钥匙握在手中……何念祖含泪擂响了何家鼓，鼓声轻缓而悱恻，萦绕在尚书祠的梁椽间，父亲

安然闭上了双眼……

那尊刻于明永乐年间落款为"何天佑"的寿山石印章，晶莹脂润，闪着耀眼的黄光。何天佑是何氏家族的远祖，与何念祖相隔二十二代。他出钱建起尚书祠，并成为首位守祠人。那尊印章在何家代代相传，也成了何氏家族建祠堂和守祠堂的明证。

唐贞元初年，何昌期从京城荣归故里阳山七拱，将朝廷所赐的两百顷良田分给族人，并制定家规族训，教育后代。何昌期后人何天佑曾在七拱、太平、杨梅一带开采铁矿，腰缠万贯，乐施好善，在族人中威信极高。一天，家族中的一些耆家人领着青莲的外姓人士向他诉苦，说连江和青莲水流域滩多水急，墙倾楫摧之事数不胜数，且墟镇里每年洪水暴发，屋倒人亡之事也司空见惯，希望他牵头在青莲兴建尚书祠，既保族人平安，也保一方安宁。何天佑听罢扼腕感叹，不久即变卖了全部家产，携妻带儿来到青莲，在面向连江与青莲水交汇的坡地建起了尚书祠，供奉何昌期和李玉珪塑像。以前他们过的是绫罗绸缎、大鱼大肉的富贵生活，现在过的却是清淡寂寞、终日与祠堂为伴的日子，妻儿最初都感觉度日如年。何天佑有空就向妻儿讲述先祖英勇杀敌的故事，说："我一直推崇奉先思本，敦族言欢。人当有保一方平安的胸襟和志气，这是先祖留给何家的宝贵财富！"说完，酷爱文墨的何天佑取来一尊寿山石，在上面刻了"思本敦族"四个篆体字。得到妻儿理解后，他就在祠堂的梁柱上写上孝、悌、忠、信、礼、义、廉、耻八个大字，并根据族谱文字记载和族人们口口相传的故事，将何昌期"伏牛射虎""连州比武""一敌十万""偃武修文""解甲归田"的逸事趣闻编成故事，一一绘在祠堂的墙壁上，供本族人和外族人追缅和传颂。

尚书祠倾注了何天佑余生的精力和时光。族人的婚丧嫁娶都在此举行，每年春分时节，何氏子孙从天南地北汇聚尚书祠，祭拜先祖。当地百姓和往来商贾也把两位将军当作保护神。

何念祖被青莲湾传来的机帆船汽笛声惊醒时天已大亮，喇叭里赵笑媚依然吊起嗓门，掷地有声地念那篇名为《横扫一切牛鬼蛇神》的社论。卖菜的、买菜的、过路的，都停下来聆听。他们谁也不说话，狐疑、迷茫、惊恐等各种复杂的表情显露在他们的脸上。何念祖感觉苍穹里似乎滚动着一个巨大雪球，寒气骤起，渗透心窝，手脚不由得颤抖不停。

按照王文斌的叮嘱，这些天他守在尚书祠寸步不离。

这天午饭后，何念祖在门前的石板上劈柴。刚挑着酸缸出去的八婶又转回家，神秘地告诉丈夫一件新鲜事：

"当铺巷改成为民巷啦。"

"什么时候改的？"

"刚才我在巷头看到几个人在敲敲打打的，忙着换铁牌。听说所有的街道都要改名。"

何念祖坐不住了，心想：几天不出门，外面就变了天。他扔下斧头，走向当铺巷，但只走了几步又折回了。他吩咐妻子："你在家守着，我马上就回来！"

他来到当铺巷巷口，发现砖墙上赫然贴着"为民巷"的蓝色铁牌。他继续走向戏棚地，瞅见几个年轻人正扛着梯子朝整香街走去，在街头停下后被一群孩子围住。一个青年爬上梯子，用铁钳撬下"整香街"的牌子，重重地扔到地上，嘴里说："滚到历史的垃圾堆去吧！"随后他手拿铁锤，把"东兴街"的新铁牌"哐哐哐"地钉在墙壁上。这时孩子们哄抢地下的铁牌。那青年跳下梯子，揪住抢到铁牌正想跑回家的孩子的衣领，大声斥责道："铁牌不能拿走，要送回铁器社熔掉！"说罢，他狠狠抽了那孩子两个耳光，躲在远处的大人们没人敢

吭声。那青年又声色俱厉地嚷道："以后这条街就叫东兴街。谁还叫整香街的，就说明他脑袋装满了封建社会的污泥浊水！"

何念祖刚想上前质问打人的青年，一声哭喊从身后传来："老头子，不好啦！"何念祖回过头，看见妻子磕磕绊绊向他奔来："有人——砸——砸尚书祠啦！"

何念祖和八婶上气不接下气地跑到灯光篮球场时，就远远听见"横扫一切牛鬼蛇神""向'封资修'猛烈开火""不获全胜，决不收兵"的呐喊声。五六十名右臂佩戴红袖章的社会青年将尚书祠围得水泄不通，领头的人外号"大头成"，皮肤黝黑，身高体壮，是一名善于钻营又颇具煽动力的家伙。此时，身穿草绿色军服、脚蹬解放鞋的大头成爬上尚书祠门前的大香鼎，挺直腰板，一脸肃穆，双手不断摇动着一面写着"青莲6688战斗兵团"字样的红旗。他意气风发、一往无前的神态，使香鼎周围的人马上联想起电影里攻占敌人山头的英勇无畏的战士。大头成将旗杆握在手里，大手一挥，慷慨激昂地说："观音庙和下庙已被我们拆除，青莲三大庙祠只剩尚书祠。封建势力最坚固的堡垒就在我们眼前，你们说怎样处理？"众人整齐划一地呼叫："拆！"大头成说："封建腐朽思想毒害青莲人一代又一代！对这些藏污纳垢的场所，革命青年要毫不手软，坚决拆除……"

这时，一名想到尚书祠拜祭的小个子妇女捧着盛满酒肉的木盘，被堵在人堆里进退两难，急得直叫嚷。一个女社会青年拨开人群，将那妇女拖上祠堂前的台阶，用讥讽的口吻说："而今我们每顿不是番薯芋头就是麦羹白粥，个个都饿得面黄肌瘦。你却不忘初一十五来烧香，给那两个死鬼送肉送酒。你满脑子封建思想，简直是病入膏肓、无可救药啦！"说完，她抢过妇女手里的木盘猛地砸在地上。人堆里有人喝道："她是地主婆，从小就扎脚。"女社会青年扯起那妇女的裤腿，一脸不屑："这对三寸金莲，哪像我们劳动人民的脚呀。"大头成往那妇女身上吐了一口浓痰，说："这对脚奇臭无比，我们劳动人民的脚就算踩了牛屎猪屎，也要比它香一千倍、一万倍！"

大头成比画着手，想把问题说得深刻些，忽然想到了苏联小说《钢铁是怎样炼成的》中的人物："一身香水味的冬妮娅，就配不上共产主义战士保尔·柯察金……"有人小声提醒大头成，说用"苏修"小说里的人物打比方不恰当，大头成才急忙把话打住，改口说："何昌期和李玉珪为什么死心塌地为皇帝卖命？就是想升官发财，就是想维护封建阶级的黑暗统治，他们是唐朝最大的保皇派，我们要把他们揪出来，接受人民公审！破四旧，立四新！打碎旧世界，建立新世界！"

人群躁动起来了，社会青年喊叫着，手持铁锤、铁棒、锄头等拥入尚书祠，祠里顿时传出一阵丁零咣啷的物品摔碰的巨响。"轰！轰！"两声闷响震耳欲聋，尚书祠两扇高大厚实的木门被卸下推倒了，卷起的香灰让人睁不开眼。

何念祖好不容易挤进人群，却被眼前的狼藉景象惊呆了：祠堂里外满地都是彩塑、香炉、碗碟的碎片，四面墙都被泼了墨，壁画上人物的眼睛被挖空，祠堂木梁上的布帘被扯下来点燃，滚滚浓烟漫上屋檐……何念祖跪在地上，一股怒气从腹腔涌上胸膛，逼上丹田，令他几乎喘不过气来。他操起墙根下一根铁棒，冲向大头成。"把他绑起来！"大头成一声令下，十多名社会青年扑了上来。即使何念祖当年能双手举起两百公斤的香鼎，但最终敌不过群狼似的后生，被五花大绑地捆在香鼎脚下。

何昌期和李玉珪的彩塑被砸断了手臂和身躯，只剩一个头颅，被人拎出门口后摆在临时搬来的菜架上。大头成跳下香

鼎，从地上捡起几条黄绸带捆住两具塑像的头颅，随即接过一个社会青年递过来的两桶粪水，朝彩塑头颅大力扣去。周围的人都捂住口鼻，唯恐避之不及，而大头成却站在原地纹丝不动，纵声大笑……

吴天仁死了，死在吴氏宗祠供奉祖先的神龛下，死时还睁着眼睛。那晚他睡到半夜，屋后观音堂一带传来杂乱的人声和脚步声，不久后又响起一连串丁零咣啷的声响，街前巷后的狗随即狂吠不绝。吴天仁起床下地，想到宗祠去看看。因为观音堂与吴氏宗祠只隔几间屋，他担心宗祠遭遇不测。妻子拦住他："你别去惹是生非，那帮人肯定又去砸庙了。"吴天仁咳嗽不停，许久才喘着气忧心忡忡地说："前天不是砸了吗？观音像都打烂啦，难道还要掘地三尺？"

吴天仁毫无睡意，靠在床背上抽烟，鸡鸣第二遍就下床，手把油灯出了门。当他来到宗祠门口时，不由"啊"的一声惊叫：宗祠门洞大开，门楣上"吴氏宗祠"几个大字沾了粪便，门前两只小石狮也不见了。他踏着满地的玻璃石块，径直走入安放先祖神龛的后屋，顿时被惊吓得目瞪口呆：神龛被掀翻了，先祖神牌七零八落。他轰然摔在地上，气绝身亡……

与盐坑岭老鼠岩正对的一片荆棘丛生的阳坡上垒起了一座新坟。吴广明告诉靓少德，父亲五十岁前就为自己选好了这块墓地，因为香料含有毒素，吴氏家族制香人中长寿者屈指可数。靓少德发现离坟茔不远的溪流边残留了水车石墩的痕迹，眼前便浮现出水车带动石磨来碾磨香粉的情景，心里想：叶落归根，吴氏制香人的根就在这片荒野上。人生大戏终有落幕的一天——从喧哗到消隐，从绚烂到平淡，从激越到低沉。

靓少德送殡回来，在戏棚地空坪用柚叶水洗手时，下班回家的赵笑媚走上前来。

"靓班主，黎迈主任叫我通知您，明天上午十点在戏棚地开会。八和剧社、阳禺剧社和熠通剧社的演员和乐师都要参加，一个都不准请假。"

"笑媚，开什么会呀？"

"我也不知道。"赵笑媚垂着头，用脚尖拨着脚下的沙石，吞吞吐吐地说，"另外，我找您还有一件事……我要退出剧社……"

"干吗要退出？是工作忙呢？还是别的原因？"

"是黎主任要我……"赵笑媚发觉自己说漏了嘴，赶紧把话打住，停顿片刻后就态度坚决地说，"明天的会我就不参加啦，以后我跟剧社也就没任何瓜葛了。"她说完扭头就走，刚走几步又停下，说，"您以后不要叫我笑媚啦，我改名了。"

"哦？叫什么？"

"叫赵卫红。"

赵笑媚的新名字是黎迈替她取的。昨天中午，喇叭里的广播刚停下来，黎迈就悄悄闪进播音室，把正背向门口整理讲稿的赵笑媚吓了一跳。"你把我吓死啦！"笑媚一手扶住播音台，一手捂住胸口，嗔怪地说。"你那么胆小，肯定做了亏心事。"黎迈揶揄地笑着说，但马上收起笑容，"你的名字得改。'笑'显得太随意，不严肃，'媚'嘛，就是资产阶级的娇气俗气。'笑媚'两个字，嘻嘻哈哈又搔首弄姿，成何体统？这不成了旧上海的交际花吗？哪像革命青年？"赵笑媚惊恐地眨着眼。黎迈说："你别怕，把名改了就行。我都替你想好了，你以后就叫赵卫红，就是誓死保卫五星红旗的意思！"黎迈说罢就跨步上前，拍了拍笑媚的手背，说："我是为你好！"笑媚羞涩而感激地望着黎迈，轻声说："感谢黎主任！"

黎迈的面容突然变得庄重起来："现在有一项工作交给你。"他的鼻梁贴近赵笑媚的鬓发，耳语一番。赵笑媚听罢，

后退一步，惊诧地张大嘴。黎迈用力捏住她的手腕，说："这是公社革委会对你的考验，你要抓住这次机遇啊……"

此时，靓少德看着赵笑媚的背影在苍茫的暮色中隐去，心里涌上不祥之感：她说话躲躲闪闪的，好像心里藏着什么秘密。她干吗要退社呢？是不是要急着撇清与剧社的关系？退社的事，好像是黎迈要她做的。他思忖着，突然感觉有一股凉气从后背直抵心窝：明天的大会凶多吉少啊！他快步回家，对妻子温葱莲说："有急事，你立即把剧社的人都叫来！"

八和剧社的人大多住整香街，他们陆续走进靓少德的家。靓少德神色凝重，端坐在大厅的椅子上，他身边的八仙桌上摆了白纸和印泥。客厅站满人，连楼梯通道也挤得不留缝隙。大家满腹狐疑，心里都在打鼓，猜测发生了何事，但没人敢说话，也不敢弄出一点声响。靓少德眼眶泛着泪光，凸起的喉结上下滑动。他缓缓站起身，从儿子浩深上衣口袋里取出钢笔，转身在白纸上写了"退社签名盖指模"七个劲遒有力的草体字，随后将钢笔举至头顶晃了晃，一字一顿地说："你们都听着，如果想退出八和剧社，就上来签名盖指模，原因别问！"这时，人们才明白，随着街巷改名、祠庙被毁，青莲三家粤剧社正处于风雨飘摇中，靓少德此举是不想连累大家。

可是，除了沙市街三个胆小怕事的人签名盖指模并迅速离开外，其他人都没挪动脚步。前几天被绑在尚书祠香鼎的何念祖愤怒地说："我加入八和剧社犯了哪条国法？我敲锣打鼓唱戏难道就说我反党反社会主义么？"

温葱莲逐一劝说屋里的人签名盖指模，但人人都坚定地摇头，在原地站着或蹲着。靓少德见此情形，就说："感谢各位街坊对我大声德不离不弃。不过，成立八和剧社是我的主意，有什么冬瓜豆腐与你们无关！我就不信因为成立剧社要拉我去坐监打靶……"他说不下去了，感到喉咙如被螃蟹噬咬般难受。何念祖说："阿德，要是真的被拉去坐监打靶，我和你一起去！"莫森礼也站起来说："我也一齐去！"此时，众人都大声呼喊："我也一齐去！"靓少德噙着泪，向众人拱手鞠躬。

夜深人静，靓少德和温葱莲在床上辗转反侧。靓少德下了床，用白纸糊了一顶高帽，上书"牛鬼蛇神何少德"几个鲜红大字。他将高帽扣在头上，起单脚，俏皮地对妻子说："葱莲，我这顶高帽像不像旧戏班的爱群盔①？"葱莲侧脸一看，潸然泪下，哽咽起来。

次日上午，八和剧社、阳禺剧社和熠通剧社的导演、演员、乐师、勤杂准时来到戏棚地门外空坪，他们隔了很远就看见华光塑像的头颅被悬挂在正门入口的墙壁上。一百多人屁股下垫着砖头、草帽、树皮，挤坐在一起。炙热的夏日和窒闷的气浪让他们汗流浃背、眼冒金星。一些人刻意与别人拉开距离，紧张得几乎透不过气。入口台阶上摆了两张长桌，黎迈和大头成等人杀气腾腾地坐在主席台上。二十多个社会青年手执木棒在周围巡视，看见有人用草帽或衣服遮挡太阳，就冲上前怒斥一顿。

黎迈走下主席台，背抄着手，阴阳怪气地说："你们不是日夜排练，中秋要搞什么粤剧会演么？准备得怎样啦？我想看看你们彩排。"他转向大头成，厉声说："快把三个剧社的衣箱杂箱都抬来，没有戏服道具，戏怎么演呀？"不久，三个剧社的衣箱杂箱都抬来了，二十多个大小箱子堆在墙根下。

现场鸦雀无声。"青莲虽是个小地方，但竟一下子就冒出三个粤剧社来，不简单啊！用跛佬德的话说，就是'系威系势'。我看这架步，就算是佛山佬、顺德佬、南海佬也自叹不如啊。"黎迈用威严的目光巡视会场，仔细辨认台下每一张脸

① 指传统粤剧男演员戴的头盔，形状像高塔。

557

孔，忽然提高了声调，"你们净唱些什么戏？革命群众不妨擦亮眼睛，你们唱来唱去，还不是才子佳人、王侯将相和奸夫淫妇？"

黎迈往地上吐了一口浓痰，用袖口擦了擦嘴角说："你们整天敲敲打打，日夜笙歌，不仅在青莲唱，还不辞劳苦，坐船走路到黄垄、岭背、小江、黎埠甚至洺洸、大湾唱。大街小巷卿卿我我，才子佳人、皇帝嫔妃铺天盖地，我们工农兵还有心思去炼钢铁、种田插秧、保卫国家吗？我想问，你们成立粤剧社的用意是什么？我看就是宣扬'封资修'，瓦解我们工农兵的革命斗志，最终是想要颠覆人民政府！"黎迈说完就用力捶了一下桌子。大头成附和说："是啊，他们就是想颠覆人民政府！三个粤剧社，威力不小于美帝的三艘驱逐舰啊！"

几个社会青年这时挑来两箩筐煤渣，铺在主席台前的石阶上。黎迈大喝一声："开始彩排——"

阳禺剧社的领班花脸岳被四个社会青年反剪了双臂押上台来。在一旁等候的两个社会青年，一人托起花脸岳的下巴，一人用油漆在他两颊和眉心画了"三块瓦"，又用锅底灰涂抹他的眉毛，然后勒令这名打铁匠跪在煤渣上。

眉清目秀、擅长反串花旦的熠通剧社领班王友强出门时穿了一件款式新颖的白衬衫，走了几步就感觉气氛不对，便赶紧回去换了一件褪色的灰布衣。他躲在两名体格彪悍的武生身后，脑袋一直没抬起来过。眼下他听到黎迈大喊："潘金莲不见了？又去哪儿抛媚眼、撩男人了？"王友强的脸色倏地变了，抖着双腿站起来，尿液顺着大腿直往下流。社会青年指着他湿漉漉的裤裆哄笑，有人从衣箱翻出一件粉红色的女花帔要他穿上，又找来一个蝴蝶灰凤冠戴在他头上。大头成笑着说："你在戏台上唱完平喉唱子喉，演罢小生演花旦，真搞不清你究竟是男人还是女人。我问你，你下了戏台去大小便，是入男厕呢，还是入女厕？或者今天入男厕，明天入女厕？"黎迈也咧嘴冷笑："对这个阴阳人，你们可要留点心眼啊！"

黎迈忽然敛起笑容，阴森森地盯着柳依依，高喊："把柳翠馆的头牌柳依依揪出来！"两个社会青年迅即像老鹰捉小鸡似的挟住柳依依的胳膊，把她拖出人群。一个女社会青年揪住柳依依的头发，手持剪刀就"咔嚓咔嚓"剪了起来，柳依依挣扎着哇哇大哭。黎迈狞笑道："好一个替父从军的花木兰，你那'有剑应诛穷寇命'的英雄气概去哪了？"

"住手，你们这样欺负女的太过分啦！"靓少德怒吼。黎迈猛拍了一下桌子，说："你这个死跛佬，是不是想造反？"大头成即带着三四个社会青年蜂拥而上，有的抱腿，有的扭手，有的箍颈，要把靓少德押上主席台。

"放开我！"靓少德极力挣开手脚，"我脚跛了，但还可以走路！"他蹒跚着走上主席台，捋起裤脚，跪在煤渣上……黎迈取下墙壁上悬挂的华光塑像的头颅，挂在靓少德的脖子上，说："死跛佬，你是不是每天向你的祖师爷早请示、晚汇报？你承不承认自己是牛鬼蛇神？你承不承认宣扬'封资修'，企图颠覆人民政府？"靓少德从裤袋里取出高帽戴上，说："我承认自己是牛鬼蛇神，但不承认企图颠覆人民政府！"一个女社会青年冲上来，脱下鞋，朝靓少德的脸颊狠狠打去："你这牛鬼蛇神，还不低头认罪！"

公社副书记马国立下乡回来，刚走入家门就被黎迈派来的社会青年叫住了："马书记，黎主任在戏棚地开会，叫您去一趟。"马国立的妻子手端一盘菜从厨房出来，惊惶地对丈夫说："三个剧社的人全被叫去了……"马国立愣了一下，联想到近期黎迈行踪诡秘、怪声怪气，便感到事情不妙。他丢下草帽和水壶就出门去，妻子追出来，想阻拦却来不及了，倚在门框喊："吃午饭啦，你还去哪？别去招惹是非啊……"

坐在主席台的黎迈不时侧目望向巷口。眼下这场批斗会，他是专为马国立设计的，扳倒马国立是他的心愿。当马国立一脸惊愕地看着坐在烈日下的人群时，黎迈便假装客客气气地迎上前："马书记，你来得正是时候啊。"

"这是怎么回事？"马国立惊问。

黎迈清清嗓门说："毛主席说，凡是错误的思想，凡是毒草，凡是牛鬼蛇神，都应该进行批判。"

"但毛主席也说，要文斗，不要武斗呀。"马国立边说边将跪在煤渣上的靓少德、花脸岳、王友强、柳依依一一扶起。

黎迈的脸色忽红忽青，觉得威势被一扫而光。他返身拿出何浩深创作的剧本《天高任鸟飞》，在马国立眼前晃了晃说："这部街头短剧是你批准演的吧？"

"没错，是我批准演的。"马国立说。

黎迈翻了翻剧本说："戏里的主人公对知识青年上山下乡有抵触情绪，这是污蔑革命知识青年！"

马国立不紧不慢地反驳说："毛主席说，凡有人群的地方，都有左中右。知识青年中有人思想进步，有人思想落后，都是很正常的嘛。主人公经过忆苦思甜，思想转变过来了，那就好嘛！"

黎迈无言以对，他料想不到射出的子弹被对方轻易挡了回来。黎迈毕竟有备而来，他双臂抱在胸前，昂起头问马国立："戏棚地放原子弹爆炸成功的电影，你去看了吗？"

"看了。"

"那晚你看完电影出来，大声德是不是向你请示搞粤剧会演的事？"

"有这回事。"

"你们在谈话中是不是提到了电影《海瑞罢官》？"

"是的，提到啦。"

黎迈瞪着眼，逼近马国立，大吼："你说《海瑞罢官》批错了，大声德就接着说吴晗太冤枉了，是不是？"

马国立气得头发都快竖起来了："我们没说这样的话，你血口喷人！"

靓少德猛地甩过头："你胡说八道，想逼我们吃死猫①！"

黎迈说："有人听到你们说了，还想抵赖？证人站出来！"

众人都抬起头，看谁是证人。大头成握拳砸击桌子，站起来指着右臂上的红袖章说："我亲耳听他们说的，我发誓！"

黎迈哼哼冷笑两声，抬头望向正前方说："证人还不止一个呢！"

众人都不约而同地把头转向身后。这时，站在整香街街口的社会青年闪出一条路，赵笑媚蜷缩着身子，怯生生地走上前，用近乎颤抖的声音说："我……也听到了，我当时……站在……他们两个身后……"

全场响起"啊"的一声惊呼。一阵令人窒息的短暂沉默后，社会青年便高呼："坦白从宽，抗拒从严，顽固到底，死路一条。"呐喊声震耳欲聋。

社会青年从牛栏和菜地抱来一捆捆禾秆和竹枝，又砸烂几盏剧社晚间演出用的汽灯，扔在上面后点燃，随后又把装在二十多个箱子里的逾百件蟒服、靠子、官衣、盔头、凤冠、胡须等扔进火堆。刹那间，殷红的烈焰冲天而起，噼里啪啦的声响连成一片，戏棚地瞬间被混杂了绸布、塑胶、油漆等焦味的浓烟所笼罩。

在焚烧戏服和道具的大火刚点燃之时，社会青年就强迫马国立、靓少德、花脸岳、王友强、柳依依、何浩深游街。在社会青年的严密监视下，四名乐师被迫抬起挂着华光塑像头颅的

①　指承担无妄之灾。

八音柜走在前面，四名乐师敲着小鼓、铜锣、铜钹、木鱼紧随其后，马国立、靓少德等人头戴高帽，走在队伍后面。他们从戏棚地拐向大江墟，又沿中山路走到新街尾，再从城基脚返回戏棚地，沿途"打倒牛鬼蛇神某某某"的口号不绝于耳。在队伍行进中，胆大的人驻足观望，胆小的则纷纷躲避。一些不明事理的小孩向游行队伍投石起哄……马国立、靓少德等人筋疲力尽地回到戏棚地时，烧了近两小时的大火仍未熄灭，周围的地面、树杈、窗台、瓦顶都落下一层厚厚的黑灰……

戏棚地充盈着一股熏鼻的木块和布料的烧焦味。血色的夕阳映在明明灭灭的余烬上，让人不寒而栗。靓少德双手搭着儿子浩深和浩刚的肩膀，一瘸一拐地往家里走。他的凉鞋早在游街时被人流挤掉了，赤裸的双脚沾满了灰尘。

三人刚走进街口，何浩深五岁的女儿何妙英从家里跑出来，慌慌张张地叫嚷："阿爷，阿爸，我妈病了！"

方卓兰此时浑身颤抖地蜷缩在客厅的长竹椅上，脸上现出惊悚的神情，温葱莲正用湿手巾为她擦拭额角上的汗滴和污垢。原来，开批斗大会时，卓兰一直躲在葱莲身后，眼皮也不敢抬。当一众社会青年提衣领扭胳膊，合力将跪在煤渣上的靓少德揪起来推去游街时，卓兰惊惶地扭过头，摇着葱莲的肩膀，发疯地叫："阿妈，他们拉阿爸和阿深去枪毙啦！"说罢，她就一头栽倒在地上。

当年，方卓兰顶着来自姨丈黎迈的巨大压力与何浩深结婚。尽管黎迈以断绝亲戚关系来威胁，卓兰也毫不妥协。在黎迈将卓兰的所有东西扔到门口的当天，卓兰与浩深成了亲。

24　恶有恶报

靓少德绕过杂边上几个挡路的木箱，怒不可遏地冲进后台，举拳捶击虎度门侧的木板，嘶吼道："都什么时候了？你们还这么磨磨蹭蹭、慢慢吞吞！而今是唱戏，不是剥瓜子吃酸萝卜！发报鼓都敲第二遍啦，你们还没化好妆！小心被戏迷骂娘、吐口水、扔鞋子！"房门吱嘎一声响，靓少德从梦中惊醒。他侧过昏昏沉沉的脑袋，瞥见妻子葱莲走入房间，从窗户缝隙透进的一缕暗光照在她憔悴的脸上。

这时，靓少德记起来了，今天是中秋节，青莲三个剧社原定今天举行首次粤剧会演。但自数月前戏棚地门口那次集会后，这三个剧社宣布就地解散，粤剧会演也就胎死腹中。

"哎呀，你的额头烫得像火炭一样，肯定是感冒发烧啦！"葱莲俯下身，将额头贴向丈夫的额角，担心地嗔怪道："你今天就别去板塘修水库啦，我替你找黎迈请假。"葱莲说完转身就走。靓少德挣扎着撑起身，

呼地揭开被子，喘着粗气说："你回来！我不想你对着那阴险毒辣的家伙三跪九拜！你越低声下气，他就越得意，越耻笑你。"葱莲说："身正不怕影斜，人在做天在看，老天爷会主持公道的，心狠手辣的人迟早会遭雷劈的！"

靓少德现正接受社会青年监管，每天早晚须到设在公社大楼的"青莲 6688 战斗兵团"指挥部报到。昨晚指挥部通知他今天一早要到板塘水库参加劳动。靓少德梳洗完，喝下一碗姜汤，把盛着饭菜竹篮的绳子缠在扁担上，挑起簸箕就出门了。走在前面的葱莲打开屋门时，听到相隔数十多米的屋子响起门闩滑动的声音。不久，她隐约看到赵笑媚从大门探出头来，慌慌张张地往街巷两头窥望。

靓少德和温葱莲同时发现了赵笑媚，夫妻俩会意地对视了一下。葱莲鄙夷地说："没心没肺的，翻转猪肚就系屎！""别说了，快回家去吧。"靓少德劝慰着，轻轻把妻子推回屋里。

二十多年前靓少德携母乘坐张三的帆船到青莲躲避战乱，而在逃难路上失去母亲的赵笑媚被张三收留。从那时起，靓少德便视赵笑媚为亲人。因此，他对赵笑媚无端诬陷自己的事情感到十分震惊，遭受的刺激远甚于黎迈逼他游街。葱莲从来没向别人透露过赵笑媚堕胎和她有意成全赵笑媚进公社广播站的秘密，直到丈夫游街回来那天，她才向他和盘托出。靓少德听后，感到心头比被针刺还痛："想不到我们对她那么好，她却以怨报德！"

在受黎迈指使无中生有地编造马国立和靓少德的所谓罪行后，赵笑媚心虚得像一只过街老鼠。她穿街过巷再也不敢昂首挺胸、左顾右盼了，路过靓少德家门口时总是垂下脑袋加快脚步，回了家就闭门不出，不像以往那么喜欢抛头露脸，串东家逛西家了。

赵笑媚每天都是这个时分出门去广播站的。此刻她伸出头望着街口，看见靓少德家门前有两个身影在晃动，便如触电似的把头缩了回去，连忙关门并插上门闩，屏住呼吸倾听外面的动静。听到脚步声从门前响起，随后又传来门闩滑动的声响，她估算人已走远，于是轻轻开了门，又轻轻关上。然后她踮起脚尖，如同鬼魅般拐过街口后就撒腿跑向公社……

板塘水库位于青莲东北方向上水虾附近的山窝里，取道观音山，得走近两小时的山路。密密匝匝的星星悬贴在秋日浩瀚的天穹上，靓少德穿过观音山下一片茂密的樟树林，借着星光登上通往板塘水库的古驿道。他对这条初为兵道、后为商道的青石板路丝毫不陌生。初来青莲时，他与葱莲的父亲合伙做生意，领着街坊"担英阳"，每月几乎要攀爬十回八回这条蜿蜒陡峭的山径。那时他年轻力壮，肩挑满满两箩筐食盐和日用品健步如飞，将街坊远远抛在身后。眼下他拖着一条残腿，只能走走停停，没走多远就汗透衣衫了。他的思绪深陷对往事的追忆中，不禁让他感叹命运多舛、世事难料、人心叵测。看着道路两旁积满黄叶的沟壑和冥幡摇曳的墓冢，他心情愈加郁悒起来，山鸟悠扬的啾鸣此时听来也如送葬人撕心裂肺的哀号了。

靓少德敞开衣襟，用衣角扇着风，蹒跚着走进半山凉亭时天空泛起了亮色。他蹲在凉亭边的小溪旁，趴下喝了几口冰凉的泉水，随后背靠分岔路旁一棵高大的松树，坐下歇息。他从竹篮里拿出一只番薯，咬了一口却咽不下去，感觉心里被硬物堵住一样。凉亭年久失修，凋敝残破，断墙败瓦散落于地。目睹此景象，他突然缅怀起家乡番禺沙湾。二十多年过去，家人音讯全无。"人老了，落叶归根喽。"他不由得伤感起来。

身后响起沙沙沙的脚步声。"莫道君行早，更有早行人。"马国立肩挑簸箕，出现在靓少德跟前，"咦，是靓班主？"

"哎哟，是马书记呀！"靓少德惊愕地站起身。他本想问"马书记也去修水库吗"，但当他瞅见马国立张着有点歪斜的

嘴巴向他微笑时，便顿觉自己的询问是多余的。

马国立接过靓少德递过来的番薯，坐在路边的草甸上吃起来。两人沉默了好一会儿，似乎彼此间达成了某种默契，都不愿提及戏棚地批斗会和游街那些事，好像事情根本没发生过，也与自己无关。

马国立手扶凉亭圆拱侧的青砖，眺望山下，忽然发出一声长啸："唷——啊——"他转过身对靓少德说："我每次下乡走过观音山，都感觉特别安宁。我跟老婆说，我死了，就把我葬在观音山吧。头枕青山，眼望绿水，死而无憾啊！"说完，曾是广州高校教师的马国立朗诵起徐志摩的《再别康桥》："轻轻的我走了，正如我轻轻的来；我轻轻的招手，作别西天的云彩……"靓少德看着外表斯文柔弱的马国立如此豁达，心情也渐渐变得舒畅了。

三三两两的人荷锄挑担从山脚走来。靓少德和马国立继续往前走。两人经过弯弯曲曲、茅草夹道的石径，听到潺潺的流水声中夹杂着几声狗叫。在一个高山环抱的大山坳，两条溪流在一个零零星星住着几户人家的小村子前交汇，然后缓缓流向正垒起一座新坝堤的山塘里。

集合了近千人的工地红旗迎风招展，尘土纷飞，高音喇叭播放着调子激昂的歌曲。在五六个社会青年的监视下，三十多个"五类分子"被派去挑泥，每人一天须完成一万斤泥土的任务，装泥点与卸泥点约两百多米的距离大概要走一百个来回。靓少德在五类分子中年纪最大，即使伤了一只腿，但挑起担子来跑得最快。马国立笑着调侃说："说书的嘴快，演戏的腿快，这话一点不假。"

到了吃午饭的时间，指挥部把五类分子集中在一起，让他们收听完喇叭播出的"最高指示"，才解散各自就餐。靓少德吃完饭，就侧卧在树荫下闭目养神。马国立这时过来拍拍他的肩膀，说："别睡了，我们下象棋吧。"靓少德坐起身，说："没象棋，怎么下？"马国立不吭声，捡起树枝在泥地上画了一个棋盘，随后从裤袋里"哗哗"倒出两大堆小石块，又用石子在石块上标示了不同颜色的车、马、炮等。马国立摆好棋子，做了个礼让的手势：

"让你先走。"

"小花脸来段开场白——丑话说在前头。谁输了就罚谁，好不好？"

"没问题呀，你定规矩吧。"

"我输了就唱一段粤剧，你输了就唱一段豫剧。"

"合晒合尺！"

靓少德闲时爱扯上吴天仁、王文斌坐在街口的石凳上对弈，马国立也利用下乡的空闲与农民摆擂台。两人棋逢对手，杀得天昏地暗。首盘靓少德以两个卒逼死对方的帅。靓少德喜不自禁，手握对方的棋子抛了几下，嘴里哼着"象行田，马行日，过河卒仔不退缩"，得意地催促："唱豫剧啊，快唱啊。"马国立苦笑着说："你这两个卒挺勇敢的，舍得一身剐，敢把皇帝拉下马啊。"他搁下手里握着的对方的一把棋子，先做了一个羞涩掩脸的动作，接着用融入京韵大鼓音调的豫西调，唱出了《拷红》中"红娘"常香玉的名唱段："尊姑娘稳坐在绣楼以上，听奴把那病房的事细说端详……"

第二盘靓少德投子认输，说："我唱一段红线女的《昭君出塞》吧。"于是他仰望着山巅上那片湛蓝的天空，酝酿情绪，随后缓缓吟唱："我今独抱琵琶望。尽把哀音诉，叹息别故乡……"马国立手持木棒，"叮叮叮"轻敲着铁铲，和着靓少德的节奏，思绪完全融进唱段所营造的思念故土、缠绵凄怆的氛围里。当靓少德唱出"马上凄凉，马下凄凉，难把哀音寄我爹娘"时，马国立这名阔别故乡三十余年的河南汉子眼

眶竟泛着泪光。靓少德唱罢，把脸别向一边，用手背擦了擦眼角。两名客居异乡的男人此刻心头都涌上"同是天涯沦落人"的感慨。

两人沉默了一会后愧疚地相视而笑，似乎都为自己伤心落泪感到不好意思。靓少德长吁一口气，转移了话题："常香玉和红线女都是响当当的戏曲大师，两人都擅长拖腔。女姐的'最是耐人凭吊，就是塞外的一抹斜阳'，玉姐的'那一日相会在凉亭以上'，唱得好有味道，听起来特别过瘾！"靓少德咂吮着嘴巴，侧耳凝望着一处，其神态像在品尝人间美味，又像在倾听天籁。马国立拍着膝盖点点头，说："是呀，两个大师都音色透亮，字正腔润，跌宕起伏。用我们河南话说，就是'听起来很得劲'。用你们广州话说，就是'耳油都听出啦'！"

"很得劲，耳油都听出啦！"旁人大声附和道。靓少德和马国立抬起头，看见其他五类分子或坐，或蹲，或卧，围在一个土墩下，竖起耳朵听他们演唱。靓少德开心地笑了，说："你们喜欢听，我们明天就继续唱。"

此时，一具单薄的身躯卷起一股黄土迅捷而粗鲁地闯到他们中间，一只沾满泥巴的脚猛力踢向靓少德伤残的左腿后，踩在棋盘上狠狠地旋了旋。两人抬起头，望见一双圆瞪着的杏眼快要从厚厚的镜片后滚出来了，两条羊角辫随着那张扭曲的俏脸而剧烈抖动着。"你们不老实改造，还胆敢传播'封资修'？"这位腰系武装带的女社会青年是"青莲6688战斗兵团"的副总指挥，名字叫朱好。她指着靓少德和马国立，对站在远处负责称重的社会青年高喊："阿强，给这两人各增加五千斤泥的任务！"朱好嘴里丢下骂言，昂起头愤愤离去。

靓少德一边将起裤腿揉着肌肉萎缩的左腿，一边瞧着朱好高挑的背影，心里想：这女仔嗓子好，身材也不错，可惜没教养，执输行头。

太阳西斜时，工地上的人就开始躁动了。一到放工时间，他们就好像放风似的，欢呼雀跃着赶回家过中秋，偌大的工地一下子变得空旷而冷寂。靓少德和马国立为完成各自增加的五千斤泥的处罚，不得不喘着粗气挑着担子来回奔跑。受到连坐的其他五类分子也心神悲沮地坐在一旁，他们只能冷眼观望而不准伸出援手。几个看管他们的社会青年也心烦意躁、骂骂咧咧，责怪靓少德和马国立拖累了他们。

劲疾的山风卷起一股股尘土，劈头盖脸地直吹过来，让人躲避不及。山风此起彼伏的"嗖嗖"声令人联想到一群孤魂野鬼在集体哭号。一轮银盘似的皓月爬上山峦，不久又钻进云层去了。两只外出觅食的斑鸠嘴里叼着食物，飞回筑在悬崖上的巢穴，回荡在山谷中的"咕咕"鸣叫使旷野显得孤清寂寥。蜷缩着身子坐在泥地上的五类分子此刻愈加黯然神伤，有人忍不住哭了。这种悲怆情绪似乎具有极强的感染性，惹得许多人都跟着啜泣起来。

靓少德和马国立"死不悔改"，次日遭到了更加严厉的处罚：两人被派往劳累且危险的采石组。修筑水库堤坝需要大量石材，采石场位于水库东侧一个岩石裸露的山脊下。马国立头戴藤帽，腰别铁锤和铁凿，肩挂麻绳，跟着几个人上山去了。在游击战场上摸爬滚打多年的马国立对翻山越岭可谓轻车熟路，只见他一手攀住岩石，一手攥住藤蔓，像灵巧的猴子，眨眼的工夫就沿着羊肠小道爬上了峭壁。他用麻绳固定身体后就仔细观察石壁，用铁锤上下轻敲，试探岩石的硬度，选好最佳的炮眼开凿点后就抽出铁凿，抡起铁锤……

靓少德在山下手搭凉棚眯着双眼，提心吊胆地仰望着马国立在绝壁上攀缘的身影，当马国立远远撇开随行的人率先到达爆破点时，他才放下悬着的心，脑海里浮起了著名武生卢启光演《时迁盗甲》时挂柱凌空、跃身取甲的情景。

　　马国立与同伴在工地洒满了赤橙黄绿蓝靛紫的太阳复合光时跑下山来，这时他们已在凿好的五个炮眼里埋了雷管并接上了导火索。靓少德用木架拦住通往石场的慢坡小路，手摇三角旗，边吹哨边用洪钟般的嗓门喊叫："炸石喽！炸石喽！"随着五声轰响，悬崖上的岩石骤然坍塌了，一些碎石飞落到附近的溪涧和田地里。靓少德移开木架，又吹响哨子，高喊："可以走喽！"

　　路边停着长长一列运石车，十多名搬运工坐在车把上等候。听到爆破结束的报信，他们就丢掉烟头，把拖绳往肩上一搭，弯着腰、拖着车，缓步爬上留下密密麻麻、弯弯曲曲车辙的慢坡。在石场上，一队人马用钢钎撬松石头，然后将石头滚到一片洼地上。运石工往车斗装满了石头，朝手心吐了一口唾沫搓了搓，套上拖绳握住车把，沿慢坡走下山脚。

　　马国立蹲在慢坡下的溪流边，双手掬水泼洒脸颊，洗去积留在鼻孔和眼角的尘粒，又含了一口水咕噜几下后往外喷。他喝下几口泉水后点燃一根烟，对坐在草地上的靓少德说："靓班主，你的嗓子比高音喇叭还要响亮，隔几座山都能听见，大声德这个花名真没叫错啊。"靓少德笑了笑说："小时爸妈不准我入戏行，我就偷偷跑到山洞里嗌声，练久了，就变成大嗓门啦。唉，以前跑过山班，哪有喇叭呀？要镇住场，留住戏迷，得靠一副大嗓门啊。"靓少德仰望石场上的峭壁，真诚地说："马书记，你三两下就爬上山壁了，易过吃豆腐，连炸石佬也被你远远抛在身后。你这功架，让我想起《时迁盗甲》里的锦叔。你说你已经五十几岁，谁相信呀？"

　　马国立徐徐吐出烟圈，陷入对往事的回忆："我也是被逼出来的。打游击嘛，哪天不翻山越岭的？我们连江支队曾在这一带活动，哪里有山溪、哪里有岩洞，我了如指掌。英阳墟附近的'三山'是一个土匪窝，那里有个叫下坪村的，我们跟土匪在那里干过一仗。土匪头子梁桂生见势不妙，就灰溜溜逃到英德去啦。"马国立指着掩映在黄菊和茅草间的几间破陋的黄泥屋，不无感慨地说："我们的部队从英德一直打到青莲，就是从那条村的村口经过的。当时太阳快下山了，我们都穿着单衣，又冷又饿的。有个老太婆看到我们不偷也不抢，就壮着胆开了门，送我们一箩筐的生番薯。我们在她门口放下几个钱币，抓起番薯连皮啃了起来。吃完就走下观音山，杀入青莲墟。"

太阳高悬，澄澈的溪流跳跃着色彩斑斓的光环，慢坡上那一簇簇黄菊和蒲公英，优雅地摇曳在轻柔的山风里。靓少德和马国立这两个心灵遭受重创的男人，此刻心底都涌出豁然酣畅的感觉。他们沉默不语，纹丝不动地坐着，似乎生怕发出微小的声响，令眼前这种美妙平和的景致倏忽化为泡影。

"你们胆子真大，竟敢躲在这儿偷懒！"一声尖厉的呵斥将他们从遐思中拽回了现实。朱好带着两个持枪的民兵从天而降，站在溪流边怒视着他们，"你们居然继续与人民对抗，毫无悔改之心！"靓少德正想辩解，冷不防被一名高大的民兵从背后猛推了一下，踉跄几下扑倒在溪流里，全身湿透，一只鞋也被湍流卷走了。他爬起来，气得举起拳头，但拳头在头顶上晃了晃又垂下了。朱好瞪大眼，向民兵发号施令："押他们回指挥部，集合所有人，举行批斗会！"

两人在民兵押解下，沿着铺满碎石的慢坡山道往指挥部走去。靓少德光着一只脚，一瘸一拐地走在后面，朱好和一个民兵很不耐烦地跟在他身后。运石车从他们身边飞过，扬起一股股尘土。当他们转过一个急弯再走向下一个陡坡时，身后响起"躲开，快躲开"的呼叫，一辆运石车因转弯时速度过快，正风驰电掣般冲下来。搬运工慌乱中松开车把，失去控制的车子撞向朱好，翻到一块旱田上。朱好倒在一旁，额角鲜血直流，

昏迷过去。民兵手脚哆嗦地站着，完全惊呆了。靓少德见状就冲上前，脱下背心缠住朱好的额头，抱起她就一瘸一拐地往山下跑去。

脸色苍白的朱好缠着几道绷带，由卫生员搀扶着走出指挥部的竹棚。民兵眨巴着眼，嗫嚅地问她："还开批斗会吗？"朱好耷拉着脑袋，默然不语。她瞥见靓少德躺在草地上，一名卫生员正用棉签蘸了酒精，涂向他冒着血泡的脚板……

冬天里的黄昏寒气逼人，张爱彩早已收起补鞋摊档，回家生火做饭去了。入夜，整香街几乎没有行人，呼啸而至的寒风将挂在屋檐下的竹帽蓑衣等物吹得七零八落。每家每户此时都将门窗关得严严实实，一家大小或围着桌子吃饭，或挤在火炉旁烤火，无所事事的人就干脆钻进被窝。

何浩深与方卓兰婚后生下女儿何妙英。卓兰因不听劝阻要与浩深结婚，姨丈黎迈便与她断绝了关系。此时，葱莲生起了火炉，等候丈夫回家。她抱着刚三岁的孙女妙英在客厅踱步，竖起耳朵听着门外的动静。

靓少德咳嗽着推门进来，带来了一股冰冷的寒风。葱莲在昏暗的灯光下感觉丈夫明显苍老了，眼窝深陷，发际线后移。连月来，接二连三的批斗会让靓少德承受不住了。他常在晚间咳嗽不止，每晚只迷迷糊糊地睡两三个小时。"又开会吗？他们又打你啦？"葱莲忧戚地问。靓少德没吱声，假装没听见。他抱过孙女，用手指刮她的小鼻梁，又用胡须扎她的脸蛋，朗声说："快叫我！"孙女用稚嫩的声音喊了一声"爷爷"，接着又喊了一声"大声德"。靓少德嘎嘎笑出声，将孙女举过头顶又放下："谁告诉你爷爷叫大声德的？"孙女指向祖母，歪着头说："爷爷是个唱戏佬。"靓少德更乐了，抱着孙女原地转圈，嘴里哼着"天波府杨家将，可称得义胆忠肝"。孙女下地玩耍去了。靓少德瘫软在椅背上喘息，过了一会儿，他用一种轻松的口吻对妻子说："我明天去县五七干校，你替我收拾一下。"

靓少德和马国立等十多人被划为"右派"。他们刚接到通知，将于明天上午乘车到县城，与全县的"右派"分子汇集后再转车到位于黄垄的县五七干校，接受劳动改造。葱莲心里突地揪紧，却装作平静地问："去多久呢？"靓少德说："不知道，五年八年也说不定。"

葱莲垂头走进房间，为丈夫准备行装，取下藤箱后却感到心乱如麻，便坐在梳妆台前哽咽。靓少德走过来，轻抚妻子抖动的肩膀。两人默默相对，坐了好一会儿。葱莲揩干泪水，打开衣柜，将丈夫几件冬衣摆入藤箱里。这时，靓少德偷偷揭开草席下的垫被，取出《胡不归》《苦凤莺怜》《花木兰》等几部剧本，趁妻子不备，悄悄塞入藤箱底。但这一举动还是被葱莲发觉了。

"你真是寿星公吊颈——嫌命长！你有几条命？"葱莲掏出剧本，"啪啪"几声猛摔在地上，用一只脚狠狠地踩着。靓少德急忙蹲下身，一手去挡妻子的脚，一手拉拽鞋底下的剧本。但葱莲依然铁青着脸不肯松脚。靓少德尖叫一声："哎哟！"葱莲瞅见丈夫甩着发红的手指，用哀求的眼神注视着她，目光中闪耀着炽热而执着的光辉，垒筑在心胸里的冰墙顷刻间土崩瓦解了。她连忙弯下腰，扶起丈夫，随即捡起剧本，掸去封面上的灰尘，抹平折痕，缓缓摆进藤箱里，然后转过身去拭泪。

翌日清晨，天色朦胧，寒风凛冽，莫屋堂四周菜地上的芥菜和蒜苗被严霜压得东倒西歪。早饭后，靓少德手提藤箱走出家门，葱莲肩扛装着棉被的布袋跟在其后。看见靓少德朝戏棚地走来，坐在补鞋摊前为木屐上钉的张爱彩嘴里含着鞋钉，停

下手中的铁锤。吴广明也拨开悬挂在棚架下的棒状蚊香，弯腰钻出了晒香架。靓少德瞅见他们都用惊恐而迷惘的眼神盯着自己，便抿抿嘴算作打招呼。经过吴广明身边时，靓少德特意拍了拍他的肩膀。靓少德清楚，吴天仁猝亡，吴氏宗祠被改为公产房，制香世家百年间赖以兴隆的佛香被勒令停产，这些接二连三的打击像一座座大山压得吴广明喘不过气来。

数月过后，往日夜幕降临时锣鼓喧天、粤韵悠扬的戏棚地彻底沉寂下来。燕子在戏棚地飞檐翘角下面的砖木里筑起了泥巢，到了清晨或傍晚，人们常瞅见稚燕啾啾叫着，从洞穴探出头张开粉黄色的小嘴。那个被叫作"佘太君"的鳏夫不再为顽皮的孩子在演出时绕着人群嬉戏追逐而大动肝火了。这个以戏棚地为家，鼓着一双混浊的眼球，嘴里像整天含着两颗酸桃果的老人，慈眉善目，常躺在卧椅上晒太阳，一躺就是好半天。

此刻，靓少德的耳畔仿佛奏响了一轮接一轮高亢激越的发报鼓，脑海里也浮现出踏台板出入虎度门、跑圆台拉山踢甲、念英雄白唱二黄滚花的情景。他深情地望着戏棚地的售票处和平时张贴演出街招的墙壁，心里依依不舍。他仔细体会镌刻在青莲古戏台两侧圆柱上的对联——"做戏做得真，做到歌思泣怀鬼神亦为之感动；睇戏睇成套，睇到收场结局祸福从此自分明"，不禁幡然醒悟：戏如人生，人生如戏。他想：演了大半辈子的戏，都以大团圆结局，但想不到自己现实中的戏却以悲剧收场。

青莲车站设在沙市街炮楼下轮渡码头的对岸，运送"右派"分子的人货两用车已在车站等候。靓少德和温葱莲走下一道慢坡来到河边时，码头上已挤满手提行李的"右派"分子和送行的家属，负责将"右派"分子送上县城的"青莲6688战斗兵团"副总指挥朱好站在竹林旁的石基上，拿着一份名单，大声念着"右派"分子的名字。江风吹拂着她的刘海，可依稀瞥见她额角上那道被运石车车把撞击留下的伤疤。

浓雾锁江，朔风咆哮，枯叶纷飞。汽笛声响起，一艘体积庞大的轮船载着两辆长途客车和数十名乘客从对岸徐徐驶来。轮渡靠岸后，放下用铁链吊起的踏板。人和车都上了岸。"大家快上船，家属都别送啦。"朱好边大声喊，边走到葱莲身边。就在靓少德想伸手从妻子手里接过装棉被的布袋时，朱好竟做出一个令他意想不到的动作：她抢先拿过布袋，扛在自己肩上，走上轮渡的踏板。

"你回去吧。"靓少德对葱莲说，挤出一丝笑容。葱莲含泪望着丈夫，缄默不语。当汽车像一个患哮喘病的老者艰难地翻越青莲渠化侧旁那座高山时，靓少德从藤箱里找出夹在剧本里的一幅泛着油彩香的黄忠脸谱图，才明白客厅里的灯光于今晨鸡鸣第二遍后才熄灭，是因为妻子在连夜创作这幅脸谱。

到了这年夏天，黎迈升任青莲公社副书记，成了当地炙手可热的人物。周日傍晚，黎迈挺着厚实的胸膛，走入大街旁的东风理发室。一个新来的体态肥胖的女理发师翻过坐垫，弯腰吹了吹椅子扶手，取下挂在墙上的白褂猛地抖了抖，恭敬地望着黎迈。黎迈冷漠地别开脸，走到正为客人刮须的理发技术最好的钦叔身后，有意用力顿了一下脚跟。钦叔转过头来，满脸堆笑："咦，是黎书记啊！"说完，他连忙放下剃须刀，对客人说了声"你稍等"，就把黎迈引到一张靠江边的椅子，讨好地说："这位置好，有江风。"

黎迈坐下，跷起二郎腿，说："我要剪郭建光的头。"

"哪个郭建光？"钦叔皱起眉头。

黎迈鄙夷地瞪了钦叔一眼，说："革命现代京剧样板戏《沙家浜》你看过没有？"

钦叔想了想，恍然大悟："哦哦哦，就是唱'朝霞映在阳澄湖上'的那个新四军指导员？"

黎迈鼻腔里"嗯"了一声。

钦叔将白褂披在黎迈身上。黎迈瞅着镜子里自己那张英俊的脸孔，严肃地说："我明天要主持公社万人批斗大会，你要把我的头剪好一点啊！"

钦叔听闻要开公社万人批斗大会，不由心里发毛，脸色一下也变紫了，庆幸自己刚才醒悟得快，把溜到嘴边的"您留西装头挺好看的呀，干吗要剪陆军装呢"这话又咽进喉咙里。

头发浓黑的黎迈向来钟情中分的西装头，乍看像极乌鸦的尾巴。人们看见他走路或开会时习惯把头发往两边拨，都暗地里发笑。直到有一天他夹着公文包走上四方码头，几个调皮孩子齐喊"王连举"后跳下一堵矮墙四处逃散时，他才意识到自己与京剧《红灯记》里吊着绷带的叛徒王连举有七分像，也就明白人们偷笑的缘由了。

"黎书记，头剪好啦。"钦叔解下白褂，扫去黎迈肩膀上的碎发，献媚地说，"您更适合剪陆军装。"黎迈端详镜子里的自己，脑海里呈现出郭建光手握短枪拨开芦苇侦察敌情的威武形象。他满意地笑了笑，说："东风理发室，剃头认第一。剃头钦，你们敢自吹自擂，我也认啦！"他走到窗前，迎着和煦的江风，顿觉心旷神怡，想到明天将在众目睽睽下主持大会，禁不住热血沸腾。

繁忙的青莲湾船来舟往，碧波荡漾。一艘客轮驶出渠化匣口，拖着长长的黑烟，涉过连江与青莲水交汇的激流后直抵通津码头。忽然，黎迈望见客轮的驾驶室里有一个穿碎花衣衫的高挑身影闪了一下，心不由得狂跳了起来：她回来啦？

黎迈疾步走下码头石阶。刚结束在县城举行的播音业务培训的赵笑媚春风盈面地走下客轮，在装卸台的石柱边蹲下身子整理行李，微翘着的臀部现出一道美妙的弧线，领口裸露着的一小块肌肤在彩霞里泛着柔光。黎迈相隔数步，定睛看着这一幕。笑媚侧过头时，刚好与黎迈的目光相遇。笑媚愣了一会儿，才说：

"黎书记，您怎么在这儿呀？"

"我是专程来接你的！"

"嗯？谁告诉您我坐这趟船回来的？"

"是直觉告诉我的！"

"……是吗？"

黎迈走近笑媚，说："告诉你一个好消息！你进步啦！你被提拔为公社妇联副主任兼公社广播站站长，昨天下的批文！""真的呀？"笑媚喜形于色，感激地看着黎迈，"感谢黎书记关照！"黎迈说："明天公社召开万人批斗大会，我打算让你做一个肃清'封资修'流毒的发言，你要抓住这个机会好好表现啊！"笑媚说："哎呀呀，我哪会写发言稿啊？！"

黎迈抬头望了一眼快要暗下来的天空，说："我教你写！我今晚就带上笔和纸上你家。好不好？"他有意将这意味深长的话说得颇为轻松，说罢就盯着笑媚的眼睛，敛声屏息地观察她的反应。笑媚羞赧地瞥了黎迈一眼后又慌忙躲开，嘴巴嚅动一下又紧闭起来，沉默片刻后才轻轻"嗯"了一声，跟着就拿了行李快步走上码头。

赵笑媚隔两三个星期才回一次渡船，即使偶尔回去吃一顿饭，也甚少与张三和张广发说话，他们几乎成了陌生人。笑媚回到整香街的家，吃完饭、洗完澡后就心神不定地靠在床前的椅子上，反复揣摩黎迈"我今晚就带上笔和纸上你家"这话的含义，眼前又晃动着黎迈那深邃而迷离的眼神。

笑媚对黎迈抱有感激之心。她心里清楚，如果不是黎迈暗中关照，她至今还是一个整日风里来、雨里去的粗俗撑船妇。

青莲

为报答黎迈的大恩大德，黎迈要她捏造事实诬陷靓少德和马国立时，她稍做犹豫就应允了。这次她升任公社妇联副主任兼公社广播站站长，自然是黎迈举荐的结果。她也朦胧感觉到，黎迈那暧昧的眼神里，跳跃着炽热的火焰。

笑媚越是冥思苦想，就越是不得要领、心乱如麻。当从明瓦投射下来的光亮渐渐隐去时，她的心狂跳不止，像有条鱼在胸腔里翻腾一样。街巷沉寂下来了，一片锅碗瓢盆碟勺筷的撞击声响起。她从大门伸出头来，窥探两边街口，发现除了零星几个行人外，大人和小孩都到戏棚地乘凉或玩耍去了，心才安定些。她掩上门，把门闩插上，转过身时觉得不妥，又打开门，留了一条指头宽的缝隙。就在她轻手轻脚走向客厅时，木门"吱嘎"响了，黎迈如魅影般一闪而入。笑媚扭转头，"啊"一声惊叫。黎迈将手指贴在嘴边，示意她别声张。笑媚上前，双手扶住门框，侧脸盯着站在门角的黎迈，犹豫着是打开门还是掩上门。黎迈毫不迟疑地向她做了一个关门的手势，笑媚便顺从地把门掩上了，但并没上闩。

两人有点拘谨地坐在客厅的茶几旁。黎迈随意问了笑媚这次到县城参加播音业务培训的事，接着用极为出色的口才，详尽讲述笑媚被提为公社妇联副主任兼公社广播站站长一事峰回路转的过程，对个别人在会上提出异议和他软硬兼施、力挽狂澜的经过做了绘声绘色的描述。黎迈那两片厚薄适中的嘴唇不停地翻动着，而他那富有男性魅力的嗓音，时而像清越的锣鼓，时而像婉转的铜箫。笑媚如同一名小学生，全神贯注地听着，生怕漏掉一个细节。她目不转睛地望着黎迈，脸上尽是敬仰和感激的神色。

屋内的气氛变得柔和了，黎迈却把话打住，舌尖舔着干涸的嘴唇。笑媚此时才猛然记起没给黎迈倒茶，于是捂嘴抱歉地笑了笑，起身走向厨房。黎迈痴迷地瞅着笑媚曼妙的背影，发

578

现她穿了一件紧身的点缀了红花的短袖衣，内衣背带的印迹隐约可见，穿了一双粉红色拖鞋的双脚显得精巧而秀气，那圆润而有节奏摆动的臀部让他想起吊在八音柜上的铜锣。他感到口干舌燥，在伸手去接笑媚递过来的茶杯时，有意用指尖碰了一下她的手背。笑媚手一抖，差点将茶泼在地上。

黎迈暗骂自己过于心急，便优雅地喝着茶，指尖叮叮地轻弹着玻璃杯边沿，以消解彼此的尴尬气氛。他换了一个话题，轻松地问："你没看出我换了一个新发型吗？"笑媚扑哧一笑："昨天我在新码头见你时，还以为是谁呢。""好看不好看？"黎迈盯着笑媚问。笑媚别开脸，噘嘴吹了吹垂到眼眉的发丝，笑而不答。她忸怩的神态让黎迈心旌摇曳。

"哎呀，我顾着说话，忘了教你写发言稿啦。"黎迈从口袋里拿出纸和笔，却皱着眉头瞥了一眼客厅那盏昏暗的电灯，埋怨道："这里灯光太暗了，哪里的灯光亮些？"

"房间里的灯亮些。"笑媚说完这话就后悔不迭了，脸颊也骤然烫热起来。

"那就进房间写吧。"黎迈顺水推舟，迫不及待地站起身。

笑媚挑起房间的暗花布帘，打开紧挨着床头书桌上方的电灯。空间不大的房间里弥漫着馥郁诱人的女性芬芳。书桌上斜放着一个相框，照片中的笑媚手捧塑料花站在天安门城楼背景板前，含情脉脉，娉婷婀娜。

此时笑媚忽然发现一件草绿色轻薄睡衣赫然搁在枕头上，便赶忙坐在床沿，用身子挡住那件睡衣，随后悄悄伸出手，慌手慌脚地将它压在枕头下，满脸羞红地坐着。这些细节黎迈全看在眼里。

眼下黎迈已难以自持了，情绪变得亢奋起来，以致向笑媚递过笔和纸后说"你照我念的写"时声音里明显带着颤腔。笑媚在纸上歪歪斜斜地写了"批斗大会发言"几个字后就停

下来，等待黎迈往下说。看着笑媚局促地用白嫩的手掌去按抚纸上的折痕的动作，黎迈竟一时说不出任何词来。两人静默了，能清晰地听到彼此吞咽唾沫的声响。房间里的空气似乎凝固了。

"你长得真像电影明星。"黎迈边说，边俯下身去看相框，脸颊趁机贴近笑媚的脖颈，大腿外侧轻轻触碰她裸露的臂弯。"黎书记，你别……"笑媚全身一阵震颤，本能地向床边退去，惊恐地看着黎迈，圆润的乳房在剧烈抖动。

黎迈那团潜藏在心底的欲火此刻越烧越旺。他一下把笑媚扑倒在床上，接着用力掰开她护在胸前的两只手，嘴巴使劲地拱向她的锁骨、脖子和嘴唇。笑媚极力扭开脸，又试图将压在身上的黎迈推开。

这时候，在笑媚的意识里，顺从与抗拒两股力量在激烈地博弈，一时难决高下。她的思绪在高邈弗界的天际迅速翱翔，脑海里竟迅速地闪现出一组组蒙太奇画面：她在尘土飞扬的工地上背抄着手，声嘶力竭地向一群粗鄙懵懂的妇女训话；她身穿整洁得体的天蓝色衣服走在大街小巷，擦肩而过的男男女女都对她点头躬腰，恭敬地叫她赵主任……在春暖花开、细雨缤纷的清晨，鸬鹚扬起蓝白相间的长颈，"嘎啊——嘎啊——"地叫个不停，她与广发披着蓑衣，撑着渔艇，在晨雾氤氲的青莲水撒下第一道渔网；夜幕降临，江水汩汩，渔光闪闪，炊烟袅袅，她用瓢子往河里舀水，广发在一旁抽着水烟……这些画面相互连缀，相互穿插，相互交叠。笑媚的意识被顺从和抗拒两大势力交替主宰着，而她的灵魂竟一时不知该偏向哪一方。经过一番痛苦的挣扎，笑媚一声长叹后就闭上眼，软绵绵地摊开双手，任由黎迈解开她的衣扣……她彻底放弃了抵抗。

黎迈关了灯，就急不可耐地宽衣解带，把脱下的衣裤往门边的椅子上扔去……伴随着短暂的飘然若仙的美妙感觉，他似一只疯狗嗷嗷地嚎叫，随即如同一堆烂泥轰然瘫倒在笑媚身旁。

就在这时，门外忽然响起瑟瑟簌簌的微弱声响，黎迈顿觉一阵心惊肉跳，猛然想起大门没插上门闩。他强作镇静听了一会动静，随后轻手轻脚下了床，穿上上衣后却找不到内裤。他想开灯又不敢，于是擦亮两根火柴找，东瞧西瞄，连桌下和床底都找遍了，依然没找到那条内裤。"奇怪呀，我的内裤扔到哪儿了？"黎迈焦急地嘀咕道。"肯定掉在房间里了。我等会儿开灯找，你先走吧。"笑媚催促。

街巷传来孩子们的呼叫声和脚步声，黎迈估计孩子们在捉迷藏，害怕他们钻进屋来，一心想要离开这个危险之地，便说："那我先走。"笑媚急问："发言稿我不会写啊，怎么办？"黎迈说："我有现成的，我明天带来给你，你照抄一遍就行啦。"说完，他穿上长裤就摸出门，却在街巷转角处撞倒了一个挑潲水的老农。老农爬起来朝他的背影咒骂一通。

笑媚次日清早便在广播室等黎迈。"那个找到了吗？"黎迈走进广播室，把发言稿塞给笑媚，用双手比画着底裤的形状低声问。看见笑媚摇了摇头，黎迈露出紧张的神色，颇有责怪的意味："你家有多大呀？难道让猫叼了，让老鼠吃了？你回去再找找，非找到不可！"笑媚却嘟着嘴嗔怪道："谁叫你那么心急呀……"黎迈嬉笑着捏捏笑媚拉长的下巴，说："乖乖，这还不是让你迷住了嘛……"

批斗大会会场设在青莲中心小学。大街小巷贴满了"向地富反坏右猛烈开火""坦白从宽，抗拒从严，顽固到底，死路一条"等标语。黎迈带着几个人大步赶往会场，路上行人纷纷让道躲避。大头成也领着十多名社会青年走在前面。他们高擎红旗，手执喇叭，像一群鸭子大摇大摆地走着，明知黎迈走在身后也没有礼让之意。刚从北京参加完全国大串联回来的

大头成整天戴军帽、穿军服、扎武装带，逢人必神气活现地炫耀大串连期间免费坐火车、进餐馆、住旅馆的经历，惹得一群小弟死心塌地地天天围着他转。

黎迈则对大头成口若悬河的讲述嗤之以鼻，说他添油加醋、夸大其词。大头成也没把黎迈放在眼里，常在他面前摆出一副趾高气扬的神态，有时还公开揶揄、攻击他。两人势如水火，甚至到了剑拔弩张、一触即发的境地。眼下，大头成等人依旧不理会黎迈，将大路挡得密不透风，黎迈只好憋着一肚子气，悻悻地跟在身后。走到会场门口时，气得七窍生烟的黎迈终于忍无可忍了，奋力推开挡路的社会青年。大头成转过身来怒视黎迈，两人僵持数秒后各自拂袖而去。

满脸愠容的黎迈穿过操场上黑压压的人群，弥漫在炎日里浓烈的汗臭味和旱烟味，连同那积压在心胸、受到污辱的恶气，熏得他几乎喘不过气来。当他挺着腰板站在主席台，话筒里传出他威严的声音——"青莲公社批斗大会现在开始"时，全场两千多双惊恐的眼睛齐刷刷地望着他，而蹲在垃圾堆旁等候批斗的二十多名五类分子则畏缩成一团。

"把大地主莫秋生揪上来！把反革命分子叶耀堂揪上来！把美蒋特务柳依依揪上来……"黎迈仰头扬颈，目眦欲裂，脸庞通红，声嘶力竭地吼叫着。操场主席台前面的泥路上一股股尘土翻滚而起，两名壮汉一手揪衣领，一手攥手腕，仿佛在合力推一辆大板车，将被捆绑着双手的五类分子连推带扯地逐一押上了主席台，喝令他们跪倒在铺了一层煤渣的地上。

赵笑媚手执发言稿，在众目睽睽中上了主席台。正在此时，发生了一件匪夷所思、后来成为青莲人茶余饭后谈资的意外之事：靠着主席台的三楼窗口突然抛下了一个布袋！台上台下的人都被这天上飞来的东西吓了一跳，回过神后纷纷拔腿逃散了。因为他们此刻都在怀疑：布袋里裹着的不是炸弹，就是人头！

黎迈和大头成在突发之事面前都显示出一副镇定自若、与他们身份相称的大将风范。大头成挥动双手，大呼："别慌！大家别慌！都回原座位去！"

黎迈走近那个干瘪的布袋，先用脚尖轻微碰了碰，听出里面发出沙沙沙的声响。他从容地弯腰捡起布袋，继而缓步走到讲台前，轻轻放下。操场上的人都屏住呼吸，踮起脚尖，带着惊恐的神情注视着他每一个动作。黎迈小心翼翼地伸手去解布袋上的绳子。他做梦都没想到，此刻他正在为自己打开潘多拉魔盒。因为他的人生之路自此发生了断裂和崩溃，这噩梦像恶魔一样缠绕着他的下半生，每每回忆起都令他战栗不已。就在布袋绳子被解开的那一刻，黎迈惊愕得身体后倾，眼睛发直，脸色骤变，双手像凝固似的搁在半空——布袋里有三样物品：一条底裤，一双女人布鞋，一张字条。黎迈一眼就认出那还残留着精斑的底裤正是昨晚自己丢失的，那绒面的中跟布鞋是赵笑媚平常穿的。而那赫然写着"黎迈昨晚与赵笑媚通奸！有物为证"的字条对黎迈来说无疑是一枚重磅炸弹。

大头成发觉黎迈神情怪异，便走上前来，打开布袋时他也惊呆了。此刻他反而不说话，内心却暗喜：黎迈，我看你怎样向在场的两千多人解释！他盘算着如何揪住这个天赐良机，将黎迈一举击溃！

看着大头成拎着布袋，不怀好意地瞅着自己，黎迈感到自己恍如站在盐坑岭的悬崖边，稍有差池就会坠落万丈深渊，粉身碎骨。但他极力让自己保持冷静，心想只要一口咬定底裤不是自己的就可逢凶化吉。可是，当大头成突然连喊两声"赵卫红①在哪儿"时，他就慌了手脚：眼下这场面声势浩大，足以把人碾碎，赵笑媚这个女人能扛得住吗？

————————————

①　即赵笑媚。

“我在这儿呢。”躲在人群后的赵笑媚怯声怯气地回答，挤出了人群。大头成冷不丁提起布鞋晃了晃，声如旱雷：“你看清喽，这是不是你的鞋?”笑媚茫然点了点头。大头成接着用一条竹竿把黎迈的底裤高高挑起，又大声念出纸条上的字，随即喝问：“昨晚你是不是跟黎迈搞啦?”笑媚呆若木鸡，惊恐万状。她突然双手掩脸，“哇”的一声颤声而泣。她当下的反应，无疑向全场的人默认了与黎迈的通奸行为。

众人喧哗，全场乱成一个马蜂窝。

这时，一个光着膀子的老农走到主席台前，指着黎迈说：“我昨晚亲眼看见他从那破鞋家里跑出来，鬼鬼祟祟的，把我连人带桶都撞翻啦。”老农昨晚挑潲水路径整香街，他的指证宣布了黎迈的仕途走到了尽头。

黎迈的板寸头套着那条闪着精斑的底裤，赵笑媚的胸前挂着蓝布鞋，两人蔫头蔫脑地站在主席台中央，而那些五类分子则退到一边。批斗大会不可思议地改换了既定的对象和风向。

纷乱的跺脚声，恶狠狠的吐痰声，幸灾乐祸的讥笑声，山呼海啸的呐喊声——在这些混乱无序、来势汹涌的声浪里，黎迈和赵笑媚感受到有生以来未曾遭遇的羞耻和恐惧，肝胆迸裂般的剧痛令两人战栗不止。

25 劳燕分飞

"卖豆腐哩——"尽管柳依依仍旧风雨不改地穿街过巷、挑担叫卖，但人们都惊诧地发现，这个从街头蹒跚而至的八和剧社的正印花旦，自与靓少德等人一道被迫戴高帽游街后，她那清丽的嗓音早已发生了变化，原本婉润悠扬、舒心悦耳的神韵已将近无踪，甚至与破锣的钝响并无二致，而过往与过堂风一样劲疾的脚步也变得摇摆艰难了。在柳依依打开污迹斑斑的钱囊为顾客找零时，人们感觉她的思维不再敏捷，往往简单的数目也要捏着指头想上好半天。她的腰肢愈加羸弱，未到三十岁但鬓角已现出几丝白发。人们很难把她与那声震戏棚、神采奕奕的花木兰联系起来。

白天，她在客人面前蜷缩着身子，恍如一只生性胆小的穿山甲，将自己包覆于坚固而孤独的躯壳里，除整香街一些相好的邻里外，她几乎不与外人说一句话。到了晚上，她早早就掩上大门，瞅着父亲范阳在梧州演出时站在戏台侧一棵光秃秃的乌桕树下的相

片掉泪。有时她半睁着眼睛躺在床上，听着蛇虫鼠蚁的恐怖鸣叫和自己的怦怦心跳直到天明。其间她也会刻意跺脚、咳嗽、掀被弄出些声响来，试图以此壮胆，努力使自己从迷乱惶恐的深渊中逃脱而不至于陷入谵妄。

有一天傍晚，她回到家正想生火做饭，忽然从灶台下的柴垛里传出微弱的哀鸣，一只黑白相间的小花猫可怜巴巴地瞅着她，迷茫而悲戚的眼神令她瞬时动了恻隐之心。她伸出手掌托起它，轻抚它的绒毛，眼前幻化出自己小时被遗弃在冷天里的广州街头的情景，抑制不住鼻子发酸，哀恸而泣。

她爱猫如命，二十多年间前后共养过八只各式各样的猫。走在街巷码头，她几乎能随时随地觅见猫的身影。父亲常说，她的双眼生来就是为了看猫的。父亲死后三个月，那只足趾纯白而浑身墨黑的，被她唤作"踏雪"的老猫也一命归西了。

她把踏雪埋在屋院后的香芽蕉树下。从那一刻起，她发誓再也不养猫了。因为她脆弱的神经已不堪一次又一次离别痛楚的打击。但此时当小花猫用刷子似的长舌舔净碗底的饭粒，再用圆脑瓜蹭着她的手背时，她就不忍心将它逐出家门了。她用温水涤去它身上的污垢，在炉火前用毛巾擦干水迹，当晚她就让它睡在自己枕边。她给它取名为圆头。

几天前，柳依依又被押到大街中央的装卸台陪斗，足足跪了三小时，裤子被煤渣磨破了，双膝现出了血道子。她回到家就疲惫不堪地躺在床上，直到黄昏雨点滴答落在后院的蕉叶上时才迷迷糊糊地睁开眼。圆头正伏在床头，用绿幽幽的眼光缱绻而忧郁地瞅着她。或许不愿滋扰主人，尽管大半天没进食了，它也忍着饥饿没叫一声。

屋外响起几下敲门声。"姐，开门，是我啊。"依依听出是何浩刚的声音，不禁眼眶一热，流出泪来。门轴"吱"的一声响，浩刚大吃一惊：眼前的柳依依目光呆板、形容枯槁，与病入膏肓、奄奄一息的人无异。小花猫畏怯地缩着脑袋，伏在阴影中瞧着他。凝滞的空气中弥漫着浓烈的霉烂味道，屋子被孤寂颓败的氛围所笼罩。在这一刻，浩刚恍如置身于墓冢纵横的荒山野岭里。依依开门后就坐在客厅的椅子上拭泪，浩刚轻搓着双手，不知该说些什么。沉默了好一会儿，他压低嗓音，用欣喜的口吻说："你知道那天扔下布袋的人是谁吗？就是在小学开万人批斗大会那天！"

"是谁？"

浩刚指了指自己的高鼻梁笑着说："是我！"

随后他像顽皮的小孩一样述说了事情的经过。浩刚恨不得把黎迈撕碎捣烂，一直在寻找时机教训这个卑鄙小人。要不是父母多次劝告和阻拦，他早已实施报复计划了。那天夜里，他暗里尾随黎迈进入整香街，发现他鬼魅般潜入笑媚的家，就猜想两人将会行龌龊之事。于是他蹲在两屋之间的窄巷里，静观对面屋内的动静。当从门缝透出来的几缕光线完全熄灭时，他便踮着脚尖走过去，推开没上闩的门。他摸进屋内，就听到一阵急促的喘息声和宽衣解带的细微声响。他取了黎迈扔到房门边的底裤，又拿了笑媚搁在墙沿的鞋子，随后轻手轻脚地走出街巷。颠鸾倒凤中的黎迈和笑媚对此竟毫无觉察。翌日上午，浩刚又提早潜伏在中心小学那座木砖楼的三楼，并不失时机地扔下那置黎迈和笑媚于死地的布袋……

听完浩刚的叙述，依依脸上才有了笑容，说："善有善报，恶有恶报！"此时，浩刚却愁眉紧锁，手掌托住腮帮子沉默不语。"阿刚，你应该高兴才对呀。"依依说。浩刚一只手揪住蓬乱的头发，另一只手捂住忧郁的眼睛，长叹道：

"姐，我过段时间就要出远门了。"

"去哪？"

"香港！"

"偷渡？"

浩刚点了点头。依依惊恐地倒吸了一口气："要是被抓住了，要坐牢的！"

"而今的日子跟坐牢有什么两样？"浩刚握住依依搁在桌上的一只手，"只是我对姐放心不下！"

依依哽咽道："我有手有脚……是饿不死的……你到香港不容易，就算到了香港，也无亲无故的……还不是让姐牵肠挂肚？"

浩刚瞅见依依已泣不成声，便绕到她跟前，轻抚她不停抖动的双肩。依依缓缓抬起头，浩刚瞅见一双孤独惶惑的泪眼和一张憔悴忧伤的脸，不由得心如刀剜。他搂着她的头，腾出一只手理顺她脑后散乱的发丝，她就顺势将脸贴在他的腹部了。一股暖流从浩刚的手指和腹间导入她冰冷的躯体，她脑海里浮现出少时与父亲相处的温馨画面：在温煦明媚的冬阳下，她坐在父亲双膝间，父亲边用笨拙的手为她扎辫子，边逐字逐句教她唱粤剧里的名唱段……浩刚和依依就如此依偎着，感觉时光静止，世界停顿。突然间，两人像触电一样迅捷弹开了。依依忸怩地把脸侧向一边，浩刚则窘迫地说了句"我挑水去"，就快步走进厨房，挑起木桶出门去了。

浩刚挑着两桶清水走进厨房时，刚洗完澡的依依揭开竹帘，走出冲凉间。她身穿短袖汗衫，光着脚站在水缸边的青石板上，解下缠在头上的白毛巾，动作谨慎地擦着她那柔亮的秀发。炉灶里的火正旺，火苗在灶口和锅边蹿动。浩刚把水倒入水缸时，侧头发现依依的颈和手还残留着绳索捆绑的痕迹。他放下木桶，轻柔地捋起她的裤子，不禁触目惊心——她两腿膝盖上的血印仍清晰可辨。

"姐，你坐下，我帮你涂点药油。"他让依依坐在灶前的木墩上，连忙找来药油，"不及时处理，会发炎的。"他边用棉签蘸了药油涂到她膝上的伤口，边用余光观察她的反应，"痛不痛？"他拿棉签的手停在半空中——依依的脸颊挂满了泪水！"是痛么？"浩刚盯着她的泪眼问。依依的嘴角不停地抽搐，忽然"哇"的一声恸哭起来。浩刚便慌了神，双手捧住依依的脸，嘴唇紧贴着她的前额。他的嘴唇停留片刻后，就沿着她的眉心、鼻梁、嘴唇柔缓地往下移。两片嘴唇终于在这个雨打蕉叶的良夜邂逅了。这一刻，两人嘴唇的黏合没有丝毫犹豫，没有丝毫羞赧，没有丝毫惶惑，像春风与梨花在一个特定的机缘相遇那般自然而然，也宛如一池春水到了盈满之时汩汩流入早已等候它的莲塘一样。

他让她斜躺在自己宽厚的怀里，如同花萼护卫着花蕾。他隐约感觉到，那株葱茏成荫的柳树在西风的恣肆摧残下过早现出凋敝的痕迹，而往昔让无数戏迷流连于戏台前的情影也被岁月的磨盘碾轧得歪歪斜斜：她颏颔下坠，那张曾摄取众多戏迷魂魄的瓜子脸有些凹陷，红唇也显得苍白而失去弹性。浩刚在依依引导下进入那片神秘的陌生地带时，竟没生发出丝缕欢愉，更没掀起欲望的狂澜，反倒被一种混杂着怜悯、哀伤、迷惘的情愫推进了痛苦的深渊里，以致他将头深埋在依依裸露的胸前泪流满面。而此刻依依也无声痛哭，比她当年目睹父亲范阳的灵柩被徐徐吊入墓穴时发出的哭声更令人悲伤难抑。

这段日子，浩刚是在难以排解的思念煎熬中度过的。他下班后就走进依依的家，陪她说话，帮她挑水、劈柴。依依常捧来香喷喷的鸡藤糊或绿豆沙，并以不容抗拒的口吻命令他脱下衣裤，让她在破洞处缝上同一色泽的布块。这时候，他会红着脸，用双手挡住私处，目不转睛地瞅着她穿针引线，那专注的神情与小时候蹲在街头围观爆米花匠人变戏法般的手艺时的惊讶神态毫无二致。

他发觉自己无论是劳作间还是闲暇时，记忆的容器未留半

点空隙，全被依依的影子所填满。他拖着满载中草药材的大板车吃力地在日月楼门口那道缓坡爬行时，嗅着野菊花或桂枝的浓香，仿佛嗅着依依沐浴后身上溢出的芬芳；听着暮霭里回荡在青莲湾上那嘹亮悠扬的汽笛声，他就会拄着手里的铁铲，回味她唱"夜深深，夜沉沉。绕营行，行行复行行，一更复一更"时高亢深沉的运腔；他孤独地坐在搬运队那堆满了竹箩扁担的角落，凝望着窗外摇曳于微风细雨里的嫩绿竹枝，就仿佛瞅见依依挑着豆腐走过湿漉漉的担水巷……

浩刚借着在码头装卸货物之便，暗里寻觅南下广州的一切时机和办法。这天，依依留他吃晚饭。"姐，我明天一早就走。"他趁她起身盛饭时，刻意用类似"上一趟县城闲逛"的轻松口吻说，"那艘船运铁锅到广州。"她故作豁达地问："在哪个码头下船？""新码头①。"他垂着头答。"多吃呀，香港吃不到豆豉蒸河鱼的。"她莞尔一笑，给他添菜。他窥见她伸出凉鞋的脚趾像痉挛似的在剧烈震颤着。他清楚，她与他一样，正竭力阻止翻涌于胸腔里的炽热岩浆迸泻出来。

依依一夜无眠。鸡鸣三遍时她起了床，想送浩刚到通津码头。她推开大门时，看见浩刚也悄悄从街口走来了。这一刻，她却忽然改变了送浩刚的打算，甚至决意不见浩刚。因为此刻她的脸颊已挂满了泪水，她害怕浩刚会因见此情形而改变主意。她想，轮船启动时她会恸哭的，甚至会忍不住往河里跳。如果浩刚谋划已久的计划——尽管那是迫不得已的逃亡计划因她而付诸东流，她将会后悔终身的。

浩刚在她门前停下了，贴住门缝小声叫："姐，姐！"依依背靠大门，没应答，屏息静听浩刚的脚步声淹没于一片纷乱的犬吠声中。当天她没上豆腐社，钻进被窝里哭了一整天。

---

① 即通津码头。

二十多天后，生粉厂拉响下午四点的三声短促的报时汽笛时，温葱莲神情沮丧地走上码头，进入豆腐社就浑身乏力地靠着石磨坐下，对手提半桶豆子迎上来的柳依依说："阿刚被抓回来了……关在江口咀……我刚去看他……他全身都是伤……"说完，她就啜泣不止。依依听罢十分震惊，手里的木桶掉在地上。

原来，大约半个月前，浩刚翻越了梧桐山，在深圳河岸茂密的芦苇里潜藏了五六个小时，盘算着如何借夜色游水抵达香港对岸时，却被一支带着军犬的边防巡逻队逮住了。浩刚昨晚被遣送回青莲，两天后将押往英德茶场参加劳动改造。将葱莲扶回日月楼后，依依回家煮了五个鸡蛋，用手帕包着，疾步向码头走去。

江口咀将青莲水与连江的岸边陆地连成一个丘陵，这里翠竹掩映，古榕成荫。靠近渠化大坝的河岸上有一座突兀的低矮房子，经年羁囚一名发长及胸、衣衫褴褛、外形似野人的疯汉。这名外号叫"傻灵"的疯子与青莲另一疯子"癫英"齐名。在那逼仄的屎尿味熏鼻的房间里，一副脚镣、一张烂被和一只破碗陪他度过余生。

依依下了渡船，张三告诉她，浩刚被关在傻灵隔壁的小房里。她感到十分难受：浩刚竟与如草芥一样卑贱的疯子为邻！当她踏着厚厚的煤尘走上江口咀码头，绕过煤场后再穿过一条泥泞小径，来到位于坡顶上的掩蔽于茅草中的那座矮房前时，看见一群专门坐船来看热闹的孩子在靠近矮房时被克尽厥职的看守大声斥责，悻悻走下陡坡——"快滚，快滚开！傻佬有啥好看的？回家看你爸妈在床上打架吧！"

依依觉得这沙哑的声音很熟悉：癫仔海？她定睛细看，矮房围栏前站着两个男人，一个是持步枪的民兵，另一个就是印堂发亮、赤臂裸胸的癫仔海！在敬献"忠字鸡"的热潮中，

癫仔海有一天手拎十只鸡向战斗兵团指挥部表忠心。鸡是从农户家里偷来的，而不是他信誓旦旦地说是用卖山草药的钱买的。大头成等人也不管三七二十一，偷偷把鸡宰了吃。在轮番的推杯换盏、酒酣耳热后，癫仔海就不可思议地成了教育对象中的先进分子，并由此得到了在五类分子面前抖威风、摆架势的机会。眼下，依依拢拢头发，挺起胸，举起手里的鸡蛋，想向癫仔海展现一副妩媚相时，却犹豫了：她突然想起一年多前癫仔海与浩刚结下了梁子，并且此事因她而起。

事情经过是这样的。八和剧社准备坐船到黎埠演出，队伍出发前是大暑。夜晚，天空像灼热的大火炉，空气里没有一丝凉意。刚洒了清水的石板路发出滋滋滋的声响，冒起的热浪让人喘不过气来。整香街的左邻右舍吃罢晚饭，便摇着葵扇，三三两两到戏棚地空坪或街巷转角处乘凉去了。

"哎喽哟——哎喽哟——"靓少德的母亲徐氏坐在自家门前石凳上朝天空接连吼叫，似乎要把藏匿在天边的凉风唤来一样。吴天仁点燃两炷蚊香插在门口两侧的砖缝里，扳着手指对徐氏说："你喊破喉咙也白费，凉风全被老天爷收去啦。小暑不见日头，大暑晒开石头。屋子热得像蒸笼，今晚你就别想睡啦。靓班主在家吗？叫他出来聊天。"徐氏说："他哪有空聊天呀，明天要到黎埠唱戏，他正在家收拾行当呢。"

每逢外出演出，癫仔海都为剧社的杂务忙得团团转。挑衣箱、扛杂箱这些力气活他抢着干，装拆戏台这些攀高爬低的危险活他也抢着干。有时人手不足，一些演员就让他帮忙换戏装。到了演出时，他就尽忠职守地蹲在戏台杂边的角落，把拴住帷幕的麻绳缠在手腕上，随时听候指令，不失时机地开启和闭合那张笨重的蓝色布幕。靓班主称他为"杂箱海"，他心里感到美滋滋的，干起活来更不惜力气了。

　　癫仔海当晚把装着道具的几个木箱挑到船上，完了跳到河里洗了澡，然后光着膀子吹着口哨返回整香街。他路过柳依依的屋子门口，习惯性地伸头望向那狭长的屋子，看见柳依依正在收拾行装，暗淡的灯光将她凹凸有致的身影投射到砖墙上。他感到双腿像被缆绳捆住拴在石柱上一样，使劲挪腾仍动弹不得。

　　"是阿海么？快过来帮我呀。"柳依依向他招手。

　　"你是叫我吗？"癫仔海顿觉全身酥软。他望了望前后发现没人，才确信柳依依在叫他，"你要我帮忙是么？"他有点胆怯地走进屋里。

　　柳依依指着头顶上的阁楼，说："你帮我把上面那个木箱拿下来，我个头不够高。"说着，她从客厅搬来一张竹椅。

　　"好呀，好呀。"癫仔海殷勤地说着，便抬腿踏上竹椅，将阁楼上一只泛着油光的棕色木箱取下。他放下箱子正想跳下竹椅时，才发现柳依依穿着一件宽松无袖的薄内衣。透过低垂的圆领，他瞥见两只白皙滚圆的乳房在不断地晃动。他霎时像触电似的站在竹椅上一动不动。

　　柳依依似乎意识到什么，慌乱地说："好啦，没你的事啦。"

　　癫仔海从柳依依的屋子出来，用搭在肩上的汗衫遮住翘起的下体，蜷缩着腰，一路狂奔，跑向戏棚地旁边的菜地，钻进一个隐蔽的稻秆堆，迫不及待将手伸入裤裆里……

　　夜深了，气温依旧酷热难耐。狗趴在泥地上伸出长舌喘气，几只娇媚的牝猫在窄巷的屋檐间来回奔窜，不停发出与婴儿啼哭无异的鸣叫，把心仪的情郎撩惹得烦躁不安。

　　癫仔海回到自家门口，发现家家户户此时全都打开了门窗，男人们裸露上身，三五成群地坐在门前仍散发着热气的石凳上闲聊。一些年轻女人也毫不在乎地穿着裸露臂膀的睡衣，

边掀起衣角扇着风，边聊着家长里短，并穿插一些男女风花雪月之事，聊到起劲时就肆无忌惮地哄笑。无所事事的孩子则在街巷里嬉闹吆喝，玩累了就卸下家里的门板，在街巷中央架起简易床铺，或将席子直接铺在门侧的石板上，躺下就睡。

癫仔海那间没有窗户的小屋离柳依依的屋子不远。此时他像一只干虾似的侧卧在门口的石凳上，视线几乎没有离开过柳依依的屋子，直到那幽暗的灯光熄灭了他才迷迷糊糊地睡去……

清晨时分，载着八和剧社的机帆船驶离青莲豆腐社码头，沿连江溯水而行，傍晚抵达黎埠墟时，当地一队人马在码头敲锣打鼓等候着他们。靓少德刚走下船踏板，一个老年男人就跨步上前，握住靓少德的手："靓班主，还记得我吗？我是老杨啊！"

黎埠墟姓杨的人特别多，故有"黎埠杨半街"一说。这些姓杨的人大多从商。老杨曾是盐贩，在生意场上与靓少德相熟。"老杨，我没忘记当年的约定啊！"靓少德兴奋地说。原来，靓少德当年到黎埠收购当地特产，刚好黎埠群英剧社在都爷庙附近的古榕下演出粤剧《教子逆君王》。老杨邀请靓少德前往观看。台上的一招一式着实让靓少德惊讶得目瞪口呆："黎埠客家人多，想不到在这儿能看到这么正宗的粤剧！""没想到吧，我们黎埠就是架势！"老杨自豪地说。

黎埠虽是客家人的聚居地，但广府商人也不少。他们闲时就聚在一起，又弹又唱。后来有人牵头成立了群英剧社和精武剧社，并请来逃难艺人胡铁君和余丽珍传授技艺。两个剧社隔三岔五就到学校操场或村庄晒谷场演出。老杨炫耀说："剧社的人大多是司头公①。我演末角，包揽了花匠、家奴之类的角

---

① 即老板。

色。"靓少德那时还期待有朝一日再组过山班,便说:"改日我带一班手足跟你们切磋!"两人说话间,突然天空传来呼啸声,三架日本军机低空沿连江往南飞来,戏迷们各自逃命,日机在黎埠投下了三十多枚炸弹。靓少德也于几个月后被日机炸伤了左腿。

此时老杨带来的人上了船,抢着为客人抬衣箱杂箱上码头。癫仔海背着一个大铁锅,手里提着一只棕色木箱就想下船。一个男人迎了上来,说:"大哥,我替你拿箱子吧。"癫仔海退了一步,拒绝了:"箱子重,我来提。"这散发出一股醉人幽香的棕色箱子是柳依依的,别人拿去了,他就没借口接近柳依依了。

癫仔海今天天没亮就守在依依门口了。依依刚打开门,他就迅捷地接过她手里的箱子。到了船上,他就为依依选了一个避风的位置,自己也顺理成章地坐在离美人不远的地方。他中途没上一次厕所,一直强憋着,生怕走开了,位置就被别人占去了。依依走到哪儿,他的视线就跟到哪儿。他用臂弯托住下巴假装打瞌睡,眯缝着眼朝柳依依身上瞄来瞄去,依依斜靠着箱子读剧本的神态让他看入了迷。有几次依依翻开箱子找东西,他就使劲嗅鼻子,那股夹带了年轻女子体香的味道几乎令他眩晕。

黎埠中学开阔的操场上搭起了戏台。首晚演出《胡不归》,黎埠墟万人空巷。第二晚演出《花木兰》时,黎埠十里八乡和邻县的戏迷也远道而来,通往演出地的官道上人头攒动,尘土翻滚。

戏台下人声鼎沸,戏迷们仍从各个路口涌来。癫仔海与吴广明分站在戏台一侧,手握拉帷幕的绳索等候指令。开戏的锣鼓响起了,两人缓缓拉开了幕布。不少戏迷昨晚被柳依依的低吟浅唱惹得眼泪涟涟,今晚她坐在织布机前甫一开唱,戏迷们

就议论开了："这女子昨晚演赵鬈娘演得惨兮兮的，今晚竟然演花木兰，好一个能文能武的靓女……"

戏演了近二十分钟，柳依依按剧情需要返回后台，她十分默契地随在虎度门等候的张爱彩走入换衣间，准备换一套戏装继续上场。离戏台数步之遥的换衣间原是一间教室，摆满了戏服、镜子和化妆品。不大的空间用一张布帘隔开，男女各用半间。此时戏开场不久，拥挤的换衣间难免有些忙乱。突然一名小武演员从换衣间冲出来，差点撞在张爱彩怀里。小武演员跑到前台扯住癫仔海的胳膊，说："榨糖佬叫你帮他穿戏服，你快去！我帮你拉幕布。"

扮演元帅的榨糖佬是向熠通剧社借来的，这个糖厂里的师傅此时正站在镜子前生气，骂刚才那位小武演员手脚笨拙。元帅的服饰比别人多，要有专人为他穿戴。榨糖佬将一块黄糖递给爱吃零食的癫仔海，说："阿海，你动作快些，快轮到我上场了。"癫仔海把黄糖塞进嘴里咬了一口，连声说："好好好！"他边说边斜眼偷望换衣间的布帘，他知道柳依依也在换戏衣。他发现布帘中间留了一条缝，灯光下晃动的人影和浓郁的脂粉味令他心旌摇曳。他为榨糖佬穿上橙色硬靠，再把四支红色三角令旗绑在他的背上。此时，他趁榨糖佬闭目背唱词时，偷偷伸出一只脚，用脚尖轻轻挑开布帘。

对面的春光令癫仔海差点窒息：依依就站在布帘旁边，伸手可及！此刻美人脱下了粉红色海青，只穿一件宽松的薄内衣，雪白的脖子和半截酥胸赫然在目。癫仔海看呆了，心思飞到九霄云外，捉住绑带的双手也抖个不停，混杂了黄糖黏浆的口水流在榨糖佬的手背上。

"阿海，你在发羊吊①吗？能不能动作快点?!"榨糖佬睁

---

① 即癫痫发作。

开眼，瞥见癫仔海脸朝布帘，扭着脖子、吊着眼角，现出一副猥琐相，便质问道，"你在看什么？你是不是……"

癫仔海回过神，慌忙把脚缩了回来，转身挡住榨糖佬的视线，说："快啦快啦，打完这个结就行啦。"他断定榨糖佬已发现他偷窥，便低下头，用布擦掉榨糖佬手背上的黄糖黏浆，献媚说："你的黄糖真好吃！""别只顾吃糖忘了干活！"榨糖佬显得不耐烦了。癫仔海取来一件画了龙虎豹图案的深黄色蟒服穿在榨糖佬身上，说了声"完啦"，就快步溜出换衣间，走到过道时侧脸瞅了一眼透出灯光的换衣间的窗户，心里还想着刚才那一幕。

榨糖佬踏着锣鼓点威风凛凛地出场了。他像风车打转一样来了五个连环侧手翻，随后单脚踏在铺了一张老虎皮的元帅椅上，开口便唱：

只因敌人早已陈兵对岸，
元戎布下疑兵计。
三军日日马蹄忙，
跑得处处滚滚黄埃，
好似日日添兵添将。
吓得敌人不敢来靠岸，
我军得以等待增防。
…………

榨糖佬的台上武功在青莲首屈一指。他的"蛇翻"既高又远，且有一个明显的滞空动作。此时他跃到元帅椅上，如大鹏展翅一样伸直双臂。台下戏迷都知晓他要施展"蛇翻"绝技了，无不屏息眙目。但当他腾空而起时，背后的令旗像散架似的"噼啪"几声散落在戏台上，而绑在蟒服上的红绸带也

青莲

瞬间松开了，他活像一只受伤的花蝴蝶摔倒在戏台口。榨糖佬大惊失色，狼狈不堪，台下则一片哄笑。

榨糖佬下场后，便向癫仔海兴师问罪："你肯定没把绳子绑牢。我所托非人，你把我害惨啦！"癫仔海明白自己当时因偷看柳依依换戏服而忘了多打几个结，却挠挠没几根头发的前额，装出一副极无辜的模样。

这时有人为癫仔海开脱，说："榨糖佬，你别冤枉杂箱海啦，谁叫你出场时连打几个'半边月'①呢？翻来颠去的，飞机也会散架啊。床底下破柴，很容易撞板的。"众人听了，也觉得不无道理。榨糖佬很想揭穿癫仔海当时因偷窥柳依依而心不在焉，但想到这般丑事必须有证有据，否则对方会跟自己拼命的，也有损剧社的声誉。他狠狠瞪了一眼癫仔海，自认倒霉。

戏迷散去，众人忙于卸妆和收拾细软，紧张的情绪也一下子松弛下来。大家围在一棵榕树下吃完宵夜，有人下河洗澡去了，有人去田垄抓田鸡，有人坐在操场聊天。

在演出结束夜，癫仔海通常是最忙碌的。他将道具全部搬到学校堆放杂物的平房后，才去榕树下找吃的，这时五个大木桶的鸡粥都分光了。柳依依坐在石基上捧着粗瓷碗，边吃边与何浩刚等人说笑。

看见癫仔海用竹筷去刮沾在木勺里的粥粒，柳依依过意不去，便走到癫仔海跟前，将盛着半碗鸡粥的粗瓷碗递给他，说："你吃吧，我饱啦。"癫仔海感激地接过碗，吃了起来。四周的男人见状便起哄："阿海，你看赵翾娘多疼你啊，把粥让给你吃。只可惜，你不是文萍生。""阿海，你这小子真是艳福不浅，我们妒忌到牙都咬崩啦。花木兰的口水是不是带有

---

① 即侧手翻。

598

丁香味的?"

癫仔海感觉自己从没吃过这么美味的鸡粥。他抿着嘴傻笑,似乎很享受众人这些能令他血脉偾张的桃色调侃。他把嘴唇贴着碗边,嗅到柳依依残留在碗沿的脂粉味,他感觉已实实在在地触及美人的两片朱唇。他想:我是文萍生就好喽,可以天天跟依依在一起!

这期间,浩刚一直沉着脸不说话,鼻腔里呼呼作响,一副气鼓鼓的样子。癫仔海知道浩刚与依依好,显然不愿意听伙伴们的调侃,于是他知趣地躲到一边去了。他津津有味地吃完那半碗粥,直到把最后一块骨头嚼碎咽下,又伸出舌头把碗的里里外外舔了一遍,才吮着手指走下码头洗碗去。他谋划着何时何地用何种方式把粗瓷碗还给柳依依,突然想起榨糖佬送的半块黄糖:"把黄糖送给她,她会很开心的。女人嘛,都爱吃甜的。"他曾见过柳依依边走路边啃甘蔗,她歪头咬蔗皮的神态让他很着迷。

癫仔海光着膀子走上码头,回到自己独住的堆放道具的平房门口,遇见柳依依和张爱彩手拎木桶走来,她们想到河里提洗澡水,听到一群男人在码头嬉闹便犹豫不前了。"阿海,你过来。"柳依依向癫仔海招手,指着与道具房仅隔一条小路的几间空房说,"你替我们提两桶水到冲凉房。""好呀。"这等事癫仔海是很乐意做的。他两手提桶,像猴子一样冲下码头。

癫仔海提水回来就回到道具房。他焦躁地来回走动,心头像被绳子勒住似的。冲凉房传来"呼"的一声闷响,接着是吱嘎一声,随后响起一阵窸窸窣窣的声音。他的脑海里便浮现出柳依依提水桶进里间,插上门闩,宽衣解带的连缀画面。泼水声响过后,冲凉房传出了柳依依的那抑扬顿挫、穿云裂石的嗓音:"西北风吹又吹,辞了爹时别了妈。辞爹别妈夜宿滩头……"美人引吭高歌时双乳抖动的销魂蚀骨的图像定格在

他眼前。他贴着门缝听了好一会儿，随后找来一张桌子，爬上窗户，居高临下地往冲凉房窥视。美人雪白的颈项在昏暗的灯光里晃动，这让他一阵昏眩，险些摔下来。但美人的玉体始终被高高的木门挡住，接下来只瞅见美人盘着发髻的后脑了。他的五脏六腑如同点着了火，心里不停祈祷："依依，你快转过身来呀，求求你啦……"

时间一分一秒地流走。癫仔海跳下桌子，弓着腰，踮起脚尖，潜到冲凉房，又蹑手蹑脚爬上了洗衣台，拨开竹枝……"谁呀？"柳依依一声惊叫。癫仔海爬下洗衣台撒腿就跑。当他想躲进旁边一片竹林时，被刚好从码头回来的何浩刚逮了个正着。癫仔海扎在腰上的汗衫掉在洗衣台上了，这成了他偷看依依洗澡的铁证。

偷窥别人冲凉是一件大丑事，偷窥者势必遭千夫所指。当何浩刚把癫仔海押到榕树下时，围上来的人无不满腔愤怒。他挨了何浩刚一顿拳脚，眼角血流不止，倒在地上。有人将那件汗衫缠在他的脖子上。受到污辱的柳依依不停哭泣，张爱彩则指着癫仔海破口大骂……靓少德赶来了，问明事情缘起后气得脸色发青，很久都说不出话来。他朝地上吐了一口唾沫，对着癫仔海吼道："当年你又跪又拜的，求我让你入剧社，我心一软，就让你进来了。可是你满脑装了见不得人的东西！剧社的脸都给你丢尽啦！"他叫人为癫仔海止了血，扶回道具房，然后转过身质问儿子浩刚："癫仔海耍流氓剧社会处理他，必要时会把他押到派出所。你解口气我理解，但何必把人伤成这样？你是不是仗着自己拳头硬？"浩刚被父亲当众斥责，心里窝了一肚子气，当晚又揍了癫仔海一顿。这下把靓少德气得肺都要炸了。

次日清晨，在众人把衣箱杂箱搬下机帆船后，靓少德当众宣布：何浩刚和癫仔海分别违犯了"不殴"和"不淫"的禁令，即日起开除出剧社！他心一横，将两人的行李扔上岸，随即把他们赶下船。何念祖想为浩刚讲情，靓少德大手一挥，说："家有家规，社有社规。浩刚第二次打人，神仙都帮不了他！"

这时，回想起浩刚殴打癫仔海的事，柳依依断定："癫仔海是不会原谅阿刚的。"

夕阳即将坠下远天的崇山峻岭，被苍茫暮色笼罩的青莲水和连江像两条浸泡了鲜血的绷带紧缠着迈向昏暗的江口咀。孩子们灰溜溜下了陡坡，转眼间又兴高采烈地跳到河里捉鱼去了。柳依依从草墩上缓缓站起身，以不抱希望的心态向癫仔海招手——她已有忍受对方白眼和讥讽的心理准备："阿海，你过来。"癫仔海转过他那光秃油亮的脑袋，瞟了一眼依依，磨磨蹭蹭地走了几步又停下。"过来呀，阿海。"依依喊着，掏出一个鸡蛋。

"上头说了，"癫仔海傲气十足地昂起头，一瘸一拐地走到依依跟前——昨晚他铆足劲儿踢向上了脚镣的浩刚，自己却摔在用来拴铁链的石桩上，"不是亲属，一律不准探访！"

"我只是看他一眼。阿刚打了你，你心里有气，这我理解。"依依将鸡蛋塞到癫仔海手里，"但猴年马月的事还记它干吗呀？男子汉大丈夫要宽宏大量！再说你们是邻居，朝见口、晚见脸，说不定以后你有事要求他呢。"癫仔海很不情愿地接过鸡蛋，说："等到那民兵回家吃饭，你再上去吧。"

依依躲在草丛里，待到天色完全黑下来。癫仔海吹响了口哨："那人走了，你快上来吧。"依依在走近那座矮房时，一股污浊恶臭的气流险些把她熏倒，而傻灵闷雷般的呻吟吓得她心惊胆战。

此刻浩刚横躺在铺了一层稻秆的地上，听到响动便爬起

来，瞥见月光斜照里晃动着一个熟悉的身影，惊问："是姐么？"依依"嗯"了一声就眼泪汪汪了，浩刚现时的模样令她心如刀绞、泪似滚珠：蓬乱的头发沾满了草屑和尘土，手臂和颈上的伤痕清晰可辨，脚腕被铁镣磨出了几道血印。依依的突然出现让浩刚惊喜万分，他让依依坐在身边，用疲倦而温柔的目光睎着她。依依把鸡蛋剥了壳，塞进浩刚的嘴里。她发现，浩刚那污秽不堪的脸庞上透出一如既往的坚毅，这让她心里平添了几分慰藉。

癫仔海守在路口望风，当看见那民兵哼着粤曲从村口走来时，就赶忙催促依依："你快走！民兵回来啦。"

"阿海，你听我说。这次你准许依依来看我，我一生一世也忘不了的，以后我会加倍报答你！"浩刚停顿了一下，加重了语气，"但我也警告你，如果你敢趁我不在欺负依依，我回来就把你剁成肉酱，扔到钓鱼翁喂鱼！"

依依刚消失在夜幕中，那民兵就磕磕绊绊地走到矮房旁的大树下。"阿海，你去找点吃的吧。"民兵举起半瓶酒醉醺醺地说，说完就一屁股坐在树墩下，把拴在他裤带上的铁镣钥匙碰得咣咣响。"我不饿。"癫仔海向民兵递了一根烟说，"你喝酒了吗？看你醉成这个样子。"民兵接过烟，还没点燃就瘫倒在地上了。

柳依依因牵挂浩刚而一夜无眠。次日清晨，她在豆腐社磨坊磨豆浆时心不在焉，神思恍惚，眼睛老是透过临江窗口眺望江口咀那座孤零零的房子，心里盘算着天黑时再去探望浩刚。当她挑起两板水豆腐正想出门时，码头入口突然人声喧哗，癫仔海和那个民兵被反绑着手走上码头，他们身后跟着三四个持枪的民兵。依依不知道发生什么事，遂撂下担子，想上前看个究竟。癫仔海侧脸望向依依，狡黠的目光里似乎露出一丝笑意。

　　一个爆炸性消息在青莲大街小巷不胫而走：何浩刚昨晚逃跑了！依依挑着豆腐担子每到一处停留，手端盘碟围上来买豆腐的人都七嘴八舌地议论此事。依依从纷乱的信息中梳理出未经证实的事实：浩刚是打开脚镣逃跑的，换岗时才被发现。至于他的去向则众说纷纭，有人说他在河边的草丛里埋伏了一两个小时，大约三更时分瞅准时机爬上一艘南下的煤船；有人说他是游水过河，光身赤脚，摸黑抄小路上了老鼠夹岭；有人说他在村口菜地挖了两口袋番薯，边吃番薯边沿公路往县城方向去了。

　　是谁打开脚镣让浩刚逃跑的呢？掌管钥匙的民兵和癫仔海成了重点怀疑对象。那民兵说，他昨晚为父亲祝寿喝得酩酊大醉，今早才醒来。癫仔海说，他与何浩刚不共戴天，恨不得抡起锄头砸出他的脑浆，当晚自己喝下民兵带来的半瓶酒，也同样醉得分不清东南西北了。但也有人提出，不排除有别人帮忙开了锁。依依特意经过日月楼，看见葱莲正捧着盛着松糕的蒸笼从厨房出来，两人隔着升腾的雾气心照不宣地对视了一眼，都猜到对方已知晓浩刚逃跑的事。

　　依依卖完豆腐挑着空担子走出公社大楼旁那条窄巷时，大街上骤然传来的几声激昂的铜锣声令她惊惶不已。那曾让她热血沸腾的戏台铜锣声现今听起来不啻当年日军在青莲投下的炸弹，因为它总使她第一时间与批斗游街的惊悚场面联系在一起。大街中央的装卸台两侧此时围拢了数十人，质问声、讥嘲声、斥骂声、吆喝声夹杂在一起。

　　依依猜想又有人被揪斗了，这种场面她总是唯恐避之不及的。有一件事她至今仍历历在目。一天下午，她挑着豆腐担子路过公社粮所，那里正在举行批斗大会，一个常在公共冲凉间洗澡时哼唱粤剧的女工和一个随手剥了几颗花生放进嘴里的仓管员跪在炙烫的晒谷场上。"柳依依，你过来陪斗！"主持人

喝令道，"你这个五类分子，也给我跪在这儿！"两名汉子即把依依硬拽了过去，并强迫她跪下。那天，依依足足跪了两小时。

依依此时低下头快步绕过人群。葱莲也来了，两人站在一个角落望向装卸台。忽闻有人高喊："癫仔海，你老实交代，何浩刚是不是你放跑的？"接着听见一阵棍棒砸击声和癫仔海痛苦的呻吟声。癫仔海被绑在装卸台的木柱下，赤裸的胸膛伤痕累累，底裤被扯到膝下，阳物暴露无遗。一个男人拿着尿壶跑上装卸台，浇向癫仔海头发稀疏的脑袋，一股浓烈的尿骚味弥漫在空气中，围观的人捂住鼻子四散开来。负责审讯癫仔海的那两个民兵漠然瞧着那男人的恶举，不予制止，反倒咧嘴狞笑。那男人仍在泄愤，不断晃动手中的尿壶，喋喋不休地列举癫仔海的种种恶迹，说他偷了自家刚下蛋的鸡献给战斗兵团指挥部，卷走在门口晾晒的竹青拿到收购组卖，还爬到隔壁偷窥妇女洗澡。一些人也与那男人一唱一和，以怀疑或确凿的口吻，把自家或亲戚的失窃之事一概往癫仔海头上扣，癫仔海一时淹没在唾沫之中。

这时，一个十多岁的男孩叼着烟大摇大摆地走近癫仔海，将一串约两米长的炮仗绑在癫仔海的阳物上，当他嬉笑着蹲下身正要用烟头点燃炮仗时，躲在远处观望的温葱莲终于按捺不住了，她大喝一声："住手！"接着她冲上前，猛力推倒男孩，说："你们这样欺负人也太过分啦！就算他没爸没妈，但也是娘胎生的！"

依依也拨开人群、手握扁担冲上来了。只见她拉起癫仔海的底裤，又解下自己身上的围裙将他的下体围住，为他松了绑。她转过身时脸部肌肉剧烈抽搐，眼眸喷射出愤怒的烈焰。现场的人无不惊讶：这位向来阴郁羸弱的女子此刻竟化身为义薄云天、凛然不可冒犯的花木兰！

葱莲和依依脸上都挂着泪水，也许正是那闪烁着母性光辉的泪滴让眼前泯灭殆尽的人性光辉得以重现，围观的人也都幡然醒悟自己正在观看一场人间悲剧，于是都百无聊赖地默然散去。

癫仔海在何浩深和刘满龙的搀扶下，回到他那间墙皮剥落、弥漫着霉味和汗味的逼仄房子，在那张用几块破砖支垫起来的摇摇晃晃而又污迹斑斑的硬板床上躺了两天两夜。苏妈每天一早把一碗麦羹和几只番薯摆在他的床头，但到傍晚又原封不动地端走。在门口刨竹青的阿苏一天几次搁下那把笨重而锋利的钢刀，吃力地扶起额头缠着纱布的癫仔海，将水倒入他干涩的喉咙里。"他们下手不轻啊！"阿苏坐在床沿感叹。葱莲和依依三番五次前来探望，她们都坚信癫仔海清楚浩刚是怎样逃跑的，也大约知道浩刚现在的去向，可是看见他疲惫不堪地躺着，就不忍心叫醒他了。

第三天中午，依依来看癫仔海，当她把几块叉烧放在桌子上时，听到癫仔海在抽泣。

"感谢你，依依……阿刚他……爬上船了……"

"你亲眼看见的？"

"嗯。"

"船往哪儿开的？"

"往大湾方向……"

"谁替他开的锁？是你？"

"嗯！"

依依看着气若游丝的癫仔海，说了句"谢谢你，阿海"，就转身出了屋，伏在小巷沟渠旁一个废弃禾桶上，号啕痛哭。依依把消息告诉葱莲后，两个女人躲在日月楼二楼的一个杂物间，相拥而泣。

因受何浩刚逃跑事件牵连，癫仔海在小孩子面前耍威风的

日子只维持了两三个月，现今他又回到重点批斗对象的行列去了。每当公社举行批斗大会，作为五类分子的癫仔海与柳依依必须提前一小时到会议地点集合。有一天，某单位开批斗会，因单位里一时找不出批斗对象，为不被人抓住敷衍了事和无的放矢的话柄，该负责人突发奇想，向公社革委会请示，提出把癫仔海和柳依依借来批斗，这一荒唐请求也竟得到了应允。别的单位也纷纷如法炮制，令这一创举得以发扬光大。于是，癫仔海和柳依依频频出现在批斗现场。

在这些日子里，当柳依依听到癫仔海在门口呼叫"依依，走喽"时，她就应答一声"来啦"便匆匆跟着出门，这场面与农民结伙下田无异。他们一前一后默默地走着，结伴而去，结伴而回。尽管他们经历过无数次高规格的批斗会，但参加小型批斗会也依旧如惊弓之鸟，坐在会场中央不知脸往哪儿摆，手往哪儿搁，惶恐和耻辱令他们如背负千钧，抬不起头也直不起腰。幸好，很多单位都没让他们站跪。一些心肠软的人暗里为他们洒一掬怜悯之泪，个别喜爱粤剧的人还偷偷往依依口袋里塞番薯芋头什么的。可是，这些怜悯只能如大旱天里的小雨滴，根本不足以缓解依依心田里的枯涸。批斗会完后走回家，依依毫不例外地泪水纵横。而笨口拙舌的癫仔海则一脸悲戚地紧随在她身后，始终沉默无语。

整天坐在整香街街口补鞋的张爱彩十分留意柳依依身体和精神的细微变化，这个言行大大咧咧的女人其实有一颗比针还要细的心。一天，张爱彩用串着麻绳的鞋针挠了挠头，随即插到竹篮里的蜡球上，向从暮色中走来的依依说："依依，坐下歇歇吧。咦，你好像长胖了！"

"是吗？"依依停下脚步。

张爱彩上下打量着依依，露出惊讶的神色："前阵子你瘦成一只腊鸭，走路时轻飘飘的，真担心风把你吹走！"

依依略显丰腴的脸颊上泛出久违的欢颜。

张爱彩从竹篮里拿出几粒色彩斑斓的李子，说："这李果是山佬挑来卖的，吃吧。"

"我不客气啦。"依依挑了一个黄澄澄的李子，用衣角擦了擦就放入嘴里，"好吃，我就喜欢它酸甜的味道。"这些日子她的饮食习惯发生了莫名其妙的变化：尤其喜好酸味儿的食品。昨天下午她把挑着酸品路过豆腐社的八婶叫停，用一根长竹签串起七八块酸黄瓜，叉着腰吃得津津有味，那风卷残云的狼狈相让八婶错愕不已。

"剩下的李果你全拿去吃吧。"张爱彩皱着眉头说，"我怀孩子时还能吃酸，而今闻到酸味就牙软啦。"

"那好，我多多益善！"依依笑着说。

依依吃着李子往家里走，突然，一阵凉意掠过心头，随后她脸色骤变——她回味张爱彩刚才那番不经意的话语，心想：我会不会怀了浩刚的孩子呢？她推开门后就慌忙扳着手指数日子。不久，她"啊"的一声发出尖叫，仿佛寒冬腊月时忽然掉进了盐坑岭那刺骨般冰凉的深潭里。她坚信那事已真真切切地发生——她与浩刚有了骨肉！怎么办？她一时六神无主。当浩刚那张棱角鲜明的俊脸在她脑海里不断涌现时，她毫不迟疑地决意把孩子生下来——那是浩刚的后代啊，连着我们的血脉！可是，孩子他爸是个逃港犯，这意味着孩子今生将千钧压顶地生存在这个世界上，这对孩子是多么不公平啊！依依慢慢变得沉静下来。最后她摒弃一切疑虑，以极少见的果敢，做出了一个出人意料的抉择。

掩匿于沉沉暮霭里的整香街静谧而柔和，裹挟着饭菜香味的炊烟弥漫在深巷里。依依走出门，以从未有过的欢悦心境去感受周遭这突如其来的温馨。一位年轻母亲正在整香屋侧旁的一个幽隅里袒胸哺乳，幼儿将口中的乳头吮得吧嗒响。爱怜与

幸福盈在年轻母亲苍白的脸颊上，她边拨弄幼儿乌润的发丝，边悠悠哼着祖祖辈辈流传下来的古老童谣。这市井里屡见不鲜的温情涌动的一幕，此刻竟让依依心尖战栗，潸然落泪。

癫仔海此时抱着一捆干枯的玉米秆回到戏棚地，正欲走进那间霉腥味满溢、只能容纳一张小床的屋子，一条毛毛虫在他裸露的沾满草屑的脊梁上攀缘。

"阿海。"依依向走来的癫仔海喊，语调温柔而坚决，"阿海，我要跟你结婚！"

癫仔海侧过脸，挠了挠光秃的前额，用疑惑的目光瞅着依依——他坚信那如影随形的梦幻又来捉弄他了，这梦幻常把他折磨得辗转反侧、彻夜无眠。可是，脊背上毛毛虫噬咬的烧灼感提示着他：他并非身处梦境里。那向来可远观而不可亵玩的美人此时再次一字一顿、确凿无疑地重复着那句话："阿海，我要跟你结婚！"

26　年少不谙事

　　自癫仔海住进柳依依那间后院有棵香芽蕉树的狭长屋子的那天起，两人便成了青莲人茶余饭后的谈资。人们惊讶于曾名扬连阳的美人委身于浪荡老光棍，惊讶于癫仔海自此脱胎换骨——形容不再邋遢，行为不再乖戾。人们用各种心态去揣测两人结合的缘由和目的，祝愿他们白头偕老的善心者有之，恨不得别人往火坑里跳的幸灾乐祸者有之，吃不到葡萄就说葡萄酸的嫉妒者亦有之。

　　这一年，当街巷里的闷热气流被秋风驱赶得无影无踪时，人们清晨起来再也听不到柳依依那悠扬的叫卖声了，这时人们才惊愕地发现她腹部的隆起。依依也没再理会人们怪异的目光和嗡嗡的窃窃私语，暗地里为自己的分娩做准备。一天夜里，她坐在炉火旁刚用旧棉袄缝好两套婴儿衣裳，心头那新奇而甜蜜的感觉只停驻片刻，随即便锁起了眉头——孩子的姓氏一直让她犯愁。孩子将来跟谁姓呢？孩子是浩刚的骨肉，跟他姓何本是天经地义的，但浩刚杳无音信，单凭一张

嘴，很难让靓少德和温葱莲信服小孩是何家后代。况且她不愿让孩子自小背负"逃港犯的后代"的污名。她选择跟癫仔海结婚，就是希望小孩出生后像别的小孩一样有父亲，避免被人说成"野来的"，尽管这个父亲是被人歧视的无业游民。跟父亲同一姓氏本合情合理，但癫仔海是真正"野来的"，连自己姓什么都不明不白。依依思前想后，决定让小孩跟她姓柳。她想好了，如果生的是女孩，就叫柳嫣然。《嫣然一笑》是名伶上海妹的首本名曲，自己翻唱了她不少曲目，取"嫣然"两字寄予她对偶像的敬仰之情。若生的是男孩，就叫柳宗亮。取这名字是出于对丈夫的铭记，因为"柳宗"谐音是"刘忠"，是浩刚在《花木兰》饰演的角色名字。

依依是在大年初一傍晚分娩的。她蹲在门槛用小钳子拔除鸭翅膀上的绒毛时感到腹痛，就让正在后院砍药材的癫仔海赶快去日月楼找温葱莲。

"依依生了，很顺畅。"葱莲手拿着几件带血污的衣衫从依依的睡房出来，对在药酒架前焦急等候的癫仔海说，"小孩有个鸡公仔，恭喜啦，阿海！小孩很像依依，身长脚长，皮肤又白，鼻梁又高。你黑黑的，像一只煨焦的麦包一样，鼻子又扁，幸好小孩不像你。"癫仔海没说什么，只是露出两排黄牙在憨笑。

一晃就五年过去了。

蓬头垢面、赤足光膀的柳宗亮晃着两个胀鼓鼓的衣袋正要回家时，天空毫无预兆地下了一场豪雨。他蹲在常兴门市部急匆匆撑起的凉棚下，透过大人湿漉漉的裤腿，兴致盎然地望着坑坑洼洼、满地残菜烂果的狼藉街道。他双手一直捂着衣袋口，生怕好不容易从街边巷隅捡来的桃核从袋里掉出来——桃核里的桃仁是父亲浸泡跌打酒用的宝贝。去年父亲挠着没几根头发的脑袋说："阿亮，你捡够三千颗桃核，我就带你上山挖草药！"他昨晚是在"只剩二十颗桃核啦"的默念中睡着的，并坚信在醒来的墟日将会凑足桃核的数量。他对上山采草药的渴望甚于夏天下河洗澡，因为他猜想翻山涉水、攀岩附壁会比在河岸浅水处嬉戏更令人着迷。

生粉厂下午四时拉响的三声短促的报时汽笛催促远道赶集的山岭人归家的脚步。他们用卖了果蔬、柴炭、禽畜得来的钱买来生活用品，捆成大包小包，挑在肩上，挎在手里，冒着零星雨点且说且笑地踏上归程。尽管聒噪的街巷在那些穿着黑色粗布衣裳的山岭人的身影逐渐散去后沉寂下来，但街头巷尾还涌溢着他们连月都难得一次的推杯换盏狂欢后残留的酒肉香。回味每墟仅有一次吃肉机会的宗亮此刻贪婪地嗅着鼻子跑回整香街，眼睛仍不忘瞅着泥泞的街道，仔细搜寻那些沾了泥污而不易发现的桃核。

宗亮回到家，就将满满两衣袋的桃核倒到门槛旁一块滚圆的用作石凳的黄蜡石上。他将表面粗粝如麻点的桃核嵌入黄蜡石的凹槽里以固定位置，随后用锤子轻轻敲开桃核的沟缝，便见桃仁仿若身穿黄棕色薄纱的处子娇羞地静卧在朱赤色的闺房里。他将桃仁用瓦钵盛着搁在客厅通道靠墙侧一个四层高的药酒架上，因为自幼心细如发的他已捉摸到父亲那周而复始的习惯：他进屋后先将视线投向用结实杉木制成的泛着桐油亮光的药酒架。

这时，门外响起一连串脚板着地的恌恌声，癫仔海从倒流洞附近树木覆盖的公路上扛回一捆被风吹倒的残枝断杈。"嘿嘿，桃仁凑齐三千颗啦？"他瞧着瓦钵里的桃仁，一手扶住肩上沉重的树枝，一手抚摸宗亮偎依在他肚脐前的小脑袋，"那好，那好！我明早就带你去挖草药。你可不要睡成一只猪，推也推不醒啊！"宗亮笑着说："爸，我今晚不睡觉啦，睁大眼等到天光。"

　　癫仔海在药酒架旁停留许久，才恋恋不舍地走入棚架里悬垂着几个毛茸茸的节瓜的后院，将树枝撂在他平时用来砍碎药材的木墩边。他从树枝堆里抽出一根桉树杈，撷下几片碧绿的嫩叶按在手掌里揉搓，附在鼻孔下嗅着一股凉丝丝的香味，喃喃自语："桉叶泡酒，能消炎止痛。"

　　点燃一根烟卷回到药酒架前，癫仔海的脚步就再也挪不动了。那二十多个按功能次第摆放的形状各异的琉璃瓶子，对癫仔海而言不啻一排错落有致、金碧辉煌的宫殿，那瓶子里浸泡的麦冬、人参、当归、枸杞、牛膝、桂枝、杜仲、丁公藤、炙草乌、威灵仙、穿山龙等药材恍如他千度寻觅的嫔妃，那闪烁着赤橙黄绿青蓝紫绮丽光芒的酒液宛若嫔妃们沐浴的琼浆，而那满屋子或浓郁或淡雅、有如岸芷汀兰的芳香犹同嫔妃们玉体上流溢的幽馥。他因之着迷，因之沉醉，因之癫狂，也因之孤独。

　　自五年前依依向他说出"阿海，我要跟你结婚"那句令他难以置信的话语后，癫仔海就搬进她那间狭长的屋子。依依诚心实意地拿出微薄的积蓄帮他建起了药酒泡制小作坊，与他一道上山采药，墟日时与他一起到市场摆卖。现今癫仔海泡制的药酒不再是独沽一味——仅限于舒筋活络、消肿止痛的跌打酒，而是五花八门、种类繁多，既可补肾固阳、益智养颜，也可清心润肺、除毒祛湿。

　　经过潜心研究和拜师学艺，癫仔海掌握了医治蛇伤的绝活。有一回，一个公社干部哭丧着脸找上门，说父亲被毒蛇咬了，奄奄一息。癫仔海立即随那干部走到沙市街炮楼下，远远就瞥见他家门口摆放了一口棺材，职业哭丧人已扯开喉咙哭得死去活来。癫仔海说了句"郎中不送死"扭头便走。那干部现出一副可怜相，又从口袋里掏出《毛主席语录》，翻开一页念道："救死扶伤，实行革命的人道主义。"癫仔海心一软，就来到棺材前，揭开"死者"的遮脸巾，发现并未断气。他赶紧察看伤口，断定为银环蛇所伤。于是赶紧用药酒为"死者"冲洗伤口，接着捣烂草药，与药粉一道敷在患处。只过了一顿饭的工夫，正当围观的人认定他这些徒劳之举无非为博取主人的利是时，却被"死者"死而复生走下棺材的场景吓得目瞪口呆，于是人们不吝以"妙手回春""连阳神医"一大堆溢美之词相赠。

经口口相传，癫仔海的名声在青莲愈加响亮，连十里八乡乃至远在英德大湾、连江口的客人也隔三岔五走路或坐船慕名而来，而坐在街口补鞋的张爱彩就担起向导的角色。她总是乐呵呵地回答那些拎着大包小包远道而来的求医者："门口晾晒药材的就是他家。"

只要依依在家，她就会有条不紊地往客人带来的瓶子里舀灌药酒，满含感激地接受他们搁在桌子上的一小袋米面或番薯芋头或一个面额随意的利是，然后边拉家常边把客人送出门口。

这一幕最易拨动癫仔海心底里那根几近朽腐的弓弦，在蓦然而起又余韵袅袅的颤音里，霜雪天跳进河里搜寻丧家扔下的买水钱币，盗窃后驮着麻布袋满街逃逸以躲避追打的人群，为果腹解馋竟煮食从垃圾堆捡来的瘟鸡病鸭，这些场景如潮水般在他脑海里涌现。这些年，他已彻底摒弃日久年长的怠惰，也丝缕不剩地砍断了最为人不齿的盗窃的魔爪，洗心革面，脱胎换骨，变得吃苦耐劳、循规蹈矩、彬彬有礼。

癫仔海嘴巴笨拙，不善言辞，但"你歇歇吧，我来干"这句常挂在嘴边的话语，足以抚慰日见羸弱而命运多舛的柳依依的心。癫仔海敏捷不亚于盘旋在盐坑岭悬崖间的雄鹰，劬劳不次于耕耘在观音山山麓下贫瘠农田里的牛群。在他的操持下，那用生粉厂的废弃煤渣掺和黄土的自制煤球在狭长的屋子甬道垒成一堵墙，因勤于除虫施肥而令那荫蔽在蕉树绿叶里的

红褐色花苞愈加饱满，而那缀满节瓜、丝瓜、豆角、辣椒等时令瓜菜的绿莹莹的瓜棚，一年四季无休止地招来狂蜂浪蝶。他常用衣角扇着风，咧开嘴巴，对着依依傻笑。这发自内心的笑靥传递着一个意念：感谢眼前这个女人拯救了他的灵魂，令他不至于沦陷于好逸恶劳、鼠窃狗盗的深渊里。

这些年柳依依一直试图尘封那段给她带来屈辱的过往，努力将所有能打开记忆之门的钥匙统统丢弃到天涯海角。去年一个冬夜，不谙世事的儿子的一句询问令她大为光火，他问："妈，听人说你以前是唱戏的。是么？"依依缄默不应，儿子却仍在纠缠："妈，你就唱几句给我听嘛。"

"你以后再说唱戏的事，我就不给饭你吃！"依依向儿子甩出一个手掌，吓得他缩成一团，委屈地哭了。依依也向隅而泣。

翌日吃晚饭时宗亮战战兢兢，夹菜嚼饭都生怕弄出声响来。一直沉着脸的依依直到闲暇拿起织了一半的毛线衣时才开腔："阿亮，你关上门，坐在妈对面。"宗亮怯惧地坐在药酒架前的矮凳上，垂着头准备接受母亲的训斥。"妈给你唱一段。"依依和颜悦色地说着，将插着两根毛线针的杏色毛线衣抱在怀里，扯开了嗓门："……但愿留下得青春，再续我情丝千丈……"

从此，只要有空，在电力供应不足只能用蜡烛照明的微光中，在后院传来的叽叽喳喳的鸟雀的聒噪声里，依依就会让儿子插上木闩，这个三口之家便迎来难得的温馨时光。"我给你们来一段。"依依低声吟唱《胡不归》《花木兰》。兴致高涨时，她会扔下手里刚现出领子形状的毛线衣，在客厅的泥地上娴熟地走圆台、踏碎步、抛水袖，有时还操起儿子以不喝不睡为要挟缠着父亲手工打造的红缨枪，唱起青莲人耳熟能详的"夜深深，夜沉沉，绕营行。行行复行行，一更复一更"。

宗亮思忖良久的话语——"妈，我想跟你学唱粤剧"好几次就要冲口而出，但当瞅见母亲每次唱完戏都眼泪涟涟甚至泣不成声时，他就慌忙把话打住了。母亲情绪的阴晴变幻让他捉摸不透，他常在夜深时被母亲的抽噎声惊醒。他不敢问母亲因何哭泣，唯有依偎在她腋下陪着落泪。宗亮有时猜想母亲夜里流泪是受父亲欺负了，后来他又觉得错怪了父亲，因为他隐约感觉父亲十分惧怕母亲，父亲在母亲面前总是低眉垂眼，言听计从，唯唯诺诺。他也因此推翻了当初认定的"块头小的总是被块头大的欺负"的铁律——住在街头的那位小魔王张水养就是仗着自己强壮如牛的体格欺凌弱小的孩子。

在宗亮看来，父亲惧怕母亲的最大明证就是无论白昼还是夜间，父亲都从未涉足母亲的睡房，而母亲也从未踏进过仅以竹篱做间隔的父亲的睡房。他长大后才明白，这是父母领取结婚证前定下的誓约——在私生活上各有各的领地，互不侵扰。

宗亮知道父亲习惯夜睡早起，每当他在母亲的啜泣声中惊醒时，总是发觉客厅里的灯还幽幽地亮着，父亲仍如痴似醉地流连于他的精神王国里。此刻他常听到父亲有意发出一两声轻微的咳嗽声，有时听到父亲那沉重的脚步声停在房门外，两三下指头弹击门板的窸窣声随之响起。这些声响似乎具有神奇的魔力，母亲很快就安静睡去了。

依依将儿子首次随父上山采药看作儿子长大的标志。"提篮小卖拾煤渣，担水劈柴也靠她，里里外外一把手，穷人的孩子早当家。"那天天色朦胧时，她哼着样板戏《红灯记》里的名唱段把儿子叫醒。宗亮揉着惺忪的眼睛走出客厅，瞥见餐桌上闪耀着两个黄澄澄的手环。"这是桃核手串，能避邪，采药时戴上。"依依看着儿子，又望向蹲在地上整理行装的丈夫，"你一个，你爸一个。"宗亮把那圆润光亮的桃核手串套在手腕上，才明白母亲让他留下一些桃核是用来做手串。癫仔海虔诚地说着"求药王爷和山神爷保佑"，随后用背篓驮着柴刀和

铲子，领着儿子出门去了。依依站在门楣下瞅着父子俩消失在晨雾里，追缅当年在星月朗照下集结于戏棚地，浩浩荡荡外出演戏的快乐时光。

当盐坑岭那巨帘般的瀑布变得触手可及，冰凉的雾气伴随着震耳欲聋的轰鸣扑面而来时，晨曦已向连江洒下一片橙光，一条石砌的水利渠蜿蜒于石壁下，石渠上用油漆写就的"总路线万岁！大跃进万岁！人民公社万岁"几个大字格外耀眼。

"我上去采七星剑。"癫仔海说罢，就让儿子守候在一块被溪流冲刷得滚圆的大石旁，然后翻过一道还残留着吴氏族人一百五十多年前为制香修筑的水车踪迹的石堤，猴子似的爬上一面铺满青苔的峭壁，几乎面贴着岩壁穿越一道石缝后，又抓住一根手腕粗的老藤悬空往上攀缘。宗亮仰望着父亲越来越小的身影，大气也不敢喘，直到父亲站在瀑流侧一块状如狮头的岩石上向他招手并发出"啊"的一声长吼时，揪紧的心才舒缓下来。

出乎宗亮意料，父亲半小时后一无所获地返回了。他卸下空空的背篓，神情沮丧地说："好不容易发现了三株七星剑，却被人挖去了两株。"原来，上次他在潮湿的岩壁上觅见三株稀罕的刚冒出嫩枝的七星剑——这外形似一柄长剑的珍贵草药治疗蛇毒功效尤佳，本打算过些日子来采，却想不到有人捷足先登了。"不是还有一株吗？你干吗不挖呢？"宗亮疑惑不解地问。癫仔海大度地回答："就算这种药材贵过黄金，但独苗、幼苗是不挖的，这是行规。"

父子俩沿着弯弯曲曲的简易公路往山上走。一匹隶属道班的瘦驴拖着铁耙子走在铺了一层沙粒的公路上。手执缰绳、跟在瘦驴屁股后的是一个头戴苦楝树枝叶编扎的草帽、赤裸的上身被烈日晒得紫黑的少年。一辆木质车身的老式客车按响喇叭缓缓驶来，少年赶紧收起折叠的铁耙子让其通过。

青莲盐坑岭

（蔡成桂绘）

　　父子俩绕到盐坑岭半山腰时，一条沿峡谷奔涌而下的溪流挡住了去路。站在高坡俯视谷底绿幽幽的深潭，在水雾氤氲的湍流边来回巡视，癫仔海显得从容淡定。他发现水流的和缓处有几块石头露出水面，溪畔有几株水杨梅擎起淡黄色的花球。"这里水浅，能过去。"他说完，就让儿子骑在自己肩膀上，小心翼翼地过了溪流。

　　宗亮发觉父亲总是像机敏的猎犬嗅着鼻子，两只眼东瞧西望。在癫仔海吃着一种俗称"肚脐果"的野果时，他忽然亢奋不已："阿亮，你闻到一种甘味吗？那是盘龙参的味道，医治蛇伤、滋阴补虚、都用得上！"癫仔海用柴刀砍倒一片茂密的荆棘丛，向约两百米外的岩洞眺望，隐约看见在洞口一侧的杂草里长着几株盘龙参，粉红色的花瓣宛如一条彩龙，缠着深绿色的花茎攀爬而上。

　　待他颇费周折带着三株盘龙参兴致勃勃返回时，四周被山脚腾起的雾气所笼罩，儿子不知所踪，他便慌忙四处搜寻，并急呼儿子的名字。"爸，我在这儿呢！"宗亮光着膀子从石林跑出来。他用脱下的衣裳裹着什么，拎在手里："我摘了好多金银花，给爸泡药酒。"宗亮在草地上把衣裳的结子打开，里面全是鲜嫩灿黄的花瓣和花针。"哎呀，这哪是金银花呀？是断肠草！"癫仔海惊恐地紧搂住儿子，把他拽到小溪旁，"快把手洗干净，这季节的断肠草是最毒的！"瞅着一堆花形和颜色与金银花酷似的断肠草，又瞥见其中混杂了几串带粉色花瓣的有堕胎功能的益母草，癫仔海眼前幻化出当年赵笑媚手攥一卷纸币，在他逼仄的屋子里与他偷偷交换益母草、五行草等堕胎草药的情景："作孽啊，天地难容！"他哀恸地垂下头，心如刀绞，便将断肠草、益母草全倒在泥地上，用脚踩踏的同时，嘴里不停诅咒自己："雷公劈的害人精！"

　　癫仔海背着满篓筐的草药，宗亮挑着两小捆柴，两人身披落日余晖往家里走。依依已在倒流洞山脚的塘寮路口等候多时。尽管宗亮一脸疲态，但当母亲要抢过他肩上的担子时，他还是倔强地噘着嘴巴以示拒绝，并咬着牙刻意甩着膀子走在父亲前面。

这一年，一条钢筋水泥桥像彩虹一样横跨青莲水，沙市街街口的轮渡码头也就完成它的使命，慢慢沉寂下来了。在蚱蜢啃噬公路两旁成熟稻谷的一个夏天，载着何浩深、癫仔海和柳宗亮的手扶拖拉机拽着一道柴油黑烟，在“突突突”的喧嚣声中艰难地爬行在县城城北水库边的盘山公路上。熟人昨晚给温葱莲传话，说靓少德昨天在县五七干校为追赶一只逃逸的山羊而掉进十多米的山坳里，伤得不轻。葱莲听后当场吓得说不出话来。浩深决定去探望父亲，刚好今天公社有一辆手扶拖拉机去黄坌，司机是浩深的中学同学。癫仔海获悉这消息后也表示愿意同往，他坚信自家的药酒能派上用场。

首次坐车出远门的宗亮显得异常兴奋，半躺在装满布匹、颠簸不定的车厢里，村庄前后沉甸甸的稻穗，隔山可闻的鹧鸪啼叫，蛇行于峭壁上的山羊，这些都让他着迷。癫仔海怀里抱着两瓶药酒坐在司机右侧，眼睛紧盯着石山上那些从身边一闪而过的花卉和藤蔓，从颜色和形状上判断其名称和功用，嘴里喃喃自语，露出一副专心致志的神情。坐在司机左侧的浩深一上车就闭起双眼，像一具木乃伊，任凭他的同学聊什么话题都一言不发，如果不是因为路窄弯多而急刹车，他猛一睁眼并攥住头顶的把手，大家还以为他处于沉睡状态。

何浩深的妻子方卓兰自得了神经错乱症后一直在家休养。为治好妻子的病，浩深领着妻子到韶关和广州求医，但卓兰的病情没有明显好转。病情稳定时，她与正常人无异，并可以做一些简单的家务。她病情发作时，就一会儿号啕大哭，一会儿

大笑不止。她经常在吃饭时突然"啪"地搁下碗筷，惊呼："哎呀，轮到我出场啦！"她便匆匆走到客厅上又唱又跳。

有一次，卓兰用筷子把碗碟敲得哐啷响，随后指着葱莲的鼻子厉声斥责："潘金莲，你这不知羞耻的淫妇！"接着她揪住浩深的头发，怒骂："打死你这个抛妻弃子的白鼻仔！"说罢她给了丈夫几个响亮的耳光。妻子反复无常的谵妄状态，把浩深推入痛苦的深渊。他整天无精打采，蜡黄浮肿的眼皮似乎镀了一层金箔，老是覆盖住大半个眸子，总给人睡眠不足以致倦怠消沉的感觉。

尽管五年前在新码头与告老还乡的长衫师傅挥别后，浩深顺理成章成了青莲机缝社数一数二的裁缝师傅，但他那萎靡不振、迷惑孤独的神态却依然如故。他走路时总是垂着头，胡须蓬松的下巴快要贴住胸膛了，这让人怀疑当年用红漆写着"牛鬼蛇神"的沉重木牌至今还系在他脖子上。确实如此，那场突如其来的梦魇无休止地纠缠他、蹂躏他。在机缝社，他尽可能不让自己有片刻暇余，晚上也尽可能早上床，以免静下来时浮想联翩。他对锣鼓声甚为敏感。为彻底涤除那段让他痛心疾首的记忆，他将家里所有与那段历史有关的物品如练功凳、眉笔等一一捣毁殆尽，甚至不惜将自己撰写的剧本逐页撕碎扔入炉灶或从机缝社的窗口抛到青莲湾。他向女儿何妙英约法三章：在家绝不准提与演戏有关的任何事！

手扶拖拉机行至犁头公社时停下，司机为拖拉机加水。他揭开水箱盖，在田畴旁的水渠舀了一瓢水倒进水箱里，水箱马上喷出一团热腾腾的雾气。宗亮抵挡住街道两旁各种五颜六色的李子、枇杷、柑橘的诱惑，却嚷着要父亲去书店给他买小人书。书店没有小人书卖，癫仔海只好买了一本有插图的《电工手册》以满足儿子的愿望。他知道儿子是小人书迷。别的孩子聚在一起打柴、打陀螺、打三角符、拍公仔纸，他却躲在一边兴致甚浓地翻阅借来的《孙悟空三打白骨精》《林海雪原》《地道战》。

这时司机悠闲地坐在驾驶椅上叼着烟，用脚尖打着节拍，聆听喇叭里播出的粤剧《沙家浜》"智斗"戏段。浩深看起来心烦意乱，扶住把手东张西望，瞅见宗亮蹦蹦跳跳地从书店出来，就催促同学赶快上路。

县五七干校是一个茶场，离黄垒七八公里。手扶拖拉机在黄垒供销社卸下布匹后，就向县五七干校驶去。夏阳西坠，暮色苍茫。浩深和癫仔海等人绕过茶园走到山坡上一个用石沙垒砌起来的羊舍时，混杂着羊群进食"吧嗒吧嗒"的声响里，传来一阵清亮婉转的粤剧声腔：

> 一弯新月，
> 未许人有团圆意，
> 音沉信杳迷乱情丝，
> 踏遍天涯，
> 不移此志。

同学疑惑地看了一眼浩深，说："阿深，你放心啦。你爸唱起来中气十足，肯定没伤到筋骨。"浩深说："他滚下山沟，我担心他骨架都散了，毕竟是快到六十岁的人啦！"浩深舒了一口气走进一幢平房，头缠纱布、脸色苍白的父亲从羊舍前转过身来时让他吃惊不小："爸，您伤得不轻啊！"靓少德爽朗地说："摔不死的，我这人命硬！"

双鬓斑白，眼睑垂坠，皮肤粗糙，左脚伤疾导致的站姿高低不平愈加明显，眼前的靓少德显然苍老不少，但他那洪钟般的嗓音，炯炯有神的双眸，厚实而坚挺的胸膛，动如脱兔的敏捷身手，依旧保持着当年戏台上的迷人风采。在五七干校的这

些年，他与工友马国立饲养了四五十只山羊，漫长的时日在备羊草、喂羊食、清羊粪中度过。清早，他打开羊舍木栏，"啊呵——"一声长啸，羊舍里便倏地躁动起来，一道道黑白影子蹦跃而过，一眨眼就消失在布满羊蹄印子的葱绿山岭上。傍晚，他又"啊呵——"一声长啸，随即敲响吊挂在羊舍旁一棵上了年月的栗子树上的铜锣，那些黑白影子便在腾起的泥尘中蜂拥而至。

靓少德与马国立住在羊舍后的平房里，尽管这里离场部有一两公里，偏僻而荒凉，夜间常听见山鹿、狐狸的长鸣短叫，但靓少德很快就爱上了这孤独的牧羊人生活。他把每天对着羊群吆喝当作吊嗓子。他在嘶吼中敲击铜锣时，随着一阵急促的哒哒哒的羊蹄声和咩咩咩的羊叫声，脑海里立即浮现出擂响发报鼓时戏迷们抬凳扛椅、扶老携幼，从各个路口涌向戏棚地的欢乐情景，这是他一天里最愉悦的时刻。看着羊群欢快地吃着嫩枝、落叶、藤蔓、青草，他就会激情万丈地高歌一曲，而这时马国立便和着他高唱低吟的节奏，敲响悬挂在葳蕤挺拔的老栗子树下的那面铜锣。星月当空，岚霏氤氲，心灵饱受创伤的两个老男人就在这样欢乐的气氛中结束一天的劳作。

大约每隔半个月的光景，干校的职工就能尝到羊肉的鲜味。即使每人只能分到三五块羊肉，但当他们在傍晚时分疲惫不堪地从茶园归来，看见饭堂前的草坪上临时架起的几个大炉台火苗蹿腾时，他们都忍不住围拢上前，嗅着铁锅里溢出的羊肉浓香。而在这欢畅的场面里，靓少德绝对是无踪无影的。在马国立带领厨房师傅打开羊舍木栏，将麻绳套向将要宰杀的山羊时，靓少德已穿过村庄阡陌，坐在村前的榕树下与老农闲聊了，或骑着一辆破旧的自行车，去黄垦木材站找老街坊阿昌叙旧。因为他忍受不了山羊被前拖后推赶往厨房宰杀时发出的声嘶力竭的哀叫，于是他选择逃离。

到了宰羊的日子，马国立就会假装轻松地对他说："靓班主，你下午找个地方逛去吧。"靓少德晚上神情落寞地回来时，马国立总是对宰羊之事只字不提，靓少德也不过问。次日凌晨羊群从身边疾驰而过时，靓少德心里便清楚昨晚共宰了几只羊，哪几只羊被宰了。羊是有灵性的，也许隐约感到自己将被宰杀，那天傍晚有几只羊迟迟不归。靓少德就是为寻找这几只羊而失足滚下山坳的。

这时，癫仔海用蘸了药酒的掌心不停揉搓靓少德红肿的膝盖和肘弯。宗亮模仿着山羊的叫声，在羊舍前兴奋地蹦蹦跳跳，又跑到羊舍旁的竹林里摘来狗尾草，撩逗山羊毛茸茸的耳朵和粉红色的鼻子。他跑到靓少德跟前，一本正经地问："德爷，您刚才唱的叫什么戏？"靓少德说："叫《寒江钓雪》。当年我们梨园彩在贺州就演这部戏，连演五晚，场场爆满。"

"德爷以前是唱戏的？"宗亮的视线掠过靓少德萎缩的左腿，疑惑地瞅着父亲。癫仔海说："是呀，德爷以前是戏班顶呱呱的文武生。可以边做一字马，边唱霸腔，大气都不喘一下。他大喊一声，青莲街每个角落都能听见，所以人人都叫德爷大声德！"

宗亮坐在木堆上，朝着夕阳吼叫，随后双手托住腮帮，望着靓少德，现出懊丧的神情："德爷，我的声音很小，像蚊仔嗡嗡叫一样。"靓少德呵呵大笑，跟着仰首呐喊："啊呵——"他的喊声穿云裂石，震耳欲聋，在暮色笼罩的山谷中久久回荡。靓少德说："大嗓门是练出来的。我在童子班时天未亮就起床练功嗌声。当时绑一条腰带，走到河边大声喊，嗓子都喊哑了。师傅却说，'继续喊，嗓门要从响喊到哑，又从哑喊到响。'果真过了几个月，声音洪亮多喽。"宗亮张开嘴巴，简直听入了迷。刚才如猴子般上蹿下跳的小家伙，现在竟安静得像冬天里伏在炉台上憩歇的小猫。

自宗亮胆怯地躲在癫仔海身后走进羊舍那一刻起，靓少德的视线就一直被这个眉清目秀、机灵顽皮的小孩所吸引。对他而言，这小孩宛如一块磁铁，充斥着神奇的魔力。早些年，他曾听过一些长舌婆的闲言碎语，说这小孩的容貌丝毫不像癫仔海，有人甚至直言这小孩是"野"来的。靓少德素来对这些捕风捉影的桃色传闻嗤之以鼻，更何况这些无稽之谈有损八和剧社正印花旦的形象。尽管靓少德每年回青莲的次数甚少，但每次回家宗亮都给他留下极深的印象。

去年大年初一，靓少德与街坊在戏棚地闲聊，孩子们围在一起燃放炮仗，但没人敢去点燃捻子仅半寸长、俗称"松光督"的炮仗，于是向坐在街口石凳上专心看小人书的宗亮问计。宗亮不太情愿地放下手里的《杨门女将》，吩咐小伙伴们将炮仗的火药全倒出来，连成长蛇状，然后把"松光督"搁在火药上。"葫芦谷将楼兰斩，九泉痛饮梅花酒，看奇兵直下飞龙山。"宗亮口里念念有词，蹲下身用火柴点燃火药。火药发出"滋滋滋"的声响，冒出弯弯曲曲的火花和黑烟，随着"轰"的一声巨响，盖在"松光督"上的铁罐飞上半空。靓少德对宗亮的聪颖机智十分赞赏，对他随口说出粤剧《杨门女将》的唱词感到十分惊讶。"亮仔，你刚才念的几句唱词谁教你的？"靓少德问。"我妈教的呀。"宗亮瞅了靓少德一眼，又继续低头看小人书。

眼下癫仔海为靓少德涂完药酒后就蹲在一边抽烟。靓少德装作不经意地闲聊，视线却暗地里在宗亮和癫仔海两张脸孔间来回挪移。他从初始就推定两人有血缘关系，然后努力探寻这一推定的依据，但反复推断的结果都让他沮丧，他确实难以在一张精致的脸孔和一张粗陋的脸孔中寻出哪怕一丝一缕的关联，于是他彻底摒弃自己的美好预设，不得不承认他们来自两个殊异的世界。

　　接下来的窥察，却令靓少德惊恐得睁圆双眼：他发觉眼前这个小孩无论是俊秀的容貌还是健壮的体形，都与儿子浩深和浩刚年少时酷似，尤其那深邃的眼眸和笔挺的鼻梁，而他时而活跃、时而沉静的性格则是孪生兄弟的结合体。靓少德的额头和脊背直冒汗，他不敢往下想了，因为依依认浩刚为弟，两人关系非比寻常。癫仔海一直闷着头抽烟，眼神飘忽，显得心神不定。他瞅见宗亮绕到靓少德膝前，就起身进入一片竹林，寻草药去了。

　　"德爷，我妈说，她这辈子最想在佛山万福台演一场戏。万福台好靓，是么？"宗亮歪着脖子问。

　　"你说的是佛山祖庙里的万福台吧，那是我见过的最古老、最豪华的戏台。"靓少德和颜悦色地说，"算起来万福台也有三百年历史喽，它有许多木雕装饰，古色古香的。戏台前面铺了麻石，供普通人家看戏；两侧是两层的长廊，是达官贵人和少爷千金的包厢。"靓少德把手搁在头顶上比试，继续说："万福台的台面超过两米高，跟灵应祠里的北帝像的视线高度一样。因为戏班来万福台演戏，主要是演给北帝看的，感谢北帝保佑我们平平安安、风调雨顺。戏行里有一个不成文的规定，凡新戏班首场戏，都必须在万福台演，先请北帝审戏，一年演出才能顺顺利利。否则戏班就会磕磕碰碰，甚至发生火烧戏棚、人员伤亡的倒霉事。日本兵没来的时候，万福台每晚都有戏看，佛山万人空巷，能在万福台演出，大家都觉得有面子。薛觉先、马师曾、白驹荣、红线女这些大老倌都是在万福台唱红的。"

　　宗亮手托腮帮，听入了神。靓少德沉默了好一会儿，带着愤慨的口吻说："我也想在万福台演戏啊……唉，当年如果不是'蛇头坤'欺人太甚，梨园彩早就在万福台登台喽。"靓少德讲述了一件事。蛇头坤是当地的恶霸，垄断万福台演出权。

梨园彩本已确定在万福台的演出日期，但蛇头坤被梨园彩一个年仅十三岁的花旦的美貌所倾倒，意欲纳其为小妾。蛇头坤托人说媒，声明那花旦若不同意，就不准梨园彩在万福台演出。可是，那花旦宁死不从，并把媒人带来的彩礼扔出门去。梨园彩的班主靓彪也十分气愤，觉得蛇头坤恃强凌弱。于是，梨园彩放弃了在万福台演出的机会。

浩深没兴致参与父亲和宗亮的谈话，孤独地坐在远处的木墩上，不时警觉地向四周张望。他终于忍不住过来提醒父亲："爸，你别再提北帝和万福台啦！你不怕人去打小报告吗？"靓少德扬起脖子说："不让唱才子佳人，我就唱革命现代样板戏！"说完，他张口便唱："朝霞映在阳澄湖上，芦花放，稻谷香，岸柳成行……"他唱了几句就戛然而止了，嘟囔道："唉，用粤剧唱腔来唱京剧唱词，不伦不类的，生硬又寡味，就好似饮白开水一样。"

靓少德沉吟片刻，转过头盯着宗亮高挺的小鼻梁凝视了许久，便想起同样拥有高鼻梁的孙女妙英——他惊讶于两人的鼻梁竟如出一辙。靓少德问浩深："妙英读书成绩怎样呀？"浩深说："成绩挺不错的。她爱唱歌，又爱跳舞，老师让她进了学校宣传队。她很喜欢语文，作文写得好，字也写得端端正正。""妙英每天去生粉厂捞酒渣吗？"靓少德问。浩深点了点头说："她说，为家里省点买柴钱。"宗亮抢着说："德爷，我也去生粉厂捡煤渣。"靓少德笑了，说："整香街的孩子都懂事！"

生粉厂与戏棚地相隔几畦葱绿的菜地。站在整香街街口，抬头可望见生粉厂那巨型水塔和矗立在云霄里的烟囱，而悬挂在烟囱上、写着激荡人心标语的铁牌在艳阳的辉映下绽放璀璨夺目的光芒。当生粉厂那长短相隔的报时汽笛一天四次在耳畔响起时，整香街的人都凭此劳作，也据此寝食，但这也让上了年纪的人陷入苦涩的追缅中——汽笛声让他们想起昔日从戏棚地传出的大戏即将开锣时敲响的发报鼓。

生粉厂还酿制米酒和金刚头酒。每天有大量的煤渣倾倒在厂区正门周围的空地上，而废弃的酒渣（主要是金刚头渣）也经水渠排往厂区外。尽管煤渣场和通往中学的那条泥路整天混杂着煤和酒的浓烈气味，但每天都有不少小孩拿着粪箕、铁桶、铁耙、铝勺守候在这里。未燃尽的煤渣可做煤球，酒渣晒干后也可做燃料，捡煤渣和捞酒渣也就成了整香街和别的街巷一些家庭度过经济困难时期的帮补手段。

整香街的孩子都不约而同地选择在清晨时分捡煤渣和捞酒渣。天蒙蒙亮，一阵杂乱的铁器碰撞的叮当响从整香街街头传至街尾，孩子们拎着工具，打着哈欠揉着睡眼，出门去了。到了生粉厂门口，孩子们瞬时睡意全消，个个变得龙精虎猛。斯文纤弱的女孩多去捞酒渣，而勇猛壮实的男孩多去捡煤渣。

排放酒渣的明渠蜿蜒于厂区郊外的阡陌间，绕塘寮村延伸至连江边。何妙英习惯径直来到渠槽的中末段。经一夜排流，热气弥漫的渠槽里已积满赤红色的金刚头渣。她用铝勺把酒渣舀到粪箕里，用手挤去水分后揉成团块状，随手搁在渠槽边的草坪上，经过一天的风吹日晒，当田野洒遍夕晖时就可以挑着粪箕来收获了。粗纤维的"酒渣饼"是烧水或烤火的绝佳燃料。

女孩子捞酒渣默契地各守各的地段，显得从容不迫、温文尔雅，而男孩子捡煤渣则你抢我夺，充满火药味。生粉厂烟囱下面的炉膛整天不停地燃烧。工人推着盛满煤渣的铁斗车从厂区大道上疾驰而来，沿途煤尘翻滚。"闪开！找死吗？他妈的，快闪开！"工人骂骂咧咧。小孩们纷纷躲避，为铁斗车闪出一条通道。铁斗车冲上小山似的煤渣场时工人忽然松开手，

随着"沙啦"的一声闷响，一股夹杂着火苗的煤尘四处飘散。小孩们却没被炙灼的气浪吓住，个个争先恐后，蜂拥而上，挥动手里的铁耙，迅捷地把煤渣往自己脚下扒拢。待煤渣瓜分完毕，他们才仔细地把抢来的煤渣翻个底朝天，用火钳将未烧透的仍冒着红光的煤块夹到铁桶里。

因为赶着上学，整香街的孩子在早上七点生粉厂拉响三声长笛时就要回家了。此时，一个正在田头钓青蛙的男孩丢下手里的竹竿，"哔"的一声吹响口哨，随后操起铝勺，敲了几下身旁的铁桶。整香街的孩子们就会乖乖地提着铁桶围上来——向钓青蛙的男孩进贡煤渣来了。这个长着八字眉、皮肤黑如煤炭的钓蛙男孩从不动手，他总是把粗壮的双臂抱在胸前，瞪大眼监视着每个进贡者，直到他们用铝勺舀五勺煤渣放进自己的铁桶里为止。对整香街的孩子而言，向钓蛙男孩进贡煤渣既心甘情愿又天经地义，因为他们常得到他那双铁拳的保护。这孩子虽不到十岁，样子却像初中生。他天不怕地不怕，打架时毫不手软。整香街的孩子在受到别的孩子欺负时，只要说"张水养是我亲戚"，对方就会闻风丧胆，落荒而逃。

张水养——整香街的孩子王，是赵笑媚的儿子。

生粉厂郊外的林荫道上有几棵高大的枫杨树，春夏季节这些树垂挂着一串串似蜈蚣的花束，树身爬满了手指粗、长着刺、绿白相间的青蚕。整香街捞酒渣的女孩子路过树下时无不战战兢兢，担心青蚕掉下来。一天，爱捉弄女孩子的张水养将青蚕悄悄扔在妙英等几个女孩的衣裤上。女孩发现了，吓得半死。当晚，浩深等家长找上门，把水养痛斥一顿。整香街的男孩这时才遮遮掩掩地道出了向水养进贡煤渣的秘密，这令家长们愈加愤慨。

因为有愧于心，赵笑媚多年来在街坊面前抬不起头，左邻右舍也不屑跟她说话。此时拥挤的屋子几乎被前来投诉的街坊塞满了，愤怒的声浪快要掀翻瓦顶。笑媚毫不袒护儿子，用打竹青的竹棍照着儿子的手脚和头脸狠狠打去。倔强的水养一声不吭，也不逃匿，蹲在地上任由母亲抽打。苏妈看不下去了，便夺下笑媚手里的竹棍。怒气平息下来的街坊也泛起恻隐之心，都自行散去。入夜，笑媚为儿子涂药油。瞅着儿子手脚青一块紫一块，她泪如泉涌，说："仔啊，阿妈的脸子早丢完了，你要为妈挣口气才对啊！你是妈的心头肉，你以为妈不疼你么？妈对不起你啊……当初就不该生下你。以后路子还很长，看你造化啦……"

自与公社副书记黎迈的奸情败露后，赵笑媚被公社广播站辞退，黎迈则被撤职。笑媚无颜回到丈夫张广发和公公张三身边，仍住在整香街，以刨竹青和砸棕树皮为生。

大约十年前的一天，笑媚用毛巾裹着头和脸，挺着八个月的身孕走下豆腐社码头，在凛冽北风中徘徊良久后硬着头皮走上将要离岸的渡船，垂下眼帘对丈夫和公公说："我怀的是张家的种。"张三冷冷地说："张家的种？是黎家的吧！"然后他将睥睨的目光移到别处，抽起竹篙"咯噔"一下插到岸边的石缝里。广发则冲过来，指着笑媚嗷嗷咆哮，又当着众人抽了她几个巴掌，笑媚哭号起来。几个知晓内情的菜农冷眼旁观，既不劝阻，也没人上前将笑媚扶起，瞧着她挺着硕大的肚子坐在冰凉的船舱里哽咽。自那天起，张三父子便断绝了与笑媚的往来。父子俩想起笑媚的所作所为，就满肚怒气，再也没踏进过整香街半步。而笑媚也自知理亏，没面子再到渡船停泊的豆腐社码头挑水洗衣了。

水养大概五六岁时，张三路过日月楼时第一次见他。当时水养与几个孩子坐在日月楼屋檐的石阶上，伸长脖子望着离他们几步远的一口油锅，苏妈正系着围裙炸油糍。巷子里飘溢着花生油和五香粉的奇异香味，苏妈将炸成金黄色的萝卜糕从沸

腾的油锅夹上来，摆在油锅边的铁架上。孩子们眼神直勾勾的，倒吸着鼻子，垂涎欲滴。

这时，一个身穿工人制服的中年男人从街头走来。这个长得慈眉善目的中年男人是铁器社的铁匠，拥有一副好心肠，常有小孩在路上堵着他要钱。小孩不知道他的姓名，就叫他"工人"。只要身上有钱，不管孩子认识与否，工人都会一一满足他们的愿望。

"工人来啦！向他要钱去！"水养眼睛放亮，带头冲了上去。"工人，求您给一分钱我啦！"孩子们都装出一副可怜巴巴的样子，将工人团团围住，伸手哀求道。工人面露难色，想抬脚离开又止了步。于是他摸出几枚一分硬币，分给孩子们。水养把硬币凑起来，买了一个萝卜糕，分给大家吃。苏妈告诉张三，刚才领头向工人要钱的孩子，就是笑媚的儿子。"人饿唔怕丑，鸡饿赶唔走。"苏妈感慨地说。张三顿觉一阵心酸，眼眶很快就湿润了。当晚他坐在船头抽闷烟，彻夜未眠。他决定第二天去邂逅那男孩。

次日中午，张三在当铺巷转角处望见笑媚扛着一捆竹青走往收购组，水养弯着腰，滚着铁线圈紧跟其后。当天黄昏，张三终于寻到正在大江墟莲塘边菜地上钓青蛙的水养了。张三边与在地里掰玉米的老妇闲聊，边隔着水沟，端详容貌和形态均与儿子年少时酷似的男孩。

赤脚光膀，手握钓竿，虎头虎脑、黑黑壮壮的小家伙全神贯注。随着钓竿一扬，一只脊背颀长、浑身黛绿的青蛙被拖出草丛，这只俗称"青铜拐"的青蛙张开硕大的嘴，死死咬住绑在麻线上的蚯蚓，腿脚乱蹬，尿液喷射，水养敏捷地伸长手，握住青铜拐，娴熟地放入用蚊帐布缝制的袋子里。水养继续往草丛抛下诱饵。突然，草丛里发出一阵沙沙的声响，麻线被绷得又紧又直。水养判断青蛙上钩了，便高擎钓竿。可是，吊上来的不是青蛙，而是一条缀满金黄色麟片、外形似泥鳅的东西。

"四脚蛇啊！"老妇惊呼，怀里的玉米掉落在地。张三也愣住了。水养竟毫不怯惧，伸手捏紧四脚蛇的头部，奋力摔死在泥地上。老妇惊魂未定地告诉张三，这男孩常来钓青蛙，逮住青铜拐就拿回家下锅，逮住四脚蛇就当场生火烤来吃。"他妈原是公社广播站的，因为偷男人丢了工作，真是有几多风流就有几多折堕！"老妇鄙夷地撇着嘴说，紧接着又叹了一口气，"唉，只是害苦了小孩，一天到黑都见他在菜园钓青蛙。家里没钱买肉，肚子没一点油水，小孩连四脚蛇也煨来吃啦……"

这时水养点燃了一捆稻秆，用竹棍夹着四脚蛇烧烤。四脚蛇焦裂的身子上渗出了金黄的油渍，香气四溢。水养撕碎蛇肉往嘴里塞，贪婪地嚼着。张三顿觉心头一阵刺痛，便跳过水沟，来到水养跟前，怜爱地问："你不怕蛇咬么？"

"四脚蛇不咬人的，也没毒。"

"你爸是做什么的？"

"我没见过我爸。我妈说，我爸是撑渡船的。"

张三抬手爱抚着水养那两道浓黑的八字眉——那是张家后代标志性的遗传，不禁老泪纵横。他从口袋里掏出一把花生塞给水养，接着拉住他的手："我是你爷爷……我带你找你爸去……今晚我煮鱼给你吃，让你吃个饱！"

27　灵魂救赎

　　这是一个繁星闪烁、皓月悬空的夏夜。星月透过戏棚地像牛角一样翘起的瓦檐和侧旁葱茏的黄檀树，向整香街抛下一层如牛奶般洁净的朦胧而柔和的光辉。穿着短衣裤、摇着葵扇的人们三三两两坐在门前的石板凳上闲聊乘凉。在约百米长、充溢着浓郁香粉味的街巷里，刨竹青那如拉二胡的吱吱声响刚停歇，砸棕树皮那似敲大鼓的嘣嘣声响又相继而起了。

　　赵笑媚收拾好碗筷，就盘起发髻，挼起裤腿，坐在门前的长凳上刨竹青了。她麻利地将青竹的一头套在凳子前端的铁线圈里，用一块小方木把青竹的另一头垫高，再用刨竹青的钢刀撞击小方木以调整青竹的倾斜度。凭刨竹青果腹的日子已延续了近十年，由于长年累月躬腰和甩摆臂膀，她的腰板已略显弯曲，双臂显得异常粗壮，整日紧攥钢刀把手的双手也不再像当播音员时那么嫩滑了，与撑渡船时那样隆起了一层厚茧。在客厅透出的微弱灯光里，能清晰地看见她眼角

边的两道皱纹里嵌进了少许青竹尘粒。命途多舛和艰辛生活的磨砺，碾碎了她的优雅，摧毁了她的容颜，耗蚀了她的青春，令她彻底沦为一个以出苦力糊口的粗壮妇人。

薄如蝉翼的竹青丝在钢刀下翻卷，笑媚的额头沾满了汗水。她停下来，抬起光脚拨平箩筐里隆起的竹青，捧起搁在门槛边的铝壶，仰脖咕噜几下，喝下大半壶祛湿解暑的梨渣茶。

这时赵笑媚的儿子张水养捡煤渣回来了。他把半铁桶煤渣倒在门边，就光着脚，领着一群孩子追逐巷子里飞舞的萤火虫去了。水养把逮住的萤火虫装进一个盛药液的小玻璃瓶里，高擎在手上，不停地画着圈。孩子们吆喝着跟在他身后，在窄巷里来回奔跃，嬉戏喧闹。

在饭厅的灯光下翻阅小人书的柳宗亮终于抵挡不住诱惑，冲出家门欲加入小伙伴们的玩耍队伍，却被在门口砍药材的母亲柳依依拽住了胳膊："不准去野！人发疯你也跟着发疯？"宗亮挣扎着扭头望向从身旁呼啸而过的伙伴们。依依生气了："你要是再跟那些有娘生有娘教的人混在一起，过几天我就不给你报名读书了！"到了入学年龄的宗亮一直渴望着上学，听到这话也就安静下来了。柳依依回房间取出一个用碎布做的书包，挎在儿子肩上，提高声调说："妈给你准备了上学的书包。只要你肯用功，我就是砸锅卖铁、不吃不穿，也要供你读书！"

赵笑媚的家与柳依依的家只隔几间屋子，两人断绝往来已逾十年。柳依依这番话显然既说给儿子听，也说给冤家赵笑媚听，后者听来似有一根钢针刺在心尖上。张水养早已入学，但成绩极差不说，还整天捣蛋犯事：上课时溜出课室，手里晃着两分钱硬币，打着试吃的幌子骗吃山民挑来卖的瓜果。从街头吃到街尾，吃饱餍足却不付钱。他还罔顾学校课间下河游泳的禁令，领头到河边洗澡，在组织潜船底竞赛时一名同伴因憋气

过久而差点窒息。他欺凌弱小，常将同学打得鼻青脸肿，多次在全校师生做广播操时上台示众。这些年几乎每天都有老师或家长上门投诉，赵笑媚一气之下便让儿子在三年级时辍学。现在，柳依依的话戳中了她的痛处。她泛着愧疚的泪花，决定让儿子回校重读三年级。

笑媚打算用卖竹青的钱给儿子报名。她不敢去找养父张三或丈夫张广发要报名费，尽管她觉得他们也有抚养水养的义务，但她还是害怕登上停泊在豆腐社码头的那艘渡船。这时，她放下竹青刀，在房间隐蔽处找出几块钱，随后捏着指头盘算：卖掉现有的竹青，再刨两轮竹青，凑起的钱就足够为儿子交学费了。于是，她当即理顺凌乱的头发，换了一件带花点的衣服，手拎几斤麦粉就去找小学校长。进入校长那由教室改成的屋子，她放下麦粉就一把鼻涕、一把眼泪地哭起来。校长把笑媚叫到办公室，把水养写的一叠检讨书、保证书、决心书全摆在她面前，责备她对儿子疏于管教，过后才勉强同意水养回校读书的请求。

笑媚急于为儿子筹集入学报名费。次日天刚亮，她就约上四五个女街坊，徒步三小时去草屋坪村买毛竹。草屋坪的毛竹肉厚囊薄，皮质较脆，易于刨刮。由于少了运费，价格比市场上的毛竹便宜得多。她们沿青莲水河岸一条由青石板铺就的古驿道逆流而上，来到石山下一个以茅草为瓦、泥砖为墙的贫窭古村。

几个面黄肌瘦、衣衫褴褛的老农蹲在村口一块菜地边抽烟，瞅见来了几个女人，一个身材矮小的老农便警觉地丢掉烟头迎上来，用晦涩难懂的土话轻声问："你们是不是'剃头钦'介绍来买竹的？"笑媚亮开嗓门欢快地说："是的是的，是剃头钦介绍的。这里离青莲街挺远的，我们都腰酸腿软啦。"那个老农鼓着眼慌忙摆手，示意笑媚说话小声些，并脚步匆匆地带她们走入屋后的一片竹林，指着自留地里种植的数十株青竹，催促道："趁生产队的人都下田去了，你们动作要快点。要是让他们发现了，他们又说我们走资本主义道路，整天想着发家致富啦！"

于是，几个老农手忙脚乱地将一片青竹砍倒，又沿着田垄一条隐蔽小路，合力将青竹扛到河边，用竹篾扎成了竹排。当一条长五六米的竹排像一张绿毯铺在水面时，明媚的太阳已移挪至半空。笑媚向老农付了钱，叮嘱同行的街坊在竹排上坐稳，得心应手地挥动起竹篙，竹排便顺着湍急的河流向青莲漂去。

劲疾的江风掀翻了笑媚的衣角，炽热的阳光像在头顶上燃起了一盆火。笑媚伸出舌尖舔掉顺鼻翼流到唇边的汗水，当年撑渡船的情景此刻又浮现在眼前。河谷两岸崇山峻岭传来的鹧鸪、斑鸠、白鹇、云雀等山鸟的婉转唱吟，新村那被屋舍盘绕的茂林修竹和村侧河湾那银光闪耀的大沙洲，这些熟悉而亲切的风物，都是笑媚当年随八和剧社坐船到黄垕、犁头、岭背、秤架演出，往返于青莲水时的美好记忆。这些尽管零碎却如发生于昨天的记忆，此刻围绕着某个时间轴归聚连缀在一起时，令她感慨万千，心绪也随即沉郁起来。

刚才笑媚付钱给老农时，对方上下打量她问："你以前是不是唱粤剧的？我看过你演赵矕娘呢！"当时她开心地抿嘴一笑，但这纯粹的赞慕之语此刻再度咀嚼起来似乎隐藏着极大的嘲讽。过往那段本该引以为豪的经历没有令她产生畅快之感，却使她如同吞下苦果。这时候，河道收窄，竹排越过急滩。因笑媚精神恍惚，竹排险些撞向岸边的岩石上。

竹排穿过青莲大桥桥孔，在豆腐社码头外的沙洲靠岸时，笑媚的心境才变得开朗起来。但接下来发生的事情却令她气得肺都炸了。当整香街几个全身湿透的妇女跳下竹排时，一个公

社干部带着七八个人风风火火地来到跟前。

公社干部盛气凌人，问："这些竹子哪来的？"

"在草屋坪买的。"笑媚不卑不亢地答。

"大老远的，干吗跑到草屋坪买竹子？"

"图价钱便宜呀！"

"这是搞投机倒把，扰乱市场秩序，这批竹子要没收！"公社干部横眉怒目。

"你血口喷人，乱扣帽子！我们买竹子刨竹青，又不是拿到市场去倒卖，这也算投机倒把吗?!"笑媚毫不示弱地撑着腰说。同行的妇女也气得脸红脖子粗，吵着嚷着把公社干部团团围住。

公社干部一时理屈词穷，哑口无言，但很快又露出了凶相："我问你，这批竹子是向生产队买的，还是向私人买的？"笑媚说是向私人买的。公社干部即刻捋起衣袖，凸起的眼球快要挤出眼眶了："私人砍竹子，有生产队的批文吗？私砍竹子卖，就是搞发家致富，就是资本主义的尾巴！你们与那伙人互相勾结，内外串通！"公社干部把头一扬，命令手下："把竹子扛回去，全部没收！"整香街的妇女听罢都惊呆了，又哭又骂，然后转身跳上竹排，手挽着手坐着，有两个妇女张开手脚，仰躺在竹排上。有个妇女还哭着呼的一下扯断汗衣纽扣，露出两只乳房。公社干部无奈，只好叫来几个女民兵，强行将她们拉下竹排，其他人则趁机扛走了竹子。

妇女们穿着湿漉漉的衫裤坐在沙洲上不肯离去，哭罢就骂，骂完又接着哭。瞅见她们衣衫零乱，有的人衣袖和衣领被撕开了口子，手脚和头发都沾满了沙子，围观的人无不掬一捧同情泪。笑媚将同伴一一拉起身，但她们站起来又抱成一团号啕大哭。

这时笑媚忽然想起了公社干部临走时与手下的对话。手下说："整香街的癫仔海泡药酒拿到市场卖，这也是搞发家致富嘛。另外，有人揭发，他偷偷去江英收购一些鸡鸭回青莲卖，这也是典型的投机倒把呀！"公社干部恶狠狠地说："等会就去找癫仔海，把他的药酒全没收！"

笑媚回过神来，撒腿就跑。她从一条小巷跑到豆腐社找柳依依，豆腐王说她挑豆腐出去卖了。于是她又从担水巷一路狂奔，跑回整香街。柳依依的屋门虚掩，屋里空无一人，癫仔海挖草药去了。笑媚犹豫了片刻，便把木架上二十多个盛满药酒的玻璃缸抱回自己家，藏在床底，盖上一张破席子。此时正是午休时分，街巷上行人稀少，没人看见笑媚替癫仔海转移药酒的举动。待公社干部领着人闯进癫仔海的家时，笑媚已回家躲起来了。

几天后，打击投机倒把大会在中心小学召开。癫仔海在众目睽睽中又一次被押上操场的平台，他那古铜色的光脑袋在烈日的暴晒下汗流如注。柳依依与十余名五类分子也循例以"陪斗"的身份挤在一起，以鞋做垫，以手遮阳，神情惊恐地坐在臭气熏天的垃圾池旁的高墙下。尽管"坚决打击投机倒把活动"等呐喊借助高音喇叭如排山倒海般涌来，让人心惊胆战，但癫仔海和柳依依都暗地里庆幸自己的心血——那二十多缸药酒竟丝毫无损地保存了下来。由此两人对赵笑媚心存感激。当晚，依依让宗亮端了一碗鸡藤糊送到笑媚家。

靓少德在县五七干校一待就是九年。这年春夏之交，他到了退休年龄，要告老还乡了。这天清晨，马国立用二十八寸的永久牌自行车载靓少德到黄垄坐车回青莲，两人在黄垄桥头依依惜别。"那帮化骨龙要闹翻天啦，我得赶回去喂它们了。"马国立为驮在自行车后座的羊饲料多加了两道麻绳，又俯身摇动容易掉链子的脚踏，侧着身跨步上了车，冒着从身边疾驰而

过的运木车卷起的泥尘回过头喊："老伙计，多保重啊！"

靓少德拎着他的全部家当——那只表皮干裂泛黄的藤箱在桥头伫立良久。他忽然意识到九年前来五七干校时仅带一只旧藤箱，现在要离开了，带走的仍是那只用一条粗绳当把手的旧藤箱。此刻他心里感到异常落寞和苦涩，这些年的辛劳没为他带来多少财富，反倒给他留下累累伤痕。只要刮风下雨，旧疾新患就犹如老鼠噬咬，浑身刺痛，令他坐卧不宁。

他打算向在黄坌木材站工作的青莲老街坊阿昌道别，便一瘸一拐地沿着一道车辙凹凸的慢坡走，穿过簇拥于李树、橘树、柚子树之间，垒起一层层松木、杉木、樟木的木材场，走进用树皮和木料搭建起来的住宅小院。

初春的雾气笼罩在低矮的树皮屋顶上，周遭朦朦胧胧，靓少德顿觉自己身处原始森林。一阵鸭子叫嚷的声音从厨房背后一棵枇杷树下传来，阿昌正挥动着锄头撞碎湿润的泥团，一群为便于标识而将颈项统一染成红色的小鸭子用扁长的嘴巴去哄抢在泥团里蠕动的蚯蚓。阿昌听到响声转过头，靓少德告知来意。

"你既然来了，就别急着走。中午我们兄弟俩喝一杯，也祝贺你光荣退休。如果运气好，下午我找辆顺风车送你回青莲。"说罢，阿昌扔下锄头，抢过靓少德手里的藤箱，高喊："惠屏，给靓班主倒茶。"阿昌的妻子惠屏应答着从堆满禾桶、秧盆的木器加工厂出来，怀里抱着一团刨花。阿昌出门买酒买肉去了。

吃午饭时阿昌叫来一个曾看过靓少德演出的戏迷朋友作陪。那人原本不胜酒力，但在偶像面前显得格外兴奋，在阿昌的拿手菜酸笋炒猪大肠还没端上来之前就连干了几杯酒，不久就语无伦次了。那人在唱粤剧《沙家浜》选段《要学那泰山顶上一青松》时，"月照征途风送爽"一句未唱完就唱不下去了，十分难堪地摊着手喘大气。尽管阿昌一直劝酒，但靓少德依然没碰搁在饭桌上的酒杯。可是，当阿昌说出"红线女都出来演阿庆嫂啦，靓班主几时又演文萍生啊"这话时，靓少德倏地感慨万千，竟激昂地端起酒杯一饮而尽，数十年来戏台内外的沧桑历程在他脑海里一一闪过。

三个年纪相仿的男人频频推杯换盏，一直喝到下午两三点。阿昌在公路边拦停一辆运煤到青莲的自卸车，醉醺醺地对相熟的年轻司机说："我老友大声德是阳山响当当的粤剧大老倌，你爸妈就算没看过他演戏，也听过他大名。你竖起耳朵听着，要顺顺利利地把他送回青莲，否则你日后路过黄坌，我茶也不给你喝一口！"年轻司机恭恭敬敬地满口答应，并连忙取下系在靠背的毛巾拂去座椅上的煤尘，跳下车来将靓少德扶上了驾驶室。

"后生仔，我想在这下车。"运煤车刚到青莲大桥江佐一侧，靓少德就让司机停车。"这里离你家还有两三里路呢，再说，天色阴沉沉的。"司机摇下车窗望着天空，疑惑地说。"谢谢后生仔，我想自己逛逛。"靓少德说完就扶住把手，走下驾驶室。

靓少德手提藤箱，在长满水稻、玉米、番薯等幼枝嫩叶的葱翠旷野里站了许久，出神地仰望着那群在低空中盘旋啼鸣的春燕。随后，他沿着一条弯曲泥泞的田畴小径漫无目的地蹒跚而行。没走多远，他的鞋底就沾满了一层厚泥。他支起一只腿，用瓦片刮去鞋底的泥块，随后与一个正在玉米地除草的老农妇闲聊："老姐，估计今年有好收成吗？"老农妇拔起一束杂草，在锄头上敲掉泥块，又扶正一株七八寸长的玉米苗，没好气地说："太公有句话，火烟唔出灶，有雨淋五谷。还有啊，天发黄，大水打崩塘。过不了几天，大水就要浸上来了，今年的洪水估计比往年大，还指望有好收成？下半年要吃谷

种喽！"

靓少德顺着大桥开通后就遭废弃的公路往河边走。路面因经年水流侵蚀而石块裸露，破陋的车站门前杂草蔓延，前些年运载汽车过河的渡轮被几条大铁链拴在对岸船厂码头边的石柱上，孤零零地漂荡在湍急的河水里。

清明前后的青莲水和连江总是以两种不同的色泽示人，前者清澈如碧玉，后者浑浊如黄土。到了汛期，随着上游雨水频密，青莲水的色泽与连江的色泽就毫无二致了。青莲水已泛黄，高峰山山麓对岸的新村大沙洲变得无影无踪，渡轮码头那伸入江中的用麻石和鹅卵石砌筑的引道也全被淹没了，河水卷着稻秆、树枝等杂物从大桥两个圆孔奔涌而下，在停泊了两百余艘大小船只的青莲湾与连江汇集。

此时下起了小雨。靓少德继续沿河岸竹林旁的小路往江口咀方向走去，来到江佐船厂码头上的古榕树下时，雨越下越大，适逢张三的渡船将要离岸。"三叔，等等我——"他向渡船招手，大声疾呼。

张广发探头望向岸边，嗷嗷叫唤着什么。赵笑媚收回了抵在堤堰石窟上的竹篙，向丈夫比画着手势，随后架起踏板跳上岸。"哎呀，是靓班主啊！你怎么在这儿？"笑媚一只手接过靓少德手里的旧藤箱，另一只手犹豫着想扶靓少德，但很快又把手缩了回去，窘迫地笑了笑："河水大，您慢走啊！"靓少德对笑媚的突然出现颇感意外。他跟在她身后下了船，心里直嘀咕："笑媚不是跟三叔和广发闹翻了吗？她什么时候回渡船来的？"

赵笑媚是大概一年前回到渡船来帮忙的。那天看见笑媚和几个女街坊在沙洲被几个女民兵抬腿抱腰拖下竹排，张三气得七窍生烟。渡船刚靠岸，他就站在两三米高的船头大吼："屌你老母，我同你搏命！"说罢，他操起当年在数十米外刺中大鳡鱼的渔叉一跃而下，跟跄几步后发疯似的扑向公社干部，若不是有人及时拦住，张三那支带倒刺的渔叉极有可能掷向在众人簇拥下狼狈逃遁的公社干部。

张三从柳依依口中知道笑媚在为儿子学费的事犯愁，便连着十多天一大清早划着渔艇，带上两只鸬鹚，到钓鱼翁一带的水域捕鱼，把捕来的鱼虾卖给日月楼和小组。一天中午，张三瞅见水养与一群小孩在河里洗澡，水养挺立在岸边的装卸台上，高喊"大家瞧向我"后跳入清澈的河里。只见他像青蛙一样划着双手、蹬着双腿，灵巧地穿过两艘货船的船底，接着迅速潜过一条木排，最后在两米开外的水面呼地跃出水面，脑袋左右晃荡，伸直双手，脚踩水梯，咧嘴冲着伙伴们笑："谁敢学我，我就叫他叔父！"

这情景，直把张三看得两手颤抖。于是他把孙儿叫上船，扬手就给他两记耳光，斥责道："你是不是嫌命长？嫌命长就等水大！"张三甩动火灼般疼痛的右手，意识到自己因一时气愤而用力过猛了。他瞥见孙儿抚着现出五道手指印的脸蛋，正扬起八字眉委屈而惶恐地望着自己，不敢哭，大气也不敢喘，张三反而顿觉心头一阵酸楚。他转过身去，边暗自揩泪，边钻入船舱，从箱子里搬出一个发黄的小烟袋，倒出几沓小额纸币，用沾上唾沫的手指数了一次又一次。数完，他拖着孙儿的手就下了船："我带你到学校报名，让老师管管你这个牛魔王，免得有朝一日被大水浸死！"

张三爱吃豆腐，来青莲数十年间，隔天就到豆腐社买几块水豆腐、酸水豆腐或石膏豆腐。"三叔，您干吗那么喜欢吃豆腐呢？"每当有人问他时，张三总回忆说，他外公在村子里磨豆腐卖。他小时常跑到外公家吃豆腐，吃饱就替外公推磨盘，有时趁外公不备就偷一把黄豆炒熟，溜到甘蔗林里吃。

到了垂暮之年的张三隔天就佝偻着腰，手握那把澄黄晶亮

的水烟筒，准时出现在青莲豆腐社那低矮的砖屋前。他将盛着一只粗瓦钵和几根葱的竹篮往石桌上一搁，指了指豆腐架，随即从裤兜里摸出烟袋，捻几缕烟丝塞入水烟筒的烟嘴里，擦亮一根火柴将烟点燃，便喘着气蹲在屋檐下咕嘟咕嘟地抽起来了。柳依依或豆腐王总是一声不吭，甚至也不瞅他一眼，就心领神会地将九块豆腐捡到那粗瓦钵里。如果偶尔瞅见粗瓦钵里有水滴，柳依依或豆腐王是不敢倒掉的，因为倾翻粗瓦钵这一举动在世代行船的张三看来是极不吉利的。

张三接连数天没来买豆腐了，柳依依感到蹊跷。当这天清晨张广发冒着寒风心神不定地跑到豆腐档前，向依依竖起九根手指时，依依才从他一番支支吾吾的比画中解开了谜团——张三病了，卧床不起。依依傍晚时将消息告知正在门口刨竹青的赵笑媚。笑媚惊得手一抖，竹青刀掉进凳子下的箩筐里。依依说："回渡船上去吧……你爸病了，也要人照顾的。"笑媚随即带了几件衣服，领上儿子，跑下码头石阶。

当笑媚忐忑不安地登上渡船时，她感到既熟悉又陌生。她在这只船上生活了十多年，但自怀上水养后，竟有十年未登临过。她推开船舱门，凛冽的江风哗地灌入船舱，旋即又拽出一股混杂了老人味和中药味的怪异味道，搁在船舱两侧的两盏煤油灯在风中忽闪忽闪的。父亲张三像阳光下晾晒的鱼干，蜷缩着孱弱的身子侧躺在舱板上，身盖棉被，只露出白发苍苍的头颅。丈夫张广发手里端着一碗只吃了几口的白粥，垂着头愁眉苦脸地望着父亲。

船舱两侧的木板虽几度更换，但桐油剥落，舱顶上临时垫了几层防水的油煎纸。舱底板也显得相当粗糙，失去了昔日的光泽——这艘渡船的前身是当年往返于珠三角河涌，运载粤剧伶人到处演出的红船，它能避过日军战机的狂轰滥炸，本身就是一大奇迹。经改装和几度翻新，它又在粤西北的急流险滩中辗转数十年，简直令人难以置信。眼下，这艘曾令戏迷翘首以待的红船已步入耄耋之年，而当年壮实年轻的艄公也老态龙钟、苟延残喘了。

笑媚拉着儿子的手钻入船舱，双膝跪在父亲跟前，扯起被沿盖住父亲暴露的肩膀。张三睁开眼，瞳孔闪着光，显然对笑媚母子的突然出现感到愕然。他伸手触摸孙儿的手，嘴角嚅动着，老泪沿眼角漫入耳孔。笑媚掏出手帕为父亲揩泪，完了她转过身，想把带来的衣服放入丈夫身后的小木柜里。广发却刻意不挪动他魁梧的身体，用冷漠而愤懑的目光盯着她。笑媚怯惧地躲避着那目光，只好把衣服搁在油灯旁的架子上。

"我爸去年入冬后就病得好厉害，"眼下，笑媚引领靓少德走进船舱，言语中解释了自己回渡船来的缘由，"但这几天精神好多喽。"

张三斜躺在以毛毯做垫的俗称"懒佬椅"的靠背椅上，瘦骨嶙峋的身子被一张沾满污迹的旧被子裹得严严实实的，腿脚伸向竖立在船尾的两根木人桩之间，双脚赤裸，脚掌横撑，脚趾张开，如铁皮般坚硬的厚茧暴露无遗——他一生中几乎不穿鞋袜，即使三九严寒时节也光脚上岸。靓少德做梦也想不到，那健壮如牛、走路龙形虎步、拥有深古铜色肌肤的汉子，而今竟羸弱枯竭得如风中残烛。

此刻，张三神情倦怠地眺望着十里外兀立在连江边的钓鱼翁，这座有着美丽传说、被青莲人视为神山的孤峰，在洪水涌流中探出头来。靓少德叫了一声"三叔"就蹲下身去握住他冰冷的右手。张三动作呆滞地侧过脸，竟端详半天才认出靓少德。

"靓班主，好久……没见你啊，你上哪唱戏去呀？"

"三叔，我早就不唱戏了，养羊去啦。"

"养羊？哪来的羊？八和剧社排戏不叫我了，是不是嫌

我——嫌我高胡拉不好，食唔住线?"

"三叔高胡拉得好，棚面定音都指望您啊。只是八和剧社……"

渡船驶向豆腐社码头。水运社领导昨夜来到渡船，说这船太破旧了，从明天起就不再运客了。领导申明，船上的人必须在三天内搬离。笑媚问："这船打算怎样处理?"领导双眼一瞪，说："难道要拖到博物馆收藏吗? 还不是当柴烧?"张三听到他们说话，便一骨碌从病榻爬起来，长叹一声后就如一堆烂泥软瘫下去了。渡船已是水运社的财产，对社里的决定，张三也无可奈何。他两眼直勾勾地瞧着船篷，喃喃自语："烧掉吧，连我也烧掉……"黎明时分他就起床，茫然地望着湍急的河水和阴沉的天空，扶着船篷，绕船舷走走停停，随后躺在靠背椅上，宛如通津码头上的镇江柱，纹丝不动地坐了数小时。

靓少德挽起衣袖，对着两根木人桩一番拳打脚踢，完后擦着汗，抚着外表粗糙不堪的木人桩浮想联翩。这两根用上等槐木制成的专供红船班伶人练功用的木桩子，经数十年风吹日晒已变成灰黑色，裂开的缝隙里生出了青苔。靓少德对张三说："三叔，您还记得'走日本仔'时我在大湾坐您的船吗? 我看见船尾有两根木人桩，又见到船上神台供着华光祖师和田窦二师，就猜这船原本是红船，一问果真是这样。真没想到，在人生地不熟的地方遇到红船艄公!"

张三对靓少德的问话毫无反应。他一动不动地斜躺着，活像一具僵尸，深陷在眼窝里的眼球偶尔转动一下。他不停地重复这两句话："烧掉吧，连我也烧掉……"

雨下个不停。观音山上空雷声大作。靓少德嘀咕道："先雷后雨唔湿鞋，先雨后雷水浸街。青莲又要发大水喽。"

　　接下来的数天里，天色昏暗，阴雨连绵，不时响起几声闷雷。这天清晨，张水养边吃早饭，边为昨晚没完成家庭作业犯愁，心里盘算着面对老师的质问如何找借口应付过去。当他无精打采地在腋下夹了几本书就要出门上学时，忽然下起了滂沱大雨。他倚在门框望着天空，巴不得雨水下到天黑。

　　在不少人纷纷从家里拿出盆桶去接瓦檐上流下的雨流时，整香街的几个孩子挎着书包兴高采烈地跑回巷子，嘴里喊着："为了朝鲜人民，冲啊！"水养忙问咋回事，柳宗亮双手搭成喇叭状，隔着稠密的水帘，喊道："不用上课啦，洪水快浸到学校大门啦！"水养狂喜，蹦得老高，"哗"的一声把书本往脑后抛去，学着苏联电影中的画面，"乌拉——乌拉——"号叫起来。他当即撕下崭新的作业簿，趴在饭桌上折成形状各异的纸船，随后逐一放进屋檐下涨满雨水的沟渠里。纸船在急流中打着旋，倏忽卷入门前密封的台阶，有惊无险地涉过暗渠后继续颠簸着漂向低洼的观音巷。水养兴奋得又叫又跳，冒着大雨追着纸船往大街跑去。

　　街巷上熙熙攘攘，人们神色惊惶，脚步匆促。不少人连夜将家里的桌柜椅凳和盆桶瓢壶等物品统统搬到阁楼上。洪水已漫上了沙市街和担水巷，人们不得不挽起裤子，提心吊胆地在浸上小腿肚的河水中行走。

　　豆腐社这座用青砖和鹅卵石垒砌的房屋，其墙体已变成了灰黄色。因为它濒临江边，几乎每年都不可避免地遭受洪水浸泡。房屋的主梁下方至今仍留存一道道标注了年份的洪水最高水位纪录线，最高一条红线几乎靠近屋顶。柳依依半夜就与别的职工守在豆腐社了，忧心忡忡地监视河水的动态。当她发现青莲大桥圆拱的弧度逐渐缩小，整座水泥桥宛如浮在江面时，便立即用粗绳子将豆腐架和木桶等拴在一起，并在临江的两个窗户上钉了几块厚木板，以防汹涌而至的洪水一波接一波的冲击。

　　依依望出窗外，只见辽阔的江面浊浪排空，往日如处子般婉约娴静的青莲水数日间变成一只张牙舞爪的恐怖巨兽，裹挟着树木衣被等杂物奔腾而下，其吞噬和摧毁一切的气势让人噤若寒蝉。三百余艘船只密密麻麻地停泊在从轮渡码头到南塘过渡码头五六里的河岸上。这些船只将四爪的千斤铁锚沉入水底，又将缆绳绑在岸边的石柱上。船与船之间用手腕粗的绳子拴在一起，试图以合力去抵御洪水巨兽那摧枯拉朽的袭击。

　　张三的渡船停靠在豆腐社的窗户下，船头上那拴抛锚的铁链触手可及。这时，一阵激烈的争吵声从渡船传来：

　　"爸，水浸上街啦，您快跟我上岸吧！"

　　"我不走，就是不走，死也不走！"

　　"水运社领导说了，船不能住人的！"

　　"船是我张三的，住不住人关他啥事呀！"

　　"船早归集体啦……"

　　依依透过窗户望见笑媚和广发将躺在靠背椅上的张三连人带椅抬到船头，但张三抱紧拴船的缆绳死活不肯上岸。依依于是从窗口爬上渡船，参与劝说，但同样无济于事，张三仍摆出一副宁死不从的样子。无奈，广发唯有留下陪父亲。笑媚和依依撤离渡船时，河水已浸上膝盖。

　　到了傍晚时分，青莲流域水位暴涨。一个骇人听闻的消息不胫而走：因连江流域不堪重负，青莲上游的几个河流渠化不得不同时开闸泄洪。于是，沙市街、中山路和新街等一些住户除青壮年留守外，其他人都背着被席细软，扛着番薯芋头，扶老携幼，慌不择路地转移到地势较高的地方，而通往观音山的窄道上也挤满了上山逃避的人流。整个墟镇鸡飞狗跳，人心惶惶。

　　两江交汇的青莲自开埠以来每年都会遭洪涝侵害，但即使

　　肆虐的洪水令偌大的墟镇几成泽国时，尚书祠和戏棚地这两个地方似乎有神力护佑一样，亘古至今从未受到过洪水淹浸。对此，博古通今又谙熟天文地理的老先生王文斌曾言之凿凿地道出其中的奥秘：尚书祠一带是龙虎地，刚气横溢，而戏棚地一带则是莲花地，福气满盈。在王文斌看来，尚书祠供奉何昌期和李玉珪两位将军数百年，令这龙盘虎踞之地从表到里都浸染了一种除魔镇怪的凛然之气，即使暴戾如猛兽的洪水也被迫停下罪恶的脚步而转身远遁。而在戏棚地，北有莲花蔽日的大江墟莲塘，西有香火旺盛的观音堂，它们共同护佑着戏棚地这个歌舞升平、祈福求安之地。至于客家围屋莫屋堂，与戏棚地仅数步之遥，其地势虽比戏棚地低了逾一米，但围墙外的莲塘数百年里从不涨满，而从四周菜畦洼地导入的洪水也经排涝系统及时疏泄。因此，世居莫屋堂的莫氏族人在历年洪水泛滥时无淹溺之虞，便腾出柴房、谷仓、磨坊来接纳那些因水灾而走投无路的亲戚们。王文斌笑言，洪水总是不可思议地在莫屋堂门楼前却步，不是先祖积德所至，也不是乌龟通渠之功，而是戏棚地这片莲花地福气浩荡，吉星高照，连与其相邻的莫屋堂也因之受惠了。

　　此时在中山路大街，洪水灌进了通津码头一侧的小组——那座青砖楼宇的二楼，对面探出江边的装卸台的路面已全被淹没，只剩下起重机房顶的水泥平台兀然凸出水面。

　　尚书祠旧地的坡顶上聚满了人，尽管此时已四面楚歌，浑浊的河水裹挟着木屑菜梗涌向慢坡，但这些青莲土著人对眼前的景象早已司空见惯了，根本没把来势汹汹的洪水放在眼里。他们神情淡定地坐在地上抽烟，谈天说地。一些人还在菜市场的肉桌上铺开席子，倒下就鼾声如雷，酣然睡去了。

　　一个上身赤裸的老渔民嘴含烟斗，在慢坡侧镶嵌了三块古祠碑的高台上用三根竹竿撑起了捕鱼网兜。他将网兜缓缓沉入

水里，过一会儿又缓缓将网兜提起，只见白花花的河鱼在网兜里上下跳跃。老渔民不慌不忙伸出长网勺，把河鱼舀进身边的桶里。

每逢洪水暴发，一些不知愁滋味的孩子就比过年还要兴奋。他们不知疲惫地在市场上跑来跑去，甚至还在浅水处玩起自制的木船。他们将带动转轴的橡皮筋上足发条，让它鼓起一串疙瘩。安装在船底的风扇叶扬起一串串浪花，推动木船贴着水面疾驰而去，孩子们追着木船又叫又跳。

这时，何念祖从家里搬出一个鼓身上描绘了九条龙的鳄鱼皮双面鼓——何家鼓。每逢青莲江河水涨，何念祖都面向尚书祠，双目闭合，神情肃穆地擂响这面鼓，它是何家人仿照祖先何昌期告老还乡时带回的双面鼓制作的。此刻，在那激越高昂的鼓声里，何念祖的耳际仿佛响起一片气吞山河的呐喊声，乌云密布的天穹上，万马奔腾，战车辚辚，旗帜猎猎。何昌期和李玉珪手执兵器，各率一路兵马降临尚书祠……何念祖转过身望向青莲湾时，发现咄咄逼人的洪水突然间阵脚大乱，呈现出强弩之末的颓萎态势，始终越不过慢坡侧高台护栏的孔口，因而涌不上坡顶。他坚信，这是洪水恶魔的嚣张气焰被何、李两位将军的凛然声势碾压的结果。

在戏棚地躲避洪水的大多是日军侵略南华前后从珠三角迁徙而来的广府人，尽管他们三十多年来不间断地遭到洪水袭击，但对今年的洪灾显然有点措手不及。整香街两旁的石凳，戏棚地门前的石阶，莫屋堂的晒谷场，都密密麻麻挤满了人。有些人已在此待了三天三夜了。他们三三两两聚在一块，边百无聊赖地无话找话说，边神情郁悒地凝望天空。由于承受不了乍喜还悲的打击，他们也不再为从黑沉沉的云块间偶尔投下的几缕亮光而像孩子般欢呼雀跃了，经屡屡受骗，他们已深信不疑，这只是老天爷在不怀好意地酝酿另一场豪雨的鬼魅伎俩。

　　小动物们同样承受不了因接连下雨致使生存环境突变所带来的惊扰。大江墟莲塘上的红蜻蜓、蓝蜻蜓完全丧失了求偶期以优雅风度吸引异性的耐心，围着露出水面的败梗残叶鲁莽地横冲直撞。那些平时生性胆怯的蜗牛此时也成群结队地从草丛瓦砾中钻出来，惊慌失措地逃亡在通往莫屋堂东面菜园的泥路上。连柳依依家里的花猫也一改平常的优雅与温顺，烦躁不安地将屋院那株香芽蕉树挠得遍体鳞伤。

　　在戏棚地空坪，雨水覆满了一片低洼地，并打着旋涡灌入一个洞穴里。此时一只壮硕的老鼠从洞穴探出头来喘息，接着又潜回洞穴里。不一会儿，它嘴里叼着一只小鼠爬出洞穴，在墙根放下后又迅速潜入洞穴，如此这般共救出了四只小鼠。

　　待温葱莲与别的店员将日月楼的米盐油醋悉数搬上二楼时，洪水漫上了门旁的炉灶口，饭厅里拴了绳子的桌椅在水中碰撞，一只浑身湿透的公鸡惊恐地立在竹梯上打着寒战。葱莲逮住公鸡，把它关进二楼的笼子里。在葱莲等人离开日月楼时，洪水已浸到腰间。靓少德和何浩深在观音街街口接应。靓少德如释重负地对妻子说："洪水涨得快，手脚慢了你就被困在日月楼啦！"

　　这时，一阵铜锣声和喊叫声从担水巷隐约传来。靓少德惊问："谁敲铜锣？好像在喊救命？""好像是黎迈家传来的。"浩深冷淡地撇着嘴说，"他跟他老妈住在担水巷，可能是洪水浸上楼了吧。"铜锣声和叫喊声仍在持续。靓少德和何浩深蹚水过去，走近间传出声音的低矮房屋，望见黎迈从窗户探出大半个身子，手拿铜锣，绝望地向他们摇手："救命啊！救命啊！"黎迈因桃色事件早已削职为民。

　　"打倒牛鬼蛇神靓少德！"伴随着一阵震耳欲聋的呐喊，青莲三家剧社成批精美的戏服在戏棚地瞬间被烈焰吞噬，马国立等一众人蓬头垢面地在烈日下抬着八音柜在大街上游行——

这些不堪回首的画面此刻在靓少德脑海里快速闪过。他像遭到雷击一样愣在洪水中，过了一会儿才回过神来。他斩钉截铁地对儿子说："阿深，快去救人！"

浩深却岿然不动，咬牙切齿地说："这种人浸死也没人同情的。黎迈，你终于有这一天啊！"说完，他就想转身往回走。

靓少德怒吼："你回来！见死不救，还是人吗？黎迈可以负我们，但我们不可负天道！"

浩深只好收住脚步，磨磨蹭蹭、极不情愿地跟着父亲来到日月楼。两人卸下几块木门，叠在一起再绑上几道绳子，随即推着木门，游向担水巷。当靓少德父子披着一身黄泥水爬上黎迈家那离水面还有约三十公分的楼梯口时，守候在老母亲身旁的黎迈回过头来，眼眸里泛出绝路逢生的惊喜之光，但转瞬代之以惊愕之色：眼前的这两个冒着危险来相救的人竟是他这些年深感愧疚而无颜相见的人。他怯于与靓少德的目光相遇，惊惶地垂下长满白发的头颅，下意识地抚摸胡须拉碴的下巴。

靓少德大吼："大水快浸上来啦，还不赶快撤！"这时黎迈才如梦初醒。三人用竹床将黎迈的老母亲抬到浮板上，迎着湍急的洪水，艰难地往街口游去。

黎迈的老母亲被安置在戏棚地售票处的平台上。此时戏棚地空坪聚集了逾百人。夜间有赶不尽的蚊子，吴广明抱来一捆蚊香点燃。看见众人既疲又饿地席地而坐，靓少德和温葱莲在空地上用泥砖砌起了炉灶，架上一口大铁锅煮麦羹，并炒了一大盆豆豉辣椒。"青莲街年年发洪水，水入屋、水浸街见得多了，天塌下来当被盖！戏棚地是块莲花地，洪水浸不上来的。来来来，吃碗麦羹暖暖身子！"靓少德边亮着大嗓门，边用长柄铝勺为围上来的人舀麦羹。

温葱莲给黎迈的老母亲送去一张薄被和一碗麦羹，但对黎迈没瞅一眼。靓少德远远地对黎迈说："你也吃点吧。"黎迈拘谨地笑了，连连摆手，谎称不饿。靓少德此时才看清他穿了一件有破洞的左胸印着"青莲"字样的红背心球衣，脚蹬旧拖鞋，倦怠地蜷缩在墙角里，显得孤僻而邋遢，当年在批斗会上气宇轩昂、君临天下的风采已荡然无存。

现场气氛渐渐活跃起来，有人讲趣闻，有人说荤话。众人竟一时忘了是在躲避洪水，感觉时光倒流，昔日扛着凳椅赶来戏棚地看粤剧的那一幕仿佛又重现眼前。人群里忽然有人起哄："靓班主，你见多识广，讲个古仔给大家解闷吧！"人们纷纷鼓掌响应。靓少德放下铝勺，坐在人群中央的木墩上，说："好吧，我就给大家讲'钩鼻章'的古仔。"

故事是这样的：伶人钩鼻章是番禺沙湾人，与靓少德同乡同族，原名何章，因鼻梁笔挺，乡里人都叫他钩鼻章。他本是富人家的仆人，由于聪明伶俐，容貌俊俏，嗓音清亮，于是主人何博众教他弹琴唱戏。他成年后，客串外江班演戏，结识了著名武生新华等一批伶人。钩鼻章反串女角，与仙花发、美人昌等并称清代七大花旦。一天，他所在的戏班被请到总督府演戏，为两广总督瑞麟的母亲贺寿。钩鼻章扮演杨贵妃，雍容华贵，眉眼如画，仪态万千。他登场时，老夫人顿时眼泪纵横，觉得钩鼻章的花旦扮相与英年早逝的爱女酷似，提出要收他做义子。瑞麟也满心欢喜，赠他珍贵的玉雕白菜。从此，钩鼻章常去探望老夫人，坐着轿子自由出入总督府，大小官吏都称他为"章官"。当时因伶人李文茂组织艺人参加太平天国起义，清政府下令禁演粤剧。戏班早已酝酿向清政府申请解禁，便建议钩鼻章去说情。钩鼻章故意好几天不上总督府，急得老夫人坐立不安。等到老夫人派人来请时才上门，钩鼻章一入门就跪下，一把眼泪、一把鼻涕地诉说了粤剧被禁演的事，老夫人便答应向儿子瑞麟求情，瑞麟又向朝廷奏准，禁演了十六年的粤

剧就这样解禁了。粤剧禁演期间艺人地位甚低，沙湾规定凡出外唱戏的，一律要革出"族门"，反串花旦的男演员更是被视为伤风败俗，逢年过节不准进祠堂祭祖，也分不到拜祭祖先的胙肉。乡人得知钩鼻章为粤剧解禁立下大功，便敲锣打鼓请他荣归故里。自此，每年祭祖，钩鼻章都分得两份胙肉。

靓少德讲完故事，人们就议论开了。有人感慨粤剧兴衰荣辱，有人哀怜伶人命运多舛，更多的人对钩鼻章振兴粤剧的壮举赞叹不已。众人高喊着要靓少德表演钩鼻章的拿手好戏。靓少德说："钩鼻章除反串女角外，最拿手的就是弹琵琶了，他演《昭君出塞》时自弹自唱迷倒了众多戏迷。我不会弹琵琶，就用子喉清唱一段《昭君出塞》吧。"于是，靓少德清了清嗓子，做手抱琵琶状，唱了起来。现场听不到任何声响，人们屏息静气，聆听这经典唱段。当靓少德唱到"马下凄凉，马上凄凉，难把哀音寄我爹娘"时，有人忍不住哭了。哭声似乎有传染性，女人们跟着抽泣，气氛瞬间变得异常压抑。靓少德唱不下去了，沉郁不语，满脸悲戚。

这时，靓少德的孙女何妙英跟跟跄跄地从家里跑来，哭着说："我妈不知去哪啦！"众人愕然。靓少德、温葱莲和何浩深当即回家里寻找，但楼上楼下找遍了，都没找到卓兰。整香街的街坊都分头到附近街巷、厕所、菜园去找，但卓兰依然杳无踪影。此时赵笑媚神色匆匆地跑过来说："刚才有人对我说，大约半小时前见到卓兰挑着水桶从身边走过，问她去哪，她说去豆腐社码头挑水。"靓少德明白儿媳病情发作了，便慌忙领着众人跑向大街。

浅水处漂着两只水桶，温葱莲一眼就认出是自家的水桶，便不禁号啕大哭。在这玩耍的小孩说，看见卓兰扔下水桶就独自朝担水巷去了。在众人六神无主时，笑媚说完"我去找她"，就扑通一声跃入水里，浩深也紧随其后下了水。两人呼喊着卓兰的名字从担水巷游到沙市街，挨家挨户搜寻，但直到体力消耗殆尽也没找到卓兰。

豆腐社接近屋梁的两个窗户几乎被洪水淹没，望着洪水卷起浊浪劈头盖脸地涌来，抱着窗户栏杆的浩深陷入了绝望。笑媚对浩深说："我去撑渔艇。"说罢，她就游向渡船，与丈夫张广发一道划着渔艇回来。三人继续沿街巷逐家逐户寻找，终于在故衣街一条狭窄的墙缝里找到抱着一根圆木浮在水里的卓兰。浩深和广发好不容易才把灌了一肚子泥水的卓兰弄上渔艇。卓兰脸色苍白，奄奄一息，嘴里却还断断续续地说："我要……下河……游水！"

在广发等人救起卓兰时，躺在船舱里的张三掀开被子，探身向舱外张望，只见晦暝的天穹下，宽阔的江面一片死寂，靠在两岸的船只在水中晃荡，洪水冲击船身发出类似病人呻吟的骇人声响，而船上透出的幽光忽明忽暗，恍如荒山野岭上豺狼的眼睛。此时，对岸煤场旁一幢被洪水围困的房屋顶楼传来一阵呼救声，随后响起哒哒哒的刺耳声音，一道火焰腾空而起。有人在万分危急中端起机关枪向天空扫射，对外发出求救信号。

这时，甚为虚弱的张三在船舱的暗槽里搬出一个藏了近十年的小木箱，把放在箱子里的鱼篮观音、华光祖师和田窦二师的微型泥像恭敬地摆放在饭桌上。当年大头成带着一队社会青年气势汹汹地冲下码头，勒令行至河中央的渡船立即返岸。张三在革命小将登上渡船前急忙将这些泥像藏起来，大头成找不到泥像就将满腹怒气发泄在神龛上，将其砸成碎片后扔到河里。张三此时点亮三支蜡烛，又在泥像前倒了三杯酒，叩头跪拜。随后他掀开舱板，手持蜡烛钻入舱底，将铁凿固定在船板接缝上，喘过几口粗气后，扶着舱板艰难地站起来，抡起大铁锤狠狠砸去，舱底板被凿开了一个窟窿，"哗"的一声喷起一

道水柱。张三瘫倒在舱板上，像小孩一样嗷嗷痛哭起来："我的船，我的船啊——"

这只船是当年张家的全部家产，父亲因它负债累累。从珠三角平静的河湾到粤西北湍急的江滩，从运载伶人赴四乡八府演出的红船到运送老百姓探亲赶集的渡船，在历尽风霜的五十余年里，他几乎没离开它一时半刻，他将它视作自己的五脏六腑，视作自己生命的另一半。现在，他的羸弱之躯已无力再往前匍匐了，残破不堪的船也到了终结生命的那一天。尽管他做梦也没想到它会毁在自己手里，但他更不愿意看见它成为一堆朽木，化为灰烬变作青烟。每个人都被绑定在一个特定的世界里，他的生命就是由这个世界里他所见过和所爱过的一切组成的。在他寿终正寝之时，尽管他的肉体到了一个陌生的地方，但灵魂始终会在他所绑定的世界里凝聚不散。这些日子他靠在躺椅上，瞅着逐日上涨泛黄的河水，幡然醒悟：他和船都同属江河，同沉江底、同生共灭是他和船终结生命的最好方式。

河水不停地涌进来。张三摇摇晃晃地爬上船舱，解开拴在船头上的缆绳，渡船缓缓离岸。他换上一套干净的衣服，从容淡定地对着镜子剃胡须。灼热的目光在船舱里来回扫视，最后停留在鱼篮观音那清秀慈祥的脸庞上。"秀芝，我来啦……"他知道自己将去赴约，那令他寤寐思服的女人正在遥远的天边静候他的到来。

渡船在江上漂荡，船身倾覆，俄顷，被江水彻底吞噬……

28 "麦羹戏"爆棚

长衫师傅东全叔决意告老还乡。这天他特意回到青莲机缝社，和旧同事道别。

长衫师傅从机缝社退休将近二十年，孤零零地住在一间破旧的屋子里。随着年纪增大和疾病缠身，他愈发感到孤独，便萌发了叶落归根的心思。恰逢他的外甥历尽艰辛探明他的下落，近日从顺德来到青莲。长衫师傅于是决定随外甥回乡，以了却夙愿。

这天，长衫师傅依旧穿一件圆领直袖、侧面开襟的袍服，走路时依旧将长袖甩得呼呼作响。但他毕竟岁数大了，体力已不可同日而语，以致在机缝社那狭长的屋子只走了一半就不得不停下，手扶缝纫机面板歇息。旧同事纷纷走上前来，用地道的广州话祝福他。他们的父母大多与长衫师傅有着同样的经历，他们几乎在同一时期，为了免遭日军铁蹄的蹂躏而经水路或陆路从珠三角迁徙至青莲。这些人有的死后埋葬在异乡，有的与当地人成婚繁衍后代，极个别如长衫师傅，则形影相吊地度过余生。这时候，长衫师傅

听着缝纫机时急时缓的轧轧声响，看着细微的尘埃在从明瓦投下的光柱中舞动，忽地感到恋恋不舍，不禁眼泪盈盈。但为了掩饰自己的冲动，他佯装尘粒钻入眼底，背过身用衣袖拂拭眼眶。

何浩深把长衫师傅请进了裁缝室。长衫师傅将自己裁缝生涯的一招一式悉数传授给聪明好学的浩深，使他成为机缝社的栋梁和招牌。浩深对师傅也感恩戴德，逢年过节必提着酒肉上门探望，并将这些年因受冲击和妻子生病而带来的苦涩一一向师傅诉说。此时浩深给师傅倒了一杯茶，让他坐在他平常爱坐的海绵垫椅子上。长衫师傅拿起裁缝桌上的压铁掂了掂，又拿起剪刀，用拇指轻刮刀刃判断是否锋利，随后抓住一把硬尺伸向后背挠痒。看着这些陪伴多年的物品，长衫师傅感到特别亲切。而此刻浩深也恍如回到求师学艺那漫长而艰苦的日子。

浩深缄默无言地站着——这些年压在他脖子上的重担让他直不起腰、昂不起头，整个人也变得愈加孤独颓废了。"阿深，我就要离开青莲了，看来今生今世也没命再来喽。"长衫师傅感慨地说："唉，好久没听你唱粤剧啦。你就唱一段薛五哥和上海妹的《送情郎》吧，当作给我送行。"

浩深强打精神，清了清嗓子，开口便唱。可是，只生涩地唱了句"柳梢头，黄昏月上"就没勇气也没气魄再唱下去——这些年他几乎没开口唱了。"剪刀长年不用也会生锈啊……"长衫师傅说，"男人嘛，要有韧性，要经得起挫折。整天垂头丧气的，哪像个男子汉呀？"浩深被戳中心头的痛处，脸颊一下滚烫起来。长衫师傅继续说："卓兰这人很善良，你不能因为她生病了就嫌弃她。裁缝佬做衣服——要量（良）心！"

长衫师傅登上停泊在青莲湾的一艘轮船，回头向一群伫立在通津码头石阶上的旧同事挥手道别。他可能没想到，数年后，一大批原籍珠三角的居民也跟随他的足迹陆续离开青莲这寄居地，返回原乡。

"爸，我的新衣服下周能做好吗？"何妙英昂起明显晒黑的脸颊问何浩深。为买来这价值不菲的的确良布料，她暑假到河里挑了半个月的河沙。"你放心好了，"何浩深送女儿出裁缝室，"爸就是不吃不睡，也要把你的新衣服赶出来，保证你在开学时穿上又靓又时髦的的确良衬衫"。浩深将白色布料铺在裁缝桌上，用压铁压着，端详良久，几次拿起直尺和画粉笔时却总是感到心神恍惚。他惊诧地发现，刚才女儿蹦蹦跳跳走进裁缝室，将的确良布料搁在案桌上的情景，与十多年前方卓兰怯生生地捧着蓝布料出现在他面前的那一幕是何等相似！

他坐在椅子上浮想联翩。想到眼下妻子的病况反复无常，他就郁闷起来。直到缝纫机运转的声响完全息止，他才步履沉重地走出机缝社那狭长幽暗的屋子。夕照里戏棚地围拢了很多人，人们兴致盎然地抬头细读墙上张贴的一则电影预告："今晚电影《于无声处》，阳山大机队。"双机播放，避免停机换胶片，且放映的多是新影片，县大机队比公社小机队更受人们欢迎。浩深远远望了一眼就径直回家了，这些年他对电影或演出的兴趣渐淡，一年也没走入戏棚地几次，尽管戏棚地与他家仅数步之遥。当他无精打采地回到整香街街口时，卓兰正在为张爱彩收拾补鞋工具。她扭转头对丈夫说："阿深，今晚我们去看电影吧。"浩深暗喜：今天妻子神志很清醒！便兴奋地说："好呀！好呀！"

吃过晚饭，浩深与卓兰走进了戏棚地。影片的基调一会儿让他压抑，一会儿又让他激昂。看到《于无声处》的片名，他想起了鲁迅"心事浩茫连广宇，于无声处听惊雷"的名句。"小芸，来，唱个咱们俩喜欢的《红梅赞》。我唱，你伴奏，

好吗?"电影中男主角欧阳平与恋人何芸的对白令他心头战栗。他下意识握住妻子卓兰的手,当年与妻子同台演出的片段浮现在眼前。"这几年挺不像话的就是他!无病呻吟,小病大养,成天吊儿郎当,无所事事,就差提个鸟笼、牵条狗了!简直不配生活在这个伟大的毛泽东时代!"浩深感觉影片中何是非责骂儿子何为的话语像是针对他说的,不由得感到十分愧疚:这些年萎靡不振,活得像僵尸一样!他谎称出去抽烟,便独自离座,在入口的台阶上坐到电影散场。

一个星期后,浩深和父亲一道送妻子到广州就医。汽车在崎岖迂回的公路上颠簸了近一天,才于黄昏时分抵达广州城。途中呕吐不止的卓兰在丈夫的搀扶下走出车站,望着熙熙攘攘的人流和鳞次栉比的高楼,卓兰慌了神,在挤上电车时就攥住浩深的手不放:"这是什么地方?我要回青莲去!"

卓兰在靠近珠江大堤的一家医院治疗了近半个月。一天清早,靓少德和浩深首次领着卓兰到珠江堤岸散步。看到朝阳里高耸入云的爱群大厦和川流不息的珠江涂上一层绮丽的红晕,卓兰显得十分新奇和愉悦,伫立在人群中挪不动脚。卓兰那发自内心的与正常人无异的神情,令靓少德和浩深激动不已:卓兰的病情有明显好转!

"阿兰,你面前的高楼叫爱群大厦,是广州第一高楼。以前我们唱戏戴的头盔都是高高的,我们就叫它'爱群盔'。"靓少德兴奋地说,眼泪快流下来了,"旁边这条河叫珠江,青莲水就是流入珠江来的。黄沙附近的码头当年停满了红船。每年红船班开班,都要举行盛大仪式。几百名伶人从八和会馆出发,一路穿街过巷。他们在码头下了船,就敲锣打鼓,启程到各地演出。当天场面可热闹啦,珠江两岸有几万人围观呢。"靓少德边说边观察媳妇的反应,瞅见卓兰像亲临其境似的面露喜悦之色,更坚信这次广州之行没白费。发现妻子的气色和神情与刚来广州时大不一样，浩深笑得合不拢嘴。他提议说："爸，您常说的八和会馆不是离这里很近吗？不如我们到那儿逛逛吧？"靓少德说："好啊，合晒合尺！"

尽管听闻八和会馆当年毁于日军空袭，但靓少德仍不死心，决意到旧址凭吊一番。他们来到黄沙一带，坐在门前矮凳上聚精会神阅读《南方日报》的老伯在被问及八和会馆的旧址时，透过老花眼镜的厚镜片瞥了一眼来人，摇摇头说："八和会馆？早被日本仔的飞机炸为平地啦……以前这里很荒凉的，叫'乞丐地'，那些要饭的铺开烂席烂被就睡在路边啦。自从新华、独脚英等建起了八和会馆，周边一下就热闹起来。这里大小戏班上百家，每天都有人来订戏买戏、点戏听戏，三更半夜还人来人往。周围还开了不少做戏服、做茶楼、做灯饰的店铺……"老伯越说越气愤，猛地吐了一口唾沫，"日本仔在这儿扔了几颗炸弹，八和会馆被炸没了，只剩会馆那两扇大门了。日本仔真没人性啊，将他们碎尸万段也不解恨！你们到恩宁路找去吧，新馆搬到那儿了！"靓少德忽然想起同门师姐程小桃，便说："我们去恩宁路，顺便去探望我的师姐。"

穿过通往下九路那宽敞通透的骑楼和喧闹繁华的商廊，靓少德等走进了千年老巷恩宁路。踏着狭长的青砖铺就的巷道，路过一间间有屏风、趟栊和大门三重门的西关大屋，他们在一座贴着"恩宁路177号"蓝色门牌的三层小洋楼前停下脚步。只见一名身材矮瘦的老年女人站在木梯上，一手提小木桶，一手持油刷子，正为刻着"广东八和会馆"几个阴体大字的长方形牌匾涂抹油漆。当女人缓缓走下木梯，摘去用旧报纸折成的纸帽时，她与靓少德的视线相遇了，双方不由"啊"的一声惊叫。

"你是小桃姐吧？"

"你是不是德仔？"

　　老年女人正是靓少德少年在佛山学艺时的同门师姐程小桃。小桃紧握靓少德的手，瞪大双眼，把他从头看到脚，半天才用嘶哑的嗓音说道："没错，是德仔啊，你的花名叫大声德。有一次天没亮，你就在祠堂天井嗌声了，声音像打雷一样，把我吓得从床上滚到地下。"靓少德朗声大笑："我们都叫你花蝴蝶。你打跟斗又高又飘，人也长得靓，就像一只花蝴蝶。你知道吗？那时我们都爱偷看你呢！"

　　小桃最初在红船班做三步针，后逐渐成为戏班的"班面"①，生旦净末丑皆能演，尤其擅长闺门旦、青衣和刀马旦。前些年剧团解散，她被分配到街道工厂做油漆工，嗓子被熏坏了。即便从此告别舞台，头发也花白了，但身子仍硬朗，身段、做手、关目仍透出粤剧伶人的风采。靓少德说："我知道你以前住在八和会馆，所以我就找到恩宁路来了。本想碰碰运气的，想不到真的在这儿遇见你！"

　　伶人们都把八和会馆视为粤剧祖屋和灵魂倚伏之所。新馆搬至恩宁路后，包括千里驹、靓少佳、红线女、芳艳芬在内的逾百名伶人都住在这一带，于是恩宁路有了"粤剧之街"的美誉。终身未嫁的小桃也节衣缩食，在八和会馆附近买了一间小屋。这时她淡淡地说："我是在八和会馆出世的，它搬到哪我就跟到哪。日后死了化成灰，魂就留在八和了。"

　　小桃退休后帮忙打理八和会馆的事务。前些年因疏于修葺，会馆里木梁凋朽，墙体剥落，蚊虫滋生。她说："八和会馆有六千多会员，这两年陆续有会员回来。牌匾和大门都旧喽，得重新刷油漆。"靓少德指着外面加了趟栊的大门问："这两扇大门是从旧馆搬来的吗？"小桃说："不是的。旧馆的两扇大门还摆在銮舆堂②，我们也等着它们回来与母馆团

---

① 指门面。
② 八和会馆属下的武打行。

660

聚呢。"

小桃讲述了关于八和会馆大门的传奇故事。原来，八和会馆按祠堂风格在黄沙建成后一直找不到高大厚实的大门，后来弟子根据华光祖师的梦报，在某处祠堂旁的水塘挖出一棵巨大柏树，锯成没有接驳口的两扇大门。每扇门重五百多公斤，八名壮汉合力方能搬动。当年八和会馆被日军炸弹夷为平地，大门却安然无恙。此后大门被盗卖到湖南，在水塘泡浸了三十余年，后视为"四旧"之物，当作四吨大卡车进入车库的承重垫板。在历尽沧桑后，大门才在弟子们的努力下完整保存下来。

"大门一次又一次逃过了劫难，多幸运啊！"小桃感慨万千，"别站着了。上我家坐。"小桃说完就领着靓少德等人往家里走。此时她才发现师弟走路一瘸一拐，便惊问缘由。靓少德的思绪仍沉浸在刚才小桃对八和会馆大门的叙述中，便简单说了经过，模仿小桃的口吻说："还能走路，也算逃过了劫难，幸运啊！"

小桃住的是仅有一厅一卧的小窄屋，里面陈设简陋，且有些零乱。一只一米宽、八十厘米高的牛皮龟背型箱子摆在客厅的窗户下晾晒。靓少德打量那颜色黑黄、缀满霉点的箱子，拿起箱里一颗樟脑丸嗅了嗅，回头问小桃："这是戏箱吧？"小桃说："是的。我妈走红船时用的，后来传给我了。我两三岁时我妈在台上唱戏，我就躺在这戏箱里睡觉。"

小桃非留师弟吃午饭不可，上市场买菜回来后就在屋旁走廊的简易炉灶生起了火。吃饭时卓兰奇怪地问："桃姨，您平时一个人吃饭？"小桃愣了一下，随之坦然地说："是呀。郎哩①咬尾——自己食自己，我还没嫁人呢。也好啊，没牵没挂

---

① 广州话指蜻蜓。

的。'小明星'① 是我的偶像，几十年来我都学她的唱腔。她
也是一生未嫁啊。"说罢，她放下筷子，用"星腔"唱起了小
明星的名曲《抱花眠》：

> 伊人喜似，
> 梅花艳，
> 玉魄冰魂，
> 夜夜牵。
> 慰得情来，
> 又解得渴，
> 虽然无梦，
> 也香甜。

　　浩深边用指尖在饭桌上打着节拍，边静心咀嚼这段声线嘶
哑的南音。小桃唱罢，很不自然地笑了笑，眼眶里泛着泪光。
浩深对桃姨此刻落泪感到蹊跷。她是为此生未遇真爱而惆怅？
即使到了花甲之年，她也风采依旧。她是为嗓子破损而伤心？
嗓子可是伶人的生命啊！在浩深眼里，桃姨是一个谜。
　　靓少德瞥见牛皮龟背戏箱旁摆着一本封面上画了一串铜币
的书，发黄的纸页在穿窗吹来的微风中抖动，隐约闻到了一股
霉味。他拿在手里小心翻阅，发现是一本剧本，封面被火烧了
一半，只模糊辨出"十五"和"新中华出品"的字样。"这
《十五贯》剧本是我从火堆里抢回来的，还挨了他们一棍子
呢。"小桃让靓少德看她右额上的伤疤，"剧本就送给你吧，
当作留念。"小桃往卓兰碗里夹了一块肉，爬满皱褶的脸颊泛
起一丝浅笑。她向浩深要了一根烟，点燃后连吸几口，随后斜

---

① 指粤曲名伶邓曼薇。

眯着眼，优雅地用尖指掸掉烟灰，慢悠悠地说："姐妹们都说，桃姐一辈子演了那么多角色，演得最好的就是《十五贯》里的侯三姑了。"卓兰透过小桃柔婉的举止断定她当年是一个顶尖美人。

小桃把靓少德等人送到八和会馆门口。远处西关大屋传来一阵锣鼓声和粤剧演唱声。小桃告诉师弟，剧团在排练《三娘教子》，准备下周在金星影院演出。靓少德愕然："这剧不是宣传孔孟之道吗？准公演吗？"小桃说："现在解禁啦。"她说完就戴上纸帽，手提油漆桶爬上梯子，回过头抱歉地说："德仔，我就不送你啦。我得赶紧把大门重上油漆，明天有大粒沙①来参观。"

次日，浩深为妻子办理了出院手续。随后，靓少德带着浩深和卓兰，在天字码头下船，启程回家乡——番禺沙湾。他们先乘轮船顺水而下，快到沙湾时换乘一艘精巧的乌篷木船。靓少德阔别家乡四十年，对家里的现状，特别是父亲的生死全不知晓。"近乡情更怯，不敢问来人。"他忐忑不安地坐在船上，抑制着不去猜想各种结果，也不主动向满口本地话的船主打听。看着乌篷木船在蕉林、蔗林、稻田、芦苇间穿梭，涨满的西江水拍打着船身，他想起小时候常瞒着家人去戏棚看戏，父亲就扬起大手抽他耳光："不听话？西水大，就笠你去卖！"心想，这话与青莲坊间流行的"不听话，就卖你到老鼠夹岭"一样，都是专门用来吓唬那些顽皮的孩子的。

步上沙湾一个古码头，靓少德就径直走向车陂街，将儿子和儿媳远远撇在身后。他来到一棵古榕下就放缓了脚步。挂在古榕上的大喇叭正播放沙湾名家何柳堂创作的广东音乐《赛龙夺锦》，听着轻松欢快的乐曲，他恍如重回少年时。他瞅着

---

① 即大领导。

一间用蚝壳做墙体的房屋踟蹰不前，房屋的大门开着，女主人在厨房忙碌。他迟疑地走上前，伫立在屋檐下，探头望向客厅。忽然，他双眼发黑，扑通一下跪倒在地——客厅正中挂着一个系了一道黑纱的相框，镶嵌在相框里的是一个老年男人的肖像，老人那端正高挺的鼻梁与他的鼻梁如出一辙！

下地回家的弟弟见门口跪着一个陌生人，便慌忙扔下锄头，把靓少德扶起来。靓少德缓过神来后，兄弟俩抱头痛哭，随后一起到父亲坟前烧香。弟弟叫何少升，是一个老实巴交的农民。他啜泣着说："老窦刚走半年。他临去那几天老是记挂你们，说你们离家后不知生与死。还说小时候为了阻止你练武学戏，对你拳打脚踢，感觉很对不起你。"靓少德也说了这些年的遭遇，他抹了一把泪说："我对不起老窦！几十年来我们断了音信，让他老人家惦记……"

少升一家三代六口人同住。靓少德等人来了，少升就腾出二楼让他们住。少升妻是一个泼辣且小气的女人。自靓少德等人出现那天起，她就一直阴着脸，对他们不理不睬。天未亮就将锅碗瓢盆摔得哐啷响，吃饭时常敲着碗碟找些鸡毛蒜皮的小事谩骂孙儿。少升憋了一肚子怨气却不敢吭声。到了第三天，少升妻却突然变得客气起来，晚饭的菜色也丰盛得多。

夜里，浩深对父亲说："出门看天色，进门看脸色。爸，我们明天回青莲吧。吃过送客饭还赖着不走，阿婶还真以为我们要留下分她家产呢。"靓少德想了想，接纳了儿子的意见。果真，次日鸡鸣三遍后少升妻就开始摔东西了，在物品碰撞的脆响里还伴着一连串指桑骂槐的诅咒声。吃过早餐，少升满脸歉意地送兄长一行去坐船，少升妻主动替卓兰拎行李，显得满腔热情，一副依依不舍的样子。靓少德让弟弟和弟媳在古榕下止步，意味深长地说："你们有空也到青莲走走啊。我们都是同一个窿出来的，要多来往才是，否则就应了那句古话——

'一代亲，二代表，三代嘴藐藐①，四代见到也不叫'啊！"说罢就登上在码头等候的乌篷木船。

卓兰从广州治病回来后精神状态大为改观。经数月调理，她的病奇迹般地痊愈了。看着妻子脸色红润，逐渐恢复了记忆，说话像以前那样柔声细语，并重新回到机缝社做车工，浩深感到十分欣慰，彻底摆脱了箍在头上的魔咒，人也变得开朗自信了。这天傍晚，浩深与卓兰刚走出机缝社，就遭遇瓢泼大雨，两人狼狈地跑进日月楼正对的骑楼下躲避。看着一群孩子在雨中欣喜若狂，竞相将纸船放在水沟里，追着纸船跑往低洼的街巷，浩深想起与卓兰初识时写的诗词，便轻唱起来："疾风骤雨街成川，转眼天晴地流泉。小子不嫌沟水浅，争相嬉戏放纸船。"此时卓兰也模糊记起去年溺水的事，她指着担水巷路口说："当时我就是追着纸船去的，结果水越来越深……你不来救我，我就被浸死啦……"浩深轻抚妻子的手背说："今天是我们的结婚纪念日，别说些不吉利的话。"

浩深和卓兰刚进家门，女儿妙英恰好从生粉厂捡煤渣回来。她搁下大半桶煤渣，匆匆走入冲凉房，刚才那场暴雨让她变成落汤鸡。"洪湖水呀浪呀嘛浪打浪啊，洪湖岸边是呀嘛是家乡啊……"歌声混合着泼水声，从冲凉房里传出。妙英是学校宣传队队员，她参演了话剧《园丁之歌》，令她在校园里获得颇高的回头率。"妈，学校举行期末文艺会演，我独唱《洪湖水浪打浪》，你们替我做一件漂亮的演出服吧。"妙英从冲凉房探出湿漉漉的头，对蹲在地上洗菜的母亲说。卓兰应允："好呀，爸妈给你做。你好好练歌，这段时间就别去捡煤渣啦。"卓兰说完也跟着唱起来："清早船儿去呀去撒网，晚

———
① 指嘴巴噘起，有瞧不起之义。

上回来鱼满舱。"妙英说："哎呀，我妈的嗓子还是那么好听。文艺会演时，要是爸妈上台演一段粤剧，保证台下的人听出耳油。"

吃晚饭时，靓少德和浩深在讨论妙英演出服的用料和款式。忽然，浩深发觉妻子含着一口饭，神情恍惚地盯着一处看，木偶似的一动不动。浩深睁大眼看着妻子，断定妻子病情又发作了。靓少德和温葱莲也发现了卓兰的怪异表情，惊恐地面面相觑。卓兰缓缓搁下碗筷，默不作声地快步走向厨房，浩深不明就里地跟在其后，细心观察她的一举一动。卓兰寻来一把锄头，撬开铺在炉灶旁一块劈柴时做垫的麻石，再拨开一层湿润的泥土，挖出一只密封的瓷缸。浩深疑惑地帮忙打开瓷缸盖，霎时惊呆了：瓷缸里竟藏着一件色彩鲜艳的文武生戏服和浩深创作的五本粤剧剧本！浩深捧着在地下足足埋了十多年的戏服和剧本，双手不停地颤抖着。他小心翼翼又迫不及待地将那件点缀着胶片和铜托小镜的流光溢彩的文袖戏服穿在身，泪水涌出眼眶，沾湿了衣袖。

卓兰沉静地述说了当年的事。这件用优质布料做的文武生戏服是卓兰瞒着浩深裁制的，打算在结婚纪念日那天拿出来，给丈夫一个惊喜。当时早晚广播和大街小巷都充斥着"横扫一切牛鬼蛇神"的标语口号，气氛让人窒息。就在观音堂和尚书祠被捣毁的那天，卓兰暗地里将戏服和剧本埋在地下。此时，卓兰深情地望着丈夫，说："我不祈求你将来大富大贵，只祈求你有一天穿着这件戏服登上戏台！"浩深说："我也盼望有这一天啊！"说完就甩袖唱道，"只知有妇真心相爱，貌美又贤良胜过天仙。"卓兰嗔笑道："还貌美呀，成老太婆喽！"

离学校文艺会演的日子越来越近。这天中午，妙英甫放下饭碗，就抓紧在客厅练唱了。当她穿上妈妈缝制的演出服——

粗布蓝色襟衣，脚蹬布鞋，小腿缠绷带，腰扎武装带，英姿飒爽地站在家人面前时，浩深和卓兰都满意地露出笑容，唯独靓少德拉长脸斜睨着她："你举手投足有点不伦不类的，不像土生土长的农民赤卫队队员，倒像刚从大上海来的大学生，书卷味太浓啦。另外，外形也不接近角色，一头长发显得太柔弱，不像外表刚强的韩英。"

妙英觉得爷爷的话有理，便转身回到房间，拿了一把锋利的剪刀走到母亲面前，说："妈，你替我把头发剪短！"卓兰知道女儿甚爱自己乌黑柔顺的长发，每周都到豆腐社要来酸水，精心梳洗。卓兰把女儿的秀发拢在手里，接过剪刀："你真舍得剪？"妙英紧闭双眼，坚定地点点头。卓兰还是犹豫着下不了手。靓少德见状，便接过剪刀，"咔嚓"一声将孙女的秀发剪掉，淡然说："想把戏演好，关键是不要有丝毫的私心杂念！"他将剪断的头发交给孙女时，瞥见她眼睫毛湿湿的，便安抚说："别伤心，头发嘛，过几个月就长出来啦。"

此时，门外忽然响起"咩——咩——哟——哟——"的羊叫声。靓少德脑海里蓦地浮现出在县五七干校时清早或傍晚敲着铜锣呼唤羊群的情景，心想：谁在模仿我学羊叫呀？莫非是他？一道高瘦的身影跨进大门，与靓少德紧紧抱在一起。

"靓班主，我看你来啦！"

"老马，我猜肯定是你呀！"

马国立与靓少德这两个相识多年且患难与共的挚友相互端详。寒暄过后，马国立拿出随身带着的象棋，说："来来来，我们两伙计杀两盘，过过瘾！"在县五七干校九年里，两人听着骤然掠过茶园的落山风的骇人呼啸，嗅着羊棚里散发的羊粪气味，在昏暗的灯光下边聊天边下棋，几乎形影不离地度过每个清寂的夜晚。

棋至中局，马国立稍占优势，靓少德被迫挪动老帅。"老

伙计，应付这个局面，非要老帅出来不可啊！"马国立有节奏地轻碰着手里的棋子，态度诚恳地说，"靓班主，我想请你出山，你干不干？"靓少德感觉马国立不是开玩笑，便愣住了。马国立说明这次找靓少德的用意。原来，刚摘掉"右派"帽子的马国立被任命为县文工团团长。他向县领导推荐靓少德为文工团顾问："而今文工团老青居多，有些人唱念做打、手眼身法步都不太懂。文工团要是有靓少德这个叔父坐舱，就会少走弯路，大家也淡定得多喽。"县领导说："我看过大声德唱戏。就算坐在后排，他的大嗓喉也会震到你耳膜嗡嗡响的。但是，他是因唱戏受到冲击的，肯不肯出山呢？人呀，总是一朝被蛇咬，十年怕井绳啊。"马国立说："我试试去做他的工作。"

眼下，靓少德哈哈朗笑道："老马，露出老狐狸的尾巴了吧？你原来是做说客的。你的脾性一点没改，说话先兜圈，来一段铺垫，等水到渠成时才端出你的主张，使对方想不出拒绝的理由。好吧，马团长，就凭我们几十年的交情，我答应你，助你一臂之力！"

马国立喜不自禁："靓班主，你同样脾性不改啊，说话直来直去，老艄公撑船——一竿子插到底①！但是，我是很有野心的，除了请你出山外，还想把阿深和依依调进县文工团！"马国立说着转身面向何浩深："阿深，你愿意调到县文工团吗？"浩深茫然地瞅瞅父母又望望妻女，看到他们用激励的目光瞧着自己，点头应允了。靓少德说："阿深，这才是何家的架步嘛！系威系势，五郎救弟！"他又看了一眼妻子和媳妇，满怀歉意地说："家里一下走了两个男的，以后担担抬抬的重活就只能靠你们喽。"

---

① 指性格爽直。

这天是到阳山文工团报到的日子。下午，马国立来到阳山电影院附近一个堆放建筑材料的简陋仓库，等候前来报到的演员和乐师。从县城、青莲、黎埠、七拱、小江等地调来的二十多人或坐车、或乘船，风尘仆仆地赶来县城。仓库一下喧闹起来了，充盈着水泥味、烟味和汗味的混合味道。把带来的被席、箱子、桶盆等行李往仓库角落一扔，男人们就相互递烟，女人们就叽喳喳说起话来。看见他们尽管因营养不良而面黄肌瘦，但个个精神抖擞，一副摩拳擦掌的兴奋状，团长马国立笑得合不拢嘴，忙不迭地向每人端上一碗梨渣茶："天气热，喝碗梨渣茶，消暑祛湿！"一个面容清秀的女子蹲在门前的沟渠呕吐不止，手扶拖拉机在盘山公路颠簸了近两小时，让她吃不消了。马国立找来驱风油，吩咐人涂在她的太阳穴和颈项上。"哎哟，看你脸青嘴唇白的，黄胆水都吐出来了。你平时晕车是么？"马国立关切地问。

靓少德、何浩深和柳依依坐"猪笼车"最后赶到。众人都定睛瞧着靓少德那一瘸一拐的残脚。马国立接过靓少德手里的行李，提高声调对众人说："各位手足，我向你们介绍，他叫靓少德，花名大声德。别看他上了年纪，他以前可是过山班的班主兼文武生啊，自小就食华光师傅饭的，出入虎度门比你们行路过桥都要多……"靓少德连连向众人拱手，说："不敢当，不敢当啊！"

马国立把靓少德拉到一边，说："文工团的人都到齐啦。万事开头难啊，剧团眼下最要紧的事，就是确定先排哪出戏。"靓少德从藤箱里找出《十五贯》剧本，递给马国立，胸有成竹地说："先排《十五贯》！"他陈述了理由：第一，此剧是"江湖十八本"之一，广大戏迷对它耳熟能详。第二，此剧有欢笑，也有泪水，适合普罗大众的口味。第三，此剧采用双生双旦结构，两个男主角和两个女主角同时登场，场面热

闹，气氛活跃，同时可避免主要演员过于疲劳，影响演出效果。靓少德瞥了一眼刚才呕吐的那个女子，说："演员的身体素质也不太好，把戏压在一两个人身上，不合适。"马国立频频点头："靓班主，你是行内人，我全听你的！那就先上《十五贯》吧！"两人连夜研究角色分配，决定柳依依演苏戌娟，何浩深演过于执。

两天后，文工团到离县城近二十公里的犁头公社进行封闭排练。公社书记带着马国立和靓少德在当地学校、粮所等走了一圈，说："你们选哪个地方排练，我都满足你们！"每到一处，靓少德都亮起他的大嗓门测试音效，最后选中粮所一个宽敞的谷仓。靓少德说："这地方声音的响度、清晰度和饱满度都不错，就选这里吧。"每天，当笼罩在山边那片茂密栗树上的雾气还未散尽时，剧团的演员和乐师就起床练功了。他们迈着轻盈的脚步，与晨起肩荷锄头放田水或牵牛下地的老农相遇于田垄曲径间。在谷仓侧旁的晒地上觅食的鸟雀受到惊吓，慌忙振翅逃逸，留下一串尖叫。

柳依依被选为文工团队长，每天负责组织练功和排练工作。她发现部分演员几乎是白纸一张，不但欠缺粤剧表演经验，而且连一些基本功也不太懂。有一个年轻女演员在吊嗓子时总让旁人笑得前仰后合，只见她开口未几就脸红脖子粗了，发出的声音像鸡叫。看到别人捂住嘴笑，她急得眼泪快要流下来了。依依上前抱住她的双肩，笑着安慰她说："其实你的嗓音还是不错的，只是喵声的方法不对。喉咙太紧，还没充分打开。你先吸一口气，打开喉咙，像要打哈欠，咽喉里感觉竖起一只鸡蛋时，然后发声……"女演员照做了，发声效果大不一样。

依依结合自己的心得，把表演的基本功编写成口诀，如"双手撑腰——神气醒（朝气）""上下左右——目转睛（专

注）""扬扬得意——松肩膀（得意）""怒火满腔——忿填膺
（愤怒）""羞愧难当——半掩面（难过）"等。她把口诀抄在
一张白纸上，贴在谷仓的显眼处，让大家背熟并练习。靓少德
对依依此举甚为赞赏，说："演戏没功，越演越松。演员在台
上的一招一式，都必须中规中矩。"

到了水稻开镰收割的季节，田畴里金穗飘香，人头攒动。
农民们双手攥住一把稻秆，使劲摔向禾桶，发出的"咚咚"
声响与公社粮所谷仓传来的锣鼓声和演唱声连成一片。经过三
个月的日夜排练，《十五贯》已基本成型。"排出来的戏一天
一个样，真是婆婆看未来儿媳——越看越顺眼啊！"马国立笑
着对靓少德说。后者点头表示认同，说："是呀，他们汗水没
白流啊！为了这个戏，谁没瘦个五斤八斤的？"

一队队农民挑着刚收成的稻谷络绎不绝地到公社粮所交公
粮来了。稻谷过了磅秤，倒进用竹篱围起来的仓库里，他们就
把箩筐搁在路边，光着膀子，叼着烟卷，怯生生地走进谷仓，
站在远处观看排练。"后面看不清，坐到前面来吧。"靓少德
诚恳地对农民说，"你们是《十五贯》的首批观众，哪句唱不
好，哪个动作做得不到家，就直管说！"有人认出了靓少德：
"你叫大声德，是吧？十几年前你们剧团来公社礼堂唱过戏，
我记得你呀！"

一天下午排练结束，柳依依手执喇叭，走到人群中央，
说："大家安静，马国立团长要宣布一个重要消息！"众人似
乎意识到了什么，都眉飞色舞地交换着眼神，然后屏息凝神地
望着马国立。"大家都猜到了吧？阳山文工团的第一场硬仗就
要打响啦！"马国立接过喇叭，声音微微颤抖，"后天挥师连
州！正如北方人常说的，是骡子是马——拉出来遛遛！"话音
刚落，偌大的谷仓掌声如雷，男演员激动得吹起呼哨，又翻起
跟斗，女演员则满含泪花地搂在一起。其实，拉队到连州演出

是靓少德的主意，他对马国立说："丑媳妇总得见公婆的。先到连州演几场，边演边改，等到戏成熟了，才回到县城正式公演。"此建议得到马国立的认可："到连州试水，就是游击战的迂回战术嘛。靓班主，你这个老江湖，真是深谋远虑啊！"

与马国立打过游击的天井山林场的李场长闻讯，当即表示派专车送剧团到连州，并吩咐木匠用优质木材赶制几个衣箱杂箱运到文工团驻地。这个颇为懂行的汉子说："戏迷精明得很！戏班有多少斤两，只要数数箱子，他们就心中有数啦！"他还晃着硕大的脑袋对战友说："祝你马到成功，一鸣惊人！"次日清早，四辆载满演员和戏服道具的货车在公社门口集结，随后徐徐驶向通往连州的国道，公社领导和在田间收割水稻的农民都涌到路边相送。

料想不到的是，当中午时分车身上横挂着"阳山文工团隆重献演经典大型粤剧《十五贯》"红色标语的车队浩浩荡荡地驶入人来人往的连州街时，却没有出现翘首伫立、奔走相告的场面，人们只是冷漠地瞟一眼就脸挂讥笑地匆匆离去。有一个穿戴整齐的中年男人倨傲地撇撇嘴，说："哈哈，阳山那些番薯佬真不自量力，广州话都说不正，满口麦羹音，还学人唱粤剧！"他有意模仿阳山人说广州话的口吻，将"粤剧"两字说得硬邦邦的，且突兀地抬高了八个声度，惹得旁人捧腹哄笑。

车队停在连州电影院门口，演员和乐师下了车，帮忙卸车。尽管走廊上的宣传栏张贴了阳山文工团的巨幅演出广告，但售票窗口冷冷清清。看到这一幕，大家的心头像浇了一瓢冷水。柳依依沉着脸走过来，用眼神示意马国立和靓少德望向马路对面一家单位的门前——那儿摆着一面黑板，上书："今晚不加班，看阳山番薯麦羹戏。"马国立狠狠地将脚下的泥团碾成碎渣，靓少德则顿时拉长了脸。

两人冷静下来后立即召集骨干开会。马国立诚恳地说："大家要放下包袱，全情投入，心无旁骛地把戏演好，不要理会上座率。只要拿出排练时的水准，就算戏演砸了，也对得起自己的良心！"虽然演出时观众只达半数，但由于三军用力，演出取得意想不到的效果，观众好评如潮：阳山人演粤剧唱念做打俱佳！那家单位也于次日悄悄在黑板上更改了通知："今晚集体观看阳山文工团的粤剧《十五贯》，请各职工于五时前到工会领取戏票，逾期责任自负。"此后，《十五贯》在连州连演八场，场场观众爆满。

青莲湾风和日丽，帆影簇拥。温葱莲、方卓兰、癫仔海和整香街的一群男女欢天喜地地走下通津码头。停泊在岸边的一艘轮船拉响了汽笛，一个船员跳上岸，解下套在蘑菇状的镇江柱上的缆绳，大声吆喝："去阳山睇大戏的人快上船啦，船就要开新喽！"

阳山文工团排练的粤剧《十五贯》于昨天在县城公演，即引起轰动。青莲的戏迷按捺不住了，都想先睹为快。于是，他们或坐三四小时的轮船，或带上干粮步行四五个小时，从水陆两路涌上县城。人们如此着魔的情景，数年前在县城上映朝鲜电影《卖花姑娘》时曾出现过。轮船上柴油机的声音震得人们耳朵嗡嗡响，人们不得不提高声调说话，回忆当年看《卖花姑娘》时一把鼻涕、一把眼泪走出剧院的场景，众人都哈哈大笑。一个中年女人贴近同伴的耳边问："看《十五贯》要不要准备手帕擦眼泪呀？"同伴用肯定的语气回答："哪要呀？哪一部广东大戏不是大团圆结局的？"

螺旋桨翻起层层青波，轮船在震耳欲聋的机器喧嚣声里溯流而上。当轮船途经气势恢宏的较剪陂船闸时，船上的人发出一阵尖叫。轮船减缓速度，拖着悠扬的笛声，与其他船舶一道驶入百多米长的狭窄闸室，下游那两扇厚实的水泥闸门随即缓

缓自动闭合。约半小时过去，闸室里的蓄水涨满起来。待蓄水
与上游水位持平时，上游的闸门又缓缓自动开启了。一时间笛
声此起彼伏，船舶依次出闸，驶向宽阔的江面，县城那座耸立
在山边的古老砖塔依稀可见。河岸的公路上出现不少戏迷，他
们成群结队，正往县城赶。轮船上的人打趣地向他们喊话：
"见到阳山塔，行到你眼霎霎①。"

　　轮船于下午时分抵达县城，上一场演出的锣鼓也刚息止，
电影院门前的榕树下行人如鲫。浩深穿着戏服、挂着胡须匆匆
走出戏院，向站在《十五贯》大幅海报下等候的葱莲和卓兰
走来。两人眨巴着眼端详半天才认出浩深。卓兰说："哎呀，
我想从哪冒出一个白鼻哥呢。戏不是唱完了吗？干吗还不去卸
妆？"浩深双手一摊，扫了一眼正在入场的观众说："等会接
着演呀，一天连演五场，忙到滚水烫脚，连上厕所的时间都没
有啊！你们看的是夜场，时间还早，先到周围逛逛吧。"

　　这时，有两个戏迷从他们身边经过，其中一个戏迷用鄙夷
的眼神瞅着浩深说："这人就是演昏庸判官过于执的。"另一
戏迷唱起了过于执在剧中的唱段："只见她艳若桃李，岂能无
人勾引？年正青春，怎会冷若冰霜？她与奸夫情投意合，自然
要生比翼齐飞之意……此案情就算不查问，也明白十之八九
了。"戏迷唱罢，向浩深的脚下吐了一口痰，说："他妈的，
见风就是雨，草菅人命，陷害忠良！去吃屎吧，你这个狗
官！"说着就想上前推搡浩深，幸好被赶来的靓少德拦住。靓
少德将儿子拉到一边，说："观众恨你，说明你把人物演活
了。以前戏班里凡演过秦桧、潘金莲、陈世美的，下了戏台总
是提心吊胆的，一不小心就会被戏迷用刀子砍、用砖头砸。"

　　葱莲、卓兰和癫仔海看完演出已是凌晨，要连夜坐船回青

---

　　①　即眨眼。

莲去。靓少德、浩深和依依到码头送行。

　　《十五贯》在全县巡演后，阳山文工团一炮打响。此后他们接连排演了十多场粤剧，观众好评如潮，阳山文工团的名声愈加响亮了。一天，团长马国立心急火燎地回到办公室，在门口与靓少德撞了个满怀。后者调侃说："看你急的，火烧戏棚么？"马国立从口袋掏出一叠信件，说："广西梧州、贺县等地邀请我们去演出。你说，我们答应不答应？"

　　靓少德没当即回答，在屋子里来回踱步。四十年前，靓少德带着梨园彩在广西翻山越岭，对当地的粤剧氛围和水准心中有数。他沉思许久才说："广西粤剧是敢与广东粤剧掰手臂的。我认为他们演戏更讲究，'男要小跳，女要拗腰'。一些功架和排场，比如变脸、耍牙、跳台、铲椅、吊辫、过山、吐血、三上吊、踩跷、甩发等，广西很多戏班都一直保留下来。同样演《金莲戏叔》，广东班文戏居多，以唱为主，所谓'一声压三丑'。广西班就不一样了，既要唱更要做，武松与潘金莲有许多对手戏的，简直让戏迷拍烂手掌。所以，行内有句话说：'粤剧如果没有广西（粤剧）就不是东西。'"

　　瞅见马国立面露难色，靓少德来了一招激将法："马团长，吓出一身冷汗了吧？如果害怕了，就干脆推掉算啦。"马国立却双手叉腰，说："老子打仗死都不怕，还怕唱戏佬脚抽筋——下不了台？广西佬诚心邀请我们去，就算是山上有老虎，我也敢上！"靓少德大笑："老马，你不愧是抓枪出身的。敢过大江，唔怕船小。鱼唔过塘唔得大。其实呀，凭我们今天的实力，即使去佛山万福台演，也没什么可怕的！"

　　三天后，阳山文工团带着《风火送慈云》《慈云太子走国》《柳毅传书》和《搜书院》四场戏启程前往广西。马国立与靓少德商定，以广西重镇梧州为"总攻"城市，先在沿途市县巡演，边演出边完善，最后积蓄力量，一鼓作气拿下

梧州。

一路上的演出颇为顺畅，观众十分踊跃。在梧州管辖的信都公社，原定演出四场，但到最后一晚仍有两百多名戏迷因没票而被堵在戏院外。尽管这时演出结束已半小时，但他们仍嚷着不肯离去，将走出戏院的马国立和靓少德团团围住。一个肩挑两只空竹笼的中年汉子指着身边的两位老人，又从贴身口袋摸出用塑料袋包着的钱币，懊丧不已地说："我和我的老爸老妈都特爱看戏。听说公社有戏看，我们天没亮就上路了。结果把鸡鸭卖了，赶到售票处，却说没票了，你说多扫兴啊。可怜两个老人走了二十多里山路，唉！"汉子说完将一首打油诗交到马国立手里："信都来了广东班，好戏连场不简单。布景灯光多生动，演出功夫冇得弹。可惜演期太过少，买票如同过五关。但求多演几场戏，以慰浮生半日闲。"马国立十分体谅他们的心情："现在农民衣食无忧，但文娱生活太缺乏了。"于是他与戏院经理商议，决定加演两场。戏迷们听到这消息后，才高高兴兴地散去。后来，那中年汉子又写了题为《赠阳山文工团》的诗："正值骄阳照仲夏，喜迎贵客到壮家。剧场南国多红豆，天下穷处现奇葩。去伪存真除糟粕，继承传统选精华。韩公泉下应笑慰，贤令山前遍百花。"

阳山文工团今晚安排在梧州人民艺术剧院演出。当文工团车队刚在剧院门口停下，就有一群戏迷围了上来，你一言我一语地说开了：

"哇——单单戏服和道具就装了满满两大车！这支广东班几够架步啊，一看就知唔系'有盔头有鸡尾，有大靠有背旗，有戏做冇关期'的丸仔班①啦。"

"当然啦，唔系猛龙唔过江啊！"

---

① 即小班。

"就系啦，如果有两道散手，哪敢拉大队来大剧院洗脸拉山晒靴底①呢。"

听到戏迷的议论，靓少德顿觉心里暖融融的。他下了车，习惯先到售票处巡察。远远瞥见售票处空荡荡的，只有一群老人围在一起闲聊，靓少德不由得打了一个冷战。但售票窗口旁张贴的一则告示让他放下心来："今晚有少量戏票于下午五时发售，欲购从速。"这时，他才看清窗口下的青砖地上，密密麻麻地摆放了一些石头、瓦片、棍棒、香烟盒、火柴盒等，呈现"Z"字状。一位老伯告诉靓少德，阳山文工团的《风火送慈云》共安排了十五个夜场，以集体订票为主，每天零售票只有一二百张。一些戏迷没空排队买票，唯有出钱请退休老人代劳了。地上摆放的杂物就是他们排队的记号。老伯说："我今天一大早就来排队，想不到有人半夜就开始排队啦！"

至此，阳山文工团广西之行已历时四个多月，沿途应戏迷请求而累累加演，演职人员大多疲惫不堪。这天中午，《慈云太子走国》日场刚散场，剧院经理就急匆匆跑到后台，递给靓少德一封电报。靓少德心脏狂跳不止，慌忙打开电报。当"母亲病危，速归！妻"一行字映入眼帘时，不禁两眼发黑、双腿发软，身体向一侧倾倒。马国立和剧院经理连忙把他搀扶到更衣间。靓少德年逾八十的母亲徐氏近两年健康状况一日不如一日，去年来已卧床不起。也许意识到时日无多，她老是嚷着回番禺沙湾去。靓少德从老家回来，向母亲隐瞒了父亲去世的事，担心她虚弱的身体承受不了打击。

"我爸身体可硬朗啦，煮饭挑水砍蔗，样样都做！"靓少德强装笑脸，编一些谎话哄母亲。

"他呀，总是吹嘘自己，说扛两百斤甘蔗走十里路不用

---

① 指粤剧的程式动作。

歇，力气大得连老虎都能打死。"徐氏凝望着发黄的打了不少补丁的蚊帐顶说，"你爸记挂我没有？"

靓少德贴着母亲耳际说："他说全沙湾没人比你靓，能娶到你，是他的福分。他还说家里那只大白猪，要等你回来才劏呢。"

"你爸会哄人，也懂疼人……"徐氏微笑着，露出牙齿脱落的牙床。

在文工团开启漫长的广西巡演之旅的前一晚，靓少德走进母亲那混杂了驱风油和中草药气味的房间。

"妈，我明天去广西唱大戏，可能要去五六个月呢。"

"带梨园彩去？"

"哪呀？是带县文工团去。"

"不管你去多久，过年时，就得回家！"

"妈，我知道啦！"

靓少德此刻断定母亲这次劫数难逃。他明白，如果不是病情危殆，妻子葱莲是不会发电报来的。

"靓班主，你马上收拾行李，回家看母亲去。我这就去通知浩深。"马国立说。

"你别去！"靓少德嚷道，站起来把更衣室的木门掩上，"阿深戏份重，白天晚上都有戏，而替补也病了。阿深离开，戏就唱不成啦，这怎向戏迷交代呢？救场如救火！这几个月我们一深一浅地走来，眼看还有三四天就结束全部演出了，在这紧要关头，不能因为我的家事而前功尽弃啊！"

马国立沉默不语，因为他摸透了靓少德的脾性：他一旦决定往前走，就算十头牛都拉不住。"电报的事千万别向阿深透露。"走出更衣室前，靓少德向马国立和剧场经理申明，随后自言自语，"平时有啥好吃的，他都留给阿嬷的。"

从掩映于茂密桉树下的那两排简陋冲凉房传出的歌声和泼

678

水声停歇下来了，不久后，被一片竹林覆盖、临时住人的四间教室鼾声如雷。圆月爬上半空，乍起的秋风裹挟着零星的犬吠，将凋落在操场上的残叶吹得四处飞散，河水丰沛的西江静静往东流去。靓少德此刻恍若一尊石雕，纹丝不动地伫立在西江边用大石垒砌起来的堤岸上，向着广东方向极目远眺。

"傻仔，踩在沙煲上打功夫，不是人人都能做到的，要有轻功才行啊。"想起小时偷偷练功踩破了母亲药煲的情景，又想起四十多年前与母亲一道深一脚、浅一脚地走在逃难至青莲的滚滚黄土里，靓少德忍不住抽噎起来，"妈，北帝会保佑你平平安安的！我过几天就回来啦，您在青莲等我，我带您回沙湾……"他双膝着地，额头贴着黄土，连连叩拜。

29　金榜题名抱月归

　　张水养虽然重返小学校园，但顽劣不羁的品性丝毫没改。这令母亲赵笑媚和小学校长焦头烂额。小学校长不止一次地对水养的班主任说："这小孩是一头蛮牛、一只怪兽。你就耐心地教吧。"

　　这天，生粉厂上午七时的汽笛声响过很久了。赵笑媚手攥竹青棍，怒气冲冲地进入儿子的睡房，将床边的木箱敲得啪啪响，此时水养才揉搓着双眼，极不情愿地起了床，脚趿拖鞋，腋下夹着几本书，口袋里装着几个番薯芋头，无精打采地跟在几个脖子上系着红领巾的红小兵身后上学去。但路过观音堂一个大户人家时，他瞄了一眼挂在屋子正中又圆又大的老式挂钟，便转身钻进大江墟莲塘侧那排足有百米长的公共厕所去了。他躺在半人高的泥墙上，以书本做垫，双手合抱在胸前，打起了呼噜。

　　水养读到五年级下学期时就被学校勒令退学了。有三件事导致他被逐出校门。

　　第一件事是水养在上课时搞恶作剧。严

冬时节，湿冷的天气快要把人的手指脚趾冻掉了。为了取暖，一些女学生捧着火缸上学。一些男学生则把柴炭放进四周穿了孔的铁罐里，用铁线串着提回学校。他们边走边使劲挥动手里的铁火罐。瞅着铁火罐在北风中火花四溅，"嗖嗖"响着画出一道漂亮的弧线，走在他们身后的水养就不怀好意地龇牙笑。一天，个子矮小的班主任一脸严肃地进入教室，目光炯炯地察看台下，随后用部队教官的高亢声调反复喊着"起立"和"坐下"，一双粗壮的大手有节奏地提起来又往下压，直到全班学生气喘吁吁地挺立腰板，他才满意地让大家坐下。趁着班主任转身把抄了歌曲《我爱这蓝色的海洋》的白纸挂在黑板时，水养将预先准备的盐粒悄悄撒入女同学的火缸里，又往男同学的铁火罐里塞了几只辣椒干。

"大家跟着我唱，我唱一句，你们跟着唱一句。"班主任用一支竹子点着歌谱，款款深情地唱道，"我爱这蓝色的海洋……"此时，教室遽然响起一连串好似炮仗燃放的噼啪声响，空气里充斥着一股呛鼻的辣椒味。班主任如同被人掐住了喉咙，哑然失声，连打几个喷嚏。教室霎时乱成了马蜂窝……

第二件事是水养殴打铁器社师傅的儿子。有一天，水养与五个小伙伴在大江墟榨油厂门口看见手提一捆青菜回家的"工人"，便前堵后追地一拥而上，嘴里直嚷"工人，给我一分钱！"将那个湖南籍的憨厚打铁匠团团围住。工人左闪右躲，却摆脱不了那群穿短裤、光膀子的男孩的纠缠，麻子脸憋得泛着红光，唯有从皱巴巴的蓝色帆布服里掏出五枚一分硬币，分派给五个男孩。

"口袋里没钱了，全分完啦。"工人对伸手向他要钱的水养说。水养在工人离去后对着他的背影骂道："死湖南佬，给他们钱，就偏不给我！"第二天一早，他在校园围墙的蓖麻树下揪着读二年级的工人儿子的头发，狠狠揍了他一顿。工人找

校长告状来了。次日，在全校师生早操后的大会上，那个凶神恶煞、令全校学生闻风丧胆的体育教师拽着水养的胳膊，边把他推上木砖楼背后的操场讲台，边喷着满嘴唾沫说："你好大的狗胆啊，敢欺负工人后代！工人阶级领导一切，你懂么？"他用力击打水养小时摔在地上留下两道疤痕的后脑勺，冷笑道："你妈唱子喉，你唱平喉，母子共唱一台戏。几年前公社开万人批斗大会，你妈发姣勾佬，就是跪在这里示众的。姣婆遇上脂粉客，当年你妈的样子确实好靓，声音又好听。哎，你回家问你妈，你究竟是哑佬发的种呢，还是黎迈的种？哈哈，想不到几年后你也站在这里示众，你继承了你妈的光荣传统啊！"

　　这奇耻大辱的场面一直存留在水养的记忆深处，每每想起都气得把牙齿咬得咯咯响。若干年后，他听闻这个体育老师因强奸女学生而坐牢，便一脚踢飞脚下的瓦砾，说："屌你祖宗十八代，坐监还便宜了你，没把你的颈拧断算你好命！"水养自此记住了"姣婆遇上脂粉客"这句话，也记住了黎迈这个名字。他终于明白，为何他走在大街小巷时，总是有人停下脚步，指着他的脊梁窃窃私语。

　　第三件事是水养在课堂上公然喊"反动口号"。那天上早读课，水养趴在课桌上打瞌睡。语文老师气得胡须直打战，冲上前拧住水养的耳朵，呵斥道："大睡猪，站起来，背诵《贫农张大爷》！"水养耷拉着眼皮，就吞吞吐吐地背开了："贫农张大爷，身上有块疤，大爷告诉我，那是仇恨疤。过去受剥削，扛活地主家……"前面几句他背得还算顺畅，但越往后越磕磕巴巴了，全班同学都捂着嘴斜眼看他。当他把"打倒狗地主，穷人翻了身"错念成"打倒狗穷人，地主翻了身"时，教室里顿时一片惊讶声："哇——"那位整天穿一件胸襟上沾满红红白白粉笔灰中山装的语文老师鼓起一对牛眼，苍白的嘴唇微微翕动，怀疑自己听觉出了毛病……

这事只过了一天，赵笑媚拉着一车毛竹经过小学门口时，就被等候多时的校长截停了。校长背抄着手，冷漠地说："你把阿养领回家吧……"笑媚双手握住车把惊愕地站定，顿觉一阵昏眩。拖车的皮带勒住她的右肩，隐隐瞥见裹在花布衫里的一片红红白白的肉团。那个形象猥琐的体育老师正在操场上含着哨子，领着两排学生做热身动作。他侧过头来紧盯着赵笑媚，眼睛透着淫光，像钻进了几只萤火虫一样。

对水养而言，被学校勒令退学是一件梦寐以求的事。当赵笑媚哭丧着脸来到学校教导处，试图用眼泪感化校长时，站在母亲身后的水养却瞅着校长铁板一样的脸孔，有意向他挤眉瞪眼，还暗里扬起拳头，并做了一个刀子割颈的动作。校长见状，气得脸色铁青，态度变得异常坚决，毫无商量的余地："这事是学校行政会议决定的，谁也无权更改！"

听到这话，水养抬腿就跑出了教导处，冲到木砖楼天井时将手里的语文书、算术书奋力抛上半空。书本在空中哗啦啦颠翻着，一本掉落在一楼的臭水沟里，一本砸在天井一角的柏树顶上。树上一只秋蝉止住了啼鸣，惊悸地撒下一串尿液，转瞬就消失在暮色里了。再也不用为完成作业而绞尽脑汁了，也不用因各种调皮捣蛋而被罚站留堂写检讨了，体育老师那张令人不寒而栗的脸孔自此也从眼前消匿了。他纵身跳下立了四根罗马柱的学校大门的台阶时，便发誓今生再也不要踏入校门半步。

回到家，水养撕下作业本，折成大小各异的纸船，或做成与小伙伴捽甩作赌的三角符，只是把图画作业本藏到草席下，因为那拥有一副洪亮嗓音的图画老师曾多次表扬他，夸他有绘画天分，尤其是画轮船、帆船、渔艇，活灵活现、栩栩如生。

他断定母亲这时会操起门角那根又长又直的竹青棍抽打

他，但出乎意料，母亲没这样做。她在门口停下运毛竹的大板车，就径直返回自己房间，抱住枕头呜呜呜地恸哭起来了。她当晚一直没起床做饭。水养出门找伙伴玩耍，快到凌晨时才满身臭汗回家来。他在厨房啃着生番薯，依稀听到母亲在房间里哽咽。

水养打心眼不喜欢柳依依的儿子柳宗亮。他瞧见宗亮斯斯文文的外表就不顺眼，尤其是望见宗亮那乌亮的头发就来气，这令他瞬时想起同样留着满头黑发的工人的儿子，继而想起被推上学校操场讲台示众的耻辱一幕。他忌恨宗亮头发乌黑的另一个原因是自己头发稀疏，盖不住后脑勺那青光闪闪的大伤疤，由此他多了一个外号——"地堂仔"。而他说话时有一个习惯，即抬手去抚摸他那如晒谷场般明亮的伤疤。

水养本是整香街的孩子王，而比水养小一两岁的宗亮却常不听他的指令，这让他丢尽了面子。有一晚，公社电影小机队在戏棚地放映阿尔巴尼亚电影《宁死不屈》，水养、宗亮等整香街的孩子各显神通，无票混进了戏棚。他们与几十个孩子挤在戏台上，像一群鸭子昂起脖子，盯着挂在仅隔两三米的后台中央的幕布。

电影里一个男学生站上课桌，抱着双臂，指着黑板上意大利独裁者墨索里尼的画像，讥讽地说："肃静，墨索里尼，总是有理！现在有理，而且永远有理！"学生们嚷闹着把那男学生的双腿抱起来。此时，戏棚里的灯亮了，放映员嘴里叼着烟，在一片喧闹声中慢悠悠地更换电影胶片。一个小伙伴说了句"演到打仗时叫醒我"，就躺在台板上呼呼入睡了。水养对着那小伙伴一丝冷笑，寻思着如何捉弄他。水养点燃两根火柴，压在火柴盒下，然后用指甲剔出一丝牙垢，涂在炭化了的火柴杆的一端，沾在小伙伴的手臂和脚踝上。水养将火柴递给宗亮，要他点着火柴杆。宗亮不从，还露出厌恶之色。水养一脸不悦地将火柴杆点燃了。酣睡中的小伙伴以为被黄蜂蜇了，哇哇哭叫，慌忙用手去拍打，戏台上乱作一团……水养被维持秩序的职员连推带拽轰出了戏棚地。电影散场后，守在街口的水养将宗亮一顿拳打脚踢，把气发泄在宗亮身上。

　　一年后，宗亮有事求助水养，这竟成了水养与宗亮后来结为好友的机缘。一天中午，水养坐在门槛上，手掌托着下巴，神情恍惚地望着蒙蒙细雨出神，心里想着两个月前与渡船一起沉没于洪水暴涨的青莲水的爷爷张三。宗亮左手拿一块碟子般大小的玻璃片，右手拿画笔和墨水，走到水养跟前，用哀求的口吻说："养哥，我想放粤剧'幻灯片'，你帮我画一条红船好么？听我妈说，你爷爷撑的那只渡船最初是一只红船。"水养愣了一下，然后接过宗亮递过来的玻璃、画笔和墨水。他把玻璃摆在矮凳上，先画一条波光粼粼的江河，接着画了一艘破旧的渡船，最后画了一个老艄公。那个腰身佝偻、长着八字眉的老艄公手持竹篙站在船舷上，江风卷起了他的衣角。水养搁下画笔时，泪水在他眼眶里急剧打转。

　　随后，宗亮又捧着一叠玻璃片去找温葱莲，求她帮忙画粤剧脸谱。葱莲在宗亮拿来的玻璃片上画了生旦净末丑、外小夫贴杂十大行当的粤剧脸谱，逐一摆放在八仙桌上。正午的阳光透过两块明瓦投射到玻璃片上，泛着金光，屋子里荡漾着浓郁的墨香。"幻灯片能看清吗？"葱莲侧过脸盯着宗亮英俊的脸庞问。"我也不知道。"宗亮腼腆地回答。葱莲打心眼喜欢眼前这个孩子，瞧着宗亮笔挺的鼻梁，她就会想起浩深和浩刚两兄弟小时的模样。

　　一天夜晚，月亮升起来了。宗亮用布帘遮住从窗户透进来的光亮。"放电影喽，快来看啊！"宗亮摇响大门上的铁环，打开嗓门向正在嬉闹的伙伴们吆喝。屋子里聚满了人，个个露出惊奇期待的神色。只见客厅中央摆了一张饭桌，一支手电筒

用一个硬纸皮做的"机身"套着搁在饭桌上，正前方的墙壁上挂了一张用作银幕的白床单。宗亮用竹篮提着一叠"幻灯片"从房间出来，这些用形状不一的废弃玻璃片制作的幻灯片，除画了渡船和一些粤剧脸谱外，还画了武松打虎、孙悟空大闹天宫等故事情节，有的写着标语口号，有的贴了一张五彩缤纷的玻璃糖纸。

宗亮熄了灯，打开了手电筒，小伙伴们嘿嘿笑着，在手电筒前摆出各种手势，银幕上即现出小狗、青蛙、金鱼等形象逼真的图案。"安静，开始播映啦！"宗亮大喊。他播了一条标语："广阔天地大有作为"，但映在银幕上的字却是反的。小伙伴一阵哄笑。宗亮急了，接连播了几个幻灯片，但画面都模糊不清，屋里便嘘声骤起，小伙伴们纷纷哂笑而散。屋子里变得空荡荡，宗亮索然无趣地开了灯，发现水养靠在墙角对着他微笑。水养说："能把我画的渡船给我保存吗？"宗亮愧疚地说："嗯。你画得好，我却播不出来。""不要紧的。"水养安慰宗亮，跟着自言自语，"那晚我要是不贪玩，在船上陪我爷爷，爷爷就不会死……"水养接过玻璃片就出门回家去了。宗亮发现他不停地撩起衣角擦眼睛。

后来，水养进了水运社，成了一名轮船工。他空闲时就去钓鱼，屎虫和苍蝇是他常用的诱饵。他用一只长网兜到大江墟厕所捞屎虫，把屎虫倒进盛着柴灰的竹筒里，它身上的污物就清除得一干二净了。他空手捕捉绿头苍蝇的手法堪称一绝。只见他蹑手蹑脚地靠近那些外表笨拙的家伙，"嗖"的一声挥动手臂，那绿头苍蝇十有八九被捂在他掌心里。江佐船厂、南塘渠化、盐田钓鱼翁，这些水流平缓的地方都是他的垂钓处。赤裸上身，嘴含狗尾草，斜躺在草地上，边观察鱼儿动静，边欣赏船只过往的风景，是他最惬意的时刻。

水养每天都拎回一些草鱼、鲈鱼、鲤鱼、鲢鱼等。鱼吃不完，他就拿到市场卖。有时，他瞅见街坊阿苏挑水从门口经过，就会跑回厨房，从水缸里抓了两条鱼偷偷扔进他的水桶，跟着嘻嘻嚷道："苏哥，你真好运啊！天上有两条鱼跳入你的水桶喽！"盲眼的阿苏转动灰蒙蒙的眼睛，听着鱼儿在水桶翻动的声响，嘿嘿笑："多谢阿养！"

这段日子，水养的暇余时光大多在钓鱼中度过。一天傍晚，他在渠化水闸附近的小江湾抛下渔线，就倚着南塘岸边阡陌间灌溉渠的石墩呼呼睡着了。一个女子飘然入梦，五彩斑斓的晚照拥搂着她妙曼的腰肢。正当他看得入迷时，那女子一声惊呼："哎呀，鱼上钩啦！"水养慌忙提起渔竿，却不留神滑落到草坡下，惹得女子娇笑连连。这时，远处传来呼叫："小凤，走喽，天快黑啦！"那女子便扯起裙裾，转身走了，撒下如春燕呢喃般的软语："三月三，鲤鱼上河滩。"水养醒来，感到空落落的，那种怅然若失的茫然，是他从未体验过的。

当晚回到整香街，水养立刻将已上床睡觉的伙伴们招来，把做梦的事说了一遍。"青莲街有个叫小凤的，你们认识吗？"水养眨眼低声问。伙伴们搔首挠耳，努力在认识的人当中找出年龄相当并且名字有"小凤"两字的女孩。他们共说出五个"小凤"：分别是住新街尾的王小凤、住当铺巷的马小凤、住沙市街的张小凤、住粮管所的胡小凤、住生粉厂的陈小凤。梦中女子究竟是哪个小凤呢，众人莫衷一是，说着竟相互争吵起来，最后不欢而散，唯有宗亮留下。"我上哪找小凤呢？"水养懊丧地摸着后脑勺的伤疤嘟哝道。宗亮拍了拍水养的肩膀，说："如果你与小凤真的有缘，就算你不去找她，她也会主动来找你的。"

此去经年，无论是白昼还是黑夜，水养心里都念叨着小凤的名字。他根据伙伴们提供的线索，按图索骥，暗里逐一去寻找小凤，守在路边或躲在角落，窥察她们的容颜举止，发觉个

个都长得标致可人。后来，他集萃了各人的优点，经一番嫁接挪移，虚构出至善无瑕的小凤形象：秋水荡漾的杏仁眼，娉婷袅娜的身段，穿一条喇叭状的碎花裙子。巧笑时的模样让人销魂蚀骨，绯红的双颊上露出两个迷人的小酒窝，而系在短发上的两条白丝带，就像两只振翅欲飞的白蝴蝶。当水养在戏棚地黄檀树花开的一个月夜绘声绘色地向宗亮描述心目中小凤的模样时，后者蹙起眉头，说："什么？穿碎花裙，短发扎白丝带？你的小凤也够时髦的啊！哎呀，我找到你的小凤啦，她在阿尔巴尼亚呢！"水养疑惑不解地望着宗亮。"小凤不就是电影《宁死不屈》里那个在教室门口望风的女学生么？"宗亮说罢就哈哈大笑。

小凤的音容笑貌已融化在水养的脑海和灵魂里。他常骑着走船时从广州买回的永久牌自行车，去小凤们居住的街巷，试图偶遇她们，结识她们。但他每次都失望而回，因为那些女孩都知晓他是一个"从街头打到街尾"的惹是生非的小混混，都唯恐躲避不及。水养见此景况，都不由收紧八字眉，显出一副极沮丧的样子。

这些年跟随运输轮船闯南走北，水养愈发见多识广了。他的装束悄然发生了变化，一改以前邋遢老土的形象。夏天他常穿一件圆领的蓝白条纹相间的海军衫，或穿一件长袖的确良面料的白衬衫，脚蹬一双抽掉绑绳的白色球鞋，显得英姿勃勃。冬天，他的装扮同样阳刚硬朗。他换成一套烫痕毕露的崭新西装，把白衬衫挺括的领子醒目地翻在西装衣领外。鞋跟装了铁片的黑色皮鞋一尘不染，锃亮可鉴，走在石板路上嗒嗒作响，夜间还会擦出一串火花。他刻意留了长发，并抹上发蜡。尽管头发依然稀疏，但后脑勺那丢人现眼的"地堂"全被遮蔽了，这令他平添了不少自信。

水养无疑是整香街新鲜事物的引进者，许多时尚的玩意都是他走船时从广州等地带回来的。一个炎热的墟日中午，他扛回一个方形的带玻璃屏幕的精美物品。他右手小心翼翼地抱住那东西从通津码头上岸，左手阻隔挤逼的人群，边喊叫边经大街往家里去："走开，快走开！打烂了，卖了你也赔不起！"傍晚，他匆匆扒了几口饭，就迫不及待地把那玩意搬到戏棚地空坪，摆在铺了一张粉红色塑料布的圆桌上。街坊们都围了上来，看水养这次又将带来什么惊喜。

"阿养，那是什么？是烤炉么？"一个砸棕树皮的妇女停下手里的木槌问。

"是电视机，能收看大戏，也能收看电影。"水养边答边为这台十二英寸的黑白电视机插上电源。

"有了这东西，就不用入戏棚地看戏看电影喽。这电视很贵吧？"那妇女又问。

"那还用说呀！你砸三年棕树皮才能买到手。不过，我买的是香港水货，比广州南方大厦卖的便宜得多。"水养扯起电视机后背的两根天线，忽东忽西地调整方向。

"水货？什么叫水货？"那妇女显然弄不明水养嘴里迸出的新词。水养常不经意地冒出一些时髦用语，让街坊摸不着头脑。

"就是从香港带回的走私货。"水养说。

水养捣鼓了半天，电视机终于有了声音："极目重阳浪接天，绿蕉红树映山前。海南九月花还好，未觉秋声过耳边。""快来看啊，放粤剧《搜书院》啊！"听到有人喊叫，周围的人都感到很惊奇。在门口刨竹青的赵笑媚把月牙形的竹青刀往凳下的箩筐一扔，就跑过来。正在空坪上学骑自行车的何妙英刹住车——她向水养借来自行车，在车后座绑了一根扁担，双眼盯住车轮，身体摇摇晃晃。蹲在门口埋头看报纸的靓少德也凝神辨识传来的鼓乐声。

围上来的人越来越多，但此时电视里的声音却变得断断续续，屏幕上的人像也变得东倒西歪。这可把一心向街坊炫耀的水养急得满身大汗。只见他一会儿移动天线，一会儿调试按钮，但都无济于事。屏幕出现一片雪花时，人们便觉索然无味，纷纷散去。"便宜冇好货！"有人哂笑走开。

"阿养，不用急，慢慢调。"靓少德手提矮凳走过来，"《搜书院》是一出好戏啊！马师曾和红线女在戏里开夫妻店，一个演谢宝，一个演翠莲。"

靓少德在水养跟前坐下，跷起二郎腿，右脚尖有节奏地抖动，卷起报纸轻敲着膝盖，亮起大嗓门，模仿顿挫分明、半白半唱的"马腔"，唱起了《搜书院》谢宝的唱段：

> 吏恶官贪真堪叹，
> 刑清政简再见难。
> 附势趋炎吾不惯，
> 卑躬屈膝太无颜。
> 我甘愿清茶和淡饭，
> 荣华富贵视等闲。
> 非是老夫脾性硬，
> 应留正气在人间。
> 愿得天下之英才而教育之，
> 虽穷何患，
> 哈哈哈。
> ⋯⋯⋯⋯⋯

靓少德唱罢，水养还在一旁手忙脚乱地调摆着天线。他窘迫地挠了挠后脑勺上的伤疤，尴尬地向靓少德咧嘴笑，说："德爷，对不起啊，没调好……"靓少德却毫不在意，说：

"没事，没事的，出不了人像，听听声音也好嘛。你知道'南国红豆'的来历吗？一九五六年马师曾和红线女上北京演《搜书院》，周总理看了十分高兴，说'昆曲是江南的兰花，粤剧是南国的红豆'。就这样，粤剧就有'南国红豆'的名声啦！"

墟日大街上人来人往，弥漫着酒肉香和汗臭味。新开张的冰室聚满了年轻男女。室内凉滋滋的感觉和冰柜里冒出的银白色气雾都让山岭人感到新奇。一个穿白背心的男人从冰室门侧的窗户探出头来，为四分钱一根的雪条编成令人垂涎欲滴的广告语，用粤剧念白的腔调不停地向街上的行人吆喝："三分唔使郁，五分有得续，一文找返九毫六，唔使煎唔使焗，除左碌棍啖啖都系肉！"一群光着上身的五六岁孩子在冰室进进出出，他们贪馋地盯着那些坐在靠背椅上的人津津有味地卷着舌头舔食雪条，都忍不住往肚里吞咽唾沫，并瞅住时机哄抢他们扔下的雪条棍。用雪条棍编织成鸟笼什么的，是那时孩子们的兴趣。

这天中午，柳宗亮背着书包来到离冰室不到百米的大街旁的一个刻章店。坐在一堆颜色各异的玛瑙前的刻章师傅，是一个脸庞方正、身材魁梧、戴近视眼镜的中年男子。他挑了一枚长方形的米黄色玛瑙，用刻刀在底部划了一个"八"字，然后用砂纸打磨平滑，完了将玛瑙固定在用两根木块做成的文具盒形状的夹板上，手攥刻刀，聚精会神地雕刻起来。刻章店旁是一个做铁桶的小作坊，工人锤打白铁皮的尖锐声响对刻章师傅似乎没造成多大干扰。

"钟师傅，帮我刻个私章。"宗亮怯怯地说。

"你喜欢哪块石头，就拣一块。"钟师傅头也不抬地说。

"我选红黄色的那块。"宗亮伸手指着一块玛瑙说。

"你把名字写在纸上吧。"钟师傅向桌子右侧撇撇嘴，继

而侧目瞥了一眼宗亮，拿出布条擦去沾在眼镜片上的尘粒。眼前那张稚嫩的脸孔让他惊奇：小孩来刻私章，从未遇到过。

宗亮以书包做垫，在纸上端端正正地写上自己的姓名。他把纸和挑中的玛瑙搁在桌子的右侧，发现那里摆了几枚刻好的私章，都压了一张写了姓名的纸条，桌子角侧放了一本封面破旧的《曹全碑》。宗亮拿起《曹全碑》翻阅了一会儿又放回去，随后坐在桌子前的竹椅上，身子前倾，目不转睛地看着钟师傅手里的刻刀在拇指大小的玛瑙界面上如行云流水般跳动。

"钟师傅，您是青莲的玉臂匠。"宗亮默然冒出一句话。

钟师傅愣了一下：一个小孩竟冲口说出《水浒传》里的人物，这让他颇感惊讶。"你说我是梁山泊一百〇八将里的符印篆刻大师金大坚？我真像他么？"钟师傅仰颈大笑说，"这人不但手艺高超，并且'眉目不凡，资质秀丽'啊，而我粗手大脚、笨头笨脑的。说到篆刻这行当吧，玉臂匠能以假弄真，瞒天过海，而我只是混一口饭吃，哪敢跟他比呢？惭愧，惭愧啊！后生仔，你看过《水浒传》？"

"小说我是看过的，但看不太懂。"宗亮望着钟师傅浓密的络腮胡子腼腆地说，"但我家有一套《水浒传》的公仔书。"

钟师傅说："年轻人就得多读书。"

三天后，宗亮来取私章。当他从钟师傅手里接过一枚体表清凉、正面雕嵌了篆体字样的私章时，开心地笑了。他把书包里用牛皮纸或彩色画纸包裹了封面的课本全掏出来，铺在膝盖上，蘸了印泥后，就忙不迭地在扉页上逐一盖上红印。钟师傅摘下眼镜，瞅着眼前这个因使劲盖印章而嘴角微微上翘的英俊少年，像端详一尊玛瑙似的盯着他秀气的脸颊和挺拔的鼻梁，喃喃自语："像他妈，饼印一样，一点不像他爸。"

"钟师傅，私章要多少钱？"宗亮边收拾课本边问。

"不收钱，当我送你的。"钟师傅说。

"那怎么行呀？"宗亮打开铅笔盒，拿出几张纸币。

"我就喜欢爱读书的细路！"钟师傅把宗亮握着纸币的手挡回去，拿起小锤子轻敲桌沿，唱道，"流水一去不复返，时光易逝不再还。读书为启发心智，学问能美化人间……"钟师傅是阳山七拱人，小时曾就读由乡贤捐助兴建的通儒中学，可惜因家境困难，只读了一年就辍学了。他唱的正是当时流行甚广的《通儒中学校歌》。每天都有不少的学生从他店铺前有说有笑地经过，这让他回忆起通儒水之滨的绮丽风光。但当他多年来隔三岔五目睹成群结队的中学生挑着粪水、扛着锄头，乘船过河，到七八公里外一个叫大洼落的地方参加校外劳动时，却百思不得其解：这岂不是荒废大好春光么？

自前几年小儿子刘哲军高中毕业参军后，刘满龙家的门框每年都贴上"全家光荣"的红色横额和"发扬革命传统，争取更大光荣"的对联，在搬运站拖大板车的刘满龙的腰板变得硬直多了，那个总是盛气凌人、吹毛求疵的站长也对他客气许多了。有一年秋天，刘哲军回家探亲，刘满龙特意换上一件干净的衣服，穿上儿子送给他的崭新解放鞋，陪儿子从戏棚地经大江墟走到通津码头，又绕城基脚返回整香街。所到之处，人们无不驻足观望。刘哲军脱下军服，用手臂挽着，白衬衣掖在军裤里，迈着刚毅的步伐走在大街小巷上，军帽正中的五角星在阳光中熠熠生辉，这英武益然的形象尤其令少男少女们暗生敬慕之心。儿子在部队拍了一张黑白相片：手握短枪，目光炯炯，埋伏在草丛里。刘满龙特地拿这相片到照相馆着了色，镶在镜框挂在客厅中央。他端着饭碗或闲暇抽烟时，都呆呆地凝望这张相片。

柳宗亮每次走过刘满龙的家门口，都要瞅一眼这张照片："很像电影《侦察兵》里的郭锐！"他萌发了参军的念头。

那年夏天，部队直接到地方挑选空军飞行员。宗亮与二十多个同学乘车来到县委党校参加挑选。在这个古木参天、鸟语花香的幽闭之所，穿军服的官兵和穿白大褂的军医频繁出入于几幢老式的房子，气氛紧张而肃穆。

学生们排着长队，穿行于一片桃树下，有人好奇地东张西望、窃窃私语，当即被带队的高个子军官喝令制止："不许说话，跟上队伍！"他们被带进一间宽敞的房屋，面对七八个军医，收腹挺胸排成横队。"把衣服和裤子全脱了，"那名军官不容置疑地命令道，"动作快点！"学生们都愣住了，面面相觑。因为他们发现现场有几个女军医和女护士。"我命令你们立刻把衣服和裤子全脱下！"军官的声调如子弹上膛一样令人不寒而栗。他们慌忙照做了，把脱下的衣裤扔在墙边。重新排队后，他们都变得乖巧了，也没人敢用手去遮挡腹下的东西。按要求双手抱着后脑，蹲下身子，绕屋子转圈。军官手持棍子，不停叫喊，纠正他们的动作。军医们则在一旁观察和评估他们的体格，并在报名表上记录着什么。后来，他们又被领到另一间房屋，单独坐上一个模仿空中飞行的机械装置，颠簸几周后下来，看能否纹丝不动地站立，能否迅速准确识别本子上的数字和颜色。

抱着玩耍心态的宗亮竟与另一个同学留下参加其他项目的测试，其他同学于当天下午坐车回青莲了。第二天清晨，宗亮离开党校时，那名高个子军官站在雾气迷漫的桃树下向他投来意味深长的微笑。

宗亮一口气跑下党校通往山脚的石阶。山涧里的泉流漫过数十米高的崖壁倾泻而下，撞击岩石发出的声响如龙吟虎啸。一群山鸟啾啾欢叫着，绕着几棵茂密的古松盘旋数圈后飞向山麓一片金灿灿的田野。宗亮沿一条沙石铺就的长陡坡一口气跑进县城，进入母亲柳依依所在的县文工团的住宅小院。

锣鼓声和练唱声在这个缀满花草的院子里回荡。何浩深正与一名小武演员练习对打动作。靓少德面朝菜地抬起伤残的左脚，身体纹丝不动。"阿亮，听说你挑上空军飞行员啦？"靓少德侧过脸，望着头发凌乱、双颊红润的宗亮，"这可是光宗耀祖的事啊！"宗亮说："没最后定，还要过政审关呢。""快给你妈报个信，她肯定笑得见眼唔见鼻的。"靓少德说。宗亮到县城挑选飞行员的事已不胫而走。

"西北风吹又吹，辞了爹时别了妈。辞爹别妈夜宿滩头，又听得风助水声，溅溅怒吼，马嘶风，风前长啸不绝不休……"柳依依的练唱声从门前长着一棵小叶榕的房子里传出来。宗亮感觉母亲的嗓音不在状态，像枯水期盐坑岭上的浅流一样凝滞不畅。对儿子的突然出现，柳依依并没感到惊奇和喜悦。她平淡地问了一句"你吃过早餐了吗？"就坐在客厅的椅子上，拿起《风火送慈云》的油印剧本搁在膝盖上翻阅。

"妈，我挑空军体检过关啦，接下来就要过政审关。这两天会有人来了解家庭情况的。如果政审过了关，我就会穿上军装，成为一名空军飞行员啦！"宗亮边开心地说着，边张开双臂，倾斜着身子，在母亲跟前绕圈，做出飞翔的动作。

柳依依表情沉郁，视线落在剧本上，没看儿子一眼。

"妈，你不想我参军？舍不得我离开家？古有花木兰替父从军呀。你不是说，演了那么多戏，你最喜欢的角色就是花木兰么？"宗亮坐在母亲跟前，眼睛瞅着摆在睡房梳妆桌前的相框——里面镶嵌着母亲饰演花木兰的黑白照。这张照片十多年前作为青莲照相馆橱窗里的珍品，曾吸引了无数过往行人的惊羡目光。去年，柳依依费了一番唇舌，才好不容易从张师傅那里索回。

"那只是演戏。"柳依依冷漠地说，但意识到自己的话语苍白无力。

"德爷说，我真的当上了空军，那是一件光宗耀祖的事！"宗亮争辩说。

"仔呀，不是我不想你参军，而是你没资格参军！你知道么？你根本就过不了政审关！"柳依依说。

"为啥说我过不了政审关？我爸妈一不是地主，二不是资本家，三不是右派，在旧社会没田地、没财产、没奴婢！"宗亮说。

"仔呀仔，你真系牛皮灯笼——点极都唔明！你真要我画公仔画出肠么？你妈是旧社会青莲风月场柳翠馆的头牌，你爸又是一个……逃港犯！"柳依依对自己不知不觉提高音量感到吃惊，慌忙侧过脸来，警觉地瞥了一眼窗外的过道。

"你刚才说什么？我爸是逃港犯？"宗亮惊愕地睁大双眼。

柳依依此刻发现自己失言了，惊呆地坐着。"你长大了，我也不瞒你啦。你爸是生是死，现在还不知道……"柳依依双手掩面，眼泪从指缝间溢出，顺着手腕流到肘弯。

宗亮霎时像被折断了脊梁，一下子瘫软在硬木沙发的靠背上。柳依依待情绪稳定后，向儿子述说了那段往事。她回到房间伏在枕上啜泣。看着母亲不停抽搐的瘦弱身子，宗亮心如刀割。他轻轻把房门掩上，头脑一片空白。

"依依姐，到时间排练啦。"窗外有人在喊叫。柳依依迅速爬起来，急忙整理鬓发和衣裳，便出门去了。

宗亮当天下午坐车返回青莲。当他在灰茫茫的黄昏里失魂落魄地走入整香街街口时，竟莫名其妙地产生了陌生和疏离之感，似乎自己压根就没在这儿生活过。正在补鞋的张爱彩把手里的锤子往工具箱里一搁，兴奋地大叫："阿亮挑上空军啦！"一群小孩呼叫着，端着饭碗向宗亮围拢上来。仓促中一个孩子绊了脚，把碗里的麦羹泼在另一个孩子的脖子上。这时宗亮才从迷惘中清醒过来，便快步跑回家去。

宗亮刚迈入门槛，就听到父亲癫仔海在院子里唱《十五贯》："快快行船，快快行船，避过凶险，避过凶险，有缘相遇，我吉星拱照大好流年。"即使五音不全，在戏棚地长大的癫仔海平日也爱哼一两句粤曲。但当人们听他唱《十五贯》"快快行船"那几句时就嘎嘎大笑，说他就是剧中的娄阿鼠，并惟妙惟肖地模仿娄阿鼠东瞧瞧、西瞄瞄的动作，用"娄阿鼠走路——贼头贼脑"的歇后语讥讽他。

"让你们笑个够吧，"癫仔海这时将砍碎的药材扔进玻璃瓶里，又倒进大半瓶白酒，"现在娄阿鼠家出了个空军飞行员，看你们还敢笑我?!"

"爸，你在说什么疯话呀!"宗亮将手里的行李袋随手一扔，行李袋碰到墙脚一个平时盛药材的空铝盆，铝盆立起来向前滚动，发出咣当脆响，撞到癫仔海的脚踝才停下。坐在石墩上泡制药酒的癫仔海莫名其妙地瞅着宗亮，缓缓直起有点佝偻的身躯。

宗亮的视线在眼前这个男人那光秃的脑门和矮塌的鼻梁上停留良久，心想：难怪没人说我像他，原来他不是我爸！两人就这样对视了三四秒。癫仔海猜想儿子参军的事遇到了阻挠，便说："能挑上空军当然是天大的好事。挑不上嘛，也不要泄气，专心读书，争取考上大学。考不上大学就跟我走墟卖药酒，挣口饭吃是绝对没问题的。"癫仔海寥寥数语说到宗亮的心坎上，缠绕在他心胸里的抑郁也得到了疏解。

癫仔海把一碟韭菜炒蛋、一碟鱼干蒸豆豉和一碗莲藕汤摆在饭桌上，说："你饿了吧，快吃，快吃。"说罢转身继续倒腾他的药酒。这些年，癫仔海承担了家里所有的累活重活，甚至连下河挑水也不用柳依依母子干。他用卖药酒挣来的钱帮补家计，宗亮每学期报名入学的钱都是他掏的。想到这些，宗亮不由得用感激的目光凝视他的背影，视线从他油亮的脑袋落到

他赤裸的脚趾上。癫仔海总说他脚板宽，很难找到适合穿的鞋。于是，他一年四季几乎都光着脚，即便上山采药也如此。他的脚底磨出了半寸厚的老茧。秋冬时，脚趾和脚板外侧现出一道道血水盈盈的裂罅。"家里缺了他，是不可想象的。"宗亮想。

宗亮最终没能过政审关。柳依依本以为有关部门会派人来家里调查的，便吩咐癫仔海这些天不要待在家，上山采药或走墟卖药酒去。其实上面也没派人来，也许对柳依依和癫仔海的过往了如指掌，宗亮显然不属于根正苗红那一类。

宗亮由此消沉了一段日子。

"很久没见那后生仔啦。"钟师傅念叨起宗亮来了。到了学校放学时间，他就边低头刻章，边用余光从走过的学生中寻觅那一脸秀气的少年。一天，温葱莲手提一条鲤鱼和几根葱经过钟师傅的刻章店。用竹篾串着嘴巴的鲤鱼不停地扭动着身子，把嘴里的血水吐在葱莲的衣袖上。

"葱莲姐，最近见过柳依依的仔吗？"钟师傅问。

"见了啊。"葱莲掏出手帕擦去衣袖上的血迹，"前几天我还见他和笑媚的仔水养去渠化钓鱼呢。"

"他就不该与水养这个调皮仔走得太近。俗话说，近朱者赤，近墨者黑。宗亮是读书的料，学坏了，那就太可惜啦！"钟师傅摘下眼镜，噘嘴吹了一下印章上的粉屑说。

葱莲也露出担忧的样子，说："他妈忙着到外地唱戏，有时隔一两个月才回家一次。阿海也顾着走墟卖药酒。小孩没人管，船漂到哪就算哪。学好三年，学坏三日啊。唉！"

钟师傅说："葱莲姐，你遇到宗亮就跟他说，我有事找他。"葱莲应允。

临近过年，整香街的左邻右舍都忙碌起来了，街坊们用篾箕或木桶提着浸泡过的冬米，到莫屋堂排队舂米去，夜幕里弥漫着米香和油香的气味。张水养将家里的黑白电视搬出门口，一群上了年纪的男男女女坐在电视机前，观看电视正在播出的粤剧《窦娥冤》。

水养把客厅收拾得整齐而时尚：正对大门的花窗下赫然摆放一个以绣花白纱布做衬垫的酒柜，这个黄光闪烁的酒柜摆满了塑料花、糖果盒和茶杯等饰物。花窗侧挂了一本电影演员月历，红得发紫的明星陈冲手擎淡黄色花伞站在大海边，海风吹拂她漂亮的红裙子。自行车放在过道的显眼处，一张贴了淡黄色防火板的茶几和两张靠背贴了"上海"字样的木沙发摆在墙边一侧。此时水养的客厅里聚集了五六个小青年。水养来回踱步，喇叭裤的裤脚快要拖到地面了。"这次我从广州带回了一本手抄小说，你们可借去看，但每人只借一个晚上……里面的描述可刺激啦，看了会面红耳赤的……"水养轻描淡写地说着，小青年们却听得耳朵都竖起来了。

宗亮从外面回来，以体育老师教授的跳高姿势，从一个蹲在地上玩耍的小孩头顶上一跃而过，然后绕过人群正欲走进水养家门，被身后的温葱莲叫住了："阿亮，钟师傅叫你去找他。"宗亮回过头怔怔望着葱莲——他的祖母。

自那天母亲告诉他的生父是何浩刚后，他一直不敢声张，因为母亲曾再三叮嘱他，要他守口如瓶。母亲说，这个秘密须在适当机会由她向两个老人当面讲清道明。葱莲素来对宗亮有一种天然好感，每逢遇见他内心就充满柔情，在人群里总爱多瞅他两眼，并自然而然地想起浩深和浩刚小时候的模样。

这时，葱莲说："阿亮，你别嫌我多管闲事。你整天跟阿养在一起，总有一天会学坏的。你妈当年演《三娘教子》，有两句唱词说得好：'当知把青春耽误，将来徒伤老大。'你有空就多看点书吧，不要老是记着玩，玩能挣饭吃么？"水养的

家里传出一阵嬉笑声，葱莲厌恶地向屋内瞪了一眼。宗亮垂下头，不敢看葱莲，说："我现在就去找钟师傅。"

大街小巷弥漫着油糍的香味，屋子里不时传出油炸的咕嘟声。刻章店的门虚掩着，透过门缝依稀看见钟师傅在昏暗的灯光下刻着章。宗亮推门进去。

"你可来啦，坐吧。"钟师傅说着，给身旁的火炉添了炭，用脚内侧把它推到宗亮跟前，随后递过来一枚淡红色的印章，"送给你。"宗亮取过印章，哈了一口气，印在手掌上，睁眼端详。

"看出是什么字吗？这是'潜心奋志'的篆体。"钟师傅靠近火炉，缩着脖子不停搓手，"这四个字可有来头啊，出自明朝广东状元伦文叙之手。伦文叙这个状元，来之不易啊！当年他赴京赶考，与湖广名士柳先开并列榜首。谁是状元呢？一时难以定夺。主考官只好请皇帝面试。当晚是中秋夜，皇帝看了一眼天上的圆月，说你们以《明月》为题，各写一首诗吧。柳先开果然是高手，很快就写出了诗：'读尽天下九州赋，吟通海内五湖诗。月中丹桂连根拔，不许旁人折半枝。'伦文叙不慌不忙，沉着应对。他提笔就写：'潜心奋志上天台，瞥见嫦娥把桂栽。偶见广寒宫未闭，故将明月抱回来。'皇帝拿起两份诗稿做比较，认为伦文叙的诗更大气，意境更美。于是指定伦文叙做状元啦。"

钟师傅用小铁铲将红通通的火炭拨到炉子中央，再覆盖一层薄薄的炭灰，说："伦文叙出自穷苦人家，他爸是个撑船佬，而他是个卖菜仔。但他人穷志不穷，日夜捧着书来啃，后来就出人头地啦。阿亮，你头脑灵醒，也爱读书，只要下苦功，是大有前途的。毛主席说，'世上无难事，只要肯登攀。'现在国家恢复高考了，你要珍惜大好时光啊，争取考上大学！挑不上空军也不要泄气，武这条路走不通，就走文这条路。条条大道通罗马嘛!"

宗亮边听边点头,泪水溢出了眼眶。

除夕时分,整香街就延续不绝地响起噼里啪啦的爆竹声。踏进大年初一凌晨的那一刻,爆竹燃放达到高潮。水养点燃一串约十米长、高挂在小阁楼窗下的爆竹,当爆竹燃尽后,水养踩着如红地毡一样软绵的炮仗纸,仰望摇曳在浓烟中的"恭喜发财"的纸牌,不由咧嘴大笑。他走入宗亮的家,看见癫仔海正掀开玻璃瓶盖,用手指蘸了药酒涂在掌心察看颜色。水养向癫仔海说了一句"新年好,恭喜发财"后,随即向正在房间看书的宗亮说:"走呀,到我家打扑克,玩个通宵!"宗亮摇摇头。水养又说:"去公路骑单车,兜风行大运!"宗亮仍然摇头。从宗亮老成持重而坚决的眼神里,水养隐约感到儿时玩伴的性情已发生变化。一个月后,宗亮没有参加水养随运输船出远门前与好友的一次相聚,此时水养恍惚感觉到他们的友谊之船已松开缆绳漂离码头了。

那时柳依依常到邻近县市演出,一两个月才回青莲一趟。一天,看见柳依依跨入门槛,癫仔海就迫不及待地说:"宗亮又在班上考第一啦!"其喜滋滋的神情,如同他泡制的药酒在集市上卖了好价钱。他从高崩或盐坑岭采草药回来途经中学时,常到宗亮的教室窥探一番。他也不理会宗亮是否介怀他光膀赤脚如山民一样的邋遢模样。一个酷热的下午,一个标致的女学生把抄在白纸上的作文《往事》贴在教室的显眼处。女学生告诉癫仔海,作文是柳宗亮写的。"我不认字,聋佬睇戏——唔知讲乜①,你念给我听好么?"癫仔海怯生生地央求道。女学生朗读起来。癫仔海坐在讲台前的石阶上,竖起青筋毕露的左脚,边抽烟边听,但只听到一半就用搭在肩膀上的毛

---

① 不知说什么。

巾拭泪了，女学生也啜泣着念不下去。因为作文写了癫仔海一件往事：一个深秋时节，他攀上盐坑岭的悬崖，正要采摘几株对蛇毒有奇效的七叶一枝花时，突然遭到一群黑尾虎头的泥蜂围攻，险些掉落山崖……宗亮在作文结尾写道："我爸是家庭的顶梁柱，他用佝偻的身躯撑起了整个家庭。"

癫仔海特意把宗亮房间里的十五瓦的灯泡换成了二十五瓦的，因为他知晓儿子晚修后仍要回房间看书。一个秋意阑珊的午夜，宗亮推开房门，竟发现幽暗的客厅里闪着烟头的火光。"爸，您干吗还不睡呢？"宗亮问。"哦，我睡不着啊。"癫仔海回答。癫仔海当年加入八和剧社的"六不"保证书是求人替他签名的。斗大的字不识一箩筐的他说出了实话。他始终弄不明白，为何看到别人捧着书本，自己就莫名其妙地感到兴奋。只要儿子房间里的灯光未熄灭，他就坐在客厅一根接一根地抽烟。即使是蚊子叮咬，他也是轻手轻脚驱赶，害怕弄出一丝声响。瞅着父亲在烟火熠熠中那因经年遭受淫雨烈日磨砺而皲裂的塌鼻梁，宗亮的眼眶倏地津润了。他寻思着找一个适合晚间读书的地方。因为他有晚间背书的习惯，这难免打扰父亲的睡眠。

一天清晨，天未明就去放田水的街坊胡仁仔扛着锄头往家走，宗亮上前把他截停，说："仁仔叔，你夜晚去粮所值班把我带上行不？我想到那里看书。"胡仁仔答应了，他素来喜欢文质彬彬的宗亮。胡仁仔负责生产队的田水，也是公社粮所看管仓库的民兵和戏棚地负责检票的看守。检票时他与人称"癫疮平"的看守各伸出一条腿，两腿交叉，呈绞剪状，拦堵汹涌而至的观众，并板着黝黑的脸孔，扯开大嗓门："快拿票出来！没票的快走开！"但胡仁仔有时也会睁一只眼闭一只眼，暗地里让没票的整香街孩子从他的眼皮子底下溜进场去。

那年冬天，胡仁仔常在凌晨三点前敲响宗亮房间的窗户。

他通常蹲在地上抽烟，待宗亮睡眼惺忪出来时，就会怜爱地问："你睡够了吗？"随后领着宗亮穿过黑暗的街巷，向挨近大桥的粮所走去。把宗亮带进粮所办公室后，胡仁仔就披着那件衣领污迹斑斑的破旧军大衣，肩挎步枪，迎着朔风，绕大米加工厂、售米门市部和客家土楼似的圆形粮仓巡逻去了。他走路总是头颅前倾，像未进化的猿人。

办公室灯光通亮，值班民兵用废弃的大铁锅生起了一盆炭火。宗亮精神抖擞，埋头看书背书，直至窗外观音山上的凉亭在晨曦中现出那墨绿色的檐翼。宗亮有时夜里随胡仁仔到粮所值班室睡觉。胡仁仔起来值班，他也跟着起来读书。他没被值班室那如雷的鼾声和混浊空气所困扰，倒是外号叫"阉鸡六"的民兵那些"贾宝玉初试云雨情"之类的荤话偶尔牵诱他萌发青春躁动。此时，胡仁仔就会在被窝里伸脚去踹脸上有几粒麻子的阉鸡六，斥责道："他妈的，豆皮佬，你就让亮仔睡一会吧，他等会还要起来读书的。你不睡就脱光衣服自己逛去！"

一个墟日的下午，癫仔海在市场卖完药酒，挑着一担箩筐走在青莲熙熙攘攘的大街上。他腾出手蘸了唾沫，把塞在烟袋里的一叠纸币数了又数。一个老鼠夹岭的山民刚用一担澄黄发亮的笋干换来了一对猪苗，猪仔的尖叫和夏蝉的聒噪无损山民身后癫仔海的愉悦心境。此时，百货公司门口的竹器摊前人头攒动，人们昂起头，仔细看着墙壁上一则用红纸抄写的告示。

癫仔海驻足翘望。"咦，今晚放电影？"癫仔海自言自语，"贴的不像是电影街招。"他没在红纸下方看见放映机和胶片的图案——公社小机队和县大机队都习惯在海报上绘画一些电影的标志物。"县文工团来唱大戏？也不是啊。依依他们不是正在广西演出么？"癫仔海疑惑间，肩膀被人拍了一下："阿海，恭喜你啊！"癫仔海回过头，看见钟师傅用手指着告示向

他微笑。"恭喜我？"癫仔海更加疑惑了，"恭喜我什么呀？我不认字。"

钟师傅拉着癫仔海的手臂，把他扯到人群前，朗声读出告示的内容："喜讯：我公社考生柳宗亮参加今年全国高考，被中山大学中文系录取。特此祝贺！"

"你不会逗我开心吧?！钟师傅，是真的么？哎呀呀！"癫仔海兴奋得语无伦次。他肩膀一斜，扁担滑了下来。

"阿海，是真的！"钟师傅双手扶住癫仔海那光秃秃的脑袋，大声向众人宣示，"他叫癫仔海，敲开中山大学大门的就是他的乖仔、叻仔！"

30 曲终人散

当两个勤杂人员在一个灰蒙蒙的冬日中午，将写着"阳山文工团倾力献演大型经典粤剧《宝莲灯》"的演出海报贴在青莲百货公司门前那面厚实的墙壁上时，站在一旁的靓少德忽然感觉有一股凉飕飕的风钻入他的脊背，直抵心窝。他不由蜷缩颈脖，双手交叉插进棉袄的袖子里。此时他环视左右，发现被演出广告吸引的全是中老年人，而年轻人眄视片刻后，就漠然走开了。

县文工团计划在青莲连演五晚《宝莲灯》，但对外宣称只演三晚。后两晚是否继续演出视前三晚的上座率而定。文工团团长马国立这样做也是迫于无奈，因为上月在小江公社演出《宝莲灯》时的惨淡境况让他心有余悸：戏院提早售出了五晚的戏票，但上座率一晚不如一晚，最后一晚仅有三十余名观众进场。县文工团从小江铩羽而归后，在《宝莲灯》演华山圣母的女演员和演刘彦昌的男演员就被县城一家新开张的歌厅以优厚条件双双挖走了。那位与著名演员成方

圆一样习惯怀抱一把吉他自弹自唱的漂亮女演员说："我唱一晚大戏，腰酸腿疼不说，补贴鸡膥咁多，连一杯阿华田也喝不起。我在歌厅轻轻松松唱一首《万水千山总是情》，三十块钱就落袋了！"

马国立找靓少德商量是否到青莲演出时，靓少德显得颇为自信。他说："青莲广府人多，男男女女都爱大戏。演出的街招一贴出去，他们肯定抢着'担凳仔，霸头位'的。只要戏棚地有大戏唱，就不愁没人看！"但靓少德看见演出海报贴上墙壁那一刻，街上并没出现万众欢腾、奔走相告的情景时，心头不由得泛起了丝丝凉意。

其实，靓少德忽略了一个事实：现今的青莲已现衰落的端倪——糖烟酒、土产、药材、百货的县"四大仓"正相继搬到县城，青莲作为商品主要集散地的地位已摇摇欲坠。青莲的水路运输因此受到冲击，难以回到千帆竞渡的繁华时代。而因"走日本仔"北上避难的广府居民也陆续回珠三角寻祖去了，青莲的大街小巷已难觅行人如鲫的景象。

演出首晚，靓少德坐卧不安。开场前，他每隔半小时就到售票处瞄两眼。站在门口检票的胡仁仔瞅见他沉着脸从身边经过，也不敢与他打招呼。戏棚地入口的两扇大门洞开，胡仁仔取下夹在耳背上的香烟点燃，与癫疮平东一句、西一句地闲聊。而前些年戏棚地演大戏，他俩守门口是没那么轻松的。他们通常只敢开一扇门，那时被入场的观众踩掉鞋子、扯下手臂上的红袖章是常有的事。

此时马国立也没将心思放在舞台上。演员在后台化妆时，他就走到戏台口，从红色天鹅绒帷幕的缝隙里，窥探观众的入场情况。演出开始后，他就坐在离掌板不远的道具箱上，眼睛不时往观众席望去。

当晚，近千个座位的观众席坐了三四百人。第二晚，观众减至一百多人。第三晚，偌大的观众席只坐了不到五十人。到第三晚开场后，马国立对是否按计划加演两场仍犹豫不决。

何浩深和柳依依分别在剧中扮演刘彦昌和王桂英，此时两人在舞台正演第四场《放子》。王桂英把秋儿和沉香拉至跟前，悲愤交加地唱道：

> 手足情深世间罕，
> 痛恨权奸拆雁行。
> …………
> 你将来救出圣母娘，
> 念我舍却亲儿将你放。
> 我若百年归老，
> 你就到坟场。
> 一陌纸钱焚化上，
> 也不枉为娘抚养你一场
> …………

台下传来一片戏迷的抽噎声，这似乎给坐在棚面席一侧督场的马国立和靓少德不少信心。

"老伙计，你说我们加演不加演？"马国立碰了碰靓少德的肘弯问。

"加演吧。"靓少德说，"明天是墟日，估计有些山岭的戏迷会住在亲戚家看大戏的。"

"老伙计，我听你的，就加演两晚！"马国立说着，即把一名身材高挑的花旦叫到跟前耳语一番。那花旦赶在第五场《打堂》开演前，挑起帷幕，丁字步站在舞台中央，春风满脸扫视全场："应广大观众要求，现决定明晚和后晚，各加演一场《宝莲灯》。"看见观众反响不是很热烈，花旦把上述内容

又重复了一遍，并带头鼓掌。马国立吩咐勤杂将加演的告示连夜张贴出去。

次日，马国立正在吃午饭，负责售票的勤杂来报告，说今晚的戏票只售出三十二张，明晚更惨，仅售出八张。马国立倒吸了一口冷气："哦！"他当即放下饭碗，到整香街找靓少德商量对策。靓少德也为此事着急。"靓班主，我失策啦。"马国立对靓少德说，"要加演也不要演《宝莲灯》。如果演别的戏，也不至于……"靓少德说："老马，别说丧气话了。我们度度桥吧。"

刘满龙推着一辆大板车走出街口。"阿龙，去哪呀？"靓少德问。"上街卖水果。"刘满龙答。靓少德瞥见大板车上放了两捆甘蔗，还摆了三个装着柑橘、雪梨等水果的箩筐。县搬运站已撤离青莲，刘满龙于是转到公社搬运队，闲时在大街上摆卖水果。靓少德说："你等会把车借给文工团用。"

戏棚地骤然响起激越的锣鼓声，临时组成的巡游队伍出发了。从刘满龙那里借来的大板车运着一个牛皮大鼓，掌板师傅手持鼓槌跟在后面。持铜钹者居左，敲木鱼者居右。花旦、小生、小武穿着戏服，跟在大板车后面。他们边走边喊："仙凡之恋，轰轰烈烈。劈山救母，可歌可泣。经典文武大戏《宝莲灯》，阳山文工团台柱何浩深和柳依依领衔主演。担凳仔，霸头位。想睇戏就快来戏棚地买票啦！"

靓少德顿觉鼻子一阵酸胀。他想起当年初来青莲时梨园彩的手足抬着"八音锣鼓"沿街巡游的情形：那时大街小巷都站满看热闹的男女老少，到了晚上戏棚地人山人海。而今粤剧难再吸引年轻人喽……他忽然产生一种虚无感，既感慨时光在不知不觉中流逝，也感慨万人围住看琼花的盛况一去不复返。由于惶惑和困乏，他险些跌倒了。

夜幕降临，戏棚地的开戏锣鼓响起了。台下的靠背长椅疏疏落落坐了六七十个中老年戏迷，几个三四岁的小孩在空空荡荡的通道上追逐蹦跳，被胡仁仔和癞疮平驱赶后躲在椅子下，但后来他俩也懒得管了。靓少德在杂边坐了两个多小时，两眼直勾勾地望着头顶上的梁柱发呆，那神情恍如梁柱随时有可能倒塌下来似的。直到鼓乐声沉寂下来，马国立对他说"吃点宵夜吧"，他才表情落寞地站起来，如梦初醒地垂着头。

冬天演出容易肚子饿。当两桶鸡粥和两箕番薯摆上戏台中央时，演员们都顾不上卸妆就围了上去。马国立发现少了三个演武戏的年轻演员，就问："大头强、高佬桂、跟斗荣怎么不来吃宵夜？"没人应答。马国立再次发问时，靠着衣箱喝粥的扬琴师傅才瓮声瓮气地说："他们去看录像啦，连谢幕都不见人影！走得比兔仔还快呢，难怪啊，说书佬嘴快，演戏佬腿快！"只听到"咣当"一声响，马国立把盛着半碗粥的粗瓷碗重重摔在戏台上："狗日的！戏没演完就拍屁股走人！通知他们明天卷被铺滚蛋！"全场鸦雀无声，连咀嚼的声音也停下来了。

靓少德眨着眼问："看录像？什么录像呀？"白天去巡游的掌板师傅说："就是香港劲歌金曲颁奖典礼录像嘛，到处贴满了街招，一晚放两场。后生仔都说香港流行歌够劲、够嗨、够爽，而粤剧一句唱词要唱半天，就好像鸡割了颈还没断气一样，听起来很不过瘾。"靓少德若有所悟："难怪今晚见不到一个后生仔啦……"他带着疑惑，一声不吭地走下戏台，往大街走去。

靓少德走到公社门口时，通透的连廊里传出香港歌星张国荣那颇具磁性的歌声："你以往爱我不顾一切，将一生青春牺牲给我光辉。好多谢一天你启发了我，无言来奉献，柔情常令我心有愧……"他踏着清冷的月色行至大楼尽头一座古色古香的砖屋前，手扣木门上的铜环正要往外拉时，那座旧时广府人用来拜祭和过年太公分猪肉的屋宇大门猛地打开了，靓少德

一个趔趄，背脊撞在门侧一只小石狮上。他双手撑着地，坐在冰凉的砖石上嗯嗯哼哼，呻吟不止。

一股热浪夹杂着浓郁的烟卷味和啤酒味从屋内涌出。"如果命里早注定分手，无须为我假意挽留……"一群青年男女兴致盎然地哼着歌，从靓少德身边走过，竟没发现门侧的黑暗处坐着一个老人。"跟斗荣！跟斗荣！"靓少德边用拳头捶击木门，边向走在最后的一个烫卷发的男青年喊叫。

"咦，是靓班主吗？"跟斗荣返身扶起靓少德，呼叫正站在天井侧的花槽小便的同伴，"大头强，高佬桂，你们快过来！"他们合力架着靓少德的胳膊，将他扶进屋内坐下。墙边的长桌上摆了一堆空啤酒瓶，一个妇女低头打扫满地的瓜子壳和烟头。一个穿牛仔裤的放映员有节奏地扭着他那扁平的臀部，录放机里录像带高速倒带的"咔吱咔吱"的声响十分刺耳。

靓少德喘过气后说："戏还没唱完，你们就跑了，是犯行规的。执输行头，惨过败家啊！在旧戏班，要请你食无情鸡的！"三个年轻人任由靓少德数落，暗地里却互相挤眉弄眼，讥嘲眼前这位老家伙又拿老一套来教训后生哥。跟斗荣说："靓班主，不怕说实话，这次文工团不炒我们，我们也会炒文工团的，反正我们都找到后路了。我去深圳帮香港老板开车，大头强走墟卖服装，高佬桂和朋友合伙开歌厅。留在文工团有什么前途？说不定老婆都讨不到呢！"靓少德听了，无言以对。

第二天傍晚，当整香街参差错落的屋顶上冒出缕缕炊烟时，何念祖就挑着两大缸酸萝卜来到戏棚地黄檀树下摆卖了。第一遍发报鼓即将响起时，北风卷起了地上裸露的黄土，把搁在酸摊档上的煤油灯的火苗吹得左右摇晃。何念祖赶忙为酸缸盖上玻璃盖子，并伸出皱巴巴的大手罩着短筒煤油灯，挡住从大江墟莲塘吹来的北风。"到钟点了，要看戏的也该来啦。"他瞅着冷冷清清的大路想。

台下零零散散坐了二十多人。两个山民打扮的老年观众进了场，愣愣地望着异常疏旷的观众席，以为自己看花了眼："就我们几个包场？"胡仁仔用生硬的土话大大咧咧地说："今晚没几个人，你们爱坐哪就坐哪吧。"

这时，马国立挂着一张苦瓜脸从后台走到门口，对胡仁仔和癫疮平说："今晚你们不用守门啦。跟我到后台化妆，缺两个兵丁，你们顶上。救场如救火啊！"说完向两人的口袋塞了一包椰树牌香烟。原来，在戏中演兵丁的跟斗荣等三人今天清晨不告而别，文工团里找不到别的演员顶替空缺，只好行此下策了。胡仁仔惊恐地往后撤步，连连摆手："我既不会唱，又不会翻跟斗。马团长，求你别让我出洋相啦！"可是，马国立不由分说地拉住他们的衣袖向舞台走去："你们不用唱，也不用跳，像一个稻草人穿上戏服站在一边就行啦！"

靓少德手拎两面铜锣走到酸品摊档前，对何念祖说："念祖兄，帮个忙吧。叫些街坊来打戏钉①，你走当铺巷、城基脚，我走整香街、大江墟。台下只几丁人，台上的人也会打瞌睡的。"于是，戏棚地周围的街巷响起密集的铜锣声。在这严冬夜，家家户户都门窗紧闭，靓少德和何念祖分别在街巷上走走停停，挨家挨户敲门。"报答街坊——戏棚地免费睇大戏——想睇就快来啊——"两个老男人的悲怆吆喝在空旷寂寥的街巷里飘荡，但吆喝声仅掠过低矮黑黢的瓦檐便被踞伏多时的恶魔似的朔风张开的罗网席裹而去了。

戏棚地陆续来了一些观众，他们都是清一色的中老年戏迷，有些还是八和剧社、阳禺剧社和熠通剧社的演员或乐师。有的人拄着拐杖，挽着火缸，坐下后就咳嗽连连。空气里流动着炭火、香烟和活络油的混合味道。阳禺剧社的领班花脸岳是

---

① 指填补空座位。

在老伴的搀扶下前来的，他走到戏棚地正门的第二级台阶就迈不动腿了，蜷曲着身，坐下喘息。"岳哥，多谢给面子啊！"靓少德撑着刘仕岳的腋窝，将他扶起："平时还唱'这一阵杀得俺魂飞魄荡'么？"花脸岳昂起因咳喘而变得瘀紫的脸，说："整日顾着拉风箱，哪还有气力唱呢？唉，我而今是时衰命丑，包袱挂门闩——随时准备走人①。嗯，别说这些啦……我刚洗脚上床，听到靓班主叫街坊来打戏钉，我就出门啦。靓班主的面子还是要给的……"

观众席坐了近一半的人，戏棚地徒然平添了不少人气。但很多人是带着小孩来的，进场后就撒下他们不管了。孩子们绕着过道恣意蹦跳喧嚷，尽管大人拽扯威吓制止他们，也无济于事，现场像墟日的市场一样乱哄哄的。剧情过半后，观众席突然躁动起来，有人对着戏台指指点点，嗤笑不停。原来，顶替扮演兵丁的胡仁仔和癞疮平在武戏中出场了，观众一眼就认出他们来。两人穿着小靠，手执长矛，踉跄地走着台步，笨拙的举止令人忍俊不禁。一直站在杂边的靓少德如芒在背，浑身不自在，感觉街坊嘲笑的不是胡仁仔和癞疮平，而是自己，而昨晚撞到石狮的脊梁此时也隐隐作痛。

两个月后，县文工团宣布解散。

那天天色朦胧，掩映在一片小叶桉树里的县文工团大院裹在晨雾中。一辆面包车开了进来，停在第二排平房前。司机将堆在草坪上已包装好的行李搬上车，完了掏出烟点燃。这时传来高跟鞋碰击水泥地的脆响，平房里走出一个肩挎挂包、手拎月琴的时尚女子。她是县文工团的棚面头架。"文华，你现在就走？不参加剧团中午的聚餐吗？"柳依依从窗户探出头问。

---

① 指人老了，随时有离世的可能。

高跟鞋的咯噔声戛然而止，紧勒在文华那纤腰上的红裙子打了一个急旋。"不了，我就去广州。依依姐，以后你到广州，就去白天鹅宾馆探我吧！"文华的未婚夫是广州人，在白天鹅宾馆为她找到一份工作。载着文华的面包车驶出大院前的木拱门，车后扬起一股泥尘。这两天，陆续有人搬出文工团大院，平房的空地上一片狼藉。柳依依瞥见有一个演丑角的男演员用箩筐装着残旧的戏服、头套、发髻、剧本、化妆品和小道具等，倒在大院一侧的垃圾池里焚烧。他手执一支带银枪头的荷包枪，挑起燃烧物，腾起的火苗和黑烟与晨雾混杂在一起，在斑驳陆离的朝曦的照射下闪着惨淡的光。

　　用作排练的屋子原本是一间仓库。柳依依推开虚掩的大门，正对门口的落地镜照着她单薄的身子，两边墙上挂着县文工团近十年来的演出照片。镜框蒙了尘，有的还结了蜘蛛网。贴在入门显眼处的《宝莲灯》海报有一角脱落了，被风刮得呼啦响，县文工团的历史在这部粤剧上画了一个句号。就在柳依依拿起扫帚准备扫除红地毯上的枯叶时，头顶扑棱一声，两只燕子啁啾叫着从窗户飞出去。在县文工团解散的消息传得沸沸扬扬的一个多月里，这里变得冷冷清清，燕子便在此筑巢过冬。

　　门外有响动，几个厨工抬着长桌子进来了。"依依姐，还扫它干吗？中午的散伙饭就在这吃啊。"有人对柳依依说。柳依依没吭声，将枯叶倒进门角的竹箩里，又将散乱的乐谱架逐一折叠好，放入杂箱。这几个泛着桐油咖啡色暗光的杉木箱子，是几年前县文工团赴广西巡演时天井山林场赠送的。

　　接近中午时分，剧团的演员、乐师和管理人员陆续来了，四十多人围着两列长桌子坐下。马国立正式退休，何浩深留在县文化馆工作，柳依依则回青莲自谋职业，靓少德剧团顾问的使命也终结了。在一起唱念做打近十年，而今即将各奔东西，

大家都依依不舍。这间简陋而亲切的屋子笼罩在浓郁的离愁别绪中，人们强装笑颜，但隐隐传出女人的哽咽声。

"老伙计，趁菜没上，我们下盘棋吧。"打算过几天回河南老家养老的马国立摆好棋盘，对靓少德说，"以后想跟你下棋，比登天还难啊！"坐在一旁的靓少德似乎有点精神恍惚，他扯了扯奶白色带纽扣的粗布练功服的袖口，说："好吧。"执红子的靓少德依旧采用炮二平五的刚猛开局，前十几步还落子如飞，随后就陷入长考了，马国立只好频频用指尖点击三下桌面提醒他。马国立从不说"你走"这样的话——他知晓这是伶人的忌讳语。棋至中局时，靓少德双眼在棋盘上扫来扫去，又探头朝桌下瞄了瞄，说："我的车呢？""你哪还有车呀？早成了炮灰啦！"马国立哈哈大笑，从手里握着的一把棋子里拣出两只车晃了晃，"老伙计，你今天身在曹营心在汉，大花脸登场忘带刀啊。"靓少德沮丧地拍拍额头。此刻，马国立蓦然发觉靓少德将吃掉的棋子底朝上摆放——这也是伶人的一大禁忌，靓少德从不如此摆放棋子的。马国立这才洞察出眼前这位与他相交数十年的老者的惆怅心绪。

其实，马国立也是故作轻松的。他借下棋掩饰自己内心的凄怆。县文工团终止于他任上，他比谁都感到怅然若失。眼下，他抬头环视四周，望见的都是僵硬而迷茫的脸孔。窗外北风呼啸，压弯断垣前那棵多年不结果的枯朽桃树。从屋角燕巢里掉下的几粒微尘落在棋盘上，马国立用指肚轻轻抹去，倏地感到一股寒意直入骨髓。这个广州高校教师出身的读书人想起了陶渊明的"归去来兮，田园将芜胡不归"。是啊，在外闯荡了大半辈子，是时候返回河南农村老家了。戈壁上的流沙在日夜寻觅它的灵魂原乡啊。别了，曾为之抛头颅、洒热血的粤西北的山山水水；别了，这里淳朴善良的人们；别了，曾被谑称为"番薯麦羹戏"却让粤桂戏迷喝彩的阳山粤剧。

"来一段《霸王别姬》！"马国立突然喊道。柳依依与何浩深交换了一下眼神，走完水波浪后做拭泪状，就唱开了：

> 夜雨罡风折毁并蒂花，
> 骤听忍心抛弃说话。
> 十载风沙幻变不拍，
> 风雨同忧甘伴驾。
> 宁愿一剑死泉下，
> 谁愿独自风雨中回衙。
> 我今生永伴郎无复嫁，
> 死也难再弄琵琶。
> …………

柳依依唱不下去了，号啕大哭，浩深赶忙将她扶回长桌旁坐下。

尽管拼接起来的两排长桌子早已摆满了菜肴，但人们丝毫没有动筷的欲望。在四大盘鸡汤重新加热再度端上来时，马国立才向靓少德说："靓班主，你先起筷吧。"后者拱手说："马团长，你先起筷。"两个老朋友相互谦让，都不肯先动筷子。马国立只好把一个长得又高又壮的大花脸叫到跟前，说："我知道戏班有三大规矩：小花脸不开笔化妆，其他人就不准先动手化妆；大花脸不动筷子，其他人就不准先端碗吃饭；花旦不打开铺盖，其他人就不准先躺下睡觉。这顿饭，我们就按戏班的规矩办。张大牛，你先起筷！"

张大牛回到座席，手捏筷子蘸了蘸酒，对着天和地弹击，然后倒了半碗白酒，用略带嘶哑的大嗓门高喊："来来来，兄弟姐妹们，喝！"于是，人人都举起了酒杯，包括平时甚为自律的靓少德和一些滴酒不沾的女演员。未几，碰杯声、哭泣声、鼓乐声、演唱声连成一片。

柳依依

（蔡成桂绘）

一个演花旦的女演员与人连饮几杯酒后，摇摇晃晃地端着酒杯走到马国立和靓少德跟前，说："马团长、靓班主，刚入剧团，我连台步都不会走，你们没有嫌弃我。去广西巡演，还让我演二帮花旦。感谢你们，这杯酒我喝啦！"张大牛走过来，慷慨激昂地说："广西巡演，可是我们阳山文工团的辉煌时期啊！"说完就面向墙壁上悬挂的广西戏迷创作的诗《赠阳山文工团》，大声朗读起来："正值骄阳照仲夏，喜迎贵客到壮家。剧场南国多红豆，天下穷处现奇葩。去伪存真除糟粕，继承传统选精华。韩公泉下应笑慰，贤令山前遍百花。"

"好端端的一个剧团，说没就没了……"那花旦把头埋在马国立肩头，"哇"的一声痛哭起来，"我们不知哪天还能聚在一起……"她的鬓发和衣袖早被酒和泪沾湿了。

靓少德也微醺了，感觉人影在晃动。对他而言，眼前这对酒当歌、难舍难离的场景是何等熟悉啊！四十多年前广州被日军攻陷的当晚，梨园彩在青莲演完《杨贵妃》后被迫就地解散，当时演员和乐师在温家大宅喝得东倒西歪，相互抱头痛哭的情景至今还历历在目。他想不到一生中竟经历两次一模一样的令人肝肠寸断的场面。从《宝莲灯》遭到冷遇那时起，他就看到了文工团将要解散的端倪。所有的离别都是蓄谋已久的。"今日天各一方难见面，是以孤舟沉寂晚景凉天。"他忽然想起地水南音《客途秋恨》里的唱词，愈加感到忧伤难过。眼下，已有人醉得伏桌不起了，而那个花旦仍将双手吊在旁人的脖颈上，恣意狂笑，嚷着哭着强迫别人跟她喝酒……靓少德感觉有点晕眩，想出去吸一口新鲜空气，便推开大门。一阵北风像猛兽似的呼啸而至，裹挟着一把把黄叶闯进屋子来了。

癫仔海租来一辆手扶拖拉机，将柳依依和靓少德的简单行李装进车厢里。他特意将两块床板竖在车厢两侧，把行李垒叠起来，再用绳索绑牢。他抹了抹粘在光秃脑门上的灰土，绕着

拖拉机巡视了两圈，用手扳动行李以试探捆绑是否牢固，完了才蹲在排练屋前铺了一层青苔的石基上，摸出用蜡黄色塑料袋包裹的南雄烟丝，抽出几缕卷成喇叭状，斜着眼，觑望与外乡人走村访寨的大篷车无异的拖拉机，心里揣测拖拉机开出屋院的木拱门后，那高出驾驶室顶篷一米多的木箱子是否会碰到沿路如同蜘蛛结网一样密密麻麻的低矮电线。

"阿海，外面风大，进屋吃吧。"厨房阿姨将一碗压满一层肉的米饭递给他，"想喝酒就尽管喝呀！"癫仔海接过碗筷，连连点头："不啦，屋里全是大老倌……我在这吃就行啦……"

下午的阳光照在将几条枯枝架在排练屋瓦顶的桃树上，又在皴裂的泥地里把桃树干瘪的树身扯成歪歪斜斜的瘦影。到了曲终人散时，安顿好不胜酒力的马国立后，靓少德和柳依依从排练屋出来。司机扎着马步，使劲摇动插入拖拉机发动机下端圆孔里的铁杆。"轰隆"一声响，拖拉机排气管喷出一股黑烟，沾在水箱铁盖旁的水珠在跳动。癫仔海让靓少德和柳依依坐在司机两侧，忐忑地瞅着拖拉机驶出屋院拱门后避开低垂的电线，缓缓爬上一道凹凸不平的慢坡，摘下皱巴巴的蓝布帽子在手腕上甩了甩再往秃头上扣，随后才放心跨上走墟卖药酒时骑的自行车，跟在手扶拖拉机后，走上通往青莲的公路。

手扶拖拉机启动时，柳依依瞥了一眼那几排墙皮剥落、青砖裸露的平房。她住了近十年的房子前的石桌上摆了几盆青葱的万年青、吊兰和文竹。那是一个叫七姑的老年戏迷送的。这些年，柳依依演过娇俏妖娆的花旦，演过贤淑稳重的青衣，演过身手敏捷的武旦，也演过滑稽风趣的彩旦。其一颦一笑、一唱一念、一招一式无不显示她经年沉淀下来的独有神韵。

曾是黎埠群英剧社成员的七姑对柳依依扮演的所有角色的唱词和念白倒背如流。她觉得，《十五贯》里的弱女子苏戌娟和《花木兰》里柔刚兼备的花木兰，是依依所饰演的一系列角色中最出彩的。有一天，七姑来到依依的宿舍，放下盛在竹篮里的香喷喷的芝麻糊，说："趁热，赶快吃。"待依依吃完，七姑抢过她手里的碗走入厨房，说："依依，我真服你啦！很多人唱戏都是独味单方的，演文戏得心应手，但演武戏就鸡手鸭脚了。而你呢，文戏又得、武戏又得！"说罢，这位曾得到铁君乐戏班班主胡铁君点拨的戏迷扮成《十五贯》里的苏戌娟，做拭泪状，用婉约的子喉凄怆唱道："亲娘啊，越思越想，心似油煎。"跟着又做了一番舞刀弄枪的动作，换作粗犷的霸喉唱道："夜深深，夜沉沉。绕营行，行行复行行，一更复一更。"完了，七姑说："依依，你就是文工团的班牌。"

每天清晨起来练功，柳依依都不忘为七姑送的花卉浇点水。有时她蹲下身，凝视挂在枝叶上的水珠竟出神好半天。现在，她本打算将它们带回青莲的，但拖拉机装不下。直到癞仔海说找机会再捎回家时，这才心安。在县城至青莲的二十一公里的路程上，她几乎闭着眼，但随着公路两旁的田畴树木迅速向脑后撤去，她脑海里浮现出一幕幕在县文工团的画面。

手扶拖拉机在整香街街口停下。张爱彩揭开覆在膝盖上的帆布就上前帮忙卸行李。赵笑媚、刘满龙等众街坊也搁下手里的活，围了上来。癞仔海将靓少德扶回家后对一脸疲态的柳依依说："你先回家歇歇吧。"在路上颠簸了一个多小时，依依脚步不稳了，便坐在街边的石凳上。看着街坊们将车上的行李卸下往家里搬，她想起这些年文工团演出结束后搬运工装卸衣箱杂箱的情景。"戏演完了，要拉上幕布了……"此刻，她心头蓦地涌上绚烂之后归于沉寂的落寞感。

回到家，依依斜躺在竹椅上，癞仔海找来驱风油在她额角上涂抹。"你撞风啦，我为你煮碗姜茶。"他进房间找出一张被子，严严实实地盖在依依身上，"你躺一会儿吧。"当他按压被角时那双粗糙的大手自然碰到她的耳际和下巴时，依依倏

忽感到触及如萝卜刨一样锋利的东西。她睁开眼，用一种复杂的目光凝视着癫仔海，屏息端详这张脸，这是她跟他生活了近二十年来的首次。

依依发觉癫仔海这些年也变老了，几缕白须簇拥在唇边，古铜色的双颊现出道道沟壑，而挨近塌鼻梁的双眉间蹙成一个"川"字。癫仔海不好意思地龇牙笑了，用手扯移耷垂的帽檐。依依顿觉心头一阵悸动，感到有愧于他。这些年依依忙于排练和演出，癫仔海以一己之力撑起了整个家。在儿子宗亮参加高考的那一年，癫仔海承担了所有的家务，甚至连饭后洗碗也不让宗亮干。即使半年前他采草药时滚落大风磅一个山坳造成左肩骨折一事，他竟也对柳依依隐瞒了三个月。

癫仔海从厨房端出一碟鸡肉炒芹菜、一碟豆腐焖鲇鱼、一碟腊肉炒荷兰豆、一碟狗豆皮炒五花腩、一盘芋头焖扣肉和一碗猪骨莲藕汤。看着饭桌子摆满自己爱吃的菜式，柳依依疑惑地问："阿海，今天过节么？""不是过节。这顿饭是庆祝你荣归故里，解甲归田。"癫仔海感到自己词不达意，便窘迫得红了脸，"我没读过书，不会说话，真系抬棺材甩裤——失礼死人！"他发觉说了不吉利的话，便猛抽自己的嘴巴，连说"大吉利是"。依依看着癫仔海拙口笨舌的狼狈相，也扑哧笑了："你乱说话，黄狗毛①——噏得就噏②。我既不是兵，又不是官，何来解甲归田啊？"

两人正说着话，豆腐王的孙儿王大强进屋来了。这个年轻人承包了豆腐社，正雄心勃勃地经营这间百年店铺。他先抛给癫仔海两包南洋红双喜香烟，随后自己点燃一根，边吐着烟圈，边滔滔不绝地畅谈他的宏图大略："而今人的钱包鼓啦，口也变刁啦。我打算到连江口进黑龙江的黄豆。东北阳光足，

① 一种山草药。
② 指乱说话。

720

土地肥，那里的黄豆湿水棉花——冇得弹，做出来的豆腐又香又甜又滑……"

依依打断他的话："你上门来，有啥打算？"王大强说："长话短说吧，就是请您出山！只要您每天早中晚在豆腐社站十分钟，喊上几句话，就行啦。每月工钱嘛，是你在县文工团的三倍！怎么样？"依依说："我老啦，隔年通胜——唔值钱啊！"王大强说："不不不，您是响当当的大老倌嘛。做生意要动动脑，要懂得利用明星效应啊！如果您愿意，明天就来豆腐社。"

王大强说罢，盯着依依。癫仔海斜靠在椅子上沉思，把手指关节压得咔咔响，视线在依依和王大强之间来回移动。他不想依依过于劳累，但三倍的工钱对他而言很有诱惑力。王大强和癫仔海都在焦急地等待依依定夺，都认为她不会拒绝这份既轻松又高报酬的工作。岂料依依却说："谢谢阿强。我有别的事做，帮不了你的忙。"说完就霍地起身走入后院。

王大强走后，依依平淡地对癫仔海说："明天我跟你去水口走墟卖药酒。"

"走墟？"癫仔海惊讶地瞪着眼，脑筋一时转不过弯来，便怯懦地说，"你还不如答应阿强……"他把没说完的话咽了回去。因为此刻依依双眸迸出的光芒让他霎时想起她演花木兰时斜挎在腰间的那把利剑。

翌日清晨，一辆由拖拉机改装的简易车驶出戏棚地。癫仔海于去年与经营服装、百货的街坊合租了一辆简易车，以方便到周边乡镇走墟贩卖。依依与几个男女坐在堆放了货物的车厢里，有说有笑。癫仔海则骑着自行车跟在车后，他快活得像一个顽皮的大男孩，时而在车子扬起的泥尘中蛇行穿梭，时而越过车子，双手放开车把，做展翅飞翔状，惹得众人捧腹大笑。

水口曾是珠江电影制片厂的电影《乡音》的主要外景地，连江和七拱河在此交汇，形成一个宁静旖旎的江湾。将军山笼罩在淡薄的山岚里，这个因汉朝伏波将军路博德安营扎寨而得名的山峰脚下的公路两旁，已稀稀疏疏摆放了一些鸡鸭猪狗和山薯腐竹等特产，赶集的人从四面八方陆续涌来。癫仔海用五块钱向饮食店租来一张齐腰高的长桌子，上铺一张黑色的塑料布，将十多缸色彩斑斓的药酒分两排摆上桌子，完了对柳依依说：“你守在这，我走开一会儿。”说罢就骑自行车沿水泥大桥过了对岸。

柳依依对水口一点也不陌生。当年她曾随八和剧社和县文工团来这演过戏，戏台就搭在公路旁学校的操场上。现在，她用一条红蓝相间的纱布围巾紧裹着脑袋，只露出鼻子和双眼。尽管她没像别的档主那样扯开喉咙大声吆喝，静默地坐在与服装摊档相邻的一个不显眼的角落，但路过的人都在偷窥她，有的专门停下问价，有的则站在一旁窃窃私语。这令她浑身不自在，有如演戏时蝴蝶冠或花髻不小心从头上脱落一样。

“你是县文工团的吧？演过《十五贯》里的苏戌娟？”一个男老板买了三斤药酒，付完钱对依依说，“我认得你，你叫柳依依，是么？”依依只是微笑。旁人感慨说：“唱戏的在台上多风光啊。但为了两餐，也要放下身段来走墟。”男老板说：“上台唱《六国大封相》，落台无钱买豆酱。其实呀，哪个行当没有一本难念的经？”

癫仔海骑自行车回来了。“你去哪了？”依依问。“我上县城啦，”癫仔海从车把上取下一袋东西，“吃吧。”依依打开袋子看，原来是葵瓜子，就抓了一把在手，但想了想又松开手，将袋子递给身旁的街坊：“你们吃。”“买葵瓜子哪用专程上县城呀？”依依噘嘴嗔怪道。癫仔海不说话，又从车把上摘下一个袋子递给依依。后者拆开一个精美的纸盒，掀开一层金黄色的绸料裹布，一台书本大小的熊猫牌收音机跃然入目。"价钱贵么？"依依问。"别问价钱，你喜欢就好！"癫仔海边答边为这台外表镀银的收音机装上电池，调出一个频率。刚好节目播出粤剧《六郎罪子》：

小穆瓜，领过了，我的姑娘之令。
待奴婢，往辕门，探听消息。
整一整，衣袖儿，手挽云鬟。
放下了，降龙木。
一步步，步一步，一步一步一步一步，急如飞。
不觉是，来到了，就是辕门之地
…………

依依开心地笑了，感激地望了一眼癫仔海。

名演员柳依依走墟卖药酒的消息传遍整个墟市，人们围拢上来看新奇，药酒摊档前一时人头攒动。有几个戏迷干脆坐在从路边搬来的石块上，跷起二郎腿，点燃烟卷，侧耳聆听收音机里播出的粤剧，脚尖随着锣鼓点有节奏地抖动。依依见状，便将收音机挪到药酒缸的盖子上，让他们听得更清楚。

"依依姐，收音机播的叫什么戏？"一个老戏迷问柳依依。

"叫《六郎罪子》，属大排场十八本之一。"柳依依答。

"这场戏很新鲜，以前少听。"老戏迷说。

"在戏行，这叫专腔。因为戏里的角色叫穆瓜，戏行就称它穆瓜腔啦。它跟我们平时听惯的腔调不同，是从梆子腔借来的。"柳依依越说越兴奋，解下了缠在头上的围巾，"你们是老戏迷，想问啥，就尽管问。"柳依依露出真容，且没半点架子，围上来看热闹的人就更多了。

看见人们只观望，不买药酒，癫仔海就有点着急了，几次

站起身想叫他们走开，但就是不敢开口，因为依依对着那些人，比画着手，说得正起劲。他嘴里咕哝着什么，后来就沉着脸，坐下嗑瓜子了。这时有人说："耽误了依依姐做生意，真不好意思啊，我帮衬三斤药酒吧。其实呀，阿海的药酒好用，价格也公道。"在此人带动下，其他人也纷纷过来买药酒。

药酒在半小时里销售一空，这让癫仔海笑逐颜开。在回青莲的路上，他骑着自行车，一会儿哼曲，一会儿吹口哨。一个女街坊说："原来阿海去县城买收音机是给依依解闷的，你别看阿海平时大大咧咧的，但心比针还细啊。"柳依依靠着车厢没插话，眼前还浮现男男女女围住摊档的情景。在县文工团唱了近十年戏，万人景仰，现在却出入一个人来人往、尘土飞扬的环境，巨大的反差让她极不适应，因此心里积压了一团阴霾。但想到那些老戏迷围上来听她讲粤剧，又帮忙买药酒，她的心情又变得开朗起来。

自后院里那株香芽蕉绽放出金灿灿的花蕊以来，柳依依就陷入丢三落四甚至失魂落魄的谵妄里。当她惊讶于自己神思迷茫并试图刻意去改变时，却发觉无济于事。

一天傍晚，后院里的夏蝉还在聒噪不休。柳依依把一碟酸笋炒猪肠、一碟豆豉蒸鱼干和一碗蛋花汤端上餐桌，向刚采草药回来的癫仔海说："吃饭喽。""吃饭？饭在哪？"癫仔海坐下来，用毛巾擦着脊背上的汗渍问。这时，依依才一声惊叫："哎呀，我真糊涂。煮了菜，却忘了煮饭！你等一下，我现就去下米。"癫仔海说："别煮啦，单吃菜也能吃饱的。"他暗忖，依依可能还没从文工团解散以来的忧郁情绪中走出来。因为前些天，她竟连续几次煮菜忘了放盐，还常独自面对后院的蕉树出神，深夜里也偶尔听到她在房间抽泣——自结婚以来，他和她都是在各自的房间睡的。

癫仔海变得愈加细心了，有时瞥见妻子独处一隅冥思苦想，他就悄悄拧开收音机，企图以她钟情的粤讴南音来转移她的注意力。直到有一次不经意听到她一句自言自语时，他才彻底弄清她数月来神魂颠倒的真正缘由。那天中午，柳依依蹲在蕉树的浓荫下，用手指抚着刚产数日、浑身雪白的幼猫的小脑袋，嘴里却嘀咕："要是人活着，早该来信呀!?"癫仔海正想问"你说的是谁"时，却感到心胸一阵剧烈震颤，便猝然捂住自己的嘴：依依说的人不就是她的真正丈夫——何浩刚么?!

浩刚自从在青莲江口咀那间破旧平房与依依分手后就一直杳无音信。近二十年过去了，在儿子宗亮长大成人的每个昼夜，依依始终牵挂着浩刚。这些日子，她更是沉溺于追缅浩刚的罗网而不可自拔。她在屋子里每个隐蔽的隔角反复寻觅，也搜遍了后院里的每块瓦砾和每株花木，试图找出一丝一缕与浩刚有关联的可寄予情思的物事。她有事没事都往靓少德和温葱莲家里去，揭开锅盖舀一碗麦羹，看温葱莲画脸谱，与靓少德合唱一段粤剧。在把话题自然引至浩刚身上时，她往往寥寥数语，且装出极平淡的样子。她一来害怕燃起老人思念儿子的烈焰，二来担心自己把持不住泄露了秘密。

有一次，葱莲端坐在饭桌前画脸谱，斜阳在她的脸颊和臂弯间反射出一片金光。葱莲房间的柜子里珍藏着她这些年画的脸谱，有红脸、白脸、黑脸、五色脸、象形脸和阴阳脸，但唯独没有以金色油彩为主调的"金脸"——那是刚强英武的武生脸谱。她与靓少德都心照不宣，不想由此蔓生出不快的回忆——因为儿子浩刚过去多饰演武生行当。现在，当柳依依的目光顺着温葱莲斑白的发丝往下细看时，心尖不由猛然一颤——浩刚正凝视着她。她认出这浓眉大眼、额头上饰以尖塔状红印的脸谱，正是《花木兰》里的刘忠。依依明白，眼前

这皱纹早已爬满脸颊的女人也忍不住思念至今不知生死的儿子。"这金脸是马武、周瑜，还是李存孝、杨宗保？"依依假装轻松地问。葱莲却默然不语，她就悄悄退出门去。

本科毕业后继续在广州一所大学攻读戏剧戏曲学硕士研究生的柳宗亮暑假时回到青莲，这暂且缓解了依依对浩刚的思念。当夕阳透过后院西边长满苔藓的矮墙并为葱茏的香芽蕉抹上一层玫瑰色时，一家人都围着摆在院子中央的方桌就餐，这对依依而言，是一天中最温馨的时光。她常含着饭菜细嚼慢咽，视线却长久地停留在宗亮那挺拔的鼻梁和那如隆起一排鹅卵石的肌腱上，有时甚至挨近去嗅儿子帮忙砍药材时留在身上的汗味。此刻，她的思绪却回到往昔，仿佛看见浩刚肩膀上搭着一块肩垫蓝布，大步迈入她家门。

宗亮常向母亲和靓少德问起梨园彩的旧事，因为他正撰写题为《粤剧"过山班"的发展流变》的毕业论文。两人的口述为论文写作提供了丰富的素材。在宗亮回校的前一晚，柳依依请靓少德、温葱莲、何念祖和钟师傅到家里吃饭。此时，宗亮的论文也快完稿了。

席间，宗亮说："过山班由于长期在四乡戏棚演出，名角少，规模小，因此常被人戏称为乡下班、圆箩班。其实呀，别小看过山班，包括粤西的下四府班、阳江班，粤东的惠州班，粤北的北路班，它们都原汁原味地继承了古代百戏传统，一些粤剧传统的程式、排场、武技、唱腔在省港班失传了，但在过山班却保留了下来。为啥很多戏迷都爱看下四府班演的武打戏呢？就因为它勇猛逼真、硬桥硬马又委婉柔情嘛。当然喽，尺有长短，人有高矮，过山班也有它的短板，如以演酬神戏为主，文戏远不及武戏，声腔、节奏、剧目和舞美都变化不大……"宗亮说得有理有据，旁人无不点头称是。

在宗亮说话间，依依的视线一直没离开过儿子的脸庞。她感到儿子除拥有如父亲一样的俊朗仪表外，还浑身散发着一种文人的儒雅气质。这时，宗亮夹了一块肉放到靓少德碗里，说："我知道德爷有个花名叫大声德。后来我发现，过山班的演员多数是大嗓门，像生粉厂的汽笛一样，方圆十里八里都能听到。这是他们的生存环境所造就的。过山班长期在野外搭起的竹棚唱戏，四周很空旷，风又急，没大嗓门行吗？为了能使声音传得更远，他们大多用高调门的假嗓来唱。"靓少德听完这番话，就说："亮仔，你比我懂得还多啊。看来，这些年你没白读书，肚里装的全是墨水。"此刻依依却在心里嗔怪儿子：你叫错啦，叫阿爷才对啊！

次日清早，柳依依送儿子去坐长途汽车。从宗亮迈出门槛那一刻起，依依就暗地里揉搓双眼了。到车站时，她眼睛有些红肿。上了车，宗亮从车窗探出头来，说："妈，你回去吧。"这时他才发现，母亲双颊已泪迹斑斑。

儿子返校后，柳依依再度陷入精神游离、怅然若失的泥淖里，儿子在家时那跃动于眼角眉梢的欢快神色顷刻间湮没殆尽。有几次走墟，她给了药酒却忘了收钱，或刚好相反。癫仔海也觉察到了，便安慰她说："离过年没几个月啦，到时阿亮又放假回来啦。"有一天傍晚，他们从高峰走墟回到江佐桥头时，柳依依忽然叫司机停车，然后独自沿青莲水岸边的竹林小径往下走。癫仔海深感蹊跷，慌忙扔下自行车，紧随其后。

当下的连江和青莲水帆影疏落。几个光膀露臂的工人，直挺挺地躺在船厂屋棚里的木板上打呼噜，旁人打扑克的尖叫怒骂似乎都不妨碍他们进入梦乡。江口咀上的煤场几近荒弃，散落四周的煤堆或许早被物主遗忘了。而那突兀伸向江边的水泥装卸台长起了一片狗尾草，两台锈蚀的卷扬机被随意地扔在一边。

此时夕阳即将没入西边那片山峰，江口咀岬角上那片齐人

高的茅草被染成暗红色。柳依依绕过一座还飘着招魂幡的新坟，爬上通往陡坡上的泥路。在坡顶那座已坍塌的平房前，她忽然匍匐在地，放声恸哭。跟在柳依依身后的癫仔海终于醒悟了——眼前这座平房，正是当年羁押逃港犯何浩刚的地方。

这一发现，令癫仔海感到怅惘而惊惶。

31 燕归人归

　　已年逾七旬的靓少德尽管满头白发，脊背也蜷曲了，瘸脚愈加明显，但依旧嗓音洪亮。他的晚年生活安逸而有序，延续了他自参加童子班习武后清晨五时起床的起居习惯。他常站在镜子前端详自己的仪容，用手掌蘸些水，抹压脑后几根竖起的银发，完了身穿白色练功服，走出整香街，沿着莫屋堂右侧那条用蝴蝶花做篱笆墙的泥路，来到大江墟莲塘边，对着一片叠翠凝绿的荷叶甩膀压腿，又仰脖吼叫数声。然后才哼着粤曲，绕过观音堂，于七点准时回到家门口。

　　"麦羹趁热吃吧，"一天早晨，温葱莲从厨房端出一碗麦羹，对刚从莲塘回来的丈夫说，"街坊都说你像权叔。"靓少德一时没反应过来："我像权叔？"他坐在矮凳上倒掉布鞋里的沙粒，脑海里浮现出那如钟摆般雷打不动、准时到戏棚地晒太阳的老人胡道权。想起观音堂于几年前修复了原样，香火再度燃起，靓少德恍如回到初来青莲时的日子，不禁唏嘘不已。

这时，靓少德站在镶了镜子的木架上洗手——妻子总是在他晨练回来前把一盆清水摆在架子上，他感到时光如盈掬于手心的清水，一不留神就从指间流走了。这些年，随着吴氏制香世家后人不再做香，整香街名源起于斯的古老手工艺也就彻底泯灭了。戏棚地改建为时尚电影院，原坐东向西改为坐北向南，但上座率一直不高。门前那棵已有三百年树龄的黄檀树躯干枯萎，倒伏于地。国营生粉厂也处于停产状态，人们再也嗅不到厂区溢出的淀粉味和酒香了，再也听不到三十多年来一天四次响彻青莲天穹的报时汽笛了。

又到了荷花溢香、蜂飞蝶舞的初夏时节。这天清晨，靓少德刚踏出门槛，就依稀看见戏棚地的黄檀树下闪着烟头的火光。巷里吱嘎一声木门响，柳依依和癫仔海抬着药酒走过来了。"阿海，今日去哪儿走墟呀？"靓少德问。"去涘洸，靓班主。"癫仔海答，"涘洸路远，得一早去。"柳依依看了看有点昏暗的天空说："靓班主，我在院子里晒了药材，如果下雨，麻烦您叫葱莲姨帮我收起来。"靓少德说："知道啦。"说罢走下戏棚地侧的小路。此时简易车的发动机哒哒哒响起来了。

到了傍晚，靓少德倒了一杯凉开水就想喝，葱莲却抢过他手里的杯子，说："说你几次啦？水过鸭背！你而今多少岁数呀，还乱喝凉水！"葱莲进厨房倒了一杯热茶递给丈夫。"唉，你的气管炎（妻管严）又犯喽。"靓少德假装生气地瞟了妻子一眼，指尖在桌上娴熟地打着节奏，摇头晃脑地唱道：

生疑念啊！生疑念！此身如在龙宫殿，与龙君欢宴饮琼筵，宫主深情将酒献。点解此情此景，今日如在目前，莫非你就系龙女三娘，与我偕美眷！

他唱罢向妻子作揖："多谢龙女三娘！"葱莲却嗔怪道：

"老不正经的!"

靓少德仰躺在椅子上,按下录放机的播放键——自儿子浩深去年前为他买了这台枕头大小的录放机,这宝贝几乎与他形影不离,录放机播出的是罗家宝演唱的粤剧《梦断香消四十年》:

斜阳画角哀,诗肠愁满载,沈园非复旧池台。红酥手,黄滕酒,泪湿鲛绡人何在?桃花落,闲池阁,依然春去又春来。梦断香消,屈指算来,四十载……

靓少德搭在椅子扶手上的手指和叠靠在一起的双脚均随着音乐的节拍不停抖动。他自言自语道:"虾哥①有自知之明,知道自己不擅长高音,就主攻中低音。'虾腔'听来浑厚甜润,行腔如行云流水,发放自如。虾哥不愧是大老倌、儒雅风流的'小生王'!"

接下来发生的事令靓少德毕生难忘。当他每一根神经都被牵进"虾腔"那跌宕起伏的音韵殿堂时,巷子里忽然传来一阵叮当、咔嚓的物品碎裂的巨响。他先是一愣,便起身关掉录放机,听到几声惊恐的尖叫和一串急促的脚步声。看见天色转阴想去替柳依依收药材的温葱莲此时踉踉跄跄地跑回家来。瞥见妻子脸色青紫、手脚哆嗦,他瞬间想起他们结婚那年一只山狼闯入整香街的那天清晨——首先发现山狼的葱莲惊惶的模样与她现在的表情并无二致。

"什么事?发生了什么事?"

"有个癫佬……入了依依的屋……锅头水缸都被打烂啦……"

---

① 粤剧名伶罗家宝的小名。

"噢，真的?!"

靓少德随即从门角提起一根长木棍就出门去了。柳依依家大门洞开，门锁被撬得歪歪扭扭。几个玻璃缸被砸碎在门侧的石凳上，空气里充溢着呛鼻的药酒味。刘满龙刚好推着一车水果经过，被屋内扔出来的凳椅砸中，雪梨、香蕉、柚子散落一地。在门口刨竹青的赵笑媚惊恐万分，扔下竹青刀就缩回自家门背，逡巡不敢上前。只有刘满龙手握秤砣站在巷子中央。

"癫佬在哪? 人呢?"靓少德急问。

"还在依依家砸东西哩!"笑媚从半掩的屋门探出头来胆怯地说。

"哪来的癫佬?"靓少德又问。

"不知是哪来的……以前没见过……"笑媚说。

"这人很像……浩深!"刘满龙吞吞吐吐地说，但又马上摇头予以否定，"但又不太像。"

"阿深? 不会是阿深吧?"靓少德疑惑地盯着刘满龙，脑海里却迅速梳理这些年浩深与柳依依或癫仔海是否存有过节。当他确信素来温和尔雅的儿子绝不会如此妄动时，便怒斥道："你别信口开河! 阿深才不会干这种缺德的事呢!"

此时柳依依的屋里突然沉寂下来，一点声响都没有，似乎未曾发生过暴力打砸的怪事。靓少德大喝一声"屋里的人别乱来呀"，就贴着墙壁摸上前，并示意刘满龙："你跟着我。"屋里满地狼藉的景况让两人大吃一惊：砸断一条腿的饭桌被掀翻在地上。靠在墙边的用来盛药酒缸的木架子也被砸得稀巴烂，满地都是玻璃碎片和药材枝梗。从厨房漫出的一摊清水沿屋巷流入客厅，与覆泼于地的药酒混合后，顺着大门侧的猫洞流到街巷的沟渠里。屋子后院有一个魁梧的背影，由于阳光反射，靓少德看不清那壮汉的面孔，只看到他穿一套得体的服装，右手攥着一只长柄铁锤，腕上的金表闪着耀眼的光芒。

那男人听到响动就侧过身来，靓少德离那人约一米时就遽然停下脚步了。眼前的一幕令他难以置信：那个不知从哪个异域降临的男人却拥有如山脊般的高鼻梁和如幽潭般的深眼窝——那可是何家祖辈延绵至今的标志性外貌特征。

"阿刚?!"

"阿爸!"

两人几乎同时用十分生疏的字眼来称呼对方。听到木棍和铁锤坠地的声响后，两人随后便陷入了长时间的静默。显然，他们对彼此相隔二十多年后竟在眼下的场合以一种干戈相向的方式重逢感到始料未及。

阔别青莲后何浩刚对家乡的事一概不知。抱着与柳依依团聚的心愿，他于十天前以香港同胞的身份经罗湖进入深圳。在广州徘徊数日后，他在三元里附近遇到了一个年轻的青莲同乡。说话尾音突兀升起八度的纯朴乡音在浩刚听来异常亲切，但那人在两杯下肚后的一番话语却把他拽入痛苦和疯狂的境地。

当时浩刚假装轻描淡写地问他是否认识柳依依。"你说的那个女人是不是住整香街的？以前是唱戏的？"那人嘻嘻笑着，"认识呀，听说她年轻时是青莲一枝花。但你猜她嫁给谁？嫁给了癫仔海！真系好拣唔拣，拣个烂灯盏！现在她就惨喽，剧团没戏唱了，就跟着癫仔海到处走墟卖药酒啦……你别说，癫仔海这个傻佬也真有艳福啊，没钱没本事，长得像猪八戒一样，但行运行到脚趾尾，讨了个靓老婆。但可惜儿子一点都不像他，也不知那个烂货从哪儿野回来的种。哈哈哈……"

浩刚接下来的记忆模糊了，只记得当时狠狠抽了那年轻老乡两个耳光。他本想连夜返回香港的，但咽不下妻子背叛和癫仔海横刀夺爱的恶气，于是，他于次日清晨包了一辆出租车，直奔青莲。在铁器社买来铁锤，就怒不可遏地回到整香街。

　　脑海一片空白的靓少德不相信眼前一幕发生在现实中，也不相信跟前这位穿花格子衬衣、满脸通红的盛年男人就是他的儿子。直到浩刚扑通一声跪下时他才从幻觉中清醒过来。他任由儿子跪着，背抄着手睨睥他，嘴巴上的几缕银髭因气愤而颤抖："你……你干吗……要砸阿海的家？阿海与你……有什么怨仇呢？"他回忆起浩刚当众殴打癫仔海的往事——因后者偷窥柳依依洗澡，怀疑两人在前世就结下了梁子。

　　温葱莲进屋来了，也认出跪在地上的就是自己日思夜想的儿子，便想把儿子扶起来，却遭到丈夫阻拦："你就让他跪，跪到阿海回来！"葱莲不予理会，扶起儿子，疑惑不解地问："刚仔，你为啥平白无故砸阿海的家呢？"

　　"他抢了我的女人！"浩刚说。

　　"谁是你的女人？"葱莲惊问。

　　"柳依依就是我的女人！"浩刚既爱又恨地答。

　　此刻，靓少德和温葱莲都目瞪口呆，堵在门口围观的人也发出阵阵惊愕声。靓少德感到脸上火辣辣的，他回身驱逐涌入大厅的人："又不是唱大戏，有什么好看的？出去，都出去！"看热闹的人被赶出门口后，靓少德把大门掩上。夫妻俩没再追问儿子与柳依依过往那段私隐——断定这场发生在那个特殊年代的恋爱必定是轰轰烈烈、缠绵悱恻，非三言两语能说清道明的，他们只是对发生在自己身边的事情竟一无所知感到惊讶。

　　"阿刚，这些年你是怎样过来的？"母亲的问话勾起了浩刚的回忆。对浩刚而言，那是一段不堪回首的黑暗日子。在香港，他做过建筑工地的搬运工，有一次他被钢筋刺中下体，幸好及时送往医院才保住了性命，但从此丧失了男性功能；他做过殡仪馆的搬尸工，被身边的人视作魔鬼，夜间睡觉每每被噩梦惊醒；他做过娱乐场所的保安和黑恶势力的保镖，曾因帮派争斗动用枪械而差点丧命。初到香港时，为逃避遣送，他住在荒山野岭或建筑工地，常被工头克扣工钱却敢怒不敢言。他省吃俭用，于十年前在尖沙咀开了一间鱼蛋档，此后，居无定所、食不果腹的日子才结束。这些年他参加了一家业余粤剧团，演一些"出先死先企两边"的小角色或戏份不多的五军虎。尽管只有微薄的补贴，但他乐在其中，而此时对家乡青莲和亲人的思念就愈加深沉了。他最放不下的就是柳依依。她还靠挑豆腐沿街叫卖度日吗？百斤重的担子快把她的腰压弯了吧？

温葱莲含泪听完儿子的叙述。她把屋子收拾干净，随后到戏棚地等候柳依依和癫仔海回来，试图在第一时间替儿子赔礼谢罪以求得谅解。

走墟的人回到了整香街，葱莲帮忙卸下简易车上的货物。待别的街坊都离开后，葱莲才诚恳地对柳依依和癫仔海说："我代阿刚说声对不起……他脑袋进了水……把你们家给砸啦……"这时，葱莲才发现浩刚正站在离她身后约两米的角落。令葱莲倍感意外的是，柳依依和癫仔海都缄口不语地站着，从他们的表情看来，似乎两人早已预料到今日的局面。

柳依依瞅了一眼浩刚——二十多年来一直活在她灵魂里的男人，随之抬头望着星光熠熠的天空，自言自语道："我日想夜想，天天许愿啊，你终于回来了……"

癫仔海始终蜷缩着双肩，也不敢拿眼瞄浩刚。他拧开挂在自行车车把上的军用铁壶喝水，却倒不出一滴水来。他啪的一声踢开自行车支架，推着自行车就走——但不是往他现住的屋里走，而是回到他以前居住的逼仄幽暗的屋子——那里已成了他堆放药材和药酒的杂物屋。他经过浩刚身边时怯懦地说："阿刚，我向天发誓，我从没上过依依的床……"

此刻，柳依依的情感闸门彻底打开了，泪水哗啦涌出眼眶。她咬住嘴唇，竭力将哭声咽进肚子里。瞅着癫仔海孤独的

背景，她心里泛起强烈的愧疚感。为了让儿子像别的孩子一样有父亲而不遭人白眼，她选择与青莲街相貌最丑陋、地位最低下的男人结婚，而癫仔海虽然心里清楚柳依依的真正意图，却义无反顾地接纳了。这些年，他忍辱负重，用坚硬的脊梁撑起了整个家。尽管几次酒后冲动时想强硬霸占依依而被掌掴和怒斥，但他也毫无怨言，反而事后向依依下跪道歉，狠抽自己的嘴巴。

依依茫然无措，在原地愣了好一会儿后转身朝癫仔海住的屋子走去。癫仔海躺在堆满杂物的硬板床上抽烟。

她伸手拉他："阿海，你跟我回家！"

他甩开她的手："我们当初讲好的，他回来了，我就走！"

柳依依又流泪了。她回家取来原为儿子宗亮添置的新蚊帐和新被席给癫仔海，并把屋内的灰尘和蜘蛛网清扫干净，心里才感到好受些。"阿海，我对不起你……"她哽咽着说，"你以后缺什么，就尽管回家拿吧！"

住在癫仔海隔壁的阿苏拄着拐杖守在门口，轰走了一群看热闹的男女："走开，都走开！住整香街的，大戏还没看够么？还不是大团圆结局嘛！"他学着靓少德的口气说。

柳依依回到家，看到厨房通往客厅的过道上残留着液体泡浸的痕迹，弥漫在空气里的药酒味呛得她直打喷嚏。她抱怨浩刚鲁莽——在未弄清事实真相前他不应挥动手里的铁锤，但她很快找到了原谅浩刚的理由。浩刚远在香港，他向谁了解事实真相呢？

浩刚和依依坐在院子的蕉树下默默无语。过了许久，浩刚伸手去拉依依。两人的手指像触电一样颤抖了一下就紧扣起来，彼此的视线也连在一起了。这是两人分别后二十多年来的第一次，颇有《胡不归》里文萍生与赵颦娘"相对凄凉、相看神怆"的景况。此刻，浩刚坚信癫仔海"我从没上过依依

的床"这话，因为眼前这位把他导入男女秘境的女人的眼里
除布满柔情外，还充盈着与她这个年纪不应有的羞涩和惶窘。

浩刚虽这样想，但仍忍不住问："宗亮是谁的种？"依依
没直接回答，只是向客厅扬了扬眉，说："宗亮是谁的种，你
看看就明白了！"其实，浩刚撬锁进屋时就发现客厅墙上挂着
两个相框，左边相框镶嵌依依在《花木兰》里扬鞭策马回头
望月的黑白照，这让他回想起他与依依在屋院蕉树下熟习唱段
的每个月夜。而镶嵌在右边相框里的是一张彩色照片，胸前佩
戴中山大学校徽，在林荫大道上微笑的英俊青年的容貌竟与他
年轻时一模一样！许多物品都被他捣碎砸烂，但当他面对这两
个相框时却放下了高擎的铁锤。依依问："看清了么？你说宗
亮像谁？"听到依依轻声询问，浩刚倏地崩溃大哭。他彻底相
信照片里的美男子就是自己的儿子了！

回到房间，依依靠在浩刚怀里，浩刚轻吻她头顶上的几缕
白发。当浩刚说"我也没上过别的女人的床"时，依依却挣
开他的手臂，摇了摇头。香港是个灯红酒绿的地方，常在河边
走，哪有不湿鞋的？更何况他是个伟岸男人！看到依依别开
脸，浩刚就急了，霍霍两下把长裤和内裤全脱了，说："你不
信，就看看！"依依低头察看浩刚的下体，不由"噢"的一声
掩面惊呼起来：败草丛里空荡荡的，只现出泥巴一样的皱褶，
而他的阳根没了踪影——那次工伤，钢筋正好刺中他的阳物。
依依抽噎着俯下身，把脸贴在浩刚的大腿内侧，随后为他拉起
了裤子。两人紧抱在一起，任由泪水往下流……

第二天清早，依依醒来时却发现浩刚不在身边。她打开屋
门，竟瞥见双眼浮肿、蓬头垢面的癫仔海坐在对面的石凳上，
身上还是穿昨天走墟时的灰色短袖衬衣，显出一副落魄孤弱的
神态，依依心里很不是滋味，便说："阿海，回家冲个凉，换
件衣服吧。"依依说完这话，才想起水缸昨日被浩刚砸烂了，

就说："你稍等，我到隔壁借两桶水。"她刚走出大门，就看见浩刚挑水回来了。

癫仔海洗完澡，就回到自己的房间收拾衣物。他把衣物用绳子捆绑好，对默然坐在床沿的依依申明："我只拿我的东西。"最后，他从柜子里找出一个红本子，说："我们今天把那事办了吧。"依依看见他手里拿的是结婚证。这时浩刚也走过来，掏出香港婚姻注册署出具的单身证明，说："顺便把我们的事也办了。"依依看一眼癫仔海，又看一眼浩刚，没说话。

柳依依和癫仔海的离婚手续办得很顺畅。癫仔海在离婚协议书上歪歪斜斜地写上"王三每"三个字——他不知自己的姓氏，就随意选了一个笔画少的"王"姓。写"海"字时，他把左右结构分得太开，写成了"三每"。

在走出镇政府办公大楼时，依依说："我说你几次啦，签名时把'海'字写密实些，别'大花脸抹眼泪——离行离捺'的。"癫仔海挠了挠秃顶笑了。依依说："阿海，这些年如果没有你，我和阿亮是很难熬过来的。真的不知怎样报答你才好。"癫仔海说："你别说这些。要是阿亮愿意，继续叫我做爸，我就心满意足啦。"依依盯着癫仔海的眼睛问："阿海，你说心里话，你恨我吗？""我不恨你。"癫仔海回望依依一眼，指着大街中央说，"当年那帮人把我绑在装卸台，对我又打又踢，你不顾一切替我解开绳索。我当时就发誓，我一定要报答你。就算叫我做牛做马，上刀山、下火海，我都愿意！"依依抹去溢出眼角的泪水说："彩姐有个表妹去年死了老公，两个儿子都出来工作了，年纪跟你差不多，人也长得好看。介绍给你，要不要？"癫仔海收起笑容，使劲摇头。

依依与浩刚的结婚手续要到县城婚姻登记机关办理。依依从镇政府回到家，对着镜子化了淡妆，并换上一件粉红色的确良上衣，与浩刚登上前往县城的汽车。两人并肩坐在司机后面的椅子上。依依表面十分平静，内心却翻江倒海。她与浩刚在戏台上撇步踢甲的情景、宗亮光膀露臂在灯下阅读剧本的画面、癫仔海骑着自行车出没于公路泥尘里的镜头，在她脑海里层出迭现。

自汽车启动后，依依就隐约感到坐在身边的乘客，无论相熟与否，都看着他们交头接耳，中途下车的人还特意扭过头来向他们张望。依依如芒刺背，仿佛车上所有人都知晓他们上县城的目的。尽管依依竭力把自己打扮得年轻些，但仍掩盖不了她比浩刚大几岁的事实。风吹散了她的头发，额角上的白发更显而易见了。她将车窗关严，并下意识地把身体从浩刚的臂膀上挪开。

他们下了车，一前一后往县民政局走去，始终没说一句话。到了县民政局门口，走在前面的依依停住了脚步。

"阿刚，你后悔还来得及的。"

"你这是什么话？"

"结婚的事，我没强迫你。"

"是我愿意的呀！"

浩刚拽着依依的手臂往前走："走吧！今天是我们的大喜日子，别尽说些丧气话！"

婚姻登记窗口里几个女人一边吃着新婚者送来的瓜子、糖果和橘子，一边在说笑。其中一个中年女人认识柳依依。"咦，文工团的大明星，是来找我们领导么？"看见柳依依的手被一个与她年纪不相匹配的男人挽着，中年女人说话就变得支支吾吾了，"你是来……登记的？""是的，我们是来办结婚手续的！"浩刚有意将"结婚"两字说得特别重，说完就把有关资料递进了窗口。"哦，你是香港人。"中年女人好奇地打量浩刚说。别的女人像发现了新大陆，都围上来看依依和浩刚

的资料。中年女人暗地里用指尖在两人的出生年月栏上点了点，一个长得尖嘴猴腮的女人把半只橘子塞进嘴里，随后往手掌吐出几粒果核："哎呀，没吃过那么酸的橘仔，酸得我牙都快崩啦。"说着，就向同伴挤眉弄眼。这些年，也有香港男子和本地女子来办婚姻登记，但她们从未遇见过女大男小的。"咚！咚！"中年女人在两本结婚证上盖了钢印，笑着对依依说："几时移居香港呀？过少奶奶日子，好羡慕你啊！"依依敷衍地笑了笑。

尽管香港电视剧把香港渲染得时尚富足，但依依并不喜欢香港。"那地方人生地不熟。"在去县文化馆探望兄长浩深的路上，依依说，"香港，你用轿抬我去住，我也不去的。"过了二十多年孤单生活的浩刚说："香港只是富人的天堂。说真话，我也不想回去长住。"

当浩刚和依依并排出现在浩深办公室时，浩深惊讶得"噢"的一声叫起来。他从垒起了一排几十厘米高的文艺参考书的办公桌后站起来，摘下老花镜，换上近视镜。听了浩刚的简要叙述后，浩深就对柳依依说："你潜伏得好隐蔽啊，今天才露出庐山真面目！"他当即表示要回青莲一趟："今晚我们吃个团圆饭，喝杯酒，庆祝你们夫妻团聚！"浩刚说："这顿饭，得由我和依依请！"

知晓浩刚与依依上县城办结婚手续后，靓少德和温葱莲就有庆贺一番的打算。中午时分，葱莲便吩咐儿媳方卓兰把家里正在下蛋的鸡宰了，并亲自到市场买回了肉和菜。浩刚和依依刚回到家门口，就看见母亲和嫂子在厨房里忙碌着，一股油炸的浓香扑鼻而来。靓少德正手提录放机一瘸一拐地走来。他对浩刚说："念祖伯和八婶都是我们何家人，以前他们像对亲生仔一样疼你，你叫他们来家里吃饭吧。"

数十年来，何念祖和八婶的生活环境没丝毫改观，仍住在与通津码头正对的市场旁边的低矮瓦房里，仍靠几缸酸品维持生计。他们在门前摆了一个摊档，年近八十的何念祖待在家里照料。七十多岁的八婶依旧挑担叫卖。八婶原本就身材矮小，加上这些年腰脊佝偻，缠在扁担上的绳索就越来越短了。

浩刚走上慢坡顶就远远嗅到一阵熟悉的酸辣味。何念祖穿一件薄棉袄仰卧在酸品摊档旁的靠椅上，像一具僵尸般纹丝不动，斜阳映着他蜡黄枯槁的脸。浩刚走上前，连喊三声"念祖伯"，他才如梦初醒地睁开沉重的眼皮，扭正向一边倾压的现出几道印痕的脸颊，费了很大劲才挪动身子。他用衣袖拭去从稀疏的牙缝间外溢的唾沫，往摊档噘了噘嘴，说："你想吃什么，自己夹。"浩刚不说话，揭开酸缸的蓝色铁皮盖，用长竹签串起了六七块酸萝卜和酸黄瓜，随后坐在一旁的石凳上大口吃起来。看着何氏家族长者依旧躺在椅子上恹恹欲睡的样子，浩刚的脑海里浮现出何念祖盛年时挺直腰板坐在掌板的位置上，从容不迫地敲锣击鼓的威武形象。

浩刚吃完，就起身将一封利是塞到何念祖手里，说："念祖伯，我爸请您和八婶今晚到我家吃饭。"何念祖打开利是，看见里面装着一张百元钞票，又疑惑地打量浩刚，问："你爸是谁？"浩刚高声说："就是靓少德，大声德！"何念祖咧嘴笑了，说："深仔，你想吃酸萝卜就尽管吃，干吗要封个大利是给我呀？"浩刚说："我不是深仔，是刚仔啊！""刚仔？你不是死了么？"何念祖转着混浊的眼珠问。此时八婶挑着担子回到家门口，她说："你真是越老越懵懂，尽说些不吉利的话！刚仔从香港回来啦，今晚阿德请我们喝刚仔的结婚喜酒！"何念祖感到头脑乱成一团麻，眨巴着眼在原地转着圈。

八婶换了一件干净的对襟衣出来，把几缕乱发往耳后拨，跟着把一件泛着樟脑味的灰布中山服扔到桌子上，说："老太公，快去换衫，别在阿德和葱莲面前失礼！"八婶站在一旁仔

细看着何念祖穿戴，贴着丈夫的肚皮将他那吊在裆前的裤带束紧，又弯下腰将他几近着地的裤脚打了折。何念祖十分乖顺地伸开双手，任由妻子摆布。八婶上下左右端详一番后才将一把闪着黄蜡光亮的竹拐杖递给丈夫。但当她试图伸手搀扶丈夫跨过门前高高凸起的石阶时，何念祖却极不愿意地拂开她的手，自己跨步而过，随后刻意甩开大步，似乎要在浩刚跟前寻回当年大步流星的矫健神态。

"你走那么快，急着去投胎么？"八婶嘟哝着紧随其后，好像害怕老朽体弱而步履蹒跚的丈夫会被江湾吹来的风卷走一样。只走了二十多步，何念祖就有点上气不接下气了。他不再逞强了，不得不放慢脚步。"刚仔，说实话，如果不是喝你的喜酒，我是不出门的。那句话是怎样说的？六十不劝酒，七十不留宿，八十不留饭，九十不留坐。老人出门，麻烦事就多喽。"何念祖突然把拐杖停在半空，皱着眉头问，"你和依依结婚？我怎么感觉依依是你姐呢？"八婶连忙扯了扯丈夫的衣角："卖剩鸭——口水多过茶。"浩刚假装没听见，说："念祖伯，这些年您还打锣么？"何念祖这个八和剧社的掌板侧过低垂的脑袋，扬起如戏棚地门面那株苍老黄檀那样根茎交错的五指，慨叹说："我这双五爪金龙，别说打锣呀，连鼓竹都抓不稳啊！"浩刚听罢心里如压了一块熨铁般难受。

三人沿当铺巷行至癫仔海门口时，看见与癫仔海相邻的阿苏正蹲在地上磨菜刀，一只放了血去了毛的鸭子搁在他身边的砧板上。浩刚让何念祖坐在青竹凳上歇息。阿苏听到动静，就边用指肚轻刮刀刃以判断菜刀是否锋利，边倒吸着鼻子说："是念祖伯么？您有半年没来整香街探靓班主啦。"何念祖点燃一根烟，问："你怎么知道我来了？"阿苏说："您的拐杖声是特别结实的，像敲锣鼓一样。另外呀，你们刚走到当铺巷，我就闻到一阵酸萝卜味和臭丸味啦。"何念祖向阿苏竖起了大拇指，说："阿苏，说到鼻子灵，青莲街我佩服两个人。一个是整香佬天仁叔，他隔百步远就闻到榆树粉、木糠、敌敌畏的味道。另一个人就是你了。你除了有一只天狗鼻，还有一对顺风耳，天上蚊仔飞过都能听到。"

阿苏一手摸着鸭腹位，一手操刀，麻利地为鸭子开了肚，随即伸手拉出鸭子的内脏。"苏哥，今日过节么？"浩刚问。"是过节啊，我和阿海过寡佬节。"阿苏抬头嗅了嗅鼻子说，"你是阿刚吧。你从香港回来，阿海就变成寡佬啦。也好，以后我们两个寡佬一旦头热脚冷，也互相有个照应。"苏妈于前年去世，年近六旬终身未娶的阿苏便成了名副其实的光棍。这时癫仔海提着两瓶酒回来了。尽管他脸上硬是挤出了几道笑纹，但憔悴的眼神和裤腿高低不一的穿着，掩饰不了内心的落寞和彷徨。何念祖叹了一口气说："这些年阿海也过得不容易啊！总之，哑佬吃黄连——有苦自己知！"

翠绿的后院在夕照辉映中披上了一层金光。靓少德、何念祖、何浩深围坐在蕉树下的饭桌，何浩刚和柳依依忙着斟茶倒水。温葱莲、方卓兰和八婶把一碟一盘的菜肴端了上来。靓少德现在去哪儿都手提录放机，这时他按下播放键：

罡风吹折宫墙柳，我再进沈园泪满腮。
伤心桥下春波绿，曾是惊鸿照影来。
妹你魂绕黄泉数十载，定怨鬼不成双夜夜哀。
谅我北定中原心未死，谅我北定中原心未死，未能化蝶伴妹泉台。

靓少德把十指紧扣在胸前，翘起的下巴上下叩动，像鸡啄米一样。何念祖斜靠着椅子，半闭着眼，手指在桌子上打着节拍。浩深侧目望着瓜棚上盘旋的彩蝶，用鼻腔和着粤剧的韵

律。浩深说："爸，我发现您最近特别爱听罗家宝的粤剧。"
靓少德说："虾哥唱'谅我北定中原心未死'这句，用的是抛
舟腔，唱出了味道。"浩深说："戏就是要反复听，才听得出
味道来的。"

依依听着录放机播出的粤剧感触良多。因为《梦断香消
四十年》一剧渲染的生离死别的情绪正契合她当下的心境。
但葱莲却嫌剧里的唱词不吉利，说："今天是好日子，挑些喜
庆的剧来放吧。"

饭桌摆满了菜肴。在众人就要动筷时，浩刚说："不如把
阿海也叫过来吃？"浩深说："他肯来么？"浩刚说："我去叫
他。"浩刚走到街口，就闻到从阿苏家飘来浓浓的酒肉香。

他站在门口往屋内看，瞥见桌上的肉菜所剩无几，两瓶酒
已喝光。癫仔海醉醺醺地倒在灶台侧边的柴堆旁，语无伦次地
嚷道："酒钱……你先垫……不够……酒不够……再去……再
买两……两瓶回来……我走墟卖了药酒……再还你钱……"
阿苏说："阿海，你喝多啦，不能再喝啦！你还想着走墟？你
的药酒档被那个牛精佬砸烂啦，以后跟我学刨竹青吧。"癫仔
海听完就摊开两手，号啕痛哭起来。

"阿海，你真亏啊！你替那个牛精佬养仔养老婆，他不感
谢你，反而砸烂你的饭碗！真是岂有此理！"阿苏骂口不绝，
他忽然操起桌下的拐杖，向站在他身后的浩刚扫过来，"牛精
佬，你这个香港黑社会打手，快赔偿阿海的损失！不赔，我就
上法庭告你！告你打砸抢！我知你站在门口，你干吗不敢说
话？你这个缩头乌龟！"浩刚进屋来，架起癫仔海，说："起
来，起来，回床上睡。阿海，你不能再喝啦。"阿苏还是不依
不饶，用拐杖敲了敲门框，说："香港黑社会打手，你别假情
假意扮好人！黄鼠狼给鸡拜年——没安好心。我就是要告你，
叫陈子模拉你去下庙坐监！"

　　柳依依住在赵笑媚斜对面，有时屋里的说话声和锅碗瓢盆的碰撞声彼此都能清晰听见。但由于历史积怨，依依在二十多年间对笑媚不予理睬，即使依依的儿子柳宗亮与笑媚的儿子张水养是至交好友，笑媚也在十年前冒险替癫仔海匿藏药酒而免遭公社干部没收，但依依对笑媚还是心存芥蒂。

　　也许上天要笑媚偿还当年欠下的风流债，无论因遭天谴，还是因受委屈，她三天两头就要大哭一场，有时白天边刨竹青边哭，有时夜深人静时躺在床上哭，泪水快要流干了。这些年，笑媚遇到不少糟心事。一天傍晚，一个单身汉透过厕所薄板的缝隙偷窥她如厕，并守在厕所门口对她又抱又亲。她哭骂着，穿街过巷追打那单身汉，可是沿途极少有人对她同情并相助，有的还端着饭碗边吃边看热闹。一年冬天，她提起盛满热水的铝煲正要往木桶里倒，铝煲提手却突然断了，热水浇湿了她的裤子。她赶紧脱下热乎乎的裤子坐在地上哭。第二天，她拖着烫伤的腿，蹒跚着走向大江墟一家维修店。师傅正想为铝煲重做一个提手，这时女主人手捧一盆脏水从屋里出来，将脏水猛地泼到笑媚身边的沟渠里，随即返身抢过丈夫手里的铝煲，咣当一声扔到笑媚脚下，吊着眼狞笑道："补来补去，还不是一个破煲？去买只单料铜煲吧，单料铜煲——一滚就熟①。狐狸精！"

　　一天中午，浩刚和依依在家里吃午饭，门外传来大板车碾过的吱嘎声，随后听到一阵嘈杂的争吵声：

　　"你的车子挡住了巷子，让我怎样过去呀？"

　　"后面有条横巷嘛，你能不能从那绕过去呢？"

　　"我走哪条巷是我的自由，你管得着吗？你别以为现在当青莲书记的，还是当年那个咸湿佬黎迈！"

---

　　①　指女子水性杨花，易被勾引。

　　争吵声越来越大，接着响起一阵急剧的碰撞声和笑媚"哎哟"一声尖叫。依依把咬了半截的咸鱼放回碗里，对浩刚说："出去看看吧。"便搁下饭碗出了门。原来笑媚刚从码头买回刨竹青的大竹，装满大竹的木板车横亘在整香街与观音街的拐角处，进退两难，动弹不得。一个到各家各户收集潲水的农民——此人正是当年在批斗大会上戳穿黎迈与笑媚奸情的老农——指着笑媚骂，笑媚则坐在大板车的车把上用衣袖擦眼泪。依依上前劝解，浩刚则回家找来锯子，将长竹锯短，然后将大板车拖到笑媚家门前。

　　人心都是肉做的，即使心硬如铁的人也会被悲伤的泪水所感化。柳依依是个心地善良的女人，她在赵笑媚面前经年筑起的冰墙，最终被对方如潮水般涌出的泪水所消融。"笑媚也太可怜了。"当晚吃饭时依依感叹说，"她儿子水养也不争气，让她吃了不少苦。"她对浩刚说了张水养的近况。张水养确实风光了好些年。他曾与人合伙承包了一艘大吨位的机帆船，在珠三角一带从事水上运输，赚得盆满钵满。为显示豪气，他创下了在青莲小组连续十晚宴请各路宾客的壮举。但他万万没想到，这奢侈的日子竟是他后来四处藏匿的梦魇生活的肇始。正是那段日子酒酣后回家豪赌而令他债台高筑，加上近些年水上运输业不景气，更加速了他霉运的到来。自去年起，水养就不敢回青莲了。因为大耳窿的马仔手握十多万元的借条隔三岔五就上门催债，还敲门窗、爬墙头，装神弄鬼吓唬笑媚，并扬言要拿笑媚省吃俭用买来的一块屋地来抵债。笑媚本来期待日后建一座新屋，让儿子娶亲时住进去的，这样自己的脸上也会有光。丈夫张广发多住在渡船上，甚少回整香街，最近催债人频频上门，这令身一人的笑媚整日提心吊胆。

　　依依和浩刚在说话间，听到有人敲门。依依侧过头，却看不见人，只瞧见门侧露出一只腿，明显缝补过的裤脚和剪掉扣带变成拖鞋的鞋面沾满了竹青粉。依依走出门时便惊诧地"啊"了一下——只见笑媚手执衣角，拘谨地向她挤出笑容，嘴巴动了动又合上。"笑媚，你有事么？"依依轻声问。笑媚迅捷瞥了一眼屋内，蠕动嘴巴，满脸愧赧。依依说："没事的，你进门吧。"浩刚大度地站起来，向笑媚点头。

笑媚进屋后，竟向隅而泣。依依让她坐下，她仍抽噎不止。过了好一会儿，笑媚才断断续续地说："我求你们……把我家那块屋地买下来……我急着用钱……给水养还债……"说完就想下跪。"你别这样！"依依将笑媚扶到椅子上坐下，"你这块地不是用来建新屋，日后给水养结婚住么？"笑媚说："我哪有钱建新屋呀……水养更没钱，倒欠人一屁股债……我梦见他被人砍死，扔到青霜滩……只要能保住阿养的命，就算叫我去做老举，我也愿意！"依依犯难了："我想帮你，可是我们没打算买屋地啊。"笑媚目光凝滞地坐着，长叹一声后就想起身出门。此时，一直不说话的浩刚瞅了一眼妻子，转身对笑媚说："媚姐，屋地我替你买下吧。"笑媚惊喜道："真的？价钱低些，我也愿意的！"

浩刚并没亏待笑媚，当即表示用原价的三倍价格买下这块屋地。待笑媚笑逐颜开出了门，依依疑惑不解地问丈夫：

"你要这屋地干嘛？"

"建屋子呀。"

"我们不是有屋住吗？你建新屋，给谁住呢？"

"当然是给人住啦！"

当天夜里，浩刚在灯下翻遍了那本红红绿绿的香港皇历通胜，在一个标示"今日宜盖屋破土修造"的吉日上打了折，对依依说："新屋就定这日开工。"

何浩刚的新屋开工前一天傍晚，七八个来自茂名电白的民

工肩扛建筑工具和被席盆桶来到了整香街，在戏棚地等候多时的浩刚随即把他们带进父亲的家。

一个留八字胡的老者扬了扬手中的砌砖刀，满脸堆笑地对浩刚和靓少德说："我是瓦匠，画白线的。"他又指着一个手执铁锤的上了年纪的男人说："他是石匠，画红线的。"他望了一眼左右，接着朝门外喊："还有一个画黑线的木匠。辉仔，你进来。"过了很久，才磨磨蹭蹭进来一个手提装着斧头、曲尺、墨斗等工具的木箱子的男青年。老瓦匠翘起八字胡说："不管是画白线的、画红线的、画黑线的，都是单眼调线找直的。出门在外，请您老人家多关照啊！"浩刚向每人塞了一个红包。这时，邻居一个小孩偷偷伸手想去摸木箱里的斧头。小木匠见状，侧过木箱一撞，呵斥道："死衰仔，你想打烂我的米缸么?！木匠的斧头瓦匠的刀，单身佬的行李大姑娘的腰，能随便摸的么?"小孩摔倒在地，惊恐地哭了起来。

温葱莲清空了二楼和三楼的房间，让建筑队住下。

两个多月过去了，尽管夜深人静时楼上骤然响起的脚步声令平静的生活受到滋扰，但这也让葱莲重拾少女时代每年中秋或过年时各路戏班入住她家时的欢乐时光。特别是靓少德几乎一刻不停地播放粤剧，更引发了她的怀旧情绪。葱莲有天突然感慨地说："时间过得真快啊！"靓少德似乎明白她慨叹的缘起，边从几十盒粤剧录音带里挑了一盒放进录放机，边接话说："我不喜欢那个小木匠！"

靓少德暗地里称小木匠为"白鼻哥"——这是传统粤剧里那些不学无术而狂妄佻薄之流的代称。无论是瓦匠还是石匠，包括他们的小徒弟，见到靓少德总是点头哈腰的，有时还刻意拣一些好听的话来说。而小木匠碰到靓少德时，两只拇指扣在牛仔裤前的斜袋上，昂首斜睨着天空，鼻腔里"嗯哼"两声便擦身而过了。小木匠尽管腿脚不长，但上下楼梯时却总是跨级而行。听到楼板咚咚响，靓少德就会轻拂落在肩膀上的灰尘说："白鼻哥又急着去投胎啦！"有一次，靓少德对葱莲说："如果叫白鼻哥演《胡不归》里的表哥，你给他找件戏服穿就可以上台啦，不用花工夫给他画豆腐润了。"他埋怨浩刚请了一个二十多岁的人做木匠："让这个二打六架梁柱，建起的房屋你敢住么？"

　　房屋砌起大约半人高的砖墙时的一个初秋晚上，靓少德改变了对小木匠的成见。小木匠光着上身从河里冲凉回来，站在窗前拨弄他的长发。一个在窗下乘凉的徒弟吹了一声口哨，向他抛去一包香烟，小木匠随之脱口唱出了坊间耳口能详的南音《客途秋恨》：

凉风有信，秋月无边。
思娇情绪好比度日如年。
小生缪姓莲仙字，
为忆多情歌女麦氏秋娟。
见渠声色与渠性情人赞美，
更兼才貌两相全。
今日天各一方难见面，
是以孤舟沉寂晚景凉天。
你睇斜阳照住个对双飞燕，
独倚篷窗思悄然。
耳畔听得秋声桐叶落，
又只见平桥衰柳锁寒烟。
第一触景更添情懊恼，
亏我怀人愁对月华圆。

　　尽管小木匠的嗓音像拉锯那样呕哑粗涩，咬字运腔也极不规整，但一气呵成，且略带一丝半缕的沧桑味，这着实令坐在窗下不远处听粤剧的靓少德震惊不已："后生仔能唱成这样算不错啦！"他按停了播放键，不经意地跷起脚尖，配合木匠的旋律节拍上下抖动。待木匠唱毕，靓少德就找来了一盒粤剧磁带。当一段椰琴主奏的南音长序响过后，戏棚地传出了被同行称为"小生王"的白驹荣演唱的《客途秋恨》，楼上倏地悄无声息了，而窗旁小木匠的人影宛如一幅淡墨画，映在墙壁上纹丝不动。他坚信小木匠此刻坐在与墙壁相对的床沿上聆听白驹荣那吐字玲珑、尾音拖腔的演唱。

"亏我怀人愁对月华圆——"当白驹荣那如清泉般洁净又似熏染了书卷味的嗓音在扬琴、高胡的哀怨声中渐渐隐去时，靓少德猛地拍了拍大腿说："绝唱，绝唱啊！天籁南音，只数白驹荣啦！"他话音刚落，小木匠就从窗口伸出他那长发飘逸的脑袋："靓班主，您别言之过早！这首南音唱得最好听的，是这人！"说罢，他向靓少德抛来一盒磁带。后者伸手接住，拆开一看，原来是香港艺人张国荣的录音磁带。靓少德把这磁带放入录放机里，在这秋风渐起的月夜，戏棚地再度响起《客途秋恨》那酸楚缠绵的南音："凉风有信，秋月无边……"

靓少德嘴里含着一粒能生津的莲藕节——这是他数十年来登台前的习惯，抬头仰望头顶那片被月色浸润得发亮的黄檀树叶子。小木匠则倚在窗前，任思绪去追逐被皓月远远抛离的一抹云彩。在西南方深邃的天穹下，在濒临海边的广袤滩涂边，在产盐区一间外墙沾满了盐粉的简陋平房里，生活着小木匠那酷爱下四府粤剧的年迈双亲和刚分娩的妻子。此刻，建筑队的其他人和整香街的左邻右舍，都围在黄檀树下沉默无语，他们似乎都被应景的乐曲感染了。

但很多人都不知晓此时发生了一件趣事：在街口一座以青砖做墙体的高大屋宇，窗下和窗上的一老一少，正为自己拥戴的代表两个不同时代的南音歌者的优劣各执一词，互不相让。

"我问你，你知道戏迷是怎样称白驹荣吗？叫七叔！"

"我也问你，你知道歌迷怎样称张国荣吗？叫哥哥！"

"我告诉你，以前很多戏迷提前入广州海珠戏院，就是想听七叔坐在道具小船上唱这支首本名曲！"

"我也告诉你，一万三千歌迷入香港红馆，就是想听哥哥唱《客途秋恨》。哥哥在红馆连开三十三场演唱会，这首曲是必唱的！"

"既然你认为张国荣唱这支曲比七叔好听，那么我问你，张国荣究竟唱得好在哪里呢？"

"这个……反正我就觉得他唱得好听！"

"后生仔，唔怕唔识货，就怕货比货。我就知道七叔唱得好在哪里！七叔到底是粤剧大老倌，吃盐比张国荣吃米还多。你不觉得七叔运腔更干净利落么？他逢字句都拉腔，加上在尾腔加'呢''咯'这些衬字，使曲子情感更加饱满，把失意文人的离愁别绪都唱出来了，听起来是不是特别感人？当然喽，张国荣很受后生仔欢迎，他有点沙哑的声线也很特别。但他毕竟是流行歌手，功底与七叔相比就差几条街啦。另外，七叔唱得抑扬顿挫，很有地水南音①的风味。而张国荣只是唱歌，而不是唱曲。是不是这样？后生仔，你再听多几遍吧。唱这曲，我敢说七叔是前无古人，后无来者的！"

小木匠在靓少德面前窘态尽现："我真是有眼不识泰山啊！原来您唱了一辈子的粤剧！"靓少德直想笑，但他还是以一句俗语"萝卜青菜，各有所爱"让他下了台阶。

接下来，靓少德与小木匠似乎形成了某种默契。靓少德把录放机搁在建筑工地门楣侧的木架上，上午播放自己收藏的薛

---

① 指专由失明艺人演唱的南音。

觉先、马师曾、白驹荣、靓少佳、上海妹、红线女、凤凰女、罗品超、文千岁等一众老倌灌录的磁带，下午就让小木匠播放张国荣、谭咏麟、林子祥、梅艳芳、叶倩文等人演唱的流行歌曲。于是，狭长的整香街便沉浸在传统粤剧与香港流行歌曲相融共存的乐韵里。

靓少德整天到工地转悠，有时把两三块青砖叠在一起，精准地抛给骑在数米高围墙上的石匠手里。娴熟的动作和超强的臂力令旁人惊讶。他有时也帮小木匠打下手。一天，小木匠说起了家里事，霎时情绪变得低落了："我快有一年没回家了，也不知儿子长什么模样了。"随后，他站起身，哼起了家乡电白的小调："有女不嫁木匠郎，一年十一个月守空房。一个月待在家，还要缝缝补补笠裤裆。"靓少德留意到，小木匠穿的牛仔裤的裆部已磨出了蓝布丝，那是他长年坐在木凳上干活的缘故。

虽然建筑队的领队老瓦匠事前言之凿凿地向靓少德申明"你别看辉仔年轻，他跟我做泥水也有十来年啦。手艺精，办事稳"，但在斑驳的晨曦和诱人的酒肉香盈满整香街狭长巷道的那个清晨，当主持上梁仪式的小木匠用叼在嘴角的烟头点燃一串挂在墙头上的鞭炮时，靓少德还是有点忧心忡忡，因为小木匠那张与他经历不太相符的脸孔和落拓不羁的神情总让他放心不下。即使此时看着小木匠熟练地将那把金黄色的鲁班尺立于屋子正中，又从容地把半碗满两年的红公鸡的鲜血浇洒在屋里四个角落，靓少德仍皱着眉头暗地里质疑他做得是否地道。直到小木匠让人将他连夜写好的遒劲有力的大字"青龙扶玉柱，白虎架金梁"贴到架在屋子地上的木梁上，老先生王文斌趋前捋着他唇边黑痣上的几缕白须端详半天后，连说几声"好字"，又以好奇且赞赏的目光注视着小木匠的一举一动，靓少德这才放下心来。

　　小木匠用两块红绸布分别包住木梁的首尾两端，又用几枚硬币将红绸布钉入木梁的缝隙里，随后往地上洒了三杯酒，口里念念有词："柱顶乾坤家业盛，梁担日月福源长。"

　　完毕，小木匠表情肃穆地高喊："起梁——"站在两边墙上的工人就小心翼翼地拉紧绑在木梁两头的麻绳，木梁便不偏不倚地保持两端平衡，徐缓升了起来。

　　在一片鞭炮声里，靓少德仰脖注视着木梁，心里默默祝愿："踏台板，出入虎度门，顺风顺水！"

32　重整旗鼓

　　在短短数月里，一座两层高的新颖别致的小洋楼在整香街拔地而起。这座钢筋混凝土结构和中西风格融合的楼宇，混嵌于整香街两排几乎清一色的低矮破陋的砖瓦房里，恍如一只雍容华贵的白天鹅突然闯入土鸭群里，显得格外突兀耀眼。凡路过的行人，无不在它跟前驻足静立。他们或抬头望向表面饰以花卉鸟兽的弧形阳台，或上前抚摸从未见过的凹凸不平的奶白色墙体，胆大者更是贴着铁门的缝隙往屋内窥探一番。

　　那些左邻右舍的七姨八婶，在倚着门框捧着饭碗闲谈时，在刨竹青、砸棕树皮歇息间，无不以这小洋楼为谈资。除艳羡它的精巧时尚外，她们最关注的是日后谁会搬进去享清福。街坊们都感到纳闷，尽管小洋楼建好已有一些时日，但无论是靓少德还是何浩刚，都似乎没有要入住的迹象。直到浩刚有一天从镇房管所领回了房产证，谜底才得以揭晓。

　　当晚，有好事者暗里向街坊发布了一个

颇具轰动性的新闻："你们知道那幢楼的户主是谁么？是癫仔海！想不到吧?！就算是开戏师爷何浩深也编不出这样的桥段啊。呵呵，癫仔海时运到啦，冷手捡个热煎堆！"不过，有人当即反驳说："阿海帮阿刚养仔养老婆，阿刚建幢楼给阿海住，也是应该的嘛！"

其实，浩刚此前已与父母和妻子达成共识。一天，他诚恳地对他们说："我建这幢楼的用意是给阿海住的，房产归他，这也算是我的一点心意吧。"靓少德先是一愣，随后用洪亮的声音说："我们唱戏佬常说'举头三尺有神明'。人在做，天在看。人就得讲天地良心，做人就是要厚道。阿刚，我支持你！"葱莲与依依对视了一眼，也默许了。

但是，此时小洋楼的主人癫仔海已于半年前不知所踪了。自从饭碗——药酒档被浩刚的铁锤砸得稀巴烂后，他就感觉无以赖生了。于是，在一个细雨连绵的三更夜，他摇醒了隔壁的阿苏，说了句"我去南番顺①打工啦"，就转身消失在阴晦的夜幕里。

这段日子，何浩刚清晨起床的第一件事就是走到客厅，把昨日那张日历撕去，然后扳着指头，把目光移到日历上方儿子宗亮那张笑容可掬的校园彩照上。他犹如怀胎九月、即将与亲生骨肉谋面的女人，潜藏于心底里的期盼与亢奋难以名状。在一场酣畅淋漓的秋雨把附于后院那株香芽蕉叶子上的泥垢涤濯得一干二净的清早，他终于瞥见那一页有折痕的赫然写着"儿归"两字的日历了。此刻，他撕日历的手微微颤抖，骤然加速跳动的心仿佛快要迸出体表了。

柳宗亮研究生毕业后分配到省文化部门，从事地方文化保护和传承工作。他有一年没回家了。吃过午饭，在厨房洗碗的

---

① 指珠三角地区的南海、番禺和顺德。

柳依依对何浩刚说："你去理发铺剪个发吧，人精神些。顺便买条鱼回来，我做一味甜酸鱼，阿亮最爱吃啦。"浩刚应允，便出门去了。走在大街上，他见人就点头，逢人就笑，喜悦之情溢于言表。

走入那间屋尾朝青莲湾开了两个窗户的东风理发店时，一阵长风蹚过幽深的屋巷，浩刚便想起"东风理发室，剃头认第一"这句往昔坊间的流行语。那个被人称为"大肥婆"的女理发师用透亮得恍如蚕虫的手指揪住那张带点污迹的白围布，在噼啪几下的脆响中蹒跚走来。大肥婆心细如发，冬天常把理发推剪搁在烤炉上炙热，用时不至于让客人感到有一个冰冷的铁耙子在脖颈上蠕动，这贴心举动为她赚取了不少人气。

大肥婆瞥了一眼浩刚触及耳际的鬓发，扑哧一笑："真是日不说人，夜不讲鬼。刚说到整香街的女人，整香街的男人就来啦。"

"说些啥？说来听听嘛。"浩刚坐在可旋转的老式皮椅上说。

原来，在浩刚走进理发店前，一群上了年纪的男女在海阔天空地扯谈。有人说，青莲地势低洼，几百年前莲塘数不胜数，春夏时节十街八巷都可闻到莲花香。这就是青莲名字的由来。整香街一带莲塘一望无际，莲花品种繁多，有淡泊清雅的青莲，有纯洁善良的白莲，有粗犷坚毅的红莲，有阴森贪婪的黑莲，有神秘尊贵的紫莲……

"阿刚，他们说整香街的女人都是莲花精变的。你信不信？"大肥婆滔滔不绝，手里的推剪绕着浩刚的鬓角缓缓爬动，"葱莲姐是青莲，一切都看得很淡。依依是白莲，心地特别好。张爱彩是红莲，你要是惹着她，她杀你的心都有。赵笑媚是黑莲，心比墨斗还要黑。"

浩刚笑着不插话，心里却咀嚼着大肥婆的话语。剪完发，他特意走到理发店屋后的窗户，隔江眺望二十多年前羁押他的江口咀那片向连江和青莲水延拓的突兀陆地。尽管此时那一带已呈现残败的景象——囚禁他的平房已倒塌，旁边的煤场和装卸台几近荒废，连江和青莲水帆影稀疏，但在当年那个萧索凋敝、暮阳如血的秋日傍晚，依依罔顾非议探望自己的情景犹在眼前。此刻他想，依依有时与白莲花一般，冰清玉洁；但有时又如红莲花，外表柔情似水，内心却刚烈若火。

浩刚用竹篾串着一条蹦跳不止的鲩鱼往家里走，焦急地站在门口等他的依依说："阿亮可能坐三点那趟班车回来，我们去车站接他吧！"

两人坐在车站小阁楼下的水泥凳上等候，凡有汽车拐进侧旁有大片菜地的停车场，都连忙围上去察看一番，直到最后一个乘客走下车时才失望地坐回原处。两个多小时过去了，当绰号叫戏瘾大的老农肩扛犁耙，赶着几头嘴罩竹笼、浑身覆满泥巴的水牛走在树木婆娑、夕照掩映的公路时，一辆载满客人的客车按响喇叭避开牛群进了车站。可是，直到车厢变得空空荡荡，他们仍未寻到熟悉的身影。

突然，人群里一张蜡黄消瘦的脸孔吸引了依依的目光。"你不是阿亮么？"依依上前仔细打量，"你怎么瘦成这样呀？妈差点都认不出你啦！"

浩刚想取下宗亮搭在肩上的行李，岂料宗亮十分冷漠地侧过脸去，紧攥住行李不肯放手。

"阿亮，你知道他是谁么？他就是你的亲爸啊！"依依解释说。

宗亮却没看浩刚一眼，还把脸别到一侧。对生父的突然出现，宗亮竟没丝毫惊讶之色，反倒现出冰冷甚至厌恶的神情，这大大出乎依依的意料。她想，难道儿子早已知晓家里发生的事了？果真如此，宗亮在前些日子从一个熟人嘴里大体知道大

半年来家里发生的事：生父从香港回来与母亲结婚，养父癫仔海搬回原住的破房子，不久就到珠三角打工去了，至今音信全无。

宗亮气鼓鼓地甩开双腿，沿大江墟莲塘小路往家里去。何浩刚和柳依依紧随其后。看着儿子明显消瘦的身子在泥尘中左右摇晃，依依喘着粗气问："阿亮，你身体没事吧？"宗亮不予理睬。回到戏棚地，宗亮就径直走向癫仔海住的那间小屋。浩刚和依依站在整香街街口不知所措。

宗亮推开那扇只用一根锈蚀的铁杆拴住的木门，一股霉烂味和老鼠蟑螂屎尿味混杂的恶臭就扑鼻而来。隔壁刨竹青的吱吱声停下来了，阿苏探出布满青色竹粉的花白脑袋，翻着凹陷的瞳孔上覆盖一层白膜的眸子说："亮仔，你可回来啦。尽管你的脚步比以前轻了，但还是逃不出我的耳朵啊。""苏叔，你知我爸去哪打工吗？"宗亮焦急地问。阿苏从口袋摸出三个硬币，合在手掌里摇了六次，又拄着拐杖在门前转了六圈，信誓旦旦地说："亮仔，我替阿海占了卦。他是因家里失和外出打工的，打工的地方应该在广东的西南面，地名跟水有关。这信不信由你！"

这时，靓少德和温葱莲走了过来。靓少德说："阿亮，你爸离开青莲好久了，我们心里都很着急。但天茫茫地茫茫的，上哪找他呢？而今新楼建好了，就等他回来住。"依依把宗亮带到小洋楼前，打开了铁门。眼前的景象让宗亮惊讶得睁大眼睛：客厅里已配上崭新的桌椅，两个三层高的不锈钢药酒架贴墙摆放，架上十多个装满药酒的玻璃缸在斜阳里泛出五光十色的光芒。"酒架是你爸请人定做的，药酒也是他浸的。前几天他去盐坑岭挖药材，被一群黑蜂追到山脚。脸和手都被黑蜂蜇了，还摔了几个跟斗呢！"依依看了一眼站在门口的丈夫说，"你爸说，等阿海回来，就把药酒档交给他。他还说，阿海是跌打行家，在青莲认第二，就没人敢认第一。"宗亮侧脸看去，发现那容貌与自己酷似的男人神态落寞地抽着烟，左脸颊隆起了一个小包，上涂紫色药油，右臂也极不自然地弯曲着。

夜晚，宗亮决意住在养父癫仔海那间仅容下一张小床的屋子。让他夜深难寐的，不是那充盈在逼仄空间里凝固不散的呛鼻的腥臊味，也不是薄墙那边传来的半夜后方止歇的阿苏刨竹青的吱吱声，而是那张汗迹斑斑的枕边位置被烟头烧了几个小窟窿的草席——癫仔海带上柳依依送来的新席子南下去了，以及因床铺短小而致使四肢难以伸展的别扭感。"那些年，真不知我爸是怎样熬过来的。"宗亮顿觉一阵心酸。

忽然阴风怒号，暴雨倾盆，盐坑岭上那百米长的瀑布以雷霆万钧之势奔涌而下。"阿亮——"随着一声惨叫，肩背箩筐的癫仔海趔趄绊倒，从一块巨石上摔下来……"阿爸！"宗亮醒来时阿苏已站在他床前。"阿亮，你整晚唠唠叨叨，又踢墙又捶床的，梦见你爸了吧？"阿苏问。宗亮将梦境说了一遍。阿苏说："这是一个凶兆啊。我前天也梦到你爸，他在高崩采药时被五步蛇咬伤了。唉，他在外面要是有三长两短，也没人照料啊！"宗亮霍地翻身起床，说："我明天就去找我爸。就算找遍天涯海角，我也要找到他！"

宗亮在青莲仅停留两天就回广州去了，接着马不停蹄地奔走于珠三角中部的几个城市，找同学或朋友帮忙，到当地公安、劳动部门查询外资企业里是否有"王海"这人。"王海"倒查到不少，但信息大多不完整，不是缺籍贯年龄，就是缺照片，宗亮不得不风尘仆仆地前往辨认，但一无所获。他不死心，利用节假日去找有关线索，甚至在一些城市刊播寻人启事。一天，一个在东莞劳动局工作的同学把宗亮带到东莞东城劳动分局，有关人员将几本厚厚的企业人员登记册摆在他面

前。宗亮啃着面包逐一翻阅。忽然，"阳山王三每"几个字跃入他眼帘。"王三每？阿爸不是常把自己的名字写成'王三每'么？"宗亮一阵惊喜，即与同学驱车赶往"王三每"所在的东城光明管理区。

小车绕过一个峭壁如削的采石场，沿着崎岖泥路，盘旋于长满菠萝、橙子、橘子的山头，最后驶入同沙水库侧一个掩映于荔枝林中的台资皮革厂。这是一个寒风料峭的冬日，阳光照在宽敞低洼的工场上，空气中弥漫着硫酸、硝酸、铵盐、小苏打的混合味道。一群操着各地口音的女工叽叽喳喳地说笑着，将大批经剖层、修整、染色、打磨的牛皮布挂在铁架上晾晒，或铺在水库堤坝的石基上风干。一辆大货车停在仓库旁，几个工人忙着用叉车将一捆捆晒干定型的牛皮布往车上装。这些牛皮布将运到香港，再用轮船转运到台湾高雄，制成手套、皮鞋、衣服等皮革产品。

原是台湾老兵的高管李总经理一脸严肃地走上前，揭起几张牛皮布仔细察看，用他端过枪的老茧隆起的粗糙大手摸了摸，又将它贴在他那黝黑的马脸上，鉴别它的色泽和柔软度，随后他微笑着扶正金丝边眼镜，满意地向工人挥手，说："抓紧点，这批货要赶着过关呢。你们把活干好了，下次我从台湾回来，每人送一包长寿香烟！"工人嘻嘻地笑着，手脚更利索了。

听说地方劳动部门的干部来寻人，李总经理迈着军人的步伐，步履铿锵地走来。"王海？我没听说过这个名字。"李总经理挺着笔直的胸膛，用山东口音说。

"有叫王三每的吗？"宗亮问。

"嗯，倒是有这人。他话少，爱一个人坐在水库边，数星星，看飞机。有时也替人涂涂药酒、按按穴位的。"李总经理做了一个弯腰的动作说，"我腰椎间盘突出好多年了，找了台湾、香港很多医生，都没看好。王三每给我按摩了三个月，就治好啦。我给他三千块钱答谢，但他硬是一分钱也不要。这人老实本分！"

宗亮兴奋地说："我找的正是他！他是我爸！"

"是么？他是你爸？"李总经理用半信半疑的眼神打量眼前这英俊儒雅的年轻人，从口袋里掏出手帕擦拭眼镜，中气十足地说，"那好，你跟我来！"

宗亮跟着李总经理绕过一个牛皮碎料堆积如山的垃圾场，又从废水池侧野草丛生的窄道穿过，走进磨皮车间。车间里机器轰鸣，弥漫着蓝白色的皮屑尘粒，让人感觉倏忽置身于云雾缭绕的深山幽谷里，宗亮仿佛回到了初春时节随父亲上山采药的日子。三十余台电动磨皮机如一群凶悍而饥饿的虎豹，伸出利爪长舌，将一张张干瘪粗粝的牛皮打磨得柔软而光滑。戴着口罩和袖套的工人如履薄冰地站在磨皮机的踏板上，扯住牛皮的边角将它往卷轴上推送。整个过程，他们必须心无旁骛，小心翼翼。因为稍微不慎，卷轴就会在眨眼间把人的手指乃至胳膊无情地卷进去。

震耳欲聋的马达鸣响把人的说话声吞噬殆尽，李总经理不得不贴着宗亮的耳朵大声喊叫："从右边数过来第七个，就是王三每啦！"

车间领班即上前戳了一下王三每的肋部，努嘴示意有人找他。王三每赶忙关了电源，三步并作两步，慌里慌张地跑到李总经理跟前。他先是摘下口罩，像士兵一样挺胸立正——这是军人出身的李总经理规定的下级向上级报告时的仪容，随之深深鞠了一躬，脸上露出迷惑而畏怯的神色，光秃秃的脑门也因惊吓渗出了汗渍。显然，他以为自己犯了什么错。当听到李总经理说"有人找你"时，他才将脸慢慢移向宗亮，抬起他蓊茸的眼皮。这一刻，宗亮与王三每都愣住了——站在宗亮跟前

的正是他半年来百度寻觅而不遇的养父癫仔海！宗亮快要崩裂的眼眶随即湿润了。养父那张颧骨凸起的脸孔苍白嶙峋，耳上那一圈稀疏的头发已悉数脱落，眉毛覆满了皮尘，像严冬清晨菜畦里的蒜苗铺了一层霜粒。要不是他标志性的沾黏了皮屑的塌鼻梁和光脑门，宗亮是不敢相认的！

癫仔海怯懦而局促地站着。宗亮的视线从养父的头部往腿脚移去。即使外面寒风凛冽，但养父仍光着双脚，露出皱裂的脚趾——他一年四季不穿鞋子的习惯丝毫没改变。突然，宗亮发现养父一个蹊跷的动作——他垂立的左手下意识地往屁股后掩匿，便上前抬起养父的左手，禁不住"啊"的一声惊叫：只见养父的中指和食指都断了半节，露出鲜嫩的肉芽！宗亮咬住嘴唇才没让眼泪流下来。后来他才知晓，磨皮车间的工人大多发生过机器断指的事故，有两个工人连手掌都被轧断了。

这时，车间领班用一口湖南腔讨好地对宗亮说："全厂干活最积极的，就数王三每啦。我们中午有一个钟的休息时间，但王三每从来都不歇的，偷偷跑回车间剪皮。他跟我们说，等他赚够了五千块钱，就回家走墟卖药酒！"这个身材矮小的中年男子边说边举起右手，大概想做一个"五"的手势，但当他猛然意识到自己的右手在两个月前也被磨皮机轧掉三根指头时，就窘迫地把手缩回衣袖里了，尴尬地咧嘴笑。此时，宗亮抑制不住了，泪水夺眶而出。他垂头跑进车间旁一个简陋的卫生间里。

在这个雾气氤氲的清晨，靓少德哼着《胡不归》"慰妻"里的长句二黄回到整香街，将沾染隆冬时节油菜花香的亚麻练功服挂在客厅墙壁时，习惯地将目光移向花窗下那一排镶嵌了本人年轻时的画像和两幅黄忠脸谱的相框上——妻子温葱莲将她的画作精心装裱起来。

那幅身披海青、头戴小生巾的靓少德画像创作于葱莲情窦初开时，画面上已霉点斑斑。两幅黄忠脸谱均融进靓少德的神态，一幅创作于靓少德去县五七干校的前夜，另一幅是最近创作的。此时，靓少德十分好奇地端详风格迥异的两幅黄忠脸谱：旧脸谱是挂黑须的红色三块瓦脸，新脸谱是挂白须的粉红色整脸。良久，他操着大嗓门朝厨房说："同是黄忠，干吗一个挂黑须、一个挂白须，一个红脸、一个粉红色脸呢？"温葱莲将一碗冒着热气的长寿面搁在饭桌上，瞥了丈夫一眼说："你还年轻呀？今日你七十八岁啦！"靓少德听罢苦笑道："是呀，黄忠老喽！"说完便一瘸一拐地上楼去了，口里却唱道："两膀千斤力，能开铁胎弓。若论交锋事，还算老黄忠……"

碧波粼粼的青莲水静静地流淌，午后的阳光把斑驳陆离的光芒融进河水里，仿若一块巨大的翡翠覆裹了一张轻柔而璀璨的锦缎。柳依依挑着两桶清水上了岸，走进挨近码头入口的豆腐社，打算买些酸水豆腐，为今天过生日的公公靓少德做一道豆腐焖鲈鱼。

豆腐社已不是当年柳依依做工时的破旧模样了，里外修葺一新，添置了两扇大石磨，并挂上了"百年老店"的牌匾，还招来几个年轻女子。但豆腐社自被王大强承包后，生意不仅火不起来，还每况愈下，王大强整天不是唉声叹气，就是动辄把员工骂得狗血淋头。

"谁看铺面啊？"依依看见店前石桌上摆了几板豆腐，却无人看守，便朝屋里喊，"给我三斤酸水豆腐。"屋里传出一片男女打闹的喧哗声。过了几分钟，王大强才手握一叠扑克牌从屋里匆匆跑出来，脸颊上缀满了晾衣服的木夹子。依依说："阿强，光顾着打牌，不怕怠慢客人么？""依依姐，豆腐你要多少就只管拿，钱也不用给啦。"王大强说完就扭头往屋里跑，"哦，轮到我出牌啦。"

　　依依挑着水回到家，看见公公靠在后院的藤椅上歪着头打瞌睡，而挂在瓜棚上的录放机正播放粤剧《六国大封相》的唱段。依依撂下担子，悄悄上前，想伸手关掉录放机时，却听到靓少德说："别关，我在听呢。"温葱莲蹲在蕉树下宰鱼。大花猫趴在旁边盯着，不时伸长脖颈，抖动粉红色的鼻翼。葱莲瞥了一眼丈夫，对依依说："你爸这两年，就爱打瞌睡。"靓少德站起来，捶打脊背，感慨万分地说："唉，河水不会倒流，人老不会黑头啊！"何浩刚于上周回香港办事去了，依依便将丈夫留下的利是塞到靓少德衣袋里，说："祝阿爸寿比南山！"

　　夕照往后院那翠绿的香芽蕉叶上抹了一层橘红色。靓少德看着饭桌上的九菜一汤，便打趣说："葱莲不愧在日月楼守了几十年的灶台，做菜手艺一流，有蒸，有焖，有炒，有炖，有卤，真系《六国大封相》——尽地出齐啊。"他指着一碟苦瓜炒鸡肝，又指着一盘夜香鲈鱼球，弓着身，用手扇着往上冒的热气，倒吸一口气，说："好香好香！这两道菜，以前戏迷叫'苦凤莺怜'和'夜渡芦花'。"依依笑了，说："阿爸三句不离老本行，整天想着唱念做打、手眼身法步。不如把街坊都聚起来，搞一个私伙局？"靓少德猛地拍了一下大腿，亮起大嗓门："合晒合尺！这几天我就琢磨重组八和剧社的事！"依依和葱莲听后，无不称好。于是，三人围绕此事，你一言我一语，说个不停。

　　"别顾着说，菜快凉啦，快吃快吃！"依依说着，用勺子将一块豆腐和一块鱼肉舀到公公碗里，又给婆婆温葱莲夹了一块鸡肉。靓少德吃了一口豆腐，但随即又把豆腐往碗里吐："哎呀，哪买的豆腐？口感又粗又涩，还带一股馊味！"

　　"是豆腐社的。"依依愕然，也尝了一口，"是呀，像是隔夜豆腐！"

葱莲说："依依，我忘了提醒你。听说最近豆腐社偷工减料，不但磨豆腐掺米浆，还用麻袋来榨豆浆，连豆腐渣都榨到豆腐里去啦。"

靓少德啪地搁下筷子："真是屙尿隔渣①！为了几个臭钱，这个强仔，竟昧着良心骗街坊！"

三天后的早晨，靓少德在街上遇到通宵打牌刚结束的王大强，便把他叫住："强仔，新街尾那间豆腐店，味道越来越好。豆腐店的郑老板把店名改了，叫'青莲豆腐王'！看来，百年老店的豆腐社遇到对手喽。"王大强扬起青白的脸，冷笑道："这个郑老板食咗成担蒜头——好大口气！竟敢号称青莲豆腐王！"靓少德说："不怕不识货，最怕货比货。我刚买了豆腐王的豆腐，你中午来我家尝尝吧？"王大强说："好！如果味道差，我就去拆他的招牌甩他的须！"

中午时分，王大强应约而来。靓少德从厨房端出一碗豆腐，说："你尝尝是不是味道不错？""要尝真味道，就要不放葱花、油盐和酱醋。要是味道好，我就赞他功夫到。要是味道差，我就当场揭他的短！"王大强说完就夹了一块豆腐入口，只咀嚼了两秒，就急忙跑到门外，哗的一声吐在沟渠里："这豆腐，比狗屎还难吃……郑老板真系五更鸡啼——唔知丑！什么豆腐王，简直是豆腐狼！我而今就去拆他的招牌甩他的须！"

靓少德却摆摆手说："且慢！阿强，你先把豆腐社'百年老店'的招牌拆了再说！"王大强怔怔地问："这关我什么事？"靓少德面向围上来的街坊，朗声道："就关你事！这豆腐，是我从你的豆腐社买的！"有街坊说："昨晚我吃了你家的豆腐，上了五六次屎坑！"其他人随即起哄："原来这样！阿强，你先拆自己的招牌甩自己的须！"王大强感到理亏，便

---

① 指想尽不正当手段以获取利益。

灰溜溜挤出人群。靓少德看着王大强远去的身影，说："这叫投石落屎坑——激起公粪（愤）！"

靓少德在筹划重组八和剧社的事，其间创作了讽刺王大强欺诈行为的短剧《拆牌甩须》。这天刚吃完午饭，他在客厅边踱步，边吟唱新剧唱段：

> 怒白：我要骂的人就系你！
> 渔歌晚唱：你爸难得当初有个好名声，
> 百年老店十里八乡人尊敬。
> 豆腐社向来手艺高超以质取胜。
> 你太不应，迷失了本性，
> 竟然掺假，骗人欠公平！
> 你竟将信誉轻，此后何颜见人，
> 生意凭何昔日胜？
> 你做下损人利己缺德事，
> 我细心观察与调查，有赃证，
> 条条我记得清，条条我说得明。
> 你无装懵扮正经，不肯认错兼改正！

唱着唱着，他顿时感到热血沸腾，耳边恍惚响起"咚锵咚锵"的锣鼓声，当年带领梨园彩和八和剧社翻山涉水、走乡访村的情景也再现眼前。他挽起袖子，先做一套拉山踢甲车身的动作，接着做一套洗面捋须扎架的招式，随后缓缓起单脚，目光炯炯地凝视着黄忠脸谱，大声吼道："系威系势，五郎救弟！"

靓少德迫不及待地披衣出门。他急着去见八和剧社的掌板何念祖，重组剧社要得到这位德高望重的同族兄长的鼎力相助。在街口，张爱彩把一只脚伸进补鞋机的支架下嗑瓜子，王文斌坐在石凳上歪头细读昨日的《南方日报》。看着靓少德意气风发、步履如飞地向大街方向走去，两人莫名其妙地对视了一下。王文斌用手指掸了掸报纸，嘴里哼着"花街有光有彩似是红绒和玉燕"，完了嘀咕道："靓班主今日有点怪。"

靓少德爬上市场那道慢坡，即望见何念祖住了一辈子的低矮平房前晾晒着两簸箕辣椒，一个农民正手提一把秤，为自己新挖的两箩筐萝卜秤重。孱弱的八婶踮起脚尖，眼皮眨也不眨地盯着秤绳在秤杆上前移后拨，远看犹如秋日里挂在面北屋檐下的腊鸭。"今年饭甑寨的沙地萝卜，又甜又脆。"农民捏着秤绳让八婶看清秤星的斤两标识，另一只手从身后主人的酸坛子里挑了一块带皮的酸萝卜塞进嘴里，"放心啦八婶，我保证不差你一两半钱的，你也不是第一次买我的萝卜。"八婶问多少钱，农民转着眼珠报了一个数。八婶扳了半天手指仍感到不踏实，遂向屋内连喊了两声"老太公"。何念祖咳嗽着挂着拐杖出来，蹲下身，捡了一块瓦砾在泥地上划着数字，随后昂起红紫的脸颊向八婶点头认可。后者才从内衣袋里摸出一个带纽扣的花布小包，掏出一叠碎纸币连数几遍后递给农民，用不容置疑的语调说："没零钱，九分钱的尾数就不给啦！"农民极大度地扬了扬手，朗声说："好啦，你就会算死草①！"说罢又揭开另一个酸坛子的圆铁盖，抓起一只酸沙梨往嘴里塞。

何念祖仍捂住胸口咳嗽连连，疲惫不堪地坐在地上，伸长两腿，靠着酸品档的木架喘息。八婶把两箩筐萝卜搬到储藏室后出来，见状惊呼："哎呀，你真系前世唔修喽！"便撩起衣角揩净沾在丈夫嘴角的痰液，伸手去扶丈夫，"别失礼街坊啦，快起来！"向来倔强的何念祖觉得妻子的拉扯反而有损于他的颜面，极不愿意地撒开妻子伸向他腋下的手，手搭木架，

---

① 指一个人很有心计，将事情拿到极致。

試图自行站起来。可是，八婶"死鸡撑硬脚"① 的怨言还未说出口，他就扑倒在地了。靓少德赶忙跑过来，将他扶起："念祖兄，您没事吧？""没事，没事。"何念祖站起来，靠着墙，把穿着的布鞋甩到墙角，极好强地摇摇头，"这对鞋有点滑。"八婶瞪了丈夫一眼："好好的一对鞋，才穿了半年。屙屎唔出怨地硬！"

何念祖进房间换了一双解放鞋出来。八婶用碟子盛了几块酸萝卜摆在靓少德面前的饭桌上，说："尝一尝吧，这是江英山佬萝卜浸的。论口感，江英山佬萝卜是最好的。"靓少德在客厅一排酸坛子前踱步，说："以前我带街坊去担英阳时，江英山佬萝卜没少吃。江英山高气温低，水稻只种一造。农民收了谷，就撒萝卜米到稻田了。立春后挖出来的萝卜，表皮光滑，色泽比雪还要白，皮和肉都特别爽口。咦，天寒地冻还有酸沙梨呀？"何念祖说："这是青莲老鼠夹岭的山佬沙梨，皮厚肉实，就算浸半年也不烂的。山佬黄瓜又短又粗，浸酸口味有得弹，比青瓜好吃得多。"靓少德说："山佬货就是好！"

两人围着用作烤火的废弃铁锅坐下。何念祖用小铁铲扒开覆在炭火上的一层薄灰，添了几块炭，又将一些炭屑倒在炭火四周，随后用脚内侧把闪着火星的铁锅往靓少德脚下推去。"阿德，你今日来找我，肯定不是为了吃酸萝卜的。"何念祖手抱双膝说。

"我来找你，就是想听八和剧社的掌板敲一段何家鼓！"靓少德说。

何念祖听后顿觉心神爽飒，翘上额角上的那两道花白的长眉也快活地抖动起来。他即起身走入房间，捧出那鼓身绘画了九条龙的鳄鱼皮双面鼓，把它斜放在黄铜铸成的金龟垫托上，

① 指明知错了仍不愿改正。

768

然后努力直起如弓的脊背，手执拇指般粗的鼓竹，对着鼓边和鼓膛"当当当、咚咚咚"各敲了三下。他无比兴奋地说："阿德，上月我回了一趟七拱老家，听老人说，西安城南的何家营村，就是老祖宗何将军驻军的地方，有上千人自认是何将军的后代，个个长得又高又壮。"

靓少德也惊喜万分："这事当真？"

何念祖抚摸着鼓身说："也不知他们从哪听来的消息。听说他们成立了鼓乐社，有空就吹吹打打，高高兴兴、热热闹闹的，还拉大队到处演出呢。他们用的鼓和我这个鼓是一模一样的！"

"都是何家鼓嘛。"靓少德说话的声音越来越高，"西安何氏族人把鼓乐社办得红红火火，我们也得重新扛起八和剧社的大旗啊！"

"阿德，我支持你！"何念祖心潮澎湃，挥动手臂，擂响了何家鼓。

此时，何念祖一个住在附近的徒弟听到鼓声也来了。这个绰号叫老鼠周的男人还搬来一只用椿木做鼓身的油彩剥落的京鼓和高边锣、沙的、木鱼、大钹等乐器。何念祖让徒弟打一通"锣边大滚花"，老鼠周信心不足地擂起鼓来。锣鼓节奏有点拖沓，且声音稍显疲弱，显然在生粉厂做了二十多年锅炉工的老鼠周打鼓手艺已经生疏了。他愧疚地对何念祖说："几年没练，手脚都变硬啦。以前学的锣鼓谱全还给师傅您喽。"

"周仔，你要记住呀，敲锣边大滚花，包槌的尾音要快收，千万不要拖泥带水。做掌板是没什么窍门的，一要多记多想，唸得到就打得到，唸得好听就打得好听。二要多打多练，鼓竹不离手。要成师，手掌得掉几层皮啊！"何念祖边说，边张开布满硬茧的双手在徒弟眼前晃了晃——这些年，尽管身体状况大不如前，但他依然坚持每天早晚打两次鼓。

何念祖从徒弟手里接过鼓竹，挥洒自如地敲打起来。一时间，鼓竹在京鼓、高边锣、木鱼、大钹之间来回穿梭，节奏急促紧密，声音铿锵刚劲，如高山流水，又似万马奔腾。何念祖神情肃穆，眼前幻化出一个戏台，一队队披坚执锐的五军虎，踏着锣鼓点，高唱"大风起兮云飞扬"，如潮水般冲杀而来……

靓少德此刻闭上双眼，任思绪踏着鼓点节奏浮游在云霄外。他想象自己身披大靠盔甲，背插靠旗，边用古腔唱着"为荆襄用尽了千谋百计"，边气宇轩昂地走出虎度门。正当他踏着七星步到戏台中央再转身扎架时，忽然听到咣当一声脆响，鼓声也戛然息止了。他睁开眼，瞥见何念祖颤着状若乱草的右手五指，呆愕地望着甩手而出后飞落到门口的石阶再反弹到酸坛子的鼓竹。

靓少德惊讶地瞅着何念祖，击掌叫好："精彩，精彩！一台锣鼓半台戏。八和剧社要重整旗鼓，得有你们这些棚面师傅撑腰啊！"

"唉，我老啦，没力敲喽！"铆足劲打了一通锣鼓的何念祖表情沉郁，不停喘息，"周仔，以后棚面就靠你打色啦！"

大年初一的清晨，何念祖拄着拐杖来到整香街。冬阳升起来了，高低错落的烟囱在黢黑的瓦面上留下了一排模糊的斜影。鞭炮声零星响起，狭长的巷道笼罩在硝烟与炊烟混杂的气雾里。殷红的炮仗纸挨家挨户连缀在一起，铺成一条长约百米的鲜艳夺目的绸缎被子。何念祖拄着拐杖来到靓少德家，刘满龙这时坐在大板车的把手上，撩起衣角擦拭祖传的铜箫。大板车上摆了锣鼓、大钹、木鱼等乐器。

戏棚地黄檀树下站着七八个男女，这些八和剧社昔日的生旦净末丑全都化了脸妆。有粉脸的大家闺秀，有红脸的忠直之士，有金脸的威武统帅，有白脸的纨绔子弟，有黑脸的刚烈硬汉，有五色脸的妖魔鬼怪。他们围在一起，指着对方的妆容调侃哄笑。

负责化妆的温葱莲和方卓兰累得直不起腰。葱莲在一个武丑演员脸上涂了"三块瓦"，又在他额头画了一只蝙蝠，就朝屋外喊："彩姐，轮到你开脸啦!"张爱彩"哎"一声应答，便扯下围裙，挂在补鞋工具箱的把手上，颠着大屁股进屋来了。葱莲先在她银盘般的大饼脸上涂了一层白粉，跟着把胭脂搽在她的腮上，最后在她右边嘴角点了一颗黑痣。张爱彩站起身走到客厅侧的镜子前，忍不住大声呼叫："哎呀呀!你怎么把我化成一个丑旦呀?似老鸨婆李妈，又似媒婆九婶。我真的有那么丑么?我做妹仔时是青莲街的一朵花啊，追我的男人从整香街一直排队到新码头的!""你这个妆，京剧叫彩旦。谁叫你名字有一个'彩'字呀?"葱莲搂着张爱彩的肩膀咯咯大笑，"好啦，好啦!我下次把你化成杨玉环，包你靓爆镜。行了吧?"

正午时分，一支由三四十人组成的巡游队伍在戏棚地集结完毕后，经整香街和观音街，浩浩荡荡地往解放路大街走去。在前面开路的是一台龙狮，两名精壮的男人高擎上书"八和剧社"的旗帜紧随其后。一个腰扎练功带的龙虎武师手捧华光祖师的画像走在队伍中间。温葱莲用了大半天，才把这位身披铠甲、手托"三角金砖"、长有三只眼的"火神爷"画出来。带着妆容的八和剧社的演员和手持琴弦箫笛等乐器的棚面师傅走在队伍最后。

走路一拐一瘸的靓少德勉强能跟上巡游队伍，而挂着拐杖的何念祖却渐渐体力不支了。葱莲见状，便让何念祖坐到大板车上。何念祖却死活不从，硬是甩开步子吃力往前赶。"念祖兄，我陪您坐车!"靓少德说罢，便不由分说地把他扶上了大板车。

人生如戯

二零二年九月

為當代青蓮鎮粵劇
演員靓少德造像
蔡成桂写于廣州

靓少德

（蔡成桂绘）

巡游队伍穿行于铺设了青石板或鹅卵石的千年古镇的宽街窄巷里，穿行于从家家户户溢出的菜肴香味与郊外桃花、油菜花芬芳相糅合的暖煦煦的春风中，穿行于沿途戏迷发出的赞美声、欢笑声与远近燃放的鞭炮声所形成的声浪间。

与何念祖并肩坐在大板车上的靓少德目光如炬。对他而言，此次巡游无疑象征着八和剧社在被迫解散将近三十年后的重生。当有老戏迷朝他竖起大拇指，喊出他的口头禅"系威系势，五郎救弟"时，靓少德感动得难以自持，浑浊的泪水顺着鼻翼两侧深凹的法令纹流了下来。此刻，他似乎看到梨园彩的弟兄们乘坐帆船抵达青莲后肩挑衣箱杂箱步上豆腐社码头的场景，仿佛听到回荡于吴氏宗祠的缠绵吟诵和慷慨悲歌，又好像闻到戏棚地黄檀树下大批戏服和道具被烈焰吞噬时四处散发的呛鼻熏眼的烧焦味。而当这些刻骨铭心的荣辱得失杂糅的陈年往事，像深山老林里的雾岚在他脑海持久萦绕时，他竟顿觉自己是一名精神的富足者。因为他感到即使自己被羁绊在幽闭的洞穴见不到丝缕光亮，这些经历都可让他醍醐灌顶，觅得生活的真谛。由此，他真心愿意让生活的大戏原汁原味地重演一次。

这一年春节何浩刚没回青莲，他与香港一个朋友正紧锣密鼓地筹划回家乡番禺沙湾投资的事。去年农历三月初三北帝诞当天，何浩刚首次回沙湾寻祖。在堂弟的陪同下，他缓缓步入何氏宗祠的第五进后殿，面对神龛上供奉的何氏先祖画像三拜九叩，完了在心里默诵立柱上的木刻对联："阴德远从宗祖种，心田留与子孙耕。"

在村里做干部的堂弟说："耕田做生做死，只能解决三餐。要发达还得靠办厂。"他还说，村里打算把一些祠堂、学校改为厂房，推出优惠政策，动员港澳台同胞回家乡投资办实

业。两人走过蚝壳墙夹道的翠竹掩映的古街道，站在中心街区的清水井旁等候飘色巡游队伍从身边经过。在八音锣鼓的喧闹声中，色仔们多姿多彩的扮相和表演，令浩刚目不暇接。联想起小时父亲绘声绘色的描绘，浩刚愈加感到新奇。"刚哥，回沙湾办厂吧，保证你在两三年内就收回成本！"堂弟那三寸不烂之舌，直把浩刚说得心花怒放。于是，此后的几个月，浩刚频繁往返于香港和沙湾之间，在堂弟的牵线和推动下，他联合香港的朋友在沙湾办手袋厂的事水到渠成。

就在这一年，沙湾三稔厅里那棵苍劲的百年老树——三稔树绽出嫩芽的阳春三月，也就是浩刚与家乡正式签署投资合约的前两周，浩刚坐出租车回了一趟青莲。车子盘旋于粤北崇山峻岭间，浩刚毫无睡意，心里谋划着举家回迁沙湾的大计。尽管出租车不时地急刹车以躲避简陋公路上频频出现的坑穴和石块，也无损他的好心境。可是，他在青莲待了几天，却一直寻不到合适的时机把回迁的宏愿向父母和妻子和盘托出。因为他们的心思和时间似乎都被八和剧社私伙局的事情占去了。

离正式签约的日子越来越近，香港的朋友和沙湾的堂弟也接连打来长途电话，与他商量手袋厂选址和招工的事。显然他们都没耐心等下去了，恨不得手袋厂立马投产。

这天吃完早饭，浩刚就往父母住的屋子走去。他想：先说服老爸，老妈和老婆自然会同意的。他刚走出门口，就听到父亲正扯开大嗓门，用《渔歌夕照》的曲牌唱出自己创作的粤曲《青莲颂》：

青莲风光，
山村翠竹绕莲塘，
村村美景似画令人陶醉，
实难忘。

双飞燕儿围莲塘穿梭，
相亲相爱似是情深意畅。
…………

浩刚站在窗下静静看着父亲眉飞色舞地吟唱，等他唱完才走进屋里。"阿刚，你把这些谱架搬到戏棚地。"靓少德手指搁在客厅墙角的谱架，瞥了一眼墙上挂着的老式大钟说，"要敲发报鼓啦。"浩刚连声应诺，知道剧社私伙局的排练时间到了。

乐队五架头按戏班里的头架、二架、下架的既定位置在戏棚地黄檀树下围成一个半月形。在街口摆水果摊的刘满龙从挂在大板车把手上的布袋里拿出铜箫，对坐在旁边卖酸萝卜的八姐说了句"麻烦你帮我睇住档口"就走向黄檀树下。

靓少德边在谱架上铺开曲谱，边问："棚面'八叉①'都到齐了吗？"坐在徒弟老鼠周身旁的何念祖说："头架高炳还没来。"

现年七十多岁的高炳住大江墟，原是阳禺剧社的二弦和二胡乐师。这时，满头银发的高炳扛着一个谷箩，颤巍巍地走来。当他狼狈不堪地把谷箩搁在黄檀树下时，人们无不愕然。因为谷箩里除了一把二弦和一把二胡外，还用一张花棉被裹着一个熟睡的婴儿——他未满两岁的孙儿。温葱莲蹲下身，捂严婴儿身上的被子，爱怜地说："小心着凉啊。没人带孙么？他爸妈去哪了？"高炳神情哀伤地摇摇头，欲言又止。浩刚说："你去排练吧，我替你看着孙子。"

靓少德说了一声"开局"，鼓乐便响起来。柳依依和一个男演员唱粤曲《花田错会》。高炳精神恍惚，老是侧过脸来瞄

---

① 行内对乐队师傅的统称。

躺在谷箩里的孙儿，排练因他频频出错而被迫几度中止。"阿炳，依依唱的是梆子，你用二弦伴奏才对呀，怎么拉二胡呢？"何念祖用鼓竹敲了敲高炳的肩膀说。过了一会儿，正在演唱的柳依依扭过头来，有点不悦地朝高炳瞪眼。靓少德即在掌心下打了一个钩，做了一个停止的手影，说："阿炳，又是你出错！昨天说好的，依依唱'乘龙招赘有西楼，不用宝马香车迎淑女'这句改清唱，唱到'迎淑女'三个字才出伴奏。你记住了吗？"高炳懊丧地狠狠扇了两下自己的嘴巴。这时，谷箩里的孙儿"哇"的一声大哭起来。高炳赶忙放下二弦，扯下膝盖上的垫布，跑了过去。"别哭，别哭，爷爷来啦。"高炳抱起孙儿，满脸悲戚地对靓少德说："唉，靓班主，我又当煮饭公，又当带孙婆，得闲死唔得闲病①，以后就没空来排练喽，你另找头架吧。"说罢，这个年轻时是编竹席高手的老男人快要流泪了。

"你的儿子和媳妇干吗不带儿子？"靓少德问。

"他们今天要去南番顺打工。说打工一个月能挣几百块钱，比在家种田卖水果强得多。"高炳说，"他们说的话我也理解，我也希望他们在外面能活出人样来。只是觉得孙儿自小离开父母，太可怜啦！"

这时，高炳的儿子和儿媳手提简单行李出现了。那个神情落寞的年轻父亲远远站着踟蹰不前，也许他承受不了骨肉分离场面的刺激；而年轻母亲则放下行李跑过来，她头发凌乱，双眼红肿，不知哭了多少回。她抱过儿子，躲到戏棚地一个堆放玉米秆的角落喂奶去了。年轻母亲断断续续的哽咽声和婴儿贪婪吮吸乳头的吧嗒声直叫在场的人听得落泪。

这些天，靓少德和何念祖寻遍青莲每一条街巷，试图找出

---

① 指十分忙碌。

可替代高炳的二弦和二胡棚面头架。可是，青莲五六十年代那一辈乐师，无论是原八和剧社旗下的，还是原阳禺剧社或熠通剧社旗下的，不是迁回珠三角原籍，就是年老体弱或驾鹤西去了，始终找不到一个胜任者。为此，剧社排练唯有在乐队头架残缺不齐的状态下进行。"缺了二弦和二胡，伴奏就弱得多，戏就唱不下去啦。"靓少德摊开两手，快快地说。

高炳是个仗义之人。在得知寻找替代他的头架乐师未果而令排练中断后，他就继续用谷箩装着孙儿来排练，而在戏棚地补鞋的张爱彩和卖酸萝卜的八婶则主动轮流照料婴儿，温葱莲和柳依依也常给婴儿端来吃的喝的。靓少德对高炳说："阿炳，你以后有啥困难，就尽管跟我说！"几句话把高炳说得眼眶都湿了。

浩刚再也没向父母和妻子说起迁回沙湾的事，因为他们看起来根本没有离开青莲的心思。一天，靓少德在排练停下来时说："而今有唱有跳的，日子快乐过神仙……以后我的骨头就埋在盐坑岭。我这个唱戏佬，听到流水声，就好似听到锣鼓响一样……"浩刚断定父亲已铁了心在青莲终老。

在回沙湾前的那个晚上，浩刚请父母吃饭。看着端上饭桌的豆豉焖鸭、豆豉焖猪肉、豆豉蒸鱼干，温葱莲打趣说："依依煮菜，碟碟都不离豆豉。"柳依依笑了，用筷子截断鱼头扔给不停蹭她裤脚的大花猫，说："以前我爸常说，豆豉焖猪肉，香过隔篱屋。我也很喜欢豆豉的香味，一餐不吃豆豉，心里就痒痒的。""当年青莲街豆豉铺多过米铺。坐船来青莲的广州女人，上了码头就直奔豆豉铺啦。"跷着二郎腿哼着粤曲的靓少德伸长脖颈，大吼，"青莲南兴豆豉，唔忧卖喽喂——"

靓少德放下筷子，兴致甚浓地说起当年带着梨园彩到广西黄姚古镇演出的往事：一天，戏班在黄昏时分踏着一条青石板

路抵达黄姚时，从纵横交错的明清古巷里溢出一阵诱人的豆豉香。优伶们不禁精神一振，嗅着鼻子往前赶。队伍来到一个有四百年历史的呈"凸"字形的汉族古戏台前，甫放下行装，靓少德就迫不及待地叫人到豆豉铺买了几斤豆豉回来，又从农户家买了几只青水鸭。"晚饭那道豆豉焖鸭，食到我耳仔郁郁①！依依的老爸范师傅竟连吃下五碗饭。"靓少德用舌头舔了舔嘴唇说。戏班在黄姚连演了五个昼夜的粤剧，每顿饭的菜式都以豆豉做配料。有人告诉靓少德，黄姚人钟爱豆豉，坊间流行一语："一日三餐，宁可不食米，也不可无豆豉。"那人还指着戏台正中匾额上"可以兴"三个字说，这是当地举人林作楫题写的，当年他千里迢迢背着家乡豆豉去江西上任。

关于豆豉的话题，与浩刚这些天所思所想不谋而合。其实，他逃到香港的那些年，即便后来有了钱，也常以豆豉蒸水蛋当主菜，他也知晓"南方人嗜豉，北方人嗜酱"的这一说法。此时，他不动声色地听着他们的一言一语。等父亲绘声绘色地叙述完，他便一本正经地说："既然大家都喜欢吃豆豉，我就回青莲办一间豆豉厂，让你们吃豆豉吃个够！"开始他们都以为浩刚是开玩笑，但当听到他补充一句"我说的是真话啊"时，都无不惊愕地看着他。

"嗯，阿刚的想法合晒合尺！"靓少德颇为赞赏儿子的决定，用中指接连敲了三下桌子，"一来我可吃到何氏豆豉，二来街坊可到豆豉厂挣几个钱，后生一辈也不用背井离乡出外打工啦。用唱戏佬的话说，作揖㧟②脚背——一举两得！"

第二天，浩刚用俗称"大哥大"的移动电话联系上沙湾的堂弟，告知他取消在沙湾投资手袋厂的决定。堂弟在电话另一端足足静默了十多秒，显然他对浩刚在临签约时突然变卦感

---

① 耳朵摆动，指味道甚佳。
② 指挠痒。

到不可理喻。当堂弟感到对方态度坚决而情势难以逆转时，就越说越气愤，不容浩刚有辩解的机会，甚至斥责浩刚为背信弃义之徒，最后在结束通话时"啪"的一声把电话重重砸在桌子上。

33 荡涤污垢

在靓少德看来，虽然青莲上了年纪的人只记住了"青莲南兴豆豉，唔忧卖"的吆喝，但并不意味着他们已将当年与南兴豆豉双峰并峙的广源豆豉忘得一干二净了。其实，在黑豆豉、黄豆豉大行其道的当下，青莲人还是颇怀念广源豆豉行那颗粒饱满、口感鲜美的红豆豉的。于是，当何浩刚决定回青莲办豆豉厂，并询问父亲生产哪种豆豉时，靓少德不假思索，猛地拍了拍膝盖，用戏台上数"白榄"的洪亮嗓音说："红豆豉！"

当靓少德说出"红豆豉"三个字时，脑海里顷刻浮现出莫森礼那苍白凹陷的面孔——他依然留着浓密的头发，但几乎都是花白的；他依然穿五十年前到广州吉庆公所买戏时穿的那套西装，但早已皱巴褪色得不成样子；他依然喜欢向右侧使劲甩发，但难以重现年轻时那洒脱的派头；他依然在冬天保持"抵冷贪潇湘"的穿衣习惯，但瑟缩着脖子和偶尔用衣袖揩鼻涕的狼狈相，旁人

一眼便知他死鸡撑锅盖——硬撑。在靓少德眼里，莫森礼毋庸置疑是青莲豆豉行业的翘楚。由此他当即对儿子说："要整红豆豉，就得请出森礼叔这个老行尊！"

但能否说服莫森礼出山，靓少德和何浩刚都是心中无数的。因为自五十年前因生鬼开等人设赌局迫使莫森礼不得不以家族的资本积累——广源豆豉行偿还赌债后，他便跌入人生低谷而一蹶不振。从那时起，他不再心高气傲，不再在众人面前侃侃而谈，常深居简出，甚少与人接触，即使后来参加八和剧社的活动，也是孤独寡言，躲在角落一根接一根地垂头抽闷烟。

在那个寥廓的天际上悬着一轮冷月的夜晚，抱着碰运气的心态，浩刚随父亲走下莫屋堂西侧门那几级麻石台阶。当他们绕过客家围屋的廊道，望见那苔藓芜杂、蜗牛攀爬的天井时，即嗅到一股物品的霉烂味和药油味，并听到不绝的老人咳嗽声，要不是这时也响起小孩的喊叫声和月琴的弹奏声，浩刚简直怀疑自己现正置身于以前青莲专供鳏寡老人居住的和尚堂里。

事实上，曾鼎盛一时的莫屋堂早已被风吹雨打去，那记载莫氏族人辉煌的"木勺分银"的故事只依稀留存在老人的记忆深处。这些年，由于年久失修，许多屋子墙倾梁摧，破败不堪，一些人家已搬出去居住。青壮年几乎都南下打工去了，留下的只有老人和小孩。

浩刚从跨入一道麻石门槛走进围屋门楼那一刻起就感受到一种浓厚的衰败气息，尽管此时是姹紫嫣红的阳春三月，但弥漫在围屋外田畴菜畦里的盎然生机仿佛被围屋颓敝的高墙阻隔而无从进入一样。特别是当他瞥见镶砌在门楼两侧，雕刻了珍禽瑞兽图案的石鼓已松动不稳，门楼小阁楼上赫然摆放了一副用稻秆遮盖的寿木，几个蹲在石阶上端着火缸取暖的老人用静

止不动的混浊眼珠疑惑地瞅着他的时候，他更感到自己被淹没在一种没落腐朽的氛围里。

月琴的弹奏声是从莫森礼的屋子里传出来的，他正在教十二岁的孙女小琼练习弹奏。看见靓少德父子走进屋来，莫森礼便从琴弦上收起拨片，眼神里透出些许惊愕。他神态阴沉而疲惫，刀削般的脸颊像涂过一层白蜡，在幽暗的电灯下闪着惨淡的光。他仍穿着那套穿了五十多年的破旧西装，两个衣袖的肘弯处已打了补丁——自从妻子在二十多年前去世后，他就一直以这副倦怠邋遢的形象示人。

"阿爷，我饿啦。"在外面玩耍的孙儿跑回家，摇着莫森礼的膝盖说。"顾着弹琴，忘了煮饭啦。靓班主，你先坐一会。"莫森礼不好意思地说。他的儿子和媳妇都南下打工去了，家里只留下一老两少。

莫森礼从厨房里端出了几碟菜，浩刚发现每碟菜都看不到一粒豆豉。浩刚悄悄问小琼："你家不吃豆豉的?"小琼说："我阿爷说，他闻到豆豉味就想吐。"浩刚把小琼的话告诉了父亲。靓少德很惊愕。后来他才知道，为了避免触景生情，勾起不愉快的回忆，莫森礼自五十多年前把豆豉行抵债的那天起，再没吃过一粒豆豉。于是，他不敢提请莫森礼出山做豆豉的事了。

莫森礼送走了靓少德父子，即抱起那把用质地坚硬细密的紫檀木做琴身、琴头雕刻了龙狮图形的镇南月琴，高亢激昂的《赛龙夺锦》在月夜里飘荡。靓少德对儿子说："你别看礼叔外表那么瘦弱，内心却比钢铁还要硬!"

浩刚在离整香街不远的大街边买下一个旧仓库，改造成豆豉厂。当浩刚就豆豉厂的厂名征询父亲意见时，靓少德不假思索地说："就叫'八和豆豉厂'!"几天后，王文斌在方桌上摊开纸墨，一手捏笔，一手托衣袖，"八和豆豉厂"五个娟秀的大字便一挥而就。他踌躇满志地端详着纸上的字，对递来印章的靓少德说："'八和'两字值千金啊，'八'和'百'谐音，应了'豆豉和百味'的俗语，'八和剧社'与'八和豆豉'一唱一和，并驾齐驱。你这个唱戏佬，满肚子墨水啊！"靓少德笑而不语。

张水养用卖屋地的钱和拆东墙补西墙的办法，终于还清了向大耳窿借下的高息债款，结束了整日逃亡、提心吊胆的日子，于一个春暖花开的清明时节回到了青莲。这天，他随父母一道挑着香烛酒肉登上观音山，去祭拜爷爷张三的衣冠冢——里面埋着爷爷用过的高胡和一些衣物。在那几年躲债的日子里，水养怀念最多的是自小疼爱他的爷爷。他也坚信，正是爷爷冥冥中的祝福，他才得以平安无事地回到青莲。眼下远眺如玉带般环绕古镇的青莲水，这个阅历颇丰的年轻人浮想联翩。这条河给他带来了短暂的风光日子，也见证了他人生之船的倾覆。他点燃一串鞭炮扔到爷爷的墓碑前，随后跪下，心想：阿爷，保佑您的孙子张水养吧，祝愿他有飞黄腾达之日！

张水养带着重振雄风的憧憬，满怀豪情地下了山。第二天，他骑着锈迹斑斑的自行车，沿青莲的大街小巷走走停停，试图邂逅他的梦中初恋。可是，他近乎走火入魔般的寻觅注定是徒劳的。因为他每到一处，遇到的尽是些苍老的或稚嫩的脸孔——青壮年大多到珠三角打工去了。偶尔碰到几张黑里透红的脸孔，那都是从周边山岭迁徙而来的陌生新居民。事实上，现今的青莲显得更萧条冷落了：生粉厂那不知刷上几层防护涂料但仍被煤烟熏得黑黢黢的大铁门半掩着；在残留木薯、电石、烧酒混合气味的厂区里，残垣断壁与野草孤树形影相吊；标志性的大烟囱虽仍耸立于云霄，但神色颇像一个苟延残喘的年迈老人，其顶端出烟口几乎被茅草所覆盖，而悬挂在烟囱上

的铁牌标语早已油彩剥落，在夕阳里闪着幽光；厂区里昔日那些红男绿女也各奔前程、杳如黄鹤了，总是穿得花枝招展的时尚女子的娇声俏语早已被风吹雨打去了……

水养来到曾是县药材公司的仓库门前——当年他在此趁乱偷吃八婶的酸萝卜；追着一辆辆运载药材的大板车，偷偷扯下带有香辣味道的桂枝皮就往教室跑，分给女同学吃。此时仓库大门紧锁，一个老者窝在藤椅里，环抱双臂在阳光下打瞌睡。虽然帽舌盖住了那人的半张脸，但水养很快就认出他过去是中心小学的敲钟人——他有一个喜欢打乒乓球的漂亮女儿。水养当年常倚在小学木楼的围栏上，痴迷地看着她站在乒乓球台前挥动球拍，像电影里奔跑在雪原上的白鹿。他心里盼着乒乓球长了眼，飞到他身边来……

粮所面条加工厂与县药材公司仓库相隔不远，住宅区里曾住了几个留长辫、模样俊俏的女子，常在假期包面条和晒面条，用打小工挣来的钱交学费。水养推开斜坡上的木板门，问正在菜地劳作的老太婆："阿婆，请问胡小凤还住这里吗？"老人怀抱一把青菜，狐疑地问："阿凤早跟他老公搬到县城住啦。我是她外婆，你找她有事么？"水养窘迫地站着，不知如何作答。那只伏在晒棚下的大黑狗一直怒视着他——它那体形彪悍的父辈"阿方"常紧随民兵在粮仓四周巡逻，遇见者无不胆战心惊，择路躲避——忽然，大黑狗狂吠不止，向他直扑过来。水养赶忙跨上自行车，落荒而逃。他嘲笑自己："别再自作多情啦。"

之后不久，水养就怀揣新的发财梦，与众多年轻的同道者一起，毫不迟疑地登上了南下珠三角的长途汽车。直到两年后，当整香街左邻右舍茶余饭后甚少提及他时，他却忽然像从地里钻出来一样现身了。人们惊讶于水养那爆炸式的金黄色头发和挂在胸膛上那小指般粗的金项链，惊讶于他带回了一个烈焰红唇、性感妖冶的妻子——小艳，惊讶于他拥有让那些小青年一夜间变得新潮摩登的剪发、染发、烫发的手艺。

整香街上了年纪的人无不把水养和小艳视为来自另一星球的怪物，对自己宁静而有序的生活因他们粗暴闯入而喧闹起来感到无所适从。当人们晚上十点过后陆续上床睡觉时，那两个总是精力充沛的"怪物"才开始爆出淫声秽语，享受床笫之欢；当人们为多挣一点钱常在豆豉厂加班干到天黑时，那两个"怪物"早已在家喝得酩酊大醉；当七姨八姑们盯着小艳的肚子悄声问赵笑媚何时做奶奶时，那两个"怪物"却整日玩得疯疯癫癫，根本看不出有传宗接代的打算。为此，笑媚极为烦恼，多次催促儿子，甚至不羞于当着儿子和儿媳的面讲述怀孕的秘籍。她还拿着两人的内衣裤私下找过神算阿苏，问他们是否具备生育能力。阿苏在屋里绕了三圈，完了用拐杖使劲戳了一下地面，说："阿媚，他们肯定会造出个人仔来的，你伸长颈等着抱孙啦。你别急嘛，生仔不是刨竹青啊，要看准时机的。"

靓少德每逢看见小艳，就感觉咽下了一只苍蝇。那天张水养与小艳在戏棚地甫露脸，靓少德把他们误认成马戏团的小丑。当时水养郑重其事地向小艳介绍靓少德："他是青莲的大老倌！"

小艳却一脸不屑，用蹩脚的粤语问："是养羊的、养猪的，还是养牛的？我们家羊倌、猪倌、牛倌多得是。"

"是戏倌，粤剧大明星！"水养尴尬地解释。

小艳呵呵笑弯了腰，她附在水养耳边说："就是唱咿咿呀呀那种戏的？像鸭子被人割了脖子，死不断气一样。"

让靓少德十分恼火的是，每当黄檀树下响起八和剧社排练的鼓乐声，街里就传来了节奏强劲的迪斯科音乐。靓少德就对在门口刨竹青的赵笑媚说："节奏被打乱啦。阿媚，快劝你家

那两个金丝猴把音量调小点吧。""我才不敢劝那个霸巷鸡姆①呢!"赵笑媚懊丧地撇了撇嘴,"你说她一句,她就顶你十句。每一句都顶心顶肺的。"

靓少德向来做事按部就班且一丝不苟。他把梨园彩的一些老规矩原汁原味地移植到八和剧社。他规定,除乐队掌板外,任何人不准坐"九龙口"②。曾有一个新来的男演员大大咧咧地坐在九龙口说笑,靓少德就沉着脸走过来,"啪"的一声响,鼓竹落在那人的脑袋上:"九龙口,不准坐,戏服穿破唔穿错!"靓少德还规定,排练和演出时,掌板必须提前到位,敲发报鼓催促其他人。其间,掌板不能随意离席。孙女何妙英为此揶揄说:"阿爷真是顽固不化啊。时代进步啦,您还捧着那本老皇历不肯放手!"靓少德却依旧如故:"台上无大小,台下立规矩。如果参加剧社就像赶集走墟一样,爱来就来,爱走就走,冇掩鸡笼——自出自入,那怎么行呢?!"

发生在这年夏天的一件事,就差点把靓少德气死。这天上午,阳城镇政府请八和剧社到县城参加一项公益演出活动,对方派来的车子已在戏棚地等候了。但在临出发前,两个乐师——掌板老鼠周和二胡手高炳,却以生病为由分别托人来请假。"没了锣鼓和二胡,这戏还唱得成么?!车都来了,我怎么向人家解释呢?!"靓少德急得团团转,纳闷说,"这就怪了,一病就病倒两个。"莫森礼蠕动两片嘴唇,似乎有话说,但环顾左右又闭了口。"阿礼,你想说什么?"靓少德问。"水养的发廊今日开张。"莫森礼红着脸支支吾吾,"水养把他们请去啦。"靓少德气得把牙齿咬得咯咯响:"原来是为金丝猴当吹鼓手去啦!"

靓少德说完就转过身,迈开大步走向大江墟。因怒气使他

---

① 指泼辣的女人。
② 即司鼓的座位。

满脸通红，看起来像一个醉汉。而步伐加大令他走起路来两肩东倒西歪得愈加明显，让旁人联想到那颠簸在湍流上的孤舟。刚走到现住了几户人家的原吴氏宗祠门口——他极少经过这座当年用作八和剧社排练的屋宇——因为触景生情常令他陷入追缅的泥潭里，就隐约听到远处传来一阵鞭炮声和锣鼓声。

靓少德来到大江墟的十字路口时就举步维艰了，街民们将碾米厂对面的一间被粉饰得花花绿绿的屋子围得水泄不通。八婶刚好挑着一担酸萝卜路过这里，被堵在路上动弹不得，骂骂咧咧也没人理她。围观的男女老少里三层、外三层，靓少德竭尽全力也挤不进去，只好走进碾米厂找来一张小竹梯，爬上去往人群里看。只见那屋子的门楣上悬挂一个点缀了霓虹灯的招牌，"惊艳美容美发"几个字与门侧一个镶嵌了丰乳肥臀美女像的灯箱交相辉映。水养和小艳正指挥五六个穿着性感的外省女子在门口排成一队，两个不知从哪请来的歌手歇斯底里地号叫着。为这两个同样着装暴露的男女伴奏的，其中就有八和剧社的两个乐师。赵笑媚喜滋滋地将手里的红包往乐师们的口袋里塞，老鼠周等人则满脸堆笑，不停地点头哈腰……靓少德越看越来气，身体突然斜倾，从梯上摔了下来。

"哎哟！"靓少德坐在地上痛苦呻吟。但周围竟没人关注他，因为他的哀号被一阵嘈杂声浪掩盖了。此时围观者都蜂拥而上，高举双臂，哄抢从天空中如雪花般飘下的优惠券。站在人群中的水养边分发粉红色的票据，边向围拢上来的男女吆喝："凭优惠券，剪发洗头按摩一律三折！"靓少德倚着墙角，捂住红肿的右脚踝喘息。他举拳猛击泥砖墙体，以发泄满肚子的闷气。这时有两个人退到靓少德跟前。

"噢，我的红包是一百块的！"

"我的红包也是一百块的哟！"

"不错嘛，吹拉几首曲就有一百块入口袋啦。看来呀，八

和剧社的招牌在青莲街还是响当当的!"

"阿养是个世界仔,出手很大方!"

"喂,我们请假去炒更,千万别让德叔知道啊!"

那两个人兴奋地说着话,竟没留意到瘫坐在地的靓少德。"好啊,你们都病在一块啦!"靓少德忍着痛,扶着墙壁硬站起来,怒吼道:"为了一百块钱,你们把自己卖了,也把八和剧社卖了!"老鼠周和高炳这时才发现靓少德,都愣住了,一时羞愧难当。看见靓少德一拐一瘸地往家里走,老鼠周便上前搀扶。靓少德却使劲甩动手臂,说:"可恼也①!别碰我,我能走!我的脚还没断!"

靓少德刚回到戏棚地,急得在黄檀树下来回踱步的司机就说:"靓班主,我已打电话给镇政府的同事啦,把你们的节目调到最后。我们得立刻动身,要不真的赶不上啦!"靓少德摊开双手,气恼地说:"没掌板,没二胡,你叫我去出丑么?!"此时,大路转角处传来一道洪亮的声音:"阿德,我上!"

众人侧过脸,看见穿一套干净衣服、腰扎练功带的何念祖正拄着拐杖向这边走来。原来,何念祖已知道事情的来龙去脉,决定亲自出马。

"念祖兄,您这状况……"靓少德极为难地说。

"系威系势,五郎救弟!打鼓,就是敲两根竹棍嘛,又不是挑百斤盐走英阳墟。快上车!"说罢,何念祖把拐杖往车里一扔,便颤巍巍地爬上了面包车。靓少德也随后上了车。老鼠周和高炳自知理亏,当即把红包退回给张水养。随后两人返回戏棚地,但此时面包车已开走了,两人连忙到车站坐车赶上县城。

靓少德等人在电影院门口下了车,就有人走过来:"刚好

---

① 戏棚官话,即"把我气死了"。

轮到你们演出，你们要是来迟五分钟就赶不上啦！"走进电影院后台，老鼠周和高炳像违反纪律的小学生，站在靓少德面前耷拉着眼皮，大气也不敢喘。靓少德瞪大眼，怒吼："像木头一样愣着干吗？还不就位？"高炳赶紧提着二胡找椅子坐下。但老鼠周仍局促不安地站着不动，因为此时何念祖正手执鼓竹，聚精会神地端坐在九龙口上。表演者柳依依向何念祖示意，后者即咚咚锵锵地敲响了锣鼓。这个远近闻名的掌板目光炯炯有神，双手像通了电一样，击鼓动作娴熟而迅疾，围观者莫不把视线落在这个年逾八旬的骨瘦如柴的乐师身上。何念祖走下舞台时，大汗淋漓，双手颤抖。十多分钟的演出竟把他身上的元气消耗殆尽……

靓少德每天清晨都去莲塘压腿练声，风雨无阻。他感觉此时精神最饱满，思维最活跃，记性也最好。从莲塘回来坐在八仙桌前，他有时会忽然放下碗筷，手舞足蹈，用戏棚官话唱出一两句"江湖十八本"里的旧唱词："追兵凶暴似虎豹豺狼呀，受困逼步步暗惊慌……"有时会盯着桌上的一碟豆豉和一碟腐乳，用筷子头轻敲着碗边，说起那些早已模糊不清却不经意间冲出记忆闸门的人和事。此时，戴着老花镜的温葱莲通常借着从窗户透进的光线，抓起一把陈米摊在手掌上，用指尖逐粒逐粒拨动，挑出混在其中的石子或黑色的小米虫。她总是专注于自己的事并乐此不疲，极少搭理在一旁自言自语的丈夫，只是偶尔嗔怪道："你食餐饭比唱一台戏还长，我等洗碗要等上半天……"

"这两天见不到那两只金丝猴的？躲到老鼠夹岭啦？"有一天，靓少德说出一句让葱莲一时摸不着头脑的话。

"你说的是笑媚家里的那两个二世祖？窝被砸了，人还不跑么？"葱莲用指甲掐死一只米虫，愤然地说，"青莲街被搞

得乌烟瘴气，拉他们去坐牢也不值得同情啊!"

"窝被砸了? 真的被砸了?"靓少德连忙搁下碗筷，快步走向大江墟。

与整香街相隔不足两百米的大江墟，在不知不自觉中恢复了以前作为墟市的旧模样：十字路口摆满了衣服、胶鞋、雨伞等小摊档，当地农户也用箩箕盛着自种的番薯、芋头或从山上采摘的苦斋婆、五爪金龙等放在门前摆卖。在一根电线杆旁，一个曾在机缝社做车工的大婶从家里搬来了一台锈迹斑驳的华南牌缝纫机，边为人缝缝补补挣几个钱，边漫无边际地与街坊聊着青莲街的陈年旧事："听老人说，青莲街没有新市场前，这里就是一个墟市。每到墟日，到处人山人海。观音堂一侧叫'猪仔堂'，卖猪肉卖生猪又卖奴婢。我外婆就是在猪仔堂买来的，当时我外公花了两个大洋……"

张水养开的"惊艳美容美发"店与电线杆相距十多米，几天前不知被谁砸得稀巴烂。眼下大门洞开，屋内的玻璃镜子和门侧的灯箱被砸成碎片。门楣上的霓虹灯招牌沾了一团团排泄物和泥浆，一个农民舀粪水用的长柄木勺挂在门楣上方。靓少德站在远处，还隐约闻到一股恶臭味。

大婶整天在大江墟缝补衣服，店里发生的龌龊勾当看得一清二楚。"地上一根头发都看不到，哪像是理发店呢?"她用剪子剪断衣服上的线头，提起衣服使劲抖了抖，说，"那些女的打扮得像妖精似的，见到阿叔阿公路过就往店里拉……以前大江墟卖猪肉，我看呀，而今是卖人肉……大老倌，你说这样的'鸡窝'要不要砸!""砸得好啊! 我还想烧炮仗、敲铜锣呢!"靓少德响亮地说。

青莲吹来秋风时，张爱彩腌了十多块半肥半瘦的猪肉挂在屋檐下晾晒。嗅着街巷里流溢的腊味香，整日蜷屈腰身刨竹青的赵笑媚吞着唾沫，嫉妒心又起。这段日子，赵笑媚总感到眼眶里像放进了弹簧，眼皮跳个不停。想到"左跳财，右跳灾"的俗语，她便忧心忡忡，以致刨竹青时运刀节奏也乱了，起皱而废弃的竹子丢到满地都是。这天，她吃过早饭，就直奔阿苏家。阿苏问了笑媚哪个时辰眼皮跳后，就不容置疑地说："阿媚，最近你家将有意外之喜，但要花费一笔钱。"哪来的意外之喜？笑媚冥思苦想却不得要领。至于用钱，她与丈夫张广发的收入只够维持日常开支，几乎没任何余款。于是她犯起愁来。

这一天，当笑媚拂去沾在发梢上的竹青粉，拿起搁在脚下的茶壶咕咚喝几口时，身后传来一声"妈"的喊叫——"失踪"近两年的儿子水养和儿媳小艳一脸疲态地站在她跟前。笑媚又惊又喜。原来，儿子和儿媳重回青莲就是阿苏所说的意外之喜！两人虽仍旧是金丝猴般的时尚打扮，小艳还身挎一个小皮包，但水养那浓密的胡须和小艳裙裾上的油漆斑点都透出了几分落魄感。笑媚快步迎上去，提起儿子的行李箱说："回家去吧。"她不想让儿子在邻居的注目下逗留太久，因为她发现围观的街坊大多现出鄙夷和幸灾乐祸的目光，说不定有人会有意挑一些诸如"这两年你们又去哪开发廊呀""在外面赚得盆满钵满吧"之类的话令她难堪。

儿子的行李箱沉甸甸的，笑媚猜测箱里肯定装了一些贵重的东西。但当小艳回到家打开箱子时，笑媚却失望了：箱里除了几件皱巴巴的衣服外，就是花花绿绿、五花八门的印刷品，如《白小姐》《金钥匙》《六合点通》《葡京赌侠》《香港赛马总会六合宝典》等。笑媚拿起几本，好奇地翻了起来。这些稀奇古怪的书报都印上了十二生肖、仙人、美女等，还有看不懂的插图和令人一头雾水的文字，什么"蹿上云霄""冰清玉洁""老猜不透莫再猜""潭水无风十六磨"等。

"乱七八糟的，啥东西呀？"笑媚问。

"什么乱七八糟呀，这全是钱！一份能卖几十块、上百块的！"水养点燃一根烟说，"妈，你给我五千块钱，我想在家报装一台电话。"

"阿养，你妈靠刨竹青就赚那几分钱，家里而今连买几块猪肉的钱也没啊！"笑媚瞅了一眼邻居张爱彩挂在屋檐下那一排泛着油光的腊肉，面露难色地说。

水养显得很不耐烦，站起身又坐下，说话的声调也倏然飙升："电话我是开公司用的！等公司赚了大钱，别说几块猪肉，就算买几间大屋都行！钱，我急着要，你给我弄来！"

"你等于逼我去抢银行！"笑媚虽嘴里这样说，心里却想着去哪儿凑钱。因为她明白儿子那火爆脾性，而且属于那种补鞋佬扯线———一扯就到口①的人，如不千方百计顺他的意，他甚至有可能找来铁锤将屋子拆了的。况且，她做梦也盼着儿子有出人头地、为她脸上添光的那一天。于是，她编了为丈夫治病的谎言，声泪俱下地向何浩刚借来了五千元。至于她不以儿子报装电话的理由向浩刚借钱，是因为她也不相信钱是花在报装电话上的。可是，当一周后工人上门安装电话时，她就责怪自己误解了儿子。她当即要求工人将电话摆放在正对门口的茶几上，并盖上一块黄绸布。那时候，家里能安装固定电话毕竟是一件十分荣耀的事。

在此后的几天里，笑媚一有空就跟亲戚朋友打电话，用在舞台上念唱的高声调与人聊天说笑，几乎街头巷尾都能听得一清二楚。"唱戏给人听！"就在左邻右舍忍无可忍，决意增大电视机的音量以示抗议时，笑媚夸张得令人肉麻的说笑声竟毫无征兆地消失了。他们兴许不知，那个被笑媚说成"霸巷鸡乸"的儿媳小艳终于有一天双手叉腰，厉言正色地对她说：

----

① 指性子急躁。

"电话是用来做生意的，不是用来给你跟那些三姑六婆聊天的！"从那天起，笑媚再也不敢拿起听筒了，尽管电话是用她借来的钱报装的。

笑媚开始细心观察儿子和儿媳究竟从事何种"工作"。她发现他们几乎足不出户，整天围着那台电话，不是听电话就是打电话。电话铃声一响，他们就像着魔似的，抓起话筒，边听边在小本子上做记录。有一次，水养与通话的人吵起来。对方说："我报的是十二号！"水养却说："你明明报的是十号，我本子记录的也是十号！"于是，双方吵个不停，但最后水养被迫让步："算啦算啦，就当我听错，这一期你赢三千块。"站在一旁的小艳狠狠地将手里的本子摔在地上，向正在刨竹青的笑媚咆哮："就是你刨竹青干扰了我们，来回六千块就这样泡汤啦！"她随即向笑媚约法三章：他们通电话时，笑媚不准刨竹青，不准走动，不准说话！

笑媚发现每逢周二、周四、周六，儿子的业务最繁忙，家里来往的人骤然多起来，有些还是陌生脸孔。这些找张老板"交收"的人，有的满脸笑容，滔滔不绝；有的愁眉苦脸，缄默不语。这时，笑媚才弄明白儿子在经营地下六合彩，并且是一个有一定资金规模的庄家。

水养带回的"码书""码报"不到一个月就销售一空，有一部分流到市场里那些卖菜、卖肉、卖果的阿姨阿叔手上。他们余暇就聚在一起，从衣袋里摸出那些宝贝研究一番。也是从那时起，这些阿姨阿叔们对笑媚百般讨好，施以小恩小惠，试图从张老板母亲嘴里捕捉到哪怕是一丝半缕的发财秘籍。

在整香街，令赵笑媚嫉妒得把牙齿磨得咯咯作响的有两个人，一个是举家从大山深处老鼠夹岭迁来整香街定居的"山龟"陈火灶，另一个就是老街坊癫仔海。虽然两人没多大本事，前者在家带孙度日，后者三天两头走墟赶集售卖药酒药

丸，但他们都住上了宽敞漂亮的楼房。而笑媚活了大半辈子，依旧窝在一间破旧不堪的瓦房里。尽管每隔两三年换一批新瓦，但到了春天，屋子仍有渗漏现象。这些年，炉火灼心令她越来越难受："人倒霉时天也不帮你！"她向来把自己一生的厄运归咎于上天不公。

一天中午，门外忽然暴雨如注，笑媚赶忙扔了手里的竹青刀，跑回厨房拿出脸盆木桶之类去接从屋顶滴到客厅的雨水，在骂完一句"住了几十年牛栏"后，就忍不住把多年来积压在心底里的一番污言秽语一吐为快。这一刻她已顾不上自己尖厉的诅咒是否招致正在伏在桌子上统计买彩数目的小艳的一顿臭骂，但想不到"霸巷鸡乸"小艳并没向她瞪眼斥责。事实上，这是笑媚与小艳唯一的共识——她们再也不想忍受这间逼仄且霉味呛鼻的破屋子了。

小艳此时伸出趾甲涂了红色油彩的右脚，踢向斜靠在沙发上、把一条腿架在桌子上的水养，板着脸孔说："喂，我有言在先，本小姐不会跟着你耗在这间牛栏里的。嫁给你挨麦羹、挨番薯芋头，不知祖宗十八代做错了什么！"水养不躁也不恼，转身拿出两份新出的码报递给母亲，说："你等会交给陈火灶和癫仔海，告诉他们，下期大胆买双号。如果输了，就算我张水养的。"笑媚疑惑不解："这样他们就包赢了，这不等于塞钱入别人的口袋吗？"但她还是接过码报出了门。水养自言自语："先让他们尝到甜头，等到他们上瘾了，才慢慢剥他们的皮，这叫作欲擒故纵！"

陈火灶是一个内外皆安分的人，做事谨小慎微，对含饴弄孙和闲暇吹吹唱唱的日子感到十分满足，而对"买彩"这城镇人的新潮玩意总持怀疑态度："我就唔信有咁大只蛤乸随街跳①呢！"他颇客气地把笑媚送出门，转身就把她特意送来的"发财指南"当作废纸，扔给正趴在草席上画画的三个孙儿。小家伙们一阵哄抢，将那码报撕成碎片。

癫仔海对买彩是早有听闻的，跟他一道走墟的一些人也乐此不疲。有一次，一个四季赶集卖鞋的中年男人眉飞色舞地拍着一辆崭新的摩托车的皮座垫对他说："这摩托车就是我买彩赚来的！"癫仔海被说得蠢蠢欲动，但是想起柳依依和何浩刚曾多次向他敲响警钟：千万别被阿养拉下水！他还是打消了买彩的念头。可是，当那天笑媚环顾左右后扯了扯他的衣袖，悄声说"下期一定开双号，阿养叫我告诉你的"时，他心动了，当即找到卖鞋的中年男人，拿着笑媚送来的码报，问下期买单号还是买双号。那人反复念着码报插图上的几句话："白云深处有神仙，老孙醉酒耍醉拳。就地取材挂灯笼，智勇双全买码人"，毫不置疑地说："买双号！"癫仔海半信半疑。那人即道出玄机："插图画了两个灯笼，'智勇双全'也有个'双'字。你看嘛，画公仔都画出肠啦，下期肯定开双号！"

癫仔海于是投注五百元。结果他押中了双号，赢了几百元。自此，他变得一发不可收。最初，赢多输少。后来，输多赢少。到了这年的秋季，他欠下水养两万多元。那歪歪斜斜地签上"王三每"的欠条像一块大石，直压得他喘不过气来。水养却对他极宽容："海哥，欠款我不催你要，你迟一两个月给我都没问题。街坊嘛，我更希望你赢回来。"

癫仔海有时血脉偾张，像一头精力充沛的雄狮；有时暮气沉沉，似一只朽迈虚弱的病猫。他的时间和精力几乎都耗费在捕捉虚无缥缈的发财灵感上了。他坚信那些不经意间流泻于日常生活细枝末节的灵感能助他逃出苦海。由此，他每天都去观

---

① 与"天上掉下馅饼"一语含义相近。

音堂烧香叩头，祈求灵感早日降临。一天夜里，他在鸡鸣两遍后起床喝水，发现一只老鼠蹲在门角与他对视，黑豆似的眼珠贼亮贼亮的。他却没惊动它——自买彩起，他对那些曾给他带来好运的与十二生肖相对应的动物都心存爱意了。次日他去江英走墟，恰好与一个卖老鼠药的摊档为邻。那穿着邋遢的外地女人将七八只老鼠干摆在塑料布上，一手晃着装在五颜六色袋子里的老鼠药，一手举起小喇叭，伸长颈脖，唾沫横飞地高声吆喝："快来瞧呀快来看，老鼠是个大坏蛋……"他拿起一只老鼠干端详起来，若有所思。让他惊讶的是，当他走墟回来在戏棚地黄檀树下卖剩下的药酒药材时，隔远就听到靓少德在一板一眼地唱《十五贯》中的唱段："鼠哥，查过十二生肖，以鼠为首。子生肖鼠岂不是造祸之端？依字理断来，这件官司祸事造成，一定偷了人家的物品……"

"老鼠，老鼠，又是老鼠！"老鼠在一天中频繁地出现，这让他感到不可思议，"难道老天暗示，今晚的特码是老鼠？"他随即拦住一个放学回家的小学生，往他口袋塞了一把花生，说："你告诉我，老鼠的'鼠'字共多少笔画？"小学生用石子在泥地上画了一通说："共十四画。"癫仔海听后，感觉心脏将要挤破胸膛跳出体外了，光秃的脑门瞬时冒出了汗珠："今天刚好是农历十四！"他一刻也不停留，噔噔噔走回整香街，径直走进张水养的家，向正在翻阅记录了一串数字和人名的小本子的张水养晃动三根手指：

"阿养，这期我买特码四十一号！"

"你买三十元？还是买三百元？"

"不，我买三千元！"

"海哥，你吃了豹子胆么？"

癫仔海口头投注后就回家静候佳音了。若买中特码，将有四十倍的收益。他手捧半碗麦羹，忐忑不安地坐在门前的石凳上，仿佛坐在火山口一样心烦意躁。一个多小时后，张水养家里的电话响了。癫仔海心头一震，霍地站起来。

张水养放下话筒走出门口，说："对不起啊，海哥！今晚的特码是八！"

"哐当"一声脆响，癫仔海手里的粗瓷碗砸在青石板上。

此后半年，癫仔海被地下六合彩庄家张水养牢牢戴上了无形的紧箍咒，他像着魔似的在雄狮和病猫之间频繁变换着角色。他一时雄心勃勃，壮志凌云，即使让他从千仞高的盐坑岭纵身跳下也无所畏惧；一时垂头丧气，万念俱灰，有时直挺挺地躺在饭厅里的竹床上，恍如一具僵尸，就算苍蝇此时落在他沾着食物残迹的嘴角上，他也懒得去驱赶了。每逢六合彩开奖，他毫无例外地第一个走进隔壁那间看起来有点寒碜的屋子。大多数情况，水养为认不出几个字的癫仔海代写欠款条，然后让后者签上姓名并按上指印，跟着把纸条放入一叠厚厚的欠款单里，用铁夹子夹着锁进一个木柜里。过程中水养面无表情，话语甚少，似一个尽忠职守、秉公办事的账房先生。只是在手续办妥后习惯性给癫仔海倒一杯开水，随后在电话旁坐下，边翻阅那写了一串人名和数额的小本子，边用指头在粘贴了防火板的桌面上有节奏地轮番弹击。

这"滴滴嗒嗒"的指头弹击声却让癫仔海胆战心惊。走出屋子那一刻，他又陷入了谵妄状态——水养和他那妖冶刻薄的老婆围着一堆钱币清点时双双暴毙，而那放着欠款单的木柜子顷刻间被吞噬于一场诡异的熊熊大火中——这些虽然是幻觉，但他感觉真实发生了。于是，他不由仰天狂笑。

到了这年春天，癫仔海已欠下张水养六万多元。靓少德、何浩刚和柳依依早已从癫仔海的异常举动里觉察出端倪，只是癫仔海一直信誓旦旦地予以否定。

地下六合彩如瘟疫一样在八和剧社中悄悄蔓延，老鼠周和

高炳几乎每期都买彩。这天因下雨，排练时间改在晚饭后，地点转移到癫仔海住的小洋楼的二楼。"你猜今晚唱梆子呢，还是唱二黄？"排练前高炳悄声问老鼠周。这是两人的暗语。梆子指单数，二黄指双数。老鼠周摇摇头，说："梆子、二黄都有可能啊。"两人心不在焉，一直纠结于买单数还是买双数。老鼠周甚至双手在敲锣打鼓，两眼却瞄着夹在谱架上的码报，以致靓少德在唱《荆轲》时他竟忽然走了神。靓少德刚开口唱"敢将乾坤一肩担，管教风云变幻"，锣鼓声却戛然而止了。于是，他边扭过头来向正在发愣的老鼠周瞪眼，边用手"啪啪啪"连拍了三下自己的大腿，以此将鼓板续上。靓少德唱罢，老鼠周和高炳就迫不及待地借解手之名到楼下找张水养买彩去了，排练被迫停下来。靓少德心生不满：松戏锣鼓多，懒人屎尿多！

众人等候多时，仍不见老鼠周和高炳上楼。靓少德就忍不住走近窗户高喊："两个大老爷，是不是要等轿来抬你们呀？"当他看见老鼠周和高炳匆匆从张水养家出来时，便断定他们买彩去了。靓少德顿时气上心头。他在老鼠周和高炳的谱架上都翻出码报，更是火冒三丈。他取下码报，守在二楼门口。老鼠周和高炳刚走上楼，靓少德就举起码报，"噼啪"两下打在两人的脑门上，声如暴雷般怒斥："你们是不是想往火坑里跳？！"高炳捂着发烫的脸，不敢吭声。靓少德则坐在椅子上，脸色铁青。

这时，张水养手拿三叠欠账单上楼来了，癫仔海畏怯地跟在其后。现场安静下来，空气似乎停止流动。张水养先望了望在场的十多个人，然后用右手手指用力弹击木门，跟着将两叠欠账单扔到掌板座椅上，说："周哥欠我三千六百元，炳哥欠我四千二百元，你们现在回家拿钱来！"张水养转过身，将手里最后一叠欠账单在柳依依眼前扬了扬，跟着扔到蹲在地上的癫仔海的怀里:"对不起啊,海哥!你共欠我六万一千元。你五天内拿不出钱,这幢楼就归我啦!"

靓少德惊愕得张开嘴,半天说不出一句话来。依依捡起欠账单看了看,大力砸向癫仔海:"你呀,真是财迷心窍啊……"

在接下来的两天里,靓少德整天把自己关在房间,茶饭不思。他不是在房里抄着手来回踱步,就是打开录放机,将音量调到最大,播放的全是"江湖十八本"中的经典剧目。他试图借此驱散积压在心里的郁闷,但无济于事。每当想到身边的人买六合彩的事,他就有摔东西的冲动。

第三天后,八和剧社的演员和乐师全聚集在八和豆豉厂。害怕触景生情而从不踏进豆豉厂一步的莫森礼也气呼呼地赶来了,因为他刚知晓豆豉厂有七八个工人常买六合彩,而他的儿子莫均还欠下张水养近一万元。

莫森礼径直走进豆豉厂的晒场,给正在晒豆豉的儿子两记响亮的耳光,然后抖着因过于用力而有点红肿的手掌,愤怒地说:"五十年前我因赌博败了一间豆豉行,还把老窦活活气死。你今天是不是想走我的老路?你如果想激死老豆揾山拜,我今日就死给你看!"说罢就使劲撞向身边的瓷缸。莫森礼的额头顿时鲜血直流,众人忙为他包扎伤口。

这时,靓少德沉着脸,一瘸一拐地走入豆豉厂,现场的人都围拢上来。他先用如利刃般的眼神注视着每一张脸孔,足足过了三分钟,才用威严而洪亮的嗓音说:"凡买过六合彩的人,都站在右边!"包括癫仔海、老鼠周、高炳和莫均等在内的十多个男女都乖乖站了出来,个个垂头丧气,不敢与靓少德的目光相接。

靓少德又吼道:"你们不是天天研究那些发财秘招的么?把那些小报统统掏出来!"那些人又乖乖摸出藏在身上的红红绿绿的小报,扔进一个铁桶里。靓少德从煮豆的炉灶里取出一

根正在燃烧的木柴，把那些小报点燃。

靓少德说：“当年平靖王李文茂曾贴出告示：‘睇戏不准开赌，如违罪责非轻！’你们也知道，我大声德最恨的就是赌。以前我申明，凡入八和剧社的，都要做到‘六不’，就是不偷不抢、不赌不淫、不嫖不吹！今天，我重申这‘六不’规定，能做到的就留下来；做不到的，就立刻离开剧社和豆豉厂，我绝不留你！经营地下六合彩，是违法的，购买地下六合彩，政府是不允许的，因为性质与赌博一样！它是软刀子，杀人不见血！”

靓少德来到莫森礼跟前，继续说：“青莲上了年纪的人谁不知道当年礼叔的事？这是血的教训啊！年轻人如果不晓得，就回家问大人去！”

我叫张运保，人人叫我大碌藕，冬天戴顶粒拎帽。

祖宗辛苦又节俭，留下一间盐行兼三间米铺，街坊都话张家风水好。

我有其他嗜好，唯独大瘾赌，麻雀色仔牌九都想玩几铺，真系陈村码头——逢渡（赌）必啱哟。

自从中意赌，就冇觉训得好，捧住饭碗都心郁郁。

趁老婆返娘家探阿嫂，拎起袋银纸就往赌馆走，日赌夜赌确系离晒谱。

开始运仔好，杀到高佬晚豆皮二叔眼碌碌，觉得钱银好易捞。

自从旧年香左个老母，赌十铺就输我九铺，半月未到就输光三间米铺。

我手气越糟糕，越系想去赌，落起注来够晒豪。

我听信风水佬，重葬我老母，拍拍心口又去赌。

输钱有条路，盐行输埋我眼木木，返到屋企老婆要捉煲。

800

人生真懊恼，后悔当初走上歧途。

我张运保奉劝各位千万冇去赌，否则学我人又老、钱又冇，老婆又走佬。

在这个阳光灿烂的早春中午，青莲的大街小巷出现一支三十余人的游行队伍，何浩深五十年前创作的《赌仔自叹》在一片激越的鼓乐声里再度响起。靓少德双肩一高一低，引吭高歌，尽管嗓音穿透力已大不如昔，甚至有点力不从心，但他那悲愤交加的演唱勾起了青莲人悠久而深沉的回忆。莫森礼额头缠着渗出血迹的白纱布，这令他的脸颊显得愈加惨白清癯，令人为当年这个富家子弟因赌沦落而唏嘘垂泪。老朽如风中残烛的何念祖拄着拐杖走走停停，像老猫一样喘息。三个老者肩并肩，蹒跚而行。游行队伍每经过一条街巷，男女老少都端着饭碗跑出门口伫立观望。人们在了解事由后都不禁敲响饭碗，大声喝彩。有的当众谴责地下六合彩是一只吃人的老虎，有的从家里找出码报当街燃烧，有的自发加入了游行队伍……

这些天，老鼠周和高炳三番四次带上酒肉，登门向靓少德谢罪。温葱莲顺水推舟，从中斡旋："人非圣人，孰能无过。周仔和炳哥都知错了，你就让他们回剧社吧……"靓少德终于原谅了他们。两人遂发誓：余生永不沾赌。

癫仔海也追悔莫及。为保住那幢小洋楼，他不得不奉上了这些年的全部积蓄，柳依依和何浩刚为他垫了余款。他羞愧难当，无颜面对柳依依和何浩刚，在街坊面前也直不起腰。他刻意不让自己有空闲时间，不是去走墟，就是上山采药，还一度萌发再次南下打工的念头。他变得越来越沉默，越来越孤独内向。养子柳宗亮回青莲探亲时，他才现出一丝笑意，但随即就别开脸，躲避宗亮的眼睛，生怕宗亮责备他。但宗亮并没这样做，尽管他早已知情，但他不想在养父的伤口上撒一把盐。晚

上宗亮总找空陪养父说一会儿话，却从不提及他的伤心事，似乎此事从未发生过一样。在回广州的前天晚上，宗亮让养父穿上他从广州买回给他的皮鞋。"这双鞋很暖和的，你走墟时穿上吧。"宗亮端详养父那布满褶皱的脸庞说，"别再惦记那事啦，但以后要提醒自己不再犯错!"癫仔海听后不禁鼻子发酸。

张水养和小艳一年多来的恶行逆举将整香街弄得乌烟瘴气，街坊们无不视之为蛇蝎恶魔。从强迫癫仔海等人偿还欠款那时起，张水养不仅自己参赌，而且还把散户的筹码"吃"得一干二净，俨然成了一个大庄家。每逢地下六合彩开奖的当晚，他家门前人头攒动，众声喧哗。初始张水养高歌猛进，屡屡得手，但两个月后就接连受挫。就在六月中旬输掉五十多万元的那一晚，他冒雨带着小艳躲到盐坑岭的岩洞里，自此销声匿迹。

整香街延续一年多的喧嚣嘈杂并没因张水养遭遇地下六合彩滑铁卢潜逃后而消弭，相反，却因一批接一批的熟面孔和生面孔的债主如蝗虫般涌入而变得更加鼓噪喧闹。尽管夏天灼炙的气浪和冬天凛冽的寒风让人生畏，但这些人还是不死心地从四面八方赶来，他们因赌款得而复失所产生的怨愤和戾气也丝毫没减退的迹象。

他们难以接受眼前的现实：平日省吃俭用参与投注，难得有机会赢了庄家。有的人铆足劲了孤注一掷，企图挽回以前的损失。现在庄家赌输了，输得血本无归，在不堪重负下逃之夭夭。

他们把赵笑媚视作为虎作伥的同谋，于是将满腔怒火发泄到这个替罪羊身上，以最恶毒的语言来谩骂她，甚至搬出她当年与黎迈勾搭的丑事来羞辱她。整日陷溺于这些人无休止的诅咒里，赵笑媚始初沉默不语，继而试图以泪水换取同情，但都无济于事。在门窗、桌凳和电话机被这些失去理智的人一一砸烂时，蓬头垢面的赵笑媚举起了锋利的竹青刀："反正我烂命一条，也不想活啦！谁敢上来，我跟他搏命！"

靓少德和何浩刚父子是整香街街坊中为数不多的同情赵笑媚的人，虽然当年他们因遭到后者诬陷而吃尽了苦头，但当赵笑媚家里传出哭骂声和家什被砸的声响时，靓少德都会拖着残腿，拨开人群，上前劝解。

在这年的除夕夜，一些人猜测张水养会偷偷回家来，便手握棍棒涌向整香街。靓少德和何浩刚父子则赤手空拳分别守住巷道，把二十多个债主严严实实地挡在东西街口之外。靓少德张开大嗓门说："以我大声德的名誉保证，张水养今晚没回家！俗话说，一人做事一人当。欠钱的人是张水养，不是赵笑媚！有哪条法律规定，儿子欠下的钱由父母偿还呢?！你们入屋又打又砸，是犯法的!"靓少德声如雷鸣。他腰扎红色练功带，像一座铁塔伫立在寒风中，宛如孤身立马于长坂桥上的张翼德。债主们逐一退去。后来他们经几次打探，都证实张水养没回家。上门要钱的人渐少，整香街才得以安静下来。

"八和豆豉"的名声越做越响，何浩刚为生意往来忙得团团转。元宵节那天，浩刚手拿几份订单脚步匆匆地从笑媚家门前经过，被正在刨竹青的笑媚叫住。笑媚把竹青刀扔进脚下的竹箩里，从褪色的花棉袄内层的口袋掏出一叠纸币，交与浩刚。"我借了你五千元，先还你三千元，剩下的我年底还你。"她说这话时视线落在原来摆放电话的茶几上——电话机已被砸碎，接线垂落地上——"我当时向你撒了谎，钱不是给广发看病的，而是给水养装电话了……唉，我害了水养……"她流着泪用手抹去沾在衣袖上的竹青粉。

浩刚缄口不语，他内心也在自责。他曾劝水养别干那些害人害己的事，但被水养以一句"狗捉老鼠——多管闲事"抢

白后就不予理会了。"你来豆豉厂做工吧，厂里正缺人。"浩刚说。笑媚哽咽着说："你的好意我心领了。"她没去豆豉厂，依旧靠刨竹青糊口度日，尽管这时竹青几乎没人收购，也卖不到几个钱，但她还是从早到晚、从不怠惰地双腿跨在长凳上，麻利地摆动她那长年累月练就的粗壮双臂。刀刃在青竹表皮上运行发出的吱嘎声响有时延续至深夜，这是她心绪紊乱的时刻。往事像刀下的竹丝，在她脑海里翻涌不息。现在，主动与她说话的人更少了，她也完全失去了与街坊来往的自信，由此愈发自卑和孤独。有时她看见街坊们在说笑，便硬挤出笑容走过去。但当她突兀地冒出一句"我害了水养"时，众人都不搭腔，并远远避开她。

34　维凤新声

在大江墟莲塘盛开的莲花惹得蜻蜓纷飞的一个炎夏中午，温葱莲端着一碟豆豉蒸排骨走出饭厅时，却发现刚才还靠在墙下拍着膝盖听粤剧的丈夫靓少德已不见踪影，便嘴里咕哝："人呢？明知我入厨房敲发报鼓了，却一下没了人影。真是说书佬的嘴和唱戏佬的腿，一样快。"

靓少德在吃午饭时分突然失踪已不是一两天的事了。此时温葱莲出了门，问正在街口补鞋的张爱彩："彩姐，有没有见到我家那个老黄忠？"

"提着录放机往大江墟去啦。"张爱彩用锋利的锉刀在一只皮鞋的橡胶鞋跟上开了一道缝，从滑下鼻梁的老花镜的边框上瞥了一眼同样头发花白的葱莲说："我家那个教书匠也跟着去啦，还有八叉莫森礼，他还带着月琴呢。三个老男人不知去干啥，神神秘秘的。"

葱莲说："彩姐，我们去看看这几个老男人在唱什么戏。"张爱彩应允，便把那未

完工的皮鞋吊在补鞋机上，扯下身上的围裙，两人向大江墟走去。

随着不少住户从河岸向公路沿线聚拢，大江墟路段俨然成了青莲的新集市。赶上墟日，街道两边摆满摊档，路人寸步难行。一群中老年人常围在十字路口的一根电线杆下，一边看着机缝社的老车工脚踏家里的老古董——油彩脱落的华南牌缝纫机为街坊缝缝补补，一边海阔天空地东拉西扯，以打发一天的时光。广府难民经水陆两路远赴青莲躲避战火，侵华日军在青莲湾投掷炸弹，当地商人雇人挑盐到英阳贩卖，青莲业余粤剧团三足鼎立、同场竞技，在中心小学举行万人批斗大会，男女老少走路或坐船到县城看朝鲜电影《卖花姑娘》和粤剧《十五贯》，板塘水库大会战等，这些都成了人们回忆的焦点。不少人以亲历者或见证者的口吻绘声绘色地描述事情经过，听者无不扼腕感慨。有时，一些讲述者与个别好胜心强的听者也会就往事的细节各执一词，双方甚至吵得面红耳赤、不欢而散，但没过几天，他们又忍不住出来继续闲聊。在寂寞中追缅往昔，人们似乎依赖这种方式去打发日子。

每逢莲藕上市季节，老藕农胡仁新就在老车工身边摆了两箩筐刚从莲塘挖出的莲藕，向行人吆喝："青莲莲藕，又香又粉，又便宜又靓！"他向老车工说："大江墟是青莲最早的市场，当年我爸就是在我这个位置卖莲藕的。"有老者接着胡仁新的话题说："青莲有两条河，整天船来船往的，大小码头就有十个，大街小巷都是说广州话的生意人。每逢过年过节，广州会馆都是热热闹闹的。走日本仔时，青莲又来了不少南番顺的人。新街建起来了，市场也就搬到新码头对面了。唉，如今水运没落了，船就少见了，县四大仓也搬到县城，青莲这个小佛山就成了死角喽。真是成也萧何，败也萧何，三十年河东，三十年河西！"

　　人们发现，这些天八和剧社的几个老者——靓少德、王文斌、莫森礼也爱来凑热闹了，甚至连尚书祠的守祠人何念祖也拄着那根把手上雕着龙头的拐杖，颤颤巍巍地走上半小时赶来，他的老伴八婶挑着一担酸黄瓜跟在后面。人们自然围在他们四周，因为在这些人看来，靓少德等人不仅是健在的青莲活化石，而且从他们的侃侃而谈中，可重拾当年"担凳仔，霸头位"的美好光阴。与对往事的追忆中试图将那些血腥场景掩埋于暴戾的泥淖里不同，人们努力将那些与城南旧事勾连的欢乐时光鲜活地重现。

　　温葱莲和张爱彩来到大江墟，两人没声张，站在角落处观望。

　　一个年纪与何念祖相当但脸色红润的老戏迷说："靓班主，您当年在戏棚地演《杨贵妃》，何昌期勇斗安禄山那场戏演得好精彩啊！"说罢，那人手舞足蹈，张口便唱："我呸，岂能背主事狼狈，莫道唐朝无勇将！"完了又高声喝道："安贼，吃我何昌期一刀！"

　　靓少德呵呵朗笑，说："我是爆肚，剧本根本没这段戏。爆肚在戏行又叫执生，就是临场发挥。很早以前，唱戏是没剧本的，演出提纲就贴在虎度门一侧，上面只有简单几个字，如：第一场：生旦戏，月夜相会。演员瞄一眼就上台自由发挥啦。唉，那时唱戏佬要是没几道散手，是很难混到一口华光饭吃的！"靓少德拿出一盒录音带，指着一个容貌俏丽的名伶头像继续说："她叫楚岫云，与上海妹齐名，爆肚本事顶呱呱。她最初是觉先声剧团的第三花旦，有一次演出时正印花旦突然生病了，班主急得团团转。那时楚岫云只有十几岁，只见她抓起一件锦袍就上场了，亮相完坐在凳子上就唱：'我绣呀锦袍，这袍用锦绣，待我绣锦绣锦呀袍。'想不到她如此淡定，挪腔问字有板有眼，加上生得如花似玉，结果戏迷拍烂手掌。

于是她一夜成名天下知，连跳两级，从第三花旦跃为正印花旦，戏迷从此送她一个雅号：'执生花旦'。"

那个老戏迷向靓少德拱了拱手，由衷地说："靓班主，你是青莲戏棚地的常青树。我真佩服你！就算当年被日本仔炸跛了脚，你照样上台唱戏，照样做高难度动作。全中国也找不到第二个靓少德啊！"

靓少德向老戏迷拱手还礼，谦逊地说："跛脚佬上台唱戏算不了什么，盲眼佬上台唱戏才叫人心服口服。"他说着拿出一盒录音带在众人面前晃了晃："白驹荣是粤剧界的老叔父，行里人都叫他七叔。他用粤语代替官话演唱，又用真嗓代替假嗓。他虽然五十多岁时双目失明，但在舞台上挥洒自如，与对手熟练交换位置，要用文房四宝时能一下拿起桌上的笔。台下的戏迷有谁想到七叔是个盲眼佬呀？原来，他演出前都花尽工夫去熟悉舞台，比如，用脚步量度桌子和椅子的距离，在舞台前面两边各挂一条白布，靠反射的一点光亮辨认舞台方向，另外在虎度门和舞台中央的地毯下放一条薄竹，踩着竹片上台，再往前走，就知道到了亮相的位置啦。七叔身残志坚，田汉称他是'中国戏剧界的保尔·柯察金'！"

这时到了中小学放学时间，有不少男女学生从这儿路过。靓少德便打开录放机，播放粤剧粤曲，并把十多盒印有伶人头像的录音带摆在显眼位置。莫森礼怀抱月琴，晃着脑袋弹奏起来。何念祖从妻子的挑担里取出木鱼和沙鼓，和着节奏敲打。

这难得一见的街头演唱像一块磁铁吸引了学生，他们叽叽喳喳，围拢上来。一个叫阿娴的小学生拿着楚岫云专辑的录音带爱不释手，说："楚岫云，这名字很有诗意啊！"王文斌纠正了她"岫"的读音后说："'岫'指山峰，有一句唐诗是这样写的，'楚岫千峰翠，湘潭一叶黄'。你们有空就看看粤剧，听听粤曲，粤剧粤曲的唱词是用文言文写的，听多了，记多了，自然会提高语文成绩的。"

靓少德播放楚岫云的录音带。"乐声传入耳，苦扣我心弦，这边惨切，那边快乐，宛隔地和天……"楚岫云那缠绵哀婉的嗓音飘荡在十字街头。靓少德在众学生面前表演起来。他一会儿扮成少女，满脸羞涩地说："人笑我痴，难道还有一个痴的不成？"一会儿他从老车工的布篮子里抽出一条彩巾做抛掷状，做出妖媚的模样，唱道："芙蓉暖，但求了断一世相思账。"一会儿他操起八婶的扁担当作大刀，在空中噼啪左右劈杀，含羞自语："这位将军我真的好中意，我就有意输给他。"一会儿他翘起兰花指贴在鬓角间，神情慈爱地唱道："当知把青春耽误，将来徒伤老大。"完了，靓少德说："楚岫云是当时的四大名旦之一，戏路很广，演过林黛玉、潘金莲、佘赛花、王春娥，无论是闺门旦、艳旦，还是刀马旦、青衣，都演得出神入化！"

众人都被靓少德精湛而谐趣的表演逗乐了。那个脸颊上挂着两只小酒窝的叫阿娴的女学生更是看得如痴似醉。何念祖和莫森礼也被十多个学生团团围住。尽管何念祖此刻双眼眯成一条缝，但他手里的鼓竹如同长了眼睛，准确无误地落在拳头般大小的木鱼和沙鼓上。莫森礼也同样双眸紧闭。他留给人的印象，除了从他如葱根尖削的指头上流泻而出的《春江花月夜》的绮丽温馨的意境外，还有他那掉了一颗纽扣的皱巴巴的白衬衣以及那趿拉着鞋帮、和着音乐节奏不断抖动的双脚，还有他那标志性的恒久不变的向右甩发的洒脱动作——这让围观者隐约看到他年轻时趾高气扬的傲气和养尊处优的贵气。

葱莲把眼前的情景看在眼里，但还弄不明那三个老男人究竟在唱什么把戏。这时，靓少德站在老车工的靠背椅上，用铜锣般的嗓门喊道："八和剧社办童子班，想学唱粤剧粤曲的，或者想学打鼓弹琴的，都可以报名，我们不收师约银的！"听

完这话，葱莲才明白丈夫前些天说要办童子班并非戏言。

十多天前，靓少德和葱莲去探望何念祖，回来路上在与收购组相邻的一个老寡妇门前歇脚。尽管收购组已用作民居，两个老职员"大旧广"和"尖下巴"也早已作古，但那个已到耄耋之年的寡妇仍一如往昔地坐在门前，一边埋头搓麻线和纳鞋底，一边每天不下几十遍地重复那段丈夫被地方黑势力惨杀和儿子溺亡的尘封往事。靓少德每经过她家门前，都会驻足良久。他不像她的邻居那样感觉老寡妇那喋喋不休的讲述冗长而无趣，即使五十多年间她每次讲述的用词、语句和语气竟一点不变，跟播放录音带毫无二致，也不理会身边是否有旁听者，但讲述时从她那僵滞的眼眸里透出的惊悚和凄怆常令他触目惊心。吸引靓少德的还有她搓麻线时的情景：将纷乱的麻皮撕成一丝丝时的专注，张开嘴巴往麻线上沾一点唾沫时的沉静，垫着搓麻瓦将两根麻皮搓成一条麻线时的娴熟，将柔韧、细小的麻线一圈圈地绕成团状时的满足，这些都让靓少德看得如痴如醉。这时候，他会自然而然地想起自己离世多年的母亲——她与老寡妇一样，拥有一双被布条缠裹了大半辈子的三寸金莲和两只因经年劳作粗糙得如同松树皮的手掌，并不由得缅怀起将过山班梨园彩交予自己的师傅靓彪——他在童子班的六年里，师傅靓彪总是一边板着脸孔，在一群正在练鞠鱼、起单脚的红裤仔①身边走过，一边呼呼擂响木人桩和练功凳，用隔山可闻的大嗓门嚷道："无规矩不成方圆。谁违反班规，我就让他尝尝'王妈搓麻线'的味道！"

靓少德对葱莲说："当年我们童子班有七个师傅，有武打师傅，有花旦师傅，有脚色师傅，有开面师傅，个个凶神恶煞，看到哪个孩子调皮捣蛋就拿竹板打。竹板分大、中、小三

---

① 指童子班学员。

种，按犯错的轻重用不同的竹板来打。最重的惩罚叫王妈搓麻线，就是竹板打双脚，再顺手一拉，有时连皮也扯下一块。严师出高徒啊，红裤仔对师傅都是毕恭毕敬的，不敢有半点怠慢。因为大家自小就明白'未曾学戏，先学行头'。行头就是规矩！"两人回到豆豉厂时，靓少德停下来，说："我要是办童子班，你就教孩子画脸谱。"当时葱莲以为丈夫在说笑，想不到他竟深思熟虑并付诸行动。

在接下来的日子里，靓少德、何念祖和莫森礼都在中小学中午放学时被分去大江墟"摆摊"，以物色苗子。葱莲也把自己绘制的生旦净末丑、外小贴夫杂的粤剧十大行当的脸谱拿到大江墟路口展示，这些色彩鲜艳、栩栩如生的手绘脸谱一下就把学生们吸引住了。葱莲指着一个以红色为主调、双眉涂白色的脸谱对学生说："这是赵匡胤脸谱。传说赵匡胤是火龙下凡的真命天子，所以在他左眼眉画一条黑色小龙，在他右眼眉画北斗七星图案，暗示他的帝王身份。"

这时，一个身高体壮但举止拘谨的男学生摸着自己的脸颊，用十分难懂的山里土话怯生生地对葱莲说："你可以给我当场化妆吗？"葱莲应允，便让这个年仅十二三岁叫阿平的学生坐在跟前的矮凳上，并瞅了一眼他那黝黑而棱角分明的脸孔，说："你长得高大，形象威武，就给你画一个薛刚脸谱吧。"于是，她用黑白两种油彩在他脸上画了"三块瓦"，又用黑色勾勒虎须眉和豹子眼，最后在他额头正中画了一只手掌。完了，这个来自老鼠夹岭的男学生对着镜子端详半天，好奇地问："为啥要画一只手掌在额头上呢？"葱莲说："薛刚是粤剧《薛刚反唐》里的人物，性格刚烈，手掌暗示了他的命运。他闹花灯时一巴掌打死了太师张泰之子张登云，从此招来了灭门之祸。"阿平指着身边的关羽脸谱，歪着脑袋问："关羽性格也刚烈，为啥关羽脸谱红彤彤的，而薛刚脸谱只有黑白

两种颜色?"葱莲笑了,说:"这个问题你问得好。关羽面孔涂成红色,表示忠直正义。而戏剧界历来有'三刚①不见红'的说法。因为李刚、姚刚和薛刚都刚毅果敢,表演时要求严肃稳重,脸谱也不涂红色,连嘴唇也不点红色。"男学生听了,挠着后脑说:"想不到粤剧脸谱有那么多学问。"

站在一旁的靓少德说:"粤剧脸谱的学问高深得很啊。早期粤剧戏班的化妆是很简单的,用乌烟画眉眼,用红粉涂脸颊就上场了。后来,粤剧向京剧、川剧、昆剧等看齐,重视脸谱的用色和图案,有时演员化妆要花一两个小时呢。粤剧戏行将化妆称为'妆身',有句话说'唔识妆身就唔识做戏'。"

阿平怯懦地问:"我进童子班学唱戏,你收我吗?"靓少德先是爽朗地答应,随即收起笑容说:"对你来说,首要的事就是练好广州话。广州话不准,观众就不知你在台上唱什么。"

这时,柳依依也身穿华丽的戏服出现了,女学生们就像一群云雀一样叽叽喳喳地把她围住。依依头戴饰以金钗、珍珠、水钻、彩石等的凤冠,身穿蓝色绣凤公主服,上身配大云肩,下身配束腰有褶长裙,裙裾上用各色绒线绣出的海水江牙纹样和花卉祥云图案在阳光映衬下熠熠生辉。依依对女学生说:"我这行头是正印花旦穿的,是不是好靓呀?"后来参加童子班的女学生说,参加童子班,就是被依依这漂亮的凤冠和公主服吸引的。

在一个秋高气爽的中午,当靓少德在现场近百人的注目下将写着"八和粤剧童子班"的牌匾悬挂于八和豆豉厂大门一侧时,何念祖、莫森礼等人敲响锣鼓,何浩刚舞动醒狮。靓少

---

① 指戏剧人物李刚、姚刚和薛刚。

德走进位于豆豉晒场旁边铺了地毯并安装了把杆、落地镜的练功室——浩刚毫不犹豫地将豆豉厂最平坦、日晒时间最长的地方用作孩子们的练功之所，点燃三根香，对着安放在墙角神龛上的华光祖师像叩拜，心里祝愿："自古英雄出少年。今天童子班开新①，望华光祖师保佑红裤仔学有所成！"他告诉旁人，按照旧例，凡童子班开班，必先在华光祖师像前演出《八仙贺寿》。

八和粤剧童子班共接收了十多个学习表演和乐器的中小学生，靓少德的曾孙小羿在县城读小学，周六日也回来学习表演。自此，在青莲的大街小巷或江边田畴，每逢清晨和傍晚，都可听到孩子们的吊嗓声和乐器练习声。

这天，靓少德向学生讲授吊嗓子的方法。他腰扎红色练功带，边一拐一瘸地穿行在学生中间，边音量由低到高地呼出一个音符，十多秒后才换一口气，直看得学生目瞪口呆。靓少德说："你们这些细路，别看我年纪大，又是合尺脚，但我是个响当当的大声公和长气袋。我五岁做红裤仔时就开始嗌声，嗌了近八十年，从未停止过。你想有一副好嗓喉，就必须坚持嗌声。"

他把"合、士、乙、上、尺、工、反、六"八个字写在黑板上，说："粤剧演员嗌声就是练'合尺'。合尺是中国古代的记谱方法——工尺谱。合、士、乙、上、尺、工、反、六，相当于简谱的 5、6、7、1、2、3、4、5、6、7。你们练习时可练长音，可练短音，也可练爬楼梯。要天天练，做到曲不离口、拳不离手，这样，你就会练成大声公和长气袋啦。"

靓少德的讲授通俗易懂、幽默风趣，即便他有时严厉得近

---

① 指开班。

乎冷酷，但学生们还是很喜欢这个精力旺盛的老人。一天，学生们正跟着柳依依在练功室走台步，靓少德抱着柳依依家里的大花猫走进豆豉厂。这只凶悍的大花猫也不见外，在晒场的竹箩和瓷缸之间上蹿下跳。这时，靓少德突然向练功室高喊一声："老鼠啊！"待孩子们纷纷跑出练功室时，他就悄悄把一只预先准备的老鼠从铁笼里放了出来。大花猫见状，迅捷奔来，用嘴咬住老鼠，但一会儿又松开嘴，未几又将意欲逃跑的老鼠逮住，咬在嘴里。如此反复，戏谑老鼠。学生们看得捧腹大笑。

正在将脸谱贴在练功室墙壁上的温葱莲把丈夫抱猫进来和放出老鼠的举动看在眼里。看着丈夫诡秘地笑对眼前这喧闹的场面，她怀疑他精神出现了错乱。因为他在学生排练时通常不苟言笑，而那条一尺二寸长、一寸半宽的用于"王妈搓麻线"的竹板就悬挂在华光师傅神像的一侧，尽管它仅是用来吓唬那些顽皮的孩子。

在大花猫叼着老鼠跳上夕阳里泛着橙色光泽的豆豉厂屋脊时，靓少德才让孩子们回到练功室。"刚才诸葛亮七擒七纵孟获，你们都看清楚了吗？我让你们看猫捉老鼠，目的是让你们知道演唱时如何咬字。"靓少德说："字正腔圆是粤剧演员的基本功。要做到这点，就必须学会咬字。咬字的方法就像猫捉老鼠一样，既要把老鼠咬在嘴里，又不能一口咬死它，要咬到它不生不死才是最好的。"他说着拿出一盒录音带，指着上面的封面头像说："这是名伶林小群，她爸林超群是著名的粤剧男花旦，也是红裤仔出身的，出道后一直担任正印，从未当过副柱，是年收入白银过万元的大老倌。猫捉老鼠的咬字方法，就是他留给女儿的'独家秘诀'！"这时，葱莲才明白丈夫为了把孩子带入粤剧这片神秘而广阔的天地是多么地用心良苦。

一年后，到了青莲藕农将一担担优质莲藕挑到大江墟路边摆卖的时节，八和粤剧童子班迎来了创办一周年的日子。靓少德决定举办学员汇报演出和公开教学。当晚由于一下子涌入逾百名家长和街坊，他不得不把活动搬到晒场上举行。在皓月高悬、凉风习习的秋夜，铺上了红毯子的八和豆豉厂晒场张灯结彩，霓裳舞动，鼓乐不歇。尽管那些对粤剧一无所知的小孩在初试啼声时显得幼嫩和慌乱，但当他们穿着鲜艳的戏服步上红毯子，或抱着乐器参与乐队演奏时，还是显现出有异于别的孩子的精气神。令家长们欣喜的是，自参加了童子班，孩子们的自信心和上进心普遍增强了。

给人以脱胎换骨之感的是那孤僻木讷的山岭孩子阿平。当身高体壮的阿平头戴盔、身披靠、手执长戟，在众人面前亮出剑指时，四周响起一片喝彩声。接下来他一首粤曲《薛刚打烂太庙》更是把人们震住了。他先是有板有眼地来了一段锣鼓白："某乃通城虎薛刚！只因大闹元宵，酒后无德，打烂太庙，吓坏天子，连累一家人斩首……"随后用霸腔从容淡定地唱出一段滚花："只因在家把祸闯，害得家散与人亡。迈开大步把路赶，不觉来到大路旁……"看到现场的人纷纷向阿平竖起大拇指，感到最欣慰的是靓少德。这个从小就内向的山岭孩子此前遇到生人就脸红，表达吞吞吐吐，而且说话带有浓浓的晦涩难懂的山岭口音，甚至连广州话"粤剧"两字也说得极不标准。但靓少德确信这个体形健硕且倔强好学的孩子有培养前途，于是在一年里几乎逐字逐句地纠正他的山岭口音，并三番四次劝服其父打消让他辍学到南方打工的念头，在阿平几度意欲放弃时，更是用"系威系势，五郎救弟"的话语激励他。阿平也没辜负靓少德的栽培，数年后以优异的成绩考入了一家华东著名的音乐学院。

当晚的最后一场演出是靓少德表演有"天皇小生"美誉的陈笑风的首本戏《山伯临终》。自三个月前偶尔看到电视上

播放这部戏，向来溺爱小孩的靓少德却罕见地与曾孙小羿争抢电视遥控器，并把小羿拉到身边，陪他观看。看完后他猛拍了一下膝盖，说："风腔①好嘢！"于是他便琢磨起风腔，并决定在童子班周年庆时演出《山伯临终》。

只见靓少德扮演的梁山伯头扎白布水发，身穿白色海青，脸容悲戚，步履踉跄地走到戏台中央。他右脚向前挪动一步，身体摇摇欲坠地甫一亮相，与锣鼓"咚"的一声配合得天衣无缝。

> 人世无缘同到老，
> 楼台一别两吞声。
> 泪似帘外雨，
> 点滴到天明。
> 空房冷冰冰，
> 山伯孤零零。
> 刻骨相思唯有病，
> 一腔恨怨解不胜。
> 英台妹：梁兄唤你千声不应。
> …………

靓少德如泣似诉，声随情转，仅开腔唱了一段反线二黄，就听到四周传出哭泣声了。温葱莲不敢站在表演者跟前，而是躲在晒场侧豆豉仓库的一个犄角旮旯里隔远观看，因为她料想自己不堪现场那生离死别氛围的刺激，即便那仅是戏剧表演营造的非现实场景。前些天靓少德排练此戏时，她已感动得泣不成声。演出前她为丈夫化妆，因不忍心令丈夫看起来过于苍老

---

① 指粤剧名伶陈笑风的唱腔。

和憔悴，便有悖常规地在他脸颊和嘴唇上加了点红色。靓少德看后却直摇头，说："这时的梁山伯也妆不见红啊，因为他重病在身，又是临终告别。"看见重新化妆后的丈夫形容枯槁，与行将离世的人一般，葱莲便忍不住满眶噙泪。

"祝英台啊，我梁山伯，我梁山伯，纵死不忘情。英台妹啊！"靓少德唱完收尾句，双水袖往上一扬，仰天长叹后便倏地倒伏在病榻上，手里的遗书也散落于地。此刻，随着锣鼓"咚"的一声掠过孤月垂吊的夜空，现场鼓乐声戛然而止。静默片刻后便听到阵阵哽咽声。

葱莲也抑制不住了，转身跑入豆豉仓库，关上门号啕大哭。戏里梁山伯与祝英台的阴阳相隔令她唏嘘，更令她哀嗟的是：已近耄耋之年的丈夫脊背明显佝偻，腿脚长短不一愈加明显，气魄也大不如前了，有些长腔难以像盛年那样如行云流水、一气呵成——丈夫越来越老了，童子班几乎耗尽了他的心血。她仿佛看到天上一颗流星的光迹消失殆尽，改变运行轨迹后正急速坠向漆黑寂寥的大地。

葱莲拭干眼泪强作欢颜走出豆豉仓库。靓少德兴奋地对走到眼前的妻子说："葱莲，大家都说你这个化妆师湿水棉花——冇得弹！"看见妻子脸上泛着泪光，眼神躲躲闪闪，靓少德便断定妻子流泪了，他心里也明白妻子落泪的真正原因，便暗地里拉了一下她的手。此时他试图将人们从悲哀的氛围里解脱出来，便在鼻翼下扇了扇手，嗅着鼻子对众人说："秋季是做豆豉的最好季节，你们闻到浓浓的豆豉味了吗？是不是混合了咸、甜、辣、香的味道？《山伯临终》是大哥风[1]的首本戏，他的行腔很有特色，戏行称'风腔'，又叫'豉味腔'，细腻流畅，好听又好味。但易学难精，我只是学到一点皮毛啊。"

---

[1] 名伶陈笑风的尊称。

　　一股浓郁的豆豉香味在秋风的裹挟下，绕过观音街的拐角，徐徐漫入整香街。何浩刚剥了一根在米缸里捂得表皮金黄的香芽蕉，边嚼边仰望街巷瓦檐上的蓝天，脑海里浮现出农民在晒谷场上用双节棍拍打秸秆以让红豆脱粒的情景，嘀咕道："这天气做豆豉最好啦，不冷不热的。"

　　柳依依小心翼翼地端着一铝盆热气升腾的麦羹从厨房里出来。浩刚问："狗舳落的郭南几时送红豆来？"柳依依迅速放下烫热的铝盆，甩着双手，噘起嘴往灼痛的指头上吹风，又望了一眼透过窗户木栏投射到客厅的太阳光柱的方位，说："这个钟数，他也该到了。"

　　浩刚从观音街出来，就看见一个上穿蓝色粗布衫、下穿黑色宽松短裤的汉子坐在豆豉厂牌匾下的石阶上歇息。他手抓草帽扇着风，那黝黑油亮、腿肚上长满小疙瘩的双腿盘在一起。"南哥，这次担了几斤红豆来？"浩刚问。"豆子全收完啦，也就四五十斤吧。"郭南边答，边揪起身边那胀鼓鼓的布袋，随浩刚走进堆满缸坛、箩箕、木柴、食盐的厂区。刘满龙、胡仁新、吴广明等整香街的街坊——这些年老体弱或没一技之长的人都成了八和豆豉厂的工人，有的将豆子倒进硕大的木桶里浸泡，有的将发酵近一个月的豆豉半成品摊在圆窝箕上，摆在空旷的晒场上晾晒。

　　一名女工取来一个圆窝箕，郭南便提起布袋一角，哗地一下把红豆倒到圆窝箕上，然后蹲下身子，麻利地挑出几粒干瘪的豆子和几根秸秆，又抓了一把豆子放在浩刚手里，说："每粒都饱满结实，像石仔一样。"浩刚捡起一颗红豆捏了捏，又塞进嘴里嚼烂："嗯，豆又鲜又香。"便吩咐女工称重。当他数了一叠钱币递到郭南面前时，却发现这个年纪与自己相仿的山民正好奇地打量着那些搁在练功房侧的扬琴、堂鼓、大钹、话筒、扩音器和挂在木架上的十多件红红绿绿的戏服——这是浩刚近日花了两万多元托朋友从广州买来的，八和剧社简陋寒碜的装备令他感到心酸。郭南转过身，但没伸手接钱，而是极不自然地在粗布衫上不停搓手，露出欲言又止的神态。

"你嫌钱少么？"

"哦，不，不是的！"

"那你……如嫌钱少，我可以加一点给你的。"

"何老板，我不是那意思……"郭南吞吞吐吐，缓步走向练功房，伸头往内望，看见靓少德正向五六个把一只腿架在把杆上的男学生说话："粤剧武打戏是有固定程式的，打败仗就拖着武器进场，打胜仗就哈哈笑着进场……"

郭南转身畏怯地对浩刚说："能不能让我进你们的剧社？红豆钱我可以一分不收……"

浩刚呵呵大笑："啊，原来你想入剧社！"

"谁想入剧社呀？"练功房传出洪亮的嗓音，靓少德从屋内出来，"吹拉弹唱，哪一门是你拿手的？""我会唱大戏，村里人都叫我'声架南'！"郭南怯懦地说。"声架南？大老倌靓少佳的老爸也叫声架南啊。"靓少德坐在木墩上，用手抚着下巴的胡须，"那你唱一段给大家听听。"晒场上的人都停下手里的活，纷纷围了上来。

这个身材壮实的山民先是双脚"咚咚"两声踹地，跟着大吼一声，顿见脖子变粗，眼睛凸起，粗犷而颇具穿透力的霸腔冲口而出："万丈深仇，一腔火盛……"但郭南只唱了两句，就有人忍俊不禁地躲到一边去了。原来，这个来自大山深处且几乎未出过远门的汉子，咬字发音都是地地道道的本土腔。靓少德开玩笑说："你的嗓子不错嘛，高音炮快把屋瓦掀翻了。可惜你满口麦粜音，比如'一腔火盛'的'腔'，你唱成'整香街'的'香'了。声架南，广州话还得练啊，要不台下的戏迷要扔鞋上戏台的。"

郭南挠着满头白发憨笑，但没现出丝毫气馁的样子。他突然撩起粗布衣，拔出一支掖在裤带里的明晃晃的家伙扬了扬，说："我还会吹嘀嗒①呢！村里的婚丧嫁娶，上梁播种，拜土地伯公，都请我吹嘀嗒的。大人小孩谁不知我'嘀嗒南'?!"郭南手里拿的是一支长约三十厘米的唢呐，那酸枝木做的管身泛着油光，铜质碗状的喇叭口在阳光下璀璨生辉。他仰起头，鼓起腮帮，嘴含管身上端的苇哨，气定神闲地吹了起来。随着他粗粝的指头在八个管孔上自如地跳动，喇叭口流出一段段熟悉的乐曲。先是粗犷豪迈的"帅牌"，继之是缠绵温馨的"一锭金"，最后以悲怆凄婉的"招亡魂"结尾。

靓少德闭着双眼，戏台上演出的画面与他一生中经历的事件交叠在一起。待乐曲终止，靓少德带头鼓掌，完了皱着眉头问："阿南，你虽生在山岭，但又会唱大戏又会吹嘀嗒。你从哪学来这些本事的?"

郭南将唢呐装进一个细长的布袋里，掖进腰间，说："这嘀嗒是我太公用十斤山猪肉从戏班一个吹口佬手里换来的。我五岁就学吹嘀嗒啦。我记性好，很多曲子只听一遍就记住了，回到家就用嘀嗒吹。我爷和我爸都是戏迷，为了过把戏瘾，他们常背着我，与其他戏迷一起，举着火把，走五六个小时的山路赶来青莲……"靓少德听着郭南的叙述，仿佛看到当年蔚为壮观的一幕：夜幕降临，远山如黛，在观音山山脊那条通往青莲的陡峭盘迁的青石板古驿道上，火光闪烁，若明若灭，远望似火龙舞动，又如彩练漫卷。那是当年青莲戏棚地每逢大戏发报鼓轮番响起前出现的一大奇观。

"好啊，我同意你入剧社！以后棚面的架䥽②就多了一支嘀嗒喽！"靓少德说。郭南听罢开心地笑了，说："靓班主同

---

① 即唢呐。
② 指乐器。

意我进剧社，红豆钱嘛，我就不收啦……""入剧社靠的是真本事，不靠送钱送物的！"靓少德朗声大笑，忽然想起什么事，"你住狗嵝落，来青莲要走半天的山路，那你怎样参加剧社排练呢？"郭南说："这几年我三个儿子挣了一些钱，打算在青莲街买屋。屋都选好了，就在你们整香街。"靓少德说："那好，我们成街坊啦，你参加排练也方便嘛。"郭南说："这就是我选在整香街买屋的原因。"

郭南与赵笑媚是邻居，但后者很瞧不起这个说一口揣摩半天才能明白的山里土话，整天蓬头垢面，寒冷季节三天才洗一次澡的山佬及其家人。每逢入夜时郭南边像高音喇叭似的说着话，边把装在小木盆里混浊不堪的洗脚水"哗啦"一声泼到门口时，在家里刨竹青的笑媚就会本能地做呕吐状。尽管平素认准远亲不如近邻的郭南一家人，三天两头给笑媚送去番薯、芋头、玉米，下雨时还主动帮她收衣被和竹青，甚至郭南的老婆隔三岔五为累得腰酸腿软的笑媚捶腰捏背，但这些连旁人都看得出是纯粹为了献媚取悦的举动，都难以打动以刨竹青为生却不自量力、心高气傲的笑媚的心。就算四年后郭南三个争气的儿子不可思议地在原屋地建起了一幢三层高楼，笑媚还是嗤之以鼻，面对络绎不绝、前来祝贺的客人，倚着门嗑着瓜子、翻着白眼，尖酸地说："哼，有啥了不起的？住高楼就算是城镇人么？还不是一个洗脚唔洗身的大山龟?!"

其实，此时笑媚的生活状态早已一日不如一日。丈夫张广发开渡船收入微薄；儿子张水养几乎一年到头在外躲债，熬不下去时就潜回家对她刀棒相向，逼她拿出家里有限的存款。而她三十多年来靠刨竹青来维持生计的路子也快走到尽头了，因为"四大仓"之一的县药材批发公司从青莲撤离，令具有清热化痰止咳功效的药名叫"竹茹"的竹青再也没人用较高的

价钱来收购了，刨竹青这曾风靡青莲数十年的行当也就走向穷途末路了。在整香街，至今仍靠刨竹青度日的，除赵笑媚外，就只有年长且眼盲的阿苏了。为省几个钱，她有时迫不得已从衣柜底搬出做播音员时的衣服来穿。这个曾在青莲风光一时的知名人物，现已变成姿容失色、言行粗俗的市井女人了。

赵笑媚常在夜深人静时对着一台别人家早已淘汰的图像不清的黑白电视刨竹青。当她用毛巾拂去沾在衣裤和鬓角上的厚厚一层竹粉，缓缓直起如铁块一样僵硬的腰板时，就萌发了央求何浩刚让她进八和豆豉厂做工的念头。她几次畏怯地在豆豉厂门口蹒跚，但养父张三常挂在嘴边的"豆腐烂唔比架倒"的警言最终促使她裹步不前。极爱面子的她绝不愿意让街坊邻居看到她走投无路时的寒碜相！

赵笑媚尽管不屑与孤陋寡闻的乡下佬和地位次于她的人为伍，可是，她恰恰又是一个爱凑热闹、爱抛头露面的女人——她那柔美的嗓音曾通过公社有线广播传遍青莲的大街小巷，她在戏台上的娇俏扮相至今仍让戏迷们津津乐道——她往往因忆及这些年轻时短暂的闪光片段而彻夜不眠。她常在戏棚地入口的台阶上刨竹青或晒竹青，偶尔也会靠在墙角打瞌睡，但每当八和剧社排练的鼓乐骤然而起时，她就像触电似的，刹那间变得精神抖擞。此时她心胸溢满嫉妒之火，因为隔壁的土包子郭南正端坐在棚面席上摇头晃脑地吹着唢呐。更让她气得七窍生烟的是，当年那些跟在她身后亦步亦趋，扮演丫鬟、花童之类的女人，现在竟当着一众围观者翘起兰花指，搔首弄姿，高唱低吟。她挥起竹青棍，"啪啪"连抽两下叠成棉被状的竹青，愤懑地说："帮我拎鞋还嫌你手脚硬呢，几时轮到你唱呀?! 鸭乸扮天鹅——唔知羞！"

赵笑媚决定重返八和剧社。可是，当年她当着众人的面退出八和剧社，因此她对重返剧社一事，既羞于开口，也担心靓少德一口拒绝。思量半天后，笑媚打算借靓少德媳妇方卓兰的口向靓少德转达她的想法。她与卓兰关系密切。当年患病的卓兰差点被洪水冲走，幸亏她奋力相救。有一天，笑媚瞅见卓兰提着竹篮去市场买菜，便赶紧放下竹青刀，也手挽竹篮跟在她身后。两人买完菜结伴回家时，笑媚将几根莲藕和一袋花生硬塞进卓兰的篮子里，随后用力按住卓兰的手，恳求道："我想回剧社，你能不能替我向靓班主求情呢？"

当晚，卓兰当着一家人说："笑媚想回剧社。"众人沉默了。卓兰又把"笑媚想回剧社"的话重说了一遍。"嗯？笑媚想回来？"正伏在八仙桌上抄写粤曲的靓少德沉吟片刻，搁下手里的笔说："八和剧社的大门是敞开的。她想回来，欢迎呀！"他随口唱出："一叶轻舟去，人隔万重山。鸟南飞，鸟南返。"卓兰的女儿何妙英却暗地里向温葱莲频频摆手，但后者说："人嘛，还是要宽宏大量，何况她还救过你妈一命呢。"

第二天是剧社排练日。笑媚一早起床就特意洗了头，挑了一件粉红色带白花的裙子穿在身上，又往身上喷了一点花露水，对着镜子端详半天才哼着小调出了门。来到戏棚地的黄檀树下，她帮忙扫场地、搬凳子、摆谱架。然而，她如此殷勤卖乖却没赢得参加排练的人的认可，一些女人更是刻意与她拉开距离，冷冷地斜睨她，极夸张地用手在鼻翼下扇着风。

"阿媚，你先唱吧。"靓少德对笑媚说。也许是心情紧张，笑媚在翻阅曲簿选曲时双手有点颤抖。"就唱《禅院钟声》吧。"她望了一眼棚面席说。乐队掌板老鼠周向左右使了一个眼色便敲起了锣鼓。笑媚以丁字步站立，十指相扣，缓缓唱了起来："云寒雨冷，寂寥夜半，景色凄清……"可是，她只唱了几句就变得脸红脖子粗了——头架乐师有意起高了一个调，便十分尴尬地扭过头来看棚面席。当她看到乐师们个个板着脸孔不予理会时，才明白他们有意联手戏弄自己。这时，一个曾

在阳禺剧社唱花旦的女人走过来，把《西门庆与潘金莲》的剧本递给笑媚，怪腔怪调地说："你呀，适合唱这个戏！"说罢就对着话筒，扭着腰肢，媚态十足地唱开了："（'蘼芜歌'）心恨怨，暗凄酸。枉我千般娇艳，似落叶哀蝉。想我夫兄弟一母所生，好丑有别似天渊。一似鬼来一似仙，我怎不心酸？武二英姿罕见，威风八面，若能遂我心意，我欲与之愉欢两相缠。"

笑媚像木桩一样站着，唱也不是、走也不是，恨不得钻进地缝里。周围上了年纪的人都知晓那女人在嘲讽当年笑媚与黎迈的奸情。于是，有人暗地里发笑，有人轻声骂道："破鞋，还敢出来抛生藕①！"

靓少德走到刚才表演的那女人跟前，小声说："咸丰年代的事，还提它干吗？"

温葱莲扯住笑媚的衣袖说："阿媚，我们合唱一首《帝女花之香夭》。"她看见笑媚的眼眶里泪水在不停地打转。

"人啊，容易做到'人善我，我亦善人'，但很难做到'人不善我，我亦善人'。还是靓班主一家人有气量啊！"坐在黄檀树下的王文斌边捋着白须，嘴里边哼着戏里的唱词"君子量不极，胸吞百川流"。在一个月光如水的夜晚，王文斌将这些话对靓少德说了。后者停下手里的葵扇，说："当年走日本仔，我是坐三叔的红船来青莲的，笑媚也是三叔在连江口捡来的。看到笑媚我就想起三叔，想起那段兵荒马乱的日子。唉，三叔也好，笑媚也罢，我们总算是同坐一条船啊！我这个唱戏佬，恩恩怨怨的戏演了不少。演戏嘛，无非想博得戏迷的掌声，但把台上的恩怨搬到台下演就没意思喽！再说，笑媚那时还年轻，一时说错话、做错事也是难免的，我们也是从后生走过来的嘛。"靓少德说完，抬头望着辽阔的天空，轻唱道："关公放了曹丞相，丈夫要有容人量……"

---

① 指女人搔首弄姿以引人注意。

35 南国红豆

　　夏至以来这场罕见的滂沱大雨没有丝毫停歇的迹象，青莲湾被低垂的乌云和稠密的雨水捂得喘不过气来。张广发的铁壳渡船停泊在岸边，恍如食不果腹时期借赶集之机饕餮而归的醉汉，在狂风骤雨中摇摇晃晃。滞留在渡船上的十多个男女惊惶万分地挤在一起，望着一坨坨从码头冲刷下来的泥团和一级级被暴涨的河水吞噬的石阶发愁。

　　可是，这场突如其来的风雨似乎与渡船主人没任何瓜葛。张广发正慢悠悠地将烟丝捏成粒状，塞进斜插在水烟筒上的黄铜烟锅里，边用打火机点燃，边嘴巴贴着竹筒口，咕嘟咕嘟地吮吸起来。在船舱的另一边，赵笑媚又开双腿，跨在长凳上，不知疲倦地刨竹青——一年前她将竹青凳和竹青刀从整香街搬到渡船上，尽管刨竹青这手艺因竹青价格低廉在青莲几近绝迹，但对赵笑媚而言，那吱吱嚓嚓的喧嚣声却成了她洗涤尘心的梵音。

　　雨水稍微收敛，一些住在大洞和老鼠夹

825

青莲

岭的山民就心急火燎地催促张广发开船了："发哥，开新吧。
我们还得走两三小时的山路呢。"广发"噗"的一声将烟窝里
的烟灰吐到脚下的木桶里，吸完最后一口烟，瞥了一眼笑媚。
后者会意地搁下手里的刀，用赤脚拢平垒成塔状的竹青丝，跳
上岸解开套在蘑菇状石柱上的缆绳，回身上船正要抽起渡船踏
板时，踏板另一端却被一个男人踩在脚下动弹不得。笑媚的目
光从那人沾满泥污的旧皮鞋往上移，循着皱巴巴的蓝裤子和冬
天才穿的薄毛衣，停在头发蓬乱如鸟窝的脑袋上。

"阿养？你是阿养？"笑媚惊悚地往后退了一步。她看到
一张憔悴、湿漉漉的脸，左脸颊凸起一道三厘米长的疤痕。

"妈，是我！"张水养说着，下意识抬手去遮掩那道刚长
出鲜嫩肉芽的刀疤。

"听说你在外被人打死了……还被扔到工厂污水过滤池
里……"笑媚将儿子带进船舱。船上的人闪开一条路。笑媚
往儿子身后看来看去，似乎在寻找什么人。水养平淡地说：
"她跟有钱佬走了。"水养说的人是小艳。在他们东藏西匿的
最后两个月，她傍上了一个年近七十的台湾老板。

在老式汽灯散发的昏暗光亮里，水养、笑媚、广发一家子
围坐在一张方形矮桌边。虽然这象征家庭团圆的场景在三十多
年间极少出现，但他们浑然感觉不到半点温馨。相反，却仿佛
感到恐惧和悲哀如同一条缆绳紧紧地勒着他们的脖子。他们都
没有动筷的欲望，一碟烧肉、一碟鱼肉、一碗酸猪脚、两碟素
菜原封不动地摆在桌子上。水养一杯接一杯地喝酒；广发一锅
接一锅地抽烟；笑媚一次接一次地拭泪。

笑媚哽咽着说："我和你爸把你欠的钱还了，靓班主和刚
叔也替你垫了几千块钱。钱不还，他们非把我们的屋子拆了不
可！说不定还把我和你爸扔给钓鱼翁喂鱼呢！""靓班主和刚
叔的钱，我一定还的！"水养说完，就软瘫在船舱了。

826

第二天吃过早饭，水养来到八和豆豉厂门口，但逡巡许久不敢入内，在巷口一个废弃的石臼旁蹲着抽了几根烟后才硬着头皮走进豆豉厂。

"阿养，回来有什么打算？开发廊？赌六合彩？"浩刚问。

"刚叔，打死我也不敢做那些伤天害理的事啦！"水养摸了摸脸上的疤痕说。

"但你千万别好了伤疤忘了疼啊！你以后打算怎么办？总得找些正经事做吧？"

"我还没想好做什么，也不知能做什么。"

"来豆豉厂吧，如果你不嫌弃。"

"真的？刚叔肯收留我？"

"阿养，你来吧！"

水养来了八和豆豉厂后，重活脏活都抢着干，像完全换了一个人似的。他整天神情索寞，几乎不与人说话，闲暇时就独自躲到堆放木柴的隔角抽烟。第一次领工资那天，当他从柳依依手里接过一个月的工钱时，脸上现出了笑意，那鲜红蹙皱的刀疤有点发抖。他对依依说："我先还刚叔五百块钱。"说完就把五张一百元的纸币放在桌子上，用一包豆豉压住。

水养知道工人领工资那天，必定会吹拉弹唱娱乐一番的——靓少德把这天定为剧社和童子班的公开演出日。于是他走进仓库，将剧社的锣鼓、谱架等一一搬到晒场上。柳依依见状，却向他摆手。水养疑惑地问："不是准备开局么？"依依懊丧地说："今天没人打鼓。你刚叔临时送货去了，靓班主也病了。"水养这才想起剧社掌板老鼠周上月随儿子到顺德居住了，靓少德父子不得不轮流承担起掌板的重任。"一套锣鼓半台戏。没锣鼓佬，戏就唱不成啦！"依依愁眉苦脸地说。

话音刚落，靓少德一瘸一拐地走进豆豉厂，喘着气说："开锣，开锣！我一天没死，戏就不能停！"温葱莲手执毛巾

尾随其后，埋怨说："你就整天记着开锣！说好不过来的，但一转身，人就不见了！"温葱莲用毛巾去擦拭沾在丈夫衣襟上的麦羹斑迹："吃麦羹碗都端不稳，还打什么锣？"靓少德坐在掌板座上，推开妻子："我没事，正如念祖兄说的，不过是拿鼓竹嘛，又不是挑百斤盐上英阳！"等众人都到齐时，他就敲响锣鼓，但明显体力不济，没敲几下，额头就冒出了虚汗，旁人纷纷劝阻。水养和葱莲上前，合力将靓少德扶到一张靠背椅上歇息。葱莲嗔怪道："你呀，崩牙佬吹箫——自己跟自己过唔去！"靓少德却不服气地昂起头。

连日来，靓少德为八和剧社缺专职掌板的事发愁。葱莲说："让阿养学打鼓好么？一来可解燃眉之急，二来也让他静下心来。"靓少德说："这真是一箭双雕的好桥！笑媚昨天对我说，阿养自小心野，以为他回家待不上几天，又要出去浪荡的。想不到进了豆豉厂，人就慢慢变了。如果让他学会打鼓，说不定能拴住他的心呢。"葱莲说："阿养虽说是整香街的神台猫屎，但人是很机灵的，小时还跟我学过画画呢。"

翌日一早，靓少德喝下一碗麦羹就去豆豉厂。五只煮豆炉并列在厂区东侧，此时炉火正盛，蒸汽缭绕，厂区里弥漫着浓浓的红豆香。水养正在炉灶前光着膀子劈柴。几根碗口粗的圆木竖在砖地上，水养抡起斧子，一一将圆木劈开。动作迅捷有力，不偏不倚。"锣鼓佬就要有这样的身手！"靓少德心想。

"阿养，现在剧社没掌板，排练也就停停打打，三天打鱼、两天晒网的。"靓少德边说，边观察水养的反应，"唱戏没掌板，就好似行船没艄公一样。我想让你学打鼓。"

"让我打鼓做掌板？您信得过我么？"水养睁大眼惊诧地问。

"没错，你如果学会打鼓，以后就把棚面交给你！阿养，我相信你！"靓少德语气很坚定。

"我以前打过鼓，但打不好，怕拖累剧社。"水养有些踟蹰。

"只要你肯学，没有什么学不好的！毛主席说，世上无难事，只要肯登攀嘛。阿养，拿出你阿爷的架步来，做男人就要有骨气，别被人瞧不起。敢过大江，唔怕船小！系威系势，五郎救弟！"靓少德说。

当晚，水养吃完饭就出了门。几近废弃的市场空旷而寂寥，盈满的月亮为尚书祠古碑旁一堆败瓦残砖涂上一层白光。除尚书祠守祠人何念祖一户外，周边十多家住户——包括以尚书祠三面古碑做墙体的汤姓住户已相继搬离了。当水养出现在市场慢坡顶时，伏在何念祖家门口的一只身形彪悍的黑狗就向他狂吠。慢坡下的几只狗也聚集一起，与领头的黑狗遥相呼应。八婶站在摆了几缸酸黄瓜、酸沙梨和酸豆角的木架前，手挽竹篮子，警觉地望过来。

"八婶，我是水养。"怕对方把自己误认为小偷，水养隔远就把名字报上。"哦，是养仔。"八婶把水养引进屋，"你有事么？""我是来看祖爷的。"水养说罢搁下两罐麦乳精，走入何念祖的房间。

青莲湾上那裹挟着热浪的江风从宽敞的码头入口吹来。在布满尘埃的灯泡透出的昏暗光线里，水养看见何念祖瘦瘪羸弱，形销骨立。他用一张旧棉被做垫，蜷缩着身子，倦怠无力地斜靠在床背上，水养霎时想起爷爷张三秋日里晾晒在船篷上的鱼干，他根本无法搜寻出眼前这老汉与身手敏捷的掌板师傅和在青莲坊间传颂逾半个世纪的打虎英雄有何勾连。直到水养走近他身边，拿起鼓竹敲了一下那鼓身绘画了九条飞龙的何家鼓——何念祖与这祖传的古色古香的双面鼓形影不离，面向供奉了何昌期和李玉珪两将军的尚书祠，每天必敲鼓两回，即便在祠堂被夷为平地的数十年间亦依然如故——此刻，这尚书祠

守祠人眼眸如鼓，眼神里闪耀着两道炙灼的金光。他迅速抢过水养手里的鼓竹，厉声喝道："你是谁？敢动我的架镲?!"水养此时才得以将眼前所见与他的记忆碎片连缀成一个鲜活而完整的坐在九龙口上如玩杂耍般挥动鼓竹的威武形象。

"我是张三的孙仔。"水养贴着何念祖的耳边说，"我叫阿养。"

"张三？那个撑船佬？你是撑船佬三哥的孙仔？"何念祖两片外凸的干枯嘴唇翕动着，视线在老式木柜和一只攀缘于墙角的蜘蛛间游动，竭力搜寻脑海里那些遥远而模糊的影像，"三哥拉高胡，断线三弦——无得弹。我跟他搭档好多年喽……三哥有孙么？哦，我记起啦！你是个调皮鬼，整天不上学，爱跟人打架，从街头打到街尾，潜到河里半天不上来，快把人急死啦……摸铜钱，游船底，爬货船，哪样没你份呀？有次你爸把你绑在船头打，要不是我上船解了绳，你就去见阎罗王啦。"何念祖像小孩一样咯咯笑了起来，不停拍着尖削的脑门。

两人聊了一会儿旧事，水养便引入正题："听说周叔去顺德后，剧社就没人打鼓了。"何念祖叹了一口气说："是呀，靓班主急，我也急。没锣鼓，干巴巴的，跟酸萝卜没放醋和辣椒一样，还成什么戏？我真想自己上去打，可是我这副骨头……"何念祖说话时一直攥着鼓竹。

"靓班主让我学打鼓，我也很想学。您能教我吗?"水养问。

何念祖盯着水养看，良久才说："你肯吃苦，我就教你！锣鼓谱和这些架镲，我也带不进棺材！"

"师傅!"水养高喊一声，双膝着地，"您今天就收我做徒弟，好不好?"

何念祖扬手示意水养起来，说："养仔，就凭你是三哥的孙仔，我就教你打鼓。至于收不收你做徒弟，我今日不表态。你要是在五个月内能熟练打出三十套锣鼓谱，我就认你做徒弟！"

水养握着何念祖的双手说："师傅，我是不会让您失望的！"

何念祖颤巍巍地下了床，从床尾的木柜里捧出了一个底部的圆头铁钉已锈蚀的牛皮沙鼓，然后手执鼓竹，紧闭双眼，对着一分硬币大小的鼓心，娴熟地笃笃笃连敲数十下，完了对水养说："这和尚头①跟了我一辈子。你拿回去，每天敲一万次，练到闭上眼也能敲中鼓心为止。"

张水养依照吩咐，每天敲击沙鼓过万次。他还向靓少德借来录放机和近百盒粤剧录音带，反复收听，并做笔记，逐步摸清各种粤剧曲牌的锣鼓打法。甚至对一些特定的排场锣鼓如贺寿锣鼓，也能分清正本贺寿、入庙贺寿、碧天贺寿等的异同。他有时在节假日到县城或英德大湾等地观摩粤剧私伙局演出，一看就是大半天，细心观摩掌板师傅的手影和竹法。平时他把沙鼓和鼓竹搁在枕边，一有灵感，就爬起来敲打。赵笑媚因此常在夜深人静时被清脆的鼓声惊醒。

到了水养学打鼓的三个月后的一个傍晚——这是水养与何念祖约定的当面打鼓的日子，西天现出的晚霞把远山染成橙黄色。青莲湾风平浪静，张广发晾晒在桅杆上的衣物纹丝不动，就连他吮吸水烟时喷出的烟雾也浮在半空，凝止不散。水养提着沙鼓、卜鱼、铜钹、铜锣、双皮鼓等下了渡船，向何念祖家走去。

在何念祖家门前那摆了几罐酸萝卜、酸黄瓜的青砖小径上，水养把乐器一字排开，然后端坐在九龙口上，敲了一通三

---

① 即沙鼓。

五七发报鼓。躺在床上的何念祖听到鼓声，霍地坐了起来：
"哪来的戏班？"他瞥了一眼汪汪叫着跑出门口又折回房间的
大黑狗——它总在来熟人时用这种兴奋模样向主人通报，才想
起今天是与水养约定的日子。这时水养进来了，叫了一声
"师傅"，就把他连同棉被一起抱到门前一张靠背椅上，并将
蓬松的棉被捂得严严实实。他家那大黑狗趴在他脚下张大嘴
喘气。

"阿养，练得怎样呀？"何念祖握住水养的双手，摸了摸
他的指肚和掌心，露出了笑容，"嗯，像铁皮一样硬。你没偷
懒！"他看着跟前的乐器说："武场架镩都齐啦，你敲来听听。
我做什么影头①，你就敲什么锣鼓谱。""嗯！"水养点头应允。

看见何念祖伸直五指做起伏状，水养就不假思索地敲出水
波浪锣鼓；看见他同时伸出大拇指和小指，水养就气定神闲地
敲出南音锣鼓；看见他摇动食指，水养便准确无误地敲出滚花
锣鼓。水养表情沉静，反应敏捷，落槌坚决，何念祖看在眼
里，喜在心上。此时他亢奋得"呼"的一声掀开棉被，说：
"阿养你记住，滚花锣鼓的上下句是有区别的，上句打一槌，
下句打两槌。"说完，他就扶住竹椅把手站起来，唱出两句滚
花："别母别妻情千万，丈夫有泪不轻弹。"何念祖刚唱罢，
就身体一晃，往水养一侧倾倒。水养旋即扔下鼓竹，将他紧紧
抱住。

何念祖躺在椅子里，气喘吁吁。水养不停地轻抚他起伏的
胸膛，后者的呼吸才慢慢平稳下来。

"阿养……鼓打得不错啊……落槌时别心急……淡定
些……好好练……三哥说，船到桥头自然直……"

"师傅，过两个月我就可以拜您为师啦！"

----

① 指掌板与下手沟通的手势。

"是呀……还有两个月……可是……我挨不到那天喽……"

何念祖凹陷的眼窝里涌出了两行老泪……

在此后的一个多月里，何念祖整日直勾勾地凝视挂在床侧墙上的挂历，捏着指头期待着他用指甲深深划了一道横杠的那一天早些到来——那可是他与水养约定的收徒日子啊！可是，他愈发感到那不祥预感接踵而至：那些青面獠牙的魑魅魍魉正甩开步子，杀气腾腾地向他逼近，致使他的生命之舟深陷于死亡的旋涡里。他确信自己终将难以熬到正式收水养为徒的那一天了！尽管他一直保持豁达的心态，回忆一生中引以为豪的快乐时光，试图用坚强的意志筑起一道坚固的屏障去抵御死神入侵。但是，潜意识告诉他，一切努力都是徒劳无功的。因为冥冥中注定，一切不可逆转！

离水养拜师只剩六天了，冬至这天清晨，当八婶冒着凛冽的北风，手提盛满竹篮的新鲜萝卜走上通津码头时，家里的大黑狗汪汪叫着扯她的裤脚。她忽然想起"冬节夜最长，难得到天光"的俗语，心里倏忽涌起一种诡谲的不祥之感。她慌忙走上慢坡，一路小跑，砰地推开半掩的家门，连喊三声"老太公"，却听不到应答声，只听到从窗缝钻进来的北风掀翻墙上挂历的哗啦声。八婶扔下篮子跑入房间，看见丈夫睁着眼睛，直挺挺地斜躺在床背上，双手仍紧攥着鼓竹，何家鼓搁在他面前，那尊在何家守祠人中传递了二十二辈的刻着篆体"思本敦族"的寿山石印章和尚书祠大门那把已锈蚀的黄铜钥匙摆在何家鼓上……

靓少德和何浩刚等人赶来了。浩刚上前想把老人的双眼闭上，终不果。八婶抽泣着说："这些年……他反复说……尚书祠不重建……他就死不瞑目……"

何念祖自十五岁那年在父亲临终前接过尚书祠大门的黄铜

钥匙后，六十多年来就一直把钥匙别在自己的腰带上，即便那座屋脊上饰以狮子麒麟、四面墙体绘制了何昌期和李玉珪两将军英勇杀敌壁画的宗祠被毁的近三十年间，他也没让钥匙离开自己一时一刻。在他生命的日光逐渐黯淡于西天的近两三年里，尚书祠重建的幻影常在他脑海里浮现，特别是在他面向尚书祠原址一天两次擂响何家鼓的时候，在他隔三岔五提一桶清水涤濯记载尚书祠修建过程的三块古碑的时候，在每年汛期那与猛兽无异的洪水涌上青莲十个古码头并淹没周边低洼街巷的时候，让尚书祠重见天日的愿望就愈加强烈。他曾与靓少德、何浩刚探讨重建尚书祠的可能性，又回七拱老家与何氏族人商量具体办法，甚至独自提着几斤番薯和玉米粉向县镇有关部门的负责人求情，但因政策、用地等种种限制条件，一切努力都归于徒劳。

何念祖与八婶膝下无后是这个尚书祠守祠人一生中最大的苦恼。尽管四处寻医，但八婶嫁给他二十多年仍无任何怀孕的迹象，他便确信"女过四必无嗣"① 的民间俗语并非一派胡言，心里便清楚由何家直系后代守祠的历史将会在他这一代中止。他不止一次半夜起来，跪倒在何昌期塑像前，说："老祖宗，原谅我无子无女啊……"

八婶似乎摸透了丈夫的心思，在嫁给何念祖的最初十年里，她不止一次哽咽着对丈夫说："我不瞒你，我两个远嫁的姐，都是没生养的……你就算把我休了，我也不怨你的……"何念祖没待妻子说完就上前捂住她的嘴。他想起当年走两三个小时山路去老鼠夹岭迎娶她，把她从深山野岭背到江边渡口的情景。颠簸在陡峭的古道上，穿行于山间雾霭中，他沿途为她哼唱锣鼓谱。他问："我家只有一担酸萝卜、一块菜地、一只

----

① 指后代。

834

何家鼓、两座神像。你嫁我，不后悔么？"她咯咯笑了，笑声
如山鸟鸣叫一样清脆。笑完咬了一下他厚实的肩膀，说："我
知你是个打鼓佬，你有空打鼓给我听，带我入戏棚地睇戏，我
就满足啦！"

这天夜里，在空旷孤寂的尚书祠原址上，朔风瑟瑟，冥纸
飘飘，锣鼓声声。张水养反复敲响他学会的五十套锣鼓谱，祭
奠他的师傅——青莲尚书祠的守祠人……

柳宗亮在灯下细读屈大均作的《广东新语》。这本书页泛
黄、散发出一股呛鼻霉味的线装断句排印古籍，对研究生毕业
从事粤剧文化研究的柳宗亮来说，无疑是进入广东昔日风情街
巷的绝佳通道，几天来他为之废寝忘食，欲罢不能。"朱楼画
榭，连属不断，皆优伶小唱所居，女旦美者，鳞次而家……歌
舞之多，过于秦淮数倍。"眼下，作者这段描绘明清年间广州
城南红来绿往、歌舞升平景况的文字让他浮想联翩。待他掩卷
躺下时，窗外灯火阑珊，薄雾浓云，蛙声聒噪。

翌日是清明节。上午八时，宗亮手捧一束鲜花站在位于广
州三元里走马岗路的"八和墓园"的入口处。一边是车水马
龙、行人如鲫的闹市，一边是芳草萋萋、烟雾萦绕的墓园，阴
阳两地以一道约两米高的红砖围墙间隔。"这块墓地是八和会
馆在清末民初时出钱买下的，专门安葬过世的粤剧优伶。薛觉
先、梁荫棠、靓少佳这些大老倌都在这安葬。"陪同宗亮前来
考察的谢处长边走边说："还是粤剧优伶有福分啊！不是吗？
全国有三百六十多个剧种，只有粤剧优伶有专门的墓地。生前
同台唱《六国大封相》，死后也同台唱《六国大封相》，这是
前世今生修来的缘分啊！"两人来到万能老倌薛觉先的墓地
前。宗亮默读墓碑上的对联："四十载饮誉舞台亦生亦旦天南
独帜，毕一生尽忠尽术能文能武海角同钦"，施叩拜礼后将鲜

花摆在墓碑下。他对谢处长说："我爷爷是过山班的，他一生最崇拜的就是薛觉先啦。"宗亮登上坡顶，站在园内最早一块墓碑（立于一九一六年）前，环视眼前被城市建设"蚕食"的修筑了近两百座墓冢的墓园。

宗亮以往都是在清明前回家乡青莲扫墓的，今年却不得不推迟了。因为他作为《广东粤剧》申报联合国教科文组织《人类非物质文化遗产代表作名录》工作机构的成员之一，正抓紧收集有关资料。就在宗亮回想起青莲盐坑岭上那淙淙的流水和长满艾蒿的山野时，忽然身后传来"哎哟"一声惊叫。他转过身，只见一个年轻女子摔倒了，淡雅的百褶裙裾挂在泥路旁的树枝上。她一手执一束康乃馨，另一只手抚着脚，眉头紧蹙。宗亮犹豫了一刻，还是落落大方地伸手将这独自祭祀先人的女子拉了起来。女子的手很白，让宗亮即时想起"皓腕凝霜雪"和"手如柔荑"的古诗词。女子用蹩脚的广州话说了声"多谢"，便离去了。看着那曼妙身影在葱绿静谧的山岗上隐去，宗亮不由暗自揣测女子的身份。晚饭毕，他面对窗外林荫道上那片灿若火焰的木棉花，又捧起了《广东新语》，但字里行间不时跃出白天偶遇的那道身影。他从笔筒抽出一支铅笔，在当天的《羊城晚报》的报头上端端正正地写下几个字："巧笑倩兮，美目盼兮。"

次日上午，宗亮随谢处长来到八和会馆所在的广州西关老街恩宁路。谢处长说，研究粤剧，恩宁路是必到之处。因为这条颇具岭南特色的古街巷除了有粤剧优伶的灵魂居所——八和会馆外，超百所粤剧优伶的故居也散落在这一带。其实，宗亮也多次来过恩宁路，这不仅出于职业之需，父母、爷爷与粤剧剪不断的渊源也令他对这条被誉为"粤剧之街"的古街巷产生天然的亲切感。在他看来，这一带没因西关小姐的传说而被红粉专断。在这里，纤纤红伶与铮铮铁汉共列，温婉子喉与粗犷霸腔同辉，通透大街与狭仄小巷互通，豪华西关大屋与精美小洋楼并筑……这难道不是一幅阴阳并兼、刚柔相济的景象么？

中午时分，柳宗亮和谢处长从著名武生靓少佳故居出来，在春雨沁润而泛着幽光的青石板路上一阵小跑，左躲右避，闪入窄巷尽头一间溢出诱人荤菜香味的小食店。娇媚的老板娘笑容可掬，迈着花旦碎步，两手各端一碗云吞面缓缓走来时，谢处长却发现宗亮此时扭过湿漉漉的头颅，目不转睛地注视着街巷斜对的趟栊门上方装饰着一对红灯笼的小洋楼。谢处长断定眼前这个儒雅的年轻人想必过于专注了，因为他对雨滴正沿着他的发际流入脖颈并沾湿了白衬衫的衣领竟浑然不觉。

谢处长顺着宗亮的视线把目光移向那座小洋楼。此刻，这个自诩见多识广的土生土长的广州人也为之惊艳，以致他手执浙醋瓶子往碗里倾倒的动作也蓦地悬空凝止了。这是一座外表甚为精致豪华的青砖小洋楼，约五米高的长拱门凌空而起，两侧配以雕刻了花虫鸟兽图案的拱顶窗。大门半开，透过趟栊门上的圆木，可瞥见屋内墙上悬挂着镶嵌了两张优伶照片的相框：男的身披大靠，背插四支三角绣花背旗；女的穿广绣帔风，头戴饰以珍珠宝石的凤冠。纵然遭凄风冷雨经年侵蚀，小洋楼的门窗朱颜剥落，青砖墙体也沟痕斑驳，但观者的脑海里瞬间就幻化出主人那逝去的罗绮盈香、箫鼓喧闹的戏台人生。

"快吃吧，云吞面吸干了汤水，就不好吃啦。"老板娘大概知晓客人的心思，"那两个老人以前是戏班的台柱，生旦净末丑都演出了名堂。"但宗亮仍没心思动筷——小洋楼里的新发现又吸引了他的视线——一道靓丽的身影在黑白照片下晃动，从长拱门上端的嵌入了彩色玻璃的玫瑰窗投下的光亮，将她包裹得五彩缤纷，宛若安徒生童话世界里的公主。宗亮的心

怦怦跳个不止。他确信小洋楼里的那人，就是昨天在墓园里偶遇的那个女子！他极力按捺住蓦然间生起的慌乱，假装漫不经心地问老板娘："那小姐是老人的什么人呀？"

"她是老人的孙女，叫唐燕。"老板娘滔滔不绝，声调也越来越高，"那洋楼是老人留下的。唐小姐在美国出生和上学，今年第一次回广州扫墓。她普通话说得很流利，但广州话说得唔咸唔淡的，像戏棚官话。跟我学说'云吞'两字，学了半天还说得很拗口，好似嘴里含着一粒鸡公榄一样。"宗亮不时用眼神鼓励老板娘往下说，试图了解这个来自太平洋彼岸的优伶后人的更多信息，而素来好静的他是最讨厌别人在他耳边喋喋不休的。

小洋楼那头传来咿咿呀呀的演唱声。"哎，唐小姐还会唱粤曲呢！"老板娘显得十分兴奋，扔下抹布，从窗口探出头去，"咦，她唱什么曲呢？《帝女花》么？嗯，又不像。"

"旋律像《帝女花》，但唱词不像。"宗亮侧耳倾听，"哦，唱的是英语！她唱英语粤曲！"他情绪很亢奋，用竹筷轻敲着碗边，跟着女子轻声唱了起来。他对英语粤剧粤曲是有所了解的。一年前他到新加坡参加粤剧文化研讨会，一个名为敦煌剧坊的民间团体为他们表演了英语粤剧《清宫遗恨》。除演员的唱词、念白都用英语外，剧中的曲牌、程式、布景、服装等与时下国内粤剧无异。

宗亮突然萌发与唐燕交流的欲望。但他挪动双腿后又坐下来："冒昧造访，是否有失礼节呢？"年过三十的宗亮生性腼腆内向，在陌生女子面前甚至有点木讷。由此，两个曾钟情于他的女子最后都与他失之交臂。"你是研究粤剧的，何不找唐小姐聊聊呢？"谢处长的一句话让宗亮寻到了拜会那陌生女子的勇气和理由。

云销雨霁，透亮的阳光让小巷湿润的青石板熠光流转。

在弥漫在一股清幽的莞香气味的小洋楼里，围在一张精致的檀木圆桌边，嗅着刚上市的龙井茶香，主客三人就这样海阔天空地聊开了。粤剧自然成了他们消除隔阂的唯一媒介和主题。柳宗亮坐下后尽管改变了过去与年轻异性相处时正襟危坐、讷口寡语的拘谨神态，但时而下意识地用指肚抚摸高鼻梁以掩饰内心紧张的习惯动作仍没改掉。

唐燕是个率性之人，喜怒哀乐皆形于色。她不停比画着手势，用流利的普通话讲述，间或插入一两句英语和蹩脚生硬的广州话。当她知道宗亮是研究粤剧的，又生于粤剧世家时，更是滔滔不绝了。她说，她祖父和祖母均是省港大班非凡响剧团旗下的艺人，在日军侵占广州前经香港去了美国旧金山，之后就一直没回过内地。他们在美国参加了广东籍华人组织的粤剧社，祖父演文武生，擅长彩旦的祖母因表演谐趣滑稽被称为"鬼马姐"。唐燕正在攻读世界戏剧博士课程，常用弗洛伊德、阿德勒、荣格等人的心理学理论去探讨粤剧的手眼身法步。她说："粤剧的步法真有意思，你只看人物的走路姿势就知道他此时的七情六欲了。"她说着走到大厅中央，做出倒步、醉步、蹉步、趋步、滑步、跋拉步、踉跄步等系列动作，并从行为主义角度去诠释这些步态所隐藏的心理特征。她说："水波浪这粤剧表演程式很有意思，演员随着锣鼓节奏在舞台上来回走，观众就知道人物这时左右为难，犹豫不决。"

"我这人看戏有个习惯，特别留意演员的眼睛。都说眼睛是人的心灵窗户，这话千真万确。其实，世界上任何一种戏剧，比如中国的京剧、昆剧、川剧、粤剧，日本的能剧、狂言、歌舞伎，欧美的宗教剧和世俗剧等，都很重视用眼睛来表演。"唐燕说，"我这次回来，在中山纪念堂看了五场粤剧，发现演员都很擅长用'关目'演戏，而且每个行当的'关目'都是不一样的。"她说着站起来，借助她那双明眸，眉飞色舞

地表演起来:"闺门旦的眼神温柔似水,青衣的眼神从容淡定,老旦的眼神恍恍惚惚。还有呀,丑生的眼神左顾右盼,就好像走来一个贼;小生的眼神让你想起初恋;武生的眼神跟火炬一样,能点着一串鞭炮。真有意思!"

宗亮对眼前这位华裔女子愈发感兴趣了,不仅因她来自异邦却拥有中国血统且颇具东方神韵的容貌,也不仅因她拥有极富感染力的开朗性格,更重要的是她拥有开阔的视野和对粤剧文化的深刻理解。宗亮内心对她越是感兴趣,外表越是平静如水,因为他已觉察到,自己开始对这个肤白如雪、明眸善睐、与自己研究领域一致、价值观趋同的女子产生些微异性遐想了,而他哪怕一个细微表情在擅长行为分析的她面前都会无处遁形的。

唐燕本人也爱唱粤曲,但常因广州话说不准而被人取笑。于是,她尝试用英语演唱一些耳熟能详的粤曲,结果大受欢迎,连一些美国青年也争着跟她学唱。"柳先生,来呀来呀,我跟你合唱一首粤曲。"唐燕把一张用英语填词的曲谱递给宗亮,"就唱《帝女花》吧!"唐燕牵着宗亮的手并排离座。宗亮顿觉心头一阵战栗,马上回想起昨日两人牵手的那一刻。由于场景和角色的转换,他感到眼下自己的动作十分僵硬笨拙。他怀疑对方已洞悉自己的心思,因为她牵着他走向玫瑰窗投下的五彩光圈时展现的笑靥有点神秘。

谢处长像鸡啄米似的点着头,指头轻敲桌面。宗亮与唐燕唱开了:

公主:This was never meant to be. (希望永远不要这样)

驸马:Sorry, it's my fault, forgive me. (对不起,这是我的错,原谅我吧)

公主:If you doubt me, don't play with me. (如果你不信任

我，请不要跟我在一起）

驸马：One more chance, darling, oh, listen to me, please.
（亲爱的，给我多一次机会，请听我说）

　　初始，宗亮怵于靠近唐燕，离她身体足有一米远，视线飘向垂在客厅半空的镶以绢纱并绘有龙凤呈祥图案的宫灯上。唐燕只好挪动步子不停地往宗亮身旁靠去，险些就将他逼到摆了一个花盆的隅角了。她在演唱间隙重复说着"关目"，并指着彼此的眼睛做连接状，提示两人眼神此刻必须处于交流状态。其实，研究戏剧的宗亮对这些要领何尝不知晓呢？只是他此刻心猿意马罢了。宗亮于是得到在咫尺之遥毫不掩饰地察看唐燕容貌的时机：她的眼睫毛弯且长，高挺的鼻子下方，那粉红色的唇珠略微上翘。宗亮忽然想起小时母亲逗隔壁一个女婴时常说的话："唇上有粒珠，嗌交①唔认输。"两人对唱结束，谢处长即起立鼓掌，以"珠联璧合"一词恭维。唐燕却朝宗亮露出一个略带揶揄意味的微笑，并悄声说："你的嗓门还没全开，关目也左顾右盼，因为你害羞！"宗亮的脸颊唰地红了。此时，这对互有好感的未婚青年都朦朦胧胧地意识到：彼此正心有灵犀而又心照不宣地携手迈向那诱人的玫瑰园！

　　柳宗亮决定明天中午坐班车回青莲。华灯初上时，疾劲的春风将浓郁的木棉花清香和如敲击木鱼般清脆的蛙鸣送进了书房里。报头上写着"巧笑倩兮，美目盼兮"两行字的报纸被吹得呼啦响。宗亮感到心头一阵灼热。当他心神不定地走上前，想把窗户关严时，忽然窗下传来两声清亮的口哨声。一身素雅的唐燕在楼下向他招手，宗亮惊喜不已。

　　宗亮赶忙下楼来。唐燕将于贝斯菲尔德的法文著作《戏

---

① 即吵架。

剧符号学》递给宗亮，后者也把此书的中文译本交与对方。这两个均视于贝斯菲尔德为学术丰碑的青年男女淹没在如红绸舞动的林荫道上。

唐燕弯腰捡了一片木棉花瓣握在手里，说："于贝斯菲尔德的符号学理论，给我们提供了一把打开戏剧迷宫的钥匙。"

"是呀，看了他的书，我才晓得从剧本和舞台两个层面去思考粤剧的唱念做打。"宗亮不得不加快步伐才能跟上唐燕的节奏，因为他发现她的腿很长。

唐燕说："戏剧就是动作的艺术。世界上一些经典戏剧都十分重视对人物的动作设计。我看过英国国家戏院版本的《哈姆雷特》，哈姆雷特与雷欧提斯斗剑那一幕，双方都有精彩的外部动作，能看出人物的心理变化。真是绝了！"

宗亮说："粤剧有一个术语叫'做手'，就是用手部动作来传情达意。"他说完吼了一声："恨不能身生双翅。"随后伸开双手，模仿雀鸟扑翼的动作。

唐燕看见宗亮的搞怪动作便咯咯笑了。她说："真有意思，每个人都有符合他性格和职业的动作符号。昨天我去市场买肉。肉档师傅嘴叼着烟，把一块肉'啪'的一声扔在我面前。然后拿刀架在肉块上，边前后移动，边拿眼看我。等我点头了，他就手起刀落了。整个过程他是一声不吭的，像个哑巴，动作符号就是他的语言。"说罢，唐燕咻咻两声吹响口哨，惊起了树上一群鸟。

"你不仅研究戏剧中的人，还研究现实中的人。"宗亮扑哧笑了，"你适合写小说。小说家都是心理大师，又是偷窥狂。"

"你这是抬举我呀！"唐燕肆无忌惮地大笑，"你有一个典型的动作，就是在陌生人面前爱摸自己的高鼻梁。你是一个爱思考的人，也是一个容易害羞的人。我的话没错吧？"

"你是传说中的神明？能视其所以，观其所由，察其所安。"宗亮大胆盯住唐燕的眼睛，但很快移开，有意转入新话题，"我明天打算回老家一趟。"

"我来找你，就是想向你表达一个意愿：我想随你去青莲！"唐燕俏皮地笑了笑，"我读过沈从文的《边城》，听说青莲比边城还漂亮。我还想知道青莲究竟哪个翠翠拴住了你的心！"

宗亮很惊诧，问："谁跟你说我要回青莲的？"

唐燕答："是你单位的门卫。"

和风轻拂，春燕啾鸣。百余米的林荫道行人稀少。两人在花香的簇拥中挨得很近。他们小心翼翼地来回走，并刻意绕开脚下的落英，臂膀由此不时相碰。经几次碰触后，两人就自然而然地十指相扣了。

唐燕说："《戏剧符号学》里有一个章节专门研究戏剧空间的。"

"戏剧空间好比现实空间。"宗亮环顾四周，用颇具哲理的语言说："物质空间的马路是有限的，精神空间的愉悦是无限的，社会空间的个体关系勾连是绵延。城市空间转向，构成了城市的生命底色。"

两人心领神会地对视了一下。唐燕意味深长地说："空间的一切都是记号。"

他们约定合写一篇论文，题目定为《中国粤剧的空间建构》。

次日上午，宗亮的朋友阿平开着一辆鲜艳夺目的进口本田轿车疾驰在粤北山区的公路上。山岚缭绕的江河、陡峭的石壁、悬空的瀑布、刚冒出玉米嫩苗的湿润土地都迅速向车窗后移动，唐燕与宗亮同坐在车后排，这位来自异国的姑娘显得异

常兴奋。当轿车驶过一座翠竹掩映的水泥桥时，宗亮摇下右边车窗，指着不远处那傍水而筑、吊脚楼相拥的山城说："这就是青莲！"唐燕手舞足蹈，尖叫："青莲！Remote City！青莲！Remote City！"

小车缓缓驶进有点萧条的青莲大街，坐在门前边晒太阳边吃午饭的老人都停下手里的筷子，定睛细看。他们惊讶的表情不亚于小时伫立在河岸上眺望那艘拖着长长黑烟、破天荒现身于青莲江面的轮船的那一刻。轿车在戏棚地空坪的黄檀树下熄了火，惊走了一群正在树桩下用爪子扒土觅食的小鸡。

宗亮领着唐燕推开爷爷靓少德的家门时不禁愕然：客厅出奇地安静，只听到挂钟走动的嘀嗒声和书页翻动的唰唰声。腰扎红色练功带的堂侄子小羿，正一边在矮凳上做作业，一边在临时铺就的地毯上做"一字马"。爷爷身上披一件亚麻练功服，斜躺在帆布椅上闭目养神。对唐燕而言，眼前所见既陌生又熟悉：客厅正面的墙上挂满了粤剧脸谱和演出剧照。两幅分别挂黑须和白须的老将脸谱挂在大钟下面的最显眼处。脸谱人物目光如炬，凛凛生威。当听到响声的靓少德睁开眼坐起来时，唐燕惊奇地发现，眼前这位老者的目光竟与祖父和祖母的目光如出一辙：尽管眼球快被塌陷的眼睑所覆盖，但透出两道如利剑一样的光芒——优伶的眼神经千锤百炼，目光都熠熠生辉！她断定眼前这位与自己祖父和祖母年龄相若的老者就是脸谱上的那个人。

宗亮带回一个漂亮女子让靓少德很惊喜，但寒暄过后他就没正眼看唐燕了。看见唐燕穿一条裤脚磨损且膝盖有个大破洞的牛仔裤局促地站着，靓少德旋即想起前些年把整香街折腾得天覆地翻的水养老婆小艳，也想起马师曾在《苦凤莺怜》里的乞丐扮相，心想：哪来一个捡破烂的？他不假思索地给唐燕打上了"不正经"的标签。

宗亮附在他的耳根大声说："她姓唐，叫阿燕，在美国长大。她阿爷和阿嫲以前都是唱大戏的。"靓少德听后愣了一下，原本冰冷的面孔才泛出笑意。

"你阿爷和阿嫲也是食华光师傅饭的？以前在哪个戏班呀？"靓少德问。

"在何非凡的非凡响剧团。"唐燕答。

"嗯，那可是省港大班啊。"靓少德竖起大拇指，"他们演哪个行当呀？"

唐燕说："阿嫲演彩旦，也演刀马旦和青衣。爷爷演袍甲小武。他向何非凡偷师，学会了'狗仔腔'。"

"那个年代的袍甲小武，地位可高呢。等他在戏台上杀了大花脸，戏班里的人才有宵夜吃的。"靓少德站起来，捋起衣袖，"说起何非凡的狗仔腔呀，我也能哼几句。"他忽儿高亢、忽儿低沉地运腔："呢一个宝玉逃禅，今晚偷复返。荐别南中归葬，个一位薄命红颜……"

"您毕竟是大老倌，宝刀未老啊！"唐燕赞道。

靓少德连连摆手："唉，做戏甘蔗命，中间一节甜。我老喽，力不从心啊！"他说的是实情。因患糖尿病，他肚子和双脚的皮肤已出现溃烂。

唐燕笑着说："我阿爷、阿嫲跟您一样，八十多岁还曲不离口。旧金山的华人最爱看阿爷的绝技表演'筛背旗'①！"她边说，边抖动双肩和脊背，在原地转了两大圈。

靓少德兴致盎然，连声说好。他问："你阿爷、阿嫲身体还硬朗吧？"

唐燕却骤然敛起笑容，满脸悲戚，喃喃低语："他们都走了……阿嫲走两年了，阿爷走了刚两个月……"

---

①　指传统粤剧袍甲小武的表演技巧，用肩和背发力抖动背旗。

靓少德缄默不语。后来他才知道，唐燕此次回国的使命，就是专程把阿爷和阿嫲的骨灰送回广州八和墓园安葬。

做完作业的小羿扔下手里的笔，操起一把木剑舞动起来，嘴里还不停地喊："上劈昏君，下刺奸臣！"看见客厅四面墙壁划痕斑斑，唐燕想，这肯定是好动的小家伙留下的印记。

宗亮和唐燕来到了八和豆豉厂。何浩刚正好开着一辆半新的大货车从县城送豆豉回来。宗亮瞧了瞧覆满尘土的大货车，嗅了嗅车厢里溢出的浓浓的豆豉味，爱怜地看着疲惫不堪的父亲。浩刚酷爱轿车，订阅了不少汽车杂志。此时他围着宗亮的朋友阿平的轿车东瞧西瞄，阿平把轿车钥匙抛给浩刚，说："这车动力足，方向盘很轻，开起来好过瘾。你试一试吧。"浩刚将钥匙抛回给对方，抬起左脚，做了一个"亮靴底"的舞台动作，说："我满鞋底都是泥，别把你的车弄脏啦。"宗亮想起了沙湾堂叔曾说过的话："你爸真傻，在沙湾办手袋厂多好啊，偏要跑回山旮旯办豆豉厂。你想嘛，手袋与豆豉哪样毛利高？你爸要是当初听了我的话，奔驰、宝马都买了好几台喽！"当宗亮把堂叔这番话转述给父亲时，后者淡淡地说："人嘛，别把钱看成铜锣那么大！"

事实上，浩刚回青莲办豆豉厂是赚不到几个钱的。尽管"八和豆豉"的品牌在邻近市县迅速打开了局面，一些商家也专程上门要货，可是，豆豉毕竟是薄利产品，加上生产成不了规模，故此工人们都断定豆豉厂是不可能挣大钱的。浩刚也常对工人说："这些年，我赚来了辛苦，也赚来了开心！"工人们都留意到，每当浩刚说这话时，其妻子柳依依的脸上泛着和悦之色，此刻她看上去比她的实际年龄年轻得多。

唐燕随浩刚走入八和豆豉厂时惊讶不已：办公区和展区的墙壁上竟贴满了粤剧剧照和生旦净末丑的面谱画像，晒场侧的练功房里还摆了锣鼓、扬琴、高胡等乐器，童子班的几个学员正在练习舞剑动作。唐燕糊涂了，以为自己误入一个民间剧社，感觉豆豉厂面积狭窄且设备简陋，但因流动着一种异样气息而熠熠生辉。柳依依给唐燕倒了一杯茶，笑得合不拢嘴。她对儿子说："你陪好阿燕，我忙着给工人计算这月的工资呢。"说罢就埋头打算盘。

"全厂就这些人？"唐燕问。浩刚答："是啊，连我在内，共十三人。用广州话说，单眼佬睇老婆——一眼睇晒。他们全是八和剧社的人。"工人们都在忙着手里的活，不时扭头瞄两眼远来的客人。

刘满龙为一个老人舀了两塑料壶酱油。老人用指头蘸了酱油舔了舔，眯着眼说："嗯，以前青莲的三合酱油就是这味道。三合酱油捞饭，好过食鸡蛋。"他还拿了五包豆豉放进篮子里，说广州的亲戚点名要吃青莲红豆豉。

浩刚领着宗亮和唐燕走到厂区侧一个正冒出熊熊火焰的炉灶前。一个盛着逾百斤红豆的巨型木桶立在炉灶上，夹杂了浓浓豆香的蒸汽透过覆在木桶顶上的麻布往四周腾涌。浩刚走近木桶，掀开麻布，伸长脖子，冲着蒸汽用力嗅了嗅，从蒸汽里的豆香浓度来判断这批红豆是否蒸熟。他随后跳下炉灶下面的凹槽，从灶膛里抽出几根燃烧了一半的木柴，对站在一旁的工人说："熄火吧，豆子蒸熟啦。"

浩刚推开了豆豉发酵室的木门，一股暖融融的气流从室内涌出来。室内沿墙摆了几个高大的木架，木架层上叠放着一排排铺满豆豉的圆口窝箕。屋子中央摆放了一个用来增温的火盆，浩刚蹲下为火盆添了几块炭，说："要保持一定的室温，豆豉才会发酵。"唐燕察看四周，说："怎么见不到温度计的？"浩刚平淡地说："哪用温度计呀？我走进屋子就知道室温是几度啦。"唐燕抬起头，疑惑地瞅着木架顶上那一排看起来随意搁置的朽木。浩刚大概明白她的心思，便说："木头是

用来吸湿气的。不把湿气吸干，豆豉就容易发霉。"

宗亮不停咂嘴点头，称赞说："想不到阿爸回青莲两三年，就成了做豆豉的行家里手啦！"浩刚由衷地笑了。

这时，柳依依向厂区高喊："哎，你们都过来领工钱呀！"工人们都放下手里的活，笑呵呵地围拢上来。他们边数着手里的钱，边来到浩刚跟前，鞠躬说："多谢阿刚，多谢何老板！"男的还恭敬地向浩刚递烟，浩刚接过烟，夹在耳背上——眼下是他最开心的时刻！

到了傍晚时分，春风沿大街窄巷徐徐而至，宽敞的豆豉厂晒场上荡漾着泥土花草的鲜味与豆豉酱油的浓香混杂一起的气味。夕阳似乎有意延宕其往连江与西面山峦交汇处下坠的脚步，不吝从高空斜抛下大片金光，令晒场上的缸罐箕帚和展示区墙上的生旦净末丑脸谱都抹上一层明晃晃的光影。刘满龙、张水养等人在晒场上把乐器摆成半月形，并在棚面席前支起了两个话筒。穿上戏服、化了妆的童子班学员在压腿吊嗓，一副兴奋模样。八和豆豉厂发工资那天，正是八和剧社和童子班公开表演的日子。靓少德和何浩刚父子特地将两个活动安排在一起。

临时搬来几个箩筐，上面摆几个平常晒豆豉用的窝箕，上面盛着几碟花生、瓜子、水果和酸萝卜。接待摆设虽土气和寒碜，但坐在木墩上的唐燕却明显感到主人的热情。在场的人都向她投来好奇而善良的目光。

附近的街坊和行人也涌进来了，豆豉厂里人头攒动。"开锣！"随着靓少德一声高喊，锣鼓骤然响起，扬琴、高胡、铜箫等也悉数声动。浩刚站在话筒前，深深鞠躬，随后向棚面师傅伸出食指和中指，做了一个"反线"的手影，跟着用高亢的平喉唱出《范蠡访西施》里的唱段："江山万里惊色变，国难忧煎，愁怀离乱。吴关路远，回首凄然。报国愧我未能挥利剑……"唐燕连连叫好:"你爸唱得有板有眼的,不愧是以前唱过戏!"

靓少德走到人群中央,先向四周恭手,又向乐师做了一个手影,用霸腔唱出《柳毅奇缘》中的唱段:"柳先生,有美人兮因泾水,传书获救赖先生。剧怜此后作孤鸾,水殿风凉悲独枕……"看着靓少德夕阳里投射在晒场上那修长而歪斜的身影,唐燕觉察老人已力不从心。他尽管声如裂帛,大声德的威名犹在,但身段做手已不再利索,以致唱罢一手扶住瓷缸一手撑腰,大口喘气。唐燕不禁哀怆神伤,此刻她想起自小与她感情甚笃的祖父。那天她陪祖父参加一个华人演出活动,祖父在唱完《狄青夜闯三关》后表演"筛背旗",刚伸直双臂做抖动动作,却一头栽倒在她身边……她心里流着泪,既为她去世不久的祖父,也为与祖父祖母同是梨园中人但已是风烛残年的靓少德。直到眼前出现几张天真烂漫的脸孔,一阵阵稚嫩的嗓音在耳边响起时,她才感觉舒畅些。

一周后,唐燕要离开广州回美国赓续博士学业。那天一早,宗亮开车送唐燕去白云机场,天空上不时传来飞机起飞和下降的鸣响。

"阿燕,粤剧有一个充满诗意的美称,你听过吗?"

"听过,叫南国红豆。"

"是呀,叫南国红豆。"

两人沉默不语。宗亮送唐燕到机场安检入口时,将一个包装得很精美的小盒子交给唐燕。"这是什么?"唐燕凝望着宗亮的眼睛问。宗亮笑着说:"你登机后打开看。"上了飞机,唐燕就迫不及待打开系着一条粉红色绸带的小盒子,一个小玻璃瓶和一张折成心形的字条赫然在目。她把装在瓶子里的数十粒鲜红浑圆的如珊瑚般晶莹的小豆倒在手心上端详,又默读用楷书工整地抄在字条上的古诗:"红豆生南国,春来发几枝。

愿君多采撷，此物最相思。"飞机腾空而起。唐燕靠着座椅闭上眼，让阳光透过舷窗洒在她裹了一条紫色毛毯的肩膀上。舷窗下点缀了一排排如火焰一样的木棉花的城市越来越模糊，而她脑海里那饰以高鼻梁和忧郁眼神的俊朗脸庞却愈加清晰。

36 万福台神会

　　淫雨霏霏，连月不开，阳光像暌别经年的故人久不现身。靓少德昨晚盖着添了些湿气的被衾难以入睡，待客厅里那口饰以木刻边框和精美玻璃门的古老挂钟传来四声脆响时，他才朦胧睡去。可是，窗外那连绵不绝的雨滴却把他牵入一个怪怖的境地：大江墟莲塘春水满溢，荷叶飘零。与戏棚地数步之遥的莫屋堂几近泽国，猫狗在瓦瓨上徘徊，鼠虫在败垣上乱窜，大门前那棵碗口粗的桃树拦腰折断。

　　靓少德被噩梦惊醒。天刚放亮，他就起床向莫屋堂走去。眼下，莫屋堂这座客家围屋尽管没出现靓少德梦境里水淹墙倾的景况，但其凋敝寂寥却令人触目惊心。围屋大门的门轴因经年遭虫蛀和磨损，致使一扇木门脱出轴槽而歪歪斜斜地倒在一边。门框两侧的石鼓也经不起岁月的碾压，一只不知所踪，另一只表面的阳文"福"字被一条裂痕分割开来。过年时人们来此通宵达旦排队舂米的磨坊破败不堪，臼穴填满了瓦砾和石

块，用铁线缠了一块生铁的樟木做的碓身斜靠在墙角上。围屋里早已失去了往日的盎然生机，天井上长满了绿莹莹的苔藓，有几条多足虫和几只小蜗牛在上面爬行，一些生命力极强的野草从砖缝里钻出来。

在大部分住户大门紧锁或以一根木棍当门闩、充斥着猪狗鸡鸭粪便恶臭气味的莫屋堂里，现今生活着包括莫森礼在内的七个老人，这些迂腐守旧、顽固不化的老者被王文斌称为"莫屋堂七遗老"。他们因宁愿留守破败不堪的旧围屋，也坚决回绝随子女搬往新居而被说成"贱格"① 和"有福唔知享"。他们大多穿自家缝纳的布鞋和黑灰色的大裆裤，老翁穿配四个口袋的中山装，老妪则穿右侧腰间缀以一排纽扣的藏青色大襟衣，天冷时老妪还戴上绣了花边和镶了银饰的发箍。在莫氏族人往日常用于操持红白事的晒谷场上，在环绕天井的通风透亮的回廊间，在面向绿茵茵的菜地、迎来清晨第一缕阳光的门楼下，"七遗老"围坐在一起，追缅莫氏后人无不引以为豪的"木勺分银"的往事，谈论本族玄妙诡谲的阴阳替换的家族宿命，探讨本族人由盛转衰的时间节点和内外因由。

尽管这些性格有些怪异的老年人有时会为一些小事较真，甚至因怄气而几天互不理睬，但他们在"捍卫家园"这件事上的态度却惊人的一致。他们对与莫屋堂相邻的大江墟莲塘有一种天然的感情。这口莲塘曾是莫氏家族的家业，清末因要抵还赌债被迫变卖，而这正是莫氏家族由鼎盛转向衰败的肇始。解放后，政府将莲塘作为宅基地分给了莫屋堂十多户人家。数十年来，莲塘都用来种植莲藕——他们难以割舍对这口青莲墟中心唯一的莲塘在夏秋时节呈现的"接天莲叶无穷碧"的美景的依恋。

---

① 即下贱。

去年一个夏天，在莲塘碧叶田田、莲花绽放并惹来彩蝶纷飞时，"七遗老"被同族的几个年轻人恭恭敬敬地请到小组吃饭。在酒酣耳热之际，年轻人向七位老人各奉上一个大红包，随后开宗明义地说："而今山猪涌、大风磅、老鼠夹岭的山民都迁来青莲住，青莲的地价像坐了直升机。我们打算把莲塘填平卖掉，也把莫屋堂拆了，把地皮卖出去，在别的地方再建新房。这样一填、一拆、一卖，保证猪笼入水——道道来①啦！"未待年轻人把话说完，莫森礼就呼地一下掀翻了桌子，指着年轻人的鼻梁，怒不可遏："原来你们摆鸿门宴，想变卖莫家家产？简直发开口梦！"当他们像七头疯癫的老牛穿过大街回到莫屋堂时，眼前的景象让他们惊呆了：莲塘和围屋来了十多个陌生人，有人拿出尺子丈量莲塘的面积，并围着布满枪眼炮孔的用青砖、鹅卵石拌糯米粉、红糖垒砌起来的围墙转悠，对着那飞檐翘角、雕梁画栋的天井回廊指指点点，而围屋大门前那大片香蕉树和杨桃树被砍得七零八落。

"七遗老"气得七窍生烟，哀恸欲绝。几个老翁手挽着手，跳进积水齐腰的莲塘里，几个老妪也头挨着头，直挺挺地躺在靠近围屋正门的晒谷场上。他们边哭边喊："你们这些败家仔、二世祖，终有一日被雷公劈！要拆屋卖地，就先把我们的老命拿去！"一个老翁艰难地从莲塘爬上来，抖着沾满泥浆的僵冷身子跑回家，找来一条麻绳，绑在屋院门楼的木梁下，跟着爬上凳子，在试图向绳套伸出瘦长的颈脖时被旁人紧紧抱住。

读过几年私塾且见多识广的莫森礼理所当然成了"七遗老"的领头人。眼下，当靓少德走进他家那悬挂着伟人巨幅画像和五年前的美人挂历，并张贴了他的孙子孙女数年来

---

①　指财源广进。

"三好学生""优秀班干部"几十张奖状的客厅时,这个八和剧社的头架乐师正斜抱着镇南月琴在弹奏——他整天沉溺在自己的音乐世界里,除辅导孙女小琼和一个男孩学琴外,其余时间边弹奏、边思考,在铮铮乐声中悟出不少人生哲理。他很乐意将自己的弹奏技艺毫无保留地传授给下一代,因为在他看来,这种艺术上的薪火相传无疑等同于延续自己的生命。因此,他要求小琼和男孩无论是抱琴的姿势、执弹片的手势,还是演奏时弹、拨、撮、轮、扫的技巧,都必须一丝不苟,当他看到后辈在自己近乎严苛的训练下弹奏出悦耳动听的曲子时,他就甩甩稀疏的白发,坐在一旁聆听。

此时,莫森礼用牛角做的弹片扫响四根弦,以强烈的和声结束了《百万雄师过大江》引子的演奏,回头惊讶地瞅着正凝视伟人巨幅画像的靓少德:"靓班主,一早找我,有急事么?"靓少德的视线落在对方因肌肉萎缩而现出粉红色牙龈的脸庞上,心想:岁月就如同赵笑媚手里的竹青刀,任何一样东西,哪怕它像莫屋堂那坚硬厚实的围墙,都敌不过岁月长年累月的刨刮,更何况是血肉做的躯体呢?其实,这些年他发现莫森礼的双手常无缘无故地抖动,以致演奏时忽然爆出一两个怪异的音符。

"没啥事,"靓少德说,"我昨晚梦见莫屋堂被水淹啦……"

"我也担心这事啊。以前莫屋堂养了不少乌龟,是用来疏通下水道的。现在乌龟早就没了,下水道也堵了,但年轻人不会管这些事。"莫森礼瞥了一眼挂在伟人画像下方的先人遗像,郁郁寡欢地说:"唉,莫屋堂总有一天被水淹的。要是真有那天,我就没脸见列祖列宗喽!"他说完用指头使劲弹了几下楠木琴身,闭上双眼,像在接受先祖的谴责一样。

"老伙计,这几年你也老多了。记得我第一次见你时,你长得像电影明星赵丹呢。"靓少德感慨地说。

854

"人老喽，莫屋堂也变老喽……"莫森礼依然闭着眼，"戏总会有演完的那一天，人也有退出戏台的时候。"

"是啊，大老倌也不可能一辈子演文武生和正印花旦呀。所以我们这些叔父要多提携新仔啊。"靓少德说。

"靓班主，我发觉'和'就是你的人生哲学。你为剧社、豆豉厂和童子班取名，都离不开一个'和'字。"莫森礼抚摸着琴身上的龙凤图案和小圆镜说，"其实，五架头在演奏时同样要以和为贵，时分时合，时隐时现，时主时次，这样才会奏出一首好曲。"

莫森礼于去年元旦前儿子摆新屋入伙酒那天结束了近三十年孤独寂寥的鳏夫日子。那天宴席上亲朋满座，喜气洋洋。在一片觥筹交错、推杯换盏的声浪里，莫森礼悒悒不乐，对着满桌子菜肴毫无食欲，只喝下几口莲藕汤，就毫不犹豫地把自己的日用品从儿子建在公路边的新屋搬回莫屋堂的旧居。当他把写着"千门万户曈曈日，总把新桃换旧符"的对联贴在旧屋木门两侧后跳下竹椅时，脚步趔趔趄趄，身体后仰，眼看就要撞向回廊的梁柱上，此时闪出一个老妇，把他拦腰抱住。

"哎呀，你要小心啊！"老妇说。莫森礼躺在妇人怀里，两人倒在门槛上，对视一眼后便哈哈大笑。

"阿礼，你没摔着吧?"

"我没事，多亏你，抱住我……阿蓉，你摔着了吗?"

"幸好我满身肉……"

"你真的搬到我家住?"

"我把衣服被席都带来啦，这还有假么?"

两人对视片刻，又瞅了瞅门前老妇带来的一堆行李，像孩子一样笑了。随后相互搀扶，走进屋子。

这个比莫森礼年少五六岁的老妇叫李金蓉，人称俏丽蓉，原是阳禺剧社的正印花旦，年轻时娇俏玲珑，能唱平喉、子喉

和大喉，是青莲响当当的"三喉花旦"。莫森礼和俏丽蓉年少时就互有好感。前年丈夫去世后，俏丽蓉参加了八和剧社。看见莫森礼整天都说不上五六句话，排练暇余就躲在一旁抽烟，生性开朗的俏丽蓉常有意逗他开心。一次她将小串稻穗悄悄放进莫森礼的脖子里，看着他咧着嘴，伸手在脊背里挠痒，像个小丑在表演，便捂着嘴笑。莫森礼明知俏丽蓉捉弄他，却不气恼。常为人做媒的张爱彩说："你们一个弹琴，一个唱戏，多匹配啊，干脆住在一起啦！"莫森礼听了，脸立刻红了。俏丽蓉却说："他唔怕老虎驰把瘦腊鸭吃掉吗？"莫森礼怯怯地回话："你这老虎驰只是个纸老虎。"

俏丽蓉的到来，令莫森礼近些年与洞穴野人般的生活景况得以彻底改变。这精力充沛的老妪把屋子内外整理得井然有序，将污迹斑斑的被褥和器皿清涤得干干净净，把客厅上悬挂了数年的日历换上了"花旦王"芳艳芬在粤剧《红娘》里的剧照——她把这个与红线女一同出道的恩平同乡视为偶像，模仿她用鼻颚发声、运腔轻抒轻收的"芳腔"，并因毫不退让地断定芳艳芬在《胡不归》里的演唱胜于上海妹一事而与靓少德闹得不欢而散。她又将莫森礼穿了数十年却一直不肯丢弃的旧西装浆洗熨烫好，同时敦促他改掉即便在炎炎夏日也两天才洗一次澡的陋习。当莫森礼在冬天里洗完澡，哆嗦着身子从冲凉间探出头来，在门外等候多时的俏丽蓉边哼着"春风拂槛露华浓，万里云山烟雾重，仙歌妙舞广寒宫"，边将经炉火烤得暖融融的衣裤递过来时，莫森礼便真真切切地感受到：这表面风风火火的老虎驰其实拥有一副体贴入微的柔软心肠。

俏丽蓉初来乍到时在莫屋堂"七遗老"的几个老妪眼里是不受待见的。尽管年纪与她们相当，但俏丽蓉一年四季用茶籽水将头发梳洗得滑溜溜，又喜欢穿与大襟衣风格迥异的红衣绿裤，呼猫唤狗时嗓门甚至高过老倌大声德。这些都引发老妪们的些微嫉妒。她真心实意地对老妪们嘘寒问暖，并常将子女们送来的礼物转送给她们，她从不像有些人那样不顾听者感受，肆意炫耀自己殷实的家境，特别是在明月给晒谷场披上一层轻纱时，她搬来凳子，让莫森礼伴奏，她用平喉、子喉和大喉为她们唱出芳艳芬在《红娘》《窦娥冤》《木兰从军》中的名唱段——对看了一辈子粤剧的老人来说，她的低吟浅唱令她们瞬间感到时光倒流，似乎感觉正扛着凳子，披着落日彩霞，争先恐后地走向通往戏棚地的那条竹篱和蝴蝶花夹道的泥径上。这时，她们才衷心喜欢上这个为暮气沉沉的莫屋堂带来亮光和欢笑的善良女人。俏丽蓉生病住院的半个月，不仅莫森礼感到煎熬，连莫屋堂其他老人也感到空荡荡的，好像古老而幽深的屋院里的闹钟突然停摆一样，孤独和落寞如鼠蚁啃噬着他们的心。

月色如洗，月光如练，屋院里没一丝凉风。柳依依坐在蕉树下摇着葵扇，边驱赶蚊子，边擦拭额上的汗水，何浩刚在一旁统计豆豉厂的销售情况。

"这些年整香街的蚊子多起来啦。"依依说。

"那是整香街不做蚊香的原因，整香街也徒有虚名喽。"浩刚答。

"我感觉整香街比以前热多啦，晚上一点凉风也没有。"

"左邻右舍都建了新楼，风就吹不进来喽。"

旧居民迁走了，新居民搬来了；木砖老房子拆毁了，钢筋水泥新楼建起来了——整香街在几年间悄然改变着它的模样。浩刚在两年前把现住的房子买了下来，打算在明年夏秋推倒重建。这时，他摘下近视眼镜，定睛瞅着屋院里长满苔藓的齐胸矮墙说："明年我们建新楼。让你一辈子住破房子，我于心不忍啊。""建新楼？等建起新厂房再说吧。"依依给蕉树浇水，

剥掉两片枯叶说,"房子是破了些,但我住习惯啦!"浩刚看中桥头旁的一块地,计划买来建豆豉厂的新厂房。双方已谈妥了价格,准备办买卖手续。

浩刚知晓,妻子说习惯住旧屋只是一个托词,其实她内心舍不了断墙下那株葱茏如盖的蕉树——这株奇迹般超越了生长年限的香芽蕉是她与养父范阳搬进这屋子时种下的。范阳甚爱这株香芽蕉,在冬季用薄膜把蕉叶和蕉茎裹得严严实实以阻隔冷气渗入,并隔三岔五点燃堆在蕉园的稻秆柴枝以提高泥土温度,因为有一个严冬蕉树差点被霜雪冻死,这令他郁郁寡欢了好些日子。每到夏秋季节,他就会把饭桌搬到蕉树下。在翠绿的蕉树坠满月牙般金灿灿的果实,屋院里香馥流溢的时节,柳依依怀抱温顺的猫咪,和着养父的琴声高歌,那是父女俩最愉悦的时刻。依依发现,养父在众多的粤剧曲牌中尤其钟爱缠绵悱恻的《蕉窗夜雨》。在一个春风沉醉的月夜,他边用琴竹敲响以桦木为框架、古色古香的扬琴,边唱着唐涤生用《蕉窗夜雨》曲牌编撰的唱词"独惜琴韵未随花月送,怎奈咫尺犹如隔万重",唱罢竟一声嗟叹,随即泪眼婆娑。

范阳如此动情不只一两回了,而他恰恰是内敛木讷、不愿意与人吐露心声的人。直到临终前的一年,他才向女儿透露了一个秘密:在他收养柳依依那年,他与叫小娟的女戏迷有一段刻骨铭心的爱恋。原来,范阳所在的戏班在广州海珠大戏院连演了六晚粤剧《再世红梅记》,小娟也连看了六晚。最吸引她目光的不是台上名伶的唱念做打,而是棚面席上扬琴乐师那忧郁的眼神和高超的技艺,扬琴乐师脊梁那酣睡的婴儿更是让这漂亮少妇动了恻隐之心——小娟丈夫在日军炮击卢沟桥时阵亡,而她未满一岁的女儿也在两个月前夭折。

一天,小娟循着依依尖厉的哭啼声,走进八和会馆乐师居住的普和堂里一个极简陋的寓所。看见范阳正在客厅愁眉苦脸地抱着因肚子饿而啼哭不肯入睡的女儿，小娟便说："我是你的戏迷。小孩瘦成猫一样，真可怜啊！让我抱抱她吧。你女长得好似我女，真的好似！我女要是还在，也一岁了。"知道依依是单身的范阳在路边捡来的，小娟就上前抱过依依，用嘴唇贴住她沾满泪水的脸说："细路肚子饿是不肯睡的，让我给她喂几口奶水吧。"她犹豫片刻，便转身躲在门角解开了斜襟上衣的纽扣。范阳回过神来，便手执琴竹，奏起《再世红梅记》里的《蕉窗夜雨》。如泣如诉的琴声与依依咿咿呀呀的声音掺合在一起。小娟边爱抚依依的脸蛋，边凝神倾听音乐，悲戚地说："我婆家屋后有一片蕉林。我女出世那天，正是村里人忙着砍蕉的季节。"

在此后几个月的日子里，小娟天天过来带依依，并带来一些吃食。有时她会让范阳演奏《蕉窗夜雨》，二人随之黯然神伤。一日，小娟在依依粉嫩的脸颊上留下一个吻，又用指头轻抚依依的脖颈逗得她咯咯笑，然后刻意用轻松的口吻对范阳说："家婆说，趁我还年轻，叫我赶紧找个人家。大哥要是不嫌弃我，就让我留下给你煮饭吧。"她说罢也不敢瞅范阳一眼，扭头小跑着下了楼。

可是，就在小娟委婉地向范阳表露心声的翌日起，她竟像候鸟般消失了。一连十多天，范阳抱着啼哭不止的女儿在寓所的雕花木窗前等候，在普和堂前那长满月季、海棠、玫瑰的花径上徘徊，在途经八和会馆门前的茫茫人海中寻觅，甚至跑遍广州城向一些热心人打听。然而，这个失魂落魄、近乎陷入疯狂的男人的一切努力都归于徒劳，那张镶嵌了一双水汪汪的眼睛的清秀面孔依旧渺无踪影，他等来的只是痴情男人与日俱增的期盼、猜度、忧虑、惶恐。因为他不知晓小娟的姓氏，也不知晓她住在何处，只知晓她死了丈夫和女儿，以及她婆家屋后有一片翠绿的蕉林。

"惊艳女，含颦愁对春风，露半面挽玉带低弄娇羞态欲藏嫩柳中，似烟罩芙蓉，腮有泪溅玉容。"大约过了两个月，当一天范阳在寓所弹唱起小娟钟爱的《蕉窗夜雨》时，小娟的家婆找上门来，交给他一块手帕，并告知噩耗：小娟得重症于前天离世了！凝视着绣在手帕上的字："明月在天，青莲在地"，范阳心如刀锉，"砰"的一声扯断了一根琴弦……他平生唯一的恋曲只响起了前奏就戛然而止了，这个木讷深沉的男人也至此彻底关闭了情感的闸门，把绮梦的烈焰熄灭在孤独的深渊里。

何浩刚把建豆豉厂新厂房的事与建住宅楼的事同时推进。他没有采纳许多人提出的把住宅楼建在公路两旁的建议，而是毫不犹豫地坚持在原地拆旧建新，因为他舍弃不了出生地和成长地——整香街和戏棚地，尽管前者变得愈加狭窄，后者变得愈加冷清和徒有虚名，更重要的是他不忍心忤逆妻子意欲保留她与养父一起种植的香芽蕉的心愿。他打算不改变屋院现今的模样，只是在蕉园旁用鹅卵石砌一个水池，让那些色彩斑斓的锦鲤徜徉其间——在莫屋堂的大瓷缸里跃出水面觅食的金鱼总让少时顽皮的他流连忘返，这个跟妻子一样念旧的男人也煞费苦心地铺设了一条通往美好往昔的甬道。

在那个和风轻送、暮色凝远的傍晚，浩刚与一个操本地口音的汉子草签了新厂房土地买卖合同，并把喜滋滋地提着数万元订金的卖主送到八和豆豉厂门口时，何浩深手拿一叠报纸风风火火地从整香街走来。浩深和浩刚这对孪生兄弟相聚一起，便凸显了一个事理：基因与环境这对宿敌谁都没足够的力量让对方臣服，彼此唯有停止旷日持久的叫阵鼓噪而握手言和。眼下浩深文弱儒雅，浩刚则魁伟硬朗；前者如水波不兴的青莲水，后者却像巍然屹立的盐坑岭；前者让人想起娇俏花旦翘兰花指而歌"杨柳岸晓风残月",后者却让人想起彪形武生亮剑指而唱"大江东去"。尽管后天迥异的环境让这对孪生兄弟在容貌和性情上产生一些差异,但强大的基因却使人毫不怀疑他们因同生于何家而血脉相通:因为他们除拥有深邃的眼眸和高挺的鼻梁外,在某些习惯上也惊人相似:诸如吃麦羹偏爱放白糖,走路时腰杆挺得如一块钢板,说话时喜欢手舞足蹈和引用戏行俗语等。

"我们何家远亲又有消息啦!"浩深将西安朋友收集的几份报纸摆在桌子上说,"他们到国内外演出,何家营鼓乐天下闻名啊!"靓少德走过来,细读报纸上刊登的两篇文章:《何家营鼓乐——中国古代音乐的活化石》《何家营鼓乐——世界最长的交响乐》,感叹说:"何家祖宗了不起啊!你们抽空去拜访西安亲戚吧。一千年过去了,棺木早变成黄土了!两地何家人再不来往,以后在街上就算碰崩头都不认识啊!"

安史之乱平定后,威名远播并迁为千牛卫大将军的何昌期在西安郊外约十公里处①安营扎寨。后因太平盛世,军中无事,何昌期便偃武修文,广交杜甫、郑广文等文人墨客。谙熟音律的何将军招募流落民间的宫廷乐师,与村民一道组织"何家营鼓乐社",用鼓、笛、笙、管等乐器演奏唐代盛行的乐曲,令奏乐之风在何家营世代相传。在一个偶然的机会下,阳山何氏族人得知在相隔一千五百公里的西安市郊何家营村,生活着一个逾千人的族群,他们都自认是何昌期的后裔。

一种古老音乐——何家营鼓乐将阳山与西安两地的何氏宗亲连接起来。一周后,浩深和浩刚带上何昌期将军故乡阳山七拱的一包泥土和两瓶连江水,坐飞机奔向西安,去赴一场异地何氏族人跨越千年的宗亲之约。兄弟俩刚走出西安咸阳国际机

---

① 现西安市长安区何家营村。

场到达厅，一个憨厚纯朴、皮肤黝黑的汉子就快步趋前与他们握手拥抱，彼此的视线在对方的深眼窝和高鼻梁上停留了许久。这位满手粗茧的西安鼓乐传承人是何家营鼓乐社社长。在社长引领下，兄弟俩来到何昌期将军曾经的营地，也是何家营鼓乐的诞生地——神禾原畔潏水之滨，看着眼前恢宏旷远的黄土地、静静流淌的河水和无边弗界的麦浪，远祖何十万率领将士驰骋疆场、饮马江边、屯田养兵、修文击鼓的情景一一闪过他们的脑海。

他们刚走进村口，就有一支高擎"西安何家营鼓乐社"旗帜的数十人队伍在迎候了。他们统一穿戴盛唐时代的华美服饰——黑色薄纱幞头和圆领窄袖袍衫，男人穿黄色袍衫和藏青色裤子，显得飘逸俊美；女人穿白色袍衫配粉红色长裙，格外妩媚妖娆。他们打着鼓，敲着锣，吹着笛笙，以一曲热烈喜庆的行乐《番调》把远方的亲人送进了村子里。在那座饰以镂空雕花门窗的鼓乐陈列馆门前，鼓乐队演奏坐乐《杜甫观花》。大鼓抑扬顿挫，大铙铿锵有力，笛笙婉转温润。在大气雄浑的鼓乐声中，浩深想起杜甫"晓看红湿处，花重锦官城"的诗句，脑海里出现了何将军与诗人结伴同游的情景。心想：将军既有如张飞在长坂桥上单枪匹马喝退曹军的大将气概，又有舞文弄墨的文人气质，更有激情澎湃的音乐家气度。老祖宗是个非凡之人啊！他顿时萌发创作一部反映何昌期事迹的粤剧剧本的冲动。

社长说，何家营鼓乐属西安鼓乐道、僧、俗三大流派之一的俗派，是脱胎于长安燕乐的宫廷音乐，听起来既有宫廷音乐的典雅清幽，又有民间音乐的古朴浑厚。这时，一阵练唱声从一座老房子传出来，一个乐师正教一群孩子练习曲谱。社长翻开标示了横、竖、撇笔画和顿号、句号的如天书般的鼓乐谱说："这是古代的半字谱，全是手抄的。古乐的传承，全靠师傅带徒弟，口传心授，和粤剧一样，用工尺谱念唱。没有师傅点拨，普通人根本看不懂。村里人都愿意让孩子学鼓乐，认为孩子学鼓乐和读书一样是正路。"在回忆去年代表中国在约旦首都安曼举行的世界文化论坛联盟大会上做专场演出时，这位浓眉大眼的汉子感到无比骄傲。他指着一张演出照片说："他们发邀请函请我们去，有近千洋人观看。洋人都说，想不到中国古代交响乐这么震撼！"

这些天，靓少德在豆豉厂反复播放儿子从西安带回的何家营鼓乐社的演出录像，揣摩其"鼓领笛协"和"众笙群和，以和笛声"的演奏方式，同时将西安族人赠送的精致小巧的斗鼓与何念祖临终前送给他的七拱何家鼓摆放在一起，拿起鼓竹来回敲击，比较两个鼓的外形、工艺和音色，又反复端详记录两地族人在写着"同根同源，一脉相承"的横幅前用阳山泥土和清水种下"亲情树"场面的照片，自言自语道："西安族人和广东族人一样，个子高，鼻梁挺，连乐鼓也有几分像。人同根同源，鼓也同根同源啊！"

从西安回来后，浩深就一直处于创作的亢奋状态，每天把自己关在书房里，沉浸在大型粤剧《何昌期》的剧本创作中。二十多年来，浩深精力旺盛，笔耕不辍，创作了一大批粤曲和粤剧剧本，成了粤北颇负盛名的高产作家，荣获的各类省市证书或奖品重量超过九公斤。他发誓殚精竭虑，创作一部对得起观众和族人的精品力作。可是，当他到何将军故乡七拱采风和到县史志办查阅资料时，不禁惊讶：有关将军的史料不多，实物更是荡然无存。据清代以来的县志记载，将军墓位于七拱河西岸，那一带冈峦起伏，清明时节常有族人前来拜祭。二十世纪五十年代为修建七拱卫生院，墓茔被夷为平地，出土的一把几十斤重的古刀被抛进锅炉炼钢铁了。"唉！西安族人保存了将军一千多年前的鼓乐，但将军故里几乎没留下将军的任何痕

迹。惭愧啊！"一天，当浩深说出这话时，靓少德和浩刚都感同身受。

　　在接下来的日子里，浩刚显得十分忙碌，有时一早出去，到傍晚才回家。他不是在忙豆豉厂新厂房用地过户的事，因为那个收了几万元订金的本地人三番五次上门催促浩刚办理过户手续而屡屡不果。他也不是在忙豆豉销售的事，因为八和豆豉厂的产品物美价廉，根本不愁销路。他每次回到家都带着疲惫之色，有时满身灰尘，倒在沙发上就和衣而睡。浩刚这段时间的情绪变化让人感到莫名其妙，一次因刘满龙掉了几颗豆豉在地上而大动肝火，一次因张水养下班时忘记关灯而指着他的鼻子破口大骂。浩刚还常显得心不在焉，明明手里拿着计算器却翻箱倒柜到处找。山岭人送来红豆，称重后他却半天想不出该付对方多少钱。

　　柳依依对丈夫的事从不追根问底，但浩刚一反常态，令她怀疑他行为不端或对她移情别恋，口头上提醒他，内心里却对丈夫多了一个心眼。一个皎月悬空的深夜，浩刚浑身酒气回到家，躺在沙发上旋即鼾声如雷。可是，他睡了两三个小时就爬起来了，到厨房取了一些香烛和白酒就踉跄着出了门。依依悄悄跟在他身后。

　　浩刚来到市场，在始建于明隆庆三年、旧称"花兰祠"的尚书祠原址上点燃了三炷香，并洒了三杯白酒，随后双膝着地，号哭不止。然后，他在八婶门口提了半桶清水走到记载何、李两位将军历史功绩和明清以来先后九次修葺尚书祠经过的三块古碑前，用手指蘸了清水抹在青石板古碑表面，细心审视碑顶上的龙凤图案。

　　这时，浩刚想起何念祖临终前一天的情景。尽管那时老人已神志不清，但当浩刚走近他身边时，他凝滞的眼神闪着亮光。老人拍了拍别在腰间的黄铜钥匙，又指了指摆在枕边的刻着"思本敦族"的寿山石印章，随后晃动着中指和食指，蠕动着嘴唇，想说话但又说不出。浩刚问八婶："阿叔想说什么？"八婶哽咽着说："他说何家守祠守了二十二代，尚书祠不重建，他就死不瞑目。"浩刚听了，心里一阵颤抖。他把老人的手捺进被窝里，但老人攥住他的手，不肯松开。浩刚明白，老人把重建尚书祠的重任托付给他！

"老祖宗，上面已同意重建尚书祠了。"浩刚对着古碑连叩三个响头，"念祖叔，你也可以闭眼啦！"浩刚说罢就号啕痛哭。躲在断墙下的依依此刻才弄明丈夫这段日子在为重建尚书祠的事日夜奔波。她走上前，搂住丈夫。浩刚抵住妻子的心窝，哭得像一个小孩。依依也陪他落泪。

"依依，你今后愿意和我一起守祠堂吗？"

"我愿意！"

"你真的愿意和我一起点蜡烛、清香灰么？"

"我真的愿意！"

"说不定你以后像八婶一样，挑一担酸萝卜随街卖啊！"

"我也吃过苦，还挑过百斤重的豆腐呢！"

浩刚不得不中止建新厂房的计划，因为重建尚书祠短期内需要一笔不菲的资金。新厂房用地卖主得知此事，便主动把订金如数归还浩刚，说："刚哥，你办善事，何氏族人会对你感激不尽的！"

何念祖的妻子八婶仍穿街过巷卖酸萝卜。当街巷里响起那句能勾起青莲人对往事回忆的吆喝"矮婆嘅酸萝卜又甜又辣"时，人们便瞅见因佝偻致使头颅几近垂至扁担的八婶挑着酸缸、迈着三寸金莲蹒跚走来，都快步迎上前，边品尝主人经营了一辈子的酸品，边追忆酸品般五味杂陈的岁月，付了钱后再掏出一叠钱币，数也不数就塞进八婶斜挎在腰间的布袋里——

这是他们为尚书祠重建所尽的微薄之力。八婶于夜深人静时将布袋子里的钱币倒在摆着丈夫遗像的桌子上，一次又一次地清点数目。此刻，她总不免怆然泪下。

到了莲叶如盖、莲香飘溢的时节，进入秋季后，青莲的第一个集市日如期而至。当菜农和商贩们像往常一样，在太阳升起前把莲藕、山葛、淮山和鸡鸭、猪肉摆满前些年已成为新集市地的大江墟和国道两旁以等候买主时，却惊讶地发现前来赶集的人寥寥无几，直到十多个身穿盛唐服饰、手拎鼓钹笛笙等乐器的陌生人走下一辆中巴——这支脸庞红润、体形彪悍的鼓乐队从西安何家营村昼夜兼程赶来，有人才记起今日是有四百三十多年历史的青莲尚书祠重见天日的日子。商贩们还为物品可能滞销而愁眉苦脸，却没想到货品在一小时内被街民抢购一空。他们把菜肴煮熟，盛在木盘上，备上酒和香烛，直奔尚书祠。

飞檐翘角、青砖绿瓦的尚书祠在原址拔地而起。祠内基本保留了旧祠的模样：安放了何昌期和李玉珪两将军的塑像，墙壁上绘制了人物事迹图画，"孝悌忠信礼义廉耻"八个大字雕刻在朱梁赤柱上。悬挂在大门两侧的"尚书道德传万代，将军精神颂千秋"的对联在秋阳下流光溢彩。

自集市于十多年前迁往人流更集中的大江墟和国道沿线后，尚书祠所在的市场和邻近的街巷已冷寂不少。眼下，这一带变得摩肩接踵，人声鼎沸，空气中弥漫着浓郁的酒肉香。这久违的盛况，令人怀疑回到水路交通繁荣和县四大批发仓库设在青莲时的那个繁荣年代。

端着祭品前来尚书祠祭祀的人流蜿蜒百米，从祠庙门前的香鼎起，绕镶砌了三块古碑的平台延伸至大街转角处。人群里有许多体格粗犷健硕的人，一看便知是何、李两将军的后裔。其他人虽既不姓何、也不姓李，但都知晓通津码头入口的山岗上曾耸立一座古祠堂。他们当中，有世世代代住在沙市街、新街尾等低洼地段的本土居民，有二十世纪三四十年代为"走日本仔"避战乱来青莲的广府人的后代，有守着几亩玉米地、番薯地或以种植莲藕为生的农民，有祖祖辈辈在青莲水和连江上捕鱼维生的疍家人，有从老鼠夹岭等地迁徙到墟埠的山岭人，有从韶关、英德赶来的外乡人。他们都怀揣一个共同心愿而来：祈求风调雨顺，五谷丰登，六畜兴旺，国泰民安。

尚书祠的新守祠人何浩刚手擎已故守祠人何念祖留下的那枚刻着"思本敦族"的寿山石印章，高声朗读经王文斌老先生反复校勘的古碑上的文字：

阳邑青莲司主署右有一庙宇，旧名'花兰祠'，内奉神祀李尚书讳玉珪，何尚书讳昌期……或奋其勇敢，或显其神通，祷雨辄应，皆邑内之异奇卓伟。为民御灾捍患，而祀典所必载者也……

尝谓'国之攸存，必有忠义之臣'。厚施而食其报，求其载在志典足稽者有李公焉，公讳玉珪，字少襟，乃阳山人，生于唐天宝间。适安禄山叛，天下招征忠义之士。公起为郭子仪部将，随平禄山，克复两京，凯旋进秩为尚书。厥后告终，命归葬于故里。里人感其忠义英烈，依为祀主，卜地于县治青莲水口立庙焉，四时崇祭，祀禳除魅，应验如缩……

笛笙吹奏手居中，鼓钹和云锣敲击手分居两侧，西安何氏族人无不神情肃穆。当靓少德等人徐徐揭开覆盖在何昌期和李玉珪两将军塑像上的红绸布时，磅礴激昂的西安何家营鼓乐随即响起。此刻，在场的人纷纷转过身，望向平静如镜的青莲湾和与苍翠群山融为一体的天空，无不为那诡谲绮丽的景象所震慑：广袤无垠的西边天上现出成片彩霞，有的似披坚执锐的将

士，有的像扬蹄疾驰的骏马，有的如满帆起航的战船，层层叠叠，排山倒海。而连江、青莲湾和始建于汉代的通津码头此时都染上了一层金灿灿的暮色，宛若一条迎接将士凯旋的锦道。此时，现场的三百多人配合雄浑古朴的鼓乐声，有人拍响了盛祭品的木盘子，有人鼓掌，有人举足踏地，有节奏地高喊："何将军！李将军！何尚书！李尚书！"

靓少德素来将出席重要活动比作上台演戏，在仪容上总是一丝不苟，什么场合就穿什么衣服。妻子温葱莲说他"越老越姿整"，他却用戏行话回答："宁穿破，莫穿错。"这天，他在房间对着镜子倒腾了半天，箱子里平常穿的衣服几乎试遍堆满了床，最后头戴白毡帽，身裹褐色长袖海青，脚蹬文生鞋，边走出客厅边唱："我走上前对主母，忙问三娘，为什么你涕泪滂沱？"

他向妻子鞠躬后问："我似戏里的家仆薛保么？"葱莲嗔怪道："你以为去中学演《三娘教子》么？"靓少德却笑着说："坐在台上讲青莲粤剧威水史，要穿得像个唱戏佬呀。冯校长还要我讲一些粤剧知识，传道授业，也算是教子嘛。"

靓少德挂着拐杖出了门——从今天起，他这个自嘲是"搽胭脂吊颈"①的极爱面子的人，在家人再三的劝督下才极不情愿地首次挂起了拐杖。可是，当他刚走出整香街街口，瞅见几个街坊用好奇而怜爱的目光望着他时，他便转身把拐杖扔给身边的妻子，然后刻意挺起明显佝偻的身板，勉为其难地阔步走向通往中学的那条用煤渣铺成的窄道——这个梨园出身的视面子为生命的男人总努力以体面的举止示人，即便当年他挂着十多斤重的写着"牛鬼蛇神"的黑板游街时也如文武生大

① 指十分爱面子。

868

步流星行至戏台中央亮相那样气宇轩昂，而高喊"打倒靓少德"口号时也像面向戏迷念英雄白那样抑扬顿挫。但是，被他拉开了一段距离的妻子此时眼眶却有些湿润了，因为在她看来，拖着一条残腿往前疾走的丈夫此刻恍如颠簸在猿啼两岸、峡长湍急的青莲青霜滩上的一叶孤舟。

靓少德穿过那条春夏时节常有手指般粗的青蚕从枫杨树上掉下来的林荫道，走到中学大门侧一间牛栏时，就远远看见平日总是笑容可掬的冯校长在学校的石拱门下等候了，而数百名学生坐在种满相思树、苦楝树的操场上，唱起了冯校长作词作曲的《青莲青》："有一个美丽的地方，山清水秀碧波荡漾。这个地方叫青莲，点缀连江画廊……"

靓少德那雄浑的嗓音在偌大的校园里回荡。他说起了戏棚地那座悬挂雕刻着"乐韵青莲"烫金阴体大字匾额的古戏台，说起了三个粤剧社在戏棚地你方唱罢我登场和应邀到十里八乡演出的盛况，说起了墟镇的男女老少"担凳仔，霸头位"和山岭人举着火把走在通往青莲的迂曲山径时远看像一条首尾不现的火龙的奇观，说起了八和剧社浴火重生和八和童子班呱呱坠地的故事。他时而低眉俯首陷入沉思，时而瞪圆双眼仰天长叹，时而捋起衣袖朗声大笑。他为青莲自明清开始粤韵绵延的文化底蕴自豪，为柳依依忍辱救场的戏德所折服，为张三连同陪伴他一辈子的红船沉于连江的壮举而扼腕，为没票的戏迷在戏棚地流连不散的景况而喟叹，为山岭人提着几斤玉米粉恳求他让孩子入童子班学艺的情景而动容。

然而，他只字不提数百件戏服道具付诸一炬和挂着黑板被迫游街的那段晦暗日子——他曾用朴实而颇有哲理的语言，轻描淡写地对妻子说："以前青莲人担英阳，爬观音山时必走一段'之'字路。发大水时，三叔开渡船总是先贴着岸边向上撑几十米，然后才斜着漂船到对岸。担英阳和撑船，都不可能

走直路。人生几十年，怎可能步步顺畅呢？"

靓少德回忆完青莲的粤剧史后，便讲授粤剧的表演技巧：须功。可是，当他翻开手提袋时却找不到那齐脐白髯。他暗忖：我记得带上白须的呀。尽管心里很焦急，但他不露声色，站起来东摸西摸，嘴里哼唱着："薛保啊，你老啦，不中用喽！"过了一会才从海青的内袋摸出白髯挂在下巴。除妻子知道他"执生"① 外，老师和学生竟没看出丝毫破绽。

"武生、公脚这些行当要有过硬的须功。"靓少德抛了抛白髯说，"角色在思考或扬扬得意时，就常捻须。行话说，'黑须少捻，白须多捻'。"他边示范，边讲解捻须、抛须、扬须、吹须、耍须、撕须、弹须等动作要领。完了，他说："我师傅靓彪须功很了得。有一次在三水演《三娘教子》，师傅演薛保。当演到角色悲愤时，他连续抛须三十次，台下戏迷拍烂手掌。"他还说起了行内流传甚广的"靓次伯甩须"的典故："著名武生靓次伯十八岁时首次挂须登台，暗下决心展示所学的功夫。他出台一个'洗脸'，接着三个'车身'，刚要'扎架'时，却突然发现挂在下巴的长须不见了，急得团团转。后来一个'扯画'② 回到后台，看见那长须挂在他铺位的蚊帐上。可是，究竟长须是怎样飞出去的，台上台下的人也包括靓次伯都说不清楚。"

半年来，何浩深足不出户，在他那间摆满证书、奖品的书房内完成了粤剧剧本《何昌期》的创作。一个月前，他将剧本寄给省里的专家审阅。"深兄，这是你的得意之作啊，有冲击省级大奖的实力！"专家打来电话，兴奋之余感到疑惑，"过几天就剧作评选了，怎么不见《何昌期》的？你没申报

---

① 指艺人根据舞台出现的意想不到的情况而随机应变。
② 指舞美人员。

吗？"浩深懊丧地说："我报了呀，可能市里感觉剧本没你说的那么好吧。"后来浩深了解到，有人故意打压这部作品，暗里把申报指标留给了自己人。

这天，浩深从县城回到青莲，与父亲说起此事时仍一脸怅然。靓少德劝解说："有人嫉妒你，说明你真有两下子。当年妹姐①与薛五哥演了不少好戏，居'四大花旦王'之首，但当时仍有人说她个子矮，嗓音不够清脆呢。"

两人在说话间，柳宗亮从广州回家来了，他身后还有两个举止优雅的老年女士。"阿爷，您看谁来了？"靓少德认出身材矮瘦的是前些年见过的同门师姐程小桃，而那身材丰腴的女士他打量了半天都认不出来。

"德哥，我们同穿红裤仔，同食箩筐饭，你忘了？"对方尽管眼睑下垂，但眼神如夜空里的星星，"我是阿桂，肥妹桂啊！"

"啊？肥妹桂！"靓少德认出此人是同门师妹麦云桂，便激动地喊着对方的绰号，"当年你是大块头，饭量比谁都大。看到箩筐里的饭盛完了，小桃姐就把自己碗里的饭分一半给你！"

麦云桂开怀大笑，说："是呀，桃姐很疼我的。但师傅总是吓唬我，说你再不戒口，以后就演不了花旦，只能跟肥卿②一样演丑旦。也嫁不出去，卖到南洋也没人要！"

程小桃说："我瘦小，阿桂怕我被人欺负，我到哪儿，她就跟到哪儿，像药膏一样贴着我，当我的保镖！"

麦云桂是吴川人，学成后就回家乡加入了以演粗犷刚劲的武场剧目闻名的下四府班，专演武生、小武行当的靶子角。

---

① 指粤剧名伶上海妹。
② 指粤剧名伶谭兰卿。

青莲

"吊辫"① 是她的招牌，在十里八乡各类神诞、年例、祭祀演出里，在用竹篱、树皮、蕉叶临时搭建的戏棚上，在大锣、大鼓、大钹与万人喝彩形成的冲击波中，她常绑着辫子吊在离戏台数米的高空，边唱高亢的梆子边与角色刀来剑往。后来，她嫁给了一名新加坡富商，便把下四府南派粤剧带到了当地。这些年，她为吴川粤剧团体到东南亚演出穿针引线，让当地戏迷了解作为下四府粤剧南派发源地的吴川粤剧的绝活："打手桥""见紫标"等舞台对打，"表忠""收状"等传统排场，"吊辫""吐血""踩跷"等过硬本领。

"我们满师后一个留在省港大班，一个去了下四府班，一个加入过山班，想不到今日在青莲见面！"靓少德疑惑地问孙儿柳宗亮，"亮仔，今天吹啥风，把我师姐和师妹都吹来啦？"原来，宗亮参加了《广东粤剧》申报联合国教科文组织《人类非物质文化遗产代表作名录》的相关工作，在刚结束的"申遗"研讨会中，他遇见了同是"申遗"顾问的程小桃和麦云桂，并惊讶地发现她们与爷爷同一师门。宗亮叙述完事情经过后说："阿爷，我与两个老前辈也算是同坐一条红船啊！"

麦云桂从行李箱里拿出六大本封面上贴着"粤剧申遗签名"的本子。这两年，她为征集申遗签名，足迹遍布华人众多、粤剧粤曲甚为流行的东南亚各大城市。傍晚时分穿行于新加坡华人最早落脚、充满东方风韵的牛车水②的各个食肆，炎夏季节穿行于飘溢着红毛丹果香、不经意间迸出几句粤地俚语的曼谷古街巷，清明时节穿行于修建了逾万座几乎以故乡中国为朝向的华人坟茔的马来西亚中国寡妇山，麦云桂肃穆而诚恳地一次又一次地向各种肤色的人递上了签名本。

此时，她翻开那布满折痕和斑迹、超过三十万个签名的本

---

① "吊辫"与本页下文的"打手桥"等均指粤剧武功的表演技巧。
② 当地著名唐人街。

子，指着内页用中文、英文、法文、日文等书写的密密麻麻的名字，说起了其中的故事。她说有个华人戏迷向她回忆薛觉先、红线女等名伶赴东南亚演出的往事，并有板有眼地模仿薛觉先赖以成名的"长句二流"和"长句滚花"，哼唱红线女饮誉海外的名曲《荔枝颂》，还表示愿意为粤剧"申遗"征集更多签名而奔波。"有一个六十多岁的法国男人，叽叽呱呱叫着，非要我教他学唱粤剧不可，又问我为啥这么大年纪还东奔西跑征集签名。我没立即回答，他就打烂砂盆问到笃。"麦云桂沉默数秒，突然捋起衣袖，现出左臂上的两道疤痕，然后猛地摘下乌亮的假发，露出光秃秃的脑袋，"我指着自己的手臂和光头说，就因为这个！我说，我八岁唱粤剧，练武功，满身伤疤，因为长年在台上表演'吊辫'，二十多岁就不长头发了，那时我真的怕嫁不出去啊！法国人两眼瞪得像灯笼一样，过了好久才竖起大拇指，用唔咸唔淡的广州话说'粤剧，好嘢'！"说到这，麦云桂双眼噙满泪水，程小桃哇的一声号啕大哭，靓少德则赶紧别过脸，假装倒茶去了。

自二〇〇五年粤剧首次"申遗"铩羽而归后，粤港澳三地铆足了劲，准备二〇〇六年再度向"世遗"冲击。宗亮说："中国历史和文化源远流长，戏曲就有三百多种，但只有昆曲列入'世遗'，是很遗憾的事啊。有人评价宋朝柳永的词，说'凡有井水处，皆能歌柳词'，我套用这话，说'凡有华人处，皆能唱粤剧'。有些外国人不会说粤语，就用英语或马来语唱粤剧。粤剧是有资格进入'世遗名录'的。"宗亮走上前，亲切地搂住程小桃和麦云桂的肩膀："桃姨和桂姨不愧是行内的老前辈啊，眼光独到，她们在研讨会上的发言很有分量，说'申遗'宣传片就要多收集下四府粤剧的资料。"

麦云桂揉了揉潮湿的眼眶，平静地说："打真军是粤剧公认的招牌。我不是王婆卖瓜——自卖自夸，吴川虽是个小地

方，但至今还保留粤剧南派许多绝活。前些年吴川粤剧团到新加坡演出，戏迷都说，吴川粤剧假戏真做。鼎盛时吴川各种'春班''秋班'有六十多个，阿叔阿婶不愁没戏看，每晚从田地回来就啃着番薯和甘蔗往戏棚赶。当时行内有人说，吴川养活了两广粤剧团。"

宗亮说："'申遗'办公室将在佛山祖庙万福台举行粤剧折子戏会演，邀请海内外五十个粤剧社团参加，为'申遗'造势，恭候三位老前辈光临！"他说完拿出请柬，恭敬地交到三人手上。程小桃当即表示带领街道私伙局参加。麦云桂说率领所在的社区粤剧社出席。靓少德拍了一下大腿，爽朗地说："八和剧社拉大队去！"于是，三个老人把手掌叠放在一起，齐喊："万福台，不见不散！"

宗亮回广州前一晚告诉爷爷，他在今年底与唐燕办理结婚手续，还说何家营鼓乐和粤剧明年一起向联合国教科文组织申报《人类非物质文化遗产代表作名录》。

粤剧"申遗"折子戏会演定于农历九月廿八华光诞那天在佛山祖庙万福台举行。一天晚饭过后，靓少德与两个儿子商量，决定以《何昌期之军营乐韵》作为演出剧目。说到谁演何昌期时，三人都沉默不语了。浩深和浩刚尽管心里都极想演这个角色，但嘴里都不说，装出一副谦让和不在意的样子，暗里却拿眼瞅父亲，都希望向来客观公正的父亲钦定自己演文武生。可是，靓少德把那张烫金粉的香气四溢的请柬翻来覆去端详半天，其神情活像旧时小孩子翻阅小人书一样，令兄弟俩一时心急如焚。

过了约莫三分钟，靓少德终于开腔了，但支支吾吾且语焉不详："你们俩嘛，各有长短，阿深擅长文戏，阿刚擅长武戏。要我挑谁呢？唉，手心手背都是肉①。"

浩刚忍耐不住说："爸，你一向说话冷巷担竹竿——直出直入的。别兜圈子啦，我和哥谁演何昌期，你就快说吧。"

"你们都别争啦！"靓少德静默一会霍地站起来，伤残的左腿因一时发不出力而致使身体向一侧倾斜，"这角色我来演！"

兄弟俩惊愕得面面相觑。

"你们呀，还说是唱粤剧的，开口前不听清棚面奏啥曲牌。几十年还摸不准你爸的脾气？他呀，翘起尾巴我就知道他屙屎还是屙尿啦！"正在收拾碗筷的温葱莲将掉在桌边的一粒米饭捡起塞入嘴里说，"嗯，你爸演老祖宗也好，作揖搣脚背——一举两得。一来让他在万福台过把戏瘾，他不是常说一个唱戏佬没在万福台唱过戏就心有不甘么？二来让他跟桃姐和桂姐在祖庙再见一面。三个红裤仔都是七老八十的人喽，以后想见面都难啊！话又说回来，我担心你爸的身体，经不起折腾！"葱莲说罢，哽咽着走进厨房。

挂在靓少德家客厅里的"粤剧名伶月历"翻到阳历十月那一页。靓少德每天起床的首件事，就是用笔将月历上过去的一天打上斜杠，随后目光停留在他用彩笔画了一个锣鼓做标识的折子戏会演日期。

靓少德的岁月之舟早已涉过漫长的青壮年的湍急河道，并于前些年缓缓滑入耄耋之年的平静江湾。自去年青莲莲藕上市起，吃饭时妻子总会将一张旧报纸垫在他脚下，以防饭菜碎末从他牙缝漏出掉到地上。可是，他从没将这一举动与衰老征兆联系起来。直到有一天，他捧着《何昌期之军营乐韵》的剧本，高声唱着"得胜回师，滃水河旁饮马声威显，昔日烽火

---

① 指两者都难以取舍。

神禾原今已一片寂然"，坐在门口淘米的妻子说了一句"咬字不准，气也不够喽"时，他才惊诧地拉长脸："你说什么呀?!"他于是重唱了一遍，发觉"显"和"然"两个舌面音明显模糊不清，而且"寂然"两字那长达十多秒的拖腔也唱得断断续续，不像盛年那样如行云流水般一气呵成了。靓少德对着镜子咧开嘴，瞅着因牙齿脱落而露出的两个小窟窿，又回头望了望摘去老花镜、用衣袖拭泪的妻子，又瞅了瞅月历上那只锣鼓——离会演日期只剩十六天了，不由得满脸忧戚。

这些天，葱莲琢磨着给丈夫绘画像。这天吃完早饭，靓少德坐在沙发上看剧本，葱莲为他端来一杯茶，瞥了一眼挂在客厅墙壁的丈夫肖像——这幅镶嵌在镜框里、葱莲画于六十多年前的画作早已遍布霉点，又凝望那两幅分别挂黑须和挂白须的武将脸谱，心里便拿定了主意：她要为丈夫画一幅文武像。

她把白纸和彩笔铺在桌子上，便画开了：她将人物分成两半。右边是气宇轩昂的武生像，头戴饰以珠宝和彩球的将盔，下巴挂齐脐白髯，身披绣上团龙和祥云的白色大靠，背插四面三角形的靠旗，手执雉鸡翎；左边是俊雅飘逸的文生像，头戴青色文生帽，身穿蓝色海青，手握线装书卷。

葱莲绘完画像后惊讶不已：客厅里的哼唱声不知何时换成了呼噜声，丈夫歪着身子垂着脑袋靠在沙发背上，手里的剧本掉在地上，屋顶上那透过明瓦投射下来的阳光像戏台上的聚光灯紧搂着他佝偻的脊梁。这一刻，葱莲蓦然想起粤剧《山伯临终》里梁山伯写完遗书、哀号一声"英台妹"后扑倒在病榻上的那一幕。

葱莲的泪水唰唰流下来了。她怕惊动丈夫，便竭力用手捂住嘴巴。葱莲曾把丈夫口齿不清和气魄不足的状况告之两个儿子，他们虽担忧演出效果，但也无可奈何。葱莲慨叹说："你爸就是这脾性，犟起来呀，十头牛都拉不动的!"

　　看见丈夫过一会就嘴里哼哼唧唧，跷着的左脚尖还打着拍子，葱莲便拿出薄毯子轻轻盖在他身上，并将他扯起的裤腿拉下遮住脚踝。就在这一刻，她心里战栗不止：丈夫伤残的左脚皮肤出现大面积的溃烂，右肩胛上也长出了一个脓包疮。她回房间找来医学书，查阅糖尿病的有关资料，才知道这是糖尿病并发症所致！"弄不好要截肢的！"她伏在被面上，堵住嘴恸哭，"我太粗心啦！"

　　葱莲满怀愧疚地走出房间，拭去泪迹的脸颊却显得异常沉静。靓少德醒了，赶忙捡起剧本，责怪妻子没把他叫醒，葱莲撒谎说他只睡了几分钟。她进厨房给丈夫端来一碗麦羹，靓少德揭开白糖罐的盖子，葱莲便一把抢过白糖罐，大声斥责道："你是不是想把腿锯掉?!"靓少德很诧异，因为妻子素来说话都是柔声细气的。而葱莲说完这话也心如刀绞，因为她从不拿丈夫的残腿说事，每当想起丈夫那肌肉萎缩如枯藤般的左腿，她就暗自落泪。"医生不是叫你少吃糖吗?"葱莲带着歉意轻轻捏了捏丈夫的手腕，随后拿出那幅文武像，"送给你当生日礼物！"靓少德凝视画作，沉吟道："一文，一武。""左边是文萍生，右边是何昌期。"葱莲说。靓少德瞅着妻子说："还不都是大声德嘛！"两人心有灵犀地相视而笑。

　　八和剧社今天启程去佛山参加会演，镇政府特意租了一辆大巴相送。靓少德终于被劝服，把何昌期一角让给了浩深，他本人也不随剧社前往，过些天要到广州做腿部植皮手术。大巴停在戏棚地，浩深和浩刚带领柳依依、莫森礼、俏丽蓉、刘满龙、张水养、癫仔海等，手拎戏服和道具往大巴走去。八和童子班的几个小孩兴奋地跟在后面，像云雀一样叽叽喳喳地叫个不停。

　　端坐在客厅的沙发上，靓少德的视线落在那幅镶嵌在镜框里、浓缩了他一生演出生涯的文武像上，一刻也没挪移过。对他而言，此刻那四面墙壁几乎被剧照和脸谱覆满的客厅犹如五彩缤纷的戏台，而仿古挂钟的指针周而复始行走时发出的嘀嗒脆响，仿佛开戏前乐师奏响的三五七发报鼓。要是在平常，靓少德会血脉偾张，手舞足蹈，做着拉山踢甲的动作哼唱起来的。然而，眼下他却感到从未遭遇过的颓靡和惶恐，那种与剥皮抽筋无异的剧痛比当年被日军投在青莲湾的炸弹弹片削去左腿肌肉时更甚。

知夫莫若妻。洞察丈夫失落心境的葱莲安慰地说："你演过文萍生，又演过何昌期，该满足啦！""何昌期一角不是让给阿深了么？"靓少德咕哝道。葱莲说："哎呀，你第一次在戏棚地演《杨贵妃》，不是爆肚演了何昌期么？你唱完'我呸，岂能背主事狼狈，莫道唐朝无勇将'，跟着说了句口白'安贼，吃我何昌期一刀'。这事你忘了？""这也算演过何昌期？你呀，真会逗人开心！"靓少德扑哧一笑，随即懊丧地摇头，"要是能让我在万福台演何昌期，就算另一只脚也变成合尺脚，我也心甘情愿！"

"爷爷，我们要出发啦！"外面传来孙女妙英的喊叫。"要开车啦，我们去送送吧。"葱莲说着拉起丈夫，并从房间门背取来沾满灰尘的拐杖，用毛巾擦拭后试图塞到他手里。可是，靓少德却沉着脸，攥紧拳头，不愿接拐杖。"别死牛一边颈啦！"葱莲掰开他的手指，并以哀求的目光瞅着丈夫，"听话，啊？"靓少德在妻子的软硬兼施下唯有妥协。

停在黄檀树下的大巴启动了，众人向靓少德和温葱莲招手。大巴缓缓行走就要驶向公路时，葱莲突然冲上前把大巴拦住。众人不知发生何事，都从车窗里探出头来。只见葱莲颤颤巍巍地跑回家，取来靓少德文武像，递给浩刚："把你爸带到万福台去！"这一刻，车上的人都静默了。靓少德老泪纵横。

当大巴发动机的声响在浓荫蔽日的公路上彻底销匿时，靓少德倏地神思恍惚，陷入谵妄状态：世间万物仿佛在一瞬间停止其生生不息的脚步。那曾耸立一个古戏台、令青莲万人空巷、粤乐不绝的戏棚地，那隆冬时节通透的阳光在烟囱簇拥、香粉浮溢的狭长巷道上织就一张梦幻般瑰丽幕帘的整香街，那碧莲接天、蝶飞蜂舞的大江墟莲塘，还有那曾因"木勺分银"的美谈而平添神秘色彩并令青莲人津津乐道的莫屋堂，这些陪伴他六十余年生命的景物感觉于顷刻间被抹除了，周遭变得混沌荒芜而空渺无依。靓少德惊惶得四肢颤抖，紧搂妻子不放。

翌日，阳光灿烂。靓少德拄着拐杖出了门，温葱莲用竹篮提着几扎香烛和几斤刚腌好的酸萝卜跟在其后。靓少德望了一眼高远的天空，喃喃道："这天气，最适合唱戏。"

"咚、咚！"铺了青砖的整香街巷道上响起了拐杖着地的脆响。街头那嘎吱、嘎吱的刨竹青的声响停歇了。"靓班主，慢些走。彩姐门口那块砖头凸起来啦。"裸肩赤膊的阿苏搁下竹青刀出门来，用泛黄的汗巾擦着颈项和腋窝里的竹粉，斜着瞳孔覆盖一层白膜的双眸说："靓班主唱戏像响雷，栋拐杖也似敲铜锣。"癫仔海前年在大江墟路口开了一间药材药酒店铺，让阿苏与自己一起住。

靓少德坐在戏棚地有三百年树龄的黄檀树下，阳光透过浓密的瓜子状的树叶在他的脊背上落下斑驳陆离的光影。这些年，八和剧社常在树荫下排练和演出。老树尽管根部表皮腐朽，且主干倒伏于地，但虬枝挺拔，如戏台上的优伶婆娑起舞，吟风弄月。老树在春夏时节还长出淡黄色的花针，馥郁盈袖。

两人沿着城基脚那条青石板小路走到尚书祠。靓少德向何、李两将军叩拜。葱莲点燃香烛，清扫香灰——儿子浩刚带队到佛山演出期间，母亲临时充任尚书祠的守祠人。随后，她将带来的酸萝卜倒进酸缸里，将酸缸和功德箱摆在门前。虽然

八姊于去年过世了，但"矮婆嘅酸萝卜又甜又辣"这句能唤醒儿时记忆的吆喝每个青莲人都念念不忘。于是，葱莲便按季节腌制一些酸品，搁在尚书祠大门侧，让香客和路人自由品尝。很多人吃完酸品，都不忘向功德箱投下钱币。

两人走下通津码头。长在蘑菇状镇江柱侧的那片狗尾草在拂过青莲湾的南风中摇曳，张广发的轮渡驶过屙屎洲缓缓靠岸，赵笑媚用绣了"平安"两字的背带驮着孙儿站在船头，水养前年与来自大洞的山岭女子结了婚。笑媚向葱莲扬手："葱莲姐，我捉了一只水鱼，给靓班主补身子最好啦！"广发在渡船与石阶间架起了踏板，噢噢呀呀叫着，一一将老人搀扶上岸。

靓少德放下拐杖，坐在被水流冲刷得凹凸不平的麻石台阶上，极目远眺，浮想联翩：跋山涉水而来，梨园彩在青莲戏棚地仅演出一晚就因战事被迫解散；含辛茹苦，他领着母亲离乡背井、逆水而上避难于斯；盐船被炸，他留下终身残疾；敲锣打鼓，他率领八和剧社乘船赶往十里八乡；黯然神伤，他在码头与妻子告别赴县五七干校……这些喜与悲、哀与乐相掺杂的往事，都发生在构成汉字"人"的左撇右捺上。

眼下，宛若一个巨大汉字——"人"的连江和青莲水，匍匐在粤西北的崇山峻岭中。每年清明前后，青莲水集熔岩泉水而流，连江则席沿岸红土而下。两河一清一浊，泾渭分明，在青莲湾汇合处形成一条清晰的分界线。"大自然刚柔互补，阴阳相济，人生也不过如此啊！"他想起妻子创作的那幅文武像，幡然悟出了隐藏其中的哲理。

"葱莲，该轮到八和剧社登台喽！"靓少德对身旁的妻子说，说罢扯开喉咙，用霸腔嘶吼起来：

　　得胜回师，

滃水河旁饮马声威显，
昔日烽火神禾原今已一片寂然。
众将士红光满面，
个个喜欢天。
恰似归来燕，
欢欣相见。
何家营里，
喧声一片，
闹翻天，
鼓乐连连。

此时，在惠风和畅的同一天空下，在佛山祖庙万福台栩栩如生的福禄寿三星木雕与金碧辉煌的宫灯聚集的光芒中，在逾千名不同肤色的粤剧同道人用同一语种齐声呐喊的声浪里，戴将盔、裹大靠、执长戟的何浩深扮作唐朝将军何昌期，挑开绣着巨龙的布帘，威风凛凛地步出虎度门，在歇山卷棚顶下的戏台中央起单腿亮相……

靓少德的文武像赫然摆放在被誉为粤剧戏台殿堂的万福台观众席首排正中的椅子上——这可予以一直梦想在此演一回戏、现坐在青莲湾岸边石阶上遐思的老艺人些许慰藉。

程小桃和麦云桂肃穆地陪伴在画像左右。这两个步入人生暮年、举止优雅的女士，连同靓少德——三个同穿红裤仔、同吃笋箩饭的优伶，尽管都将要蹚过生命长河，腰板不再挺拔，举止不再敏捷，嗓子不再清亮，然而，同出于粤剧童子班的他们眼眸的底色似乎难以被岁月的狂澜所摧毁，依然那么从容不迫、深邃如潭。

后记　那蜿蜒而修远的回故乡之路

　　我小时候在青莲戏棚地看越南黑白电影《回故乡之路》，情节和影像都忘了，片名却镌刻在我脑海里。

　　约清宣统前后，青莲戏棚地建起了一座古色古香、悬挂"乐韵青莲"匾额的古戏台后，各路戏班便接踵而至，一时间万人空巷。尽管我仅在青莲生活了十六年；尽管在灯火阑珊、乐声杳沉下，因双亲皆故，家乡变成了故乡；尽管回故乡时频频遭遇"客从何处来"询问的窘迫，但青莲戏棚地那令空山凝云的粤韵常在我耳际回响。

　　于斯地，年湮世远。史册所载可追溯至四千年前，战国时期在岭南地区占有重要位置、作为岭南三古国之一的阳禺国，其治所就设在山峭水秀的青莲峡头。

　　于斯地，有十里莲花。地势低洼，土沃水丰，盛产莲藕，青莲因之得名。夏秋季节，碧叶接天，馥香四溢，嬉嬉钓叟莲娃。

　　于斯地，河水清，漾涟漪。碧玉般的青莲水和连江绕墟而过，连绵数里的木砖吊脚楼依水而筑。帆影幢幢，渔歌幽婉，喊渡声起，以开埠于汉代的通津码头领衔的十大古码头上人来货往。

于斯地，粤韵泹然清。戏棚地霓裳婆娑，鼓乐铮铮，本墟与山岭戏迷，万人围住看琼花。镇里三大粤剧社团的"生旦净末丑"，似妙龄娇女，子喉吟"杨柳岸晓风残月"；又若彪形大汉，霸腔歌"大江东去"。

回故乡之路，蜿蜒而修远。

青莲戏棚地是我的灵魂私域，我生于斯、长于斯、歌于斯、泣于斯。钓青蛙、捉蜻蜓、炸牛屎、滋是非的少年郎如脱缰之马，不谙世事，小学临毕业前几乎全班都加入少先队时才系上了红领巾。十五六岁时，浪子方才收回"从街头打到街尾"的野性，以背水一战的决心考上了大学。

在广东教育学院（今广东第二师范学院）就读汉语言文学专业期间，我常眺望珠江对岸的暨南大学，从那时起，去暨南大学新闻系学习并做一名新闻记者就成了我的夙愿。数年后，我经全国公开招考进入东莞广播电台从事新闻采编工作，后来又如愿考入暨南大学新闻系研修新闻与传播理论专业。在生命的航船开始绕过盛年最后一个岬角时，我把视线投向新闻与传播实践的理论探讨，获得"广东新闻金梭奖"（广东省新闻界最高奖）、"全国广播电视十佳百优理论人才"（全国广电理论界最高奖）等称号，获取新闻高级编辑职称，出版三十八万字的论文和新闻作品集《行思》、三十四万字的传媒理论专著《势：中国城市广电的哲学观照——珠三角和长三角城市广电发展比较研究》，后者获第十届全国广播影视学术著作评选二等奖（一等奖空缺）。此后，我将行思的目光转向故乡大地。

然而，回故乡之路斗折蛇行且雾霭氤氲，仓促间竟一时摸不清入口，而忽然涌起的"近乡情更怯"的惶惑更令我踟

蹰不前。归去来兮，田园将芜，胡不归？故乡此时物是人非，打开它沉重之门的钥匙已锈蚀、折断。

　　人类正面临着世界性的共同课题，即城市化背景下的人流、物流、资金流、信息流等社会资源的调配失衡，令郊区小镇成了发展的牺牲品——空心化、老龄化、边缘化的景象触目惊心，即便是昔日有"小佛山"之誉的青莲古镇也不能幸免：青莲水和连江不再千帆竞渡，枯水季节裸露在西风里的屙屎洲上的茅草在残阳如血的暮光中哽咽；生粉厂一天四次的报时汽笛（当地人称"拉啤"）已被吹来的北风席卷至寂寥的天际，那矗立云端、形影相吊的烟囱与戏棚地空坪上倒伏的古黄檀树遥相对望、默默不语；大街小巷难以听到纯正的广州话，原籍珠三角地区的人家大多已回迁归去。即使在低矮的木砖房屋间冒出了一些新楼房，大多也是空空荡荡——年轻人大多外出务工去了，只有老弱妇幼孤守。

　　我走进观音街一间烟雾缭绕的狭窄小屋，一群上了年纪的男女喧哗着围坐在昏暗的灯光下打扑克牌，那个身披棉袄、叼着烟头的男人边下赌注，边用令人心悸的眼神盯着我，让我想起电影《林海雪原》里的匪首坐山雕。老人们蹲在大江墟十字路口的电线杆下晒冬阳，我问起那个脸上有麻点的粮仓值班民兵的下落——我高考前常让他天不亮就来敲我的窗户将我唤醒，然后随他来到摆着大火炉、灯火通明的粮所办公室苦读到天亮。每当我困得睁不开眼时，这个读过一些书的男人就说一些如"贾宝玉初试云雨情"的荤话令我面红耳赤……一个脚踏旧式缝纫机为路人缝缝补补挣几个钱的老妪，抚摸着藏在她肋间取暖的大黄猫的脊背，幽幽地说："他呀，几年前喝农药死啦……"

　　这一刻，我变得沉郁起来，记忆中的故乡似乎在瞬间坍塌了，我的感受与暮年时靓少德的心境并无二致："靓少德倏地神思恍惚而陷入谵妄状态：世间万物仿佛在一瞬间停止其生生不息的脚步。那曾耸立一个古戏台而令青莲万人空巷、粤乐不绝的戏棚地，那隆冬时节通透的阳光在烟囱簇拥、香粉浮溢的狭长巷道上织就一张梦幻般瑰丽幕帘的整香街，那碧莲接天、蝶飞蜂舞的大江墟莲塘，还有那曾因'木勺分银'的美谈而平添神秘色彩并令青莲人津津乐道的莫屋堂，这些陪伴他六十余年生命的景物竟于顷刻间被狂飙抹除了，周遭变得混沌荒芜而空渺无依。"

作为一名有基本的道德良知、在主流媒体历练过三十余年的新闻记者，我不会对眼前的社会现象熟视无睹；而作为一名有情怀的文学创作者，我也不会背离"源于生活，高于生活"的书写准则。于是，我试图将新闻和文学糅合，并选取一个契合点，去修复和重塑故乡的模样，去唤醒对往事几近忘却的人们的温馨记忆，去寻找一条充满正能量的回故乡之路。

独坐于翠竹夹岸的青莲水堤堰上，孤行于稻浪翻涌的码子塘阡陌间，徘徊于混杂了酸萝卜、豆豉、香粉和煤渣等气味的静巷里，攀爬于涌动山岭戏迷夜间举着火把大步奔往青莲时远看像首尾不现火龙的观音山石径中，徜徉于昔日人头拥簇、粤韵悠扬的戏棚地，且听风吟，且见鸟飞，且惜晨昏。

一次，一个容貌安详的老妪坐在矮凳上跷着她的三寸金莲，说起过年看大戏的日子时立刻欢颜绽放："以前青莲可热闹啦，逢年过节都有戏班来，他们都住在我家楼上。有一次，我同你妈惠屏在戏棚地辑狗窿，突然哗啦啦落起大雨，两人身都淋湿晒啊。"此时，我脑海里幻化出母亲搁下毛笔念起粤剧《胡不归》"我心又喜心又慌"的情景，而雾霭沉沉的回故乡之路也于瞬间变得长烟一空、豁然开朗：我要扯住粤剧的绳子，串起青莲百年间大街小巷的人事物景，编织成熠熠生辉的

珠帘。笼天地于形内，挫万物于笔端。

得天独厚的水道交通让二十世纪八十年代前的青莲与广府地区紧密相连，兵荒马乱时寻求避难所的珠三角百姓纷纷把目光投向这个繁华而安宁的粤北水乡。地道的广州话成了青莲街的"官方语言"，而粤剧也就成了青莲人思乡恋家的情感寄托。随着三家粤剧社成立，青莲裹挟在粤剧的狂澜中。清越的锣鼓声和悠扬的粤韵吟唱，伴随着蝉鸣蛙叫，此起彼伏、一唱一和地在空气中荡漾。在晨曦初露、炊烟缭绕的清早，在残阳西坠、百鸟归巢的傍晚，人们都时刻感受到粤剧的存在。无论走在比肩接踵、人声鼎沸的中山路，或者走在帆影幢幢、笛声悠悠的青莲水两岸，抑或走在蜻蜓展翅、莲花绽放的大江墟莲塘，令人神采飞扬、血脉偾张的粤韵常于不经意间传来。谈粤剧、唱粤剧、品粤剧，成了青莲人茶余饭后的重要生活消遣。

《青莲》里每个人物的人生际遇和喜怒哀乐无不打上了鲜明的粤剧烙印。原过山班班主靓少德尽管拖着一条瘸腿，但他以"系威系势，五郎救弟"的伶人担当，高擎县文工团和青莲八和剧社的旗帜，在传授粤剧唱念做打和手眼身法步之时，不懈弘扬"八和弟子"和睦相处、和衷共济的精神衣钵。青莲尚书祠第二十二代守祠人何念祖，以粤剧的温情和包容感化浪荡子张水养，在其风烛残年时将一百多套锣鼓谱托付给下一代。梨园后代柳依依，秉承伶人"救场如救火"的精神，解阳禺剧社燃眉之急，并以戏台上扮演花木兰的大靠、利剑去抵御和迎击现实中的妖魔鬼怪。如果说戏棚地是青莲的物质外壳和标志性的具象符号，那么粤剧就是覆裹在它身上的色彩斑驳的霓裳，就是依附在它躯体上不离不散的灵魂，就是每个青莲游子风乎舞雩咏而归的回故乡之路的引路明灯。

我尽管出身汉语言文学专业和新闻与传播学专业，但文学创作方面的成果几近空白,我这个土生土长的岭南人,对粤剧也是知之甚少。幸好我是个以勤补拙和"认真起来极可怕"之人,我花费数年时间重温大量中外名著,走访粤剧界许多专业人士和民间艺人,深入开展各种田野调查,以弥补文学创作方面的先天不足。

我感觉新闻学与文学,抽象思维与形象思维,既有区别又有联系。尽管把真实性视为生命的新闻学和把艺术性视为生命的文学在安身立命的理念上各行其道,但两者都以人或事作为重要构件,都强调结构主义开山鼻祖索绪尔所申明的语言符号能指与所指的统一性,都以传播学上的信息密度、厚度、深度为度量标尺。而抽象思维与形象思维,尽管在揭示事物本质的方法论上有所侧重,但在抽丝剥茧的功能上却是殊途同归。两者如同关羽的青龙偃月刀与张飞的丈八蛇矛。

五年间,我以"文学与出汗"作为暇余生活的两条平衡线,瞄准了长篇小说这个靶子——以不自量力而欲追日影的夸父式的执着,以把旋转风车臆想为巨人而与之鏖战的唐·吉诃德式的无畏,以耽研炼金术和破译羊皮卷的布恩迪亚家族式的专注,以三步一磕头前往布达拉宫朝拜的藏族人式的虔诚,以"敢过大江,唔怕船小"的撑渡人张三式的气势,以"豆腐烂唔比架倒"的工匠豆腐王式的自尊,义无反顾地踏上了由七十余万字铺砌的蜿蜒而修远的回故乡之路。尽管山一程水一程,风一更雪一更,但在回故乡之路上,庆幸有柳塘新绿却温柔的景致相伴,有深千尺的桃花潭水的温情相随。

写完《势:中国城市广电的哲学观照——珠三角和长三角城市广电发展比较研究》后,我犹犹豫豫地表达出"我想写一部关于故乡的长篇小说"的愿望,暨南大学出版社原副社长张仲玲马上表态:"我支持你,重要的是写出真情实感。"当我饥肠辘辘地流连在青莲码子塘青石板路上采风时,不相识的农妇从逼仄的房子探出头招呼我"入屋吃晏"①，我便无拘无束地端起她家的饭碗。当我在自媒体上展示部分小说片段时，不少亲朋好友和各界人士纷纷不吝赐教和积极转发。当我把极粗糙的粤剧唱词传给街坊前辈、戏行叔父谭鉴全先生时，这个自嘲初入行时"出先死先企两边"，但获奖证书重达九公斤的广东著名"开戏师爷"当即修改润色并亲自吟唱。当我对小说的主题立意和谋篇布局信心不足时，东莞文学艺术院将《青莲》列入重点文学创作项目且予以资金支持。当我怯生生地请求新型国画创始人蔡成桂先生为小说创作数幅插图时，这个以"青莲人"自居和自傲的著名书画家爽朗应允并挑灯作画。当我恳请广东省广播电视局党组书记、局长、广东书法院原院长刘小毅和造诣颇深的文化人廖应魁先生为小说题写书名时，两人均欣然泼墨提笔。当我信心不足地向广东省作家协会主席、暨南大学文学院教授蒋述卓和广府文化学者、《粤剧大辞典》表演舞美主笔何车先生奉上初稿时，他们连夜审阅，并作序勉励。当我诚惶诚恐地把小说初稿送到暨南大学出版社社长张晋升和编辑部主任武艳飞、责任编辑王辰月手上后，他们诚恳地向我提出许多具体的修改意见，让我明白：好书与其说是写出来的，倒不如说是改出来的。当我因创作殚精竭虑而抱恙在身，因才疏学浅而将前十五章近二十万字删除重写，并在最后三章的写作中深陷强弩之末、难穿鲁缟的境地时，我的家人及时为我提供物质和精神抚慰。语感甚好的玉兰妹还逐字逐句通读书稿，指出诸多错漏之处。五年间，每个节假日我都精神抖擞地出现在东莞广播电视台，以至于饭堂阿叔阿姨都关切地说："良哥又加班吗？从未见过你休息啊！"

暨南大学出版社和广东省新闻出版局的专家对《青莲》

---

① 指吃午饭。

予以充分肯定，让我感到无比振奋：

"《青莲》是一部关于文化传承的长篇小说，不仅塑造了粤西北青莲古镇一群深爱粤剧文化的栩栩如生、活灵活现的人物形象，展示了南粤乡村的浓郁风情、朴素亲情与真挚爱情，尤其不同时代人物的命运沉浮与悲欢离合、对粤剧艺术的精彩演绎与世代传承，令人读来肃然起敬、同怀共鸣。小说故事结构完整，语言文字生动细腻，主题背景鲜明突出，是一部充满岭南本土特色、讴歌世间浩然正气的优秀原创文学作品。"

"《青莲》围绕粤剧这一中心主题，基于时代变迁的宏大背景，通过生动描绘各个人物的生存方式及其命运故事，向读者展现了独具时代特色与不平凡的粤剧人生。其中，尤以靓少德一家祖孙三代的感人故事，生动展现了青莲人对粤剧文化的热爱、执着与坚守，以期粤剧这一人类非物质文化遗产在未来得以常存常青，绽放时代芳华。作者李志良有着丰富扎实的媒体实践经验，同时兼具深厚的理论知识储备。这使得《青莲》在呈现粤剧发展演变时，不仅在时间维度上，从抗日战争叙述至改革开放，颇具纵深感；在空间维度上也能透过小人物与粤剧的微观际遇，彰显粤剧八和理念在历史滚滚长流中的常青之力与时代价值。得益于作者的本土背景，《青莲》充盈着独具风韵的岭南特色，令人宛如游走于粤西北山水画境之中。"

"作者李志良是东莞广播电视台总编辑、暨南大学新闻与传播学院硕士研究生导师，出生于广东阳山青莲，对粤西北地区的风土人情十分熟悉，对笔下人物的生活环境和语言极为熟悉，对粤剧这一艺术品种亦作了深入的研究，所以小说的立意较高，能够气势恢宏地呈现粤剧历史发展的长卷，并以此折射出中国现实社会的沧桑变化，使作品具有相当的深度和厚度。作者的文字功夫颇佳，沉郁典雅，形象有力，对话很注重口语表达，并常常间以俗话、谚语、歇后语，生动、贴切、诙谐，

妙极。当今文坛表现粤剧人生的长篇小说尚不多见，该书稿写得扎实厚重，有一种浩然正气。"

巢成雏长大，相伴过年华。温情能溶解惰怠，温情能消弭孤独，温情能淬砺信念。温情，陪我走完了这条蜿蜒而修远的回故乡之路。

沈从文说："我只建造一座小庙，在这座小庙里，我供奉的，是人性。"在我看来，人世间的万物——即便是日月星辰、风花雪月这些没有生命体征的东西，其实都具有与人类共通的喜怒哀乐之灵性，只是它们对世间无声地润泽及哺育让人类难以觉察罢了。作为大众传播公器，无论是以人性探索为己任的电影，以人文关怀为依归的新闻，抑或是以"文学即人学"为圭臬的小说，都无不以人类与生俱来的共同精神属性——人性作为其渲染重点和生存基石。

我始终试图让《青莲》的读者被闪耀于文字中的人性光辉所触动。我在以靓少德为主角的不平凡的粤剧历史画卷里，千方百计地将人性的点滴逐一展现：戏班梨园彩于广州沦陷日在青莲戏棚地被迫就地解散，惊恐万分的伶人们顿足哀号、长歌当哭；靓少德的母亲徐氏刚掩埋病亡的女儿，即流着泪将女儿穿过的衣服捆成人状驮在背脊，继续跋涉在通往青莲的逃难路上；乐师范阳抱着赢弱的养女柳依依向过往的妇人乞讨奶水，并跑遍整个广州城寻找渺无音讯的奶娘；在哑巴儿子张广发与赵笑媚新婚当夜，了却心事的原红船船主张三醉倒在豆腐社码头的石阶上；柳依依为救场而忍辱负重，并以花木兰的凛然正气解下绑在孤儿癫仔海身上的绳索；黎迈费尽心思占有赵笑媚，但想不到他主持的万人批斗大会竟成了埋葬他政治前途的坟茔；靓少德过着孤独的牧羊人生活，每到宰羊日他都默然回避，但对宰了多少只羊甚至哪些羊被宰都一清二楚；温葱莲含泪为步入耄耋之年的丈夫靓少德画文武像，并让儿子将画像带到佛山祖庙万福台，以满足丈夫在那儿演一回戏的夙愿……

聚集在青莲戏棚地古黄檀树荫下的那些人，无论他在戏台上或现实中扮演生旦净末丑何种行当，无论他是神灵、天使、魔鬼、野兽还是凡人，无论他善良或邪恶、崇高或卑微、慈悲或暴戾，他们都是活生生的"这一个"。马克思说："我是个人，凡是合乎人性的东西，我都觉得亲切。"

青莲水和连江宛若一个巨大的"人"字，匍匐在粤西北的崇山峻岭中。每年清明前后，青莲水集熔岩泉水而流，席卷连江沿岸红土而泻。两河一清一浊，一柔一刚，在青莲湾汇合处勾勒出一条泾渭分明的河道分界线。

一阴一阳谓之道。阴阳者，天地之道，万物之纲纪。中国戏曲的脸谱里有一种叫"阴阳脸或鸳鸯脸"的，我觉得此理念是颇有哲学韵味的。于是，我在小说中设计温葱莲为丈夫靓少德绘画了一幅文武像——左边是英俊儒雅的梁山伯般的文生，右边是气吞山河的关羽般的武生。其实，我将此画像看作一种社会隐喻，也将青莲水与连江构成的"人"字这一自然景观看作现实生活的投射。因为，生活在世上的每个生命，其一生无疑都是"阴阳"的结合体：得与失交融，荣与辱参半，苦与乐相依。

母亲于离世前半年在阳城大街上依依不舍地与我道别，与以往无数次道别不同，这一次，母亲的目光特别慈爱、特别依恋，让我永生难忘。可怜出身于殷实家庭且知书达礼的母亲数十年间却以扛木、卸煤、抬石为生和抚养后代……谨以此书献给在粤剧相伴下度过艰辛岁月的父亲母亲，献给逾百年里被粤韵春雨浸润的生我育我的那片土地——青莲。

青莲

　　在《青莲》即将出版之际，我顿有"落木千山天远大，澄江一道月分明"的释怀。终可告慰搁下竹杠、扯去蓝色垫布，哼几句《胡不归》的母亲的在天之灵了——因为我在青莲盐坑岭瀑布侧那片草长莺飞的山岗上，用文字为她修筑了一架重回人间的天梯；终可告慰闲时唱几首粤曲、饮几壶浊酒、流几行老泪，视青莲为第二故乡的广府人了——因为我在当年他们躲避战乱必经的连江上用粤剧音韵为他们铺设了一条重回故里的锦道；终可告慰为呵护此物最相思的南国红豆的园丁歌者了，因为我为这些踔厉笃行以挺起民族脊梁却易被社会忽视的文化人士书写了一篇七十余万言、可歌可泣的铭文。

　　是为后记。

李志良

二〇二二年十月